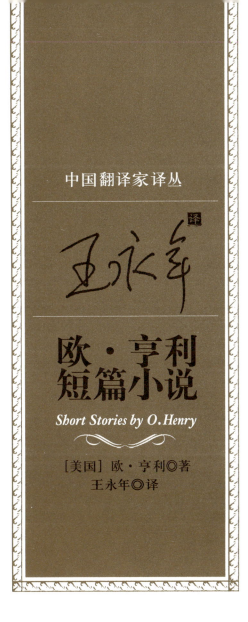

中国翻译家译丛

译

欧·亨利
短篇小说

Short Stories by O. Henry

[美国] 欧·亨利◎著

王永年◎译

人民文学出版社

"中国翻译家译丛"顾问委员会

主　任

李肇星

顾　问
（按姓氏笔画排序）

于友先　卢永福　孙绳武　任吉生　刘习良

李肇星　陈众议　肖丽媛　桂晓风　黄友义

目　录

译 本 序

　　欧·亨利是美国杰出的小说家,他以新颖的构思、诙谐的语言、悬念突变的手法表现了二十世纪初期的美国社会,开辟了美国式短篇小说的途径。他的作品富于生活情趣,被誉为"美国生活的百科全书"。

　　欧·亨利的真实姓名是威廉·西德尼·波特,于一八六二年生在美国北卡罗来纳州格林斯伯勒镇一个医师的家庭,十五岁在家乡一家药店当学徒,一八八二年去西部得克萨斯州牧场当了两年牧牛人,后调换过不少职业,做过会计员、土地局办事员、新闻记者和得克萨斯州首府奥斯汀第一国民银行的出纳员。一八八七年他和阿索尔·艾斯蒂斯结婚,生有一女。在银行工作期间,波特曾买下一家名叫《滚石》的周刊,发表了一些讽刺性的幽默小品(其中一部分收在本书题为"滚石"的集子里)。十九世纪末,美国西部银行的工作制度不很规范,波特供职的银行短缺一笔现金,波特为了避免受审,只身离家,流浪到中美洲的洪都拉斯。一八九六年,他获悉妻子病危,冒险回国探视。一八九七年妻子病故,波特本人于次年四月被捕,关进俄亥俄州监狱。

　　监狱当局考虑到波特具有药剂学的知识和工作经验,便派他担任监狱医务室的药剂师。工作之余,他开始认真写作,以稿酬所得贴补狱外女儿的生活费用。一八九九年,他在当时颇有影响的杂志《麦克卢尔》发表了第一个短篇小说,署名"欧·亨利"。

　　这个笔名,一说是狱中医务室所用一部法国药典作者的名字,一说是某个监狱看守的名字,不管怎么说,署名"欧·亨利"的作家立刻引起了读者的注意和出版界的兴趣。

　　一九〇一年,欧·亨利因表现良好,提前获释。一九〇二年,他迁居纽约,专门从事写作,与纽约《世界报》签订合同,每周提供一个短篇,同时还为别的报撰稿。正当他的创作力最为旺盛的时候,健康状况却开始恶化,加上第二次婚姻不幸,他开始酗酒,终于心力交瘁,于一九一〇年六月五日在纽约病逝。

欧·亨利一生创作了将近三百个短篇和一部长篇小说。一九〇四年出版的长篇小说《白菜与皇帝》以虚构的拉丁美洲安楚里亚共和国为背景,揭露了美国冒险家推行殖民主义掠夺政策的行径。小说里的维苏威果品公司影射臭名昭著的美国联合果品公司,是享有无上特权的"国中之国",为了压低当地的香蕉出口税,攫取超额利润,不惜发动叛乱和军事政变,撤换不俯首听命的政府。作家在这部小说里展开了几条并行的线索,试图描绘出一幅广阔的画卷,但章与章之间的内在联系不很紧密,作为几个短篇也可以单独成立,这正是作家独特的艺术手法的自然流露。除《白菜与皇帝》外,《平均海拔问题》、《"醉翁之意"》、《双料骗子》等一些短篇,也以拉丁美洲生活为题材,异国情调浓郁,别有风味。

欧·亨利的一部分短篇小说是描写美国西部草原和牧牛人生活的,主要收在以《西部的心》为题的集子里。作家时常引用吉卜林的一句话:"西方是西方,东方是东方,它们永不会相遇。"但他的用意不同于那个美化帝国扩张的英国诗人。欧·亨利所说的西方是指广阔自由、富有浪漫气息的美国西南各州;东方则指以纽约、芝加哥等大城市为中心的工业发达的东北各州。在作家心目中,西部受到的资本主义文明的侵蚀不那么明显,人们纯朴、勤劳、正直、勇敢、充满朝气和活力,还没有沾上资产阶级惟利是图、尔虞我诈的恶习。《索利托牧场的卫生学》写了一个身败名裂的赌徒从声色犬马、纸醉金迷的大城市来到草原,通过劳动和接近大自然,重新获得健康和生活的信心。

在欧·亨利的短篇小说中占有较大比例、值得重视的是描写美国大城市,尤其是纽约生活的作品。作家一生坎坷,常与社会底层失意落魄的小人物相处,对他们怀有深刻的关爱,了解他们的思想感情。在欧·亨利笔下,柏油马路和钢筋混凝土组成的大城市是阴森沉默、冷酷无情的庞然大物,"人们说它铁石心肠,说它没有恻隐之心,人们把它的街道比做蛮荒的丛林和熔岩的沙漠",但在这高楼大厦的森林里,在不毛的柏油路上,却出乎意料地长出瑰丽的人性花朵,作家寻觅并找到了独特的传奇——描写爱情、友谊、自我牺牲、美丽心灵和崇高感情的传奇。《麦琪的礼物》、《警察和赞美诗》、《最后的常春藤叶》等篇就是久负盛名、脍炙人口的描写纽约小人物的作品。作家把描写纽约曼哈顿市民生活为主的集子题名为《四百万》,原因在于当时某些作家认为构成纽约社会基础的是四百个"上流人物",只有他们才举足轻重,欧·亨利却认为应当给予注意的不是四百个利欲熏心的资本家,而是四百万纽约的普通老百姓。

欧·亨利有一部分作品是描写骗子的。他采用说书人的形式,由杰甫·彼得斯用嬉笑怒骂、愤世嫉俗的调侃语气叙说故事,说明资产阶级社会无非是个尔虞我诈、黑吃黑的骗子社会,不少道貌岸然的"上流人物"只不过是成功的高级骗子,政界要人卖官鬻爵,金融巨头巧取豪夺都是常事,甚至一则征婚广告也可用来敛财;创办所谓慈善事业更是设骗搂钱的妙计(《慈善事业数学讲座》)。《我们选择的道路》揭露了资本主义社会"弱肉强食"、"大鱼吃小鱼"的规律,说明强盗和金融资本家本质上并无不同。拦路打劫的匪徒和操纵投机的资本家都不择手段,不惜置对手于死地。

欧·亨利是位风格独特的作家,他的作品幽默风趣,诙谐机智,文笔简练,描写生动。他善于捕捉生活中令人啼笑皆非而又富于哲理的戏剧性场景,用近似漫画的笔触勾勒人物,从细微之处抓住特点,用形象的语言描绘出来,挥洒自如、左右逢源,使笔下人物有血有肉、栩栩如生。

在处理小说结尾方面,欧·亨利显示了惊人的独创性。"欧·亨利式的结尾"在美国文学中负有盛名。他先在故事情节发展过程中透露一些情况,作为铺垫,埋下伏笔,但对最重要的事实却一直秘而不宣,结尾时峰回路转,豁然开朗,产生了意料不及、画龙点睛的效果,向读者揭示了整个故事的意义和人物性格及行为的全部真实,使读者在惊愕之余,不禁拍案叫绝,不能不承认故事的合情合理,赞叹作者构思的巧妙。

欧·亨利的小说结尾固然精彩,开头也出手不凡。作家的风趣幽默、轻松活泼的开场白多与比喻联想、引经据典、人物刻画、抒情议论交融在一起,特别是能把抒情和阐理加以有机地结合,使读者精神为之一振,急于知道下文。

美国翻译理论家奈达认为译文读者对译文的反应如能与原文读者对原文的反应基本一致,翻译就可以说是成功的,奈达还主张翻译所传达的信息不仅包括思想内容,还应包括语言形式。

在翻译过程中,译者力求做到吃透原文含义,紧扣原作,在不损害汉语习惯的前提下,进行"功能对等"的转换,争取达到形似神似,希望读者一看就能领略原文意蕴,欣赏原著的魅力。

作家经常运用俚语、双关语、讹音、谐音和旧典新意。美国是个多民族的国家,由大量移民组成,欧·亨利的作品中经常出现德语、法语、西班牙语词汇,并引用希腊、罗马神话和《圣经》典故。《供应家具的房间》一篇中提到贫穷的房客们时说:"他们的葡萄藤是攀绕在阔边帽上的装饰;他们的无花果树只是一株橡皮盆景,"这里就引用了《圣经》的典故,《列王纪上》有"所罗门在世的日子……犹太人和以色列人,都在自己的葡萄树下,和无花果树下,安然居住",葡萄树和无花果树是安定的家庭生活的象征。遇有这类情况,译者作了一些必要的注释,希望有助于读者阅读。

王永年

二○○二年一月,北京

麦琪的礼物

一块八毛七分钱。全在这儿了。其中六毛钱还是铜子儿凑起来的。这些铜子儿是每次一个、两个向杂货铺、菜贩和肉店老板那儿死乞白赖地硬扣下来的；人家虽然没有明说，自己总觉得这种掂斤播两的交易未免太吝啬，当时脸都臊红了。德拉数了三遍。数来数去还是一块八毛七分钱，而第二天就是圣诞节了。

除了扑在那张破旧的小榻上号哭之外，显然没有别的办法。德拉就那样做了。这使一种精神上的感慨油然而生，认为人生是由啜泣、抽噎和微笑组成的，而抽噎占了其中绝大部分。

这个家庭的主妇渐渐从第一阶段退到第二阶段，我们不妨抽空儿来看看这个家吧。一套连家具的公寓，房租每星期八块钱。虽不能说是绝对难以形容，其实跟贫民窟也相去不远。

下面门廊里有一个信箱，但是永远不会有信件投进去；还有一个电钮，除非神仙下凡才能把铃按响。那里还贴着一张名片，上面印有"詹姆斯·迪林汉·扬先生"几个字。

"迪林汉"这个名号是主人先前每星期挣三十块钱的时候，一时高兴，加在姓名之间的。现在收入缩减到二十块钱，"迪林汉"几个字看来就有些模糊，仿佛它们正在郑重考虑，是不是缩成一个质朴而谦逊的"迪"字为好。但是每逢詹姆斯·迪林汉·扬先生回家上楼，走进房间的时候，詹姆斯·迪林汉·扬太太——就是刚才已经介绍给各位的德拉——总是管他叫做"吉姆"，总是热烈地拥抱他。那当然是很好的。

德拉哭了之后，在脸颊上扑了些粉。她站在窗子跟前，呆呆地瞅着外面灰蒙蒙的后院里，一只灰猫正在灰色的篱笆上行走。明天就是圣诞节了，她只有一块八毛七分钱来给吉姆买一件礼物。好几个月来，她省吃俭用，能攒起来的都攒了,可结果只有这一点儿。一星期二十块钱的收入是不经用的。支出总比她预算的要多。总是这样的。只有一块八毛七分钱来给吉姆买礼物。她的吉姆。为了买一件好东西送给他,德拉自得其乐地筹划了好些日子。要买一件精致、珍奇而真有价值的东西——够得上为吉姆所有的东西固然很少,可总得有些相称才成呀。

房里两扇窗子中间有一面壁镜。诸位也许见过房租八块钱的公寓里的壁镜。一个非常瘦小灵活的人,从一连串纵的片断的映像里,也许可以对自己的容貌得到一个大致不差的概念。德拉全凭身材苗条,才精通了那种技艺。

她突然从窗口转过身,站到壁镜面前。她的眼睛晶莹明亮,可是她的脸在二十秒钟之内却失色了。她迅速地把头发解开,让它披落下来。

且说,詹姆斯·迪林汉·扬夫妇有两样东西特别引为自豪,一样是吉姆三代祖传的金表,另一样是德拉的头发。如果示巴女王①住在天井对面的公寓里,德拉总有一天会把她的头发悬在窗外去晾干,使那位女王的珠宝和礼物相形见绌。如果所罗门王②当了看门人,把他所有的财富都堆在地下室里,吉姆每次经过那儿时准会掏出他的金表看看,好让所罗门妒忌得吹胡子瞪眼睛。

这当儿,德拉美丽的头发披散在身上,像一股褐色的小瀑布,奔泻闪亮。头发一直垂到膝盖底下,仿佛给她铺成了一件衣裳。她又神经质地赶快把头发梳好。她踌躇了一会儿,静静地站着,有一两滴泪水溅落在破旧的红地毯上。

她穿上褐色的旧外套,戴上褐色的旧帽子。她眼睛里还留着晶莹的泪光,裙子一摆,就飘然走出房门,下楼跑到街上。

她走到一块招牌前停住了,招牌上面写着:"莎弗朗妮夫人——经营各种头发用品"。德拉跑上一段楼梯,气喘吁吁地让自己定下神来。那位夫人身躯肥硕,肤色白得过分,一副冷冰冰的模样,同"莎弗朗妮"③这个名字不大相称。

"你要买我的头发吗?"德拉问道。

---

① 示巴女王,示巴古国在阿拉伯西南,即今之也门。《旧约·列王纪上》载示巴女王带了许多香料、宝石和黄金去觐见所罗门王,用难题考验所罗门的智慧。
② 所罗门王,公元前10世纪以色列国王,以聪明豪富著称。
③ 莎弗朗妮,意大利诗人塔索(1544—1595)以第一次十字军东征为题材的史诗《耶路撒冷的解放》中的人物,她为了拯救耶路撒冷全城的基督徒,承认了并未犯过的罪行,成为舍己救人的典型。详见人民文学出版社《耶路撒冷的解放》第2章第1—54节(1993年版,王永年译)。

"我买头发，"夫人说。"脱掉帽子，让我看看头发的模样。"

那股褐色的小瀑布泻了下来。

"二十块钱，"夫人用行家的手法抓起头发说。

"赶快把钱给我，"德拉说。

噢，此后的两个钟头仿佛长了玫瑰色翅膀似的飞掠过去。诸位不必理会这种杂凑的比喻。总之，德拉正为了送吉姆的礼物在店铺里搜索。

德拉终于把它找到了。它准是专为吉姆，而不是为别人制造的。她把所有店铺都兜底翻过，各家都没有像这样的东西。那是一条白金表链，式样简单朴素，只是以货色来显示它的价值，不凭什么装潢来炫耀——一切好东西都应该是这样的。它甚至配得上那只金表。她一看到就认为非给吉姆买下不可。它简直像他的为人。文静而有价值——这句话拿来形容表链和吉姆本人都恰到好处。店里以二十一块钱的价格卖给了她，她剩下八毛七分钱，匆匆赶回家去。吉姆有了那条链子，在任何场合都可以毫无顾虑地看看钟点了。那只表虽然华贵，可是因为只用一条旧皮带来代替表链，他有时候只是偷偷地瞥一眼。

德拉回家以后，她的陶醉有一小部分被审慎和理智所替代。她拿出卷发铁钳，点着煤气，着手补救由于爱情加上慷慨而造成的灾害。那始终是一件艰巨的工作，亲爱的朋友们——简直是了不起的工作。

不出四十分钟，她头上布满了紧贴着的小发卷，变得活像一个逃课的小学生。她对着镜子小心而苛刻地照了又照。

"如果吉姆看了一眼不把我宰掉才怪呢，"她自言自语地说，"他会说我像是康奈岛游乐场里的卖唱姑娘。我有什么办法呢？——唉！只有一块八毛七分钱，叫我有什么办法呢？"

到了七点钟，咖啡已经煮好，煎锅也放在炉子后面热着，随时可以煎肉排。

吉姆从没有晚回来过。德拉把表链对折着握在手里，在他进来时必经的门口的桌子角上坐下来。接着，她听到楼下梯级上响起了他的脚步声。她脸色白了一忽儿。她有一个习惯，往往为了日常最简单的事情默祷几句，现在她悄声说："求求上帝，让他认为我还是美丽的。"

门打开了，吉姆走进来，随手把门关上。他很瘦削，非常严肃。可怜的人儿，他只有二十二岁——就负起了家庭的担子！他需要一件新大衣，手套也没有。

3

吉姆在门内站住，像一条猎狗嗅到鹌鹑气味似的纹丝不动。他的眼睛盯着德拉，所含的神情是她所不能理解的，这使她大为惊慌。那既不是愤怒，也不是惊讶，又不是不满，更不是嫌恶，不是她所预料的任何一种神情。他只带着那种奇特的神情凝视着德拉。

德拉一扭腰，从桌上跳下来，走近他身边。

"吉姆，亲爱的，"她喊道，"别那样盯着我。我把头发剪掉卖了，因为不送你一件礼物，我过不了圣诞节。头发会再长出来的——你不会在意吧，是不是？我非这么做不可。我的头发长得快极啦。说句'恭贺圣诞'吧！吉姆，让我们快快乐乐的。我给你买了一件多么好——多么美丽的好东西，你怎么也猜不到的。"

"你把头发剪掉了吗？"吉姆吃力地问道，仿佛他绞尽脑汁之后，还没有把这个显而易见的事实弄明白似的。

"非但剪了，而且卖了。"德拉说，"不管怎样，你还是同样地喜欢我吗？虽然没有了头发，我还是我，可不是吗？"

吉姆好奇地向房里四下张望。

"你说你的头发没有了吗？"他带着近乎白痴般的神情问道。

"你不用找啦，"德拉说，"我告诉你，已经卖了——卖了，没有了。今天是圣诞前夜，亲爱的。好好地对待我，我剪掉头发为的是你呀。我的头发也许数得清，"她突然非常温柔地接下去说，"但我对你的情爱谁也数不清。我把肉排煎上好吗，吉姆？"

吉姆好像从恍惚中突然醒过来。他把德拉搂在怀里。我们不要冒昧，先花十秒钟工夫瞧瞧另一方面无关紧要的东西吧。每星期八块钱的房租，或是每年一百万元房租——那有什么区别呢？一位数学家或是一位俏皮的人可能会给你不正确的答复。麦琪带来了宝贵的礼物①，但其中没有那件东西。对这句晦涩的话，下文将有所说明。

吉姆从大衣口袋里掏出一包东西，把它扔在桌上。

"别对我有什么误会，德尔。"他说，"不管是剪发、修脸，还是洗头，我对我姑娘的爱情是决不会减低的。但是只消打开那包东西，你就会明白，你刚才为

---

① 麦琪，指基督初生时来送礼物的三贤人。一说是东方的三王：梅尔基奥尔（光明之王）赠送黄金表示尊贵；加斯帕（洁白者）赠送乳香象征神圣；巴尔撒泽赠送没药预示基督后来遭受迫害而死。

什么使我愣住了。"

白皙的手指敏捷地撕开了绳索和包皮纸。接着是一声狂喜的呼喊;紧接着,哎呀! 突然转变成女性神经质的眼泪和号哭,立刻需要公寓的主人用尽办法来安慰她。

因为摆在眼前的是那套插在头发上的梳子——全套的发梳,两鬓用的,后面用的,应有尽有;那原是百老汇路上一个橱窗里德拉渴望了好久的东西。纯玳瑁做的,边上镶着珠宝的美丽的发梳——来配那已经失去的美发,颜色真是再合适也没有了。她知道这套发梳是很贵重的,心向神往了好久,但从来没有存过占有它的希望。现在居然为她所有了,可是佩带这些渴望已久的装饰品的头发却没有了。

但她还是把这套发梳搂在怀里不放,过了好久,她才能抬起迷蒙的泪眼,含笑对吉姆说:"我的头发长得很快,吉姆!"

接着,德拉像一只给火烫着的小猫似的跳了起来,叫道:"喔! 喔!"

吉姆还没有见到他的美丽的礼物呢。她热切地伸出摊开的手掌递给他。那无知觉的贵金属仿佛闪闪反映着她快活和热诚的心情。

"漂亮吗,吉姆? 我走遍全市才找到的。现在你每天要把表看上百来遍了。把你的表给我,我要看看它配在表上的样子。"

吉姆并没有照着她的话做,却坐到榻上,双手枕着头,笑了起来。

"德尔,"他说,"我们把圣诞节礼物搁在一边,暂且保存起来。它们实在太好啦,现在用了未免可惜。我是卖掉了金表,换了钱去买你的发梳的。现在请你煎肉排吧。"

那三位麦琪,诸位知道,全是有智慧的人——非常有智慧的人——他们带来礼物,送给生在马槽里的圣子耶稣。他们首创了圣诞节馈赠礼物的风俗。他们既然有智慧,他们的礼物无疑也是聪明的,可能还附带一种碰上收到同样的东西时可以交换的权利。我的拙笔在这里告诉了诸位一个没有曲折、不足为奇的故事;那两个住在一间公寓里的笨孩子,极不聪明地为了对方牺牲了他们一家最宝贵的东西。但是,让我们对目前一般聪明人说最后一句话,在所有馈赠礼物的人当中,那两个人是最聪明的。在一切接受礼物的人当中,像他们这样的人也是最聪明的。无论在什么地方,他们都是最聪明的。他们就是麦琪。

咖啡馆里的世界主义者

午夜时分,咖啡馆里十分拥挤。我坐的那张小桌子却逃过了新来的人的眼光,还有两把空的椅子,向顾客伸出手臂,提供要用钱换的欢迎。

接着,一位世界主义者占坐了其中的一张,我很高兴,因为我一直认为亚当以后,根本不存在什么真正的世界公民。我们听说过那种人,看到许多贴着外国各地标签的行李,可是遇到的只是旅行者,不是世界主义者。

我得描述一下当时的环境——大理石面的桌子,一排靠墙的皮面椅子,欢乐的人群,穿着梳妆袍似的祖胸露肩的妇女,谈吐都显得高雅,话题不外乎时尚、经济、财富或者艺术;爱小费的服务员殷勤侍候,乐队演奏的音乐聪明地迎合各类喜好,肆意篡改原作曲家的构思;欢声笑语——还有浮兹堡啤酒,你想喝的话可以把那些高大的玻璃杯凑到嘴边,有如在鹈鸟喙前摇晃的枝头的熟樱桃。一位莫克昌克来的雕塑家曾对我说,真正的巴黎咖啡馆就是这种模样。

我的那位世界主义者名叫伊·拉什莫尔·科格伦,他告诉我说,从下一个夏季起他会在康奈岛。他打算在那里创办一些新的娱乐项目,提供适合国王身份的消遣。接着,他海阔天空地聊了起来。那个大而圆的地球仿佛被他玩弄于股掌之上,不比一份客饭里作为果品的野樱桃的籽大多少。他满不在乎地谈论着赤道,从一个洲跳到另一个洲,他嘲笑寒、温、热带,用一条餐巾囊括五洋四海。他提到印度海得拉巴的集市时鄙夷地把手一挥。然后,他带你到瑞典的拉普兰去滑雪。转眼间,你又在南洋群岛同卡内加土著人一起乘风破浪。他拽着你艰难地通过阿肯色州的栎树沼泽地,把你在爱达荷州碱土平原上他的牧场里晾一会儿,紧接着,他又风风火火地把你带进维也纳大公们的社交圈子。随后,他会告诉你,他在芝加哥湖上受风得了感冒,布宜诺斯艾利斯的埃斯卡米拉老大妈怎么用楚楚拉草熬汤,给他喝了才治好。你会觉得,给他寄信时只要在信封上写"宇宙,太阳系,地球,伊·拉什莫尔·科格伦先生",

他准能收到。

我满以为终于遇到了亚当以后惟一的真正的世界主义者,我听他夸夸其谈,惟恐在他天南地北的高谈阔论里发现仅仅是一个环球旅行者的地方调子。但是他口若悬河,像风或万有引力一样,对城市、国家和大洲不偏不倚。

伊·拉什莫尔·科格伦空谈这个小小寰球时,我高兴地想起一位伟大的准世界主义者,此人为全世界写作,自己却献身于孟买①。他在一首诗中说,世上的城市都有自豪感,互不服气,"那些城市养育的人们熙来攘往,但像孩子依恋母亲那样依恋自己的城市。"每当他们"走在喧闹而陌生的街道上"时,总是想起自己的家乡城市,"怀有最忠诚痴迷的深情;连那个城市的名字都像是同他们血肉不可分的纽带"。我想起这些诗句更加高兴,因为我抓到了吉卜林先生的疏忽。我在这里遇到了一个与众不同的人;他不狭隘地夸耀自己的出生地点或国家,即使要吹嘘,也是在火星人或者月球居民面前吹嘘他的地球。

伊·拉什莫尔·科格伦在我们所坐的桌子的第三个角上滔滔不绝地谈着这些话题。当他向我描述西伯利亚铁路沿线的地形地貌时,乐队把几支曲子联起来演奏。结尾响起的是《狄克西》②,刹那间,几乎每张桌子都掌声雷动,淹没了曲子的令人兴奋的音符。

这里有必要花费一些笔墨,指出在纽约的许多酒吧里几乎每晚都可以看到这类惊人的场面。为了探讨理论根据,人们已经消费了成吨的啤酒。有些人草率地猜测说,住在纽约的南方人一到傍晚就迫不及待地奔向酒吧。在一个北方的城市里,人们为"叛军"的曲子鼓掌喝彩,确实叫人有点迷惑;但并不是不能解释的。美国同西班牙的战争、多年来薄荷和西瓜的丰收、新奥尔良跑道上几个爆冷门的黑人优胜运动员,以及组成北卡罗来纳社交界的印第安纳和堪萨斯公民举行的豪华宴会,使得南方成了曼哈顿一时流行的风尚。替你修指甲的女郎会嗲声嗲气地说,你左手的食指让她想起弗吉尼亚州里士满的一位绅士。当然啦,目前许多有身份的妇女不得不出来工作——不是在打

---

① 指英国作家吉卜林(1865—1936),他生于印度孟买,曾在印度从事新闻工作,作品大多描述英国殖民者在印度的生活,著有长篇小说《吉姆》、诗歌《军营歌谣》等。

② "狄克西"是1859年开始在纽约流行的黑人民歌,由埃米特作曲,美国南北战争期间成为南方同盟军的军歌,后泛指美国南部各州。其实"狄克西"最早指的并不是南方,而是纽约的曼哈顿岛。"狄克西"是该岛一个奴隶主的名字,他把全部奴隶迁至南方,那里劳动条件更恶劣,食物更差,奴隶们怀念原来的"狄克西老家",想象和距离把曼哈顿岛渲染成了"美好向往的地方"。

仗么?

演奏《狄克西》时,一个黑头发的年轻人像莫斯比①的游击队员似的大喊一声,不知从哪里跳了出来,使劲挥舞着他的软边帽。接着,他在迷蒙的烟雾中摸索,找到我们桌子的那个空座坐下,掏出香烟请大家抽。

晚上到了这个时候,大家没有什么隔阂了。我们中间有人吩咐侍者上三杯啤酒;黑头发的年轻人明白自己也被包括在内,微笑着点点头。我赶快向他提出一个问题,因为我要证实我的理论。

"你能不能告诉我,"我开口说,"你是不是——"

伊·拉什莫尔·科格伦一拳打在桌子上,没让我说下去。

"对不起,"他说,"我最不喜欢听人提这种问题。什么地方的人有什么关系?靠地址来判断一个人是公平的吗?我见过不爱喝威士忌的肯塔基人,祖先不是波卡杭塔土著的弗吉尼亚人,没有写过小说的印第安纳人,不穿边缝缀着银币的丝绒裤子的墨西哥人,有趣的英国人,乱花钱的北方佬,冷淡的南方佬,心胸狭窄的西部人,和忙得没有时间在街上站一个小时看往纸袋里装酸果蔓的独臂的杂货铺伙计。人就是人,不要用任何地区的标签来限定他。"

"对不起,"我说,"我的好奇心并不是毫无根由的。我了解南方,每当乐队演奏'狄克西'时,我喜欢观察。我形成了一个观点,认为一听到那个曲调就特别起劲地喝彩,明显地表现地区忠诚的人,肯定是新泽西州西考格斯或者纽约市默里山文化宫和哈莱姆河之间地区的人。我正想问这位先生来证实我的观点,被你的——我得承认——气魄更宏大的理论打断了。"

那个黑头发的年轻人和我攀谈,显然他自己也有一套思想方法。

"我真想做一个海螺,"他神秘兮兮地说,"待在山谷顶上,啦啦啦地歌唱。"这句话显然太晦涩了,我又转向科格伦。

"我十二次周游世界,"他说,"我认识厄普那维克的一个爱斯基摩人,他用的领带是从辛辛那提订购的,我见到一个乌拉圭的牧羊人,在美国巴特尔克里克一次早餐食品智力竞赛中得了奖。我在埃及开罗和日本横滨都包了长年房间。上海一家茶馆为我准备了拖鞋,我随时可以去住,我在里约热内卢或者西雅图不需要吩咐服务员,他们就知道我早餐吃的鸡蛋要煮得老一点还是嫩一点。这个古老的世界实在太小太小。吹嘘自己来自北方,南方,山谷里的庄

---

① 莫斯比(1833—1916),美国南部邦联军官,著有《南北战争回忆录》。

园主老宅,克利夫兰的尤克利德大道,派克斯峰,弗吉尼亚州的费尔法克斯郡,阿飞公寓,或者任何别的地方有什么用? 当我们不再因为我们偶然生在某个发霉的城镇或者十英亩的沼泽地而为那些地方痴迷时,这个世界就会美好得多。"

"你仿佛是个真正的世界主义者,"我佩服地说,"但你似乎也是诋毁爱国主义的人。"

"那是石器时代的古董啦,"科格伦亲热地说,"中国人、英国人、祖鲁人、巴塔戈尼亚人、考河河曲的人,都是兄弟。总有一天,这种为自己的城市、州、地区或者国家的渺小的自豪都会一扫而空,我们都是世界公民,也应该是世界公民。"

"可是你在外国漫游时,"我坚持说,"你的思想会不会回归某个地点——某个亲切的——"

"没有什么地点,"伊·拉什莫尔·科格伦轻率地说,"我的居所是这个叫做地球的一团泥土做的、两端稍扁的球形的行星物质。我在国外遇到不少家乡观念很重的美国公民。我见过芝加哥人月夜在威尼斯乘平底船,大言不惭地谈论他们的排水沟。我见过一个南方人晋见英国国王时,眼睛也不眨地对国王说,他的姑婆嫁到了查尔斯顿的帕金斯家。我知道有个纽约人遭阿富汗强盗绑架。他家里人送去了赎金,他同代理人回到卡布尔。'阿富汗?'当地人通过翻译问他:'不太落后吧,是吗?''嗯,我说不好,'他回说,接着他和当地人谈起第六街和百老汇路的马车夫。我不喜欢这种想法。我不会囿于任何直径小于八千英里的东西。我的地址姓名就是地球公民伊·拉什莫尔·科格伦。"

那位世界主义者大大咧咧的告了别,离开了我,因为他似乎在谈话声和烟雾中看到一个熟人。剩下我和那位自命为海螺的年轻人,他几杯啤酒下肚,不再表示在山谷顶上歌唱的愿望了。

我坐着想那位明显的世界主义者,不明白吉卜林怎么会漏掉他。我发现了他,我对他深信不疑。怎么回事? "那些城市养育的人们熙来攘往,但像孩子依恋母亲那样依恋自己的城市。"

伊·拉什莫尔·科格伦可不是这样的。整个世界都是他的——

酒吧另一个角落里巨大的喧闹和冲突打断了我的沉思。我越过坐着的顾客头顶,看见伊·拉什莫尔·科格伦同我不认识的一个人打得不可开交。他们像提坦巨神①似的在桌子间拳打脚踢,玻璃杯摔得粉碎,男人俯身去拣捡落的帽子,刚抬头却被打倒在地,一个浅黑型的白种女子尖声怪叫,一个金黄头发的女子唱起了"逗惹"。

我那位世界主义者在维护地球的自豪与名誉,服务员们展开他们有名的楔状队形朝两个斗士进逼,推推搡搡地把他们轰了出去。

我招呼一个名叫麦卡锡的法国侍者过来,问他争斗的原因。

"那个打红领带的人,"(也就是我那位世界主义者)麦卡锡说,"听到另一个人说他家乡的人行道和供水系统太差劲,便发了火。"

"怎么会呢,"我大惑不解地说,"那人是个世界公民——世界主义者。他——"

"他是缅因州马塔旺基格地方的人,"麦卡锡说,"他听不得别人褒贬他的家乡。"

---

① 提坦巨神,希腊神话中天神乌剌诺斯和地神该亚所生的子女,共十二个,六男六女。巨神受母亲该亚唆使,推翻乌剌诺斯,拥戴克洛诺斯为新王,但克洛诺斯的儿子宙斯又把克洛诺斯打倒,在奥林匹斯山上建立新的统治。

回 合 之 间

五月的月亮明晃晃地照着墨菲太太经营的寄宿舍。查一下历书就可以知道,月亮的光辉同时也洒到一片广大的地区。春天披上了盛装,枯草热紧接着就要猖狂。公园里满是新绿和来自西部与南方的商贾行旅。花在招展。避暑胜地的代理人在招徕顾客;气候和法庭的判决都日趋温和;到处是手风琴声、喷泉和纸牌戏。

墨菲太太寄宿舍的窗户都敞开着。一群房客坐在门口的高石阶上,屁股下面垫着像是德国式煎薄饼的又圆又扁的草编。

麦卡斯基太太倚在二楼前面的一个窗口上,等她丈夫回家。放在桌上的晚饭快凉了。它的火气钻到了麦卡斯基太太的肚子里。

九点钟,麦卡斯基终于来了。他胳臂上搭着外套,嘴里叼着烟斗,一面小心翼翼地在房客们坐的石阶上寻找空隙,以便搁下他那九号长四号宽的大脚,一面因为打扰了他们而不住地道歉。

他推开房门时,碰到的情况却出乎意外。他平日要闪避的不是火炉盖,便是捣土豆泥用的木杵,这次飞来的却只是话语。

麦卡斯基先生推断,温和的五月的月光已经软化了老伴的心。

"我全听到啦,"代替锅碗瓢盆的话语是这样开头的。"你笨手笨脚,踩到了马路上那些不三不四的家伙的衣角倒会赔不是,你自己的老婆伸着脖子在窗口等你,把脖子伸得有晒衣绳那么长,即使你在她脖子上踩过,连一声'对不起'都不吭;你每星期六晚上在加勒吉的店里喝酒,把工钱几乎统统喝光,剩下一点儿来买吃的,现在又统统搁凉,收煤气账的今天又来过两次啦。"

"婆娘!"麦卡斯基把外套和帽子往椅子上一扔,说道,"你这样聒噪,害得我胃口都倒了。你不讲礼貌,就是拆社会基础的墙脚。太太们挡着道,你打她们中间走过,说声借光也是爷们儿的本分。你这副猪脸能不能别再对着窗口,赶快去弄饭？"

麦卡斯基太太慢吞吞地站起来。她的模样有点不对头，使麦卡斯基先生有了提防。当她的嘴角突然像晴雨计的指针那样往下一沉的时候，往往预告着碗盏锅罐的来临。

"你说是猪脸吗？"麦卡斯基太太一面说，一面猛地把一只盛满咸肉萝卜的炖锅向她丈夫扔去。

麦卡斯基先生是个随机应变的老手。他知道头一道小菜之后该上什么。桌上有一盘配着酢浆草的烤猪肉。他端起这个来回敬，随即招来一个搁在陶器碟子里的面包布丁。丈夫很准确地摔过去的一大块瑞士奶酪打在麦卡斯基太太的眼睛下面。当她用满满一壶又烫又黑、半香半臭的咖啡作为恰当的答复时，根据上菜的规矩，这场战斗照说该结束了。

但是麦卡斯基先生不是那种吃五毛钱客饭的人。让那些低档的波希米亚人把咖啡当做结束吧，假如他们愿意的话。让他们去丢人现眼吧。他可精明得多。他不是没有见识过饭后洗手指的水盂。墨菲寄宿舍虽然没有这种玩意儿，可是它们的代用品就在手边。他得意扬扬地举起那个搪瓷脸盆，朝他欢喜冤家的头上一送。麦卡斯基太太躲过了这一招。她伸手去拿熨斗，打算把它当做提神酒，结束这场可口的决斗。这当儿，楼下传来一声响亮的哀号，使她和麦卡斯基不由自主地停了下来，暂时休战。

警察克利里站在房子犄角的人行道上，竖起耳朵倾听家庭用具的砰嘭声。

"约翰·麦卡斯基同他太太又干上啦。"警察思忖着，"我要不要上楼去劝劝呢？还是不去为好。他们是名正言顺的夫妻，平时又没什么娱乐。不会闹得太久的。当然啦，再闹下去的话，他们要借用人家的碗盏才行。"

正在那时候，楼下响起了那声尖厉的号叫，说明不是出了恐怖的事情，便是情况危急。"那也许是猫叫，"警察克利里说着，匆匆朝相反方向走开。

坐在石阶上的房客们骚动起来。保险公司掮客出身，以问长问短为职业的图米先生，走进屋去打听尖叫的原因。他回来报信说，墨菲太太的小儿子迈克不见了。跟在报信人后面蹦出来的是墨菲太太本人——两百磅的眼泪和歇斯底里，呼天抢地地哀悼失踪的三十磅的雀斑和调皮捣乱。你说这种描写手法大煞风景吗，一点不错；可是图米先生挨在女帽商珀迪小姐的身边坐下，他们的手握在一起表示同情。沃尔什姊妹，那两个整个抱怨过道里太嘈杂的老小姐，立刻探听有没有谁在钟座后面找过。

跟他的胖太太坐在石阶最上面一级的格里格少校站了起来,扣好外套。"小家伙不见了吗?"他嚷道,"我走遍全市去找。"他妻子一向不准他在天黑之后出去,现在却用男中音的嗓门说道:"去吧,卢多维克!看到那位母亲如此伤心而坐视不救的人,才叫没有心肝儿呢。""亲爱的,给我三毛——还是给我六毛钱吧,"少校说,"走失的小孩有时遛得很远。我可能要坐车子,身边得备些钱。"

住在四楼后房的丹尼老头,坐在石阶最下面的一级,正借着街灯的亮光在看报纸。他翻过一版,继续看那篇有关木匠罢工的报道。墨菲太太逼紧了嗓子朝月亮喊道:"啊,我们的迈克呀,天哪,我的小宝贝儿在哪儿呀?"

"你最后一次见到他是在什么时候?"丹尼老头一面问,一面还在看建筑公会的报告。

"哟,"墨菲太太哀叫着,"也许是昨天,也许是四个钟头以前。我记不清啦。我的小儿子迈克准是走失啦。今天早晨——也许是星期三吧——他还在人行道上玩耍。我实在太忙,连日子也记不清楚。我在屋子里上上下下都找遍了,就是找不着他。哟,老天哪——"

任凭人们怎样谩骂,这座大城市始终是沉默、冷酷和庞大的。人们说它是铁石心肠,说它没有恻隐之心;人们把它的街道比做荒寂的森林和熔岩的沙漠。其实不然,龙虾的硬壳里面还可以找到美味可口的食品呢。这个譬喻也许不很恰当。不过,不至于有谁见怪。我们没有足够的把握是不会随便把人家叫做龙虾的①。

小孩的迷失比任何灾害更能引起人们的同情。他们的小脚是那么茌弱无力,世道又是那么崎岖坎坷。

格里格少校匆匆拐过街角,跨进比利的铺子。"来一杯威士忌苏打。"他对伙计说,"你有没有在附近什么地方见到一个六岁左右,罗圈腿,肮脏脸的走失了的小鬼?"

图米先生坐在石阶上,握着珀迪小姐的手不放。"想起那个可爱的小东西,"珀迪小姐说,"失去了母亲的保护——也许已经倒在奔马的铁蹄下面了——哦,太可怕了!"

"可不是吗?"图米先生捏紧她的手,表示同意说,"你看我要不要出去帮

---

① 美国俚语中把容易受骗的人称做"龙虾"。

着找他呢?"

"也许你应该去,"珀迪小姐说,"可是啊,图米先生,你这样见义勇为——这样不顾一切——假如你出于热心,遭到了什么意外,我怎么——"

丹尼老头用手指顺着行句,继续在看那篇仲裁协定。

二楼前房的麦卡斯基先生和太太走到窗口来喘口气。麦卡斯基先生弯起食指在抠坎肩里面的萝卜,他太太的眼睛被烤猪肉里的盐分搞得很不自在,正在揉擦。他们听到楼下的喧哗,把头伸出窗外。

"小迈克不见了,"麦卡斯基太太压低了嗓门说,"那个可爱的、淘气的、天使般的小东西!"

"那个小家伙走失了吗?"麦卡斯基先生把身子探出窗外说,"哎,那可糟糕。孩子应当另眼相看。换了女人就好了,因为她们一走就天下太平。"

麦卡斯基太太不去理会这句带刺的话,她拽住丈夫的胳臂。

"约翰,"她感情冲动地说,"墨菲太太的小孩儿不见了。这个城市太大,小孩儿容易走失。他只有六岁呐。约翰,假如我们六年前生个孩子,现在也有这么大了。"

"我们从来没有生过呀。"麦卡斯基先生把事实琢磨了一会儿之后说。

"可是如果我们生过的话,约翰,我们的小费伦今晚在城里迷了路,走不见了,你想我们心里该有多难受呀。"

"你在说废话。"麦卡斯基先生说,"他应该叫做帕特,跟我那住在坎特里的老爸爸一样的名字。"

"你胡扯!"麦卡斯基太太说,声调里倒没有火气。"我哥哥抵得上十打泥腿子麦卡斯基。孩子一定要起他的名字。"她从窗台上探出上身,观看下面的纷扰。

"约翰,"麦卡斯基太太温和地说,"对不起,我对你太急躁了。"

"正如你说的,"她丈夫说,"急躁的布丁,匆忙的萝卜,还有撵人的咖啡。你不妨管它叫做一客快餐,准没错儿。"

麦卡斯基太太伸手勾住丈夫的胳臂,握住他那粗糙的手。

"听听可怜的墨菲太太的哭声,"她说,"一个小不点儿的孩子在这样一个大城市里走失,实在太可怕了。假如换了我们的小费伦,约翰,我的心都要碎啦。"

麦卡斯基先生不自在地抽回了手。但是,他把手搭在慢慢挨近他身边的太太的肩膀上。

"这种说法固然荒唐，"他粗鲁地说，"但是如果我们的小——帕特碰上绑票一类的事，我也要伤心的。不过我们从来没有生过孩子。有时候我太不应该，我对你太粗暴了，朱迪。别搁在心上。"

他们偎依着，望着下面演出的伤感的悲剧。

他们这样坐了很久。人们在人行道上涌来涌去，凑在一起打听消息，传播着许许多多的谣言和毫无根据的揣测。墨菲太太像犁地似的在他们中间穿进穿出，仿佛一座挂着泪水瀑布、哗哗直响的肉山。报信人你来我往，忙个不停。

寄宿舍门前响起一片喧嘈的人声，又闹腾开了。

"又是怎么回事，朱迪？"麦卡斯基先生问道。

"是墨菲太太的声音。"麦卡斯基太太一面倾听，一面说，"她说她在屋里找到了小迈克，他在床底下一卷漆布后面睡着了。"

麦卡斯基先生哈哈大笑。

"你的费伦就是那样。"他讥讽地喊道，"换了帕特，才不会玩那种鬼花样呢。我们那个未曾出生的小孩儿如果走失不见了，尽管叫他费伦好啦，看他像条小癞皮狗那样躲在床底下。"

麦卡斯基太太慢吞吞地站起来，朝碗柜走去，她两个嘴角往下一沉。

人群散开之后，警察克利里才从拐角那儿踱回来。他竖起耳朵听着麦卡斯基家的住屋，不禁大吃一惊：那里铁器瓷器的砰嘭声，投掷厨房用具的哐啷声似乎跟刚才一样响亮。警察克利里掏出挂表。

"好家伙！"他脱口喊道。"照我的表看来，约翰·麦卡斯基同他的太太已经干了一小时又十五分钟。他太太的体重比他多四十磅，希望他加把劲。"

警察克利里慢悠悠地拐过街角走了。

丹尼老头折好报纸，慌慌忙忙地走上石阶，墨菲太太正准备锁上门过夜。

天 窗 室

首先,帕克太太会领你去看那双开间的客厅。当她滔滔不绝地夸说屋子的优点以及那位住了八年的先生的好处时,你根本不敢打断她的话头。接着,你总算吞吞吐吐地说,你既不是大夫,也不是牙医。帕克太太听取这番话时的神气,准会使你对你的父母大起反感,嗔怪他们当初为什么没有把你培养成为适合帕克太太的客厅的人才。

然后,你走上一溜楼梯,去看看租金每周八块钱的二楼后房。她换了一副二楼的嘴脸,告诉你说,图森贝雷先生没有到佛罗里达去接管他兄弟在棕榈滩附近的柑橘种植园时,就住在这里。房租一直是十二块钱,绝不吃亏。又说住在双开间前房,有独用浴室的麦金太尔太太,每年冬天都要到那个棕榈滩去。你听了一阵之后,支支吾吾地说,你希望看看租金更便宜一点的房间。

如果你没有被帕克太太的鄙夷神情吓倒,你就会给领到三楼去看看斯基德先生的大房间。斯基德先生的房间并没有空出来。他整天待在里面写剧本,抽香烟。可是每一个找房子的人总是给引到他的房间里去欣赏门窗的垂饰。每次参观之后,斯基德先生害怕有勒令搬家的可能,就会付一部分欠租。

接着——啊,接着——假如你仍旧局促不安地站着,滚烫的手插在口袋里,攥紧那三块汗渍渍的钱,嘶哑地说出了你那可耻可恶的贫困,帕克太太就不再替你当向导了。她拉开嗓门,叫一声"克拉拉",便扭过头,迈开步子下楼去了。于是,那个黑人使女克拉拉会陪你爬上那代替四楼楼梯的、铺着毡毯的梯子,让你看天窗室。它位于房屋中央,有七英尺宽、八英尺长。两边都是黑魆魆的堆放杂物的贮藏室。

屋子里有一张小铁床、一个洗脸架和一把椅子。一个木头架子算是梳妆台。四堵空墙咄咄逼人,仿佛棺材的四壁似的,逼得你透不过气来。你的手不由自主地摸到了喉咙上,你喘着气,仿佛坐在井里似的抬头一望——总算恢复了呼吸。透过小天窗的玻璃望出去,你见到了一方蓝天。

"两块钱,先生。"克拉拉会带着半是轻蔑、半是特斯基吉式①的温和说。

有一天,丽森小姐来找房子。她随身带着一台远不是她这样娇小的人所能带的打字机。她身材非常娇小,在停止发育后,眼睛和头发却长个不停。它们仿佛在说:"天哪! 你为什么不跟着我们一块儿长啊?"

帕克太太领着丽森小姐去看双开间的客厅。"这个壁柜里,"她说,"可以放一架骨骼标本,或者麻醉剂,或者煤——"

"我不是大夫,也不是牙医。"丽森小姐打了个寒战说。

帕克太太把她专门用来对付那些不够大夫和牙医资格的人的猜疑、怜悯、轻蔑和冰冷的眼色使了出来,瞪了丽森小姐一眼,然后领她去看二楼后房。

"八块钱吗?"丽森小姐说。"啊呀! 我样子虽然年轻,可不是富家小姐②。我只是一个穷苦的打工小姑娘。带我去看看位置高一点儿,租金低一点儿的房间吧。"

斯基德先生听到叩门声,连忙跳起来,把烟蒂撒了一地。

"对不起,斯基德先生。"帕克太太说,看到他大惊失色的模样,便露出一脸奸笑,"我不知道你在家。我请这位小姐来看看你的门窗垂饰。"

"这太美啦。"丽森小姐嫣然一笑说,她的笑容跟天使一般美。

她们走了之后,斯基德先生着实忙了一阵子,把他最近的(没有上演的)剧本里那个高身材、黑头发的女主角全部抹去,换上一个头发浓密光泽、容貌秀丽活泼、娇小顽皮的姑娘。

"安娜·赫尔德③准会争着扮演这个角色呐。"斯基德先生自言自语地说。他抬起双脚,踩在窗饰上,然后像一条空中的墨斗鱼一样,消失在香烟雾中了。

不久便响起了一声"克拉拉!"像警钟似的向全世界宣布了丽森小姐的经济情况。一个黑皮肤的小鬼抓住了她,带她爬上阴森森的梯子,把她推进一间顶上透着微光的拱形屋子,吐出了那几个带有威胁和神秘意味的字眼:"两块钱!"

---

① 美国南方亚拉巴马州的城市,黑人居民较多。
② 此处原文为"我可不是赫蒂",指亨里埃塔·格林(1835—1916)。她是美国金融家,航运及贸易巨头,据说是当时美国最富有的女人,去世时财产已达一亿美元。"格林"在英文中有"绿色"、"年轻"等解释。
③ 安娜·赫尔德,当时美国著名演员。

"我租下来!"丽森小姐嘘了一口气,接着便在那张吱嘎作响的铁床上坐了下去。

丽森小姐每天出去工作。晚上她带了一些有字迹的纸张回家,用她那架打字机誊清。逢到没有工作的晚上,她就跟别的房客一起坐在门口的高台阶上。上帝创造丽森小姐的时候,并没有打算让她住在天窗室里。她心胸豁朗,脑袋里满是微妙的、异想天开的念头。有一次,她甚至让斯基德先生把他那伟大的(没有出版的)喜剧《并非玩笑》(又名《地下铁道的继承人》)念了三幕给她听。

每逢丽森小姐有空在台阶上坐一两个钟头的时候,男房客们都乐开了。可是,那位在公立学校教书的,碰到什么便说"可不是吗!"的高个儿金发的朗纳克小姐,却坐在石阶顶级,嘿嘿冷笑着。那位在百货商店工作,每星期日在康奈岛打活动木鸭的多恩小姐,坐在石阶底级,也嘿嘿冷笑着。丽森小姐坐在石阶中级,男人们马上在她身边围了拢来。

尤其是斯基德先生,他虽然没有说出口,心里却早就把丽森小姐在他现实生活中的私人浪漫剧中派充了主角。还有胡佛先生,那位四十五岁,愣头愣脑,血气旺盛的大胖子。还有那位极年轻的埃文斯先生,他老是吭吭地干咳着,好让丽森小姐来劝他戒烟。男人们一致公认丽森小姐是"最有趣、最快活的人儿",然而顶级和底级的冷笑却是难以和解的。

我请求诸位允许戏文暂停片刻,让合唱队走到台前,为胡佛先生的肥胖洒一滴哀悼之泪。为哀悼脂肪的凄惨,臃肿的灾害和肥胖的祸殃而唱哀歌吧。情场的得意与否如果取决于脂肪的多寡,那么福斯塔夫可能要远远胜过瘦骨嶙峋的罗密欧①。但是情人不妨叹息,可千万不能喘气。胖子是归莫默斯②发落的。腰围五十二英寸的人,任你心脏跳得多么忠诚,到头来还是白搭。去你的吧,胡佛!四十五岁,愣头愣脑,血气旺盛的胡佛可能把海伦③拐了逃跑;然而四十五岁,愣头愣脑,血气旺盛,脑肥肠满的胡佛,只是一具永不超生的臭皮囊罢了。胡佛,你是永远没有机会的。

———————————

① 福斯塔夫和罗密欧都是莎士比亚剧本中的主角。福斯塔夫肥胖好色,爱吹牛,爱开玩笑。
② 莫默斯,希腊神话中喜欢嘲弄指摘的小神。
③ 海伦,希腊传说中斯巴达国王的妻子,艳丽绝伦,被特洛伊王子拐跑,引起特洛伊十年战争。

一个夏天的傍晚,帕克太太的房客们这样闲坐着,丽森小姐忽然抬头看看天空,爽朗地笑了起来,嚷道:

　　"哟,那不是比利·杰克逊吗!我在这儿楼下也能见到。"

　　大伙都抬起头——有的看摩天大楼的窗子,有的东张西望,寻找一艘杰克逊操纵的飞艇。

　　"那颗星星。"丽森小姐解释道,同时用一个纤细的指头指点着,"不是那颗一闪一闪的大星星,而是它旁边那颗不动的蓝星星。每天晚上我都可以从天窗里望到它。我管它叫比利·杰克逊。"

　　"可不是吗!"朗纳克小姐说,"我倒不知道你是个天文学家呢,丽森小姐。"

　　"是啊,"这个观望星象的小人儿说,"我跟任何一个天文学家一样,知道火星居民的秋季服装会是什么新式样。"

　　"可不是吗!"朗纳克小姐说,"你指的那颗星是仙后星座里的伽马。它的亮度几乎同二等星相当,它的子午线程是——"

　　"哦,"非常年轻的埃文斯先生说,"我认为比利·杰克逊这个名字好得多。"

　　"我也同意。"胡佛先生说,呼噜呼噜地喘着气,反对朗纳克小姐,"我认为那些占星的老头儿既然有权利给星星起名字,丽森小姐当然也有权利。"

　　"可不是吗!"朗纳克小姐说。

　　"我不知道它是不是流星。"多恩小姐说,"星期日我在康奈岛的游乐场里打枪,十枪当中打中了九次鸭子,一次兔子。"

　　"从这儿望去还不是顶清楚。"丽森小姐说,"你们应该在我的屋子里看。你们知道,如果坐在井底的话,即使白天也看得见星星。一到晚上,我的屋子就像是煤矿的竖井,比利·杰克逊就像是夜晚女神用来扣住她的睡衣的大钻石别针了。"

　　之后有一段时期,丽森小姐没有带那些冠冕堂皇的纸张回来打字。她早晨出门并不是去工作,而是挨家挨户地跑事务所,央求傲慢的工友通报,受尽了冷落和拒绝,弄得她垂头丧气。这种情形持续了很久。

　　有一晚,正是丽森小姐以往在饭店里吃了晚饭回家的时候,她筋疲力尽地爬上了帕克太太的石阶。但她并没有吃过晚饭。

　　在她踏进门厅的当儿,胡佛先生遇到了她,看中了这个机会。他向她求婚,一身肥肉颤巍巍地挡在她面前,活像一座随时可以崩坍的雪山。丽森小姐闪开了,抓住了楼梯的扶手。他想去抓她的手,她却举起手来,有气没力地给了他一个耳光。她拉着扶手,一步一顿地挨上楼去。她经过斯基德先生的房门口,斯基德先生正在用红墨水修改他那(没有被接受的)喜剧中的舞台说明,指示女主角梅特尔·德洛姆(也就是丽森小姐)应该"从舞台左角一阵风似的跑向子爵身边"。最后,她爬上了铺着毡毯的梯子,打开了天窗室的门。

她没有气力去点灯和换衣服了。她倒在那张铁床上,她那纤弱的身体在老旧的弹簧垫上简直没有留下凹洼。在那个地府般幽暗的屋子里,她慢慢地抬起沉重的眼皮,微微笑了一下。

因为比利·杰克逊正透过天窗,在安详、明亮而不渝地照耀着她。她周围一片空虚。她仿佛坠入一个黑暗的深渊,顶上只是一方嵌着一颗星的、苍白的夜空。她给那颗星起了一个异想天开的名字,可起得并不恰当。朗纳克小姐准是对的:它原是仙后星座的伽马星,不是什么比利·杰克逊。尽管如此,她还是不愿意称它为伽马。

她仰躺着,想抬起胳臂,可是抬了两次都没有成功。第三次,她总算把两只瘦削的手指举到了嘴唇上,从黑暗的深渊中朝比利·杰克逊飞了一吻。她的胳臂软绵绵地落了下来。

"再见啦,比利。"她微弱地咕哝着,"你远在几百万英里之外,甚至不肯眨一眨眼睛。可是当四周漆黑一片,什么也看不见的时候,你多半还待在我能看见的地方,是吗?……几百万英里……再见啦,比利·杰克逊。"

第二天上午十点钟,黑使女克拉拉发觉丽森小姐的房门还锁着,他们把它撞开。擦生醋,打手腕,给她嗅烧焦的羽毛都不见效,有人便跑去打电话叫救护车。

没多久,救护车当啷当啷地开到,倒退着停在门口。那位穿着白亚麻布罩衣的年轻干练的医生跳上了石阶,他的举止沉着、灵活、镇静,他那光洁的脸上显得又潇洒,又严肃。

"四十九号叫的救护车来了。"他简洁地说,"出了什么事?"

"哦,不错,大夫。"帕克太太没好气地说,仿佛她屋子里出了事而引起的麻烦比什么都麻烦,"我不知道她是怎么搞的。我们用尽了各种办法,还是救不醒她。是个年轻的女人,一个叫做埃尔西——是的,埃尔西·丽森小姐。我这里从来没有出过——"

"什么房间?"医生暴喊起来,帕克太太生平没有听到过这种询问房间的口气。

"天窗室。就在——"

救护车的随车医生显然很熟悉天窗室的位置。他四级一跨,已经上了楼。帕克太太惟恐有失尊严,便慢条斯理地跟了上去。

她刚走到第一个楼梯口,就看见医生抱着那个天文学家下来了。他站住后,那训练有素,像解剖刀一般锋利的舌头,就任性地把她数落了一顿,可声音却不高。帕克太太像是一件从钉子上滑落下来的浆硬的衣服,慢慢地皱缩起来。此后,她的身心上永远留下了皱纹。有时,她的好奇的房客们问她,医生究竟对她说了些什么。

"算了吧,"她会这样回答,"如果我听了那番话,就能得到宽恕,我就很满意了。"

救护车的随车医生抱着病人,大踏步穿过那群围在四周看热闹的人,甚至他们也羞愧地退到了人行道上,因为医生的神情像是抱着一个死去的亲人。

他们注意到,医生并没有把他抱着的人安顿在救护车里专用的担架上,他只是对司机说:"拼命快开吧,威尔逊。"

完了。难道这也算是一篇故事吗?第二天早晨,我在报纸上看到一小段消息,其中最后一句话可以帮助诸位(正如帮助了我一样)把一鳞半爪的情况联系起来。

它报道说,贝尔维尤医院收了一个住在东区某街四十九号,因饥饿而引起虚脱的年轻女人。结尾是这样的:

负责治疗的随车医生威廉·杰克逊①大夫声称,病人定能复元。

---

① "比利"(Billy)是英文人名"威廉"(William)的昵称,这里的威廉·杰克逊即是上文的比利·杰克逊。

爱的奉献

　　当你爱好你的艺术时,就觉得没有什么奉献是难以承受的。

　　那是我们的前提。这篇故事将从它那里得出一个结论,同时证明前提的谬误。从逻辑学的观点来说,这固然是一件新鲜事,可是从讲故事的观点来说,却是一件比中国的万里长城更为古老的艺术品。

　　乔·拉腊比来自中西部栎树参天的平原,浑身散发着绘画艺术的天才。他还只六岁时就画了一幅镇上抽水机的风景画,抽水机旁还画了一个匆匆走过的、有声望的居民。这件作品给配上架子,挂在药房的橱窗里,挨着一个留有几排参差不齐的玉米粒的穗棒。他二十岁时背井离乡来到纽约,束着一条飘拂的领带,带着一个更为飘拂的荷包。

　　迪莉娅·卡拉瑟斯生长在南方一个松林葱茏的小村里,她把六音阶之类的玩意儿搞得那样出色,以致亲戚们替她凑了一笔为数不多的款子,让她去北方"深造"。他们没有看到她成——那就是我们要讲的故事。

　　乔和迪莉娅在一个画室里相遇了。有许多研究美术和音乐的人经常在那儿聚会,讨论明暗对比,瓦格纳,音乐,伦勃朗,绘画,瓦尔特托费尔,糊墙纸,肖邦,奥朗①。

　　乔和迪莉娅互相——或者彼此,随你高兴怎么说——一见倾心,短期内就结了婚——因为(参看上文)当你爱好你的艺术时,就觉得没有什么奉献是难以承受的。

　　拉腊比夫妇租了一套公寓,开始组织家庭。那是一个岑寂的地方——凄怆得像是钢琴键盘左端的升 A 调。可是他们很幸福;因为他们有了各自的艺术,

---

　　① 瓦格纳(1813—1883),德国作曲家;伦勃朗(1606—1669),荷兰画家;瓦尔特托费尔(1837—1915),法国作曲家;肖邦(1810—1849),波兰作曲家,钢琴家;奥朗,中国乌龙茶的粤音。

又有了对方。我对有钱的年轻人的劝告是:为了争取同你的艺术以及你的迪莉娅住在公寓里的权利,赶快把你所有的东西都变卖掉,施舍给穷苦的看门人吧。

公寓生活是惟一真正的快乐,住公寓的人一定都赞成我的论断。家庭只要幸福,房间小又何妨——让梳妆台翻倒作为弹子桌;把火炉架改作练习划船用的器材;让写字桌充当备用的卧室;洗脸架充当竖式钢琴;如果可能,让四堵墙壁挤拢,你同你的迪莉娅仍旧在里面。可是倘若家庭不幸福,随它怎么宽敞——你从金门进去,把帽子挂在哈特拉斯,把披肩挂在合恩角,然后穿过拉布拉多出去①,到头仍旧枉然。

乔在伟大的马吉斯特那儿学画——各位都知道他的声望。他收费高昂,课程轻松——他的高昂轻松给他带来了声望。迪莉娅在罗森斯托克那儿学习,各位也知道他是一位出名的专跟钢琴键盘找麻烦的家伙。

只要他们的钱没用完,他们的生活是非常美满的。谁都是这样——算了吧,我不愿意说愤世嫉俗的话。他们的目标非常清晰明确。乔很快就能有佳作问世,那些鬓须稀朗而钱袋厚实的老先生就会争先恐后地挤到他的画室里来抢购他的作品。迪莉娅要同音乐搞熟,然后对它满不在乎;如果看到剧院正厅的位置和包厢不满座,她就推托喉咙痛,拒绝登台,在专用的餐室里吃龙虾。

但是依我说,最美满的还是那小公寓里的家庭生活:学习了一天之后的情话絮语;舒适的晚饭和新鲜清淡的早餐;关于志向的交谈——他们不但关心自己的,而且也关心对方的志向,否则就没有意义了——互助和灵感;还有——恕我直言,晚上十一点钟吃的菜裹肉片和奶酪三明治。

可是没多久,艺术动摇了。即使没有人去碰它,有时它自己也会动摇的。俗话说得好,坐吃山空;应该付给马吉斯特和罗森斯托克两位先生的学费也没有着落了。当你爱好你的艺术时,就觉得没有什么奉献是难以承受的。于是,迪莉娅说,她得教授音乐,以免断炊。

她在外面奔走了两三天,兜揽学生。一天晚上,她兴高采烈地回来了。

"乔,亲爱的,"她快活地说,"我有一个学生啦。哟,那家人真好。一位将军——艾·比·平克尼将军的小姐,住在第七十一号街。多么漂亮的房子,乔——你该看看那扇大门!我想就是你所说的那种拜占庭式②。还有屋子里

---

① 金门是美国旧金山湾口的海峡;哈特拉斯是北卡罗来纳州海岸的海峡,与英文中"帽架"谐音;合恩角是南美智利的海峡,与"衣架"谐音;拉布拉多是赫德森湾与大西洋间的半岛,与"边门"谐音。

② 拜占庭式,6世纪至15世纪间,在东罗马帝国风行的建筑式样,特点是圆屋顶、拱形门、细工镶嵌。

面！喔,乔,我从没见过那样豪华的装修。

"我的学生是他的女儿克莱门蒂娜。我见了她就欢喜极啦。她是个柔弱的小东西——老是穿白衣服;态度又那么朴实可爱! 她只有十八岁。我一星期教三次课;你想想看,乔! 每课五块钱。数目固然不大,可是我一点也不在乎。等我再找到两三个学生,我又可以到罗森斯托克先生那儿去学习了。现在,别皱眉头啦,亲爱的,让我们美美地吃一顿晚饭吧。"

"你倒不错,迪莉,"乔一面说,一面用斧子和切肉刀凿一个青豆罐头,"可是我该怎么办呢? 你认为我能让你忙着挣钱,而我自己却在艺术的领域里追逐吗? 我以本范努托·切利尼①的骨头赌咒,绝对不能! 我想我能卖卖报纸,运卵石铺马路,多少也挣一两块钱回来。"

迪莉娅走过来,勾住他的脖子。

"乔,亲爱的,你真傻。你一定要坚持学习。我并不是抛弃了音乐去干别的事情。我一面教别人,自己一面也能学一些。我永远跟我的音乐在一起。何况我们一星期有十五块钱,可以过得像百万富翁那般快乐。你千万不要打算脱离马吉斯特先生。"

"好吧。"乔说,一面去拿那个贝壳形的蓝色菜碟子,"可我不愿意让你去教课。那不是艺术。你做出这样的奉献真了不起,真叫人钦佩。"

"当你爱好你的艺术时,就觉得没有什么奉献是难以承受的。"迪莉娅说。

"我在公园里画的那幅素描,马吉斯特说上面的天空很好。"乔说。"廷克尔答应我在他的橱窗里挂上两幅。如果碰上一个合适的有钱的傻瓜,可能卖掉一幅。"

"我相信一定能卖掉。"迪莉娅亲切地说,"现在让我们先来感谢平克尼将军和这烤羊肉吧。"

下一个星期,拉腊比夫妇每天早餐都吃得很早。乔兴致勃勃地要到中央公园去在晨光下画几张速写。七点钟,迪莉娅在给了他早饭、拥抱、赞美和接吻之后,把他送出了门。艺术是个迷人的情妇。他回家时,多半已是晚上七点钟了。

周末,愉快自豪,但又疲惫不堪的迪莉娅得意洋洋地掏出三张五元的钞票,扔在那八英尺阔十英尺长的公寓客厅里的八英寸阔十英寸长的桌子上。

① 本范努托·切利尼(1500—1571),意大利著名雕刻家。

“有时候，”她有些厌倦地说，“克莱门蒂娜真叫我费劲。我想她大概练习得不充分，我得反反复复地教她。而且她老是穿白的，也叫人觉得单调。不过平克尼将军倒是个顶可爱的老头儿！我希望你能认识他，乔。我和克莱门蒂娜练习钢琴的时候，他偶尔走进来——他是个鳏夫，你知道——站在那儿将他的白胡子。'十六分音符和三十二分音符教得怎么样啦？'他老是这样问道。

“我希望你能看到客厅里的护壁镶板，乔！还有那些阿斯特拉罕的呢门帘。克莱门蒂娜老是有点儿咳嗽。我希望她的身体比她外表看来的要结实些。喔，我实在是越来越喜欢她了，她多么温柔，多么有教养。平克尼将军的弟弟当过驻玻利维亚的公使。”

接着，乔带着基度山伯爵的神气，掏出一张十元，一张五元，一张两元和一张一元的钞票——全是合法的货币——把它们摆在迪莉娅挣来的钱旁边。

“那幅方尖碑的水彩画卖给了一个从皮奥里亚①来的人。”他郑重其事地宣布说。

“别跟我开玩笑啦，”迪莉娅说——“不会是皮奥里亚那么远来的吧！”

“确实是那儿来的。我希望你能见到他，迪莉。一个胖子，围着羊毛围巾，衔着一根翻管牙签。他在廷克尔的橱窗里看到了那幅画，起先还以为是座风车呢。他倒很气派，不管三七二十一就把它买下了。他另外还预定了一幅——拉卡瓦纳货运车站的油画——准备带回去。我的画，加上你的音乐课！啊，我想艺术还是有前途的。”

“你坚持了下来，真使我高兴。”迪莉娅热切地说，“你一定会成功的，亲爱的。三十三块钱！我们从来没有过这么多可花的钱。今晚我们买牡蛎吃。”

“加上炸嫩牛排和香菌。”乔说，“肉叉在哪儿？”

下个星期六的晚上，乔先回家。他把他的十八块钱摊在客厅的桌子上，然后把手上许多像是黑色颜料的东西洗掉。

半个钟点之后，迪莉娅来了，她的右手用棉纱和绷带包成一团，简直不成样子。

“这是怎么搞的？”乔照例打了招呼后问道。迪莉娅笑了，可笑得并不十分快活。

“克莱门蒂娜，”她解释说，“上了课以后一定要吃奶酪面包。她真是个古

---

① 皮奥里亚，美国伊利诺伊州中部的城市。

怪的姑娘。下午五点钟还要吃奶酪面包。将军也在场。你该看看他跑去拿烘锅时的样子,乔,仿佛家里没有用人似的。我知道克莱门蒂娜身体不好,神经过敏。她浇奶酪的时候泼翻了许多,滚烫的,溅在我的手腕上。痛得要命,乔。那可爱的姑娘难过极了! 还有平克尼将军! ——乔,那老头儿急得几乎要发疯。他冲下楼去叫人——他们说是烧锅炉的或是地下室里的什么人——到药房里去买些油和包扎伤口用的东西。现在倒不十分痛了。"

"这是什么?"乔轻轻地握住那只手,扯扯绷带下面的几根白线,问道。

"那是涂了油的软纱。"迪莉娅说。"喔,乔,你又卖掉了一幅素描吗?"她看到了桌上的钱。

"可不是吗?"乔说,"只消问问那个从皮奥里亚来的人。他今天把他订的车站图取去了;他没有说定,可能还要一幅公园和一幅哈得孙河的风景。你今天下午什么时候烫痛手的,迪莉?"

"大概在五点钟吧。"迪莉娅可怜巴巴地说,"熨斗——我是说奶酪,大概在那时候烧好。你真该看到平克尼将军的样子,乔,他——"

"先坐一会儿,迪莉。"乔说。他把她拉到卧榻上,自己在她身边坐下,用胳臂围住了她的肩膀。

"这两个星期以来,你到底在干些什么,迪莉?"他问道。

她带着充满爱情和固执的眼神熬了一两分钟,含含混混地说着平克尼将军;但终于垂下头,一边哭,一边说出实话来了。

"我找不到学生。"她供认说,"我又不忍心眼看你抛弃你的课程,所以在第二十四号街那家大洗衣店里找了一个熨衬衣的活儿。我以为我把平克尼将军和克莱门蒂娜两个人编造得很好呢,可不是吗,乔? 今天下午,洗衣店里一个姑娘的热熨斗烫了我的手,我一路上就编出了那个烘奶酪的故事。你不会生我的气吧,乔? 如果我不去做工,你也许不能把你的画卖给那个皮奥里亚来的人。"

"他不是从皮奥里亚来的。"乔慢吞吞地说。

"打哪儿来的都一样。你真行,乔——吻我吧,乔——你怎么会怀疑我不在教克莱门蒂娜的音乐课呢?"

"在今晚以前,我始终没有起疑。"乔说,"今晚本来也不会起疑的,可是今天下午,我替楼上一个给熨斗烫坏手的姑娘找了一些机器房的油和废纱头。两星期来,我就在那家洗衣店的锅炉房烧火。"

"那你并没有——"

"我的皮奥里亚来的主顾,"乔说,"和平克尼将军都是同一艺术的产物——只是你不会把那门艺术叫做绘画或音乐罢了。"

他们两个都笑了。乔开口说:

"当你爱好你的艺术时,就觉得没有什么奉献是——"

可是迪莉娅用手掩住了他的嘴。"别说啦,"她说——"只消说'当你爱的时候'。"

警察和赞美诗

　　苏贝躺在麦迪逊广场的长凳上,辗转反侧。当夜晚雁群引吭高鸣,当没有海豹皮大衣的女人对她们的丈夫亲热起来,或者当苏贝躺在广场的长凳上辗转反侧的时候,你就知道冬季已经逼近了。

　　一片枯叶飘落到苏贝的膝头。那是杰克·弗罗斯特①的名片。杰克对麦迪逊广场的老房客倒是体贴入微的,每年要来之前,总是预先通知。他在十字街头把他的名片交给"北风"——"幕天席地别墅"的门房——这样露天的居民就可以有所准备。

　　苏贝理会到,为了应付即将来临的严冬,由他来组织一个单人筹备委员会的时候已经到了。因此,他在长凳上转侧不安。

　　苏贝对于在冬季蛰居方面并没有什么奢望。他根本没有想到地中海的游弋,或南方催人欲眠的风光,更没有想到在维苏威海湾②的游泳。他心向神往的只是到岛上③去住上三个月。三个月不愁食宿,既能摆脱玻瑞阿斯④和巡警的干扰,又有意气相投的朋友共处,在苏贝的心目中,再没有比这更美满的事了。

　　多年来,好客的布莱克韦尔监狱成了他的冬季寓所。正如那些比他幸运得多的纽约人每年冬天买了车票到棕榈滩和里维埃拉⑤去消寒一样,苏贝也为他一年一度去岛上的避难作了最低限度的准备。现在是时候了。昨晚,他在那古老的广场里,睡在喷泉池旁边的长凳上,用了三份星期日的厚报纸,衬

---

① 杰克·弗罗斯特,原文是"Jack Frost",是英文里对"寒霜"的拟人称呼。
② 维苏威海湾为位于意大利那不勒斯东南的海湾,气候温和。
③ 指在纽约和布鲁克林之间海峡中的布莱克韦尔岛,上有监狱和疯人院等。
④ 玻瑞阿斯,希腊神话中的北风神。
⑤ 棕榈滩和里维埃拉均系美国南部城市,气候温和。

在衣服里,遮着脚踝和膝盖,还是抵挡不住寒冷的侵袭。因此,布莱克韦尔岛在苏贝心中及时涌现出来。他瞧不起那些以慈悲为名替地方上寄食者准备的布施。在苏贝看来,法律比慈善更为仁慈。他可以去的场所多的是,有的是市政府办的,有的是慈善机关办的,在哪儿他都可以谋得食宿,满足简单的生活要求。可是对苏贝这种性格高傲的人来说,慈善的恩赐是行不通的。从慈善家手里得到一点好处,固然不要你破费,却要你承担精神上的屈辱。凡事有利必有弊①,要睡慈善机关的床铺,就先得被迫洗个澡;要吃一块面包,你个人的私事也就得给打破沙锅问到底。因此,还是做做法律的客人来得痛快,法律虽然铁面无私,照章办事,究竟不会过分干涉一位大爷的私事。

既然打定了去岛上的主意,苏贝立刻准备实现他的愿望。轻而易举的办法倒有不少。最愉快的莫如在一家豪华的饭店里大模大样地吃上一顿;然后声明自己不名一文,就可以安安静静,不吵不闹地给交到警察手里。其余的事,自有一个知趣的地方法官来安排。

苏贝离开长凳,踱出广场,穿过了百老汇路和五马路交叉处的一片平坦的柏油路面。他拐到百老汇路上,在一家灯火辉煌的饭馆前停下来,那里每晚汇集着上好的美酒、华丽的衣服和有地位的人物。

苏贝对自己上半身的打扮颇有信心。他刮过脸,上衣还算体面,感恩节时一位女教士送给他的那个有活扣的黑领结也挺干净。只要他能走到饭馆里桌子边上而不引起别人的疑心,一切就可以如愿以偿了。他暴露在桌面以上的部分不至于使侍者起疑。一只烤野鸭,苏贝想道,也就够意思了——再加一瓶夏勃立酒,坎曼贝乳酪②——一小杯咖啡和一支雪茄。雪茄要一块钱一支的就行了。账单上的总数不要大得会引起饭馆掌柜的狠心报复;同时野鸭肉却能让他在去冬季避难所的路上感到饱食的快乐。

可是,苏贝刚踏进饭馆门口,侍者领班的眼光就落到了他的旧裤子和破皮鞋上。粗壮而利索的手把他推了一个转身,沉默而迅速地被撺到人行道上,从而改变了那只险遭暗算的野鸭的不体面的命运。

苏贝离开了百老汇路。到那想望之岛去,要采取满足口腹之欲的路线看

---

① 此处原文是"有了恺撒,就有他的布鲁特斯"。恺撒(公元前100—前44)是罗马皇帝,为其好友布鲁特斯(公元前84—前42)所暗杀。

② 夏勃立是法国以生产白葡萄酒而著名的地区。坎曼贝是法国奥尼尔省地名,那里制作一种松软的干酪,享有盛名。

来是行不通了。要进监狱,还得另想办法。

六马路的拐角上有一家铺子,玻璃橱窗里陈设巧妙的商品和灿烂的灯光很引人注目。苏贝捡起一块大圆石,砸穿了那块玻璃。人们从拐角上跑来,为首的正是一个警察。苏贝站定不动,双手插在口袋里,看到警察的铜纽扣时不禁笑了。

"砸玻璃的人在哪儿?"警察气急败坏地问道。

"难道你看不出我可能跟这事有关吗?"苏贝说,口气虽然带些讥讽,态度却很和善,仿佛是一个交上好运的人似的。

警察心里根本没把苏贝当做嫌疑犯。砸橱窗的人总是拔腿就跑,不会傻站在那儿跟法律的走卒打交道的。警察看到半条街前面有一个人跑着去赶搭一辆街车。他抽出警棍,追了上去。苏贝大失所望,垂头丧气地走开了。两次都不顺利。

对街有一家不怎么堂皇的饭馆。它迎合胃口大而钱包小的吃客。它的盘碟和气氛都很粗陋;它的汤和餐巾却很稀薄。苏贝跨进这家饭馆,他那罪孽深重的鞋子和暴露隐秘的裤子倒没有被人注意到。他挑了个位子坐下,吃了牛排、煎饼、炸面饼圈和馅饼。然后他向侍者透露真相,说他一个子儿都没有。

"现在快去找警察来,"苏贝说,"别让大爷久等。"

"对你这种人不用找警察。"侍者的声音像奶油蛋糕,眼睛像曼哈顿鸡尾酒①里的红樱桃。他只嚷了一声:"嗨,阿康!"

两个侍者干净利落地把苏贝叉出门外,他左耳贴地摔在坚硬的人行道上。像打开一根木工曲尺似的,他一节一节地撑了起来,掸去衣服上的尘土。被捕似乎只是一个美妙的梦想。那个岛仿佛非常遥远。站在隔了两家店铺远的药房门口的警察,笑了一笑,走到街上去了。

苏贝走过了五个街口之后,才有勇气再去追求被逮捕。他天真地暗忖着,这次是十拿九稳,不会再有闪失的了。一个衣着朴实,风姿可人的少妇站在一家店铺的橱窗前,出神地瞅着刮胡子用的杯子和墨水缸。离橱窗两码远的地方,一个大个子警察神气十足地靠在消防水龙头上。

苏贝打算扮演一个下流惹厌、调戏妇女的浪子。他的受害者外表娴静文雅,而忠于职守的警察又近在咫尺;他有理由相信,马上就能痛痛快快地给逮

---

① 用威士忌、苦艾酒调成的混合酒,一般加一点苦味酒和一颗野樱桃。

住,保证可以在岛上的小安乐窝里逍遥过冬。

苏贝把女教士送给他的活扣领结拉拉挺,又把皱缩在衣服里面的衬衫袖管拖出来,风流自赏地把帽子歪戴在额头,向那少妇身边挨过去。他对她挤眉弄眼,嘴里哼哼哈哈,嬉皮笑脸地摆出浪子那色胆包天,叫人恶心的架势。苏贝从眼角里看到警察正牢牢地盯着他。少妇让开了一步,仍旧全神贯注地瞅着那些刮胡子用的杯子。苏贝凑上去,大胆地走近她身边,掀起帽子说:

"啊喂,美人儿!要不要跟我一起去逛逛?"

警察仍旧盯着。受到纠缠的少妇只消举手一招,苏贝就可以毫无疑问地被送到他的安身之岛去了。他在想象中已经感到了警察局的舒适温暖。少妇扭过头来望着他,伸出手,抓住了苏贝的衣袖。

"当然啦,朋友,"她高兴地说,"只要你肯请我喝啤酒。不是警察望着的话,我早就招呼你了。"

少妇像常春藤攀住橡树般地偎依在苏贝身旁。苏贝心情阴郁,走过警察身边。他似乎注定是自由的。

一拐弯,他甩掉了同伴,撒腿就跑。他一口气跑到一个地方,那儿晚上有最明亮的街道,最愉快的心情,最轻率的盟誓和最轻松的歌声。披裘皮的女人和穿厚大衣的男人兴高采烈地冒着寒气走动。苏贝突然感到一阵恐惧,是不是一种可怕的魔力使他永远不会遭到逮捕了呢?这个念头带来了一些惊惶。当他再见到另一个警察神气活现地在一家灯火辉煌的戏院门前巡逻时,他忽然想起了那个穷极无聊的办法——扰乱治安。

在人行道上,苏贝开始憋足劲尖声叫喊一些乱七八糟的醉话。他手舞足蹈,吆喝胡闹,想尽办法搅得天翻地覆。

警察挥旋着警棍,掉过身去,背对着苏贝,向一个市民解释说:

"那是耶鲁大学的学生,他在庆祝他们在赛球时给哈特福德学院吃了一个鸭蛋。虽然闹得凶,可是不碍事。我们接到指示,不必干涉。"

苏贝怏怏地停止了他那白费气力的嚷嚷。警察永远不来碰他了吗?在他的想象中,那个岛简直像是可望而不可即的世外桃源①了。他扣好单薄的上衣来抵挡刺骨的寒风。

在一家雪茄烟铺里,他看到一个衣冠楚楚的人正在摇曳的火上点雪茄。

———————————————

① 此处原文为阿卡狄亚,是古希腊一个人情淳朴、风光明媚的理想乡。

那人进去时将一把绸伞倚在门口。苏贝跨进门,拿起伞,不慌不忙地扬长而去。点烟的人赶忙追出来。

"那是我的伞。"他厉声说。

"呵,是吗?"苏贝冷笑着说,在小偷的罪名上又加上侮辱,"那么,你干吗不叫警察呢?不错,是我拿的。你的伞!你干吗不叫警察?拐角上就有一个。"

伞主人放慢了脚步。苏贝也走慢了,预感到命运会再度跟他作对。拐角上的警察好奇地望着他们俩。

"当然,"伞主人说——"说起来——嗯,你知道这一类误会是怎么发生的——我——如果这把伞是你的,请你别见怪——我是今天早晨在一家饭馆里捡到的——如果你认出是你的,那么——请你——"

"当然是我的。"苏贝恶狠狠地说。

伞的前任主人退了下去。警察赶过去搀扶一个穿晚礼服的高身材的金发女郎,陪她穿过街道,以免一辆还在两个街口以外的车子碰上她。

苏贝往东走过一条因为修路而翻掘开来的街道。他愤愤地把伞扔进一个坑里。他咒骂那些头戴铜盔,手持警棍的人。他一心指望他们来逮捕他,他们却把他当做一贯正确的帝王。

最后,苏贝走到一条通向东区的路上,那里灯光黯淡,嘈杂声也低一些。他的方向是麦迪逊广场,因为他不知不觉地还是想回家,尽管这个家只是广场里的一条长凳。

但是当苏贝走到一个异常幽静的路角上时,就站了下来。这儿有一座不很整齐的,砌着三角墙的,古色古香的老教堂。一丝柔和的灯火从紫罗兰色的玻璃窗里透露出来。无疑,里面的风琴师为了给星期日唱赞美诗伴奏正在反复练习。悠扬的乐声飘进了苏贝的耳朵,使他倚着螺旋形的铁栏杆而心醉神迷。

天上的月亮皎洁肃穆;车辆和行人都很稀少;冻雀在屋檐下睡迷迷地啁啾——这种境界使人不禁想起了乡村教堂的墓地。风琴师弹奏的赞美诗音乐把苏贝胶在铁栏杆上了,因为当他的生活中还有母爱、玫瑰、雄心、朋友、纯洁的思想和体面的衣着这类事物的时候,他对赞美诗的曲调曾是很熟悉的。

苏贝这时敏感的心情和老教堂环境的影响,使他的灵魂突然起了奇妙的变化。他突然憎恶起他所坠入的深渊,堕落的生活,卑鄙的欲望,破灭了的希望,受到损害的才智和支持他生存的低下的动机。

一刹那间,他的内心对这种新的感受起了深切的反应。一股迅疾而强有力的冲动促使他要向坎坷的命运抗争。他要把自己拔出泥淖;他要重新做人;他要征服那已经控制了他的邪恶。时候还不晚;他算来还年轻;他要唤起当年那热切的志向,不含糊地努力追求。庄严而亲切的风琴乐调使他内心有了转变。明天他要到热闹的市区里去找工作。有个皮货进口商曾经叫他去当赶车的。明天他要去找那个商人,申请那个职务。他要做一个顶天立地的男子汉。他要——

苏贝觉得有一只手按在他的胳臂上。他霍地扭过头,看到了一个警察的阔脸。

"你在这儿干什么?"警察责问道。

"没干什么。"苏贝回答说。

"那么跟我来。"警察说。

第二天早晨,警庭的法官宣判说:"在布莱克韦尔岛上监禁三个月。"

财神与爱神

退休的洛氏尤列加肥皂制造商和专利人,老安东尼·洛克沃尔,在五马路私邸的书房里望着窗外,咧开嘴笑了一笑。他右邻的贵族兼俱乐部会员,乔·范·舒莱特·萨福克-琼斯,正从家里出来,朝等在门口的小轿车走去;萨福克-琼斯跟往常一样,向这座肥皂大厦正面的文艺复兴式的雕塑轻蔑而傲慢地扇了扇鼻翅儿。

"倔老头,看你的架子端得了多久!"前任肥皂大王说。"你这个僵老的纳斯尔罗德①,如果不留神,你得光着身子,打赤脚滚蛋呢。今年夏天,我要把这座房子漆得五光十色,看你那荷兰鼻子还能翘多高。"

召唤用人时一向不喜欢摇铃的安东尼·洛克沃尔走到房门口,喊了声"迈克!"他那嗓子一度震破过堪萨斯大草原上的天空,如今声势仍不减当年。

"关照少爷一声,"安东尼吩咐进来侍候的用人说,"叫他出去之前到我这儿来一次。"

小洛克沃尔走进书房时,老头儿撂开报纸,打量着他,那张光滑红润的大脸上透出了又慈爱又严肃的神情。他一只手把自己的白头发揉得乱蓬蓬的,另一只手在口袋里把钥匙弄得咔哒咔哒直响。

"理查德,"安东尼·洛克沃尔说,"你用的肥皂是花多少钱买的?"

理查德离开学校后,在家里只待了六个月,听了这话稍微有些吃惊。他还没有摸透他老子的脾气,那老头儿活像一个初次交际的姑娘,总是提出一些叫人意想不到的问题。

"大概是六块钱一打的,爸。"

"那么你的衣服呢?"

---

① 纳斯尔罗德(1780—1862),德籍俄罗斯政治家,安东尼借用来讽刺外籍移民萨福克-琼斯。

“一般在六十块钱上下。”

“你是个上流人物。”安东尼斩钉截铁地说，“我听说，现今这些年轻的公子哥儿都用二十四块钱一打的肥皂，做一套衣服往往超过一百元大关。你有的是钱，尽可以像他们那样胡花乱用，但是你仍旧规规矩矩，很有分寸。我自己也用老牌尤列加肥皂——不仅是出于感情关系，还因为它是市面上最纯粹的肥皂。你买一块肥皂，实际上只得到一毛钱的货色，其余的无非是蹩脚香料和商标装潢罢了。像你这种年纪、地位和身份的年轻人，用五毛钱一块的肥皂已经够好了。我刚才说过，你是个上流人物。有人说，三代才能造就一个上流人物。他们的话不对头。有了钱就好办，并且办得跟肥皂油脂一般滑溜。它在你身上已经见效啦。天哪！它几乎使我也成了上流人物。我差不多同我左邻右舍的那两个荷兰老爷一样言语无味、面目可憎。他们晚上睡不着觉，只因为我在他们的住宅中间置下了房产。”

“某些事情哪怕有了钱也办不到。”小洛克沃尔有点忧郁地说。

“慢着，别那么说。”老安东尼错愕地说道，“我始终认为钱能通神。我已经把百科全书翻到了 Y 字，还没有发现金钱所办不到的东西；下星期我打算翻翻补遗。我是彻头彻尾拥护金钱的。你倒说说，世界上有什么是金钱买不到的。”

“举个例子吧，”理查德有点不服气地答道，“花了钱也挤不进最高级的上流社会呀。”

“啊哈！是吗？”这个拥护万恶之根①的人暴喊道，“你说给我听听，假如阿斯特②的老祖宗没有钱买统舱船票到美国来，你所谓的上流社会又打哪儿来呢？”

理查德叹了一口气。

“我要谈的正是那件事。”老头儿说，声音低了一点，“我把你找来就为了那个缘故。你最近有点不对劲，孩子。我注意了有两个星期啦。讲出来吧。我想我在二十四小时以内可以调度一千一百万元现款，房地产还不算在内。如果你的肝气毛病又犯了，‘逍遥号’就停泊在海湾里，上足了煤，两天之内就

---

① 典出《新约·提摩太前书》第 6 章第 10 节：“贪财是万恶之根。”

② 阿斯特，美国毛皮富商及金融家约翰·阿斯特家族；约翰·阿斯特（1763—1848），出生于德国海德堡附近的沃尔道夫村，于 1783 年移居美国。纽约的豪华旅馆“沃尔道夫·阿斯托里亚”就是他创办的。

可以开到巴哈马群岛①。"

"猜得不坏,爸,相差不远啦。"

"啊,"安东尼热切地说,"她叫什么名字呀?"

理查德开始在书房里踱来踱去。这位粗鲁的老爸爸这般关心同情,不由他不说真心话。

"你干吗不向她求婚呢?"老安东尼追问道,"她一定会忙不迭地扑进你怀里。你有钱,相貌漂亮,又是个正派的小伙子。你一身清清白白,没有沾上尤列加肥皂。你固然进过大学,但是那一点她不至于挑眼的。"

"我始终没有机会。"理查德说。

"造机会呀。"安东尼说,"带她去公园散步,或者带她去野餐,再不然做了礼拜后陪她回家。机会!啐!"

"你不了解社交界的情况,爸。她是推动社交界的头面人物之一。她的每一小时、每一分钟,早在几天之前就安排好了。我非得到那个姑娘不可,爸,否则这个城市简直成了一片腐臭的沼泽,使我抱恨终身。我又不能写信表白——我不能那么做。"

"咄!"老头儿说,"难道你想对我说,拿我的全部财产做后盾,你还不能让一个姑娘陪你一两个小时吗?"

"我发动得太迟了。后天中午,她就要乘船去欧洲,在那儿待两年。明天傍晚,我可以单独同她待上几分钟。眼前她在拉奇蒙特她姨妈家。我不能到那儿去。但是她答应我明天傍晚乘马车到中央火车站去接她,她搭八点三十分那班火车来。我们一起乘马车赶到百老汇路的沃拉克剧院②,她母亲和别的亲友在剧院休息室等着我们,一起看戏。你认为在那种情况下,只有六分钟或者八分钟的时间,她会听我表白心意吗?不会的。在剧院里或者散戏之后,我还能有什么机会呢?绝对没有。不,爸爸,这就是你的金钱所不能解决的难题。金钱连一分钟的时间都买不到;如果能买到,有钱人的寿命就可以长些啦。在兰特里小姐启程之前,要同她好好谈一谈是没有希望的了。"

"好吧,理查德,我的孩子,"老安东尼快活地说,"你现在可以到你的俱乐

---

① 巴哈马群岛,加勒比海上的岛屿,是旅游胜地,1783 年沦为英国殖民地,1973 年 7 月 10 日正式独立。

② 沃拉克剧院,英国剧作家和演出人莱斯特·沃拉克(1820—1888)于 1861—1887 年间在纽约经营的剧院。

部去啦。我很高兴，你并没有犯肝气病。可是你别忘了时常去庙里烧烧香，敬敬伟大的财神。你说金钱买不到时间吗？唔，你当然不能出一个价钱，叫人把'永恒'包扎得好好的，送货上门；但是我看到时间老人走过金矿的时候，脚踝给磕得满是伤痕。"

那晚，正当安东尼在看晚报时，那位温柔善感，满脸皱纹，给财富压得郁郁不乐，老是长吁短叹的埃伦姑妈来看她的弟弟了。他们开始拿情人的烦恼当做话题。

"他已经完全告诉我啦。"安东尼说着打了一个哈欠，"我对他说，我的银行存款全部听他支配。他却开始诋毁金钱。说是有了钱也不中用。又说十个百万富翁凑在一起也不能把社会规则拖动一步。"

"哦，安东尼，"埃伦姑妈叹息说，"我希望你别把金钱看得太了不起。牵涉到真实感情的时候，财富就不管用了。爱情才是万能的。他如果早一点开口就好啦！那个姑娘不可能拒绝我们的理查德。但是我怕现在已经太迟了。他没有向她求爱的机会。你的全部金钱并不能替你的儿子带来幸福。"

第二天晚上八点钟，埃伦姑妈从一个蛙痕斑驳的盒子里取出一枚古雅的金戒指，把它交给理查德。

"孩子，今晚戴上它吧。"姑妈央求道，"这枚戒指是你母亲托付给我的。她说它能替情人带来幸福。她嘱咐我等你找到了意中人时，就把它交给你。"

小洛克沃尔郑重其事地接过戒指，套在小手指上试试。戒指滑到第二个指节就停住了。他把它勒下来，照男人的习惯，往坎肩口袋里一塞。接着，他打电话叫马车。

八点三十二分，他在火车站嘈杂的人群中接到了兰特里小姐。

"我们别让妈妈和别人久等。"她说。

"去沃拉克剧院，越快越好！"理查德惟命是从地吩咐马车夫说。

他们飞快地向百老汇路驶去，先取道第四十二号街，然后沿着一条街灯像璀璨星光的小道，从宁谧的西区奔向高楼耸立的东区。

到了第三十四号街的时候，小理查德迅速推开车窗，吩咐马车夫停住。

"我掉了一枚戒指。"他一面道歉似的解释说，一面跨出车门，"那是我母亲的遗物，我不愿意把它弄丢。我耽误不了一分钟——我看到了它掉在什么地方。"

不出一分钟,他找到了戒指,重新坐上马车。

可是就在那一分钟里,一辆市区汽车在马路的正前方停住了。马车夫想往左拐,然而一辆笨重的快运货车挡住了他的去路。他向右面试试,又不得不退回来,避让一辆莫名其妙地出现在那儿的装载家具的马车。他企图倒退,但也不成,便只好扔下缰绳,聊尽本分地咒骂起来。他给封锁在一批纠缠不清的车辆和马匹中间了。

交通阻塞了。在大城市里,有时会相当突然地发生这种情况,断绝交通往来。

"为什么不赶路呀?"兰特里小姐不耐烦地问道,"我们要迟啦。"

理查德在车子里站起身,朝四周扫了一眼。他看到百老汇路、六马路和第三十四号街广阔的交叉路口给各式各样的货车、卡车、马车、搬运车和街车挤得水泄不通,正像一个腰围二十六英寸的姑娘硬要束二十二英寸的腰带那样。所有交叉的街道上,还有车辆在飞快地、咔哒咔哒地朝着这个混乱的中心赶来,投入这一批难解难分、轮毂交错的车辆和马匹中,在原有的喧嚣声中又加上了它们的车夫的诅咒声。曼哈顿所有的车辆似乎都充塞在它们周围。挤在人行道上看热闹的纽约人成千上万,他们中间连资格最老的都记不清哪一次交通阻塞的规模可以同这一次的相比。

"真对不起,"理查德坐下来说,"看情形我们给卡住了。在一个小时之内,这场混乱不可能松动。这要怪我不好。假如我没有掉落那枚戒指,我们——"

"给我瞧瞧那枚戒指吧。"兰特里小姐说,"现在既然已无法挽救,我也无所谓了。说起来,我一向认为看戏是顶无聊的事。"

当天夜里十一点钟,有人轻轻叩安东尼·洛克沃尔的房门。

"进来。"安东尼喊道,他穿着一件红色的袍子,正在看一本海盗冒险小说。

进来的是埃伦姑妈,她的模样活像是一个头发灰白,错留在人间的天使。

"他们订婚啦,安东尼。"她温柔地说,"她答应跟我们的理查德结婚。他们在去剧院的路上碰到了一次交通阻塞,他们的马车过了两个小时才脱身出来。

"哦,安东尼弟弟,你别再替金钱的力量吹嘘啦。一件表示真实爱情的小小信物——一枚象征海枯石烂永不变,金钱买不到的爱情的小戒指——是我们的理查德获得幸福的根由。他半路上掉落了那个戒指，下车去捡。他们重新上路之前，街道给堵住了。马车给卡在中间的时候，他向心上人表明了态度，赢得了她。同真实的爱情比较起来，金钱简直成了粪土，安东尼。"

"好吧，"老安东尼说，"我很高兴，那孩子总算实现了他的愿望。我早对他说过，在这件事上，我不惜付出任何代价，只要——"

"可是，安东尼弟弟，在这件事上，你的金钱起了什么作用呢？"

"姊姊，"安东尼·洛克沃尔说，"我的海盗正处于万分危急的关头。他的船刚给凿穿，他有钱，重视金钱的价值，决不会让自己给淹死的。我希望你别来打扰，让我看完这一章吧。"

故事原该在这儿收场了。我跟各位一样，也热切地希望如此。但是为了弄清事实真相，我们非刨根问底不可。

第二天，一个双手通红，打着蓝点子领带，自称是凯利的人来找安东尼·洛克沃尔，立刻给让进了书房。

"唔，"安东尼一面伸手去拿支票簿，一面说道，"这一锅肥皂熬得可不坏。我们瞧瞧——你已经支了五千元现钞。"

"我自己还垫了三百块。"凯利说，"预算不得不超过一些。快运货车和马车大多付了五块；可是卡车和两匹马拉的车子多半要我付十块。汽车夫要十块，几辆满载的车子要二十块。警察敲得我最凶——其中有两个，我每人给了五十，其余有的二十，有的二十五。不过表演得真精彩，可不是吗，洛克沃尔先生？幸好威廉·阿·布雷迪①没有看到那场小小的车辆外景。我不希望威廉妒忌得伤心。并且我们根本没有经过排练！伙计们都准时赶到，一秒钟也不差。足足两小时，堵得水泄不通，格里利②的塑像底下连一条蛇都钻不过去。"

"一千三百元——喏，凯利。"安东尼撕下一张支票，递给凯利说，"一千元是酬劳你的，三百元是还你垫付的钱。你不至于瞧不起金钱吧，凯利？"

"我吗？"凯利说，"我真想揍那个发明贫穷的人呐。"

凯利走到门口时，安东尼又叫住了他。

"你有没有注意到，"他说，"在那交通断绝的地点，有一个一丝不挂，拿着

---

① 威廉·阿·布雷迪(1863—1950)，美国著名的剧院经理，纽约康奈岛游乐场的倡办人。

② 格里利(1811—1872)，美国新闻记者，作家，政治家，纽约《论坛报》的创办人。他是纽约州选出的众议员，1872年竞选总统失败。纽约市有一个以他命名的广场。

弓箭乱射的胖娃儿①?"

"啊,没有呀。"凯利给弄得莫名其妙,"我没有见到。即使他像你所说的也到过那儿,警察在我到场之前早该把他抓走啦。"

"我原想那个小流氓是不会在场的。"安东尼咯咯笑道,"再见,凯利。"

---

① 指罗马神话中的爱神丘比特,他的形象通常被描绘成裸体,有双翅,手持弓箭,蒙住眼睛的小男孩。

泄露春光的菜单

那是三月里的一天。

短篇小说的开头千万不能这样写。没有比它更坏的了。它缺乏想象力，平淡、枯燥，很可能空空洞洞。但在本篇的情况下是可以允许的。因为接下来引入正文的一段过于荒谬，没有思想准备的读者会莫名其妙。

萨拉对着菜单在哭泣。

试想，纽约姑娘哪有看到菜单会流泪的！

寻找解释的时候，读者可以猜测龙虾卖光了，或者她发过誓，四旬斋期间绝不吃冰激凌，或者她点了洋葱，或者她刚看了日场的哈克特的戏剧。不过这些猜测全错了，那就让我继续说下去吧。

有人说即使世界是个牡蛎，他也要用剑把它撬开，这位先生博得了意想不到的好评。用剑撬开牡蛎并不困难。可是你可曾见到有谁试图用打字机撬开双壳贝？想不想看谁用那种方法弄开一打生牡蛎？

萨拉用她笨拙的武器好不容易把贝壳撬开一点，在里面那个冷冷的、黏糊糊的世界咬了一小口。她掌握的速记技能不比商业学院漏到社会上的速记毕业生高明多少。由于不会速记，她不能进入白领丽人的群星璀璨的行列，便成了个体打字员，自己找一些打字的零活。

萨拉与世界斗争的最辉煌的成就，是她和舒伦贝格家常菜餐馆做成的一笔交易。她住在一幢红砖老房子的过道隔出来的屋子里，餐馆就在那幢房子旁边。一晚，萨拉在舒伦贝格餐馆吃了四十美分、五道菜的客饭（上菜速度之快像是瞄准黑人头抛五个棒球的游戏），把菜单带回了家。菜单是手写的，既非英文又非德文，让人几乎看不懂，次序排列乱七八糟，一不小心，你会先点牙签和大米布丁，后点汤和当天的特色菜。

第二天，萨拉给舒伦贝格看一张整洁的卡片纸，上面用打字机打出漂亮的菜单,各色菜肴诱人地排列在正确的项目下面,从"餐前小吃"到"大衣雨伞顾客自理,本店概不负责",一应俱全。

舒伦贝格大受启发,当场成了本地化公民。他在萨拉离去前自觉自愿和她达成一个协议:由萨拉提供餐馆里二十一张桌子上的打字菜单——每天晚餐有一份新的菜单,早餐和午餐的食品如有变化,或者老菜单弄脏了,也换新的。

作为交换条件,舒伦贝格每天派侍者——尽可能派一个殷勤的——送三餐饭到萨拉的过道房间,下午还带上命运之神为舒伦贝格的顾客准备的第二天菜单的铅笔草稿。

这一协议使双方都感到满意。此后,舒伦贝格的顾客就知道他们吃的东西叫什么名称,即使那些东西的性质使他们困惑。而萨拉在一个寒冷萧条的冬天有了食物,解决了她的大问题。

月份牌撒了谎,说是春天已经到了。春天到了以后才算真到。横贯全市的街道上还有一月份下的积雪,冻得像金刚石那般硬。手摇风琴带着十二月份的活泼节奏仍在演奏《夏日的老时光多么美好》。人们开出三十天的期票,购买复活节穿的衣服。物业管理员关掉了暖气。出现这些情况的时候,人们也许会知道城市仍在冬天的掌握之中。

一天下午,萨拉在她雅致的过道卧室里冷得簌簌抖;可是招租广告说的是"房屋供暖,清洁整齐,设备齐全,人见人爱"。除了舒伦贝格的菜单卡片之外,她没有别的活儿。萨拉坐在吱嘎发响的柳条摇椅上,望着窗外。墙上的月份牌不断朝她呼唤:"春天来了,萨拉——我告诉你,春天来了。看看我,萨拉,我的月份数字是这么展示的。萨拉,你自己也苗条了——春天的好身材——可是你为什么如此伤心地望着窗外?"

萨拉的房间在房屋的后部。她在窗前可以看到邻街纸盒厂没有窗户的后墙。但是那堵砖墙挡不住她的遐想;萨拉仿佛看到绿草茵茵的小径,上面是荫翳的樱桃树和榆树,两边是木莓和金樱子灌木。

春天真正的先兆太微妙了,看不见,听不到。有些人感觉迟钝,一定要看到盛开的报春花和树林里繁星点点的山茱萸,听到蓝鸟的鸣声——甚至要看到荞麦和牡蛎的临别握手,才会张开双臂欢迎绿衣女郎。然而,对于古老地球的精选的居民来说,他最新的新娘直接给他们捎来甜蜜的音讯,告诉他们说,他们除非自找,否则决不会被当成后娘养的。

前一个夏季,萨拉下了乡,爱上了一个农民。

(你写小说时千万不能用这种倒叙手法。这种技巧并不高明,让人觉得索然无味。要朝前走,朝前走。)

萨拉在向阳小溪农庄呆了两星期,爱上了老农民富兰克林的儿子沃尔特。农民有了爱情,结了婚,仍是农民。但是年轻的沃尔特·富兰克林是现代化的农场经营者。他的牛舍里安装了电话,他能准确地预测明年加拿大的小麦收成对他们种的土豆价格有什么影响。

在这条荫翳的、两边有木莓灌木的小径上,沃尔特向萨拉求爱,赢得了她的心。他们席地而坐,用蒲公英编织了一个王冠,戴在她头上。他连连称赞黄色的花朵配在她褐色发辫上的效果;她留下花冠,挥着她的狭檐草帽回到农舍。

沃尔特说,一到春暖花开的时候,他们就结婚。萨拉便回到城里去敲她的打字机。

敲门声驱散了萨拉对那天的回忆。侍者送来家常菜餐馆第二天的菜单,老舒伦贝格用铅笔写的字潦草笨拙。

萨拉坐到打字机前,把一张卡片纸插进辊筒。她干活利索。一般说来,只要一个半小时就可以把二十一份菜单全部打好。

今天的菜单变化比往日多。汤更清淡了;第一道正菜里撤了猪肉,只在烧烤里和俄国萝卜一起出现。整个菜单洋溢着春天清新的气息。前不久还在初露绿意的小山坡上跳跳蹦蹦的羔羊,和纪念它的嬉戏的调味汁一起供人享用。牡蛎的歌声虽然没有停息,但"深情地减弱"①。油炸锅似乎赋了闲,搁置在仁慈的烤肉炉算子后面。馅饼一栏大大扩充;却找不到美味的布丁;衣饰鲜丽的香肠好不容易同荞麦糊和槭糖浆稍作逗留,已在考虑身后事。

萨拉的手指像夏日小溪上的水蚋似的跳跃着。她一行一行打下去,凭着精确的判断给每道长短不等的菜名安排适当的位置。点心一栏上面是蔬菜:胡萝卜和豌豆,芦笋和烤面包片,四季不断的番茄,玉米煮豆子,白扁豆,白菜——接着是——

萨拉对着菜单哭了。她心底深处一种难以排遣的失落感化作泪水涌上了眼睛。她的头伏在打字机桌上;键盘格格干响起来,陪伴她湿润的啜泣。

因为她两星期来没有收到沃尔特的信,菜单下面一项是蒲公英——蒲公

---

① 原文 dimuendo con amore 是意大利文。

英配什么蛋——管它什么蛋!——蒲公英,沃尔特用它金黄色的花编成王冠替他所爱的女王和未来的新娘戴在头上——蒲公英,春天的先兆,她悲伤的花冠——她最快活的日子的回忆!

夫人,假如你面对下面的情况你就笑不出来了:设想你们定情那晚帕西送给你的尼尔元帅黄玫瑰和法式调味品一起给拌成了生菜,在舒伦贝格的客饭里端到了你的面前。设想朱丽叶的爱情纪念品遭到了亵渎,她马上就会找好心的药剂师要那吃了能忘却一切的药草的。

然而春天是个多么迷人的女人!必须给那庞大冷漠的石头和钢铁建筑的城市捎个信去。除了田野里那个其貌不扬的、寒碜耐寒的绿衣信使之外,有谁能递送呢? 他是真正的冒险家,蒲公英——也就是法国厨师所说的狮子牙齿①。开花时,可以把他编成王冠戴在我情人的褐色头发上,增进情趣;幼嫩、空茎和未开花时,可以把他放进锅里递送他女主人的信息。

过了片刻,萨拉忍住了眼泪。卡片必须打好字。但她仍在淡淡的金黄色的蒲公英梦想之中,她的手指茫然地摆弄了一会儿键盘,心神却和年轻的农人在绿草如茵的小径上漫步。她随即回到曼哈顿岩石巍峨的街道,打字机像顶替罢工工人的临时工的汽车那样突突响了起来。

六点钟,侍者送来她的晚餐,带走打好字的菜单。萨拉进餐时,叹了一口气,把那盘蒲公英搭配的鸡蛋放在一旁。象征爱情的亮黄色花朵变成了黑黢黢的、不怎么诱人的蔬菜,她夏日的希望也凋萎消失了。莎士比亚说过,爱情是靠爱情支撑的。但是萨拉不忍心吃掉给她真爱的精神宴席增添光彩的蒲公英。七点三十分,隔壁房间的那对夫妇开始吵架;楼上房间的人在长笛上寻找A音;煤气灯的火苗短了一些;三辆煤车开始卸煤——比留声机放出来的声音还悦耳一些;后院篱笆上的猫朝沈阳方向慢慢后撤②。根据这些迹象,萨拉知道她阅读的时候到了。她取出《修道院和家庭》,当月最不畅销的书,两脚往大衣箱上一搁,开始和杰勒德漫游③。

---

① 蒲公英是多年生草本植物,可入药及食用;花黄色;叶子倒披,羽状分列,形似牙齿,法语俗称是dent-de-lion,即"狮子的牙齿"。

② 这里指1904—1905年的日俄战争,俄国惨败。

③ 《修道院和家庭》是英国小说家查尔斯·里德(1814—1884)于1861年出版的历史小说,小说线索之一是写荷兰天才的年轻作家杰勒德和红发的玛格丽特相爱,但一封伪造的书信使杰勒德误信玛格丽特已不在人世,便进了修道院,后历尽磨难,和玛格丽特重聚,生子格哈德,即文艺复兴时期著名的人文主义学者伊拉斯谟。

前门铃响了。房东太太去开门。萨拉撇下被熊困在树上的杰勒德和德尼斯,侧耳倾听。哦,是啊,换了你也会这样做的!

楼下门厅里有一个大嗓门的男人声音,萨拉跳起来朝房门跑去,书掉在地上,第一回合显然是熊占了上风。

你猜对了。她到楼梯口时,她的那位农民已经三级一跳上了楼,把她一把搂在怀里,不掉一点落穗。

"你为什么不给我写信——为什么?"萨拉嚷道。

"纽约这个城市太大了,"沃尔特·富兰克林说,"我来了一个星期,去你的老地址找过。听说你是星期四搬走的。那让我多少放了一点心;至少避免了星期五可能遇到的不吉利。此后我上警察局和许多地方去打听过你的下落!"

"我写过信!"萨拉强调说。

"我从没有收到!"

"那你是怎么找到我的?"

年轻的农民的笑容像春光。

"今晚我偶尔在隔壁的家常菜餐馆吃饭,"他说,"我才不管别人是不是觉得我寒碜;每年这个季节我喜欢吃些绿色的蔬菜。我在那打得漂漂亮亮的菜单上找蔬菜一项。看到甘蓝菜下面的一行时,我猛地站起来,椅子都带翻了,我嚷着叫老板过来。他把你的住处告诉了我。"

"我记得,"萨拉快活地叹了一口气,"甘蓝菜下面是蒲公英。"

"你的那台打字机大写的 W 字母有点歪,无论到世界什么地方我都认得出来。"富兰克林说。

"可是蒲公英里没有 W 这个字母呀。"萨拉诧异地说。

年轻人从口袋里掏出菜单,指出那一行。

萨拉认出她今天下午打的第一张菜单。右上角还有泪水沾湿的痕迹。挥之不去的金黄色花朵的回忆使她在痕迹上面应该打蒲公英的地方按下了一些奇怪的字键。

红甘蓝菜和青椒塞肉之间是这一行:

　　　*最亲爱的沃尔特,配煮老的鸡蛋。*①

---

① 英文"沃尔特"是 W 打头。

绿 门

设想你晚饭后走在百老汇路上,手上的雪茄要十分钟才能抽完,你在考虑是去看一场有趣的悲剧呢,还是去看严肃的轻歌舞。突然有一只手碰碰你的胳臂。你回过头,看到的是一个眼睛迷人的、穿俄罗斯貂皮大衣、珠光宝气的漂亮女人。她把一个烫手的油煎面包卷匆匆塞到你手里,飞快地拿出一把小剪子,铰掉你大衣的第二个钮扣,意味深长地说了声"平行四边形!"然后迅速拐进一条横街,害怕地回头张望几眼。

可能是纯粹的冒险。你会接受吗?你不是那种人。你只会窘迫地红着脸;腼腆地扔掉面包卷,在百老汇路上继续走去,无奈地摸索着缺掉钮扣的地方。你只会做这些事,除非你是那类保持着纯粹冒险精神的少数几个有福的人之一。

真正的冒险家为数不多。作为冒险家而名垂青史的,绝大多数是发明新方法的实业家。他们出来寻找他们所向往的东西——希腊神话里的金羊毛、耶稣最后晚餐用过的圣杯、女人的爱情、宝藏、王冠和名声。真正的冒险家没有一定目的,从不计较得失,只准备迎接不可知的命运。浪子就是一个很好的例子——特别是他开始回头的时候。

半吊子的冒险家——勇敢和杰出的人物——比比皆是。从十字军到帕利塞兹丘陵,他们丰富了历史和小说的艺术以及历史虚构小说的行业。但是他们每个人都想获奖,有目的,有私图,想标新立异,要扬名较真——因此他们不是真正的冒险家。

大城市里,浪漫史和冒险这对孪生精灵老是在外面寻找有价值的追求者。我们漫步街头时,他们在暗中窥视我们,以二十种不同的伪装向我们挑战。我们不知为什么突然抬头时,会看到窗里有一张似曾相识的脸;在阒静的大街上,我们听到一幢百叶窗紧闭的空房子里传出痛苦恐惧的叫喊;马车夫不在我们熟悉的街边停下，却把我们送到一个陌生的门口，而里面的人微笑着打开门请我们进去；机遇的高窗格里落下一张字条，飘到我们脚下；我们和匆匆经过的人群中某些陌生人互看了一眼，立刻产生了憎恨、喜爱和恐惧；突然下起暴雨——我们的伞可能为满月的女儿和恒星系的嫡堂兄弟遮风挡雨；每个街角上会有手绢掉落，有召唤我们的手势，有不容回避的眼光，失落的、孤独的、狂喜的、神秘的、危险的、变化不定的冒险线索滑进我们手中。但是我们大多不愿抓住它们追踪下去。我们受世俗之累，变得僵化了。我们继续前行；直到枯燥生活尽头的一天，回顾往事时，发现我们的浪漫史十分贫乏，无非是结过一两次婚，藏在保险箱里的一个缎子玫瑰花结，同暖气片的一辈子宿怨。

鲁多夫·斯坦纳是位真正的冒险家。晚上，他很少不离开那间在过道上隔出来的卧室，到外面去寻找意想不到的、惊人的遭遇。他觉得生活中最有趣的事情也许就在下一个街角上。他喜欢碰运气，甚至到了不可思议的地步。有两次，他不得不在派出所过夜；他一再遭到骗子和托儿巧妙的蒙骗；他经不住奉承诱惑，遭殃的是他的手表和钱。但他无怨无悔，热情不减，每次都接受挑战，在他欢乐的冒险经历里添上一笔浓墨重彩。

一晚，鲁多夫在老城中心贯穿全市的一条街上闲逛。人行道上有两股人流：一股匆匆赶回家，另一股从家里出来，流向挂着"客饭"招牌的、灯火辉煌、外观华丽的餐馆。

年轻的冒险家安详而留神地走着，他外表还讨人喜欢。白天，他是一家钢琴商店的推销员。他不用领带夹，而用黄玉环束住领带；有一次他去信告诉一家杂志的编辑，说利贝小姐写的《琼尼的爱情考验》是对他一生影响最大的书。

人行道上，放在一个玻璃柜子里咔哒咔哒直响的假牙，似乎把他的注意（以及恶心）先引到柜子后面的那家餐馆；再看一眼时，他发现了高挂在隔壁门口上面的牙医诊所的灯光招牌。一个高大的黑人穿着显眼的刺绣的红色上衣，黄色裤子，戴着一顶军帽，谨慎地向愿意接受的过路人分发卡片。

这种牙医小广告，对鲁多夫来说并不新鲜。通常他在分发卡片的人身边走过时不予理会；但是今天那个非洲人把卡片一下子塞进他手里，他竟接了下来，甚至因为手法的巧妙而微微一笑。

他朝前走了几码，随便看看卡片，诧异地发现竟是空白的。他好奇地把卡片翻个面，看到两个钢笔字："绿门"。鲁多夫注意到前面三步远的一个人把黑人给他的卡片扔在地上。他捡起来。上面印的是牙医的姓名地址,以及"托牙"、"齿桥"、"齿冠"等惯常的镶牙项目和"无痛"手术的漂亮保证。

好冒险的钢琴推销员在街角上站停,考虑了一会儿。接着,他穿过马路,走了一个街区,再穿过马路,加入前行的人流。他第二次经过黑人身边时,装出漫不经心的样子接过递给他的卡片。走了十步后,他看了一下。卡片上写着"绿门",字迹和第一张相同。人行道上还有三四张卡片,是他前面或后面的人扔掉的。鲁多夫把空白一面朝上的翻过来。上面都印有牙医诊所的广告。

作为冒险的真正追随者,鲁多夫很少需要两次邀请。但是那个头号捣蛋鬼已经邀请了两次,非弄明白不可。

鲁多夫慢慢走回到高大黑人所在的咔哒作响的柜子那里。这次经过时,他没有拿到卡片。那个埃塞俄比亚人的打扮虽然俗不可耐,但天生一种野性的尊严,他温和地把卡片递给某些人,对另一些人并不打扰。每隔半分钟,他像电车售票员或者大歌剧演员似的唱出一句刺耳的听不清楚的话。鲁多夫这次不仅没有拿到卡片,而且从那张发亮的大黑脸上看到一种冷漠的、几乎是鄙视的神情。

那种神情刺痛了冒险家。他认为那是在默默指责他智力低下。不论卡片上神秘的字样意味着什么,黑人从人群中两次选中了他;现在似乎在谴责他没有探索奥秘的智力和勇气。

年轻人靠边站着,避开人流,迅速地打量一下他认为隐藏冒险的那座房屋。房子有五层楼高。地下室是一家小餐馆。

底层像是一家卖女帽或者裘皮的商店,现在已经打烊。二层有灯光招牌的是牙医诊所。上面一层招牌的多种文字争先恐后地标明手相家、女装裁缝、乐师和医师的住所。再上面,遮严的窗帘和窗台上的空奶瓶说明是普通住家。

鲁多夫打量好之后,轻快地走上门前的石头高台阶,进了屋。他继续走上两层铺地毯的楼梯,在楼梯口站停。过道有两个煤气灯头,发出微弱的光线,右面一个离他较远,左面一个较近。他朝较近的那个望去,在它暗淡的光环下看到一扇绿门。他迟疑片刻,随即似乎看到了那个玩卡片把戏的非洲人的嘲笑,于是径直朝绿门走去,敲了几下。

屋里的人应门之前的几分钟,使真正的冒险家呼吸加速。绿色的门扇后面什么事都有可能!赌徒在玩牌;阴险的流氓布置好巧妙的圈套;敢作敢当的美人渴望得到爱情;危险、死亡、失望、丢人现眼——他鲁莽地敲门之后可能引起这中间的任何一件事。

屋里有微弱的窸窣声,门慢慢打开了。一个面色苍白、二十岁不到的姑娘晃晃悠悠地站在面前。她松开门把,摇晃了一下,另一只手摸索着,像是要抓住什么。鲁多夫赶紧扶住她,把她抱到靠墙的一张老旧的长沙发椅上。他关好门,借着颤动的煤气灯光扫视一下房间。他看到的是整洁,但是极度贫穷。

姑娘一动不动地躺着,仿佛晕了过去。应该让病人伏在大琵琶桶上,来回推动——不,不;那是抢救溺水的办法。他开始用他的圆顶礼帽替她扇风。这一招见了效,因为帽檐刮到她的鼻子,她睁开了眼睛。年轻人发现姑娘那张脸正是他心向神往的亲切肖像画廊里所缺的。坦诚的灰色眼睛,俏皮的小鼻子稍稍有点翘,拳曲的栗色头发像是豌豆藤的卷须,这一切仿佛是他奇妙冒险的理所当然的结局和回报。可是那张脸瘦削苍白得让人伤心。

姑娘平静地瞅着他,接着莞尔一笑。

"我晕了过去,是不是?"她无力地问道,"其实谁都会这样的。你三天没吃东西试试看!"

"哎哟!"鲁多夫嚷着跳起来,"你等着,我马上回来。"

他冲出绿门,跑下楼梯。二十分钟后,他又回来了,用鞋尖踢踢门,让她打开。他两臂抱着从食品店和餐馆买来的大包小包东西,放在桌上——面包和黄油、冷切肉、蛋糕、馅儿饼、酸黄瓜、一只烧鸡、一瓶牛奶和一瓶滚烫的红茶。

"岂有此理!"鲁多夫狂暴地说,"不吃东西哪能行。你可不能再和别人打赌干这种蠢事了。晚饭准备好啦。"

他扶姑娘坐到桌前的椅子上,问道:"有茶杯吗?""窗台上有一个,"她回说。当他拿了杯子转过身时,见她凭女人百试不爽的本能,已从纸袋里找到一罐迪尔牌酸黄瓜,眼睛闪着狂喜的光芒。他笑着拿下酸黄瓜,倒了一杯牛奶。"先喝这个,"他命令说,"再喝些茶,然后吃个鸡翅膀。你听话,黄瓜明天吃。现在如果你允许我做你的客人,我们一起吃晚饭吧。"

他拖来另一把椅子。喝了热茶后,姑娘的眼睛有了生气,脸色也好一些。她像某些野生动物那样,虽然饥饿,仍很讲究地大吃起来。她似乎认为那年轻人的到来,向她提供援助是理所当然的事情——倒不是她轻视习俗,而是极大的危难给了她抛开虚礼俗套、更注重人性的权利。但随着气力和舒适的恢复,应有的一些习俗感也逐渐恢复了;她开始把自己的小故事讲给他听。那是城市里每天都会遇到的、成千上百个稀松平常的故事之一：女售货员偏低的工资，"罚款"使工资进一步减少却使店方利润增加，病假扣发工资，然后是失去工作，失去希望，接着便是——冒险家敲响了绿门。

但在鲁多夫听来，这故事像《伊利亚特》史诗或者《琼尼的爱情考验》里的紧急关头那般重要。

"没想到你居然受过那么多苦。"他喊道。

"确实难以忍受。"姑娘沉重地说。

"你在这里难道没有亲友？"

"一个也没有。"

"我也是孤零零一个人。"鲁多夫迟疑一下说。

"那很好。"姑娘脱口说，年轻人听她赞赏自己孤苦伶仃的状况似乎有点高兴。

她突然垂下眼光，长叹一声。

"我困极了，"她说，"我觉得太舒服了。"

鲁多夫站起来，拿了帽子。

"那我就告辞了。好好睡一觉会对你有帮助的，晚安。"

他伸出手，她握住他的手，也说"晚安"。但是她的眼睛里露出一句问话，坦诚而伤感，无声胜过有声，他不由得用语言回答。

"哦，明天我再来看看你怎么样。你轻易摆脱不了我的。"

他走到门口时，她问道："你怎么会敲我的门的？"对她来说，他来到的事实远比来的缘由重要得多。

他瞅了她片刻，想起那些卡片，突然感到一阵痛苦的妒忌。假如那些卡片落到另一个和他一样喜欢冒险的人手里又会怎么样呢。他迅速做出决定，永远不让她知道真情。他永远不告诉她，他了解她在极端困难下采取的权宜之计。

"我们的一位钢琴调音师住在这幢楼里，"他说，"我弄错了，敲了你的门。"

在绿门关上之前，他在屋里最后看到的是她的微笑。

他在楼梯口站住，好奇地打量四周。然后他走到过道的尽头又走回来，再上一层楼，继续进行他困惑的探索。他发现楼里所有的房门都是绿色。

他大惑不解地到了人行道上。那个怪模怪样的非洲人还在。鲁多夫拿着他发的两张卡片上前询问。

"你能不能告诉我,你为什么给我这些卡片,是什么意思?"

黑人咧嘴笑了,露出一口白牙,替他主人的行业做了一个极好的广告。

"在那里,老板,"他指着街那头说,"不过恐怕已经赶不上第一幕了。"

鲁多夫朝他指点的方向望去,看见一家剧院入口处上方为新上演的戏剧打出的明亮的灯光广告:"绿门"。

"听说那是第一流的戏剧,老板,"黑人说,"演出经理给了我一块钱,让我分发医生广告时捎带发几张。我给你一张医生的卡片好不好,老板?"

鲁多夫在他所住那个街区拐角的小店里买了一杯啤酒和一支雪茄。他衔着点燃的雪茄出来,扣好上衣,把帽子朝后一推,断然对路灯柱说:

"反正一样,我认为是命运的手指引我找到了她。"

在这种情况下,这个结论当然让鲁多夫·斯坦纳进入了浪漫史和冒险的真正追随者的行列。

没有完的故事

如今人们提到地狱的火焰时,我们不再唉声叹气,把灰涂在自己头上了①。因为连传教的牧师也开始告诉我们说,上帝是镭锭,或是以太,或是某种科学的化合物;因此我们这伙坏人可能遭到的最恶的报应,无非只是个化学反应。这倒是一个可喜的假设;但是正教所启示的古老而巨大的恐怖,还有一部分依然存在。

你能海阔天空地信口开河,而不至于遭到驳斥的只有两种话题。你可以叙说你梦见的东西;还可以谈谈从鹦哥那儿听来的话。摩非斯②和鹦哥都不够证人资格,别人听到了你的高谈阔论也不敢指摘。我不在美丽的鹦哥的絮语中寻找素材,而挑了一个毫无根据的梦象作为主题,因为鹦哥说话的范围比较狭窄;那是我深感抱歉和遗憾的。

我做了一个梦,这个梦同《圣经》考证绝无关系,它只牵涉到那个历史悠久、值得敬畏、令人悲叹的末日审判问题。

加百列摊出了他的王牌;我们之中无法跟进的人只得被提去受审③。我看到一边是些穿着庄严的黑袍,反扣着硬领的职业保人④,但是他们自己的职权似乎出了一些问题,所以他们不像是保得了我们中间任何一个人的样子。

一个包探——也就是充当警察的天使——向我飞过来,挟了我的左臂就走。附近候审的是一群看上去境况极好的鬼灵。

"你是那一拨人里面的吗?"警察问道。

---

① 犹太风俗,悲切忏悔时,身穿麻衣,须发涂灰。
② 摩非斯,罗马神话中的梦神,为睡神之子。
③ 加百列,希伯来神话中最高级的天使之一,上帝的主要传达吏,据说末日审判时的号角将由他吹响。原文中"王牌"与"号声"相同,原意是"天堂门开,天使吹响了他的号角"。
④ 指教会的神职人员。

"他们是谁呀?"我反问说。

"嘿,"他说,"他们是——"

这些题外的闲话已经占去正文应有的篇幅,我暂且不谈它了。

达尔西在一家百货公司工作。她经售的可能是汉堡的花边,或是呢绒,或是汽车,或是百货公司常备的小饰物之类的商品。达尔西在她所创造的财富中,每星期只领到六块钱。其余的在上帝经管的总账上——哦,牧师先生,你说那叫"原始能量"吗?好吧,就算"原始能量总账"吧——记在某一个人名下的贷方,达尔西名下的借方。

达尔西进公司后的第一年,每星期只有五块钱工资。要研究她怎样靠那个数目来维持生活,倒是一件给人以启发的事。你不感兴趣吗?好吧,也许你对大一些的数目才感兴趣。六块钱是个较大的数目。我来告诉你,她怎样用六块钱来维持一星期的生活吧。

一天下午六点钟,达尔西在距离延髓八分之一英寸的地方插帽针时,对她的好友——老是侧着左身接待主顾的姑娘——萨迪说:

"喂,萨迪,今晚我跟皮吉约好了去吃饭。"

"真的吗!"萨迪羡慕地嚷道,"唷,你真运气。皮吉是个大阔佬;他总是带着姑娘上阔气的地方去。有一晚,他带了布兰奇上霍夫曼大饭店,那儿的音乐真棒,还可以看到许多阔佬。你准会玩得痛快的,达尔西。"

达尔西急急忙忙地赶回家去。她的眼睛闪闪发亮,她的脸颊泛出了生命的娇红——真正的生命的曙光。那天是星期五;她上星期的工资还剩下五毛钱。

街道上挤满了潮水般下班回家的人们。百老汇路的电灯光亮夺目,招致几英里、几里格①,甚至几百里格以外的飞蛾从黑暗中扑来,参加焦头烂额的锻炼。衣冠楚楚,面目模糊不清,像是海员养老院里的老水手在樱桃核上刻出来的男人们,扭过头来凝视着一意奔跑,打他们身边经过的达尔西。曼哈顿,这朵晚上开放的仙人掌花,开始舒展它那颜色死白,气味浓烈的花瓣了。

达尔西在一家卖便宜货的商店里停了一下,用她的五毛钱买了一条仿花边的纸衣领。那笔款子本来另有用途——晚饭一毛五,早饭一毛,中饭一毛。另外一毛是准备加进她那寒酸的储蓄里的;五分钱准备浪费在甘草糖上——

---

① 里格,长度名,约合 3 英里。

那种糖能使你的脸颊鼓得像牙痛似的,含化的时间也像牙痛那么长。吃甘草糖是一种奢侈——几乎是狂欢——可是没有乐趣的生活又算是什么呢?

达尔西住的是一间连家具出租的房间。这种房间同包伙食的寄宿舍是有区别的。住在这种屋子里,挨饿的时候别人是不会知道的。

达尔西上楼到她的房间里去——西区一座褐石房屋的三楼后房。她点上煤气灯。科学家告诉我们,金刚石是世界上最坚硬的物质。他们错了。房东太太掌握了一种化合物,同它一比,连金刚石都软得像油灰了。她们把这种东西塞在煤气灯灯头上,任你站在椅子上挖得手指发红起泡,仍旧白搭。发针不能动它分毫,所以我们姑且管它叫做"牢不可移的"吧。

达尔西点燃了煤气灯。在那相当于四分之一支烛光的灯光下,我们来看看这个房间。

榻床,梳妆台,桌子,洗脸架,椅子——造孽的房东太太所提供的全在这儿了。其余是达尔西自己的。她的宝贝摆在梳妆台上:萨迪送给她的一个描金瓷瓶,腌菜作坊送的一组日历,一本详梦的书,一些盛在玻璃碟子里的扑粉,以及一束扎着粉红色缎带的假樱桃。

那面起皱的镜子前靠着基钦纳将军、威廉·马尔登、马尔巴勒公爵夫人[①]和本范努托·切利尼的相片。一面墙上挂着一个戴罗马式头盔的爱尔兰人的石膏像饰板,旁边有一幅色彩强烈的石印油画,画的是一个淡黄色的孩子在捉弄一只火红色的蝴蝶。达尔西认为那是登峰造极的艺术作品;也没有人对此提出反对意见。从没有人私下议论这幅画的真赝而使她心中不安,也从没有批评家来奚落她的幼年昆虫学家。

皮吉说好七点钟来邀她。她正在迅速地打扮准备,我们不要冒昧,且掉过脸去,随便聊聊。

达尔西这个房间的租金是每星期两块钱。平日,她早饭花一毛钱。她一面穿衣服,一面在煤气灯上煮咖啡,煎一只蛋。星期日早晨,她花上两毛五分钱在比利饭馆阔气地大吃小牛肉排和菠萝油煎饼——还给女侍者一毛钱的小账。纽约市有这么多的诱惑,很容易使人趋于奢华。她在百货公司的餐室里包了饭;每星期中饭是六毛钱,晚饭是一块零五分。那些晚报——你说有哪个

---

① 基钦纳将军(1850—1916),第一次世界大战中英国的名将,曾任陆军元帅和陆军大臣。马尔巴勒公爵夫人,马尔巴勒系英国世袭公爵的称号,第一任约翰·丘吉尔(1650—1722)为第二次世界大战期间英国首相温斯顿·丘吉尔的祖先。

纽约人不看报纸的！——要花六分钱；两份星期日的报纸——一份是买来看招聘广告栏的，另一份是预备细读的——要一毛钱。总数是四块七毛六分。然而，你总得添置些衣服，还有……

我没法算下去了。我常听说有便宜得惊人的衣料和针线做出来的奇迹；但是我始终表示怀疑。我很想在达尔西的生活里加上一些根据那神圣、自然、既无明文规定又不生效的天理的法令而应该是属于女人的乐趣，可是我搁笔长叹，没法写了。她去过两次康奈岛，骑过轮转木马。一个人盼望乐趣要以年份而不是以钟点为期，也未免太乏味了。

形容皮吉只要一个词儿。姑娘们提到他时，高贵的猪族就蒙上了不应有的污名。在那本蓝封皮的老拼音读本中，有三个字母拼成生字的一课就是皮吉的外传。他长得肥胖，有着耗子的心灵，蝙蝠的习性和狸猫那爱戏弄捕获物的脾气①……他衣着华贵，是鉴别饥饿的专家。他只要朝一个女店员瞅上一眼，就能告诉你，她多久没有吃到比茶和棉花糖更有营养的东西了，并且误差不会超出一小时。他老是在商业区徘徊，在百货公司里打转，相机邀请女店员们下馆子。连街上牵着绳子遛狗的人都瞧不起他。他是个典型；我不能再写他了；我的笔不是为他服务的；我不是木匠。

七点差十分的时候，达尔西准备停当了。她在那面起皱的镜子里照了一下。照出来的形象很称心。那套深蓝色的衣服非常合身，带着飘拂的黑羽毛的帽子，稍微有点脏的手套——这一切都代表苦苦地省吃俭用——都非常漂亮。

达尔西暂时忘了一切，只觉得自己是美丽的，生活就要把它神秘的帷幕揭开一角，让她欣赏它的神奇。以前从没有男人邀请她出去过。现在她居然就要投入那种绚烂夺目的高贵生活中去，在里面逗留片刻了。

姑娘们说，皮吉是舍得花钱的。一定会有一顿丰盛的大餐，音乐，还有服饰华丽的女人可以看，有姑娘们讲得下巴都要掉下来的好东西可以吃。无疑的，她下次还会被邀请出去。

在她所熟悉的一个橱窗里，有一件蓝色的柞蚕丝绸衣服——如果每星期的储蓄从一毛钱增加到两毛，在——让我们算算看——喔，得积上好几年呢！

---

① "肥胖"，"耗子"，"蝙蝠"，"狸猫"（fat, rat, bat, cat）在英语中都由三个字母组成。"皮吉"（Piggy）意为"小猪"。

但是七马路有一家旧货商店,那儿……

有人敲门。达尔西把门打开。房东太太站在那儿,脸上堆着假笑,嗅嗅有没有偷用煤气烧食物的气味。

"楼下有一位先生要见你,"她说,"姓威金斯。"

对于那些把皮吉当做一回事的倒霉女人,皮吉总是用那个姓出面。

达尔西转向梳妆台去拿手帕;她突然停住了,使劲咬着下唇。先前她照镜子的时候,只看到仙境里的自己,仿佛刚从大梦中醒过来的公主。她忘了有一个人带着忧郁、美妙而严肃的眼神在瞅她——只有这个人关心她的行为,或是赞成,或是反对。他的身材颀长笔挺,他那英俊而忧郁的脸上带着伤心和谴责的神情,那是基钦纳将军从梳妆台上的描金镜框里用他奇妙的眼睛在瞪着她。

达尔西像一个自动玩偶似的转过身来向着房东太太。

"对他说我不能去了。"她呆呆地说,"对他说我病了,或者随便找些理由。对他说我不出去了。"

等房门关上锁好之后,达尔西扑在床上,压坏了黑帽饰,哭了十分钟。基钦纳将军是她惟一的朋友。他是达尔西理想中的英武的男子汉。他好像怀有隐痛,他的胡髭美妙得难以形容,他眼睛里那严肃而温存的神色使她有些畏惧。她私下里常常幻想,但愿有一天他佩着碰在长靴上铿锵作响的宝剑,专诚降临这所房屋来看她。有一次,一个小孩用一段铁链把灯柱刮得嘎嘎发响,她竟然打开窗子,伸出头去看看。可是大失所望。据她所知,基钦纳将军远在日本①,正率领大军同野蛮的土耳其人作战;他绝不会为了她从那描金镜框里蹑出来的。可是那天晚上,基钦纳的一瞥却把皮吉打垮了。是的,至少在那一晚是这样的。

达尔西哭过之后站起来,把身上那套外出时穿的衣服脱掉,换上蓝色的旧睡袍。她不想吃饭了。她唱了两节《萨美》歌曲。接着,她对鼻子旁边的一个小粉刺产生了强烈的兴趣。那桩事做完后,她把椅子拖到那张站不稳的桌子边,用一副旧纸牌替自己算命。

"可恶无礼的家伙!"她脱口说道,"我的谈吐和举止有哪些使他起意的地方!"

九点钟,达尔西从箱子里取出一盒饼干和一小罐木莓果酱,大吃了一顿。

---

① 基钦纳于 1910 年前后去澳大利亚及新西兰视察,先此,曾前往日本游历。

她敬了基钦纳将军一块涂好果酱的饼干;但是基钦纳却像斯芬克斯①望蝴蝶飞舞似的望着她——如果沙漠里也有蝴蝶的话。

"你不爱吃就别吃好啦。"达尔西说,"何必这样神气活现地瞪着眼责备我。如果你每星期也靠六块钱来维持生活,我倒想知道,你是不是仍旧这样优越,这样神气。"

达尔西对基钦纳将军不敬并不是个好现象。接着,她用严厉的姿态把本范努托·切利尼的脸翻了过去。那倒不是不可原谅的;因为她总把他当做亨利八世②,对他很不满意。

九点半钟,达尔西对梳妆台上的相片看了最后一眼,便熄了灯,跳上床去。临睡前还向基钦纳将军、威廉·马尔登、马尔巴勒公爵夫人和本范努托·切利尼行了一个晚安注目礼,真是不痛快的事情。

到这里为止,这个故事并不说明问题。其余的情节是后来发生的——有一次,皮吉再请达尔西一起下馆子,她比平时更感到寂寞,而基钦纳将军的眼光碰巧又望着别处;于是——

我在前面说过,我梦见自己站在一群境况很好的鬼灵旁边,一个警察挟着我的胳臂,问我是不是同那群人一起的。

"他们是谁呀?"我问。

"唷,"他说,"他们是那种雇用女工,每星期给她们五六块钱维持生活的老板。你是那群人里面的吗?"

"对天起誓,我绝对不是。"我说,"我的罪孽没有那么重,我只不过放火烧了一所孤儿院,为了少许钱财谋害了一个瞎子的性命。"

---

① 斯芬克斯,希腊的斯芬克斯是女首狮身展翅的石像;在埃及的是男首狮身无翼的石像,在大金字塔附近。
② 亨利八世(1491—1547),英国国王,他曾多次离婚,并处决过第二个妻子。

忙碌经纪人的浪漫史

证券经纪人哈维·麦克斯韦尔事务所的机要秘书皮彻,在上午九点半的时候,看到他的老板和那个年轻的女速记员一起匆匆进来,他那往常毫无表情的脸上不禁露出了一丝诧异和好奇。麦克斯韦尔飞快地说了声"早上好,皮彻",就朝他的办公桌冲去,仿佛要跳过它似的。接着,他就埋头在一大堆等着他处理的信件和电报里。

那个年轻姑娘已经替麦克斯韦尔当了一年速记员。她的美丽是一般速记员所没有的。她并不采用那种华丽诱人的庞巴杜式①的发型,也不戴什么项链、手镯、鸡心之类的东西。她根本没有准备接受人家邀请去吃饭的神气。她的灰色衣服虽然很朴素,但穿在她身上非但合适,而且文雅。她那俊俏的黑头巾帽上插了一支金绿色的鹦鹉羽毛。今天上午,她身上有一种温柔而羞怯的光辉。她的眼睛梦也似的晶莹,她的脸颊桃花般的娇艳,脸上还带着幸福的神色和追怀的情调。

皮彻仍旧有点好奇,注意到她今天早晨的举止有些异样。她不像往常那样,径直走进她办公桌所在的套间,却有点踌躇不决地逗留在外面的办公室里。有一次,她挨近麦克斯韦尔的办公桌,近得仿佛要让他知道自己在场。

坐在办公桌前的人简直成了一部机器;它是一个忙碌的纽约市的经纪人,由好些营营作响的齿轮和正在展开的发条推动着。

"哦——怎么? 有事吗?"麦克斯韦尔粗声粗气地问道。他那些拆开了的信件堆在那张杂乱的办公桌上,好像舞台上的假雪。他那锐利的灰色眼睛唐突而不近人情,有点不耐烦地扫了她一下。

---

① 庞巴杜式,18 世纪盛行的一种从四面往上梳拢,松而高的头发样式,为法国国王路易十五的情妇庞巴杜首创。

"没事。"速记员回道,微笑着走开了。

"皮彻先生,"她对机要秘书说,"麦克斯韦尔先生昨天有没有对你说起另请一个速记员?"

"说过。"皮彻回道,"他吩咐我另找一位。昨天下午我就通知了介绍所,让他们今早送几个来看看。现在已经九点四十五分了,可是还没有哪一个戴花哨帽子或者嚼菠萝口香糖的来过。"

"那么,在有人顶替之前,"那年轻女人说,"我照常工作好啦。"她说罢走到自己的办公桌前,把那顶插着金绿色鹦鹉毛的黑头巾帽挂在老地方。

谁没见过一个生意大忙时的纽约经纪人,谁就没有资格当人类学家。诗人歌颂了"灿烂的生命中一个忙碌的时辰"①。对经纪人来说,不但时辰是忙碌的,他的每一分每一秒也都忙碌不堪,仿佛挤满了乘客的车厢,前后站台都没有插足的余地。

今天正是哈维·麦克斯韦尔的忙日。股票行情自动收录器开始痉挛地吐出一卷卷的纸条,电话机犯了不断营营发响的毛病。人们开始拥进事务所,在栏杆外探进身来向他呼唤,有的高兴,有的慌张,有的疾言厉色,有的刻薄狠毒。送信的小厮捧着信件和电报奔进奔出。事务所里的办事员跳来跳去,活像风暴发作时船上的水手。连皮彻那不露声色的脸上也泛起了近似有生气的神态。

交易所里有了飓风,山崩,暴风雪,冰川移动和火山爆发;自然界的剧变在经纪人的事务所里小规模地重演了。麦克斯韦尔把椅子往墙边一推,腾出身子来处理业务,忙得仿佛在跳脚尖舞。他从股票行情自动收录器跳到电话机旁,从办公桌边跳到门口,灵活得像是一个训练有素的小丑。

正在这个忙得不可开交,愈来愈紧张的当口,经纪人忽然瞥见一堆高耸的金黄色头发,上面是一顶颤动的丝绒帽子和驼毛帽饰,一件充海豹皮的短外衣,一串几乎垂到地板、胡桃大的珠项链和一个银鸡心。同这些附属品有关联的是一个从容不迫的年轻姑娘,皮彻正准备介绍。

"速记员介绍所派来的小姐,来应聘的。"皮彻说。

麦克斯韦尔打了半个转身,双手还捧着一堆纸张和股票行情的纸条。

---

① 诗人指托马斯·莫当特(1730—1809)。他的《蜜蜂》一诗中有"灿烂的生命中一个忙碌的时辰,抵得上一世纪的默默无闻"句。

"应什么聘?"他皱皱眉头说。

"应聘当速记员。"皮彻说,"昨天你吩咐我打电话,叫他们今早晨派一个来。"

"你头脑搞糊涂了,皮彻。"麦克斯韦尔说,"我干吗要这样吩咐你?莱斯利小姐在这儿的一年里工作令人十分满意。只要她愿意继续干下去,这个职位永远是她的。对不起,小姐,这儿并没有空位置。皮彻,赶快向介绍所取消要人的话,别再引谁进来啦。"

那个银鸡心晃晃荡荡,不听指挥地在办公室的家具上磕磕碰碰,愤愤离去。皮彻在百忙中对簿记员说,老板近来好像越发心不在焉,越发容易忘事了。

业务越来越忙,节奏越来越快。麦克斯韦尔的顾客投资很多的股票有五六种在市场上受到严重打击。买进卖出的单据像飞燕穿帘般地递来递去。他自己持有的股票有几种也遭到了危险,他像一部高速运转、精巧坚固的机器——紧张万分,开足马力,正确精密,从不犹豫,言语、动作和决断都像钟表的机件那样恰当而迅速。证券和公债,借款和抵押,保证金和担保品——这是一个金融的世界,其中没有容纳人类世界或是自然界的丝毫空隙。

将近午餐时间,喧嚣暂时平静下来。

麦克斯韦尔站在办公桌边,手里满是电报和备忘便条,右耳上夹着一支自来水笔,一绺绺的头发凌乱地垂在前额上。他的窗子是打开的,因为可爱的女门房,春天姑娘,已经在大地的暖气管里添了一些热气。

窗口飘进了一股迷惘的气息——或许是失落了的气息——一股紫丁香优雅的甜香,刹那间使经纪人动弹不得。因为这种气息是属于莱斯利小姐的;是她的,只是她一个人的。

那股气息使她的容貌栩栩如生地,几乎是触摸得到地显现在他眼前。金融的世界突然缩成一个遥远的小黑点。她就在隔壁房间里——相去不出二十步远。

"天哪,我现在就去。"麦克斯韦尔脱口说了出来,"我现在就去要求她。我不明白为什么早不去做。"

他一股劲儿冲进里面的办公室,像一个做空头的人急于补进一样①。他

---

① 在证券交易中,行情看跌时,投机商大量抛出期货,等价格下落时再购进,从中盈利;与"多头"相反。

向速记员的办公桌冲过去。

"莱斯利小姐,"他匆匆开口说,"我只有一点空闲。我利用它来说几句话。你愿意做我的妻子吗?我实在没有时间用普通的方式跟你谈情说爱,但是我确实爱你。请你快回答吧——那帮人正在抢购太平洋铁路的股票呢。"

"喔,你说什么?"年轻女人嚷道。她站了起来,眼睛睁得大大地盯着他。

"你不明白吗?"麦克斯韦尔着急地说,"我要求你跟我结婚。我爱你,莱斯利小姐。我早就想对你说了。所以事情稍微少一点时就抽空跑来。他们又打电话找我了。皮彻,让他们等一会儿。你肯不肯,莱斯利小姐?"

速记员的举动非常蹊跷。起先她似乎诧异得愣住了;接着,泪水从她惊讶的眼睛里流下来;之后,她泪花晶莹地愉快地笑了,一条胳臂温柔地勾住经纪人的脖子。

"我现在懂得啦,"她柔声说,"这种生意经使你把什么都忘了。起初我吓了一跳。难道你不记得了吗,哈维?我们昨晚八点钟在街角的小教堂里举行过婚礼啦。"

二 十 年 后

巡逻的警察昂首阔步地走在大街上。他的昂首阔步是出于习惯,不是故意做作,因为街上没有旁观者。现在是晚上,不到十点钟,但是一阵阵带着雨意的寒风吹得街上几乎阒无一人。

他把手中的警棍挥舞出各种复杂的花样,一面巡逻,一面试试沿街的大门是不是锁好,不时还警惕地朝平静的马路望上一眼。这个警察身材高大,走路稍稍有点摇摆,是治安守护人的极好写照。附近一带的居民早睡早起。偶尔可以看到一家雪茄烟铺或者一家通宵快餐店还有灯火;大多数商家早已打烊。

巡逻到街区一半时,警察突然放慢了脚步。有个男子靠在一家熄了灯的五金店门口,嘴上叼着一支没有点燃的雪茄。警察走近时,那人马上开口了。

"没事儿,警官,"他让人安心地说,"我在等一个朋友。二十年前定下的约会。你听了也许觉得有点好笑,可不是吗?如果你想搞清楚,我可以解释一下。二十来年前,这家店铺所在的地方是个餐馆——'大乔'布雷迪的餐馆。"

"五年前还在,"警察说,"后来就推倒翻建了。"

门口的男人划了一根火柴,点燃雪茄。火光照亮了一张苍白的方下巴的脸,他的目光锐利,右眉旁边有一道白色的小伤疤。他的领带别针镶了一颗硕大的钻石,很刺眼。

"二十年前的今晚,"那人说,"我在这里的'大乔'布雷迪餐馆和杰米·韦尔斯一起吃饭,杰米是我最好的朋友,世上最好的人。他和我像两兄弟似的一起在纽约长大。当时我十八岁,杰米二十。第二天,我准备去西部闯荡一番。你简直没法劝说杰米离开纽约;他认为世上惟有纽约最好。于是我们那晚约定,二十年后的同一天、同一时间再在老地方见面,不管我们那时的境况如何,不管要从多远的地方赶来。我们估计二十年后我们各自的命运都应该定了型,都应该有所作为。"

"听来很有意思,"警察说,"虽然我觉得约会的时间长了一些。你离开以后,有没有你朋友的音讯?"

"有一段时间,我们互通音讯,"那人说,"可是一两年后失去了联系。你知道西部是个大地方,我东跑西颠忙得很。但我敢肯定,杰米只要在世一定会来和我见面,他是世上最忠诚、最靠得住的老朋友。他不会忘记的。今晚我站在这个门口,如果我的老伙伴也来,那我千里迢迢跑一趟也不冤枉。"

等候朋友的那人掏出一块表盖镶着小粒钻石的漂亮的怀表。

"十点差三分,"他宣布说。"当初我们在这家餐馆门口分手的时候是十点整。"

"你在西部混得不错吧。"警察问道。

"那还用说!杰米能做到我的一半就好了,他虽然是个好人,但太老实。我不得不同最精明的人竞争才攒到现有的这些钱财。人在纽约会养成惰性。到了西部非精明不可。"

警察挥动着棍子,走了一两步。

"我得走了。希望你的朋友能来赴约。到了点如果还不来,你是不是就不等了?"

"当然不会!"那人说,"我至少再等他半小时。杰米还活在世上的话,半小时内准能来。再见啦,警官。"

"晚安,先生。"警察说着继续往前巡逻,一路检查门锁。

这时下起了牛毛细雨,风也开始刮个不停。路上少数几个行人翻起外衣领子,双手插在口袋里,默默地、凄凉地快步走着。五金店门口那个赶了一千英里路来同年轻时期的朋友会面的人抽着雪茄,等待那个玄乎得有点荒谬的约会。

他等了二十分钟左右,对面来了一个穿长大衣、领子翻起遮到耳朵那儿的高大的人,匆匆穿过马路,笔直走向等候的人。

"是你吗,鲍勃?"来人没把握地发问。

"是你吗,杰米·韦尔斯?"门口的人嚷了起来。

"哎呀呀!"来人也喊出声,双手握住对方的手,"真是鲍勃,一点不错。我相信只要你还活着,一定能在这里见到你。好啊,好啊!——二十年可不短。老餐馆已经拆了,鲍勃;我希望它还在,我们又可以在这里吃顿饭。西部对你怎么样,老伙伴?"

"好极了;西部给了我所要的一切。杰米,你的变化真大。我没想到你居然会比以前高出两三英寸。"

"哦,我二十岁后又长高一点。"

"你在纽约混得不错吧,杰米?"

"马马虎虎。我在市政部门有份工作。来吧,鲍勃;我们去我熟悉的一个地方,好好叙叙旧。"

两个男人手挽手走去。西部来的人为自己的成功得意洋洋,开始介绍他的经历。另一个人把大衣捂得严严的,听得有滋有味。

街角有一家药铺,灯光明亮。两人到了明处,不约而同地看看对方的脸。

西部来的人突然站停,抽出手臂。

"你不是杰米·韦尔斯,"他厉声说,"二十年固然很长,但不至于让一个人笔直的鼻子变塌吧。"

"有时候二十年能让一个好人变成坏人,"高个子说,"你在十分钟前已经被捕了,'纨绔'鲍勃。芝加哥警方估计你可能路过我们这儿,来电报说想同你聊聊。放聪明些,别乱动。这就对了。我们去警察局前,我这里有一张别人托我转交的便条。你可以在橱窗灯光下看看。是巡警韦尔斯给你的。"

西部来的人打开交给他的便条。刚看的时候,他的手很稳,看完后却发抖了。便条相当短。

> 鲍勃:我准时到了约定的地点。你划火柴点雪茄时,我发现你正是芝加哥通缉的人。我自己下不了手,便找了一个便衣代劳。

杰 米

华 而 不 实

托尔斯·钱德勒先生在他那间在过道上隔成的卧室里熨晚礼服。一只熨斗烧在小煤气炉上，另一只熨斗拿在手里，使劲地来回推动，以便压出一道合意的褶子，待会儿从钱德勒先生的漆皮鞋到低领坎肩的下摆就可以看到两条笔挺的裤线了。关于这位主角的修饰，我们所能了解的只以此为限。其余的事情让那些既落魄又讲究气派，不得不想些寒酸的变通办法的人去猜测吧。我们再看到他的时候，他已经打扮得整整齐齐，一丝不苟，安详、大方、潇洒地走下寄宿舍的台阶——正如典型的纽约公子哥儿那样，略带厌烦的神情，出去寻求晚间的消遣。

钱德勒的酬劳是每周十八块钱。他在一位建筑师的事务所里工作。他只有二十二岁；他认为建筑是一门真正的艺术；并且确实相信——虽然不敢在纽约说这句话——钢筋水泥的弗拉特艾荣大厦的设计要比米兰大教堂①的差劲。

钱德勒从每星期的收入中留出一块钱。凑满十星期以后，他用这笔累积起来的额外资金在吝啬的时间老人的廉价物品部购买一个绅士排场的夜晚。他把自己打扮成百万富翁或总经理的样子，到生活十分绚丽辉煌的场所去一次，在那儿吃一顿精致豪华的晚饭。一个人有了十块钱，就可以周周全全地充当几小时富裕的有闲阶级。这笔钱足够应付一顿经过仔细斟酌的饭菜，一瓶像样的酒，适当的小账，一支雪茄，车费，以及一般杂费。

从每七十个沉闷的夜晚撷取一个愉快的晚上，对钱德勒来说，是终古常新的幸福的源泉。名门闺秀首次进入社交界，一辈子中只有刚成年时的那一次；即使到了白发苍苍的年岁，她们仍旧把第一次的旖旎风光当做惟一值得回忆

---

① 米兰是意大利北部伦巴第区的首府，14 世纪时建立的哥特式大教堂闻名于世。

的往事。可是对于钱德勒来说，每十星期带来的欢乐仍旧同第一次那样强烈、激动和新鲜。同讲究饮食的人一起，坐在棕榈掩映、乐声悠扬的环境里，望着这样一个人间天堂的老主顾们，同时让自己成为他们观看的对象，相比之下，一个少女的初次跳舞和短袖的薄纱衣服又算得上什么呢？

钱德勒走在百老汇路上，仿佛加入了晚间穿正式礼服的阅兵式。今晚，他不仅是旁观者，还是供人观看的人物。在以后的六十九个晚上，他将穿着粗呢裤和毛线衫，在低档饭馆里吃吃客饭，或是在小饭摊上来一客快餐，或是在自己的卧室里啃三明治、喝啤酒。他愿意这样做，因为他是这个夜夜元宵的大城市的真正的儿子。对于他，出一夜风头就足以弥补许多暗淡的日子。

钱德勒放慢了脚步，一直走到第四十几号街开始同那条灯光辉耀的欢乐大街①相衔接的地方。时间还早呢，每七十天只在时髦社会里待上一天的人，总爱延长他的欢乐。各种眼光，明亮的、阴险的、好奇的、欣羡的、挑逗的和迷人的，纷纷向他投来，因为他的衣着和气派说明他是拥护及时行乐的信徒。

他在一个拐角上站住，心里盘算着，是不是要折回到他在特别挥霍的夜晚往往要照顾的豪华时髦的饭馆去。那当儿，一个姑娘轻快地跑过拐角，在一块冻硬的雪上滑了一下，咕咚一声摔倒在人行道上。

钱德勒连忙关切而彬彬有礼地扶她起来。姑娘一瘸一拐地向一幢房屋走去，靠在墙上，端庄地向他道了谢。

"我的脚踝大概扭伤了。"她说，"摔倒时崴了一下。"

"疼得厉害吗？"钱德勒问道。

"只在着力的时候才疼。我想过一小会儿就能走路的。"

"假如还有什么地方要我帮忙，"年轻人建议道，"比如说，雇一辆车子，或者——"

"谢谢你。"姑娘恳切地轻声说，"你千万别再费心啦。只怪我自己不小心。我的鞋子再实用也没有了，不能怪我的鞋跟。"

钱德勒打量了那姑娘一下，发觉自己很快就对她有了好感。她有一种娴雅的美；她的眼光又愉快又和善。她穿一身朴素的黑衣服，像是一般女店员的打扮。她那顶便宜的黑草帽底下露出了光泽的深褐色发卷，草帽上没有别的装饰，只有一条丝绒带打成的蝴蝶结。她很可以成为自食其力的职业妇女中

---

① 指百老汇路。

最优秀的典型。

年轻的建筑师突然萌生了一个念头。他要请这个姑娘同他一起去吃饭。他的周期性的壮举固然痛快，但缺少一个因素，总令人感到枯寂；如今这个因素就在眼前。倘若能有一位有教养的小姐做伴，他那短暂的豪兴就加倍有劲了。他敢肯定这个姑娘是有教养的——她的态度和谈吐已经说明了这一点。尽管她打扮得十分朴素，钱德勒觉得能跟她一起吃饭还是愉快的。

这些想法飞快地掠过脑际，他决定邀请她。不错，这种做法不很礼貌，但是职业妇女在这类事情上往往不拘泥于形式。在判断男人方面，她们一般都很精明；并且把自己的判断能力看得比那些无聊的习俗更重。他的十块钱，如果用得恰当，也够他们两人美美地吃一顿。毫无疑问，在这个姑娘沉闷刻板的生活中，这顿饭准能成为一个意想不到的经历；她因这顿饭而产生的深切感激也准能增加他的得意和快乐。

"我认为，"他坦率而庄重地对她说，"你的脚需要休息的时间，比你想象的要长些。现在我提出一个两全其美的办法，你既可以让它休息一下，又可以赏我一个脸。你刚才跑过拐角摔跤的时候，我独自一个人正要去吃饭。你同我一起去吧，让我们舒舒服服地吃顿饭，愉快地聊聊。吃完饭后，我想你那扭伤的脚踝就能愉快地带你回家了。"

姑娘飞快地抬起头，对钱德勒清秀和蔼的面孔瞅了一眼。她的眼睛非常明亮地闪了一下，天真地笑了起来。

"可是我们互相并不认识呀——这样不太合适吧，是吗？"她迟疑地说。

"没有什么不合适。"年轻人直率地说，"请允许我介绍一下自己——托尔斯·钱德勒。我一定尽可能使我们这顿饭吃得满意，之后我就跟你分手告别，或者伴送你回家，你爱怎么办就怎么办。"

"哎呀！"姑娘朝钱德勒那一丝不苟的衣服瞟了一眼，说道，"我穿着这套旧衣服，戴着这顶旧帽子去吃饭吗！"

"那有什么关系。"钱德勒爽快地说，"我敢说，你就这样打扮，要比我们将看到的任何一个穿最讲究的宴会服的人更有风度。"

"我的脚踝确实还疼。"姑娘试了一步，承认说，"我想我愿意接受你的邀请，钱德勒先生。你不妨称呼我——玛丽安小姐。"

"那么来吧，玛丽安小姐，"年轻的建筑师兴致勃勃然而非常有礼貌地说，"你不用走很多路。再过一个街口就有一家很不错的饭馆。你恐怕要扶着我的胳臂——对啦——慢慢地走。独自一个人吃饭实在太无聊了。你在冰上滑了一跤,倒有点成全我呢。"

他们两人在一张摆设齐全的桌子旁就座,一个能干的侍者在附近殷勤伺候。这时,钱德勒开始感到了他的定期外出一向会带给他的真正的快乐。

这家饭馆的华丽阔气不及他一向喜欢的,在百老汇路上再过去一点的那一家,但是也相差无几。饭馆里满是衣冠楚楚的顾客,还有一个很好的乐队,演奏着轻柔的音乐,足以使谈话成为乐事;此外,烹调和招待也都是无可挑剔的。他的同伴,尽管穿戴得并不讲究,但自有一种风韵,把她容貌和身段的天然妩媚衬托得格外出色。可以肯定地说,在她望着钱德勒那生气勃勃而又沉着的态度,以及灼热而又坦率的蓝眼睛时,她自己秀丽的脸上也流露出一种近似爱慕的神情。

接着,曼哈顿的疯狂,庸人自扰和沾沾自喜的骚乱,吹牛夸口的杆菌,装模作样的疫病感染了托尔斯·钱德勒。此时此刻,他在百老汇路上,周围一派繁华,何况还有许多眼睛在注视着他。在那个喜剧舞台上,他假想自己当晚的角色是一个时髦的纨绔子弟和家拥巨资,趣味高雅的有闲阶级。他已经穿上这个角色的服装,非演出不可了;所有守护天使都拦不住他了。

于是,他开始向玛丽安小姐夸说俱乐部,茶会,高尔夫球,骑马,狩猎,交谊舞,国外旅游等等,同时还隐隐约约地提起停泊在拉奇蒙特港口的私人游艇。他发现这种没边没际的谈话深深地打动了她,所以又信口诌了一些暗示巨富的话,亲昵地提出几个无产阶级听了就头痛的姓名,来加强演出效果。这是钱德勒的短暂而难得的机会,他抓紧时机,尽量榨取最大限度的乐趣。他的自我陶醉在他与一切事物之间撒下了一张雾网,然而有一两次,他还是看到了这位姑娘的纯真从雾网中透射出来。

"你讲的这种生活方式,"她说,"听来是多么空虚,多么没有意义啊。难道你在世上就没有别的工作可做,使你更感到兴趣吗?"

"我亲爱的玛丽安小姐,"他嚷了起来,"工作!你想想看,每天吃饭都要换礼服,一个下午走五六家串门——每个街角上都有警察注意着你,只要你的汽车开得比驴车快一点儿,他就跳上车来,把你带到警察局去。我们这种闲人是世界上工作得最辛苦的人了。"

晚饭结束,慷慨地打发了侍者,他们两人来到刚才见面的拐角上。这会儿,玛丽安小姐已经走得很好了,简直看不出步履有什么不便。

"谢谢你的款待，"她真诚地说，"现在我得赶快回家了。我非常欣赏这顿饭，钱德勒先生。"

他亲切地微笑着，跟她握手道别，提到他在俱乐部里还有一场桥牌戏。他朝她的背影望了一会儿，飞快地向东走去，然后雇了一辆马车，慢慢回家。

在他那寒冷的卧室里，钱德勒收藏好晚礼服，让它休息六十九天。他沉思地做着这件事。

"一位了不起的姑娘。"他自言自语地说，"即使她为了生活非干活不可，我敢赌咒说，她还是够格的。假如我不那样胡吹乱扯，把真话告诉她，我们也许——可是，去它的！我讲的话总得跟我的衣服相称呀。"

这是在曼哈顿部落的小屋里成长起来的勇士所说的一番话。

那位姑娘同请她吃饭的人分手后，迅疾地穿过市区，来到一座漂亮而宁静的邸宅前面。那座邸宅离东区有两个广场，面临那条财神和其余副神时常出没的马路①。她急急忙忙地进去，跑到楼上的一间屋子里，有一个穿着雅致的便服的年轻妍丽的女人正焦急地望着窗外。

"唷，你这个疯丫头！"她进去时，那个年纪比她稍大的女人嚷道，"你老是这样叫我们担惊受吓，什么时候才能改呀？你穿了那身又破又旧的衣服，戴了玛丽的帽子，到处乱跑，已经有两个小时啦。妈妈吓坏了。她吩咐路易斯坐了汽车去找你。你真是个没有头脑的坏姑娘。"

那个年纪比较大的姑娘按按电钮，立刻来了一个使女。

"玛丽，告诉太太，玛丽安小姐已经回来了。"

"别派我的不是了，姊姊。我只不过到西奥夫人的店里去了一次，通知她不要粉红色的嵌饰，要用紫红色的。我那套旧衣服和玛丽的帽子很合适。我相信谁都以为我是个女店员呢。"

"亲爱的，晚饭已经开过了；你在外面待得太久啦。"

"我知道，我在人行道上滑了一下，扭伤了脚踝。我不能走了，便到一家饭馆坐坐，等到好一些才回来，所以耽搁了那么久。"

两个姑娘坐在窗口前，望着外面灯火辉煌和车水马龙的大街。年轻的那个把头偎在她姊姊的膝上。

"我们两人总有一天都得结婚，"她浮想联翩地说，"我们这样有钱，社会

_____

① 指五马路。

上的人都在看着我们，我们可不能让大家失望。要我告诉你，我会爱上哪一种人吗，姊姊？"

"说吧，你这傻丫头。"另一个微笑着说。

"我会爱上一个有着和善的深蓝色眼睛的人，他体贴和尊重穷苦的姑娘，人又漂亮，又和气，又不卖弄风情。但他活在世上总得有志向，有目标，有工作可做，我才能爱他。只要我能帮助他建立一个事业，我不在乎他多么穷。可是，亲爱的姊姊，我们老是碰到那种人——那种在交际界和俱乐部里庸庸碌碌地混日子的人——我可不能爱上那种人，即使他的眼睛是蓝的，即使他对在街上碰到的穷姑娘是那么和气。"

口　信

眼前这个季节和时刻,公园里一般没有什么游客;那位坐在步道边一张长椅上的年轻女士很可能只是出于突然冲动,想休息一会儿,预感一下即将到来的春天。

她沉思地、安静地坐在那儿。脸上的一丝忧郁准是最近才有的,因为那份忧郁还没有影响她富有青春气息的美丽面颊,也没有抹平她嘴唇的俊俏然而坚决的曲线。

一个高大的年轻人沿着小径大步穿过公园,来到她所坐的长椅附近。一个提着衣箱的小厮跟在他背后。年轻人看到了女士,脸一红,随即又白了。他走近时,观察着她的表情,自己脸上则交织着希望和焦虑。他在她面前几码的地方经过,但没有发现她注意到了他的在场或存在的迹象。

他往前走了五十来码,突然停住,在步道另一边的长椅上坐下。小厮放下衣箱,惊奇机灵的眼睛盯着他。年轻人掏出手帕,擦擦前额。手帕精致,额头轩昂,年轻人长得很帅气。他对小厮说:

"我要你给坐在那张长椅的年轻女士捎个口信。你告诉她,我现在要上火车站,去旧金山,然后到阿拉斯加去打麋鹿。告诉她,由于她不让我和她说话或者写信,我只好用这个办法作最后的呼吁,请她看在过去的分上公平对待我。告诉她,她不说明理由,不让人解释,就责备和抛弃一个不该遭到责备和抛弃的人,是不符合她在我心目中的一贯的性格的。告诉她,我这种做法在某种意义上虽然违反了她的命令,但我希望她回心转意,公平对待我。去吧,把这些话告诉她。"

年轻人给了小厮半元银币。小厮肮脏而聪明的脸上一双明亮机灵的眼睛瞅了他片刻,随即一溜烟跑去。他略带迟疑但并不局促地走向长椅上的女士,举手碰碰后脑勺上的方格呢的自行车帽檐。那位女士冷冷地瞅着他,既无偏见,也无好感。

"女士,"小厮说,"那张长椅上的先生派我给你表演一段杂耍。如果你不认识那家伙,而他别有用心,你只要说句话,我三分钟之内就找个警察来。如果你认识他,而他是正派人,我就把他要我传的一番话讲给你听。"

年轻女士稍稍有点兴趣。

"杂耍!"她从容不迫的柔和声音似乎给她捉摸不透的嘲弄裹上一层半透明的外衣。"这主意倒新鲜——我想大概是民谣歌手那种玩意儿。我——算是认识派你来的那位先生,因此我想没有必要找警察了。你不妨表演你的杂耍,但是不要大声喧哗。现在搞露天演出似乎早了一些,太引人注意了。"

"好嘞,"小厮耸耸肩膀说,"你明白我的意思,女士。其实不是杂耍,只是一套空话。他让我告诉你,他把衬衫硬领和袖口装进那个手提包,马上要去旧金山。然后到克朗代克去打雪鸮。他说你叫他别再寄粉红色的便条,也别在她家庭园门口转悠,他便用这个办法给你打个招呼。他说你取消了他的参赛资格,不给他机会对决定提出申诉。他说你踹了他,却不说什么道理。"

年轻女士眼神里的兴趣没有消失。那个大胆的捕猎鸮的人居然别出心裁,避开了她下达的不准采用常规通讯方式的命令。她凝视着满地落叶的公园里一座凄凉的塑像,对传话人说:

"告诉那位先生,我不必对他重申我心目中理想人物的品质。他知道那些品质是什么,从前如此,现在仍然如此。以目前的情况而论,绝对忠诚和真实是最最重要的。告诉他,我已经作了深刻反思,我了解自己的弱点和需要。正因为这样,我不愿听他的任何申诉。我对他的指责不是出于道听途说,或者捕风捉影,正因为这样,我没有必要挑明了。既然他坚持要听他已经知道的事情,你可以这样向他传达。

"告诉他,那晚我从后面走进暖房,替我母亲摘一支玫瑰。告诉他,我看见他和阿什伯顿小姐在那株粉红色的夹竹桃下。场面很动人,但是姿势和缱绻过于雄辩明显,根本不需要说明。我离开了暖房,同时抛下了玫瑰和我的理想。你可以把那场歌舞转告你的演出经理。"

"有一个词我听不懂,女士。钱券——钱券——你能解释一下吗?"

"缱绻——你可以说亲近——或者说太靠近了,以致失去了理想人物的地位。"

小厮脚下扬起了尘土。他跑到另一张长椅那儿。年轻人迫不及待地瞅着他。小厮摆出了超脱的翻译身份。

"那位女士说,女人遇到鬼话连篇、装腔作势的男人时,太容易受骗了,所以她不爱听奉承话。她说你在花房里搂着一个穿印花布的妞儿,被她撞个正着。她进去采些花,见你紧抱另一个姑娘,她扭头就走。她说场面虽然好看,但叫她恶心。她说你还是抓紧时间,赶火车去吧。"

年轻人轻轻吹了一声口哨,想起了什么,眼睛突然一亮。他的手伸进上衣内袋,掏出一沓信。他找出一封,再从坎肩口袋里掏出一元银币一起交给小厮。

"把这封信交给那位女士,"他说,"请她看一看。告诉她,这封信可以说明问题。告诉她,假如她对理想人物的概念里稍稍有些信任,就可以避免许多烦恼。告诉她,她如此重视的忠诚没有丝毫消减。告诉她,我等回话。"

信使又站到女士面前。

"那位先生说,他莫名其妙地背了黑锅。他说他不是那种人;女士,你看看信,就相信他是个正派人。"

年轻女士有点疑惑地打开信看看。

> 亲爱的阿诺德医师:上周五晚,小女去沃尔德伦夫人家做客,心脏旧疾突然发作,当时她在花房,所幸您在场发现,及时援手。小女即将倒地时,如您不在旁抱住她并给予专业的照顾,我们很可能因而失去她。希望您能驾临舍间,承担小女今后的治疗,我们十分感谢。
>
> 罗伯特·阿什伯顿谨启

年轻女士折好信,交给小厮。

"那位先生等回话,"信使说。"要我怎么说?"

女士突然正视着他,含笑的眼睛有点湿润。

"告诉那位长椅上的先生,"她快活地大笑说,"他的姑娘要他。"

供应家具的房间

下西区那个全是红砖建筑物的地区,有一大批人像时间那样动荡不安,难以捉摸。说他们无家可归吧,他们又有几十、几百个家。他们从一个供应家具的房间搬到另一个供应家具的房间,永远是短暂的过客——在住家方面如此,在思想意识方面也是如此。他们用快拍子唱着《甜蜜的家庭》;他们把门神装在帽盒里随身携带;他们的葡萄藤是攀绕在阔边帽上的装饰;他们的无花果树只是一株橡皮盆景①。

这个地区的房屋既然有成千的住客,当然应该有成千的故事传奇。毫无疑问,这些故事大多是乏味的,不过在这许多飘零人的身后,如果找不出一两个幽灵来,那才叫怪呢。

某天晚上断黑的时候,有一个年轻人在这些摇摇欲坠的红砖房屋中间徘徊着,挨家挨户地拉门铃。到了第十二家的门口,他把他那寒酸的手提包放在台阶上,脱下帽子,擦擦帽圈和额头上的灰尘。铃声在冷静空洞的深处响了起来,显得微弱遥远。

他在第十二家的门口拉了铃,来了一个女房东,她的模样使他联想到一条不健康的,吃得太饱的蠕虫;蠕虫吃空了果仁,只留下一层空壳,现在想找一些可以充饥的房客来填满这个空间。

他打听有没有房间出租。

"进来。"女房东说。她的声音来自喉头,而喉头也仿佛长遍了舌苔。"我有一间三楼后房,刚空了一个星期。你想看看吗?"

年轻人跟她上楼。不知从哪儿来的一道微弱的光线冲淡了过道里的阴

---

① 葡萄藤和无花果是安定的家庭生活的象征,典出《旧约·列王纪上》第 4 章第 25 节:"所罗门在世的日子,从但到别是巴的犹太人和以色列人,都在自己的葡萄树下,和无花果树下,安然居住。"

影。他们悄没声儿地踩在楼梯的毡毯上。那条毡毯已经完全走了样,就连原先制造它的织机也认不出它了。它仿佛变成了植物,在那腐臭阴暗的空气里化为一块块腻滑的地衣或是蔓延的苔藓,附着在楼梯上,踩在脚下活像是黏糊糊的有机体。楼梯拐角的墙上都有空着的壁龛。以前,这里面也许搁过花草。果真这样的话,那些花草准是在污浊腐臭的空气中枯萎死去了。这里面也许搁过圣徒的塑像,但是不难想象,妖魔鬼怪早就在黑暗中把它们拉下来,拖到底下某个供应家具的地窖里,让它们待在邪恶的深渊里了。

"就是这间。"女房东的长满舌苔的喉咙里发出声音说,"很好的房间。难得空出来的。夏天,这里住过几个非常上等的客人——从来没有麻烦,总是先付后住,从不拖欠房租。过道尽头就有自来水龙头。斯普罗尔斯和穆尼租了三个月。她们是演歌舞杂耍的。布雷塔·斯普罗尔斯小姐——你也许听人家说起过她——哦,那不过是艺名罢了——她的结婚证就是配好镜框挂在那儿的梳妆台上的。煤气灯在这儿,你瞧壁柜有多大。这个房间人人喜欢。从来没有空过很久。"

"你这里常有演艺界的人来租房间吗?"年轻人问道。

"他们来来往往。我的房客中许多人同剧院有关系。是啊,先生,这里是剧院区。当演员的人不会在一个地方待上很久。有许多就在我这里住过。是啊,他们是来来去去的。"

他租下这个房间,预付了一星期的租金。他说他累了,立刻就住下来,同时数出了钱。女房东说这个房间的一切早已准备就绪,连毛巾和洗脸水都是现成的。她要出去的时候,年轻人把那个带在舌尖,问了千百次的话说了出来。

"你可记得,你的房客中间有没有一个年轻的姑娘——瓦许纳小姐——埃洛伊丝·瓦许纳小姐?她多半会在剧院里唱歌。一个漂亮姑娘,个子不高不矮,细腰身,金红色头发,左眉毛旁边有颗黑痣。"

"不,我记不得那个姓名。演艺界的人常常改名换姓,正像换房间一样。他们一会儿来一会儿去。不,我想不起那样一个人了。"

不。问来问去老是"不"。五个月来不断打听,结果总是落空。五个月来,白天在剧院经理、代理人、戏剧学校和歌唱团那儿打听,晚上混在观众里,从阵容坚强的剧院看起,直到那些低级得不能再低的,连他自己都害怕在那里找到心上人的游乐场为止。他对她一往情深,千方百计要找到她。自从她离家出走之后,他知道准是这个滨水的大城市留住了她,把她藏在什么地方;可这个城市像是一片无底的大流沙,不断地移动着它的沙粒,今天还在上层的沙粒,明天就沉沦到黏土污泥里去了。

这间屋子带着初次见面的假客气迎接了刚来到的客人,它那种强颜为欢,虚与委蛇的迎接像是妓女的假笑。破旧的家具反射出淡淡的光线,给人一种似是而非的慰藉;屋里有一张破旧的锦缎面睡榻和两把椅子,两扇窗户之间有一面尺把宽的廉价壁镜,墙上有一两只描金镜框,角落里放着一张铜床。

客人有气无力地往椅子上一坐。这时,屋子像通天塔①里的一个房间似的,讷讷地想把以前各式各样住户的情况告诉他。

肮脏的地席上有一块杂色斑驳的毯子,仿佛波涛汹涌的海洋中一个长方形的、鲜花盛开的热带岛屿。花花绿绿的墙纸上贴着无家可归的人从东到西都能看见的画片:"法国新教徒的情侣","第一次口角","新婚的早餐"和"泉边的普赛克"。歪歪斜斜、不成体统的布帘,像歌剧里亚马逊妇女的腰带,遮住了壁炉架那道貌岸然的轮廓。壁炉架上有一些冷冷清清的零碎东西——一两只不值钱的花瓶,几张女艺人的相片,一只药瓶,几张不成套的纸牌。房间的住户有如船只失事后被困在孤岛上的旅客,侥幸遇到别的船而被搭救上来带往另一个港口,便把这些漂货给扔下了。

先前的住户们遗留下来的痕迹渐趋明朗,正如密码被逐一破译一样。梳妆台前地毯上那块磨秃的地方说明有许多漂亮女人在上面踩过。墙上的小手印表示小囚徒们曾经摸索着寻求阳光与空气。一块像开花弹影子似的四散迸射的痕迹,证实有过玻璃杯或瓶子连同它所盛的东西给扔在了墙上。壁镜上被人用金刚钻歪歪扭扭地刻出了"玛丽"这个名字。看情形,这个供应家具的房间里的住户们,不论先后,总是怨气冲天——也许是被它的过分冷漠激惹得忍无可忍——便拿它来出气。家具给搞得支离破碎,伤痕累累;弹簧已经脱颖而出的睡榻,活像一只在极度的痉挛中被杀死的可怕的怪物。大理石的壁炉架,由于某种猛烈得多的骚动,被砍落了一大块。地板上的每一块凹痕和每一条裂纹,都是一次特殊的痛苦的后果。强加于这间屋子的一切怨恨和伤害,都是那些在某一时期称它为"家"的人所干的,这种情况说来几乎难以使人相

---

① 《旧约·创世记》第11章:巴比伦人要建造一座城和一座通天高塔,耶和华怒其狂妄,变乱了他们的口音,使他们彼此言语不通,无法取得协调,只得辍工。

信;但是燃起他们的怒火的也许正是那种始终存在而不自觉的,无法满足的恋家的本能,是那种对于冒牌的家庭守护神的愤恨。如果是我们自己的家,即使换了一间茅舍,我们也会加以打扫、装饰和爱护的。

坐在椅子上的年轻住客让这些念头恍恍惚惚地掠过心头。这时,别的房间里飘来了各种声音和气息。他听到一间屋子里传来淫荡无力的吃吃笑声;另外的屋子里传来独自的咒骂,掷骰子声,催眠曲和啜泣抽噎;楼上却有起劲的五弦琴声。不知哪里在砰砰嘭嘭地关门;架空电车间歇地隆隆驶过;后院的篱笆上有一只猫在哀叫。他呼吸着屋子里的气息——与其说是气息,不如说是一股潮味儿——仿佛地窖里的油布和腐烂木头散发出来的那种冷冰冰的,发霉的气味。

他正歇着的时候,屋里突然有了一阵浓烈、甜蜜的木犀草香味。它像是随着一股轻风飘来的,是那样确切、浓郁和强烈,以至像是一个有血有肉的来客。年轻人似乎听到有人在招呼他,便脱口嚷道:“什么事,亲爱的?”并且跳了起来,四下张望着。那阵浓郁的香味依附在他身上,把他团团包围起来。他伸手去摸索,因为这时他所有的感觉都混杂紊乱了。气味怎么能断然招呼一个人呢?一定是声音。不过,刚才触摸他的,抚摩他的竟会是声音吗?

“她在这间屋子里待过。”他嚷道,立刻想在屋里找出一个证据。因为他知道,凡是属于她的或者经她触摸过的东西,无论怎样细小,他一看就认识。这股缭绕不散的木犀草香味,她所偏爱并已成为她个人特征的香味,究竟是从哪儿来的呢?

这间屋子收拾得很马虎。梳妆台那薄薄的台布上零乱地放着五六只发夹——一般女人的无声无息,无从区别的朋友,拿语法术语来说,就是阴性,不定式,不说明时间。他知道从这些发夹上是找不到线索的,便不加理会。搜寻梳妆台的抽屉时,他发现一方被抛弃的,破烂的小手帕。他拿起手帕,往脸上一按。一股金盏草的香气直刺鼻子;他使劲把手帕摔在地上。在另一个抽屉里,他发现几枚零星的纽扣,一份剧院节目单,一张当铺的卡片,两颗遗漏的棉花糖和一本详梦的书。在最后一个抽屉里,有一个妇女用的黑缎子发结,使他一阵冷一阵热的踌躇了好一会儿。但是黑缎子发结只是妇女的一本正经、没有个性的普普通通的装饰品,并不说明问题。

接着,他像猎狗追踪臭迹似的在屋子里逡巡徘徊,扫视着墙壁,趴在地上察看角落里地席拱起的地方,搜索着壁炉架,桌子,窗帘,帷幔和屋角那只东倒西歪的柜子。他想找一个明显的迹象，却不理解她就在他身边，在他周围，在他心头，在他上空，偎依着他，追求着他，并且通过微妙的感觉在辛酸地呼唤他，以至于他那迟钝的感觉也觉察到了这种呼唤。他又一次高声回答："哎，亲爱的！"同时回过头来，干瞪着眼，凝视着空间。因为到目前为止，他还不能从木犀草香味中辨明形象、色彩、爱情和伸出来迎接他的胳臂。啊，老天哪！那股香味是从哪里来的呢？从什么时候开始，气味竟能发出声音呼唤呢？因此，他继续摸索着。

他在裂罅和角落里探查，找到了瓶塞和烟蒂。这些东西他都鄙夷而默不作声地放过了。可是当在地席的皱褶里找到半支抽过的雪茄时，他狠狠地咒骂了一句，把它踩得粉碎。他把这间屋子从头到尾细细搜查了一遍。他发现了许多飘零的住户那凄凉的微细痕迹；可是关于他所寻找的，可能在这儿住过的，灵魂仿佛在这儿徘徊不散的她，却毫无端倪。

这时，他才想起了房东。

他从这间阴森森的屋子跑下楼，来到一扇微露灯光的门口。女房东听到敲门声，便出来了。他尽可能控制自己的激动。

"请问你，太太，"他恳求地说，"在我没来之前，谁住过这间屋子？"

"哎，先生。我可以再告诉你一遍。我早就说过，先前住在这儿的是斯普罗尔斯和穆尼。布雷塔·斯普罗尔斯小姐是剧院里的姓名，穆尼太太是真名。我的房子的正派是有名的。配了镜框的结婚证就挂在——"

"斯普罗尔斯小姐是什么样的——我是说长相怎么样？"

"唔，先生，黑头发，矮胖身段，一脸滑稽相。她们上星期二走的，已经一个星期了。"

"她们之前的房客是谁呢？"

"唔，一个做运货车生意的单身男人。他欠了我一星期的房租就走了。他之前是克劳德太太和她的两个孩子，他们住了四个月。再之前是多伊尔老先生，他的房钱是由他几个儿子付的。他住了六个月。这样已经推算到一年前了，再前面的我可记不清啦。"

他向她道了谢，垂头丧气地回到自己的屋子里。屋子里死气沉沉的。赋予它生命的要素已经消失了。木犀草的香味已经没有了。代替它的是发霉家具的腐臭的味道，是停滞的气氛。

希望的幻灭耗尽了他的信心。他坐在那儿，呆看着咝咝发响的煤气灯的黄光。过了片刻,他走到床边,把床单撕成一长条一长条的。他用小刀把这些布条结结实实地堵塞进窗框和门框的罅隙。安排停当后,他关掉煤气灯,再把它开足,却不去点火,然后死心塌地往床上一躺。

＊　　　　　　＊　　　　　　＊

这晚轮到麦库尔太太去打啤酒。她去打了酒来,同珀迪太太一起坐在地下室里。那种地下室是房东太太们聚集的地方,也是蠕虫不会死的地方。①

"今晚我把三楼后房租出去了,"珀迪太太对着一圈薄薄的泡沫说,"房客是个年轻人。他上床已经两个钟头了。"

"真的吗,珀迪太太?"麦库尔太太极其羡慕地说。"你能把那种房间租出去,真不简单。那你有没有告诉他呢?"她非常神秘地哑着嗓子低声说了一些话。

"房间嘛,"珀迪太太用舌苔非常腻厚的音调说,"本来是备好家具出租的。我没有告诉他,麦库尔太太。"

"你做得对,太太;我们是靠房租过活的。你真有生意头脑,太太。人们如果知道床上有人自杀过,多半就不愿意租那间屋子。"

"就是嘛,我们要靠房租过活呀。"珀迪太太说。

"是啊,太太,一点不错。就是上星期的今天,我还帮你收拾三楼后房来着。这么漂亮的一个姑娘,想不到竟用煤气自杀——她那张小脸真惹人爱,珀迪太太。"

"就是嘛,她称得上漂亮,"珀迪太太表示同意,可又有点儿吹毛求疵地说,"可惜左眉毛旁边长了那么一颗黑痣。你把杯子再满上吧,麦库尔太太。"

---

① 参见《新约·马可福音》第9章第48节:"在那里(地狱)虫是不死的,火是不灭的。"

昙花一现

　　假如你不知道那家"随意小酌、家常便饭"的鲍格尔饭馆，那你的损失可不小。因为假如你是那种自奉不薄的幸运儿，你应当了解了解另一半人是怎么消费粮食的。假如你是那种把侍者端上来的账单当做大事情的人，你更应当知道鲍格尔饭馆，因为你在那里吃饭才够本——至少在数量上说来如此。

　　鲍格尔饭馆坐落在那条中产阶级的大道上，就是勃朗、琼斯、鲁滨孙诸色人等游散之地，也就是八马路。饭馆里有两排桌子，每排六张。每张桌子上有一个装着佐料和调味品的五味瓶架。从胡椒瓶里，你可以摇出一蓬食之无味、看了伤心的火山灰似的东西。从盐瓶里，你别指望摇出什么来。尽管有人能从青萝卜里挤出血水来，可是要从鲍格尔的五味瓶里摇出盐来，他却无能为力了。每张桌子上还摆着一瓶冒充"仿照印度贵族食谱精制"的高等酱油。

　　鲍格尔坐在收银台后面，冷淡、邋遢、迟缓、阴沉，还收你的钱。他在一堆山也似的牙签后面找钱给你，整理账单，并且像虾蟆一般，咯咯地向你吐一句关于天气的话。除了证实他的气象报告之外，你最好别拉拉扯扯。你并非鲍格尔的朋友；你只是一个吃了饭的过客，你跟他也许再也不会见面，直到加百列吹开饭号的时候。因此，你还是拿了找头走路吧——你高兴的话，去见鬼都可以。鲍格尔的脾气就是这样的。

　　鲍格尔的主顾们的需要是由两个女侍者和一个"嗓音"供应的。一个女侍者名叫爱玲。她高挑身材、美丽活泼、态度优雅，很会开玩笑。你问她姓什么吗？在鲍格尔的饭馆里，姓氏和洗手盂一样，是没有需要的。

　　另一个女侍者的名字叫做蒂尔苔。你为什么要想起玛尔蒂达呢①？这一次请听清楚了——蒂尔苔——蒂尔苔。蒂尔苔相貌平常、又矮又胖，一心只想

_____

①　蒂尔苔(Tildy)是玛尔蒂达(Maltida)的简称。

讨好讨好。你把最后一句再念上一两遍吧，熟悉熟悉那个重叠的词儿。

鲍格尔饭馆里的"嗓音"是只闻其声、不见其人的。它来自厨房，在独创性方面说来并无特长。它是一个邪教的"嗓音"，它甘心重复着两个女侍者点菜的吩咐。

假如我再对你说，爱玲是美丽的，你会不会感到腻烦？其实只要她穿上价值几百块钱的衣服，参加复活节游行，让你看到的话，你自己也会立刻这样说的。

到鲍格尔饭馆里来的主顾们都是她的奴隶。她能够同时招待满满六桌的客人。性急的客人只要看到她的敏捷优美的体态，就高兴得不催促了。吃完饭的客人为了要在她焕发的笑容之下多待一会儿，便多吃一点。那里的每一个人——主顾大多是男的——都想在她心目中留一个印象。

爱玲口齿伶俐，能够同时应付十来个人。她所发出的每一个微笑都像散弹枪发出的铅子一样，直嵌到大家的心里。与此同时，她对一道道的肉煮豆、炖牛肉、火腿蛋、香肠麦糊，以及各种各样的煎炸煮烤、正菜副菜一点也不含糊，表现了惊人的绝技。在这些吃的喝的、打情骂俏、谈笑风生之中，鲍格尔饭馆几乎成了一个沙龙，而爱玲则成了雷加美夫人[1]。

偶尔来一次的客人都给迷人的爱玲弄得神魂颠倒，老主顾更不用谈了，他们简直成了她的崇拜者。老主顾中有许多人在明争暗斗。人们常常带她去看戏或跳舞，每星期至少有两次。她和蒂尔苔私下里称做"猪猡"的一个胖先生送了她一只蓝宝石戒指。另一个在电车公司里开修理车的、绰号叫做"冒失鬼"的家伙，说是只要他的伙伴包下了第九街的生意，他就送一头卷毛狗给爱玲。还有一个老是吃菠菜排骨、自称是做证券交易的人请她一起去看《帕西法尔》[2]。

"我不知道这个地方在哪里，"爱玲和蒂尔苔谈起这件事的时候说，"不过先得戴上结婚戒指，我才肯动手缝出门旅行的衣服——你说对吗？我想是应该这样的！"

可是，蒂尔苔呀！

在蒸汽腾腾、人声嘈杂、满是白菜气味的鲍格尔饭馆里，几乎有一场伤心的悲剧。那个塌鼻梁、枯黄头发、雀斑脸、身段像面粉袋的蒂尔苔，从来没有一个爱慕她

---

[1] 雷加美夫人（1777—1849），法国交际家，她的丈夫是巴黎一个银行家。

[2] 《帕西法尔》（Parsifal），13世纪德国作家伏尔弗拉姆·封·艾兴巴赫所著的史诗，德国作曲家瓦格纳曾于1882年改编成歌剧，这里即指歌剧，爱玲误会是地名。

的人。当她在饭馆里走来走去的时候,从没有人用眼光追随着她,除非有人用饿鬼等施食的神情朝她瞪上一眼。从没有人高高兴兴地跟她开玩笑,说几句挑惹她的俏皮话儿。从没有人像对待爱玲那样,别有用意地大声问她早晨好,当鸡蛋来得慢一点的时候,也没有人调侃她,说她昨晚跟男朋友们玩得太迟了。从没有人送给她蓝宝石的戒指,也没有人邀她到神秘而遥远的"帕西法尔"去。

蒂尔苔是个好侍者,男人们对她抱着无所谓的态度。归她招呼的客人只是简简单单地吩咐她几句点菜的话;接着便提高嗓子,用甜蜜而味道十足的音调跟那个美貌的爱玲滔滔不绝地攀谈起来。他们在椅子上扭来扭去,东张西望,总想撂开蒂尔苔的挡住视线的身子,好让爱玲的秀色在他们的咸肉煎蛋里加些佐料,变成吃了长生不老的人参果。

在蒂尔苔说来,只要爱玲能够获得人家的恭维和崇拜,她就甘心做那没人理睬的苦工。塌鼻梁是忠实于那个短小的高鼻子的。她是爱玲的朋友;她乐于看到爱玲统治男人的心,把他们的注意力从热气腾腾的锅贴和柠檬蛋白甜饼上面争取过来。不过话又得说回来,我们中间最丑的人,在我们的雀斑和枯草色的头发的深处,也梦想一位王子或公主之类的人专诚来找我们的。

一天早晨,爱玲匆匆跑来干活,她的一只眼睛稍微有些伤痕;而蒂尔苔的关切几乎是能够医治任何眼病的。

"冒失鬼,"爱玲解释道,"我昨晚回家,走到二十三街和六马路口的时候,碰上了冒失鬼。他挨上来,跟我搭讪。我呵斥了他,他溜了;但是一直钉梢钉到八马路,又是胡言乱语了一通。嘿!我结结实实地给了他一个耳刮子。他还手,把我眼睛打坏了。真难看,是吗,蒂尔?尼可逊先生十点钟要来这儿吃茶和烤面包,我真不愿意让他看见。"

蒂尔苔屏息凝神地听着这件意外事,心里好不羡慕。从没有人钉过她的梢。一天二十四小时,她随便什么时候出去都是保险安全的。有一个男人钉你的梢,为了求爱而打青你的眼睛,该有多么幸福啊!

鲍格尔饭馆的主顾中间有一个姓西德斯的、在洗衣店做职员的年轻人。西德斯先生身材瘦削,头发稀疏,模样像是刚刚上过浆、晒干了却没有烫平的衣服。他过于腼腆,不敢妄想博得爱玲的青睐;于是惯常坐在蒂尔苔照应的桌子旁,闷声不响地只顾吃他的煮柔鱼①。

---

① 柔鱼,犬牙石首鱼属的一种海鱼。

有一天,西德斯喝过了啤酒再来吃饭。饭馆里只有两三个客人。西德斯先生吃完了他的柔鱼,站起身来,搂住蒂尔苔的腰,冒冒失失地大声吻了她一下,然后走到街上,朝洗衣店的方向打了一个榧子,赶忙到游乐场去玩吃角子老虎机了①。

蒂尔苔站在那儿,呆了半晌。之后,她才发觉爱玲狡狯地伸着食指,指指她说:

"哎,蒂尔,你这个淘气的姑娘!你可真了不起,调皮小姐!我一不留神,你就抢我的顾客了。我得多注意注意你才行,我的小姐。"

蒂尔苔的逐渐恢复的神志明白了另一件事。片刻之间,她从没有希望、只有羡慕的卑贱地位一跃而为赫赫的爱玲的姊妹行了。她自己如今也成了一个对男子有魅力的人,成了丘比特的对象,成了罗马人饮酒作乐时的羞答答的萨宾②女人了。男人们发现她的腰身也有可取之处,她的嘴唇也是值得想望的。那个冒失而多情的西德斯仿佛替她做了一件奇迹般的特快洗衣工作。他收下蒂尔苔的丑陋的粗麻布衣服,替她洗好、晒干、上浆、烫平,还给她的时候已成了上好的绣花薄麻布——维纳斯③本人穿的袍子了。

蒂尔苔脸颊上的雀斑融成一片玫瑰色的红晕。现在喀耳刻④和普赛克都从她明亮的眼睛里窥探出来。连爱玲都没有在饭馆里给人公开搂抱和接吻。

蒂尔苔不能保守这个愉快的秘密。生意比较清闲的时候,她走到鲍格尔的账桌跟前,站停下来。她的眼睛闪闪发亮;她竭力不让自己的声调流露出骄傲和自夸。

"今天有一位先生侮辱了我,"她说,"他搂住我的腰,亲我的嘴。"

"是吗?"鲍格尔打破了他的生意气的甲胄,说道,"下星期起,我加你一块钱薪水。"

等到顾客们陆续来吃饭的时候,蒂尔苔一面把食物端到她所熟悉的顾客面前,一面像那种不需要夸耀自己优点的人那样,谦虚地对每一个客人说:

"今天一位先生在饭馆里侮辱了我。他搂住我的腰,亲我的嘴。"

吃饭的人对这句话的反应个个不同——有的将信将疑,有的表示贺意,还

---

① 吃角子老虎机,一种赌钱用的机器。
② 萨宾,古意大利民族,纪元前290年曾被罗马人征服,萨宾妇女多被掳去充当妻婢。
③ 维纳斯,罗马神话中司爱和美的女神。
④ 喀耳刻,希腊神话中妖艳的女魔。

有一些平时单找爱玲开玩笑的人,便把打趣的目标转移到她身上来。蒂尔苔心里可乐开了,因为她在灰色的原野里彷徨了那么久,如今终于看到地平线上浮起了一座浪漫的高塔。

西德斯先生有两天没有来。在这段时间里,蒂尔苔安稳地坐上了一个值得追求的女人的座位。她买了缎带,把自己的头发像爱玲那样打扮起来,并且把腰身束紧了两英寸。她惟恐西德斯先生会突然冲进来,开枪打她,她想起这件事的时候不禁有一阵战栗的快感。他一定是不顾一切地爱着她;而情感冲动的情人都是妒忌得到了盲目的程度。

即使爱玲也没有被人开枪打过。因此蒂尔苔随即希望他别开枪打自己,因为她一直忠于爱玲;不愿意在某些地方胜过爱玲。

第三天下午四点钟,西德斯先生来了。饭馆里一个客人也没有。蒂尔苔和爱玲都待在店堂最里面,蒂尔苔在灌芥末,爱玲在切馅饼。西德斯先生走到她们所站的地方。

蒂尔苔抬起头,看到他,大吃一惊,不禁把舀芥末的匙子往心口一按。她头发上打着一个红蝴蝶结;脖子上挂着维纳斯在八马路用的徽章——一串蓝色的珠项链,晃晃荡荡地吊着一个象征的银鸡心。

西德斯先生红着脸,一副尴尬相。他一手插进裤袋,另一只手却插进了刚出炉的南瓜馅饼里。

"蒂尔苔小姐,"他说,"为了那晚上的事,我要向你道歉。老实说,我那晚喝得糊里糊涂,不然我绝对不会做出那种事来的。我清醒的时候,决不会那样对待一位小姐的。因此我希望,蒂尔苔小姐,你能原谅我,并且相信我,要是我没喝醉酒、头脑清楚的话,我决不会胡来的。"

西德斯先生做完这篇漂亮的辩解,认为已经尽了赔礼的责任,便倒退几步,出门去了。

可是,在那扇与人方便的屏风后面,蒂尔苔一头扑到堆着牛油碟子和咖啡杯的桌子上,哭得伤心欲绝——她又回到了那些塌鼻梁和枯草色头发的人所彷徨的灰色原野。她从发髻上把那个红蝴蝶结扯下来,扔在地上。她极端看不起西德斯;她原只把他的亲吻当做一个开头引路的王子的亲吻,指望他在神仙境界里打开局面,让童仆们忙碌一番。谁知道那个亲吻是醉酒之下无意识的;一场虚惊,宫廷仍然没有动静;她还得永生永世做那个睡美人。

不过也不能说一切都完了。爱玲的胳臂搂住了她;蒂尔苔的红通通的手在牛油碟子中间摸索了一会儿，握住了她朋友的温暖的手。

"你别难受，蒂尔，"爱玲说道，她可没有摸清底细，"那个萝卜脸、衣服夹子似的西德斯不配你这样难受。他根本不够上等人的资格，否则他再也不会向你道歉的。"

刎 颈 之 交

我狩猎归来,在新墨西哥州的洛斯比尼奥斯小镇等候南下的火车。火车误点,迟了一小时。我便坐在"顶点"客栈的阳台上,同客栈老板泰勒马格斯·希克斯闲聊,议论生活的意义。

我发现他的性情并不乖戾,不像是爱打架斗殴的人,便问他是哪种野兽伤残了他的左耳。作为猎人,我认为狩猎时很容易遭到这类不幸的事件。

"那只耳朵,"希克斯说,"是真挚友情的纪念。"

"一件意外吗?"我追问道。

"友情怎么能说是意外呢?"泰勒马格斯反问道,这下子可把我问住了。

"我所知道的仅有的一对亲密无间、真心实意的朋友,"客栈老板接着说,"要算是一个康涅狄格州人和一只猴子了。猴子在巴兰基亚①爬椰子树,把椰子摘下来扔给那个人。那个人把椰子锯成两半,做成水勺,每只卖两个雷阿尔②,换了钱来沽酒。椰子汁归猴子喝。他们两个坐地分赃,各得其所,像兄弟一般,生活得非常和睦。

"换了人类,情况就不同了;友情变幻无常,随时可以宣告失效,不再另行通知。

"以前我有个朋友,名叫佩斯利·菲什,我认为我同他的交情是地久天长,牢不可破的。有七年了,我们一起挖矿,办牧场,兜销专利的搅乳器,放羊,摄影,打桩拉铁丝网,摘水果当临时工,碰到什么就干什么。我想,我同佩斯利两人的感情是什么都离间不了的,不管是凶杀,谄谀,财富,诡辩还是老酒。我们交情之深简直使你难以想象。干事业的时候,我们是朋友;休息娱乐的时候,我们也让这种和睦相好的特色持续下去,给我们的生活增添了不少乐趣。

---

① 巴兰基亚,哥伦比亚北部马格达莱纳河口的港市。
② 雷阿尔,旧时西班牙和拉丁美洲某些国家用的辅币,有银质的,也有镍质的。

不论白天黑夜,我们都难舍难分,好比达蒙和派西斯①。

"有一年夏天,我和佩斯利两人打扮得整整齐齐,骑马来到这圣安德烈斯山区,打算休养一个月,消遣消遣。我们到了这个洛斯比尼奥斯小镇,这里简直算得上是世界的屋顶花园,是流炼乳和蜂蜜之地②。这里空气新鲜,有一两条街道,有鸡可吃,有客栈可住;我们需要的也就是这些东西。

"我们进镇时,天色已晚,便决定在铁路旁边的这家客栈里歇歇脚,尝尝它所能供应的任何东西。我们刚坐定,用刀把粘在红油布上的盘子撬起来,寡妇杰塞普就端着刚出炉的热面包和炸肝进来了。

"哎呀,这个女人叫章鱼看了都会动心。她长得不肥不瘦,不高不矮;一副和蔼的样子,使人觉得分外可亲。红润的脸颊是她喜爱烹调和为人热情的标志,她的微笑令山茱萸在寒冬腊月都会开花。

"寡妇杰塞普谈风很健地同我们扯了起来,聊着天气,历史,丁尼生③,梅干,以及不容易买到羊肉等等,最后才问我们是从哪儿来的。

"'春谷。'我回答说。

"'大春谷。'佩斯利嘴里塞满了土豆和火腿骨头,突然插进来说。

"我注意到,这件事的发生标志着我同佩斯利·菲什的忠诚友谊的结束。他明知我最恨多嘴的人,可还是冒冒失失地插了嘴,替我作了一些措辞上的修正和补充。地图上的名称固然是大春谷;然而佩斯利自己也管它叫春谷,我听了不下一千遍。

"我们也不多话,吃了晚饭便走出客栈,在铁轨上坐定。我们合伙的时间太长了,不可能不了解彼此的心情。

"'我想你总该明白,'佩斯利说,'我已经打定主意,要让那位寡妇太太永远成为我的不动产的主要部分,在家庭、社会、法律等等方面都是如此,到死为止。'

"'当然啦,'我说,'你虽然只说了一句话,我已经听到了弦外之音。不过我想你也该明白,'我说,'我准备采取步骤,让那位寡妇改姓希克斯,我劝你还是等着写信给报纸的社会新闻栏,问问举行婚礼时,男傧相是不是在纽扣孔

---

① 达蒙和派西斯,公元前4世纪锡拉丘兹的两个朋友。派西斯被暴君狄奥尼西斯判处死刑,要求回家料理后事,由达蒙代受监禁。执行死刑之日,派西斯及时赶回,狄奥尼西斯为他们崇高的友谊所感动,便赦免了他们。
② 《旧约》记载,上帝遣摩西率领以色列人出埃及,前往丰饶的迦南,即流奶与蜜之地。
③ 丁尼生(1809—1892),英国桂冠诗人。

里插了山茶花,穿了无缝丝袜!'

"'你的如意算盘打错了。'佩斯利嚼着一片铁路枕木屑说。'遇到世俗的事情,'他说,'我几乎任什么都可以让步,这件事可不行。女人的笑靥,'佩斯利继续说,'是海葱和含铁矿泉的漩涡①,友谊之船虽然结实,碰上它也往往要撞碎沉没。我像以前一样,'佩斯利说,'愿意同一头招惹你的狗熊拼命,替你的借据担保,用肥皂樟脑搽剂替你擦脊梁;但是在这件事情上,我可不能讲客气。在同杰塞普太太打交道这件事上,我们只能各干各的了。我丑话说在前头,先跟你讲清楚。'

"于是,我暗自寻思一番,提出了下面的结论和附则:

"'男人与男人的友谊,'我说,'是一种古老的,具有历史意义的美德。当男人们互相保护,共同对抗尾巴有八十英尺长的蜥蜴和会飞的海鳖时,这种美德就已经制定了。他们把这种习惯一直保留到今天,一直在互相支持,直到旅馆侍者跑来告诉他们说,这种动物实际上并不存在。我常听人说,女人牵涉进来之后,男人之间的交情就破裂了。为什么要这样呢?我告诉你吧,佩斯利,杰塞普太太的出现和她的热面包,仿佛使我们两人的心都怦然跳动了。让我们中间更棒的一个赢得她吧。我要跟你公平交易,绝不搞不光明正大的小动作。我追求她的时候,一举一动都要当着你的面,那你的机会也就均等了。这样安排,无论哪一个得手,我想我们的友谊大轮船决不至于翻在你所说的药水气味十足的漩涡里了。'

"'这才够朋友!'佩斯利握握我的手说。'我一定照样行事。'他说,'我们齐头并进,同时追求那位太太,不让通常那种虚假和流血的事情发生。无论成败,我们仍是朋友。'

"杰塞普太太客栈旁的几株树下有一条长凳,等南行火车上的乘客打过尖,离开之后,她就坐在那里乘凉。晚饭后,我和佩斯利在那里集合,分头向我们的意中人献殷勤。我们追求的方式很光明正大,瞻前顾后,如果一个先到,非得等另一个也来了之后才开始调情。

"杰塞普太太知道我们的安排后的第一晚,我比佩斯利先到了长凳那儿。

---

① "海葱和含铁矿泉"原文是"the whirlpool of Squills and Chalybeates"。英文成语有"between Scylla and Charybdis",意为危险之地。"Scylla"是意大利墨西拿海峡的岩礁,读音与海葱的拉丁名"Scilla"相近;"Charybdis"是它对面的大漩涡,读音与含铁矿泉"Chalybeate"相近,作者故意混淆了这两个字。

晚饭刚开过,杰塞普太太换了一套干净的粉红色的衣服在那儿乘凉,并且凉得几乎可以对付了。

"我在她身边坐下,稍稍发表了一些意见,谈到自然界通过近景和远景所表现出来的精神面貌。那晚确实是一个典型的环境。月亮升到空中应有的地方来应景凑趣,树木根据科学原理和自然规律把影子洒在地上,灌木丛中的蚊母鸟、金莺、长耳兔和别的有羽毛的昆虫此起彼伏地发出一片喧嘈声。山间吹来的微风,掠过铁轨旁边一堆旧番茄酱罐头,发出了小口琴似的声音。

"我觉得左边有什么东西在蠢蠢欲动——正如火炉旁瓦罐里的面团在发酵。原来是杰塞普太太挨近了一些。

"'哦,希克斯先生,'她说,'一个举目无亲、孤独寂寞的人,在这样一个美丽的夜晚,是不是更会感到凄凉?'

"我赶紧从长凳上站起来。

"'对不起,夫人,'我说,'对于这样一个富于诱导性的问题,我得等佩斯利来了以后,才能公开答复。'

"接着,我向她解释,我和佩斯利·菲什是老朋友,多年的甘苦与共、浪迹江湖和同谋关系,已经使我们的友谊牢不可破;如今我们正处在生活的缠绵阶段,我们商妥绝不乘一时感情冲动和近水楼台的机会互相钻空子。杰塞普太太仿佛郑重其事地把这件事考虑了一会儿,忽然哈哈大笑,周围的林子都响起了回声。

"没几分钟,佩斯利也来了,他头上抹了香柠檬油,在杰塞普太太的另一边坐下,开始讲一段悲惨的冒险事迹:一八九五年圣丽塔山谷连旱了九个月,牛群一批批地死去,他同扁脸拉姆利比赛剥牛皮,赌一只镶银的马鞍。

"那场追求一开头,我就比垮了佩斯利·菲什,弄得他束手无策。我们两人各有一套打动女人内心弱点的办法。佩斯利的办法是讲一些他亲身体验的,或是从通俗书刊里看来的惊险事迹,吓唬女人。我猜想,他准是从莎士比亚的一出戏里学到那种慑服女人的主意的。那出戏叫《奥赛罗》,我以前也看过,里面是说一个黑人,把赖德·哈格德、卢·多克斯塔德和帕克赫斯特博士[1]三个人的话语混杂起来,讲给一位公爵的女儿听,把她弄到了手。可是那

---

[1] 赖德·哈格德(1856—1925),英国小说家,作品多以南非蛮荒为背景;帕克赫斯特博士(1842—1933),美国长老会牧师,攻击纽约腐败的市政势力,促使市长改选。

种求爱方式下了舞台就不中用了。

"现在,我告诉你,我自己是怎样迷住一个女人,使她落到改姓的地步的。你只要懂得怎么抓起她的手,把它握住,她就成了你的人。讲讲固然容易,做起来并不简单。有的男人使劲拉住女人的手,仿佛要把脱臼的肩胛骨复位一样,简直叫你可以闻到山金车酊剂的气味,听到撕绷带的声音了。有的男人像拿一块烧烫的马蹄铁那样握着女人的手,又像药剂师把阿魏酊往瓶里灌时那样,伸直手臂,隔得远远的。大多数男人握到了女人的手,便把它拉到她眼皮下面,像小孩在草里寻找棒球似的,不让她忘掉她的手长在胳臂上。这种种方式都是错误的。

"我把正确的方式告诉你吧。你可曾见过一个人偷偷地溜进后院,捡起一块石头,想投向一只蹲在篱笆上盯着他瞧的公猫?他假装手里没有东西,假装猫没有看见他,他也没有看见猫。就是那么一回事。千万别把她的手拉到她自己注意得到的地方。你虽然清楚她知道你握着她的手,可是你得装出没事的样子,别露痕迹。那就是我的策略。至于佩斯利用战争和灾祸的故事来博得她的欢心,正像把星期日的火车时刻表念给她听一样。那天的火车连新泽西州欧欣格罗夫①之类的小地方也要停站的。

"有一晚,我先到长凳那儿,比佩斯利早了一袋烟的工夫。我的友谊出了一会儿毛病,我竟然问杰塞普太太是不是认为'希'字要比'杰'字好写一点。她的头立刻压坏了我纽扣孔里的夹竹桃,我也凑了过去——可是我没有干。

"'假如你不在意的话,'我站起来说,'我们等佩斯利来了之后再完成这件事吧。到目前为止,我还没有干过对不起我们朋友交情的事,这样不很光明。'

"'希克斯先生,'杰塞普太太说,她在黑暗里瞅着我,神情有点异样,'如果不是另有原因的话,我早就请你走下山谷,永远别来见我啦。'

"'请问是什么原因呢,夫人?'我问道。

"'你既然是这样忠诚的朋友,当然也能成为忠诚的丈夫。'她说。

"五分钟之后,佩斯利也坐在杰塞普太太身边了。

"'一八九八年夏天,'他开始说,'我在锡尔弗城见到吉姆·巴塞洛缪在蓝光沙龙里咬掉了一个中国人的耳朵,起因只是一件横条花纹的平布衬

衫——那是什么声音呀？'

"我跟杰塞普太太重新做起了刚才中断的事。

"'杰塞普太太已经答应改姓希克斯了。'我说。'这只不过是再证实一下而已。'

"佩斯利把他的两条腿盘在长凳脚上，呻吟起来。

"'勒姆，'他说，'我们已经交了七年朋友。你能不能别跟杰塞普太太吻得这么响？以后我也保证不这么响。'

"'好吧，'我说，'轻一点也可以。'

"'这个中国人，'佩斯利继续说，'在一八九七年春天枪杀了一个名叫马林的人，那是——'

"佩斯利又打断了他自己的故事。

"'勒姆，'他说，'假如你真是个仗义的朋友，你就不该把杰塞普太太搂得这么紧。刚才我觉得整个长凳都在晃。你明白，你对我说过，只要还有机会，你总是同我平分秋色的。'

"'你这个家伙，'杰塞普太太转身向佩斯利说，'再过二十五年，假如你来参加我和希克斯先生的银婚纪念，你那个南瓜脑袋还认为你在这件事上有希望吗？只因为你是希克斯先生的朋友，我才忍了好久；不过我认为现在你该死了这条心，下山去啦。'

"'杰塞普太太，'我说，不过我并没有丧失未婚夫的立场，'佩斯利先生是我的朋友，只要有机会，我总是同他公平交易，利益均等的。'

"'机会！'她说，'好吧，让他自以为还有机会吧；今晚他在旁边看到了这一切，我希望他别自以为还有把握。'

"一个月之后，我和杰塞普太太在洛斯比尼奥斯的卫理公会教堂结婚了；全镇的人都跑来看结婚仪式。

"当我们并排站在最前面，牧师开始替我们主持婚礼的时候，我四下里扫了一眼，没找到佩斯利。我请牧师等一会儿。'佩斯利不在这儿。'我说。'我们非等佩斯利不可。交朋友要交到老——泰勒马格斯·希克斯就是这种人。'我说。杰塞普太太的眼睛里有点冒火；但是牧师根据我的吩咐，没立即诵读经文。

"过了几分钟，佩斯利飞快地跑进过道，一边跑，一边还在安上一只硬袖口。他说镇上惟一卖服装的铺子关了门来看婚礼，他搞不到他所喜欢的上过浆的衬衫,只得撬开铺子的后窗,自己取了一件。接着,他站到新娘的那一边去,婚礼在继续进行。我一直在琢磨,佩斯利还在等最后一个机会,盼望牧师万一搞错,叫他同寡妇成亲呢。

"婚礼结束后,我们吃了茶、羚羊肉干和罐头杏子,镇上的居民便纷纷散去。最后同我握手的是佩斯利,他说我为人光明磊落,同我交朋友脸上有光。

"牧师在街边有一幢专门出租的小房子;他让我和希克斯太太占用到第二天早晨十点四十分,那时候,我们就乘火车去埃尔帕索度蜜月旅行。牧师太太用蜀葵和毒藤把那幢房子打扮起来,看上去喜气洋洋的,并且有凉亭的风味。

"那晚十点钟左右,我在门口坐下,脱掉靴子凉快凉快,希克斯太太在屋里张罗。没有多久,里面的灯熄了;我还坐在那儿,回想以前的时光和情景。我听到希克斯太太招呼说:'你就进来吗,勒姆?'

"'哎,哎!'我仿佛惊醒似的说,'我刚才在等老佩斯利——'

"可是这句话还没说完,"泰勒马格斯·希克斯结束他的故事说,"我觉得仿佛有人用四五口径的手枪把我这只左耳朵打掉了。后来我才知道,那只是希克斯太太用扫帚把揍了一下。"

婚 姻 手 册

本篇作者桑德森·普拉特认为合众国的教育系统应该划归气象局管理。我这种提法有充分根据；你却没有理由不主张把我们的院校教授调到气象部门去。他们都读书识字，可以毫不费劲地看看晨报，然后打电报把气象预报通知总局。不过这是问题的另一方面了。我现在要告诉你的是，气象如何向我和艾达荷·格林提供了良好的教育。

我们在蒙塔纳一带勘探金矿，来到苦根山脉。沃拉沃拉城有一个长络腮胡子的人，已经把发现矿苗的希望当做超重行李，准备放弃了。他把自己的粮食配备转让给了我们；我们便在山脚下慢慢勘探，手头的粮食足够维持在和平谈判期间的一支军队。

一天，卡洛斯城来了一个骑马的邮递员。路过山地时他歇歇脚，吃了三个青梅罐头，给我们留下一份近期的报纸。报上有一栏气象预报，它替苦根山脉地区翻出来的底牌是："晴朗转暖，有轻微西风。"

那晚上开始下雪，刮起了强烈的东风。我和艾达荷转移到山上高一点的地方去，住在一幢空着的旧木屋里，认为这场十一月的风雪只是暂时的。但是雪下了三英尺深还不见有停的迹象，我们才知道这下要被雪困住了。雪还不太深的时候，我们已经弄来了大量的柴火，我们的粮食又足以维持两个月，因此并不担心，让它刮风下雪，爱怎么封山就怎么封吧。

假如你想教唆杀人，只消把两个人在一间十八英尺宽、二十英尺长的小屋子里关上一个月就行了。人类的天性忍受不了这种情况。

初下雪时，我同艾达荷·格林两人说说笑话，互相逗趣，并且赞美我们从锅子里倒出来、管它叫面包的东西。到了第三个星期的末尾，艾达荷向我发表了如下公告。他说：

"我从没听到酸牛奶从玻璃瓶里滴到铁皮锅底时的声音是什么样的，但是同你谈话器官里发出来的这种越来越没劲的滞涩的思想相比,滴酸奶的声音肯定可以算是仙乐了。你每天发出的这种叽里咕噜的声音,叫我想起了牛的反刍。不同的只是牛比你知趣,不打扰别人,你却不然。"

"格林先生,"我说道,"你一度是我的朋友,我有点儿不好意思向你声明,如果我可以随自己的心意在你和一条普通的三条腿的小黄狗之间选择一个伙伴,那么这间小屋子里眼下就有一个居民在摇尾巴了。"

我们这样过了两三天,然后根本不交谈了。我们分了烹饪用具,艾达荷在火炉一边做饭,我在另一边做。外面的雪已经积到窗口,我们整天生火。

你明白,我和艾达荷除了识字和在石板上做过"约翰有三只苹果,詹姆斯有五只苹果"之类的玩意儿以外,没有受过别的教育。我们浪迹江湖的时候,逐渐获得了一种可以应急的真实本领,因此对大学学位也就不感到特别需要。可是在被大雪封在苦根山脉那幢小屋里的时候,我们初次感到,如果我们以前研究过荷马的作品、希腊文、教学中的分数以及比较高深的学问,那我们在沉思默想方面也许就能应付自如了。我在西部各地看到东部大学里出来的小伙子在牧场营地干活,我注意到教育对于他们却成了意想不到的累赘。举个例子说吧,有一次在蛇河边,安德鲁·麦克威廉斯的坐骑得了马蝇幼虫寄生虫病,他派辆四轮马车把十英里外一个据说是植物学家的陌生人请来①。但那匹马仍旧死了。

一天早晨,艾达荷用木棍在一个小木架的顶上拨什么东西,那个架子高了些,手够不着。有两本书落到地上。我跳起来想去拿,但是看到了艾达荷的眼色。这一星期来,他还是第一次开口。

"不准碰。"他说,"尽管你只配做休眠的泥乌龟的伙伴,我还是跟你公平交易。你爹妈养了你这样一个响尾蛇脾气、冻萝卜睡相的东西,他们给你的恩惠都比不上我给你的大。我同你打一副七分纸牌,赢的人先挑一本,输的人拿剩下的一本。"

我们打了牌;赢的是艾达荷。他先挑了他要的书;我拿了我的。我们两人回到各自的地方,开始看书。

我看到那本书时比看到一块十盎司重的天然金矿石还要快活。艾达荷看他那本书的时候,也像小孩看到棒棒糖那样高兴。

---

① 马蝇幼虫病(botts)和植物学家(botanist)原文字首相同,安德鲁以为二者有关。

我那本书有五英寸宽、六英寸长,书名是《赫基默氏必要知识手册》。我的看法也许不正确,不过我认为那本书伟大得空前绝后。今天这本书还在我手头。我把书里的东西搬一点儿出来,在五分钟之内就可以把你或者随便什么人难倒五十次。别提所罗门或《纽约论坛报》了!赫基默比他们两个都强。那个人准是花了五十年时间,走了一百万里路,才收集到这许多材料。里面有各个城市的人口数,判断女人年龄的方法,和骆驼的牙齿数目。他告诉你世界上哪一条隧道最长,天上有多少星星,水痘要潜伏几天之后才发出来,上流女人的脖子该有多么粗细,州长怎样行使否决权,罗马人的引水渠是什么时候铺设的,每天喝三杯啤酒可以顶几磅大米的营养,缅因州奥古斯塔城的年平均温度是多少,用条播机播一英亩胡萝卜需要多少种子,各种中毒的解救法,一个金发女人有多少根头发,如何储存鲜蛋,全世界所有大山的高度,所有战争战役的年代,如何抢救溺毙的人,如何抢救中暑病人,一磅平头钉有几只,如何制造炸药,如何种花,如何铺床,医生尚未来到之前如何救护病人——此外还有许许多多东西。赫基默也许有他所不知道的事情,不过我在那本书里没有发现。

我坐着,把那本书一连看了四个小时。教育的全部奇迹全压缩在那本书里了。我忘了雪,忘了我同老艾达荷之间的别扭。他一动不动地坐在凳子上,看得出了神,他那黄褐色的胡子里透出一种半是温柔半是神秘的模样。

"艾达荷,"我说,"你那本是什么书啊?"

艾达荷一定也忘了我们的芥蒂,因为他回答的口气很客气,既不顶撞人,也没有恶意。

"唔,"他说,"这本书大概是一个叫荷马·伽·谟①的人写的。"

"荷马·伽·谟后面的姓是什么?"我问道。

"唔,就只有荷马·伽·谟。"他说。

"你胡扯。"我说。我认为艾达荷在蒙人,不禁有点冒火。"写书的人哪有用缩写署名的。总得有个姓呀,不是荷马·伽·谟·斯庞彭戴克,就是荷马·伽·谟·麦克斯温尼,或者是荷马·伽·谟·琼斯。你干吗不学人样,偏要像小牛啃晾衣绳上挂着的衬衫下摆那样,把他姓名的下半截啃掉?"

---

① 指波斯哲学家、天文学家、诗人欧玛尔·海亚姆(1048—1122),生前不以诗闻名。1857年英国诗人菲茨杰拉尔德把他的四行诗集译成英文出版,在欧美开始流传。1928年郭沫若从英文转译了该集,中译名为《鲁拜集》。这里艾达荷将"欧玛尔"误作为"荷马"。

"我说的是实话,桑德。"艾达荷心平气和地说。"这是一本诗集,"他说,"荷马·伽·谟写的。起初我还看不出什么苗头,但是看下去却像找到了矿脉。即使拿两条红毯子来和我换这本书,我都不愿意。"

"那你请便吧。"我说,"我需要的是可以让我动动脑筋的开门见山的事实。我抽到的这本书里好像就有这种玩意儿。"

"你得到的只是统计数字,"艾达荷说,"世界上最起码的东西。它们会使你脑筋中毒。我喜欢老伽·谟的推测方式。他似乎是个酒类代理商。他干杯时的祝辞总是'万般皆空',并且他好像牢骚满腹,只不过他用酒把牢骚浇得那么滋润,即使他抱怨得最厉害的时候,也像是在请人一起喝上一夸脱。总之,太有诗意了。"艾达荷说。"你看的那本胡说八道的书,想用尺寸来衡量智慧,真叫我讨厌。凡是在用自然的艺术来解释哲理的时候,老伽·谟在任何一方面都打垮了你那个人——不论是条播机,一栏栏的数字,一段段的事实,胸围尺寸,或是年平均降雨量。"

我和艾达荷就这么混日子。不论白天黑夜,我们惟一的乐趣就是看书。那次雪封无疑使我们两人都长了不少学问。到了融雪的时候,假如你突然走到我面前问我说:"桑德森·普拉特,用九块五毛钱一箱的铁皮来铺屋顶,铁皮的尺寸是二十乘二十八,每平方英尺要派到多少钱?"我便会飞快地回答你,正如闪电每秒钟能在铁铲把上走十九万两千英里那么快。世界上有多少人能这样?如果你在半夜里叫醒你所认识的任何一个人,让他马上回答,人的骨骼除了牙齿之外一共有多少块,或者内布拉斯加州议会的投票要达到什么百分比才能推翻一项否决,他能回答你吗?试试吧。

至于艾达荷从他那本诗集里得到了什么好处,那我可不清楚了。艾达荷一开口就替那个酒类代理商吹嘘;不过我认为他获益不多。

从艾达荷嘴里透露出来的那个荷马·伽·谟的诗歌看来,我觉得那家伙像是一条狗,把生活当做缚在尾巴上的铁皮罐子。它跑得半死之后,坐了下来,拖出舌头,看看酒罐说:

"唔,好吧,我们既然甩不掉这只酒罐,不如到街角的酒店里去沾满它,大家为我干一杯吧。"

此外,他仿佛还是波斯人;我从没听说波斯有什么值得一提的名产,除了土耳其毡毯和马耳他猫。

那年春天,我和艾达荷找到了有利可图的矿苗。我们有个习惯,就是出手快,周转快。我们出让了矿权,每人分到八千元;然后漫无目的地来到萨蒙河畔的罗萨小城,打算休息一个时期,吃些人吃的东西,刮掉胡子。

罗萨不是矿镇。它坐落在山谷里,正如乡间小城一样,没有喧嚣和疫病。近郊有一条三英里长的电车线;我和艾达荷坐在咔哒咔哒直响的车厢里兜了一个星期,每天到晚上才回夕照旅馆休息。如今我们见多识广,又读过书,自然就参加了罗萨城里最上流的社交活动,经常被邀请出席最隆重、最时髦的招待会。有一次,市政厅举行为消防队募捐的钢琴独奏会和吃鹌鹑比赛,我和艾达荷初次认识了罗萨社交界的皇后,德·奥蒙德·桑普森夫人。

桑普森夫人是个寡妇,城里惟一的一幢二层楼房就是她的。房子漆成黄色,不管从哪一个方向都看得清清楚楚,正如星期五斋戒日爱尔兰人胡子上沾的蛋黄那样引人注目。除了我和艾达荷之外,罗萨城还有二十二个男人想把那幢黄房子归为己有。

乐谱和鹌鹑骨头扫出市政厅后,举行了舞会。二十三个人都拥上去请桑普森夫人跳舞。我避开了两步舞,请她允许我伴送她回家。在那一点上,我获得了成功。

在回家的路上,她说:

"今晚的星星是不是又亮又美,普拉特先生?"

"就拿你看到的这些亮光来说,"我说道,"它们已经卖足了力气。你看到的那颗大星离这儿有六百六十亿英里远。它的光线传到我们这儿要花三十六年。你用十八英尺长的望远镜可以看到四千三百万颗星,包括十三等星。假如有一颗十三等星现在殒灭了,在今后二千七百年内,你仍旧可以看到它的亮光。"

"哎呀!"桑普森夫人说,"我以前从不知道这种事情。天气多热呀!我跳舞跳得太多了,浑身都汗湿了。"

"这个问题很容易解释,"我说,"要知道,你身上有两百万根汗腺在同时分泌汗液。每根汗腺有四分之一英寸长。假如把身上所有的汗腺首尾相接,全长就有七英里。"

"天哪!"桑普森夫人说,"听你说的,人身上的汗腺简直像是灌溉水渠啦,普拉特先生。你怎么会懂得这许多事情?"

"观察来的,桑普森夫人。"我对她说,"我周游世界的时候总是注意观察。"

"普拉特先生，"她说，"我一向敬重有学问的人。在这个城里的傻瓜恶棍中有学问的人实在太缺啦。同一位有修养的先生谈话真是愉快。你高兴的话，请随时到我家来坐坐，我非常欢迎。"

这么一来，我就赢得了黄房子夫人的好感。每星期二、五的晚上，我去她家，把赫基默发现、编制和引用的宇宙间的神秘讲给她听。艾达荷和城里其余主张寡妇再醮的人在尽量争取其余几天的每一分钟。

我从没想到艾达荷竟会把老伽·谟追求女人的方式应用到桑普森夫人身上；这是在一天下午，我提了一篮野李子给她送去时才发现的。我碰见那位太太走在一条通向她家的小径上。她眼睛直冒火，帽子斜遮在一只眼睛上，像是要找人吵架似的。

"普拉特先生，"她开口说，"我想那位格林先生大概是你的朋友吧。"

"有九年交情啦。"我说。

"同他绝交。"她说，"他不是正派人！"

"怎么啦，夫人，"我说，"他是个普通的山地人，具有浪子和骗子的粗暴和一般缺点，然而即使在最严重的关头，我也不忍心说他是不正派的人。拿服饰、傲慢和卖弄来说，艾达荷也许叫人看不顺眼，可是夫人，我知道他不会存心干出下流或出格的事情。我同艾达荷交了九年朋友，桑普森夫人，"我在结尾时说，"我不愿意说他的坏话，也不愿意听到人家说他的坏话。"

"普拉特先生，"桑普森夫人说，"你这样维护朋友固然是好事；但是他对我打了非常可恨的主意，任何一位有身份的女人都会觉得这是受了侮辱，这个事实你抹煞不了。"

"哎呀呀！"我说，"老艾达荷竟会干出这种事来！我怎么也想不到。我知道有一件事在他心里捣鬼；那是由于一场风雪的缘故。有一次，我们被雪封在山里，他被一种胡说八道的歪诗给迷住了，那也许就败坏了他的道德。"

"准是那样。"桑普森夫人说，"我一认识他，他就老是念一些亵渎神明的诗句给我听。他说那是一个叫鲁碧·奥特的人写的，你从她的诗来判断，那个女人肯定不是好东西。"

"那么说，艾达荷又弄到一本新书了，"我说，"据我所知，他那本是一个笔名叫伽·谟的男人写的。"

"不管什么书，"桑普森夫人说，"他还是守住一本为好。今天他简直无法无天了。他送给我一束花，上面附着一张纸条。普拉特先生，你总能分辨出上流女人的;并且你也了解我在罗萨城的名声。请你想想看,我会不会带着一大壶酒、一个面包,跟着一个男人溜到外面树林子里,同他在树阴底下唱歌,跳来跳去的?我吃饭的时候固然也喝一点葡萄酒,但是我决不会像他说的那样,带上一大壶到树林里去胡闹一通的。当然啦,他还要带上他那卷诗章。他这么说来着。让他一个人去吃那种丢人现眼的野餐吧!不然的话,让他带了他的鲁碧·奥特一起去。我想她是不会反对的。除非带的面包太多而酒太少。你现在对你的规矩朋友有什么看法呢,普拉特先生?"

"唔,夫人,"我说,"艾达荷的邀请也许只是诗情,并没有恶意。也许属于他们称之为比喻的诗。它们固然触犯法律和秩序,但还是允许邮递的,因为写的和想的不是一回事。如果你不见怪,我就代艾达荷表示感谢了,"我说,"现在让我们的心灵从低级的诗歌里解脱出来,到高级的事实和想象中去吧。像这样一个美丽的下午,桑普森夫人,"我接下去说,"我们的思想也应该与之相适应。这里虽然暖和,可我们应该知道,赤道上海拔一万五千英尺的地方还是终年积雪的。纬度四十至四十九度之间的地区,雪线就只有四千至九千英尺高了。"

"哦,普拉特先生,"桑普森夫人说,"听了鲁碧·奥特那个疯丫头的叫人不痛快的诗以后,再听你讲这种美妙的事实可真开心!"

"我们在路边这段木头上坐坐吧,"我说,"别去想诗人不近人情的撒野的话。只有在铁一般的事实和合法的度量衡的辉煌数字里,才能找到美妙的东西。在我们所坐的这段木头里,桑普森夫人,"我说,"就有比诗更神奇的统计数字。木头的年轮说明这棵树有六十岁。在两千英尺深的地底,经过三千年,它就会变成煤。世界上最深的煤矿在纽卡斯尔附近的基林沃斯。一只四英尺长、三英尺宽、二点八英尺高的箱子可以装一吨煤。假如动脉割破了,要按住伤口的上方。人的腿有三十根骨头。伦敦塔①一八四一年曾遭火灾。"

"说下去,普拉特先生,"桑普森夫人说,"这种话真有创造性,听了真舒服。我想再没有什么比统计数字更可爱了。"

可是两星期后,我才得到了赫基默给我的全部好处。

---

① 伦敦塔,伦敦东部俯临泰晤士河的堡垒,原是皇宫,曾改做监狱,囚禁过好几个国王、王后等著名人物,现是文物保存处。

有一夜,我被人们到处叫嚷"失火啦!"的声音惊醒。我跳下床,穿好衣服,跑出旅馆去看热闹。我发现失火的正是桑普森夫人的房屋,我大叫一声,两分钟之内就赶到了现场。

那幢黄房子的底层全部着火了,罗萨城的每一个男性、女性和狗性都在那里号叫,碍消防队员的事。我见到艾达荷想从拽住他的六名消防队员手里挣脱出来。他们对他说,楼下一片火海,谁冲进去休想活着出来。

"桑普森夫人呢?"我问道。

"没见到她。"一个消防队员说,"她睡在楼上。我们想进去,可是不成,我们队里还没有云梯。"

我跑近大火旁边光亮的地方,从里面的口袋里掏出《手册》。我拿着这本书的时候差点没笑出来——我想大概是紧张过度,昏了头。

"赫基,老朋友,"我一面拼命翻,一面对书本说,"你还没有骗过我,你还没有使我失望过。告诉我该怎么办,老朋友,告诉我该怎么办!"我说。

我翻到一百一十七页,"遇到意外事件该怎么办。"我用手指顺着找下去,果然找到了。老赫基默真了不起,他从没有疏漏!书上说:

> 吸入烟气或煤气而引起的窒息——用亚麻籽最佳。取数粒置外眼角内。

我把《手册》塞回口袋,抓住一个正跑过去的小孩。

"喂,"我给了他一些钱,说道,"赶快到药房里去买一块钱的亚麻籽。要快,另一块钱给你。喂,"我对人群嚷道,"我们救桑普森夫人呀!"接着,我脱掉了上衣和帽子。

消防队和老百姓中有四个人拖住了我。他们说,进去准会送命,因为楼板就要烧坍了。

"该死!"我嚷起来,有点像是在笑,可是笑不出来,"没有眼睛叫我把亚麻籽放到哪儿去呀?"

我用胳臂肘撞在两个消防队员的脸上,用脚踢破了一个老百姓的脚胫皮,又使一个绊子,把另一个摔倒在地。紧接着,我冲进屋里。假如我比你们先死,我一准写信告诉你们,地狱里是不是比那幢黄房子里更不受用;现在你们可别相信我的话。总之,我比饭馆里特别加快的烤鸡烤得更煳。烟和火把我熏倒了两次,几乎丢了赫基默的脸;幸好消防队员用他们的细水龙杀了一点火气,帮了我的忙,总算到了桑普森夫人的房间里。她已经被烟熏得失去了羞耻心,于是我用被单把她一裹,往肩上一扛。楼板并不像他们所说的那样糟,不然我也干不了——想都不用想。

我扛着她,一口气跑到离房子五十码远的地方,然后把她放在草地上。接着,另外二十二个追求这位夫人的原告当然也拿着铁皮水勺挤拢来,准备救她了。这时候,去买亚麻籽的小孩也跑来了。

我揭开包在桑普森夫人头上的被单。她睁开眼睛说:

"是你吗,普拉特先生?"

"嘘——嘘,"我说,"别出声,我先给你上药。"

我用胳臂轻轻托住她的脖子,扶起她的头,用另一只手扯破亚麻籽口袋,慢慢弯下身子,在她外眼角里放了三四粒亚麻籽。

这时,城里的医生也赶来了,他喷着鼻子,抓住桑普森太太的腕子试脉搏,并且问我这样胡搞是什么意思。

"嗯,老球根药喇叭和耶路撒冷橡树籽①,"我说,"我不是正式医师,不过我可以给你看看我的根据。"

他们拿来了我的上衣,我掏出了《手册》。

"请看一百一十七页,"我说,"那上面就讲到如何解救因烟或煤气而引起的窒息。书上说,把亚麻籽放在外眼角里。我不知亚麻籽的作用是解烟毒呢,还是促进复合胃神经的机能,不过赫基默是这样说的,并且先给请来诊治的是他。假如你要会诊,我也不反对。"

老医生拿起《手册》,戴上眼镜,凑着消防队员的提灯看看。

"哎,普拉特先生,"他说,"你诊断的时候显然看串了行。解救窒息的办法是:'尽快将病人移至新鲜空气中,置于卧位。'用亚麻籽的地方在上面一行,'尘灰入眼'。不过,说到头——"

"听我说,"桑普森太太插嘴说,"在这次会诊中,我想我也有话要说。那些亚麻籽给我的益处比我试过的任何东西都大。"她抬起头,又枕在我的手臂上,说道,"在另一个眼睛里也放一点,亲爱的桑德。"

因此,假如你明天或者随便哪一天在罗萨城歇歇脚的话,你会看到一幢新盖的精致的黄房子,有普拉特夫人——也就是以前的桑普森夫人——在收拾

---

① 药喇叭可做泻剂,橡树籽有收敛作用。

它,装点它。假如你走进屋子,你还会看到客厅当中大理石面的桌子上有一本《赫基默氏必要知识手册》,重新用红色摩洛哥皮装订过了,准备让人随时查考有关人类幸福和智慧的任何事物。

比绵塔薄饼

当我们在弗里奥山麓,骑着马把一群烙有圆圈三角印记的牛赶拢在一起时,一株枯死的牧豆树的枝桠勾住了我的木马镫,害得我扭伤了脚踝,在营地里躺了一个星期。

被迫休息的第三天,我一拐一拐地挨到炊事车旁,在营地厨师贾德森·奥多姆的连珠炮似的谈话下一筹莫展地躺着。贾德天生爱说话,说起来没完没了,可是造化作弄人,让他当了厨师,害得他在大部分时间里找不到听他说话的人。

因此,在贾德一声不吭的沙漠里,我便成了他的灵食①。

不多一会儿,我起了一阵病人的贪馋,想吃一些不在"伙食"项下的东西。我想起了母亲的食柜,不由得"情深如初恋,惆怅复黯然"②。于是我问道:

"贾德,你会做薄饼吗?"

贾德放下刚准备用来捣羚羊肉排的六响手枪,带着我认为是威胁的态度,走到我面前。他那双浅蓝色的眼睛猜疑地瞪着我,更叫我感到了他的愤恨。

"喂,"他说,虽然怒形于色,但还没有出格,"你是真心问我,还是想挖苦我?是不是有人把我和薄饼的底细告诉了你?"

"不,贾德,"我诚恳地说,"绝没有别的用意。我只不过很想吃一些用黄油烙得黄黄的薄饼,上面还浇着新上市的、大铁皮桶装的新奥尔良蜂蜜。我愿意拿我的小马和马鞍来换一叠这样的薄饼。说起薄饼,难道还有什么故事吗?"

---

① 《旧约·出埃及记》第16章第14—35节:摩西率领以色列人逃出埃及,在荒野中漂泊了40年,饥饿时,上帝便撒下灵食。

② 引自英国诗人丁尼生的叙事诗《公主》中的歌曲:"情深如初恋,惆怅复黯然;人生如流云,往日不再回。"

贾德明白了我不是含沙射影之后，神色马上和缓了。他从炊事车里取出一些神秘的口袋和铁皮盒子，放在我倚靠的那株树下。我看他不慌不忙地张罗起来，解开拴口袋的绳子。

"其实也算不上是什么故事，"贾德一面干活，一面说，"只是我同陷骡山谷来的那个粉红眼睛的牧羊人以及威莱拉·利赖特小姐之间一桩事情的合乎逻辑的结局罢了。告诉你也无妨。

"那时候，我在圣米格尔牧场替老比尔·图米赶牛。有一天，我一心想吃些罐头食品，只要不哞，不咩，不哼或者不啄的东西都行。①　于是我跨上我那匹还未调教好的小野马，飞快地直奔纽西斯河比绵塔渡口埃姆斯利·特尔费尔大叔的店铺。

"下午三点钟左右，我把缰绳往一根牧豆树枝上一套，下马走了二十码，来到埃姆斯利大叔的铺子。我登上柜台，对埃姆斯利大叔说，看情况全世界的水果收成都要受灾了。不出一分钟，我拿着一袋饼干和一把长匙，身边摆着一个个打开的杏子、菠萝、樱桃和青梅罐头，埃姆斯利还在手忙脚乱地用斧头砍开罐头的黄色铁皮箍。我快活得像是没闹苹果乱子以前的亚当。我把靴子上的踢马刺往柜台板壁里插，手里挥弄着那把二十四英寸的匙子；这当儿，我偶然抬头一望，从窗口里看到铺子隔壁埃姆斯利大叔家的后院。

"有个姑娘站在那儿——一个打扮得漂漂亮亮的外路来的姑娘——她一面玩弄着槌球棍，一面看着我那促进水果罐头工业的劲头，在那里暗自发笑。

"我从柜台上滑下来，把手里的匙子交给埃姆斯利大叔。

"'那是我的外甥女儿，'他说，'威莱拉·利赖特小姐，从巴勒斯坦②来做客。要不要我替你们介绍介绍？'

"'圣地哪。'我暗忖道，我的思想像牛群一样，我要把它们赶进栅栏里去，它们却乱兜圈子。'怎么不是呢？天使们当然在巴勒——当然啦，埃姆斯利大叔，'我高声说，'我非常高兴见见利赖特小姐。'

"于是，埃姆斯利大叔把我引到后院，替我们介绍了一下。

"我在女人面前从不腼腆。我一直弄不明白，有的男人没吃早饭都能制服一匹野马，在漆黑的地方都能刮胡子，为什么一见到穿花衣裳的大姑娘却变

---

① 指牛、羊、猪和家禽。

② 巴勒斯坦在亚洲西南，原为《圣经》中的迦南古国，是基督教的圣地；这里是指美国得克萨斯州东部一城市，原文相同。

得缩手缩脚,汗流浃背,连话都说不上来了。不出八分钟,我同利赖特小姐已经在作弄槌球,混得像表兄妹那般亲热了。她取笑我,说我吃了那么多罐头水果。我马上回敬她,说水果乱子是一位叫夏娃的太太在第一个天然牧场里闹出来的——'在巴勒斯坦那面,对吗?'我随机应变地说,正像用套索捕捉一头一岁的小马那样轻松。

"就那样,我获得了接近威莱拉·利赖特小姐的机会;日子一久,关系逐渐密切。她待在比绵塔渡口是为了她的健康和比绵塔的气候,其实她的健康情况非常好,而比绵塔的气候要比巴勒斯坦热百分之四十。开始时,我每星期骑马到她那里去一次;后来我盘算了一下,如果我把去的次数加一倍,我见到她的次数也会增加一倍了。

"有一星期,我去了三次;就在那第三次里,薄饼和淡红眼睛的牧羊人插进来了。

"那晚,我坐在柜台上,嘴里含着一只桃子和两只李子,一边问埃姆斯利大叔,威莱拉小姐可好。

"'哟,'埃姆斯利大叔说,'她同陷骡山谷里的那个牧羊人杰克逊·伯德出去骑马了。'

"我把一颗桃核、两颗李核囫囵吞了下去。我跳下柜台时,大概有人抓住了柜台,不然它早就翻了。接着,我两眼发直地跑出去,直到撞在我拴那匹杂毛马的牧豆树上才停住。

"'她出去骑马了,'我凑在那头小野马耳朵旁边说,'同伯德斯通·杰克,牧羊人山谷那头驮骡一起去的。明白了吗,你这个挨鞭子才跑的老家伙?'

"我那匹小马以它自己的方式哭了一通。它是从小就给驯养来牧牛的,它才不关心牧羊人呢。

"我又回到埃姆斯利大叔那儿,问他:'你说的是牧羊人吗?'

"'是牧羊人。'大叔又说了一遍。'你一定听人家谈起过杰克逊·伯德。他有八个牧场和四千头在北冰洋以南数最好的美利奴绵羊。'

"我走进来,在店铺背阳的一边坐下,往一株带刺的霸王树上一靠。我自言自语,说了许多关于这个名叫杰克逊的恶鸟①的话,两手不知不觉地抓起沙子往靴筒里灌。

---

① 杰克逊·伯德的姓原文是 Bird,有"鸟"的含义。

"我一向不愿意欺侮牧羊人。有一次,我看到一个牧羊人坐在马背上读拉丁文法,我连碰都没有碰他! 我不像大多数牧牛人那样,看见他们就有气。牧羊人都在桌上吃饭,穿着小尺码的鞋子,同你有说有笑,难道你能跟他们动粗,整治他们,害得他们破相吗? 我总是抬抬手放他们过去,正如放兔子过去那样;最多讲一两句客套话,寒暄寒暄,从来不停下来同他们喝两杯。我认为根本犯不着同一个牧羊人过不去。正因为我宽大为怀,网开一面,现在居然有个牧羊人跑来同威莱拉·利赖特小姐骑马了!

　　"太阳下山前一小时,他们骑着马缓缓而来,在埃姆斯利大叔家门口停住了。牧羊人扶她下了马。他们站着,兴致勃勃,风趣横生地交谈了一会儿。随后,这个有羽毛的杰克逊跃上马鞍,掀掀他那顶小炖锅似的帽子,朝他的羊肉牧场那方向跑去。这时候,我把靴子里的沙子抖搂了出来,挣脱了霸王树上的刺;在离比绵塔半英里光景的地方,我策马赶上了他。

　　"我先前说过,牧羊人的眼睛是粉红色的,其实不然。他那看东西的家什倒是灰色的,只不过睫毛泛红,头发又是沙黄色,因此给人一种错觉。那个牧羊人——其实只能算是牧羔人——身材瘦小,脖子上围着一条黄绸巾,鞋带打成蝴蝶结。

　　"'借光。'我对他说,'现在骑马同你一道走的是素有"百发百中"之称的贾德森,那是由于我打枪的路数。每当我要让一个陌生人知道我时,我拔枪之前总是要自我介绍一下,因为我向来不喜欢同死鬼握手。'

　　"'啊,'他说,说话时就是那副神气——'啊,幸会幸会,贾德森先生。我是陷骡牧场那儿的杰克逊·伯德。'

　　"这时,我一眼见到一只榍鸡叼着一只毒蜘蛛从山上跳下来,另一眼见到一只猎兔鹰栖息在水榆的枯枝上。我拔出四五口径的手枪,砰砰两响,把它们先后打翻,给杰克逊·伯德看看我的枪法。'不管在哪儿,'我说,'我见到鸟儿就想打,三回当中有两回是这样。'

　　"'枪法不坏。'牧羊人不动声色地说。'不过你第三回打的时候会不会偶尔失准呢? 上星期的那场雨水对新草大有好处,是吗,贾德森先生?'他说。

　　"'威利,'我靠近他那匹小马说,'宠你的爹妈也许管你叫杰克逊,可是你换了羽毛之后却成了一个喊喊喳喳的威利——我们不必研究雨水和气候,还是用鹦哥词汇以外的言语来谈谈吧。你同比绵塔的年轻姑娘一起骑马,这个习惯可不好。我知道有些鸟儿,'我说,'还没有坏到那个地步就给烤来吃了。

威莱拉小姐,'我说,'并不需要鸟族杰克逊科的山雀替她用羊毛筑一个窝。现在,你打算撒手呢,还是想试试我这包办丧事的百发百中的诨名?'

"杰克逊·伯德脸有点红,接着却呵呵笑了。

"'哎,贾德森先生'他说,'你误会啦。我确实去看过几次利赖特小姐;但是绝没有你所说的那种动机。我的目的纯粹是胃口方面的。'

"我伸手去摸枪。

"'哪个浑蛋,'我说,'胆敢无耻——'

"'慢着,'这个伯德赶紧说,'让我解释一下。我娶了老婆该怎么办呢?你只要见过我的牧场就明白了!我自己做饭,自己补衣服。我牧羊的惟一乐趣就是吃。贾德森先生,你可尝过利赖特小姐做的薄饼?'

"'我?这倒没有。'我对他说,'我从没有听说,她在烹调方面还有几手。'

"'那些薄饼简直像是金黄色的阳光,'他说,'是用伊壁鸠鲁①天厨神火烤出来的黄澄澄、甜蜜蜜的好东西。我如果搞到那种薄饼的配方,即使少活两年也心甘情愿。我去看利赖特小姐就是为这个原因,'杰克逊·伯德说,'可是直到现在还搞不到。那个老配方在他们家里传了七十五年。他们世代相传,从不透露给外人。假如我能搞到那个配方,在牧场上自己做薄饼吃,那我就幸福了。'伯德说。

"'你敢担保,'我对他说,'你追求的不是调制薄饼的手吗?'

"'当然。'杰克逊说。'利赖特小姐是个极好的姑娘,但是我可以向你保证,我的目的只限于胃口——'他见到我的手又去摸枪套,立即改口——'只限于设法弄一张调制配方。'他结束说。

"'你这小子还不算顶坏。'我装得很大方地说,'我本来打算让你的羊儿再也见不到爹娘,这次姑且放你飞掉。但是你最多守住薄饼,千万别出格,并且别把感情错当糖浆,否则你再也听不到你牧场里的歌声了。'

"'为了让你相信我的诚意,'牧羊人说,'我还要请你帮个忙。利赖特小姐和你是好朋友,她不愿意替我做的事,也许愿意替你做。假如你能代我搞到那个配方,我向你担保,我以后再也不去找她了。'

"'那倒也合情合理。'我说罢同杰克逊·伯德握握手。'只要办得到,我

---

① 伊壁鸠鲁(公元前342—前270),古希腊哲学家,主张幸福是生活的至善,后人歪曲为享乐主义和美食主义。

一定替你去搞来,我乐于替你效劳。'于是,他掉头走下皮德拉的大梨树平地,往陷骡山谷去了;我策马朝西北方向回到老比尔·图米的牧场。

"五天之后,我才有机会去比绵塔。威莱拉小姐和我在埃姆斯利大叔家过了一个愉快的傍晚。她唱了几支歌,砰砰嘭嘭地在钢琴上弹了许多歌剧的调子。我学响尾蛇的模样,告诉她'长虫'麦克菲剥牛皮的新法子,还告诉她有一次我去圣路易斯的情况。我们两个处得很投机。我想,如果现在能叫杰克逊·伯德转移牧场,我就赢了。我记起他说搞到薄饼调制配方就离开的保证,便打算劝威莱拉小姐交出来给他;以后我再在陷骡山谷以外的地方见到他,就要他的命。

"因此,十点钟左右,我脸上堆着哄人的笑容,对威莱拉小姐说:'如果现在有什么东西比青草地上的红马更叫我高兴的话,那就是涂着糖浆的好吃的薄饼了。'

"威莱拉小姐在钢琴凳上微微一震,吃惊地瞅着我。

"'是啊,'她说,'薄饼的味道确实不错。奥多姆先生,刚才你说你在圣路易斯掉帽子的那条街叫什么来着?'

"'薄饼街。'我眨眨眼睛说,表示我拿定主意要搞到她的家传秘方,不会轻易给岔开去的。'喂,威莱拉小姐,'我说,'谈谈你怎么做薄饼的吧。薄饼像车轮似的在我脑袋里打转。说吧——一磅面粉,八打鸡蛋,等等。配料的成分是怎么样的?'

"'对不起,我出去一会儿。'威莱拉小姐说。她斜着眼睛飞快地瞟我一下,溜下凳子,慢慢地退到隔壁的房里去。紧接着,埃姆斯利大叔拿了一罐水,连上衣也没穿就进来了。他转过身去拿桌子上的玻璃杯时,我发现他裤袋里揣着一把四五口径的手枪。'好家伙!'我想道,'这个人家把食谱配方看得这么重,竟然要用火器来保护它。有的人家即使有世仇宿怨也不至于这样。'

"'喝下去。'埃姆斯利大叔递给我一杯水说。'你今天骑马赶路累了,贾德,搞得太兴奋了。还是想些别的事情吧。'

"'你知道怎么做那种薄饼吗,埃姆斯利大叔?'我问道。

"'嗯,在做薄饼方面,我不像某些人那样高明,'埃姆斯利大叔回答说,'不过我想,你可以按照通常的办法,拿一筛子石膏粉,一小点儿生面、小苏打和玉米面,用鸡蛋和全脂牛奶搅和起来就成了。今年春天老比尔是不是又要把牛群赶到堪萨斯城去,贾德?'

"那晚上,我所能打听到的有关薄饼的细节只有这些。难怪杰克逊·伯德觉得棘手。于是我撇开这个话题不谈,和埃姆斯利大叔聊聊羊角风和旋风之类的事。没多久,威莱拉小姐进来道了晚安,我便骑马回牧场。

"约莫一个星期后,我骑马去比绵塔,正遇到杰克逊·伯德从那里回来,我们便停在路上,随便聊聊。

"'你搞到薄饼的详细说明了吗?'我问他。

"'没有哪。'杰克逊说。'看样子,我没有希望了。你试过没有?'

"'试过,'我说,'可是毫无结果,正像要用花生壳把草原土拨鼠从洞里挖出来一样。看他们死抱住不放的样子,那个薄饼配方准是好宝贝。'

"'我几乎准备放弃啦,'杰克逊说,他的口气是那么失望,连我也替他难过;'可是我一心只想知道那种薄饼的调制方法,以便在我那寂寞的牧场上自己做来吃。'他说。'我晚上睡不着觉,光捉摸薄饼的好滋味。'

"'你还是尽力想想办法,'我对他说,'我也同时进行。用不了多久,我们中间总有一个能用套索把它兜住的。好吧,再见,杰克逊。'

"你瞧,这会儿我们已经水乳交融,相得无间了。当我发现那个沙黄头发的牧羊人并不在追求威莱拉小姐时,我对他也就比较宽容了。为了帮助他达到满足口腹之欲的雄心,我一直在想办法把威莱拉小姐的配方弄到手。但是每当我提起'薄饼'时,她眼睛里总流露出疏远和不安的神色,并设法岔开话题。假如我坚持下去的话,她就溜出去,换了手里拿着水壶、裤袋里揣着山炮的埃姆斯利大叔进来。

"一天,我在毒狗草原的野花丛中摘了一束美丽的蓝马鞭草,驰马来到那家铺子。埃姆斯利大叔眯起一只眼睛,看着马鞭草说:

"'你没听到那个消息吗?'

"'牛价上涨了吗?'我问道。

"'威莱拉和杰克逊·伯德昨天在巴勒斯坦结婚啦。'他说,'今天早晨刚收到信。'

"我把那束马鞭草扔进饼干桶,让那个消息慢慢灌进我耳朵,流到左边衬衫口袋①,再流到脚底。

"'请你再说一遍好不好,埃姆斯利大叔?'我说,'也许我的耳朵出了毛

---

① 指心。

病,你刚才说的只是活的甲级小母牛每头四块八毛钱,或者别的类似的话。'

"'昨天结的婚,'埃姆斯利大叔说,'到韦科和尼亚加拉大瀑布去度蜜月了。怎么,难道你一直没有看出苗头吗?杰克逊·伯德带威莱拉出去骑马那天,就开始追求她了。'

"'那么,'我几乎嚷了起来,'他对我讲的有关薄饼的那套话,究竟是什么意思?你倒说说看。'

"我一提起薄饼,埃姆斯利大叔立即闪开,后退了几步。

"'有人用薄饼来欺骗我,'我说,'我要弄弄清楚。我相信你是知道的。讲出来,'我说,'不然我跟你没完。'

"我翻过柜台去抓埃姆斯利大叔。他去抓枪,可是枪在抽屉里,差两英寸没够着。我揪住他的前襟,把他推到角落里。

"'说说薄饼的事,'我说,'不然我就把你挤成薄饼。威莱拉小姐会不会做薄饼?'

"'她一辈子没有做过一张薄饼,我也没有见她做过。'埃姆斯利大叔安慰我说,'安静一些,贾德——安静一些。你太激动啦,你头上的老伤使你神志不清。别去想薄饼。'

"'埃姆斯利大叔,'我说,'我的头没有受过伤,最多只是天生的思考本能不太高明。杰克逊·伯德对我说,他来看威莱拉小姐的目的是为了打听她做薄饼的法子,他还请我帮他弄一份配料的清单。我照办了,结果你也看到了。我是被一个粉红眼睛的牧羊人用约翰逊青草给蒙住了,还是怎么的?'

"'你先放松我的衬衫,'埃姆斯利大叔说,'我再告诉你。哎,看情形杰克逊·伯德骗了你,自己跑了。他同威莱拉小姐出去骑马的第二天,又来通知我和威莱拉,赶上你提起薄饼的时候,就要加意提防。他说,有一次你们营地里在烙薄饼,有个人用平底锅砸破了你的头。杰克逊说,你一激动或紧张,老伤就要复发,使你有点儿疯癫,胡言乱语念叨着薄饼。他告诉我们,只要把你从这个话题上岔开,让你安静下来,就没有危险。因此我和威莱拉尽我们的力量帮助了你。哎,哎,'埃姆斯利大叔说,'像杰克逊·伯德这样的牧羊人倒是少见的。'"

贾德讲故事的时候,已经不慌不忙、十分熟练地把那些口袋和铁皮罐里的东西调和起来。快讲完时,他把完成的产品端到我面前——两张搁在铁皮碟子上的、滚烫的、深黄色的薄饼。他又从某些秘密的贮藏处取出一块上好的黄油和一瓶金黄色的糖浆。

"这是多久以前的事啦?"我问他说。

"有三年了。"贾德答道。"如今他们住在陷骡山谷。可是我以后一直没有见过他们。有人说,当杰克逊·伯德用薄饼计把我骗得走投无路的时候,他一直在布置他的牧场,摇椅啦,窗帘啦,摆设得漂漂亮亮。喔,过一阵子,我就把这件事抛开了,可是弟兄们还闹个不休。"

"这些薄饼,你是不是按照那个著名的配方做的呢?"我问道。

"我不是早就说过,配方是根本不存在的吗?"贾德说。"弟兄们老是拿薄饼来取笑我,后来搞得想吃薄饼了,于是我从报上剪下了这个调制方法。这玩意儿的味道怎么样?"

"好吃得很。"我回答说。"你自己干吗不吃一点,贾德?"我清晰地听到一声叹息。

"我吗?"贾德说,"我一向不吃薄饼。"

索利托牧场的卫生学

假如你很熟悉拳击界的纪录,你大概记得九十年代初期有过这么一件事:在一条国境河流的彼岸,一个拳击冠军同一个想当冠军的选手对峙了短短的一分零几秒钟。观众指望多少看到一点货真价实的玩意儿,万万没料到这次交锋竟然这么短暂。新闻记者们卖足力气,可是巧妇难为无米之炊,他们报道的消息仍旧干巴得可怜。冠军轻易地击倒了对手,回过身说:"我知道我一拳已经够那家伙受用了。"接着便把胳臂伸得像船桅似的,让助手替他脱掉手套。

由于这件事,第二天一清早,一列车穿着花哨的坎肩、打着漂亮的领结、大为扫兴的先生们从普尔门卧车下到圣安东尼奥车站。也由于这件事,"蟋蟀"麦圭尔跌跌撞撞地从车厢里出来,坐在车站月台上,发作了一阵圣安东尼奥人非常耳熟的剧烈干咳。那当儿,在熹微的晨光中,纽西斯郡的牧场主,身高六英尺二英寸的柯蒂斯·雷德勒碰巧走过。

牧场主这么早出来,是赶南行的火车回牧场去的。他在这个倒霉的拳击迷身边站停,用拖长的本地口音和善地问道:"病得很厉害吗,老弟?"

"蟋蟀"麦圭尔听到"老弟"这个不客气的称呼,立刻寻衅似的抬起了眼睛。他以前是次轻量级的拳击家,又是赛马预测人,骑师,赛马场的常客,全能的赌徒和各种骗局的行家。

"你走你的路吧,"他嘶哑地说,"电线杆。我没有盼咐你来。"

他又剧烈地咳了一阵,软弱无力地往近便的一只衣箱上一靠。雷德勒耐心地等着,打量着月台上那些白礼帽、短大衣和粗雪茄。"你是从北方来的,是吗,老弟?"等对方缓过气来时,他问道,"是来看拳赛的吗?"

"拳赛!"麦圭尔冒火说。"只能算是抢壁角游戏! 简直像是一针皮下注射。他挨了一拳,就像是打了一针麻醉药似的,躺在地下不醒了,门口连墓碑都不用竖。这算是哪门子拳赛！"他喉咙里咯咯响了一阵,咳了几声,又往下说;他的话不一定是对牧场主而发,只是把心头的烦恼讲出来,觉得轻松一点罢了。"其实我对这件事是完全有把握的。换了拉塞·塞奇①也会抓住这么个机会。我认定那个从科克来的家伙能支持三个回合。我以五比一的赌注打赌,把所有的钱都押上去了。我本来打算把第三十七号街上杰米·德莱尼的那家通宵咖啡馆买下来,以为准能到手,几乎已经闻到充填酒瓶箱的锯木屑的气味了。可是——喂,电线杆,一个人把他所有的钱一次下注是多么傻呀！"

"说得对,"大个子牧场主说,"赌输之后说的话尤其对。老弟,你还是起来去找一家旅馆吧。你咳得很厉害。病得很久了吗?"

"我害的是肺病。"麦圭尔很有自知之明地说,"大夫说我还能活六个月——慢一点也许还能活一年。我要安顿下来,保养保养。那也许就是我为什么要以五比一的赌注来搏一下的缘故。我攒了一千块现钱。假如赢的话,我就把德莱尼的咖啡馆买下来。谁料到那家伙在第一个回合就打瞌睡了呢——你倒说说看?"

"运气不好。"雷德勒说,同时看看麦圭尔靠在衣箱上的蜷缩消瘦的身体。"你还是去旅馆休息吧。这儿有门杰旅馆,马弗里克旅馆,还有——"

"还有五马路旅馆,沃尔多夫·阿斯托里亚旅馆②。"麦圭尔揶揄地学着说。"我对你讲过,我已经破产啦。我现在跟叫化子差不多。我只剩下一毛钱。也许到欧洲去旅行一次,或者乘私人游艇去航行航行,对我的身体有好处——喂,报纸！"

他把那一毛钱扔给了报童,买了一份《快报》,背靠着衣箱,立即全神贯注地阅读富于创造天才的报馆所渲染的关于他的惨败的报道了。

柯蒂斯·雷德勒看了看他那硕大的金表,把手按在了麦圭尔的肩膀上。

"来吧,老弟。"他说,"再过三分钟,火车就要开了。"

麦圭尔生性就喜欢挖苦人。

"一分钟之前,我对你说过我已经破产了。在这期间,你没有看见我捞进筹码,也没有发现我时来运转,是不是?朋友,你自己赶快上车吧。"

"你到我的牧场去,"牧场主说,"一直待到恢复。不出六个月,准保你换

---

① 指拉塞尔·塞奇(1816—1906),美国金融家,股票大王。
② 沃尔多夫·阿斯托里亚,纽约的豪华旅馆。

一个人。"他一把抓起麦圭尔,拖他朝火车走去。

"费用怎么办?"麦圭尔说,想挣脱可又挣脱不掉。

"什么费用?"雷德勒莫名其妙地说。他们你看着我,我看着你,可是互相并不了解,因为他们的接触只像是格格不入的斜齿轮,在不同方向的轴上转动。

南行火车上的乘客们,看见这两个截然不同的类型凑在一起,不禁暗暗纳罕。麦圭尔只有五英尺一英寸高,容貌既不像横滨人,也不像都柏林①人。他的眼睛又亮又圆,面颊和下巴瘦骨嶙峋,脸上满是打破后缝起来的伤痕,神气显得又可怕,又不屈不挠,像大黄蜂那样好勇斗狠。他这种类型既不新奇,也不陌生。雷德勒却是不同土壤上的产物。他身高六英尺二英寸,肩膀宽阔,但是像清澈的小溪那样,一眼就望得到底。他这种类型可以代表西部同南部的结合。能够正确地描绘他这种人的画像非常少,因为艺术馆是那么小,而得克萨斯还没有电影院。总之,要描绘雷德勒这种类型只有用壁画——用某种崇高、朴实、冷静和不配镜框的图画。

他们坐在国际铁路公司的火车上驶向南方。在一望无际的绿色大草原上,远处的树木汇成一簇簇青葱茂密的小丛林。这就是牧场所在的地方;是统治牛群的帝王的领土。

麦圭尔有气无力地坐在座位角落里,猜疑地同牧场主谈着话。这个大家伙把他带走,究竟是在玩什么把戏?麦圭尔怎么也不会想到利他主义上去。"他不是农人,"这个俘虏想道,"他也绝对不是骗子。他是干什么的呢?走着瞧吧,蟋蟀,看他还有些什么花招。反正你现在不名一文。你有的只是五分钱和奔马性肺结核,你还是静静等着。静等着,看他耍什么把戏。"

到了离圣安东尼奥一百英里的林康,他们下了火车,乘上在那儿等候雷德勒的四轮马车。从火车站到他们的目的地还有三十英里,就是坐马车去的。如果有什么事能使麦圭尔觉得像是被绑架的话,那就是坐上这辆马车了。他们的马车轻捷地穿过一片令人赏心悦目的大草原。那一对西班牙种的小马轻快地、不停地小跑着,间或任性地飞跑一阵子。他们呼吸的空气中有一股草原花朵的芳香,像美酒和矿泉水那般沁人心脾。道路消失了,四轮马车在一片航海图上没有标出的青草的海洋中游弋,由老练的雷德勒掌舵;对他来说,每一

---

① 横滨是日本商埠;都柏林是爱尔兰共和国首都。

簇遥远的小丛林都是一个路标,每一片起伏的小山都代表方向和里程。但是麦圭尔仰天靠着,他看到的只是一片荒野。他随着牧场主行进,心里既不高兴,也不信任。"他打算干什么?"这个想法成了他的包袱;"这个大家伙葫芦里卖的是什么药?"麦圭尔只能用他熟悉的城市里的尺度来衡量这个以地平线和玄想为界限的牧场。

　　一星期以前,雷德勒在草原上驰骋时,发现一头被遗弃的病小牛在哞哞叫唤。他没下马就抓起那头可怜的小牛,往鞍头一搭,带回牧场,让手下人去照顾。麦圭尔不可能知道,也不可能理解,在牧场主看来,他的情况同那头小牛完全一样,都需要帮助。一个动物害了病,无依无靠;而雷德勒又有能力提供帮助——他单凭这些条件就采取了行动。这些条件组成了他的逻辑体系和行为准则。据说,圣安东尼奥狭窄的街道上弥漫着臭氧,成千害肺病的人便去那儿疗养。在雷德勒凑巧碰到并带回牧场的病人中间,麦圭尔已经是第七个了。在索利托牧场做客的五个病人,先后恢复了健康或者明显好转,感激涕零地离开了牧场。一个来得太迟了,但终于非常舒适地安息在园子里一株枝叶披覆的树下。

　　因此,当四轮马车飞驰到门口,雷德勒把那个虚弱的被保护人像一团破布似的提起来,放到回廊上的时候,牧场上的人并不觉得奇怪。

　　麦圭尔打量着陌生的环境。这个牧场的庄院是当地最好的。砌房的砖是从一百英里以外运来的。不过房子只有一层,四间屋子外面围着一道泥地的回廊。杂乱的马具、狗具、马鞍、大车、枪支,以及牧童的装备,叫那个过惯城市生活、如今落魄的运动家看了怪不顺眼。

　　"好啦,我们到家啦。"雷德勒快活地说。

　　"这个鬼地方。"麦圭尔马上接口说,他突然一阵咳嗽,憋得上气不接下气,在回廊的泥地上打滚。

　　"我们会想办法让你舒服些,老弟。"牧场主和气地说,"屋子里面并不精致;不过对你最有好处的倒是室外。里面的一间归你住。只要是我们有的东西,你尽管要好啦。"

　　他把麦圭尔领到东面的屋子里。地上很干净,没有地毯。打开的窗户里吹来一阵阵海湾风,拂动着白色的窗帘。屋子当中有一张柳条大摇椅,两把直背椅子,一张长桌,桌子上满是报纸、烟斗、烟草、马刺和子弹。墙壁上安着几只剥制得很好的鹿头和一个硕大的黑野猪头。屋角有一张宽阔而凉爽的帆布床。纽西斯郡的人认为这间客房给王子住都合适。麦圭尔却朝它撇撇嘴。他掏出他那五分钱的镍币,往天花板上一扔。

"你以为我说没钱是撒谎吗?你高兴的话,不妨搜我口袋。那是库房里最后一枚钱币啦。谁来付钱呀?"

牧场主那清澈的灰色眼睛,从灰色的眉毛底下坚定地瞅着他客人那黑珠子般的眼睛。歇了一会儿,他直截了当,然而并不失礼地说:"老弟,假如你不再提钱,我就很领你的情。一次已经足够啦。被我请到牧场上来的人一个钱也不用花,他们也很少提起要付钱。再过半小时就可以吃晚饭了。壶里有水,挂在回廊里的红瓦罐里的水比较凉,可以喝。"

"铃在哪儿?"麦圭尔打量着周围说。

"什么铃?"

"召唤用人拿东西的铃。我可不能——喂,"他突然软弱无力地发起火来,"我根本没请你把我带来。我根本没拦住你,向你要过一分钱。我根本没有先开口把我的不幸告诉你,你问了我才说的。现在我落到这里,离侍者和鸡尾酒有五十英里远。我有病,不能动。哟!可是我一个钱也没有!"麦圭尔扑到床上,抽抽噎噎地哭了起来。

雷德勒走到门口喊了一声。一个二十来岁、身材瘦长、面色红润的墨西哥小伙子很快就来了。雷德勒对他讲西班牙语。

"伊拉里奥,我记得我答应过你,到秋季赶牲口的时候让你去圣卡洛斯牧场当牧童。"

"是的,先生,承蒙你的好意。"

"听着,这位小先生是我的朋友。他病得很厉害。你待在他身边。随时伺候他。耐心照顾他。等他好了,或者——唔,等他好了,我就让你当多石牧场的总管,比牧童更强,好吗?"

"那敢情好——多谢你,先生。"伊拉里奥感激得几乎要跪下去,但是牧场主善意地踹了他一脚,喝道:"别演滑稽戏啦。"

十分钟后,伊拉里奥从麦圭尔的屋子里出来,站到雷德勒面前。

"那位小先生,"他说,"向你致意,"(这是雷德勒教给伊拉里奥的规矩)"他要一些碎冰,洗个热水浴,喝掺有柠檬汽水的杜松子酒,把所有的窗子都关严,还要烤面包,修脸,一份《纽约先驱报》,香烟,再要发一个电报。"

雷德勒从药品柜里取出一夸脱容量的威士忌酒瓶。"把这给他。"他说。

索利托牧场上的恐怖统治就是这样开始的。最初几个星期,各处的牧童骑着马赶了好几英里路来看雷德勒新弄来的客人;麦圭尔则在他们面前吆喝,吹牛,大摆架子。在他们眼里,他完全是个新奇的人物。他把拳击的错综复杂的奥妙和腾挪闪躲的诀窍解释给他们听。他让他们了解到靠运动吃饭的人的不规矩的生活方式。他的切口和俚语老是引起他们发笑和诧异。他的手势、特别的姿态、赤裸裸的下流话和下流想法,把他们迷住了。他好像是从一个新世界来的人物。

说来奇怪,他所进入的这个新环境对他毫无影响。他是个彻头彻尾、顽固不化的自私的人。他觉得自己仿佛暂时退居到一个空间,这个空间里只有听他回忆往事的人。无论是草原上白天的无边自由也好,还是夜晚的星光灿烂、庄严肃穆也好,都不能触动他。曙光的色彩并不能把他的注意力从粉红色的运动报刊上转移过来。"不劳而获"是他毕生的目标;第三十七号街上的咖啡馆是他奋斗的方向。

他来了将近两个月后,便开始抱怨说,他觉得身体更糟了。从那时起,他就成了牧场上的负担、贪鬼和梦魇①。他像一个恶毒的妖精或长舌妇,独自关在屋子里,整天发牢骚,抱怨,詈骂,责备。他抱怨说,他被人家不由分说地骗到了地狱里;他就要因为缺乏照顾和舒适而死了。尽管他威胁说他的病越来越重,在别人眼里,他却没有变。他那双葡萄干似的眼睛仍旧那么亮,那么可怕;他的嗓音仍旧那么刺耳;他那皮肤绷得像鼓面一般紧;起老茧的脸并没有消瘦。他那高耸的颧骨每天下午泛起两片潮红,说明一支体温计也许可以揭露某种症状。胸部叩诊也许可以证实麦圭尔只有半边的肺在呼吸,不过他的外表仍跟以前一样。

经常伺候他的是伊拉里奥。指日可待的总管职位的许诺肯定给了他极大的激励,因为服侍麦圭尔的差使简直是活受罪。麦圭尔吩咐关上窗子,拉下窗帘,不让他惟一的救星新鲜空气进来。屋子里整天弥漫着污浊的蓝色烟雾;谁走进这间叫人透不过气来的屋子,谁就得坐着听那小妖精无休无止地吹嘘他那不光彩的经历。

最叫人纳闷的是麦圭尔同他恩人之间的关系。这个病人对牧场主的态

---

① "梦魇"的原文是"the Old Man of the Sea",典出《天方夜谭》故事中骑在水手辛巴德肩上不肯下来,老是驱使辛巴德涉水的海边老人。

度,正如一个倔强乖张的小孩儿对待溺爱他的父母。雷德勒离开牧场的时候,麦圭尔就不怀好意地闷声不响,发着脾气。雷德勒一回来,麦圭尔就激烈地、刻毒地把他骂得狗血喷头。雷德勒对他客人的态度也相当费解。牧场主仿佛真的承认并且觉得自己正是麦圭尔所猛烈攻击的人物——专制暴君和万恶的压迫者。他仿佛认为那家伙的情况应该由他负责,不管对方怎样谩骂,他总是心平气和,甚至觉得抱歉。

一天,雷德勒对他说:"你不妨多呼吸些新鲜空气,老弟。假如你愿意到外面跑跑,每天都可以用我的马车,我还可以派一个车夫供你使唤。到一个营地里去试一两个星期。我准替你安排得舒舒服服。土地和外面的空气——这些东西才能治好你的病。我知道有一个费城的人,比你病得凶,在瓜达卢佩迷了路,随着牧羊营里的人在草地上睡了两个星期。哎,先生,这使他的病情有了好转,后来果然完全恢复。接近土地——那里有自然界的医药。从现在开始不妨骑骑马。有一匹驯顺的小马——"

"我什么地方跟你过不去?"麦圭尔嚷道,"我几时坑害过你?我有没有求你带我上这儿来?你高兴的话,把我赶到你的营地里去好啦;或者一刀把我捅死,省却麻烦。叫我骑马!我连抬腿的力气都没有呢。即使一个五岁的娃娃来揍我,我也没法招架。全是你这该死的牧场害我的。这里没有吃的,没有看的,没有可以交谈的人,有的只是一批连练拳的沙袋和龙虾肉色拉都分不清的乡巴佬。"

"不错,这个地方很荒凉。"雷德勒不好意思地道歉说,"我们这儿很丰饶,但是很简朴。你想要什么,弟兄们可以骑马到外面去替你弄来。"

查德·默奇森最先认为麦圭尔是诈病。查德是圆圈横杠牛队①里的牧童,他赶了三十英里,并且绕了四英里的冤枉路,替麦圭尔弄来一篮子葡萄。在那烟气弥漫的屋子里待了一会儿后,他跑出来,直言不讳地把他的猜疑告诉了雷德勒。

"他的胳臂,"查德说,"比金刚石还要硬。他教我怎么打人家的大洋神经丛②,挨他一拳简直像给野马连踢两下。他在诓你呢,老柯。他不会比我病得更凶。我本来不愿意讲出来,可是那小子在你这儿蒙吃蒙住,我不得不

---

① 指那队牛都以⊖形烙印为记号。
② 原文是"shore-perplexus",应作"Solar plexus"(胃部的太阳神经丛),查德听不懂,搞错了。

讲了。"

牧场主是个实在人，不愿意接受查德对这件事的看法。后来，当他替麦圭尔检查身体时，动机也不是怀疑。

一天中午时分，有两个人来到牧场，下了马，把它们拴好，然后进去吃饭；这地方的风俗是好客的。其中一个人是圣安东尼奥著名的收费高昂的医师，因为一个富有的牧场主给走火的枪打伤了，请他去医治。现在他被伴送到火车站，搭车回城里。饭后，雷德勒把他拉到一边，塞了一张二十元的钞票给他，说道：

"大夫，那间屋子里有个小伙子，大概害着很严重的肺病。我希望你去给他检查一下，看他病到什么程度，有没有办法治治。"

"我刚才吃的那顿饭要多少钱呢，雷德勒先生？"医师从眼镜上缘看出来，直率地说。雷德勒把钞票放回口袋。医师立即走进麦圭尔的房间，牧场主在回廊里的一堆马鞍上坐着，假如诊断结果不妙，他真要埋怨自己了。

不出十分钟，医师大踏步走了出来。"你那个病人，"他马上说，"跟一枚新铸的钱币那么健全。他的肺比我的还好。呼吸、体温和脉搏都正常。胸围扩张有四英寸。浑身找不到衰弱的迹象。当然啦，我没有检验结核杆菌，不过不可能有。这个诊断，我完全负责。即使拼命抽烟，关紧窗子，把屋子里的空气弄得污浊不堪，对他也没有妨碍。有点咳嗽，是吗？你告诉他完全没有必要。你刚才问有没有办法替他治治。唔，我劝你让他去打木桩，或者去驯服野马。我们要上路啦。再见，先生。"医师像一股清新的劲风那样，飞也似的走了。

雷德勒伸手摘了一片栏杆旁边的牧豆树的叶子，沉思地嚼着。

替牛群打烙印的季节快要到了。第二天早晨，牛队的头目，罗斯·哈吉斯在牧场上召集了二十五个人，准备到即将开始打烙印的圣卡洛斯牧场去。六点钟，马都备了鞍，装粮食的大车也安排就绪，牧童们陆续上马，这当儿，雷德勒叫他们稍等片刻。一个小厮牵了一匹鞍辔齐全的小马来到门口。雷德勒走进麦圭尔的房间，猛地打开门。麦圭尔正躺在床上抽烟，衣服也没有穿好。

"起来。"牧场主说，他的声音像号角那样响亮。

"怎么回事？"麦圭尔有点吃惊地问道。

"起来穿好衣服。我可以容忍一条响尾蛇，可是我讨厌骗子。还要我再对你说一遍吗？"他揪住麦圭尔的脖子，把他拖到地上。

"喂,朋友,"麦圭尔狂叫说,"你疯了吗？我有病——明白吗？我多动就会送命。我什么地方跟你过不去?"——他又搬出他那套牢骚来了——"我从没有求你——"

"穿好衣服。"雷德勒的嗓音越来越响了。

麦圭尔咒骂,踉跄,哆嗦,同时用吃惊的亮眼睛盯着激怒的牧场主那吓人的模样,终于拖泥带水地穿上了衣服。雷德勒揪住他的衣领,走出房间,穿过院子,把他一直推到拴在门口的那匹另备的小马旁边。牧童们张着嘴,懒洋洋地坐在马鞍上。

"把这个人带走,"雷德勒对罗斯·哈吉斯说,"叫他干活。叫他多干,多睡,多吃。你们知道我已经尽力照顾了他,并且是真心实意的。昨天,圣安东尼奥最好的医师替他检查身体,说他的肺跟驴子一样健全,体质跟公牛一样结实。你知道该怎么对付他,罗斯。"

罗斯·哈吉斯没有回答,只是阴沉地笑了笑。

"噢,"麦圭尔凝视着雷德勒说,神情有点特别,"那个大夫说我没病,是吗？说我装假,是吗？你找他来看我的。你以为我没病。你说我是骗子。喂,朋友,我知道自己说话粗暴,可是我多半不是存心的。假如你到了我的地步——噢,我忘啦——那个大夫说我没病。好吧,朋友,现在我去替你干活。这才是公平交易。"

他像鸟一样轻快地飞身上马,从鞍头取下鞭子,往小马身上一抽。曾在霍索恩骑着"好孩子"①跑了第一名(当时的赌注是十比一)的"蟋蟀"麦圭尔,现在又踩上了马镫。

这队人马向圣卡洛斯驰去时,麦圭尔一马当先,牧童们落在后面,不由得齐声喝彩。

但是,不出一英里,他慢慢地落后了。当他们驰过牧马地,来到那片高栎树林时,他是最后的一个。他在几株栎树后面勒住马,把手帕按在嘴上。手帕拿下来时,已经浸透了鲜红的动脉血。他小心地把它扔在一簇仙人掌里面。接着,他又扬起鞭子,嘶哑地对那匹吃惊的小马说"走吧",快跑着向队伍赶去。

那晚,雷德勒接到阿拉巴马老家捎来的信。他家里死了人;要分一宗产

_____

① 霍索恩是加利福尼亚州西南部的一个城市;"好孩子"是马名。

120

业,叫他回去一次。第二天,他坐着四轮马车,穿过草原,直奔车站。他在阿拉巴马待了两个月才回来。回到牧场时,他发现除了伊拉里奥以外,庄院里的人几乎都不在。伊拉里奥在他离家期间,权且充当了总管。这个小伙子点点滴滴地把这段时间里的工作向他做了汇报。他得悉打烙印的营地还在干活。由于多次严重的风暴,牛群分散得很远,因此工作进行得很慢。营地现在扎在二十英里外的瓜达卢佩山谷。

"说起来,"雷德勒突然想到说,"我让他们带去的那个家伙——麦圭尔——他还在干活吗?"

"我不清楚。"伊拉里奥说,"营地里的人难得来牧场。小牛身上有许多活要干。他们没提起。哦,我想那个麦圭尔早就死啦。"

"死啦!"雷德勒嚷道,"你说什么?"

"病得很重,麦圭尔。"伊拉里奥耸耸肩膀说,"他走的时候,我就认为他活不了一两个月。"

"废话!"雷德勒说,"他把你也给蒙住了,对不对?医师替他检查过,说他像牧豆树疙瘩一样结实。"

"那个医师,"伊拉里奥笑着说,"他是这样告诉你的吗?那个医师没有看过麦圭尔。"

"讲讲清楚。"雷德勒命令说,"你到底是什么意思?"

"医师进来的时候,"那小伙子平静地说,"麦圭尔正好到外面去取水喝了。医师拖住我,用手指在我这儿乱敲,"——他把手放在胸口——"我不知道为什么。他把耳朵贴在这儿,这儿,这儿,听了听——我不知道为什么。他把一支小玻璃棒插在我嘴里。他按我手臂这个地方。他叫我轻轻地这样数——二十、三十、四十。谁知道,"伊拉里奥无可奈何地摊开双手,结束道,"那个医师干吗要做这许多滑稽的事情?"

"家里有什么马?"雷德勒简洁地问道。

"'乡巴佬'在外面的小栅栏里吃草,先生。"

"立刻替我备鞍。"

短短几分钟内,牧场主上马走了。"乡巴佬"的模样并不好看,可是跑得快,跟它的名字很相称;它大步慢跑着,脚下的道路像一根通心面条给吞掉时那样,飞快地消失了。过了两小时十五分钟,雷德勒从一个隆起的小山冈上望到打烙印的营帐扎在瓜达卢佩的干河床里的一个水坑旁边。他急切地想听听他所担心的消息,来到营帐前面,翻身下马,放下"乡巴佬"的缰绳。他的心地是那样善良,当时他甚至会承认自己有罪,害死了麦圭尔。

营地上只有厨师一个人,他正在张罗晚饭,把大块大块的烤牛肉和盛咖啡的铁皮杯摆好。雷德勒不愿意开门见山地问到他最关心的那个问题。

"营地里一切都好吗,彼得?"他转弯抹角地问道。

"马马虎虎。"彼得谨慎地说,"粮食断了两次。大风把牛群给吹散了,我们只得在方圆四十英里内细细搜索。我需要一个新的咖啡壶。这里的蚊子比普通的凶。"

"弟兄们——都好吗?"

彼得不是生性乐观的人。此外,问起牧童们的健康不仅是多余,而且近乎婆婆妈妈。问这种话的不像是头儿。

"剩下来的人不会错过一顿饭。"厨师说。

"剩下来的人?"雷德勒嘎声学了一遍。他不由自主地开始四下找寻麦圭尔的坟墓。他以为这儿也有像他在阿拉巴马墓地看到的那样一块白色墓碑。但是他随即觉得这种想法太傻了。

"不错,"彼得说,"剩下来的人。两个月来,营地常常移动。有的走了。"

雷德勒鼓起勇气问道:

"我派来的——那个——麦圭尔——他有没有——"

"嘿,"彼得双手各拿着一只玉米面包站了起来,打断了他的话,"太丢人啦,把那个可怜的、害病的小伙子派到牧牛营来。那个医师竟看不出他一只脚已经踏进棺材里,真应该用马肚带的扣子剥他的皮。他也真是那么倔强——说来真丢人——让我告诉你他干了些什么。第一晚,营地里的弟兄们着手教他牧童的规矩。罗斯·哈吉斯抽了他一下屁股,你知道那可怜的孩子怎么啦?那小子站起来,揍了罗斯。揍了罗斯·哈吉斯。狠狠地揍了他。揍得他又凶又狠,浑身都揍遍了。罗斯只不过是爬起来,换个地方又躺下罢了。

"接着,麦圭尔自己也倒在地上,脸埋在草里,不停地咯血。他们说是内出血。他一躺就是十八个钟头,怎么也不能动他一动。罗斯·哈吉斯喜欢能揍他的人,他把格陵兰到波兰支那的医师都骂遍了,又着手想办法;他同'绿枝'约翰逊把麦圭尔抬到一个营帐里,轮流喂他吃剁碎的生牛肉和威士忌。

"但是,那个孩子仿佛不想活了,晚上他溜出营帐,躺在草地里,那时候还下着细雨。'走啦,'他说,'让我称自己的心意死吧。他说我撒谎,说我是骗

子,说我诈病。别来理睬我。'

"他就这么躺了两个星期,"厨师说,"连人都认不清,于是——"

突然响起一阵雷鸣似的声音,二十来个骑手风驰电掣地闯过丛林,来到营地。

"天哪!"彼得嚷道,立刻手忙脚乱起来,"弟兄们来啦,晚饭不在三分钟之内弄好,他们就会宰了我。"

但是雷德勒只注意到一件事。一个矮小的、棕色脸盘、笑嘻嘻的家伙翻下马鞍,站在火光前面。他样子不像麦圭尔,可是——

转眼之间,牧场主已经拉住他的手和肩膀。

"老弟,老弟,你怎么啦?"他只说出了这么一句话。

"你叫我接近土地,"麦圭尔响亮地说,他那钢钳一般的手几乎把雷德勒的指头都捏碎了,"我就在那儿找到了健康和力量,并且领悟到我过去是多么卑鄙。多谢你把我赶出去,老兄。还有——喂! 这个笑话是那大夫闹的,是吗? 我在窗外看见他在那个南欧人的太阳神经丛上乱敲。"

"你这小子,"牧场主嚷道,"当时你干吗不说医师根本没有替你检查过?"

"噢——算了吧!"麦圭尔以前那种粗鲁的态度又冒出来一会儿,"谁也唬不了我。你从来没有问过我。你既然话已出口,把我赶了出去,我也就认了。喂,朋友,赶牛的玩意儿真够意思。我生平交的朋友当中,要算营地上的这批人最好了。你会让我待下去的,是吗,老兄?"

雷德勒询问似的看看罗斯·哈吉斯。

"那个浑小子,"罗斯亲切地说,"是任何一个牧牛营地里最大胆、最起劲的人——打起架来也最厉害。"

饕餮姻缘

"女人的脾气，"有关这个话题的各种意见都提出来以后，杰夫·彼得斯开口说，"简直捉摸不定。女人要的东西正是你所没有的。越是稀罕的东西，她越是想要。她最喜欢收藏一些她从没听说过的玩意儿。按照性格来说，女人对事物的看法倒不是片面的。

"一则由于天性，二则由于多闯了码头，我犯了这样一个毛病，"杰夫沉思地从架高的双脚中间望着炉子，接下去说，"就是我对某些事情的看法比一般人来得深刻。我几乎到过合众国所有的城市，一面闻着汽车废气，一面同街上的人们谈话。我用音乐、口才、戏法和花言巧语搞得他们目瞪口呆，同时向他们推销首饰、药品、肥皂、生发油和各种各样别的玩意儿。我在游历期间，为了消遣和安慰自己的良心，便对女人的性格做了一番研究。要彻底了解一个女人，非得下一辈子功夫不可。不过假如花十年时间，勤学好问，那么对女性的基本情况也可以知道一个大概。有一次，我刚从萨凡纳①经过棉花种植地带推销多尔比灯油防爆粉回来，在西部做巴西钻石和一种专利引火剂买卖的时候，就得到了一些教益。当时，俄克拉荷马这一带刚开始发展。格思里在它中间像一块自动发酵的面团那样日见长大。这十足是座新兴的市镇——你要洗脸先得排队；吃饭的时间如果超过十分钟，就得另付住宿费；在木板上睡了一夜，第二天早晨就要你付伙食费②。

"由于天性和原则，我养成了一个习惯，专爱发掘吃饭的好去处。于是我四下寻找，终于发现了一个完全符合要求的地方。我看到一家开张不久的饭摊，经营它的是一个随着小城的兴旺搬来想发利市的人家。他们草草搭起一

---

① 萨凡纳，美国佐治亚州东南的棉花集散港市。
② 原文"board"有双关意义，可作"伙食"及"木板"解。

座木板房子,作为住家和烹调之用,房子旁边再支起一个帐篷,在那里面卖饭。帐篷里张贴着花花绿绿的标语,打算把劳顿的旅客从寄宿所和供应烈酒的旅馆的罪孽中超度出来。'尝尝妈妈亲手做的软饼','你觉得我们的苹果布丁和甜奶油汁怎么样?','热烙饼和槭糖浆同你小时候吃的一模一样','我们的炸鸡从没有打过鸣'——真是开胃解馋的绝妙文章!我对自己说,妈妈的游子今晚一定去那儿吃饭。结果去了。我就在那儿结识了玛米·杜根姑娘。

"杜根老头是个六英尺高、一英尺宽的印第安纳州人,他什么事都不干,整天躺在小屋子里的摇椅上,回忆一八八六年的玉米大歉收。杜根大妈掌勺,玛米跑堂招待。

"我一见到玛米,就知道人口普查报告有了差错。合众国里总共只有一个姑娘。要细细形容她可不容易。她的身段同天仙差不多,眼睛和风韵都是说不出的美。如果你想知道她是怎么样的姑娘,从布鲁克林桥往西直到衣阿华州的康斯尔布拉夫斯的县政府,都找得到类似她的人。她们在商店、饭馆、工厂和办公室里工作,自食其力。她们是夏娃的嫡系后裔,她们这一伙才有女权。假如男人对此表示怀疑,少不了挨一记耳刮子。她们和蔼可亲,诚实温柔,不受约束,敢说敢言,勇敢地面对人生。她们同男人打过交道,发现男人是可怜的生物。她们认为海滨图书馆里说男人是神话中的王子的报告,是缺乏根据的。

"玛米就是那种人。她活泼风趣,有说有笑,应付吃饭的客人时巧妙而敏捷,不容你嬉皮笑脸。我不愿意挖掘个人情感的深处。我抱定一个主张:所谓爱情那种毛病的变化和矛盾,正像用牙刷一样,应该是私人的感情。我还认为,心的传记应该同肝的历史传奇一起,只能局限于杂志的广告栏。① 因此,我对玛米的感情,恕我不在这里开列清单了。

"不久,我养成了一个有规律的习惯,就是在没有规律的时间里,只要帐篷里主顾不多,就逛进去吃些东西。玛米穿着黑衣服和白围裙,微笑着走过来说:'喂,杰夫——你为什么不在开饭的时间来。你总是想看看能给人家添多少麻烦。今天有炸鸡牛排猪排火腿蛋菜肉馅饼'——以及诸如此类的话。她管我叫杰夫,可是并没有特别的用意。只不过是便于称呼而已。为了方便起见,她总是直呼我们的名字。我要吃过两客饭菜才离开,并且像参加社交宴会

---

① 心的传记指爱情小说,肝的历史传奇指药品广告。

似的拖延时间。在那种宴会上，人们不断掉换盘子和妻子，一面吃，一面兴高采烈地互相戏谑。玛米脸上堆着笑，耐心伺候，因为既然开了饭店，总不能因为过了开饭时间而不做生意呀。

"没多久，另一个名叫埃德·科利尔的家伙也犯了吃饭不上顿的毛病。他和我两个人在早饭与中饭、中饭与晚饭之间架起了桥梁，使饭摊成了连轴转的马戏团，玛米的工作则成了连续不断的演出。科利尔那家伙一肚子都是阴谋诡计。他干的大概是钻井、保险、强占土地，或者别的什么行当——我记不清了。他对人非常圆滑客气，说的话叫你听了服服帖帖。科利尔和我就这样又谨慎又活跃地同那个饭摊泡上了。玛米不偏不倚，一视同仁。她分施恩泽就像发纸牌一样——一张给科利尔，一张给我，一张留在桌上，绝不作弊。

"我同科利尔自然互相认识了，在外面也常常一起消磨时光。抛开他的狡诈不谈，他仿佛还讨人喜欢，尽管含有敌意，却很和蔼可亲。

"'我注意到，你喜欢等顾客跑光之后才去饭馆吃饭。'有一天我对他这么说，想要探探他的口气。

"'嗯，不错，'科利尔沉思地说，'挤满了人的饭桌太嘈杂，叫我那敏感的神经受不了。'

"'是啊，我也有同感。'我说，'小妞儿真不赖，是吗？'

"'原来如此。'科利尔笑着说，'嗯，经你一提，倒叫我想起她确实叫人眼目清凉。'

"'她叫我看了欢喜，'我说，'我打算追她。特此通知。'

"'我跟你一样说老实话吧，'科利尔坦白说，'只要药房里的胃蛋白酶不缺货，我打算同你比赛一场，到头来你恐怕要害消化不良。'

"于是，科利尔同我开始了比赛。饭馆增添了供应。玛米愉快而和气地伺候我们，一时难分高低，害得爱神丘比特和厨师在杜根饭馆里加班加点，忙得不可开交。

"九月里的一个晚上，吃过晚饭，店堂收拾干净之后，我邀玛米出去散步。我们走了一段路，在镇边一堆木料上坐下。这种机会难得，我便把心里话都掏了出来，向她解释，巴西钻石和引火剂累积的财富已经足以保证两个人的幸福生活，还说这两样东西加起来的光亮也抵不上某人的一对眼睛，还说杜根的姓应该改作彼得斯，如果不同意，请说明理由。

"玛米没有马上开口。一会儿，她似乎打了个哆嗦，我觉得情况不妙。

"'杰夫,'她说,'你开了口,叫我很为难。我喜欢你,同喜欢别人的情况一样,可是世界上根本没有我愿意嫁的男人,也永远不会有。你可知道,男人在我心目中是什么?是一座坟墓。一具埋葬牛排猪排炸肝拼咸肉火腿蛋的石棺材①。不是别的,就是这么一个东西。两年来,我一直看男人们吃呀吃的,最后他们在我印象中成了只会贪嘴的两脚动物。他们只是在饭桌上操使刀叉盘碟之类的东西,此外一无可取。在我的心目和印象中,这种想法已经不可磨灭了。我也曾想克服它,可是不成。我听到别的姑娘们把她们的情人吹得天花乱坠,我真弄不明白。男人在我心里唤起的感情同绞肉机和食品室所唤起的一模一样。有一次,我去看日场戏,特地看看姑娘们一致吹捧的一个男演员。当时我的兴趣只在于琢磨他要的牛排是喜欢煎得生一点,适中,还是老一点,琢磨他吃鸡蛋是喜欢老一点,还是嫩一点。就是这么回事。杰夫,我根本不愿意同男人结婚,看他吃完早饭,再回来吃中饭,又回来吃晚饭,吃呀吃的,吃个没完。'

"'不过,玛米,'我说,'日子一长,这种想法会消退的。这是因为你看腻了的缘故。你总有一天要结婚的。男人也不是一天到晚吃个不停。'

"'据我观察,男人就是一天到晚吃个不停的。不行,让我把我的打算告诉你吧。'玛米突然精神一振,眼睛明亮地说。'我在特雷霍特②有一个要好的女朋友,名叫苏西·福斯特。她在铁路食堂里做女侍。我在那个城的一家饭馆里干过两年活。苏西比我更厌烦男人,因为在铁路食堂里吃饭的人更穷凶极恶。他们为了抢时间,一面狼吞虎咽,一面还要调情。呸!苏西和我做了一个通盘计划。我们打算积攒一点钱,差不多的时候,就把我们看中的一幢小平房和五英亩地买下来,我们住在一起,种些紫罗兰,卖给东部的市场。好吃的男人休想走近那个地方。'

"'难道女人从来不——'我刚开口,玛米立刻打断了我的话。

"'不,她们从来不。有时候,稍微秀里秀气地吃一点;就是这么一回事。'

"'我原以为糖果——'

"'看在老天分上,谈些别的吧。'玛米说。

"我刚才说过,这番经历使我了解到,女人天性喜欢追求空幻虚假的东

---

① 原文"sacrophagus"是古代一种石棺,据说能分解吸收尸体。
② 特雷霍特,美国印第安纳州西部的城市。

西。拿英国来说，使它有所成就的是牛排；日耳曼的光荣应该归于香肠；山姆叔叔的伟大则得力于炸鸡和馅饼。但是，那些自说自话的年轻小姐，她们死也不肯相信。她们认为，这三个国家的赫赫名声是莎士比亚、鲁宾斯坦和义勇骑兵团①造成的。

"这种局面叫谁碰到都要伤脑筋。我舍不得放弃玛米；但是要我放弃吃东西的习惯，想起来都心痛，别说付诸实现了。这个习惯，我得来已久。二十七年来，我瞎打瞎撞，同命运挣扎，可总是屈服在那可怕的怪物——食物——的诱惑之下。太晚啦。我一辈子要做贪嘴的两脚动物了。从一餐饭开头的龙虾色拉到收尾的炸面饼圈，我一辈子从头到尾都要受口腹之累。

"我照旧在杜根的饭摊上吃饭，希望玛米能回心转意。我对真正的爱情有足够的信心，认为爱情既然能够经受住饥饿的考验，当然也能逐渐克服饱食的拖累。我继续侍奉我的恶习。虽然每当我在玛米面前把一块土豆塞进嘴里的时候，我总觉得自己在葬送最美好的希望。

"我想科利尔一定也同玛米谈过，得到了同样的答复。因为有一天他只要了一杯咖啡和一块饼干，坐在那里细嚼慢咽，正像一个姑娘先在厨房里吃足了冷烤肉和煎白菜，再到客厅里去充秀气那样。我灵机一动，如法炮制。我们还以为自己找到了窍门呢！第二天，我们又试了一次，杜根老头端着神仙的美食出来了。

"'两位先生胃口不好，是不是?'他像长辈似的，然而有点讽刺地问道。'我看活儿不重，我的风湿病也对付得了，所以代玛米干些活。'

"于是，我和科利尔又暴饮暴食起来。那一阵子，我发现我的胃口好得异乎寻常。我的吃相一定会叫玛米一见我进门就头痛。后来我才查明，我中了埃德·科利尔第一次施展在我身上的毒辣的阴谋诡计。原先他和我两人经常在镇里喝酒，想杀杀肚饥。那家伙贿赂了十来个酒吧侍者，在我喝的每一杯酒里下了大剂量的阿普尔特里蟒蛇开胃药。但是他最后作弄我的那一次，更叫人难以忘怀。

"一天，科利尔没有到饭摊来。有人告诉我，他当天早晨离开了镇里。现

---

① 鲁宾斯坦(1830—1894)，俄罗斯作曲家、钢琴家。"鲁宾斯坦"是德语中常见的姓，杰夫·彼得斯误以为他是德国人。义勇骑兵团是在一八九八年美国—西班牙战争中，西奥多·罗斯福和伦纳德·伍德指挥的在古巴作战的美国第一义勇骑兵团，这个番号沿用至今，但装备已不是战马，换了直升飞机。

在我惟一的情敌只有菜单了。科利尔离开的前几天,送给我一桶两加仑装的上好威士忌,据他说这是一个在肯塔基的表亲送给他的。现在我确信,那里面几乎全是阿普尔特里蟒蛇开胃药。我继续吞咽大量的食物。在玛米看来,我仍旧是个两脚动物,并且比以前更贪嘴了。

"科利尔动身之后约莫过了一星期,镇上来了一个露天游艺团,在铁路旁边扎起了帐篷。我断定准是卖野人头的展览会和一些稀奇古怪的玩意儿。有一晚,我去找玛米,杜根大妈说,她带了小弟弟托马斯去看展览了。那一星期,同样的情况发生了三次。星期六晚上,我在她回家的路上截住她,在台阶上坐了一会儿,同她谈谈。我发现她的神情有点异样。她的眼睛柔和了一些,闪闪发亮。她非但不像要逃避贪吃男人,去种紫罗兰的玛米·杜根,反倒像是上帝着意创造的玛米·杜根,容易亲近,适于在巴西钻石和引火剂的光亮下安身立命了。

"'那个"举世无双奇珍异物展览会"似乎把你给迷住了。'我说。

"'只是换换环境罢了。'玛米说。

"'假如你每晚都去的话,'我说,'你会需要再换一个环境的。'

"'别那样别扭,杰夫,'她说,'我只不过是换换耳目,免得老惦记着生意买卖。'

"'那些奇珍异物吃不吃东西?'我问道。

"'不全是吃东西的。有些是蜡制的。'

"'那你得留神,别被它们粘住。'我冒冒失失地说。

"玛米涨红了脸。我不清楚她的想法。我的希望又抬了头,以为我的殷勤或许减轻了男人们狼吞虎咽的罪孽。她说了一些关于星星的话,对它们的态度恭敬而客气,我却说了许多痴话,什么心心相印啦,真正的爱情和引火剂所照耀的家庭啦,等等。玛米静静地听着,并没有奚落的神气。我暗忖道:'杰夫,老弟,你快要摆脱依附在食品消费者身上的晦气了;你快要踩住潜伏在肉汁里的蛇了。'

"星期一晚上我又去了。玛米带着托马斯又在'举世无双奇珍异物展览会'里。

"'但愿四十一个烂水手的咒骂,'我说,'和九只顽固不化的蝗虫的厄运立即降临到这个展览会上,让它永世不得翻身。阿门。明晚我要亲自去一趟,调查调查它那可恶的魅力。难道一个顶天立地的大丈夫竟能先因刀叉,再因

一个三流马戏团而丧失他的情人吗？'

"第二天晚上，去展览会之前，我打听了一下，知道玛米不在家。这时候，她也没有同托马斯一起在展览会，因为托马斯在饭摊外面的草地上拦住了我，没让我吃饭，就先提出了他的小打算。

"'假如我告诉你一个情报，杰夫，'他说，'你给我什么？'

"'值多少，给多少，小家伙。'我说。

"'姊姊看上了一个怪物，'托马斯说，'展览会里的一个怪物。我不喜欢他。她喜欢。我偷听到他们的谈话。你也许愿意知道这件事。喂，杰夫，你看这值不值两块钱？镇上有一支练靶用的来复枪——'

"我搜遍了口袋，把五毛的、两毛五的银币叮叮当当地扔进托马斯的帽子里。这情报好像是一记闷棍，害得我一时没了主意。我一面把钱币扔进帽子，脸上堆着傻笑，心里七上八下，一面像白痴似的快活地说：

"'谢谢你，托马斯——谢谢你——呃——你说是一个怪物，托马斯。能不能请你把那个怪物的名字讲得稍微清楚一些，托马斯？'

"'就是这个家伙。'托马斯说着从口袋里掏出一张黄颜色的传单，塞到我面前。'他是寰球绝食冠军。我想姊姊就是为了这个道理才对他有了好感。他一点东西都不吃。他要绝食四十九天。今天是第六天。就是这个人。'

"我看看托马斯指出的名字——'埃德华多·科利埃利教授'。'啊！'我钦佩地说，'那主意倒不坏，埃德·科利尔。这一招我输给了你。可是只要那姑娘一天不成为怪物太太，我就一天不罢休。'

"我直奔展览会。我刚到帐篷后面，一个人正从帆布帐篷底下像蛇那样钻出来，踉踉跄跄地站直，仿佛是吃错了疯草的小马似的，同我撞个满怀。我一把揪住他的脖子，借着星光仔细打量了一番。原来是埃德华多·科利埃利教授，穿着人类的服装，一只眼睛露出铤而走险的凶光，另一只眼睛显得迫不及待。

"'喂，怪物。'我说，'你先站站稳，让我看看你怪在什么地方。你当了威洛帕斯-沃洛帕斯，或者婆罗洲来的平彭，或者展览会称呼你的任何别的东西，感觉怎么样？'

"'杰夫·彼得斯，'科利尔有气无力地说，'放开我，不然我要揍你了。我有十万火急的事。松手！'

"'慢着，慢着，埃德，'我回答说，把他揪得更紧了，'让老朋友看看你的怪异表演。老弟,你玩的把戏真出色。可是别提揍人的话,因为你现在气力不济。你充其量只有一股虚火和一个空瘪的肚子。'事实也确实如此。这家伙虚弱得像头吃素的猫。

"'我只要有半小时的锻炼,和一块两英尺见方的牛排作为锻炼对象,'他忧伤地说,'我就可以同你争个高低,奉陪到底。我说,发明绝食的家伙真是罪该万死。但愿他的灵魂永生永世被锁起来,同一个满是滚烫的肉丁烤菜的无底坑相距两英尺。我放弃斗争,杰夫;我要倒戈投敌了。你到里面去找杜根小姐吧,她在注视独一无二的活木乃伊和博学多才的公猪。她是个好姑娘,杰夫。只要我能把不吃东西的习惯再维持一个时期,我就能比垮你。你得承认,绝食的一招在短期内是很高明的。我原是这么想的。喂,杰夫,常言道,爱情是世界的动力。我来告诉你吧,这句话不符合实际。推动世界的是开饭的号角声。我爱玛米·杜根。我六天不吃东西,就是为了讨她的欢心。我只吃过一口。我用大棒把一个浑身刺花的汉子打蒙了,夺了他嘴里的三明治。经理扣光了我的工资;可是我要的并不是工资,而是那个姑娘。我愿意为她献出生命,然而为了一盆炖牛肉,我宁愿出卖我永生的灵魂。饥饿是最可怕的东西,杰夫。一个人饿饭的时候,爱情、事业、家庭、宗教、艺术和爱国等等,对他只是空虚的字眼!'

"埃德·科利尔可怜巴巴地对我说了这番话。我经过分析,知道他的爱情和消化起了冲突,而粮食部门却赢得了胜利。我一向并不讨厌埃德·科利尔。我把肚子里合乎礼节的言语搜索了一番,想找一句安慰他的话,可是找不到凑手的。

"'现在,只要你放我走路,'埃德说,'我就感激不尽啦。我遭受了严重打击,现在我准备更严重地打击粮食供应。我准备把镇上所有的饭馆都吃个精光。我要在齐腰深的牛腰肉里蹚过去,在火腿蛋里游泳。人落到这个地步,杰夫·彼得斯,可够惨的——竟然为了一点吃食而放弃他的姑娘——比那个为了一只松鸡而出卖继承权的以扫更为可耻①——不过话又说回来,饥饿实在太可怕啦。恕我少陪了,杰夫,我闻到老远有煎火腿的香味,我的腿想直奔那个方向。'

---

① 《旧约·创世记》第 25 章:以扫是以撒的长子、雅各之兄,他看不起长子继承权,把它卖给了雅各,换了一膳之羹汤。原文"羹汤"(pottage)与"松鸡"(partridge)读音相近,埃德·科利尔说错了。

"突然间,风中飘来一股浓烈的煎火腿的气息;这位绝食冠军喷了喷鼻子,在黑暗中朝食料奔去。

"那些有修养的人老是宣扬爱情和浪漫史可以缓和一切,我希望他们当时也在场看看。埃德·科利尔是个堂堂的男子汉,诡计多端,善于调情,居然放弃了他心中的姑娘,逃窜到胃的领域去追求俗不可耐的食物。这是对诗人的一个讽刺,对最走红的小说题材的一记耳光。空虚的胃,对于充满爱情的心,是一剂百试不爽的解药。

"我当然急于知道,玛米被科利尔和他的计谋迷惑到了什么程度。我走进'举世无双展览会',她还在那儿。她见到我时有点吃惊,但并没有惭愧的表示。

"'外面的夜色很美。'我说,'夜气凉爽宜人,星星端端正正地排在应在的地方。你肯不肯暂时抛开这些动物世界里的副产品,同一个生平没有上过节目单的普通人类去散散步?'

"玛米偷偷地四下扫了一眼,我明白她的心思。

"'哦,'我说,'我不忍心告诉你;不过那个靠喝风活命的怪物已经逃出牢笼。他刚从帐篷底下爬出去。这时候,他已经同镇上半数的饮食摊泡上啦。'

"'你是指埃德·科利尔?'玛米问道。

"'正是,'我回答说,'遗憾的是他又坠入罪恶的深渊了。我在帐篷外面碰上他,他表示要把全世界的粮食收成掳掠一空。一个人的理想从座架上摔下来,使自己成为一只十七岁的蝗虫时,可真叫人伤心。'

"玛米直瞅着我,看透了我的心思。

"'杰夫,'她说,'你说出那种话很不像你平时的为人。埃德·科利尔被人取笑,我可不在意。男人也许会干出可笑的事来,如果是为一个女人干的,在那个女人看来就没有什么可笑的。这样的男人简直是百里挑一都难找到的。他不吃东西,完全是为了讨我欢喜。假如我对他没有好感,那就未免太狠心、太忘恩负义了。他干的事,你办得到吗?'

"'我知道,'我明白了她的意思后说,'我错了,但是我没办法。我的额头已经盖上了吃客的烙印。夏娃太太同灵蛇打交道的时候,就决定了我的命运。我跳出火坑又入油锅①。我想我恐怕要算得上寰球吃食冠军了。'我的口气很

---

① 英文成语有"out of the frying pan into the fire"(跳出油锅又入火坑),意谓"逃脱小难又遭大难";这里颠倒了两字的次序,有"投入人世又贪口腹"之意。

温顺,玛米稍微心平气和了一些。

"'埃德·科利尔和我是好朋友,'她说,'正像你和我一样。我回答他的话也同回答你的一样——我可不打算结婚。我喜欢跟埃德一起,同他聊聊。居然有一个男人永远不碰刀叉,并且完全是为了我,叫我想起来就非常高兴。'

"'你有没有爱上他?'我很不明智地问道,'你有没有达成协议,做怪物太太?'

"我们有时候都犯这种毛病。我们都会说溜嘴,自讨没趣。玛米带着那种又冷又甜的柠檬冻似的微笑,使人过于愉快地说:'你没有资格问这种话,彼得斯先生,假如你先绝食四十九天,取得了立足点,我或许可以回答你。'

"这一来,即使科利尔由于胃口的反叛被迫退出以后,我对玛米的指望也没有什么改善。此外,我在格思里的买卖也没有多大盼头了。

"我在那里逗留得太久了。我卖出去的巴西钻石开始出现磨损的迹象,每逢潮湿的早晨,引火剂也不肯烧旺。在我干的这一门行业里,总有一个时候,那颗指点成功的星辰会说:'换个城镇,另开码头吧。'那时,为了不错过任何一个小镇,我出门时总是赶着一辆四轮马车;几天之后,我套好车,到玛米那里去辞行。我并没有死心,只不过打算去俄克拉荷马市做一两个星期的买卖,然后再回来,重整旗鼓,同玛米蘑菇。

"我一到杜根家,只见玛米穿着一套蓝色的旅行服,门口放着一只小手提箱。据说,她一个在特雷霍特当打字员的小姊妹,洛蒂·贝尔下星期四结婚,玛米去那儿做一星期客,举行婚礼时帮帮忙。玛米准备搭驶往俄克拉荷马的货车。我立即鄙夷地否定了货车,自告奋勇地送她去。杜根大妈认为没有反对的理由,因为货车是要取费的;于是半小时后,玛米和我乘着我那辆有白帆布篷和弹簧的轻便马车,向南进发。

"那天早晨真值得赞美。微风习习,花草的清香十分可人,白尾巴的小灰兔在路上穿来穿去。我那两匹肯塔基的栗色马撒开蹄子,往前直奔,以至地平线飞快地迎面扑来,仿佛是拦在前头的晾衣服绳子似的,害得你直想躲闪。玛米谈风很健,像孩子一般喋喋不休,谈她在印第安纳州的老家,学校里的恶作剧,她爱好的东西和对街约翰逊家几个姑娘的可恶行为。没有一句话提到埃德·科利尔,食物,或者类似的重大事情。中午时分,玛米检查一下,发现她装午餐的篮子忘了带来。我很有吃些零食的胃口,不过玛米仿佛并不因为没有吃的而发愁,因此我也不便表示。这对我是个痛心的问题,我在谈话中尽量避免。

"我不打算多解释我怎么会迷路的。道路灰溜溜的,长满了野草;又有玛米坐在我身边,害得我心不在焉。理由充分不充分,全凭你是怎么想的了。总之,我迷了路,那天薄暮时,我们本应到达俄克拉荷马市,却在一条不知名的河床旁边乱兜乱转。天又下起大雨来,把我们淋得湿漉漉的。在沼地那面,我们看到比较高的小山岗上有一所木头小房子。房子周围尽是野草、荆棘和几株孤零零的树。这所凄凉的小房子,叫人看了都会替它伤心。我认为只有在那里过夜了。我向玛米解释,她没有什么意见,让我决定。她不像大多数女人那样急躁埋怨,反而说没有问题;她知道我不是存心这样的。

"我们发现这所房子里没人住。有两间空屋子。院子里还有一个圈过牲口的小棚子。棚子里的阁楼上有许多陈干草。我把马牵了进去,给它们吃些干草,它们悲哀地看着我,指望我说些道歉的话。其余的干草,我一抱一抱地搬进屋里,准备铺陈。我把专利引火剂和巴西钻石也搬了进屋,因为这两样东西碰到水都不保险。

"玛米和我把马车垫搬了进来,放在地上当座椅。夜气很冷,我在炉子里烧了不少引火剂。假如我判断不错的话,我认为那姑娘很高兴。这对她是换换环境,使她有一种不同的观点。她有说有笑,眼睛放光,把引火剂的光焰都比得黯然失色了。我身边有满满一口袋的雪茄烟,拿我个人来说,人类堕落的事是根本没有的①,我们仍旧在伊甸园里。外面大雨滂沱,漆黑一片的某个地方就是天堂的河流,擎着火剑的天使还没有竖起'不准走近草坪'的告示。我打开一两罗②巴西钻石,让玛米戴上——戒指、胸针、项链、耳坠、手镯、腰带、鸡心等等都齐全。她浑身光彩夺目,脸上泛起了红晕,几乎想要一面镜子来照照自己了。

"天晚时,我用干草和马车里的毯子替玛米打了一个舒适的地铺,劝她躺下去。我坐在另一间屋子里抽烟,听着倾盆雨声,思忖着人生在世的七十来年中,在葬礼之前,有多少变幻莫测的事情。

"黎明前,我一定阖上眼睛打了一会儿盹,因为等我睁开眼睛的时候,天

---

① 指《圣经》中亚当和夏娃吃了禁果,被上帝逐出伊甸园的故事。
② 罗是商业用的量词,每罗 12 打,144 件。

色已亮。玛米站在我面前,头发梳得整整齐齐,眼睛里闪着歌颂生命的光芒。

"'哎呀,杰夫!'她嚷道,'我饿啦。我简直吃得下——'

"我抬起头,看到了她的眼色。她收敛笑容,冷冷地、心怀戒意地瞥了我一眼。接着,我哈哈大笑,并且躺在地上,以便笑得更舒畅些。我觉得太逗趣了。出于天性和亲切,我是个喜欢大笑的人,这时我尽情笑了。等我恢复过来时,玛米背朝我坐着,一副凛然不可侵犯的样子。

"'别生气,玛米,'我说,'我实在控制不住。你的头发梳成那种样子太逗笑啦。你自己能看到就好啦!'

"'你不必说假话了,先生。'玛米冷静而有自知之明地说。'我的头发梳得没错儿。我知道你在笑什么。喂,杰夫,你瞧外面,'她打住话头,从木板的罅隙里望出去。我打开小木窗,往外一看。整个河床泛滥了,房子所在的小山岗成了一个岛屿,孤立在一条百米码宽的湍急的黄水河中。瓢泼大雨还是下个不停。我们毫无办法,只能待在那里,等鸽子衔橄榄枝来①。

"我不得不承认,当天的谈话和消遣都索然无味。我知道玛米又对事物过于坚持片面的看法了,但是我没法使她改变。拿我自己来说,我一心只想吃东西。我产生了肉丁烤菜和火腿的幻觉,一直问自己说:'你打算吃什么,杰夫?——等侍者来的时候,你准备点什么菜,老弟?'我心里在菜单子上挑选各式各样好吃的东西,想象它们给端上来时的情景。我猜想,肚子饿透了的人都是这样做的。他们的思想除了放在食物上之外,不可能集中在别的地方。那说明,摆着缺胳膊断腿的五味瓶架和冒牌的伍斯特辣酱油、用餐布掩盖咖啡污迹的小餐桌,毕竟是头等大事,人的永生或者国与国的和平问题都在其次。

"我坐着沉思冥想,同自己争论得相当激烈:我究竟要蘑菇配牛排呢,还是克里奥耳式牛排。玛米坐在另一个座垫上,手托着脑袋,也在想心思。'土豆要油炸的,'我在心里说,'肉丁烤菜要煎得黄些,旁边再煎九个荷包蛋。'我在口袋里仔细摸索,试试能不能找到一颗遗忘在里面的花生米或者一两颗爆玉米花。

"夜晚又来了,河水继续上涨,雨不住地下着。我看看玛米,注意到她脸上带着姑娘们走过冰淇淋店时的绝望神情②。我知道那可怜的姑娘也饿

① 《圣经》故事,大洪水四十天后,挪亚在方舟里放出鸽子,鸽子衔回一枝橄榄枝,表示洪水已退。

② 指姑娘们又想吃冰淇淋,又怕吃了发胖。

了——她这辈子恐怕还是头一回呢。她的眼色显得心事重重。女人们只有在错过一顿饭，或者觉得裙子没有束好，要坠下来的时候，才有这种眼色。

"第二天晚上十一点左右，我们还是闷闷地坐在那所像失事船只一样的小屋里。我尽力把自己的念头从食物上拉开，可是还没有把它拴在别的地方，它又猛扑回来。凡是我听到过的好吃的东西，我全想到了。我追溯到童年时代，想起我最喜欢、最珍视的热软饼蘸玉米炖咸肉卤汁。接着，我一年年地往后推想，回味着蘸盐巴的青苹果，槭糖烙饼，玉米粥，弗吉尼亚老式炸鸡，玉米棒子，小排骨和甜薯馅饼，最后是佐治亚式的什锦沙锅，那是好吃东西中的头儿脑儿，因为它包罗万象。

"有人说，落水的人将要溺死时，会看到他一生的经历在眼前重演一遍。好吧，一个人挨饿时，却看到他生平吃过的每一样东西都像幽灵似的浮现出来，并且还能凭空想象，创造出能叫厨师走红的新菜。如果有谁能收集饿死的人的遗言，虽然要做一番细致的分析工作才能发现他的思绪，但是可以根据这些材料汇编成一本畅销几百万册的食谱。

"我猜想，我一定在吃食问题上想昏了头，因为我突然不由自主地对想象中的侍者高声喊道：'肉排要厚，煎得嫩一点，加法式炸土豆，炒六个蛋摊在烤面包上。'

"玛米飞快地扭过头来，她眼睛闪闪发亮，突然笑了。

"'我的肉排要煎得适中，'她连珠似的说下去，'还要肉汁菜丝汤，三只煎得嫩一点的蛋，一杯咖啡，麦片饼要煎得黄一些，每样都来双份。啊，杰夫，那有多好啊！我再要半只炸鸡，一点咖喱鸡饭，牛奶蛋冻加冰淇淋，还有——'

"'慢着，'我抢着说，'别忘了鸡肝馅饼，嫩煎腰子配烤面包，烤羊肉和——'

"'哦，'玛米兴奋地插嘴说，'加上薄荷酱，火鸡色拉，菜肉卷，木莓果酱小烘饼和——'

"'点下去呀。'我说，'赶快点炸南瓜，热玉米饼配甜牛奶，别忘了苹果布丁和甜奶油汁，还有悬钩子果馅饼——'

"是啊，我们把那种饭店里的应答搞了十分钟。我们在饮食问题的枝节上前前后后、上上下下全摸索遍了。玛米带头领先，因为她熟悉饭店的情况，她点出的菜名使我馋涎欲滴。照当时的气氛看来，玛米仿佛要同食物言归于好了。她仿佛不像以前那样鄙薄那门可憎的饮食学了。

"第三天早晨,我们发现洪水退了。我套好马,我们拖泥带水地驶了出去,担了一点风险,终于找到了正路。我们先前只走岔了几英里路。两小时后,我们到达了俄克拉荷马市。我们首先注意到的是一家饭馆的大招牌,便急忙赶去。我同玛米坐一张桌子,中间摆着刀叉盘碟。她非但没有奚落的神气,反而带着饥饿和甜蜜的笑容。

"那家饭馆开张不久,备货充足。我从菜单上点了一大堆菜,弄得侍者一再看外面的马车,以为还有多少人没下来呢。

"我们坐着,点的菜一道道地端了上来。那些东西足够十来个人吃的,可是我们觉得我们的胃口足能抵上十来个人。我瞅着桌子对面的玛米,不禁笑了,因为我还记着以前的事。玛米望着桌子,正像一个孩子望着她生平初次得到的转柄表。接着,她直勾勾地看着我,眼里噙着两颗大泪珠。侍者已经走开去端菜了。

"'杰夫,'她脉脉含情地说,'我以前是个傻姑娘。我总是从错误的角度来看问题。我以前从没有这种想法。男人们每天都是这样饿,可不是吗?他们长得又大又结实,承担着世上的艰难,他们吃东西,并不是为了刁难饭馆里傻气的女侍者,对吗,杰夫?你曾经提过——就是,你向我——你要我——呃,杰夫,假如你仍旧有这种意思——我很高兴,并且愿意永远和你面对面地同坐在一张桌子上。现在,赶快替我弄点吃的吧。'

"所以,我已经说过,女人需要偶尔换换她们的观点。日子一久,同样的东西会使她们腻烦——饭桌、洗衣盆、缝纫机,都是这样。总要给她们一点变化——一点旅行和休息,掺杂在家务烦恼中的一点儿戏,吵架之后的一点安抚,一点捣乱和激惹——那么一来,玩这场把戏的人就皆大欢喜了。"

活 期 贷 款

在那年月,牧牛人都是天之骄子。他们是草原的大公,牛群的帝王,牧地的君主,牛肉和牛骨的大王。只要高兴,他们有条件乘坐镀金的马车。金钱劈头盖脑地落到牧牛人身上,他似乎觉得自己钱多得邪门。但是,除了买一只表盖上镶着许多大宝石、硌得肋骨生痛的金表,买一具嵌着银钉、配着安哥拉皮垫的马鞍,和在酒吧间请大伙喝威士忌之外,他还有什么地方可以花钱呢?

至于那些有女眷的牧场主,他们减少超额财富的门路就不那么局限了。在境况不如意的时候,夏娃后裔减轻钱包的本领也许会沉睡多年,可是,弟兄们哪,这种本领是永远不会灭绝的。

因此,为妻子所迫的"高个儿"比尔·朗利,离开了弗里奥河畔栎树丛生的圆圈横杠牧场,到城里去享受成功的乐趣了。他的财产有五十来万元,收入还在不断增加。

"高个儿"比尔是在营地和草原上磨练出来的。幸运和节俭,冷静的头脑,寻找无主小牛的锐利目光,这种种因素加起来,使他从牧牛人变成了牧场主。后来,牛的买卖突然兴旺,幸运女神小心翼翼地穿过仙人掌刺丛来了,把她的丰饶之角①倾注在牧场庄屋的门口。

朗利在边疆小城查帕罗萨盖了一幢豪华的住宅。他成了俘虏,被套在社会生活的马车上。他注定要成为当地的头面人物。一开头,他像野马初次被关进栅栏里那样,挣扎了一阵子,接着也就把马鞭和马刺挂起,安于现状了。他无所事事,日子不好打发,便创办了查帕罗萨第一国民银行,被选为总经理。

一天,有个戴着镜片像放大镜那么厚的眼镜、害消化不良症的人,来到第

---

① 丰饶之角,希腊神话中的主神宙斯年幼时从亚马尔泰亚羊人的头上拗下一只角,使它具有了魔力,拿这只角的人心里想要什么,角里立刻就有什么。

一国民银行,在出纳员窗口递进一张气派十足的名片。五分钟后,银行全体职员在查账稽核的指使下忙开了。

这位稽核,杰·埃德加·托德先生,竟然非常认真。

查完账目以后,稽核戴上帽子,请总经理威廉·雷·朗利先生到小办公室去。

"唔,你觉得怎么样?"朗利音调深沉缓慢地问道,"牛群中有没有你看不顺眼的印记?"

"账目都很清楚,朗利先生,"托德说,"我发现你的贷款也都符合手续——不过有一笔例外。有一张借据很糟糕——糟到这种程度,我猜想你一定还不了解情况的严重性。我指的是那笔借给托马斯·默温的一万元活期贷款①。问题不仅在于数目超过了银行发放私人贷款的最高限额,而且既无担保,又无抵押。因此,你在两方面都违犯了国民银行法,政府随时都可以向你提出刑事诉讼。假如把这件事报告货币审计处——我有责任这么做——我相信一定会移交司法部执行。你该明白情况有多么严重了吧。"

比尔·朗利坐在转椅上,颀长的身躯慢慢向后靠去。他双手合抱,托着后脑,略微侧过头,望着稽核。稽核看到银行家果断的嘴角上泛起一丝笑容,浅蓝色的眼睛里闪着和善的亮光,不禁有点纳闷。等到朗利了解了这件事的严重性时,他的脸色就不会这样了。

"当然,这也难怪,你根本不认识汤姆·默温。"朗利几乎是亲切地说,"不错,我知道这笔贷款。除了汤姆·默温一句话以外,没有任何抵押品。不过我一向认为,一个人只要讲信用,他的话就是最好的抵押品。哦,是呀,我知道政府不是这样想的。看来我还是为这笔贷款去找一次汤姆吧。"

托德先生的消化不良症仿佛突然恶化了。他从放大镜似的眼镜后面惊讶地瞅着这位牧牛人出身的银行家。

"你明白,"朗利轻松地解释说,想了结这件事,"汤姆听说里奥格朗德岩石津那里有两千头两岁的小牛出售,每头八块钱就可以成交。我猜想那大概是老莱恩德罗·加尔西亚私运进来的牛队,急于脱手。那群牛到堪萨斯城可以卖十五元一头。汤姆清楚,我也清楚。他有六千元现款,我就把这笔交易的

---

① 亦称"通知贷款",指商业银行未规定期限的并可随时索还的贷款。借款人应在得到通知后24小时内归还。

不足之数一万元借给了他。他弟弟埃德三星期前把牛赶去卖了。这几天里，他随时可能带着贷款回来。他一来，汤姆就会归还借款的。"

稽核吓坏了。他也许有责任立即去电报局，把这个情形报告审计处。但他没有这么做。他直截了当地同朗利谈了三分钟。他终于使这位银行家了解到自己已站在灾难的边缘。之后，他提供了一线希望。

"今晚我要去希尔台尔，"他对朗利说，"查对那里的一家银行的账目。回来时，我路经查帕罗萨。明天十二点，我再来这儿。到时候，如果这笔贷款已经清理，我在报告里就不提这件事。否则——我不得不尽我的职责。"

说罢，稽核鞠了一躬就走了。

第一国民银行的总经理在椅子上继续坐了半小时，然后点燃一支醇和的雪茄，到汤姆·默温家去了。默温，一个穿着棕色粗布裤子、神情显得深思熟虑的牧场主，正把脚搁在桌子上，坐在那儿编一条生皮马鞭。

"汤姆，"朗利靠在桌子上说，"有没有埃德的消息？"

"还没有。"默温继续编着鞭子，回答说，"我想这几天里埃德总该回来了。"

"有一个银行稽核，"朗利说，"今天去我们那里探头探脑，发现了你那张借据。你知道我认为没有问题，可是这样做是违犯银行法的。我本来断定在银行查账之前你能归还那笔借款的，但是那家伙出乎意外地来了，汤姆。眼前我自己手头现款短缺，不然我可以垫一垫，替你兑付这张借据。他限我明天十二点以前解决，那时候我得拿出现款来抵账，不然——"

"不然怎么啦，比尔？"默温看到朗利吞吞吐吐，便问道。

"唔，我猜想大概是被山姆大叔兜屁股踢出去吧。"

"我试试，把你那笔款子及时筹出来。"默温说，仍旧专心致志地在编马鞭。

"好吧，汤姆，"朗利转身向门口走去时说，"我知道你只要有办法就一定会做到的。"

默温扔开鞭子，到城里仅有的第二家银行去，那是库珀和克雷格合伙开的私营银行。

"库珀，"他对那个姓库珀的合伙股东说，"今天或者明天，我非筹到一万元不可。我这儿有一幢房子和地皮，大概值六千元，实际的担保品就这么些。不过我正在做一笔牛交易，几天之内，它给我带来的赚头就不止这个数目。"

库珀开始咳嗽起来。

"喂,看在老天分上,别拒绝。"默温说,"我欠人家一笔活期贷款,数目是一万元。现在要求归还了,要求归还的人同我在牧牛营地和守林营地一起待过十年。他可以要我所有的东西。他要我脉管里的血,我一定也会给他。他非搞到那笔钱不可,非常迫切——唔,他需要那笔钱,我有责任替他筹措。你知道我是有信用的,库珀。"

"那还用说吗,"库珀老于世故地同意说,"但是你知道,我有一个合伙人。我不能独断独行,私自放款。即使你手头有最可靠的担保品,我们也不可能在一星期之内贷给你。我们正要运一万五千元现款到罗克台尔,委托迈尔兄弟公司收购棉花。今晚就由窄轨火车运走。这一来,我们手头的现款也不多了。我们不能替你解决,非常抱歉。"

默温回到家里,重新编织马鞭。下午四点钟光景,他到了第一国民银行,隔着朗利办公桌的栅栏,凑过去说:

"我想办法在今晚——我是说明天——替你搞到那笔钱,比尔。"

"好吧,汤姆。"朗利平静地说。

那晚九点钟,汤姆·默温谨慎地走出他住的木头小房子。房子坐落在城郊,这时候附近行人很少。默温的腰带里插着两支六响手枪,头上戴一顶垂边帽子。他迅速地沿着一条冷落的小街走去,到了同窄轨铁路平行的沙路上,最后来到离城两英里的水塔旁。汤姆·默温在这儿停住,用一条黑绸手帕蒙住面孔下部,拉下帽檐。

十分钟后,从查帕罗萨开往罗克台尔的夜班火车在水塔旁边停住了。

默温双手各握一支手枪,从一丛栎树后面站起身,向机车走去。他还没走上三步,两条有力的长胳臂突然从背后把他拦腰抱起,合扑摔在草地上。一个沉重的膝头抵住他的脊背,钢钳一般的手提住了他的手腕。他就这样像小孩似的被制服了,直到机车加了水,重新起步,逐渐增加速度,开得看不见了为止。这时候,他才被松开,站了起来,发现抓他的人竟是比尔·朗利。

"这事绝不能这么解决,汤姆。"朗利说,"今天下午我见到了库珀,他把你同他谈的事告诉了我。晚上我去你家,见你带了枪出来,于是我一直尾随你到这儿。我们回去吧,汤姆。"

两人并肩走了。

"这是我惟一的机会。"过一会儿,默温开口说。"你要求归还贷款,我总得想办法清偿。比尔，假如他们为难你的话，你怎么办呢？"

"假如他们为难你的话，你又怎么办呢？"朗利反问道。

"我从没想到自己竟会埋伏起来拦劫火车，"默温说，"不过一笔活期贷款只能另当别论。我向来说一是一，说二是二。我们还剩下十二个小时，比尔，过后那个探子又要来找你麻烦了。我们总得想办法把这笔款子筹措到手。我们也许可以——了不起的山姆·豪斯顿①啊！你听到了没有？"

默温突然奔跑起来，朗利跟了上去，只听得黑夜中有一个悦耳的口哨声，吹着《牧童悲歌》的凄凉的调子。

"他只会这一支歌。"默温一面跑，一面嚷道，"准保是——"

他们跑到了默温家。默温一脚把门踹开，冲进去，被屋子中间一只旧手提箱绊了一跤。一个风尘仆仆、皮肤黧黑、宽下巴的小伙子躺在床上抽着褐色的香烟。

"怎么样，埃德？"默温上气不接下气地说。

"马马虎虎。"那个干练的小伙子懒洋洋地说，"刚乘了九点三十分那班火车回来。那批牛卖了，十五元一头，一个钱也不少。喂，老哥，别把那只手提箱踢来踢去啦，里面装着两万九千元现款呢。"

---

① 山姆·豪斯顿(1793—1863)，美国军人，政治家，1859—1861 年间任得克萨斯州州长。此处用作惊叹语。

公主与美洲狮

　　当然,这篇故事里少不了皇帝与皇后。皇帝是个可怕的老头儿,身上佩着几支六响手枪,靴子上安着踢马刺,嗓门是那么洪亮,连草原上的响尾蛇都会吓得往霸王树下的蛇洞里直钻。在皇室还没有建立之前,人们管他叫"悄声本恩"。当他拥有五万英亩土地和数不清的牛群时,人们便改口叫他"牛皇帝"奥唐奈了。

　　皇后本是拉雷多①来的一个墨西哥姑娘。可是她成了善良、温柔、地道的科罗拉多主妇,甚至劝服了本恩在家里尽量压低嗓门,以免震破碗盏。本恩尚未当皇帝时,她坐在刺头牧场正宅的回廊上编织草席。等到抵挡不住的财富源源涌来,用马车从圣安东尼运来了软垫椅子和大圆桌之后,她只得低下乌发光泽的头,分担达纳埃②的命运了。

　　为了避免欺君罪,我先向你们介绍了皇帝和皇后。在这篇故事里,他们并不出场;其实这篇故事的题目很可以叫做"公主、妙想和大煞风景的狮子"。

　　约瑟法·奥唐奈是仅存的女儿,也就是公主。她从母亲那儿秉承了热情的性格和亚热带的那种皮肤微黑的美。她从本恩·奥唐奈皇上那儿获得了大量的魄力、常识和统治才能。要瞻仰这样结合起来的人物,即使跑上许多路都值得。约瑟法骑马疾驰的时候,能够瞄准一只拴在绳上的番茄铁皮罐,六枪之中可以打中五枪。她同自己的一只小白猫可以一连玩上好几个钟头,给它穿上各式各样可笑的衣服。她不用铅笔,光凭心算,很快就能告诉你:一千五百四十五头两岁的小牛,每头八块五毛,总共可以卖多少钱。大致说来,多刺牧场面积有四十英里长、三十英里宽——不过大部分是租来的土地。约瑟法骑

---

　　① 拉雷多,美国得克萨斯州南端的城市,在里奥格朗德河畔,对岸即是墨西哥。
　　② 达纳埃,希腊神话中阿耳戈斯王的女儿,被幽禁在高塔内。

着马儿,踏勘了牧场的每一块土地。牧场上的每一个牧童都认识她,都对她忠心耿耿。里普利·吉文斯是刺头牧场上一个牛队的头目,有一天见到了她,便打定主意要同皇室联姻。僭妄吗?不见得。那时候,纽西斯一带的男子都是顶天立地的大丈夫。并且说到头,牛皇帝的称号并不代表皇室的血统。它多半只说明拥有这种称号的人在偷牛方面特别高明而已。

一天,里普利·吉文斯到双榆牧场去打听有关一群走失的小牛的消息。他回程时动身晚了些,当到达纽西斯河的白马渡口时,太阳已经落山了。从那儿到他自己的营地有十六英里。到刺头牧场有十二英里。吉文斯已经很累了,便决定在渡口过夜。

河床上有个水坑,水很清洁。两岸长满了茂密的大树和灌木。离水坑五十码远有一片卷曲的牧豆草地——为他的坐骑提供了晚餐,为他自己准备了床铺。吉文斯拴好马,摊开鞍毯,让它晾晾干。他靠着树坐下,卷了一支纸烟。河边的密林里突然传来一声发威而震撼人心的吼叫。拴着的小马腾跃起来。害怕地喷着鼻息。吉文斯抽着烟,不慌不忙地伸手去拿放在草地上的枪套皮带,拔出枪,转转弹膛试试。一尾大鱼扑通一声窜进水坑。一只棕色的小兔子绕过一丛猫爪草,坐下来,胡子牵动着,滑稽地瞅着吉文斯。小马继续吃草。

黄昏时分,当一头墨西哥狮子在干涸的河道旁边唱起女高音的时候,小心提防是没错的。它歌子的主题可能是:小牛和肥羊不好找,光吃荤食的它很想同你打打交道。

草丛里有一只空水果罐头,是以前过路人扔在那儿的。吉文斯看到它,满意地哼了一声。在他那件缚在马鞍后面的上衣口袋里,有一些碾碎的咖啡豆。清咖啡和纸烟!牧牛人有了这两样东西,还指望别的什么呢?

不出两分钟,他生起了一小堆明快的篝火。他拿着罐头朝水坑走去。在离水坑十五码时,他从灌木枝叶的空隙中看到左边不远处有一匹备女鞍的小马,搭拉着缰绳在啃草。约瑟法·奥唐奈趴在水坑旁边喝了水,站了起来,正在擦去掌心的泥沙。吉文斯还看到在她右边十来码远的荆棘丛中,有一头蹲着的墨西哥狮子。它的琥珀色的眼睛射出饥饿的光芒,眼睛后面六英尺的地方是像猎狗猛扑前那样伸得笔直的尾巴。它挪动后腿,那是猫科动物跳跃前的常态。

吉文斯做了他力所能及的事。他的六响手枪在三十五码以外的草地上。他暴喊一声,窜到狮子和公主中间。

吉文斯事后所说的这场"格斗"是短暂而有点混乱的。当他冲到战线上时,他看见空中掠过一道模糊的影子,又听到两声隐约的枪响。紧接着,百来磅重的墨西哥狮子落到了他头上,噗的一声重重地把他压倒在地。他还记得自己喊道:"让我起来——这种打法不公道!"然后,他像毛虫似的从狮子身下爬出来,满嘴的青草和污泥,后脑勺磕在水榆树根上,鼓了一个大包。狮子一动不动地瘫在地上。吉文斯大为不满,并且觉得受了骗。他对狮子晃晃拳头,嚷道:"我跟你再来二十回合——"可他立即省悟过来。

约瑟法站在原来的地方,若无其事地在重新填装她那把镶银把柄的三八口径手枪。这种射击并不困难。狮子脑袋同悬在绳子上的番茄罐头相比,目标要大多了。她嘴角和黑眼睛里带着一丝挑逗、嘲弄和叫人恼火的笑意。这位救人未遂的侠士觉得丢脸的火焰一直烧到他的灵魂。这本来是他的大好机会,梦寐以求的机会;可是成全他的不是爱神丘比特,而是嘲弄之神摩摩斯。毫无疑问,森林中的精灵们一定在捧着肚子窃窃暗笑。这简直成了一出滑稽戏——吉文斯先生同剥制狮子一起演出的滑稽闹剧。

"是你吗,吉文斯先生?"约瑟法说,她的声调徐缓低沉,像糖精一般甜。"你那一声叫喊几乎害得我脱靶。你摔倒时有没有砸伤头?"

"哦,没什么,"吉文斯平静地说,"摔得不重。"他屈辱地弯下腰,把他那顶最好的斯特森帽子从狮子身下抽出来。帽子压得一团糟,很有喜剧效果。接着,他跪下去,轻轻地抚摸着死狮子那张着大嘴、好不吓人的脑袋。

"可怜的老比尔!"他伤心地说。

"那是怎么回事?"约瑟法敏捷地问道。

"你当然不明白,约瑟法小姐,"吉文斯说,同时露出让宽恕胜过悲哀的神情。"谁也不能怪你。我想救它,但是无法及时让你知道。"

"救谁呀?"

"还不是老比尔!我找了它一整天。你明白,两年来它一直是我们营地里的宠物。可怜的老东西,它连一只白尾灰兔都不会伤害的。营地里的弟兄们知道这件事后,都会伤心的。不过你当然不知道比尔只不过是同你闹着玩。"

约瑟法的黑眼睛炯炯有神地盯着他。里普利·吉文斯顺利地混过了这一关。他沉思地站着,把他那黄褐色的头发揉得乱蓬蓬的。他眼睛里露出懊丧的样子,还掺杂着一些温和的责怪。他那清秀的脸上显出一种无可非议的哀伤。约瑟法倒有点拿不准了。

"那你们的宠物跑到这儿来干吗?"她负隅顽抗地问道。"白马渡口附近又没有营地。"

"这个老家伙昨天从营地里逃了出来。"吉文斯胸有成竹地说,"郊狼没把它吓坏可真奇怪。你明白,吉姆·韦伯斯特,我们营地里管坐骑的牧人,上星期弄了一头小猎狗到营地里来。那头小狗真叫比尔受罪——它一连好几个小时钉在比尔背后,咬它的后腿。每晚休息时,比尔总是钻在一个弟兄的毯子底下睡觉,不让小狗找到它。我猜想它一定是愁得走投无路了,否则是不会逃跑的。它一向是离开了营地就害怕。"

约瑟法看看那只猛兽的尸体。吉文斯轻轻拍了拍狮子的一只可怕的脚爪,这只脚爪平时一下子就可能送掉一条小牛的命。那姑娘深橄榄色的脸上慢慢泛起一片红晕。这是不是真正的猎人打到不应该打的猎物时,感到羞愧的表示呢?她的眼色柔和了些,垂下来的眼睑把先前那种明显的取笑的光芒全赶跑了。

"我很抱歉,"她低声下气地说,"不过它看上去是那么大,又跳得那么高,所以——"

"可怜的老比尔肚子饿啦,"吉文斯立即替死去的狮子辩护说,"我们在营地里总是叫它跳起来,才给它吃的。它为了一块肉还躺在地下打滚呢。它看到你时,以为你会给它一点儿吃的东西。"

约瑟法的眼睛突然睁得大大的。

"刚才我可能会打着你!"她嚷道,"你已经跑到了中间。你为了救你那心爱的狮子,甚至冒了生命危险!那太好啦,吉文斯先生。我喜欢对动物仁慈的人。"

不错,现在她的眼色里甚至有了爱慕的成分。总之,在一败涂地的废墟中出现了一个英雄。吉文斯脸上的神情很可以替他在"防止虐待动物协会"里谋一个重要的位置。

"我一向喜欢动物,"他说,"马呀,狗呀,墨西哥狮子呀,牛呀,鳄鱼呀——"

"我讨厌鳄鱼,"约瑟法马上反对说,"拖泥带水的,叫人看了起鸡皮疙瘩的东西!"

"我说过鳄鱼吗?"吉文斯说,"我想说的准是羚羊。"

约瑟法的良心促使她再想出一些补救的办法。她忏悔似的伸出了手。她的眼睛里噙着两颗晶莹的泪珠。

"请原谅我,吉文斯先生,好吗?你明白,我只不过是个小姑娘,一开头我很害怕。我打死了比尔,感到非常难过。你不了解我觉得多么难为情。我早知道的话,绝不会这么做的。"

吉文斯握住她伸出来的手。他握了一会儿,让他的宽恕去克制因比尔的死而引起的悲伤。最后,他显然原谅了约瑟法。

"请你别再提这件事啦。约瑟法小姐。比尔的模样叫哪一位年轻小姐见了都会害怕的。我会向弟兄们好好解释的。"

"你真的不恨我吗?"约瑟法冲动地向他挨近了些。她的眼神很甜蜜——啊,甜蜜和恳求之中带着优雅的悔罪的神色。"谁要是杀了我的小猫,我真会恨死他呢。你冒了中流弹的危险去救它,又是多么勇敢,多么仁慈啊!这样做的人实在太少啦!"从失败中夺得了胜利!滑稽戏变成了正剧!好样的,里普利·吉文斯!

现在天色已经黑了。当然不能让约瑟法小姐独个儿骑马回家。尽管吉文斯的坐骑露出不情愿的样子,他还是重新上鞍,陪她一同回去。公主和爱护动物的人——他们并辔驰过柔软的草地。周围弥漫着草原上丰饶的泥土气息和美妙的花香。郊狼在远处小山上嗥叫!没有什么可怕的。可是——

约瑟法策马靠拢一些。一只小手似乎在摸索。吉文斯的手找着了它。两匹小马齐步走着。两只手握住不放,一只手的主人说:

"以前我从没有害怕过,可是你想想看!如果碰上一头真正的野狮子,那怎么得了!可怜的比尔!你陪着我真叫我高兴!"

奥唐奈坐在房屋的回廊上。

"喂,里普!"他嚷道——"是你吗?"

"他陪我来的。"约瑟法说,"我迷了路,耽误了很久。"

"多谢你。"牛皇帝喊道,"在这儿过夜吧,里普,明天早晨再回营地。"

但是吉文斯不肯。他要赶回营地去。一清早有批阉牛要上路。他道了晚安,策马走了。

一小时后,熄了灯,约瑟法穿着睡衣,走到她卧室门口,隔着砖铺的过道,向屋里的牛皇帝招呼说:

"喂,爸爸,你知道那只叫做'缺耳魔鬼'的墨西哥老狮子吗?——就是害死了马丁先生的牧羊人冈萨勒斯,在萨拉达牧场捕杀了五十来头小牛的那只。嘿,今天下午我在白马渡口结果了它的性命。它正要跳起来时,我用三八口径往它脑袋开了两枪。它的左耳朵被老冈萨勒斯用砍刀削去一片,所以我一看到就认识。你自己也不见得打得这么准,爸爸。"

"真有你的!""悄声本恩"在熄了灯的寝宫里打雷似的说道。

"干谷"约翰逊的小阳春

"干谷"约翰逊摇摇瓶子。敷用之前,你先得摇动瓶子;因为硫磺是不溶解的。然后,"干谷"用一块小海绵浸透了这种液体,小心翼翼地擦发根。除了硫磺之外,这里面还有醋酸铅、番木鳖酊和桂叶酒。"干谷"在一份星期天的报纸上看到这个配方。接着要告诉你的是:一个堂堂的男子汉怎么会成为美容窍门栏的牺牲品。

"干谷"以前是个牧羊人。他的真名字叫做赫克托,但是为了同弗里奥河下游经营牧羊场的"榆溪"约翰逊加以区别,人家便拿他的牧场的名称给他另外起了一个名字。

多年来,按照羊群的生活习惯整天跟它们厮混,搞得"干谷"约翰逊腻烦了。于是,他把牧场卖了一万八千块钱,搬到圣达罗沙去过悠闲的寓公生活。作为一个沉默忧郁的三十五岁(也许是三十八岁)的人,他不久便成了那种可憎的多余汉——一个有癖好的上了年纪的光棍。有人送了些他生平从未吃过的草莓给他,可把他害苦了。

"干谷"在村里买下了一幢四开间的屋子和大批有关种植草莓的书籍。屋子后面有一个园子,他就用来种草莓。他穿着灰色的旧羊毛衫,棕色的细布裤和高跟皮靴,成天躺在后门口一株槲树底下的帆布床上,研究那种迷人的红浆果的历史。

学校里的教师,德维特小姐,说他"尽管到了中年,还是个端端正正、上得了台面的男人"。可是"干谷"的眼睛里并没有女人。她们只不过是穿着裙子的人,他一碰到她们就笨拙地掀掀他那圆顶阔边的笨重的斯特逊呢帽,赶快走开,回到他心爱的草莓那儿去。

这番闲话只是铺垫,让你知道为什么"干谷"在摇瓶子里的不溶解的硫磺。历史是漫长而矛盾的玩意儿——里程碑在我们和落日之间的路上投下了歪歪扭扭的影子。

草莓快要成熟时，"干谷"在圣达罗沙的杂货铺里买了一条最沉的马鞭子。他在槲树底下坐了好几个钟头，编编织织，增加它的长度。完工之后，他用这条鞭子可以打掉二十步以外的灌木丛的叶子。因为圣达罗沙小伙子们的亮炯炯的贼眼正在窥觑那些即将成熟的浆果，"干谷"要武装起来，防止意料之中的袭击。他小心照料他心爱的果子，不让那些打唿哨、叫嚷、玩弹子、在他园地的篱笆外面探头探脑的饿狼染指；他办牧场时，对于那些荏弱的羔羊的爱护也不过如此。

"干谷"的隔壁住着一个寡妇和一大群孩子，时常使这位种植家感到不安稳。寡妇有一点西班牙血统。她的前夫姓奥勃良①。"干谷"对于异种交配是个行家；他早知道这种婚配所生的后代是不好对付的。

两份人家中间隔着一道残缺的木桩篱笆，上面长满了牵牛花和野葫芦藤。他时常看到许多有着蓬松的黑头发和明亮的黑眼睛的小脑袋，在木桩缺口的地方钻进钻出，算计那些泛红的浆果。

一天黄昏，"干谷"到邮局里去了一次。回家时，他像赫巴德老大娘②那样，发现家里糟得不堪设想。西班牙强盗和爱尔兰偷牛贼的后代突袭了他的草莓地。在"干谷"的冒火的眼里看来，他们的人数仿佛有满满一羊栏之多；或许有五六个。他们蹲在一行行翠绿的植物中间，像蛤蟆似的跳来跳去，不声不响、狼吞虎咽地吃着他的最好的果子。

"干谷"悄悄地溜进屋子，拿起马鞭，向那些掠夺者冲去。孩子们还不知道自己被人发觉，这时鞭子已经缠住了最近一个孩子的脚——一个十岁的贪嘴的小家伙。他的尖叫声警告了其余的孩子；他们便像一群野猪掠过槲树丛似的向篱笆奔去。在他们钻过藤枝纠缠的篱笆逃走之前，"干谷"的鞭子又打出了两声小鬼的叫嚷。

"干谷"的脚步没有他们那么轻快，将近篱笆时给他们逃脱了。他停止了无益的追击，绕过一丛灌木，放下鞭子，一动不动、上气不接下气地站着，喘气和维持直立的姿势已经耗尽了他的气力。

灌木树后面站着不屑逃跑的潘吉达·奥勃良。她有十九岁，是那帮袭击

---

① 奥勃良(O'Brien)是爱尔兰人的姓。
② 赫巴德老大娘(Mother Hubbard)，英国童谣中的人物。

者中间最大的一个。她的乌黑的头发蓬乱地束在脑后，用深红色的缎带扎着。她正处在孩子与少女的分界线上，可是比较近于孩子；因为孩子的心理占了上风，使她停住了脚步。

她极其傲慢地盯了"干谷"约翰逊一会儿，当着他的面慢慢地嚼着一颗甘美的浆果。然后她扭过身，慢慢地向篱笆走去，婀娜作态，有如一位带着侍从散步的公爵夫人。到了篱笆那儿，她再回过头，那双大胆的火辣辣的黑眼睛又把"干谷"约翰逊折磨了一下，接着像豹子那么敏捷地一扭身挤过木桩，到了野葫芦藤那边的奥勃良地界。

"干谷"捡起鞭子，回屋子去。他跌跌撞撞地走上两磴木台阶。他经过房间时，替他煮饭收拾的墨西哥老太婆叫他吃晚饭。可是"干谷"只顾走，又跌跌撞撞地走下前门的台阶，出了大门，一直走到城边的莱树林子里。他坐在草地上，费劲地把一棵仙人掌上的刺一根根地拔下来。这是他动脑筋时的姿态，早在他的问题只限于风向、水源和羊毛时，他就养成了这种习惯。

这个人出了事情——这种事情，假如你也有资格碰到的话，最好祷告一番，别让它上身。他给灵魂的小阳春围困住了。

"干谷"从未有过青年时代。甚至他的童年时代也是一本正经、十分严肃地度过的。六岁时，他在爸爸的牧场上看到羔羊的轻举妄动，心里就是老大的不赞成。他青年时代的日子是白过了的。青春的圣火与冲动、绚烂的得意和失望、热情和魅力，都跟他毫无关系。他从没领略过罗密欧①的激情；他只不过是一个忧郁的森林中的贾格斯②，可是他的哲学要比贾格斯的浅薄多了，并且缺乏那个饱经沧桑、而后流落在亚顿森林中的莽汉的又苦又甜的经历。如今他像是一片凋枯的黄叶，潘吉达·奥勃良奚落的一瞥把一股徐缓而迷人的夏热倾注到这派秋景之上。

然而牧羊人是坚强的。"干谷"约翰逊饱经风霜③，绝不会在秋热下面低头，不管这种秋热是精神上的或是真实的。老了吗？他倒要给他们看看呢。

下一班的邮件中，有一封信寄到圣安东尼去订购一套最时髦的衣服，颜色、式样、价格都不计较。第二天，那份生发的配方从报纸上剪了下来；因为

---

① 罗密欧（Romeo），莎士比亚剧本《罗密欧与朱丽叶》中的主角。

② 贾格斯（Jaques），又译杰奎斯，莎士比亚剧本《皆大欢喜》中被流放在亚顿森林中的公爵的侍从，他是个愤世嫉俗、忧郁沉思的人物，著名的独白"人生的七个阶段"就是他说的。

③ 原文是"northers"，指九月到来年三月间吹至佛罗里达、得克萨斯及墨西哥湾的强烈的北风。

"干谷"的经过风吹日晒的褐发,在鬓角上已经转白了。

　　除了不时出去追击偷草莓的孩子外,"干谷"足不出户地待了一个星期。再过几天之后,他突然光彩夺目地出现了,在他的推迟的仲夏疯狂中散发着兴奋的红光。

　　一套鲜蓝的网球装盖没了他的身体,几乎长达手腕和脚踝。牛血色的衬衫;翘角的高领;像旗帜那样飘拂的领带;刺眼的亮黄色尖头皮鞋,仿佛是照苦行僧的鞋型做的。一顶有条纹帽带的扁平小草帽糟蹋了他的久经风雨的脑袋。柠檬黄的小山羊皮手套蒙住了他那双橡树般粗糙的手,以免给温和的五月阳光晒着。这个叫人看了伤心的生物一冲一冲地从他的洞穴里跑了出来,满脸堆着傻笑,抚摩着手套,准备让世人和天使瞻仰一番。丘比特老是用摩摩斯箭筒里的箭来射取不合时宜的猎物,"干谷"约翰逊竟然给他作弄到了这个地步。"干谷"改编了神话,他像一只灰褐色的凤凰,收起疲倦的翅膀,栖息在圣达罗沙的树下,自焚成灰,然后从灰烬中变成一只五颜六色的鹦鹉。

　　"干谷"在街上停了一会儿,以便那些看到他的圣达罗沙的居民大吃一惊;接着,他适应鞋子的要求,从容不迫、慢条斯理地走进了奥勃良太太的大门。

　　直到发生了一连十一个月的大旱之后,圣达罗沙的居民们才不谈"干谷"约翰逊追求潘吉达·奥勃良的事儿。追求的程序是无法分清的;有点像是步态舞、哑剧表演、小型调情和字谜游戏的混合。这件事持续了两个星期,才突然停止。

　　不用说,"干谷"一透露他的意思,奥勃良太太就赞成这门亲事。她是一个女孩子的母亲,因之又是一个"传统捕鼠协会"的基本会员,她快快活活地把潘吉达打扮起来当做牺牲品。这个女孩子穿了长衣服,梳了高发髻,一时给弄得糊里糊涂,几乎忘了她只不过是捕鼠机上的一片乳酪。此外,有约翰逊先生那样的好伴侣向你献殷勤,看到别的姑娘们掀开窗帘窥觑你跟他一起在街上走过,那也不坏。

　　"干谷"从圣安东尼买来一辆黄轮子的马车和一匹好马。他每天带着潘吉达驾车出去。他们在散步或驾车的时候,人家从没看见他跟潘吉达说过话。不自在的衣着使他心慌意乱;知道自己讲不出风趣的话,也就闷声不响;觉得潘吉达在他身边,却叫他高兴。

　　他带潘吉达参加宴会、舞会,也带她上教堂。他竭力——哦,谁也没有像

"干谷"那样竭力装得年轻。他不会跳舞，但是他发明了一种应付这些欢乐场合的笑容；他用这种笑容来表示他的快活和高兴，换了别人的话，也许要用翻筋斗来表示了。他开始和城里的小伙子，甚至和孩子们打起交道来。他们把他看做一个彻头彻尾的煞风景的家伙，因为他玩得那么勉强，他们都觉得他格格不入，好像在教堂里戏耍一样。不论他自己也好，别人也好，谁也看不出他和潘吉达之间有什么进展。

一天，结局突然来到了，像是十一月的哄人的晚霞消失时那样突兀。

那天，"干谷"约好在下午六点钟跟那姑娘一起去散步。圣达罗沙的午后散步是社交生活中的一件大事，需要穿着得讲究。"干谷"动手漂漂亮亮地打扮起来；他打扮得早，结束得也早，因此他先到奥勃良家去。当他进了大门，经过曲折的小径，走近门廊的时候，他听到屋子里面嘻嘻哈哈闹得不可开交。他停住脚步，从忍冬藤的罅隙里向打开的房门看去。

潘吉达正在跟她的弟弟妹妹闹着玩。她穿了男人的衣服——无疑是去世的奥勃良先生的遗物。她头上戴着小弟弟的草帽，还加上一道用墨水画成条纹的纸帽带。她手上戴着用黄布草草剪成缝好的、为了化装之用的手套。她的鞋子上也蒙着黄布，模仿黄色的皮革。高领子和飘拂的领带也没有漏掉。

潘吉达善于表演。"干谷"看到了他自己装作年轻的姿态，右脚因为鞋子太紧而步履维艰的样子，看到了他自己的勉强的笑容，装作风流自赏的尴尬相，都给惟妙惟肖地重演了出来。人家第一次给了他一面镜子，让他看到了自己。一个孩子嚷道："妈妈，快来看潘吉达学约翰逊先生的样子呀！"其实这句证实他的揣测的话是多余的。

在那双受到嘲笑的黄皮鞋子所允许的条件下，"干谷"尽量悄悄地踮着脚尖走到大门口，回了家。

约定散步的时间已经过了二十分钟，潘吉达穿了一套整洁的白麻布衣服，戴了一顶水手帽，一本正经地轻快地走出大门。她款步走上行人道，在"干谷"的门口放慢了脚步，对他不寻常的失约表示了诧异。

这时候，从房门顺着小径大踏步走来的不是那个虚度盛夏的五颜六色的受难者，而是一个重整旗鼓的牧羊人。他穿着那件旧的灰羊毛衫，敞开领口，棕色的细布裤子塞在长统靴里，宽边的白呢帽推在脑后。他的模样可能像二十岁，可能像五十岁；"干谷"才不管呢。他的浅蓝色的眼睛碰到了潘吉达的黑眼睛，闪出一道冷冷的光芒。他一直走到大门口。他伸出长胳臂，指着她的家。

"回去，""干谷"说，"回到你妈妈那儿去。我奇怪，像我这样的傻瓜怎么不遭雷打。回家去玩泥沙吧。你跟大人一起，搞得出什么名堂？我准是发了疯，竟然为了你这样一个小娃娃把自己变成了一只雄八哥。回家去，别让我再看到你。我干吗这样糊涂，有人能告诉我吗？回去，让我想办法忘掉这件事吧。"

潘吉达听从了，慢吞吞地走回家去，一句话也没说。有一段路，她一直回着头，睁着大眼睛，直勾勾地盯着"干谷"。到她家门口时，她站了一会儿，回头看看他，然后突然飞快地跑进屋子。

老安东尼亚在厨房的炉子里生火。"干谷"在门口站住，刺耳地笑了起来。

"我爱上了一个小娃娃，岂不成了够呛的老犀牛，安东尼亚？"他说。

"年纪太大的人爱上女孩子，是不很好的事。"安东尼亚聪明地同意说。

"当然不好，""干谷"阴沉地说，"简直荒唐，并且有伤感情。"

他把神经错乱时期的漂亮衣着捧了出来——蓝色的网球装、皮鞋、帽子、手套等等，扔在安东尼亚的脚边。

"这些东西送给你的老伴，"他说，"让他穿了去打羚羊。"

暮色中出现了第一颗惨淡的星星，"干谷"拿起他最大的一本草莓书，坐在后门台阶上，借着最后的日光看起来。他似乎看到草莓地上有一个人影。他放开书本，取了鞭子，赶过去看看究竟是谁。

原来是潘吉达。她钻过木桩篱笆，已经走到草莓地的中央了。她看见"干谷"时，停了下来，毫不畏缩地瞅着他。

"干谷"心头突然冒起一股怒火——一股不可理解的羞惭的怒火。为了这个小孩子，他竟然当众出丑。他曾经试图贿赂时间，要求时间为他倒流；他竟然——给愚弄了。他终于看到了自己的愚蠢。他和青春之间有一道鸿沟，即使用黄皮手套保护着他的手，他也无法在其间架起一座桥梁。如今看到作弄他的人又用顽童的恶作剧来骚扰他——像一个顽皮的小学生那样来偷他的草莓——不禁使他勃然大怒。

"我告诉过你，叫你别来这儿，""干谷"说，"回到你自己家里去。"

潘吉达慢慢地向他这儿挨过来。

"干谷"扬起了鞭子。

"回家去，""干谷"恶狠狠地说，"再去演戏吧。你可以扮演一个出色的男人。你已经使我成为一个出色的男人了。"

她不声不响地又走近了一步，眼睛里带着那种老是教他弄不明白的奇怪、大胆、坚定的神色。现在这种眼色使他更冒火了。

他的鞭子嘘的一声蹿了出去。他看到她膝盖上挨着鞭子的地方突然有一道红痕从白衣服里泛出来。

潘吉达一点也不畏缩，眼睛里仍然带着同样的黑色光芒，坚定地穿过草莓，向他走来。"干谷"的哆嗦的手放开了鞭柄。相隔不到一码的时候，潘吉达伸出了两条胳臂。

"天哪，孩子!""干谷"讷讷地说，"难道你竟然——"

季节本来是变幻莫测的;到头来，"干谷"约翰逊碰到的也许并不是小阳春，而是一派春光。

催眠术家杰甫·彼得斯

杰甫·彼得斯挣钱的旁门邪道多得像是南卡罗来纳州查尔斯顿煮米饭的方法。

我最爱听他叙说早年的事情,那时候他在街头卖膏药和咳嗽药水,勉强饧口,并跟各种各样的人打交道,拿最后的一枚钱币同命运打赌。

"我到了阿肯色的费希尔山,"他说道,"身穿鹿皮衣,脚登鹿皮靴,头发留得长长的,手上戴着从特克萨卡纳一个演员那里弄来的三十克拉重的金刚钻戒指。我不明白他用戒指换了我的折刀去干什么。

"我当时的身份是著名的印第安巫医沃胡大夫。我只带着一件最好的赌本,那就是用延年益寿的植物和草药浸制的回春药酒。乔克陶族酋长的美貌的妻子塔夸拉在替玉米跳舞会①煮狗肉时,想找一些蔬菜搭配,无意中发现了那种草药。

"我在前一站镇上的买卖不很顺手,因此身边只有五块钱。我找到费希尔山的药剂师,向他赊了六打八盎司容量的玻璃瓶和软木塞。我的手提箱里还有前一站用剩的标签和原料。我住进旅馆后,就拧开自来水龙头兑好回春药酒,一打一打地排在桌子上,这时候生活仿佛又很美好了。

"你说是假药吗?不,先生。那六打药酒里面有值两元的金鸡纳皮浸膏和一毛钱的阿尼林。几年以后,我路过那些小镇,人们还问我买呢。

"当晚我就雇了一辆大车,开始在大街上推销药酒。费希尔山是个疟疾流行的卑隰的小镇;据我诊断,镇上的居民正需要一种润肺强心、补血养气的十全大补剂。药酒的销路好得像是吃素的人见到了鱼翅海参。我以每瓶半元的价钱卖掉了两打,这时觉得有人在扯我衣服的下摆。我明白那是什么意思;

---

① 印第安人在播种或收获玉米时跳的舞蹈。

156

于是我爬下来,把一张五元的钞票偷偷地塞在一个胸襟上佩着充银星章的人的手里。

"'警官,'我说道,'今晚天气不坏。'

"'你推销你称之为药的这种非法假货,'他问道,'可有本市的执照?'

"'没有。'我说,'我不知道你们这里算是城市。明天如果我发现确实有城市的意思,必要的话,我可以领一张。'

"'在你没有领到之前,我得勒令你停业。'警察说。

"我收掉摊子,回到旅馆。我把经过情形告诉了旅馆老板。

"'哦,你这行买卖在费希尔山是吃不开的。'他说,'霍斯金斯大夫是这里惟一的医师,又是镇长的小舅子,他们不允许江湖郎中在这个镇上行医。'

"'我并没有行医啊,'我说,'我有一张州颁的小贩执照,必要的话,我可以领一张市里的执照。'

"第二天早晨,我去到镇长办公室,他们说镇长还没有来,什么时候来可说不准。于是沃胡大夫只好再回到旅馆,在椅子上蜷坐着,点起一支雪茄烟干等。

"没多久,一个打蓝色领带的年轻人挨挨蹭蹭地坐到我旁边的椅子上,问我有几点钟了。

"'十点半,'我说,'你不是安岱·塔克吗?我见过你玩的把戏。你不是在南方各州推销'丘比特什锦大礼盒'吗?让我想想,那里面有一枚智利钻石订婚戒指,一枚结婚戒指,一个土豆捣碎器,一瓶镇静糖浆和一张多乐西·弗农的照片——一共只卖五毛钱。'

"安岱听说我还记得他,觉得十分高兴。他是一个出色的街头推销员;不仅如此——他还尊重自己的行业,赚到百分之三百的利润就已满足了。人家一再拉他去干非法的贩卖假药的勾当;可是怎么也不能引他离开康庄大道。

"我正需要一个搭档,安岱同我便谈妥了合伙。我向他分析了费希尔山的情况,告诉他由于当地的政治同泻药纠缠在一起,买卖不很顺利。安岱是坐当天早班火车到这里的。他自己手头也不宽裕,打算在镇上募集一些钱,到尤里加喷泉①去造一艘新的兵舰。我们便出去,坐在门廊上从长计议。

"第二天上午十一点钟,当我独自坐着时,一个黑人慢吞吞地走进旅馆,

_____
① 尤里加喷泉,阿肯色州西北部的一旅游休养地。

157

请大夫去瞧瞧班克斯法官,也就是那位镇长,据说他病得很凶。

"'我不是替人瞧病的。'我说,'你干吗不去请那位大夫?'

"'先生,'他说,'霍斯金斯大夫到二十英里外的乡下地方去替人治病啦。镇上只有他一位大夫,班克斯老爷病得很厉害。他吩咐我来请你,先生。'

"'出于同胞的情谊,'我说,'我不妨去看看他。'我拿起一瓶回春药酒,往口袋里一塞,去到山上的镇长公馆,那是镇上最讲究的房子,斜屋顶,门口草坪上有两只铁铸的狗。

"班克斯镇长除了胡子和脚尖之外,全身都摆平在床上。他肚子里发出的响声,如果在旧金山的话,会让人误认为是地震,听了就要夺路往空旷的地方逃跑。一个年轻人拿着一杯水,站在床边。

"'大夫,'镇长说,'我病得很厉害。我快死了。你能不能想想办法救救我?'

"'镇长先生,'我说,'我没有福气做艾斯·库·拉比乌斯①的正式门徒,我从来没有在医科大学里念过书。'我说。'我只不过是以同胞的身份来看看有什么地方可以效劳。'

"'非常感激。'他说。'沃胡大夫,这一位是我的外甥,比德尔先生。他想减轻我的痛苦,可是不行。哦,天哪! 哦——哦——哦!'他呻吟起来。

"我招呼了比德尔先生,然后坐在床沿上,试试镇长的脉搏。'让我看看你的肝——我是说舌苔。'我说道。接着,我翻起他的眼睑,仔细看看瞳孔。

"'你病了多久啦?'我问。

"'我这病是——哦——哎呀——昨晚发作的。'镇长说,'给我开点儿药,大夫,好不好?'

"'飞德尔先生,'我说,'请你把窗帘拉开一点,好吗?'

"'比德尔。'年轻人纠正我说,'你不想吃点火腿蛋吗,詹姆斯舅舅?'

"我把耳朵贴在他的右肩胛上,听了一会儿后说:'镇长先生,你害的病是非常凶险的喙突右锁骨的超急性炎症!'

"'老天爷!'他呻吟着说,'你能不能在上面抹点什么,或者正一正骨,或者想点什么别的办法?'

---

① 原文是 S. Q. Lapius。希腊神话中日神之子和医药之神,名为艾斯库拉比乌斯(Aesculapius),作者按照现代英语国家人的姓名把前两个音节换成了缩写字母。

"我拿起帽子,朝门口走去。

"'你不见得要走吧,大夫?'镇长带着哭音说,'你总不见得要离开这儿,让我害着这种——灰秃锁骨的超急性癌症,见死不救吧?'

"'你如果有恻隐之心,哇哈大夫,'比德尔先生开口说,'就不应该眼看一个同胞受苦而撒手不管。'

"'我的名字是沃胡大夫,别像吆喝牲口那样哇哈哇哈的。'我说。接着我回到床边,把我的长头发往后一甩。

"'镇长先生,'我说,'你只有一个希望。药物对你已经起不了作用了。药物的效力固然很大,不过还有一样效力更大的东西。'我说。

"'是什么呀?'他问道。

"'科学的论证。'我说,'意志战胜菝葜①。要相信痛苦和疾病是不存在的,只不过是我们不舒服时的感觉罢了。诚则灵。试试看吧。'

"'你讲的是什么把戏,大夫?'镇长说,'你不是社会主义者吧?'

"'我讲的是,'我说,'那种叫做催眠术的精神筹资的伟大学说——以远距离、潜意识来治疗谵妄和脑膜炎的启蒙学派——奇妙的室内运动。'

"'你能行施那种法术吗,大夫?'镇长问道。

"'我是最高长老院的大祭司和内殿法师之一。'我说。'我一施展催眠术,瘸子就能走路,瞎子就能重明。我是灵媒,是花腔催眠术家,是灵魂的主宰。最近在安阿伯②的降神会上,全靠我的法力,已故的酒醋公司经理才能重归世间,同他的妹妹简交谈。你看到我在街上卖药给穷苦人,'我说,'我不在他们身上行施催眠术。我不降格以求,'我说,'因为他们袋中无银。'

"'那你肯不肯替我做做呢?'镇长问道。

"'听着,'我说,'我不论到什么地方,医药学会总是跟我找麻烦。我并不行医。但是为了救你一命,我可以替你做精神治疗,只要你以镇长的身份保证不追究执照的事。'

"'当然可以。'他说,'请你赶快做吧,大夫,因为疼痛又发作了。'

"'我的费用是二百五十块钱,治疗两次包好。'我说。

———————————

① 菝葜(sarsaparilla)是百合科植物,根有清血、解毒和发汗作用,可制清凉饮料。镇长听成是"para-phernalia"(用具、配备)。

② 安阿伯,密歇根州东南部的城市。

"'好吧,'镇长说,'我付。我想我这条命还值二百五十块。'

"'现在,'我说,'你不要把心思放在病痛上。你没有生病。你根本没有心脏、锁骨、尺骨端、头脑,什么也没有。你没有任何疼痛。否定一切。现在你觉得本来就不存在的疼痛逐渐消失了,是吗?'

"'我确实觉得好了些,大夫,'镇长说,'的确如此。现在请你再撒几句谎,说我左面没有肿胀,我想我就可以跳起来吃些香肠和荞麦饼了。'

"我用手按摩了几下。

"'现在,'我说,'炎症已经好了。近日点的右叶已经消退了。你觉得睡迷迷的了。你的眼睛睁不开了。目前毛病已经止住。现在你睡着了。'

"镇长慢慢闭上眼睛,打起鼾来。

"'铁德尔先生,'我说,'你亲眼看到了现代科学的奇迹。'

"'比德尔,'他说,'其余的治疗你什么时候替舅舅做呀,波波大夫?'

"'沃胡。'我纠正说,'我明天上午十一点钟再来。他醒后,给他吃八滴松节油和三磅肉排。再见。'

"第二天上午我准时到了那里。'好啊,立德尔先生,'他打开卧室房门时,我说,'你舅舅今早晨怎么样?'

"'他仿佛好多啦。'那个年轻人说。

"镇长的气色和脉搏都很好。我再替他做了一次治疗,他说疼痛完全没有了。

"'现在,'我说,'你最好在床上躺一两天,就没事啦。我碰巧到了费希尔山,也是你的运气,镇长先生,'我说,'因为正规医师所用的一切药都救不了你。现在毛病既然好了,疼痛也没有了,不妨让我们来谈谈比较愉快的话题——也就是那二百五十块钱的费用。不要支票,对不起,我不喜欢在反面签背书,正如不喜欢在正面签支票一样。'

"'我这儿有现钞。'镇长从枕头底下摸出一只皮夹子,说道。

"他数出五张五十元的钞票,捏在手里。

"'把收据拿来。'他对比德尔说。

"我签了收据,镇长把钱交给了我。我小心翼翼地把它们放在贴身的口袋里。

"'现在你可以执行你的职务啦,警官。'镇长笑嘻嘻地说,一点不像是害病的人。

"比德尔先生攥住我的胳臂。

"'你被捕了,沃胡大夫,别名彼得斯,'他说,'罪名是违犯本州法律,无照行医。'

"'你是谁呀?'我问。

"'我告诉你他是谁。'镇长在床上坐起来说。'他是州医药学会雇用的侦探。他跟踪你,走了五个县。昨天他来找我,我们定下这个计谋来抓你。我想你不能在这一带行医了,骗子先生。你说我害的是什么病呀,大夫?'镇长哈哈大笑说,'灰秃——总之我想不是大脑软化吧。'

"'侦探。'我说。

"'不错,'比德尔说,'我得把你移交给司法官。'

"'你敢。'我说着突然卡住比德尔的脖子,几乎要把他扔出窗外。但是他掏出一把手枪,抵着我的下巴,我便放老实了,一动不动。他铐住我的手,从我口袋里抄出了那笔钱。

"'我证明,'他说,'这就是你我做过记号的钞票,班克斯法官。我把他押到司法官的办公室时,把这钱交给司法官,由他出一张收据给你。审理本案时,要用它作物证。'

"'没关系,比德尔先生。'镇长说。'现在,沃胡大夫,'他接着说,'你干吗不施展法力呀?你干吗不施出你的催眠术,把手铐催开呀?'

"'走吧,警官。'我大大咧咧地说。'我认栽啦。'接着我咬牙切齿地转向老班克斯。

"'镇长先生,'我说,'用不了多久,你就会发现催眠术是成功的。你应当知道,在这件事上也是成功的。'

"我想事情确实如此。

"我们走到大门口时,我说:'现在我们也许会碰到什么人,安岱。我想你还是把手铐解掉的好——'呃?当然啦,比德尔就是安岱·塔克。那是他出的主意;我们就这样搞到了合伙做买卖的本钱。"

慈善事业数学讲座

"我注意到教育事业方面收到了五千多万元的巨额捐款。"我说。

我在翻阅晚报上的花絮新闻,杰甫·彼得斯正在把板烟丝塞进他那只欧石南根烟斗。

"提起这件事,"杰甫说,"我大有文章可做,并且可以发表一篇讲演,供慈善事业数学班全体参考。"

"你是不是有所指?"我问道。

"正是。"杰甫说,"我从没有告诉过你,我和安岱·塔克做过慈善家,是不是?那是八年前在亚利桑那州时的事了。安岱和我驾了一辆双马货车,在基拉①流域的山岭里踏勘银矿。我们发现了矿苗,把它卖给塔克森②方面的人,换得两万五千元钱。我们把支票在银行里兑了银币——一千元装一袋。我们把银币装上货车,晕头晕脑地往东赶了百来里路,神志才恢复清醒。你看宾夕法尼亚铁路公司的业务年报,或是听一位演员说他的薪金时,两万五千元好像并不多,可是当你掀开货车篷布,用靴跟踢踢钱袋,听到每一块银币碰撞得叮当发响时,你就会觉得自己仿佛是十二点整的通宵营业的银行。

"第三天,我们到了一个小镇上,镇容美丽整洁,可算是自然界或者兰德-麦克内莱③的精心杰作。它坐落在山脚下,四周花木扶疏,居民有两千左右,都是诚恳老实、慢条斯理的。小镇的名字好像是百花村,那里还没有被铁路、跳蚤或者东部的游客所污染。

"我和安岱把钱存进当地的希望储蓄银行,联名开了一个户头,然后到天景旅馆开了房间。晚饭过后,我们点上烟斗,坐在走廊上抽烟。就在那当儿,

---

① 基拉,亚利桑那州南部的河流。
② 塔克森,亚利桑那州南部的城市。
③ 兰德-麦克内莱,19世纪美国一家旅行指南和画片的出版公司。

我灵机一动,想起了慈善事业。我想每一个当过骗子的人迟早总会转到那个念头上去的。

"当一个人从大伙身上诈骗了相当可观的数目时,他就不免有点胆怯,总想吐出一部分。如果你仔细观察,注意他行善的方式,你就会发现他是在设法把钱归还给受过他坑害的人。拿某甲来做例子吧。他靠卖油给那些焚膏继晷攻读政治经济学,研究托拉斯企业管理的穷学生而敛聚了百万家财,就把他的昧心钱捐给大学和专科学校。

"再说某乙吧,他的财富是从那些靠劳力和工具换饭吃的普通工人身上刮来的。他怎么把那笔昧心钱退一部分给他们呢?

"'啊哈,'某乙说,'我还是借教育的名义来干吧。我剥劳动人民的皮,'他对自己说,'但是俗话说得好,一好遮百丑,慈善能遮掩许多皮。'①

"于是他捐了八千万块钱,指定用于建立图书馆,那批带了饭盒来盖图书馆的工人便得到了一点好处。

"'有了图书馆,图书在哪儿呢?'读者纷纷发问。

"'我才不管呢。'某乙说,'我捐赠图书馆给你们;图书馆不是盖好了吗?这么说,如果我捐赠的是钢铁托拉斯的优先股票,难道你们还指望我把股票的水分②也盛在刻花玻璃瓶里一起端给你们吗?去你们的吧!'

"且不谈这些,我刚才说过,有了那许多钱,叫我也想玩玩慈善事业了。我和安岱生平第一次搞到那么一大堆钱,终于停下来想想是怎么得来的。

"'安岱,'我说,'我们很有钱了——虽说没有超出一般人的梦想之外;但是以我们要求不高的标准来说,我们可以算是像格里塞斯③一般富有了。我觉得似乎应该为人类,对人类做些事情。'

"'我也有同感,杰甫。'安岱回答说,'我们以前一直用种种小计谋欺骗大众,从兜卖自燃的赛璐珞硬领,到在佐治亚州倾销霍克·史密斯④的竞选总统

---

① 英文成语中有"慈善能遮掩许多罪孽"。"罪孽"(sins)和"皮"(skins)读音近似,作者故意窜改一字,与上文"剥皮"相呼应。

② 西方国家的企业发行的股票金额超过实际投入企业的资本额,为了骗取更多利润,往往高估资产,按夸大了的资本总额发行股票,是为"掺水股票"。

③ 格里塞斯,是北美人对拉丁美洲,尤其是对墨西哥人的蔑称。彼得斯想说的是克里塞斯,为公元前6世纪小亚细亚利地亚的豪富的国王。

④ 霍克·史密斯(1855—1931),美国律师、参议员,曾任佐治亚州州长。

纪念章。如果我能做些慈善事业,而不必亲自在救世军①里敲钹打铙,或者用伯蒂雄②的体系来教圣经班,我倒愿意试试那个玩意儿。'

"'我们做些什么呢?'安岱说,'施粥舍饭给穷人呢,还是寄一两千块钱给乔治·科特柳③?'

"'都不成。'我说,'我们的钱用来做普通的慈善事业未免太多;要补偿以往的骗局又不够。所以我们还是找些折中的事情做做吧。'

"第二天,我们在百花村溜达的时候,看见小山上有一座红砖砌的大房子,好像没有住人。居民告诉我们,几年前那是一个矿主的住宅。等到新屋落成,矿主发觉只剩下两块八毛钱来装修内部,伤心之余,便把那点钱买了威士忌,然后从屋顶上跳了下来。他的残肢遗骸就安葬在跳下来的地方。

"我和安岱一见到那座房子,就都有了同样的念头。我们可以安上电灯,采办一些擦笔布,聘请几位教授,再在草地上立一只铸铁狗以及赫拉克勒斯和约翰教父的塑像,就在那里开办一所世界上最好的免费教育机构。

"我们同百花村的一些知名人士商谈,他们极表赞成。他们在消防队为我们举行了一个宴会;我们破题儿第一遭以文明和进步事业的施主的姿态出现。安岱就下埃及的灌溉问题做了一个半小时的演讲,宴会上的留声机和菠萝汁都沾上了我们的道德气息。

"安岱和我立即着手办这件慈善事业。镇上的人,凡是能够辨别锤子和梯子的,都被我们请来担任修葺房屋的工作,把它隔成许多教室和演讲厅。我们打电报给旧金山订购了一车皮的书桌、足球、算术书、钢笔杆、字典、教授座、石板、人体骨骼模型、海绵、二十七套四年级学生穿的防雨布学士服和学士帽等等,另外还开了一张不列品名的订单,凡是第一流大学所需要的零星杂物一概都要。我自作主张在订货单上添了'校园'和'课程设置'两项,但是不学无术的电报员一定搞错了,因为货物运到的时候,我们在其中找到了一听青豆和一把马梳④。

"当那些周报刊出我和安岱的铜版照片时,我们又打电报给芝加哥的一

---

① 救世军,基督教新教的一个社会活动组织,着重在下层群众中举办慈善事业。主要分布在英美等国。
② 伯蒂雄(1853—1914),法国人类学家。
③ 乔治·科特柳(1862—1940),美国律师,曾任财政部长。
④ "校园"和"课程设置"的原文是"campus"和"curriculum",同"青豆罐头"(can of peas)和"马梳"(curry-comb)读音相近。

家职业介绍所,吩咐他们立即装运六名教授,车上交货——英国文学一名,现代废弃语言学一名,化学一名,政治经济学一名(最好是民主党党员),逻辑学一名,还要一名懂绘画、意大利语和音乐,并有工会证的人。由希望银行担保发薪,薪额从八百元起到八百零五毛为止。

"好啦,我们终于布置就绪了。大门上刻了如下的字样:'世界大学——赞助人与业主:彼得斯及塔克'。日历上的九月一日被划去之后,来者源源不绝。第一批是从塔克森搭了每周三班的快车来到的教授们。他们多半年纪轻轻,戴着眼镜,一头红发,带着一半为了前途,一半为了混饭吃的心情。安岱和我把他们安置在百花村的居民家里住下,然后等学生们来到。

"他们一群群地来了。我们先前在各州的报纸上刊登了招生广告,现在看到各方面的反应如此迅速,觉得非常高兴。响应免费教育号召的,一共有二百一十九个精壮的家伙,年纪最轻的十八岁,最大的长满了络腮胡子。他们把那个小镇搞得乌烟瘴气,面目全非;你简直分不清它是哈佛呢,还是三月开庭的戈德菲尔兹①。

"他们在街上来来往往,挥舞着世界大学的校旗——深蓝和浅蓝两色——别的不谈,他们确实把百花村搞成了一个热热闹闹的地方。安岱在天景旅馆的阳台上向他们演说了一番,全镇的居民万人空巷,都上街庆祝。

"约莫过了两星期,教授们把那帮学生解除了武装,赶进课堂。我真不信还有比做慈善事业更愉快的事情。我和安岱买了高筒大礼帽,假装闪避着《百花村公报》的两个记者。那家报馆还派了专人,等我们一上街就摄影,每星期在'教育新闻'栏里刊登我们的照片。安岱每星期在大学里演讲两次;等他说完,我就站起来讲一个笑话。有一次,公报居然把我的照片登在亚伯·林肯和马歇尔·皮·怀尔德②之间。

"安岱对慈善事业的兴趣之大不亚于我。为了使大学兴旺发达,我们每每在夜里醒来,交换新的想法。

"'安岱,'有一次我对他说,'我们忽略了一件事。孩子们该有舒适③。'

"'那是什么呀?'安岱问道。

---

① 戈德菲尔兹,内华达州西南部的矿镇,时有罢工。
② 怀尔德(1798—1886),美国商人,马萨诸塞州工艺学院及农学院的创办人之一。
③ 彼得斯原想说"宿舍"(dormitories),但说成了读音相近的"独峰驼"(dromedaries)。这里译成与"宿舍"读音相近的"舒适"。

"'呃,当然是可以在里面睡觉的东西。'我说,'各个学校都有的。'

"'哦,你指的大概是睡衫。'安岱说。

"'不是睡衫。'我说。'我指的是舒适。'但我始终没法让安岱明白;因此我们也始终没有订购。当然,我指的是各个学校都有的,学生们可以一排排地睡在里面的长卧室。

"嘿,先生,世界大学可真了不起。我们有了来自五个州和准州地区的学生,百花村突然兴旺了起来。一个新的打靶游乐场、一家当铺和两家酒店开了张;孩子们编了一支校歌,歌词是这样的:

　　劳、劳、劳,
　　顿、顿、顿,
　　彼得斯、塔克,
　　真带劲。
　　波——喔——喔,
　　霍——嘻——霍,
　　世界大学
　　嘻普呼啦!

"学生们是一批好青年,我和安岱都为他们感到骄傲,仿佛他们是我们家里人似的。

"十月底的一天,安岱跑来问我知不知道我们银行里的存款还有多少。我猜还有一万六千左右。'我们的结存,'安岱说,'只有八百二十一元六角二分了。'

"'什么!'我不禁大叫一声,'难道你是告诉我,那些盗马贼的崽子,那些无法无天,土头土脑,傻里傻气,狗子脸,兔子耳,偷门板的家伙竟然害得我们花了那么多钱?'

"'一点不错。'安岱说。

"'那么,去他妈的慈善事业吧。'我说。

"'那也不必。'安岱说,'慈善事业,如果经营得法,是招摇撞骗的行道中最有出息的一门。我来筹划筹划,看看能不能补救一下。'

"下一个星期,我在翻阅我们教职员工的薪金单时,忽然发现了一个新的名字——詹姆斯·达恩利·麦科克尔教授,数学讲座,周薪一百元。我一气之下大嚷一声,安岱赶忙跑了进来。

"'这是怎么回事?'我说,'年薪五千多元的数学教授?怎么搞的?他是从窗户里爬进来,自己委任的吗?'

"'一星期前,我打电报去旧金山把他请来的。'安岱说,'我们订购教授的时候,似乎遗漏了数学讲座。'

"'幸好遗漏了。'我说,'付他两星期薪金后,我们的慈善事业就要像斯基波高尔夫球场的第九个球洞一样糟啦。'

"'别着急,'安岱说,'先看看情况如何发展。我们从事的事业太高尚了,现在不能随便退却。何况我对这种零售的慈善事业越看越有希望。以前我从没有想到要加以认真研究。现在想想看,'安岱往下说,'我所知道的慈善家都有许多钱。我早就应该注意到这一点,确定什么是因,什么是果。'

"我对安岱在经济事务上的足智多谋是信得过的,所以让他掌握大局。大学十分发达,我和安岱的大礼帽仍旧锃亮,百花村的居民接二连三地把荣誉加在我们身上,把我们当做百万富翁看待,其实我们这种慈善家差不多要破产了。

"学生们把镇上搞得生气勃勃。有一个陌生人到镇上来,在红墙马房楼上开了一家法罗赌场①,收入着实可观。有一晚,我和安岱随便过去逛逛,出于社交礼貌,下了一两块钱的注。赌客中有五十来个是我们的学生,他们一面喝五味酒,一面用一叠叠的红蓝筹码下注,等庄家亮出牌来。

"'岂有此理,安岱,'我说,'这批敲诈勒索的笨头笨脑的纨绔子弟来这儿找免费教育的小便宜,可是他们的钱比你我两人任何时候所有的钱都多。你看见他们从腰包里掏出来的一卷卷钞票吗?'

"'看见了,'安岱说,'他们中间有许多是有钱矿主和牧场主的子弟。眼看他们这样荒废机会,真叫人伤心。'

"到了圣诞节,学生全部回家度假了。我们在大学里举行了一个惜别会,安岱以'爱琴群岛的现代音乐和史前文学'为题,做了一次演讲。每一位教授都举杯回敬我们,把我和安岱比做洛克菲勒和马库斯·奥托里格斯皇帝②。我捶着桌子,高声要向麦科克尔教授敬酒;但是他似乎没有躬与盛会。我很想

---

① 法罗,一种同中国牌九相似的赌博,与庄家赌输赢,用的是纸牌。
② 马库斯·奥托里格斯应作马库斯·奥里利厄斯(121—180),系罗马皇帝。

见见安岱认为在这个快要招盘的慈善事业里还可以挣一百元周薪的人物。

"学生都搭夜车走了;镇上静得像是函授学校午夜时的校园。我回旅馆的时候,看到安岱的房间里还有灯光,便推门进去。

"安岱和那个法罗庄家坐在桌前,正在分配一叠两英尺高的一千元一扎的钞票。

"'一点不错,'安岱说,'每人三万一千元。进来,杰甫。'他对我说。'这是我们合伙的慈善组织,世界大学,上学期应得的一份利润。现在你总信服了吧。'安岱说。'慈善事业如果当成生意来做,也是一门艺术,施与受的人都有福气。①'

"'好极啦!'我喜出望外地说,'我承认你这次干得真高明。'

"'我们搭早车走吧,你赶快收拾你的硬领、硬袖和剪报。'

"'好极啦!'我又说,'我不会误事的。但是,安岱,在离开之前,我很想见见詹姆斯·达恩利·麦科克尔教授。我觉得好奇,想跟这位教授认识认识。'

"'那很容易。'安岱说着向那个法罗庄家转过身去。

"'杰姆,这位是彼得斯先生,跟他握握手吧。'"

---

① 比较《新约·使徒行传》第20章第36节:"又当纪念主耶稣的话说,施比受更为有福。"

精确的婚姻学

"我以前对你讲过,"杰甫·彼得斯说,"我对于女人的欺骗手段从来就没有很大的信心。即使在问心无愧的骗局里,要她们搭伙同谋也是靠不住的。"

"这句话说得对。"我说,"我认为她们有资格被称做诚实的人。"

"干吗不呢?"杰甫说,"她们自有男人来替她们营私舞弊,或是卖命干活。她们办事本来也不算差,但是一旦感情冲动,或者虚荣心抬了头,就不行了。那时候,你就得找一个男人来接替她们的工作。那男人多半是扁平足,蓄着沙黄色的胡子,有五个孩子和一幢抵押掉的房子。拿那个寡妇太太做例子吧,有一次我和安岱在凯罗略施小计,搞了一个婚姻介绍所,就是找那个寡妇帮的忙。

"假如你有了够登广告的资本——就说像辕杆细头那么粗的一卷钞票吧——办一个婚姻介绍所倒很有出息。当时我们约莫有六千元,指望在两个月内翻它一番。我们既然没有领到新泽西州的执照,我们的生意至多也只能做两个月。

"我们拟了一则广告,内容是这样的:

> 美貌妩媚寡妇有意再醮。现年三十二岁,恋栈家庭生活,有现款三千元和乡间值钱产业。应征者贫富不论,然性情必须温良,因微贱之人多具美德。若有忠实可靠,善于管理产业,并能审慎投资者,年龄较大或相貌一般均不计较。来信详尽为要。
>
> 寂寞人启
>
> 通讯处:伊利诺斯州,凯罗市
>
> 彼得斯-塔克事务所转

"'这样已经够意思了,'我们拼凑出这篇文学作品之后,我说,'可是那位

太太在哪儿呢？'

"安岱不耐烦地、冷冷地瞟了我一眼。

"'杰甫，'他说，'我以为你早就把你那门行业里的现实主义观念抛到脑后了呢。为什么要一位太太？华尔街出售大量掺水的股票，难道你指望在里面找到一条人鱼吗？征婚广告跟一位太太有什么相干？'

"'听我讲，'我说，'安岱，你知道我的规矩，在我所有违反法律条文的买卖中，出售的货色必须实有其物，看得见，拿得出。根据这个原则，再把市政法令和火车时刻表仔细研究一番，我就避免了不是一张五元钞票或是一支雪茄所能了结的同警察之间的麻烦。要实现这个计划，我们必须拿出一个货真价实的妩媚的寡妇，或者相当的人，至于美貌不美貌，有没有清单和附件上开列的不动产和附属品，那倒没有多大关系，否则治安官恐怕要跟你过不去。'

"'好吧，'安岱重新考虑过后说道，'万一邮局或者治安机关要调查我们的介绍所，那样做也许比较保险。可是你打算去哪儿弄一个愿意浪费时间的寡妇，来搞这种没有婚姻的婚姻介绍的把戏呢？'

"我告诉安岱，我心目中倒有一个非常合适的人。我有一个老朋友，齐克·特罗特，原先在杂耍场卖苏打水和拔牙齿，去年喝了一个老医生的消化药，而没有喝那种老是使他酩酊大醉的万应药，结果害得老婆当了寡妇。以前我时常在他们家里歇脚，我想我们不妨找她来帮忙。

"到她居住的小镇只有六十英里，于是我搭上火车赶到那里，发现她仍旧住在那幢小房子里，洗衣盆上仍旧栽着向日葵，站着公鸡。特罗特太太非常适合我们广告上的条件，只不过在美貌、年龄和财产方面也许有点出入。她看来还有可取之处，对付得过去，并且让她担任那件工作，也算是对得起已故的齐克。

"我说明了来意之后，她问道：'彼得斯先生，你们做的生意规矩吗？'

"'特罗特太太，'我说，'安岱·塔克和我早就合计过啦，在我们这个毫无公道的广阔的国家里，至少有三千人看了我们的广告，想博得你的青睐和你那有名无实的金钱财产。在那批人中间，假如他们侥幸赢得了你的心，约莫就有三千人准备给你一个游手好闲、惟利是图的臭皮囊，一个生活中的失意人，一个骗子手和可鄙的淘金者作为交换。'

"'我和安岱，'我说，'准备教训教训那批社会的蟊贼。我和安岱真想组织一个名叫"大德万福幸灾乐祸婚姻介绍所"，好不容易才没有这么做。这一

来,你该明白了吧?'

"'明白啦,彼得斯先生。'她说,'我早知道你不至于做出什么卑鄙的事。可是你要我干些什么呢?你说的这三千个无赖汉,要我一个个地回绝呢,还是把他们成批成批地撵出去?'

"'特罗特太太,'我说,'你的工作其实是个挂名美差。你只消住在一家清静的旅馆里,什么事都不用干。来往信件和业务方面的事都由安岱和我一手包办。'

"'当然啦,'我又说,'有几个比较热切的求婚者和急性子,如果凑得齐火车票钱,可能亲自赶到凯罗,嬉皮涎脸地来求婚。在那种情况下,你或许要费些手脚,当面打发他们。我们每星期给你二十五元,旅馆费用在外。'

"'等我五分钟,'特罗特太太说,'让我拿了粉扑,把大门钥匙托付给邻居,你就可以开始计算我的薪水了。'

"于是我把特罗特太太带到凯罗,把她安置在一个公寓里,公寓的地址跟我和安岱下榻的地方既不近得引人起疑,也不远得呼应不灵。然后我把经过情况告诉安岱。

"'好极啦。'安岱说,'现在手头有了真的鱼饵,你也安心了。闲话少说,我们动手钓鱼吧。'

"我们在全国各地的报上刊登了广告。我们只登一次。事实上也不能多登,不然就得雇用许多办事员和女秘书,而她们嚼口香糖的声音可能会惊动邮政总长。

"我们用特罗特太太的名义在银行里存了两千元,把存折交给了她,如果有谁对这个婚姻介绍所的可靠性和诚意产生怀疑时,可以拿出来给他看看。我知道特罗特太太诚实可靠,把钱存在她名下绝对没有问题。

"即使只登了一则广告,安岱和我每天还得花上十二个小时来回复信件。

"每天收到的应征信件总有百来封。我以前从不知道这个国家里竟有这许多好心肠的穷困的人,愿意娶一位妖媚的寡妇,并且背上代为投资的包袱。

"应征的人多半承认自己上了年纪、失了业,怀才不遇,不为世人所赏识,但他们都保证自己有一肚子深情柔意,还有许多男子汉的品质,如果寡妇委身于他们,管保她一辈子受用不尽。

"彼得斯-塔克事务所给每一个应征者去了一封回信,告诉他说,寡妇对他的坦率而有趣的信大为感动,请他再来信详细谈谈,如果方便的话,请附照片一张。彼得斯–塔克同时通知应征者,把第二封信转交给女当事人的费用是两元,要随信附来。

"这个计划的简单美妙之处就在于此。各地的老少爷们中间,约莫有百分之九十想办法筹了钱寄来。就是这么一个把戏。只是我和安岱为了拆开信封和把钱取出来的麻烦,发了不少牢骚。

"有少数主顾亲自出马。我们把他们送到特罗特太太那里去,由她来善后;只有三四个人回来,问我们要一些回程的车钱。在乡村便邮的信件开始涌到后,安岱和我每天大概可以收入两百元。

"一天下午,我们正忙得不可开交;我把两元一元的钞票要往雪茄烟盒里塞,安岱吹着《她才不举行婚礼呢》的曲子。这时候,一个灵活的小个子溜了进来,一双眼睛骨碌碌地往墙上扫,好像在追寻一两幅遗失的盖恩斯巴勒①的油画似的。我看见他,心中得意非凡,因为我们的生意做得合法合理,无懈可击。

"'你们今天的邮件可不少啊。'那个人说。

"我伸手去拿帽子。

"'来吧,'我说,'我们料想你会来的。我带你去看货。你离开华盛顿时,特迪②可好?'

"我带他到江景公寓,让他同特罗特太太见了面。我又把存在她名下的两千元银行存折亮给那个人看看。

"'看来没有什么毛病。'那个侦探说。

"'当然。'我说,'如果你是个单身汉,我可以让你同这位太太单独聊一会儿。那两块钱可以不计较。'

"'多谢。'他说,'如果我是单身汉,我也许愿意领教。再见啦,彼得斯先生。'

"快满三个月的时候,我们收入五千多元,认为可以收场了。已经有许多人对我们表示不满;再则特罗特太太对这件事好像有些厌倦。许多求婚的人一直去找她,她似乎不大高兴。

"我们决定歇业。我到特罗特太太的公寓里去,把最后一星期的薪水付

---

① 盖恩斯巴勒(1727—1788),著名英国画家。
② 指美国第二十六届(1901—1909)总统西奥多·罗斯福,特迪是西奥多的昵称。

给她,向她告别,同时取回那两千元的存折。

"我到那里时,发现她哭得像是一个不愿意上学的孩子。

"'呀,呀,你怎么啦?是有人欺侮了你,还是想家啦?'

"'都不是,彼得斯先生,'她说。'我不妨告诉你。你一向是齐克的老朋友,我也顾不得了。彼得斯先生,我恋爱上啦。我深深地爱上了一个人,没有他,我简直活不下去了。他正是我心目中最理想的人哪。'

"'那你就嫁给他好啦。'我说,'那是说,只要你们两厢情愿。他是不是像你这样难分难舍地爱着你呢?'

"'他也是的。'她说。'他是见到广告之后来找我的,他要我把那两千块钱给了他,才肯同我结婚。他叫威廉·威尔金森。'说罢,她又动情地痛哭起来。

"'特罗特太太,'我说,'世界上没有人比我更同情一个女人的感情了。何况你的前夫是我最好的朋友之一。如果这件事可以由我一个人做主,我一定说,把那两千元拿去,跟你心爱的人结婚,祝你幸福。

"'我们送你两千元也是办得到的,因为我们从那些向你求婚的冤大头身上捞了五千多元。可是,'我接着说,'我得跟安岱·塔克商量一下。'

"'他也是个好人,可是对于生意买卖很精明。他是我的合伙股东。我去找安岱谈谈,看看有什么办法可想。'

"我回到旅馆,把这件事向安岱和盘托出。

"'我一直预料会发生这一类的事。'安岱说,'在任何牵涉到女人的感情和喜爱的事情里,你不能指望她始终如一。'

"'安岱,'我说,'让一个女人因为我们的缘故而伤心,可不是愉快的事。'

"'是啊,'安岱说,'我把我的打算告诉你,杰甫。你一向心软慷慨。也许我心肠太硬,世故太深,疑虑太重了。这次我迁就你一下。到特罗特太太那儿去,叫她把银行里的两千元提出来,交给她的心上人,快快活活地过日子好啦。'

"我跳了起来,同安岱足足握了五分钟手,再去特罗特太太那儿通知她,她高兴得又哭了起来,哭得同伤心时一般厉害。

"两天后,我和安岱收拾好行李,准备上路了。

"'在我们动身之前,你愿不愿意去特罗特太太那儿,同她见见面?'我问安岱。'她很想见见你,当面向你道谢。'

"'啊,我想不必啦。'安岱说,'我们还是快点赶那班火车吧。'

"我正把我们的资本像往常那样,装进贴身的褡裢时,安岱从口袋里掏出一卷大额钞票,让我收在一起。

"'这是什么钱?'我问道。

"'就是特罗特太太的那两千块钱。'安岱说。

"'怎么会到你手里来的?'我问。

"'她自己给的。'安岱说,'这一个多月来,我每星期有三个晚上要去她那儿。'

"'那个威廉·威尔金森就是你吗?'我说。

"'正是。'安岱回答道。"

虎口拔牙

杰甫·彼得斯每谈到他的行业的道德问题时,就滔滔不绝,口若悬河。

他说:"只要我们在欺骗事业的道德问题上有了意见分歧,我和安岱·塔克的友好关系就出现了裂痕。安岱有他的标准,我有我的标准。我并不完全同意安岱向大众敲诈勒索的做法,他却认为我的良心过于妨碍我们合作事业的经济利益。有时候,我们争论得面红耳赤。还有一次,两人越争越厉害,他竟然拿我同洛克菲勒相比。

"'我明白你的意思,安岱,'我说,'但是我们交了这么多年的朋友,你用这种话来侮辱我,我并不生你的气。等你冷静下来之后,你自己会后悔的。我至今还没有同法院的传票送达吏照过面呢①。'

"有一年夏天,我和安岱决定在肯塔基州一个名叫青草谷的山峦环抱、风景秀丽的小镇休息一阵子。我们自称是马贩子,善良正派,是到那里去消夏的。青草谷的居民很喜欢我们,我和安岱决定不采取任何敌对行动,既不在那里散发橡胶种植园的计划书,也不兜售巴西金刚钻。

"有一天,青草谷的五金业巨商来到我和安岱下榻的旅馆,客客气气地同我们一起在边廊上抽烟。我们有时下午一起在县政府院子里玩掷绳环游戏,已经跟他混得很熟了。他是一个多嘴多舌,面色红润,呼吸急促的人,同时又出奇地肥胖和体面。

"我们把当天的大事都谈过之后,这位默基森——这是他的尊姓——小心而又满不在乎地从衣袋里掏出一封信,递给我们看。

"'呃,你们有什么看法?'他笑着说——'居然把这样一封信寄给我!'

"我和安岱一看就明白是怎么回事了;但我们还是装模作样地把它读了

① 美国石油大王洛克菲勒由于非法经济活动,常被控告,受到法院传讯;但靠行贿,又屡次逃脱处分。

一遍。那是一种已经不时髦的，卖假钞票的打字信件，上面告诉你怎样花一千元就可以换到五千元连专家也难辨真伪的钞票；又告诉你，那些钞票是华盛顿财政部的一个雇员把原版偷出来印成的。

"'他们竟会把这种信寄给我，真是笑话！'默基森又说。

"'有许多好人都收到过这种信。'安岱说，'如果你收到第一封信后置之不理，他们也就算了。如果你回了信，他们就会再来信，请你带了钱去做交易。'

"'想不到他们竟会寄信给我！'默基森说。

"过了几天，他又光临了。

"'朋友们，'他说，'我知道你们都是规矩人，不然我也不告诉你们了。我给那些流氓去了一封回信，开开玩笑。他们又来了信，请我去芝加哥。他们请我动身前先给杰·史密斯去个电报。到了那里，要我在某一个街角上等着，自会有一个穿灰衣服的人走过来，在我面前掉落一份报纸。我就可以问他：油水怎么样？于是我们彼此心照不宣，就接上了头。'

"'啊，一点不错，'安岱打了个哈欠说，'还是那套老花样。我在报上时常看到。后来他把你领到一家旅馆已布置好圈套的房间里，那里早有一位琼斯先生在恭候了。他们取出许多崭新的真钞票，按五作一的价钱卖给你，你要多少就卖多少。你眼看他们替你把钞票放进一个小包，以为是在那里面了。可你出去以后再看时，里面只是些牛皮纸。'

"'哦，他们想在我面前玩瞒天过海的把戏可不成。'默基森说，'我如果不精明，怎么能在青草谷创办了最有出息的事业呢？你说他们给你看的是真钞票吗，塔克先生？'

"'我自己始终用——不，我在报上看到总是用真的。'安岱回答说。

"'朋友们，'默基森又说，'我有把握，那些家伙可骗不了我。我打算带上两千块钱，到那里去捉弄他们一下。如果我比尔·默基森看到他们拿出钞票，我就一直盯着它。他们既然说是五块换一块，我就咬住不放，他们休想反悔。比尔·默基森就是这样的生意人。是啊，我确实打算到芝加哥去一趟，试试杰·史密斯的五换一的把戏。我想油水是够好的。'

"我和安岱竭力想打消默基森脑袋里那种妄想发横财的念头，但是怎么也不成，仿佛在劝一个无所不赌的浑小子别就布赖恩竞选的结果同人家打赌似的①。

---

① 布赖恩(1860—1925)，美国律师，1896，1900，1908 年三度竞选总统，均失败。

不成,先生;他一定要去执行一件对公众有益的事情,让那些卖钞票的骗子搬起石头砸自己的脚。那样或许可以给他们一个教训。

"默基森走后,我和安岱坐了会儿,默默地思考着理性的异端邪说。我们闲散的时候,总喜欢用思考和推断来提高自己。

"'杰甫,'过了很久,安岱开口说,'当你同我谈你做买卖的正大光明时,我很少不同你抬杠的。我可能常常是错误的。但在这件事情上,我想我们不至于有分歧吧。我认为我们不应该让默基森先生独自去芝加哥找那些卖假钞票的人。那只会有一种结果。我们想办法干预一下,免得出事。你认为这样我们心里是不是舒畅些呢?'

"我站起来,使劲同塔克握了好长时间手。

"'安岱,'我说,'以前我看你做事毫不留情,总有点不以为然。如今我认错了。说到头,人不可貌相,你毕竟有一副好心肠。真叫我钦佩之至。你说的话正是我刚才想的。如果我们听任默基森去实现他的计划,'我说,'我们未免丢人,不值得佩服了。如果他坚决要去,那么我们就跟他一起去,防止骗局得逞吧。'

"安岱同意我的话;他一心想破坏假钞票的骗局,真叫我觉得高兴。

"'我不以虔诚的人自居,'我说,'也不认为自己是拘泥于道德的狂热分子;但是,当我眼看一个自己开动脑筋,艰苦奋斗,在困难中创业的人将受到一个妨害公众利益的不法骗子的欺诈时,我决心不能袖手旁观。'

"'对的,杰甫。'安岱说,'如果默基森坚持要去,我们就跟着他,防止这件荒唐的事情。跟你一样,我最不愿意别人蒙受这种钱财损失。'

"说罢,我们就去找默基森。

"'不,朋友们,'他说,'我不能把这个芝加哥害人的歌声①当做耳边风。我一不做,二不休,非要在这鬼把戏里挤出一点油水不可。有你们和我同去,我太高兴啦。在那五换一的交易兑现的时候,你们或许可以帮些忙。好得很,你们两位愿意一起去,再好没有了,我真把它当做一件消遣逗乐的事了。'

"默基森先生在青草谷传出消息,说他要出一次门,同彼得斯先生和塔克先生一起去西弗吉尼亚踏勘铁矿。他给杰·史密斯去了一封电报,通知对方

---

① 原文 Siren,是希腊神话中半人半鸟的海妖,常用美妙的歌声引诱路过的船员,使他们徘徊在岛上不忍离去,卒致饿死。

他准备某天启程前去领教;于是,我们三人就向芝加哥进发了。

"路上,默基森自得其乐地作了种种揣测,预先设想许多愉快的回忆。

"'一个穿灰衣服的人,'他说,'等在沃巴什大道和莱克街的西南角上。他掉下报纸,我就问油水怎么样。呵呵,哈哈!'接着他捧着肚子大笑了五分钟。

"有时候,默基森正经起来,不知他怀着什么鬼胎,总想用胡说八道来排遣它。

"'朋友们,'他说,'即使给我一万块钱,我也不愿意这件事在青草谷宣扬开来。不然我就给毁啦。我知道你们两位是正人君子。我认为惩罚那些社会的蟊贼是每个公民应尽的责任。我要给他们看看,油水到底好不好。五块换一块——那是杰·史密斯自己提出来的,他跟比尔·默基森做买卖,就得遵守他的诺言。'

"下午七点左右,我们抵达芝加哥。默基森约定九点半同那个穿灰衣服的人碰头。我们在旅馆里吃了晚饭,上楼到默基森的房间里去等候。

"'朋友们,'默基森说,'现在我们一起合计合计,想出一个打垮对手的方法。比如说,我同那个灰衣服的骗子正聊上劲儿的时候,你们两位碰巧闯了进来,招呼道:"喂,默基!"带着他乡遇故知的神情来跟我握手。我就把骗子叫过一边,告诉他,你们是青草谷来的杂货食品商詹金斯和布朗,都是好人,或许愿意在外乡冒冒险。'

"'他当然会说:"如果他们愿意投资,带他们来好啦。"两位认为这个办法怎么样?'

"'你以为怎么样,杰甫?'安岱瞅着我说。

"'喔,我不妨把我的意见告诉你。'我说。'我说我们当场了结这件事吧。不必再浪费时间了。'我从口袋里掏出一支镀镍的三八口径的左轮手枪,把弹筒转动了几下。

"'你这个不老实、造孽的、阴险的肥猪,'我对默基森说,'乖乖地把那两千块钱掏出来,放在桌上。赶快照办,否则我要对你不客气了。我生性是个和平的人,不过有时候也会走极端。有了你这种人,'我等他把钱掏出来之后继续说,'法院和监狱才有必要存在。你来这儿想夺那些人的钱。你以为他们想剥你一层皮,你就有了借口吗?不,先生;你只不过是以暴易暴罢了。其实你比那个卖假钞票的人坏十倍。'我说。'你在家乡上教堂,做礼拜,挺像一个正派公民,但是你到芝加哥来,想剥夺别人的钱,那些人同你今天想充当的这类卑鄙小人做交易,才创立了稳妥有利的行业。你可知道,那个卖假钞票的人也是上有老,下有小,要靠他养家餬口。正因为你们这批假仁假义的公民专想不劳而获,才助长了这个国家里的彩票、空头矿山、股票买卖和投机倒把。如果没有你们,他们早就没事可干了。你打算抢劫的那个卖假钞票的人,为了研究那门行业,可能花了好几年工夫。每做一笔买卖,他就承担一次丧失自由、钱财,甚至性命的风险。你打着神圣不可侵犯的幌子,凭着体面的掩护和响亮的通讯地址到这儿来骗他的钱。假如他弄到了你的钱,你可以去报告警察局。假如你弄到了他的钱,他只好一声不吭,典当掉他那套灰衣服去换晚饭吃。塔克先生和我看透了你,所以我们同来给你应得的教训。钱递过来,你这个吃草长大的伪君子。'

"我把两千块钱——全是二十元一张的票子——放进内衣口袋。

"'现在你把表掏出来。'我对默基森说,'不,我并不要表。把它搁在桌子上,你坐在那把椅子上,过一小时才能离开。要是你嚷嚷,或者不到一小时就离开,我们就在青草谷到处张贴揭发你。我想你在那里的名声地位对你来说总不止值两千块钱吧。'

"于是我和安岱离开了他。

"在火车上,安岱好久不开腔。最后他说:'杰甫,我想问你一句话行吗?'

"'问两句也不要紧,'我说,'问四十句都行。'

"'我们同默基森一起动身的时候,'他说,'你就有了那种打算吗?'

"'嗯,可不是吗。'我回答说,'还能有什么别的办法?你不是也有那种打算吗?'

"约莫过了半小时,安岱才开口。我认为安岱有时并不彻底理解我的伦理和道德的思想体系。

"'杰甫,'他开口说,'以后你有空的时候,我希望你把你的良心画出一张图解,加上注释说明。有时候我想参考参考。'"

艺术良心

"我始终没能使我的搭档安岱·塔克就范,让他遵守纯诈骗的职业道德。"杰甫·彼得斯有一天对我说。

"安岱太富于想像力了,以致不可能诚实。他老是想出许多不正当而又巧妙的敛钱的办法,那些办法甚至在铁路运费回佣制的章程里都不便列入。

"至于我自己呢,我一向不愿意拿了人家的钱而不给人家一点东西——比如说包金的首饰、花籽、腰痛药水、股票证券、擦炉粉,或者砸破人家的脑袋;人家花了钱,总得收回一些代价。我想我的祖先中间准有几个新英格兰人,他们对警察的畏惧和戒心多少遗传了一些给我。

"但是安岱的家谱不同。我认为他和股份有限公司一样,没有什么祖先可供追溯。

"一年夏天,我们在中西部俄亥俄河流域做家庭相册、头痛粉和灭蟑螂药片的买卖,安岱灵机一动,想到了一个巧妙而可受到控诉的生财之道。

"'杰甫,'他说,'我一直在琢磨,我们应当抛开这些泥腿子,把注意力转移到更有油水、更有出息的事情上去。假如我们继续在农民身上刮小钱,人家就要把我们列入初级骗子一类了。我们不妨进入高楼林立的地带,在大牡鹿的胸脯上咬一口,你看怎么样?'

"'哎,'我说,'你了解我的古怪脾气。我宁愿干我们目前所干的规矩合法的买卖。我得人钱财,总要留一点实实在在的东西给人家,让他看得见、摸得着,即使那东西是一只握手时会咬手的机关戒指,或者是会喷人满脸香水的香水瓶。你有什么新鲜主意,安岱,'我说,'也不妨说出来听听。我不拘泥于小骗局,如果有好的外快可赚,我也不拒绝。'

"'我想的是,'安岱说,'不用号角、猎狗和照相机,在那一大群美国的迈

180

达斯①,或者通称为匹茨堡百万富翁的人中间打一次猎。'

"'在纽约吗?'我问道。

"'不,老兄,'安岱说,'在匹茨堡。那才是他们的栖息地。他们不喜欢纽约。他们只因为人家指望他们去纽约,才偶尔去玩玩。'

"'匹茨堡的百万富翁到了纽约,就像落进滚烫的咖啡里的苍蝇——他成了人们注意和议论的目标,自己却不好受。纽约嘲笑他在那个满是鬼鬼祟祟的势利小人的城市里花了那么多冤枉钱。他在那里的实际开销并不多。我见过一个身价一千五百万元的匹茨堡人在纽约待了十天的费用账。账目是这样的:

往返火车票	···	21.00 元
去旅馆来回车力	···	2.00 元
旅馆费(每天 5 元)	·····································	50.00 元
小账	···	5750.00 元
合 计	···	5823.00 元

"'那就是纽约的声音。'安岱接着说,'纽约市无非像是一个侍者领班。你给小账多得出了格,他就会跑到门口,和衣帽间的小厮取笑你。因此,当匹茨堡人想花钱找快活时,总是呆在家里。我们去那儿找他。'

"闲话少说,我和安岱把我们的巴黎绿、安替比林粉②和相片册寄存在一个朋友家的地下室里,便动身去匹茨堡了。安岱并没有拟订出使用狡诈或暴力的计划书,但他一向很自信,在任何情况下,他的缺德天性都能应付裕如。

"为了对我明哲保身和堂堂正正的观点作些让步,他提出,只要我积极参加我们可能采取的任何非法买卖,他就保证受害者花了钱能得到触觉、视觉、味觉和嗅觉所能感知的真实的东西,让我良心上也说得过去。他作过这种保证之后,我情绪好了些,便轻松愉快地参加了骗局。

"当我们在烟雾弥漫,他们叫做史密斯菲尔德大街的煤渣路上溜达时,我说:'安岱,你有没有想过,我们怎样去结识那些焦炭大王和生铁小气鬼呢?我并不是瞧不起自己,瞧不起自己的客厅风度和餐桌礼仪,'我说,'但是,我们要进入那些抽细长雪茄的人的沙龙,恐怕会比你想象的要困难一些吧?'

---

① 迈达斯,希腊神话中爱金如命的弗里吉亚国王。
② 巴黎绿是乙酰亚砷酸铜的俗名,可作杀虫剂和颜料;安替比林是解热镇痛药物。

"'如果有什么困难的话,'安岱说,'那只在于我们自己的修养和文化要高出一截。匹茨堡的百万富翁们是一批普通的、诚恳的、没有架子、很讲民主的人。'

"'他们的态度粗鲁,表面上好像兴高采烈、大大咧咧的,实际上却是很不讲礼貌,很不客气。他们的出身多半微贱暧昧,'安岱说,'并且还将生活在暧昧之中,除非这个城市采用完全燃烧装置,消灭烟雾。如果我们随和一些,不要装腔作势,不要离沙龙太远,经常像钢轨进口税那样引人注意,我们同那些百万富翁交际交际是没有困难的。'

"于是安岱和我在城里逛了三四天,摸摸情况。我们已经知道了几个百万富翁的模样。

"有一个富翁老是把他的汽车停在我们下榻的旅馆门口,让人拿一夸脱香槟酒给他。侍者拔掉瓶塞之后,他就凑着瓶口喝。那说明他发迹以前大概是个吹玻璃的工人。

"一晚,安岱没有回旅馆吃饭。十一点钟光景,他来到我的房间。

"'找到一个啦,杰甫。'他说,'身价一千二百万。拥有油田、轧钢厂、房地产和天然煤气。他人不坏;没有一点架子。最近五年发了财。如今他聘请了好几位教授,替他补习文学、艺术、服饰打扮之类的玩意儿。'

"'我见到他的时候,他刚同一个钢铁公司的老板打赌,说是阿勒格尼轧钢厂今天准有四人自杀,结果赢了一万元。在场的人都跟着他去酒吧,由他请客喝酒。他对我特别有好感,请我吃饭。我们在钻石胡同的一家饭馆,坐在高凳上,喝了起泡的摩泽尔葡萄酒,吃了蛤蜊杂烩和油炸苹果馅饼。

"'接着,他带我去看看他在自由街的单身公寓。他那套公寓有十间屋子,在鱼市场楼上,三楼还有洗澡的地方。他对我说公寓布置花了一万八千元,我相信这是实话。

"'一间屋子里收藏着价值四万元的油画,另一间收藏着两万元的古董古玩。他姓斯卡德,四十五岁,正在学钢琴。他的油井每天出一万五千桶原油。'

"'好吧,'我说,'试跑很令人满意。可有什么用呢?艺术品收藏同我们有什么关系?原油又有什么关系?'

"'呃,那个人,'安岱坐在床上沉思地说,'并不是那种普通的附庸风雅的人。当他带我去看屋子里的艺术品时,他的脸像炼焦炉门那样发光。他说,只要他的几笔大买卖做成,他就能使约·皮·摩根①收藏的苦役船上的挂毯和缅因州奥古斯塔的念珠相形见绌,像是幻灯机放映出来的牡蛎嘴巴。

"'然后他给我看一件小雕刻,'安岱接着说,'谁都看得出那是件珍品。他说那是大约两千年前的文物。是从整块象牙雕刻出来的一朵莲花,莲花中间有一个女人的脸。

"'斯卡德查阅了目录,考证一番。那是纪元前埃及一位名叫卡夫拉的雕刻匠做了两个献给拉姆泽斯二世②的。另一个找不到了。旧货和古玩商在欧洲各地都找遍了,但是缺货。现在这件是斯卡德花了两千块钱买来的。'

"'哦,够啦,'我说,'在我听来,这些话简直像小河流水一般毫无意义。我原以为我们来这儿是让那些百万富翁开开眼界,不是向他们领教艺术知识的。'

"'忍耐些。'安岱和气地说,'要不了多久,我们也许能钻到空子。'

"第二天,安岱在外面待了一上午,中午才回来。他刚回旅馆便把我叫进他的房间,从口袋里掏出一个鹅蛋一般大小,圆圆的包裹,解了开来。里面是一件象牙雕刻,同他讲给我听的百万富翁的那件收藏品一模一样。

"'我刚才在一家旧货典当铺里,'安岱说,'看见这东西压在一大堆古剑和旧货下面。当铺老板说,这东西在他店里已有好几年了,大概是住在河下游的阿拉伯人、土耳其人,或者什么外国人押当后到期未赎,成了死当。'

"'我出两块钱向他买,准是露出了急于弄到手的神情,他便说如果价钱谈不到三百三十五元,就等于夺他儿女嘴里的面包。结果我们以二十五元成交。'

"'杰甫,'安岱接着说,'这同斯卡德的雕刻正是一对,一模一样。他准会把它收买下来,像吃饭时围上餐巾一般快。说不定这正是那个老吉卜赛刻的另一个真货呢!'

"'确实如此。'我说,'现在我们怎么挤他一下,让他自觉自愿地来买呢?'

"安岱早就拟好了计划,我来谈谈我们是怎样执行的。

"我戴上一副蓝眼镜,穿上黑色大礼服,把头发揉得乱蓬蓬的,就成了皮克尔曼教授。我到另一家旅馆租了房间,发一个电报给斯卡德,请他立即来面

①　约·皮·摩根(1837—1913),美国财阀,美国钢铁公司的创办人,喜欢收藏艺术品和孤本书籍。
②　拉姆泽斯二世,公元前1292—前1225年在位的埃及法老。

谈有关艺术的事。不出一小时,他赶到旅馆,乘上电梯,来到我的房间。他是个懵懵懂懂的人,嗓门响亮,身上散发着康涅狄克州雪茄烟和石脑油的气味。

"'嗨,教授!'他嚷道。'生意可好?'

"我把头发揉得更蓬乱一些,从蓝镜片后面瞪他一眼。

"'先生,'我说,'你是宾夕法尼亚州匹茨堡的科尼利厄斯·蒂·斯卡德吗?'

"'是的。'他说,'出去喝杯酒吧。'

"'我既没有时间,也没有胃口,'我说,'我可不做这种有害有毒的消遣。我从纽约来同你谈谈有关生——有关艺术的事情。'

"'我听说你有一个拉姆泽斯二世时代的埃及象牙雕刻,那是一朵莲花里的伊西斯皇后的头像。这样的雕刻全世界只有两件。其中一件已失踪多年。最近我在维也纳一家当——一家不著名的博物馆里发现了它,买了下来。我想买你收藏的那件。开个价吧。'

"'嗨,老天爷,教授!'斯卡德说,'你发现了另一件吗?你要买我的?不。我想科尼利厄斯·斯卡德收藏的东西是不会出卖的。你那件雕刻带来了没有,教授?'

"我拿出来给斯卡德。他翻来覆去看了几遍。

"'正是这玩意儿。'他说。'和我那件一模一样,每一根线条都丝毫不差。我把我的打算告诉你。'他说,'我不会卖的,但是我要买。我出两千五百块钱买你的。'

"'你不卖,我卖。'我说,'请给大票子。我不喜欢多啰唆。我今晚就得回纽约。明天我还要在水族馆讲课。'

"斯卡德开了张支票,由旅馆付了现款。他带着那件古董走了,我根据约定,赶紧回到安岱的旅馆。

"安岱在屋子里走来走去,不时看看表。

"'怎么样?'他问道。

"'两千五百块。'我说,'现款。'

"'还有十一分钟,'安岱说,'我们得赶巴尔的摩-俄亥俄线的西行火车。快去拿你的行李。'

"'何必这么急?'我说,'这桩买卖很规矩。即使是赝品,他也要过一段时候才会发现。何况他好像认为那是真东西。'

"'是真的。'安岱说,'就是他自己家里的那件。昨天我在他家里看古董时,他到外面去了一会儿,我顺手牵羊地拿了回来。喂,你赶快去拿手提箱吧。'

　　"'可是,'我说,'你不是说在当铺里另外找到一个——'

　　"'噢,'安岱说,'那是为了尊重你的艺术良心。快走吧。'"

黄 雀 在 后

在普罗文萨诺饭店的一个角落里,我们一面吃意大利面条,杰甫·彼得斯一面向我解释三种不同类型的骗局。

每年冬天,杰甫总要到纽约来吃面条,他裹着厚厚的灰鼠皮大衣在东河看卸货,把一批芝加哥制的衣服囤积在富尔顿街的铺子里。其余三季,他在纽约以西——他的活动范围是从斯波坎到坦帕①。他时常夸耀自己的行业,并用一种严肃而独特的伦理哲学加以支持和卫护。他的行业并不新奇。他本人就是一个没有资本的股份无限公司,专门收容他同胞们的不安分守己的愚蠢的金钱。

杰甫每年到这个高楼大厦的蛮荒中来度他那寂寞的假期,这时候,他喜欢吹吹他那丰富的阅历,正如孩子喜欢在日落时分的树林里吹口哨一样。因此,我在日历上标出他来纽约的日期,并且同普罗文萨诺饭店接洽好,在花哨的橡皮盆景和墙上那幅什么宫廷画之间的角落里为我们安排一张酒迹斑斑的桌子。

"有两种骗局,"杰甫说,"应当受到法律的取缔。我指的是华尔街的投机和盗窃。"

"取缔其中的一项,几乎人人都会同意。"我笑着说。

"嗯,盗窃也应当取缔。"杰甫说;我不禁怀疑我刚才的一笑是否多余。

"约莫三个月前,"杰甫说,"我有幸结识刚才提到的两类非法艺术的代表人物。我同时结交了一个窃贼协会的会员和一个金融界的约翰·台·拿破仑②。"

---

① 斯波坎是华盛顿州东部的城市,坦帕是佛罗里达州中西部的城市。
② 约翰·台是美国石油大王洛克菲勒的名字。

"那倒是有趣的结合。"我打了个哈欠说。"我有没有告诉过你,上星期我在拉马波斯河岸一枪打到了一只鸭子和一只地松鼠?"我很知道怎么打开杰甫的话匣子。

"让我先告诉你,这些寄生虫怎么用他们的毒眼污染了公正的泉水,妨碍了社会生活的运转。"杰甫说,他自己的眼睛里闪烁着揭发别人丑行时的光芒。

"我刚才说过,三个月以前,我交上了坏朋友。人生在世,只有两种情况才会促使他这样——一种是穷得不名一文的时候,另一种是很有钱的时候。

"最合法的买卖偶尔也有倒运的时候。我在阿肯色州的一个十字路口拐错了弯,闯进了彼文镇。前年春天,仿佛我来过彼文镇,把它糟蹋得不像样子。我在那里推销了六百元的果树苗——其中有李树、樱桃树、桃树和梨树。彼文镇的人经常注意大路上的过往行人,希望我再经过那里。我在大街上驾着马车,一直行驶到水晶宫药房,那时候我才发现我和我那匹白马比尔已经落进了埋伏圈。

"彼文镇的人出乎意外地抓住了我和比尔,开始同我谈起并非和果树完全无关的话题。领头的一些人把马车上的挽绳穿在我坎肩的袖孔里,带我去看他们的花园和果园。

"他们的果树长得不合标签上的规格。大多数变成了柿树和山茱萸,间或有一两丛榔树和白杨。惟一有结果迹象的是一棵苗壮的小白杨,那上面挂着一个黄蜂窝和半件女人的破背心。

"彼文镇的人就这样作了毫无结果的巡视,然后把我带到镇边上。他们抄走我的表和钱作为抵账,又扣下比尔和马车作为抵押。他们说,只要一株山茱萸长出一颗六月早桃,我就可以领回我的物品。然后,他们抽出挽绳,吩咐我向落基山脉那面滚蛋;我便像刘易斯和克拉克①那样,直奔那片河流滔滔,森林茂密的地区。

"等我神志清醒过来时,我发觉自己正走向圣菲铁路②线上的一个不知名的小镇。彼文镇的人把我的口袋完全搜空了,只留下一块嚼烟——他们并不想置我于死地——这救了我的命。我嚼着烟草,坐在铁路旁边的一堆枕木上,

---

① 刘易斯(1774—1809),克拉克(1770—1838),美国向法国购买路易斯安那时,杰弗逊总统派他们两人率领一个探险队去踏勘该地区。

② 圣菲铁路,美国东西部之间一铁路干线的简称。

以恢复我的思索能力和智慧。

"这当儿,一列货运快车驶来,行近小镇时减慢了速度;车上掉下一团黑黝黝的东西,在尘埃中足足滚了二十码,才爬起来,开始吐出烟煤末和咒骂的话。我定睛一看,发觉那是一个年轻人,阔脸盘,衣着很讲究,仿佛是坐普尔门卧车而不是偷搭货车的人物。尽管浑身弄得像是扫烟囱的人,他脸上仍旧泛着愉快的笑容。

"'摔下来的吗?'我问道。

"'不,'他说,'自己下来的。我到了目的地啦。这是什么镇?'

"'我还没有查过地图哪。'我说,'我大概比你早到五分钟。你觉得这个小镇怎么样?'

"'硬得很。'他转动着一只胳臂说,'我觉得这个肩膀——不,没什么。'

"他弯下腰去掸身上的尘土,口袋里掉出一支九英寸长的,精巧的窃贼用的钢撬。他连忙捡起来,仔细打量着我,忽然咧开嘴笑了,并向我伸出手来。

"'老哥,'他说,'你好。去年夏天我不是在密苏里南部见过你吗?那时候你在推销五毛钱一茶匙的染色沙子,说是放在灯里,可以防止灯油爆炸。'

"'灯油是不会爆炸的。'我说。'爆炸的是灯油形成的气体。'但是我仍旧同他握了手。

"'我叫比尔·巴西特,'他对我说,'如果你把这当做职业自豪感,而不是当做自高自大的话,我不妨告诉你,同你见面的是密西西比河一带最高明的窃贼。'

"于是我跟这个比尔·巴西特坐在枕木上,正如两个同行的艺术家一样,开始自吹自擂。他仿佛也不名一文,我们便谈得更为投机。他向我解释说,一个能干的窃贼有时候也会穷得扒火车,因为小石城的一个女用人出卖了他,害得他不得不匆匆逃跑。

"'当我希望盗窃得手的时候,'比尔·巴西特说,'我的工作有一部分是向娘儿们献殷勤。爱情能使娘儿们晕头转向。只要告诉我,哪一幢房子里有赃物和一个漂亮的女用人,包管那幢房子里的银器都给熔化了卖掉。我在饭店里大吃大喝,而警察局的人却说那是内贼干的,因为女主人的侄子穷得在教《圣经》班。我先勾引女用人,'比尔说,'等她让我进了屋子之后,我再勾引锁具。但是小石城的那个娘儿们坑了我。'他说。'她看见了我跟另一个女的乘电车。当我在约好的那个晚上去她那里时,她没有按说定的那样开着门等我。

我本来已经配好了楼上房门的钥匙,可是不行,先生。她从里面锁上了。她真是个大利拉①。'比尔·巴西特说。

"后来比尔不顾一切硬撬门进去,那姑娘便像四轮马车顶座的观光游客那样大叫大嚷起来。比尔不得不从那里一直逃到车站。由于他没有行李,人家不让他上车,他只得扒上一列正要出站的货车。

"'哎,'我们交换了各人的经历之后,比尔·巴西特说,'我肚子饿啦。这个小镇不像是用弹子锁锁着的。我们不妨干一些无伤大雅的暴行,弄几个零钱花花。我想你身边不见得带着生发水,或者包金的表链,或者类似的非法假货,可以在十字街口卖给镇上那些懵懵懂懂的悭吝鬼吧?'

"'没有,'我说,'我的手提箱里本来有一些精致的巴塔戈尼亚的钻石耳坠和胸针,可是给扣在彼文镇了,一直要等到那些黑橡皮树长出大量黄桃和日本李子的时候。我想我们不能对它们存什么希望,除非我们把卢瑟·伯班克②找来搭伙。'

"'好吧,'巴西特说,'那我尽量想些别的办法。也许在天黑之后,我可以向哪位太太借一枚发针,用来打开农牧渔业银行。'

"我们正谈着,一列客车开到了附近的车站。一个戴大礼帽的人从月台那边下了火车,磕磕绊绊地跨过轨道向我们走来。他是个肥胖的矮个子,大鼻子,小眼睛,衣着倒很讲究;他小心翼翼地拿着一个手提包,仿佛里面装的是鸡蛋或是铁路股票似的。他经过我们身边,沿着铁轨继续走去,似乎没有看到小镇。

"'来。'比尔·巴西特招呼我后,自己立刻跟了上去。

"'到什么地方去啊?'我问道。

"'天哪!'比尔说,'难道你忘了你自己待在荒野里吗?吗哪上校就掉在你面前,难道你没有看到?难道你没有听见乌鸦将军的鼓翼声?你真笨得叫我吃惊,以利亚。'③

"我们在树林子旁边赶上了那个人,那时候太阳已经落山,那地点又很偏僻,没有人看见我们截住他。比尔把那个人头上的帽子摘下来,用袖管拂拭一

---

① 大利拉,《圣经》中出卖参孙的非利士女人。
② 卢瑟·伯班克(1849—1926),美国园艺学家,改良了一些植物品种。
③ 吗哪,《旧约》中所说的以色列人经过旷野时获得的神赐的食物。以利亚是个先知,干旱时住在约旦河东的基立溪畔,乌鸦早晚给他叼饼和肉来。

下，又替他戴上。

"'这是什么意思，先生？'那人问道。

"'我自己戴这种帽子觉得不自在的时候，'比尔说，'总是这样做的。目前我没有大礼帽，只好用用你的。我真不知该怎么开个头同你打打交道，先生，不过我想我们不妨先摸摸你的口袋。'

"比尔·巴西特摸遍了他所有的口袋，露出一副鄙夷的神情。

"'连表都没有一个。'他说，'你这个空心石膏像，难道不觉得害臊？穿戴得倒像侍者领班，口袋里却像伯爵一样空。连车钱都没有，你打算怎么乘火车呀？'

"那人开口声明身边毫无金银财物。巴西特拿过他的手提包，打了开来。里面是一些替换用的领口和袜子，还有半张剪下来的报纸。比尔仔细看了剪报，向那位被拦劫的人伸出手去。

"'老哥，'他说，'你好！请接受朋友的道歉。我是窃贼比尔·巴西特。彼得斯先生，你得认识认识艾尔弗雷德·伊·里克斯先生。握握手吧。里克斯先生，在捣乱和犯法方面来说，彼得斯先生的地位介乎你我之间。他拿人钱财，总是给人家一些代价。我很高兴见到你们，里克斯先生——见到你和彼得斯先生。这是我生平第一次参加的全国贪心汉大会——溜门撬锁，坑蒙拐骗，投机倒把，全都到齐了。请看看里克斯先生的证件，彼得斯先生。'

"巴西特递给我的剪报上刊登着这位里克斯先生的一张照片。那是芝加哥发行的报纸，文章中的每一段都把里克斯骂得狗血喷头。我看完那篇文章后，才知道上述里克斯其人，坐在芝加哥的装潢豪华的办公室里，把佛罗里达州淹在水底的地方全部划成一块块的，卖给一些一无所知的投资者。他收入将近十万元时，那些老是大惊小怪，没事找事的主顾（我本人卖金表时也碰到过这种主顾，居然用镪水来试验）之中有一个，精打细算地去佛罗里达旅游了一次，看看他买的地皮，检查检查周围的篱笆是不是需要打一两根桩子加固，顺便再贩一些柠檬，准备供应圣诞节的市场。他雇了一个测量员替他找这块地皮。他们费了九牛二虎之力，才发现广告上所说的乐园谷那个兴旺的小镇是在奥基乔比湖中心四十杆十六竿以南，二十度以东。那人买的地皮在三十六英尺深的水底下，并且已被鳄鱼和长嘴鱼占据了那么长时间，使他的主权颇有争议。

"那人回到芝加哥，自然闹得艾尔弗雷德·伊·里克斯火烧火燎的，热得像是气象台预报有降雪时的天气。里克斯驳斥了他的陈述,却无法否认鳄鱼的存在。有一天,报上用整整一栏的篇幅来揭发这件事,里克斯走投无路,只得从防火梯上逃出来。当局查到了他存钱的保管库,里克斯只得在手提包里放上几双袜子和十来条十五英寸半的领口,直奔西部。他的皮夹里恰好有几张火车代价券,勉强乘到我和比尔·巴西特所在的那个偏僻小镇,就给赶下火车,做了以利亚第三,可是却看不到叼粮食来的乌鸦。

"接着,这位艾尔弗雷德·伊·里克斯嚷嚷起来,说他也饿了,并且声明说他没有能力支付一餐饭的价值,更不用说价格了。因此我们三个人凑在一起,如果还有雅兴作些演绎推理和绘画说明的话,就可以代表劳动力、贸易和资本。但是贸易没有资本的时候,什么买卖都做不成。而资本没有金钱的时候,洋葱肉排的销路就不景气了。现在只能仰仗那个带钢撬的劳动力。

"'绿林弟兄们,'比尔·巴西特说,'到目前为止,我从没有在患难中抛弃过朋友。我见到那个树林子里好像有一些简陋的住房。我们不妨先去那里,等到天黑再说。'

"小树林子里果然有一所没人住的、破旧的小房子,我们三人便占用了它。天黑之后,比尔·巴西特吩咐我们等着,他自己出去了半小时光景。他回来时,捧着一大堆面包、排骨和馅饼。

"'在瓦西塔路的一个农家那里搞来的。'他说,'让我们吃、喝、乐一下吧。'

"皎洁的满月升了上来,我们在小屋里席地而坐,借着月光吃起来。这位比尔·巴西特便开始大吹牛皮了。

"'有时候,'他嘴里满塞着土产品说,'你们这些自以为行业高我一等的人真叫我不耐烦。遇到目前这种紧急情况,你们两位有什么办法能使我们免于饿死?你办得到吗,里克斯?'

"'老实说,巴西特先生,'里克斯咬着一块馅饼,讲话的声音几乎听不见,'在目前这个时候,我也许不可能创办一个企业来改变困难的局面。我所经营的大事业自然需要事先作一些妥善的安排。我——'

"'我知道,里克斯,'比尔·巴西特插嘴说,'你不必讲下去啦。你先需要五百元雇用一个金发的女打字员,添置四套讲究的橡木家具。你再需要五百元来刊登广告。你还需要两星期的时间等鱼儿上钩。你的办法是远水救不了近火,好比遇到有人被低劣的煤气熏死的时候,就主张把煤气事业收归公有一样。他的把戏也救不了急,彼得斯老哥。'他结束说。

"'哦,'我说,'仙子先生,我还没有看见你用魔杖把什么东西变成金子呢。转转魔法戒指,搞一点剩羹残饭来,几乎人人都能做到。'

"'那只不过是先准备好南瓜罢了①。'巴西特洋洋自得地说,'六匹马的马车待会儿就会出乎意外地来到你门口,灰姑娘。你也许有什么锦囊妙计,可以帮我们开个头吧。'

"'老弟,'我说,'我比你大十五岁,可是还没有老到要保人寿险的年纪。以前我也有过不名一文的时候。我们现在可以望到那个相去不到半英里的小镇上的灯火。我的师父是蒙塔古·西尔弗,当代最伟大的街头推销员。此时,街上有几百个衣服上沾有油迹的行人。给我一盏汽油灯,一只木箱和两块钱的白橄榄香皂,把它切成小——'

"'你那两块钱打哪儿来呀?'比尔·巴西特吃吃笑着打断了我的话。跟这个窃贼一起,真是话不投机半句多。

"'不,'他往下说,'你们两个都束手无策啦。金融已经关门大吉,贸易也宣告歇业。你们两个只能指望劳动力来活动活动了。好吧。你们该认输了吧。今晚我给你看看比尔·巴西特的能耐。'

"巴西特吩咐我和里克斯呆在小屋子里等他回来,即使天色亮了也不要离开。他自己快活地吹着口哨,动身朝小镇走去。

"艾尔弗雷德·伊·里克斯脱掉鞋子和衣服,在帽子上铺了一方绸手帕当枕头,便躺在地板上。

"'我想我不妨睡一会儿。'他尖声尖气地说,'今天好累啊。明天见,亲爱的彼得斯先生。'

"'代我向睡神问好。'我说,'我想坐一会儿。'

"根据我那只被扣留在彼文镇的表来猜测,在约莫两点钟的时候,我们那位辛苦的人回来了。他踢醒了里克斯,把我们叫到小屋门口有一道月光的地方。接着,他把五个各装一千元的袋子摆在地板上,像刚下了蛋的母鸡似的咯咯叫起来。

"'我告诉你们一些有关小镇的情况。'他说,'那个小镇叫石泉,镇上的人

----

① 在童话《灰姑娘》中,仙子替灰姑娘把南瓜变成一辆马车,把耗子变成了马,让她去参加了王子的舞会。

正在盖一座共济会堂,看形势民主党的镇长候选人恐怕要被平民党打垮了,塔克法官的太太本来害着胸膜炎,最近好了些。我在获得所需的情报之前,不得不同居民们谈谈这些无聊的小事情。镇上有家银行,叫做樵农储蓄信托公司。昨天银行停止营业的时候有两万三千元存款。今天开门时还剩一万八千元——全是银币——这就是我为什么不多带一些来的原因。怎么样,贸易和资本,你们还有什么话说?'

　　"'年轻的朋友,'艾尔弗雷德·伊·里克斯抱着手说道,'你抢了那家银行吗?哎呀,哎呀呀!'

　　"'你不能那么说。'巴西特说。'"抢"这个字未免不大好听。我所做的事只不过是找找银行在哪条街上。那个小镇非常寂静,我站在街角上都可以听到保险箱上号码盘的转动声——"往右拧到四十五;往左拧两圈到八十;往右拧一圈到六十;再往左拧到十五"——听得一清二楚,正如听耶鲁大学足球队长用暗语发号施令一样。老弟,'巴西特又说,'这个镇上的人起得很早。他们说镇上的居民天没亮就都起来活动了。我问他们为什么不多睡一会儿,他们说因为那时候早饭就做好了。那么快活的罗宾汉①该怎么办呢?只有叮叮当当地赶快开路。我给你们赌本。你要多少?快说,资本。'

　　"'我亲爱的年轻朋友,'里克斯说,他活像一只用后腿蹲,用前爪摆弄硬果的地松鼠,'我在丹佛有几个朋友,他们可以帮助我。只要有一百块钱,我就可以——'

　　"巴西特打开一包钱,取出五张二十元的钞票扔给了里克斯。

　　"'贸易,你要多少?'他问我说。

　　"'把你的钱收起来吧,劳动力。'我说,'我一向不从辛辛苦苦干活的人身上搞他们来之不易的小钱。我搞的都是在傻瓜笨蛋的口袋里烧得慌的多余的钱。当我站在街头,把三块钱一枚的钻石金戒指卖给乡巴佬的时候,只不过赚了两块六。我知道他会把这只戒指送给一个姑娘,来酬答相当于一枚一百二十五元的戒指所产生的利益。他的利润是一百二十二元。我们两人中间哪一个是更大的骗子呢?'

　　"'可是当你把五毛钱一撮的沙子卖给穷苦女人,说是可以防止油灯爆炸的时候,'巴西特说,'沙子的价钱是四毛钱一吨;那你以为她的净利是多

---

①　罗宾汉,英国中古传说中的绿林好汉。

少呢?'

"'听着。'我说,'我叮嘱她要把油灯擦干净,把油加足。她照我的话做了,油灯就不会爆炸。她以为油灯里有了我的沙子就不会炸,也就放心了。这可以说是工业上的基督教科学疗法。她花了五毛钱,洛克菲勒和埃迪夫人①都为她效了劳。不是每个人都能请这对有钱的孪生兄妹来帮忙的。'

"艾尔弗雷德·伊·里克斯对比尔·巴西特感激涕零,差一点儿没去舔他的鞋子。

"'我亲爱的年轻朋友,'他说,'我永远都忘不了你的慷慨。上天会保佑你的。不过我请求你以后不要采用暴力和犯罪的手段。'

"'胆小鬼,你还是躲到壁板里的耗子洞里去吧,'比尔说,'在我听来,你的信条和教诲像是自行车打气筒最后的声音。你那种道貌岸然,高高在上的掠夺方式造成了什么结果?不过是贫困穷苦而已。就拿彼得斯老哥来说,他坚持要用商业和贸易的理论来玷污抢劫的艺术,如今也不得不承认他完蛋了。你们两个的做法是行不通的。彼得斯老哥,'比尔说,'你最好还是在这笔经过防腐处理的钱里取一份吧。'

"我再一次吩咐比尔·巴西特把钱收起来。我不像某些人那样尊重盗窃。我拿了人家的钱总要给人家代价,即使是一些提醒人家下次不要再上当的小小的纪念品。

"接着,艾尔弗雷德·伊·里克斯又卑躬屈节地谢了比尔,便同我们告别了。他说他要向农家借一辆马车,乘到车站,然后搭去丹佛的火车。那个叫人看了伤心的虫豸告辞之后,空气为之一新。他丢了全国不劳而获的行业的脸。他搞了许多庞大的计划和华丽的办公室,到头来还混不上一顿像样的饭,还得仰仗一个素昧平生,也许不够谨慎的窃贼。他离开后,我很高兴;虽然看到他就此一蹶不振,不免有点儿替他伤心。这个人没有大本钱时又能干些什么?嘿,艾尔弗雷德·伊·里克斯同我们分手的时候简直像一只四脚朝天的乌龟那样毫无办法。他甚至想不出计谋来骗小姑娘的石笔呢。

"只剩下我和比尔·巴西特两个人的时候,我开动了一下脑筋,想出一个包含生意秘密的计策。我想,我得让这位窃贼先生看看,贸易同劳力之间究竟有什么差别。他奚落了商业和贸易,伤了我的职业自豪感。

---

① 埃迪夫人(1821—1910),基督教科学疗法的创立人,著有《科学与健康》一书。

"'我不愿意接受你送给我的钱,巴西特先生,'我对他说,'你今晚用不道德的方法害得这个小镇的财政有了亏空。在我们离开这个危险地带之前,如果你能替我支付路上的花费,我就很领情了。'

"比尔·巴西特同意这样做,于是我们向西出发——到安全地点就搭上火车。

"火车开到亚利桑那州一个叫洛斯佩罗斯的小镇上,我提议我们不妨再在小地方碰碰运气。那是我以前的师父蒙塔古·西尔弗的家乡。如今他已退休了。我知道,只要我把附近营营做声的苍蝇指给蒙塔古看,他就会教我怎么张网捕捉。比尔·巴西特说他主要是在夜间工作的,因此任何城镇对他都没有区别。于是我们在这个产银地区的洛斯佩罗斯小镇下了火车。

"我有一个又巧妙又稳妥的打算,简直等于一根商业的甩石鞭,我准备用它来打中巴西特的要害。我并不想趁他睡熟的时候拿走他的钱,而是想留给他一张代表四千七百五十五元的彩票——据我估计,我们下火车时他的钱还剩下那么多。我旁敲侧击地谈起某种投资,他立刻反对我的意见,说了下面一番话。

"'彼得斯老哥,'他说,'你提议加入某个企业的主意并不坏。我想我会这么做。但是,我要参加的企业必须十分可靠,非要罗伯特·伊·皮尔里和查尔斯·费尔班克斯①之类的人当董事不可。'

"'我原以为你打算拿这笔钱来做买卖呢。'我说。

"'不错,'他说,'我不能整夜抱着钱睡,不翻翻身子。我告诉你,彼得斯老哥,'他说,'我打算开一家赌场。我不喜欢无聊的骗局,例如叫卖搅蛋器,或者在巴纳姆和贝利②的马戏场里推销那种只能当铺地锯末用的麦片。但是从利润观点来看,赌场生意是介乎偷银器和在沃尔多夫-阿斯托里亚旅馆义卖抹笔布之间的很好的折中办法。'

"'那么说,巴西特先生,'我说,'你是不愿意听听我的小计划了?'

"'哎,你要明白,'他说,'你不可能在我落脚地点方圆五十英里以内办任何企业。我是不会上钩的。'

---

① 罗伯特·伊·皮尔里(1856—1920),美国探险家,1909 年到达北极。查尔斯·费尔班克斯(1852—1918),1905—1909 年美国的副总统。

② 贝利(1847—1906),美国马戏团老板,后与巴纳姆合伙营业。

"巴西特租了一家酒店的二楼,采办了一些家具和五彩石印画。当天晚上,我去蒙塔古·西尔弗家,向他借了两百元做本钱。我到洛斯佩罗斯独家经营纸牌的商店,把他们的纸牌全部买了下来。第二天,那家商店开门后,我又把纸牌全都送了回去。我说同我合作的搭档改变了主意;我要把纸牌退给店里。老板以半价收回去了。

"不错,到那时候为止,我反而亏了七十五元。可是我在买纸牌的那天晚上,把每副牌的每一张的背后都做了记号。那是劳动。接着,贸易和商业开动了。我扔在水里当鱼饵的面包开始以酒渍布丁的形式回来了。

"第一批去比尔·巴西特的赌场买筹码的人中当然少不了我。比尔在镇上惟一出售纸牌的店里买了纸牌;我认得每一张纸牌的背面,比理发师用两面镜子照着,让我看自己的后脑勺还要清楚。

"赌局结束时,那五千元和一些零头都进了我的口袋,比尔·巴西特只剩下他的流浪癖和他买来取个吉利的黑猫。我离去时,比尔同我握握手。

"'彼得斯老哥,'他说,'我没有做生意的才能。我注定是劳碌命。当一个第一流的窃贼想把钢撬换成弹簧秤时,他就闹了大笑话。你玩牌的手法很熟练,很高明。'他说。'祝你鸿运高照。'以后我再也没有见到比尔·巴西特。"

"嗯,杰甫,"当这个奥托里格斯[1]式的冒险家仿佛要宣布他故事的要旨时,我说道,"我希望你好好保存这笔钱。有朝一日你安顿下来,想做些正经的买卖时,这将是一笔相当正——相当可观的资本。"

"我吗?"杰甫一本正经地说,"我当然很关心这五千块钱。"

他得意非凡地拍拍上衣胸口。

"金矿股票,"他解释说,"每一分钱都投资在这上面。票面每股一元。一年之内至少升值百分之五百。并且是免税的。蓝金花鼠金矿。一个月之前刚发现的。你手头如果有多余的钱最好也投些资。"

"有时候,"我说,"这些矿是靠不——"

"哦,这个矿可保险呢。"杰甫说。"已经发现了价值五万元的矿砂,保证每月有百分之十的盈利。"

---

① 奥托里格斯,希腊神话中神通广大的小偷。莎士比亚剧本《冬天的故事》中的奥托里古斯是个顺手牵羊,爱占小便宜的人。

他从口袋里掏出一个长信封，往桌上一扔。

"我总是随身带着，"他说，"这样窃贼就休想染指，资本家也无从下手来掺水了。"

我看看那张印刷精美的股票。

"哦，这家公司在科罗拉多。"我说，"喂，杰甫，我顺便问你一句，你和比尔在车站上遇到的，后来去丹佛的那个矮个子叫什么名字来着？"

"那家伙叫艾尔弗雷德·伊·里克斯。"杰甫说。

"哦，"我说，"这家矿业公司的经理署名是艾·尔·弗雷德里克斯。我不明白——"

"让我看看那张股票。"杰甫忙不迭地说，几乎是从我手上把它夺过去的。

为了多少缓和一下这种尴尬的局面，我招呼侍者过来，再要了一瓶巴贝拉酒。我想我也只能这样做。

命 运 之 路

我在路上寻找

　我未来的命运。

带着真诚而坚强的心，

还有指点迷津的爱情——

　　它们能不能支持我

左右、闪避、掌握或塑造

　我的命运？

（大卫·米尼奥未出版的诗）

歌已经唱完了。歌词是大卫写的，曲调是乡村风格。酒店里围桌而坐的人都热烈地喝彩叫好，因为酒账是这个年轻诗人付的。只有公证人帕比诺先生听了歌词微微摇头。因为他有些学问，并且没有同别人一起喝大卫请客的酒。

大卫走在村里的小路上，夜晚的凉风吹散了他脑袋里的酒意。他这才想起那天和伊冯娜吵了一架，他决定当晚离开家乡，到外面广阔的世界去寻找声名和荣誉。

"等到人人传颂我的诗歌时，"他美滋滋地自言自语说，"她也许会后悔今天说的叫我伤心的话。"

除了酒店里那批闹饮的人以外，村民们都入睡了。大卫悄悄地走进他父亲的农舍，到自己的小屋里，收拾几件衣服打了一个包裹，把包裹串在棍子上，往肩上一扛，掉头朝韦尔努瓦村通向外面的那条大路走去。

他经过羊栏，父亲的羊群拥挤着睡在里面——他每天带这些羊出去放牧，让它们四处乱跑，自己在零星的纸片上写诗。他看见伊冯娜窗里还有灯光，一阵犹豫突然动摇了他的决定。灯光也许说明她不能入眠,悔恨自己的粗暴,明天早晨她也许——不!他已经做出了决定。韦尔努瓦村不是久留之地。村里没有一个人能理解他。他的命运和未来在那条大路外面等待。

在月光朦胧的原野上,那条路伸展出去有三里格长,直得像是田里的犁沟。村里人都说这条路通到巴黎;诗人一面走,一面悄悄地念着这个地名。大卫以前从没有离开韦尔努瓦村,到那么远的地方去过。

左 面 的 路

> 那条路伸展出去有三里格长,然后同另一条稍宽一些的路直角相交,形成了三岔口。大卫犹豫不决地站了一会儿,走上了左面的路。

这条交通比较繁忙的公路上,可以看到地面新留下的车辙。再走了半小时光景,车辙得到了证实,只见一辆笨重的马车陷在一座陡峭小山脚边的河沟里。车夫和马童吆喝着拉马笼头。路旁站着一个穿黑衣服的高大的男人和一个披着浅色斗篷的苗条的小姐。

大卫发现那些仆人光使蛮劲,缺乏技巧,便平静地指挥起来。他吩咐仆人们不要瞎嚷嚷,而要把力气用在车轮上,由车夫一个人用马匹熟悉的声音驱赶,大卫自己用他有力的肩膀抵在马车后部,大家劲往一处使,马车便给推到河沟边坚实的地面上。仆从们爬上各自的座位。

大卫迟疑地站了一会儿。那个高大的先生挥挥手说:"你也上车。"他的嗓音像他本人一样高大,但由于修养和习惯的关系显得很柔和。这种声音使人只有服从的份儿。命令重复了一遍,打断了年轻诗人短暂的犹豫。大卫的脚踩上踏级。在黑暗中,他模糊地看到小姐坐在后座。他正想在对面坐下,那个声音又使他屈服了。"你坐在小姐旁边。"

那个先生笨重地在前座坐下。马车开始爬上小山。小姐一言不发,缩在角落里。大卫估计不出她的年龄大小,但是她衣服里散发出一股优雅温馨的芳香,激发了诗人的幻想,使他相信这个神秘的人儿一定很可爱。这正是他时常幻想的奇遇。然而他解不开这个谜,他和这两个莫测高深的旅伴坐在一起,大家都默不作声。

一小时后,大卫从车窗里望出去,发觉马车已经驶到一个小镇的街上。然后停在一幢关着门的、黑灯瞎火的房屋前面,马童下了车,不耐烦地擂打大门。楼上一扇格子窗打开了,伸出一个戴睡帽的脑袋。

"半夜三更,谁在打扰正派人的好梦？我的店门已经关了。时候这么晚,哪有规矩的旅客还在路上乱跑的？别敲门了,走吧。"

"开门!"马童嚷道,"来的是博佩图伊侯爵老爷。"

"喔唷唷!"楼上那个人喊了起来,"小的罪该万死,老爷。恕我不知道——时候这么晚了——我立刻下去开门,听候老爷吩咐。"

里面有铁链和门闩的声响,门打开了。银瓶旅店的老板披着衣服,擎着一支蜡烛,又冷又怕的站在门口簌簌发抖。

大卫跟在侯爵后面下了车。"扶小姐一把,"侯爵吩咐他说。诗人服从了。他扶那个小姐下车时,感觉她的手在哆嗦。"到店里去。"这是第二道命令。

他们进了旅店的长饭厅,里面有一张长度和房间一样的橡木桌子。高大的先生在桌子旁边的椅子里坐下。小姐非常疲累的颓然坐到靠墙的椅子上。大卫站着,寻思现在最好开口告辞,继续上路。

"老爷,"店老板一躬到地说,"如果知道大人光临,我早应该准备欢迎了。现在只有酒和冷鸡肉,或许——或许——"

"蜡烛。"侯爵以他特有的姿态张开白白的胖手指说。

"是——是,老爷。"店老板拿来五六支蜡烛,点燃后放在桌上。

"假如大人肯赏光尝尝勃艮第酒——小店倒有一桶——"

"蜡烛。"侯爵伸着手指说。

"当然,当然——我马上去拿,老爷。"

又点了十来支蜡烛,照亮了饭厅。椅子几乎容纳不下侯爵肥硕的身躯。除了手腕和领子上雪白的绉纱以外,他从头到脚一身是黑,甚至佩剑和剑鞘也是黑色的。他显出一副目中无人的讥诮的神情。向上翘起的胡子梢几乎触及那双嘲弄的眼睛。

小姐纹丝不动地坐着,大卫这会儿才发觉她很年轻,并且美丽得动人。他正凝视着这个楚楚可怜的美人时,侯爵洪亮的嗓音又响了起来,把他吓了一跳。

"你叫什么名字,做什么事的？"

"大卫·米尼奥。我是诗人。"

侯爵的胡子翘得更接近眼睛了。

"那你靠什么生活？"

"我还是牧羊人,看管我父亲的羊群。"大卫昂首回答,脸上却不由得一红。

"牧羊诗人先生,听着,你今晚撞上了好运。这位小姐是我的侄女,露西·瓦雷纳小姐。她出身名门,每年有一万法郎收入。至于她的美貌,你只消自己看看。如果她的财产合你牧羊人的心意,她立刻可以成为你的妻子。别打断我的话。她已经和维尔莫尔公爵订了婚,今晚我把她送到公爵的别墅去。宾客都已到场,牧师也准备好了,这桩门当户对的婚事就要举行了。在圣坛上,这个温柔孝顺的小姐居然像母豹子那样向我扑来,指责我残酷造孽,当着大吃一惊的牧师的面,毁了我替她订的婚约。我当场咬牙切齿地发誓,要把她嫁给我们离开别墅后在路上遇到的第一个人,不论他是王子、烧炭人,或是小偷。牧羊人,你是我们遇到的第一个人。小姐今晚必须结婚。不是你,便是另一个人。我给你十分钟的时间来决定。别多说多问来麻烦我。十分钟,牧羊人;时间是很快的。"

侯爵的白手指在桌上敲得直响。他陷入一种诡秘的等待状态,正像一幢门窗紧闭、拒人于千里之外的大房子。大卫正想开口,但是那个高大的人的神色止住了他。于是,他站到小姐椅子边,鞠了一躬。

"小姐,"他说,在这样一个优雅美丽的人面前居然能滔滔不绝地说话,连他自己也觉得诧异。"你已经听我说过,我是个牧羊人。有时候,我也有一个幻想,认为自己是诗人。如果诗人的标准在于他对美的景仰和爱慕,那我的幻想更加强了。我有什么地方能为你效劳,小姐?"

那个年轻女人抬起悲哀的、欲哭无泪的眼睛望着他。他那由于事态严重而显得认真坦率的面庞、坚强而端正的姿态、充满同情的清澈的蓝眼睛,加上她自己迫切需要而失之已久的帮助和仁慈,使她突然哭了起来。

"先生,"她低沉地说,"你好像很真诚,很仁慈。他是我的伯伯,我父亲的哥哥,我惟一的亲属。他从前爱我的母亲,因为我像母亲,他便恨我。他使我的生活成为长期的恐怖。我看见他就害怕,以前从不敢违抗他。可是今晚他要把我嫁给一个年纪比我大三倍的男人。请原谅我给你带来的麻烦,先生。你一定会拒绝强加在你身上的这种疯狂举动。至少让我谢谢你那些豪爽的话。从前谁也没有对我说过那样的话。"

诗人的眼睛里此时有了一些不仅仅是豪爽的神情。他一定是个诗人,因为伊冯娜已经给抛在脑后了;这个新的美妙可爱的人儿,以她的清新和风度迷住了他。她身上微妙的芳香使他充满了奇特的感情。他的温柔的眼光热情地落在她身上。她也如饥似渴地依附着它。

"他给了我十分钟的时间,"大卫说,"让我来做也许需要几年才能完成的事情。我不能说我可怜你,小姐;那不是真话——我要说的是我爱你。我还不能要求你的爱情,但是让我从这个残酷的人身边把你救出来,到时候爱情也许会产生的。我相信我有前途;我不会一辈子做个牧羊人。目前我要尽心尽意地爱惜你,减少你生活中的痛苦。你愿不愿意把你的未来交托给我,小姐?"

"啊,你将会为怜悯而牺牲你自己!"

"为爱情。时间快到啦,小姐。"

"你会后悔,会瞧不起我的。"

"我这辈子的目的只是使你幸福,使我自己配得上你。"

她的美好的小手从斗篷底下伸出来让他握住。

"我愿意把我的生命交托给你。"她悄声说,"并且——并且爱情也许不像你想的那么遥远。去对他说吧。一离开他那双眼睛的威力,我也许可以忘怀。"

大卫走过去,站在侯爵面前。穿黑衣服的身形动了一下,讥诮的眼睛朝饭厅的大钟一扫。

"还差两分钟。一个牧羊人居然花了八分钟时间来考虑要不要接受一位美丽富有的新娘!说呀,牧羊人,你是否同意做小姐的丈夫?"

"小姐已经给了我荣幸,"大卫骄傲地站着说,"答应了我的请求,愿意做我的妻子。"

"说得好!"侯爵说,"牧羊人先生,你在奉承方面倒有一手。小姐的运气毕竟不算太坏。现在尽教堂和魔鬼所允许的,赶快了断这件事吧!"

他用剑柄砰砰敲着桌子。店老板两腿哆嗦地跑来了,又带来一些蜡烛,指望迎合大老爷的心意。"找一个牧师来,"侯爵说,"一个牧师,你懂吗?在十分钟之内找一个牧师来,不然——"

店老板扔下蜡烛,飞也似的跑了。

睡眼惺忪、衣冠不整的牧师来了。他替大卫·米尼奥和露西·德·瓦雷纳证了婚,把侯爵扔给他的一枚金币放进口袋,拖着脚步走到黑夜里。

"酒。"侯爵向店老板伸开他那兆头不妙的手指吩咐说。

"把杯子斟满。"酒拿来之后,他又说。他站在桌子的一头,在烛光下像是一座恶毒和狂妄的黑山，他的眼光落到他侄女婿身上时，旧情的回忆变成了狠毒。

"米尼奥先生，"他举起酒杯说，"我说完话之后请喝酒：你已经娶了一个将使你终身潦倒的女人。她身体里的血液继承了邪恶的谎言和残酷的毁灭。她将给你带来耻辱和不幸。落在她身上的魔鬼，就在她那连乡巴佬也会屈从的眼睛、皮肉和嘴里。诗人先生，那就是你向往的幸福生活。喝酒吧。小姐，我终于摆脱了你。"

侯爵喝了酒。姑娘嘴里发出一声轻微的、伤心的呼喊，仿佛突然受到了创伤。大卫拿着酒杯，向前走了三步，面对着侯爵。他的举止完全不像牧羊人了。

"现在，"他镇静地说，"承你称呼我'先生'。我和小姐的婚姻使我在——就说是间接身份吧——使我在间接身份方面和你接近了一些，我可不可以希望在我想到的一件小事上有权和阁下更平等一些？"

"可以，牧羊人，"侯爵嘲弄地说。

"那么，"大卫说着，突然把他的一杯酒朝那双取笑他的、轻蔑的眼睛泼去，"也许你愿意屈尊和我决斗一下。"

那位大老爷狂暴地咒骂一声，声音像号角那般响亮。他从黑剑鞘里抽出剑来；对徘徊不去的店老板喝道："替那个乡巴佬找把剑来！"他又转向小姐，发出一声使她心惊肉跳的冷笑，说道："你给我添的麻烦太大啦，小姐。大概我必须在一夜之间替你找个丈夫，再使你成为寡妇。"

"我不会使剑。"大卫说。他在妻子面前承认这一点很不好意思。

"我不会使剑，"侯爵嘲弄地学着说，"难道我们要像庄稼汉那样用橡木棍子打一架吗？喂，弗朗索瓦，把我的手枪拿来！"

马童从马车的皮套里拿来了两支镶银的闪亮的大手枪。侯爵把一支扔在大卫手边的桌上。"到桌子那一头去，"他嚷道，"即使牧羊人也会扣扳机的。不过有幸死在德·博佩图伊枪下的牧羊人却很少。"

牧羊人和侯爵隔着长桌，面对面站着。吓慌了的店老板双手在空中乱抓，结结巴巴地说："老——老爷，看在基督的分上！别在我的店里！——别行凶——这要坏我的规矩——"侯爵威胁的眼神吓得他说不下去。

"窝囊废，"博佩图伊老爷说，"你牙齿暂时不要打架，能够的话，替我们报数。"

店老板跪倒在地上。他一句话也说不出，甚至连声音都发不出来。但是他仿佛还在用手势为他的店和规矩呼吁不要闹事。

"我来报数，"小姐声音清晰地说。她走到大卫面前，温柔地吻了他。她的眼睛闪闪发亮，脸颊泛起红晕。她靠墙站着，两个男人举起手枪，等她报数。

"一——二——三！"

两声枪响间隔得那么短，以致烛光只跳动了一次。侯爵含笑站着，左手张开五指按在桌子一端。大卫也站得笔直，非常缓慢地扭过头，用眼睛搜寻他的妻子。接着，他像一件衣服从挂着的地方掉下来似的垮在地上。

成了寡妇的少女恐惧而绝望地短叫一声，跑过去俯在他身上。她找到了他的伤口，然后带着先前那种悲哀的苍白脸色，抬起头来。"打穿了他的心，"她悄声说，"哦，他的心！"

"来吧，"侯爵洪亮的声音响了起来，"出去上车！天亮以前我无论如何也要摆脱你。今晚你再嫁一个活的丈夫。就是我们再遇到的人，小姐，不论是强盗或者庄稼汉。如果路上遇不到，那就是替我们开门的仆人。出去上车！"

毫不容情的高大的侯爵、披上斗篷的小姐、拿着手枪的马童，一起走出旅店，上了等候着的马车。笨重的车轮滚动时的声音响彻沉睡的小镇。在银瓶旅店的饭厅里，心烦意乱的店老板望着诗人的尸体不知所措，二十四支蜡烛的火光在跳动闪烁。

右面的路

那条路伸展出去有三里格长，然后同另一条稍宽一些的路直角相交，形成了三岔口。大卫犹豫不决地站了一会儿，走上了右面的路。

他不知道这条路通向何方，只是下定决心当晚要远远地离开韦尔努瓦村。他走了一里格路，经过一幢新近招待过宾客的大别墅。每扇窗子里都是灯火辉煌；石头大门的地上轮辙交错，那是宾客们的马车留下的。

再走了三里格，大卫觉得累了。他在路旁一堆松枝上躺下来，睡了一会儿。接着又起身，沿着这条陌生的路走去。

就这样，他在大路上走了五天，睡的是大自然的舒适的床铺或者农家的干草堆，吃的是农民招待他的黑面包，喝的是溪水或者看羊人给他的饮料。

最后，他经过一座大桥，踏进了笑脸迎人的城市，被那个城市毁掉的或者捧红的诗人比世上各地都多。当巴黎以低沉的音调向他唱出了充满活力的人生和车马声组成的欢迎曲时,他的呼吸变得急促起来。

大卫在孔蒂路一幢古老的房子里租了一间顶楼,然后坐在一把木椅子上开始写诗了。这条街道一度接纳过重要体面的公民,如今住着一些每况愈下的人。

街上的房屋都很高大,带着没落的尊严,但是有许多房间空关着,成了尘埃和蜘蛛的寓所。夜里只听得刀剑的铿锵声和那些不停地从一家酒店到另一家酒店的闹饮者的喧嚷。上层人物以前居住过的地方,现在成了污浊淫秽的场所。可是大卫发觉这里的租金同他干瘪的钱包很相称。白天黑夜,他都埋头在纸笔中间。

一天下午,他到下面去买了食品,拿着面包、奶酪和一瓶薄酒。他在阴暗的楼梯上遇到了——或者不如说碰到了——一个年轻的女人,她的美貌甚至惊呆了富于想象力的诗人。她披着一件宽大的深色斗篷,从敞开的地方可以看见里面华丽的衣服。她的眼睛随着思绪的每一个微小变化而迅速变化,时而变得像小孩那样又圆又天真,时而变得像吉卜赛人那样细长而狡猾。她提着衣摆,露出一只高跟的小鞋子,上面的丝带散了。她多么美貌,多么不配弯下腰去,多么有资格来迷惑和命令别人呀!也许她看见大卫来了,便站着等他帮忙。

哦,先生能不能原谅她挡住了楼梯,但是这鞋子!——淘气的鞋子!哎呀!不系好可不成。啊!如果先生肯费神!

诗人把纠缠的鞋带系好时,手指直哆嗦。之后,他原可以赶快避开她在场的危险,可是那双变得又细又狡猾、像吉卜赛人似的眼睛留住了他。他抓住那瓶酸酒,靠在楼梯扶手上。

"你太好啦,"她含笑说,"先生是不是住在这幢房子里?"

"是的,小姐。我——我想是的,小姐。"

"也许是在三楼吧,呃?"

"不,小姐;还要上楼。"

那个小姐动动手指,尽量不露出不耐烦的样子。

"对不起。我的问话未免太冒昧了。先生能不能原谅?我问住在什么地方实在不很合适。"

"小姐,别这样说。我住在——"

"不,不,不要告诉我。我已经发觉我的过错。但是我对这幢房子和里面的一切始终很感兴趣。这里以前是我的家。因此我时常来,回忆回忆幸福的往事。你能不能把这当做我的理由?"

"让我告诉你吧,你用不着找理由,"诗人结结巴巴地说,"我住在顶楼——楼梯拐弯处的一间小屋子里。"

"前房吗?"小姐侧过头问道。

"后房,小姐。"

小姐如释重负地叹了一口气。

"我不再耽误你的时间了,先生,"她说,眼睛显得又圆又天真。"好好照管我的房子。哎呀!我对这房子如今只有回忆的份儿了。再见,让我谢谢你的好意。"

她走了,只留下一个微笑和一丝甜蜜的芳香。大卫恍恍惚惚地爬上楼梯。最后他清醒过来,但是那微笑和芳香一直在他周围萦绕,仿佛再也离不开他了。这个素昧平生的小姐促使他写着咏唱眼睛的抒情诗、一见钟情的歌曲、鬈发的颂歌和纤足上的鞋子的十四行诗。

他一定是个诗人,因为伊冯娜已经给抛在脑后了;这个新的美妙可爱的人儿,以她的清新和风度迷住了他。她身上微妙的芳香使他充满了奇特的感情。

某天晚上,同一幢房子三楼的一间屋子里,有三个人围着一张桌子。屋子里的全部家具只有三把椅子、一张桌子和桌子上燃着的蜡烛。其中一个人身材高大,浑身着黑。他脸上显出讥诮而狂妄的神情。他那向上翘起的胡子梢几乎碰到了嘲弄的眼睛。另一个是年轻而美丽的小姐,她的眼睛一会儿像小孩那样又圆又天真,一会儿又像吉卜赛人那样细长而狡猾,这会儿却像任何一个阴谋家一样,敏锐而又野心勃勃。第三个是个好勇斗狠的实干家,粗心大胆的执行人,浑身散发着火与剑的气息。另外两个人管他叫做德罗尔上尉。

现在这个人用拳头擂着桌子,勉强抑制着火气说:

"今天晚上。今天晚上,当他去做弥撒的时候。我已经厌倦了这种毫无结果的阴谋策划。我已经厌倦了暗号、密码、秘密集会和黑话切口。我们要造反,就造得光明正大。如果法国要摆脱他,就让我们公开杀掉他,不必布下罗网陷阱。我说今晚就干。我说话算数。我亲自去干。今天晚上,当他去做弥撒的时候。"

小姐用热诚的眼光望着他。女人不论怎么工于心计,在鲁莽的勇敢前面总是折服的。那个高大的人抚着翘胡子梢。

"亲爱的上尉，"他说，声音虽然洪亮，但由于习惯的关系显得很柔和，"这次我同意你。等待也得不到什么结果。宫廷卫士中已经有许多被我们收买过来了，这次行动很保险。"

"今天晚上，"德罗尔上尉又擂着桌子重说了一遍，"你已经听我说过了，侯爵；我亲自去干。"

"可是，"那个高大的人温和地说，"有一个问题。我们必须送个信给我们在宫廷里的党羽，约定信号。护卫皇上马车的人必须是我们最忠诚的人。现在这个时候，有哪一个送信人能够一直深入南门呢？里布特驻在南门，只要把信送到他手里，一切问题就迎刃而解了。"

"我去送信。"小姐说。

"你，女伯爵？"侯爵扬起眉毛说，"你的忠诚真了不起，我们知道，不过——"

"听着！"小姐站起来，把手按在桌子上说，"这幢房子的顶楼住着一个乡下来的年轻人，他像他自己放牧的羊一般天真温顺。我在楼梯上和他见过一两次面。我曾经问他住在哪里，惟恐他的房间同我们经常聚会的房间相隔太近。只要我高兴，我就可以随意摆布他。他在顶楼写诗，我想他已经为我神魂颠倒。我吩咐他做什么，他一定会做的。由他送信到宫里去。"

侯爵从椅子里站起来，欠一下身。"你刚才没有让我把话说完，女伯爵，"他说，"我要说的是：'你的忠诚真了不起，不过你的智慧和魅力更了不起。'"

三个阴谋家正这样密谈时，大卫在修饰他献给楼梯相逢的情人的诗句。他忽然听到门口有怯生生的叩击声，他过去开了门，吃惊地看到她站在那儿，像身遭不幸的人那样喘着气，眼睛则像小孩那样天真地睁得大大的。

"先生，"她气喘吁吁地说，"我有一件困难来找你。我相信你是真诚善良的，此外我找不到别人来帮助我。我在到处是粗人的街上飞奔来的！先生，我的妈妈快死了。我的舅舅在皇宫里担任警卫队长。得有人去请他来。我可不可以请——"

"小姐，"大卫眼睛里闪着急于为她效劳的光芒，打断了她的话，"你的希望将成为我的翅膀。告诉我怎么去找他。"

小姐把一张盖有封漆的纸塞在他手里。

"到南门去——注意，是南门——对那里的警卫说，'老鹰已经离巢了。'

他们会放你进去,你就到皇宫的南门入口。重复这句口令,如果有谁回答说'它高兴的话就让它行动吧',你就把这封信交给他。先生,这是我舅舅告诉我的口令,因为眼前国家很乱,有人想谋害皇上,天黑之后,没有口令的人就进不去宫廷。先生,请你把这封信送给他,让我妈妈临终前再见他一面。"

"交给我吧,"大卫急切地说,"可是时候这么晚了,我是不是该让你一个人回家呢?我——"

"不,不——赶快去吧。每一刻钟都十分宝贵。总有一天,"小姐说,眼睛变得像吉卜赛人那样细长而狡猾,"我一定要酬谢你的善良。"

诗人把信揣在怀里,三步并作两步跳下了楼梯。他走了之后,小姐回到下面的房间里。

侯爵传意的眉毛向她露出询问的神情。

"他送信去了,"她说,"像他自己的羊那样敏捷而愚蠢。"

桌子又在德罗尔上尉的拳头下震动起来。

"天哪!"他嚷道,"我的手枪没有带在身边!别的手枪可不称手。"

"带我的去,"侯爵从斗篷底下拿出一把镶银的、闪闪发亮的大手枪,说道。"再没有比这更准的了。但是要小心保管,因为上面有我的纹章,而我已经受到了怀疑。我今晚还得离开巴黎,赶长路呢。在明天之前,我一定要回到我的别墅。你先请,亲爱的女伯爵。"

侯爵吹熄了蜡烛。小姐把斗篷裹得严严的,两个男人悄悄走下楼梯,混进孔蒂路狭窄的人行道上的人群中间。

大卫飞奔着。皇宫的南门口,一把画戟挡住他胸口,但他说"老鹰已经离巢了",画戟收了回去。

"走吧,"警卫说,"快点走吧。"

在皇宫的南门入口,警卫们过来抓他,但这个口令又使他们安静下来。其中一个上前说:"它高兴的话——"这时候,警卫中间突然起了一阵骚动。一个目光敏锐、模样威武的人挤进来,夺去大卫手里的信。"跟我走。"他说着把大卫领进大厅。他撕开信,看了一遍。然后招呼旁边走过的穿火枪手制服的人。"泰特鲁上尉,你立刻逮捕南门和入口处的警卫,把他们押起来。换一批绝对忠于皇上的人。"他又对大卫说:"跟我来。"

他带领大卫穿过过道和接待室,来到一个宽大的房间,有个穿着深色衣服的忧郁的人沉思地坐在皮椅子里。他对那人说:

"陛下，我早对您说过，皇宫里的叛徒和奸细多得像是下水道里的耗子。您还以为，陛下，我在胡思乱想。这个人就是在他们的纵容下一直闯到了您的门口。他带来的一封信被我截住了。我特地把他带到这里给陛下看看，免得陛下以为我在大惊小怪。"

"我来盘问他。"皇上在椅子里挪动一下说。他那双仿佛蒙上一层翳膜的眼睛迟钝地望着大卫。诗人单膝下跪。

"你是从哪里来的？"皇上问道。

"厄尔-卢瓦尔省，韦尔努瓦村，陛下。"

"你在巴黎干什么？"

"我——我想做一个诗人，陛下。"

"你在韦尔努瓦村干什么？"

"我看管我父亲的羊群。"

皇上又动了一下，眼睛里的翳膜揭开了。

"哦！在田野里！"

"是的，陛下。"

"你生活在田野里；在凉爽的早晨出去，躺在围有篱笆的草地上。羊群散布在山麓，你喝小溪的流水，在树阴下吃甘美的黑面包，毫无疑问，你还听林子里画眉的啭鸣。是不是这样，牧羊人？"

"是的，陛下，"大卫叹了一口气说，"还听花间的蜜蜂，也许还可以听到山上采葡萄人的歌唱。"

"是啊，是啊，"皇上急切地说，"也许可以听到；不过画眉肯定是能听到的。它们常常在树林子里鸣叫，是吗？"

"再没有什么地方的画眉比厄尔-卢瓦尔省的更动听了，陛下。我曾经想在我的诗里表现它们的鸣声。"

"你能背诵那些诗句吗？"皇上急切地问道。"我很久没有听到画眉了。如果有人把它们的歌声逼真地表现出来，那可能比王国都好。晚上你把羊群赶回栏里，平静安逸地吃你愉快的面包。你背得出那些诗句吗，牧羊人？"

"是这样的，陛下，"大卫尊敬而热情地说：

"'懒散的牧羊人，看你的羊羔

在草地上尽情地蹦跳；

看榆树在微风里摆舞，

209

听牧羊神吹着他的芦箫。

　　　"'听我们在树梢鸣叫，
　　　看我们扑向你的羊群；
　　　找一些羊毛
　　　来暖暖我们的窝巢——'"

"如果陛下不介意，"一个粗粝的声音插进来说，"我想问这个诗人一两个问题。现在时间紧迫，刻不容缓了。我完全是为陛下的安全着想，如果有什么冒犯，请陛下原宥。"

"道马勒公爵的忠诚已经得到了很好的证实，谈不上什么冒犯。"皇上说着往椅子里一靠，眼睛里又显出那种蒙眬的神情。

"首先，"公爵说，"我把他送来的信念给您听：

　　　今晚是太子的忌辰。假如他照例去做午夜弥撒，为他儿子的亡灵祈祷，老鹰将在埃斯普兰纳德路角上采取行动。假如他准备去，务必在皇宫西南角的楼上挂一盏红灯，让老鹰看到。

"乡下人，"公爵严厉地说，"你听到了信里说了什么。谁派你送这封信来的？"

"公爵大人，"大卫诚实地回答，"我告诉你。是一位小姐给我的。她说她母亲病了，这封信将请她的舅舅去送终。我不懂得这封信的含意，但我可以发誓说，她是美丽善良的。"

"说说那个女人的模样，"公爵命令道，"你怎么会被她愚弄的。"

"说说她的模样！"大卫柔情地微笑说，"那你简直是要用言语来创造奇迹啦。呃，她是由阳光和阴影组成的。她像杨树一般苗条，举止也像杨树那样优雅。你瞅着她时，她的眼睛一会儿变得圆圆的，一会儿又眯起来，像是两片云间的太阳。她来时光彩照人，去时天昏地暗，只剩下一股山楂花的芬芳。她到孔蒂路二十九号我住的地方来找我的。"

"就是我们一直注意的那幢房子。"公爵转向皇上说，"诗人的形容替我们描绘了那个恶劣的凯贝多女伯爵。"

"陛下和公爵大人，"大卫恳切地说，"我希望我拙劣的言语没有造成损害。我见过那位小姐的眼睛。我可以拿生命来打赌，不管有没有那封信，她总是一个天使。"

公爵逼视着他。"我可以让你试验一下，"他慢慢地说，"你打扮成皇上的模样，坐皇上的马车去做午夜弥撒。你接受这个试验吗？"

大卫笑了。"我见过她的眼睛，"他说，"我早已从她的眼睛里得到了证明。你爱怎么试验就怎么试验吧。"

十一点半钟，道马勒公爵亲自在皇宫西南角的窗口挂了一盏红灯。十二点缺十分时，大卫从头到脚打扮成皇上的样子，头缩在斗篷里，扶着公爵的胳臂，慢慢地从皇宫走向等着的马车。公爵扶他上了车，把门关上。马车飞快地向教堂驶去。

泰特鲁上尉率领二十名士兵在埃斯普兰纳德路拐角的一幢房子里待命，准备在阴谋分子出现时扑上去。

但是阴谋分子似乎为了某种理由稍稍更动了计划。当皇上的马车驶到克利斯托弗路，离埃斯普兰纳德路还有一个方场的时候，德罗尔上尉带着一帮谋刺皇上的人冲出来，袭击了马车。马车上的警卫虽然没有料到他们提前攻击，还是跳下来，奋勇地战斗。格斗的喧闹引起德罗尔上尉的士兵的注意，他们拼命赶来救助。但是，这时候不顾死活的德罗尔拉开皇上的马车门，把他的手枪抵住马车里那个黑糊糊的人的身体开了一枪。

忠心的援兵赶到了，街上响彻了呼喊和刀剑声，受惊的马匹跑开去。坐垫上横着那个可怜的冒牌皇上兼诗人的尸体，博佩图伊侯爵大人手枪里的一颗子弹要了他的性命。

中 间 的 路

> 那条路伸展出去有三里格长，然后同另一条稍宽一些的路直角相交，形成了三岔口。大卫犹豫不决地站了一会儿，接着便在路边坐下休息。

他不知道这些路通向何方。每一条路仿佛都通向充满机遇和危险的广大的世界。他坐着，看到了一颗明亮的星，他和伊冯娜曾把这颗星当做是他们的。那使他想起了伊冯娜，他怀疑自己是否太莽撞了。他们吵了几句嘴，他为什么就要离开她，离开他自己的家呢？难道爱情是这么脆弱的东西，足以印证爱情的妒忌竟能使它破灭？前晚的伤心事，第二天早晨就能得到补救。现在回家还来得及，酣睡着的韦尔努瓦村里谁都不会知道的。他的心是属于伊冯娜的；在他一向向往的地方，他可以写诗，找到他的幸福。

大卫站起来,打消了那种引诱了他的不安和狂野的情绪。他坚决地朝来路回去。回到韦尔努瓦村时,浪游的欲望已经消失了。他经过羊栏,羊儿听到他的脚步声便像擂鼓似的拥挤奔跑,这种亲切的声响使他感到温暖。他悄悄地回到自己的小房间,躺在那里,庆幸那晚没有踏上不幸的陌生的道路。

他多么理解女人的心情!第二天傍晚,伊冯娜又待在路上的水井边,年轻人总是聚集在那里,让郊区牧师有事可做。

她那抿紧的嘴巴虽然显得不可通融,但她眼角的余光却在搜寻大卫。他看到了她的眼色,不去理会那抿紧的嘴巴,他从抿紧的嘴巴里得到一句言归于好的话,之后,当他们一起回家的时候,又得到了一个吻。

三个月后,他们结婚了。大卫的父亲精明能干,而且财运亨通。他替他们安排的婚礼连三里格远的地方都知道了。街上有仪仗行列,草地上举行了跳舞会,还从德勒请了木偶戏和杂耍班子来招待宾客。

再过了一年,大卫的父亲去世。羊群和农舍传承给了他。他的妻子是村里最美的女人。伊冯娜的牛奶桶和铜壶金光锃亮——哦!你走过他们家时,那些器具在太阳底下简直晃得你睁不开眼睛。但是你的眼睛却不得不望着他们的院子,因为伊冯娜的花坛是那么整齐美丽,使你心悦神怡。你还可以听到她的歌声,哎,一直传到佩尔·格鲁努铁匠铺的两株栗树那儿。

可是有一天,大卫从一个好久没有打开的抽屉里取出纸张,开始咬着铅笔。春天又来了,并且拨动了他的心。他一定是个诗人,因为现在伊冯娜已经给抛在脑后了;大地的清新可爱以它的魅力和风韵迷住了他。树林和草地的芳香奇妙地激动了他。以前他每天带着羊出去,晚上把它们安安稳稳地带回来。如今他躺在篱笆底下,在纸片上拼凑诗句。羊群走散了,豺狼发觉苦苦构思的诗句造就了容易上口的羊肉,便从树林里出来,叼走他的羔羊。

大卫的诗章越来越多,而羊群越来越少。伊冯娜的鼻子和脾气变得尖刻起来,言语也变得粗暴了。她的锅和壶逐渐灰暗,原先的闪光都转移到她的眼睛里去了。她向诗人指出,他的疏忽减少了羊群的数目,并且给他们的家庭带来了灾祸。大卫雇了一个小孩来放羊,自己锁在农舍顶上的一间小屋子里,写着更多的诗。这个小孩也有诗人的气质,但是由于无法从写诗中得到发泄,便把时间消磨在睡觉上。豺狼很快就发现诗和睡觉实质上是同一回事;于是羊群的数目继续下降。伊冯娜的坏脾气按反比例上升。有时候,她站在院子里,朝着顶楼的窗口大骂大卫。即使在佩尔·格鲁努铁匠铺的两株栗树那儿也可以听到她的声音。

任何事情都逃不过那个仁慈、聪明、爱管闲事的公证人帕比诺先生的眼睛，他当然也注意到了这种情况。他跑去找大卫，先倚老卖老吸了一撮鼻烟，然后开口说：

"米尼奥朋友，你爸爸的结婚证书是我盖章的。如果要我在他儿子破产的文件上作证明的话，将使我非常难过。但是你正在走向破产的道路。我以老朋友的身份来和你谈谈。现在请听着我要说的话。据我看，你已经打定主意写诗了。我在德勒有个朋友，布里尔先生，乔治·布里尔。他的家里满是书，他是个有学问的人，每年都去巴黎，他自己也写书。他可以告诉你，陵墓是什么时候修的，星宿的名称是怎么起的，鸹鸟为什么有长喙。他非常熟悉诗歌的意义和形式，正像你熟悉羊叫一样。我替你写一封介绍信，你把你写的诗带去，请他看看。之后你就知道，究竟是应该继续写下去呢，还是多照看你的妻子和生计。"

"写信吧，"大卫说，"可惜你没有早一点提起这件事。"

第二天一清早，他挟着那卷宝贵的诗稿动身去德勒。中午时分，他已经在布里尔先生的门口擦着脚上的灰尘。那个有学问的人打开帕比诺先生的信，戴上一副闪闪发亮的眼镜看着信的内容，正像阳光晒着水塘一样。他把大卫让进了书房，请他坐在书海中间的一个小岛上。

布里尔先生是个好心肠的人。他在厚厚一叠卷曲不平的稿纸面前毫不畏缩。他把诗稿在膝上摊平，开始看起来。他看得一丝不苟，正像钻进硬壳果去找果仁的蛀虫，钻透了那叠厚厚的诗稿。

同时，大卫坐在孤岛上，在浩瀚的典籍的汪洋中直打哆嗦。他耳朵里响着浪涛声。没有航海图或者罗盘来指引他在那片海洋中航行。他觉得世界上仿佛有一半人都在著书立说。

布里尔先生一直钻到最后一页诗稿。接着，他摘下眼镜，用手帕擦镜片。

"我的老朋友帕比诺可好？"他问道。

"硬朗得很。"大卫回答。

"你有多少羊，米尼奥先生？"

"我昨天数的时候有三百零九头。羊群遭到了厄运。从八百五十头降到了那个数目。"

"你有妻子有家，生活得很舒服。羊群替你带来了富裕。你带它们到田野上去,生活在清新的空气中,吃着满足的甘美的面包。你只消在一旁看看,躺在大自然的胸脯上,倾听树林里画眉的歌唱。我说得对不对?"

"对的。"大卫说。

"你的诗我全读过了,"布里尔先生继续说,他的眼睛像在找一片船帆似的扫视着书籍的海洋。"你看窗外那边,米尼奥先生,告诉我你在那棵树上看到了什么。"

"我看到一只乌鸦。"大卫看后说。

"当我有逃避责任的倾向时,"布里尔先生说,"那只鸟就提醒了我。你了解那只鸟,米尼奥先生,它是飞禽界的哲学家。它是知足的。尽管它的眼睛滑稽,步态可笑,却比任何别的鸟高兴,比任何别的鸟吃得饱。田野供给了它所需要的一切。它从没有因为自己的羽毛不如金莺艳丽而自怨自艾。米尼奥先生,你总听到过自然赋予它的嗓音吧?你是不是认为夜莺比它幸福呢?"

大卫站了起来。乌鸦在树上嘶哑地叫着。"谢谢你,布里尔先生,"他慢吞吞地说。"那么说来,这许多乌鸦啼声里没有一声夜莺的鸣啭了吗?"

"如果有的话,我是不会错过的,"布里尔先生叹息说,"我看了每一个字。你还是过过诗的生活,老弟,千万别再尝试写诗了。"

"谢谢你,"大卫又说,"现在我要回到我的羊群那里去了。"

"假如你和我一起吃了饭,"那个有学问的人说,"抛开痛苦,我可以详详细细和你谈谈其中的理由。"

"不用了,"诗人说,"我得回到田野上去,向我的羊群啼叫了。"

他挟着诗稿,沉重地走回韦尔努瓦村。到了村里,他拐进齐格勒的铺子,齐格勒是一个亚美尼亚来的经营旧货买卖的犹太人。

"朋友,"大卫说,"树林里的豺狼老是骚扰我山上的羊群,我得买些火器来保护它们。你有什么火器?"

"今天对我说来真是个坏日子,米尼奥朋友,"齐格勒摊开双手说,"因为看来我得卖掉一件连原价十分之一都不到的武器给你了。上星期我从一个商贩那里买了一车官家拍卖的货色。拍卖的是一个大老爷的别墅和财产——我不知道他的爵位是什么——据说他因为谋反罪遭到放逐。那批货色当中有一些精致的火器。这把手枪——哦,给王子也适合的武器!——卖给你只要四十个法郎,米尼奥朋友——我亏掉十个法郎算了。或者你要一支火绳枪——"

"这就行了，"大卫把钱扔在柜台上说，"里面有没有弹药？"

"我来装，"齐格勒说，"火药和子弹再加十个法郎。"

大卫把手枪藏在上衣里，走回他的农舍。伊冯娜不在家。最近她常常喜欢到邻居家去串门。厨房炉子里却生着火。大卫打开炉门，把诗稿塞进火里。烧起来时，烟道里发出一阵嘶哑的声音。

"乌鸦的歌唱！"诗人说。

他走上顶楼，关好门。村子里是那么静寂，以致有二十来个人听到了那把大手枪的轰响。他们一窝蜂赶到那儿，楼上的硝烟引起他们注意，便上了楼。他们把诗人的尸体抬到床上，笨拙地摆弄它，想掩饰这只可怜的乌鸦的损毁的羽毛。女人们非常热心地谈着惋惜的话。有几个跑去告诉伊冯娜了。帕比诺先生挤在第一批赶到的人们中间，拣起那把手枪，用鉴赏和哀伤的神色察看上面镶银的装饰。

"那是博佩图伊侯爵大人的纹章。"他对旁边的牧师解释说。

"醉 翁 之 意"

　　他从德斯布罗萨斯街的渡口出来时,使我不由得对他发生了兴趣。看他那神气,是个见多识广、四海为家的人;来到纽约的样子,又像是一个睽违多年,重新回到自己领地来的领主。尽管他露出这种神情,我却断定他以前从未踩上过这个满是哈里发的城市的滑溜的圆石子街道。

　　他穿着一套宽大的、蓝中带褐、颜色古怪的衣服,戴着一顶老式的、圆圆的巴拿马草帽,不像北方的时髦人物那样在帽帮上捏出花哨的凹塘,斜戴成一个角度。此外,他那出奇的丑陋不但使人厌恶,而且使人吃惊——他那副林肯式的愁眉蹙额的模样和不端正的五官,简直会使你诧异和害怕得目瞪口呆。渔夫捞到的瓶子里窜出的一股妖气变的怪物,恐怕也不过如此①。后来他告诉我,他名叫贾德森·塔特;为了方便起见,我们从现在起就用这个名字来称呼他。他的绿色绸领带用黄玉环扣住,手里握着一支鲨鱼脊骨做的手杖。

　　贾德森·塔特招呼了我,仿佛旧地重游记不清一些无关紧要的细节似的,大大咧咧地向我打听本市街道和旅馆的一般情况。我觉得没有理由来贬低我自己下榻的商业区那家清静的旅馆;于是,到了下半夜,我们已经吃了饭,喝了酒(是我付的账),就打算在那家旅馆的休息室里找一个清静的角落坐下来抽烟了。

　　贾德森·塔特仿佛有什么话要讲给我听。他已经把我当做朋友了;他每说完一句话,便把那只给鼻烟染黄的、像轮船大副的手一般粗大的手在我鼻子前面不到六英寸的地方晃着。我不由得想起,他把陌生人当做敌人时是不是也这么突兀。

　　我发觉这个人说话时身上散发出一种力量。他的声音像是动人的乐器,

---

　　① 这里指《天方夜谭》中的故事。

216

被他用华彩出色的手法弹奏着。他并不想让你忘却他的丑陋，反而在你面前炫示，并且使之成为他言语魅力的一部分。如果你闭上眼睛，至少会跟着这个捕鼠人的笛声走到哈默尔恩的城墙边。你不至于稚气得再往前走。不过让他替他的言词谱上音乐吧，如果不够味儿，那该由音乐负责。

"女人，"贾德森·塔特说，"是神秘的。"

我的心一沉。我可不愿意听这种老生常谈——不愿意听这种陈腐浅薄、枯燥乏味、不合逻辑、不能自圆其说、早就给驳倒的诡辩——这是女人自己创造出来的古老、无聊、毫无根据、不着边际、残缺而狡猾的谎言；这是她们为了证明、促进和加强她们自己的魅力和谋算而采取的卑劣、秘密和欺诈的方法，从而暗示、蒙混、灌输、传播和聪明地散布给人们听的。

"哦，原来如此！"我说的是大白话。

"你有没有听说过奥拉塔马？"他问道。

"可能听说过。"我回答说，"我印象中仿佛记得那是一个芭蕾舞演员——或者是一个郊区——或者是一种香水的名字？"

"那是外国海岸上的一个小镇，"贾德森·塔特说，"那个国家的情况，你一点儿不知道，也不可能了解。它由一个独裁者统治着，经常发生革命和叛乱。一出伟大的生活戏剧就是在那里演出的，主角是美国最丑的人贾德森·塔特，还有无论在历史或小说中都算是最英俊的冒险家弗格斯·麦克马汉，以及奥拉塔马镇镇长的美貌女儿安娜贝拉·萨莫拉。还有一件事应该提一提——除了乌拉圭三十三人省①以外，世界上任何别的地方都没有一种叫楚楚拉的植物。我刚才提到的那个国家的产品有贵重木料、染料、黄金、橡胶、象牙和可可。"

"我一向以为南美洲是不生产象牙的呢。"我说。

"那你就错上加错了。"贾德森·塔特说。他那美妙动人的声音抑扬顿挫，至少有八个音度宽。"我并没说我所谈的国家在南美洲呀——我必须谨慎，亲爱的朋友；要知道，我在那里是搞过政治的。虽然如此，我跟那个国家的总统下过棋，棋子是用貘的鼻骨雕刻成的——貘是安第斯山区的一种角蹄类动物——那棋子看起来同上好的象牙一模一样。

---

① 三十三人省，乌拉圭东部省名及省会名。1825 年，以拉瓦列哈为首的三十三名乌拉圭爱国者在乌拉圭河岸阿格拉西亚达登陆，开始了反巴西统治的武装斗争，后人遂将该地命名为"三十三人"。

"我要告诉你的不是动物，而是浪漫史和冒险，以及女人的气质。

"十五年来，我一直是那个共和国至高无上的独裁者老桑乔·贝纳维德斯背后的统治力量。你在报上见过他的相片——一个窝囊的黑家伙，脸上的胡子像是瑞士音乐盒圆筒上的钢丝，右手握着一卷像是记家谱的《圣经》扉页那样的纸头。这个巧克力色的统治者一向是种族分界线和纬线之间最惹人注意的人物。很难预料他的结局是登上群英殿呢，还是身败名裂。当时，如果不是格罗弗·克利夫兰①在做总统的话，他一定会被称为南方大陆的罗斯福。他总是当一两任总统，指定了暂时继任人选之后，再退休一个时期。

"但是替'解放者'贝纳维德斯赢得这些声誉的并不是他自己。不是他，而是贾德森·塔特。贝纳维德斯只不过是个傀儡。我总是指点他，什么时候该宣战，什么时候该提高进口税，什么时候该穿大礼服。但是我要讲给你听的并不是这种事情。我怎么会成为有力人物的呢？我告诉你吧。自从亚当睁开眼睛，推开嗅盐瓶，问道：'我怎么啦'以来，能发出声音的人中间，要数我最出色。

"你也看到，除了新英格兰早期主张信仰疗法的基督徒的相片以外，我可以算是你生平碰见的最丑的人。因此，我很年轻时便知道必须用口才来弥补相貌的不足。我做到了这一点。我要的东西总能到手。作为在老贝纳维德斯背后出主意的人，我把历史上所有伟大的幕后人物，诸如塔利兰、庞巴杜夫人和洛布②，都比得像俄国杜马中少数派的提案了。我用三寸不烂之舌可以说得国家负债或者不负债，使军队在战场上沉睡，用寥寥数语来减少暴动、骚乱、税收、拨款或者盈余，用鸟鸣一般的嗯哨唤来战争之犬或者和平之鸽。别人身上的俊美、肩章、拳曲的胡须和希腊式的面相同我是无缘的。人家一看到我就要打寒战。可是我一开口说话，不出十分钟，听的人就被我迷住了，除非他们害了晚期心绞痛。不论男女，只要碰到我，无不被我迷住。呃，你不见得认为女人会爱上像我这种面相的人吧？"

"哦，不，塔特先生。"我说，"迷住女人的丑男子常常替历史增添光彩，使小说黯然失色。我觉得——"

"对不起，"贾德森·塔特打断了我的话，"你还不明白我的意思。你先请

---

① 克利夫兰(1837—1908)，美国第二十二届和第二十四届总统，民主党人。
② 洛布(1866—1937)，美国商人，西奥多·罗斯福任纽约州长与总统时的私人秘书。

听我的故事。"

"弗格斯·麦克马汉是我在京都的一个朋友。拿俊美来说,我承认他是货真价实的。他五官端正,有着金黄色的鬈发和笑吟吟的蓝眼睛。人们说他活像那个叫做赫耳·墨斯①的塑像,就是摆在罗马博物馆里的语言与口才之神。我想那大概是一个德国的无政府主义者。那种人老是装腔作势,说个没完。

"不过弗格斯没有口才。他从小就形成了一个观念,认为只要长得漂亮,一辈子就受用不尽。听他谈话,就好比你想睡觉时听到了水滴落到床头的一个铁皮碟子上的声音一样。他和我却交上了朋友——也许是因为我们如此不同吧,你不觉得吗? 我刮胡子时,弗格斯看看我那张像是在万圣节前夜戴的面具的怪脸,似乎就觉得高兴;当我听到他那称之为谈话的微弱的喉音时,我觉得作为一个银嗓子的丑八怪也心满意足了。

"有一次,我不得不到奥拉塔马这个滨海小镇来解决一些政治动乱,在海关和军事部门砍掉几颗脑袋。弗格斯,他掌握着这个共和国的冰和硫磺火柴的专卖权,说是愿意陪我跑一趟。

"在骡帮的铃铛声中,我们长驱直入奥拉塔马,这个小镇便属于我们了;正如西奥多·罗斯福在奥伊斯特湾②时,长岛海峡不属于日本人一样。我说的虽然是'我们',事实上是指'我'。只要是到过四个国家,两个海洋,一个海湾和地峡,以及五个群岛的人,都听到过贾德森·塔特的大名。人们管我叫绅士冒险家。黄色报纸用了五栏,一个月刊用了四万字(包括花边装饰),《纽约时报》用第十二版的全部篇幅来报导我的消息。如果说我们在奥拉塔马受到欢迎的部分原因是由于弗格斯·麦克马汉的俊美,我就可以把我那巴拿马草帽里的标签吃下去。他们张灯结彩是为了我。我不是爱妒忌的人;我说的是事实。镇上的人都是尼布甲尼撒③;他们在我面前拜倒草地;因为这个镇里没有尘埃可以拜倒。他们向贾德森·塔特顶礼膜拜。他们知道我是桑乔·贝纳维德斯背后的主宰。对他们来说,我的一句话比任何人的话更像是东奥罗拉

---

① 赫耳墨斯(Hermes)是希腊神话中商业、演说、竞技之神,作者在这里把原文拆开,成了德文中的"墨斯先生"(Herr Mees),因此下文有"德国无政府主义者"之说。

② 奥伊斯特湾,美国长岛北部的村落,西奥多·罗斯福的家乡。

③ 尼布甲尼撒(前605—前562),巴比伦王,《旧约·但以理书》第4章第29—33节有尼布甲尼撒"吃草如牛"之语。

图书馆书架上的全部毛边书籍。居然有人把时间花在美容上——抹冷霜,按摩面部(顺眼睛内角按摩),用安息香酊防止皮肤松弛,用电疗来除黑痣——为了什么目的?要漂亮。哦,真是大错特错!美容师应该注意的是喉咙。起作用的不是赘疣而是言语,不是爽身粉而是谈吐,不是香粉而是聊天,不是花颜玉容而是甘言巧语——不是照片而是留声机。闲话少说,还是谈正经的吧。

"当地头面人物把我和弗格斯安顿在蜈蚣俱乐部里,那是一座建筑在海边桩子上的木头房子。涨潮时海水和房子相距只有九英寸。镇里的大小官员、诸色人等都来致敬。哦,并不是向赫耳·墨斯致敬。他们早听到贾德森·塔特的名声了。

"一天下午,我和弗格斯·麦克马汉坐在蜈蚣旅馆朝海的回廊里,一面喝冰甘蔗酒,一面聊天。

"'贾德森,'弗格斯说道,'奥拉塔马有一个天使。'

"'只要这个天使不是加百列,'我说,'你谈话的神情为什么像是听到了最后审判的号角声那样紧张?'

"'是安娜贝拉·萨莫拉小姐。'弗格斯说,'她——她——她美得——没治!'

"'呵呵!'我哈哈大笑说,'听你形容你情人的口吻倒真像是一个多情种子。你叫我想起了浮士德追求玛格丽特的事——就是说,假如他进了舞台的活板底下之后仍旧追求她的话。'

"'贾德森,'弗格斯说,'你知道你自己像犀牛一般丑。你不可能对女人发生兴趣。我却发疯般地迷上了安娜贝拉小姐。因此我才讲给你听。'

"'哦,当然啦。'我说。'我知道我自己的面孔像是尤卡坦杰斐逊县那个守着根本不存在的窖藏的印第安阿兹特克偶像。不过有补偿的办法。比如说,在这个国家里抬眼望到的地方,以及更远的地方,我都是至高无上的人物。此外,当我和人们用口音、声音、喉音争论的时候,我说的话并不限于那种低劣的留声机式的胡言乱语。'

"'哦,'弗格斯亲切地说,'我知道不论闲扯淡或者谈正经,我都不成。因此我才请教你。我要你帮我忙。'

"'我怎么帮忙呢?'我问道。

"'我已经买通了安娜贝拉小姐的陪媪,'弗格斯说,'她名叫弗朗西斯卡。贾德森,你在这个国家里博得了大人物和英雄的名声。'

"'正是,'我说,'我是当之无愧的。'

"'而我呢,'弗格斯说,'我是北极和南极之间最漂亮的人。'

"'如果只限于相貌和地理,'我说,'我完全同意你的说法。'

"'你我两人,'弗格斯说,'我们应该能把安娜贝拉·萨莫拉小姐弄到手。你知道,这位小姐出身于一个古老的西班牙家族,除了看她坐着马车在广场周围兜圈子,或者傍晚在栅栏窗外瞥见她一眼之外,她简直像是星星那样高不可攀。'

"'替我们中间哪一个去弄呀?'我问道。

"'当然是替我。'弗格斯说。'你从来没有见过她。我吩咐弗朗西斯卡把我当做你,已经指点给安娜贝拉看过好几次了。她在广场上看见我的时候,以为看到的是全国最伟大的英雄、政治家和浪漫人物堂贾德森·塔特呢。把你的声名和我的面貌合在一个人身上,她是无法抗拒的。她当然听到过你那惊人的经历,又见过我。一个女人还能有什么别的企求?'弗格斯·麦克马汉说。

"'她的要求不能降低一点吗?'我问道,'我们怎么各显身手,怎么分摊成果呢?'

"弗格斯把他的计划告诉了我。

"他说,镇长堂路易斯·萨莫拉的房子有一个院子——通向街道的院子。院内一角是他女儿房间的窗口——那地方黑得不能再黑了。你猜他要我怎么办?他知道我口才流利,有魅力,有技巧,让我半夜到院子里去,那时候我这张鬼脸看不清了,然后代他向萨莫拉小姐求爱——代她在广场上照过面的、以为是堂贾德森·塔特的美男子求爱。

"我为什么不替他,替我的朋友弗格斯·麦克马汉效劳呢?他来求我就是看得起我——承认了他自己的弱点。

"'你这个白百合一般的、金头发、精打细磨的、不会开口的小木头,'我说,'我可以帮你忙。你去安排好,晚上带我到她窗外,在月光颤音的伴奏下,我滔滔不绝地谈起来,她就是你的了。'

"'把你的脸遮住,贾德。'弗格斯说。'千万把你的脸遮严实。讲到感情,你我是生死之交,但是这件事非同小可。我自己能说话也不会请你去。如今看到我的面孔,听到你的说话,我想她非给弄到手不可了。'

"'到你的手?'我问道。

"'我的。'弗格斯说。

"嗯,弗格斯和陪媪弗朗西斯卡安排好了细节。一天晚上,他们替我准备好一件高领子的黑色长披风,半夜把我领到那座房子那里。我站在院子里窗口下面,终于听到栅栏那边有一种天使般又柔和又甜蜜的声音。我依稀看到里面有一个穿白衣服的人影;我把披风领子翻了上来,一方面是忠于弗格斯,一方面是因为那时正当七月潮湿的季节,夜晚寒意袭人。我想到结结巴巴的弗格斯,几乎笑出声来,接着我开始说话了。

"嗯,先生,我对安娜贝拉小姐说了一小时话。我说'对她',因为根本没有'同她'说话。她只是偶尔说一句:'哦,先生',或者'呀,你不是骗人吧?'或者'我知道你不是那个意思',以及诸如此类的、女人被追求得恰到好处时所说的话。我们两人都懂得英语和西班牙语;于是我运用这两种语言替我的朋友弗格斯去赢得这位小姐的心。如果窗口没有栅栏,我用一种语言就行了。一小时之后,她打发我走,并且给了我一朵大大的红玫瑰花。我回来后把它转交给了弗格斯。

"每隔三四个晚上,我就代我的朋友到安娜贝拉小姐的窗子下面去一次,这样持续了三星期之久。最后,她承认她的心已经属于我了,还说每天下午驾车去广场的时候都看到了我。她见到的当然是弗格斯。但是赢得她心的是我的谈话。试想,如果弗格斯自己跑去呆在黑暗里,他的俊美一点儿也看不见,他一句话也不说,那能有什么成就!

"最后一晚,她答应跟我结婚了——那是说,跟弗格斯。她把手从栅栏里伸出来让我亲吻。我给了她一吻,并且把这消息告诉了弗格斯。

"'那件事应该留给我来做。'他说。

"'那将是你以后的工作。'我说,'一天到晚别说话,光是吻她。以后等她认为已经爱上你时,她也许就辨不出真正的谈话和你发出的嗫嚅之间的区别了。'

"且说,我从来没有清楚地见过安娜贝拉小姐。第二天,弗格斯邀我一起去广场上,看看我不感兴趣的奥拉塔马交际界人物的行列。我去了;小孩和狗一看到我的脸都往香蕉林和红树沼地上逃。

"'她来啦,'弗格斯捻着胡子说——'穿白衣服,坐着黑马拉的敞篷车。'

"我一看,觉得脚底下的地皮都在晃动。因为对贾德森·塔特来说,安娜贝拉·萨莫拉小姐是世界上最美的女人,并且从那一刻起,是惟一最美的女人。我一眼就明白我必须永远属于她，而她也必须永远属于我。我想起自己的脸，几乎晕倒；紧接着我又想起我其他方面的才能，又站稳了脚跟。何况我曾经代替一个男人追求了她有三星期之久呢！

"安娜贝拉小姐缓缓驶过时，她用那乌黑的眼睛温柔地、久久地瞟了弗格斯一下，那个眼色足以使贾德森·塔特魂魄飞扬，仿佛坐着胶轮车似的直上天堂。但是她没有看我。而那个美男子只是在我身边拢拢他的鬈发，像浪子似的嬉笑着昂首阔步。

"'你看她怎么样，贾德森？'弗格斯得意扬扬地问道。

"'就是这样。'我说，'她将成为贾德森·塔特夫人。我一向不做对不起朋友的事。所以言明在先。'

"我觉得弗格斯简直要笑破肚皮。

"'呵，呵，呵，'他说，'你这个丑八怪！你也给迷住了，是吗？好极啦！不过你太迟啦。弗朗西斯卡告诉我，安娜贝拉日日夜夜不谈别的，光谈我。当然，你晚上同她谈话，我非常领你的情。不过你要明白，我觉得我自己去的话也会成功的。'

"'贾德森·塔特夫人。'我说，'别忘掉这个称呼。你利用我的舌头来配合你的漂亮，老弟。你不可能把你的漂亮借给我；但是今后我的舌头是我自己的了。记住"贾德森·塔特夫人"，这个称呼将印在两英寸阔、三英寸半长的名片上。就是这么一回事。'

"'好吧。'弗格斯说着又笑了，'我跟她的镇长爸爸讲过，他表示同意。明天晚上，他要在他的新仓库里举行招待舞会。如果你会跳舞，贾德，我希望你也去见见未来的麦克马汉夫人。'

"第二天傍晚，在萨莫拉镇长举行的舞会上，当音乐奏得最响亮的时候，贾德森·塔特走了进去。他穿着一套新麻布衣服，神情像是全国最伟大的人物，事实上也是如此。

"有几个乐师见到我的脸，演奏的乐曲马上走了调。一两个最胆小的小姐禁不住尖叫起来。但是镇长忙不迭地跑过来，一躬到地，几乎用他的额头擦去了我鞋子上的灰尘。光靠面孔漂亮是不会引起这么惊人的注意的。

"'萨莫拉先生，'我说，'我久闻你女儿的美貌。我很希望有幸见见她。'

"约莫有六打粉红色布套的柳条椅靠墙放着。安娜贝拉小姐坐在一张摇椅上，她穿着白棉布衣服和红便鞋，头发上缀着珠子和萤火虫。弗格斯在屋子的另一头,正想摆脱两个咖啡色、一个巧克力色的女郎的纠缠。

"镇长把我领到安娜贝拉面前,做了介绍。她一眼看到我的脸,大吃一惊,手里的扇子掉了下来,摇椅几乎翻了身。我倒是习惯于这种情形的。

"我在她身边坐下,开始谈话。她听到我的声音不禁一怔,眼睛睁得像鳄梨一般大。她简直无法把我的声音和我的面相配合起来。不过我继续不断地用 C 调谈着话,那是对女人用的调子;没多久她便安安静静地坐在椅子上,眼睛里露出一种恍惚的样子。她慢慢地入彀了。她听说过有关贾德森·塔特的事情,听说过他是一个多么伟大的人物,干过许多伟大的事业;那对我是有利的。但是,当她发觉伟大的贾德森并不是人家指点给她看的那个美男子时,自然不免有些震惊。接着,我改说西班牙语,在某种情况下,它比英语好,我把它当做一个有千万根弦的竖琴那样运用自如,从降 G 调一直到 F 高半音。我用我的声音来体现诗歌、艺术、传奇、花朵和月光。我还把我晚上在她窗前念给她的诗背了几句;她的眼睛突然闪出柔和的光亮,我知道已经辨出了半夜里向她求爱的那个神秘人的声音。

"总之,我把弗格斯·麦克马汉挤垮了。啊,口才是货真价实的艺术——那是不容置疑的。言语漂亮,才是漂亮。这句谚语应当改成这样①。

"我和安娜贝拉小姐在柠檬林子里散了一会儿步,弗格斯正愁眉苦脸地同那个巧克力色的姑娘跳华尔兹。我们回去之前,她同意我第二天半夜到院子里去,在她窗下再谈谈话。

"呃,经过非常顺利。不出两星期,安娜贝拉和我订了婚,弗格斯完了。作为一个漂亮的人,他处之泰然,并且对我说他不准备放弃。

"'口才本身很起作用,贾德森,'他对我说,'尽管我以前从没有想到要培养它。但是凭你的尊容,指望用一些话语来博得女人的欢心,那简直是画饼充饥了。'

"我还没有讲到故事的正文呢。

"一天,我在火热的阳光底下骑马骑了好久,没等到凉爽下来,就在镇边的礁湖里洗了一个冷水澡。

"天黑之后,我去镇长家看安娜贝拉。那时候,我每天傍晚都去看她,我们打算一个月后结婚。她仿佛一只夜莺,一头羚羊,一朵香水月季,她的眼睛

---

① 英文有"行为漂亮,才是漂亮"一成语。

又明亮又柔和,活像银河①上撒下来的两夸脱奶油。她看到我那丑陋的相貌时,并没有害怕或厌恶的样子。老实说,我觉得我看到的是无限的柔情蜜意,正像她在广场上望着弗格斯时那样。

"我坐下来,开始讲一些安娜贝拉爱听的话——我说她是一个托拉斯,把全世界的美丽都垄断了。我张开嘴巴,发出来的不是往常那种打动心弦的爱慕和奉承的话语,却是像害喉炎的娃娃发出的微弱的嘶嘶声。我说不出一个字,一个音节,一声清晰的声音。我洗澡不小心,着凉倒了嗓子。

"我坐了两个小时,想给安娜贝拉提供一些消遣。她也说了一些话,不过显得虚与委蛇,淡而无味。我想竭力达到的算是话语的声音,只是退潮时分蛤蜊所唱的那种'海洋里的生活'。安娜贝拉的眼睛仿佛也不像平时那样频频地望着我了。我没有办法来诱惑她的耳朵。我们看了一些画,她偶尔弹弹吉他,弹得非常坏。我离去时,她的态度很冷漠——至少可以说是心不在焉。

"这种情况持续了五个晚上。

"第六天,她跟弗格斯·麦克马汉跑了。

"据说他们是乘游艇逃到贝利塞去的,他们离开了已有八小时。我乘了税务署的一条小汽艇赶去。

"我上船之前,先到老曼努埃尔·伊基托,一个印第安混血药剂师的药房里去。我说不出话,只好指指喉咙,发出一种管子漏气似的声音。他打起哈欠来。根据当地的习惯,他要过一小时才理会我。我隔着柜台探过身去,抓住他的喉咙,再指指我自己的喉咙。他又打了一哈欠,把一个盛着黑色药水的小瓶放在我手里。

"'每隔两小时吃一小匙。'他说。

"我扔下一块钱,赶到汽艇上。

"我在安娜贝拉和弗格斯的游艇后面赶到了贝利塞港口,只比他们迟了十三秒。我船上的舢板放下去时,他们的舢板刚向岸边划去。我想吩咐水手们划得快些,可声音还没有发出就在喉头消失了。我记起了老伊基托的药水,连忙掏出瓶子喝了一口。

"两条舢板同时到岸。我笔直地走到安娜贝拉和弗格斯面前。她的眼光在我身上停留了一会儿;接着便掉过头去,充满感情和自信地望着弗格斯。我

---

① "银河"的原文是"牛奶路"(Milky Way)。

知道自己说不出话，但是也顾不得了。我的全部希望都寄托在话语上面。在美貌方面，我是不能站在弗格斯身边同他相比的。我的喉咙和会厌软骨纯粹出于自动，要发出我心里想说的话。

"使我大吃一惊、喜出望外的是，我的话语滔滔不绝地说了出来，非常清晰、响亮、圆润，充满了力量和压抑已久的感情。

"'安娜贝拉小姐，'我说，'我可不可以单独同你谈一会儿？'

"你不见得想听那件事的细节了吧？多谢。我原有的口才又回来了。我带她到一株椰子树下，把以前的言语魅力又加在她身上。

"'贾德森，'她说，'你同我说话的时候，我别的都听不见了——都看不到了——世界上任何事情、任何人都不在我眼里了。'

"'嗯，故事到这里差不多完了。安娜贝拉随我乘了汽艇回到奥拉塔马。我再没有听到弗格斯的消息，再也没有见到他。安娜贝拉成了现在的贾德森·塔特夫人。我的故事是不是使你厌烦？'"

"不。"我说，"我一向对心理研究很感兴趣。人的心——尤其是女人的心——真是值得研究的奇妙的东西。"

"不错。"贾德森·塔特说，"人的气管和支气管也是如此。还有喉咙。你有没有研究过气管？"

"从来没有，你的故事使我很感兴趣。我可不可以问候塔特夫人，她目前身体可好，在什么地方？"

"哦，当然。"贾德森·塔特说，"我们住在泽西城伯根路。奥拉塔马的天气对塔特太太并不合适。我想你从来没有解剖过会厌杓状软骨，是吗？"

"没有，"我说，"我不是外科医生。"

"对不起，"贾德森·塔特说，"但是每一个人都应该懂得足够的解剖学和治疗学，以便保护自己的健康。突然着凉可能会引起支气管炎或者肺气泡炎症，从而严重地影响发音器官。"

"也许是这样，"我有点不耐烦地说，"不过这话跟我们刚才谈的毫不相干。说到女人感情的奇特，我——"

"是啊，是啊，"贾德森·塔特插嘴说，"她们的确特别。不过我要告诉你的是：我回到奥拉塔马以后，从老曼努埃尔·伊基托那里打听到了他替我医治失音的药水里有什么成分。我告诉过你，它的效力有多么快。他的药水是用楚楚拉植物做的。嗨，你瞧。"

贾德森·塔特从口袋里掏出一个椭圆形的白色纸盒。

"这是世界第一良药，"他说，"专治咳嗽、感冒、失音或者气管炎症。盒子上印有成分单。每片内含甘草 2 喱，妥鲁香胶1/10喱，大茴香油 1/20 量滴，松馏油 1/60 量滴，荜澄茄油树脂1/60 量滴，楚楚拉浸膏 1/10 量滴。"

"我来纽约，"贾德森·塔特接着说，"是想组织一家公司，经销这种空前伟大的喉症药品。目前我只是小规模地推销。我这里有一盒四打装的喉片，只卖五毛钱。假如你害——"

我站起身，一声不响地走开了。我慢慢逛到旅馆附近的小公园，让贾德森·塔特心安理得地独自呆着。我心里很不痛快。他慢慢地向我灌输了一个我可能利用的故事。那里面有一丝生活的气息，还有一些结构，如果处理得当，是可以出笼的。结果它却证明是一颗包着糖衣的商业药丸。最糟的是我不能抛售它。广告部和会计室会看不起我的。并且它根本够不上文学作品的条件。因此，我同别的失意的人们一起坐在公园的椅子上，眼皮逐渐耷拉下来。

我回到自己的房间，照例看了一小时我喜欢的杂志上的故事。这是为了让我的心思重新回到艺术上去。

我看了一篇故事，就伤心地把杂志一本本地扔在地上。每一位作家毫无例外地都不能安慰我的心灵，只是轻快活泼地写着某种特殊牌子的汽车的故事，仿佛因而抑制了自己的天才的火花塞。

当我扔开最后一本杂志的时候，我打起精神来了。

"如果读者受得了这许多汽车，"我暗忖着，"当然也受得了塔特的奇效楚楚拉气管炎复方含片。"

假如你看到这篇故事发表的话，你明白生意总是生意，如果艺术远远地跑在商业前面，商业是会急起直追的。

为了善始善终起见，我不妨再加一句：楚楚拉这种草药在药房里是买不到的。

双 料 骗 子

  乱子出在拉雷多。这件事要怪小利亚诺,因为他应该把杀人的对象仅限于墨西哥人。但是小利亚诺已经二十出头了;在里奥格朗德河边境上,年过二十的人只有杀墨西哥人的纪录未免有点儿寒碜。

  事情发生在老胡斯托·瓦尔多斯的赌场里。当时有一场扑克牌戏,玩牌的人大多素昧平生。人们打老远的地方骑马来碰碰运气,互不相识也是常有的事。后来却为了一对皇后这样的小事吵了起来;硝烟消散之后,发现小利亚诺闯了祸,他的对手也犯了大错。那个不幸的家伙并不是墨西哥人,而是一个来自牧牛场的出身很好的青年,年纪同小利亚诺相仿,有一批支持他的朋友。他的过错在于开枪时,子弹擦过小利亚诺右耳十六分之一英寸的地方,没打中;这一失误并没有减少那个更高明的枪手的莽撞。

  小利亚诺没有随从,也没有许多钦佩他和支持他的人——因为即使在边境上,他的脾气也算是出名的暴躁——他觉得采取那个"走为上策"的审慎行动,同他那无可争辩的倔强性格并不矛盾。

  复仇的人迅速集结起来追踪。有三个人在火车站附近赶上了小利亚诺。他转过身,露出他通常在采取蛮横和暴力手段前的不怀好意的狞笑。追他的人甚至没等他伸手拔枪,便退了回去。

  当初,小利亚诺并不像平时那样好勇斗狠,存心找人拼命。那纯粹是一场偶然的口角,由于两人玩牌时某些使人按捺不住的粗话引起的。小利亚诺还相当喜欢那个被他枪杀的瘦长、傲慢、褐色脸膛、刚成年的小伙子。目前他不希望再发生什么流血事件。他想避开,找块牧豆草地,在太阳底下用手帕盖住脸,好好睡一大觉。他有这种情绪的时候,即使墨西哥人碰到他也是安全的。

  小利亚诺大模大样地搭上北行的客车,五分钟后便出站了。可是列车行驶了不久,到了韦布,接到讯号,临时停下来让一个旅客上车,小利亚诺便放弃了搭车逃跑的办法。前面还有不少电报局；小利亚诺看到电气和蒸气之类的玩意儿就恼火。马鞍和踢马刺才是安全的保证。

小利亚诺并不认识那个被他枪杀的人，不过知道他是伊达尔戈的科拉里托斯牛队的。那个牧场里的人，如果有一个吃了亏，就比肯塔基的冤冤相报的人更残酷，更爱寻仇。因此，小利亚诺以大勇者的大智决定尽可能远离科拉里托斯那帮人的报复。

车站附近有一家店铺；店铺附近的牧豆树和榆树间有几匹顾客的没卸鞍的马。它们大多提起一条腿，奔拉着头，睡迷迷地等着。但是有一匹长腿弯颈的杂毛马却在喷鼻子，踹草皮。小利亚诺跳上马背，两膝一夹，用马主人的鞭子轻轻打着它。

如果说，枪杀那个莽撞的赌牌人的行为，使小利亚诺正直善良的公民身分有所损害，那么盗马一事就足以使他名誉扫地。在里奥格朗德河边境，你夺去一个人的生命有时倒无所谓，可是你夺去他的坐骑，简直就叫他破产，而你自己也并没有什么好处——如果你被逮住的话。不过小利亚诺现在也顾不得这些了。

他骑着这匹鲜蹦活跳的杂毛马，把忧虑和不安都抛到了脑后。他策马跑了五英里后，就像平原人那样款款而行，驰向东北方的纽西斯河床。他很熟悉这个地方——熟悉它那粗犷的荆棘丛林之间最艰苦、最难走的小路，熟悉人们可以在那里得到款待的营地和孤寂的牧场。他一直向东走去；因为他生平还没有见过海洋，很想抚摸一下那匹淘气的小马——墨西哥湾——的鬃毛。

三天之后，他站在科珀斯克里斯蒂①的岸上，眺望着宁静的海洋上的粼粼微波。

纵帆船"逃亡者号"的布恩船长站在小快艇旁边，一个水手守着小艇。帆船刚要起航的时候，他发觉一件生活必需品——口嚼烟草块——给忘了。他派一个水手去采办那遗忘的货物。与此同时，船长在沙滩上来回踱步，一面滥骂，一面嚼着口袋里的存货。

一个穿高跟马靴、瘦长结实的小伙子来到了海边。他脸上孩子气十足，不过夹杂着一种早熟的严厉神情，说明他阅历很深。他的皮肤本来就黑，加上户外生活的风吹日晒，竟成了深褐色。他的头发同印第安人一般又黑又直；他的

---

① 科珀斯克里斯蒂，得克萨斯州纽西斯河口上的城市。

脸还没有受过剃刀的翻掘;他那双蓝眼睛又冷酷,又坚定。他的左臂有点往外撇,因为警长们见到珍珠贝柄的四五口径手枪就头痛,他只得把手枪插在坎肩的左腋窝里,那未免大了些。他带着中国皇帝那种漠然无动于衷的尊严,眺望着布恩船长身后的海湾。

"打算把海湾买下来吗,老弟?"船长问道。他差点要作一次没有烟草的航行,心里正没好气。

"呀,不,"小利亚诺和善地说,"我没有这个打算。我生平没有见过海。只是看看而已。你也不打算把它出卖吧?"

"这一次没有这个打算。"船长说,"等我回到布埃纳斯蒂埃拉斯之后,我把它给你运去,货到付款。那个傻瓜水手终于把烟草办来了,他跑得那么慢,不然我一小时前就可以启碇了。"

"那条大船是你的吗?"小利亚诺问道。

"嗯,是的,"船长回答说,"如果你要把一条帆船叫做大船的话,我也不妨吹吹牛。不过说得正确些,船主是米勒和冈萨雷斯,在下只不过是老塞缪尔·凯·布恩,一个没什么了不起的船长。"

"你们去哪儿?"逃亡者问道。

"布埃纳斯蒂埃拉斯,南美海岸——上次我去过那里,不过那个国家叫什么名字我可忘了。船上装的是木材、波纹铁皮和砍刀。"

"那个国家是什么样的?"小利亚诺问道——"是热还是冷?"

"不冷不热,老弟。"船长说,"风景优美,山水秀丽,十足是个失乐园。你一早醒来就听到七条紫尾巴的红鸟在歌唱,微风在奇花异葩中叹息。当地居民从来不干活,他们不用下床,只消伸出手就可以采到一大篮一大篮最好的温室水果。那里没有礼拜天,没有冰,没有要付的房租,没有烦恼,没有用处,什么都没有。对于那些只想躺在床上等运气找上门的人来说,那个国家是再好没有的了。你吃的香蕉、橘子、飓风和菠萝就是从那里来的。"

"那倒正合我心意!"小利亚诺终于很感兴趣地说道,"我搭你的船去那里要多少船费?"

"二十四块钱,"布恩船长说,"包括伙食和船费。二等舱。我船上没有头等舱。"

"我去。"小利亚诺一面说,一面掏出了一个鹿皮袋子。

他去拉雷多的时候,带着三百块钱,准备像以前那样大玩一场。在瓦尔多斯赌场里的决斗,中断了他的欢乐的季节,但是给他留下了将近两百元;如今由于决斗而不得不逃亡时,这笔钱倒帮了他的忙。

"好吧,老弟。"船长说,"你这次像小孩似的逃出来,我希望你妈不要怪我。"他招呼一个水手说;"让桑切斯背你到小艇上去,免得你踩湿靴子。"

美利坚合众国驻布埃纳斯蒂埃拉斯的领事撒克还没有喝醉。当时只有十一点钟;到下午三四点之前,他不会达到飘飘然的境界——到了那种境界,他就会用哭音唱着小曲,用香蕉皮投掷他那尖叫怪嚷的八哥。因此,当他躺在吊床上听到一声轻咳而抬起头来,看到小利亚诺站在领事馆门口时,仍旧能够保持一个大国代表的风度,表示应有的礼貌和客气。"请便请便。"小利亚诺轻松地说。"我只是顺道路过。他们说,开始在镇上逛逛之前,按规矩应当到你的营地来一次。我刚乘了船从得克萨斯来。"

"见到你很高兴,请问贵姓?"领事说。

小利亚诺笑了。

"斯普拉格·多尔顿。"他说,"这个姓名我自己听了都觉得好笑。在里奥格朗德河一带,人家都管我叫小利亚诺。"

"我姓撒克。"领事说,"请坐在那张竹椅上。假如你来到这儿是想投资,就需要有人帮你出出主意。这些黑家伙,如果你不了解他们的作风,会把你的金牙齿都骗光。抽雪茄吗?"

"多谢,"小利亚诺说,"我不抽雪茄,不过如果我后裤袋里没有烟草和那个小包,我一分钟也活不下去。"他取出卷烟纸和烟草,卷了一支烟。

"这里的人说西班牙语,"领事说,"你需要一个译员。我有什么地方可以效劳,嗯,我一定很高兴。如果你打算买果树地或者想搞什么租借权,你一定需要一个熟悉内幕的人替你出主意。"

"我说西班牙语,"小利亚诺说,"大概比说英语要好九倍。我原先的那个牧场上人人都说西班牙语。我不打算买什么。"

"你会西班牙语?"撒克若有所思地说。他出神地瞅着小利亚诺。

"你的长相也像西班牙人。"他接着说,"你又是从得克萨斯来的。你的年纪不会超出二十或者二十一。我不知道你有没有胆量。"

"你在打什么主意?"小利亚诺问道,他的精明出人意外。

"你有意思插一手吗?"撒克问。

"我不妨对你讲实话。"小利亚诺说,"我在拉雷多玩了一场小小的枪斗,毙了一个白人。当时没有凑手的墨西哥人。我到你们这个八哥和猴子的牧场上来,只是想闻闻牵牛花和金盏草。现在你明白了吗?"

撒克站起来把门关上。

"让我看看你的手。"他说。

他抓着小利亚诺的左手,把手背端详了好一会儿。

"我办得了。"他兴奋地说,"你的皮肉像木头一般结实,像婴孩儿的一般健康。一星期内就能长好。"

"如果你打算叫我来一场拳头,"小利亚诺说,"那你可别对我存什么希望。换成枪斗,我一定奉陪。我才不喜欢像茶会上的太太们那样赤手空拳地打架。"

"没那么严重。"撒克说,"请过来,好吗?"

他指着窗外一幢两层楼的,有宽回廊的白墙房屋。那幢建筑矗立在海边一个树木葱茏的小山上,在深绿色的热带植物中间显得分外醒目。

"那幢房屋里,"撒克说,"有一位高尚的西班牙老绅士和他的夫人,他们迫不及待地想把你搂在怀里,把钱装满你的口袋。住在那里的是老桑托斯·乌里盖。这个国家里的金矿有一半是他的产业。"

"你没有吃错疯草吧?"小利亚诺说。

"再请坐下来,"撒克说,"我告诉你。十二年前,他们丧失了一个小孩。不,他并没有死——虽然这里有许多人因为喝了淤水,害病死掉了。当时他只有八岁,可是顽皮得出格。大家都知道。有几个勘察金矿的美国人路过这里,同乌里盖先生打了交道,他们非常喜欢这个孩子。他们把许多有关美国的大话灌进了他的脑袋里;他们离开后一个月,这小家伙也失踪了。据人家揣测,他大概是躲在一条水果船的香蕉堆里,偷偷地到了新奥尔良。据说有人在得克萨斯见过他,此后就音讯杳然。老乌里盖花了几千块钱找他。夫人尤其伤心。这小家伙是她的命根子。她目前还穿着丧服。但大家说她从不放弃希望,认为孩子总有一天会回来的。孩子的左手背上刺了一只抓枪的飞鹰。那是老乌里盖家族的纹章,或是他在西班牙继承下来的标记。"

小利亚诺慢慢抬起左手,好奇地瞅着它。

"正是,"撒克说着,伸手去拿藏在办公桌后面的一瓶走私运来的白兰地。

"你脑筋不笨。我会刺花。我在山打根①当了一任领事有什么好处？直到今天我才明白。一星期之内我能把那只抓着小尖刀的老鹰刺在你手上,仿佛从小就有刺花似的。我这里备有一套刺花针和墨水,正因为我料到你有一天会来的,多尔顿先生。"

"喔,妈的。"小利亚诺说,"我不是把我的名字早告诉了你吗!"

"好吧,那么就叫你'小利亚诺'。这个名字也不会长了。换成乌里盖少爷怎么样?"

"从我记事的时候起,我从没有扮演过儿子的角色。"小利亚诺说,"假如我有父母的话,我第一次哇哇大叫时,他们就进了鬼门关。你的计划是怎么样的呀?"

撒克往后靠着墙,把酒杯对着亮光瞧瞧。

"现在的问题是,"他说,"你打算在这件小事里干多久。"

"我已经把我来这里的原因告诉你了。"小利亚诺简单地说。

"回答得好。"领事说,"不过你用不着呆这么久。我的计划是这样的:等我在你手上刺好商标之后,我就通知老乌里盖。刺花期间,我把我收集到的有关那个家族的情况讲给你听,那你谈吐就不会露出破绽了。你的长相像西班牙人,你能说西班牙语,你了解情况,你又能谈谈得克萨斯州的见闻,你有刺花。当我通知他们说,真正的继承人已经回来,想知道他能不能得到收容和宽恕时,那会发生什么事情? 他们一准立刻赶到这里,抱住你的脖子,这场戏也就结束,可以到休息室去吃些茶点,舒散舒散了。"

"我准备好了。"小利亚诺说,"我在你营地里歇脚的时间还不长,老兄,以前也不认识你;但如果你的目的只限于父母的祝福,那我可看错人了。"

"多谢。"领事说,"我好久没有遇到像你这样条理分明的人了。以后的事情很简单。只要他们接纳,哪怕是很短一个时期,事情就妥了。别让他们有机会查看你左肩膀上有没有一块红记。老乌里盖家的一个小保险箱里经常藏着五万到十万块钱,那个保险箱,你用一根铜丝都可以捅开。把钱搞来。我的刺花技术值其中的半数。我们把钱平分,搭一条不定期的轮船到里约热内卢去。如果美国政府由于少了我的服务而混不下去的话,那就让它垮台吧。你觉得怎么样,先生?"

---

① 山打根,马来西亚城市。

"很合我的口味！"小利亚诺说，"我干。"

"那好。"撒克说，"在我替你刺上老鹰之前，你得躲起来。你可以住这里的后房。我是自己做饭的，我一定在吝啬的政府给我的薪俸所许可的范围之内尽量款待你。"

撒克估计的时间是一星期，但是等他不厌其烦地在小利亚诺手上刺好那个花样，觉得满意时，已经过了两个星期。撒克找了一个小厮，把下面的便条送达他准备暗算的人：

白屋

　　堂桑托斯·乌里盖先生

　　亲爱的先生：

　　　　请允许我奉告，数日前有一位年轻人从美国来到布埃纳斯蒂埃拉斯，目前暂住舍间。我不想引起可能落空的希望，但是我认为这人可能是您失踪多年的儿子。您最好亲自来看看他。如果他确实是您的儿子，据我看，他很想回自己家，可是因不知道将会得到怎样的接待，不敢贸然前去。

　　　　　　　　　　　　　　　　　　汤普森·撒克谨启

半小时以后——这在布埃纳斯蒂埃拉斯还算是快的——乌里盖先生的古色古香的四轮马车，由一个赤脚的马夫鞭打和吆喝着那几匹肥胖笨拙的马，来到了领事住处的门口。

一个白胡须的高个子下了车，然后搀扶着一个穿黑衣服、蒙黑面纱的太太下来。

两人急煎煎地走进来，撒克以最彬彬有礼的外交式的鞠躬迎接了他们。他桌旁站着一个瘦长的年轻人，眉清目秀，皮肤黧黑，乌黑的头发梳得光光的。

乌里盖夫人飞快地把厚面纱一揭。她已过中年，头发开始花白，但她那丰满漂亮的身段和浅橄榄色的皮肤还保存着巴斯克妇女所特有的妍丽。你一见到她的眼睛，发现它们的暗影和失望的表情中透露出极大的哀伤，你就知道这个女人只是依靠某种记忆才能生活。

她带着痛苦万分的询问神情，向那年轻人瞅了好久。她一双乌黑的大眼睛转到了他的左手。接着，她抽噎了一下，声音虽然不大，但仿佛震动了整幢房屋。她嚷道："我的儿子！"紧接着便把小利亚诺搂在怀里。

过了一个月，小利亚诺接到撒克捎给他的信，来到领事馆。

他完全成了一位年轻的西班牙绅士。他的衣服都是进口货，珠宝商的狡黠并没有在他身上白费力气。他卷纸烟的时候，一枚大得异乎寻常的钻石戒指在他手上闪闪发光。

"怎么样啦？"撒克问道。

"没怎么样。"小利亚诺平静地说，"今天我第一次吃了蜥蜴肉排。就是那种大四脚蛇。你知道吗？我却认为咸肉煮豆子也配我的胃口。你喜欢吃蜥蜴吗，撒克？"

"不，别的爬虫也不吃。"撒克说。

现在是下午三点钟，再过一小时，他就要达到那种飘飘然的境界了。

"你该履行诺言了，老弟，"他接着说，他那张猪肝色的脸上露出一副狰狞相，"你对我太不公平。你已经当了四星期的宝贝儿子，你喜欢的话，每顿饭都可以用金盘子来盛小牛肉。喂，小利亚诺先生，你说应不应该让我老是过粗茶淡饭的日子？毛病在哪里？难道你这双孝顺儿子的眼睛在白屋里面没有见到任何像是现款的东西？别对我说你没有见到。谁都知道老乌里盖藏钱的地方。并且还是美国货币；别的钱他不要。你究竟怎么啦？这次别说'没有'。"

"哎，当然，"小利亚诺欣赏着他的钻石戒指说，"那里的钱确实很多。至于证券之类的玩意儿我可不懂，但是我可以担保说，在我干爸爸叫做保险箱的铁皮盒子里，我一次就见到过五万元现款。有时候，他把保险箱的钥匙交给我，主要是让我知道他把我当做那个走失多年的真的小弗朗西斯科。"

"哎，那你还等什么呀？"撒克愤愤地问道，"别忘了只要我高兴，我随时随地都可以揭你的老底。如果老乌里盖知道你是骗子，你知道会出什么事？哦，得克萨斯的小利亚诺先生，你才不了解这个国家。这里的法律才叫辣呢。他们会把你绷得像一只被踩扁的蛤蟆，在广场的每一个角上揍你五十棍。棍子都要打断好几根。再把你身上剩下来的皮肉喂鳄鱼。"

"我现在不妨告诉你，伙计，"小利亚诺舒适地坐在帆布椅子里说，"事情就按照目前的样子维持下去。目前很不坏。"

"你这是什么意思？"撒克问道，把酒杯在桌子上碰得格格直响。

"计划吹啦。"小利亚诺说，"以后你同我说话，请称呼我堂弗朗西斯科·乌里盖。我保证答应。我们不去碰乌里盖上校的钱。就你我两人来说，他的小铁皮保险箱同拉雷多第一国民银行的定时保险库一样安全可靠。"

"那你是想出卖我了,是吗?"领事说。

"当然。"小利亚诺快活地说,"出卖你。说得对。现在我把原因告诉你。我到上校家的第一晚,他们领我到一间卧室里。不是在地板上铺一张床垫——而是一间真正的卧室,有床有家具。我入睡前,我那位假母亲走了进来,替我掖好被子。'小宝贝,'她说,'我的走失的小宝贝,天主把你送了回来。我永远赞美他的名。'她说了一些诸如此类的废话。接着落了几点雨,滴在我的鼻子上。这情形我永远忘不了,撒克先生。那以后一直是这样,将来也是这样。我说这番话,别以为我为自己的好处打算。你不要以小人之心度君子之腹。我生平没有跟女人多说过话,也没有母亲可谈,但是对于这位太太,我们却不得不继续瞒下去。她已经忍受了一次痛苦;第二次她可受不了。我像是一条卑贱的野狼,送我走上这条路的可能不是上帝,而是魔鬼,但是我要走到头。喂,你以后提起我的名字时,别忘了我是堂弗朗西斯科·乌里盖。"

"我今天就揭发你,你——你这个双料叛徒。"撒克结结巴巴地说。

小利亚诺站起来,并不粗暴地用他有力的手掐住撒克的脖子,慢慢地把他推到一个角落去。接着,他从左腋窝下抽出他那支珍珠贝柄的四五口径手枪,用冰冷的枪口戳着领事的嘴巴。

"我已经告诉过你,我怎么会来到这里的。"他露出以前那种叫人心寒的微笑说,"如果我再离开这里,那将是由于你的缘故。千万别忘记,伙计。喂,我叫什么名字呀?"

"呃——堂弗朗西斯科·乌里盖。"撒克喘着气说。

外面传来车轮声、人的吆喝声和木鞭柄打在肥马背上的响亮的啪啪声。

小利亚诺收起手枪,向门口走去。但他又扭过头,回到哆嗦着的撒克面前,向领事扬起了左手。

"这种情况为什么要维持下去,"他慢慢地说,"还有一个原因。我在拉雷多杀掉的那个人,左手背上也有一个同样的刺花。"

外面,堂桑托斯·乌里盖的古色古香的四轮马车咔嗒咔嗒地驶到门口。马车夫停止了吆喝。乌里盖太太穿着一套缀着许多花边和缎带的漂亮衣服,一双柔和的大眼睛里露出幸福的神情,她向前探着身子。

"你在里面吗,亲爱的儿子?"她用银铃般的西班牙语喊道。

"妈妈,我来啦。"年轻的堂弗朗西斯科·乌里盖回答说。

要线索，找女人

  《毕卡戎报》的记者罗宾斯和有百年历史的法文《蜜蜂报》的记者迪马斯是好朋友，一起经历过多年荣辱盛衰的考验。两人现在坐在迪曼纳街蒂博夫人的小咖啡馆里，法国移民后裔喜欢光顾这里，罗宾斯和迪马斯也养成了在这里碰头的习惯。如果你来过这里，每当你回忆起这里的情景时就会有一种温馨的感觉。小咖啡馆里光线幽暗，有六张光洁的桌子，你在这里可以喝到新奥尔良最好的咖啡和调制得不比萨塞拉克逊色的苦艾酒。胖胖的蒂博夫人性情随和，坐在收款台后收钱。她的两个外甥女，尼科莱特和梅美，系着小巧的围裙替你端来你要的饮料。

  迪马斯带着真正的法国移民后裔爱好享受的习惯，在缭绕的香烟雾中半闭着眼，慢慢品味苦艾酒。罗宾斯在浏览早上的《画刊》，出于年轻记者的职业习惯，喜欢寻找排版的差错和编辑删改的痕迹。广告栏里的这一则消息引起了他的注意，他突然呼喊起来，高声念给他的朋友听。

    公开拍卖——今日下午三时，撒玛利亚小姐妹会的全部共同财产将售与出价最高的竞拍者，地点在博诺姆街该会会址。出售物品包括房屋、地皮、房屋里和小教堂里的全部陈设。

  这则公告使两个朋友想起两年前他们记者生涯中的一个事件。他们重温往事，回忆当时的种种猜测，然后根据事过境迁的见解加以探讨。

  咖啡馆里没有别的顾客。夫人敏锐的耳朵听到了他们谈的事情，她走到他们的桌子旁边——因为整个事情的起因不正是她丢失的钱——她的化为乌有的两万元吗？

  他们三人抖掉陈谷烂芝麻，拣起尘封已久的疑案。罗宾斯和迪马斯当初急切而徒劳无功地寻找新闻线索时，就站在撒玛利亚小姐妹会的小教堂里，瞅着圣母的镏金塑像。

"就是那么回事,两位老弟,"夫人总结说,"就是那个可恶的莫林先生搞的鬼。谁都知道是他盗用了我托付给他的那笔钱。是啊。他肯定把那笔钱花到什么地方去了。"夫人会意地朝迪马斯一笑说。"迪马斯先生,当时你向我详细了解莫林先生的情况时,我明白你的意思。啊!是啊,我知道男人的钱花得不明不白时,你们总是说'要线索,找女人'——总是有女人牵涉在里面。莫林先生却不是这种人。不,两位老弟。他生前简直像是圣徒。迪马斯先生,如果你要找同那笔钱有牵连的女人,恐怕只有找莫林先生捐赠给小姐妹会的圣母像了。"

罗宾斯听了蒂博夫人最后一句话微微一震,瞥了迪马斯一眼。迪马斯毫无反应,仍旧睡迷迷地瞅着他吐出的香烟烟圈。

上午九点到了,几分钟后,两个朋友分手,各干各的事去了。蒂博夫人的不知去向的几万元的经过是这样的:

新奥尔良忘不了加斯帕尔·莫林先生之死带来的一连串事情。莫林先生是法裔区的工艺金匠和珠宝商,极受尊敬。他的祖先是最古老的法国家族之一,他本人在古物收藏和历史学方面颇有声望。他去世时五十来岁,单身一人居住在皇家街一家古老的清静舒适的旅馆。一天早晨,人们发现他死在自己的房间里,死因不明。

人们清理他的事务时,发现他几乎资不抵债,他的货品存量和个人财产勉强可以偿还债务而不至于受到谴责。接着,又发现有一位蒂博夫人曾把她法国亲戚遗赠的两万元托付给莫林先生,蒂博夫人在莫林家当过管家。

朋友们和司法当局进行了彻底调查,但查不出那笔钱的下落。它无影无踪,毫无线索可找。莫林先生曾对蒂博夫人说过,要替她找一个安全的投资方式,把钱暂时存在银行里,他去世前几星期,从银行提了出来,全部是金币。于是,莫林先生身后的名声似乎不可避免地要蒙上不诚实的乌云,蒂博夫人当然十分伤心。

那时候,罗宾斯和迪马斯代表他们各自的报馆开始孜孜不倦地进行私下调查,近年来,新闻界常常采用这种方式满足公众的好奇心理,同时为自己获得荣誉。

"找女人。"迪马斯说。

"太对了!"罗宾斯表示同意,"条条道路都通向永恒的女性。我们要找到那个女人。"

他们向莫林先生下榻的旅馆的工作人员,上至老板,下至侍者,了解他的情况。他们有礼貌然而不屈不挠地盘问死者的亲属,直至第三代的堂表兄弟;巧妙地询问已故珠宝商的雇员,缠住他的主顾,让他们介绍他的生活习惯。他们像警犬似的尽可能追踪那个有亏空嫌疑的莫林先生几年里走过的有限而单调的道路。

他们进行了大量调查研究之后,发觉莫林先生是个毫无缺点的人。没有任何对他不利的可能构成犯罪动机的弱点,他循规蹈矩,从未偏离过正道,甚至丝毫没有喜欢女色的迹象。他的生活像修士那么严肃克制;他的习惯简朴,没有不可告人之处。凡是认识他的人都说他乐善好施,堪称道德楷模。

"现在该怎么办?"罗宾斯摆弄着空白的笔记本问道。

"找女人,"迪马斯点燃一支香烟说,"到贝莱尔斯夫人那儿去试试。"

这匹母马是本季度赛马场上的热门。作为女性,她的表现反复无常,有几个赌徒认为她可以信任,结果输惨了。两位记者便在这方面打听消息。

莫林先生吗?绝对不会。他连赛马都从未看过,别说赌钱了。他不是那种人。两位问这种话未免离奇。

"我们放弃算了,"罗宾斯说,"让字谜组去试试怎么样?"

"找女人,"迪马斯哼哼说,"到那个叫什么来着的小姐妹会去试试。"

他们调查期间发现莫林先生对那个慈善性质的教会特别照顾。他慷慨解囊,并且选择小姐妹会的小教堂作为他个人的礼拜场所。据说他每天去那里祷告。他死前一个时期心思几乎全部放在宗教事务上,他的世俗事务甚至都受到损害。

罗宾斯和迪马斯去博诺姆街小姐妹会的会址,进了没有窗户的临街石墙的窄门。一个老太婆在小教堂扫地。她说会长费利西泰嬷嬷在凹室祭坛祷告,过一会儿就出来。黑色的厚帷幕遮住了凹室。他们便在外面等候。

过一会儿,帷幕一动,费利西泰嬷嬷出来了。她长得又高又瘦,一副悲天悯人的样子,身穿姐妹会的黑色长袍和罩帽。

罗宾斯开始自我介绍,他是个有冲劲的好记者,但说话不够婉转。

他们代表新闻界。嬷嬷对莫林的事情大概已经有所耳闻。为了正确对待那位先生身后的名声,有必要探查那笔失踪款项的下落。据说他常来这个小教堂。有关莫林先生的任何情况,例如习惯、爱好、交往的朋友等等,对他身后的评价都有价值。

费利西泰嬷嬷已经听说了。她知道的一切都乐意奉告，但是情况不多。莫林先生是姐妹会的好朋友，有时候一次就捐助一百元。姐妹会是独立的组织，慈善事业的资金完全来自私人捐助。小教堂的银烛台和祭台台布就是莫林先生捐赠的。他每天来小教堂祷告，有时候待上一个小时。他是虔诚的天主教徒。是啊，凹室里还有一尊圣母像是莫林先生本人浇铸制造，送给教会的。哦，怀疑他这样的一个好人未免太残酷了。

罗宾斯对于这种毁谤也感到十分痛心。但是在弄清楚莫林先生究竟如何处理蒂博夫人的钱之前，恐怕很难平息人们红口白牙的议论。有时候——事实上常有这种情况——这类事情里常常——呃——正如俗话所说——呃——牵涉到一个女人。我们保证严守秘密——也许——嬷嬷可以告诉我们他是不是——

费利西泰嬷嬷的大眼睛庄重地盯着罗宾斯。

"有一个女人，"她缓慢说，"确实使他拜倒——使他献出他的心。"

罗宾斯喜出望外地赶快拿出铅笔。

"瞧那个女人！"费利西泰嬷嬷突然深沉地说。

她伸出手臂，拉开凹室的帷幕。里面有一个神龛，在彩色玻璃窗照进来的光线下蕴蕴含光。石墙的壁龛里是一尊纯金色的圣母马利亚的塑像。

迪马斯是传统的天主教徒，被这戏剧性的场面镇住了。他低下头，在自己胸前画了个十字。罗宾斯有点羞愧，喃喃道歉，尴尬地退后。费利西泰嬷嬷拉好帷幕，两个记者走了出来。

到了博诺姆街狭窄的石板人行道上，罗宾斯转向迪马斯，带着不该有的讥刺口气问道：

"好吧，下一步怎么办？还要找女人吗？"

"苦艾酒。"迪马斯说。

失踪款项的故事讲到这里，有人也许会推测，费利西泰嬷嬷的那句话似乎使罗宾斯突然产生了一个念头。

那个狂热的信徒会不会把他的钱财——或者不如说蒂博夫人的钱财——全部捐献出来，作为他的无限虔诚的物质象征？出于崇拜，有人干过比这更古怪的事情。那失踪的几万元会不会给铸成了那尊金光灿灿的塑像？那个金匠会不会忽发奇想，用纯金铸成塑像，放在祭台上讨好圣徒，为他身后的永生铺平道路？

那天下午三点缺五分时，罗宾斯到了撒玛利亚小姐妹会的小教堂。光线幽暗的教堂里，约莫有一百个参加拍卖的人。大多数是宗教团体的成员、神甫和教士，专门来买教堂器具，以免它们落到俗人手里。另一些是想购买房地产的商人和代理人。一个教士模样的老兄自告奋勇上台掌槌，说话用词不像正规的拍卖师，但添了一点庄重的气氛。

卖掉几件小物品后，两个助手抬出圣母像。

罗宾斯开价十元。一个穿教士袍的壮实的人出十五元。人群中另一人抬到二十元。三人轮流报价，每次加五元，最后喊到了五十元。那个壮实的人退出了，罗宾斯突发奇兵，报出了一百元。

"一百五十。"另一个声音说。

"二百。"罗宾斯大胆出价。

"二百五十。"同他竞拍的人不甘示弱。

记者犹豫了一下，估算能从报馆的同事借到多少钱，是否能从业务经理那里预支下个月的工资。

"三百。"他说。

"三百五十。"竞拍者的声音压过了他，罗宾斯突然钻进人群，朝那声音的方向跑去，狠狠抓住声音的主人——迪马斯的领子。

"你这个没有改宗的白痴！"罗宾斯凑在他耳朵边说，"咱们合伙！"

"同意！"迪马斯冷冷地说，"抄我家也凑不齐三百五十元，但是我能筹到一半的数目。你干吗要同我竞拍？"

"我以为我是这些人中间惟一的傻瓜呢。"罗宾斯解释说。

别人不再出价，拍卖品按最后的喊价落槌卖给了那个辛迪加。迪马斯守着塑像，罗宾斯匆匆回去找他们两人的朋友借款。不多久，他带着钱来了，两人把他们的宝贝装上一辆出租马车，到沙特尔街迪马斯的住处。他们用布包好塑像，使劲搬上楼，放在桌子上。那玩意儿沉得很，一百磅只少不多，如果他们大胆的设想得到证实，那尊塑像按重量计算要值两万金币。

罗宾斯取下包布，打开他的小折刀。

"罪过罪过！"迪马斯打了个寒噤说，"这可是基督的亲娘呀，你想干什么？"

"闭嘴，犹大！"罗宾斯冷冷地说，"现在什么都救不了你了。"

他从塑像的肩部使劲削下一片金属。切片露出暗灰色的光泽，外面是一层薄薄的金箔。

"是铅的！"罗宾斯把折刀扔到地上说，"贴金箔的铅！"

"真见鬼！"迪马斯破口骂道，"我非喝一杯不可。"

他们垂头丧气走到离迪马斯住处两个街口的蒂博夫人的咖啡馆。

蒂博夫人那天似乎忽然想起两个年轻人帮过她不少忙。

"两位请不要坐那张桌子，"他们正要在平时的老位置就座时，她插嘴说，"两位老弟，别坐那儿。我把你们当做我最好的朋友，请你们到这间屋子里来。对。我要替你们调制最好的苦艾酒，煮最好的咖啡。啊！我喜欢好好款待我的朋友。是啊。请到这儿来。"

夫人带他们进了她偶尔招待贵宾的后屋。她请他们坐在面向庭院的大窗前两张舒适的扶手椅上，椅子之间有一张矮桌。她殷勤地张罗，开始调制刚才说的饮料。

两个记者首次有幸进入这个神圣的区域。屋子里光线暗淡，但精致的细木家具和法国移民后裔喜爱的磨光玻璃和金属器皿闪烁发亮。小庭院里的喷泉水声潺潺，窗外芭蕉树的宽大叶子摇曳生姿。

罗宾斯出于职业本能，好奇地打量一下房间。夫人大概从某个村野的祖先那里秉承了粗糙装饰的倾向。

墙上是一些廉价的石印画——迎合小资产阶级趣味的拙劣的静物画——生日贺卡、花花绿绿的报纸副刊、醒目的艺术广告挂历样张。一个比较朴素的画面让罗宾斯弄不明白，他站起来，上前一步看看仔细。接着，他虚弱地靠在墙上，喊道：

"蒂博夫人！夫人！你什么时候养成了这种习惯——居然用五千元票额、年息四分的美国黄金债券来糊墙壁？告诉我——这是格林童话，还是我的眼睛出了毛病？"

蒂博夫人和迪马斯应声而来。

"你说什么？"夫人高兴地说，"你说什么，罗宾斯先生？好啊！那几张漂亮的纸吗？有一次我发现墙上有裂缝，罗宾斯先生，我就用那几张小纸片糊上去遮盖。我觉得颜色和墙纸很搭配。我从哪里弄来的吗？哦，我记得很清楚。莫林先生有一天来我家——大约在他去世一个月以前——也就是他答应帮我投资那些钱的时候。莫林先生把那些纸片放在桌子上，说了许多有关钱的话，可是我不太明白。以后我再也没有见到那些钱了。那个可恶的莫林先生。你管那些纸片叫什么来着，罗宾斯先生？"

罗宾斯向她解释。"那就是你的两万元，还有息票，"他用拇指摸着四张债券的边缘说，"你最好找个能工巧匠把它揭下来。莫林先生没有问题。我要到外面去清醒清醒。"

他拽住迪马斯的胳臂到了外屋。夫人叫尼科莱特和梅美来看莫林先生——世上最好的好人，天国的圣徒——归还给她的那笔财富。

"迪马斯，"罗宾斯说，"我要大喝一场庆祝庆祝。三天之内，尊敬的《画刊》将得不到我宝贵的服务了。我劝你和我一起去。你现在喝的绿东西可不好。它刺激思想。我们需要的是忘掉回忆。我要介绍你认识的是保证能产生理想效果的惟一的女士。她名叫肯塔基美女①，十二年陈的波旁威士忌，一夸脱装的。你觉得怎么样？"

"走吧！"迪马斯说，"去找那个女人。"

---

① "肯塔基美女"是美国肯塔基州波旁地方出产的一种烈性威士忌品牌。

第三样配料

瓦兰布罗沙公寓虽然名为公寓,实际上并不是什么公寓房子,只不过是两幢合而为一的老式褐色面墙的住宅。底层一边开了一家女式服装店,花花绿绿的围巾和帽子挂得琳琅满目;另一边是个准保无痛的牙科诊所,张贴着一些似是而非的保证,陈列着一些吓人的标本。在这所公寓里,你可以借到租金每周两元的房间,也可以借到租金每周二十元的房间。瓦兰布罗沙的房客中有速记员、音乐家、经纪人、女店员、卖文为生的作家、美术学生、电话接线员,以及一听到门铃响就扶着栏杆探身张望的诸色人等。

本文只谈瓦兰布罗沙的两位房客——这并不是对别人有什么怠慢。

一天下午六点钟,赫蒂·佩珀回到瓦兰布罗沙公寓三楼她那个租金每周三元五的后房,她那尖削的鼻子和下巴显得比平时更为冷峻。如果你在一家百货公司干了四年,突然被解雇,钱包里又只有十五美分,嘴脸难免会有点悻悻然。

现在,趁她爬上两层楼梯的工夫,我们简单介绍一下她的身世。

四年前的一个早晨,她同七十五个别的姑娘一起走进那家大百货店,应征内衣部售货员的工作。这支靠工资为生的娘子军,摆成一个使人眼花缭乱的美人阵。她们头上的金发足够让一百个戈迪瓦夫人骑马在街上奔驰。①

一个精明强干、目光冷漠、不近人情的秃顶年轻人负责在这批应征者中间挑选六名。他有一种窒息感,仿佛要在这片轻纱如云,散发着鸡蛋花香的海洋里遭受没顶之灾了。正在这时候,一艘船驶入视线。赫蒂·佩珀站到了他面前。她貌不惊人,巧克力色的头发,绿色的小眼睛带着轻蔑,身穿一套朴素的

---

① 戈迪瓦夫人,11 世纪英国考文垂勋爵利奥弗里克之妻,传说她于 1040 年为了替百姓求免苛税,甘愿正午时在考文垂大街上裸身驰马。但她的头发很长,足以蔽体。

244

粗麻布衣服,头上一顶实事求是的帽子,不折不扣地显示了她二十九岁的年华。

"你被录取了!"秃顶年轻人嚷道,他自己也免遭没顶之灾。赫蒂就这样受雇于大百货店。至于她的工资怎么提升到每周八块钱,那就是赫剌克勒斯、圣女贞德、尤娜、约伯和小红帽的故事的总和①。我不能告诉你,她刚进去时公司给她多少工资。社会上反对这种现象的情绪正在高涨,我可不希望腰缠万贯的店主们从我所住的廉价公寓的防火梯爬上来,往我的阁楼房间扔炸弹。

赫蒂被这家大百货店辞退的经过,几乎是她受雇经过的重演,所以也够乏味的。

店里的每个部门都有那么一位无所不知、无所不在、无所不馋的人物,他老是带着一个小本子,系着一条红领带,以"顾客"的面目出现。他那个部门的每周靠若干工资(参看活命统计局②公布的数字)活命的姑娘们的命运全抓在他手里。

我们说的这位顾客是个精明能干、目光冷漠、不近人情的秃顶年轻人。他顺着他那部门的过道走去时,仿佛在轻纱如云,散发着鸡蛋花香的海洋上航行。甜食吃得太多时也会腻得发慌。他把赫蒂·佩珀那平凡的容貌,翡翠色的眼睛和巧克力色的头发看做是腻人的美色沙漠中一块喜人的绿洲。他在柜台旁边一个僻静的角落里,在她胳臂肘上三英寸的地方亲热地捅了一把。她扬起并不白皙而有力的右手,一巴掌把他打出三英尺远。你现在该明白了,赫蒂·佩珀为什么被大百货店辞退,限三十分钟内走人,而钱包里只有十五美分。

今天早报的物价栏说,肋条牛肉的价格是每磅六分钱(肉店使用的磅秤),赫蒂被大百货店"免职"的那天,价格却是七分半。正因为这样,这篇小说才有可能存在,不然那多余的四分半就可以——

不过,世界上所有的好故事的情节都有不能自圆其说的地方;所以你也不能对这个故事求全责备。

---

① 赫剌克勒斯是希腊神话中主神宙斯之子,力大无穷,曾完成十二项功业;圣女贞德是法国历史上的民族英雄;尤娜是英国诗人斯宾塞所著《仙后》中历尽磨难的人物;约伯是《圣经》人物,经受了上帝加于他的种种苦难考验;小红帽是童话里几乎落入狼口的人物。

② 美国有人口统计局(Bureau of Vital Statistics),作者在 vital 一字中加了两个字母,使之成为有"食品供应"意思的 victual。

赫蒂拿着肋条牛肉，上三楼后面她那每周租金三元五的房间里去。晚饭吃一顿热腾腾、香喷喷的炖牛肉，夜里好好睡一觉，明天早上她又可以振作精神，去找一个赫剌克勒斯、圣女贞德、尤娜、约伯和小红帽加在一起的工作了。

她在房间里那个两英尺高、四英尺宽的瓷器——嗯——陶器柜里取出陶器炖锅，然后在一堆乱七八糟的纸袋中寻找土豆和洋葱。翻了半天，她的鼻子和下巴显得更尖削了。

原来土豆和洋葱都找不到。炖牛肉么，光有牛肉怎么行？做牡蛎汤可以不用牡蛎，海龟汤可以不用海龟，咖啡蛋糕可以不用咖啡，但是没有土豆洋葱就炖不成牛肉。

话得说回来，遇到紧急情况，光有肋条牛肉也能使一扇普通的松木门板像赌场的熟铁大门那样，足以抵挡饿狼侵入。加点盐和胡椒面，再加一匙子面粉（先用一点凉水调匀），也能凑合——虽然没有纽堡式龙虾那么鲜美，也没有教堂节日的炸面饼圈那么丰盛，但也能凑合着吃。

赫蒂拿着炖锅去到三楼过道后面。根据瓦兰布洛杉公寓的广告，那里应该有自来水。你、我和水表都知道，水来得很不痛快；但那是技术问题，且不去管它。那里还有一个水槽，自己料理家务的房客们时常在那里倒咖啡渣子，互相瞅瞅身上的晨衣。

赫蒂看到一个姑娘在水槽旁边洗两个大土豆，姑娘眼神哀怨，一头浓密的金棕色头发颇有艺术气息。赫蒂像任何人一样，不需别具慧眼就能洞察瓦兰布罗沙公寓的秘密。各人身上的晨衣就是她的百科全书，她的《名人录》，她的有关来往房客的信息交换所。从洗土豆姑娘那件嫩绿色镶边、淡玫瑰红的晨衣上，赫蒂早已知道她是住在屋顶房间——那些人喜欢称它为"画室"——的微型画画家。赫蒂心里并不十分清楚微型画是什么；但她敢肯定绝对不是房屋；因为粉刷房屋的人，尽管穿着斑斑点点的工作服，在街上扛着梯子老是杵到你脸上，谁都知道他们在家里却是海吃海喝，阔气得很。

那姑娘相当瘦小，她摆弄土豆的模样就像是没有结过婚的老光棍在摆弄一个刚出牙齿的小娃娃。她右手抓住一把用钝的鞋匠刀，在削一个土豆的皮。

赫蒂像是那种见面熟的人似的，一本正经地上前同她搭话。

"对不起，"她说，"我不该管闲事，不过土豆削皮，丢得就太多了。这些是百慕大的新土豆。你应当刮。我刮给你看看。"

她拿过土豆和刀，开始示范。

"哦,谢谢你。"艺术家低声说,"我不懂。这么厚的皮扔掉确实可惜;太浪费了。不过我一直认为土豆是要削皮的。在用土豆充饥的时候,连土豆皮也得算计算计。"

"喂,小妹妹,"赫蒂停住手说,"你也很困难,是吗?"

微型画画家面有饥色地笑笑。

"我想可以这么说吧。艺术——或者我所理解的艺术——现如今仿佛不吃香了。今晚我只有两个土豆当晚饭。不过把它煮的热乎乎的,加点黄油和盐也不坏。"

"小妹妹,"赫蒂说,一丝微笑使她冷峻的脸色和缓了一些,"命运把你我联系在一起了。我目前也不顺心;不过我房间里有一块像叭儿狗那么大小的牛肉。我想尽法子找几个土豆,就差没有祷告了。不如把你我两人的供应部门合并,炖它一锅。可以在我的房间里炖。假如能弄到一个洋葱加进去就好啦!喂,小妹妹,你会不会有几枚分币滑进去年冬季穿的海豹皮大衣的夹层里呢?我可以下楼到街角上老朱塞佩的摊子那儿去买一个。没有洋葱的炖牛肉比没有糖果的茶话会更差劲。"

"你叫我塞西莉娅好啦。"艺术家说,"我本来可以问女看门人要一个,但是我还不希望他们知道我目前到处奔波在找工作。但愿我们有个洋葱就好啦。"

她们两人在女店员的房间里开始准备晚饭。塞西莉娅插不上手,只能坐在长沙发上,像小鸽子那样轻声轻气央求让她干些什么。赫蒂整治好肋条牛肉,放在炖锅里,加了凉水和盐,然后搁在只有一眼的煤气灶上。

"但愿我们有一个洋葱。"赫蒂一面削土豆皮,一面说。

长沙发对面的墙上钉着一副色彩鲜艳的广告画,画的是铁路公司的一艘新轮渡,有了它,洛杉矶和纽约之间的行车时间可以缩短八分之一分钟。

赫蒂一个人在自说自话,她偶一回头,只见她的客人正瞅着那幅被理想化了的轮渡乘风破浪图,眼泪簌簌直淌。

"哟,塞西莉娅,小妹妹,"赫蒂握着刀说,"那幅画难道有这么糟?我不是评论家,不过我认为它多少给这个房间添了一点儿生气。当然啦,绣像画家一眼就能看出它的毛病。你看不顺眼,我可以马上摘掉。我真想求求灶神爷给我们找个洋葱。"

但是娇小的微型画画家伏在沙发上哭泣起来,她的鼻子顶着粗硬的沙发套。这分明不是一幅粗劣的石印画触犯了艺术家气质的问题。

赫蒂明白。她早就承担了她的角色。我们试图描写一个人的某一品质时，我们的词汇有多么贫乏！等到描写抽象的事物时，我们简直无所适从。我们叙说的东西越是接近自然，理解就越是深刻。我们不妨说得形象一些，有些人是"心胸"，有些人是"手"，有些人是"肌肉"，有些人是"脚"，有些人则是负重的"背"。

赫蒂是"肩膀"。她的肩膀瘦削而结实；她活到这么大，人们总是把头靠在上面，不论是隐喻比方还是实际如此；他们把自己的烦恼全留在那里，或者留下一半儿。如果用解剖学的眼光来看生活（这种看法并不比任何别的看法差），她注定是要充当肩膀的。像她这么忠诚可靠的锁骨到处都不多见。

赫蒂只有三十三岁，每当年轻美丽的脑袋靠在她肩上寻求安慰时，她都不免感到一丝悲痛。不过她只要朝镜子瞧一眼，悲痛就能立即止住。因此，她朝煤气灶挨着的那面墙上起皱的镜子瞥了一眼，把已经开锅的土豆牛肉炖锅底下的火苗捻低一些，走到长沙发前，捧起塞西莉娅的脑袋，搁在权充忏悔室的肩膀上。

"只管告诉我吧，亲爱的。"她说，"现在我知道让你伤心的不是艺术。你是在轮渡上遇见他的，是吗？说吧，塞西莉娅，小妹妹，告诉你的——你的赫蒂姑姑。"

但是青春和悲哀首先要宣泄过剩的叹息和泪水，才能把浪漫史的扁舟送到欢愉海岛间的港湾。紧接着，忏悔者——是忏悔者还是值得赞美的圣火传播者？——贴着忏悔室栅栏似的筋腱，诉说了她那既没有艺术也没有火光的故事。

"那只是三天前的事情。我从泽西城搭轮渡回来。艺术品商人施伦姆老先生告诉我说，纽瓦克一个富商找人替他的女儿画一幅微型画像。我去他那里接洽，并把我的部分作品带给他看看。当我对他说一幅画的润笔是五十元时，他像鬣狗似的冲着我大笑。他说他买一幅比它大二十倍的蜡笔画也不过八块钱。

"我身边的钱只够买轮渡票回纽约。当时我觉得我连一天都不想活了。我的心思一定流露在脸上，因为我看见他坐在对面的一排椅子上，老是瞅着我，仿佛知道我的心思似的。他长得很帅气，不过，最重要的是，他看上去很善良。当一个人感到厌倦、不幸，或者绝望时，善良比什么都更重要。

"我十分苦恼,再也忍不住,便站起来,慢慢走出轮渡船舱的后门。周围一个人也没有,我很快地翻过栏杆,跳进水里。哦,赫蒂,我的朋友,水真冷,真冷啊!

"有那么一瞬间,我希望自己仍旧待在瓦兰布罗沙老地方,宁肯饿着肚子,盼望着,后来我浑身麻木,也顾不得那么多了。我觉得另外有个人挨着我,没让我沉下去。原来是他刚才跟着我,也跳进水里来救我。

"有人朝我们抛来一个白色的、大炸面饼圈似的东西,他让我把它套在腋窝下。轮渡打倒车回来,人们把我们拖上甲板。啊,赫蒂,我想跳水自杀实在太可耻了;再说,我的头发全披了下来,湿漉漉的,真丢人。

"几个穿蓝色制服的人跑过来;他把他的名片递给他们,我听到他对他们说,他看见我的手提包掉在栏杆外面的船舷上,我探身想去捡,不小心落了水。这时,我想起报上说过,企图自杀的人要坐牢,同企图杀人的人关在一起,我害怕极了。

"轮渡上有几位太太带我到下面的锅炉房去,替我把衣服大致烘烘干,帮我把头发梳好。船靠岸时,他又过来,替我雇了一辆马车。他自己浑身湿透,但还哈哈大笑,仿佛觉得这件事挺逗趣似的。他央求我把姓名地址告诉他,可是我不干,我觉得太不好意思了。"

"你真傻,孩子。"赫蒂和善地说,"等一等,让我把火捻捻大。我求老天爷给我们弄个洋葱来。"

"然后他掀了掀帽子,"塞西莉娅接着说,"他说:'好吧,不管怎么样,我会找到你的。那时候我就会要求救难的权利。'他付了一些钱给马车夫,吩咐他把我送到我要去的地方,他自己就走了。赫蒂,'救难'是什么意思?"

"那是衣料的不用包缝的织边①。"女店员说,"在那个小英雄的眼里,你可够狼狈的。"

"已经过了三天,"微型画画家叹息说,"他还没有找到我。"

"宽限一点儿吧。"赫蒂说,"这个城市很大。你想想看,他也许要见过许多在水里浸过、头发披落下来的姑娘,才能辨认出你呢。牛肉炖得不错——可是,唉,有个洋葱该多好!假如我手头有蒜,我甚至愿意搁一瓣蒜进去。"

牛肉和土豆煮得正欢,散发出一股令人垂涎的香味,可是其中还缺些什

---

① "救难"(salvage)和"织边"(selvage)英文发音相似。

么,在口味上留下一种饥饿的感觉,和对某种应有而没有的配料的萦绕不去、耿耿于怀的欲望。

"我几乎在那条可怕的河里淹死。"塞西莉娅打了个寒噤说。

"水应当再多一点,"赫蒂说,"我指的是炖牛肉。我去水槽那儿弄一点来。"

"真香。"艺术家说。

"那条肮脏的老北江吗?"赫蒂反对说,"我闻起来觉得像是肥皂厂和湿毛猎狗的气味——哦,你指的是炖牛肉。唉,我真希望能加个洋葱。他看上去像是有钱人吗?"

"他看上去首先是很善良。"塞西莉娅说,"我敢说他一定有钱;但那关系不大。他掏出皮夹付马车钱的时候,不由你不注意到里面有成千上万的钱。我上了马车后,看到他坐私家汽车离开轮渡码头;司机把自己的熊皮大衣给他披上,因为他浑身湿透了。那只是三天以前的事。"

"真是傻瓜!"赫蒂简慢地说。

"哦,司机身上不湿。"塞西莉娅轻声说,"他很利索地把车开走了。"

"我是说你,"赫蒂说,"说你不把地址告诉他。"

"我从来不把地址告诉司机的。"塞西莉娅高傲地说。

"但愿我们有一个就好啦!"赫蒂郁郁不乐地说。

"要来干吗?"

"当然是炖肉——哦,我指的是要一个洋葱。"

赫蒂拿起一个水罐,到过道尽头水槽那儿去打水。

她走到楼梯口时,一个年轻人正从楼上下来。他衣着很讲究,但脸色苍白憔悴。由于某种身体或精神上的痛苦,他目光无神。他手里拿着一个洋葱——一个浅红色、光滑、茁壮、发亮的洋葱,足足有九十八美分的闹钟那么大。

赫蒂停住脚步。年轻人也站住了。女店员的神色和姿态带有赫剌克勒斯、圣女贞德和尤娜的意味——她把约伯和小红帽的角色撂在一边。年轻人停在楼梯口,心神不定地咳嗽起来。他觉得自己陷入困境,受到阻拦、攻打、袭击、敲诈、勒索、征收、乞讨和威吓,虽然他说不清楚原因。造成这种感觉的是赫蒂的眼神。他在赫蒂的眼睛里仿佛看到桅杆顶上升起了一面海盗旗,一名水手用牙齿咬住匕首,矫健地爬上绳梯,把旗帜钉在那里。但是到目前为止,他还不知道,正是他携带的货色几乎害他不经过谈判就被轰沉。

"对不起,"赫蒂在她那稀醋酸似的声调所允许的范围内尽量甜言蜜语地说,"你那个洋葱是不是在楼梯上捡到的? 我的纸袋上有个窟窿;我正出来找呢。"

年轻人咳了半分钟。这段时间也许给了他维护自己财产的勇气。他贪婪地抓住他那辛辣的宝贝,抖擞精神,面对那个凶狠的拦路抢劫的人。

"不,"他嘶哑地说,"我不是在楼梯上捡的。是住在顶楼的杰克·贝文斯给我的。你不信,可以去问他。我在这儿等着。"

"我知道贝文斯。"赫蒂乖戾地说,"他写书、写文章专卖给收破烂的。邮递员给他送厚厚的退稿邮件时老是取笑他,整个公寓都听得到。喂——你住在瓦兰布罗沙公寓里吗?"

"我不住这儿。"年轻人说,"有时候我来找贝文斯。他是我的朋友,我住在西头,离这儿有两个街口。"

"你拿那个洋葱打算干什么? ——请问?"赫蒂说。

"我打算吃。"

"生吃?"

"不错,到家就吃。"

"你难道没有别的东西搭配在一起吃?"

年轻人考虑了片刻。

"没有,"他坦白说,"我住处没有任何可吃的东西。我想老杰克自己也没有什么吃的。他不愿意放弃,被我磨得没有办法,才给了我。"

"老弟,"赫蒂用她那双洞察世故的眼睛盯着他,一个瘦削而给人深刻印象的手指按着他袖管说,"你也碰到了不顺心的事情,是吗?"

"不顺心的事情可多呢。"洋葱的主人飞快地说,"不过这个洋葱是我的,来路正当。假如你不在意的话,我得走啦。"

"听着,"赫蒂急得脸色发白,"生洋葱当饭吃可不怎么样。没有洋葱的炖牛肉也不怎么样。你既然是杰克·贝文斯的朋友,我想你的为人也错不到哪儿去。过道尽头我的房间里有一位小姐——我的一个朋友。我们两个都不走运;我们只有牛肉和土豆。这会儿正炖着呢。但是它没有灵魂,缺了点什么。生活中有些东西天生要互相搭配,互相依赖的。一样是粉红色粗布和绿玫瑰贴片装饰,一样是火腿煎鸡蛋,还有一样是爱尔兰人和不走运。再有一样是土豆、牛肉和洋葱。再有的话，就是穷光蛋和倒霉鬼。"

年轻人又发作了一阵咳嗽。他一手把洋葱捂在胸前。

"一点不错；一点不错。"他咳嗽停后说，"不过，我刚才说了，我非走不可了，因为——"

赫蒂紧紧拽住他的袖管。

"老弟，别学南欧人的样子，吃生洋葱。你凑份子跟我们一起吃晚饭吧，保你从来没有吃过那么好的炖肉。难道要两位小姐把你打翻了硬拽进去，你才肯赏光同她们一起吃饭？不会出岔子的，老弟，放心进来吧。"

年轻人苍白的脸和缓了一些，咧嘴笑了。

"行，我听你的。"他面露喜色说，"假如我的洋葱可以充当证书的话，我乐意接受邀请。

"作为证书也行，不过作为配料更好。"赫蒂说，"你先在门外等一会儿，让我问问我的女朋友有没有反对意见。你得等我出来，别带了介绍信溜掉。"

赫蒂进了房间，关上门。年轻人等在门外。

"塞西莉娅，小妹妹，"她尽可能把她尖刻的声调放得柔和一些，"外面有个洋葱头。附带一个年轻人。我已经请他来吃饭了。你不至于反对吧？"

"哎呀！"塞西莉娅坐直身子，拍拍她那带艺术气息的头发。她朝墙上那幅有轮渡的招贴画忧郁地瞥了一眼。

"不，"赫蒂说，"不是他。你这会儿面临的是现实生活。我记得你说过你那位英雄朋友有钱、有汽车。现在这个是穷光蛋，除了一个洋葱头之外没有吃的。但是他谈吐大方，一点儿也不冒失。我看他也是好出身，不过现在落魄了。我把他带进来好不好？我保证他规规矩矩。"

"赫蒂，亲爱的，"塞西莉娅叹口气说，"我饿坏了。他是王子也好，窃贼也好，又有什么差别？我顾不了这么多。既然他带着吃的东西，就让他进来吧。"

赫蒂回到过道里。那个有洋葱的人不见了。她的心朝下一沉，她脸上除了鼻子和颧骨之外全笼罩在阴霾里。紧接着她又恢复了生气，因为她看到他在过道另一头，身子正探出窗外。她急忙赶过去。他正朝楼下什么人嚷嚷。街上的噪音盖过了她的脚步声。她从他肩后望下去，看到了同他说话的人，听到了他说的话。他从窗口缩回来时，发现她站在面前。

赫蒂的眼光像两把钢锥似的钻透了他。

"老实告诉我，"她平静地说，"你那个洋葱是干什么用的？"

年轻人忍住咳嗽，坚定地面对着她。他的神情像是被惹急了。

"我打算吃掉它，"他故意一字一顿地说，"刚才已经对你说过了。"

"你家里没有别的可吃吗？"

"什么都没有。"

"你是干什么工作的？"

"这会儿什么都不干。"

"那你为什么探出窗外，吩咐底下那辆绿色汽车的司机？"赫蒂的声音十分尖刻。

年轻人红了脸，无神的眼睛里闪出光芒。

"因为，夫人，"他逐渐加快说，"司机的工资是我付的，汽车是我的——这个葱头也是我的——这个葱头，夫人。"

他把洋葱在赫蒂鼻子底下晃动着。女店员纹丝不动。

"那你为什么只吃洋葱，"她轻蔑地说，"不吃别的？"

"我从没有说过不吃别的。"年轻人激烈地反驳说，"我只说我的住处没有什么可吃的东西。我没有开食品店。"

"那你为什么要吃生洋葱？"赫蒂步步进逼地追问道。

"我妈妈，"年轻人说，"总是让我吃个生洋葱来治感冒。请原谅我提起身体不适，不过你也许已经注意到我感冒很厉害。我打算吃了葱头就上床躺着。我不明白我干吗要在这里向你赔不是。"

年轻人仿佛激动到了极点。他面前只有两种下台阶的方式——要就是大发雷霆，要就是向这种荒唐的局面屈服。他作了明智的抉择，空荡荡的过道里响起他嘶哑的笑声。

"你这人真有意思。"他说，"你谨慎小心，我也不能责怪你。告诉你也无妨。我把身上搞湿，着了凉。前几天我乘轮渡过北江，有个姑娘投江。当然，我就——"

赫蒂伸出手，打断了他的叙说。

"把洋葱给我。"她说。

年轻人咬紧牙。

"把洋葱给我。"她重复了一遍。

他笑了，把洋葱搁在她手里。

赫蒂露出她不常有的、忧郁的苦笑。她拽住年轻人的胳臂,另一只手指指她的房门。

"老弟,"她说,"进去吧。你从江里救起的那个小傻瓜在里面等着你呢。进去吧。我给你三分钟的时间,然后我再进屋。土豆在那里等着。进去吧,洋葱。"

他敲敲门进去了;赫蒂开始在水槽旁边剥洋葱皮,洗洗干净。她灰溜溜地朝窗外灰溜溜的屋顶瞅了一眼,面孔抽搐着,笑容逐渐消失了。

"提供牛肉的是我们,"她忧郁地自言自语说,"是我们。"

黑比尔的隐藏

一个瘦长精壮的红脸汉子，长着威灵顿①式的尖鼻子和闪烁的小眼睛，幸好睫毛是淡黄色的，冲淡了一些杀气，他坐在洛斯皮诺斯火车站月台上，两条腿晃来晃去。他身边还有一个闷闷不乐、衣衫褴褛的胖子，似乎是他的朋友。从他们的外表看来，生活对于这些人是一件可以反穿的衣服——正反都无所谓。

"大概四年没见面了，汉姆，"那个衣衫褴褛的人说，"这一阵子你在哪一带得意？"

"得克萨斯，"红脸汉子说，"我嫌阿拉斯加太冷，得克萨斯倒是挺暖和的。我给你讲讲，我怎样在那里过了一阵不好受的日子。

"一天早晨，火车开到一个水塔底下加水，我就从国际铁路公司的列车上下来，让它开走了。那是个牧场区，不肯施舍的人家比纽约市的还多。不过他们那里的住家相隔都在二十英里以外，你根本闻不到他们吃的是什么，不像纽约那样，离邻居的窗户只有两英寸。

"放眼望去，那里根本没有路，所以我就在野地上走着。草长得有靴筒那么高，牧豆树长得像桃园。那地方实在像一个乡绅的私人产业，你时时刻刻都担心会有一群恶狗跑出来咬你。我约莫走了二十英里，才看见一座牧场房屋。屋子小得很，大小同高架铁路的车站差不多。

"有一个小个子，穿着白衬衫和棕色工装裤，脖子上围着一条粉红色手帕，在门前一棵树底下卷纸烟。

"'你好，'我说，'有什么吃的喝的、欢迎词、外快，甚至活儿给我这个外乡人吗？'

---

① 威灵顿（1769—1851），英国军人、政治家，有"铁公爵"之称，在滑铁卢一役打败拿破仑。

"'哦,进来吧,'他对我说,口气倒挺文雅,'你请坐在那张凳子上吧。我没听到你的马蹄声。'

"'马还没有来呢,'我说,'我是走来的。我不想打扰你,可是不知道你这儿有没有三四加仑水。'

"'你身上尘土确实不少,'他说,'可是我们这儿的洗澡设备——'

"'我是想喝,'我说,'身体外面的尘土先别去管它了。'

"他在一个悬空挂着的红陶瓮里给我舀了一勺水,然后又说:

"'你想干活吗?'

"'想干一阵子,'我说,'这一带地面挺安静,是吗?'

"'是啊,'他说,'我听说有时候一连好几星期都没有人经过。我来这里才一个月。我这个牧场是从一个老移民手里买过来的,他要往更西面的地方搬。'

"'我倒觉得挺合适的,'我说,'清静偏僻,有时候对人也有好处。我还需要找份工作。我会照顾酒吧,开盐矿,演讲,发行股票,来几场中量级的拳击,还会弹钢琴。'

"'你会放羊吗?'那个小个子牧场主问我。

"'你是不是问我听说过羊没有?①'我说。

"'你会不会放——看管羊群?'他说。

"'哦,'我说。'现在我明白了,你说的是把它们赶来赶去,像牧羊狗似的朝它们又叫又嚷。唔,我也许干得了,'我说,'我以前没有放过羊,不过我常在火车上看到它们在车外面啃雏菊,看上去不是很凶的。'

"'我正缺一个放羊的,'牧场主说,'那些墨西哥人实在靠不住,我只有两群羊,你要是愿意的话,明天早晨可以把我那群羊领出去——一共只有八百只。工资是十二块钱一个月,另外管你的饭。你带了羊群在草地上宿营。你自己做饭,不过木柴和水给你送到你宿营的地点。这是一份很清闲的活。'

"'我干,'我说,'即使要我像图画里的牧羊人那样,头戴花环,手挂弯头拐杖,身穿一件松松垮垮的衣服,吹着笛子,这份差事我也应了。'

"第二天早晨,小个子牧场主帮我把羊从羊圈里赶到大约两英里外的地方,让它们在一个小山坡的草地上吃草。他交代了我很多话,什么不要让羊三

---

① 原文"放牧"(herd)和"听说过"(heard)发音近似。

三两两的离开大群走散啦,中午赶它们到水坑边去喝水啦,讲了一大套。

"'你的帐篷,宿营的家什,还有粮食,我在天黑之前用马车给你送来,'他说。

"'好啊,'我说,'别忘了粮食,也别忘了宿营的家什。记住把帐篷带来。你是不是姓左利科弗?'

"'我的姓名是亨利·奥格登。'他说。

"'哦,奥格登先生,'我说,'我叫帕西瓦尔·圣克莱尔。'

"我在这个小牧场里放了五天羊,无聊透顶。这次我真正有了接近大自然的体会。我比鲁滨逊的山羊更孤单。我见过不少人,同他们打打交道,解解闷儿,都比这些羊强。我每天晚上圈好羊,然后做玉米饼,烤羊肉,煮咖啡,躺在一张桌布那么大小的帐篷里,听郊狼和猫头鹰歌唱。

"第五天晚上,我把那些很值钱、但和人不太投缘的羊圈起来之后,溜达到牧场主的住处,进门就说:

"'奥格登先生,你我可得多走动走动呀,羊用来点缀风景,羊毛用来做八块钱一套的混纺衣服固然不坏,可是吃饭时想聊聊天,或者在炉火旁做个伴,同它们就话不投机了。如果你有纸牌,或者帕切棋,或者作家游戏①,就拿出来,让我们动动脑筋,我需要一点脑力劳动,哪怕是把谁的脑浆敲出来也行。'

"亨利·奥格登是个很特别的牧场主,他手上戴戒指,身上挂着一个大金表,领带打得整整齐齐。他态度从容,夹鼻眼镜擦得很亮。有一次我在马斯克吉见到一个犯了六条人命、被判绞刑的亡命徒,长得真像他。我还认识阿肯色州的一个牧师,你见到的话准以为是他的兄弟。我只不过想找个伴儿,不管他属于哪一类,高风亮节的圣徒也好,不可救药的罪人也好,只要同羊不沾边,我都无所谓。

"'哎,圣克莱尔,'他放下正在看的书说,'我想你开头一定觉得很寂寞。我不否认我也觉得很无聊。你是不是把羊圈好了,不会跑出来吧?'

"'它们像判定杀了人的百万富翁是否有罪的陪审团那样给关得严严实实,'我说,'等到它们需要专人照顾的时候,我早就回到那里去了。'

"奥格登找出一副纸牌,我们玩钓鱼。我在放羊营地呆了五天五夜之后,

---

① 帕切棋是源自印度的一种游戏,参与者凭掷出的色子点数决定棋盘格上的步数,先到终点者为胜,和我国的升官图相似。作家游戏是用分成几套的特制纸牌来玩的游戏,每套代表一个作家。

就像是逛百老汇那么高兴;拿到好牌时,就像是在特里尼蒂城①赢了一百万元那么兴奋。等到奥格登态度随和一些,讲起那个'卧车上的太太'的笑话时,我笑了足足有五分钟。

"这说明生活中任何事情都是相对的,一个见多识广的人面对一场损失三百万元的大火灾,乔·韦伯②,或者亚得里亚海都会掉首不顾。但是让他放了几天羊之后,听到'今晚不打熄灯钟'时也会笑破肚皮,陪太太们打牌也会感到由衷的高兴。

"过了一会儿,奥格登取出一瓶波旁威士忌,这时候羊的话题完全给抛在脑后了。

"'你记不记得一个来月前报上有这么一条消息,'他说,'三州铁路上发生一起劫案?快车押运员肩膀中弹,大约一万五千元被劫。据说是一个劫匪单干的。'

"'我好像记得,'我说,'不过这类事太多啦,得克萨斯人一般不会老是记在心里的。他们有没有追上劫匪,把他逮捕归案?'

"'劫匪逃脱了,'奥格登说,'今天我刚看到报上说,警察一直在追踪他,追到这里来了。好像这个劫匪抢走的钞票都是埃斯皮诺沙城第二国民银行首次发行的票子。他们一路顺着出现过这种票子的路线,到这边来了。'

"奥格登又倒了一点威士忌,把酒瓶推过来给我。

"'我想,'我呷了一口皇室御酒③说。'火车劫匪跑到这一带来避几天风头绝不是个笨主意。一个放羊的牧场,'我说,'真是个再好不过的地方了。谁会想到在这些鸟、羊和野花中间竟会找到这么一个危险人物呢?顺便问一句,'我把亨利·奥格登打量了一下说,'报上有没有提到这个单枪匹马的恐怖人物的特征?比如说,相貌、身材、肥瘦、补过的牙齿、衣服的式样,报上说了吗?'

"'哦,这倒没有,'奥格登说,'可是他们知道这是一个名叫黑比尔的火车劫匪,因为他老是独来独往,另外,他在火车上掉了一块手帕,上面绣有他的名字。'

---

① 得克萨斯州东部城市,铁路枢纽。
② 即约瑟夫·韦伯(1867—1942),美国著名喜剧演员,和卢·菲尔兹(1867—1941)成立自己的剧院,后进入电影和广播界。
③ 波旁威士忌是美国肯塔基州波旁地方生产的一种烈性酒,波旁又是法国皇室的姓氏。

"'好吧,'我说,'我赞成黑比尔躲到牧场区来。我认为他们是找不到他的。'

"'抓到他有一千元赏金。'奥格登说。

"'我不需要那种钱,'我直勾勾地看着这位牧羊先生的眼睛说。'你每月给我的十二块钱够了,我需要休息休息,同时还可以攒些钱,攒到够买一张去特克萨卡纳火车票的钱。我那守寡的母亲住在那儿。假如黑比尔到了这儿,'我意味深长地瞅着奥格登,'比如说,一个月之前,买了一个小牧羊场——'

"'住口,'奥格登站起身,气势汹汹地说,'你是不是在影射——'

"'不是,'我说,'绝对不是。我只是假设。我说,假如黑比尔真到这里来了,买下一个牧羊场,雇我替他放羊,待我又公道又和气,就像你待我这样,他永远也不用怕我。人就是人,不管他跟羊或者火车有什么瓜葛。现在你了解我的态度了吧?'

"奥格登的脸色黑得像是宿营地的咖啡,足足有九秒钟之久。然后他觉得怪有意思的打个哈哈。

"'真有你的,圣克莱尔,'他说,'假如我真是黑比尔,我也不至于不信任你,我们今晚玩几把"七点"吧,那就是说,如果你不介意同火车劫匪玩牌的话。'

"'我已经把我的想法告诉了你,'我说,'这里面没有什么不尽不实的地方。'

"打完了第一局,我一面洗牌,一面装作随随便便的样子问奥格登是什么地方的人。

"'哦,'他说,'我来自密西西比流域。'

"'好地方,'我说,'我常在那里歇脚,你是不是觉得那里的床单有点发潮,饭菜也不好?'我说,'至于我么,'我说,'是太平洋岸那边来的。你在那儿呆过吗?'

"'那边风太大,'奥格登说,'你如果到了中西部,只要提起我的名字,人们就会替你准备暖脚的炉子和上好的咖啡。'

"'哎,'我说,'我不是想打听你的私人电话号码,还有你那位诱拐了坎伯兰长老会牧师的姑妈的小名。那没有什么大不了,我不过想让你知道,你在你的羊倌手里是安全的。喂,该跟黑桃的时候别出红心,别那么慌张。'

"'还要胡扯,'奥格登笑着说,'你不想想,假如我真是黑比尔,而且认为你在怀疑我,我干吗不给你一枪,一劳永逸?'

"'你不会的,'我说,'一个有胆量单枪匹马劫火车的人不会耍这种花招的。我走南闯北,见的世面多了,知道那种人最讲朋友义气。倒不是说我想攀高枝,同你做朋友,奥格登先生,'我说,'我只是替你放羊的;不过在比较顺利的境况下,我们也有可能做朋友的。'

"'请你暂时别再提羊的事情了,'奥格登说,'先切了牌好发。'

"大概过了四天,我的羊中午在水坑旁边喝水,我自己正忙着煮咖啡,一个神秘人物骑着马不声不响在草地上过来,他的打扮和他干的那一行很相称,介乎堪萨斯城的侦探、野牛比尔①和巴吞鲁日城的无主野狗捕捉队之间。他的嘴脸和眼神不像是来打架的。所以我知道他只不过是来打前站、探探路的。

"'放羊吗?'他问我。

"'嗯,'我说,'冲着你这样精明能干的人,我可不敢说我是鼓捣旧青铜器,或者是给自行车链齿轮上油的人。'

"'我看你的长相和谈吐都不像是放羊的。'他说。

"'可是你的谈吐和我猜想的行业对得上号。'我说。

"他接着问我替谁干活,我把两英里外一座山岗后面的小牧场指点给他看,他向我亮出身份说他是副警长。

"'据说有个名叫黑比尔的火车劫匪在这一带,'侦探说,'他一直被追踪到圣安东尼奥,可能更远一点。过去一个月里,你有没有见过,或者听说过这一带有新来的人?'

"'没有,'我说,'不过听说弗利奥河那边罗米斯牧场的墨西哥人居住区有个新来的人。'

"'你了解那人的情况吗?'副警长追问。

"'生下来刚三天。'我说。

"'雇你干活的人是什么模样?'他问,'这地方不还是老乔治·雷米的吗?过去十年里他一直在这里办牧羊场,但是很不发达。'

"'老头儿卖了牧场,自己去西部了,'我告诉他,'一个月前,另一个羊业金融家接手办了下去。'

---

① 野牛比尔本名威廉·科迪(1846—1917),美国著名的西部牛仔。

"'那人长的什么模样?'副警长又问。

"'唔,'我说,'一个又胖又大的荷兰人,留着长胡子,戴一副蓝色眼镜。我认为他连羊和地松鼠都分不清。我想老乔治在这笔交易里狠狠地宰了他一下。'我说。

"副警长又问了许多不得要领的问题,吃了我晚饭的三分之二,骑马离开了。

"那晚我向奥格登谈起这件事。

"'它们的触手像章鱼似的向黑比尔收拢。'我说,然后我把副警长的情况告诉他,我怎么向副警长描述他的模样,副警长又说了些什么话。

"'哦,好吧,'奥格登说,'我们别把黑比尔的麻烦扯到自己身上来。我们干我们的事。把碗柜里的威士忌拿出来,我们为他的健康干一杯——除非,'他打个哈哈说,'你对火车劫匪有成见。'

"我说:'不管是谁,只要他对朋友够朋友,我都祝他健康。我相信,'我接着说,'黑比尔是这样的人。这一杯是为黑比尔喝的,祝他好运。'

"我们两人都喝了。

"大约过了两星期,到了剪羊毛的时候。羊要赶回牧场,然后让一批邋里邋遢的墨西哥人用弹簧剪子把毛剪下来。所以前一天下午趁剪毛工来到之前,我赶着那群羊翻山越谷,沿着弯弯曲曲的小河来到牧场主的住处,把它们关在羊圈里,像每晚那样,同它们告了别。

"我从羊圈走到牧场主的房子,看见亨利·奥格登老爷躺在他那张小小的帆布床上睡着了。我猜想他得了睡眠症、不醒症,或者牧羊业特有的毛病。他张着嘴,敞着坎肩,呼吸的声音像是自行车的旧打气筒。我看着他,不免大为感慨。'凯撒大帝,'我说,'睡觉的时候最好还是闭上嘴,免得招风。'

"睡着的人的模样连天使看到也会哭。他的全部头脑、肌肉、神经、后台、影响和家世有什么用呢?敌人可以随便摆布他,朋友更不在话下,他的样子就像是半夜十二点半靠着大都会歌剧院墙边美滋滋地梦想阿拉伯原野的拉马车的瘦马。不过,睡着的女人就不同了。不管她长相怎么样,睡相总要好一些。

"我喝了一杯威士忌,代奥格登喝了一杯,想趁他睡着的时候舒服一会。他的桌子上有些书,题材都是不切实际的,例如日本、排水、体育——还有一些烟丝,那东西倒切合实际。

"我抽了一会儿烟，听着奥格登打鼾，望望窗外剪羊毛用的羊圈，一条弯弯曲曲的小径从那里通向远处的小河。

"我看见五个骑马的人朝着房子过来，枪都横搁在马鞍上，中间有那个同我在宿营地谈过话的副警长。

"他们疏开队形，小心翼翼地过来，枪都上了膛。我看准了我认为是这支维护法律和治安的骑警队伍的头目的人。

"'诸位晚上好，'我说，'请下来拴好马匹吧。'

"为首的策马过来，把枪一抡，枪口似乎对着我的胸膛。

"'你的手放在原处别动，'他说，'我们先把事情讲讲清楚。'

"'我不动，'我说，'我不聋不哑，我能回你的话，不会违抗你的命令。'

"'我们正在缉拿黑比尔，'他说，'五月份在三州铁路火车上劫走一万五千元的人。我们正在检查每个牧场和牧场里的每一个人。你叫什么名字，在牧场里干什么？'

"'长官，'我说，'帕西瓦尔·圣克莱尔是我的行当，放羊的是我的姓名。我的牛群——不，我的羊群——今天晚上圈在这里。剪羊毛的明天来给它们剃头——我猜想还要洒些香水吧。'

"'这个牧场的主人在哪儿？'队长问道。

"'且慢，长官，'我说，'你在开场白里提到的那个亡命徒，抓到的话有没有赏金？'

"'有一千元赏金，'队长说，'不过那要在把他逮捕归案定罪之后。通风报信的好像没有提到。'

"'看来一两天内要下雨了。'我抬头望着湛蓝的天空，不感兴趣地说。

"'假如你知道这个黑比尔躲藏的地方，'他气势汹汹地说，'知情不报就是犯法。'

"'我听一个修补牧场篱笆的工人说过，'我声调似乎不连贯地说，'一个墨西哥人在努埃西斯河那边皮金开的铺子里对一个名叫杰克的牛仔说过，他听说两星期前一个牧羊人的小舅子在马塔莫洛斯见过黑比尔。'

"'听我说，嘴紧的家伙，'队长打量了我一下，想同我作笔交易。'如果你给我们通通消息，我们抓到黑比尔的话，我——不，我们——自己掏腰包给你一百元。那够大方的了，'他说，'你根本没有权利要求什么。喂，你觉得怎么样？'

"'马上给现钱吗?'

"队长同他的帮手们商量了一下,他们掏空了口袋。一共凑了一百零二元三十分,还有价值三十一元的板烟。

"'借一步说话,我的长官。'我说。他照办了。

"'我贫穷低微,'我说。'我每月只有十二元工资,干的活是管住一群老想走散的畜生。'我说,'我虽然认为自己比南达科他州略胜一筹,但是对于一个以前只知道吃羊肉的人来说,已经落魄得不行了。我之所以落到这种地步,要怪我自己眼高手低,还要怪我爱喝朗姆和一种混合酒——宾夕法尼亚铁路沿线一带,从斯克兰顿到辛辛那提,都会调制这种酒:烈性杜松子酒加法国苦艾酒,挤一点柠檬汁,浇一点橘皮苦味酒。你有机会经过那里的时候,千万要尝试一下。再说,我一辈子没有做过对不起朋友的事。他们得意的时候,我总是紧跟他们,我倒霉的时候,也从不抛弃他们。

"'可是,'我接着往下说,'有个朋友对我可不是那样。每月十二元的工资太不够交情。我认为黑豆和玉米饼也不是款待朋友的食品。我是个穷苦人,'我说,'我有个守寡的母亲住在特克萨卡纳。你要找黑比尔,'我说,'他就睡在这座房子右屋里的帆布床上。我从他的谈话里知道他就是你们要找的人。他毕竟还是个朋友,'我解释说,'如果我现在不落魄,贡多拉金矿的全部产量都不会让我动心出卖他的。可是,'我说,'每星期送来的豆子有一半是长了虫,宿营地的木柴也不够烧的。'

"'诸位进屋时要多加小心,'我说,'有时候他脾气似乎很暴躁,如果你们考虑到他最近的业务活动,他遇有突如其来的情况,很可能采取过激的行动。'

"骑警队全体下马,拴好马匹,卸下枪支弹药,蹑手蹑脚地进了屋。我跟在后面,像大利拉拿着剪刀去剪参孙的头发似的①。

"骑警队长把奥格登推醒。他猛地跳起来,另外两个求赏心切的人也上前去抓他。奥格登长得虽然瘦削,气力可不小,他一个打三个,精彩的程度是我不多见的。

"'这是什么意思?'他被按倒在地后问道。

"'你落网啦,黑比尔先生,'队长说。'就是这么一回事。'

---

① 参看《旧约·士师记》第16章。

"'简直岂有此理。'亨利·奥格登火气更大了。

"'确实岂有此理,'那个维护治安的人说,'三州铁路没有招你惹你,再说乱动快递邮件是法律不容的。'

"他坐在亨利·奥格登的肚子上,有针对性地搜查口袋。

"'你这么干我会让你冒汗的,'奥格登说,他自己也在冒汗,'我能证明我的身份。'

"'我也能证明,'队长说着,从亨利·奥格登上衣里面的口袋里掏出一把埃斯比诺沙城第二国民银行发行的新钞票。'这些钞票比你的名片更能说明你的身份。你现在可以起来,跟我们走一趟,为你的罪行辩白吧。'

"亨利·奥格登站起来,整理整理领带。他们从他身上找出钱后,他不再吭声了。

"'主意真高明,'骑警队长不无钦佩地说,'溜到这里来,买下一个小牧羊场,很少会有人知道。我第一次见到这么巧妙的藏身之处。'队长说。

"一个骑警去剪羊毛圈,把另一个牧羊人,一个名叫约翰·萨立斯的墨西哥人找来,让他替奥格登备一匹马,警察们握着枪,簇拥着奥格登,准备把他带到镇里去。

"临行前,奥格登把牧场托付给约翰·萨立斯,交待了剪毛的事情,以及把羊赶到什么地方去放牧,仿佛他过几天就能回来似的。几小时后,小牧场的前牧羊人,帕西瓦尔·圣克莱尔,骑着牧场的另一匹马朝南方走了,口袋里揣着一百零九元——他挣到的工资和昧心钱。"

红脸膛的汉子停下来倾听着。远处山峦中间传来一列货车的汽笛声。

坐在他身边的那个衣衫褴褛的胖子哼了一声,轻蔑地、慢慢地摇摇蓬乱的脑袋。

"怎么回事,斯奈皮?"红脸膛汉子问道,"又不高兴了吗?"

"不,没有不高兴,"衣衫褴褛的人又哼了一声说,"但是我不喜欢你那番话。你我前前后后做了十五年朋友;我从没有看到或者听到你向官方举报任何一个人。你吃过这个人的盐,同他玩过牌——如果钓鱼也算是玩牌的话。你却向官方举报了他,还领了赏。这不像是你的所作所为。"

"我后来听说,"红脸膛汉子接着说,"这个亨利·奥格登请了律师,提出他不在抢劫现场的证据,履行了手续,给释放了。他根本没有吃苦头。他有恩于我,我决不会举报他的。"

"那么他们从他口袋里搜出来的钞票是怎么回事?"衣衫褴褛的人问道。

"他睡着时,我看见骑警队过来,便把钞票放进他口袋。我是黑比尔。留神,斯奈皮,火车来啦! 它加水时,我们踩着缓冲器爬上去。"

仙 人 摘 豆①

按照下列地址可以找到卡特雷特-卡特雷特磨坊设备和传送带公司：

你顺着百老汇路走去，经过横贯全市的大街、领取救济面包的队伍、监狱周围的警戒线，到了贪财牟利部落的大峡谷。然后朝左拐，朝右拐，避开一辆手推车和一辆两吨运货马车的辕杆，跳上一幢二十一层楼高的石头和钢铁的合成大山旁边的花岗岩暗礁。第十二层就是卡特雷特-卡特雷特公司的写字间。制造磨坊设备和传送带的工厂在布鲁克林区。我们且不谈布鲁克林——你对这些商品是不会感兴趣的——我们把情节限制在独幕独景的剧本里，从而减少读者的辛苦和出版商的成本。如果你有面对四页铅字和卡特雷特-卡特雷特公司的勤杂员帕西瓦尔的勇气，就可以坐在公司小会客室的椅子上，偷看一幕老黑人、打猎手表和直言提问的喜剧——你会得出结论说，极大部分是从已故的弗兰西斯·斯托克顿先生②的作品里剽窃来的。

首先要插一段简单得不能再简单的人物生平介绍。我向来主张把糖衣金鸡纳霜片颠倒一下——先苦后甜。

两个卡特雷特都出身于古老的弗吉尼亚家族（这里应该用"出身"还是"出生"，请哥伦比亚大学的教授们指教）。很久以前，家族的男士们衣着讲究，拥有庄园和可供私刑烧死的奴隶。但是战争大大地削减了他们的财产。（你马上会发觉这种笔法是从霍普金逊·史密斯先生③）那里偷来的，虽然"卡特"后面多了"雷特"。好吧，现在言归正传：

考证卡特雷特家的历史时，我只从一六二〇年说起。那两个姓卡特雷特

---

① "仙人摘豆"是用三只杯子和一颗豆或小球玩的快手骗人把戏，让观众下赌注猜豆子或小球罩在哪只杯子下面，猜对者有奖，猜错者赌注被罚没。

② 弗兰西斯·里查德·斯托克顿（1834—1902），美国小说家，著有短篇小说《美女或老虎》。

③ 霍普金逊·史密斯（1838—1915），美国小说家，著有《卡特维尔的卡特上校》。

的最早的美国人是那一年乘坐不同的交通工具来到的。一个名叫约翰，乘的是"五月花"号，是躲避英国教祸而到美国创立殖民地的新教徒之一。你在感恩节出版的杂志封面上见过他的画像：他提着老式大口径散弹枪在没膝深的雪地里打火鸡。另一个名叫布兰福德，乘坐自己的双桅船横渡大西洋，上了弗吉尼亚海岸，成了弗吉尼亚最早的家族。约翰以他的虔诚和精明的生意头脑出了名；布兰福德的名声则归功于他的傲慢、薄荷威士忌酒、一手好枪法和由奴隶种植的广袤的庄园。

后来发生了内战。（我必须压缩这段插入的文字。）"石墙"杰克逊中弹；李将军投降；格兰特漫游世界；棉花价格跌到九美分一磅；第七十九团马萨诸塞志愿兵把伦迪小道①的战旗还给第九十七团阿拉巴马朱阿夫志愿兵②，那面旗帜是在切尔西一家老板姓斯克钦斯基的旧货商店买的；佐治亚州给总统送去一只重达六十磅的大西瓜——然后就到了我们故事开始的时候。天哪！这样的开场白未免太不着边际了！看来我必须学学亚里士多德的修辞学。

北方的卡特雷特兄弟早在内战之前就已在纽约做买卖。就传送带和磨坊设备而言，他们的商号像你在狄更斯小说里看到的那种老牌的东印度茶叶进口公司一样陈腐、傲慢和殷实。传言他们内部有些争斗，但还不足以影响生意。

战争和战后期间，弗吉尼亚望族布兰福德·卡特雷特丧失了他的庄园、薄荷威士忌、好枪法和性命。他遗留给家人的除了自豪以外没有什么。于是以卡特雷特命名的传送带和磨坊设备公司邀请第五代的、年方十五的布兰福德·卡特雷特去北方学点生意经，不要老呆在他家族的败落的庄园里打狐狸、吹嘘先辈的荣耀。那年轻人马上抓住机会；二十五岁时已坐在商号的写字间里，成为散弹枪和火鸡家族的第五代传人约翰的合伙人。故事在这里重新开始。

两个年轻人年龄相仿，脸庞光洁，精明能干，神情里透出思想和行动的敏捷。他们像别的纽约人一样，脸刮得很干净，身穿蓝哗叽衣服，头戴草帽，佩珍珠领带夹，可能是百万富翁，也可能是小职员。

---

① 伦迪小道在美国和加拿大交界处的尼亚加拉瀑布附近，1814 年 7 月 25 日美英军队在此激战，双方伤亡各有八九百人。

② 朱阿夫是 1831 年法国成立的轻步兵团，原由阿尔及利亚人组成，身穿阿拉伯服装，1841 年起全部由法国人组成。美国南北战争时，北部联邦有几个志愿兵团队以"朱阿夫"命名。

一天下午四点钟,布兰福德·卡特雷特在他的办公室里拆开办事员给他送来的一封信。他看后格格发笑,差不多有一分钟之久。约翰从他的办公桌转过头来询问似的瞅着他。

"我妈妈给我的信,"布兰福德说。"我把有趣的地方念给你听听。当然,她先把左邻右舍的新闻告诉我,然后吩咐我注意别把脚弄湿着凉,少看音乐喜剧。接着是猪牛的动态统计,和小麦的收成估计。我念几段:

"'你想想看!上星期三刚过七十六岁生日的杰克老爹,打定主意非去外面走走不可。他要去纽约"看看布兰福德少爷",怎么都劝不住。他老虽然老,头脑倒还清楚,我便同意让他去一次。我无法劝阻他——这次到外面去闯荡一下似乎是他的全部希望和愿望。你知道他是在庄园里出生的,一辈子没有到过庄园以外十英里远的地方。战争期间,他是你父亲的马弁,一向是我们家忠心耿耿的仆人。他常常看到那只金表——你父亲和你祖父的金表。我告诉他那只表要传给你,他求我让他给你送去,由他亲自交到你手里。

"'于是我把表妥善地放在一个鹿皮盒子里托付给他,他像国王信使似的骄傲而慎重给你带去。我给了他来回的车钱和在纽约呆两星期的生活费用。我希望你能帮他找个舒服的住处——杰克不需要太多的照顾——他能照顾自己。但是我在报上看到,即使是非洲主教和黑人阔佬在纽约食宿都有麻烦。那也许是你们那里的规矩,不过我不明白你们那里的高级旅馆为什么不能接待杰克。

"'我把你的详细地址告诉了他,亲自替他整理了旅行包。你不必太为他费心,但是我希望你帮他安排得舒服一些。收下他给你带去的表——那几乎像是一枚勋章。它曾由真正的卡特雷特子弟佩带,没有任何损伤,走得非常准。能把它给你送去是老杰克一生最大的快乐。我希望在他走动不了之前有机会出去一次,得到那份快乐。你以前一定听我们谈起,在昌塞勒斯维尔战役中,杰克自己受了重伤,在染满血迹的草地上爬到胸部中弹的你父亲身边,从他口袋里取出那块表,免得被扬基人拿走。

"'因此,我的孩子,老爹到后,你应该把他当做往昔时光和家乡的值得尊敬的使者那样善待他。

"'你离家太久,在我们看做是外国人的人们中间呆得太久了,我不敢肯定杰克和你见面时是不是认得出你。但是杰克感觉敏锐,我相信他一眼就能认出一个弗吉尼亚的卡特雷特家的人。我相信,我的孩子即使在北方待十年

268

也不会改变。不管怎么说,我相信你肯定能认出杰克。我在他的旅行包里放了十八条硬领。假如不够用,还要买新的话,他的尺码是十五号半。别让他买错了。他不会给你添麻烦的。

"'如果你不太忙的话,我希望你帮他找一个有白玉米面包供应的客栈,嘱咐他在你写字间或者街上别脱鞋子。他的右脚有点肿,他喜欢脱掉鞋子,舒服一点。

"'如果你有时间,洗衣房送回衣物时,帮他数数手帕。他出门前我替他买了一打新手帕。这封信寄到时,他大概也到了。我吩咐他到了纽约就直接去你的写字间。'"

布兰福德念完信后,发生了一件事(故事里常有这种事,舞台上也必然发生这种事)。

勤杂员帕西瓦尔带着藐视全世界磨坊设备和传送带产量的神情进来通报说外面有位黑人绅士要见布兰福德·卡特雷特先生。

"请他进来吧。"布兰福德站起来说。

约翰·卡特雷特在椅子里转过身对帕西瓦尔说:

"先请他在外面等几分钟。我们让他进来时再告诉你。"

接着,他像卡特雷特家所有的人那样,咧嘴笑着对他的堂兄说:

"布兰福德,你们那些傲慢的南方人自以为和北方人不同,我一直特别想知道究竟有什么区别。当然,我知道你们自以为高人一等,把亚当都看成是你们祖先的旁系亲属;我不明白为什么,我永远也看不出我们之间有什么区别。"

"约翰,"布兰福德笑着说,"你当然不会明白我们之间的区别。我想我们的封建生活方式使我们具有贵族的气派和优越感。"

"可是你们现在已经不是什么封建贵族了,"约翰说,"自从我们打垮了你们,剥夺了你们的棉花和骡子之后,你们就不得不像我们这些'该死的北方佬'一样自食其力地干活。然而你们仍像战前那样骄傲,排外,自视甚高。原因恐怕不在金钱方面。"

"也许是由于气候关系吧,"布兰福德轻松地说,"也许是我们的黑人把我们惯坏了。现在我叫老杰克进来。我很乐意见见那个老家伙。"

"且慢,"约翰说,"我有个小小的理论想验证一下。我们两人的外表很相像。你十五岁以后,老杰克再也没有见过你,我们让他进来,先不吭声,看他把表交给谁。按理说,那个老黑人应该毫不费事地认出他的'少爷',应该马上看出南方人的所谓贵族优越感。不至于误把金表交给一个北方佬。我们打个赌,输的人今晚请吃饭,再替杰克买两打十五号半的硬领,好不好?"

布兰福德欣然同意。他们召唤帕西瓦尔,吩咐他把那个"黑人绅士"带进来。

杰克大叔小心翼翼地踏进办公室。他身材瘦小,皮肤墨黑,老得满脸都是皱纹,头顶光秃,只剩耳朵上面一圈修剪得很短的白毛。他和舞台上的"大叔"没有丝毫共同之处;他穿的一套黑色衣服还算合身;脚上的皮鞋擦得很亮,头上的草帽有一条花哨的帽箍。右手紧握着什么东西不让人看到。

杰克大叔上前几步便站住了。两个年轻人坐在各自的转椅上,相隔十英尺,都不做声,但友好地瞅着他。杰克的目光缓慢地从一个转到另一个身上,来回扫了几次。他可以肯定,面前至少有一个是那个可敬的家族的成员,他在那个家族的庇荫下开始生活,并将在那里终老。

一个有卡特雷特家族讨人喜欢而傲慢的神情;另一个挺直的长鼻子是家族不容置疑的标志。两人都有乘"五月花"号帆船和两桅船来的卡特雷特特有的敏锐的黑眼睛,平直的眉毛,带笑意的薄嘴唇。老杰克本以为即使在一千个北方人中间,也能马上认出他的少主人;现在却陷入了困境。他只能用些策略了。

"你好,布兰福德少爷——你好,少爷?"他望着两个人中间的空档说。

"你好,杰克大叔?"两人高兴地异口同声说。"请坐。你把表带来了吗?"

杰克大叔挑了一把硬椅子,毕恭毕敬坐在椅子边沿,小心地把帽子放在地板上。手里紧紧攥着那只鹿皮盒子。他曾冒了生命危险抢救出这块表,以免它落入"老主人"的敌人手里,可不能随随便便地再交给敌人。

"带来了,少爷;就在我手里。我马上给你。老太太吩咐我把它交到布兰福德少爷手里,为家族的荣誉佩带它。一个老黑人从老弗吉尼亚到这里可真够孤单的——我想足足有一万英里路吧。你长得真大,少爷。假如你不是活脱活像老爷的话,我几乎认不出你来了。"

那老人耍起外交手腕,眼光却一直在两个年轻人当中的空间转悠。他那番话针对两人都合适。他虽然没有恶意,但在鉴貌辨色。

布兰福德和约翰交换了一个眼色。

"我想你已经收到你妈妈的信了,"杰克大叔接着说,"她说她要给你写封信,告诉你我来这里的事。"

"是的,杰克大叔,"约翰轻快地说,"我的堂兄和我刚接到信,知道你要来。我们都是卡特雷特家的,你知道。"

"虽然我们中间,"布兰福德说,"有一个生在北方,长在北方。"

"那就请你把表拿出来吧——"约翰说。

"我的堂弟和我——"布兰福德说。

"可以安排一下——"约翰说。

"帮你找个合适的住处。"布兰福德说。

老杰克机灵地咯咯笑起来。他拍拍自己的膝头,捡起帽子,似乎被这有趣的场面逗乐了。他借笑来掩饰一下窘态,眼睛仍不断地打量那两个折磨他的人。

"我明白啦!"过了片刻,他笑着说,"你们两位想捉弄一个可怜的老黑人。可是你们糊弄不了老杰克。布兰福德少爷,我一眼就认出你来了。你离家来北方时还是个十四岁刚出头的小不点儿的孩子;可是我一眼就认出你了。你同老爷简直是一个模子里脱出来的。另一位先生同你很相像;可是老杰克不会认错弗吉尼亚老家的人,你糊弄不了他。"

两个卡特雷特家族的人微笑着同时伸出手来接表。

杰克大叔满是皱纹的黑脸失去了强扮出来的被逗乐的表情。他知道自己受到了作弄,从安全方面考虑,他把那件传家宝交到哪一只伸出来的手里事实上并没有什么区别。可是他觉得,非但他自己的尊严和忠诚处于危险之中,而且弗吉尼亚的卡特雷特家族的尊严和忠诚也岌岌可危。战争期间,他在南方听说北方的另一支卡特雷特家族"替另一方打仗",这件事始终使他痛心。他眼看"老主人"在战时和战后家道中落,从荣华富贵变得几乎赤贫。如今他受"老夫人"之托,带着老主人最后的遗物和纪念不远万里(他觉得有这么远)来交给一个佩带它的人,由他来上弦、珍惜、听它滴滴答答的声响打发卡特雷特家族生活的清白的时光。

在他的印象中,北方人是一些穿蓝色军服的、烧杀掳掠的暴君——"下三滥的社会渣滓"。他曾看见许多像卡特雷特家那么大的宅邸焚烧时的黑烟在南方昏昏欲睡的天空中升起。现在他面对他们中间的一个,却无法把这个人同他专程前来准备交付王权标志的少爷区别开来——即使采取把神剑交到亚瑟王右手里的那条"神奇的戴白色织锦手套"的手臂所采取的方式①也不行。

---

① 英国传说中,亚瑟王从岩石里拔出一把神剑,被拥戴为英格兰王,亚瑟王仗此剑建立了大量功勋,最后身负重伤,垂死之际,嘱咐手下一个骑士将剑归还给当初授予他的"湖中夫人",骑士把剑投入湖中,"水里伸出一只戴白色织锦手套的手臂接过"。

他面前有两个和善、客气、亲切的年轻人，任何一个都可能是他要找的。老杰克为自己低下的判断能力感到羞愧困惑。他握着鹿皮表盒子的右手在冒汗，深深感到屈辱和挫折。现在他的带黄色的突出的眼睛认真地扫着两个年轻人。审视结果，他只看出一点不同：一个戴着狭窄的黑色领带，别针上有一颗白色珍珠；另一个戴的是狭窄的蓝色领结，别针上有一颗黑色珍珠。

此刻，使老杰克感到宽慰的是突然出了一件事分散了大家的注意。"戏剧"盛气凌人地敲门，"喜剧"不得不拍拍翅膀飞走，"戏剧"面带笑容站到了脚灯前亮相。

憎恨磨坊设备的帕西瓦尔拿着一张名片进来，像下战书似的把它交给蓝色领结。

"奥利维亚·德奥蒙德。"蓝领结看了名片后说。他带着询问的神色看看他的堂兄。

"干吗不让她进来，"黑领带说，"了结这件事呢？"

"杰克大叔，"另一个年轻人说，"请你在角落里的那把椅子上坐一会儿好不好？一位女士有点事需要解决。我们过一会儿再谈你的事。"

帕西瓦尔引进来的那位女士很年轻，漂亮得有点张扬，自以为是，装腔作势。她的衣着华贵而简单，反而让人觉得繁琐的花边和皱褶俗不可耐。她的帽子上饰有一根硕大的鸵鸟毛，无论在什么美人堆里都使她显得鹤立鸡群。

奥利维亚·德奥蒙德小姐在蓝领结桌子旁边的转椅上就座。两个男士把皮面椅子拉近一些，开始谈天气。

"是啊，"她说，"我注意到天气暖和了。"她朝蓝领结嫣然一笑，接着说："但现在是办公时间，如果不谈公事，我不能占用你们太多的时间。"

"好吧，"他说，"你不介意我的堂兄在场吧？一般说来，我们哥俩亲如一人——尤其是在生意问题上。"

"噢，当然不介意，"奥利维亚·德奥蒙德小姐娇滴滴地说，"我倒希望他在场听听。反正他都了解。事实上，他可以算是目击证人，因为当你——当发生这件事的时候，他也在场。我以为你也许早就——正如律师们所说的，在诉讼之前想把这件事谈谈清楚。"

"你是不是有什么建议要提？"

奥利维亚·德奥蒙德小姐沉思地瞅着脚上一只小山羊皮鞋的鞋尖。

"有人曾向我求婚，"她说，"假如求婚继续有效，建议就可以不谈。我们先把求婚的事情明确一下。"

"呃,至于——"蓝领结开口说。

"对不起,堂弟,"黑领带插嘴说,"原谅我打断你的话。"接着,他和颜悦色地转向那位小姐。

"我们先概括一下,"他快活地说,"我们三个人,以及我们一些共同的朋友,一起像云雀一样在外面有过快乐的时光。"

"我恐怕不喜欢云雀这种叫法。"奥利维亚·德奥蒙德小姐说。

"好吧,"黑领带兴致不减地接着说,"我们不妨把'求婚'叫做'小鸟',把'建议'叫做'云雀'。你思想很敏捷,奥利维亚·德奥蒙德小姐。两个月前,我们五六个人坐汽车到郊外去玩一整天。我们在一家客栈吃饭。我的堂弟在那里向你求婚。当然,他之所以这么做,完全是受了你的无可否认的美丽和魅力的影响。"

"但愿我有像你这样的一个宣传员就好了,卡特雷特先生。"漂亮小姐粲然一笑说。

"你是演艺圈子里的人,奥利维亚·德奥蒙德小姐,"黑领带往下说。"毫无疑问,有许多人爱慕你,也许还有别人向你求婚。你一定记得,那次我们玩得很痛快。喝了不少香槟酒。我们不能否认我的堂弟向你求了婚。可是你难道不知道,这种事情在第二天的阳光下看来根本不是认真的?如今的'时髦人物'中间有个约定俗成的规矩,前一天晚上的胡闹,第二天就一笔勾销?"

"我知道,"德奥蒙德小姐说,"我很清楚。并且一向赞成。你似乎——在被告的默认下——负责处理本案,我还有些情况要让你知道。我手头有他重申求婚的信件,信上有他的签名。"

"我明白,"黑领带一本正经地说,"那些信你开个价吧。"

"我要价不低,"德奥蒙德小姐说,"但是我决定给你们优惠。你们两位都出身名门。既然我是演艺圈里的人,不能让谁说我坏话。再说,钱只是一个次要的问题。我要的不是钱。我——我相信了他——而且——而且我喜欢他。"

她从长长的睫毛下面朝蓝领结投出迷人的眼光。

"要价多少?"黑领带追问道。

"一万元。"那位小姐甜蜜地说。

"或者——"

"或者履行婚约。"

"我认为现在该让我说几句话了，"蓝领结插嘴说，"堂兄，你我属于自视甚高的家族。你成长的地区和我们家族的一支所在的地区截然不同。然而我们都是卡特雷特家的人，即使我们的某些生活方式和理论有所不同。你记得家族的传统，卡特雷特家的人从来没有不尊重妇女，也没有不履行诺言的情况。"

蓝领结显出下定决心的神情转向德奥蒙德小姐。

"奥利维亚，"他说，"你什么时候同我结婚？"

她还没有回答，黑领带又插嘴了。

"从普利茅斯岩石到诺福克湾①，"他说，"路途遥远。我们在这两点之间看到了几乎三百年带来的变化。在这段时间里，旧秩序已经改变。我们不再焚烧女巫，也不拷打奴隶了。现如今我们既不脱下大氅铺在泥泞地上让妇女走过去，也不用浸刑椅来惩罚泼妇。现在是通情达理，调整和配合的时代。我们全体——先生小姐，女人男人，北方人南方人，君子小人，演员，推销员，参议员，泥瓦工，政治家——取得了共识。'尊重妇女'的含义每天都在变化。'家族荣誉'也有多种解释——表现手段可以是在结满蜘蛛网的殖民式的宅邸里维护千疮百孔的傲慢，也可以是迅速偿还债务。

"我想我的自说自话已经让你们听烦了。我学到了一点生意经，有了一点生活经验；堂弟，我认为我们的先辈，最早的卡特雷特，会赞成我对这件事的看法的。"

黑领带转过椅子，在办公桌的支票本上写了一张撕下来，房间里只有清脆的支票纸上齿孔的撕断声。他把支票放到德奥蒙德小姐面前。

"公事公办，"他说，"我们生活在商业时代。这里是我一万元的私人支票。你说呢，德奥蒙德小姐——到底是婚礼的橘花还是现金？"

德奥蒙德小姐不在意地拿起支票，塞进她的手套。

"哦，行啦，"她平静地说，"我只不过想来一次，听听你们的意见。我觉得你们人不错。但是女人是有感情的，你们知道。我听说你们中间有个南方人——不知是谁？"

---

① 诺福克湾是 1620 年英国新教徒搭乘"五月花号"离开的地点；普利茅斯岩石在美国马萨诸塞州的普利茅斯港，据说是新教徒们登陆的地点，但实际是在普林斯顿的科德角。

她站起来，甜蜜地一笑，向门口走去。雪白的牙齿一闪亮，硕大的鸵鸟毛微微一颤，她便消失了。

两个堂兄弟暂时忘了杰克大叔还在场。但这会儿他们听到他从角落里的椅子上站起身，朝他们走来的地毯上的脚步声。

"少爷，"他说，"收好你的表吧。"

他毫不犹豫地把那块古老的金表交到了它的名正言顺的主人手里。

女巫的面包

马莎·米查姆小姐是街角上那家小面包店的女老板（那种店铺门口有三级台阶，你推门进去时，门上的小铃就会丁零丁零响起来）。

马莎小姐今年四十岁了，她有两千元的银行存款、两枚假牙和一颗多情的心。结过婚的女人可不少，但同马莎小姐一比，她们的条件可差得远啦。

有一个顾客每星期来两三次，马莎小姐逐渐对他产生了好感。他是个中年人，戴眼镜，棕色的胡子修剪得整整齐齐的。

他说的英语带有很重的德语口音。他的衣服有的地方磨破了，经过织补，有的地方皱得不成样子。但他的外表仍旧很整饬，礼貌又十分周全。

这个顾客老是买两个陈面包。新鲜面包是五分钱一个，陈面包五分钱可以买两个。除了陈面包以外，他从来没有买过别的东西。

有一次，马莎小姐注意到他的手指上有一块红褐色的污迹。她立刻断定这位顾客是艺术家，并且十分穷困。毫无疑问，他准是住阁楼的人物，他在那里画画，啃啃陈面包，呆想着马莎小姐面包店里各式各样好吃的东西。

马莎小姐坐下来吃肉排、面包卷、果酱和红茶的时候，常常会好端端地叹起气来，希望那个斯文的艺术家能够分享她的美味的饭菜，不必待在阁楼里啃硬面包。马莎小姐的心，我早就告诉你们了，是多情的。

为了证实她对这个顾客的职业猜测得是否正确，她把以前拍卖来的一幅绘画从房间里搬到外面，搁在柜台后面的架子上。

那是一幅威尼斯风景。一座壮丽的大理石宫殿（画上这样标明）竖立在画面的前景——或者不如说，前面的水景上。此外，还有几条小平底船（船上有位太太把手伸到水面，带出一道痕迹），有云彩、苍穹和许多明暗烘托的笔触。艺术家是不可能不注意到的。

两天后，那个顾客来了。

"两个陈面包,劳驾。"

"夫人,你这幅画不坏。"她用纸把面包包起来的时候,顾客说道。

"是吗?"马莎小姐说,她看到自己的计谋得逞了,大为高兴。"我最爱好艺术和——"(不,这么早就说"艺术家"是不妥的)"和绘画,"她改口说。"你认为这幅画不坏吗?"

"宫殿,"顾客说,"画得不太好。透视法用得不真实。再见,夫人。"

他拿起面包欠了欠身,匆匆走了。

是啊,他准是一个艺术家。马莎小姐把画搬回房间。

他眼镜后面的目光是多么温柔和善啊!他的前额有多么宽阔!一眼就可以判断透视法——却靠陈面包过活!不过天才在成名之前,往往要经过一番奋斗。

假如天才有两千元银行存款、一家面包店和一颗多情的心作为后盾,艺术和透视法将能达到多么辉煌的成就啊——但这只是白日梦罢了,马莎小姐。

最近一个时期,他来了以后往往隔着货柜聊一会儿。他似乎也渴望同马莎小姐进行愉快的谈话。

他一直买陈面包。从没有买过蛋糕、馅儿饼,或者她店里的可口的甜茶点。

她觉得他仿佛瘦了一点,精神也有点颓唐。她很想在他买的寒酸东西里加上一些好吃的东西,只是鼓不起勇气。她不敢冒失。她了解艺术家高傲的心理。

马莎小姐在店堂里的时候,也穿起那件蓝点子的绸背心来了。她在后房里熬了一种神秘的榲桲和硼砂的混合物。有许多人用这种汁水美容。

一天,那个顾客又像平时那样来了,把五分镍币往柜台上一搁,买他的陈面包。马莎小姐去拿面包的当儿,外面响起一阵嘈杂的喇叭声和警钟声,一辆救火车隆隆驶过。

顾客跑到门口去张望,遇到这种情况,谁都会这样做的。马莎小姐突然灵机一动,抓住了这个机会。

柜台后面最低的一格架子里放着一磅新鲜黄油,送牛奶的人拿来还不到十分钟。马莎小姐用切面包的刀子把两个陈面包都拉了一道深深的口子,各塞进一大片黄油,再把面包按紧。

顾客再进来时,她已经把面包用纸包好了。

他们分外愉快地扯了几句。顾客走了,马莎小姐情不自禁地微笑起来,可是心头不免有点着慌。

她是不是太大胆了呢?他会不高兴吗?绝对不会的。食物并不代表语言。黄油并不象征有失闺秀身份的冒失行为。

那天,她的心思老是在这件事上打转。她揣摩着他发现这场小骗局时的情景。

他会放下画笔和调色板。画架上支着他正在创作的图画,那幅画的透视法肯定是无可指摘的。

他会拿起干面包和清水当午饭。他会切开一个面包——啊!

想到这里,马莎小姐的脸上泛起了红晕。他吃面包的时候,会不会想到那只把黄油塞在里面的手呢?他会不会——

前门上面的铃铛恼人地响了。有人闹闹嚷嚷地走进来。

马莎小姐赶到店堂里去。那儿有两个男人。一个是叼着烟斗的年轻人——她以前从没有见过,另一个就是她的艺术家。

他的脸涨得通红,帽子推到后脑勺上,头发揉得乱蓬蓬的。他攥紧拳头,狠狠地朝马莎小姐摇晃。竟然向马莎小姐摇晃。

"笨蛋!①"他拉开嗓子嚷道;接着又喊了一声"千雷轰顶的!②"或者类似的德国话。

年轻的那个竭力想把他拖开。

"我不走,"他怒气冲冲地说,"我非同她说个明白不可。"

他擂鼓似的敲着马莎小姐的柜台。

"你把我给毁啦,"他嚷道,他的蓝眼睛几乎要在镜片后面闪出火来,"我对你说吧。你是个惹人讨厌的老猫!"

马莎小姐虚弱无力地倚在货架上,一手按着那件蓝点子的背心。年轻人抓住同伴的衣领。

"走吧,"他说,"你骂也骂够啦。"他把那个暴跳如雷的人拖到门外,自己又回来。

"夫人,我认为应当把这场吵闹的原因告诉你,"他说,"那个人姓布卢姆伯格。他是建筑图样设计师。我和他在一个事务所里工作。

---

①② 原文为德语。

"他在绘制一份新市政厅的平面图,辛辛苦苦地干了三个月。准备参加有奖竞赛。他昨天刚上完墨。你明白,制图员总是先用铅笔打底稿的。上好墨之后,就用陈面包擦去铅笔印。陈面包比擦字橡皮好得多。

"布卢姆伯格一向在你这里买面包。嗯,今天——嗯——你明白,夫人,里面的黄油可不——嗯,布卢姆伯格的图样成了废纸。只能裁开来包三明治啦。"

马莎小姐走进后房。她脱下蓝点子的绸背心,换上那件穿旧了的棕色哔叽衣服。接着,她把榅桲和硼砂煎汁倒在窗外的垃圾箱里。

同 病 相 怜

窃贼迅速爬进窗口，然后不慌不忙地干起来。尊重自己行业的窃贼在拿任何东西之前总是不慌不忙的。

这幢房子是私人住宅。从那钉好木板的前门和好久没有修剪的常春藤看来，窃贼知道女主人一定坐在海滨某一个休养所的外廊上，向一个戴着游艇帽的多情的男人诉说，从来没有谁了解她孤寂善感的心。从三楼前窗的灯光和晚夏的季节来看，他知道男主人已经回家，再过一会儿就要熄灯睡了。因为眼前正是年份和灵魂的九月，在这样的季节里，男主人开始把屋顶花园和女速记员当作过眼烟云，盼望他的伴侣回来，过过比较经久的正派优惠的生活。

窃贼点燃了一支烟卷。用手掌护住的火柴光把他的特点照亮了一会儿。他是第三种类型的窃贼。

第三种类型的窃贼还没有被认识和承认。警察已经让我们熟悉了第一种和第二种类型。区别他们的办法很简单。硬领是显著的标志。

当不戴硬领的窃贼给逮住时，他就被说成是最下流的、特别卑鄙恶劣的败类，并且被怀疑是一八七八年从巡警亨尼西口袋里偷了手铐、扬长而去的那个无法无天的罪犯。

另一种著名的类型是戴硬领的窃贼。这种人总是给说成是现实生活里的拉弗尔斯[①]。白天他一成不变地摆出绅士派头，吃早饭时都穿晚礼服，以糊裱匠的身份出现，天一黑，他就干起那穷凶极恶的勾当。他的母亲是海林非常富有和高尚的居民，当他给送进监狱时，他马上会要一把指甲锉和《警察公报》。他在联邦各州都有一个老婆，在所有的准州地区都有一个未婚妻，报纸从他们

[①] 英国小说家霍南(1866—1921)笔下的雅贼。

的剪报资料里刊登了他的配偶的照片,那些女人的病症看了五个医生都治不了,可是一瓶就可以解决问题,并且喝第一口时症状就大为减轻。

窃贼穿着一件蓝色的运动衫。他既不是拉弗尔斯,也不是"地狱厨房"里的厨师。警察当局如果想把他划入哪一类,一定会感到十分为难。他们还没有听说过这种既高尚又谦恭,身份既不高又不低的窃贼。

这个第三种类型的窃贼开始悄悄地踱来踱去。他不用面具、暗灯或橡胶鞋。他口袋里揣着一把三八口径的手枪,老是沉思地嚼着薄荷口香糖。

房子里的家具都用过夏的遮尘布蒙着。银器一定藏在远处的保险库里。窃贼并不指望有什么"意外收获"。他的目标是那间灯光暗淡的屋子,房子的主人寻求了减轻孤单的某种安慰之后一定睡得很沉。在那里可能捞到一些公平合理的职业利益——一些零钱、一块表、一枚宝石领针——他并没有不合理的非分之想。他看到窗子开着,便抓住了机会。

他悄悄地推开那间亮着灯的屋子的门。煤气灯火苗捻得很低。床上有一个人躺着。梳妆台上放着许多杂乱的东西——一卷皱折的钞票、一块表、钥匙、三个扑克筹码、压扁的雪茄、一只粉红色的绸发结,还有一瓶准备早晨提神的、还没有打开的溴化矿泉水。

窃贼向梳妆台走了三步。床上的人突然发出一声尖厉的呻吟,睁开了眼睛。他的右手塞在枕头下面,停住不动。

"躺着别动。"窃贼用平时谈话的声音说。第三种类型的窃贼是不压低嗓门的。床上那个人瞅着窃贼手枪的圆孔,果然躺着不动。

"现在举起双手。"窃贼命令道。

那个市民留着两撇尖尖的、灰褐色的小胡子,活像一个行施无痛手术的牙医师。他显得殷实、自恃、暴躁而不耐烦。他在床上坐起来,把右手举过头顶。

"另一只手也举起来,"窃贼吩咐说,"你也许两手都能使唤,会用左手开枪的。你总懂得'双手'的意思吧?喂,快一点。"

"另一只手举不起来。"市民愁眉苦脸地说。

"怎么回事?"

"肩膀害风湿。"

"发炎吗?"

"以前发过。现在炎症往下转移了。"

窃贼站了一会儿，把枪对着那个患风湿症的病人。他看看梳妆台上的赃物，又发窘地掉过眼睛看看床上的人。接着，他自己突然也皱起了脸。

　　"别站在那里扮鬼脸，"市民不痛快地厉声说，"你既然是来抢东西的，那干吗不动手？这里有一些东西。"

　　"对不起，"窃贼咧着嘴说，"我刚才也犯了病。风湿症和我碰巧是老朋友，那可便宜了你。我左手也害风湿。你没有举起左手，如果换了别人，也许早就开枪了。"

　　"你害了多久？"市民问道。

　　"四年啦。我想那不能算完。你害上这个病，一辈子都不会好——我的看法是这样的。"

　　"试过响尾蛇油吗？"市民很感兴趣地问道。

　　"用过好几加仑了，"窃贼说，"假如我用来炼油的蛇首尾相连，恐怕可以从地球到土星打八个来回，它们尾巴的响声可以传到印第安纳州的瓦尔帕莱索，再传回来。"

　　"有人服用契塞勒姆药丸。"市民说。

　　"咄！"窃贼说，"我吃了五个月。不管用。那年我喝芬格汉姆药水，抹吉列油膏和波特止痛剂，总算好一些；但是我认为起作用的还是我揣在怀里辟邪的橡叶。"

　　"你的风湿是早晨还是晚上痛得厉害？"市民问道。

　　"晚上，"窃贼回答说，"正当我最忙的时候。喂，你把手放下来吧——我想你不至于——喂！你有没有试过伯里格斯塔夫补血剂？"

　　"从来没有。你犯起病来是一阵阵的痛呢，还是持续的痛？"

　　窃贼在床脚坐下，把手枪搁在叉起的腿上。

　　"突然发作的，"他说，"往往在我没有料到的时候痛起来。我不得不放弃爬二层楼的活儿，因为有时候我爬到一半不能动了。我对你说——我觉得那些混蛋医生真不知道怎么治病。"

　　"一点不错。我花了千把块钱，没有一点好转。你有没有发肿？"

　　"早晨有点肿。碰到要下雨的天气——哎呀，老天！"

　　"我也这样，"市民说，"像桌布那么大的一块潮湿空气从佛罗里达到纽约来的时候,我都知道。假如我经过一家正在上演《鸳梦重温》①的剧院,里面泪水的潮气会害我的左手像害牙病似的悸痛。"

"痛得彻骨——妈的!"窃贼说。

"你说得对极了。"市民说。

窃贼垂下眼睛看看他的手枪,很尴尬地装出随便的样子把它塞进口袋。

"哎,老兄,"他不自然地说,"有没有试过肥皂樟脑擦剂?"

"去它的!"市民怒冲冲地说,"不如搽饭店里的黄油。"

"当然,"窃贼同意说,"这种药膏只配给小米尼搽搽被小猫抓破的手指。我想起来了!我们拿它没有办法。我发现只有一样东西能减轻这个毛病。知道吗?舒经活血、延年益寿的老酒。喂——这件事算啦——对不起——穿好衣服,我们出去喝一点吧。恕我冒昧,不过,喔!又痛了!"

"一星期来,"市民说,"没人帮忙,我自己就不能穿衣服。我怕托马斯恐怕已经上床了,并且——"

"起来吧,"窃贼说,"起来吧。我帮你穿。"

习俗像潮水似的回来,淹没了市民。他摸摸他那灰褐色的胡子。

"这未免——"他开始说。

"你的衬衫在这儿,"窃贼说,"起来吧。我的一个熟人说,奥勃莱油膏两星期就把他治好了,结果他能用双手打领结。"

他们走出门口时,市民转身想回去。

"我把钱忘啦,"他解释说,"昨晚放在梳妆台上了。"

窃贼拖住他右手的袖管。

"来吧,"他爽快地说,"是我请你出来的。你甭管啦。喝酒的钱我有。有没有试过金缕梅皮止痛水和冬青油?"

---

① 英国作家亨利·伍德夫人(1814—1887)的小说,曾改编成电影。

小熊约翰·汤姆的返祖现象①

　　我看见红门药房楼上杰甫·彼得斯的房间里亮着灯,便匆匆赶去,因为我不知道杰甫已经回到城里。他是个闯荡世界的人物,各行各业都干过,碰上他兴致好的时候,每一门行业都有故事可讲。

　　我发现杰甫在重新打点手提包,准备去佛罗里达看看他一个月前用育空河畔一块地皮的采矿权换来的橘树林。他把一张椅子踢过来让我坐,久经风霜的脸上仍带着以前那种幽默的微笑。我们八个月没有见面了,但他招呼我的神情像朝夕相见的人那样。时间是杰甫的仆人,美洲的空间是他根据各种工作需要而任意划分的一块大地皮。

　　我们不着边际地谈了一些废话,最后谈到菲律宾的动荡的形势。

　　"那些热带地区的民族,"杰甫说,"如果由他们自己的骑手驾驭,都会跑出好成绩。热带的人民了解他们的需要。他们需要的是看斗鸡的月票和西联电报公司敷线工人绑在鞋子上的攀爬钩,以便爬到树上去采摘面包果。盎格鲁-撒克逊人要他们学习动词变化,用背带系裤子。其实他们按照自己的方式生活才觉得最幸福。"

　　我感到震惊。

　　"老弟,教育是最重要的,"我说,"随着时间的推移,他们会达到我们的文明标准的。你看看教育对印第安人的帮助有多大。"

　　"哦嗬!"杰甫点燃了烟斗(那是个好征兆)。"是啊,印第安人!我一直在看。我迫切希望看到红种人成为进步的旗手。事实上,他和别的有色人种一样。使他成为盎格鲁-撒克逊人是不可能的。我有没有把我的朋友小熊约

---

① 欧·亨利认为本篇是杰甫·彼得斯系列小说中最好的,其余各篇,除《西部的心》中的《饕餮姻缘》之外,均收在名为《善良的骗子》的集子中。《小熊约翰·汤姆的返祖现象》于1903年7月首次在《人人》杂志上发表。

翰·汤姆的事情讲给你听过？他一口咬掉了文化教育的右耳朵,把时间的陀螺转回到哥伦布还是孩提的年代。我有没有讲过?

"小熊约翰·汤姆是受过教育的柴罗基印第安人,也是我在准州地区的老朋友。他毕业于东部有校足球队的大学之一,那些大学成功地教会了印第安人用烤架烧鱼烧肉,而不用火刑柱烧活人。作为盎格鲁–撒克逊人,约翰·汤姆有古铜色的雀斑。作为印第安人,他是我所认识的皮肤最白净的人之一。作为柴罗基人,他是一次投票就可当选的绅士。但是作为政府官员,他却很难通过初选。

"约翰·汤姆和我凑在一起,想搞搞制药——合法的、有品位的骗局,搞的时候不必大张旗鼓,免得招来警察的愚蠢行为和大制药公司的妒忌。我们一共有五百元资金,如同所有的资本家一样,我们渴望它增值。

"于是,我们想出一个主意,看上去像金矿计划书那么正派,又像教会的义卖那么有利可图。三十天后,我们赶着两匹漂亮的马和一辆欧洲式的红色大篷车直奔堪萨斯州。约翰·汤姆的身份是威什希普多①酋长,著名的印第安巫医兼乐善好施的七部落酋长。彼德斯先生是业务经理兼合伙人。我们还需要一个人,到处看看,发现了 J·科宁厄姆·宾克利靠在一张报纸的求职栏下。这个宾克利有扮演莎士比亚剧中人物的毛病,幻想在纽约舞台上连演二百个晚上。但他承认他从来没有争取到靠莎剧吃饭的机会,只得降格以求,满足于在卖药的大篷车上赶二百英里路。除了扮演理查三世以外,他会唱二十七首黑人歌曲和弹弹班卓琴,并且愿意做饭,照料马匹。我们具备一整套敛财的妙法。其一是能除去衣服上的油迹和口袋里的二十五分银币的魔皂。其二是从野草提炼的印第安神药松瓦达,配方是天神托梦,告诉他宠爱的巫医和芝加哥的装瓶商麦克加里蒂和西伯斯坦大酋长的。还有一种是让堪萨斯人乖乖掏钱的雕虫小技,但百货公司没法同它相比。快来看呀快来瞧! 一副丝织袜带、一本详梦大全、一打晾衣服的夹子、一枚金牙、外加一本《侠义传》,用日本仿丝手帕包在一起,由彼得斯先生交到漂亮的女士手里,只收半元钱,同时宾克利教授弹奏三分钟班卓琴为大家助兴。

"这个把戏玩得十分精彩。我们和平地掳掠了全州,决心消除人们对'流

---

① 原文 Wish—Heap—Dough,意为"想捞大把钱"。

血的堪萨斯'①这个名称出处的一切怀疑。小熊约翰·汤姆全副印第安酋长的打扮，把人们从玩升官图游戏的联欢会和讨论国有制的座谈会上吸引过来。他在东部大学求学期间，得到了修辞学以及形体和诡辩的锻炼。当他站在红色大篷车上口若悬河地向农民们解释冻疮和颅骨感觉过敏的时候，杰甫就利落地把印第安神药递给顾客。

"一晚，我们在萨莱纳西面的一个小镇外宿营。我们喜欢在河边支起一个帐篷。有时候，我们的神药销路好得出乎意外，威什希普多酋长就会梦见曼尼托②指点他就近灌装几瓶松瓦达。当时是十点左右，我们刚从街头演出归来。我在帐篷里点了一盏提灯，盘点当天的收益。约翰·汤姆还没有卸掉印第安人的化装，坐在营火旁边照看煎锅里的牛腰肉排，等教授结束卸马的惊险动作。

"幽暗的灌木丛中突然发出一声鞭炮似的声响，约翰·汤姆哼了一声，挖出一颗嵌在他锁骨上的小枪弹。约翰·汤姆朝鞭炮声的方向冲去，抓着一个小孩的衣领回来，那孩子大约九或十岁，穿一套平绒衣服，手里握着一杆镀镍的来复枪，枪管像自来水笔杆那么粗细。

"'喂，小子，'约翰·汤姆说，'你干吗用那门榴弹炮轰我？杰甫，你出来看牛排。别让它煎焦了，我来审问这个开豆子枪的小鬼。'

"'怯懦的印第安人，'那小孩像是引用一位作家的话说。'你敢把我绑在火刑柱上烧死，白人就会把你们从草原上赶尽杀绝。快放我走，不然我要告诉妈妈了。'

"约翰·汤姆把孩子放在折凳上，自己在他旁边坐好。'你干吗要朝你约翰大叔开枪。你不知道子弹上了膛？'

"'你是印第安人吗？'孩子抬头望着约翰·汤姆的鹿皮衣服和老鹰的羽毛，机灵地问道。'是的，'约翰·汤姆说。'那不结了，'孩子晃着腿说。那孩子胆量够大的，我看得出了神，几乎忘了翻动煎锅里的牛排。

"'哦嗨！'约翰·汤姆说，'我明白了。你是小复仇者。你发誓要把美洲的野蛮的印第安人消灭光。是不是这样，小子？'

"小孩不乐意地点点头。他枪下连一个战士都没有撂倒就说出心里的秘

---

① 19世纪中叶，美国堪萨斯州蓄奴和反蓄奴两派势力争斗激烈，流血事件频仍，有"流血的堪萨斯"之称。

② 曼尼托是美洲印第安人崇拜的自然神，有善恶之分，前者名吉切曼尼托，以蛋为象征，后者名马切曼尼托，以蛇为象征。见美国诗人朗费罗的长诗《海华沙之歌》第14节。

密,似乎不甘心。

"'你的棚屋在哪里,小子?'约翰·汤姆问道,'你住在哪里? 这么晚了,还不回家,你妈妈要担心的。告诉我,我送你回去。'

"'恐怕不行,'孩子笑着说,'我住的地方离这儿有好几千里。'他朝地平线的方向做个手势。'我在这里下车,是因为乘务员说我的车票过了站。'他看看约翰·汤姆,突然起了疑。'我敢打赌,'他说,'你不是印第安人。你打扮得像是印第安人,但是说话不像,印第安人只会说"太好啦"和"白人该死"。我看你是那种在街上卖药的冒牌印第安人。有一次我在昆西见过那种人。'

"'我是雪茄烟铺门口的招牌,还是连环画里的泰曼尼①,'约翰·汤姆说,'都不用你操心。酋长议事会该讨论的是拿你怎么办。你是从家里逃出来的。你看过豪厄尔斯②小说。你企图枪杀一个温顺的印第安人的时候没有说:"去死吧,印第安狗! 你十九次亵渎了小复仇者。"你究竟是什么意思?'

"那孩子思索了片刻后说:'我想我错了。我应该更往西走。据说大峡谷那面才是蛮荒地带。'他向约翰·汤姆伸出手,那个小流氓。'我开枪打了你,先生,请你原谅。希望没有伤着你,'他说,'不过你应该多加小心。侦察员发现出征打扮的印第安人时,必须用来复枪说话。'小熊大笑起来,笑完后还发出一声呐喊,他抱起孩子,抛出十英尺高再接住,让那个离家出走的孩子骑在自己肩上,孩子抚弄着鹿皮衣服的流苏和鹰羽,高兴得像是在低级人种头上作威作福的白人。从那一刻开始,小熊和那孩子显然成了好朋友。那个小叛徒已经和野蛮人媾和,从他眼神里可以看到,他在琢磨怎么才能弄到一把战斧和一双小尺码的鹿皮鞋。

"我们在帐篷里吃了晚饭。在那小家伙的眼里,我和教授只不过是一般的战士,战争场面的背景人物。他坐在一个放松瓦达的箱子上,脖子只够到桌子边,嘴里塞满了牛腰肉,小熊问他叫什么名字。'罗伊,'他用带着牛腰肉的声音回答。再问到他的姓和地址时,他摇摇头。'我不告诉你们,'他说。'你们会送我回去的。我要和你们待在一起。我喜欢这种野营生活。在家时,我们一伙小孩也在我家的后院里野营。他们叫我红狼罗伊! 这个名字不坏,就

---

① 美国雪茄烟铺门口常设有木雕的印第安人像标志;泰曼尼是 17 世纪美国特拉华州一个印第安酋长,曾帮助美国人的独立战争。

② 豪厄尔斯(1837—1920),美国记者、杂志编辑、作家,他的作品关注现实生活中的社会、经济、伦理问题。

这么叫我吧。请再给我一块牛排。'

　　"我们不得不收留这个孩子。我们知道家里肯定为了他乱成一团,妈妈、哈利叔叔、简姑妈、警察局长都在千方百计地打听他的下落,但是从他嘴里再也问不出别的情况。不到两天工夫,他已经成了我们班子的吉祥物,我们暗暗希望他的原主不会出现。红色大篷车营业时,他也参与,把药瓶递给彼得斯先生,一副自豪得意的样子像是一个抛弃了价值二百元的王冠,去追求身价百万的暴发户姑娘的王子。有一次,约翰·汤姆问起他的父亲。'我没有父亲,'他说。'他抛下我们不管,自己走了。他害我妈妈伤心得直哭。露西姑妈说他是混混。''什么?'我们中间有人问道。'混混,'孩子说,'是什么混混来着——我想想看——哦,对啦,是没出息的混混。我也不懂什么意思。'约翰·汤姆想把我们的商标加在他身上,用贝壳和玻璃珠子把他装点成小酋长,但是我否决了。'我的看法是有人丢了那个小孩,或许还会要的。不妨让我用些新的策略试试,能不能看看他的名片。'

　　"那天晚上,我走到营火堆旁罗伊某某先生身边,鄙夷地瞅着他。'斯尼根维策尔!'我说,仿佛那个姓叫我听了就恶心,'斯尼根维策尔!呸!我才不用这种难听的姓呢!'

　　"'你怎么啦,杰甫?'那孩子睁大眼睛问道。

　　"'斯尼根维策尔!'我重复了一遍,又呸了一声,'今天我遇到你们镇上的一个人,他把你的姓告诉了我。怪不得你觉得说出来丢人。斯尼根维策尔!真差劲!'

　　"'你听我说,'孩子气得浑身发抖说,'你怎么搞的?那又不是我的姓。我姓柯尼尔斯。你怎么搞的?'

　　"'那还不是最糟糕的,'我趁热打铁,不给他思考的时间,'我们原以为你是好人家出身。这里的小熊先生是柴罗基酋长,逢年过节有资格在毡斗篷上佩带九条水獭尾巴;宾克利教授是演莎士比亚戏剧、弹班卓琴的;我有几百元钱,放在大篷车上那个黑铁皮箱子里,我们结交的人都是有根有底的。那个人说,你家住在那条又破又小的鸡窝巷,街上没有人行道,山羊和你们同桌吃饭。'

　　"那孩子几乎要哭了。'不是这样的,'他气急败坏地说,'那个人瞎说八道。我们住在白杨大道,我同山羊没有关系。你怎么搞的?'

　　"'白杨大道,'我讥刺地说,'那算是什么大道!只有两个街口长,突然就

断了。你托起一桶一百磅的钉子，一举手就可以从街的一头扔到另一头。别提什么白杨大道了。'

　　"'那条街有几里长呢，'孩子说，'我们家的门牌是 862 号，后面还有许多许多房子。你怎么啦，杰甫——哎，你真烦人。'

　　"'得啦，得啦，'我说，'那个人也许搞错了。也许他说的是另一个孩子。下次我碰到他，我一定教训他一顿，看他还敢胡说八道。'晚饭后，我去镇上发了一个电报，收报人是伊利诺斯州昆西市白杨大道 862 号柯尼尔斯太太，内容是孩子在我们这里，安全无恙，如何处理盼复。两小时后回电来了，说是请牢牢看住，她搭下一班火车赶来。

　　"下一班火车预定第二天下午六点到站，我和约翰·汤姆带着孩子在车站等候。任你怎么张望，也找不到威什希普多大酋长了，取而代之的是小熊先生，一身盎格鲁-撒克逊人的打扮，锃亮的漆皮皮鞋，名牌的领结。约翰·汤姆上大学时，除了形而上学和足球之外，还学会了这些习俗。若不是皮肤有点黄，头发又黑又直的话，你很可能认为他和电话簿上的普通人没有什么区别，那些人订阅杂志，傍晚只穿一件衬衫在院子里推刈草机。

　　"列车缓缓进站，一个穿灰色衣服的、头发光泽的小妇人下了车，急切地四下张望。小复仇者一看到她就大叫'妈妈'，她也喊了一声'啊！'，两人便抱在一起，现在讨厌的印第安人可以从山里来到平原，不必担心红狼罗伊的来复枪了。柯尼尔斯太太上前向我和约翰·汤姆道谢，丝毫没有一般女人的激动失态。她言语不多，恰好让人感到她的真诚。我嗫嗫嚅嚅说了一些客套话，那位太太报之以友好的微笑，仿佛一星期前就认识我了。这时候，小熊先生也来凑热闹，说了一些应酬话。我发觉孩子的妈妈并不清楚约翰·汤姆是谁，但注意到了他的语言能力，便用以一顶三的词汇来应对。

　　"孩子把我们介绍给他妈妈，添上一些脚注和解释，比学了一星期修辞学的人更说得简单明了。他跳来跳去，捅我们的后背，试图爬上约翰·汤姆的大腿。'他叫约翰·汤姆，妈妈，'他说，'是印第安人。在一辆红色的大篷车上卖药。我开枪打了他，他没有发脾气。那一个叫杰甫，也是游方和尚。你来看看我们住的营地，好吗，妈妈？'

　　"显而易见，孩子是那女人的心肝宝贝。她一有机会就抱着孩子，那一点就足以说明问题了。只要是让孩子高兴的事，她无不去做。她迟疑了八分之一秒，朝几个男人又看了一眼。我觉得她心里是这样评价约翰·汤姆的：'即

使他的头发不拳曲,看来似乎也是个绅士。'她对彼德斯先生的看法是:'不是讨女人喜欢的男人,但了解女人。'

"我们像守灵后的街坊邻居们一样,逛到营地。她察看了大篷车,拍拍孩子睡觉的地方,用手帕擦擦眼角。教授用班卓琴的一根单弦为我们弹奏了威尔迪歌剧《游吟诗人》的旋律,正想转入哈姆莱特的独白时,一匹马被绳索缠住了,他说了一声'老是添乱',不得不过去照看。

"天黑时,我和约翰·汤姆回到玉米交易旅馆,我们四个人一起在那里吃晚饭。我想麻烦就是从晚饭开始的,因为小熊先生那时乘上智力的气球飞升了。依我看,那个红种人相当博学广闻,他说起话来滔滔不绝,就像意大利人的通心粉似的。他锦心绣口的语言带有深湛的动词和前缀词。流利的音节同他要表达的思想配合得天衣无缝。我原以为听过他说话,其实以前听的根本不能同现在相比。差别不在语言的数量,而在表达的方式;而且不在于主题,因为他说的都是普普通通的事物,例如大教堂、足球、诗歌、感冒、灵魂、运费率、雕塑等等。科尼尔斯太太懂得他的词句和在词句中间回荡的优美的声音。杰弗逊·D·彼得斯偶尔也插进少许陈旧的、没有意义的词句,例如请递一下黄油,或者再来一条鸡腿。

"是啊,那个科尼尔斯太太似乎使小熊约翰·汤姆有点怦然心动。她属于那种讨人欢喜的类型。除了容貌姣好以外,她还有别的引人之处,请听我解释。就拿大商店里展示服装的人体模型做个比方吧。它们给你的印象是没有个性的。它们只供观赏,作用是体现三围尺寸和皮色,并且造成幻想,让人觉得那件海豹皮大衣即使穿在脸上长疣子但钱包很鼓的女士身上也很漂亮。假如一具模型撤了下来,你把它搬回家,碰到它时它会开口说'查利',并且在桌子旁边坐直,那情景就和科尼尔斯太太相似了。我看得出来,约翰·汤姆对那个白种女人不可能不产生好感。

"那位太太和孩子在旅馆过夜。他们说准备第二天早晨回家。我和小熊八点钟离开旅馆,在县政府门口的广场上卖印第安神药,直到九点。小熊让我和教授赶着大篷车回营地,他自己要在镇上多待一会儿。我不喜欢这种安排,因为这说明约翰·汤姆情绪不对头,会去喝酒,可能引起麻烦和损失。威什希普多酋长喝酒的情况并不多,但是只要他一喝,那些穿蓝制服、拿警棍的白人的辖区就不得安宁了。

"九点半钟,宾克利教授已经裹着被子,用无韵诗在打鼾,我坐在火边听蛙鸣。小熊先生悄悄回到营地,靠着一棵树坐下。没有喝过酒的迹象。

"'杰甫,'他歇了好久以后说,'一个小男孩到西部来射取印第安人。'

"'然后呢?'我不知道他在想什么,随便应了一声。

"'他射中了一个,'约翰·汤姆说,'不是用枪射击的,他生平从没有穿过平绒衣服。'这时我开始明白他的意思了。

"'我知道了,'我说,'他的画像印在情人节的卡片上,他射中的,无论红种人白种人,都是傻瓜。'

"'这次的傻瓜是红种人,'约翰·汤姆平静地说,'杰甫,你认为我用多少匹马能买下科尼尔斯太太?'

"'胡说八道!'我说。'白人没有这种习俗。'约翰·汤姆大声笑了起来,咬着雪茄。'当然没有,'他说,'我指的是白人操办婚事要用多少美元。哎,我知道。种族之间有一道推不倒的墙。杰甫,如果我办得到的话,我要在红种人进过的每一所白人大学里竖起一个火炬。你们为什么要来干预,不让我们跳鬼神舞,吃狗肉宴,不让我们的婆娘替我们做蚱蜢汤、补鹿皮鞋?'

"'你不至于不尊重那朵叫做教育的永恒的鲜花吧?'我愤慨地说,'我把它佩在我智力的上衣胸前。我受过教育,'我说,'从没有因此受到损害。'

"'你用套索拴住我们,'小熊不理会我平庸的插话,自顾自往下说,'教我们认识文学和生活的美,教我们欣赏男人女人的优点。你在我身上做了些什么?你使我成了柴罗基的摩西。你教我憎恨印第安人的棚屋,喜爱白人的生活方式。我可以望望应许之地,看看科尼尔斯太太,但是我的位置在印第安人保留地。'

"酋长打扮的小熊站起来,又哈哈大笑。'但是白人杰甫啊,'他接着说,'白人提供了一种安慰品。虽然是暂时的,但能缓解一下,它的名字叫威士忌。'他又朝镇上走去。'但愿曼尼托保佑他今晚别闯大祸!'我暗忖道。因为我看出约翰·汤姆准备利用白人的安慰品。

"十点半左右,我坐着抽烟时,听到小路上有脚步声,只见科尼尔斯太太快步跑来,她头发凌乱,脸上的神情像是家里既遭了贼偷,又发现了耗子,再加上面粉全用光了似的。'哎,彼得斯先生,'她打老远就嚷了起来,'哎,哎!'我飞快地思索一下,说出了问题的要害。'我和那个印第安人情同手足,我两分钟内就能让他安静下来——'

"'不,不,'她不知所措地扭着手说,'我没有看见小熊先生。是——是我的丈夫。他抢走了我的儿子。啊呀，我刚找回来，却被他抢走了！那个没良心的恶棍！他让我吃尽了生活的苦头。我可怜的小羊羔，他躺在温暖的被窝里，被那个恶魔抢走了！'

"'怎么回事？'我问道，'你先说说事情经过。'

"'我替罗伊铺床的时候，'她解释说，'孩子在旅馆门廊上玩，他驾车来到台阶前。我听到罗伊的叫声，跑了出来。我的丈夫已经把他抱上马车。我求他把孩子还给我。他往我脸上抽了一鞭子。'她把脸转向亮处。面颊和嘴巴上有一道红印。'是他用鞭子抽的，'她说。

"'回旅馆去，'我说，'我们商量商量怎么办。'

"她在路上谈了经过情况。他用鞭子抽她时，说他发现她来接孩子，便搭同一班火车来了。科尼尔斯太太住在她哥哥家，他们一直看管着孩子，因为她丈夫以前也曾想把孩子拐走。我判断那男人是个无可救药的二流子。他挥霍她的钱，殴打她，弄死她养的金丝雀，到处宣扬说她的脚冰冷。

"我们回旅馆后，发现五个愤怒的公民聚在一起，嚼着烟叶，谴责这种暴行。晚上十点钟，镇上的人大都睡了。我平静地对那位女士说，我准备乘一点钟的火车去东面四十英里外的下一个火车站，因为那位科尼尔斯先生很可能把马车赶到那里转乘火车。我对她说：'我不知道他有没有合法权利，不过找到他后，我要以扰乱治安的罪名给他眼睛上来一记非法的左直拳，让他一两天动弹不得。'

"科尼尔斯太太进屋去和旅馆老板娘一起哭，老板娘煮了猫薄荷茶，安抚那可怜的女人。老板用拇指扣着吊裤带到门廊上对我说：

"'自从贝德福德·斯蒂高尔的老婆误吞一条壁虎以来，镇上还没有这么骚动过。我在窗子里看见他用鞭子抽她。你身上这套衣服花多少钱买的？看样子这两天会下雨，是吗？大夫，你的那个印第安人今晚好像喝多了，是吗？他比你早来一会儿，我把这里发生的事讲给他听，他像汽笛似的尖叫一声，急匆匆地跑了。我想我们的警察在天亮之前会把他关起来的。'

"我想我不如坐在门廊上等一点钟的火车。我觉得没有什么可高兴的。约翰·汤姆又一次喝得烂醉，绑架的事害我睡不着觉。不过，我一向为别人的烦恼而烦恼。每隔几分钟，科尼尔斯太太就到门廊上来望望马车驶去的那条路，似乎指望那孩子手里拿着一个红苹果，骑在一匹白马上回来。女人的脾气不就是那样吗？那让人想起了猫的故事。'我看见一只耗子钻进了这个洞，'

猫太太说,'你高兴的话可以去那儿撬开一块地板;我要守住这个洞口。'

"十二点三刻左右,那位没有阖过眼的太太又出来了,像自得其乐的女人那样慢悠悠地哭着,她又朝那条路张望、倾听。'夫人,'我说,'他们走了好久,看也没用。这时候他们大概已经在——''嘘,'她举起手说。我果真也听到黑暗中有些吧嗒吧嗒的响动;然后是一声呐喊,那声令人毛骨悚然的尖叫是麦迪逊广场花园野牛比尔①的日场表演之外从未听到的。然后,那个不值得尊敬的印第安人跳上了台阶和门廊。在门厅的灯光下,我没有认出一八九一班的校友小熊约翰·汤姆先生。我看到的是一个出征归来的柴罗基战士。烈酒和别的东西激励了他。他的鹿皮衣服被荆棘刮得破破烂烂,羽毛像鸡毛似的纠结在一起,鹿皮鞋上沾着几千里路的尘土,眼睛闪着原居民的光芒。但是他怀里抱着那孩子,孩子一手紧搂着印第安人的脖子,睡迷迷的眼睛半开半闭,两只小脚无力地晃荡。

"'娃子!'约翰·汤姆说,我发现他的言语已经丧失了白人的词藻。他成了同熊搏斗的、古铜色皮肤的土著。'我把娃子带来了,'他把孩子交到母亲手里说。'跑了十五英里!唔!抓到白人。带来娃子。'

"那个小妇人喜出望外。她抱紧那个惹是生非的小家伙,满口心肝宝贝的乱叫,把他弄醒了。我正想问小熊先生,但瞥见了他腰上挂的一件东西。'去睡吧,夫人,'我说,'这个爱游荡的小家伙也去睡吧,再也没有危险了,绑架事件已经彻底结束。'

"我劝约翰·汤姆尽快去营地,他倒在床上就睡着了,我把他腰间的那件东西取下来,丢到文明人的眼睛看不到的地方。因为即使有校足球队的大学也不设剥头皮的课程。

"约翰·汤姆醒来,四下张望时已是第二天上午十点钟了。我很高兴地看到他眼神里重新有了十九世纪的气息。

"'怎么啦,杰甫?'他问道。

"'酒喝多了,'我说。

"约翰·汤姆皱起眉头,思考了一会儿。'再加上那种叫做返祖现象的小小的生理骚动,'他直截了当地说,'我现在记起来了。他们走了没有?'

---

① 野牛比尔(1846—1917),美国西部拓荒时期的一个传奇性人物,真名威廉·科迪,传说曾在 17 个月中杀死 4280 头野牛而得此绰号,后在美国各地作蛮荒西部骑术巡回表演。

"'乘七点三十分的火车走了,'我回说。

"'唔!'约翰·汤姆说,'这样更好。白人,给威什希普多酋长拿些溴塞尔泽①来,他又可以担负红种人的责任了。'"

---

① 一种有镇静作用的治头痛的溴泡腾盐。

提 线 木 偶

警察站在第二十四街和一条黑得邪乎的胡同的拐角上,高架铁路正好在上面通过。当时是凌晨两点:黎明前的黑暗浓重潮湿,让人很不舒服。

一个穿长大衣、帽子压得很低、手里提着什么东西的男人轻手轻脚地从黑胡同里匆匆出来。警察迎上前去,态度和蔼,但带着恪尽职守的自信。时间、胡同的恶名、行人的匆忙、携带的重物——这一切自然而然地构成了"可疑情况",要求警察干预查明。

"可疑者"立即站住,把帽子往后一推,摇曳的街灯照出的面孔镇定自若,鼻子相当长,深色的眼睛毫不躲闪。他没脱手套就把手伸进大衣口袋,摸出一张名片交给警察。警察凑着晃动的灯光看到名片上印的是"医学博士查尔斯·斯宾塞·詹姆斯"。街道和门牌号码在一个殷实正派的地段,不容产生好奇,更不用说怀疑了。警察的眼光朝下扫去,看到医生手里提的东西:一个漂亮的白银扣饰的黑皮医药包;名片得到了进一步的证实。

"请吧,大夫,"警察让开一步,口气和蔼得有点过分,"上面关照要格外小心。最近溜门撬锁、拦路抢劫的案子很多。在这样的夜晚出诊真够呛。不算冷,但是黏黏糊糊的。"

詹姆斯医师彬彬有礼地点点头,说了一两句附和警察对天气评价的话,继续匆匆走去。那晚有三个巡警都认为他的名片和神气的医药包足以证明他是正派人,干的是正派事。假如第二天这些警察中间有谁觉得应当去核实一下名片(只要别去得太早,因为詹姆斯医师没有早睡早起的习惯),他将发现一块漂亮的门牌上确有医师的姓名,摆设精致的诊所确有衣着整饬的医师本人,邻居们都乐意证明两年来医师奉公守法,照顾家庭,业务兴旺。

因此,假如这些热心维护治安的人中有谁能看到那个表面清白的医药包里的东西,准会大吃一惊。包一打开,首先呈现在眼前的是一套最新发明的

"保险箱专家"专用的精巧工具,所谓"保险箱专家"是如今撬保险箱的窃贼们自封的称号。那些工具都是专门设计、特别打造的——短而结实的撬棍,一套奇形怪状的钥匙,在冷铸钢上打孔就像耗子啃奶酪那般轻松的高强度的蓝钢钻头和冲头,能像水蛭那样附着在光滑的保险箱门上,像牙医拔牙那么利索地拔出号码锁的夹钳。"医药包"里的小贴袋里有一瓶四英两装的硝化甘油,还剩下一半。工具下面是一堆皱皱巴巴的钞票和几把金币,总数是八百三十元。

詹姆斯医师在他极有限的朋友圈子里被称为"了不起的希腊人"。这个奇特的称呼一半是赞扬他冷静的绅士作风,另一半在帮会黑话里是指头儿和出谋划策的人,凭他的地址、职业的影响和威望,他能搞到信息,供哥儿们制定计划,干非法勾当。

这个精干的小圈子的其他成员是斯基采·摩根、根姆·德克尔和利奥波德·普雷茨费尔德。德克尔是"保险箱专家",普雷茨费尔德是城里的珠宝商,负责处理三人工作小组搞来的钻石和其他首饰。他们都是讲朋友义气的好人,守口如瓶,忠实不渝。

合伙人认为那晚的收获并不令人满意,只能勉强补偿他们花费的力气。一家资金雄厚的经营呢绒的老字号的双层侧栓的老式保险箱,星期六晚上的存款理应超过两千五百元。但是他们只找到这个数目,三人按照惯例,当场就把钱平分掉。他们本来指望有一万或一万两千元。然而商号股东老板之一办事有点儿过于老派。天黑后,他把大部分现金装在一个衬衫盒里带回家去了。

詹姆斯医师继续沿着杳无行人的第二十四街走去。经常聚集在这一地区的戏剧界票友们也早已上床睡觉了。牛毛细雨在铺路的石子间积成小水洼,被弧光灯一照,反射出千百片闪闪发亮的小光点。水汽凝重的寒风,从房屋之间的空当里劈头盖脑地一阵阵扑来。

医师刚走近一座高大的砖砌建筑的拐角,这座与众不同的住宅前面突然打开了,一个嘴里嘀嘀咕咕、脚下踢踢踏踏的黑种女人从台阶下到人行道。她说着什么,很可能是自言自语——她那个种族的人独自遇到危难时总是采取这种求助的办法。她像是旧时南方的奴仆——多嘴多舌,肆无忌惮,忠心耿耿,却又不服管教,她的外貌说明了这一点:肥胖、整洁、系着围裙、扎着头巾。

詹姆斯医师迎面走去时,这个从沉寂的房屋里突然出现的形象刚走下台阶。她大脑的功能从发音转换到视觉,停止了嘀咕,一对金鱼眼睛死死盯住医师手里的医药包。

"谢天谢地！"她一见到医药包就脱口嚷道，"你是大夫吗，先生？"

"是的，我是大夫。"詹姆斯医师停住脚步说。

"那就请你看在老天分上去瞧瞧钱德勒先生吧。不知他是犯病还是怎么搞的，像死了似的。艾米小姐派我去找大夫。先生，你不来的话，天知道老辛迪上哪儿才能找到大夫。假如老主人知道这里的情形，就有好戏看了，先生——他们准会打枪，在地上数好步子，用手枪决斗。那个羔羊般的、可怜的艾米小姐——"

"你要找大夫，就在前面带路，"詹姆斯医师踩上台阶说，"你要找个听你唠叨的人，我可不奉陪。"

黑女人引他进屋，走上一溜铺着厚地毯的楼梯。他们经过两个光线暗淡的门厅。在第二个门厅里，爬得上气不接下气的引路人拐了弯，在一扇门前站停，打开了门。

"我把大夫请来啦，艾米小姐。"

詹姆斯医师进了屋，朝站在床边的一位年轻太太微微欠身。他把医药包搁在椅子上，脱掉大衣，搭在医药包和椅子背上，镇定自若地向床边走去。

床上躺着一个男人，仍是先前倒下去时的姿势——衣着华丽时髦，鞋子已经脱去，全身松弛，死了似的一动不动。

詹姆斯医师像是散发着宁谧、镇定和力量的光环，对他主顾中的软弱失望的人来说，简直像是久旱后的甘霖。他在病室里的举止风度有某些地方特别使妇女们倾倒。那并不是时髦医师对病人的纵容讨好，而是沉着自信，压倒命运的气魄，对人尊重、保护和献身的态度。他那坚定、明亮的棕色眼睛里有一种清澈的吸引力，和蔼的面相非常适合担任知己和安慰者的角色，冷静而近似牧师的安宁带着潜在的威严。他有时出诊，那些和他初次见面的妇女居然会告诉他，她们为了防止失窃，晚上把钻石藏在什么地方。

詹姆斯医师经验丰富，眼珠不怎么转动，就估出了房间家具摆设的等级和质量，同时也打量了那位年轻太太的外表。她身材娇小，年纪二十出头，容貌有一种迷人的美，但现在蒙上了阴霾。这与其说是意外不幸所引起，还不如说是由来已久的固定的哀怨。她额头一侧有一道青紫色的挫伤，医师根据经验判断，受伤的时间不会超出六小时。

詹姆斯医师伸手去试病人的脉搏。他那双几乎会说话的眼睛在询问年轻女人。

"我是钱德勒太太，"她回答说，带着南方人那种含糊的哭音和腔调，"你来到前十分钟左右，我丈夫突然病了。他以前也犯过心脏病——有几次相当凶险。"病人深更半夜这副打扮促使她做出进一步的解释。"他在外面很晚才回家，我想大概是赴晚宴。"

詹姆斯医师现在把注意力转向病人。不论他从事哪一类"职业"活动时，他总是全神贯注地对待"病例"或者"买卖"。

病人年纪有三十左右。面相大胆放荡，但还算端正，一种乐观幽默的神情补救了缺点。他衣服上有一股泼翻了酒的气味。

医师解开他的上衣，用小刀把衬衫的假前胸从领子割破到腰部。清除了障碍之后，他把耳朵贴在病人心口，仔细听着。

"二尖瓣回流？"他站直时轻声说。句子结尾是没有把握的升调。他又俯身听了好久，这次才用确诊的音调说："二尖瓣闭锁不全。"

"夫人，"他说话的口气曾多次解除过人们的忧虑，"有可能——"当他缓缓朝那位太太转过头去时，只见她脸色惨白，晕了过去，倒在黑老太婆的怀里。

"可怜的小羊羔！可怜的小羊羔！辛迪大妈的宝贝孩子被他们害苦啦！但愿上帝发怒，惩罚那些把她引入迷途、伤了她那颗天使般的心、害她落到这个地步的人——"

"把她的脚抬高，"詹姆斯医师上前去扶持那个晕倒的人，"她的房间在哪里？必须把她抬到床上去。"

"在这儿，先生，"黑老太婆把扎着头巾的脑袋朝一扇门摆摆，"那是艾米小姐的房间。"

他们把她抬进房间，放在床上。她的脉搏很微弱，但还有规律。她神志没有清醒，从昏迷状态进入了沉睡。

"她体力衰竭，"医师说，"睡眠对她有好处。等她醒来时，给她一杯加热水的酒——再打个鸡蛋在里面，如果她能喝酒的话。她前额的挫伤是怎么搞的？"

"磕了一下，先生。那个可怜的小羊羔摔了一跤——不，先生"——老太婆变化不定的种族性格使她突然发作起来——"老辛迪才不替那个魔鬼撒谎呢。是他干的，先生。但愿上帝让他的手烂掉——哎呀，真该死！辛迪答应过她可爱的小羊羔决不讲出来。先生，艾米小姐头上是磕伤的。"

詹姆斯医师向一个精致的灯架走去，把灯光捻小一点。

"你在这儿守着太太，"他吩咐道，"别做声，让她睡觉。如果她醒来，就给她喝加热水的酒。如果她情况不好，就来告诉我。这事有点怪。"

"这里的怪事还多着呢，"黑女人正要说下去，医师一反常态，像安抚歇斯底里病人似的专断地吩咐她别出声。他回到另一个房间，轻轻关上门。床上的人没有动弹，但是已睁开了眼睛。他的嘴唇抽动着，似乎想说什么。詹姆斯医师低下头，只听到微弱的声音："钱！钱！"

"你听得清我说的话吗？"医师压低嗓门，但十分清晰地说。

病人略微点点头。

"我是医师，是你太太请来的。她们告诉我，你是钱德勒先生。你病得不轻，千万别激动或是慌张。"

病人的眼神仿佛在召唤他。医师弯下腰去听那仍旧十分微弱的声音。

"钱——两万元钱。"

"钱在哪里？——在银行里吗？"

眼神表示了否定。"告诉她"——声音越来越微弱了——"那两万元钱——她的钱"——他的眼光扫视着房间。

"你把钱藏在什么地方了吗？"詹姆斯医师的声音像塞壬女妖一般急切，想从那个神志逐渐不清的人嘴里掏出秘密——"在这个房间里吗？"

他觉得那对暗淡下去的眼睛里有表示同意的闪动。他指尖能触摸到的脉息细得像一根丝线。

詹姆斯医师的另一门职业的本能在他的头脑和心里出现。他做事敏捷，马上决定要打听出这笔钱的下落，即使知道这一来肯定会出人命也在所不惜。

他从口袋里掏出一小本空白的处方笺，根据标准的常规做法，开了一张适合病人需要的处方。他到里屋门口，轻声叫那个黑女人出来，把处方交给她，让她去药房配药。

她嘀嘀咕咕地离开后，医师走到钱德勒太太躺着的床边。她仍在沉睡，脉象比先前好一些了，额头除了挫伤红肿的地方以外也不烫了，稍稍有些湿润。没人打扰的话，她可以睡几小时。他找到房门钥匙，出来时随手把门锁上。

詹姆斯医师看看表。有半小时可以归他支配，因为那个老太婆去配药，半小时以内回不了家。他找来水罐和平底酒杯，打开医药包，取出一个盛着硝化甘油的小瓶——他的善于摆弄手摇曲柄钻的哥儿们把它简单地称做"油"。

他把淡黄色稠厚的液体倒了一滴在酒杯里，然后取出带银套筒的注射器，安好针头。他根据玻璃管上的刻度细心抽了几次水,把那滴硝化甘油稀释成将近半酒杯的溶液。

那晚两小时前,詹姆斯医师用同一个针筒把未经稀释的液体注射到他在一个保险箱锁上钻出的窟窿里,一声沉闷的爆炸毁坏了控制门闩的机械。现在他打算用同样的方法震撼一个人的主要机械——刺激他的心脏——目的都是为了钱。

同样的方法,但是形式不同。前者是鲁莽粗野、凭借原始动力的巨人;后者是奉承者,但用丝绒和花边掩饰了同样致命的手臂。因为医师用针筒细心从酒杯里抽取的液体已经成了三硝酸甘油脂,这是医学科学中已知的最厉害的强心剂。二英两能毁坏一扇厚实的保险箱铁门,他现在要用一量滴的五十分之一来使一个活人的复杂机理永远静止。

但不是立即静止。这不符合他的要求。首先要迅速增加身体的活力;强有力地促进每一个器官和功能。心脏会勇敢地对致命的鞭策做出反应,静脉里的血液会更快地回到心脏。

詹姆斯医师很清楚,这种心脏病遇到过于强烈的刺激,就像挨了一颗来复枪子弹似的,结果是立刻死亡。当血流量在窃贼"油"的作用下骤然增加,管腔本来不畅的动脉会迅速完全堵塞,生命之泉就停止流动了。

医师解开昏迷的钱德勒前胸的衣服,熟练地把针筒里的液体注射到心前区的肌肉里。他干两门行业都干净利落,注射完毕,仔细擦干针头,把保持针头通畅的细铜丝重新穿好。

三分钟后,钱德勒睁开了眼睛,开始说话了,声音虽然微弱,但还能辨清,他问抢救他的是谁。詹姆斯医师再一次解释他是怎么来这儿的。

"我妻子呢?"病人问道。

"她睡着了——由于过度疲劳和忧虑,"医师说,"我不愿叫醒她,除非——"

"没有——必要,"钱德勒呼吸短促,说话时常间断,"为了我——去打扰她——她不会——领你的情。"

詹姆斯医师把一张椅子拖到床前。时间不容浪费,要抓紧谈话。

"几分钟前,"他以另一门职业的低沉坦率的声音说,"你打算对我说些有关钱的事。我不指望你对我推心置腹,但是我有责任劝告你,焦虑对你的恢复是不利的。假如你心里有什么事——我记得你提到过两万元钱的事——最好说出来,可以减轻你的精神负担。"

钱德勒的脑袋动不了,但他的眼珠转向说话人的方向。

"我说过——这笔钱——在哪里吗?"

"没有,"医师回答说,"我只不过从你模糊不清的话里推测到你十分关心它的安全。如果钱在这个房间里——"

詹姆斯医师住口不说了。他是不是从病人揶揄的脸上看到一丝恍然大悟的神色?他是不是显得有点迫不及待,他是不是说漏了嘴?钱德勒随后说的话使他恢复了自信。

"除了——那个——保险箱以外,"他上气不接下气地说,"还能——藏在哪里呢。"

他用眼光指点房间的一角,医师这才看到窗帘下端半遮着的一个铁制的小保险箱。

他站起身,抓住病人的手腕。病人的脉搏宏大,但有不祥的间歇。

"抬起胳臂。"詹姆斯医师命令说。

"你知道——我动不了,大夫。"

医师快步走到通向过道的门前,打开门,听听外面有什么动静。一片静寂。他不再旁敲侧击,径直走到保险箱前面,打量了一下。那个保险箱式样古老,设计简单,只能防防手脚不干净的仆人。拿他的技术来说,这只能算是一件玩具,等于稻草和硬纸板糊的东西。这笔钱可说是已经到手了。他能用夹钳拔出号码盘,钻透制栓,不到两分钟就打开保险箱的门。用另一种办法,也许只要一分钟。

他跪在地上,耳朵贴着保险箱门,慢慢转动号码盘。不出他所料,锁门时只用了一个组合暗码。号码盘转动时,他敏锐的耳朵听到轻轻的咔嗒一响,他利用暗码组合——门把手松动了。他打开了保险箱。

保险箱里一无所有——空空的铁格子里连一张废纸都看不见。

垂死的人额头汗涔涔的,但嘴角和眼睛露出嘲弄的冷笑。

"我这辈子——从没见过,"他吃力地说,"医药同——盗窃结合!你身兼二职——赚头不坏吧——亲爱的大夫?"

当时的情况十分尴尬,詹姆斯医师的精明强干从没有遇到过比这更严峻的考验。受害者的出了格的幽默感使他陷入既可笑又不安全的处境,但他仍然保持着尊严和清醒的头脑。他掏出表,等那人死去。

"你对——那笔钱——未免——过于猴急了。可是你——亲爱的大夫——根本奈何不了它。它很安全。十分安全。它全部——在赛马——赌注登记人手里。两万元——艾米的钱。我拿去——赛马——输得精光。我是个败家子,贼先生——对不起——大夫,不过我输得光明正大,我可从来没有见过——像你这样——不够格的坏蛋——大夫——对不起——贼先生。给受害者——对不起——给病人喝杯水——是不是违反——你们贼帮的——职业道德?"

詹姆斯医师替钱德勒倒了一杯水。他几乎不能吞咽。药物的反应一阵阵袭来,越来越强烈。但他死到临头还想狠狠地刺痛一下别人。

"赌徒——酒鬼——败家子——我都沾边,可是——医师兼窃贼!"

医师对他刻薄的讽刺只做了一个回答。他俯下身子,盯着钱德勒急剧凝滞的眼光,举手指着那个沉睡的女人的房间,姿势如此严厉而意味深长,以致那个衰竭的人用尽残剩的力量,半抬起头,想看个究竟。他什么也没有看到,但听到了医师冰冷的言语——他临终时听到的最后的声音:

"到目前为止,我可从来没有揍过女人。"

企图研究这种人是徒劳的。没有哪一门学问能对他们进行探讨。人们提到某些人时会说"他这也行,那也行",他们就是这些人的后裔。我们只知道有这种人存在,只知道我们可以观察他们,议论他们的浅显的表现,正如孩子们观看并议论提线木偶戏一样。

然而,这两个人——一个是谋财害命的强盗和凶手,站在受害人面前;另一个虽然没有严重违法,但行为更其恶劣,令人厌恶,他躺在受他迫害、侮辱和毒打的妻子的房屋里;一个是虎,另一个是狼,他们两人互相憎恨对方的卑劣;尽管大家罪恶昭著,却互相炫耀,说自己的行为准则(即使不谈荣誉准则)是无可指责的。

詹姆斯医师的反驳肯定刺伤了对方残余的羞耻心和男子气概,成了致命的一击。钱德勒脸上泛起一阵潮红——垂死红斑,他停止了呼吸,几乎没有颤动就一命归天了。

他刚咽气,黑老太婆配好药回来了。詹姆斯医师一手轻轻按着死者合上的眼皮,把结果告诉了她。她并不伤心,只带着遗传的、与抽象死亡友好相处的态度,凄凉地抽抽搭搭地抱怨说:

"可不是吗!上帝自有安排。他会惩罚有罪的人,帮助落难的人。他现在该帮助我们了。辛迪买这瓶药,把最后一枚硬币都花了,结果药也没用上。"

"难道钱德勒太太没有钱吗?"詹姆斯医师问道。

"钱?先生,你知道艾米小姐为什么晕倒,为什么这么虚弱?是饿成这样的,先生。家里除了一些破饼干外,三天没有什么吃的了。那个小天使几个月前就变卖了她的戒指和怀表。这座房子里的红地毯和漂亮家具全是租来的,催租的人凶极了。那个魔鬼——饶恕我,上帝——已经在你手里遭到了报应——他把家产全败光了。"

医师的沉默使她越说越来劲。他从辛迪杂乱无章的独白中理出了一个古老的故事,其中交织着幻想、任性、灾难、残酷和傲慢。她喋喋不休的言语组成的模糊概貌中,有几幅比较清晰的画面:遥远南方的一个舒适的家庭,草率的、随即后悔的婚事,充满侮辱和虐待的不幸生活,女方最近得到一笔遗产,带来了重振家业的希望,狼夺去了那笔钱,两个月不照面,在外面挥霍得精光,一天晚上,喝得醉醺醺的又回来了。从一团乱麻似的故事里可以看到一条纯白的线索:黑老太婆的质朴、崇高和始终不渝的爱,不论遇到什么艰难险阻,她都坚定不移地追随着女主人。

她终于住嘴时,医师问她家里有没有威士忌酒或者任何什么别的酒。老婆子说有,餐具柜里还有那条豺狼剩下的半瓶威士忌。

"照我刚才吩咐你的那样,倒些酒,对些热水,打个鸡蛋在里面。把你的女主人叫醒,让她喝下去,然后告诉她家里出的事情。"

十来分钟后,钱德勒太太由老辛迪搀扶着进来了。她睡了一会儿,喝了热酒,看上去不那么虚弱了。詹姆斯医师已经用床单盖好床上的死人。

那位太太哀伤和半含惊恐的眼睛朝床上一瞥,向她的保护人身边挨得更近些。她的眼睛干而发亮。极度的痛苦使她的泪水已经干涸。

詹姆斯医师站在桌边,他已穿好大衣,手里拿着帽子和医药包。他的神情镇定安详——他的职业使他见惯了人类的痛苦。只有他那闪烁的棕色眼睛里流露出审慎的医师的同情。

他体贴而简洁地说,由于时间太晚,请人帮忙肯定有困难,他可以亲自去找合适的人来料理后事。

"最后还有一件事,"医师指着打开的保险箱说,"钱德勒太太,你的丈夫最后知道自己不行了,他把保险箱的组合号码告诉了我,让我打开。如果你要使用,请记住号码是四十一。先朝右拧几圈,再朝左拧一圈,停在四十一这个数字上。他虽然知道自己即将去世,却不让我叫醒你。

"他说,他在保险箱里存了一笔数目不大的钱——也够你用来完成他最后的请求了。他请求你回你的老家去,以后日子好过一些的时候,请你原谅他对你犯下的种种罪愆。"

他指指桌子,桌上是一沓整整齐齐的钞票,钞票上面放着两摞金币。

"钱在那儿——如他所说——一共是八百三十元。请允许我留下我的名片,以后有我可以效劳之处,请尽管吩咐。"

他在最后时刻居然顾念到她——并且想得很周到! 来得太迟了! 但是这个谎话在她认为已经成为一片灰烬和尘埃的地方扇旺了一个柔情的火花。她脱口喊道:"罗勃! 罗勃!"然后转过身扑在忠诚的仆人怀里,用泪水冲淡她的悲哀。在往后的年月里,凶手的假话像一颗小星星,在爱情的坟墓上空闪烁,给她慰藉,争取她的原谅,这本身就是一件好事。

黑老太婆把她搂在胸口,像哄小孩似的低声安慰她,她终于抬起头——但是医师已经走了。

平均海拔问题

　　一年冬天,新奥尔良的城堡歌剧团在墨西哥、中美洲和南美洲沿海城镇做了一次试探性的巡回演出。这次冒险结果十分成功。爱好音乐的、敏感的、讲西班牙语的美洲人把金钱和喝彩声纷纷投向歌剧团。经理变得心广体胖,和蔼可亲了。假如不是气候条件不许可的话,他早就穿出那件表示兴旺发达的服装——那件华丽的、有镶边和盘花纽扣的皮大衣。他几乎还动了心,打算给他的员工们加些薪水。但终于以极大的努力克制了头脑发热时的不利冲动。

　　在委内瑞拉海岸的马库托,歌剧团的演出盛况空前。如果把马库托设想为南美洲的康奈岛,你就知道马库托的模样了。每年的旺季是从十一月份到次年三月。度假的人们从拉瓜伊拉、加拉加斯、瓦伦西亚和其他内地城镇蜂拥而来。有海水浴、宴会、斗牛和流言蜚语。人们都酷爱音乐,但是在广场和海滨演出的乐队只能激起他们对音乐的热情,却不能满足他们。城堡歌剧团的莅临,在寻欢作乐的人中间引起了莫大的兴奋和热诚。

　　委内瑞拉的总统和独裁者,显赫的古斯曼·布兰科,带着官员和扈从也在马库托短暂停留。那个有权有势的统治者——他本人每年拿出四万比索津贴加拉加斯的歌剧团——下令把一座国营仓库腾出来,改作临时剧院。很快就搭起了舞台,安排了给普通观众坐的粗糙的长条凳,又布置了招待总统和军政要员的包厢。

　　歌剧团在马库托待了两个星期。每次演出,剧院里总是挤得水泄不通。仓库里挤满之后,如醉如痴的音乐爱好者便争夺门口和窗口的空间,摩肩接踵地簇拥在外面。观众肤色驳杂,各各不同,从纯种西班牙人的浅橄榄色到混血儿的黄褐色,以至加勒比和牙买加黑人的煤炭色。夹杂其中的还有小批印第安人——他们面孔像石雕偶像,身上披着绚丽的纤维织成的毯子——他们是从萨莫拉、安第斯和米兰达山区各州到滨海城镇来出售金沙的。

这些内地荒僻地区居民的痴迷程度真叫人吃惊。他们心醉神迷，纹丝不动，在激动的马库托人中间显得格外突出。马库托人拼命用嘴巴和手势来表达他们的快乐，土著们只有一次才流露出他们含蓄的狂喜。演出《浮士德》时，古斯曼·布兰科非常欣赏《珠宝之歌》，把一袋金币抛到舞台上。有身份的公民们竞相仿效，把身上带着的现钱全扔了上去，有几位高贵的时髦太太不甘人后，把一两只珠宝戒指扔到玛格丽特脚下——节目单上印着扮演玛格丽特的是尼娜·吉劳德小姐。于是仓库里各个角落站起了各式各样的愣头愣脑的山地居民，向台上扔着褐色和焦茶色的小袋子，袋子噗噗地落到台上，也不弹跳。吉劳德小姐在化妆室里解开这些鹿皮小口袋，发现里面全是纯净的金沙时，眼睛不由得一亮。毫无疑问，使她眼睛发亮的当然是由于她的艺术受到赞赏而引起的欢欣。果真如此的话，她也有欢欣的理由，因为她的演唱字正腔圆，高亢有力，充满敏感的艺术家的激情，在赞赏面前她是当之无愧的。

但是城堡歌剧团的成功并不是这篇小说的主题，只是它据以发展的引子。马库托发生了一件悲惨的事情，一个神秘难解的谜，使得欢乐的季节清静了一个时期。

一天傍晚，短暂的黄昏已经过去，照说这时候尼娜·吉劳德小姐应该穿着热情的卡门的红黑两色的服装在舞台上载歌载舞，但她没有在马库托六千对眼睛和六千颗心上出现。随即是一片不可避免的混乱，大家急忙去找她。使者飞快地跑到她下榻的、法国人开的小旅馆去，歌剧团的人分头去寻找，以为她可能逗留在哪一家商店里，或者过分延迟了她的海水浴。搜寻毫无结果。小姐失踪了。

过了半小时，她的下落仍旧不明。独裁者不习惯于名角的任性，等得不耐烦了。他派包厢里的一个副官传话给经理，限他立即开场，否则把歌剧团全体成员马上关进监狱，尽管他被迫出此下策会感到遗憾。马库托的鸟儿在他的命令之下也得歌唱。

经理只得对吉劳德小姐暂时放弃希望。合唱队的一个女演员多年来一直梦想着这种难得的宝贵机会，迅速地装扮成卡门，歌剧继续演出。

之后，失踪的女歌手音讯杳然，剧团便向当局请求协助。总统下令军队、警察和全体市民进行搜寻。但是找不到任何有关吉劳德小姐的线索。城堡歌剧团离开了马库托，到海岸上别的地点去履行演出合同。

轮船回程时在马库托靠岸，经理急切地去打听，仍旧没有发现那位小姐的踪迹。城堡歌剧团无能为力了。小姐的个人衣物给寄存在旅馆里,让她日后万一出现时领取,歌剧团继续回归新奥尔良。

堂约翰尼·阿姆斯特朗先生的两头鞍骡和四头驮骡停在海滩边的公路上,耐心地等候骡夫路易斯的鞭子声。那将是去山区的另一次长途旅行的信号。驮骡背上装载着各式各样的五金器皿。堂约翰尼用这些物品同内地的印第安人交换金沙。他们在安第斯山溪里淘洗金沙,藏在翎管和袋子里,等他来做买卖。这种买卖能赚大钱,阿姆斯特朗先生指望不久就可以买下他向往已久的咖啡种植园了。

阿姆斯特朗站在狭窄的人行道上,同老佩拉尔托讲着任意篡改的西班牙语,同拉克讲着删节的英语。老佩拉尔托是当地的富商,刚才以四倍的高价卖了六打铸铁斧头给阿姆斯特朗;拉克是德国人,五短身材,担任美国领事的职务。

"先生,但愿圣徒保佑你一路平安。"佩拉尔托说。

"最好试试奎宁,"拉克叼着烟斗,粗声粗气地说,"每晚吃两粒。这次别去得太久,约翰尼,因为我们需要你。梅尔维尔那家伙纸牌玩得太糟,又找不到别人替代。再见吧,你骑骡子走在悬崖绝壁上的时候,眼睛要盯着骡子两耳中间。"

路易斯的骡子的铃铛响了起来,骡队便随着铃声鱼贯而去。阿姆斯特朗挥手告别,在骡队末尾殿后。他们拐弯走上狭窄的街道,经过两层楼木头建筑的英国旅馆;埃夫斯、道森、理查兹和其余的伙伴们正闲坐在宽敞的游廊上,看一星期前的旧报纸。他们一齐拥到栏杆前,纷纷亲切地向他告别。喊了许多聪明的和愚蠢的话。穿过广场时,骡队在古斯曼·布兰科的铜像前小步跑过,铜像四周围着从革命党那里缴获的上了刺刀的步枪。骡队从两排挤满了赤身露体的马库托孩子的茅屋中间出了城,进入潮湿阴凉的香蕉林,来到一条波光激滟的河边。衣不蔽体的棕色女人在石头上捣洗衣服。骡队蹚过河,到了突然陡峭的上坡路,便和海岸所能提供的文明告别了。

阿姆斯特朗由路易斯向导,在他走惯了的山区路线上旅行了几个星期。他收集到二十五六磅贵金属,赚了将近五千元后,减轻了负担的骡子就掉头下山。在瓜里科河源头从山边一个大裂隙涌出的地点,路易斯喝停了骡队。

"从这里走半天的路程,先生,"他说,"就可以到塔库萨马村,我们从没有去过那里。我认为那里可以换到许多金子。值得试试。"

阿姆斯特朗同意了。他们又上山,向塔库萨马进发,陡峭险峻的山路在一片浓密的森林里通过。黑暗阴沉的夜晚降临了,路易斯再次停下来。他们脚下是一道黑魆魆的深渊,把山路齐头切断,一眼望不到前面是什么。

路易斯跨下骡鞍。"这里应该有一座桥。"他说着沿悬崖蹚了一段路。"在这里啦。"他嚷道,又重新上骡带路。没多久,阿姆斯特朗在黑暗里听到一片擂鼓似的声响。原来悬崖上面搭了一条用木棍绷着坚韧皮革的便桥,骡蹄子踩在皮革上便发出了雷鸣似的轰响。再往前走半英里,就到了塔库萨马。这个村子是由一些坐落在隐蔽的树林深处的石屋和泥舍组成的。他们进村时,只听得一种与孤寂的气氛毫不相称的声音。一个珠圆玉润的女声从他们正在接近的一座矮长的泥屋里升起。歌词是英语,调子在阿姆斯特朗的记忆中是熟悉的,虽然凭他的音乐知识,还不能肯定歌曲的名字。

他从骡背上滑下来,悄悄掩到屋子一端的窄窗跟前。他谨慎地朝里面窥探一下,看到一个绝色美人,离他不到三英尺,身上披着一件宽大而华丽的豹皮袍子。屋子里挤满了蹲着的印第安人,只留下她站的一小块地方。

那女人唱完后便挨着小窗坐下,仿佛特别喜爱从窗口飘进来的没有污染的空气。这时,听众中间有几个人站了起来,把落地发出沉闷声息的小口袋扔到她脚边。这批面目可怖的听众发出的一阵嘶哑的喃喃声,显然是化外人的喝彩和赞扬。

阿姆斯特朗一向善于当机立断捕捉机会。他趁嘈杂的时候,用压低然而清晰的声音招呼那个女人说:"别回头,但是听着。我是美国人。如果你需要帮助,告诉我该怎么办。尽可能说得简单明了一些。"

那女人没有辜负他的大胆。她苍白的脸一红的当儿就明白了他的意思。她说话了,嘴唇几乎没有动。

"我遭到这些印第安人禁闭。我迫切需要帮助。两小时后,到二十码外山边的那座小屋去。窗里有灯火和红窗帘。门口一直有人把守,你得把他制服。看在老天分上,千万要来。"

这篇小说似乎回避了冒险、拯救和神秘的情节。小说的主题太微妙了,决不是勇敢生动的气氛所能烘托的。但它又像时间那么古老。它被称做"环境",其实这两个字贫乏得不足以说明人与自然之间的难以言宣的血缘关系,不足以解释那种使木石云海激起我们情感的古怪的眷恋。为什么山区会使我们变得老成持重,严肃超脱;为什么大树参天的森林会使我们变得庄重而沉思;为什么海岸的沙滩又会使我们落到轻率多变的地步?是不是由于原生质——且慢,化学家们正在研究这种物质,用不了多久,他们就会把整个生命用符号公式排列出来。

为了使故事不超出实事求是的范围,我们不妨简单交代一下:约翰·阿姆斯特朗到了小屋那里,闷住了印第安看守的嘴,救出了吉劳德小姐。除了她以外,还带出好几磅金沙,那是她在塔库萨马被迫演出的六个月里收集到的。那些卡拉博博印第安人是赤道和新奥尔良的法兰西歌剧院之间最热衷于音乐的人。其中有几个在马库托看到了城堡歌剧团的演出,认为吉劳德小姐的格调和技巧很令人满意。他们要她,于是一天晚上,不费什么手脚就突然把她劫走了。他们对她相当体贴,只要求她每天表演一场。阿姆斯特朗救了她,使她很快活。关于神秘和冒险已经谈得够多的了。现在再回过头来谈谈原生质的理论。

约翰·阿姆斯特朗和吉劳德小姐在安第斯山岭中行进,沉浸在它们伟大崇高的气氛之中。自然大家庭中最强有力而脱离得最远的成员,重新感到了他们同自然的联系。在那些庞大的史前地壳隆起的地带,在那些严峻肃穆,一望无际的地方,人的渺小自然而然地显露了出来,正如一种化学物质使另一种化学物质产生沉淀一样。他们像是在宇宙里似的敬畏地行动着。他们的灵魂被提升到同壮丽的山地相等的高度。他们在庄严宁谧的地带旅行。

在阿姆斯特朗眼里,这个女人仿佛是神圣的。她仍然带着这段苦难时期造成的苍白和凛然的沉静,以致她的美貌显得超凡脱俗,并且似乎散发着艳丽的光辉;他们相处的最初时刻,他对她的感情一半是人类的爱慕,另一半是对下凡仙女的崇敬。

她被解救出来后,始终没有露过笑容。她衣服外面仍旧披着那件豹皮袍子,因为山地的空气很冷。她的模样像是那些蛮荒的、威严的高地上一位仪态万方的公主。这个地区的氛围同她的情调很合拍。她的眼睛老是望着阴沉的巉岩、蓝色的峡谷和覆雪的山峰,蕴含着它们的雄伟与忧郁。有时候,她在路上唱着动人心弦的感恩赞美诗和亚萨的诗①,同山岭的气氛非常贴切,以致他们像是在大教堂的通道中严肃地行进。被解救的人难得开口,周围大自然的

——————————
① 即《旧约·诗篇》第50篇。

静寂感染了她的情绪。阿姆斯特朗把她看作天使。他怎么也不敢亵渎神圣，像追求别的女人那样去追求她。

第三天，他们抵达气候温和的台地和山麓地带。山岭给抛在后面了，但是依然露出巍峨而令人肃然起敬的峰顶。这里有了人烟。他们见到咖啡种植场的房屋在林中空地远处闪闪发白。他们来到大路上，遇见了旅人和驮骡。牲口在山坡上吃草。他们经过一个小村落，圆眼睛的小孩望到他们便叫嚷起来，招呼他们。

吉劳德小姐脱掉了豹皮袍子。这种皮袍在山区很合适，很自然，现在却有点不合时宜了。假如阿姆斯特朗没有看错的话，她在脱掉皮袍的同时也摆脱了态度中的某些威严。由于人烟渐密，生活条件比较舒适，他很高兴地看到安第斯山的高贵公主和祭司逐渐变成一个女人——一个尘世的女人，但她的魅力并没有减少。她那大理石般的脸颊上有了一点血色。她脱去长袍后，出于对别人的观感的考虑，把里面世俗的衣服整理了一番，对先前不加注意的飘拂的头发也作了梳理。在寒冷艰苦的山区期间隐没已久的对尘世的兴趣，重新在她的眼神里出现。

被阿姆斯特朗奉为神明的人的转变，使他的心跳加速了。北极探险者初次发现绿地和融成流体的水时，惊喜的程度也不过如此。现在他们处在世界和生活的海拔较低的地方，正在它奇特而微妙的影响下逐渐屈服。他们呼吸的不再是严肃的山区的稀薄空气了。他们周围是果实、谷物和房屋的芬芳、炊烟和温暖土地的愉快气息，以及人们加在自己和他们所来自的尘土之间的慰藉。在严肃的山区行进时，吉劳德小姐仿佛融合在它们虔诚的缄默中。现在她活泼、热情、急切，洋溢着活力和妩媚，充满着女性的特点——这是不是同一个女人呢？阿姆斯特朗考虑这个问题时，不禁产生了疑惑。他希望能同这个转变中的人留在此地，不再下山了。在这个海拔高度和环境中，她的心情仿佛最是可人。他害怕往下走到人力控制的地方。到了他们所去的背离自然的地方之后，她的心情是否会做出更大的让步呢？

现在他们从一个小高地上望到了绿色低地边缘的闪烁的海水。吉劳德小姐楚楚动人地叹了一口气。

“哎，看哪，阿姆斯特朗先生，那不是海吗？多么可爱啊！山区实在叫我厌倦了。”她厌恶地耸耸可爱的肩膀。“那些可怕的印第安人！想想我经受的苦难！尽管可以说我已经实现了成为头牌演员的希望，我却不愿意再做这类演出了。你救我出来，实在太好啦。告诉我，阿姆斯特朗先生——说老实话——我的模样是不是非常、非常糟糕？你知道，我好几个月没有照过镜子了。"

阿姆斯特朗根据自己改变了的心情做了回答。他甚至用手按着她那只搁在鞍头上的手。路易斯在骡队前头，看不见他们的动作。她让他的手按在那里，眼睛里含着坦率的笑意。

日落时分，他们来到棕榈和柠檬树掩映的海岸地带，置身于暖和区域的鲜艳的绿色、红色和赭色之中。他们进入马库托，看到一群活泼的洗海水浴的人在浪中嬉戏。山岭已经离得很远了。

吉劳德小姐眼里欢乐的光芒在重岭叠嶂的笼罩下是绝对不可能出现的。各种各样的精灵都在向她呼唤——橘树林中的宁芙，喋喋不休的海浪中的妖精，声色犬马所产生的小鬼。她突然想起一件事，爽朗地高声笑了起来。

"那岂不是轰动的新闻？我真希望现在有一个演出合同！新闻记者们可要热闹一番了！'歌喉迷人，印第安蛮子劫美'——岂不是一条惊人的标题？不过我认为我已经名利双收了——他们要求加演时扔给我的金沙足足要值一两千元，你说呢？"

他在她以前下榻的那家佳憩旅馆门口同她分了手。两小时后，他再回到旅馆，在小客厅兼茶座的敞开的门口朝里面望望。

里面有五六个马库托社交界和官场的头面人物。富有的橡胶种植园主维利亚布兰卡先生，大腹便便地坐在两张椅子上，巧克力色的脸上露出软绵绵的微笑。法国采矿工程师吉尔勃从金光锃亮的夹鼻眼镜后面挤眉弄眼。正规军的门德斯上校穿着绣金饰带的制服，满脸傻笑，正忙着开香槟酒。还有几个马库托的时髦人物也都在装模作样，神气活现。空中香烟雾气弥漫，地上淌着酒水。

吉劳德小姐坐在屋子中央的一张桌子上，摆出高人一等的架子。一件配着樱桃色缎带的白细麻布衣服代替了她旅行时的服装。隐约可见到衬裙的花边和褶边，以及部分露在外面的粉红色的手工绣的袜子。她膝上搁着一把吉他，脸上是复苏的光彩和受苦受难之后达到至乐福地的安逸。她正在活泼的伴奏下唱着一支小调：

> 滚圆的大月亮
> 像气球似的升腾，

　　　　黑小子跳跳蹦蹦，
　　　　跑去问她的情人。

唱歌的人看到了阿姆斯特朗。

"嗨，约翰尼，"她喊道，"我等了你一个小时啦。什么事绊住了你？嘻！不过这些烟熏的家伙性子最慢了。他们根本没有开始呢。来吧，我吩咐这个戴金肩章的咖啡色的家伙为你开一瓶冰镇的香槟。"

"多谢，"阿姆斯特朗说，"我想不必了。我还有一些事要办。"

他走到外面的街上，看到拉克正从领事馆里出来。

"和你打一盘弹子吧，"阿姆斯特朗说，"我要找些消遣，解解嘴里的海水味儿。"

"姑　娘"

962 号房门磨砂玻璃上的镀金字样是"罗宾斯—哈特利,经纪人"。过了五点钟,雇员们都走了。保洁女工们步声嘈杂,像一群佩尔什灰色马似的进入高耸入云的二十层的写字间大楼。半开的窗口喷出一阵带有柠檬皮、烟煤和鲸油味的灼热的空气。

罗宾斯年过五十,属于那种发胖的花花公子之列,他经常出席剧院的首演式和饭店的酒会,装出羡慕他的合伙人在市区工作、在郊区住家的生活。

"今晚又要喝酒了吧,"他说,"你们这些郊区人晚上可以在月光下听蝈蝈儿叫,在前廊上喝酒消磨时光。"

哈特利二十九岁,长得瘦削端正,严肃而有点神经质,他稍稍皱起眉头,叹了一口气。

"是啊,"他说,"我们花岗那里的夜晚总是很凉快,尤其在冬天。"

一个神秘兮兮的人进了门,走近哈特利身边。

"我查明了她的地址。"他故弄玄虚地悄声说,实际上希望别人知道他是负有使命的侦探。

哈特利一瞪眼,不让他说下去。这时候罗宾斯已经拿起手杖,整好领带别针,殷勤地点点头,出去找他的都市消遣了。

"这就是地址。"侦探现在不需要避人耳目,用平时的声调说。

哈特利接过侦探从记事本撕下的一页纸。上面的铅笔字是:"维维恩·阿林顿,东××街 341 号,麦科姆斯太太转。"

"一星期前搬过去的,"侦探说,"哈特利先生,如果你需要盯梢的活,我干得不比本市任何人差。每天只收七元,包括全部费用。我每天可以递交一份打字机打的报告,内容——"

"不必了,"经纪人打断他的话说,"不是那类事。我知道地址就行了。我应该付给你多少钱?"

"一天的活,"侦探说,"十元钱够了。"

哈特利付了钱,把那人打发走了。他离开写字间,乘上百老汇路的电车。他在横贯全市的交通线上换乘了往东区的电车,在一条曾有许多知名人士的住宅、而今已经败落的街道下了车。

他经过几个街口,到了要找的地方。那是一座新盖的公寓房子,廉价的石门上刻的名字十分响亮:"仙苑别墅"。房子正面的防火梯曲曲折折通到楼下——防火梯上堆放着家用杂物,晾着衣服,蹲坐着被仲夏的燠热驱赶到外面来的小孩。这些杂乱无章的人和物中间偶尔还有一两株灰扑扑的橡皮盆景——傻乎乎的闹不明白自己究竟属于植物、动物,还是仿造品。

哈特利摁了标有"麦科姆斯"的电铃钮。门锁发出抽搐的喀嗒声——既有欢迎,又有疑虑,似乎很想知道来客是朋友还是讨债人。哈特利进门上楼,像在市区公寓里找人那样开始寻找——也就是像小孩爬苹果树那样,遇到想要的就停下来。

到了四楼,他看到维维恩站在一扇打开的房门口。她朝他点点头,真诚地微微一笑,请他进屋。她搬了一把椅子放在窗前,让他坐下,自己端坐在一件杰基尔-海德①式的、蒙着神秘的布罩的家具上,白天猜不出那是什么东西,晚上可能成了拷问的刑具。

哈特利说明来意之前,先迅速地打量她一眼,觉得自己的选择一点不错。

维维恩二十来岁,属于那种最纯正的撒克逊类型。她的金黄色头发有点红,梳得整整齐齐,光亮的发丝带着微妙的色泽变化。她的象牙白的皮肤同湛蓝的眼睛十分和谐,眼睛像海里的美人鱼或者人迹罕至的山涧的精灵似的天真而娴静地望着世界。她体格强健,但具有绝对自然的优雅。尽管她的轮廓和肤色一看就是北方人,却带有某种热带地区的气息——她举手投足的姿态有点倦怠,甚至连呼吸也有心满意足和喜欢安逸的模样——这一切似乎替她要求作为完美的自然产物的生存权利,似乎主张她应该受到异花奇葩或者美丽的乳白色鸽子那样的赞美。

她穿着白色背心和深色裙子——牧鹅少女和女公爵都合适的谨慎的

---

① 杰基尔-海德是英国作家斯蒂文森所著小说《化身博士》中具有双重人格的人物,白天行医,夜里为非作歹。

打扮。

"维维恩,"哈特利恳求似地看着她说,"你没有回复我给你的信。我差不多花了一个星期才打听到你的住址。你知道我多么盼望见到你、听你的回音,你为什么让我干等?"

那姑娘恍恍惚惚地看着窗外。

"哈特利先生,"她犹豫地说,"我简直不知道该怎么对你说。我了解你提议的全部优点,有时候我觉得应该心满意足了。但我还是拿不定主意。我从小在城市长大,担心过不惯清静的郊区生活。"

"亲爱的姑娘,"哈特利热情地说,"我早就说过,你想要的任何东西,只要我力所能及,我都会给你的。如果你想进城看戏,购物,看朋友,随时都可以办到。你相信我吗?"

"我完全相信,"她坦诚地瞅着他微笑着说,"我知道你最最善良,你找到的姑娘一定很幸运。我在蒙哥马利家的时候已经了解你的所有情况。"

"啊!"哈特利的眼睛里闪出温柔的忆旧的光芒,"那晚在蒙哥马利家第一次见到你的情景,我记得很清楚。蒙哥马利太太整晚都在我面前夸你。其实她说得不够全面。我永远忘不了那顿晚餐。来吧,维维恩,答应我吧。我要你。你跟我绝对不会后悔的。谁都不会给你一个更愉快的家。"

那姑娘叹了一口气,低头看看她合抱的手。

哈特利突然起了妒意的疑心。

"告诉我,维维恩,"他敏锐地打量着她问道,"是不是还有——是不是另外有人?"

她白皙的脸和颈脖慢慢红了起来。

"你不应该问那种话,哈特利先生,"她有点慌乱地说,"不过我可以告诉你。是有另一个人——但是他没有权利——我什么也没有答应他。"

"他姓什么?"哈特利厉声问道。

"汤森。"

"拉福德·汤森!"哈特利咬紧牙喊道,"那个人怎么会认识你?我帮过他多少忙——"

"他的汽车就停在下面,"维维恩说,她在窗槛上探身张望,"他是来听回音的。啊,我不知道该怎么办了!"

公寓厨房里的电铃响了。维维恩赶快去摁开大门门锁的电钮。

"你呆着别动，"哈特利说，"我去门厅迎他。"

汤森穿着浅色的花呢衣服，戴着巴拿马草帽，留着两撇拳曲的黑胡子，活像西班牙贵族，他一步跨三级楼梯匆匆上来，看到哈特利时站停了，脸上一副尴尬的样子。

"回去。"哈特利用食指指着楼下，坚定地说。

"嗨！"汤森假装吃惊地说，"怎么回事？你在这里干吗，老兄？"

"回去，"哈特利毫不让步地说，"丛林法则。你不怕狼群把你撕得粉碎吗？是我先下手的。"

"我来这儿找管子工，修理浴室的管道接头。"汤森勇敢地说。

"得啦，"哈特利说，"你用撒谎的胶泥去糊你出卖朋友的灵魂吧。你给我回去。"

汤森嘴里嘟嘟囔囔地下了楼。哈特利回去继续恳求。

"维维恩，"他专横地说，"我非要你不可。我不听任何拒绝或者推诿的话了。"

"你什么时候要我？"她问道。

"现在。你收拾好了就走。"

她平静地站在他面前，直视他的眼睛。

"你有没有考虑过，"她说，"埃洛伊兹还在的时候，我进你家合适吗？"

哈特利仿佛受到意外打击似的畏缩了一下。他抱着双臂在地毯上踱了几步。

"她得走，"他额头冒汗，冷酷地宣布说，"我凭什么要让那女人把我的生活搞得痛苦不堪。她来之后，我没有一天好日子过。你说得对，维维恩。我带你回家之前，必须先把埃洛伊兹打发走。但是她非走不可。我已经做出了决定。我要把她赶出我家门。"

"你什么时候赶？"

哈特利咬紧牙，皱起眉头。

"今晚，"他下定决心说，"我今天晚上就让她走。"

"这样的话，"维维恩说，"我的答复是'同意'。你到时候来接我好了。"

她带着甜美真诚的眼光瞅着他。哈特利不敢相信，她竟然这么痛快就彻底顺从了。

"你要答应我，"他激动地说，"以名誉担保。"

"我以名誉担保。"维维恩温柔地跟着说了一遍。

他在门口转过身,高兴地看着她,但仍像不敢相信他的高兴是否可靠似的。

"明天。"他举起食指提醒她说。

"明天。"她坦诚地微笑着,重复了一遍。

一小时四十分钟后,哈特利在花岗下了火车。他快步走了十分钟,到了坐落在宽阔整齐的草坪上一幢雅致的两层楼别墅门口。他进屋时,一个梳着两条乌黑的辫子、穿着飘拂的白袍的女人迎上前,莫名其妙地紧紧搂住他。

他们踏进门厅时,她说:

"妈妈来了。汽车半小时后来接她。她是来吃晚饭的,可是没吃成。"

"我有话要告诉你,"哈特利说,"我本想过一会儿再说,你妈妈既然在这里,现在说出来也不妨。"

他弯下腰,在她耳边悄悄说了些什么。

他的妻子尖叫起来。妻子的母亲闻声跑进门厅。黑头发的女人又叫了一声——受到宠爱的女人的快活的尖叫。

"哦,妈妈,"她狂喜地喊道,"你知道吗?维维恩要来替我们做饭了!她在蒙哥马利家做了整整一年。现在,亲爱的比来,"她说,"你必须马上去厨房打发埃洛伊兹走人。她又喝得烂醉,一整天都不醒。"

红酋长的赎金

　　这桩买卖看上去好像是有利可图的：不过听我慢慢道来。我们——比尔·德里斯科尔和我——来到南方的亚拉巴马州，忽然想起了这个绑架的主意。后来比尔把它说成是"一时鬼迷心窍"，但我们当时并没有料到。

　　那里有个小镇，平坦得像烙饼，小镇的名字当然叫做顶峰。镇里的居民多半务农，并且像所有簇拥在五月柱周围的农民一样，身心健康，自得其乐。

　　比尔和我一共有六百来元资本，我们恰恰还需要两千元，以便在西部伊利诺斯州做一笔空头地产生意。我们坐在旅馆门前的台阶上讨论了一番。我们说，在半乡村的社会里，对子女的爱很强烈；因此，再加上别的原因，在这种地方实施一个绑架计划，效果肯定比在处于报纸发行范围之内的其他地方好得多，因为报馆会派出记者暗访，把这类事情宣扬得风风雨雨。我们知道顶峰镇拿不出什么有力的办法来对付我们，最多派几个警察，或者还有几条呆头呆脑的猎犬，并且在《农民周报》上把我们臭骂一通。因此，这桩买卖好像切实可行。

　　我们选中了本镇有名望的居民埃比尼泽·多塞特的独子做牺牲品。父亲很有地位，但手面很紧，喜欢做抵押借款，遇有募捐，一毛不拔。孩子十岁，满脸长着浅浮雕似的雀斑，头发的颜色同你赶火车时在报摊上买的杂志封面的颜色一样。比尔和我合计，埃比尼泽会乖乖地拿出两千元赎金，一分不少。但是听我慢慢道来。

　　离顶峰镇两英里光景有一座杉树丛生的小山。山后高处有一个洞。我们把食物和应用物品储藏在那里。

　　一天傍晚，我们驾了一辆马车经过老多塞特家门口。那孩子在街上，用石子投掷对面篱笆墙上的一只小猫。

　　"嗨，小孩！"比尔说，"你要不要一袋糖，再乘车兜个圈子？"

小孩扔出一块碎砖，把比尔的眼睛打个正着。

"这下要老头额外破费五百元。"比尔一面说，一面下车。

小孩像重量级的棕熊那样和我们厮打起来；但我们终于制服了他，把他按在车厢底，赶车跑了。我们把他架进山洞，我把马拴在杉树上。天黑之后，我把车子赶到三英里外租车的小镇，然后步行回到山上。

比尔正往脸上被抓破砸伤的地方贴橡皮膏。山洞入口处的一块大岩石后面生着火，孩子守着一壶煮开的咖啡，他的红头发上插着两枝秃鹰的尾羽。我走近时，他用一根树枝指着我说：

"哈！该死的白人，你竟敢走进平原魔王红酋长的营地？"

"现在没有问题了，"比尔说，同时卷起裤腿检查脚胫上的伤痕，"我们刚才在扮印第安人玩儿。我们把'野牛'比尔的电影比得一钱不值，简直像是市政厅里放映的巴勒斯坦风光的幻灯片啦。我是猎人老汉克，红酋长的俘虏，明天一早要被剥掉头皮。天哪！那小子真能踹人。"

是啊，先生，那孩子生平没有这么快活过。在山洞露宿的乐趣使他忘记自己是个俘虏了。他马上替我起个名字，叫作奸细蛇眼，并且宣布说，等他手下出征的战士回来后，要在太阳升起的时候把我绑在柱子上烧死。

后来，我们吃晚饭，他嘴里塞满了熏肉、面包和肉汁，开始说话了。他的席上演说大致是这样的：

"我真喜欢这样。以前我没有露宿过；可是我有一头小袋鼠。我已经过了九岁的生日。我最恨上学。吉米·塔尔博特的姑妈的花斑鸡下的蛋被耗子吃掉了十六个。这些树林里有没有真的印第安人？我再要一点肉汁。是不是树动了才刮风？我家有五只小狗。你的鼻子为什么这样红，汉克？星期六我揍了埃德·沃克两顿。我不喜欢小姑娘。你不用绳子是捉不到蛤蟆的。牛会不会叫？橘子为什么是圆的？这个洞里有没有床可以睡觉？阿莫斯·默里有六个脚趾。八哥会说话，猴子和鱼就不会。几乘几等于十二？"

每隔几分钟，他就想起自己是个凶恶的印第安人，拿起他的树枝来复枪，蹑手蹑脚地走到洞口去看看有没有可恨的白人来窥探。他不时发出一声战斗的呐喊，吓得猎人老汉克直打哆嗦。那孩子一开头就把他吓坏了。

"红酋长，"我对孩子说，"你想回家吗？"

"噢，回家干吗？"他说，"家里真没劲。我最恨上学了。我喜欢露宿。你不会把我再送回家吧，蛇眼，是吗？"

"不马上送，"我说，"我们要在洞里住一阵子。"

"好！"他说，"那太好啦。我生平从没有碰到过这么有趣的事情。"

我们十一点钟光景睡觉了。我们铺开几条阔毯子和被子，把红酋长安排在中间。我们不担心他会逃跑。他害我们过了三个小时还不能睡，他时不时跳起来，抓起来复枪，在我和比尔的耳边叫道："嘘！伙计。"因为在他稚气的想象中听到了那帮不法之徒偷偷掩来，踩响了树枝或者碰动了树叶。最后，我不踏实地睡着了，梦见自己遭到一个凶恶的红头发的海盗绑架，被捆在树上。

天刚亮，比尔一连串可怕的尖叫声惊醒了我。那不像是从男人发声器官出来的叫、嚷、呼、喊或嚎，而像是女人见到鬼怪或者毛毛虫时发出的粗鄙、可怕而丢脸的尖叫。天蒙蒙亮时听到一个粗壮结实的不法之徒在山洞里这样没命地叫个不停，真是大煞风景。

我跳起来看看究竟出了什么事。只见红酋长骑在比尔的胸口上，一手揪住比尔的头发，一手握着我们切熏肉的快刀，他根据昨天晚上对比尔的判决，起劲而认真地想剥比尔的头皮。

我夺下孩子手里的刀，吩咐他再躺下。从那时候开始，比尔就吓破了胆。他躺在地铺原来的位置上，不过，只要那孩子跟我们在一起，他就再也不敢合眼了。我迷迷糊糊地睡了一会儿，太阳快出来时，我想起红酋长说过要把我绑在柱子上烧死。我倒不是神经过敏或者胆怯，但还是坐了起来，靠着一块岩石，点燃烟斗。

"你这么早起来干吗，山姆？"比尔问我。

"我吗？"我说，"哦，我的肩膀有点痛。我想坐着可能会好一些。"

"你撒谎！"比尔说，"你是害怕。日出时你要被烧死，你怕他真的干得出来。他如果找得到火柴，确实也干得出来。真伤脑筋，是不是，山姆？你认为有谁愿意花钱把这样一个小鬼赎回去吗？"

"当然有，"我说，"这种淘气的孩子正是父母溺爱的。现在你和酋长起来做早饭，我要到山顶上去侦察一下。"

我爬到小山顶，把附近扫视一遍。我以为顶峰镇那面可以看到健壮的庄稼汉握着镰刀和草叉，在各处搜寻绑匪。但是我只看到一片宁静的景象，只有一个人赶着一匹暗褐色的骡子在耕地。没有人在小河里打捞，也没有人来回奔跑，向悲痛的父母报告说还没有任何消息。我看到的阿拉巴马的这一地区，外表上是一派昏昏欲睡的田园风光。我暗忖道："也许他们还没有发现围栏里的羔羊被狼叼走了。上天保佑狼吧！"我说着下山去吃早饭。

我进山洞时，只见比尔背贴着洞壁，直喘大气。那孩子气势汹汹地拿着一块有半个椰子那么大的石头要砸他。

"他把一个滚烫的熟土豆塞进我的脖领，"比尔解释说，"接着又用脚把它踩烂，我打了他一个耳光。你身边带着枪吗，山姆？"

我把孩子手里的石头拿掉，好歹劝住了他们的争吵。"我会收拾你的，"孩子威胁比尔说。"打了红酋长的人休想逃脱他的报复。你就留神吧！"

早饭后，孩子从口袋里掏出一片绕着绳子的皮革，走出山洞去解开。

"他现在想干什么？"比尔焦急地说，"你说他不会逃跑吧，山姆？"

"那倒不必担心，"我说，"他不像是恋家的孩子。不过我们得制定赎金的计划。他的失踪仿佛并没有在顶峰镇引起不安，可能他们还没有想到他被拐走了。他家的人可能认为他在简姑妈或者邻居家过夜，总之，今天他们会惦记他的。今晚我们得送个信给他爸爸，要他拿两千元钱把他赎回去。"

这时，我们听到一声呼喊，正如大卫打倒歌利亚①时可能发过的呼喊那样。红酋长从口袋里掏出来的是一个投石器，他正在头顶上挥旋。

我赶快闪开，只听见沉重的噗的一声，比尔叹了一口气，活像是马卸鞍后的叹息。一块鹅卵大的黑色石头正好打中比尔的左耳后面。他仿佛浑身散架似的倒在火上一锅准备洗盘子的热水上面。我把他拖出来，往他头上泼凉水，足足折腾了半个小时，才使他苏醒。

过一会儿，比尔坐了起来，摸着耳后说："山姆，你知道《圣经》人物中我最喜欢的是谁吗？"

"别紧张，"我说，"你的神志马上就会清醒的。"

"我最喜欢的是希律王②，"他说，"你不会走开，把我一个人丢在这儿吧，山姆？"

我出去抓住那孩子直摇晃，摇得他的雀斑都格格发响。

"假如你再不老实，"我说，"我马上送你回家。喂，你还要捣乱吗？"

"我只不过开个玩笑罢了，"他不高兴地说，"我不是存心害老汉克的。可是他干吗要揍我呀？我答应不捣乱了，蛇眼，只要你不把我送回家，并且今天

---

① 歌利亚是《圣经》里的非利士勇士，身躯高大，但被矮小的大卫用投石器击杀。

② 《新约·马太福音》第2章记载，耶稣诞生时，博士预言耶稣将成为犹太王，当时的犹太王希律惟恐预言应验，下令杀伯利恒两岁以下的男孩。

陪我玩'黑侦察'。"

"我不会玩这个游戏,"我说,"你得自己去和比尔先生商量。今天由他陪你玩。我有事要出去一会儿。现在你进来对他说几句好话,打了他要向他赔个不是,不然立刻送你回家。"

我吩咐他同比尔握握手,然后把比尔拉过一边,告诉他我要去离山洞三英里的白杨村,探听绑架的事在顶峰镇引起了什么反响。我还想当天给老多塞特送一封信,斩钉截铁地向他要赎金,并且指示他用什么方式付款。

"你明白,山姆,"比尔说,"不论山崩地陷,赴汤蹈火——打扑克,玩炸药,逃避警察追捕,抢劫火车,抵御飓风,我总是和你同甘苦,共患难,眼睛都不眨一眨。在我们绑架那个流星焰火之前,我从没有泄过气。他却叫我胆战心惊。你不会让我和他一起待很久吧,山姆?"

"我今天下午回来,"我说,"在我回来之前,你要把这孩子哄得又高兴又安静。现在我们给老多塞特写信吧。"

比尔和我找了纸笔,开始写信。红酋长身上裹着一条毯子,昂首阔步地踱来踱去,守卫洞口。比尔声泪俱下地恳求我把赎金数目从两千降到一千五。他说:"我并不想从道德方面来贬低为人父母的感情,但是我们是在和人打交道,要任何一个人拿出两千元来赎回这个四十磅的、满脸雀斑的野猫是不近人情的。我宁愿要一千五,差额在我应得的那份里扣除好了。"

为了使比尔安心,我同意了。我们合作写了下面的信:

埃比尼泽·多塞特先生:

　　我们把你的孩子藏在某个离顶峰镇很远的地点。你,或是最干练的侦探,要想找到他都是枉费心机的。你若想让他回到你身边,必须履行如下条件:

　　我们要一千五百元(大额现钞)赎金;这笔钱务必在今天午夜放到回信的同一地点和同一盒子里——细节下面将有说明。如果你同意我们的条件,今晚八点半,派人送信答复。在去白杨村的路上,走过猫头鹰河以后,右面麦田的篱笆附近有三株相距一百码左右的大树。第三株树对面的篱笆桩子底下有一个小纸盒。

　　送信人把回信放进盒子后,必须立即回顶峰镇。

　　假如你玩什么花样,或者不同意我们的要求,你将永远见不到你的孩子。假如你按照我们的条件付了钱,孩子可以在三小时内平安回到府上。

这些条件没有磋商余地,如不同意,以后不再联系。

两个亡命徒启

我开了一个给多塞特的信封,揣在口袋里。我正要动身时,孩子跑来说:

"喂,蛇眼,你说你走了后,我可以玩'黑侦察',是吗?"

"当然可以,"我说,"比尔先生陪你玩。这个游戏怎么个玩法?"

"我当黑侦察,"红酋长说,"我要骑马到寨子里去警告居民们说印第安人来犯了。我扮印第安人扮腻了。我要做黑侦察。"

"好吧,"我说,"我看这没有什么害处。比尔先生会帮你打退那些找麻烦的野人的。"

"我做什么?"比尔猜疑地瞅着孩子问。

"你做马,"黑侦察说,"你趴在地下。没有马,我怎么赶到寨子去呢?"

"你还是凑凑他的高兴,"我说,"等我们的计划实现吧。想开一点。"

比尔趴了下去,眼睛里的神情像是掉进陷阱的兔子。

"到寨子有多远,孩子?"他嘶哑地问道。

"九十英里,"黑侦察说,"你得卖点力气,及时赶到那里。嗬,走吧!"

黑侦察跳到比尔背上,用脚踹他的腰。

"看在老天分上,山姆,"比尔说,"尽可能快点回来。早知如此,我们开出的赎金不超出一千元就好了。喂,你别踢我啦,要不我就站起来狠狠揍你一顿。"

我步行到白杨村,在邮局兼杂货铺里坐了一会儿,同进来买东西的庄稼汉聊聊天。一个络腮胡子的人说他听到埃比尼泽·多塞特的儿子走失或者被拐了,顶峰镇闹得沸沸扬扬。那正是我要探听的消息。我买了一些烟草,随便谈谈蚕豆的价钱,偷偷地投了信就走了。邮局局长说过,一小时内邮递员会来取走邮件,送到顶峰镇。

我回到顶峰镇时,比尔和孩子都不见了。我在山洞附近搜寻了一番,还冒险喊了一两声,但是没有人答应。

我只好点燃烟斗,坐在长着苔藓的岸边,等待事态发展。

过了半小时左右,我听到一阵树枝响,比尔摇摇晃晃地走到洞前的一小块空地上。尾随在他身后的是那个孩子,像侦察员那样蹑手蹑脚,眉开眼笑。比尔站停,脱掉帽子,用一方红手帕擦擦脸。孩子停在他背后八英尺远。

"山姆,"比尔说,"我想你也许要说我拆台,但我实在没有办法。我是个顶天立地的男子汉,有男人的脾气和自卫的习惯,但是,自尊和优越也有彻底垮台的时候。孩子走啦。我把他打发回家了。全结束了。古代有些殉道者宁死也不肯放弃他们喜爱的某一件事。可是他们中间谁都没有受过我所经历的非人的折磨。我很想遵守我们掠夺的原则,但总有个限度。"

"出了什么事呀,比尔?"我问他。

"我被骑着,"比尔说,"跑了九十英里去寨子,一寸也不能少。之后,居民们获救了,便给我吃燕麦。沙子可不是好吃的代用品。接着,我又被纠缠了一个小时,向他解释为什么空洞是空的,为什么路上可以来回走,为什么草是绿的。我对你说,山姆,忍耐是有限度的。我揪住他的衣领,把他拖下山去。一路上他把我的小腿踢得紫一块、青一块的,我的大拇指和手掌还被他咬了两三口。

"但是他终究走了,"比尔接着说,"回家了。我把去顶峰镇的路指点给他看,一脚把他朝那方向踢出八尺远。赎金弄不到手了,我很抱歉,不过不这样做的话,比尔·德里斯科尔可要进疯人院了。"

比尔还是气喘吁吁的,但他那红润的脸上却有一种说不出的安逸和越来越得意的神情。

"比尔,"我说,"你亲属中间有没有害心脏病的?"

"没有,"比尔说,"除了疟疾和横死以外,没有慢性病。你干吗问这句话?"

"那你不妨回过头去,"我说,"看看你背后是什么。"

比尔回过头,看到了那孩子,他脸色刷地发白,一屁股坐在地上,开始讪讪地拔着青草和小枝条。我为他的神经足足担心了一小时。之后,我对他说,我的计划立刻可以解决这件事。如果老多塞特答应我们的条件,午夜时我们拿到赎金就远走高飞。比尔总算打起精神,勉强向孩子笑笑,答应等自己觉得好一些后同他玩俄罗斯人和日本人打仗的游戏。

我有一个取到赎金而绝不至于落进圈套的办法,应该公之于世,和专门从事绑架的同行们共享。我通知多塞特放回信——以后还要放钱——的那株树挨着路上的篱笆墙,四面是开阔的田野。如果有一帮警察蹲守,要抓来取信的人,他们打老远就可以看到那人在路上走来,或者看见他穿过田野。但是没那么简单,先生!八点半钟,我爬到树上,像树蛙似的躲得好好的,等待送信人到来。

到了约定时间，一个半大不小的孩子骑着自行车在路上来了，他找到篱笆桩子底下的纸盒，放进一张折好的纸，然后骑上车，朝顶峰镇方向回去。

我等了一个小时，断定不会有什么意外了，便从树上溜下来，取了那张纸，顺着篱笆墙一直跑进树林子，再过半小时便回到了山洞。我打开那张便条，凑近灯光，念给比尔听。便条是用铅笔写的，字迹潦草，内容是这样的：

两个亡命徒先生们：

　　今天收到你们寄来的有关赎回我儿子的信。我认为你们的要求偏高了一些。因此我在这里提个反建议，相信你们很可能接受。你们把约翰尼送回家来，再付我两百五十元，我可以同意从你们手里接管他。你们来的话最好是在夜里，因为邻居们都以为他走失了。如果他们看见有谁把他送回来，会采取什么手段来对付你们很难预料，我可不能负责。

　　　　　　　　　　　　　　埃比尼泽·多塞特谨启

"彭赞斯的大海盗，"我说，"真他妈的岂有此理——"

但是我瞟了比尔一眼，迟疑起来。他眼睛里那种苦苦哀求的神情，无论在哑口畜生或者会说话的动物的脸上，都从未见过。

"山姆，"他说，"两百五十元毕竟算得上什么呢？我们手头有这笔钱。再和这孩子待一晚，我准会被送进疯人院。我认为多塞特先生提出这么大方的条件，不但是个百分之百的君子，而且还是仗义疏财的人。你不打算放过这个机会吧，是吗？"

"老实告诉你，比尔，"我说，"这头小公羊叫我也觉得棘手。我们把他送回家，付掉赎金，赶快脱身。"

我们当晚便送他回去。我们对他说，他爸爸已经替他买了一支银把的来复枪和一双鹿皮鞋，并且说明天带他一起去打熊，总算把他骗走。

我们敲埃比尼泽家的前门时，正好是十二点。按照原先的计划，我们本应从树下的盒子里取到一千五百元，现在却由比尔数出二百五十元来给多塞特。

孩子发现我们要把他留在家里，便像火车头似的吼起来，像水蛭似的吸附在比尔的腿上。他爸爸像揭膏药似的慢慢地把他撕了下来。

"你抓着他能支持多久？"比尔问道。

"我身体不如以前那么强壮了，"老多塞特说，"但是我想我可以给你们十分钟的时间。"

"够了，"比尔说，"十分钟内，我可以穿过中部、南部和中南部各州，直奔加拿大边境。"

　　尽管天色这么黑，尽管比尔这么胖，尽管我跑得算是快的，可等我赶上比尔时，他已经把顶峰镇抛在背后，有一英里半远了。

婚嫁的五月

当诗人向你歌唱,赞美五月的时候,请你给他脸上一拳。五月是捣乱和疯狂的精灵管辖的月份。不负责任的精灵出没在新绿初绽的树林里;帕克①和他那帮侏儒在城市和乡村里忙忙碌碌。

到了五月份,大自然斥责似的指着我们,叫我们记清我们不是什么神灵,而是她的大家庭里过于自负的成员。她提醒我们无非是大杂烩里的蛤蜊和驴子的兄弟,是三色紫罗兰和黑猩猩的直系后裔,是咕哝做声的鸽子、嘎嘎叫的鸭子、公园里的使女和警察的堂表兄弟姐妹。

到了五月份,丘比特蒙着眼睛射出他的箭矢——百万富翁娶了女速记员;有学问的教授向快餐店里系着白围裙、嚼着口香糖的侍女求爱;女教师让调皮的大男孩放学后留下来;扛着梯子的小伙子悄悄穿过草坪,而朱丽叶收好了望远镜等在格子窗后;一对对青年男女去外面散散步,回来时已经结了婚;老家伙戴着白鞋罩,在师范学校附近转悠;甚至结过婚的人也变得异乎寻常的温柔多情,拍拍他们老妻的背,粗声粗气地说:"怎么啦,老伴儿?"

五月不是女神,而是在为夏姑娘初次进入社交界而举行的舞会上戴着假面具的女妖,她把我们统统征服了。

库尔森老先生呻吟了一下,在椅子上坐坐直,他一只脚有严重的痛风病,在大慈悲公园附近有一所邸宅,有五十万元家财,有一个女儿。此外,他还有一个女管家,威德普太太。这一事实和这个姓都需要略加说明。

当五月触动了库尔森先生时,他就成了斑鸠的大哥。他坐处的窗外有一盆盆淡黄色的长寿花、紫蓝色的风信子、粉红色的天竺葵和三色紫罗兰。微风把它们的香气带进了房间。于是,花香和缓解痛风的搽剂的强烈气味开始互

① 帕克是莎士比亚喜剧《仲夏夜之梦》中喜欢恶作剧的小精灵。

争短长。搽剂轻而易举地占了上风,但是,在此以前,库尔森先生的鼻子已经挨了花香的一记上钩拳。五月那个毫不通融的、虚情假意的女妖已经做出了致命的打击。

越过公园,飘到库尔森先生嗅觉器官的是春天的另一种气息,它是地铁上面的大城市独特的、明确无误的、享有专利的气息。那就是晒热的柏油、地下酒馆、汽油、广藿香、橘子皮、阴沟沼气、奥尔巴尼食物、埃及香烟、灰泥和油墨未干的报纸的气味。吹进来的空气甜美柔和。户外麻雀在欢乐地争吵。它们从不相信春天。

库尔森先生捻捻白胡子梢,诅咒他那条腿,拍打身边桌上的铃铛。

威德普太太慌忙进来。她皮肤白皙,长得好看,虽然年已四十,仍很性感。

"希金斯出去了,先生,"她微笑着说,笑容让人联想到振动的按摩,"他去寄封信。有什么事要我帮你做吗?"

"是我服用乌头①的时候了,"库尔森老先生说,"替我滴几滴。药瓶在那儿。往水里滴三滴。该死的——我是说希金斯!我没人照顾,死在这把椅子上都没人管。"

威德普太太长叹了一声。

"别那么说,先生,"她说,"有的人自己不清楚,但是关心他的人可多呢。你说是十三滴吗,先生?"

"三滴。"库尔森老头说。

他喝了药,抓住威德普太太的手。她脸红了。哦,没事。只要屏住呼吸,按着横膈膜就行。

"威德普太太,"库尔森先生说,"春天终于来了。"

"可不是吗?"威德普太太说,"空气确实暖和了。每个街角都有卖黑啤酒的招牌。公园里满是黄、蓝、粉红的花朵;我的腿和身子感到一阵阵刺痛。"

"'春光明媚,'"库尔森先生捻着胡子,引用诗句,"'青年人的——我是说人们的——幻想不由自主地会转向爱情。'"

"生意盎然!"威德普太太大声说,"可不是吗?仿佛就在空中荡漾。"

"'春光明媚,'"库尔森老先生继续引用诗句,"'活泼的虹彩映照着鲜亮

---

① 乌头是毛茛科植物的主根,略像乌鸦的头,有剧毒,可作镇痛剂。

的鸽子。'"

"爱尔兰人①确实很活泼。"威德普太太若有所思地说。

"威德普太太，"库尔森先生那只害痛风的脚一阵剧痛,使他扭歪了脸,"这幢房子里如果没有你,不知道会怎么冷清呢。我是个——我是个上了年纪的人——不过我有不少钱,生活可以过得很舒服。我的心虽然不再像年轻人那么热烈,但是五十万元公债的财产和真实的感情仍使它跳得——"

隔壁房间门帘附近一把椅子突然倒地,发出的巨响打断了受五月之累、没有提防的老先生。

范·米克·康斯坦蒂亚·库尔森小姐高视阔步地走了进来。她三十五岁,高挑身材,高鼻梁,大骨骼,一副冷感的、有教养的、住在大慈悲公园高级住宅区的神气。她举起带长柄的眼镜。威德普太太慌忙弯下腰去整理库尔森先生痛风脚上的绷带。

"我以为希金斯在你这儿呢。"范·米克·康斯坦蒂亚小姐说。

"希金斯出去了,"她父亲解释说,"威德普太太听到铃声便来了。现在好多了,威德普太太,谢谢你。不,我不需要别的了。"

在库尔森小姐冷冷的探究的眼光下,女管家红着脸退了下去。

"春天天气真可爱,不是吗,女儿?"老头没话找话地问。

"一点不错,"范·米克·康斯坦蒂亚·库尔森小姐有点晦涩地说,"威德普太太什么时候开始休假?"

"她好像说再过一星期。"库尔森先生说。

范·米克·康斯坦蒂亚小姐在窗前站了一会儿,瞅着洒满下午柔和阳光的小花园。她像植物学家似的观察花朵——狡猾的五月的最有力的武器。她以科隆处女的冷漠情绪抵御着柔和大气的攻击。在她无动于衷的甲胄前,愉快阳光的箭矢遭到霜冻,纷纷跌落。在她沉睡的、未经开发的心里,花香唤不起任何柔情。麻雀的啁啾使她痛苦。她嘲笑五月。

但是,尽管库尔森小姐不为季节所动,她的敏感程度足以判断出春天的威力。她知道上了年纪的男人和宽腰身的女人像受过训练的跳蚤似的跟在五月那个欢乐的嘲笑者后面蹦蹦跳跳。她以前听说有些愚蠢的老先生同他们的女管家结了婚。不管怎么说,这种叫做爱情的感情多么丢人现眼!

---

① 原文"虹彩"和"爱尔兰人"发音相近。

第二天早晨八点钟,送冰人来的时候,厨师通知他说,库尔森小姐要他去地下室见她。

"哎,我岂不成了奥尔科特和迪皮尤,根本不必提他们的姓①?"送冰人自我陶醉地说。

作为让步,他把卷起的袖管放下来,把冰钩放在一株紫丁香花上,回到房子里。范·米克·康斯坦蒂亚·库尔森小姐和他说话时,他脱下了帽子。

"这个地下室有个后门,"库尔森小姐说,"通到隔壁一块建筑空地,你可以把车子赶到那里,我要你在两小时内送一千磅冰来。你也许需要找一两个人帮你忙。待会儿我告诉你卸冰的地点。今后四天里,我还要你每天送一千磅冰,卸在同一地点。你的公司可以把冰钱记在我们包月的账上。这钱是给你的小费。"

库尔森小姐递给他一张十元的钞票。送冰人双手拿着帽子放在背后,鞠了一躬。

"不必客气了,小姐,你吩咐的任何事情,我都乐意照办。"

啊哟,多事的五月!

中午时分,库尔森先生使劲叫希金斯,碰倒了桌上的两个玻璃杯,拍断了铃铛弹簧。

"拿把斧子来,"库尔森先生恶狠狠地吩咐说,"或者派人去买一夸脱氢氰酸②,或者找个警察来开枪把我打死。我宁愿那样死,而不愿意活活冻死。"

"天气好像并没有变冷,先生,"希金斯说,"我没有注意到。我这就去关窗,先生。"

"去关吧,"库尔森先生说,"他们说春天到了,不是吗?再这样下去,我要回棕榈滩去了。屋子里冷得像是停尸所。"

过后不久,库尔森小姐孝顺地进来问问痛风的情况。

"康斯坦蒂亚,"老头说,"外面的天气怎么样?"

"阳光很好,"库尔森小姐说,"不过有点寒意。"

"我却觉得像是大冬天。"库尔森先生说。

---

① 奥尔科特(1860—1932),美国男高音、演员,著名歌曲《我的爱尔兰野玫瑰》是他创作演唱的;迪皮尤(1834—1928),美国律师、国务卿、1888 年共和党总统候选人,善于演说;二人均名昌西;昌西则是美国牧师乔纳森·昌西的姓,他的带有自由主义思想的讲道和政治性文章在英美享有盛名。

② 氢氰酸,亦名普鲁士酸,有剧毒,常用作杀虫剂、洗印照片、电镀等。

"这就是俗话所说的冬天赖在春天的怀里不走，"康斯坦蒂亚心不在焉地望着窗外说，"尽管这种比喻不雅。"

后来，她沿着小花园旁边，朝西去百老汇路买些东西。

威德普太太随即进了病人的房间。

"你打铃了吗，先生？"她眉飞色舞地问道，"我让希金斯去药房了，我好像听到你打铃。"

"我没有打。"库尔森先生说。

"先生，"威德普太太说，"昨天你正要说什么来着，怕是我打断了你的话。"

"威德普太太，"库尔森老头粗暴地说，"我觉得屋子里这么冷，究竟是怎么搞的？"

"冷吗，先生？"女管家说，"哟，经你一提，确实觉得这间屋子特别冷。可是外面暖和晴朗得像是六月份，先生。这种天气让人们的心仿佛都要从胸膛里跳出来似的，先生。房子墙上的常春藤吐了新叶，人行道上有手风琴演奏，小孩跳舞——这种时候把心里话说出来最合适了。昨天你好像说了什么来着，先生——"

"婆娘！"库尔森先生吼道，"你真混。我雇你照管这个家。我在自己的房间里冻得要死，你却跑来和我胡扯什么常春藤和手风琴。马上替我拿一件大衣来。把楼下所有的门窗都关好。你这个不负责任、独门心思的老肥婆在仲冬天气同我扯什么春天和花朵。希金斯回来后，让他给我弄一杯热的朗姆潘趣酒来。现在你给我出去！"

但是谁能责怪五月靓丽的面孔呢？尽管她调皮捣蛋，扰乱了精神健全的人们的宁静，老处女的狡黠或者冷藏，都不能使她在辉煌的月份中间低下头来。

是啊，故事还没有完。

过了一晚，第二天早晨希金斯扶库尔森老头坐到窗前的椅子上，房间里的冷气已经消散。飘来的是美妙的气息和柔和的芳香。

威德普太太匆匆进来，站在他的椅子旁边。库尔森先生伸出瘦骨嶙峋的手，抓住她的胖手。

"威德普太太，"他说，"如果没有你的话，这幢房子算不上是个家。我有五十万家产。如果那笔钱和一颗虽然不再年轻炽热但还没有冷的心的真感情能够——”

　　“我搞清楚屋里为什么这样冷了，”威德普太太靠在他的椅子上说，“是冰——成吨重的冰——地下室和锅炉房里到处是冰。我关掉了同你房间里相连的通风口，库尔森先生，可怜的人儿！现在又是春天了。”

　　“春天使得一颗真诚的心，”库尔森老头有点犹豫地说，“又恢复了生机，我——我的女儿会怎么说呢，威德普太太？”

　　“不用担心，先生，”威德普太太高兴地说，“库尔森小姐，她昨夜跟送冰人私奔了，先生！”

人生的波澜

治安官①贝纳加·威德普坐在办公室门口,抽着接骨木烟斗。坎伯兰山脉高耸入云,在午后的雾霭中呈现一片灰蒙蒙的蓝色。一只花斑母鸡高视阔步地走在居留地的大街上,愣愣磕磕地叫个不停。

路那头传来了车轴的吱呀声,升腾起一蓬沙尘,接着出现了一辆牛车,车上坐着兰西·比尔布罗和他的老婆。牛车来到治安官的门前停住,两人爬下车来。兰西是个六英尺高的瘦长汉子,有着淡褐色的皮肤和黄色的头发。山区的冷峻气氛像一副甲胄似的罩住他全身。女的穿花布衣服,瘦削的身段,拢起来的头发,现出莫名的不如意的神情。这一切都透露出一丝对枉度青春的抗议。

治安官为了保持尊严,把双脚伸进鞋子,然后挪动一下地方,让他们进屋。

"我们俩,"女人说,声音仿佛寒风扫过松林,"要离婚。"她瞅了兰西一眼,看他是否认为她对他俩的事情所做的陈述有破绽、含糊、规避、不公或者偏袒自己的地方。

"离婚,"兰西严肃地点点头说,"我们俩怎么也不对劲儿。住在山里,即使夫妻和和美美,也已经够寂寞的了,何况她在家里不是像野猫似的气势汹汹,便是像号枭似的阴阴沉沉,男人凭什么要跟她一起过日子。"

"那是什么话,他自己是个没出息的害人虫,"女人并不十分激动地说,"老是跟那些无赖和私酒贩子鬼混,喝了玉米烧酒就挺尸那样躺着,还养了一群饿狗害人家来喂!"

"说真的,她老是摔锅盖,"兰西反唇相讥说,"把滚开的水泼在坎伯兰最好的浣熊狗身上,不肯做饭给男人吃,深更半夜还骂骂咧咧地唠叨个没完,不

---

① 治安官,英美的地方官员,兼理司法事务,乡村的琐细案件由其判决执行,并有权颁发证书等。

让人睡觉。"

"再说,他老是抗缴税款,在山里得了个二流子的名声,晚上有谁还能好好睡觉?"

治安官从容不迫地着手执行任务。他把惟一的椅子和一条木凳让给了诉讼人,然后打开桌上的法令全书,细查索引。没多久,他擦擦眼镜,把墨水瓶挪动了一下。

"法律和法令,"他开口说,"就本庭的权限而言,并没有提到离婚的问题。但是,根据公平合理的原则,根据宪法和金箴①,来而不往不是生意经。如果治安官有权替人证婚,那么很清楚,他也有权办理离婚事宜。本庭可以发给离婚证书,并由最高法院认可它的效力。"

兰西·比尔布罗从裤袋里掏出一只小小的烟草袋。他在桌上抖搂出一张五元的钞票。"这是卖了一张熊皮和两张狐皮换来的,"他声明说,"我们的钱全在这儿了。"

"本庭办理一件离婚案的费用,"治安官说,"是五元钱。"他装出满不在乎的样子,把那张钞票塞进粗呢坎肩的口袋里。他费了很大劲儿,花了不少心思,才把证书写在半张大页纸上,然后在另外半张上照抄一遍。兰西·比尔布罗和他的老婆静听他念那份将给他们带来自由的文件:

> 为周知事,兰西·比尔布罗及其妻子阿里艾拉·比尔布罗今日亲来本官面前议定,不论将来如何,双方此后不再敬爱服从。成立协议时,当事人神志清晰,身体健全。按照本州治安和法律的尊严,特发给此离婚书为凭。今后各不相涉,上帝鉴诸。
>
> 田纳西州,比德蒙特县
治安官贝纳加·威德普

治安官正要把一份证书递给兰西。阿里艾拉忽然出声阻止。两个男人都朝她看看。他们的男性的迟钝碰到了女人突如其来的、出乎意外的变卦。

"法官,你先别给他那张纸。事情并没有完全了结。我先得主张我的权利。我得要求赡养费。男人离掉老婆,老婆的生活费用分文不给可不行。我打算到猪背山我兄弟埃德家去。我需要一双鞋子,一些鼻烟和别的东西。兰西既然有钱离

---

① 金箴指《新约·马太福音》第7章第12节和《路迦福音》第6章第31节的"无论何事,你们愿意人怎样待你们,你们也要这样待人。"

婚,就得给我赡养费。"

兰西·比尔布罗给弄得目瞪口呆。以前从没有提过赡养费。女人总是那样节外生枝,提出意想不到的问题来。

治安官贝纳加·威德普觉得这个问题需要司法裁决。法令全书上没有关于赡养费的明文规定。那女人却是打着赤脚。去猪背山的路径不但峻峭,而且满是石子。

"阿里艾拉·比尔布罗,"他打着官腔问道,"在本案中,你认为要多少赡养费合适?"

"我认为,"她回答说,"买鞋等等,就说是五块钱吧。作为赡养费这不算多,但我合计可以维持我到埃德兄弟那儿去了。"

"数目不能说不合理,"治安官说,"兰西·比尔布罗,在发给离婚判决书之前,本庭着你付给原告五块钱。"

"我再没有钱了,"兰西沉郁地低声说,"我把所有的都付给你了。"

"你如果不付,"治安官从他眼镜上方严肃地望着说,"就犯了藐视法庭罪。"

"我想如果允许我延迟到明天,"丈夫请求说,"我或许能想办法拼凑起来。我从没有料到要什么赡养费。"

"本案暂时休庭,明天继续,"贝纳加·威德普说,"你们两人明天到庭听候宣判。那时再发给离婚判决书。"他在门口坐下来,开始解鞋带。

"我们还是去齐亚大叔那儿过夜,"兰西决定说。他爬上牛车,阿里艾拉从另一边爬了上去。缰绳一抖,那头小红牛慢吞吞转了一个向,牛车在轮底扬起的尘土中爬走了。

治安官贝纳加·威德普继续抽他的接骨木烟斗。将近傍晚时,他收到了订阅的周报,一直看到字迹在暮色中逐渐模糊的时候。于是,他点燃桌上的牛油蜡烛,又看到月亮升起来,算来该是吃晚饭的时候了。他住在山坡上一棵剥皮白杨附近的双开间的木屋里。回家吃晚饭要穿过一条有月桂树丛遮掩的小岔道。一个黑魆魆的人形从月桂村丛中跨出来,用来复枪对着治安官的胸膛。那个人帽子拉得很低,脸上也用什么东西遮住一大半。

"我要你的钱,"那个人说,"少废话。我神经紧张。我的手指在扳机上哆嗦着呢。"

"我只有五——五——五块钱。"治安官一面说,一面把钱从坎肩里掏出来。

"卷起来,"对方发出命令,"把钱塞进枪口。"

票子又新又脆。手指虽然有些颤抖不灵活,把它卷起来并不怎么困难,只是塞进枪口时不太顺当。

"你现在可以走啦。"强盗说。

治安官不敢逗留,赶快跑开。

第二天,那头小红牛拖着车子又来到办公室门口。治安官贝纳加·威德普知道有人要来,早已穿好了鞋子。兰西·比尔布罗当着治安官的面把一张五块钞票交给他的老婆。治安官虎视眈眈地盯着那张票子。它似乎曾经卷过、塞进过枪口,因为还有卷曲的痕迹。但是治安官忍住没有做声。别的钞票很可能也会卷曲的。他把离婚判决书分发给两人。两人都尴尬地默默站着,慢吞吞地折起那张自由的保证书。女人竭力抑制着感情,怯生生地瞥了兰西一眼。

"我想你要赶着牛车回家去了,"她说,"木架上的铁皮盒子里有面包。我把咸肉搁在锅里,免得狗偷吃。今晚别忘了给钟上弦。"

"你要去你的埃德兄弟那儿吗?"兰西装出漫不经心的样子问道。

"我打算在天黑前赶到那里。我不指望他们会忙着欢迎我。可是我没有别的地方可以投靠了。路很长,我想我还是趁早走吧。那么我就说再见了,兰西——要是你也愿意说的话。"

"如果谁连再见都不肯说,那简直成了畜生,"兰西带着十分委屈的声调说,"除非你急着上路,不愿意让我说。"

阿里艾拉默不作声。她把那张五块钞票和她的一份判决书小心折好放进怀里。贝纳加·威德普伤心的眼光从眼镜后面望着那五块钱到别人的怀里去了。

他想说的话(他的思潮翻腾)只有两种,一种使他的地位和一大群富于同情心的世人并列,另一种使他和一小群金融家并列。

"今晚老屋里一定很寂寞,兰西。"她说。

兰西·比尔布罗凝望着坎伯兰山岭,在阳光下,山岭现在成了一片蔚蓝。他没有看阿里艾拉。

"我也知道会寂寞的,"他说,"但是人家怒气冲冲,一定要离婚,你不可能留住人家呀。"

"要离婚的是别人,"阿里艾拉对着木凳子说,"何况人家又没有让我留着不走。"

"没有人说过不让呀。"

"可是也没有人说过让呀。我想我现在还是动身去埃德兄弟那儿吧。"

"没有人会给那只旧钟上弦。"

"要不要我搭车跟你一路回去,替你上弦,兰西?"

那个山民的面容绝不流露任何情感,可是他伸出一只大手抓住了阿里艾拉的褐色小手。她的灵魂在冷淡的脸庞上透露了一下,顿时使它闪出了光辉。

"那些狗再不会给你添麻烦了,"兰西说,"我想以往我确实太没有出息,太不上进啦。那只钟还是由你去上弦吧,阿里艾拉。"

"我的心老是在那座木屋里,兰西,"她悄声说,"老是跟你在一起。我再也不发火了。我们动身吧,兰西,太阳落山前,我们可以赶回家。"

治安官贝纳加·威德普看他们自顾自走向门口,竟忘了他在场,便插嘴发话了。

"以田纳西州的名义,"他说,"我不准你们两人藐视本州的法律和法令。本庭看到两个相亲相爱的人拨开了误会与不和谐的云雾,重归于好,不但非常满意,而且十分高兴。但是本庭有责任维护本州的道德和治安。本庭提醒你们,你们已经没有夫妇关系,你们经过正式判决离了婚,在这种情况下,你们不再享有婚姻状态下的一切权益了。"

阿里艾拉一把抓住兰西的胳膊。难道这些话是说,他们刚接受了生活的教训,她又要失去他吗?

"不过本庭,"治安官接着说,"可以解除离婚判决所造成的障碍。本庭可以立刻执行结婚的庄重仪式,把事情安排妥当,使双方如愿恢复那光明高尚的婚姻状态。执行这种仪式的手续费,就本案而论,一切包括在内,是五块钱。"

阿里艾拉从他的话里听到了一线希望。她的手飞快地伸进怀里。那张钞票像着陆的鸽子似的自在地飘到治安官的桌子上。当她和兰西手挽手站着,倾听那些使他们重新结合的词句时,她那疲黄的脸颊上有了血色。

兰西扶她上了车,自己也爬上去坐在她身旁。那头小红牛又转了一个向,他们紧握着手向山中进发了。

治安官贝纳加·威德普在门口坐下来,脱掉鞋子。他又一次伸手摸摸坎肩口袋里的钞票。他又一次抽起接骨木烟斗。那只花斑母鸡仍旧高视阔步地走在居留地上,愣愣磕磕地叫个不停。

我们选择的道路

"落日快车"在塔克森①以西二十英里的一座水塔旁边停下来上水。那列著名快车的车头除了水之外,还加了一些对它不利的东西。

火夫放下输水管的时候,三个人爬上了车头:鲍勃·蒂德博尔、鲨鱼多德森和有四分之一克里克印第安血统的约翰·大狗。他们把带在身边的三件家伙的圆口子对准了司机。司机被这些口子所暗示的可能性吓得举起了双手,仿佛要说:"不至于吧!"

进攻队伍的头儿,鲨鱼多德森,利索地发了一个命令,司机下了车,把机车和煤水车从列车卸开。接着,约翰·大狗蹲在煤车上,开玩笑似的用两支手枪分别对着司机和火夫,吩咐他们把车头开出五十码,在那里听候命令。

鲨鱼多德森和鲍勃·蒂德博尔认为旅客是品位不高的矿石,没有筛选的价值,便直奔特别快车的富矿。他们发现押运员正自得其乐地认为"落日快车"除了清水之外,没有添加危险刺激的东西。鲍勃用六响手枪的枪柄把这个念头从他脑袋里敲了出去,与此同时,鲨鱼多德森已经动手用炸药炸开了邮车的保险柜。

保险柜炸开后,发现里面有三万元之多,全是金币和现钞。旅客们漫不经心地从窗口探头看看哪里有雷雨云。列车员急忙拉铃索,可是事先被割断的绳索一拉就软绵绵地脱落下来。鲨鱼多德森和鲍勃·蒂德博尔把他们的战利品装进一个结实的帆布口袋,跳出邮车,朝车头跑去,高跟的马靴使他们奔跑时有些蹒跚。

司机正生着闷气,人却不傻,他遵照命令,把车头迅速驶离动弹不得的列车。然而在车头开出之前,押运员已经从鲍勃·蒂德博尔使他退居中立的一击下苏醒过来,他抓起一杆温彻斯特连发枪,参加了这场游戏。坐在煤水车上的约翰·大狗先生无意中走错一着棋,成了打靶的目标,被押运员钻了空子。子弹恰恰打进他两片肩胛骨中间,这个克里克的骗子一个倒栽葱跌到地上,让他的伙伴每人多

---

① 塔克森,美国阿利桑纳州南部城市。

分到六分之一的赃款。

车头开到离水塔两英里时,司机被命令停车。

两个强盗大模大样地挥手告别,然后冲下陡坡,消失在路轨旁边的密林中。他们在矮槲树林里横冲直撞闯了五分钟后,到了稀疏的树林里,那儿有三匹马拴在低垂的树枝上。其中一匹是等候约翰·大狗的,但是无论白天黑夜,他再也骑不成马了。两个强盗卸掉这头牲口的鞍辔,放了它。他们跨上另外两匹马,把帆布袋搁在一匹马的鞍头上,审慎而迅速地穿过树林,驰进一个荒凉的原始峡谷。在这里,鲍勃·蒂德博尔的坐骑在长满苔藓的岩石上打了滑,摔折了前腿。他们立刻朝它脑袋开了一枪,坐下来讨论怎样远走高飞。由于他们所走的路径盘旋曲折,暂时可保安全,时间的问题不像先前那么严重了。追踪而来的搜索队,即使矫健非凡,在时间和空间上同他们还隔着一大段距离。鲨鱼多德森的马已经松开笼头,拖着缰绳,喘着气,在峡谷的溪流边吃青草。鲍勃·蒂德博尔打开帆布袋,双手抓起扎得整整齐齐的现钞和一小袋金币,咧着嘴,像小孩一般高兴。

"嗨,你这个双料强盗,"他快活地招呼多德森,"你说我们准能行——在金融事业上,你的头脑可真行,整个阿利桑纳州找不到你的对手。"

"你没有坐骑怎么办呢,鲍勃?我们不能在这里多耗时间。明早天没亮,他们就会来追缉的。"

"哦,我想你那匹小野马暂时驮得动我们两个人,"乐天派的鲍勃回答说,"路上一见到马,我们就征用一匹。天哪,我们发了一笔财,可不是吗?看钱上的标签,一共三万,每人一万五!"

"比我预料的少。"鲨鱼多德森说,他用靴子尖轻轻踢着钞票捆,接着,沉思地瞅着那匹跑累的马的汗水淋漓的肋腹。

"老博利瓦尔差不多要累垮啦,"他慢吞吞地说,"我真希望你的栗毛马没有摔伤。"

"我也这样希望,"鲍勃无忧无虑地说,"不过那也是没有办法的事。博利瓦尔的脚力很健——它能把我们驮到可以换新坐骑的地方。妈的,鲨鱼,我想起来就纳闷,像你这样的一个东部人来到这里,在这些横行不法的勾当中居然胜过我们西部人。你究竟是东部哪里的人?"

"纽约州,"鲨鱼多德森说着在一块岩石上坐下来,嘴里嚼着一根小树枝。"我出生在厄斯特县的一个农庄,十七岁的时候,从家里逃出来。我到西部完全是偶然的机遇。当时我挎一小包衣服,顺着路走,想去纽约市。我打算到那里去挣大钱。我觉得我能行。一天傍晚,我到了一个三岔路口,不知道该走哪条路。

我琢磨了半个小时,终于选择了左面的一条。就在那天晚上,我遇到了一个在乡镇旅行演出的西部戏班子,我跟他们来到了西部。我常想,如果当时我选择了另一条路,会不会成为另一种人。”

“哦,我想你结果还是一样,”鲍勃·蒂德博尔愉快而带有哲理地说,“我们选择的道路关系不大,结果成为哪一种人,完全是由我们的本质决定的。”

鲨鱼多德森站起来,靠在一棵树上。

“我真不愿意你那匹栗毛马摔伤,鲍勃。”他又说了一遍,几乎有点伤感。

“我何尝愿意,”鲍勃附和说,“它确实是匹一流的快马。但是博利瓦尔准能帮我们渡过难关的。我们还是赶紧上路为好,对不对,鲨鱼?我把钱装好,我们上路找个妥当的地方吧。”

鲍勃·蒂德博尔把抢来的钱重新装进帆布袋,用绳索扎紧袋口。他抬起头时看到的最扎眼的东西,是鲨鱼多德森手里握得四平八稳的、对准他的四五口径的枪口。

“别开玩笑,”鲍勃咧着嘴说,“我们还得赶路呢。”

“别动,”鲨鱼说,“你不必赶路了,鲍勃。我不得不告诉你,我们中间只有一个人有机会逃脱。博利瓦尔已经够累的了,驮不动两个人。”

“鲨鱼多德森,你我搭档已有三年,”鲍勃平静地说,“我们一起出生入死,也不止一次了。我一向同你公平交易,满以为你是条汉子。我也曾听到一些古怪的传说,说你不光明地杀过一两个人,但是我从不相信。如果你同我开开小玩笑,鲨鱼,那就收起你的枪,让我们骑上博利瓦尔赶路。如果你存心要枪杀我——那就开枪吧,你这个毒蜘蛛养的黑心小子!”

鲨鱼多德森的神色显得十分悲哀。

“你不了解,鲍勃,”他叹了一口气说,“你那匹栗毛马摔折了腿,叫我多么难过。”

刹那间,多德森换了一副凛冽的凶相,还夹杂着一种冷酷的贪婪。那个人的灵魂显露了一会儿,像一幢外观正派的房屋的窗口出现了一张邪恶的脸庞。

一点不假,鲍勃·蒂德博尔不必再赶路了。那个不仗义的朋友的致命的四五口径手枪砰的一响,在山谷里布满了吼号,石壁激起愤愤不平的回声。博利瓦尔,不自觉的同谋者,驮着抢劫“落日快车”的强盗中最后的一个飞快地驰走,没有被迫“驮两个人”。

鲨鱼多德森疾驰而去时,眼前的树林似乎逐渐消失,右手里的枪柄变成了桃花心木椅子的弯扶手,马鞍奇怪地装上了弹簧,他睁眼一看,发现自己的脚并没有踩在马镫上,而是安详地搁在那张直纹橡木办公桌的边上。

我告诉各位的是这么一回事:华尔街经纪人,多德森–德克尔公司的多德森睁开了眼睛。机要秘书皮博迪站在他的椅子旁边,嗫嗫嚅嚅的正想说话。楼下传来杂乱的车轮声,屋子里是电风扇催人欲眠的营营声。

"嘿唔! 皮博迪,"多德森眨着眼睛说,"我准是睡着了。我做了一个非常奇怪的梦。有什么事吗,皮博迪?"

"特雷西–威廉姆斯公司的威廉姆斯先生等在外面。他是来结算那笔埃克斯·淮·齐股票账目的。他抛空失了风,你大概还记得吧,先生。"

"对,我记得。今天埃克斯·淮·齐是什么行情,皮博迪?"

"一块八毛五,先生。"

"就按这个行情结账好啦。"

"对不起,我想说一句,"皮博迪局促不安地说,"我刚才同威廉姆斯谈过。多德森先生,他是你的老朋友,事实上你垄断了埃克斯·淮·齐股票。我想你也许——呃,你也许不记得你卖给他的价位是九毛八。如果要他按市场行情结账,他就得倾家荡产,变卖掉一切才能交割。"

刹那间,多德森换了一副凛冽的凶相,还夹杂着一种冷酷的贪婪。那个人的灵魂显露了一会儿,像一幢外观正派的房屋的窗口出现了一张邪恶的脸庞。

"他得按一块八毛五的行情结账,"多德森说,"博利瓦尔驮不动两个人。"

城市的声音

二十五年前，小学生念书都像是唱歌似的。

他们声调平板的吟哦像是圣公会牧师的布道和锯木厂疲倦的营营声。我没有不尊重的意思。木材和锯木屑都是我们不可或缺的东西。

我记得生理课上一个美妙而有启发的抒情作品。最惊人的一句话是这样的："胫骨者，人体内最长的一根骨头是也。"

假如有关人类肉体和精神的全部事实都能这样抑扬顿挫、合乎逻辑地灌输到我们年轻的心灵中，我们得到的益处将会无法估量！但是我们得到的解剖学、音乐和哲学的知识少得可怜。

有一天，我越想越糊涂。我需要启发。我回想过去的学校时期。但是在我们坐在硬板凳上发出的哼哼鼻音里，我记不起有什么涉及人类凝聚的声音。

换句话说，密集人群的合成的口头信息。

换句话说，大城市的声音。

然而，个别的声音并不缺少。我们能理解诗人的歌唱，小河的流淌，向你借五元钱保证下星期一归还的那个人的意思，法老墓上的碑文，花的语言，乐队指挥的"快节拍"，凌晨四点钟送牛奶人的奶罐的前奏曲。某些大耳朵的人甚至断言，他们能辨出 H·詹姆斯先生发出的空气对鼓膜造成的振动。但是谁能理解城市的声音呢？

我到外面去看看。

我先问奥里利亚。她穿着白色的棉布衣服，帽子上缀着花朵，全身都有一些丝带之类的零碎东西。

"告诉我，"我结结巴巴地说，因为我没有自己的声音，"这个巨大的——呃——庞大的——呃——喧嚷的城市在说什么？它肯定有某种声音。它有没有对你说过话？你怎么理解它的意思？它是个庞然大物，一定有个主音调。"

"像旅行箱那样吗?"奥里利亚问道。

"不,"我说,"别扯到箱盖上去①。我觉得每个城市都有自己的声音。每个城市对能听到它的人都有话要说。这个大城市对你说些什么?"

"所有的城市,"奥里利亚审慎地说,"说的都是同样的话。它们说完后,费城就发出回声。因此,它们是一致的。"

"这里有四百万人,"我卖弄学问地说,"挤在一个岛上,其中绝大多数都是华尔街的海水所包围的容易上当受骗的人。这么多的个体集合在这么小的空间必然会产生同一性,通过共同的渠道得到口头表现。不妨说,那是一种一致的解释,集中在可以称作'城市的声音'的具体的总概念里。你能告诉我是什么吗?"

奥里利亚美妙地微笑着。她高高地坐在门口的露台上。一枝摇曳的常春藤傲慢地擦着她的右耳。一缕冒失的月光在她鼻尖上闪动。但是我心如铁石,不为所动。

"我必须弄明白,"我说,"这个城市的声音是什么。别的城市都有声音。这是任务。我必须了解。纽约不会递给我一支雪茄说:'老兄,我的话不供发表。'任何别的城市都不那样做。芝加哥会毫不犹豫地说'我愿意';费城说'我应该';新奥尔良说'我一向如此';路易斯维尔说'我无所谓';匹茨堡说'赶快'。而纽约——"

奥里利亚笑笑。

"好吧,"我说,"我只有去别的地方打听了。"

我到了一个地上铺着瓷砖、天花板绘有长翅膀的小天使、不找警察麻烦的华丽的场所。我把脚搁在黄铜横档上,对本区最好的侍者比来·马格努斯说:

"比来,你在纽约待了很长时间——你有没有听到这个城市对你说过什么废话?我指的是某种能集中体现这个城市特点的警句似的东西,像一杯在酒吧上滑到你面前的、加了一点苦味酒、插着一片柠檬的鸡尾酒——"

"请稍等,"比来说,"有人在按边门的电铃。"

他走开了,拿着一个空铁罐回来,把它装满后又走了;回来时对我说:

"那是马梅。她总是连按两下铃。她晚饭时爱喝一杯啤酒,她和她的孩子。你没有看到我的那个小鬼呢,他大模大样地坐在童椅上也喝啤酒——哎,你要什么来着?我听到两声铃响就有点紧张——你刚才问的是棒球比分还是要杜松子

---

① 原文的"主音调"也有"关键"、"钥匙"等意。

酒汽水？"

"姜麦酒。"我回答说。

我向百老汇路走去，看见街角上有个警察。警察们总是抱起小孩，搀扶妇女过马路，把男人抓进局子。我走到他面前。

"假如我的话没有超出限度，"我说，"我想问你一个问题。你看到的是喧嚣的纽约。你和你的警察弟兄们的职责是维护这个城市的音响效果。这个城市必定有你所理解的声音。你晚上独自巡逻时必定听到过。它的骚动和喧嚷的要点是什么？这个城市对你说什么？"

"朋友，"警察挥旋着警棍说，"它什么都没说。我听从上头的命令。嗨，我看你这个人还可靠。你在这里站几分钟，帮我留神一下巡夜的人。"

警察消失在小街的黑暗中。十分钟后，他回来了。

"我上星期二结的婚，"他有点生硬地说，"女人都是那样的。她每晚九点钟到那个街角上——来同我打个招呼。嗨，你刚才问我什么来着——城里有什么新闻？哦，往前走十来个街口，有一两家新开张的屋顶花园。"

我跨过电车轨道的交叉处，沿着一个幽暗的公园的边缘走去。塔顶上镀金的狄安娜女神风标在当空皎洁的月光下微微闪烁。这时我的诗人朋友匆匆跑来，他头发蓬乱，戴着帽子，嘴里叨念着平仄仄平平。我抓住了他。

"比尔，"我说（他在杂志上发表作品时署名克里昂），"帮我一个忙。我接受了一项了解城市的声音的任务。你知道，这是专门采访。在通常情况下，召开一个座谈会，收集亨利·克卢斯、约翰·L·沙利文、埃德温·马卡姆、梅·欧文、查尔斯·施瓦布等等名人的意见就可以了。但这次不一样。我们需要了解城市灵魂和内涵的广阔的、诗意的和神秘的发声。你正是能指点我的人。几年前，有人到尼亚加拉大瀑布，测出了音高标准。那音符比钢琴最低的 G 键还低两英尺。纽约却不能用一个音符来表现，除非你有更好的手段。你想想看，假如纽约开口说话，说的会是什么。必定是个响亮无比的、传播极远的声音。要达到那个音响效果，我们必须把白天交通的巨大轰响、晚上的笑声和音乐、帕克赫斯特博士[①]庄严的语调、拉格泰姆[②]、哭泣、出租马车鬼鬼祟祟的轮子声、剧团广告员的喊声、屋顶花园喷泉的叮咚声、草莓小贩的喧哗、《人人杂志》的封面、公园里情人的喁喁

[①] 帕克赫斯特(1842—1933)，美国长老会牧师，抨击美国政治腐败和有组织的犯罪甚力，促进了纽约市长改选。

[②] 拉格泰姆，1890—1915 年间美国流行的一种以黑人音乐为基础的、快节奏、拍子清晰的音乐，后发展为爵士音乐。

低语集合起来——这一切都应该包含在你所说的声音里，不是合并，而是混合，然后从这个混合物里提取精华——听得到的精华，只要一滴就能形成我们所寻觅的东西。"

"你记得上星期我们在斯蒂弗的工作室见到的那个姑娘吗？"诗人格格一笑说，"我现在正要去看她。她背诵我写的《春颂》那首诗，一字不差。她是本市目前最聪明的姑娘了。喂，我这个该死的领结怎么样？我弄坏了四条，才打成这个样子。"

"我问你的声音怎么样了？"我问道。

"哦，她不会唱歌，"克里昂说，"不过你应该听听她朗诵我写的《向陆风的安琪儿》那首诗。"

我继续走去。一个报童向我亮出那种刊登超前两小时新闻的粉红色的小报，我拦住了他。

"小伙子，"我一面装着在口袋里掏零钱，一面问他，"你有时候是不是觉得这个城市会说话？人们每天熙来攘往，每天发生种种古怪可笑的事情，假如这城市能开口的话，你认为它会说些什么？"

"别开玩笑啦，"报童说，"你要什么报？我可没有时间胡扯。今天是玛吉的生日，我要多挣三毛钱买件礼物给她。"

看来他不是诠释城市声音的人。我买了一份报纸，把那些尚未宣布的条约、预谋的暗杀和没有发生的战役扔进了垃圾桶。

我又回到公园，坐在月光下。我苦苦思索，不明白为什么谁都不能回答我的问题。

接着，恒星光芒似的答案使我心头倏地一亮。我站起来，像许多恍然大悟的人那样，把过去的事情回想了一遍。我得到了答案，把它紧紧搂在怀里，拔腿就跑，惟恐有谁拦住我，打探我的秘密。

奥里利亚仍坐在露台上。月亮升得比先前高一些，常春藤的阴影更浓一些。我在她身边坐下，望着一小块浮云向飘移的月亮掩去，苍白地散开。

紧接而来的是奇迹中的奇迹，欢乐中的欢乐！不知怎的，我们的手相互触摸，手指扣在一起，不再分开。

半小时后，奥里利亚带着她特有的微笑说：

"你知道吗，你来后一句话也没说呢！"

"那就是城市的声音。"我若有所悟地点点头说。

汽车等待的时候

黄昏刚降临,穿灰色衣服的姑娘又来到那个安静的小公园的安静的角落里。她坐在长椅上看书,白天还有半小时的余晖,可以看清书本上的字。

再说一遍,她的衣服是灰色的,并且朴素得足以掩盖式样和剪裁的完美。一张大网眼的面纱罩住了她的头巾帽和散发着安详恬静的美的眼睛。昨天同一个时候,她也来到这里,前天也是这样;有个人了解这个情况。

了解这个情况的年轻人逡巡走近,把希望寄托在幸运之神身上。他的虔诚得到了回报,因为她翻书页的时候,书从她手里滑下来,在椅子上一磕,落到足足有一码远的地方。

年轻人迫不及待地扑到书上,带着公园里和公共场所司空见惯的神情把它还给它的主人,那种神情既殷勤又充满希望,还掺杂一些对附近那个值勤警察的忌惮。他用悦耳的声调冒险说了一句没头没脑的关于天气的话——那种造成世间多少不幸的开场白——静静地站了一会儿,等待着他的运气。

姑娘从容不迫地打量了他一下,瞅着他那整洁而平凡的衣服和他那没有什么特殊表情的容貌。

"你高兴的话不妨坐下,"她不慌不忙地说,声调低沉爽朗,"说真的,我倒希望你坐下来。光线太坏了,看书不合适。我宁愿聊聊天。"

"你可知道,"他把公园里的主席们宣布开会时的老一套搬出来说,"我很久没看到像你这样了不起的姑娘啦。昨天我就注意到了你。你可知道,有人被你那双美丽的眼睛迷住了,小妞儿?"

"不论你是谁,"姑娘冷冰冰地说,"你必须记住我是个上等女人。我可以原谅你刚才说的话,因为这类误会在你的圈子里,毫无疑问,是并不稀罕的。我请你坐下来,如果这一请却招来了你的'小妞儿',那就算我没请过。"

"我衷心请你原谅。"年轻人央求说。他的得意神色马上让位于悔罪和卑屈。

"是我不对,你明白——我是说,公园里有些姑娘,你明白——那是说,当然啦,你不明白,不过——"

"别谈这种事啦,对不起。我当然明白。现在谈谈在这条小路上来来往往,推推搡搡的人吧。他们去向何方?他们为什么这样匆忙?他们幸福吗?"

年轻人立刻抛开他刚才的调情的神情。现在他只有干等的份儿,他捉摸不透自己应该扮演什么角色。

"看看他们确实很有意思,"他顺着她的话说,"这是生活的美妙的戏剧。有的去吃晚饭,有的——呃——到别的地方去。真猜不透他们的身世是怎么样的。"

"我不去猜,"姑娘说,"我没有那样好奇。我坐在这儿,是因为只有在这儿我才能接近人类伟大的、共同的、搏动的心脏。我在生活中的地位使我永远感不到这种搏动。你猜得出我为什么跟你聊天吗——贵姓?"

"帕肯斯塔格。"年轻人回答说。接着,他急切而期待地盼望她自报姓氏。

"我不能告诉你,"姑娘举起一只纤细的手指,微微一笑说,"一说出来,你就知道我的身份了。不让自己的姓名在报刊上出现简直不可能。连照片也是这样。这张面纱和我女仆的帽子掩盖了我的真面目。你应该注意到,我的司机总是在他以为我不留神的时候朝我看。老实说,有五六个显赫的名门望族,我由于出生的关系就属于其中之一。我之所以要跟你说话,斯塔肯帕特先生——"

"帕肯斯塔格。"年轻人谦虚地更正说。

"——帕肯斯塔格先生,是因为我想跟一个普普通通的人谈话,即使一次也好,跟一个没有被可鄙的财富和虚伪的社会地位所玷污的人谈话。哦!你不会知道我是多么厌倦——金钱、金钱、金钱!我还厌倦那些在我周围装模作样的男人,他们活像是一个模子里刻出来的傀儡。欢乐、珠宝、旅行、交际、各式各样的奢华都叫我腻味透顶。"

"我始终有一个想法,"年轻人吞吞吐吐地试探说,"金钱准是一样很好的东西。"

"金钱只要够你过充裕的生活就行啦。可是当你有了几百万、几百万的时候——"她做了一个表示无奈的手势,结束了这句话。"叫人生厌的是那种单调,"她接下去说,"乘车兜风、午宴、看戏、舞会、晚宴,以及这一切像镀金似的蒙在外面的过剩的财富。有时候,我的香槟酒杯里冰块的叮当声几乎要使我发疯。"

帕肯斯塔格先生坦率地显出很感兴趣的样子。

"我有这么一种脾气,"他说,"就是喜欢看书报上写的,或者听人家讲关于富有的时髦人物的生活方式。我想我有点儿虚荣。不过我喜欢了解得彻底一些。我一向有一个概念,认为香槟酒是连瓶冰镇,而不是把冰块放在酒杯里的。"

姑娘发出一连串银铃般的、觉得有趣的笑声。

"你应当知道，"她带着原谅的口吻说，"我们这种饱食终日无所事事的人就靠标新立异来找消遣。目前流行的花样是把冰块放在香槟酒里。这个办法是一位鞑靼王子在沃尔多夫大饭店吃饭时发明的。过不了多久，就会让位给别的怪念头。正如本星期麦迪逊大街的一次宴会上，每位客人的盘子旁边放了一只绿色羊皮手套，以便吃橄榄的时候戴用。"

"我明白啦，"年轻人谦虚地承认说，"小圈子里的这些特殊的花样，普通人是不熟悉的。"

"有时候，"姑娘略微欠身，接受了他的认错，"我是这样想的，假如我有一天爱上一个人的话，那个人一定是地位很低的。一个劳动的人，而不是不干活的懒汉。不过，毫无疑问，对于阶级和财富的考虑可能压倒我原来的意图。目前就有两个人在追求我。一个是某个日耳曼公国的大公爵。我猜想他现在有，或者以前有过一个妻子，被他的放纵和残忍逼得发了疯。另一个是英国侯爵，他是那样的冷酷和惟利是图，相比之下，我宁愿选择那个魔鬼似的公爵了。我怎么会把这些都告诉你的啊，派肯斯塔格先生？"

"是帕肯斯塔格，"年轻人倒抽了一口气说，"说真的，你想象不出你这般推心置腹使我感到有多么荣幸。"

姑娘无动于衷地看看他，那种漠然的眼色正适合他们之间地位悬殊的情况。

"你是干哪一行的，帕肯斯塔格先生？"她问道。

"很低微，但是我希望在社会上混出一个模样来。你刚才说，你可能爱上一个地位卑贱的人，这话可当真？"

"自然当真。不过我刚才说的是'有可能'。还有大公爵和侯爵在呢，你明白。是啊，假如一个男人合我的心意，职业低微也不是太大的障碍。"

"我是，"帕肯斯塔格宣布说，"在饭馆里干活的。"

姑娘稍稍一震。

"不是侍者吧？"姑娘略微带着央求的口气说，"劳动是高尚的，不过——服侍别人，你明白——仆从和——"

"我不是侍者。我是出纳员，就在——"他们面前正对着公园的街上有一块耀眼的"饭店"灯光招牌——"你看到那家饭馆吗，我就在里面当出纳员。"

姑娘看看左腕一只镶在式样华丽的手镯上的小表，急忙站起来。她把书塞进一个吊在腰际的闪闪发亮的手提袋里，可是书比手提袋大多了。

"你怎么不上班呢？"她问道。

"我值夜班，"年轻人说，"再过一小时我才上班。我可不可以跟你再会面？"

"很难说。也许——不过我可能不再发这种奇想了。现在我得赶快走啦。还有一个宴会，之后上剧院——再之后，哦！总是老一套。你来的时候也许注意到公园前面的拐角上有一辆汽车。一辆白色车身的。"

"红轮子的那辆吗？"年轻人皱着眉头沉思地说。

"是的。我总是乘那辆车子。皮埃尔在那里等我。他以为我在广场对面的百货公司里买东西。想想看，这种生活该有多么狭隘，甚至对自己的司机都要隐瞒。再见。"

"现在天黑啦，"帕肯斯塔格先生说，"公园里都是一些粗鲁的人。我可不可以陪你——"

"假如你尊重我的愿望，"姑娘坚决地说，"我希望你等我离开之后，在椅子上坐十分钟再走。我并不是说你有什么企图，不过你也许知道汽车上一般都有主人姓氏的字母装饰。再见吧。"

她在薄暮中迅疾而端庄地走开了。年轻人看着她那优美的身形走到公园边上的人行道，然后在人行道上朝汽车停着的拐角走去。接着，他不怀好意、毫不犹豫地借着公园里树木的掩护，沿着与她平行的路线，一直牢牢地盯着她。

她走到拐角处，扭过头来朝汽车瞥了一眼，然后经过汽车旁边，继续向对街走去。年轻人躲在一辆停着的马车背后，密切注意她的行动。她走上公园对面马路的人行道，进了那家有耀眼的灯光招牌的饭馆。那家饭馆全是由白漆和玻璃装修的，一览无遗，人们可以没遮没拦地在那里吃价钱便宜的饭菜。姑娘走进饭馆后部一个比较隐蔽的地方，再出来时，帽子和面纱已经取下来了。

出纳员的柜台在前面。凳子上一个红头发的姑娘爬了下来，露骨地瞅瞅挂钟。穿灰色衣服的姑娘登上了她的座位。

年轻人两手往口袋里一插，在人行道上慢慢往回走。在拐角上，他脚下碰到一本小小的、纸面的书，把它踢到了草皮边上。那张花花绿绿的封面使他认出就是那姑娘刚才看的书。他漫不经心地捡起来，看到书名是《新天方夜谭》，作者是斯蒂文森①。他仍旧把它扔在草地上，迟疑地逗留了片刻。然后，他跨进那辆等着的汽车，舒服地往座垫上一靠，简单地对司机说：

"俱乐部，昂里。"

---

① 斯蒂文森(1850—1894)，英国作家，《新天方夜谭》是一部带有异国情调的惊险浪漫故事集，其中刻意追求新奇和刺激，脱离了现实。

剪亮的灯盏

当然,这个问题有两方面。我们看看问题的另一方面吧。我们时常听人说起"商店女郎"。事实上这种人是不存在的。只有在商店里售货的女郎。那是她们赖以糊口的职业。为什么要把她们的职业作为形容词呢?我们应当讲点公道。我们可没有把五马路的姑娘们说成是"结婚女郎"呀。

卢和南希是好朋友。她们来这个大城市里找工作是因为家乡不够吃的。南希十九岁,卢二十岁。两人都是漂亮的、好动的农村姑娘,都没有登上舞台的野心。

高高在上的小天使指点她们找到了便宜而体面的寄宿所。两人都找到了工作成了雇佣劳动者。她们仍旧是好朋友。一晃过了六个月,我才请你们上前一步,给你们介绍介绍。爱管闲事的读者啊,这两位是我的女朋友,南希小姐和卢小姐。你同她们握手的时候,请注意她们的装束——不过别露痕迹。是的,别露痕迹,因为她们和赛马场包厢里的贵妇人一样,遇到别人瞪着眼睛看她们的时候,也会不高兴的。

卢在一家手工洗衣店当熨衣工,拿计件工资。她穿着一件不称身的紫色衣服,帽子上的羽饰比应有的长出了四英寸;她的貂皮手筒和围脖值二十五元,但是在季节过去之前,它的同类产品在橱窗里的标价为七元九角八分。她面颊红润,淡蓝色的眼睛晶莹明亮。她浑身散发着心满意足的气息。

至于南希呢,你会管她叫商店女郎的——因为你已经养成了习惯。商店女郎是根本不存在的;但是一些顽固的人总是要寻找典型,那么就算南希是个典型吧。她把头发梳成蓬松高耸的庞巴杜式,脸上显出一副矫枉过正的严肃神情。她的裙子的质料相当差,式样却很合时。她没有皮大衣来抵御料峭的春寒,但穿着一件绒毛呢的短大衣,趾高气扬的样子仿佛那是波斯羔羊皮做的。无情的寻找典型的人啊,她脸上和眼睛里流露出来的就是典型的商店女郎的神情。那是对虚度芳华的沉默而高傲的反抗,抑郁地预言着即将到来的报复。即使在她开怀畅笑的时候,那种神情依然存在。同样的神情可以在俄罗斯农民的眼睛里看到,等到加百列吹响最后审判的号角时,我们中间还活着的人在加百列脸上也可以看到。那种神情原应该使男人们自惭形秽,但他们老是嬉皮涎脸,别有用心地奉献鲜花。

现在你可以掀掀帽子,走你的路了。你已经接受了卢的愉快的道别和南希的讥讽而又甜蜜的微笑。不知怎么搞的,那种微笑仿佛从你身边擦过,像白蛾子似的扑翼飞过屋顶,直上云霄。

她们俩在街角上等丹恩。丹恩是卢的好朋友。你问他忠实吗? 嗯,如果玛丽需要招用十来个传票送达员去寻找她的羔羊时,丹恩总是在场帮忙的。

"你冷吗,南希?"卢说,"你在那家老铺子里干活,每星期只有八块钱工资,真是个傻瓜! 我上星期挣了十八块五。当然,熨衣服的活儿不如在柜台后面卖花边那么气派,但是能挣钱。我们熨衣工每星期至少挣得到十块钱。并且我认为那也不是不光彩的工作。"

"你干你的好啦,"南希翘起鼻子说,"我甘愿一星期拿八块钱,住过道间。我喜欢待在有好东西和阔人来往的地方。何况我的机会有多好啊! 我们手套部的一个姑娘嫁给了一个匹茨堡来的——炼钢的人,或者铁匠——或者别的什么——身价足足有一百万呐。总有一天,我自己也会找到一个阔佬。我倒不是在夸耀我的长相或者别的长处,可是既然有大好机会,我总得碰碰运气。待在洗衣作里有什么出息呢?"

"不见得吧,我就是在洗衣作里碰到丹恩的,"卢得意洋洋地说,"他那次来取他星期日穿的衬衫和领子,看见我在第一张台子上熨衣服。我们洗衣作里的姑娘都希望在第一张台子上干活。那天艾拉·马金尼斯病了,我顶了她的位置。丹恩说他一眼就注意到我的胳膊是多么丰满,多么白皙。我是把袖管卷起来干活的。来洗衣作的也有上等人。你从他们把衣服藏在手提箱里突然溜进来的样子,就可以认出他们。"

"你怎么能穿那样的坎肩呢,卢?"南希说,她眯缝着眼睛,关心而又责备地盯着那件惹厌的衣服,"它说明你的审美力太差啦。"

"这件坎肩吗?"卢睁大眼睛愤愤地说,"嘿,这件坎肩花了我十六块钱呢。事实上要值二十五块。一个女人送来洗熨,再也没有来取。老板把它卖给了我。上面的手工刺绣有好几码呢。你还是评评你自己身上那件又难看又素淡的东西吧。"

"这件难看素淡的东西,"南希不动声色地说,"是按照范·阿尔斯丁·费希尔太太身上一套衣服的式样缝制的。店里的女同事们说，去年她在我们店里买了一万两千块钱的东西。我这件是自己做的，花了一块五。你在十步以外简直看不出我这件同她那件有什么区别。"

"哦，好吧，"卢温和地说，"假如你愿意饿着肚子摆阔，尽管请便。我还是干我的活儿，拿我的好工资，干完活以后，在我经济条件许可的情况下替自己添置一些花哨好看的衣服。"

这当儿，丹恩来了，他是电工，周薪三十元，戴着活扣领带，显得少年老成的样子，丝毫没有城市的轻浮习气。他以罗密欧般的悲切眼色瞅着卢，并且认为她那件绣花坎肩是一张任何苍蝇都愿意黏上去的蜘蛛网。

"这位是我的朋友，欧文斯先生——跟丹佛斯小姐握握手吧。"卢说。

"认识你十分高兴，丹佛斯小姐，"丹恩伸出手说，"我时常听到卢提起你。"

"多谢，"南希冷冰冰地用指尖碰碰丹恩的手指说，"我也听到她提起你——有那么几次。"

卢吃吃地笑了。

"你那种握手的方式也是从范·阿尔斯丁·费希尔太太那儿学来的吗，南希？"她问道。

"如果我是学来的，你更可以放心大胆地照搬。"南希说。

"哟，我根本不配。那种方式对我来说太花哨了。那种把手抬得高高的架势是为了炫耀钻石戒指。等我弄到几枚之后，我再开始学。"

"你不如先学着，"南希精明地说，"那你就更有希望弄到戒指。"

"为了解决你们的争论，"丹恩愉快地微笑着说，"我来提个建议吧。我既然不能陪你们两位到蒂法尼①那儿去尽我的本分，你们可愿意去游乐场逛逛？我有入场券。我们没有机会同真正戴钻石戒指的人握手，那就去看看舞台上的钻石，怎么样？"

这个忠实的侍从走在人行道上靠马路的一边；卢挨着他，穿着鲜艳美丽的衣服，有点像孔雀；南希走在最里面，窈窕纤弱，打扮得像麻雀那般朴素，可是走路的姿态却是地道的范·阿尔斯丁·费希尔式——他们三人就这样出发，去寻找他们花费不多的晚间消遣了。

我想，把一家大百货商店当做教育机构的人并不多。但是南希工作的那一家对她来说倒有点像。她周围尽是带有高雅精致气息的漂亮东西。假如你处在奢

---

① 美国商人查尔斯·蒂法尼(1812—1902)在纽约开设的高级首饰店。

华的气氛里,无论花钱的人是你还是别人,那种奢华就属于你了。

南希接待的主顾大多是妇女,她们的衣着、风度和社交界的地位都被她引为典范来议论。南希开始从她们身上取长补短——根据自己的意见从每一个人那儿撷取最好的地方。

她模仿了一个人的某种手势,加以练习;从另一个人那儿学会了一种意味深长的眉毛一扬的样子;又从其余的人那儿吸收了走路、提钱包、微笑、招呼朋友和答理"身份低"的人的姿态。从她最钦佩的模特儿范·阿尔斯丁·费希尔太太那儿,她征用了那个美妙的特点:一种轻柔低沉的嗓音,像银铃一般清晰,像鸫鸟的啭鸣那么圆润。她沉浸在这种雍容华贵的氛围中,不可能不受到深刻的影响。据说好习惯能胜过好原则,那么好风度也许能胜过好习惯了。父母的教诲不一定能使你保持新英格兰①的良知;但是,如果你坐在一把笔直的靠背椅上,把"棱柱和香客"这几个字念上四十遍,魔鬼就不敢侵犯你了。当南希用范·阿尔斯丁·费希尔太太的声调说话时,她从骨子里感到"贵人不负众望"的舒坦。

大百货学校里还有一个学问的源泉。每当你看到三四个商店女郎一起交头接耳,在手镯丁零作响的伴奏下,仿佛谈着无关紧要的话题时,你可别以为她们在议论埃瑟尔的发式。这种碰头会也许没有男人的审议会那么隆重,可是它的重要性并不亚于夏娃同她的大女儿的第一次会议。在那次会议上,她们使亚当明白了他在家庭中应有的地位。那是对抗世界和男人的共同防御和交流攻守战略的妇女大会。世界是个舞台,男人则是使劲往台上扔花束的看客。女人是所有小动物中最荏弱无助的——她们有小鹿的优雅,却没有它的敏捷;有小鸟的美丽,却没有它的飞遁能力;有蜜蜂的甘酿,却没有它的——哦,我们放弃那个比喻吧——有人也许会被蜇着呢。

在这种军事会议上,她们互相提供武器,交换她们在人生战术中创造和制订的战略。

"我对他讲,"萨迪说,"你太放肆啦!你把我当成什么人啦,竟敢对我说这种话?你们猜猜看,他用什么话来回答我?"

各色头发的脑袋,褐色的、黑色的、亚麻色的、红色的、黄色的,凑在一起,找到了答复,决定了针锋相对的言语,准备以后大伙向共同的敌人——男人——展开论战时采用。

---

① 新英格兰是美国东北部缅因、佛蒙特、新罕布什尔、马萨诸塞、罗得岛和康涅狄格六州的统称,在美洲殖民史上有"清教徒之地"之称。

因此，南希学会了防御的艺术，对女人来说，成功的防御意味着胜利。

百货商店里的课程包罗万象。恐怕再也没有别的大学堂能够更好地培养她，让她达到她生平的愿望，抽中婚姻的彩头了。

她在店里的位置是有利的。音乐部离她工作的部门不远，使她有机会熟悉一流作曲家的作品——至少让她达到耳熟能详的程度，在她试图插足的社交界里假充具有音乐鉴赏能力。她还从艺术品、贵重精美的衣料，以及几乎可以代替女人修养的装饰品中得到陶冶。

没多久，其余的女店员都发觉了南希的野心。"你的百万富翁来啦，南希。"只要有一个像是富翁的男人走近南希的柜台，她们就这样招呼南希。男人们陪女眷出来买东西的时候，在一旁等得无聊，总是逛到手帕柜台那儿，看看麻纱手帕。南希的模仿出身高贵的神态和真正的秀丽对他们很有吸引力。因此有很多男人到她面前来卖弄他们的气派。有几个也许是地道的百万富翁，其余的只不过是依样画葫芦的假货。南希学会了识别人的窍门。手帕柜台的尽头有一扇窗，她从上面可以望见街上一排排汽车，在等主人买了东西从店里出来。她看得多了，知道汽车同他们的主人一样，也是有区别的。

有一次，一位风度不凡的先生买了四打手帕，带着科斐图亚王[①]的气派隔着柜台向她调情。他走后，一个女店员说：

"怎么啦，南希，刚才你对那个人一点也不亲热。依我看，他倒是个货真价实的阔佬呢。"

"他吗？"南希带着那种最冷漠、妩媚、超脱的范·阿尔斯丁·费希尔太太式的笑容说，"我才看不上眼呢。我看见他坐车来的。一辆十二匹马力的汽车，一个爱尔兰司机！你知道他买了什么样的手帕吗？——绸的！而且他还有手指发炎的毛病。对不起，要就要地道的阔佬，否则宁愿不要。"

店里有两个最高级的女人——一个是领班，另一个是出纳——她们有几个"阔气的男朋友"，时常一起下馆子。有一次，他们邀了南希同去。那顿饭是在一家富丽堂皇的餐馆里吃的，那里除夕晚餐的座位要提前一年预订。在座的有两个"男朋友"，一个是秃头（我们可以证明，奢华的生活害他的头发脱得精光），另一个是年轻人，他用两种有说服力的方式来使你领教他的身价和老练：一种是他佩戴的钻石袖扣，另一种是他老是咒骂任什么酒都有软木塞的气味。这个年轻人在南希身上发现了不同一般的优点。他的爱好本来就倾向于商店女郎，而他面前的

[①] 传说中一个豪富的非洲国王。

这位,除了她本阶层的比较率真的妩媚之外,还具有他所属的上流社会的谈吐与风度。于是,第二天他就来到百货商店,一边买了用土法漂白的爱尔兰麻纱手帕,一边郑重其事地向她求婚。南希一口回绝了。十步开外,一个褐色头发梳成庞巴杜式的同事一直在旁观倾听。等那个碰了一鼻子灰的求婚者离去之后,她狠狠地一五一十把南希数落了一通。

"你真是个不可救药的小傻瓜! 那家伙是个百万富翁——他是范·斯基特尔斯老头的侄子呀。并且他是一片真心。你疯了吗,南希?"

"我吗?"南希说,"我没有答应他,是吗? 其实他并不是什么百万富翁,这一点不难看出来。他家里每年只给他两万块钱。那天吃晚饭的时候,那个秃头的家伙还拿这件事取笑他来着。"

褐色头发梳成庞巴杜式的女郎眯缝着眼睛,走近了一些。

"你到底要什么呀?"她说,由于没嚼口香糖,声音也比较沙哑了,"那还不够你受用吗? 莫非你想当摩门教徒①,同时和洛克菲勒、格拉德斯通·道威以及西班牙国王一起结婚? 一年两万块钱还不够你满意的?"

在那对浅薄的黑眼睛的逼视下,南希脸上泛起了红晕。

"并不是完全为了钱,卡丽,"她解释说,"那天吃晚饭的时候,他睁着眼睛说瞎话,被他的朋友戳穿了。他说他没有陪某个女的去看戏,其实去了。我就是看不惯说假话的人。种种因素加起来——我不喜欢他,因此吹了。我待价而沽,决不挑一个大拍卖的日子。总而言之,我非得找一个坐在椅子上像是男子汉的人。不错,我是在找对象,但是这个对象总得有点儿出息,不能像小孩的扑满那样只会丁当发响。"

"精神病院就是为你这种人开的!"褐色头发梳成庞巴杜式的姑娘说着走开了。

南希继续靠每星期八元的工资来培养这些崇高的思想——如果不能算是理想的话。她日复一日地啃着干面包,束紧腰带,披星戴月地追踪那个不可知的大"猎物"。她脸上老是挂着那种注定要以男人为猎物的淡漠而又坚定,甜蜜而又冷酷的微笑。百货商店是她的猎场。有好几次,她发现了仿佛是珍奇的大猎物,就举枪瞄准,但是某种深刻而正确的本能——那也许是猎户的本能,也许是女人的本能——总是阻止了她,使她重新追踪。

卢在洗衣作里很得意。她从每周十八元五的工资中提出六元钱来支付房租

---

① 约瑟弗·史密斯(1805—1844)于1830年在美国创立的一个教派,初期的教徒实行一夫多妻制。

和伙食。其余的大多花在衣着上。和南希相比,她要提高鉴赏力和风度的机会少得多。在蒸汽弥漫的洗衣作里,只有工作、工作,和对未来的晚间娱乐的遐想。各种各样值钱而漂亮的衣服在她的熨斗底下经过,她对衣着的有增无减的喜爱也许正是从那个导热金属传到她身上去的。

一天的工作结束后,丹恩在洗衣作外面等她,不论她站在哪种亮光下面,丹恩总是她忠实的影子。

有时候,他老实而惶恐地朝卢的衣服瞥一眼,那些衣服与其说是式样上有了进步,不如说是越来越刺眼,不过这不能算是变心,他不赞成的只是这些衣服在街上给她招来的注意。

卢对她的好朋友仍旧像以前那样忠实。她和丹恩到什么地方去玩,总是邀了南希一起去,这已经成了惯例。丹恩高高兴兴、毫无怨言地接受了额外的负担。可以这么说,在这个寻找消遣的三人小组中,卢提供了色彩,南希提供了情调,丹恩担负着重量。这个护卫穿着整洁但显然是买现成的衣服,系着活扣领带,带着可靠、真诚而现成的机智,从来没有因为这种重担而大惊小怪或者垮下去。有些善良的人,当他们在你眼前的时候,你往往不放在眼里,可是等他们离开之后,你却清晰地想起他们来,丹恩就是这种人。

对南希高雅的兴趣来说,这些现成的娱乐有时带些苦涩,但她年轻,青春不能做挑肥拣瘦的美食家时,只能将就一点,做个随和的吃客了。

“丹恩老是催我赶快同他结婚,”卢有一次对南希说,“可是我干吗要这样呢?我不依赖别人。现在我自己挣钱,高兴怎么花就怎么花;结婚以后,他肯定不会让我继续干活。顺便提起,南希,你为什么还要待在那家商店,吃又吃不饱,穿又穿不好?假如你愿意,我马上可以在洗衣作里替你找一个位置。我始终有这么一种想法,假如你能多挣一些钱,你就不至于那么高傲了。”

“我并不认为自己高傲,卢,”南希说,“不过我宁愿待在老地方,半饥半饱也不在乎。我想大概是养成习惯了。我要的是那儿的机会。我并不打算站一辈子柜台。我每天可以学到新的东西,从早到晚接触的都是高尚富有的人——即使我只是在侍候他们,我得风气之先,见多识广。”

“你的百万富翁到手了没有?”卢揶揄似的笑着问道。

“我还没有选中,”南希回说,“我正在挑选呢。”

“哎呀!你居然还想抓一把挑挑吗!有那种人的话千万别轻易放过,南希——即使他的身价只差几块钱而不够格的话。话得说回来,你说的不见得是真心话吧——百万富翁们才瞧不起我们这种职业妇女呢。”

"他们还是瞧得起的好，"南希冷静而明智地说，"我们这种人能教他们怎样照料他们的钱财。"

"假如有一个百万富翁跟我说话，"卢笑着说，"我准会吓得手足无措。"

"那是因为你不认识他们。阔佬同一般人之间的区别只在于你对阔佬更要管得严一些。卢，你那件外衣的红缎子衬里仿佛太鲜艳了一点，你说是吗?"

卢却朝她朋友的朴素的淡绿色短上衣瞥了一眼。

"唔，我倒没有这种看法——但是同你身上那件仿佛褪了色的东西比起来，也许是鲜艳了一点。"

"这件短上衣，"南希得意地说，"跟上次范·阿尔斯丁·费希尔太太穿的式样一模一样。我这件的料子只花了三块九角八分。我猜想她那件比我要多花一百块。"

"好吧，"卢淡淡地说，"依我看，这种衣服不见得会让百万富翁上钩。说不定我会比你先找到一个呢。"

老实说，这两个朋友各有一套理论，恐怕要请哲学家来，才能评判它们的价值。有些姑娘由于爱面子，喜欢挑剔，甘心待在商店和写字间里工作，勉强糊口，卢却没有这种脾气，她在喧闹闷人的洗衣作里高高兴兴地摆弄她的熨斗。她的工资足够她维持舒适的生活而绰绰有余，因此她的衣服也沾了光，以致她有时候会不耐烦地瞟瞟那个穿得整整齐齐、然而不够讲究的丹恩——那个忠贞不渝、始终如一的丹恩。

至于南希，她的情况和千千万万的人一样。温文尔雅的上层社会所必需的绸缎、珠宝、花边、饰品、香水和音乐等等——这些东西都是为女人而设的，也是理应属于她的。如果她认为这些东西是生活的一部分，如果她心甘情愿的话，就让她接近接近它们吧。她不会像《圣经》里的以扫那样出卖自己的利益，她挣得的红豆汤尽管往往十分有限，却保持着她的继承权。

南希待在这种气氛中怡然自得。她坚定不移地吃她节俭的饭食，筹划她便宜的服饰。她了解女人，现在正从习性和入选条件两方面来研究作为猎物的男人。总有一天，她会捕获她看中的猎物，但她早就对自己许下诺言，不下手则已，一下手就非得打中她认为是最大最好的猎物不可，小一点的都在摈弃之列。

因此，她剪亮了灯盏，一直在等待那个到时候会到来的新郎。

但她另外学到了一个教训，说不定是在不知不觉中学到的。她的价值标准开始转变。有时候，金元的符号在她心目中变得模糊起来，形成了"真理"、"荣誉"等等字样，有时候干脆就成了"善良"两个字。我们拿一个在大森林里猎取麋鹿的人打比方吧。他看到了一个小幽壑,苔藓斑驳,绿阴掩映,还有一道细流慢咽的溪水,潺潺向他诉说着休憩和舒适。遇到这种情况,就连宁录的长矛也会变得迟钝的①。

有时候,南希想知道穿着波斯羔羊皮大衣的人,心里对于波斯羔羊皮的评价是不是始终像市价那么高。

一个星期四的傍晚,南希从商店里出来,穿过六马路,往西到洗衣作去。卢和丹恩上次约了她一起去看音乐喜剧。

她走到的时候,丹恩正好从洗衣作里出来。他脸上有一种古怪而紧张的神色。

"我想来这里打听打听她的消息。"他说。

"打听谁?"南希问道,"卢不在洗衣作吗?"

"我以为你早知道了呢,"丹恩说,"从星期一起,她就没有来过这里,也不在她的住处。她把所有的衣物都搬走了。她对洗衣作的一个同事说,她也许要到欧洲去。"

"有人见过她没有?"南希问道。

丹恩坚定的灰眼睛里闪出钢铁般的光芒,阴沉地咬着牙,瞅着南希。

"洗衣作里的人告诉我,"他嘶哑地说,"昨天他们看见她经过这儿——坐在汽车里,我想大概是和一个百万富翁一起吧,就是你和卢念念不忘的那种百万富翁。"

南希破题儿头一遭在男人面前畏缩起来。她微微颤抖的手按在丹恩的袖管上。

"你可不能对我说这种话,丹恩——我跟这件事毫无关系!"

"我不是那个意思,"丹恩说,态度和缓了一些。他在坎肩口袋里摸索了一会儿。

"我有今晚的戏票,"他装作轻松的样子说,"假如你——"

南希见到男子气概总是钦佩的。

"我和你一起去,丹恩。"她说。

过了三个月,南希才见到卢。

一天黄昏,这个商店女郎顺着一个幽暗的小公园的边道匆匆回家。她听见有人叫她的名字,一转身,正好抱住那个奔过来的卢。

---

① 《旧约·创世记》第 10 章第 9 节说宁录在耶和华面前是个英勇的猎户。

她们拥抱了一下后，像蛇那样，往后扬起头，仿佛准备进攻或者镇住对方，她们迅捷的舌头上颤动着千百句问话。接着，南希发现卢的境况大有好转，身上都是高贵的裘皮、闪烁的珠宝和裁缝艺术的成就。

"你这个小傻瓜！"卢亲热地大声说，"我看你还是在那家店里干活，还是穿得那么寒酸。你打算猎取的对象怎么样啦——我猜想还没有眉目吧？"

接着，卢把南希打量了一下，发现有一种比好境况更好的东西降临到了南希身上——那种东西在她眼睛里闪烁得比宝石更明亮，在她脸颊上显现得比玫瑰更鲜艳，并且像电子一般跳跃着，随时想从她的舌头上释放出来。

"是啊，目前我还在店里干活，"南希说，"可是下个星期就要离开那儿了。我已经找到了我的猎物——世上最好的猎物。卢，你现在不会在意了，是吗？——我要和丹恩结婚了——和丹恩结婚！现在丹恩是我的了——怎么啦，卢！"

公园的拐角那儿慢慢走来一个新参加工作、光脸盘的年轻警察，这些年轻警察装点着警察的队伍，让人觉得好受些——至少在感观上如此。他看见一个穿着华丽的裘皮大衣、戴着钻石戒指的女人伏在公园的铁栏杆上，伤心地哭着，一个苗条朴素的职业妇女在她身旁竭力安慰她。这个新派的吉布森①式的警察装作没看见，自顾自地踱了过去，他的智慧也足以使他明白，以他所代表的权力而言，对于这类事情他是无能为力的，尽管他把巡夜的警棍在人行道上敲得响彻云霄。

---

① 吉布森(1867—1944)，美国插图画家，他笔下的人物形象是 19 世纪 90 年代美国时髦社会的代表。

钟 摆

"第八十一街到啦——劳驾,让他们下车。"穿蓝制服的牧羊人嚷道。

一群市民绵羊般推推搡搡地挤了下去,另一群推推搡搡地挤了上来。丁——丁!曼哈顿高架电车公司的牲口车咔嗒咔嗒地开走了。约翰·帕金斯混在下车的羊群中间慢慢走下车站的梯级。

约翰慢吞吞地朝他的公寓走去。慢吞吞地,因为在他日常生活的词典里,"也许"之类的词汇是没有的。对于一个结婚已经两年,住在公寓里的人来说,家里是不会有什么意外事在等着他的。他一面走,一面带着郁郁不乐的玩世心情,琢磨着当天一成不变的单调的情况。

凯蒂会在门口迎候,给他一个带有润肤霜和黄油硬糖气味的亲吻。然后,他脱掉上衣,坐在一张发硬的长椅上看晚报,报纸的排印真够呛,杀伤了不少俄罗斯人和日本佬①。晚饭准是一锅炖肉、一盘调料"保证不伤皮革"②的凉拌菜,煨大黄和草莓果酱,面对果酱瓶子商标纸上保证用料纯净的说明,觉得好不害臊。饭后,凯蒂会把她用各色碎布拼缝起来的被套上的新补丁指点给他看,补丁料子是送冰人从自己的活扣领结上剪下来送给凯蒂的。七点半,他们把报纸铺在家具上,承接天花板上掉下来的灰泥片屑,因为住在楼上的胖子开始体操锻炼了。八点整,住在过道对面的希盖和穆尼,那两个没人请教的歌舞杂要班子的搭档,有了几分酒意,不免胡言乱语,幻想哈默斯坦③拿着周薪五百元的演出合同在追逐他们,开始在屋子里胡闹,把椅子都翻了个儿。然后,天井对面的那位先生取出长笛,在窗前吹弄,每晚要漏出来的煤气会溜到街上去闲荡,送菜升降机会滑脱,看

---

① 指1904—1905年的日俄战争。

② 原文是鞋油广告上的字句。

③ 指叔侄同名的奥斯卡·哈默斯坦,他们原籍德国,叔于1863年移居纽约,创办曼哈顿歌剧院,侄系作曲家。

门人再度把柴诺维茨基太太的五个孩子赶过鸭绿江①,那位穿淡黄色鞋子,养着一条长毛短腿狗的太太会轻盈地走下楼来,把她星期四用的姓名贴在她的电铃和信箱上——这一来,弗洛格摩尔公寓晚间的常规活动就开始了。

约翰·帕金斯知道这些事准会发生的。他也知道,到了八点一刻的时候,他会鼓起勇气去拿帽子,他太太则会没好气地说出下面一番话:

"约翰·帕金斯,我倒要知道知道,你这会儿想到哪里去?"

"我打算去麦克洛斯基那儿,"他总是这样回答,"跟朋友打一两盘弹子。"

最近,约翰·帕金斯养成了打落袋弹子的习惯。每晚要玩到十点、十一点才回家。有时候,凯蒂已经睡了,有时候却在等候,准备把镀金的婚姻钢链在她怒火的坩埚里再熔下一点金衣来。将来爱神丘比特和弗洛格摩尔公寓的受害者在法庭上对质时,他总得为这件事负责的。

今晚,约翰·帕金斯到家时,遇到了他的刻板生活中从未有过的大变化。凯蒂和她那热情而带有糖果味的亲吻都不在。三间屋子乱得一团糟。兆头仿佛不妙。她的衣物胡乱地摊得到处都是。皮鞋扔在地板当中,卷发钳子、头发结、睡衣、粉盒堆在梳妆台和椅子上——凯蒂的脾气一向不是这样的。约翰看到梳子齿上钩着她的一团褐色头发,心中不禁一沉。她准是遇到了什么特别紧急的事故,才会这么慌乱,因为她总是仔仔细细地把散落的头发收藏在火炉架上那个蓝色的小瓶子里,准备凑多了以后做女人特别喜爱的假发卷。

煤气灯的喷嘴上触目地用绳子挂着一张折好的纸。约翰赶忙抓过来。那是他妻子留给他的字条,上面写道:

亲爱的约翰:

我刚接到电报,说我母亲病重。我准备乘四点三十分的火车。山姆弟在那边的火车站等我。冰箱里有冷羊肉。我希望母亲这次的病不是扁桃腺脓肿复发。付五角钱给送牛奶的人。去年春天她这个病发得很凶。煤气表的事,别忘了给煤气公司去信。你的好袜子放在最上面的抽屉里。我明天再写信。匆此。

凯蒂

约翰和凯蒂结婚两年来,从没有分离过一个晚上。他目瞪口呆地把字条看了又看。一成不变的日常生活起了波折,竟然使他不知所措了。

①　日俄战争期间,鸭绿江畔曾有激烈战斗。柴诺维茨基是俄罗斯人的姓,"看门人"原文字首和"日本人"相同。

椅子背上搭着她做饭时必定披在身上的那件红底黑点子的晨衣，显出一副空虚而不成形的凄凉样子。她匆忙中把平日穿的衣服扔得东一件、西一件的。一小袋她爱吃的黄油硬糖连绳子都没有解开。一份日报趴在地板上，剪去火车时刻表的地方张开了一个长方形的口子。屋子里每一样东西都表明一种缺损，一种消逝的要素，表明灵魂和生命的离去。约翰·帕金斯站在没有生气的遗物中间，心头涌起一阵莫名的哀愁。

　　他着手收拾屋子，尽力搞得整齐些。当他触摸到凯蒂的衣服时，浑身起了一种近乎恐怖的感觉。他从没有考虑过，假如没有凯蒂，生活会变成什么样子。她已经彻头彻尾地融入他的生活，仿佛成了他呼吸的空气——须臾不可缺少，但他始终没有注意到。如今，事先毫不知晓，她走了，不见了，毫无踪影，好像从来就没有她这个人似的。当然啦，那只是几天的事，至多一两个星期，可是对他来说，仿佛死神已经对他平安无事的家庭伸出了一根手指。

　　约翰从冰箱里取出冷羊肉，煮了一些咖啡，面对着草莓果酱瓶上保证用料纯净的商标纸，孤零零地坐下来吃饭。炖肉和那调料像皮鞋油的凉拌菜，如今仿佛也成了已经消逝的幸福里值得留恋的东西。他的家给拆散了。一个扁桃腺化脓的丈母娘把他的家神轰到了九霄云外。约翰吃了这顿冷冷清清的晚饭，坐在临街的窗口。

　　他不想抽烟。窗外的市声在召唤他，邀他去参加它那放荡欢乐的舞蹈。夜晚是属于他的。他可以不受盘问地出去，像任何一个逍遥自在的单身汉那样，无拘无束地寻欢作乐。只要他高兴，他可以痛饮、游荡、尽情地玩到天亮；不会有怒气冲冲的凯蒂在等着他，扫他的兴。只要他高兴，他可以在麦克洛斯基那儿同一班嘻嘻哈哈的朋友打落袋弹子，直到黎明的光辉盖过电灯光。以往当弗洛格摩尔公寓的生活使他厌烦的时候，他总是苦于婚姻的羁绊。现在羁绊解除了。凯蒂不在了。

　　约翰·帕金斯不习惯于分析自己的感情。但是当他坐在那间没有凯蒂、十英尺宽十二英尺长的客厅里时，他确切地猜中了烦恼的主要原因。他现在领悟到，凯蒂是他幸福生活的必要条件。他对凯蒂的感情，以往被单调枯燥的家庭琐事搞得麻木了，如今却因为凯蒂不在面前而猛然觉醒。歌喉美妙的鸟儿飞走之后，我们才体会到它的歌声的可贵——这一类词藻华丽而意义真实的格言、说教和寓言不是早就谆谆教导过我们了吗？

　　"我一直这么亏待凯蒂，"约翰·帕金斯暗忖道，"我真是个双料混蛋。每天晚上出去打弹子,同朋友鬼混,不待在家里陪陪凯蒂。这个可怜的姑娘孤零零的,没有什么消遣,而我又是那样对待她!约翰·帕金斯,你真是个最坏的坏蛋。我要弥补过去对不住那个姑娘的地方。我要带她出去,让她也有点娱乐。从现在起,我要同麦克洛斯基那帮人一刀两断,不再来往。"

不错,城市在外面喧嚷,召唤约翰·帕金斯出去,跟着莫摩斯跳舞。在麦克洛斯基那儿,朋友们正在悠闲地消磨时光,玩着每晚的游戏,把弹子打落到网袋里去。但是花花世界也好,嗒嗒作响的弹子棒也好,都提不起那个因为妻子不在而心情懊丧的帕金斯的兴致了。他本来有的东西被剥夺了,以往他不加珍惜,甚至有点轻视,现在却需要它了。以前有一个叫亚当的人被天使们从果园里赶了出来,懊丧的帕金斯大概就是他的后裔。

约翰·帕金斯右边有一把椅子。椅子背上搭着凯蒂的蓝色衬衫。它多少还保持着凯蒂身形的轮廓。袖子上有几条细微的皱纹,那是凯蒂为了他的舒适和安乐而挥臂操作时留下的。衬衫散发出一丝微妙而又逼人的野风信子的香气。约翰把它拿起来,认真地朝这件无动于衷的薄纱衣服看了又看。凯蒂从来没有无动于衷。泪水——是啊,泪水——涌上了约翰·帕金斯的眼睛。她回来之后,局面非改观不可。他一定要弥补自己所有对不起她的地方。没有了她,生活又有什么意义呢?

门打开了。凯蒂拎着一个小提包走了进来。约翰呆呆地瞅着她。

"啊呀!我回来了真高兴。"凯蒂说,"妈妈病得不厉害。山姆在车站上等着我,他说妈妈的病只不过稍微发作了一下,电报发出后就没事了。于是我搭了下一班火车回来了。我现在真想喝杯咖啡。"

弗洛格摩尔公寓三楼前房的生活机器又营营作响,恢复了常态,可惜没有人听到它的齿轮的咔嗒声和嘎嘎声。传动皮带滑进了槽,弹簧触发了,齿轮对准了牙,轮子又循着旧有的轨道转动了。

约翰·帕金斯看了看钟。八点一刻。他伸手拿起帽子,朝门口走去。

"约翰·帕金斯,我倒要知道知道,你这会儿想到哪里去?"

"我打算去麦克洛斯基那儿,"约翰说,"跟朋友打一两盘弹子。"

两位感恩节的绅士

有一天是属于我们的。到了那一天,只要不是从石头里蹦出来的美国人都回到自己的老家,吃梳打饼干,看着门口的旧抽水机,觉得它仿佛比以前更靠近门廊,不禁暗自纳闷。祝福那一天吧。罗斯福总统把它给了我们。我们听到过一些有关清教徒的传说①,可是记不清他们是什么样的人了。不用说,假如他们再想登陆的话,我们准能把他们揍得屁滚尿流。普利茅斯岩石②吗?唔,这个名称听来倒有些耳熟。自从火鸡托拉斯垄断了市场之后,我们有许多人不得不降格以求,改吃母鸡了。不过华盛顿方面又有人走漏消息,把感恩节公告预先通知了他们。

越橘沼泽地东面的那个大城市③使感恩节成为法定节日。一年之中,惟有在十一月的最后一个星期四,那个大城市才承认渡口以外的美国。惟有这一天才纯粹是美国的。是的,它是独一无二的美国的庆祝日。

现在有一个故事可以向你们证明:在大洋此岸的我们,也有一些日趋古老的传统,并且由于我们的奋发和进取精神,这些传统趋向古老的速度比在英国快得多。

斯塔夫·皮特坐在联邦广场喷水池对面人行道旁边东入口右面的第三条长凳上。九年来,每逢感恩节,他总是不早不迟,在一点钟的时候坐在老地方。他每次这样一坐,总有一些意外的遭遇——查尔斯·狄更斯式的遭遇,使他的

---

① 1620 年,英国清教徒不堪宗教压迫,首批乘坐"五月花号"船来到美洲普利茅斯,船上有英格兰、苏格兰和荷兰移民 102 人。移民定居后的次年,为庆祝第一次收获,感谢上帝的恩惠,制定了感恩节,后成为美国法定节日,由联邦总统或各州州长发表公告,一般在每年 11 月的最后一个星期四。这里的罗斯福总统指西奥多·罗斯福(1858—1919),在任期为 1901—1909 年。
② 普利茅斯岩石在马萨诸塞州普利茅斯港口,相传为首批清教徒登陆之地,其实登陆地点是普罗文斯顿的科德角。
③ 指纽约市。

坎肩胀过心口，后背也是如此。

但是，斯塔夫·皮特今天来到一年一度的约会地点，似乎是出于习惯，而不是出于一年一度的饥饿。据慈善家们的看法，穷苦人仿佛要隔那么长的时间才遭到饥饿的折磨。

当然啦，皮特一点儿也不饿。他来这儿之前刚刚大吃了一顿，如今只剩下呼吸和挪动的气力了。他的眼睛活像两颗淡色的醋栗，牢牢地嵌在一张浮肿的、油水淋漓的油灰面具上。他短促地、呼哧呼哧地喘着气；脖子上一圈参议员似的脂肪组织，使他翻上来的衣领失去了时髦的派头。一星期前，救世军修女的仁慈的手指替他缝在衣服上的纽扣，像玉米花似的爆开来，在他身边撒了一地。他的衣服固然褴褛，衬衫一直豁到心口，可是夹着雪花的十一月的微风只给他带来一些可喜的凉爽。因为那顿特别丰富的饭菜产生的热量，使得斯塔夫·皮特不胜负担。那顿饭以牡蛎开始，以葡萄干布丁结束，包括了他所认为的全世界的烤火鸡、煮土豆、鸡肉色拉、南瓜馅饼和冰淇淋。因此，他肚子塞得饱饱的坐着，带着撑得慌的神情看着周围的一切。

那顿饭完全出乎他意料之外。他路过五马路起点附近的一幢红砖住宅，那里面住有两位家系古老、尊重传统的老太太。她们甚至不承认纽约的存在，并且认为感恩节只是为了华盛顿广场才制定的。她们的传统习惯之一，是派一个佣人等在侧门口，吩咐他在正午后把第一个饥饿的过路人请进来，让他大吃大喝，饱餐一顿。斯塔夫·皮特去公园时，碰巧路过那里，被管家们请了进去，成全了城堡里的传统。

斯塔夫·皮特朝前面直瞪瞪地望了十分钟之后，觉得很想换换眼界。他费了好大的劲，才把头慢慢扭向左面。这当儿，他的眼球惊恐地鼓了出来，他的呼吸停止了，他那穿着破皮鞋的短脚在沙砾地上簌簌地扭动着。

因为那位老先生正穿过四马路，朝他坐着的长凳方向走来。

九年来，每逢感恩节的时候，这位老先生总是来这儿寻找坐在长凳上的斯塔夫·皮特。老先生想把这件事搞成一个传统。九年来的每一个感恩节，他总是在这儿找到了斯塔夫，总是带他到一家饭馆去，看他美餐一顿。这类事在英国是做得很自然的。但美国是个年轻的国家，坚持九年已经算是不容易了。那位老先生是忠实的美国爱国者，并且自认为是创立美国传统的先驱之一。为了引起人们注意，我们必须长期坚持一件事情，一步也不放松。比如收集每周几毛钱的工人保险费啦，打扫街道啦，等等。

老先生庄严地朝着他所培植的制度笔直走去。不错，斯塔夫·皮特一年一度的感觉并不像英国的大宪章，或者早餐的果酱那样具有国家性。不过它至少是向前迈了一步。它几乎有点封建意味。它至少证明了要在纽——唔！——在美国树立一种习俗不是不可能的。

老先生年过花甲，又高又瘦。他穿着一身黑衣服，鼻子上架着一副不稳当的老式眼镜。他的头发比去年白了一点，稀了一点，而且好像比去年更借重那根粗而多结的曲柄拐杖。

斯塔夫·皮特眼看他的老恩人走近，不禁呼吸短促，直打哆嗦，正如某位太太的过于肥胖的狮子狗看到一条野狗对它龇牙竖毛时那样。他很想跳起来逃跑，可是即使桑托斯–杜蒙①施展出全副本领，也无法使他同长凳分开。那两位老太太的忠心的家仆办事可着实彻底。

"你好，"老先生说，"我很高兴看到，又一年的变迁对你并没有什么影响，你仍旧很健旺地在这个美好的世界上逍遥自在。仅仅为了这一点幸福，今天这个感恩节对我们两人都有很大的意义。假如你愿意跟我一起来，朋友，我准备请你吃顿饭，让你的身心取得协调。"

老先生每次都说这番同样的话。九年来的每一个感恩节都是这样。这些话本身几乎成了一个制度。除了《独立宣言》以外，没有什么可以同它相比了。以前在斯塔夫听来，它们像音乐一样美妙。今天他却愁眉苦脸，眼泪汪汪地抬头看着老先生的脸。细雪落到斯塔夫的汗水淋漓的额头上，几乎嘶嘶发响。但是老先生却在微微打战，他转过身去，背朝着风。

斯塔夫一向纳闷，老先生说这番话时的神情为什么相当悲哀。他不明白，因为老先生每次都在希望有一个儿子来继承他的事业。他希望自己去世后有一个儿子能来到这个地方——一个壮实自豪的儿子，站在以后的斯塔夫一类的人面前说："为了纪念家父。"那一来就成为一个制度了。

然而老先生没有亲属。他在公园东面一条冷僻街道的一座败落的褐式住宅里租了几间屋子。冬天，他在一个不比衣箱大多少的温室里种些倒挂金钟。春天，他参加复活节的游行。夏天，他在新泽西州山间农舍里寄宿，坐在柳条扶手椅上，谈着他希望总有一天能找到的某种扑翼蝴蝶。秋天，他请斯塔夫吃

---

① 桑托斯–杜蒙(1873—1932)，巴西气球驾驶员，1901年乘气球从法国的圣克卢至埃菲尔铁塔往返飞行一次，1906和1909年又试飞过风筝式飞机和单翼飞机。

顿饭。老先生干的事就是这些。

斯塔夫抬着头,瞅了他一会儿,自怨自艾,好不烦恼,可是又束手无策。老先生的眼睛里闪出为善最乐的光亮。他脸上的皱纹一年比一年深,但他那小小的黑领结依然非常神气,他的衬衫又白又漂亮,他那两撮灰胡髭典雅地翘着。斯塔夫发出一种像是锅里煮豌豆的声音。他原想说些什么,这种声音老先生已经听过九次了,他理所当然地把它当成斯塔夫表示接受的老一套话。

"谢谢你,先生。非常感谢,我跟你一起去。我饿极啦,先生。"

饱胀引起的昏昏沉沉的感觉,并没有动摇斯塔夫脑子里的信念:他是某种制度的基石。他的感恩节的胃口并不属于他自己,而是属于这位占有优先权的慈祥的老先生,因为即使不根据实际的起诉期限法①,也得考虑到既定习俗的全部神圣权利,不错,美国是个自由的国家,可是为了建立传统,总得有人充当循环小数呀。英雄们不一定非得使用钢铁和黄金不可。瞧,这儿就有一位英雄,只是挥动着马马虎虎地镀了银的铁器和锡器②。

老先生带着他的一年一度的受惠者,朝南去到那家饭馆和那张年年举行盛宴的桌子。他们给认出来了。

"老家伙来啦,"一个侍者说,"他每年感恩节都请那个穷汉吃上一顿。"

老先生坐在桌子对面,朝着他的将要成为古老传统的基石,脸上发出像熏黑的珠子的光芒,侍者在桌子上摆满了节日的食品——斯塔夫叹了一口气(别人还以为这是饥饿的表示呢)举起了刀叉,替自己刻了一顶不朽的桂冠。

在敌军人马中杀开一条血路的英雄都不及他这样勇敢。火鸡、肉排、汤、蔬菜、馅饼,一端到他面前就不见了。他跨进饭馆的时候,肚子里已经塞得实实足足,食物的气味几乎使他丧失绅士的荣誉,但他却像一个真正的骑士,强打精神,坚持到底。他看到老先生脸上的行善的欣慰——倒挂金钟和扑翼蝴蝶带来的快乐都不能与之相比——他实在不忍心扫他老人家的兴。

一小时后,斯塔夫往后一靠,这一仗已经打赢了。

"多谢你,先生,"他像一根漏气的蒸汽管子那样呼哧呼哧地说,"多谢你赏了一顿称心的中饭。"

接着,他两眼发直,费劲地站起来,向厨房走去。一个侍者把他像陀螺似

---

① 起诉期限法,英美法律规定,不动产遭受侵害的起诉期限为 20 年,动产为 6 年,违法行为为 2 年,超过上述期限后,原告无权提出诉讼。

② 指吃饭用的刀叉盘碟。

的打了一个转,推他走到门口。老先生仔细地数出一元三角钱的小银币,另外给了侍者三枚镍币作为小费。

他们像往年那样,在门口分了手,老先生往南,斯塔夫往北。

在第一个拐角上,斯塔夫转过身,站了一会儿。接着,他的破旧衣服像猫头鹰的羽毛似的鼓了起来,他自己则像一匹中暑的马那样,倒在人行道上。

救护车开到,年轻的随车医生和司机低声咒骂他的笨重。既然没有威士忌的气息,也就没有理由把他移交给警察局的巡逻车,于是,斯塔夫和他肚子里的双份大餐就给带到医院里去了。他们把他抬到医院的床上,开始检查他是不是得了某些怪病,希望有机会用尸体解剖来发现一些问题。

瞧呀!过了一小时,另一辆救护车把老先生送来了。他们把他放在另一张床上,谈论着阑尾炎,因为从外表看来,他是付得起钱的。

但是不多久,一个年轻的医师碰到一个眼睛讨他喜欢的年轻护士,便停住脚步,跟她谈谈病人的情况。

"那个体面的老先生,"他说,"你怎么都猜不到,他几乎要饿死了。从前大概是名门世家,如今落魄了。他告诉我说,他已经三天没有吃东西了。"

良 知 未 泯

　　黑斯廷斯·比彻姆·莫利穿过联邦广场,怜悯地瞅着成百个懒洋洋地靠在公园长椅上的人。这批混杂的人,他暗忖道,男人们满脸胡子茬,像牲口一样呆头呆脑;女人们害羞地扭动着身体,两条腿悬在卵石铺的人行道上有四英寸高,一会儿交叉,一会儿又分开。

　　假如我是钢铁大王卡内基或者石油大王洛克菲勒,我就在口袋里揣上几百万元,把所有的公园督察都招来(必要的话就在公园角落里),搞个规划,把全世界公园里的椅子统统改矮一点,让坐在上面的妇女的脚能碰到地。那之后,我也许会向付得起钱的城镇提供图书馆,或者为脾气古怪的教授们盖疗养院,高兴的话,把它们叫做大学。

　　妇女权利协会为争取男女平等奋斗了多年。结果怎么样?她们坐在公园长椅上的时候不得不把膝盖扭在一起,不舒服地晃动最高的法国高跟鞋,得不到大地的支持。女士们,应该从脚做起。你们应该脚踏实地,然后提高到心态平等的理论。

　　黑斯廷斯·比彻姆·莫利衣着整洁仔细。那是他的出身和教养形成的本能。我们看不到人的内心,只看到他浆熨得笔挺的衬衫前胸;因此,我们只能说说他的言行。

　　莫利口袋里一分钱都没有;但他怜悯地笑傲着那百来个肮脏的不幸的人,他们口袋里空空如也,当黎明的阳光染黄广场西面的高楼大厦时,他们的口袋仍旧空空如也。那时候,莫利会有足够的钱。以前日落的时候,他口袋空了,日出的时候,又鼓了起来。

　　他首先到麦迪逊路那儿一位牧师的家里,递交了一封据说是印第安纳州牧师团写的介绍信。这封信,加上可以乱真的、汇款迟迟未到的故事,替他弄到了五元钱。

从牧师家出来刚走了二十步，一个白脸胖子举起红色的拳头，拦住了他的去路，胖子的嗓音响得像是暗礁上的打钟浮标，嚷嚷着要他归还一笔旧账。

　　"啊，伯格曼老兄，"莫利甜言蜜语地说，"幸会幸会，我正要去你那儿还你钱。我姑妈的汇款今天早上才到。地址错了，耽误了事。咱们到街角的酒馆里去，结结账。见到你真高兴。省得我多跑路。"

　　四杯酒下肚，安抚了激动的伯格曼。莫利手里有钱，口气就不一样，即使罗思柴尔德①的贷款也可以宽限。他身无分文时，虚张声势的调门就低一点，但是很少有人能辨出这种音高的差异。

　　"你明天去我那儿还钱好啦，莫利先生，"伯格曼说，"我在街上朝你嚷嚷真对不起。不过你三个月没有照面了。祝你健康！②"

　　莫利苍白光洁的脸上带着坏笑走开了。这个轻信的、喝了酒就心软的德国人使他好笑。今后他要避开第二十九街。他没有想到伯格曼回家时走这条路。

　　往北走了两个街口后，莫利在一座幽暗的房子门前站停，用特殊的节奏敲了几下。装有防盗链的门打开一条六英寸宽的缝，缝里露出非洲保安的傲慢的黑脸。莫利给放了进去。

　　在三层楼一间烟雾缭绕、空气混浊的屋子里，他在轮盘赌的台子旁边待了十分钟。然后下了楼，被那个神气活现的非洲人放了出来，五元的资本只剩下四角丁当响的银币。他在街角上逗留片刻，拿不定主意要去哪里。

　　街对面有一家灯火通明的药房，柜台上的散装苏打汽水的德国银③容器和玻璃杯闪闪发光。一个五岁左右的男孩正朝药房走去，由于年龄增长而获得的重大差事使他自视甚高。他手里紧紧捏着些什么，惟恐人家不知道似的露出得意的神色。

　　莫利和蔼可亲地叫住了他。

　　"你叫我吗？"孩子说，"妈妈派我去药房。她给我一块钱买瓶药水。"

　　"哟，哟，哟！"莫利说，"你成了大人，能替妈妈做事了。我得陪我的小大

---

①　罗思柴尔德，欧洲犹太血统的银行世家，祖先迈耶·阿·罗思柴尔德于 1760 年在德国法兰克福创业，五子继承父业，分别在德、英、意、法立足，虽经拿破仑战争和历次大小欧战，财力愈益雄厚，至今在欧美各国仍有很大势力。
②　原文是拉丁文，敬酒或别人打喷嚏时的用语。
③　德国银是铜、镍、锌的合金。

人一起去,免得他被车撞了。我们顺便还可以买些巧克力。他要巧克力呢还是要柠檬糖?"

莫利牵着孩子的手进了药房。他把包着钱的药方递过去。

"纯水一品脱,"他对药剂师说,"氯化钠十谷。配成溶剂。别宰我,我知道克罗顿水库里全部氧化氢的加仑数,另一种成分,我吃煮土豆的时候老是用来洒一点①。"

"一毛五分钱,"药剂师配好药方,眨眨眼睛说,"看来你懂药物学。通常的价钱是一元。"

"那是蒙傻瓜的。"莫利笑着说。

他小心地把包好的瓶子搁在孩子怀里,陪他走到街角上,把八毛五分钱放进自己的口袋,那是他的化学知识给他带来的增值。

"注意来往车辆,孩子。"他快活地对那个小受害人说。

两辆有轨电车突然从相反的方向朝孩子开来。莫利冲到电车中间,揪住孩子的脖子,不让他受惊乱跑。然后过了马路,叫那个受了骗还挺高兴的、手上给意大利人水果摊上的廉价糖果弄得黏糊糊的孩子回家。

莫利进了一家餐馆,要了一份牛腰肉和一品脱不太贵的葡萄酒。他暗暗发笑,但笑得那么真诚,以致侍者认为他一定有什么好消息。

"哦,没有,"莫利说,他难得同别人攀谈,"没有什么好消息。我只是想起一件有趣的事。你知道在各种各样的交易中,哪三种人最容易上当吗?"

"当然知道,"侍者望着莫利打得十分精致的领带结,琢磨着可能得到多少小费,"八月份南方绸缎呢绒店来的采购员,斯塔滕岛来的度蜜月的夫妇,还有——"

"错了!"莫利快活地格格笑着说,"答案是男人、女人和小孩。世界上——就说纽约和长岛的度夏人游泳的距离之内吧——到处都是愣头青。这块牛腰排多烤两分钟就合适了,弗兰索瓦。"

"假如你认为火候不到,"侍者说,"我——"

莫利举起手反对——有点自认晦气地反对。

"就这么凑合着吃吧,"他宽容地说。"现在给我来点冰镇的鲜葡萄酒和一小杯咖啡。"

------

① 谷是重量单位,合64.8毫克;氯化钠和氧化氢分别是盐和水的化学名称。

莫利悠闲地出来,站在市里两条交通要道的交叉处。他口袋里只剩孤零零的一毛钱,自信而讥嘲的眼睛含笑看着经过他身边的人流。他必须在人流中撒网打鱼,维持他下一步生活的需要。淡泊的艾扎克·沃尔顿①的自信和关于鱼饵的知识够不上他的一半。

四个快活的人——两男两女——欢呼着朝他跑来。他们刚参加了一个宴会——前两个星期他上哪儿去了?——碰到他真运气!他们围住他——他一定要跟他们一起去玩——特拉拉拉——等等,说个没完。

帽子上的白色羽毛垂到肩头的一个女的扯扯他的袖管,朝她的同伴使了一个胜利的眼色,仿佛在说"看我怎么使他就范",然后像女王似的发出邀请。

"你们无法想象,"莫利伤感地说,"我不得不谢绝你们的盛情,有多么遗憾。不过我的一个朋友,纽约游艇俱乐部的卡拉瑟斯,约我等在这里,他八点钟开车来接我。"

白色羽毛朝后一甩,那四个人像围着弧光灯飞舞的小虫似的嬉闹着走了。

莫利站在那儿摆弄口袋里的一角银币,暗自好笑。

"'门面',"他低声说,"起作用的是'门面'。它是王牌。男人、女人、小孩都上当了——伪造的介绍信、盐水的谎言——统统都上当了。"

杂乱的马车和电车中间冒出一个长着稀疏的灰胡子、衣服不合身、拿着一把大雨伞的老头,跑上人行道,停在莫利面前。

"劳驾,"他说,"我向你打听一个人,你知不知道这里有个叫所罗门·斯马瑟斯的人?他是我的儿子,我从埃伦维尔来看他。我把他住处的街道和门牌号的纸条弄丢了。"

"我不知道,先生,"莫利眯缝着眼睛,掩饰眼里的喜悦,"你最好去警察局问问。"

"警察局!"老头说,"我去警察局干吗?我只是来看看我的儿子本。他写信告诉我,他住在一幢五层楼的房子里。假如你知道有谁叫那个名字——"

"我对你说我不知道,"莫利冷冷地说,"我不认识姓斯米瑟斯的人,我劝你去问——"

"斯马瑟斯,不是斯米瑟斯,"老头抱有希望地说,"长得很壮实,沙黄色的皮肤,二十九岁,缺了两颗门牙,身高五英尺左右——"

---

① 艾扎克·沃尔顿(1593—1683),英国散文作家,著有《垂钓记趣》。

"哦，斯马瑟斯！"莫利喊道，"索尔·斯马瑟斯？他就住在我的隔壁。我刚才以为你说的是'斯米瑟斯'呢。"

莫利掏出表来看看。表是不可缺少的东西。花一元钱就能买到。宁肯少吃两顿饭，也不能不花九毛八分钱买一块表——按照钟表制造商的说法，火车是凭钟表运行的。

"长岛的主教，"莫利说，"约我八点钟在这里见面，然后和我一起在鱼狗俱乐部吃晚饭。可是我不能把我朋友索尔·斯马瑟斯的爸爸一个人扔在街上不管。凭圣徒斯威辛的名义起誓，斯马瑟斯先生，我们这些华尔街上的人事情可多呢！真够累的！你过来时我正要穿到街对面，去喝一杯加雪利酒的姜啤。斯马瑟斯先生，千万让我带你去索尔家。不过我们乘车之前，希望你和我先去喝一点——"

一小时后，莫利坐在麦迪逊广场一张清静的长椅上，嘴里衔着一支两角五分的雪茄，上衣的里袋多了一百四十元皱皱巴巴的钞票。他感到满足、轻松，讽刺而富于哲理地望着浮云掩映的月亮。一个低着头、衣衫褴褛的老人坐在长椅的另一端。

不一会儿，老人挪动了一下，看看长椅上的同伴。他从外表上似乎看出莫利不像是通常在长椅上过夜的人。

"好心的先生，"他带着哭音说，"你能不能施舍一角甚至几分钱给一个——"

莫利给了他一元钱，打断了他那老一套的哀诉。

"上帝保佑你！"老人说，"我一直想找个工作——"

"工作！"莫里大笑说，"朋友，你真傻。毫无疑问，世界对于你像是一块不毛的岩石，但是你必须像亚伦①一样，用你的木杖敲打它。那样才会有比清水更好的东西源源不断地流出来。世界就是这个样子。我有求于世界的，它都给我。"

"那是上帝保佑你，"老人说，"我只知道工作。可是现在找不到了。"

"我得回家了，"莫利站起来扣好上衣说，"我待在这里只是抽支烟。希望你找到工作。"

---

① 《旧约·民数记》第18章：耶和华挑选以色列人的首领，吩咐十二支派各取杖一支，存在法柜的帐幕内，次日，"利未族亚伦的杖已经发了芽，生了花苞，开了花。结了熟杏。"

"但愿你今晚行了好，能得到好报。"老人说。

"哦，"莫利说，"你的祝愿已经实现了。我心满意足。我觉得好运像狗一样跟着我。我今晚要到广场对面那家灯火辉煌的旅馆去过夜。今晚月光把城市照得多么明亮。我觉得谁都不会像我这样享受月光和诸如此类的小乐趣。好吧，祝你晚安。"

莫利走到街角上，准备穿过马路去旅馆。他仰天缓缓吐出雪茄烟雾。他朝一个路过的警察亲切地点点头，警察向他敬了一个礼。是啊，月亮多好呀。

时钟敲九下时，一个刚成年的姑娘站在街角上等电车开来。她像是放了工或者给什么事耽误了似的匆匆赶回家去。她的眼睛清澈纯洁，穿着朴素的白色衣服，一心等车，没有东张西望。

莫利认识她。八年前，他们是同桌的同学。他们之间没有什么感情——只是天真岁月的友情而已。

但是他拐到小街上一个僻静的角落，把突然发烧的脸贴在灯柱的冷铁上，含混地说：

"天哪！我不如死了的好。"

最后的常春藤叶

　　华盛顿广场西面的一个小区,街道仿佛发了狂似的,分成了许多叫做"巷子"的小胡同。这些"巷子"形成许多奇特的角度和曲线。一条街本身往往交叉一两回。有一次,一个画家发现这条街有它可贵之处。如果商人去收颜料、纸张和画布的账款,在这条街上转弯抹角、大兜圈子的时候,突然碰上一文钱也没收到,空手而回的他自己,那才有意思呢!

　　因此,搞艺术的人不久都到这个古香古色的格林威治村①来了。他们逛来逛去,寻找朝北的窗户、十八世纪的三角墙、荷兰式的阁楼以及低廉的房租。接着,他们又从六马路买来一些锡镴杯子和一两只烘锅,组成了一个"艺术区"。

　　苏艾和琼珊在一座矮墩墩的三层砖砌房屋的顶楼设立了她们的画室。"琼珊"是琼娜的昵称。两人一个是从缅因州来的,另一个的家乡是加利福尼亚州。她们是在八马路上一家名叫德尔蒙尼戈饭馆里吃客饭时碰到的,彼此一谈,发现她们对于艺术、饮食、衣着的口味十分相投,结果便联合租下了那个画室。

　　那是五月间的事。到了十一月,一个冷酷无情、肉眼看不见、医生管他叫做"肺炎"的不速之客,在艺术区里蹑手蹑脚,用他的冰冷的手指这儿碰碰那儿摸摸。在广场的东面,这个坏家伙明目张胆地走动,每闯一次祸,受害的人总有几十个。但是,在这些错综复杂、苔藓遍地、狭窄的"巷子"里,他的脚步却放慢了。

　　"肺炎先生"并不是你们所谓的扶弱济困的老绅士。一个弱小的女人,已经被加利福尼亚的西风吹得没有什么血色了,当然经不起那个有着红拳头、气

---

　　① 格林威治村,美国纽约西区的地名,住在这里的多半是作家、画家等。

呼呼的老家伙的赏识。但他竟然打击了琼珊;她躺在一张油漆过的旧铁床上,一动不动,望着荷兰式小窗外对面砖屋的墙壁。

一天早晨,那位忙忙碌碌的医生扬扬他蓬松的灰色眉毛,招呼苏艾到过道上去。

"依我看,她的病只有一成希望,"他说,一面把体温表里的水银柱甩下去,"那一成希望在于她自己要不要活下去。人们不想活,情愿照顾殡仪馆的买卖,这种精神状态使医药一筹莫展。你的这位小姐满肚子以为自己不会好了。她有什么心事吗?"

"她——她希望有一天能去画那不勒斯海湾。"苏艾说。

"画画? ——别扯淡了! 她心里有没有值得想两次的事情——比如说,男人?"

"男人?"苏艾像吹小口琴似的哼了一声说,"难道男人值得——别说啦,不,大夫,根本没有那种事。"

"那么,一定是身体虚弱的关系。"医生说,"我一定尽我所知,用科学所能达到的一切方法来治疗她。可是每逢我的病人开始盘算有多少辆马车送他出殡的时候,我就得把医药的治疗力量减去百分之五十。要是你能使她对冬季大衣的袖子式样发生兴趣,提出一个问题,我就可以保证,她恢复的机会准能从十分之一提高到五分之一。"

医生走后,苏艾到工作室里哭了一场,把一张日本纸餐巾擦得一团糟。然后,她拿起画板,吹着拉格泰姆曲调,昂首阔步走进琼珊的房间。

琼珊躺在被窝里,脸朝窗口,一点动静都没有。苏艾以为她睡着了,赶紧不吹口哨。

她架好画板,开始替杂志社画一幅短篇小说的钢笔画插图。青年画家不得不以杂志小说的插图来铺平通向艺术的道路,而这些小说则是青年作家为了铺平文学道路而创作的。

苏艾正为小说里的主人公,一个爱达荷州的牛仔,画上一条在马匹展览会上穿的漂亮的马裤和一片单眼镜,忽然听到一个微弱的声音重复了好几遍。她赶快走到床前。

琼珊的眼睛睁得大大的。她望着窗外,在计数——倒数上来。

"十二,"她说,过了一会儿又说"十一",接着是"十"、"九",再接着是几乎连在一起的"八"和"七"。

苏艾关切地向窗外望去。有什么可数的呢?外面可以看到的只是一个空荡荡、阴沉沉的院子,和二十英尺外的一幢砖砌房屋的墙壁。一株极老极老的常春藤上的叶子差不多全吹落了,只剩下几根几乎是光秃秃的藤枝,依附在那堵松动残缺的砖墙上。

"怎么回事,亲爱的?"苏艾问道。

"六,"琼珊说,声音低得像是耳语,"它们现在掉得快些了。三天前差不多有一百片。数得我头昏眼花。现在可容易了。喏,又掉了一片。只剩下五片了。"

"五片什么,亲爱的?告诉你的苏艾。"

"叶子。常春藤上的叶子。等最后一片掉落下来,我也得去了。三天前我就知道了。难道大夫没有告诉你吗?"

"哟,我从没听到过这么荒唐的话。"苏艾装出满不在乎的样子数落她说,"老藤叶同你的病有什么相干?你一向很喜欢那株常春藤,得啦,你这淘气的姑娘。别发傻啦。我倒忘了,大夫今天早晨告诉我,你很快康复的机会是——让我想想,他是怎么说的——他说你好的希望是十比一!哟,那几乎同我们在纽约搭电车或者走过一幢新房子的工地一样,遇到意外的时候很少。现在喝一点汤吧。让苏艾继续画画,好卖给编辑先生,换了钱给她的病孩子买点红葡萄酒,也买些猪排填填她自己的馋嘴。"

"你用不着买什么酒啦。"琼珊说,仍然凝视着窗外,"又掉了一片。不,我不要喝汤。只剩四片了。我希望在天黑之前看到最后的藤叶飘落下来。那时候我也该走了。"

"琼珊,亲爱的,"苏艾弯下腰对她说,"你能不能答应我,在我画完之前别睁开眼睛,别瞧窗外?我明天要交那些图画。我需要光线,不然我早就把窗帘拉下来了。"

"你不能到另一间屋子里去画吗?"琼珊冷冷地问道。

"我要待在这儿,和你在一起。"苏艾说,"而且我不喜欢你老盯着那些莫名其妙的藤叶。"

"你一画完就告诉我,"琼珊闭上眼睛说,她面色惨白,静静的躺着,活像一尊倒下来的塑像,"因为我要看那最后的藤叶掉下来。我等得不耐烦了。也想得不耐烦了。我想摆脱一切,像一片可怜的、厌倦的藤叶,悠悠地往下飘,往下飘。"

"你争取睡一会儿,"苏艾说,"我要去叫贝尔曼上来,替我做那个隐居的老矿工的模特儿。我去不了一分钟。在我回来之前,千万别动。"

老贝尔曼是住在楼下底层的一个画家,年纪六十开外,有一把像是米开朗琪罗的摩西雕像①的胡子,从萨蒂尔②似的脑袋上顺着小鬼般的身体鬈垂下来。贝尔曼在艺术界是个失意的人。他耍了四十年画笔,仍同艺术女神隔有相当距离,连她的长袍的边缘都没有摸到。他老是说要画一幅杰作,可是始终没有动手。除了偶尔涂抹一些商业画或广告画以外,几年来没有什么创作。他替"艺术区"一些雇不起职业模特儿的青年艺术家充当模特儿,挣几个小钱。他喝杜松子酒总是过量,老是唠唠叨叨地谈着他未来的杰作。此外,他还是个暴躁的小老头儿,极端瞧不起别人的温情,却认为自己是保护楼上两个青年艺术家的看家恶狗。

苏艾在楼下那间灯光暗淡的小屋子里找到了酒气扑人的贝尔曼。角落里的画架上绷着一幅空白的画布,它在那儿静候杰作的落笔,已经有了二十五年。她把琼珊的想法告诉了他,又说她多么担心,惟恐那个虚弱的像是枯叶一般的琼珊抓不住她同世界的微弱联系,真会撒手去世。

老贝尔曼的充血的眼睛老是迎风流泪,他对这种白痴般的想法大不以为然,讽刺地咆哮了一阵子。

"什么话!"他嚷道,"难道世界上竟有这种傻子,因为可恶的藤叶落掉而想死?我活了一辈子也没有听到过这种怪事。不,我没有心思替你当那无聊的隐士模特儿。你怎么能让她脑袋里有这种傻念头呢?唉,可怜的琼珊小姐。"

"她病得很重,很虚弱,"苏艾说,"高烧烧得她疑神疑鬼,满脑袋都是希奇古怪的念头。好吧,贝尔曼先生,既然你不愿意替我当模特儿,我也不勉强了。我认得你这个可恶的老——老贫嘴。"

"你真女人气!"贝尔曼嚷道,"谁说我不愿意来着?走吧。我跟你一起去。我已经说了半天,愿意为你效劳。天哪!像琼珊小姐那样的好人实在不应该在这种地方害病。总有一天,我要画一幅杰作,那么我们都可以离开这里啦。天哪!是啊。"

---

① 米开朗琪罗(1475—1564),意大利著名画家、雕塑家、建筑师。他在罗马教皇朱利二世的墓上雕刻了摩西像。
② 萨蒂尔,希腊神话中半人半兽的森林之神,长着马耳马尾或羊角羊尾。

他们上楼时，琼珊已经睡着了。苏艾把窗帘拉到窗槛上，打手势让贝尔曼到另一间屋子里去。他们在那儿担心地瞥着窗外的常春藤。接着，他们默默无言地对瞅了一会儿。寒雨夹着雪花下个不停。贝尔曼穿着一件蓝色的旧衬衫，坐在一口翻转过来权充岩石的铁锅上，扮作隐居的矿工。

第二天早晨，苏艾睡了一个小时醒来的时候，看见琼珊睁着无神的眼睛，凝视着放下来的绿窗帘。

"把窗帘拉上去，我要看。"她用微弱的声音命令说。

苏艾困倦地照办了。

可是，看哪！经过了漫漫长夜的风吹雨打，仍旧有一片常春藤的叶子贴在墙上。它是藤上最后的一叶了。靠近叶柄的颜色还是深绿的，但是锯齿形的边缘已染上了枯败的黄色，它傲然挂在离地面二十来英尺的一根藤枝上面。

"那是最后的一片叶子，"琼珊说，"我以为昨夜它一定会掉落的。我听到刮风的声音。它今天会脱落的，同时我也要死了。"

"哎呀，哎呀！"苏艾把她困倦的脸凑到枕边说，"即使你不为自己着想，也得替我想想呀。我可怎么办呢？"

但是琼珊没有回答。一个准备走上神秘遥远的死亡道路的心灵，是全世界最寂寞、最悲凉的了。当她与尘世和友情之间的联系一片片地脱离时，那个玄想似乎更有力地掌握了她。

那一天总算熬了过去。黄昏时，她们看到墙上那片孤零零的藤叶仍旧依附在茎上。随着夜晚同来的是北风的怒号，雨点不住地打在窗上，从荷兰式的屋檐上倾泻下来。

天色刚明的时候，狠心的琼珊又吩咐把窗帘拉上去。

那片常春藤叶仍在墙上。

琼珊躺着对它看了很久。然后她喊苏艾，苏艾正在煤气炉上搅动给琼珊喝的鸡汤。

"我真是个坏姑娘，苏艾，"琼珊说，"冥冥中似乎有什么使那片叶子不掉下来，启示了我过去是多么邪恶。不想活下去是个罪恶。现在请你拿些汤来，再弄一点掺葡萄酒的牛奶，再——等一下，先拿一面小镜子给我，用枕头替我垫垫高，我要坐起来看你煮东西。"

一小时后，她说：

"苏艾，我希望有朝一日能去那不勒斯海湾写生。"

下午，医生来了，他离去时，苏艾找了一个借口，跑到过道上。

"好的希望有了五成，"医生抓住苏艾瘦小的、颤抖的手说，"只要好好护理，你会胜利的。现在我得去楼下看看另一个病人。他姓贝尔曼——据我所知，也是搞艺术的。也是肺炎。他上了年纪，身体虚弱，病势来得凶猛。他可没有希望了，不过今天还是要把他送进医院，好让他舒服一些。"

第二天，医生对苏艾说："她现在脱离危险了。你赢啦。现在只要营养和调理就行啦。"

那天下午，苏艾跑到床边，琼珊靠在那儿，心满意足地在织一条毫无用处的深蓝色肩巾，苏艾连枕头把她一把抱住。

"我有些话要告诉你，小东西。"她说，"贝尔曼先生今天在医院去世了。他害肺炎，只病了两天。头天早上，看门人在楼下的房间里发现他痛苦得要命。他的鞋子和衣服都湿透了，冰凉冰凉的。他们想不出，在那种凄风苦雨的夜里，他究竟是到什么地方去的。后来，他们找到了一个还燃着的灯笼，一把从原来的地方挪动过的梯子，还有几支散落的画笔，一块调色板，上面剩有绿色和黄色的颜料，末了——看看窗外，亲爱的，看看墙上最后的一片叶子。你不是觉得纳闷，它为什么在风中不飘不动吗？啊，亲爱的，那是贝尔曼的杰作——那晚最后的一片叶子掉落时，他画在墙上的。"

失 之 交 臂

人潮高峰时刻,来自诺姆①的人站在街角上,花岗岩似的岿然不动。北极的风吹日晒使他的皮肤成了酱黑色。他的眼睛里依然保留着冰川的蓝色光芒。

他像狐狸那样警觉,像驯鹿肉排那样坚韧,像北极光那样心胸宽广。街上的噪音像尼亚加拉瀑布的水雾似的劈头盖脸朝他扑来——高架铁路的轰响、电车的丁当铃声、没有橡胶的轮箍的咔嗒声、出租马车和运货车夫相互的恫吓呵斥。来自诺姆的人把他淘到的金沙兑成了十万元现款,在纽约吃了一星期的蛋糕和啤酒,嘴里开始发苦,叹息着准备重新踏上奇尔库特②——离开街头噪音和死海苹果馅饼的出口。

六马路上,西伯尔-梅森百货公司的姑娘在眼睛明亮、有说有笑、匆匆下班回家的女售货员人潮中间。来自诺姆的人发现了她,他首先认为,以他的标准衡量,那个姑娘美丽得不同一般。其次认为,她端庄优雅的姿态完全像平整雪地上的狗拉雪橇。第三个感觉是他当场确信,他迫切希望她成为他的女人。从诺姆来的人做出决定时都这样迅速果断。此外,他马上就要回北方去了,因此需要迅速采取行动。

西伯尔-梅森大百货公司的成千上百的女售货员涌到人行道上,使得三年来只看到锡沃斯族和奇尔卡特族印第安妇女的男人的航行十分危险。但是来自诺姆的人忠于那个唤醒了他一颗雪藏已久的心的姑娘,便投入莺莺燕燕的洪流,尾随着她。

她在第二十三街上敏捷地走去,没有左顾右盼,和麦迪逊广场上狄安娜的

---

① 诺姆角,美国阿拉斯加西沃德半岛南面的海角。
② 奇尔库特,美国阿拉斯加和加拿大育空之间的山口。

青铜像一样,也不卖弄风情。她光滑的栗色头发梳成辫子;整洁的白衬衫和没有皱纹的黑裙子充分说明了两个优点——品味和俭朴。痴迷的来自诺姆的人跟在后面,相距十码远。

西伯尔-梅森百货公司的姑娘,克拉丽贝尔·科尔比小姐,属于乘轮渡来往于泽西城和纽约之间的辛苦的上班族。她走进轮渡的候船室,上了楼,一阵小跑,奇妙地赶上了刚要离岸的轮渡。来自诺姆的人连跳三步,缩短了十码差距,紧跟在她后面上了甲板。

科尔比小姐在上甲板客舱外面选了一个相当清静的座位。晚上天气不冷,她希望避开乘客们好奇的眼光和乏味的谈话声。此外,她由于睡眠不足而极度疲倦,要打瞌睡。昨晚,她参加了西区鱼类批发行业店员第二社交俱乐部的有油炸牡蛎招待的年度舞会,只睡了三个小时。

今天白天特别烦人。顾客们过分挑剔;有些商品缺货,她挨了顾客的训斥;她最好的朋友玛米·塔特希尔同那个姓多克里的姑娘一起吃午饭,冷落了她。

西伯尔-梅森百货公司的姑娘正处于那些自食其力的女雇员们常有的放松和柔弱的状态。那种状态对于想追求她的男人最为有利:她渴望有一个家,有人关心她,能躲在男人强壮的怀里休息,休息。克拉丽贝尔·科尔比小姐此刻觉得非常困倦。

一个皮肤黧黑、衣着非常高级、但穿戴得随随便便的强壮的男人,把帽子拿在手里,来到她面前。

"小姐,"来自诺姆的人彬彬有礼地说,"请原谅我冒昧,可是我——我——在街上看见了你,所以——所以——"

"嘿!"西伯尔-梅森百货公司的姑娘抬起眼睛,尽可能冷漠地说,"你们这种调戏女人的人,难道真无法摆脱了吗?我从吃大蒜到用帽针,各种办法都试过了,还纠缠不清。你一边待着去吧,弗雷迪。"

"小姐,我不是那种人,"来自诺姆的人说——"说实话,我不是那种人。我刚才说过,我在街上看见你,我太希望认识你了,不由自主地跟了上来。在这个大城市里,如果我不主动搭话,恐怕再也没有机会见到你了;所以才这么做。"

在轮渡暗淡的灯光下,科尔比小姐机灵地打量了他一眼。不,他不像那种专门勾引妇女的人,他没有两面三刀的假笑和厚颜无耻的装模作样。他久经北方风雪的黧黑的脸上透出诚恳和朴实。她倒要听听他有什么话要说。

"你不妨坐下吧,"她打了一个哈欠,故作有礼貌地用手遮住嘴巴说,"不过你得记住——你得老老实实,不然我就叫服务员。"

从诺姆来的人在她身边坐下。他非常喜欢她。不仅仅是喜欢。她的长相正是他长久以来一直在找而没有找到的那种女人。她能对他产生兴趣吗?那要看情况的发展了。不管怎么说,他必须竭尽全力,加强他的要求。

"我姓布莱顿,"他说——"亨利·布莱顿。"

"你有把握说不是琼斯吗?"姑娘朝他凑过去,自作聪明地揶揄说。

"我从诺姆来,"他急切而认真地接着说,"我在那里攒了不少沙子,随身带到这里来了。"

"哦,是吗?"她带着可爱的轻松神情继续揶揄他说,"那你一定是街道清洁队里的了。我觉得好像在什么地方见过你。"

"我今天在街上见到你的时候,你没有注意到我。"

"我在街上是从来不看别人的。"

"可是我看到了你,我觉得从来没有见过有你这么一半美丽的人。"

"我可以留下另一半吗?"

"我想可以。我想你可以留下我所有的一切。我想我也许是你说的那种粗人,不过我待我喜欢的人会非常好的。我在那里吃尽苦头,可是我赢了。我在那里的时候差不多收集了五千两沙子。"

"天哪!"科尔比小姐装模作样地说,"那里肯定是个非常脏的地方。"

那时候她的眼睛慢慢阖上了。来自诺姆的人的声音认真而单调。此外,光谈沙子、清扫有多么沉闷!她把头靠在客舱墙板上。

"小姐,"来自诺姆的人说,声音更认真单调了,"我从来没有见过比你更让我喜欢的人。我知道你现在不可能了解我,但是能不能给我一个机会?你能不能让我认识你,让我赢得你的欢心?"

西伯尔-梅森百货公司的姑娘的头慢慢滑了下来,靠在他的肩膀上。她实在困得不行,竟然睡着了,她狂喜地梦见了鱼类批发行业店员俱乐部的舞会。

来自诺姆的先生双手合抱。他不怀疑瞌睡的真实性,他也懂得不能把这动作当成听从他摆布的表示。他感到无比的幸福和激动,但只把靠在他肩膀上的脑袋当做鼓舞的开端,成功的先兆,他不能乘人之危,轻举妄动。

一点小小的杂质使他满足的金子成分打了折扣。他在自己的财富方面是不是讲得过于直率？可是他太希望赢得她的欢心了。

"我想说，小姐，"他说，"你可以信赖我。克朗代克一带，从朱诺到瑟克尔城，一直到育空，所有的人都认识我。我在那里拼死拼活干了三年，有时候就在冰天雪地里过夜，我不知道会不会有喜欢我的人。我一个人用不了那些沙子。我总盼望有朝一日能遇上合适的人，今天果然遇到了。有钱是件大好事，但是得到你最喜欢的人的爱情就更好了。小姐，假如你准备同一个人结婚，你希望他有什么呢？"

"现钞！"

科尔比小姐嘴里突然响亮地迸出这两个字，说明她正梦见自己站在西伯尔-梅森大百货公司的柜台后面。

她的脑袋突然歪向一边。她醒了过来，坐坐直，揉着眼睛。来自诺姆的人已经不见了。

"咦！我想我准是睡着了，"科尔比小姐说，"街道清洁队的那个人呢？"

闪亮的金子

带有寓意的故事就像是蚊子的细长的口器。它刺进你的皮肤,分泌出一滴稀释你血液的唾液,刺激了你的良知。因此,我们不如先看看寓意,了却心事。闪光的不一定都是金子,但是把测试金子的酸溶液瓶塞关好的是聪明的孩子。

百老汇路同华盛顿广场交界的一角是小里亚托剧院区。演员们站在这里,一听他们的谈话就知道他们的身份:"'没门,'我对弗罗曼说,'周薪一百,少一个子儿都不干。'我说罢就出来了。"

灯火辉煌的剧院区西南有一两条街道,说西班牙语的美国人聚居于此,在寒风刺骨的北方获得一些热带的温暖。这个区域的活动中心是一家名叫"庇护所"的咖啡餐馆,顾客多半是来自南方的流亡者。智利、玻利维亚、哥伦比亚、山峦起伏的中美洲共和国、愤怒的西印度岛屿,政治火山爆发后,披斗篷、戴宽檐帽的先生们像火山熔岩似的涌来。他们在这里研究对抗策略,等待机会,寻求资助,招募亡命徒,私运枪支弹药,准备东山再起。他们在"庇护所"找到了适合他们滋生的土壤。

"庇护所"餐馆提供的食品,无论来自南回归线或者北回归线的人都觉得好吃。出于利他主义的原因,这里有必要说几句题外话。厌倦了法国厨师的烹调花招的吃客啊,赶快去"庇护所"吧!只有在那里才吃得到按西班牙方式烹制的鱼——青鱼、鲱鱼,或者墨西哥湾的鲹鱼。番茄赋予它颜色、个性和灵魂;红辣椒给了它风味、独创性和热情;不知名的香草提供了刺激和神秘——而它的登峰造极的荣光需要专门介绍。它的上下左右——决非里面——有一种若隐若现、轻灵微妙的氛围,恐怕只有物理研究学会才能查出它的根源。别说"庇护所"做的鱼里加了大蒜。只能说大蒜的精灵飘然而过时朝那盘上面放着欧芹的鱼丢了一个飞吻,如同现实生活中一样,你自作多情地认为那个给别人的吻在自己的嘴唇上回味无穷。那个名叫康齐托的侍者给你端来一盘黑豆和一瓶波尔图葡萄酒时——啊,简直是天上人间!

一天,一艘汉堡-美国航线的班轮在五十五号码头卸下了来自卡塔赫纳的乘客,佩里科·齐梅内斯·比利亚布兰卡·法尔孔将军。将军的肤色介于棕黄色和栗色之间,腰围四十二英寸,穿了高跟马靴身高也只有五英尺四。他留着两撇像是游乐园打靶场的老板的胡子,一身礼服像是得克萨斯州的议员,神气活现的样子则像是没有受到委派的代表。

法尔孔将军懂的英语只够他打听去"庇护所"餐馆该怎么走。到了附近后,他看到一座红砖房屋前面的"西班牙酒店"的招牌。窗口有块西班牙文的告示:"本店说西班牙语。"将军带着宾至如归的感觉走了进去。

舒适的账房间里坐着老板娘奥布赖恩太太。她是个金发女人——哦,一头无可指责的金黄头发。此外,她十分和蔼可亲,长得白白胖胖。法尔孔将军深深一鞠躬,把脱下的宽檐帽子扫过地板,说了一串西班牙话,音节像是沿着火药引线点燃的鞭炮。

"西班牙人还是意大利人?"奥布赖恩太太愉快地问道。

"我是哥伦比亚人,夫人,"将军自豪地说,"我讲西班牙语。你窗口的告示写着这里说西班牙语。怎么回事呀?"

"你已经在说西班牙语了,不是吗?"夫人说,"我可不会。"

法尔孔将军在西班牙酒店租了客房,安顿下来。傍晚时,他上街逛逛,看看这个北方喧闹的城市的奇迹。他一面走,一面想着奥布赖恩太太美妙的金黄色头发。"在这里,"将军自言自语地说,当然用他本国的语言,"可以找到世界上最漂亮的女人。我们哥伦比亚的女人中间可没有这么好看的。但是法尔孔将军不应该想漂亮女人。我的国家要求我忠诚。"

在百老汇路和小里亚托的拐角上,将军给卷了进去。来往的电车使他不知所措,一辆电车的保险杠刮了他一下,害他撞到一辆堆满橘子的手推车上。一辆出租马车的轮毂擦过他身边,相距只有一英寸,车夫劈头盖脸给他一顿臭骂。他跌跌撞撞跑到人行道上,一台炒花生机器的汽笛朝他耳朵喷了一阵滚烫的热气,吓得他赶快跳开。"天哪!这个鬼城市是怎么搞的?"

将军像受伤的沙雉鸟似的从人流中逃出来时,两个猎手立刻瞄上了他。一个是"恶棍"麦圭尔,他惯用的家伙是结实的手臂和八英寸长的铅管。另一个柏油马路上的暴君宁禄是手段比较文明的"蜘蛛"凯利。

他们朝显而易见的猎物扑去时,凯利抢先一步。他用胳臂肘挡开了麦圭尔先生的袭击。

"闪开!"他厉声命令说,"是我先看到的。"麦圭尔为了不吃眼前亏,乖乖地躲开了。

"请原谅,"凯利先生对将军说,"你碰到一点麻烦,是吗?我来帮你忙。"他捡起将军的帽子,掸掉灰尘。

凯利先生的办法百试不爽。将军被喧嚣的街道搞得晕头转向,像欢迎一个见义勇为的骑士似的欢迎解救他的人。

"我的愿望是回我住的奥布赖恩的酒店,"将军说,"哎哟,先生,这个纽约城里来来往往的车子又响又快。"

凯利先生的礼貌不允许这位显赫的哥伦比亚先生独自回去担当风险。他们一直走到西班牙酒店门口。斜对面是"庇护所"餐馆的有灯光照明的招牌。凯利先生对这里的街道几乎没有不熟悉的,他一看外表就知道那是"意大利人的场所"。凯利先生把所有的外国人分为"意大利人"和"法国人"两类。他对将军说,他们一见如故,应该去那里在酒的基础上加深他们的交情。

一小时后,法尔孔将军和凯利先生坐在"庇护所"阴谋家之角的一张桌子旁,桌上已经摆了不少酒瓶和杯子。将军第十次吐露了他来美国的秘密使命。他说他来这里是替哥伦比亚革命者购买武器——两千支温切斯特连发枪。他口袋里揣着卡塔赫纳银行开给纽约联行的两万五千元汇票。别的桌子上有别的革命者向同谋大声说出政治秘密,但嗓门都不如将军那么高。将军拍桌子,招呼侍者添酒,他朝他的朋友呼喊说他的任务是严格保密的,不能透露给任何人。凯利先生热情高涨,深表同情。他在桌子上伸过手去,握住将军的手。

"先生,"他诚恳地说,"我不知道你的国家在哪里,但我是支持它的。我猜想准是美国的一个分支机构,因为诗人和小学老师有时候也称呼我们为哥伦比亚①。你今晚碰到我也是你的运气。全纽约只有我能帮你做成这笔枪支交易。美国国防部长是我最好的朋友。目前他正好在纽约,我明天帮你去找他。先生,你把汇票藏好。我明天来你这儿,带你去看部长。嗨!你说的不会是哥伦比亚特区吧?"凯利先生突然起疑说。"靠两千支枪可拿不下来——以

---

① 美国首都华盛顿所在的行政区域是哥伦比亚特区(The District of Columbia),Columbia 意为"哥伦布发现之地",诗歌中常用 Columbia 借喻美洲和美国,同拉丁美洲的哥伦比亚共和国的(Colombia)有一个字母之差。

前用更多的枪试过,都没有成功。"

"不,不!"将军嚷道,"是哥伦比亚共和国——南美洲顶端的一个伟大的共和国,是啊,是啊。"

"那就好,"凯利先生放心地说,"我们现在回家,明天再见。我今晚给部长写封信,同他约一个会面的时间。把枪支运出纽约有些难办。连麦克拉斯基都办不到。"

"你们的纽约真是个大地方,"他说,"街上的车辆太吓人了,炒花生的机器声音刺得耳朵痛。但是,凯利先生——头发金黄金黄、胖得可爱的太太们——她们了不起!太了不起啦!"

凯利到最近的电话间,打电话给百老汇路上的麦克拉里酒馆,找杰米·邓恩。

"是杰米·邓恩吗?"凯利问道。

"是我。"对方回答。

"你才不是呢,"凯利快活地说,"你是国防部长。你别走开,我马上过去。我这里有一条你从未钓到过的大鱼。是一支有金纸箍的高级雪茄,还附有许多免费赠券,足够买一台豪华大吊灯和一座小溪旁的普赛克①塑像。"

杰米·邓恩是骗子界的文学硕士,坑蒙拐骗的艺术大师。他生平没有用过大头棒,看不起蒙汗药。事实上,他向他要下手的受害者只提供最纯粹的酒精饮料,如果说纽约能找到这种东西的话。"蜘蛛"凯利的野心就是把自己提升到杰米的档次。

这两位绅士当天晚上在麦克拉里酒馆商谈。凯利介绍了情况。

"这个人傻里傻气,太容易骗了。他来自哥伦比亚岛,那里似乎有罢工、世仇或者什么事,他们派他来采购两千支温切斯特枪,进行调解之用。他给我看了两张一万元、一张五千元的汇票,在这里的一家银行取款。杰米,他没有换成千元大钞放在银盘子上端给我,真叫我生气。现在我们只能等他去银行提出现款给我们了。"

他们商量了两个小时后,邓恩说:"明天下午四点钟把他带到百老汇路××号。"

第二天,凯利去西班牙酒店找将军。发现那个纵横捭阖的战士正同奥布

---

① 希腊神话中少女形象出现的人类灵魂的化身,与爱神厄洛斯相恋。

赖恩太太谈得有滋有味。

"国防部长在等我们呢。"凯利说。

将军依依不舍地离开了。

"唉,先生,"他叹了一口气说,"身在公门,不得不去。不过,先生,你们美国的女人——多么美丽!奥布赖恩太太就是一个例子——多么美啊!她是天仙——天后级的美女——牛眼睛的天后。"

凯利先生本来就不笨,在自己的想像力的激发之下变得更加机灵。

"当然!"他笑着说,"你指的是漂白出一头金发的天后,是吗?①"

奥布赖恩太太听到了他的话,抬起金发的头。她的大眼睛朝离去的凯利先生瞪了一下。除了在公交车辆上以外,人们千万不能对女士有粗鲁的言行。

多情的哥伦比亚人和他的陪伴到了百老汇路上的地址,在接待室里等了半小时,才被引进一间布置讲究的办公室,一个气度不凡、面孔光洁的人坐在办公桌前写什么东西。法尔孔将军的老朋友凯利先生把将军介绍给美国国防部长,说明了他此行的任务。

"哦——哥伦比亚!"他听了介绍后意味深长地说,"这件事恐怕有点小小的困难。总统和我对那个国家的看法有点分歧。他倾向于支持现有的政府,而我——"国防部长朝将军神秘而鼓励地一笑。"法尔孔将军,你当然知道,自从塔曼尼战争以后,国会通过了一项法案,规定凡是美国出口的武器弹药都必须通过国防部。如果我能为你办些事,我看在老朋友凯利先生的份上,很乐意帮忙。但必须严格保密,因为我已经说过,总统对你们哥伦比亚革命党的活动印象不佳。我派勤务兵去取我们仓库里现有的武器清单。"

部长按了铃,勤务兵立刻进了办公室。

"把小型武器存货清单的乙表拿来。"部长说。

勤务兵很快就拿了一张打印好的纸回来。部长仔细看了一会儿。

"我发现,"他说,"政府补给九号仓库里有两千支温切斯特枪,本来是摩洛哥苏丹订购的,但他忘了付现金。我们的规矩是购货时必须支付现金。我亲爱的凯利先生,如果你的朋友法尔孔先生想要这批武器的话,可以按出厂价买去。我想如果我现在结束这次会见,一定能得到你的理解。日本公使和查尔斯·墨菲马上就要来见我了!"

----

① "牛眼睛"原文 ox-eyed 与过氧化氢 peroxide 发音相似,过氧化氢即双氧水,可作消毒剂和漂白剂。

这次会见的结果之一是将军对他尊敬的朋友凯利先生感激万分。另一个结果是敏捷的国防部长在以后两天里忙得不可开交,他买了放枪支的空木箱,装进砖块,然后存在一个特地租用的仓库里。还有一个结果是,将军回西班牙酒店后,奥布赖恩太太走到他面前,捡掉他上衣翻领上的一个线头,说道:

"先生,我不想插手,但是那个猴子脸、狸猫眼、探头探脑的小混混找你干吗?"

"啊呀呀!"将军喊道,"你可不能这样说我的好朋友凯利先生。"

"到夏季花园来,"奥布赖恩太太说。"我要和你谈谈。"

我们不妨假设他们谈了一个小时。

"照你说来,"将军说,"只要花一万八千元就能买下这个酒店的设备,还包括这座花园的一年租金?这座可爱的花园太像我亲爱的哥伦比亚的庭院了。"

"便宜得不能再便宜了。"奥布赖恩太太说。

"啊,天哪!"法尔孔将军喘着气说,"战争和政治对我算得了什么?这个地方简直像天堂。我的国家自有别的勇敢的英雄继续为之战斗。光荣和杀人对我有什么意义?啊!毫无意义。我在这里找到了一个天使。我们买下西班牙酒店,你就是我的人,钱不应该浪费在枪支上面。"

奥布赖恩太太把她金黄色的头发依偎在那个哥伦比亚爱国者的肩膀上。

"哦,先生,"她幸福地叹息说,"你真了不起!"

两天后,约定向将军交付武器的日子到了。一箱箱的所谓枪支堆在租来的仓库里,国防部长坐在箱子堆上,等待他的朋友凯利去把受骗者带来。

凯利先生在约定的时间赶到西班牙酒店,看见将军坐在桌子后面算账。

"我做出决定,"将军说,"不买枪支了。我今天买下了这家酒店的设备,佩里科·齐梅内斯·比利亚布兰卡·法尔孔将军准备和奥布赖恩太太举行婚礼了。"

凯利先生几乎厥倒。

"嗨,你这瓶秃头的老鞋油,"他唾沫飞溅地说,"你这个骗子——盗用公款的诈骗犯!你拿你那个只有鬼才知道在什么地方的国家的钱买了一家寄宿所。"

"啊,"将军加好一栏数字的总额后说,"这就是你所说的政治。战争和革命不是好东西。是啊。追随战争女神不是最佳选择。不。同天后——那个牛

390

眼睛的天后——一起开酒店倒是惬意的事。啊！她的头发多么金光灿灿！"

凯利先生噎得够呛。

"啊,凯利先生!"将军深情地说,"难道你没有吃过奥布赖恩太太做的咸牛肉末吗?"

丛林中的孩子①

蒙塔古·西尔弗是西部一流的街头推销员和贩卖赝品的骗子,有一次在小石城时,他对我说:"比利,如果你上了年纪,脑子不灵活,不能在成人中间做规矩的骗局,那就去纽约吧。西部每分钟产生一个冤大头②;但是纽约的冤大头却像鱼卵一般多——数都数不清!"

两年后,我发觉自己记不清那些俄罗斯海军上将的姓名了,又发觉左耳上方长了几茎白发,我认为应该是采纳西尔弗的劝告的时候了。

某天中午,我到了纽约,便去百老汇路逛逛,竟然遇到了西尔弗。他衣着华丽,靠在一家旅馆门口,用绸手帕在擦指甲上的半月痕。

"是得了麻痹性痴呆症,还是告老退休了?"我问他说。

"喂,比利,"西尔弗说,"见到你真高兴。是啊,我觉得西部的人逐渐聪明起来,聪明得有点过分了。我一直留着纽约,把它当做最后的一道点心。我认为在纽约人身上捞油水有点缺德。他们熙来攘往,懵懵懂懂,更是少用脑筋。我真不愿意让我老妈知道,我在剥这些低能儿的皮。她万万料不到我这么没出息。"

"那么说,做植皮手术的老医生的候诊室里已经挤满了人吗?"我问道。

"哎,也不尽然,"西尔弗说,"剥皮的勾当暂且不考虑。我来这里才一个月。不过我随时都可以开始;纽约主日学校的学员们,每人自愿捐助了一块皮,帮我置办了我身上的这套行头,他们很可以把照片寄到《每日晚报》上去扬扬名。

"我正在研究这个城市,"西尔弗说,"我每天读报。我了解这个城市,正

---

① 英国古代民谣和儿歌中有《丛林中的孩子》的故事,叙说一个恶叔为篡夺财产,将一对侄儿女骗至森林害死,后来这一词用来指天真轻信、容易受骗的人。

② 这句话是19世纪美国著名的马戏团老板巴南说的,意谓世人容易上当受骗。

像市政厅里的猫了解爱尔兰籍的值班警察一样。你从这里的人身上刮钱刮得稍微慢一点，他们就烧得发慌，赖在地上乱叫乱嚷。到我的房间里去坐坐，我详细告诉你。为了旧日的交情，我们一起来整治这个城市吧。"

西尔弗领我进了一家旅馆。他房间里四下放着许多不相干的东西。

"从大城市的这些乡巴佬身上搞钱的方法，"西尔弗说，"比南卡罗来纳州查尔斯顿煮玉米的花样还要多。不论下什么饵，他们都会上钩。大部分人的智商没有什么差别。他们的智商越高，理解力就越低。哎，不久前，不是有人把小洛克菲勒的油画像当做安德烈亚·德尔·萨尔托画的著名的圣约翰像卖给约·皮·摩根吗①？

"你看到墙角里那捆印刷品吗，比利？那是金矿股票。有一天我上街去推销，不出两小时就不得不住手了。为什么呢？因为妨碍交通，被警察抓了去。大家争先恐后抢着买，挤得水泄不通。在去警察局的路上，我卖了一些股票给警察，后来我就停止出售了。我不愿意人家轻易给我钱。为了保持自尊心，我做买卖时总要给一点回报。在他们给我一分钱之前，我要他们猜猜芝一哥这个地名中间缺了哪个字；在用纸牌赌博时，我让他们手里先拿到一对九。

"还有一个小计谋，由于太容易得手，我不得不放弃。你看到桌上那瓶蓝墨水吗？我在手背上画一个船锚，权充刺青，然后去银行，说我是杜威②上将的侄子。我开了一千元的支票，支取他账里的钱，银行愿意兑付。可是我只知道我叔叔的姓，不知道他的名字叫什么。这件事虽然没有成功，但说明纽约是个多么容易搞钱的城市。至于窃贼，如今他们也不去人们家里了，除非先替他们预备好热的晚餐，再有几个大学生伺候他们。强盗在住宅区里杀了人，可是走遍全市只算是人身攻击罪。"

"蒙塔，"等西尔弗停下时，我开口说，"你的高论准确地贬低了纽约，可我还有些怀疑。我来这里不过两小时，但我认为它不会这么轻易地落到我们手里。这里没有合我口味的乡村气氛。如果居民头发上沾着稻草，穿着假天鹅绒坎肩，佩着七叶树果做的表坠，我就放心啦。依我看，他们并不容易上钩。"

"你说得不错，比利，"西尔弗说，"初来乍到的人都有这种感觉。纽约比小石城或者欧洲大得多，它让外来的人看了害怕。你不久就会宽心的。老实

---

① 萨尔托（1486—1531），意大利画家，他画的圣约翰生平事迹壁画陈列在佛罗伦萨。洛克菲勒和摩根都是美国财阀。

② 杜威（1837—1917），美国海军将领，1898年美西战争中指挥了马尼拉湾战役。

告诉你,这里的人没有把钱喷了消毒剂,放在洗衣篮里,痛痛快快地送来给我,我真想揍他们。我讨厌去外面搞钱。这里戴钻石首饰的是谁?哟,是骗子的老婆温妮,恶棍的新娘贝拉。要纽约人的钱实在太容易啦。我担心的只有一件事:等我身上装满了面额二十元的钞票的时候,恐怕会压断我坎肩口袋里的雪茄烟。"

"我希望你说得对,蒙塔,"我说,"不过我还是后悔没有安心在小石城做些小买卖。那里永远不会缺少农场主。你总可以找几个,让他们在要求增设邮局的申请书上签个名,然后拿到银行里去贷款两百元。这里的人似乎生来就明哲保身,吝啬得很。我怕凭我们这些本领在这里是吃不开的。"

"别担心,"西尔弗说,"我已经把这个冥顽不灵的城市估计得非常准确,就好像北河是哈得孙河而东江根本不是一条江一样。住在百老汇四个街口以内的人,一辈子除了摩天大楼以外没有见过别的房屋。一个出色能干的西部人在这里待上三个月,不论软哄硬骗,好歹要露几手。"

"吹牛归吹牛,"我说,"你现在老实说,除了向救世军求助,或者在海伦·古尔德小姐①门前装病告帮之外,你有没有具体的计划,可以立刻弄一两块钱来花花呢?"

"计划多的是,"西尔弗说,"你有多少资本,比利?"

"一千元。"我告诉他。

"我有一千二百元,"他说,"我们合伙大干一场。要挣大钱的办法实在太多啦,简直不知道该从哪儿着手。"

第二天早晨,西尔弗到我下榻的旅馆里来看我,他容光焕发,看上去有什么大喜事。

"我们今天下午去见见约·皮·摩根,"他说,"我在旅馆里认识的一个人要替我们介绍介绍。他是摩根的朋友。他说摩根喜欢见见西部的人。"

"这倒不坏,"我说。"我很愿意认识摩根先生。"

"结识几个金融大王,"西尔弗说,"对我们有益无害。我开始有点喜欢纽约对待外地人的社交方式了。"

西尔弗认识的人姓克莱因。三点钟光景,克莱因带了他那位华尔街的朋友到西尔弗的房间来拜访我们。"摩根先生"同他照片上的模样差不多,左脚

---

① 海伦·古尔德(1863—1938),美国资本家杰·古尔德的长女,曾捐款给纽约大学。

裹了一条土耳其毛巾,走路时拄着一根手杖。

"这两位是西尔弗先生和佩斯克德先生,"克莱因介绍说,"我似乎不必提这位金融界最伟大的人物的名字——"

"废话少说,克莱因,"摩根先生说,"同两位先生见面,我很高兴;我对西部很感兴趣。克莱因告诉我,你们是从小石城来的。我想我在那边什么地方有一两条铁路。如果你们两位喜欢玩玩沙哈①,我——"

"唉,皮尔庞特,"克莱因赶紧插嘴说,"你忘啦!"

"对不起,哥儿们!"摩根说,"自从我害了痛风病以来,在家无聊,偶尔玩玩纸牌。你们在小石城时,认不认识独眼彼得斯?他住在新墨西哥城的西雅图②。"

我们还来不及回答,摩根先生已经用手杖拄着地板,来回走动,嘴里不干不净地高声咒骂。

"难道华尔街今天有人抛售你的股票吗,皮尔庞特?"克莱因赔笑问道。

"股票?不是的!"摩根先生吼了起来,"是我派人去欧洲收购的那幅画。我刚想起来。他今天打电报来说,找遍意大利也没有弄到。明天我愿意出五万元买那幅画——七万五千元也成。我授权委派的人可以相机办理。我真不明白,为什么所有的陈列馆会让一幅达·芬奇——"

"哎,摩根先生,"克莱因说,"我以为你已经把达·芬奇的全部作品都买下来了。"

"那幅画是什么样子的,摩根先生?"西尔弗问道,"它一定大得像是熨斗大楼的门面吧。"

"我怕你的艺术素质太差啦,西尔弗先生,"摩根说,"那幅画只有二十七英寸高,四十二英寸宽;名称是'爱的闲暇'。有许多穿衣服的模特儿在紫色的河岸上跳舞。电报说那幅画可能已经运到美国来了。缺了那幅画,我的收藏就不齐全。好吧,哥儿们,再见吧,我们当金融家的晚上非早睡不可。"

摩根先生和克莱因一起坐车走了。我和西尔弗谈起大人物的头脑真简单,对别人一点都不怀疑;西尔弗说,在摩根那样的人身上找钱,真叫人惭愧;我说我也认为确实说不过去。晚饭后,克莱因建议出去散散步,我们三人便去

---

① 一种多人参加的纸牌赌博,每人先后发牌五张,四明一暗,逐张下注,最后互比大小,统赢赌注。

② 西雅图在美国西北部的华盛顿州,新墨西哥州在西南部,作者故意混淆,说明"摩根"的无知。

七马路观光。克莱因在一家当铺橱窗里看到一对衬衫袖扣很中意,他进去买,我们也跟了进去。

我们回到旅馆,克莱因走后,西尔弗挥舞着手向我蹦跳过来。

"你看到了吗?"他问道,"你看到了吗,比利?"

"看到了什么?"我问。

"哎,摩根要的那幅画。挂在当铺里,写字台后面。我没有声张,因为克莱因在场。千真万确,就是那幅画。上面的那些女孩子画得再自然没有啦,身材窈窕,如果穿衣服的话,一定都合乎胸围三十六、腰围二十五、臀围四十二英寸的标准,她们在河边跳慢四步。摩根先生说他愿意出多少钱来着?噢,不用我告诉你啦。当铺里的人决不会知道那幅画是值大价钱的。"

第二天早晨,当铺还没有开门,我和西尔弗早就等在门口,仿佛急于典当我们的衣服去换酒喝似的。我们进去,先看看表链。

"上面挂的那幅彩色石印画太粗糙了。"西尔弗装出随便的样子对当铺老板说,"可是我很中意那个袒肩膀、红头发的姑娘。我给你两元二角五分,我想你立刻就会脱手了吧。"

当铺老板笑笑,继续拿出表链给我们看。

"那幅画,"他说,"是去年一个意大利人质押给我们的。我借给他五百元。画名叫'爱的闲暇',是莱奥纳多·达·芬奇画的。两天前过了法定的质押期限,不能再赎取了。这儿有一种表链现在很时兴。"

过了半小时,我和西尔弗付了当铺老板两千元,捧着那幅画出来。西尔弗雇了一辆车去摩根的办公室。我回旅馆去等他的好消息。两小时后,西尔弗回来了。

"你见到了摩根先生吗?"我问道,"他付了你多少钱?"

西尔弗颓然坐下来,抚弄着台布的流苏。

"我根本没有见到摩根先生,"他说,"因为摩根先生一个月之前就去欧洲了。但是有一件事叫我弄不明白,比利,百货公司里都有同样的画出售,配好镜框,每幅只卖三元四角八分,但是单买镜框却要三元五角——真把我搞糊涂啦。"

姑娘和骗局

有一天，我碰到了老朋友弗格森·波格。波格是个高档的敬业的骗子。西半球是他的总部，他经营的项目包罗万象，从倒卖落基山脉东部大草原的市政用地，直到在康涅狄格州推销木制玩具，那种玩具是把肉豆蔻果的粉末用水压机压制成型的。

波格捞了一大笔钱后，有时候来纽约略事休息。他说有酒、面包和美人相伴的在荒野里的日子①过得太累，太没有意思，正如塔夫脱总统②在康奈岛游乐场坐大起大落的过山车似的。波格说："我喜欢在大城市里休假，特别是纽约。我不太喜欢纽约人，曼哈顿③大概是全世界惟一找不到纽约人的地方。"

波格在纽约逗留期间，有两个地方必定可以找到他。一个是四马路上一家小旧书店，他经常在那里浏览他喜爱的伊斯兰教和动物标本剥制技术的书籍。我是在另一个地方——第十八街一间过道隔出来的卧室里——找到他的，他没穿鞋，光着袜子坐在那里，用一把小齐特拉琴弹奏"沃巴什河岸"。这首曲子他练了四年，仍不入调，即使用最长的钓鱼线还够不着河水。梳妆台上放着一把四五口径的蓝钢左轮手枪和一卷十元、二十元面额的钞票，数额之多好像是属于那些讲春天响尾蛇故事的牛仔。想打扫房间的女仆在过道里徘徊，既不敢进来又不敢跑开，因为波格光穿袜子的脚使她反感，左轮手枪使她惊吓，大都市的本能又使她无法远离那卷黄绿色钞票的魔法似的影响。

我坐在弗格森·波格的衣箱上听他说话。他的谈话比谁都坦率。同他的

---

① 这里引用了波斯诗人莪默·海亚姆《鲁拜集》中的诗句。
② 塔夫脱（1857—1930），美国第二十七届总统，1913 年连任竞选失败。
③ 曼哈顿是纽约市的一个区，华尔街、百老汇路、鲍里街、格林威治村、哈莱姆等均在此，曼哈顿常用以象征整个纽约。

表达方式相比,亨利·詹姆斯①一个月大时要吃奶的哭声都像是扶乩的乱画符。他自豪地把他那一行的小故事讲给我听,因为他认为那是艺术。我好奇之余,问他是否有妇女从事他这一行。

"女士吗?"波格带着西部人对妇女的尊重说,"呃,她们算不上什么。她们在特殊的骗局方面成不了气候,因为她们太受一般骗局的困扰了。什么?她们不得不这样。世界上有钱的是谁?男人。你几时见过男人会轻易给女人一块钱?男人可以大大方方、不计回报地把他的钱给另一个男人。但是当他往夏娃夫人的女儿协会设置的自动售货机里投进一枚硬币,拉一下控制杆,而没有菠萝口香糖掉出来时,你在四个街口之外都可以听到他踢售货机的声响。女人最难对付的就是男人。他仿佛是低品位的矿石,女人要花大气力才有效益。她们多半受了蒙骗,买下了以次充好的矿点。她们没有条件购置粉碎机和昂贵的机械,不得不把现有的矿石加以淘选,弄痛了她们娇嫩的手。有些是天然的流矿槽,每吨能淘出一千元的精矿。欲哭无泪的女人只得依靠署名的信件、假发、怜悯、皮鞭、烹调本领、动之以情、晓之以理、丝内衣、娘家地位、胭脂、匿名信、紫罗兰香囊、人证、手枪、充气隆胸垫、石炭酸、月光、美容冷霜和晚报来笼络男人了。"

"你太荒唐了,弗格森,"我说,"完美和谐的婚姻结合中绝对没有你所说的'骗局'!"

"呃,"波格说,"当然不是那种每次使你有理由报告警察总局,请他们派预备队和滑稽剧团经纪人来调查的骗局。然而有这种情况:假定你是五马路上一个通过不太光彩的手段而发迹的百万富翁。

"你晚上带了一个价值九百万元的钻石胸针回家,把它交给同你永结丝萝的女士。她说:'啊,乔治!'她察看一下钻石的真伪后,上前吻了你。这正是你所期待的。你得到了。好吧,这就是骗局。

"不过我要讲给你听的是阿尔泰米西亚·布莱。她来自堪萨斯,她的模样让人联想到玉米的各个方面:玉米须那般金黄的头发;湿润夏季长在低洼地里的玉米秆那般高挑婀娜的身材;玉米苞那般引人注意的大眼睛;她喜爱的颜色是绿色。

---

① 亨利·詹姆斯(1843—1916),美国小说家,晚年入英国籍,著有《贵妇人的画像》、《鸽翼》、《专使》等,注重心理描写,后期作品力求细密准确地反映深层思想感情,文句又长又复杂。

"我最近一次去你们那个僻静城市的凉爽幽深的场所时,遇到一个名叫沃克劳斯的人。他的身价——也就是说,他的财产有一百万元。他告诉我,他做的是街道的生意。'街头商人?'我讥刺地说。'完全正确,'他说。'铺筑道路公司的大股东。'

"我有点喜欢他。一天晚上,我运气不佳,情绪低落,没有烟可抽,也没有地方可去,在百老汇路上遇到了他。他戴着大礼帽,钻石饰物,仪表堂堂。你即使走在他身后,也会自惭形秽。我的模样像是托尔斯泰伯爵①和六月份的龙虾的杂交品种。我运气不佳。我——不过我还是看看那个生意人吧。

"沃克劳斯叫住我,和我谈了几分钟话,然后带我去一家高级餐馆吃饭。那里有音乐,贝多芬,波尔多调味汁,法语的咒骂,奶油杏仁饼,高傲和香烟。我有钱的时候对这些东西并不陌生。

"我说过,我坐在那里,一定像是身无分文的杂志插图画家那般窝囊,我的头发一定蓬乱得像是要在布鲁克林的波希米亚男人聚会上给大家念一章《埃尔西的学校生活》。但是沃克劳斯像猎熊向导似的对待我。他不怕伤侍者的感情。

"'波格先生,'他向我解释说,'我是在利用你。'

"'接着干,'我说,'我希望你不要回过神来。'

"他便告诉我他是什么样的人。他是纽约人。他惟一的野心就是招人注意。他要与众不同。他要人们把他认出来,向他鞠躬致意,告诉别人他是谁。他说他一辈子都希望这样。他只有一百万元,因此不能通过花钱来哗众取宠。他说有一次为了引起公众注意,他在东区一个小广场上种了大蒜,供穷人免费食用,但是钢铁大王卡内基听说后,立刻在那上面盖了一所盖尔语的图书馆。他三次跳到行驶的汽车前面,但惟一的结果是撞断五根肋骨和报上一条短讯,说是一个身高五英尺十、有四颗牙齿经过填补的身份不明的人被车撞了,据信是臭名昭著的'红头发里利'火车劫匪帮的最后的成员。

"'你有没有试过新闻记者这条路子?'我问他说。

"'上个月,'沃克劳斯回答,'我请记者吃饭的花销是一百二十四元八毛。'

---

① 托尔斯泰(1828—1910),俄罗斯作家,出身贵族,1863—1899 年间先后完成长篇小说《战争与和平》《安娜·卡列尼娜》《复活》,1869 年 9 月因事途经阿尔扎马斯,深夜在旅馆突然感到一种从未有过的忧愁和恐怖,在此前后,他在书信中谈到自己近来等待死亡的阴郁心情。

"'你得到了什么?'我问。

"'你提醒了我,'他说,'一百二十四元八毛之外还有八块五毛钱的消化素。是啊,我大倒胃口,得了消化不良症。'

"'你要我怎么帮你炒作出名呢?'我问道,'类比陪衬吗?'

"'今晚就有一个机会,'沃克劳斯说,'我讨厌这么做,但是不得不求助于反常行为。'说到这里,他把餐巾扔在汤盆子里,站起来,朝餐厅那头坐在一株棕榈盆景下面吃土豆的先生深深一鞠躬。

"'那是警察局长。'我的攀龙附凤的朋友高兴地说。

"'朋友可以有野心,'我赶紧说,'但是不可以过河拆桥。你把我当做跳板,向警察献殷勤,使我倒了胃口,因为你会贬低我的身份,遭人唾骂。你要考虑考虑。'

"在费城炖雏鸡的聚会上,我想到了阿尔泰米西亚·布莱。

"'如果我让你上报,'我说,'所有的报纸每天给你一两栏的篇幅,大多数报纸还刊登你的照片,连续炒作一个星期,你肯出多少钱?'

"'一万元,'沃克劳斯顿时兴奋起来,'但是不能同谋杀案扯到一起,'他说,'也不能让我在正式舞会上穿粉红色的内裤出丑。'

"'我不会要求你做那类事,'我说,'我的计划正派、时髦、不带女人气。吩咐侍者来杯咖啡,我把运作过程讲给你听。'

"一小时后,我们在华丽嘈杂的餐馆里谈妥了交易。当天晚上,我给萨利纳市的阿尔泰米西亚小姐发了一份电报。第二天早上,她带了两张照片和一封署名的信件去找第四长老会教会的长老,拿到一些车费和八十元现款。她在托皮卡稍作停留,把一张用闪光灯拍摄的内景照片和一张情人节卡片同信托公司的副总裁换了一本火车时刻表和一包上面写有二百五十元字样的五元面额的钞票。

"她接到我电报后的第五天晚上,已经打扮整齐,穿着袒胸露肩的夜礼服,在等我和沃克劳斯带她去纽约的一家妇女公寓吃晚饭。一般男人进不了那种公寓,除非他会玩比齐克牌戏,抽那种含脱毛剂的香烟。

"'她漂亮极了,'沃克劳斯一见到她就说,'他们一定会给她两栏篇幅。'

"我们三个人策划了一个方案。纯粹属于商业性质。沃克劳斯要按当今流行的方式大张旗鼓地、热情洋溢地追求布莱小姐一个月。当然,就他求名的野心而言,这些事算不了什么。一个打白领带、穿浅口漆皮鞋的男人大把大把地花钱,买营养品和鲜花送给身材苗条、婀娜多姿的金发女郎,在纽约是常见的事,正如害震颤性谵妄症的人常见到蓝毛乌龟一样。不平常的是,他每天要给她写情书——最糟糕的情书,也就是你去世后你妻子公之于众的那种情书。一个月后,他要甩掉她,她就起诉,追究他的毁约责任,要求赔偿十万元。

"阿尔泰米西亚小姐可得一万元。如果胜诉,她拿到的就是一万元;如果败诉,她照样拿这个数。双方为此签了协议。

"有时候,他们邀我一起出去,但次数不多。我跟不上趟。她常常拿出他的情书,说是像发货提单。

"'嗨!'她会说,'你管这种东西叫什么?——五金商人的侄子得悉婶子害了荨麻疹写信问候吗?你们这些东部的笨蛋不知道情书该怎么写,正如堪萨斯的蚱蜢不知道拖船是什么东西似的。"亲爱的布莱小姐!"——那种称呼能给你的婚礼蛋糕添上粉红色的糖粉和一只红色的小糖鸟吗?凭那种玩意儿,你指望法院听证席上有谁会听?如果你想让人们注意你稀疏的灰白头发,你要认真对待,称呼我"小甜心"和"忍冬花",署名用"妈妈的调皮捣蛋的大孩子"。要干就干得像样些!'

"那以后,沃克劳斯用钢笔蘸着洗不掉的塔巴斯科辣酱油。他写的信看起来有了一些新意。我在想象中看到陪审团端坐着,其中妇女们听取那些作为物证的情书时,互相拉拉帽子。我还在想象中看到沃克劳斯的知名度越来越高,简直可以同克莱默大主教①、布鲁克林大桥②,或者色拉上的乳酪比美。

"他们约好一个晚上;我站在五马路一家高级餐馆外面观看。法院传票送达吏进了餐馆,把有关文件交到沃克劳斯的桌子上。人们看着他们,沃克劳斯像古罗马演说家西塞罗那么得意。我回自己的住处,点燃了一支五分钱的雪茄庆祝一番,因为我知道我们的一万元已经到手了。

"两小时后,有人敲我的房门。门外站的是沃克劳斯和阿尔泰米西亚小姐,她偎依——是的,偎依在他身边。他们告诉我,他们已经去教堂结了婚。他们说了些有关爱情之类的、有点诗意的话。他们把一个包裹放在桌上,道了晚安后走了。

---

① 克莱默大主教(1489—1556),坎特伯雷大主教,替英国国王亨利八世出主意,解决了国王同凯瑟琳王后离婚的问题。
② 布鲁克林大桥,连接布鲁克林和曼哈顿岛的悬索桥,由德裔工程师勒布林父子设计建造,1869 年动工,1883 年完成,诗人哈特·克兰在长诗《桥》中誉为人类成就的象征。

"因此我说，"弗格森·波格总结说，"女人具备的只有出于自我保存和消遣的骗局天性和本能，在特殊的骗局方面成不了气候。"

　　"他们放在桌上的包裹里是什么东西？"我怀着一贯的好奇心问道。

　　"呃，"弗格森说，"一张去堪萨斯城的黄牛火车票和沃克劳斯先生的两条旧裤子。"

托尼亚的红玫瑰

国际铁路线上的一座高架桥被焚毁了。从圣安东尼奥南下的列车要滞留四十八小时。托尼亚·韦弗准备过复活节时戴的帽子卡在那趟列车上。

埃斯皮诺萨牧场派墨西哥人埃斯皮里蒂昂驾着四轮马车，赶了四十英里路去取帽子，回来时耸耸肩膀，除了一支香烟以外，两手空空如也。他在诺帕尔小站得知火车误点，由于出发前没有吩咐他非等不可，他便把两匹矮种马调转头，返回牧场。

如果有谁认为春天女神伊斯特尔关怀复活节礼拜天纽约五马路上游行队伍的程度，超过她对得克萨斯州卡克图斯的教堂聚会的关心，那他就想错了。弗里奥河一带牧人的妻女像任何地方的妇女一样，复活节时也纷纷穿新衣服、戴新帽子，打扮得花枝招展；西南地区的这一天到处可以见到仙人掌果、巴黎的时尚式样和天国的欢乐。今天已经是复活节前的星期五了，托尼亚·韦弗的复活节帽子还羞答答的不露面，卡在焚毁的高架桥那头动弹不得的快车车厢里。星期六中午，鞋带牧场的罗杰斯姐妹、起锚牧场的艾拉·里弗斯、绿谷牧场的贝内特太太和艾达，约好要来埃斯皮诺萨牧场和托尼亚会合。她们仔细包扎好复活节的衣帽，免得被沙尘弄脏，然后兴高采烈地坐马车颠簸四十英里地，前去卡克图斯，明天梳妆打扮一番，征服男人，向复活节致敬，在田野的百合花丛间引起一阵妒忌的骚动。

托尼亚坐在埃斯皮诺萨牧场主宅的台阶上，郁闷地用马鞭轻轻敲打牧豆树的拳曲的叶簇。她皱起眉头，傲慢地嘟着嘴，摆出不高兴和悲伤的样子。

"我讨厌铁路，"她断然宣布说，"还有男人。男人自以为会管理铁路。高架桥都烧了，还能有什么借口？艾达·贝内特的帽子有紫罗兰装饰。我没有新帽子的话，决不去卡克图斯。如果我是男人，我就想办法弄一顶来。"

有两个男人听到这种褒贬他们同类的话，觉得很不自在。一个是好热牧

403

牛场的监工韦尔斯·比尔逊;另一个是金塔纳山谷兴旺的牧羊人汤普逊·伯罗斯。他们都认为托尼亚·韦弗很可爱,特别是她抱怨铁路和贬低男人的时候。两人都可以拿自己的皮肤给她做一顶复活节帽子,心甘情愿的程度不下于鸵鸟献出尾毛,鹭鸶献出生命。两人慷慨有余,机智不足,想不出如何在星期六之前弥补这个可悲的匮乏。比尔逊古铜色的脸庞和晒干的浅色头发显得像是一个陷入青春期的忧郁、无法自拔的中学生。托尼亚的困境使他苦恼万分。汤普逊·伯罗斯比较灵活精明。他本是东部人,平时戴领带,不穿靴子而穿鞋子,在妇女面前不会手足无措。

"上次一场大雨,"比尔逊没话找话说,"把沙河里那个大水坑填满了。"

"哦!是吗?"托尼亚刻薄地说。"多谢你提供这个信息。我觉得你根本不把新帽子当做一回事,比尔逊先生。你大概认为女人也应该像你一样,戴一顶旧的斯特森呢帽,五年不换。假如你的老水坑能浇灭高架桥的火,你也许有说话的理由。"

"你没能收到帽子,我非常难过,"比尔逊碰了钉子,伯罗斯学乖说,"韦弗小姐,我非常难过,如果有什么事可以让我效劳——"

"不必费心了,"托尼亚带着温柔的讥刺打断了他的话,"当然,如果有什么事你可以做,你一定会做的。可是没有。"

托尼亚停了一下。她眼睛里突然闪出希望的光芒。皱着的眉头也舒展了。她有了启发。

"纽西斯河的独榆树渡口有一家店铺,"她说,"也有帽子卖。伊娃·罗杰斯的帽子就是在那里买的。她说是最时兴的式样。可能还有存货。可是到独榆树渡口有二十八英里路。"

两个男人匆匆站起来,靴子上的马刺丁当发响,托尼亚几乎笑了。看来骑士们还没有统统化成尘埃,马刺的轮子也没有锈蚀①。

"当然啦,"托尼亚沉思地瞅着一片白色的海湾云飘过苍穹,"谁都不可能骑马到独榆树,在姑娘们明天邀我的时候赶回来。看来这个复活节星期日我只能待在家里了。"

她又微微一笑。

---

①　比较英国诗人柯尔律治《吊骑士墓》中的诗句:"骑士的骸骨成了灰尘,/他的宝剑已经锈蚀;——/我相信,他的英魂亦已归真。"

"好吧，托尼亚小姐，"比尔逊说着伸手去拿他的帽子，像睡熟的婴儿那么天真，"我想我得回好热牧场了。干枝丫那儿明天一早有活要干，我和我的马'槲鸟'必须在场。你的帽子给耽误了，真不凑巧。也许他们会赶在复活节前把高架桥修好。"

"我也得走了，托尼亚小姐，"伯罗斯看看表，"啊呀，快五点了！我必须及时赶回接羔营地，把那些捣乱的母羊圈起来。"

两个追求托尼亚的人似乎都有火烧眉毛的急事。他们礼貌周全地同她告了别，然后按西南部人的礼节严肃认真地握了手。

"希望很快同你再见面，比尔逊先生。"伯罗斯说。

"彼此彼此，"牧牛人说，神情严肃得像是给出海捕鲸的朋友送行，"改日你路过好热牧场附近时，欢迎你来坐坐。"

比尔逊跨上"槲鸟"，弗里奥河一带最强壮的矮种马，随它跳跃一会儿；只要有人骑到它背上，这匹马即使赶了一天路也要折腾一番。

"托尼亚小姐，"他大声说，"你在圣安东尼奥订购的帽子是什么样子的？我真遗憾。"

"草帽，"托尼亚说，"当然是最时髦的式样，有红玫瑰装饰。我喜爱——红玫瑰。"

"红色配你的皮肤和头发再合适不过了。"伯罗斯赞美说。

"那正是我喜欢的颜色，"托尼亚说，"所有的花中，我只爱红玫瑰。粉色、蓝色我都不要。可是高架桥烧了，什么帽子都没有了，怎么办呢？今年的复活节太没有意思了！"

比尔逊脱了帽子，两腿一夹，"槲鸟"就朝埃斯皮诺萨牧场主宅东面的槲树丛飞驰而去。

他的马镫咔咔擦过灌木丛时，伯罗斯的那匹长腿栗色马也朝西南方向的开阔草原跑去。

托尼亚挂好马鞭，走进起坐室。

"你拿不到帽子，女儿，我非常难过。"她妈妈说。

"不用担心，妈妈，"托尼亚冷冷地说，"明天我会及时拿到一顶新帽子的。"

伯罗斯到达草原尽头时，朝右一拐，让栗色马自己择路，它优雅地穿过一条高低不平的干涸河床的滩地。接着，攀上灌木丛生的砾石山冈，得意地喷了一下鼻子，终于到了高处一片平坦的草地，绽出春芽的牧豆树把草地点缀得葱葱翠翠。伯罗斯一直往右，不一会儿上了沿纽西斯河朝南去的旧时印第安人的小道，东南方向二十八英里外就是独榆树渡口了。

伯罗斯策马大步慢跑。当他在鞍子上坐坐舒服，准备赶长路时，听到了擂鼓似的马蹄声、木马镫擦过槲树丛的刷刷声，和科曼奇印第安人似的呐喊声，接着，韦尔斯·比尔逊从小道右面的灌木丛中窜了出来，仿佛是从深绿色的复活节蛋里破壳而出的羽毛未丰的雏鸡。

除了在令他敬畏的女人面前以外，比尔逊从来不知道什么是忧愁。他见到托尼亚的时候，声音柔和得像是芦苇里的牛蛙。现在他高兴的呼喊可以吓得一英里外的兔子垂下耳朵，含羞草卷起叶子。

"你的接羔营地离牧场够远的，邻居。""槲鸟"赶上栗色马时，比尔逊说。

"有二十八英里。"伯罗斯冷冷地说。比尔逊的笑声提前一小时吵醒了半英里外河畔水榆树上的一只猫头鹰。

"你干得不坏，牧羊人，我本人也喜欢公开竞争。我们是两个吃错了疯草的女帽商，在荒野里找帽子。我奉劝你还是管好你的羊圈，伯罗斯。我们的起跑线是一样的，找到帽子的人在埃斯皮诺萨的位置会高一点。"

"你有一匹好马，"伯罗斯瞅着"槲鸟"滚圆的身体和四条逐渐细下去的、像火车头活塞杆似的有劲的腿，"当然，这是一场赛跑，但你是好骑手，用不着这么吆喝赶路。我们不妨一起走，回家的路上再比赛谁跑得快。"

"我奉陪，"比尔逊同意说，"我佩服你的通情达理。如果独榆树有帽子，其中一顶明天就会戴在托尼亚小姐头上，而加帽典礼上不会有你在场。我不是吹牛，伯罗斯，你那匹栗色马的前腿使不上力。"

"我拿我的马同你的马打赌，"伯罗斯提出说，"托尼亚小姐明天会戴上我给她弄到的帽子去卡克图斯。"

"我赌，"比尔逊喊道，"不过，噢，我太亏了！你那匹栗色马太差劲了，只能在好热牧场来客人时给女士们骑，并且——"

伯罗斯黝黑的脸上突然气得发红，以致牧牛人没有把话说完。然而比尔逊不是那种会感到压力的人。

"复活节这套把戏有什么意思，伯罗斯？"他快活地问道，"女人为什么要按历本戴新帽子，为了弄到帽子甚至不惜让马匹跑断肚带？"

"那是出自圣约一条节令的规则，"伯罗斯解释说，"是教皇或者什么人决定的。似乎同黄道十二宫有些关系。我说不好，我觉得好像是埃及人发明的。"

"如果异教徒在上面打了烙印，那就是一个不错的节日，"比尔逊说，"不然托尼亚不会同它有关系。此外，它是从教堂开始的。假如独榆树的店铺里只有一顶帽子，该怎么办呢，伯罗斯？"

"那么，"伯罗斯阴沉地说，"就由我们中间的好汉带回埃斯皮诺萨。"

"哦，太棒啦！"比尔逊嚷着，把帽子高高抛起，然后又接住，"牧羊人当中很少有你这样的人。你明辨事理，顺应潮流。假如不止一顶呢？"

"那么，"伯罗斯说，"我们各选各的，我们中间的一个带着他选的先回去，另一个就对不起了。"

"世界上没有哪两个人像我们这样心领神会的了，"比尔逊仰天喊道，"你我两个人简直像是骑一头独角兽、心往一处想的人。"

午夜刚过，两个骑者缓缓进了独榆树渡口。村里的五十来所房屋全都黑灯瞎火。店铺的木板搭的大房子在惟一的一条街上，门和窗板都闩着。

两人拴好了马，比尔逊起劲地敲店铺老板老萨顿的门。

厚实的窗板隙缝里伸出一支温切斯特连发枪的枪筒，接着是简短的询问。

"好热牧场的韦尔斯·比尔逊和绿谷的伯罗斯，"他们回答，"我们要买些东西。把你叫起来真抱歉，不过我们有急用。出来吧，汤米大叔，快一点。"

汤米大叔磨磨蹭蹭，终于点了一盏煤油灯，来到柜台后面，了解了他们的迫切需要。

"复活节的帽子？"汤米大叔迷迷糊糊地说，"哦，大概还剩下两顶。今春我只进了一打货。我拿给你们看看。"

汤米·萨顿大叔，不管是睡是醒，恢复了商人本色。柜台下面灰扑扑的纸盒里还有两顶卖剩下来的春季帽子。可是，啊呀！星期六的凌晨，如果以商业诚信来说，那是两年前的货色；换了女人，一眼就可以看出老板说的是假话。但是在牧牛人和牧羊人不懂行的眼睛里，却像是今年四月崭新的产品。

帽子是那种一度叫做"车轮"的式样。用硬麦草编织，红色，平檐。两顶一模一样，帽顶周围装饰着许多盛开的、纯色的、仿真的白玫瑰。

"就这两顶吗，汤米大叔？"比尔逊说，"好吧。反正也没有别的选择了，伯罗斯。你先拿。"

"最新的式样，"汤米大叔撒谎说，"你即使到纽约，五马路上也是这种货色。"

汤米大叔分别用两码长的深色印花布把两顶帽子包扎好。比尔逊把其中一顶小心地绑在他的小牛皮鞍子后面；另一顶则成了"楸鸟"的负担。他们向汤米大叔道谢告别，没入黑夜中。

两个骑手使出了驾驭马匹的全部本领。他们在回家的路上放慢了速度。不多的言语不能算不友好。伯罗斯的左腿下有一支温彻斯特枪，枪带挂在鞍头。比尔逊腰间挂着一支六响左轮手枪。弗里奥河一带，男人骑马外出都是这样配备。

早晨七点半，他们到了一座小山顶，望见了五英里外的埃斯皮诺萨牧场的主宅，在一片黑色的栎树中间仿佛只是一个白点。

比尔逊看到了终点，精神一振，在鞍上挺起腰板。他了解"楸鸟"的能力。那匹栗色马身上全是汗沫，时不时打个趔趄；"楸鸟"仍旧像一台辅助火车头那样有劲。

比尔逊转向牧羊人笑了。"再见啦，伯罗斯，"他挥挥手喊道。"比赛现在开始。我们到了最后的一段路程。"

他两膝夹紧"楸鸟"，弯腰朝埃斯皮诺萨方向驰去。"楸鸟"扬起头，喷着鼻子，飞奔起来，精力充沛得仿佛在草场上放牧过一个月似的。

比尔逊刚跑出二十码远，清晰地听到了温彻斯特枪子弹上膛的咔嗒一声。在枪响传到他耳朵之前，他已经俯身贴在马背上。

伯罗斯可能只想打坐骑——他枪法很准，完全有把握不伤害骑手。但是比尔逊弯腰时，子弹穿过他的肩膀，打到"楸鸟"的脖子。马匹跌倒了，牧牛人一头栽在坚硬的地上，人和马都没有动弹的迹象。

伯罗斯马不停蹄，继续朝前跑去。

两小时后，比尔逊睁开眼睛，打量一下四周。他挣扎着站起来，跟跟跄跄地走到"楸鸟"躺着的地点。

"楸鸟"躺着不动，可是显得很舒服。比尔逊检查后，发现它只受到子弹擦伤。它暂时被打翻，但没有重伤。它跑累了，躺在托尼亚小姐的帽子上，在啃路边垂下的牧豆树枝的叶子。

比尔逊让它站起来。用印花布包着的复活节帽子已经从马鞍带松脱，在"楸鸟"沉重的躯体下压得不成样子。这时比尔逊又昏晕栽倒，受伤的肩膀再次压在那顶晦气的帽子上。

牧牛人可不会轻易被杀死的。半小时后,他又苏醒过来——这段时间足够女人晕两次,吃些冰激凌来恢复元气。他小心翼翼站起来,发现"椭鸟"忙着吃附近的青草。他把那顶不幸的帽子绑在马鞍上,经过多次尝试,自己也上了鞍。

中午时,一群快活的人焦急地等在埃斯皮诺萨牧场主宅前面。罗杰斯姐妹坐在她们的新马车里,还有起锚牧场和绿谷牧场的人——多数是女眷。即使在空旷的草原上,每个女的都戴着新的复活节帽子,因为她们极想展示自己的风采,无愧于即将到来的节日。

托尼亚站在大门口,毫不掩饰脸上的泪痕。她手里拿着伯罗斯从独榆树买来的帽子,促使她流泪的正是她憎恨的帽子上的白玫瑰。她的女友们带着真心朋友的狂喜对她说,这种车轮式的帽子是三年前的样子,不能再戴了。

"你还是戴上旧帽子一起走吧,托尼亚。"她们催促说。

"复活节星期日戴旧帽子?"她回说,"我还不如死呢。"她说着又哭起来。

好运人的帽子都是今春最新的式样,帽檐形成弯曲的弧线。

一个模样古怪的骑手从灌木丛里出来,没精打采地勒住了马。他浑身上下沾着青草的绿汁和山路的白灰。

"哈啰,比尔逊,"韦弗老爸招呼说,"你像是在驯一匹野马。你马鞍后面绑的是什么——一头戴颈轭的猪吗?"

"你如果想去的话,快上来吧,托尼亚,"贝蒂·罗杰斯说,"我们不能再等了。我们的马车上给你留了位置。别去管什么帽子了。即使是旧帽子,你身上那套薄纱衣服已经够可爱了。"

比尔逊慢慢地解开鞍子后面的那件古怪东西。托尼亚看着他,突然有了希望。比尔逊是创造希望的人。他解下帽子,递给她。她飞快地扯掉绳子。

"我尽了力,"比尔逊缓缓说,"'椭鸟'和我所能做的只能这样了。"

"噢,噢!正是这种式样,"托尼亚尖叫起来,"还有红玫瑰!等等我,让我戴上试试!"

她跑进屋去照镜子,出来时,笑容满面,在红花的衬托下光彩照人。

"哦,红颜色配她太合适了!"姑娘们异口同声地说,"赶快上车吧,托尼亚!"

托尼亚在"椭鸟"旁边站了一会儿。

"谢谢你,谢谢你,韦尔斯,"她开心地说,"这正是我要的。你明天也来卡克图斯,我们一起上教堂好吗?"

"如果我能去的话就去。"比尔逊说。他好奇地瞅着她的帽子,虚弱地笑笑。

托尼亚像小鸟似的飞上马车。车子向卡克图斯驶去。

"你刚才在干什么,比尔逊?"韦弗老爸问道,"你不像平时那样精神。"

"我吗?"比尔逊说,"我刚才在给花上色。我离开独榆树时,那些花是白的。请扶我下马吧,韦弗老爸,我没有多余的染料了。"

幽默家自白

一个毫无痛苦的潜伏期在我身上持续了二十五年,接着突然发作了,人们说我得了这种病。

但是,他们不称它为麻疹,而称它为幽默。

公司里的职员凑份子买了一个银墨水台,祝贺经理的五十寿辰。我们拥到他的私人办公室里去送给他。

我被推选为发言人,说了一段准备了一星期之久的短短的贺词。

这番话非常成功,全是警句、双关语和可笑的牵强附会,笑声几乎震倒了这家公司——在五金批发行业中,它算是相当有实力的。老马洛本人居然咧开了嘴,职员们马上顺水推舟,哄堂大笑。

我作为幽默家的名声就是那天早晨九点半开始的。

之后好几个星期,同事们一直煽动我自满的火焰。他们一个个跑来对我说,我那番话是多么俏皮,老兄,并且向我解释讲话中每一处诙谐的地方。

我逐渐发觉他们指望我继续下去。别人可以正经地谈论生意买卖和当天的大事。对我却要求说一些滑稽和轻松的话语。

人们指望我拿陶器也开开玩笑,把搪瓷铁器挖苦得轻巧些。我是簿记员,假如我拿出一份资产负债表而没有对总额发表一些逗乐的评论,或者在一张犁具的发票上找不到一些令人发噱的东西,别的职员们便会感到失望。

我的声望逐渐传开,我成了当地的"名人"。我们的镇子很小,因而才有这种可能。当地的日报经常引用我的言论。社交集会上,我是不可或缺的人。

我相信自己确实也有点儿小聪明和随机应变的本领。我有意培养这种天赋,并且通过实践加以发展。我的笑话的性质是善意亲切的,绝不流于讽刺,惹别人生气。人们老远见到我便露出笑容,等到走近时,我多半已经想好了使他的笑容变为哈哈大笑的妙语。

我结婚比较早。我们有一个可爱的三岁男孩和一个五岁的女孩。当然，我们住在一幢墙上攀满蔓藤的小房子里，过着幸福的生活。我在五金公司担任簿记员的薪水不很优厚，但可以摒绝那些追逐多余财富的恶仆。

我偶尔写些笑话和我认为特别有趣的随感，寄给登载这类作品的刊物。它们马上全被采用了。有几个编辑还来信鼓励我继续投稿。

一天，一家著名周刊的编辑给我来了信。他建议我写篇幽默文章，填补一栏地位，还暗示说假如效果令人满意，他准备每期都刊登一个专栏。我照办了。两星期后，他提出和我签订一个合同，报酬比五金公司给我的薪水高得多。

我非常高兴。我妻子已经在她心目中替我加上了一顶不朽的文学成就的桂冠。那天晚饭，我们吃了炸虾饼和一瓶黑莓酒。这是我摆脱单调工作的机会。我非常认真地同路易莎把这件事研究了一番。我们一致认为应当辞去公司里的职位，专门从事幽默。

我辞职了。同事们设宴为我送别。我在宴会上的讲话非常精彩。报纸发表了全文。第二天早晨，我一觉醒来，看看钟。

"啊呀，晚啦!"我嚷着去抓衣服。路易莎提醒我，如今我已经不是五金和建筑材料的奴隶，而是专业的幽默家了。

早饭后，她得意地把我带到厨房旁边的小房间里。可爱的女人! 我的桌子、椅子、稿纸、墨水、烟灰缸全都摆好了。还有作家的全套配备——插满新鲜玫瑰和忍冬的花瓶，墙上去年的旧日历，词典，以及在灵感空档时嚼嚼的一小袋巧克力。可爱的女人!

我坐下来工作。墙纸的图案是阿拉伯花叶，或者苏丹的宫女，或者——也许是四边形。我的眼睛盯住其中的一个图案。我想到了幽默。

一个声音惊醒了我——路易莎的声音。

"假如你不太忙，亲爱的，"那个声音说，"来吃饭吧。"

我看看表。哎，时间老人已经收回了五个小时。我便去吃饭。

"开头的时候，你不应该太辛苦，"路易莎说，"歌德——还是拿破仑?——曾经说过，脑力劳动每天五小时已经够了。今天下午你能不能带我和孩子们去树林子里玩玩?"

"我确实有点累。"我承认说。于是我们去树林子了。

不久以后，我进行得很顺利。不出一个月，我的产品就像五金那么源源不断。

我相当成功。我在周刊上的专栏引起了重视，批评家们私下议论说我是幽默界的新秀。我向别的刊物投稿，大大增加了收入。

我找到了这一行的诀窍。我可以抓住一个有趣的念头，写成两行笑话，挣一块钱。稍稍改头换面，完全可以抻成四行，使产值增加一倍。假如翻翻行头，加一点韵脚装饰和一幅漂亮的插图，便成了一首诙谐的讽刺诗，根本无从辨认它的本来面目。

我开始有富余的钱了，我们添置了新地毯和风琴。镇上的人也对我另眼相看，把我当做有点地位的人，不像以前在我做五金公司职员时，只把我当做一个没有什么了不起的滑稽角色。

五六个月后，我的幽默仿佛渐渐枯涸了。双关妙语和隽永辞句不再脱口而出。有时候我的素材告急。我开始留意朋友们的谈话，希望从中汲取一些可用的东西。有时候我咬着铅笔，一连好几个小时瞪着墙纸，想搜索一些不经雕琢、愉快诙谐的泡沫。

对于我的朋友们，我成了一个贪婪的人，一个莫洛克、约拿①和吸血鬼。我心力交瘁，贪得无厌地待在他们中间，确实扫他们的兴。只要他们嘴里漏出一句机警的话，一个风趣的比喻，或者一些俏皮的言语，我就像狗抢骨头似的扑上去。我不敢信任自己的记忆力，只得偷偷转过身去，可耻地把它记在那个须臾不离的小本子上，或者写在上过浆的衬衫硬袖管上，准备来日之用。

我的朋友们都以怜悯和惊讶的眼光看我。我已经判若两人。以前我给他们提供了消遣和欢乐，而今我却在剥削他们。我再也没有笑话供他们逗乐了。笑话太宝贵，我可不能免费奉送我的谋生之道。

我成了寓言中可悲的狐狸，老是夸奖我的朋友们——乌鸦——的歌唱，指望他们嘴里能掉下我觊觎的诙谐的碎屑。

几乎所有的人都开始回避我。我甚至忘了怎么微笑，即使听到了我要窃为己有的话，也不报之以笑脸。

我搜集材料时，没有一个人、一个地点、一段时间或者一个题目能够逃脱。甚至在教堂里，我那堕落的想象也在庄严的过道和廊柱之间搜寻猎物。

牧师念长韵诗的时候，我立刻想道：

---

① 莫洛克是古代腓尼基人信奉的火神，以儿童为祭品。约拿是带来厄运的希伯来预言者。

"颂诗——讼师——包打官司——长韵——长赢——少输多赢。"

说教通过我思想的筛子,只要我能发现一句妙语或者俏皮话,牧师的告诫就全不在意地漏了过去。合唱团的庄严的赞美诗也成了我思绪的伴奏,因为我念念不忘的只是怎么把古老的滑稽加以新的变奏,正如把高音变为低音,低音变为中音一样。

我自己的家庭也成了我的狩猎场。我妻子非常温柔、率真、富于同情心、容易激动。她的谈话曾是我的乐趣,她的思想是永不枯涸的愉快的源泉。现在我利用了她。她蕴藏着女人特有的可笑而又可爱的矛盾想法。

这些浑朴和幽默的珍宝本来只应该用来丰富神圣的家庭生活,我却把它公开出售了。我极其狡猾地怂恿她说话,她毫不起疑,把心底话全掏了出来。我把它放在无情的、平庸的、暴露无遗的印刷物中公之于世。

我一面吻她,一面又出卖了她,简直成了文学界的犹大。为了几枚银元,我给她可爱的坦率套上无聊的裙裤,让它们在市场上跳舞。

亲爱的路易莎!晚上我像残忍的狼窥视荏弱的羔羊那样,倾听着她喃喃的梦话,希望替我明天的苦工活找些启发。不过更糟的事还在后面。

老天哪!下一步,我的长牙咬进了我孩子的稚气语言的脖子。

盖伊和维奥拉是两个可爱的思想和语言的源泉。我发现这一类的幽默销路很好,便向一家杂志社提供一栏"儿时记趣"。我像印第安人偷袭羚羊似的偷偷接近他们。我躲在沙发或门背后,或者趴在园子里的树丛中间,窃听他们玩耍嬉笑。我成了一个彻头彻尾的无情贪汉。

有一次,我已经山穷水尽,而我的稿件必须在下一班邮件中发出,我便躲在园子里一堆落叶底下,我知道他们会去那儿玩耍。我不相信盖伊会发觉我躲藏的地点,即使发觉了,我也不愿意责怪他们在那堆枯叶上放了一把火,毁了我一套新衣服,并且几乎送掉我一条老命。

我自己的孩子开始像躲避瘟神似的躲着我。当我像可怕的食尸鬼那样向他们掩去时,我总是听到他们说:"爸爸来啦。"他们马上收起玩具,躲到比较安全的地方去。我成了多么可悲的角色!

我经济上搞得不坏。不到一年,我攒了一千元钱,我们生活得很舒服。

可是这付出了多么大的代价!我不清楚印度的贱民是怎么样的,但我仿佛同贱民没有区别。我没有朋友,没有消遣,没有人生的乐趣。我的家庭幸福也给断送了。我像是一只蜜蜂,贪婪地吮吸着生命最美好的花朵,而生命之花却畏惧和回避我的蜇刺。

一天,有人愉快而友好地笑着向我打招呼。我已经好几个月没有遇到这类事情了。那天我打彼得·赫弗尔鲍尔殡仪馆走过。彼得站在门里,向我招呼。我感到一阵异常的难过,停了下来。他请我进去。

那天阴冷多雨。屋子里一个小炉子生着火,我们进了屋。有顾客来了,彼得让我独自待一会儿。我立刻产生了一种新的感觉——一种宁谧与满足的美妙感觉。我打量一下四周一排排闪闪发亮的黑黄檀木棺材、黑棺衣、棺材架、灵车的掸子、灵幡,以及这门庄重行业的一切配备。这里的气氛是和平、整饬、沉寂的,蕴含着庄严肃穆的思想。这里处于生命的边缘,是一个笼罩在永恒的安静下的隐蔽场所。

我一走进这里,尘世的愚蠢便在门口和我分了手。在这个阴沉严肃的环境里,我没有兴趣去思索幽默的东西。我的心灵仿佛舒服地躺在一张铺着幽思的卧榻上。

一刻钟前,我是个众叛亲离的幽默家。现在我是个怡然自得的哲学家。我找到了避难所,可以逃避幽默,不必绞尽脑汁去搜寻嘲弄的笑话,不必斯文扫地博人一粲,也不必费尽周折去思索惊人妙语了。

以前我和赫弗尔鲍尔不是很熟。他回来时,我让他先说话,惟恐他的谈吐同这个地方的挽歌般美妙的和谐不相称。

可是,不。他绝没有破坏这种和谐。我宽慰地长叹一口气。我生平从不知道有谁的谈吐能像彼得那样平淡无奇了。同他相比,死海都可以算是喷泉了。没有一丁点风趣的火花和闪光来损害他的语言。他嘴里吐出的字句像空气那般平凡,像黑莓那般丰富,像股票行情自动收录器吐出的、一星期前的行情纸条那样不引人注意。我激动得微微颤抖,抛出我最得意的笑话试了他一下。它无声无息地反弹了回来,锋芒全失。从那时起,我就喜欢上了这个人。

每星期我总有两三个晚上遛到赫弗尔鲍尔那里去,沉湎在他的后屋里。那成了我惟一的乐趣。我开始早些起身,快快赶完工作,以便在我的安息所里多消磨一些时间。在任何别的地方,我无法抛弃向周围勒索幽默的习惯。彼得的谈话却不同,任凭我拼命围攻,他也不打开一个缺口。

在这种影响下,我的精神开始好转。每个人都需要一点消遣来解除工作的疲劳。如今我在街上遇见以前的朋友时,竟然对他们笑笑,或者说一句愉快的话,使他们大为惊讶,有时我竟然心情舒畅地同我家里人开开玩笑,使他们目瞪口呆。

我被幽默的恶魔折磨得太久了,以致现在像小学生似的迷恋休息日的时间。

我的工作却受到了影响。对我来说,工作已不是从前那种痛苦和沉重的负担。我常常在工作时间吹吹口哨,思绪比以前酣畅多了。原因是我想早早结束工作,像酒鬼去酒店那样,急于去到那个对我有益的隐蔽所。

我的妻子心事重重,猜不透我下午去哪儿消磨时光。我认为最好不要告诉她真相,女人不理解这一类事情。可怜的女人!——有一次她确实受到了惊吓。

一天,我把一个银的棺材把手和一个蓬松的灵车掸子带回家,打算当做镇纸和鸡毛掸子。

我很喜欢把它们放在桌上,联想到赫弗尔鲍尔铺子里可爱的后屋。但是被路易莎看到了。她怕得尖叫起来。我不得不胡乱找些借口安慰她。但是我从她眼神里看出,她并没有消除成见。我只得赶快撤了这两件东西。

有一次,彼得·赫弗尔鲍尔向我提出一个建议,使我喜出望外。他以一贯的踏实平易的态度把他的账册拿给我看,向我解释说,他的收益和事业发展得很快。他打算找一个愿意投资的股东。在他认识的人中间,他觉得我最合乎条件。那天下午我和彼得分手时,他已经拿到了我存款银行的一千元支票,我成了他的殡仪馆的股东。

我得意忘形地回到家里,同时也有一点顾虑。我不敢把这件事告诉我妻子。但是心里有说不出的高兴,因为我可以放弃幽默创作,再度享受生活的苹果,不必把它榨得稀烂,从中挤出几滴博人一笑的苹果汁——那将是何等的快慰!

晚饭时,路易莎把我不在家时收到的几封信交给我。好几封是退稿信。自从我经常去赫弗尔鲍尔那里以后,我的退稿信多得简直吓人。最近我写笑话和文章的速度非常快,文思也非常敏捷。以前我却像砌砖那样迟钝而痛苦地慢慢拼凑。

其中一封是和我订有长期合同的周刊的编辑寄来的,目前我们家的主要收入还是那家周刊的稿酬。我先拆开那封信,内容是这样的:

敬启者:

　　我社与您签订的年度合同已于本月期满。我们深为抱歉地奉告,明年不再准备与您续签。您以前的幽默风格颇使我们满意,而且受到广大读者欢迎。但最近两个月来,我们认为尊稿质量有显著下降。

　　您以前的作品显示了左右逢源、挥洒自如的诙谐与风趣,最近却显得苦苦构思,穷于应付,并有捉襟见肘、难以卒读之感。

　　我们在此表示歉意,并通知您今后不拟接受尊稿,敬希鉴谅。

编者谨启

　　我把这封信递给我的妻子。她看了后,脸拉得特别长,眼里含着泪水。

　　"卑鄙的家伙!"她愤愤地嚷道,"我敢说你写的东西同过去一般好。而且你花的时间连过去的一半都不到。"那一刻,我猜测路易莎想到了以后不再寄来的支票。"哦,约翰,"她带着哭音说,"现在你打算怎么办呢?"

　　我没有回答,却站了起来,绕着饭桌跳起波尔卡舞步。我肯定路易莎认为这个不幸的消息使我急疯了,我觉得孩子们却希望我发疯,因为他们拉拉扯扯地跟在我背后,学着我的步子。如今我又像是他们往日的游伴了。

　　于是我说明高兴的原因,宣布我已经是一家殷实的殡仪馆的合伙股东,笑话和幽默去他妈的。

　　我妻子手里还拿着那封编辑的信,当然不能说我干得不对,也提不出反对的理由,除了表示女人没有能力欣赏彼得·赫弗——不,现在是赫弗尔鲍尔股份公司啦——殡仪馆后面那个小房间是多么美妙的地方。

　　作为结尾,我再补充一点。今天在我们的镇子里,你再也找不到比我更受欢迎、更快活、说笑话更多的人了。我的笑话再度到处传播,被人广泛引用,我再度津津有味地听着我妻子推心置腹的絮絮细语而不存图利之心,盖伊和维奥拉在我膝前戏耍,散播着稚气幽默的珍宝,再也不怕我拿着一个小本子,像恶鬼似的盯在他们背后了。

　　我们的生意非常发达。我记账,照看店务,彼得负责外勤。我说我的轻松活泼足以使任何葬礼变成一个爱尔兰式的追悼宴会。

"中国翻译家译丛"第一辑书目

(以作者出生年月先后排序)

书　名	作　者
罗念生译《古希腊戏剧》	[古希腊]埃斯库罗斯 等
朱光潜译《柏拉图文艺对话集　歌德谈话录》	[古希腊]柏拉图　[德国]爱克曼
纳训译《一千零一夜》	
丰子恺译《源氏物语》	[日本]紫氏部
田德望译《神曲》	[意大利]但丁
杨绛译《堂吉诃德》	[西班牙]塞万提斯
朱生豪译《莎士比亚戏剧》	[英国]莎士比亚
罗大冈译《波斯人信札》	[法国]孟德斯鸠
查良铮译《唐璜》	[英国]拜伦
冯至译《德国,一个冬天的童话》	[德国]海涅 等
傅雷译《幻灭》	[法国]巴尔扎克
叶君健译《安徒生童话》	[丹麦]安徒生
杨必译《名利场》	[英国]萨克雷
耿济之译《卡拉马佐夫兄弟》	[俄国]陀思妥耶夫斯基
潘家洵译《易卜生戏剧》	[挪威]易卜生
张友松译《汤姆·索亚历险记　哈克贝利·费恩历险记》	[美国]马克·吐温
汝龙译《契诃夫短篇小说》	[俄国]契诃夫
冰心译《吉檀迦利　先知》	[印度]泰戈尔　[黎巴嫩]纪伯伦
王永年译《欧·亨利短篇小说》	[美国]欧·亨利
梅益译《钢铁是怎样炼成的》	[苏联]尼·奥斯特洛夫斯基

为精神界
之战士者安在

WEI JING SHEN JIE
ZHI ZHAN SHI ZHE AN ZAI

现代文学研究自选集

温儒敏 著

人民文学出版社

图书在版编目（CIP）数据

为精神界之战士者安在：现代文学研究自选集/温儒敏著.—北京：人民文学出版社，2021（2021.4重印）
ISBN 978-7-02-015800-3

Ⅰ.①为… Ⅱ.①温… Ⅲ.①中国文学—现代文学—文学研究—文集 Ⅳ.①I206.6-53

中国版本图书馆 CIP 数据核字（2019）第 250742 号

责任编辑　陈建宾　廉　萍　于　敏　周方舟　季金萍
装帧设计　陶　雷
责任印制　王重艺

出版发行　人民文学出版社
社　　址　北京市朝内大街 166 号
邮政编码　100705

印　　刷　北京盛通印刷股份有限公司
经　　销　全国新华书店等

字　　数　552 千字
开　　本　710 毫米×1000 毫米　1/16
印　　张　38.25　插页1
版　　次　2021 年 2 月北京第 1 版
印　　次　2021 年 4 月第 2 次印刷

书　　号　978-7-02-015800-3
定　　价　88.00 元

如有印装质量问题，请与本社图书销售中心调换。电话：010-65233595

目　录

第三辑　文学思潮与文学批评研究

第四辑　学科史研究

题　记

　　"今索诸中国,为精神界之战士者安在?"——这是鲁迅在论文《摩罗诗力说》结尾说的一句话。鲁迅于1907年写下这篇鼓吹浪漫主义反抗之声的檄文,时年二十六岁,还是个热血青年。怀抱"新生"理想的鲁迅希望能借域外"先觉之声",来破"中国之萧条"。记得四十年前,我还是研究生,在北大图书馆二层阅览室展读此文,颇为"精神界之战士"而感奋,相信能以文艺之魔力,促"立人"之宏愿。四十年过去,我要给自己这个论集起名,不假思索又用上了"为精神界之战士者安在"。这是怀旧,还是因为虽时过境迁,而鲁迅当年体察过的那种精神荒芜依然?恐怕两者均有。

　　四十年来,我出版了二十多种书,发表二百多篇文章。说实在的,自己感觉学术上比较殷实、真正"拿得出手"的不多。现在要出个自选集,并没有什么高大上的理由,也就是做一番回顾与检讨——让后来者看看一个读书人生活的一些陈迹,还有几十年文学研究界的某些斑驳光影。

　　收在这本集子中的,只是我专著之外的部分论文,也有若干是在专著出版之前就单独发表过的,东挑西选,汇集一起,得五十七篇。论集分为四辑:鲁迅研究、作家作品论、文学思潮与文学批评研究,以及学科史研究,大致就是我从事现代文学研究的几个方面。当然,我还关注过语文教育等领域,那些论文已经另有结集出版。

　　我的现代文学研究之旅,是从鲁迅开始的。1978年考研究生,找本书都不容易,但鲁迅还是读过一些,就写了一篇谈《伤逝》的文章(记得还有一篇关于刘心武的)寄给了导师王瑶先生。后来到镜春园86号见王瑶先生,心里忐忑,想听听他的意见,老人家轻描淡写地说文字尚好,学术却"还未曾入门"。大概因为缺少资料,探讨的所谓观点,其实许多论文早就都提出过了。尽管如此,我对鲁迅研究还是一往情深,在研究生期间花费许多精力在这个领域。收在集中的谈论《怀旧》、《狂人日记》和《药》的几篇,以及《鲁迅前期美学思想与厨川白村》,都是研究生期间的产品。后者是硕士论文,题目有点偏,想弄清鲁迅为何喜欢日本理论家厨川白村,当时这还是少有人涉足的题目。后来又断断续续在鲁迅研究方面写过一些文字。上世纪80年代受"理论热"的影响,一度还挺热心去"深挖"鲁迅作品的意蕴,做"出新"的解读。比如对《狂人日记》反讽结构的分析,对《伤逝》"缝隙"的发现,对《肥皂》的精神分析,等等,都带有当时所谓"细读"的特点。但我更关心的还是鲁迅的思想价值和现实意义。90年代以后学界对鲁迅的阐释注重脱去"神化",回归"人间",多关注鲁迅作为凡人的生活一面。这也是必然的。然而鲁迅之所以为鲁迅,还在于其超越凡庸。我这时期写的几篇论文,格外留意鲁迅对当代精神建设的"观照",对当时那种轻率否定"五四"和鲁迅"反传统"意义的倾向进行批评。如《鲁迅对文化转型的探求与焦虑》、《鲁迅早年对科学僭越的"时代病"之预感》,都是紧扣当代"文化偏至"的现象来谈的。始终把鲁迅视为"精神界之战士",看重其文化批判的功能,也许就是我们这一代学人的"宿命"。

我研究的第二个领域,是作家作品,涉及面较广,也比较杂。不过收入论集的评论并不多,只有十五篇,研究的大都是名家名作。其中郁达夫研究着手比较早。我在研究生期间,就编撰过一本《郁达夫年谱》。当时还没有出版郁达夫的文集,作品资料都要大海捞针一般从旧报刊中去搜集,很不容易,但也锻炼了做学问的毅力。年谱有二十多万字,王瑶先生还赐以序言,当时交给香港一家出版社,给耽误了。收在集子中的几篇关于郁达夫的论述,因为"出道"早,也曾引起过学界的注意。90年代以后,我教过一门作家作品专题研究的课,就一些名家名作进行评论,努力示范研究的方法,解决学生阅读中可能普遍会碰到的问题。收在集子中的《浅议有关郭沫若的"两极阅读"现象》和《论老舍创作的文学史地位》,最初就都是根据讲课稿整理成文的。后来还写过好几篇类似的作家论,又和人合作,出版了《中国现当代文学专题研究》,被一些学校选做教材。我所从事的学科叫"现当代文学",名字有点别扭,但现代和当代很难区分,应当打通。我主要研究现代,但也关注当代,写过不少当代的评论。比如贾平凹因为《废都》的出版正"遭难"受批判那时,我并不赞同对《废都》简单地否定,认为《废都》在揭示当代精神生活困窘方面是有独到眼光的,甚至提出二十年后再来看《废都》，可能就不至于那么苛求了。而当莫言获奖，大量评论蜂起赞扬，我也指出莫言的《蛙》在"艺术追求"上的"缺失"。我在一些文章中曾抱怨当代评论有两大毛病：一是圈子批评多，"真刀真枪"的批评少；二是空洞的"意义"评论多，能够深入到作品艺术肌理的研究少。我虽然没有"圈子"，也想做一些切实的批评，可惜力所不逮。

我研究的第三个领域是文学思潮与文学批评。1981年留校任教，在现代文学教研室，鲁迅、小说、诗歌、戏剧等方面都有老师在做，那我就"填补空白"吧，选择做思潮与理论批评。一开始我并不打算就以文学思潮为研究方向，还是想研究鲁迅，或者写点诗歌评论。但有些"因缘"很可能就决定一个人的生活轨迹，学术研究也是这样。1985年我参加全国首届比较文学会议，写了一篇关于"五四"现实主义与欧洲思潮关系的论文，在《中国社会科学》发表了。王瑶先生认为还可以，适合我的理路，就建议我研究文学思潮与批评。这样我就开始用主要精力研究文学思潮了。收在集中的《新文学现实主义总体特征论纲》，其实就是我博士论文《新文学现实主义的流变》的微缩版。我主要做了"清理地基"的工作，把现实主义思潮发生、发展与变化的基本事实呈现出来。现在看来这篇论文也写得平平，但那时关于思潮流派系统研究的专著还很少，我等于开了风气之先，"带出了"后面许多篇思潮研究的博士论文。

1990年前后，学界空气比较沉闷，我给学生开批评史的课，意在接续古代文学批评史，认为现代文论也已经形成新的传统，清理现代文学的理论批评也应当是重要的课题。批评史这门课带有些草创的性质，讲授每一位批评家，都要从头做起，非常费工夫。收在集子中的那几篇有关文学批评的论文，大都是在讲稿基础上写成的，后来成就了《中国现代文学批评史》这本书。这本书下了"笨功夫"，也提出一些新的看法，我自己也是比较满意的。

新世纪初年，我着手做"现代文学传统研究"的课题，这也有其现实的针对性。面对那些试图颠覆"五四"与新文学的言论，我强调的是在当代价值重建中"小传统"（相对古代的"大传统"而言）的意义。集子所收《中国现代文学的阐释链与"新传统"的生成》等文，特别注重考察新的文学传统如何在不断的阐释中被选择、沉淀、释放和延传，分析当代文坛中"现在"与"传统"的对话。这些观点在文学史观念与方法上都有一定的创新。而更实际的影响，是回应那些对

"五四"与新文学的挑战。

2011 年到山东大学后,我提出要做"文学生活"的研究,还和山大的团队一起申报了《当前社会"文学生活"调查研究》这个国家社科基金重大课题。收在集中的《"文学生活"概念与文学史写作》大致体现了我的主要观点和研究设想。我认为以往的文学研究大都围绕"作家—作品—批评家"这个圈子进行,对于普通读者的接受很少关注。而"文学生活"这一概念的提出,是想更广泛地认识文学的生存环境和生产消费状况,关注不同领域、不同层次读者的"反应",分析文学作品和文学现象在社会精神生活中所起的作用,激活被"学院派"禁锢的研究思路和方法。这项研究得到了学界普遍的认可。

我研究的第四个领域,是学科史,收文十二篇。这也多是由教学所引起的课题。我给研究生开设了"中国现当代文学学科概要"的课,目的是对现当代文学研究的历史做一番回顾与评说,了解这个学科发生发展的历史、现状、热点、难点以及前沿性问题。意图是给学生一幅"学术地图",领他们进门。收在集子中的多篇文章,都是当时讲课稿的整理,侧重的是学科史的梳理。值得欣慰的是,一些大学现在也开设学科史这类选修课。2006 年后,我担任现代文学研究会会长,更加关注学科建设问题,不时写一些学科评论,比如收在集子中的《思想史取替文学史?》、《谈谈困扰现代文学研究的几个问题》和《文学研究中的"汉学心态"》,都曾经引起过学界的热议。而写于 2010 年的《现代文学研究的"边界"及"价值尺度"问题》,也是紧扣目前现代文学研究的状况和某些争议而发言。后来这篇论文获得"王瑶学术奖",大概也是因为涉及学科发展的某些议题,大家都比较关心。

虽说是自选集,也并非就是把自认为最好的论作拿出来,还得照顾到不同阶段几个领域的"代表性"。其中有些发表较早的"少作",现在看是有些青涩的,但也不失年轻时的天真,虽然惭愧,但也还是收到集子中了。

给自己编集子,一面是埋藏,一面是留恋。这些芜杂的篇什其实"意思"不大,但毕竟留下几十年问学的脚印,其中或有一孔之见,那就不揣浅陋,以表芹献吧。只是想到读者省览拙集,要花费时间和精力,我是既高兴而又有点不安,只能预先在此说一声谢谢了。

2019 年 6 月 1 日

第一辑　鲁迅研究

试论鲁迅的《怀旧》[*]

  《怀旧》是 1911 年冬天鲁迅用文言写成的第一篇小说,发表于 1913 年 4 月出版的《小说月报》第 4 卷第 1 号,鲁迅自己从来没有把《怀旧》收进他的任何一本集子中。于是有的人就断言《怀旧》不是鲁迅所喜爱的作品,猜想鲁迅可能对这篇"少作""愧则有之",才"故意删掉"。① 其实并非如此。1934 年,杨霁云将鲁迅佚文编集时,鲁迅给杨的回信中说:"现在都说我的第一篇小说是《狂人日记》,其实我的最初排了活字的东西,是一篇文言的短篇小说,登在《小说林》(?)上。那时恐怕还是革命之前,题目和笔名,都忘记了,内容是讲私塾里的事情的,后有恽铁樵的批语,还得了几本小说,算是奖品。"②同年鲁迅应美国作家伊罗生之请,与茅盾一起为外国读者编选一本现代中国短篇小说集《草鞋脚》,他们所确定的最初的选目中,也收有《怀旧》。③ 目的是反映鲁迅早期,同时也是我国现代小说酝酿时期的创作风貌。《怀旧》是一篇文言小说,但鲁迅显然从历史发展的观点出发,把它作为现代小说的雏形来看,才将它选进现代短篇小说集中。只是后来伊罗生考虑到最好集中选文学革命之后创作的小说,并将该书书名也明确为《一九一八年至一九三三年中国短篇小说集:草鞋脚》,这样,在由他所最后确定的选目中,《怀旧》才被删掉。

  从这里我们可以看出,鲁迅对于《怀旧》这篇小说,确实并不"悔其少作"。因此对《怀旧》在我国现代小说史上的地位应该予以更多的注意。因为这篇试

---

  * 本文原载 1981 年 12 月《鲁迅研究文丛》第 3 辑。

  ① 孙望:《〈怀旧〉试译》,见《鲁迅作品研究》,江苏人民出版社 1957 年版。

  ② 鲁迅:《致杨霁云》(1934 年 5 月 6 日),《鲁迅书信集》上卷,人民文学出版社 1976 年版,第 538 页。

  ③ 戈宝权:《谈在美国新发现的鲁迅和茅盾的手稿》,见 1979 年 12 月《文献》第 2 辑。

作与古典小说比,与当时流行的一般小说比,无论思想上还是艺术上,都可以说别具一格,显示出新异的色彩。

小说反映了当时刚刚发生不久的辛亥革命在乡间所引起的各阶层的反应,描绘出一幅革命浪潮中的世态图。地主豪绅金耀宗听到革命风声,惶惶然若丧家之犬。他尽管"禀性鲁",连"粳糯"、"鲂鲤"都分不清,可是对于反动阶级那一套权术,却素"有家训",所以听说革命军快来了,就准备装作"顺民","箪食壶浆以迎王师",并企图乘动乱之机大捞一把,一等革命过去,便继续作威作福。另一个角色是封建帮闲知识分子秃先生,他毕竟读过《纲鉴易知录》,比他的主子更懂得封建阶级处世应变的方术。他咬牙切齿咒诅革命者是"山贼"、"海盗","此种乱人,运必弗长",并为金耀宗出谋献策,告诫他对革命力量"固不可撄,然亦不可太与亲近",最好先行躲避,静观形势,再伺机反扑。小说揭露了地主阶级对革命的畏惧、敌视的态度,及其投机钻营的行径,也揭露了封建势力的顽固、阴险和丑恶,从侧面反映了辛亥革命的不彻底性。

辛亥革命之所以这样浮皮潦草,归根到底是因为没有动员广大人民群众。小说形象地表现出农民阶级对这场革命是那样麻木无知。像王翁、李媪这些长工佣仆,闹不清地主乡绅为何忽然纷纷避风去了,他们蒙在鼓里,不知天底下究竟发生了什么事,猜想大概"长毛"(太平天国军队)又来了。可是这丝毫也不影响他们的生活秩序,天黑了,照样乘凉聊天,津津有味地编造着"长毛"杀人的故事。虽然阶级本能似乎也使他们感到万一"长毛"真进村了,那就不该再去为地主卖命当"蠢货",但他们终究还是糊里糊涂地把"太平军"也看作杀人越货的江洋大盗。在他们心目中,这一回叫地主豪绅纷纷躲逃的革命,不过又是强盗作乱罢了。

小说令人痛心地写到,当秃先生和金耀宗安然返村,大声取笑革命不足惧,"自嘲前此仓皇之愚"时,王翁、李媪等农民也跟着大笑,助助兴头。封建阶级的猖狂反扑,农民群众的麻木不仁,旧的统治秩序依然如故——这就是辛亥革命中农村社会现实的写照。这样,《怀旧》就不只像清末兴盛的"谴责小说"那样,以"抉摘社会弊病"为满足,而是力图通过当时农村生活图画的描写,显示出辛亥革命在农村所引起的各阶层的反应。特别值得注意的是,鲁迅在这篇小说中对农民问题的关注。尽管王翁、李媪这些农民形象是作为次要人物出现,而且写得性格比较模糊，但作者分明要写出他们麻木的灵魂，揭示他们不觉悟的精神状态。辛亥革命前后，一些同情人民疾苦的作家也写出少量直接反映劳苦大众苦难生活的小说，如无愁的《渔家苦》，叶匋的《穷愁》，卓呆的《掠卖惨史》，焦木的《工人小史》，等等，都从不同题材揭示了下层人民悲惨的生活境遇，充满人道主义的怜悯。但没有一篇能像《怀旧》这样，着重表现劳动群众对革命的麻木，揭示他们精神上的病痛。如果说注重思想启蒙，改造国民性，是鲁迅前期思想的一个重要特色，那么，《怀旧》也正是在这一点上，体现了作者对生活独特的发现，使它首先就在思想内容上显露出光彩，既与当时时髦的专门"丑诋私敌"的"黑幕小说"及庸俗无聊的"鸳鸯蝴蝶派"小说划清了界限，又远远高出于"谴责小说"和一般反映下层疾苦的小说。

辛亥革命的发生，鲁迅是热情支持的。杭州光复时，他还组织过学生"武装演说队"进行革命宣传。但不久以后，袁世凯复辟，辛亥革命失败了。鲁迅感到完全失望，开始更加严肃冷静地总结历史经验，这场革命的教训成为他许多作品的一个基本主题。写《怀旧》八年之后，鲁迅又连续写了许多篇以辛亥革命到张勋复辟这一时期为背景的小说，如《药》、《阿Q正传》、《风波》等。这些作品与《怀旧》在思想上都一脉相承，其中许多人物形象，在《怀旧》中都可以找到其影子。但他们并不是《怀旧》中人物的简单的重复，而是有更生动突出的性格特征，表现出更深刻丰富的时代内容。

鲁迅正是从《怀旧》开始，以小说作为尖锐的武器，去解剖社会现实，触及时代最切要的症结，为反帝反封建斗争呐喊助威。

《怀旧》不但在思想内容上显示其光彩，而且在小说艺术形式本身，也提供了新的东西。作者力图突破我国古典小说固有的框格，大胆吸收运用了外国小说的优秀手法，使《怀旧》开始具备了现代小说的一些主要特征。

1905年之后，鲁迅更为广泛地接触并介绍外国文学作品，特别是俄国、东欧和日本的小说，并于1908年到1909年与周作人协力翻译出版了《域外小说集》。集中所收鲁迅译的《谩》、《默》和《四日》等三篇俄国作家的作品，就基本上按原作直译，忠实地保持了原作的形式，完全脱离了正风靡一时的林纾意译或改作小说的窠臼，别开了近代译界的新生面。译者声明这种直译方法，是有意让"异域文术新宗,自此始入华土。使有士卓特,不为常俗所囿"①。显然,鲁迅这时不再满足于古典小说的表达形式了,他越来越看重外国小说中那些更适于表现现代生活的手法格式。可惜当时人们仍习惯于读章回小说,对外国小说往往刚开头就煞尾的方式,总感到不过瘾。因此鲁迅这种直译的作品,一时还不被重视,《域外小说集》出版后,竟销售不出去。但鲁迅并不灰心,坚持"收纳新潮,脱离旧套",寻找新小说的出路。从根据古希腊历史故事改编的小说《斯巴达之魂》开始,经过八年时间的实践,鲁迅不但用各种传统形式著译过小说,还全面研究了中国古代小说史,熟谙了古典小说表现形式的特点和利弊,同时,又认真学习和积累了外国近代小说优秀的表现手法。正是在这种前提下,《怀旧》才得以以新的姿态在文坛出现了。

从艺术方面讲,《斯巴达之魂》到《怀旧》,有了长足的进步。如果说前者还不能在严格的意义上称为创作小说,那么《怀旧》则可以说是一篇真正的创作小说。它尽管还幼稚,不成熟,但已经具备了与古典小说迥然不同的格式,初步显露出一些现代小说的特征。我们不能因为它是文言写的,或因为它是文学革命之前出现的,就轻视或抹煞了它所显露的那可贵的现代小说的端倪。

《怀旧》与古典小说的格式不同,首先是它不再着眼于奇,而是着眼于真。

我国传统小说一向就比较注重追求情节的奇巧。最早的六朝志怪,就专门记述神仙方术、殊方异物、轶闻怪事。后来发展到唐宋传奇,有比较细致的人物描写了,但也仍然致力于叙述人物曲折非凡的命运遭遇。宋明以后的话本、拟话本小说以及由讲史发展起来的章回小说,都仍然和讲唱文学的素材技艺有直接关系,自然还是以情节的奇异巧合去吸引人。只有到了《金瓶梅》、《红楼梦》等文人创作的长篇章回小说,才完全脱离了讲唱文学追求情节奇巧的格调,着眼于对平凡的日常生活的精心描绘,"正因写实,转成新鲜"②。但这种现实主义的传统并没有得到明显的发展,《红楼梦》之后一直到辛亥革命时期,出现大批"谴责小说",虽然对现实进行一定的揭露,可是多数仍热衷于记叙"天地间惊听之事"③,所以,从总体上来说,我国传统小说很重视故事性,追求情节的奇巧,在环境和人物的描写方面比较薄弱。这种追求情节奇巧的方法,除了会产

---

① 鲁迅:《域外小说集·序言》。
②③ 鲁迅:《中国小说史略》。

生不真实的弊病以外,还容易将读者的眼光仅仅拘限于某一特异的人或事上,从而也限制了作品的概括意义。

《怀旧》在这方面,对传统的格式有了明显的突破。作品是以辛亥革命这一大事件为背景的,但不去写奇闻怪事或惊险情节,而是写一个极普通的乡村中一些最平凡的人物和生活现象。作品所着力描写的无非是这样一些普通的事:地主豪绅金耀宗听到革命的风声,来找秃先生。秃先生则劝他快去躲避。当晚,童子听王翁讲故事,金、秃安然回村……这些事情,照我们这样叙述起来,毫无离奇曲折之处,那确实是很乏味的。但是作品却正是通过这普通乡村平凡的人物和生活场面,去反映辛亥革命这一历史变动。

《怀旧》这平实无奇的构思,曾经吸引了一些研究者。有人认为这不过是一篇揭露封建教育制度戕害儿童的小说。这些人只看到小说所写的生活场面的表皮,而没有看到里头所蕴含的深刻的社会矛盾。其实,作者通过一个童子的眼睛,去描写金耀宗、秃先生、王翁、李媪等这些平凡的人物那种小小的生活波动,立意是要表现各阶层普通的人们对辛亥革命的反应。其所写的生活和人物越是普通平凡,就越能使人们看到这场革命在社会上产生的最一般的反响:地主豪绅依然故我,人民群众麻木不仁,封建统治秩序没有受到什么大的触动。鲁迅完全是从所要反映的生活内容特点出发,去选取描写的题材并确定处理这些题材的角度的。

当然,如果光是客观地记叙一些普通的生活现象,也是没有意思的,不可能产生艺术的真实。《怀旧》并不是客观主义的生活记录,作者把着力点从传统手法的写事,转到写人上面,围绕着人物形象的刻画,去提炼生活细节。如写秃先生躲避前后的丑态,就选取了这样一些细节:这位封建伪君子平日进进出出都装得道貌岸然,连逢年遇节回家,也"必持《八铭塾钞》数卷"。这回听到革命来了,就慌忙逃避,顾不上什么面子,留下这"经卷""全帙俨然在案,但携破篋中衣履去耳"。风声一过呢,又重新装模作样,即使回家一晚,慰其夫人,也要"持其《八铭塾钞》去"。像这种生活细节,都是司空见惯的,但又很富有性格特征,作者把它们从生活素材中提炼出来,寥寥数笔,就活画出封建腐儒的灵魂。作者从传统小说追求情节奇巧的俗套中突破出来,归根到底是为了面对现实生活,按生活的本来面目去反映生活。写平凡并不是他的目的,目的是平中见真,更深入地揭示社会生活矛盾。

《怀旧》这种朴素平实地反映生活的特点,鲁迅以后进一步发展并形成为寓热于冷的独特的创作风格。无论是直接以重大历史事件为背景的,如《风波》、《阿Q正传》,还是以个人的生活遭遇为线索的,如《孔乙己》、《伤逝》,都总是通过平凡的生活加以表现,一切人物、场景都是这样简单、普通、朴素,从不乞灵于故布疑阵,故作惊人之笔。但这平实的生活描写背后,又蕴藏着深刻的思想内容,压抑着作者感情的火焰,仿佛就是由于朴素才又显得如此强烈,使人读起来,总感到特别真实、亲切,不知不觉就透过所描写的平凡的生活现象深入到生活的底奥中,接受那巨大的思想启示。

鲁迅曾经批评"五四"时期许多新小说技术上幼稚,"往往留存着旧小说上的写法和语调;而且平铺直叙,一泻无余;或者过于巧合,在一刹时中,在一个人上,会聚集了一切难堪的不幸"①。可以说,鲁迅就是从《怀旧》开始,自觉地摒除"过于巧合"的"旧小说的写法",最终才写出《呐喊》、《彷徨》等堪称时代镜子的现实主义的杰作。

《怀旧》与古典小说的格式不同,还在于它不再用"盆景式"的压缩形式叙述完整的故事,而是截取生活片断去塑造人物形象。

古典小说因为比较注意情节,所以一般都很讲究故事的完整性,事情的进展有头有尾,每一篇都要叙述一事件的全过程或一个人的全部遭遇。这在传奇小说和话本、拟话本中表现得尤为明显。但短篇小说篇幅有限,要叙述完整的故事,就非得把本来可以构成一部中篇或长篇的内容,压缩在短篇之中,结果就出现"盆景式"的形式。这种压缩的形式,一般来说是难于深入地表现生活、细致地刻画人物的。

鲁迅对这种"盆景式"的传统的形式,是深知其弊的,所以写《怀旧》就另辟蹊径,使用了一种横切的手法。作品不去构思完整的故事,而只切取了几个生活横断面,作具体深入的描写,使情节画面高度集中。小说重点写这样几个生活片断:地主阶级金耀宗、秃先生之流闻革命风声而逃之夭夭,王翁、李媪等长工用人乘凉谈古,"弗改常度",等等。这些生活片断互相对照,很有概括力:封

---

① 鲁迅:《〈中国新文学大系〉小说二集序》,见《且介亭杂文二集》。

建势力在躲避风声的前后行为对照中,暴露出他们虚伪、投机、反动的面目;农民群众的"弗改常度"又与封建势力的嚣张反扑相对照,显示出他们可悲的麻木。这些生活切面,切中了辛亥革命时期社会生活的矛盾焦点,很有典型性。人们借此可以"以斑窥豹",看到不同阶层的人对辛亥革命的不同态度,看到这场革命所存在的问题。

鲁迅后来创作的小说,有一类是继续采用《怀旧》这种着重描写生活片断的横切法的,如《风波》、《故乡》、《幸福的家庭》、《示众》等。另外一类与此不同,是用直缀法,比较完整地描写某个人的一生。如《祝福》、《阿Q正传》、《伤逝》等。这种直缀法更多地吸收了古典小说叙事中融进场景描写的方式,但与传统中"盆景式"的方法也还是不同,作者所着力的是对有利于从不同侧面刻画人物形象的各个生活片断、场景的细致深入描写,再连缀成篇,展示较长的生活历程。鲁迅的小说表现手法几乎每一篇都有所不同,但基本的格式就这两大类。无论是横切还是直缀,都不再是着眼于叙述完整的故事,而是通过个别的或一系列的生活片断,去塑造人物形象,既从总的格局上打破了传统的"盆景式",但多数作品又保留并发展了传统小说的某些叙述方法。

《怀旧》在心理描写方面也是这样,对传统的方法大胆突破,又有所继承。

我国古典小说心理描写一般比较薄弱,而《红楼梦》等文人小说中不多的心理描写,却有很大特色。这些作者不同西洋的作家,离开情节的进展去作静止的细致的心理刻画,而总是结合着人物的行动、故事的进展或景物的描绘而展现某种心理活动。《怀旧》有些地方写童子的心理,就用了传统的方法。如小说开头,写人们正在纳凉玩耍,秃先生却圈住童子做枯燥无味的"对子",孩子满心不耐烦。作者并不直接去写他这种烦躁的心理状态,而是简单地写他"渐展掌拍吾股,使发大声如扑蚊,冀秃先生知吾苦"。看起来是一段行动叙述,但其实又是一种心理活动的显象。这种在叙事中写出心理的方法,显然是继承了传统的。但又还有纯粹的直接心理描写,是与传统的方法大不一般的。如秃先生考问童子时,童子非常反感,老家伙在上面大叫"到七十便从心所欲,不逾这个矩了",童子却心不在焉,迷迷糊糊地感到"不之解,字为鼻影所遮,余亦不之见,但见《论语》之上,载先生秃头,烂然有光,可照我面目,特颇模糊臃肿,远不如后圃古池之明晰耳"。这里直接写了孩子思想开小差时那种昏昏然的内心视象,似乎已经有点印象派的味道了。

《怀旧》中的心理描写很多,作者企图以童子目睹世态所产生的种种心理活动,去贯串联结全篇,以此加强作品的抒情气氛,深化主题,这也是一种大胆的创造,是古典小说所不曾有过的。比如,写王翁给村民们讲"长毛"的故事时,插进了童子的心理活动。童子"思长毛来而秃先生去,长毛盖好人,王翁善我,必长毛耳",王翁却笑而否认,继续讲"长毛"杀人的恐怖故事。孩子断定"长毛"是好人,这种直观的心理活动,确实是有根据的。而饱经沧桑的王翁,把革命力量看作强盗,反倒是一种麻木愚昧。像这样的心理描写,实际上起着一种渲染烘托气氛的作用,把农民群众的不觉悟状态愈加揭示,同时使人感到一种沉重的调子。特别是小说以梦的气氛结束,更是耐人寻味的。童子梦到秃先生,大概又像往常一样向他强迫灌输封建主义腐朽的东西了,李媪也做梦,做的却是关于"长毛"的"噩梦"。这一老一少两个梦,其实都是他们现实中产生的不同心理的折射。读到这里,人们仿佛感触到作者沉郁的心情,不由得愈加悲哀和激愤。

《怀旧》中的心理描写是有所突破的,但难免有不成功的地方。比如,童子年方九岁,但对世态人情的思索,有时显得很成熟,这就太少年老成了。此外,心理描写只局限于起增强气氛、深化主题的作用,还没有成为塑造人物形象,特别是主要人物形象的手段。但是,《怀旧》在鲁迅小说中开了心理描写的先河。在以后写的许多小说中,心理描写愈加圆熟,成为刻画人物思想性格的基本手法。如《狂人日记》通过"狂人"变态的心理去观察吃人的现实和历史,揭示封建势力的残酷;《伤逝》展示子君和涓生这两个感受时代苦闷的青年知识分子的心理历程,塑造出"五四"以后青年寻路者的状象;还有《弟兄》中张沛君在弟弟病时所闪现的下意识心理,《离婚》中爱姑见到七大人前后那种急剧变幻的微妙心理,等等——都是"将人的灵魂的深,显示于人"①的范例。事实上,向人物心理深度开拓,画出国民的魂灵,成了鲁迅小说艺术方法的一个很鲜明的特色。

《怀旧》毕竟还是鲁迅第一篇创作小说,作者那时正在艰苦的探索之中,作品难免有些粗糙、幼稚。例如,人物形象仍然比较单薄,语言缺乏个性;童子的

---

① 鲁迅:《〈穷人〉小引》,见《集外集》。

议论过多,有时又显得不大符合儿童特点;个别描写不够细致真实,结构也略显简单。但总的来说,这是一篇思想比较深切,而格式又比较特别的小说。作者不但站在当时时代的高度,认真地用作品反映和总结了辛亥革命的经验教训,而且以恢宏的襟怀大胆吸收异域创作营养,又依傍传统的某些优秀手法,勇敢地冲破了旧小说的藩篱,初步造成了一种比较适于表现现代生活的新的小说形式。从《怀旧》中,我们看到了我国现代小说的雏形,同时也看到了鲁迅艺术探索的坚实的脚印。

《怀旧》在《小说月报》上发表时,该刊的编者恽铁樵极为赏识,曾经大挥其毫,对小说的精彩处一一详加评点,并在作品末尾赞说:"曾见青年才解握管,便讲词章,卒致满纸饾饤,无有是处,亟宜以此等文字药之。"①古典小说到了清末,已趋衰落。辛亥革命前后,小说界更是沉闷、腐败。《怀旧》在当时出现,真是别树一帜,显示了小说创作的出路和生机。难怪恽铁樵企图借《怀旧》来改变那时陈腐的文风了。从这一点看,这位编者不无见地。但是,《怀旧》终究是一篇文言小说,在基本形式上还没有与旧小说区分开来,不可能给衰颓的文坛以致命的打击。而且确实也是因为时机未到。一当历史条件完全成熟了,新文学运动的号角吹响了,鲁迅那些真正高水平的现代小说,就像排炮似的一发而不可收,轰垮了旧文学的营垒,为新文学赢得了辉煌的战绩。

1980 年 9 月 18 日

---

① 《怀旧》末有《焦木附志》一段,为恽铁樵所作,见 1913 年出版的《小说月报》第 4 卷第 1 号。

鲁迅前期美学思想与厨川白村*

一

鲁迅前期美学思想发展的进程中,有一个引人注目的现象,那就是他对近代日本文艺理论家厨川白村有过浓厚的兴趣。

1924年2月4日,厨川白村的文艺美学论著《苦闷的象征》在日本出版。4月8日,鲁迅从北京东亚公司买到这本书,9月22日开始翻译,到10月10日,不用二十天就译完了,同年12月出版。1925年1月下旬又开始译厨川另一本文艺论著《出了象牙之塔》,到2月中旬译完,同年12月出版。这一年多的时间里,几乎把厨川的所有著作都搜罗齐了;又从《走向十字街头》中译出《东西之自然诗观》和《西班牙剧坛的将星》两篇评论;还写了直接介绍厨川的有关文章(包括引言、后记、附记等)十三篇;此外,在其他文章或书信中引用或论及厨川的不下三十处。在不长的时间里,以那么高的热情、那么快的速度翻译两本书,写下多篇有关文字,这在鲁迅一生的翻译事业中并不多见。

值得注意的是,鲁迅不但翻译厨川白村的著作,还郑重地把《苦闷的象征》作为他当时在北京大学等校授课的讲义。1927年在广东中山大学讲授文学概论时,他仍把《苦闷的象征》作为教材。可见鲁迅对厨川白村的著作是多么重视。通过译介厨川的著作,能比较系统地了解当时西方盛行的文艺美学理论,可以说这正是鲁迅当时教学和文学活动的需要,是与他前期美学思想的发展相适应的。

---

* 本文原载《北京大学学报》(哲学社会科学版)1981年第5期。

　　我们知道,美学作为一门学科输入中国,是在 20 世纪初年。除了王国维之外,鲁迅是最早认真地介绍和研究过西方美学思想的。他弃医从文后不久所写的《摩罗诗力说》、《文化偏至论》等文,不停留于简单地复述西方作家的美学思想,而是自觉地把美和艺术问题同启发人民觉悟联系起来,提倡用雄桀伟美的"先觉之声"来"破中国之萧条",以唤起民族的新生。① 但他对于审美的解释,又有"与个人暨邦国之存,无所系属,实利离尽,究理弗存"②之说,未能与当时王国维正热衷于介绍的康德美学中某些形式主义观点划清界限。③ 辛亥革命后,在蔡元培提倡的"美育"思想的影响下,鲁迅又一次对美学理论作了较全面的探索,作过《美术略论》的专题讲演,撰过《拟播布美术意见书》、《蜕龛印存序》(该篇系由周作人原稿改定)等涉及美学的重要文章。他在《拟播布美术意见书》中,提出美术是"天物"、"思理"和"美化"的统一,论及了艺术美作为生活美创造性再现这个重要的美学命题;还提倡"发扬真美,以娱人情",意在摒弃那种将艺术降低为实用的狭隘的功利观,强调美感的作用和力量。可惜所用的是当时流行却又比较含混的概念④,未能将他的美学见解作更明确而深入的表述。鲁迅从事文学活动一开始就重视美学研究,并初步显示其美学思想的唯物主义基本特色;但由于启蒙主义思想的局限,他过分夸大了文艺推动社会的作用,并在介绍或运用外国美学思想材料时,羼杂一些唯心主义的东西,使他早期美学思想中出现某些不大协调的现象。

　　到了"五四"前后,鲁迅以小说、杂文为武器,向封建主义发动猛烈攻击,充分体现了"五四"的战斗精神,显示了"文学革命"的实绩。一直到 1924 年翻译《苦闷的象征》时,鲁迅主要精力都用于创作,很少作系统的文艺和美学理论研究。然而这时期鲁迅的美学思想也并不是停滞的。事实上,创作和教学实践以

———————————

　　①②　《坟·摩罗诗力说》。
　　③　王国维在《古雅之在美学上之位置》(1907 年作,收《海宁王静安先生遗书》)中就根据康德关于美不涉及欲念、利害、目的的观点,提出"美之性质,一言以蔽之曰,可爱玩,而不可利用者是已",并认为审美"超出乎利害之范围外,而倘恍于缥缈宁静之域"。此外,在《〈红楼梦〉评论》、《屈子文学之精神》、《人间词话》等文中也论及这种观点。
　　④　如蔡元培就使用过"真美"这个概念,并认为"真美"与"欲美"对立(见其《在北京政学会之演说》一文,《蔡元培选集》,中华书局 1959 年版,第 35 页),提倡"用美术的教育,提起一种超越利害的兴趣,融合一种画分人我的偏见,保持一种永久平和的心境"(见《文化运动不要忘了美育》一文,《蔡元培选集》,第 106 页)。

及现实斗争的需要不断推动他考虑一些理论问题,他的美学思想仍然有显著的发展。他对文艺社会作用的看法,已经从早年那种"以为文艺是可以转移性情,改造社会的""茫漠的希望"①,转向专门"揭出病苦,引起疗救的注意"②的扎实考虑,并因此而坚定地树立了文学创作"'为人生',而且要改良这人生"③的现实主义宗旨。正是从"为人生"的目的出发,他"五四"后到接触厨川著作前那几年写的许多文章,在力图进一步考察文艺与生活的关系,以及文艺本质、创作思维特征、典型塑造、艺术手法、风格等美学命题,其中有不少精辟的美学见解。当然,这些见解大都只是随感式的,还比较零碎,和鲁迅当时伟大的创作实践比较起来,是不相称的。鲁迅在创作实践中积累了丰富的经验,对艺术创作规律有许多真知灼见,但缺少一个完整思想体系的支持,未能上升到美学理论的高度作系统的总结。此外,他早期美学思想中所遗留的某些矛盾,也有待从理论上清理和解决。在这种情况下,希望系统地了解外国的文艺理论和美学理论,就成了一种必然而迫切的要求了。

而且这种要求与当时整个文坛的趋向以及现实斗争状况也是有关的。"五四"高潮过去后,一些比较严肃的作家开始冷静地考察当时大量涌进中国的西方各种文艺思潮和理论,越来越注意结合创作研究文艺规律。如1922年上半年,"为人生"派内部就曾经认真讨论过关于提倡浪漫主义还是自然(写实)主义的问题。鲁迅尽管没有写文章直接参加这次讨论,但作为主张"为人生"的作者,是不会漠视这种有意义的理论探讨的。文坛这些情况,无疑也是促使鲁迅了解外国文艺理论和美学理论的原因。

事实上,"五四"以后,鲁迅对西方各种文艺思潮和理论也断断续续作过一些考察。从《随感录(五十三)》和他翻译《幸福》、《黯澹的烟霭里》、《连翘》、《爱罗先珂童话集》等外国作品时作的序跋或译者附记中可以看到,鲁迅不仅认真研究过现实主义、浪漫主义的理论,还了解过印象派、立体派、未来派、象征派等种种思潮、手法。不过这些了解主要是通过作品分析,较少通过有关理论著作的系统研读,未能满足鲁迅理论上的需要。到1924年前后,鲁迅对外国有关文艺理论或美学的专著表现出前所未有的兴趣。从他的日记和书账也可以看

---

① 《译文序跋集·域外小说集序》。
②③ 《南腔北调集·我怎么做起小说来》。

到,1924 年以前他所购置的书,多是古籍,极少外国哲学、美学或文学理论专著,而 1924 年开始,所购的书中这些方面的书就占了较大比重。① 鲁迅是如此渴望系统了解外国美学理论,而厨川白村的著作又是以美学理论的体系出现的,所以鲁迅一接触到,马上就引起了他极大的重视。

二

那么,为什么厨川白村的美学理论会特别吸引了鲁迅呢? 这里,有必要对厨川及其理论特点作一些考察。

厨川白村生于 1880 年,原名辰夫,又号血城、泊村,父亲是当时日本帝都府受过西洋文化教育的官员。厨川从小就受欧美文学的熏陶,在京都一中和三高上学时,就大量阅读西方作品和日本"明星派"浪漫主义诗歌。最初他比较喜欢英国浪漫主义文学,后来逐渐倾倒于美国爱伦·坡、英国的"《黄书》派"等现代主义作家。在日本,他是最早译介西方现代派文学理论的人。这影响到他美学观点的形成。进入东京帝国大学英文科后,跟随小泉八云、夏目漱石、上田敏等著名作家学习。大学毕业后进研究院,专门研究《诗文中表现的恋爱观》。1907年任三高教授,1913 年任京都帝国大学讲师,讲授 19 世纪以来的英国文学。次年赴美国留学,获文学博士学位,归国后成为京大副教授。此时,在小泉八云和上田敏的影响下,更广泛地介绍欧美文学,研究美学理论,并在文学评论中作社会批评。一直到二三十年代,厨川介绍西方文学的著述在日本拥有很大的读者群,使他获得很高的声望。1923 年 9 月 1 日关东大地震时,厨川死于镰仓的海啸。②

---

① 鲁迅 1919 年至 1923 年(缺 1922 年)日记和书账中记载所购(或受赠)的书籍近三百种,其中外国哲学或文艺理论专著仅两种;而 1924 年所载,购得(或受赠)书籍七十四种,其中属这方面书籍就达十八种,除厨川白村著作四种,还有《文学原论》、《亚里士多德诗学》、《勘本华尔论文集》、《文艺复兴论》、《比亚兹来传》、《俄国文学史略》、《革命期之演剧与舞蹈》等。

② 厨川白村的传记材料主要根据日本 1923 年出版的《英语青年》杂志"厨川白村追悼号",1964 年昭和女子大学出版的矢野峰人所作《思旧帖》一书,以及《日本近代文学大事典》。

厨川白村从事文学活动主要在大正时期。① 这时期日本资本主义已经发展烂熟,阶级矛盾和斗争日益激化,社会动荡不安。许多作家艺术家在苦恼的人生与严峻的现实面前感到茫然。他们不再满足于浪漫的讴歌或现实的揭示,而把目光转向主观世界的自我发掘,转向抽象伦理道德和美的追求。大正中期到末期相继出现并成为文坛主流的"白桦派"和"新思潮派",就是这种思想趋向的产物。而厨川的美学思想,从根本上说,是反映了这股思潮的。它既有对资本主义现实不满和反抗的一面,又有回避现实,转向个人内心生活的消极的一面,呈现一种复杂的矛盾状况。

然而,厨川不像一般知识分子那样逃避现实,而能够努力面对现实,以文学评论作社会批评和文明批评的武器,而且特别注重对落后的国民性的批判。如《出了象牙之塔》、《走向十字街头》等书中,就"于本国的微温,中道,妥协,虚假,小气,自大,保守等世态,一一加以辛辣的攻击和无所假借的批评"②。他这种批评往往有较强的现实战斗性,显得非常激进。厨川白村这种正视现实、批评人生的精神,得到鲁迅极高的评价,认为他"确已现了战士身"③。作为革命民主主义者的鲁迅,从青年时期起就一直关注和探索改造国民性的问题,所以在这一方面很容易和厨川产生共鸣,这是他对厨川著作有好感的一个直接原因。

当然,这并不是鲁迅译介厨川著作的唯一原因,甚至也还不是主要的原因。他所译厨川的两本书和两篇文章,大都是文艺和美学方面的著述。其中《出了象牙之塔》一书虽然不乏社会批评,但大都是在文学评论或理论阐释中的顺笔捎带,专门的社会批评文章毕竟不多。鲁迅更看重的,是厨川的文艺美学思想。他的着眼点,首先就在于厨川的比较正视现实的文艺观。

在唯美主义盛行的风气中,厨川并没有卷进为艺术而艺术的泥潭里。他对日本文学界与民众脱离的状况是不满的,主张以严肃的态度去创作,"不要忘掉实生活这个根蒂的事体"。以为只有这样,才谈得上理解和批评人生。④ 厨川

---

①　日本大正时期从 1912 年到 1926 年。厨川白村《近代文学十讲》于 1912 年出版,标志他正式登上文坛,此后文学活动一直到 1923 年逝世。

②③　《译文序跋集·〈出了象牙之塔〉后记》。

④　厨川白村:《欧美文学评论·文学家与政治家》。

这种现实的态度,使他的文艺美学著述中常常出现一些可贵的成分,也使鲁迅有可能从中获益。

但厨川白村主要是一个西洋文学的译介者,他的美学理论体系,基本上是从西方照搬来的,是个混合体。当他结合日本现实进行比较具体的文学评论时,往往会闪现某些唯物的战斗的亮色,映现出一个积极的现实主义战士的身影;但是当他摆开架势,企图按照西方某些美学理论构筑一个体系时,唯心主义的油彩就非常厚重。在《苦闷的象征》中,这种矛盾的表现就很突出。他企图从文艺的本质、创作论、鉴赏论、文艺起源诸方面系统地阐述美学原理,其中有许多可取的见解,但整个理论架子却是以柏格森①和弗洛伊德②的学说为基础的,作为一个理论体系来说,是唯心主义的。鲁迅对厨川白村理论这种复杂的现象,持审慎的分析态度。

厨川的美学体系所依据的柏格森哲学,认为宇宙中存在一股“生命之流”,或“生命力”,推动着生命的创造和进化;而这进化过程只能靠非理性的直觉才能了解。这种关于“生命力”和直觉主义的观点运用于美学,则认为艺术纯粹是艺术家内心的直觉活动,完全是非理性、非功利的。厨川改铸了这种带神秘色彩的美学观,虽然也讲文艺表现“生命力”,但这“生命力”他又看作是某一时代整个民心归趣或时代潮流,认为作家要敏锐地感得并把握这整个社会的“生命力”动向,成为时代的预言者。③ 可见厨川和柏格森的美学观还是有不同之处。所以鲁迅指出“伯格森以未来为不可测,作者(指厨川)则以诗人为先知”④。鲁迅在这一点上是赞同厨川的,这并不奇怪。前期鲁迅还是个进化论者,仍然相信人类和生命自身是会不断向上进化的,因此对于用“生命力”解释文艺的观点,也并不加以否定,而有他自己的独特的理解;但作为启蒙主义者的鲁迅,是尊重理性的,所以很自然又反对柏格森非理性的神秘主义。

此外要看到,厨川的美学体系还建立在弗洛伊德精神分析学说之上。这

---

① 柏格森(1859—1941),鲁迅译作伯格森,法国唯心主义哲学家,生命哲学和现代非理性主义的主要代表。主要著作有《时间与自由意志》、《创化论》等。

② 弗洛伊德(1856—1939),鲁迅译作佛罗特或弗罗特,奥地利精神病学家,创立精神分析学说,主要著作有《新心理分析导论》等。

③ 参见厨川白村《苦闷的象征·关于文艺的根本问题的考察·为豫言者的诗人》。

④ 《译文序跋集·〈苦闷的象征〉引言》。

种学说认为人的本能是以性欲为根据的一种"生命力"（libido），由于宗教、法律、道德和种种社会规范的控制压抑，这种"生命力"便成为潜藏于内心的无意识部分，只有在梦境或艺术活动中才得以表现和满足。西方流行的心理分析派这种文艺批评方法，就坚持用"生命力"特别是性心理自由显现这一观点解释作品，很注重探究作者在写作中的潜意识活动。厨川是赞赏这种方法的，也用"生命力"的奔突显现说明创作，只不过他反对"泛性欲说"，表示"所最觉得不满意的是他（指弗洛伊德）那将一切都归在'性底渴望'里的偏见，部分底地单从一面来看事物的科学家癖"①。在这一点上，鲁迅和厨川的看法又是相近的。

　　鲁迅最早可能在日本学医时期，接触过弗洛伊德学说。他在《我的第一个师父》中曾讲到有一种虐待异性的变态心理，他是在学医之后才懂得分析这种心理的。弗洛伊德学说在 1900 年之后声誉日隆，并很快传播到日本。鲁迅当时接触该学说是完全可能的。从他前期所写的一些文字来看，明显有过弗洛伊德学说的影响。就在 1925 年写的《寡妇主义》一文中，他还用弗洛伊德学说来解释有的人"因为压抑性欲之故"而生出的种种病态心理。到底如何评价弗洛伊德学说，对我们来说，仍是个值得研讨的课题，笔者不可能在这里展开讨论。但可以肯定的是，前期的鲁迅并没有轻易否定过弗洛伊德学说②，相反，最初也曾经试图运用这学说解释创作。1921 年他在评介阿尔志跋绥夫的小说《赛宁》和《医生》时写的附记中，就曾用这种学说来分析作品。1922 年底创作小说《不周山》（后改名《补天》），也曾经"很认真的""取了莆罗特说，来解释创造——人和文学的——的缘起"③。又如《阿 Q 正传》中写阿 Q 见到男女在一块就忍不住丢掷石块的那种变态心理，《肥皂》中写伪君子四铭对于女叫花子的那种下意识贪欲，等等，当然主要赖于作者对生活现象的观察，但其剖析之深，恐怕也是运用了弗洛伊德学说的。这些尝试表明鲁迅前期美学思想发展中有过各种探索，包括对弗洛伊德学说乃至心理分析派理论的探索。不过，如前所述，作为

---

　　①　厨川白村：《苦闷的象征·创作论·人间苦与文艺》。

　　②　在女师大事件中，鲁迅曾写过《"碰壁"之余》，讲到"偏执的弗罗特先生宣传了'精神分析'之后，许多正人君子的外套都被撕碎了"。有些论者断言鲁迅这是否定弗洛伊德学说，并以此推论鲁迅并没有受过这学说的影响。这是不足为据的，事实上鲁迅是具体针对章士钊而言，并不见得否定弗洛伊德学说。

　　③　《故事新编·序言》。

他美学思想发展的中轴线,却是唯物主义的。他坚持艺术美来源于生活美,文艺是现实的反映的基本观点,因此最终不可能同意用"泛性欲说"来解释文艺创作。《不周山》后来还是抛弃了原先那种纯粹用弗洛伊德学说去说明人和文学的创造缘起的尝试,《阿Q正传》和《肥皂》也毕竟只是在作为作品内容的个别具体的变态性心理分析描写上用了弗洛伊德学说,而并非依靠这种学说在解释或指导整个创作。更要看到的是,在经过反复探索尝试之后,特别是到译介厨川著作那时,鲁迅已经很明确地表示不能单纯用弗洛伊德学说来解释文艺(仍然没有否定可用该学说解释变态或病态精神现象),指出"奥国的佛罗特一流专一用解剖刀来分割文艺,冷静到入了迷",这是不懂文艺特点的"过度的穿凿附会者"。① 而厨川既接受弗洛伊德的学说,又删削了其中"泛性欲说"的片面观点,所以深得鲁迅的赞赏,指出《苦闷的象征》"在目下同类的群书中,殆可以说,既异于科学家似的专断和哲学家似的玄虚,而且也并无一般文艺论者的繁碎。作者自己就很有独创力的,于是此书也就成为一种创作,而对于文艺,即多有独到的见地和深切的会心"②。鲁迅尽管不完全同意作为厨川美学体系理论基础的柏格森哲学和弗洛伊德学说,但又可以在他自己理解的意义上接受其某些观点,而且在当时他所看到的文艺美学论著中,认为厨川的著作还算是比较富于创造性的,所以他从自己的实践需要出发,极细心地从厨川理论的唯心的躯壳中,发掘出某些合理的因素。

三

在厨川白村的文艺美学理论中,鲁迅最为关注的概念之一,是所谓"人间苦"。

厨川指出人世间存在的"生命力"永远在"胡乱地突进不息地"运动,它从人体内部强烈地促使人类渴求自由和解放,但由于人生活在社会有机体中,要服从社会"强大的机制",因此,"生命力"的欲望势必受到压抑,个性不可能得

---

① 《集外集拾遗·诗歌之敌》。
② 《译文序跋集·〈苦闷的象征〉引言》。

到充分发挥和创造,这就使人人都会感到所谓"人间苦"。① 厨川讲"人间苦"虽然也强调"造化"带来的原因,但有时他又不像柏格森那样神秘地讲"生命之流"如何受障碍,而具体地指出"资本主义和机械万能主义的压迫",使人们"舍掉了像人样的个性生活",成了机器的"奴隶",完全失去了"创造的欢喜",因而带来"人间苦"。②厨川触及了资本主义生产造成人的"异化"这个问题,使他的"人间苦"的概念有了某些现实的内容。基于这一点,厨川认为文艺是苦闷的产物,并且认定"文艺决不是俗众的玩弄物,乃是该严肃而且沉痛的人间苦的象征"③。这多少还承认了文艺是与人生经验关联的,是生活的反映。而且他把文艺看作是"人间苦"表现的同时,又认为文艺是助人奋斗前进的"进行曲",是严肃的事业,这与叔本华所谓艺术只是暂时摆脱痛苦途径④的悲观论,也还是有所区别的。正因为此,鲁迅对厨川的文艺表现"人间苦"这一说法产生了同感,并注入了更具体更深刻的内涵。

鲁迅坚持文学"为人生","改良这人生",把"揭出病苦,引起疗救的注意"当作他创作的基本内容和目标。在他看来,人民群众处于封建制度的深重压迫下,辗转于苦难的大泽中,只有将"病态社会的不幸的人们"的痛苦揭示出来,对病态的社会制度和衰腐的精神文明进行无情的鞭挞,才能唤起人民的觉悟和反抗,打碎封建主义的精神枷锁,毁坏像漆黑的"铁屋子"一般的旧社会。因此,他特别注重表现"上流社会的堕落和下层社会的不幸"⑤,表现被压迫人民精神上的病苦。这种以揭示病苦为基本内容的创作意图,是与"无所为"的创作论,特别是以艺术为"消闲"的创作论根本对立的。在这一点上,鲁迅与厨川白村表现"人间苦"的提法,很自然发生共鸣。厨川认为文艺要严肃地表现"人间苦",促进人生奋斗,反对"情话式的游荡记录,不良少年的胡闹日记,文士生活的票友化"⑥;主张"直面着周围的惨淡的人生的暗黑面"⑦,敢于写出人生的苦恼;认

---

① ② 厨川白村:《苦闷的象征·创作论·强制压抑之力》。
③ ⑥ 厨川白村:《苦闷的象征·创作论·人间苦与文艺》。
④ 参见叔本华《意志和表象的世界》第 2 卷第 37 章。
⑤ 《集外集拾遗·英译本〈短篇小说选集〉自序》。
⑦ 厨川白村:《欧美文学评论·杰克·伦敦的小说》。

为人生总是有"缺陷"的,因而反对写"古典式的完美",主张描写黑暗、缺陷,特别攻击日本的国民性。① 像这些接近现实主义的美学主张,和鲁迅反对粉饰现实的"十景病"或"大团圆"式文学的美学观点可以说不谋而合。所以,在翻译厨川《出了象牙之塔》等书后不久所写的《论睁了眼看》一文中,鲁迅就明显吸收并发挥了厨川上述的某些观点,大声疾呼反对那种专门掩饰"缺陷"的"瞒和骗"文学,指出"我们的作家取下假面,真诚地,深入地,大胆地看取人生并且写出他的血和肉来的时候早到了"!

鲁迅在主张文艺反映人生血和肉的同时,对厨川白村强调表现内心感受这一点,特别加以重视。厨川认为光是表面写出生活中的苦难,意义是不大的,重要的是写出那种"潜伏在作家生活内容的深处的人间苦"。这种"人间苦",厨川又称之为作家的"无意识的心理",是"体验的世界"中的东西。② 这些话虽然有些玄虚,但如果从文学创作必须依靠作者真切的生活体验这一点去看,那就很精彩。所以鲁迅对此不时表示赞同。在《诗歌之敌》一文中,他就引用裴多菲题 B. Sz. 夫人照相的诗,大意是:"听说你使你的丈夫很幸福,我希望不至于此,因为他是苦恼的夜莺,而今沉默在幸福里了。苛待他罢,使他因此常常唱出甜美的歌来。"鲁迅的意思是,必须真正感受了人生的苦恼,有了真切的体验,才有创作。此外,鲁迅还多次讲过"文章憎命达",没有苦恼,没有寂寞,就没有文艺这一类的话。直到 1927 年,他在《小杂感》中还以警句的形式写道:"人感到寂寞时,会创作;一感到干净时,即无创作,他已经一无所爱。创作总根于爱。杨朱无书。"可见,鲁迅赞同和接受"人间苦"这一概念,是植根于他原来关于文艺是生活反映这一认识上的,他的根本意思是强调写出作者"眼里所经过的中国的人生"③,写出痛苦的真切的生活体验。

认为苦恼是文艺的根源,这种看法当然并不全面。因为文艺根源是整个社会现实生活,并不止于苦恼。鲁迅 1935 年在《〈中国新文学大系〉小说二集序》中就否定了厨川白村这种看法,不过,同时又一次引用裴多菲给 B. Sz. 夫人照相的题诗,并指出:"在彼兑菲的时候,这话是有些真实的;在十年前的中国,这话

---

① 参见厨川白村《出了象牙之塔》中的《缺陷之美》、《近代的文艺》和《现今的日本》等节。
② 厨川白村:《苦闷的象征·鉴赏论·生命的共感》。
③ 《集外集·俄文译本〈阿 Q 正传〉序及著者自叙传略》。

也有些真实的。"的确,鲁迅接受厨川关于写"人间苦",特别是作者内心潜伏的
苦恼这一观点的影响,与他当时的思想和精神状况大有关系。他说过:"造化所
赋与于人类的不调和实在还太多。这不独在肉体上而已,人能有高远美妙的理
想,而人间世不能有副其万一的现实,和经历相伴,那冲突便日见其了然,所以
在勇于思索的人们,五十年的中寿就恨过久,于是有急转,有苦闷,有彷徨;然而
也许不过是走向十字街头,以自送他的余年归尽。"①看来,鲁迅并不像厨川白
村那样强调"人间苦"是"生命力"冲突的结果,而认为苦恼的原因是社会太黑
暗了,理想和现实有很大的矛盾,越是"勇于思索"的人们,就越是彷徨苦闷。所
以,鲁迅所讲的苦闷,很大程度上又是属于觉醒者一时找不到出路的苦闷,是战
士的苦闷。

因为鲁迅不仅深切体察到人民群众在封建制度压迫下的苦难,而且自身经
受着觉醒者没有找到出路的痛苦、彷徨,所以厨川关于表现"人间苦",特别是表
现内心潜伏苦闷的美学主张,就很适合他的口味,和他原先关于揭示痛苦的意
见也正相吻合。厨川这一美学主张为鲁迅所接受,并直接影响到他的创作实
践,使他更执着于一贯所主张的"写灵魂",除了致力于表现被压迫者的精神病
苦,还注重暴露自己思想精神领域的矛盾和苦闷。

厨川从写"人间苦"的主张出发,特别强调作家要穿掘内心,认为好的作家
要"将自己的心底的深处,深深地而且更深深地穿掘下去,到了自己的内容的底
的底里,从那里生出艺术来"。鲁迅的创作本来就很注重揭示国民的灵魂,而他
接触厨川这些理论后,可以说就更进一步从美学的意义上肯定"写灵魂"的必要
了。在《〈穷人〉小引》中,他就通篇在介绍并赞赏陀思妥也夫斯基的作品如何
"显示出灵魂的深",认为作者的成功不仅在于真实地描写了那些"贫病的人
们",而且"将自己也加以精神底苦刑",这是一种"在高的意义上的写实主义"。
还指出,"穿掘着灵魂的深处,使人受了精神底苦刑而得到创伤,又即从这得伤
和养伤和愈合中,得到苦的涤除,而上了苏生的路"。这里,鲁迅试图从悲剧净
化作用这一角度,来肯定穿掘灵魂这种写法所能产生的美学感受,肯定了"写灵
魂"的美学价值。

---

① 《译文序跋集·〈出了象牙之塔〉后记》。

　　这种认识,促使鲁迅的创作注意向心理深度开拓。从他接触厨川白村理论以后所写的作品中,似乎可以看出这种趋向。如1925年10月所写的小说《孤独者》,表现老一代知识分子魏连殳那改革者的孤独感、没落者的复仇心、失意者的自虐狂,其对内心世界的揭示,就比作者以往同类题材小说要细致、复杂、真实。特别是作品在揭示魏连殳的消沉、孤独然而又清醒、敏锐、不容于世的心理性格时,又融合了作者自己当时苦闷、彷徨的思想和精神,从某些侧面反映了作者的矛盾心理。这种深入“穿掘灵魂”的写法,显示了新的特色。此外,像《离婚》、《伤逝》、《弟兄》等小说对人物“全灵魂”的解剖、详检,其心理刻画之深入,也是鲁迅接触了厨川美学理论之前所少见的。当然,不能说鲁迅接触了厨川白村的著作,“写灵魂”才变得深刻,不可简单地把这种变化原因全都归于厨川。事实上,鲁迅小说心理刻画愈见圆熟,是他在创作实践中日益融会贯通了外国小说和古典文学的优良手法的结果。不过厨川的美学主张显然促使他更自觉地着力于“写灵魂”。

　　更足以说明问题的,莫过于鲁迅的散文诗集《野草》的创作。这个集子中的大部分作品,都是作者自己灵魂的剖析,是他当时思想矛盾的真实记录。作品深刻反映出鲁迅还没有找到革命力量之前,那种“上下求索”的心境,那种“与袭来的苦痛捣乱”的反抗精神。和小说杂文不同的是,作者在这些散文诗中更着力于发掘自己内心,咀嚼内心,把灵魂的深湛部分,其中的苦恼和冲突,深刻地揭示出来。在这个意义上可以说,《野草》也是“写灵魂”的篇章。《野草》共二十三篇,除《秋夜》作于1924年9月15日,其余均作于开译《苦闷的象征》之后。这也可以看出,在厨川美学主张影响下,鲁迅对于“写灵魂”曾经涌现过多大的创作热情。

四

　　鲁迅对厨川白村感兴趣,还在于他看重并试图提倡厨川说的“天马行空”的创作精神。在《〈苦闷的象征〉引言》中,鲁迅就感慨地说:“非有天马行空似的大精神即无大艺术的产生。但中国现在的精神又何其萎靡锢蔽呢?这译文虽然拙涩,幸而实质本好,倘读者能够坚忍地反复过两三回,当可以看见许多很有意义的处所罢：这是我所以冒昧开译的原因，——自然也是太过分的奢望。"可见，鲁迅译厨川的书，是多么希望在中国振奋一种"天马行空"的创作精神！

西文中常将"天马"（Pegasus）作为诗兴或诗才的代称。厨川用这个典故，说明文艺创作中的思维活动，应该如同"天马"一样自由驰骋，不受任何道德、法则、利害的约束。他认为凡是有作为的文艺家，都有"天马"似的才具和精神，往往也会因此而不为世俗所容。① 厨川这里谈的是创作思维现象，但也反映了当时日本小资产阶级要求个性解放、创作自由，渴求摆脱资本主义社会压迫的愿望。他针对现实，无所忌惮地进行社会批评和文明批评，也真有点"天马行空"的"大精神"。鲁迅首先从这一点着眼，肯定厨川关于"天马"精神的主张。鲁迅深感当时萎靡锢蔽的中国文坛也和日本一样，只有提倡"天马"创作精神，"不为常俗所囿"，敢于向传统和习惯势力宣战，才是出路。

但光看到这一点是不够的。除此之外，鲁迅对厨川白村用"天马行空"来比喻和解释形象思维特征，也曾作过认真探究，并从中引发出一些重要的美学启示。

厨川所以强调艺术创作应该如同"天马行空"，不受约束，除了有针对社会现实的目的，还因缘于他的美学理论出发点，即认为一切创作本来都是"潜意识"心理的显现；创作过程有如做梦一样，作家的"潜意识"心理"能施展在别处所得不到的飞跃"，"超越了常识和物质、法则、因袭、形式的拘束"而自由充分地表达出来。② 因此在进入创作的纯艺术境界后，作家可以"天马行空"，驰骋想象，发抒意绪。

把创作简单地说成是"潜意识"心理的显现，这本是心理分析派的观点。它片面夸大了艺术思维中的非自觉性成分，并以偏概全，绝对化了，这当然不符合一般创作的实际。但厨川所讲的"潜意识"，其实是有具体内容的，那就是所谓"人间苦"的感受。如果对厨川所讲的"潜意识"不作机械的理解，就可发现，他强调感受和表现"人间苦"的"天才的力"，强调"天马"般不受拘束的创造才具和精神，实际上就是强调创作需要形象思维。关于这一点，他作

---

① ② 参见厨川白村《苦闷的象征·关于文艺的根本问题的考察·为豫言者的诗人》。

了更为详细的论述,指出作家敏锐地感得并捕捉了"人间苦"之后,进入创作了,就必须"凭了想象作用",将这些感受化成种种"心象",即相当于我们常说的"意象"。然后,再"经感觉和理知的构成作用",使"心象""具了象征的外形而表现出来"。也就是经过再认识、发掘和整理,把想象唤起的生动形象予以物质材料(语言也算是一种)的表现。①厨川这种看法,基本上是符合创作思维一般规律的。特别是厨川不仅指出创作过程中想象的重要作用,还强调艺术形象的形成始终伴随着作者的情感活动。认为"心象"转化为艺术形象,必须灌注作家的"真生命"。"这又如母亲们所做的一样,是作家分给自己的血,割了灵和肉,作为一个新的创造物而产生。"②并以此论断,文艺"到底是个性的表现,则单用客观底的理知底法则来批判,是没有意味的"③。厨川看到了艺术创作有赖于想象和情感,认为这种思维与单纯的"理知"的思维(逻辑思维)不同,这就指出了形象思维的特征。他认为既然艺术创造要依靠丰厚的生活感受和形象积累,创作过程既要以形象为依据,去构思描写,又要熔铸作者强烈的思想感情,因而那种敢于自由驰骋想象、表达真情实感的"天马"般的创造才具和精神,就显得格外重要了。厨川深知创作有特殊的规律,要付出艰辛的劳动,说明他很能体会其中甘苦。难怪鲁迅称赞他对于创作确有"深切的会心"了。

当然不难理解,这是因为鲁迅自己对于创作,特别是创作的形象思维规律也有"深切的会心",才很自然和厨川的见解产生同感。

鲁迅早年就对艺术创作的形象思维规律有所探究。他早期文章中所讲的"神思"④、"人化"⑤、"心行曼衍"⑥,其实都是艺术创作中的形象思维活动。到前期,鲁迅更把能否遵循形象思维规律进行创作,看作是决定艺术成败的关键之一。比如他在考察古小说发展历史时,就曾就这个问题将唐代传奇与宋代传奇作过对比。鲁迅认为唐传奇艺术上成就较高,富于"文

---

①③　厨川白村:《苦闷的象征·鉴赏论·共鸣底创作》。
②　厨川白村:《苦闷的象征·创作论·苦闷的象征》。
④　《坟·摩罗诗力说》。
⑤　《集外集拾遗补编·破恶声论》。
⑥　《古籍序跋集·〈古小说钩沉〉序》。

采与意想",那是因为善于"作意好奇","幻设为文"。① 但是宋传奇就不这样,"宋好劝惩,摭实而泥,飞动之致,眇不可期"②。原因就在"宋时理学极盛一时,因之把小说也多理学化了"③。鲁迅实际上是肯定唐传奇中有"想象"、"作意"、"幻设",而这些都是符合艺术创作形象思维规律的,因而容易成功;宋传奇则从概念出发,"理学化",缺乏想象,沦于说教,是违背形象思维规律的,难怪"传奇命脉,至斯以绝"④。从鲁迅这些分析中,可见他对创作遵循形象思维规律的重要性,是十分关注的。事实上,鲁迅在自己的创作中,也是认真遵循形象思维规律的。他的小说写得那样真切、生动、深刻,丝毫没有概念化或以意为之的现象,即与此有关。不过,鲁迅在接触厨川白村之前,比较注重形象思维的具象性的特征,而对情感性特征则谈得较少。接触厨川所谓"天马"精神的美学主张后,鲁迅就特别注重情感性特征,因而对形象思维规律的认识就更全面正确了。在《诗歌之敌》中,鲁迅就指出诗人所需具备的素质,"最要紧的是精神的炽烈的扩大",认为这样,才有可能"感得专诉于想象力的或种艺术的魅力"。这和厨川讲的创作要有"天马"式的天才,大意是相同的。但鲁迅的意思不是鼓吹天才论,而是说明形象思维的情感特征,强调创作的真情实感。所以又说:"呼唤血和火的,咏叹酒和女人的,赏味幽林和秋月的,都要真的神往的心,否则一样是空洞。"⑤"诗歌是本以发抒自己的热情的,发讫即罢。"并以为诗人和科学家的思维不同处,在于诗人要"感得全人间世,而同时又领会天国之极乐和地狱之大苦恼"。⑥ 也许鲁迅这里说的是诗的创作,因而特别强调情感性。但所涉及的关于艺术思维完整地把握现实生活这一特点,以及创作过程的情感因素,对于其他艺术体裁创作也是同样存在的,并非只在诗歌创作中才有。

当然,鲁迅并不认为情感宣泄即艺术。他既指出艺术创作的形象思维中情

---

① 《中国小说史略·唐之传奇文(上)》。
②④ 《古籍序跋集·〈唐宋传奇集〉序例》。
③ 《中国小说的历史的变迁·宋人之"说话"及其影响》。
⑤ 《集外集拾遗·〈十二个〉后记》。
⑥ 《集外集拾遗·诗歌之敌》。

感性的重要,又认为"感情正烈的时候,不宜做诗,否则锋铓太露,能将'诗美'杀掉"①。还说,"正当苦痛,即说不出苦痛来"②。这些话的美学含意是,并非情感任意发泄就可以成为作品。艺术所需要的情感,最好经过酝酿、提纯,即将情感连同种种生活感受、认识,经过再体验,理解,认识和整理,然后才纳入与之适合的艺术形式中,使之客观化、对象化。这过程,大致同于厨川所讲的从"心象"到艺术形象之间的"理知感觉"即"情感处理"的过程。鲁迅这些美学见解从厨川那里汲取,但又不滞留于厨川,而有所发挥。

厨川白村关于"天马行空"的主张及其美学根据,不但促使鲁迅提倡革命的创作精神,也使他从美学理论角度深化了对艺术创作形象思维规律的认识。这对于鲁迅坚持反对脱离生活,以意为之,标语化、概念化的创作倾向,显然产生过积极的影响。20 年代末,针对某些"革命文学"倡导者提出的"一切文艺是宣传"的主张,鲁迅就明确指出这是片面的观点,错就错在否认了文艺创作有不同于科学、哲学的思维规律,他说:"我以为一切文艺固是宣传,而一切宣传却并非全是文艺……革命之所以于口号,标语,布告,电报,教科书……之外,要用文艺者,就因为它是文艺。"③特别可贵的是,鲁迅立足于文艺反映生活这一基本美学观点上来考察形象思维问题,认为创作不能离开生活,作家在创作过程中的思维活动也始终离不开生活中拓取的形象,并且要将自己在生活中所激发的意绪情感融会到作品的形象描写中去。他说:"我以为文艺大概由于现在生活的感受,亲身所感到的,便影印到文艺中去。"作家进行艺术构思,不能如"隔岸观火",必须"连自己也烧在这里面,自己一定深深感觉到"。这样,读者鉴赏作品时,才"可以发见社会,也可以发见我们自己"。④ 这些话是从厨川的某些观点发展而来的,但又融合着鲁迅自己创作的体会,比厨川所说的更具体,更辩证,更准确,显示鲁迅已经开始试图用辩证唯物论的反映论考察形象思维问题了。鲁迅关于形象思维的这些美学观点,不但对当时"革命文学"中的某些公式化、概念化倾向是纠偏的良药,就是

①　《两地书·三十二》。
②　《华盖集·"碰壁"之后》。
③　《三闲集·文艺与革命》。
④　《集外集·文艺与政治的歧途》。

在后来乃至今天,也仍然富于启发性。

五

毫无疑问,鲁迅是个伟大的现实主义作家。他始终采取严肃的态度正视现实,揭露现实,剖析现实,形成一种严峻而清醒的现实主义精神。这种精神又决定了他那种冷静描写和真实再现的现实主义手法。总的来说,鲁迅的现实主义精神与他的现实主义手法是经常一致的,形成了真实而冷峻的美学风格。但这恐怕只是就其基本特色而言。事实上,我们从鲁迅前期的创作中,从那些具体的艺术形象世界里,还是可以不时感受到他创作手法的某些变化。本来,艺术创作精神和创作手法也并不完全是一回事。创作精神是决定创作手法的,但在一定的条件下,精神和手法也会产生离异的现象。我们既要看到鲁迅现实主义创作精神支配下的现实主义这一基本手法,又要看到创作精神和多种手法相互交织配合的现象,这样才能更全面了解鲁迅艺术世界中丰富多彩的创作面貌和美学风格。

这里,我们着重指出的是,鲁迅在 1925 年之后所写的作品中,较集中而多量地使用了象征的手法。这与厨川白村美学思想的影响显然有关。

厨川主张写潜伏在作家内心深层的"人间苦",因此,强调表现内心的真实。他反对"极端的写实主义和平面描写论",认为那不过是"皮相"的表现。① 可惜厨川又走了极端,他把"内心"表现作为创作的唯一目的,强调到了与现实描写完全脱节的不适当地步,以致认为:"所描写的事象,不过是象征,是梦的外形。"②"有着艺术底创作的价值的东西,并不在乎所描写的事象是怎样。……可以成为问题的,是在这作为象征,有着多少刺激底暗示力这一点。"③在厨川看来,客观的现实描写本身是没有意义的,这些描写无非是作者内心活动的象征。这种从心理分析法脱胎而来的美学观,一味强调文艺家创造客体(不是反映客体)以表现主体,客观世界已经被降低为只有供作素材的作用。厨川把这

---

① 厨川白村:《苦闷的象征·创作论·苦闷的象征》。
② 厨川白村:《苦闷的象征·鉴赏论·自己发见的欢喜》。
③ 厨川白村:《苦闷的象征·关于文艺的根本问题的考察·短篇〈项链〉》。

种理论推而广之，提出所谓"广义的象征"，把一切作品所描写的所有情节、人物等等，往往看成只是传达作者内心生活信息的"媒介"，统统都成了"象征"，显然是荒谬的，并且与他有时所主张的文艺反映现实"人间苦"的说法，也是有矛盾的。

鲁迅当然不会同意这种"广义的象征"的提法。从鲁迅的美学观点看来，文艺作品所反映的现实内容是十分重要的，是有其独立的认识价值的，并非一切都仅是作者内心世界的象征。相反，如果作者要表现主观的东西，那也只有作为客观现实的某种真实的反映，并融合在客观现实的描写中，才是成功的有意义的。1921年他在《〈黯澹的烟霭里〉译者附记》中，就极力称赞安特莱夫的创作里"含着严肃的现实性以及深刻和纤细，使象征印象主义与写实主义相调和"，"消融了内面世界与外面表现之差，而现出灵肉一致的境地"。鲁迅所主张的是将现实描写与精神世界的表现融合统一，并认为象征手法是有利于表现"内面世界"即精神世界的，可以和现实的手法结合起来运用。所以鲁迅很自然摒除了厨川白村那种忽视现实性，把一切反映现实的描写看作全部都是心灵象征的空话，但又吸取其重视象征的概括力这一点。和一般象征主义作家不同，鲁迅是在其固有的现实主义精神指导下，把象征作为真实地反映生活（包括内心生活）的又一种艺术手法。

值得注意的是，鲁迅译介《苦闷的象征》后，接二连三地肯定了一些象征主义作品。1925年2月17日致李霁野信中，他就推荐了安特莱夫的《黑假面人》和《往星中》这两个象征主义的剧本，并热情地赞助"未名社"出版。而正当鲁迅在推荐安特莱夫这两个象征主义剧本的同时，他自己也用象征手法写下了小说《长明灯》。这是他译《苦闷的象征》后所写的头一篇小说。小说中的疯子是反封建战士的象征，那盏灯是封建思想文化的象征，疯子执意熄灯意味着摧毁封建思想文化的那种决心和行动。作者对象征反封建的战士的疯子作了赞颂，但又惋惜他脱离群众，那样孤独，透露了作者寻求革命力量的渴望。作品的寓意是相当深广的。如果只用写实的手法，光是写一些很实在的人物事件，在这样的短篇中，恐怕较难表达出如此深广的主题。鲁迅用象征的手法，就极概括而又很醋畅地表现出来了。我们不妨拿鲁迅"五四"前夕所写的《狂人日记》来和《长明灯》作些比较。这两篇小说从主题到人物都是一脉相承的。但《狂人日记》还只带有茅盾所说的一种"淡淡的象征主义的色彩"①,它在具体描写上是寓意式的。篇中许多人物、事件和对话,都带有假定性,寄寓一定的思想,整篇小说有点像哲理味的寓言,有时,读者要逐字逐句去揣摩作者的寓意。而《长明灯》的象征手法就不大一样,它的人物、事件、对话等不全是寓意的,不一定都有具体的比拟内容,小说主要还是用白描实写;但在总的构思上却又注重暗示,以唤起读者的想象。我们只有读完全篇,仔细回味,才领会得到其全部象征的含义,理解整个作品的主题。这种象征并没有脱离写实,但又做到了作者以往所主张的现实性与象征性的结合,显得既真实,又深邃。除了《长明灯》外,鲁迅在《奔月》和《铸剑》两篇小说中也同样使用了象征手法。这些都说明鲁迅译介厨川白村著作后,更着力于探索象征手法,并且与现实主义手法结合起来,运用得很圆熟而富于特色。

鲁迅不但注意小说创作中的象征手法,也注重诗的象征手法。1926 年 7 月他曾亲自为苏联象征派诗人勃洛克的长诗《十二个》中译本写了后记,表示赞赏其中的象征主义手法,认为诗歌中使用象征手法,也许将打破"馆阁诗人,山林诗人,花月诗人"那一套陈规旧法,有利于表现出大时代的"神情",特别是有利于表达现代人的复杂心理。事实上,鲁迅在散文诗集《野草》中,就成功地使用了象征手法。《野草》共二十三篇,纯粹使用象征手法的大约就占了一半以上。《野草》所写的很多是鲁迅沉思的诸如光明与黑暗、理想与现实、希望与绝望、生与死等一些深刻的哲理问题,或者是内心世界微妙的感触,如果仅用一般的抒情或实写,如此短小的篇幅是难于穷其意蕴的。而作者采用了象征手法,就能做到精炼、含蓄、隽永。既形象地诉之于人们的直观,给人以实感;又耐人寻味,把人带到理性认识的高度。从中既可以得到美的享受,又可以得到哲理的启示。如《墓碣文》中"我"巡视墓碣的阴阳面文字,并与死尸对话的奇幻的构思,《颓败线的颤动》中老妇用颓败身躯颤动震撼了世界的那种怪异的场面,其象征含义就比较隐晦。读者读了不会一下子就全部理解,但其新奇而玄秘的描写,会刺激并促使人情不自禁地去深入揣摩作者的本意。当我们透过象征的形象逐步体察到作者或作灵魂自我解剖,或对背叛自己的青年表示失望时,就不但

---

① 沈雁冰:《读〈呐喊〉》,1923 年 10 月 8 日《文学旬刊》第 91 期。

为他的伟大人格所感动,而且也仿佛从中悟出了某些生活哲理。又如《秋夜》、《雪》等篇,构设了许多美丽、幽深、神妙的境界,寄托着作者各种生活感受与情绪,读了令人无限神往,获得极大的美感;又浮想联翩,与作者一起体会生活的真味。《野草》中有九篇都是以梦幻来构思,这样可以不拘泥于实写,而更便于抒发作者的思想感触,更自由而充分地表达内心世界的奥隐,其实也是象征主义惯用的手法。

"五四"时期,鲁迅就写过题为《自言自语》的一组散文诗,其中有些篇也用了象征性描写,但这种象征仍停留于一般的寓意的阶段。对比起来,五六年后写的《野草》,其象征手法就更高一筹,显得更凝练、深邃、丰润,攀上了现代散文诗艺术的高峰。当然,还要指出的是,这成功与鲁迅大胆地从波德莱尔等外国象征主义作家的散文诗中吸取表现方法,博采众长,自出心裁,也是分不开的。鲁迅是现代文学史上较早而且成功地使用象征手法的作家,他的美学实践告诉我们:在考察和吸取各种不同艺术方法的时候,我们的视野和胸襟都不妨开阔一些。现实主义和浪漫主义之外的其他方法,即使是现代派的某些手法,只要运用得当,也可能有利于更好地反映生活,我们不必杞忧或者排斥。

六

鲁迅受厨川白村的影响并不止于上述几个方面,然而可以说主要是这些方面。他在文艺的本质、创作思维特征、艺术手法等一些重要的美学范畴里,对厨川的理论作了认真的考察分析,刺取其中某些合理的观点,充实了自己的现实主义美学思想,也使自己长期创作实践中积累的经验从理论上得到总结和提高,为他逐步接近辩证唯物主义立场,最终接受马克思主义美学思想准备了条件。这不能不说是一个重要的环节。

过去我们对这个环节的研究很少。有的谈论鲁迅美学的文章,根本不提厨川白村,或简单地断言鲁迅顶多不过借用了厨川个别思想材料,而否认受过厨川的影响。这其实都是回避矛盾的做法,不可能反映鲁迅的实际。更有的则先入为主地认为,既然厨川是唯心主义的,鲁迅又受其影响,说明鲁迅当时的美学思想本身也还是唯心的,所以不可能识破厨川的荒谬。你看,厨川不是强调写内心吗？不是强调表达情感和个性吗？不是主张象征吗？鲁迅恰好也被他这些方面所吸引，似乎与鲁迅本来所坚持的现实主义大相违背，的确有迎合唯心主义之嫌。其实，由上面分析我们已经看到，尽管厨川的根本立足点是唯心主义的，他的美学理论作为一个体系来说也是唯心的，但在一些具体的论点中，却又含有某些唯物的成分。而且我们要看到，即使唯心主义也并非一概胡说。从马克思主义哲学观点看来，"哲学唯心主义是把认识的某一特征、某一方面、某一侧面，片面地、夸大地……发展（膨胀、扩大）为脱离了物质、脱离了自然的，神化了的绝对"[1]。正因为这样，和唯物主义相反，唯心主义却发展了能动的方面。厨川的美学理论中的唯心主义，基本上也属上面这种情况。所以鲁迅能够从厨川的美学理论中吸取某些唯物的成分，甚至从厨川唯心主义的理论架子中还发掘了某些能动的辩证的因素，融会贯通，成为自己的东西。

看来，厨川白村美学理论对鲁迅的影响，总的方面是好的，积极的。但限于鲁迅当时仍然相信人性进化的理论，头脑中还有某些唯心主义的东西，这使他在吸取厨川美学理论的合理因素时，对其溯源于柏格森生命哲学以及弗洛伊德学说的整个体系的荒谬性仍缺乏中肯有力的批判。鲁迅只是比较直观地指出用这些学说解释文艺易流于"穿凿附会"，而并未能揭示其唯心的实质。此外，鲁迅在借用厨川某些概念时，往往受到积极的影响，同时又受到消极的影响。鲁迅前期美学思想中所存在的某些矛盾，在他接触厨川著作时，并没有可能得到解决。只有经过 1927 年革命大变动，他的世界观发生转变之后，特别是经过"革命文学"论争，联系实际，比较系统地学习马列主义文艺理论之后，鲁迅的美学思想才真正找到了一个科学体系的支持，他原有的理论上的一些矛盾才得到解决。鲁迅说："我有一件事要感谢创造社的，是他们'挤'我看了几种科学底文艺论，明白了先前的文学史家们说了一大堆，还是纠缠不清的疑问。"[2]鲁迅一旦用马克思主义武装起来，站得高了，对于他过去所接触过的西方种种美学理论，包括厨川白村的理论，自然就感到何等"纠缠不清"了。

从对厨川美学理论那么感兴趣，到认为厨川美学到底还是"纠缠不清"，这是鲁迅前期美学思想发展所经历的一个过程。从这过程中我们可以看到，鲁迅

---

[1]　列宁：《谈谈辩证法问题》，《列宁选集》第 2 卷，人民出版社 1972 年版，第 715 页。

[2]　《三闲集·序言》。

对西方的文艺思潮和理论不是一概排斥,也不是一味吹捧,而是采取"拿来主义",立足于中国的国情和需要,努力用批判分析的眼光,刺取精华,摒除糟粕,创造性地把国外思潮理论中的营养化为自己的血肉,逐步充实提高自己。鲁迅借鉴于厨川白村,又高出于厨川白村,为我们如何对待外国的精神财富,提供了范例。直至今天,这仍然是很有启发的。

1981 年 1 月初稿, 6 月定稿

外国文学对鲁迅《狂人日记》的影响[*]

鲁迅的《狂人日记》是中国现代文学史上第一篇短篇白话小说,由于"表现的深切和格式的特别"①,一发表立即引起极大的反响。此后六十多年来,研究者对这篇小说一直有很大的争议。争议的焦点倒不在其思想内容方面,对于这篇小说反封建的主题命意,人们的认识是比较一致的。问题在于对狂人形象的认识方面:有人认为是真狂,作品写的就是一个疯子;有人认为是假狂,主人公其实是个战士;也有人持别的看法。凡此种种分歧,我看恐怕主要是由于对这篇小说格式和手法的理解不同所致。《狂人日记》的格式手法确实别具机杼,不但与传统的小说迥然不同,与鲁迅自己后来所写的小说也各异其趣。如果我们追溯一下《狂人日记》的格式是如何形成的,到底受到外国文学哪些影响,鲁迅是如何摄取多样性的外国文学营养而自成一格,这无疑是个有趣的问题,可能会有助于我们更好地理解狂人形象以及《狂人日记》的艺术特色。

鲁迅说过:"我的来做小说,也并非自以为有做小说的才能,只因为那时是住在北京的会馆里的,要做论文罢,没有参考书,要翻译罢,没有底本,就只好做一点小说模样的东西塞责,这就是《狂人日记》。大约所仰仗的全在先前看过的百来篇外国作品和一点医学上的知识,此外的准备,一点也没有。"②1935年鲁迅再次谈到《狂人日记》等小说创作时说,这些作品因"'表现的深切和格式的特别',颇激动了一部分青年读者的心。然而这激动,却是向来怠慢了绍介欧州大陆文学的缘故。一八三四年顷,俄国的果戈理就已经写了《狂人日记》;一八八三年顷,尼采也早借了苏鲁支的嘴,说过'你们已经走了从虫豸到人的路,在

---

* 本文原载北京大学《国外文学》1982 年第 4 期。

① 《且介亭杂文二集·〈中国新文学大系〉小说二集序》。

② 《南腔北调集·我怎么做起小说来》。

你们里面还有许多份是虫豸。你们做过猴子,到了现在,人还尤其猴子,无论比那一个猴子'的。……但后起的《狂人日记》意在暴露家族制度和礼教的弊害,却比果戈理的忧愤深广,也不如尼采的超人的渺茫"①。这两段话提供了鲁迅《狂人日记》所受外国文学影响的一些线索,常为研究者引用,但人们一般对于果戈理的影响注意较多,而对尼采的影响不太注意,特别是除了这两个作家外,《狂人日记》到底还受到别的什么外国作家的影响,就更少考察。其实,《狂人日记》所受外国作家的影响是多元的,除了果戈理、尼采,恐怕还有安特莱夫和迦尔洵等许多作家。本文拟从作品的格式、人物、结构、情节、语言等诸方面去比较鲁迅《狂人日记》与某些外国作家某些作品的异同,以追寻《狂人日记》的艺术方法的渊源。

果戈理的《狂人日记》无疑是直接给鲁迅的《狂人日记》以创作启示的。这两篇小说用的都是日记体。果戈理的《狂人日记》有十九则,每一则有日期记载。鲁迅的《狂人日记》有十三则,每则没有日期,此外有一则前记。日记体这种体式,在中国古典小说中是没有的。传统的小说与"说话"艺术有关,都采用第三人称的叙述方式,注重故事性,讲求情节的连贯;而鲁迅的《狂人日记》则采取了日记体,用跳跃方式写一些彼此不大联系的生活断面,又以第一人称直抒胸臆,可以说最适于表现狂人的那种变幻的不连贯的心理特点了。这显然是运用果戈理《狂人日记》的格式。仔细分析,这两篇《狂人日记》在情节、构思上也有相仿的地方。如两个狂人开始都是走出门外,看到街上有人们要迫害他们的迹象。果戈理写狂人听到"狗作人言",以为狗是"超群绝伦的政治家:它什么都注意,注意人的一切举止行动",勾结权贵来害人。鲁迅写狂人也遇到一条狗,同样怀疑赵家的狗也和它主人一样企图陷害他。果戈理和鲁迅小说中都写了一个用人,前者是女用人玛弗拉,后者是陈老五,他们都是接近狂人的,亲眼看到狂人的发疯经过。果戈理的狂人居然把从狗窝里找到的纸片看作是狗写的信,要从中揣摩他所追求的上司女儿的情形。鲁迅的狂人则从历史书的字里行间看出"歪歪斜斜的"每页都写着"吃人"。甚至结尾也使用了相同的笔调,果戈理的狂人呼吁:"妈妈呀!救救你可怜的孩子吧!"鲁迅笔下的狂人也喊出:

①《且介亭杂文二集·〈中国新文学大系〉小说二集序》。

"没有吃过人的孩子，或者还有？救救孩子……"这些相似之处，都说明鲁迅构思的思路是从果戈理作品中得到过启发的。

但果戈理的《狂人日记》纯粹是一篇写实的作品。它写一个旧俄时代成天给司长削鹅毛笔的九等文官，一心要攀缘而上，升官发财，还想入非非地追求司长的女儿莎菲，这种痴心妄想致使他发疯得病。小说通篇在写他妄想狂式的病态心理。作品对狂人是讽刺的，而通过狂人的所思所想，也从侧面揭露了旧俄官僚社会的腐败，同时对"小人物"备受欺压的悲惨命运寄予了同情。小说甚至通过狂人的口指斥那个不合理的现实说："世上的一切最好的东西，全都被侍从官啊，将军啊占去了！"鲁迅对果戈理的作品显然很喜爱。早在1907年写的《摩罗诗力说》中，就赞赏果戈理的小说"以不可见之泪痕悲色，振其邦人"。这篇《狂人日记》同样是抹上了这种"泪痕悲色"，也可以说表现出果戈理对现实的"忧愤"。正因为这样，鲁迅创作他的《狂人日记》时，才可能从果戈理的《狂人日记》中找到产生共鸣的内在的质素，并且在外在的形式方面也借鉴了果戈理的某些手法。

但这毕竟不过是某种启发和借鉴。鲁迅对《狂人日记》的创作，归根到底是他本人对中国历史和现实生活认识的产物。作为思想家的鲁迅在写这篇小说之前，有过相当长的一段沉默苦闷的时期，他极其艰辛地总结历史，寻求新的出路，锻造自己的思想。他在给许寿裳的信中说："《狂人日记》实为拙作……前曾言中国根柢全在道教，此说近颇广行。以此读史，有多种问题可以迎刃而解。后以偶阅《通鉴》，乃悟中国人尚是食人民族，因此成篇。"后来又说过，《狂人日记》的创作，"意在暴露家族制度和礼教的弊害"。狂人形象形成的契机，还得之于作者对"章疯子"（章太炎）以及近代其他先进知识分子那种违世抗俗、追求真理精神的器识。作者实际上是要通过狂人来宣泄贮积于胸中的思想见解，揭示几千年封建主义的罪恶历史，向整个封建制度下血淋淋的现实提出控诉。这是代表一个时代的呼喊，不是一般的讽刺和揭露，而具有深邃的历史见解和强烈的革命精神，这当然比果戈理对小人物的讽刺与同情要"忧愤深广"得多。正因为主题命意的不同，作者的思想高度不同，所以鲁迅在借鉴果戈理某些格式时，又并不停留于运用果戈理单纯写实的手法。因为用写实的手法表现一个妄想狂者的心理，一个小人物的命运，是合适的；但如果写一个被现实压迫得了迫害狂的狂人,而主要目的又是通过他去表达出一个时代的呼喊,对几千年旧制度的控诉,那么这样深广的主题命意,光用果戈理那样的纯粹写实,显然无能为力了。于是以现实主义为基本创作方法的鲁迅,在他的第一篇白话短篇小说中却大胆地运用了比写实更富于概括,也更能直接抓住事物精神本质的象征手法,并且将象征与写实结合起来,既生动真实地描写狂人的那种反常、变幻、怪诞的心理言行,同时又在这些心理言行中寄寓着更深广的思想含义。小说所写往往一语双关,引发人作理性的思考联想。狂语不狂,却可以更放言无惮地揭示封建主义吃人的本质,使有巨大历史概括力的潜在主题在短小的篇幅中得以充分表达。由于这种寓意于象征的写法,有的论者把鲁迅《狂人日记》称为"类诗体寓言体小说",我看是有道理的。而细加考察,这种手法又是借鉴了尼采《察拉图斯忒拉的序言》的。

鲁迅在日本留学时就阅读过尼采的著作。这位德国哲学家提倡个性发展、反对偶像崇拜的精神,曾经给鲁迅以极大的鼓舞。1918 年,鲁迅在创作《狂人日记》的同时,就曾经用文言文节译过尼采的《察拉图斯忒拉的序言》[1]。1920年,鲁迅再一次把这篇《序言》用白话文全部翻译了出来。鲁迅看重尼采,于此可见一斑。本文前面引用过鲁迅的话,他自己也承认《狂人日记》是受过尼采那篇《序言》影响的。甚至他们写作时的心境都有点相像。三十九岁那年,尼采非常孤寂悲愤,一个人住在阿尔卑斯山上,写了以古波斯拜火教的教主——察拉图斯忒拉为主角的哲学散文《苏鲁支语录》(又译作《察拉图斯忒拉如是说》)。他说:"我可以通过他唱一首歌,我一定要唱,虽然我独自住在一间空洞的屋子里,我要唱给我自己的耳朵听。"[2]他怅叹那些沉睡的世人,以为是没有希望唤醒的了。

有趣的是,鲁迅写《狂人日记》那年三十七岁,和尼采差不多,思想处在彷徨苦闷的时期,一个人寂寞地住在北京绍兴会馆一间多年未住过人的空屋里,读古书,抄古碑。试想,在这种心境下译介尼采,能不引起共鸣?尼采怀着绝望的

---

[1]　尼采(Friedrich W. Nietzsche) *Also Sprach Zarathustra*(通译《苏鲁支语录》)一共四章,第一章是序言。鲁迅初译序言题为《察罗堵斯德罗绪言》,只译了三节,未见刊行。1920年再次全译了这篇序言,十节,题为《察拉图斯忒拉的序言》。两次译文后均收《鲁迅译文集》第 10 卷。

[2]　F. W. Nietzsche, *Thus Spake Zarathustra*(Translated by A. Tille and Revised by M. M. Bozman, London: J. M. Dent Sons, 1950)Ⅲ, p. 172.

厌世心情,借察拉图斯忒拉这个被人视作疯子的传奇式的人物作他的传声筒,宣传超人哲学。鲁迅则抱着唤醒民众,摧毁旧社会铁屋的希望,通过一个迫害狂者,来发表他的反封建的思想,向旧制度宣战。尽管两者的思想出发点不同,但无疑鲁迅的狂人形象的塑造是参照过察拉图斯忒拉的。这两个"狂人"的经历也极为相似:察拉图斯忒拉在他三十岁时,看破了世事而遁入山林去顿悟,在山林中沉思了十年后,精神面貌全变了,带着超人的意志和哲学重新回到城市中来,人们把他视作狂人,但他却在企图启示世人。鲁迅的狂人也是三十多岁时看透了几千年封建社会的黑暗面,他被社会迫害而致疯,但那种对封建礼教吃人本质极端反感的意识,即使在发狂之后也深烙在病态心理言行之中,并不时喷发出来。这种狂人的"狂",实际上寄托着鲁迅所要表达的战士的"醒";正像察拉图斯忒拉的"狂",实际上也寄托了尼采所要表现的所谓超人的"悟"一样。两者都用了一种寓意象征的手段,因此在一些构思和描写上也有相仿之处。如察拉图斯忒拉下山到一个集市去,向群众演讲超人说,可是市人嘲笑他是疯子,不理睬他,大人小孩全都跑过去看江湖术士走索的把戏。这实际上象征世人不愿了解和接近真理,而宁可满足于自欺欺人的现世欢娱,表现了尼采超人式的愤慨。其中走索把戏的描写,也是带有象征意味的,暗示着尼采的超人哲学:"人是一条索子,结在禽兽和超人的中间———一条索子横在潭上。"察拉图斯忒拉还碰到许多别的人物和动物,都各有其象征含义。如嘲骂察拉图斯忒拉的掘坟人象征所谓拙劣的历史学家只知收拾旧物,没有展望未来的眼光;牧羊人象征所谓崇拜偶像的正人君子;察拉图斯忒拉所喜爱的鹰和蛇,分别象征聪明和高傲,都是所谓超人的品质。这些象征含义,鲁迅在他的译后记中曾经特别加以说明,可见鲁迅对尼采《序言》的这种象征手法是十分注意的。

事实上在鲁迅的《狂人日记》中,许多事物的描写都借鉴了此法,是寓意于象征的。如狂人几十年未见过的"很好的月光"象征新思潮,瞪着狂人的"赵家的狗"象征封建势力的帮凶,被狂人踹了一脚的"古久先生的陈年流水簿子"象征封建礼教和文化,"时常吃死肉"的动物"海乙那"象征整个封建制度,等等。这些事物既反映着狂人的病态错乱心理,却又曲折地蕴含着深一层的思想内容。就像我们读寓言,感兴趣的往往不止于故事,而总要琢磨其背后寄寓的哲理一样,《狂人日记》的读者所最关注的也不止于狂人错乱的心理言行本身，而是作者有意暗示人的"狂"中有"醒"、"错"中有"真"，人们往往会情不自禁去深入揣摩领会其堂奥底蕴，从而也就达到了小说的战斗效果。

鲁迅《狂人日记》中有些象征描写明显脱胎于尼采。如尼采写道："你们已经走了从虫豸到人的路，在你们里面还有许多份是虫豸。你们做过猴子，到了现在，人还尤其猴子，无论比那一个猴子。"①鲁迅则写道："大哥，大约当初野蛮的人，都吃过一点人。后来因为心思不同，有的不吃人了，一味要好，便变了人，变了真的人。有的却还吃，——也同虫子一样，有的变了鱼鸟猴子，一直变到人。有的不要好，至今还是虫子。这吃人的人比不吃人的人，何等惭愧。怕比虫子的惭愧猴子，还差得很远很远。"鲁迅所写的狂人的这些话，的确很有"尼采味"，像寓言，富于哲理意蕴；又像诗，精粹、警拔而隽永。

当然，鲁迅这里是通过狂人的嘴说明他当时仍然相信的进化论的观念，借此剖开封建社会吃人的本质，和尼采讲的超人哲学是大相径庭的。但在某些象征性形象的构思上，在这种类诗体寓言体的警辟的语言表达和方式上，无疑是从尼采的描写中得到过灵感和启发的。

不过鲁迅的《狂人日记》并没有简单地满足和照搬尼采《序言》的手法与格式。因为《序言》毕竟是一篇哲学散文，其情节发展不依傍生活逻辑，人物本身也并没有什么性格心理描写，完全被作者当作思想口号的传声筒。这种格式有点类似我国先秦诸子的某些寓言体散文，如《庄子》之类。而鲁迅的《狂人日记》却可以称为严格意义上的小说。特别是它对于狂人病态心理的成功刻画，以及以人物心理活动作为整篇小说结构主干的写法，都是很奇特、很有表现力的。这种艺术熔裁方法与其说受果戈理或尼采的影响，不如说与安特莱夫、迦尔洵等作家有更多的承传关系。

安特莱夫和迦尔洵都是鲁迅所深好的俄国作家。鲁迅和周作人早在 1909 年即翻译出版了《域外小说集》，收外国小说十六篇，其中鲁迅翻译的有三篇，就是安特莱夫的《谩》和《默》，以及迦尔洵的《四日》。安特莱夫另一篇杰出小说《红笑》和迦尔洵的《红花》，鲁迅没有译出，但都阅读过，并且长久表示非常感

---

① 《鲁迅译文集》第 10 卷：《察拉图斯忒拉的序言》。

兴趣。① 鲁迅在《域外小说集》译者附记《杂识》中曾称安特莱夫的小说"深秘幽深，自成一家"，迦尔洵的小说"文情皆异，迥殊凡作"。② 后来，鲁迅对这两位作家的评赞还很多。

值得注意的是鲁迅所选译或读过的这几篇小说都是以神经错乱的狂人或精神变态者为主人公的。它们艺术上有一个共同特点，就是善于描写人物的病态或变态心理，并通过人物对环境特殊的心理反应，象征性地表现出作者对现实生活本质的某种认识。因此，所描写的人物错乱复杂的精神活动，总是围绕着某一个焦点。在精神病理学上，这或者可解释为潜意识心理的显现，作品对狂人或精神变态者的这种心理描写是逼真的。如《谩》的主人公发疯后，有一种幻听症，耳边整天都听到欺骗他的谎言，"一切谩耳"。他渴望得到"诚"，可是"谩"像毒蛇一样始终不断咬啮着他的心。为了消灭"谩"，他杀死了他的女友，并想掏出人心来"求诚"。"诚"并没有找到，"谩"却仍弥漫于世界。小说结尾主人公也发出悲恸欲绝的呼救声："援我！咄，援我来！"其中"谩"是主人公的幻觉，在小说中反复出现，成为小说的结构焦点和象征含义集中所在，作者实际上是借此表示对虚伪的贵族社会的愤慨和抨击。而在《红花》中，却突出写那位狂人的幻觉症。他认定红艳的罂粟花是一切罪恶的根源，是拿无辜者的血和泪浇灌成的。这种可怕的怪异的幻影在他心中扩大，他决心把摘掉红花当作自己一种义不容辞的职责，不顾疯人院看守者的拦阻，要去完成这项摧毁人类罪恶的英雄业绩，并先后成功地摘下了两朵罂粟花。后来第三朵开放了，又要去摘，终于在爬过疯人院围墙时摔死了。其中那狂人幻觉中的"红花"，也是小说的结构和象征意义的焦点，通篇人物心理活动描写围绕"红花"而展开，象征地表达了作者要根除人世罪恶渊薮的企望。还有《红笑》和《四日》，都以内心独白的一个个断片形式或类似意识流的写法，记录了由于亲历沙俄战争而发疯或精神变态者的心理历程，读起来很觉散漫，但其中也各有含象征意义的结构焦点统

---

　　① 鲁迅对安特莱夫的《红笑》甚为重视，很早就曾经译过其中几页，并在初版《域外小说集》上刊出广告，可惜未译完。（见《集外集·关于〈关于红笑〉》）对迦尔洵的《红花》也很感兴趣，《域外小说集·杂识》中曾介绍过这篇小说（当时鲁迅译作《绛华》）；1929 年，在《〈一篇很短的传奇〉译者附记》中又再次评介过这篇小说。

　　② 《鲁迅译文集》第 1 卷：《域外小说集·杂识》。

领着全篇。这些小说比纯粹写实的小说富于概括力,却比较难懂,只有把握到这种结构和象征意义上的焦点,才能综览全篇,领会其深邃的思想含义。

和这些小说非常类似的是,在鲁迅的《狂人日记》中,我们也可以找到一个小说通篇结构和象征意义上的焦点,那就是狂人幻觉中的"吃人"。狂人的一连串心理活动都是从"吃人"这个焦点生发开去的:他从写满"仁义道德"的历史书上所看到的是两个字"吃人",他把医生诊病看作是准备"吃人",他联想到从盘古开天地到今一直都有"吃人"的事,他后悔自己无意中也未必没有吃过人,他渴望"将来容不得吃人的人,活在世上"……这一切,自然都是狂人病态的错觉、幻想、联想,鲁迅一个个片断漫然写去,变换着,跳跃着,似乎杂乱无层次,但又都没有脱离幻觉中的"吃人"这一焦点。这样,极真实地表现了一个曾经具有反封建革命思想的人被社会逼迫发疯之后,他本来所具有的那种对封建社会"吃人"本质的认识,仍然作为一种潜意识存在于他的大脑皮层中,而不时通过一种变态的形式显现,发而为对现实的诅咒。鲁迅是学过医,接触过弗洛伊德精神分析学说的,所以对这种神经错乱的病态心理非常了解并能描写得如此狂态毕肖。另一方面,他完全可能是从安特莱夫和迦尔洵的上述那些小说的构思手法中得到启示,所以把狂人幻觉中的"吃人"作为小说结构的焦点,同时又是通篇象征意义上的焦点。小说尽管没有什么连贯的情节,但狂人变幻的心理历程其实又有迹可循;表面上写一些狂言诞语,实际上却能给人深刻的思想启示。谁读了《狂人日记》,耳边大概都会久久响着"吃人"这一诅咒封建社会的最强音!鲁迅在《〈黯澹的烟霭里〉译者附记》中曾经称赞过安特莱夫的作品善于挖掘人物灵魂深层的东西,突出描写人物的精神活动,"又都含着严肃的现实性以及深刻和纤细,使象征印象主义与写实主义相调和"。鲁迅的《狂人日记》既真实地写出了迫害狂的心理特征,又象征地在病态心理描写中寄寓着对中国封建社会清醒的认识,追求表现一种更大的真实,这同样具有双重品格。而且这种手法,在鲁迅后来的一些小说如《长明灯》、《示众》、《白光》、《奔月》、《铸剑》等篇章中,也一再使用,愈加圆熟。

文学创作是极为复杂的创造性精神活动,高明的有建树的作家,绝不可能单纯依赖模仿某些作品或依傍别人某些写作经验而获得成功。鲁迅《狂人日记》的艺术手法的运用和艺术格式的铸成,归根到底是取决于他对生活的认识以及他所要表达的内容特点。基于这一点,他有选择地借鉴了果戈理、尼采、安特莱夫、迦尔洵等作家的经验,根据自己的需要,排斥掉一些不适合的东西,又很有分寸地吸收并融汇一些适合的东西,通过革新性的创造,铸成具有崭新特色的艺术品。本文只是按照一些比较明显的线索,考察了鲁迅《狂人日记》与上述几个作家作品的关系,实际上,对鲁迅《狂人日记》的创作产生过影响的作家作品是很多的,绝不止于上述几个,而且这篇作品古今中外兼收杂糅,不但有外国作家,也还有中国古典作家,如屈原、嵇康等等,这里不可能一一追溯详考。不过就从上述一些考察中,我们也足以看到鲁迅对于外国文学有多么恢宏的胸襟和雄大的消化能力,又多么富于艺术独创和革新精神,难怪他的《狂人日记》能匠心独运,一举成功,而且此后又一发而不可收,写出许多彪炳文学史册的佳构典章。中国现代小说在鲁迅的手中发端,又在鲁迅手中迅速成熟,这绝不是偶然的,确实有多方面经验值得我们去探索学习,这里谈的不过是其中一点。

深刻的思想　特异的构思[*]

——读鲁迅的小说《药》

　　鲁迅的小说《药》写于 1919 年 4 月,是显示文学革命实绩的一篇重要作品。深刻的主题思想和特异的艺术构思,使这篇作品成为现代小说创作的一个典范,为半个多世纪以来许多研究者所反复学习和探究。小说写了两个主要人物的遭遇:旧民主主义革命者夏瑜,因本家夏三爷的告发而被捕,入狱后仍坚贞不屈,宣传革命,结果被反动统治者杀害;贫困的小茶馆老板华老栓的儿子小栓患了痨病,老栓为了给儿子治病,从刽子手那里买来处决夏瑜时蘸有夏瑜鲜血的馒头,给儿子当"药"吃,但儿子还是死了。这两件事情交织在一起,形成了一幅怵目惊心的社会图景:革命者不惜抛弃自己的生命去救民于水火,但他们的血竟流得那样寂寞;群众愚昧落后,对于代表他们利益的革命是那样麻木冷漠。作者曾经这样说过:"《药》描写群众的愚昧,和革命者的悲哀;或者说,因群众的愚昧而来的革命者的悲哀。"①这是作者当初构思这篇小说的主旨,也可以说是作品的基本主题。

　　要理解《药》的这一主题,我们有必要深入分析一下夏瑜和华老栓这两个主要人物的典型意义。

　　夏瑜是资产阶级民主主义革命者的形象,他的原型是著名的清末革命党女英雄秋瑾。取名"夏瑜"就是暗示"秋瑾"的,小说所写夏瑜就义的地点和"死于告密"的细节,也和秋瑾被害类似。但夏瑜毕竟又是创作的文学形象,作者要通过这个形象更深广地概括革命者的特点,把他塑造成一个以拯救群众为职责的先觉者,一个不惜以生命殉自己信仰的大勇者。这个人物始终没有出场,但从

---

　　*　本文原载《阅读和欣赏》现代文学部分第 5 辑,北京出版社 1985 年版。
　　①　据孙伏园《鲁迅先生二三事·〈药〉》。

人们对他的议论和反应中,我们可以看到他具有"不怕死"的精神,敢于"老虎头上搔痒",从事推翻清王朝的革命活动。他被捕入狱后,坚贞不屈,继续从事革命宣传,"劝牢头造反",因此遭到牢头"红眼睛阿义"的殴打。但他不怕挨打,反而"可怜"麻木的阿义甘心充当末代王朝的爪牙和殉葬品。夏瑜坚定的斗争意志来源于他的信仰。他相信并在狱中还大义凛然地宣称"这大清的天下是我们大家的"。这句话就代表了资产阶级民族革命和民权革命的思想。从小说的描写可以看出,作者对这样一个资产阶级民主主义革命者,是虔敬地加以歌颂的。

在歌颂的同时,作者又不能不对清末革命党人的英雄举止表示悲哀。因为他们为群众奋斗,而在封建主义统治下的群众却如此麻木和愚昧,不理解他们。华老栓就是这种落后群众的代表。小说主要通过"买药"的情节来刻画他的精神状态。他一想到能买到人血馒头来治儿子的痨病,就"觉爽快",仿佛"得了神通,有给人生命的本领似的,跨步格外高远"。从此可以看出他的迷信和落后。当他去取"药"时,也正是夏瑜被处决时,他根本不想知道被杀害的是什么人,拿着人血馒头,"仿佛抱着一个十世单传的婴儿,别的事情,都已置之度外了"。他根本不会想到,这馒头上蘸的正是为像他这样的群众而牺牲的烈士的血,而愚蠢地相信这种人血馒头中有"新的生命",移植到他家里,会"收获许多幸福"。

当然,愚昧的不只是一个华老栓,小说所写的夏瑜被处决时围观的群众,那些"颈项都伸得很长,仿佛许多鸭,被无形的手捏住了的,向上提着"的"看客",还有在茶馆中倾听刽子手康大叔议论夏瑜的"坐客",实际上都是麻木落后的华老栓们。小说有一个情节写得尤为深刻。当康大叔说到夏瑜宣传革命,遭到阿义毒打反而可怜阿义时,"听着的人的眼光,忽然有些板滞;话也停顿了"。他们无论如何不可能理解夏瑜的精神境界,所以后来老的小的都"恍然大悟似的"肯定夏瑜是"发了疯了"。这是一种多么可悲的麻木啊!作者写到这里,可想心情是多么沉痛,所以特意安排了一个蕴义深刻的细节描写:大家先是对夏瑜举止感到不可思议,但很快就认定这是"发疯",于是释然,"店里的坐客,便又现出活气,谈笑起来。小栓也趁着热闹,拼命咳嗽"。一边是麻木愚昧的笑声,一边是病入膏肓的喘咳,在作者看来,华小栓的病和死,不是和这种麻木愚昧的社会心理直接有关的吗？国民精神上的麻木，是足以导致民族的病态与沦亡的。

鲁迅当时作为一个革命的民主主义者，其思想特色之一就是非常注重改造国民精神，进行思想启蒙。所以他在《药》中通过揭示出华老栓们的愚昧、麻木和落后，剥露中国长期封建统治的严重危害，说明唤醒不觉悟的民众，对中国革命是何等重要。当然，鲁迅在写《药》时，还不可能从历史唯物主义高度科学地总结辛亥革命，指出这场革命因缺少"一个大的农村变动"而失败的教训。在作品的具体描写中，我们是见不到对辛亥革命弱点的直接批判的。作者对于夏瑜完全持一种虔敬赞颂的态度，但由于作品写出了群众的麻木、不觉悟、不理解革命这一状况，读者从这真实的社会图景中就可以引出有关辛亥革命失败的历史教训了。

当然，《药》的思想上的深刻是有赖于巧妙的艺术构思的。这篇作品结构上的匠心特别值得赞道。全篇安排了两条线索，明线写华老栓买"药"为儿子治病，暗线写夏瑜为革命牺牲。这两条线索通过小说四个小节渐次展开，由于充分运用了悬念的手法，两条线索的材料步步深入地展示给读者，使作品产生紧张而有吸引力的艺术效果。

第一小节一开始就写华老栓清早出门办事时充满希望的心情，以及在丁字街上见到那些兵与"看客"古怪神情时的恐怖心理。华老栓到底要办什么事呢？街上发生了什么呢？都是神秘的。直到写出华老栓从"黑色的人"手里接过"鲜红的馒头"，以及华老栓错乱而激动的思想状态，这才暗示给读者街上杀了人，"鲜红的馒头"是用来治病的。这里，"人血馒头"作为一个契机，已经将小栓治病与夏瑜被杀两件本来不相关的事联结起来了，两条故事线索开始找到一个交叉点。不过，被杀的是什么人？馒头为什么是鲜红的？要给谁治病？这些，对于读者都还是谜团，吸引着他们往下读。

第二小节主要是展开小栓这条线索，写了小栓的病态，他吃那红馒头时的奇异的感觉。交代了原来这馒头是给小栓当"药"吃的。但是，故事开头结下的谜团仍未解开，又添了新的疑问：这奇怪的馒头果真能治好病吗？

到第三小节，通过茶馆中人们的议论和康大叔的介绍，这些秘密才最后得到披露。读者明白了馒头"那红"原来是蘸了人血，这血是夏瑜的，而夏瑜是一位英勇献身革命的清末革命党人。在这一小节，叙述的重心已由小栓转到夏瑜,但是在康大叔与"坐客"们议论夏瑜时,又不时穿插有小栓病重咳嗽的描写,实际上这是把分别围绕小栓和夏瑜的两条线索完全融合到一块了。至此,读者阅读过程中产生的悬念也逐步得到了解释。

但小说并没有就此结束,而是写了第四小节的扫墓作为一个尾声,将主题进一步深化。夏瑜死了以后,小栓紧接着也死了。夏瑜是被封建统治者真的屠刀直接杀害的,而小栓则是被封建统治者的思想屠刀间接杀害的。可悲的是,革命者想拯救群众而寂寞地流尽了血,愚昧的群众却在无意中吃了革命者流的血。一个是实际上没有找到救治民疾的"药",一个是吃错了"药"。两条线索,两种人的遭遇和命运,通过一个"人血馒头"的契机,交织成一幅带血腥味的惨酷的社会图景。在第四小节,我们看到的是这样意味深长的场景:两个青年人的坟墓恰好"一字儿排着,中间只隔一条小路"。那坟墓的模样,就像"馒头",使读者联想到那曾经把他们命运连到一块的那个东西。扫墓时,华、夏两个母亲是这样悲恸,而华大妈终于跨过小路,彼此表示同"命"相怜,说明她们的悲哀,实际上是一致的,代表了民族的悲哀。作品特意选择"华"、"夏"作为两家的姓就已经暗示了这一点,因为"华"、"夏"这两个姓连在一起,就是古代中华民族的称谓。作品的结尾还有意写了小栓坟上的"几点青白小花"与夏瑜坟上"红白的"花环,这固然是为了写出两个母亲对她们自己儿子的死因不了解的麻木状态,但同时也分别暗示着作者复杂的不同的感情:"青白小花"寄托着忧国忧民的哀思,"红白"花环则表示着革命自有后来人的光明的期望。

从《药》的构思可以看出,情节结构的设计是从所要表现的内容出发的,而精妙的结构设计,反过来又有助于主题的表达。

此外,《药》的具体写作手法和语言运用也是颇具特色的。作品无论是事件叙述、场景描写,还是人物刻画,都采用一种简洁的素描方法,抓住其主要特点,用极准确传神的词语,三笔两笔就给读者非常深刻的印象。如写华老栓从刽子手那里买"人血馒头"这一重要情节,就只有这么几句话:

"喂!一手交钱,一手交货!"一个浑身黑色的人,站在老栓面前,眼光正像两把刀,刺得老栓缩小了一半。那人一只大手,向他摊着;一只手却撮着一个鲜红的馒头,那红的还是一点一点的往下滴。

老栓慌忙摸出洋钱,抖抖的想交给他,却又不敢去接他的东西。……

这里只写了"黑色的人"的粗蛮的声音,刺人的目光,以及"摊着"和"撮着"的两只手,就活现出刽子手的凶残与势利;而老栓也只写了他摸钱的"慌忙"与"抖抖",就透露出他既迷信又有点恐惧的复杂心理。这种人物刻画如同高明的剪影,虽然没有须眉工笔,但富于个性特征,神态毕现。

作者在描写场景时也是抓住特征,简练而又浓烈地勾勒出某种气氛。如结尾写上坟时的凄厉幽深就这么二三句:

> 微风早经停息了;枯草支支直立,有如铜丝。一丝发抖的声音,在空气中愈颤愈细,细到没有,周围便都是死一般静。两人站在枯草丛里,仰面看那乌鸦;那乌鸦也在笔直的树枝间,缩着头,铁铸一般站着。

不过寥寥数语,景物的形情、颜色、音响连同人物的神态都同时显现出来了,是如此精练,却又如此细致。

《药》在描写上不但做到简洁传神,还做到了蕴藉含蓄,给读者留下丰富的思索余地。这跟作者在写实的基础上采用某些象征手法是有关的。如描写两个年轻人的坟"宛然阔人家里祝寿时候的馒头",既是实写,又是象征,暗示着他们的死,都是封建统治者"吃人"的恶果。如前所述,"华"、"夏"两姓也是象征,他们的命运代表着中华民族的命运。甚至以"药"作为全篇的情节发展的契机与标题,也有其象征含义,暗示着革命者需要寻求真正能拯救中华的"药"。这种象征的手法的恰当运用,可以透过生活现象对生活的本质作更深广的概括,同时也可以更充分地寄寓作者的思想情感,启迪读者去想象和思考。

《朝花夕拾》风格论[*]

近几年来,对鲁迅《朝花夕拾》的研究有了新的进展,标志之一就是不再满足于对书中各篇作细致分析,而注意将全书作为一个完整的艺术构思来考察(如王瑶先生的《论鲁迅的〈朝花夕拾〉》是近年来最有代表性的成果)。笔者从这些研究成果中获益匪浅。这里,我试图对《朝花夕拾》的艺术风格及其对现代散文艺术发展的贡献作一总体考察。

《朝花夕拾》是以作者生活经历为题材的,却不同于一般只介绍生平、叙录其详的传记,它对作者所经历的真实生活进行提炼和醇化,是有高度艺术成就的别具一格的回忆散文。作品刚在《莽原》上发表,其特异的艺术风格就引起读者的无限惊异。①

那么,《朝花夕拾》艺术上主要的特征是什么呢? 许多论者都注意到它的杂文色彩。如其中《狗·猫·鼠》、《〈二十四孝图〉》等篇章中,确实使用了很多杂文方法。但也有一些篇章,如《从百草园到三味书屋》、《藤野先生》、《范爱农》等,没有什么杂文味。杂文色彩只能说是其中一部分篇章的特征,还不足以构成整个《朝花夕拾》的基本特征。此外,有的论者注意到此书将叙事、抒情和议论结合,这的确是多数篇章使用的一个明显的手法,但恐怕也不能说明《朝花夕拾》的创作个性,因为在"五四"时期的许多散文作品中,这种叙事、抒情和议论结合的写法是屡见不鲜的。研究《朝花夕拾》的艺术特征,一定要从总体出发,把握它所给人最突出的特殊的艺术感受,寻求形成这种美感的基本艺术风格。我以为主要有如下三点:

一是雍容。

---

* 本文原载《北京大学研究生学刊》1985 年第 1 期(创刊号)。

① 参见李霁野《漫谈〈朝花夕拾〉》,《人民文学》1959 年第 10 期。

读《朝花夕拾》,首先一个感觉是作者很放得开,收得拢,本来是在叙说已往生活经历,思路却驱使一枝笔纵横驰骋,如天马行空,时而沉湎回忆,时而感慨迸发,时而勾勒一幅景致,时而揣摩某种心理,时而考核故实,时而旁敲侧击……真正做到了作者所主张的"任意而谈,无所顾忌"。然而细细琢磨,一篇仍有一篇的中心,各篇还都不脱离全书的基本线索。

这一点,在讨论较多、杂文色彩较浓的几篇中表现得尤为突出。拿《无常》这一篇来说,刚开头要叙写迎神赛会上出巡的神,却笔锋一转,议论开现实中那握有"随意杀人的权柄"的另一种"神"——使人联想到反动统治者;接着转过来写迎神会上人们对一般鬼神却敬而远之,唯独见到勾魂使者"活无常""大家就都有些紧张,而且高兴起来了"。为什么呢? 作者不急于说明,却一边追忆儿时对庙里的"无常"的恐惧心理,一边引经据典,谈到《玉历钞传》中的"无常"也如何使人"不爱看"。读到这里,我们很想知道为何有"无常"种种。这时,议论又奇峰突起,接连来了四段,从佛经中本没有"无常","无常"也许就是人们"人生无常"观念的形象化,谈到世间没有"正人君子"所标榜的"公理","衔些冤抑"的"愚民"只好以他们想象中的"阴间"来批判、否定"阳间"——剥削阶级统治的社会现实,并希望"无常"能"惩恶除暴"。当读者正为这些精妙宏博的议论所吸引,进入到思辨的领域,后面忽又出现作者回忆中美丽的境界,我们仿佛也和儿时的鲁迅一起站在"下等人"当中看目连戏"无常"的表演。此情未了,作者又转而重提迎神会,不过这时除了追叙描写"送无常"的种种礼仪风俗外,更多是对"正人君子"的旁敲侧击。最后又有一番关于鬼神之事难言的感慨议论,给人留下悠然不尽的思索。文章把回忆中许多关于"无常"的散漫的印象和感触如此巧妙地组织在一起,中间还夹杂许多议论和抒情,却浑然无间,有条不紊;是那样从容随便,似乎想到什么就纵谈什么,说古道今,海阔天空,却又围绕中心,丝丝入扣。

像这种兼有议论的文章是这样,其他单纯叙事或写人的文章也是这样。如《藤野先生》一开头就先说起似乎无关紧要的东京上野樱花时节,那清国留学生油光可鉴的辫子和会馆中乌烟瘴气的跳舞,原来作者很随便说到的这些东京怪现状,都是自己发愤要去仙台的一个原因。这就引出作者到仙台,和藤野先生初次见面的印象,继而谈先生热心辅导的情形,等等。而先生的热心和作者所受到的民族歧视是恰成对比,于是很自然提到匿名信事件和电影事件,最后才引出自己弃医从文的决心以及与先生惜别后的怀念心情。作者就这样似乎漫不经心,随意聊天,其恩师的形象却渐渐浮现出来,而且读者从貌似平淡的叙述中也不难觉出作者的灼热真挚的感情。总之,无论是叙事、抒情,还是议论,这一切是那样从容自然,毫不做作,仿佛作者就是兴之所至,纵意闲谈,又仿佛作者在随便地涂抹,不讲究什么体式技巧。但细心的读者会发现这里用的是不见技巧的高明技巧,雍容背后有铭心刻骨的艺术追求。

关于这种雍容的写作风格,鲁迅在写《朝花夕拾》的当年曾经对一个青年作者说过:要锻炼撒开手,只要抓紧辔头,就不怕放野马。过于拘谨,要防止走上"小摆设"①的绝路。这说明鲁迅确实是有意形成一种雍容的写作风格,而他所追求的雍容又是和作为绅士阶层"小摆设"的雍容泾渭分明的。

与雍容相关的是,《朝花夕拾》还充满幽默的情趣,这也可以说是其风格特征之二。

过去对此书的评论,较多地注意到讽刺。《朝花夕拾》里面是有讽刺,特别是一些与现实斗争联系较紧的篇章,常在回忆中插入正面的讥讽,闪耀着批判的锋芒。如《狗·猫·鼠》这篇一开头,回击"现代评论派",直接引用"正人君子"说过的一些话来嘲笑"正人君子",就是一种讽刺。但是从总体看,全书用得更多的是幽默,可以说几乎每一篇都有某种幽默的气质。就拿《狗·猫·鼠》这篇来说,里面用了许多讽刺的语言,但全篇文章的立意命题的角度本身却又是幽默的。"正人君子"不是诬蔑鲁迅"仇猫"吗,鲁迅偏偏回忆起自己儿时如何"仇猫",顺便也就给"猫"(实指"正人君子")的"媚态"画了张像。不去和论敌正面纠缠,而在一个更高的角度上,用这种多少有点开玩笑的方式去回敬论敌,这笑就像鞭子,给论敌以苦辣的抽打,叫论敌挨了打却有苦难言,这正显现了幽默的力量。

但《朝花夕拾》的幽默多运用于穿插性的议论描写中。如《父亲的病》中揭露庸医行骗,总用奇特的药引,"最平常的是'蟋蟀一对',旁注小字道:'要原配,即本在一窠中者。'"作者就插入议论说:"似乎昆虫也要贞节,续弦或再醮,

---

① 《南腔北调集·小品文的危机》。

连做药资格也丧失了。"从"蟋蟀一对"中引申出昆虫的"做药资格",是那样可笑,但又确实使人想到封建礼教那一套就是如此虚伪可笑。上面说的种种幽默都是带辛辣的讽刺的,并常常和讽刺一块使用。

《朝花夕拾》中还有另外一种幽默,一种平静和善意的幽默。当作者沉湎、陶醉于他的回忆,想到自己或自己所怀念的人物生活中某些喜剧性的特征时,这种幽默便油然而生。

如《琐记》的结尾作者回顾自己去日本留学前的情形:如何跑去"请教"一位去过日本的前辈同学,这位同学又如何"郑重"地介绍说要多带些"中国袜",并将现钱换成日本银元。自己"遵命"做了,"后来呢? 后来……中国袜完全无用;一元的银圆日本早已废置不用了,又赔钱换了半元的银圆和纸票"。这件事本来就有点幼稚可笑,作者又用一种平静而诙谐的笔调细加叙述,谁读了都会发出善意的笑声。

又如《阿长与〈山海经〉》中的长妈妈是善良可亲而又带有一些可笑的缺点的,作者特别用一种貌以"严重"的口气追叙说,她睡觉时,"满床摆着一个'大'字,一条臂膊还搁在我的颈子上。我想,这实在是无法可想了"。但自从听她讲了"长毛"的故事之后,"对于她就有了特别的敬意……夜间的伸开手脚,占领全床,那当然是情有可原的了,倒应该我退让。"因为作者对长妈妈是如此怀念,以致连想起她的缺点都感到可亲切;这种幽默的笔法是恰能微妙地传达出作者的感情的。

《朝花夕拾》幽默的手法与格调,与它所表现的题材是很适应的。鲁迅本来就是一个富于幽默感的作家,他有发掘"可笑"的能力,而现在他是站在更高的阶梯上回头总结生活,特别审视着那些处在荒唐情境中的可爱的童年或有趣的弱点,激起某种喜剧性的兴奋,这种幽默感很自然就得到充分发展。

洗练和简单味,也是《朝花夕拾》比较显著的风格。

作者回忆民元前三十来年的历史,从家庭到社会,从乡镇到城市,从中国到外国,时间跨度这样大,所涉及的生活面这样繁复,如果按一般回忆录的写法,头绪很多,篇幅很大。但《朝花夕拾》只写了这么短短十篇,每一篇集中勾勒一二个人或一二件事,就生动地概括了这一历史过程中的几个社会侧面,展现了作者几十年生活的踪迹。

前文已谈过,《朝花夕拾》是很放得开的,写起来思路非常开阔,但读起来仍然不琐屑,反而感到纯净干练,有一种简单味,为什么? 主要是在典型提炼上下了功夫。

作者介绍一些生活阅历,不是采取一般铺陈的写法,而是选取感受和印象最深,又最有概括力的一些典型细节来写。如《琐记》一篇,比较完整地记录了作者离开绍兴到南京求学期间大约四年的生活,又同时涉及对封建社会世态人情以及洋务运动、资产阶级改良运动的批判与思索,其内容在《朝花夕拾》中也是比较繁复琐屑的,但作者处理得非常简练深刻。文章前半篇只集中写了一个衍太太,写衍太太又只写了她如何教唆孩子吃冰、打旋子以及如何"发放流言"等二三件小事,但就刻画出一个阴鸷奸险的市侩相,代表了鲁迅所憎恶的"S 城人的脸",几乎是象征地概括了那促使鲁迅"走异路,投异地"的世态炎凉的社会风气。下半篇写鲁迅学洋务经过,也只是选取一些很有代表性的典型细节。如"It is a cat"加"颍考叔"的陈腐简陋的课程,学生中"螃蟹式"的走路姿态,以及游泳池淹死人后请和尚念咒,等等,显现出"雷电学堂"的守旧和乌烟瘴气。而教员"惴惴地"询问学生"华盛顿是什么东西",鲁迅一有闲空就"吃侉饼,花生米,辣椒,看《天演论》"等等,又足以使人看到西方新思潮开始浸入中国的情形。《朝花夕拾》大都是回忆中一些印象的连缀,而且多是跳跃式出现,很散漫,但是这些印象显然经过作者选择提炼,生动而又典型,所以很说明问题,叫人看一遍就再也难以忘却。

选择提炼了典型的细节,作者还相应地采用"白描"的勾勒法。在追怀故人的篇章中,这种"白描"法用得更多一些。如《范爱农》开头写到同乡会讨论要不要为徐锡麟被刺事件发电报,鲁迅发言话音未落,"即有一种钝滞的声音跟着起来:'杀的杀掉了,死的死掉了,还发什么屁电报呢。'"这真是未见其人,先闻其声,已给人很深的印象。作者接着写这个人的外貌待征:"这是一个高大身材,长头发,眼球白多黑少的人,看人总像在渺视。"寥寥几笔,范爱农愤世嫉俗、耿介直爽的个性便活现出来了。类似这种抓住典型特点作简略勾勒的"白描"的手法,在《朝花夕拾》中,特别是在那些怀念故人的篇什中,用得很出色,这当然也是形成洗练的一个原因。

《朝花夕拾》洗练的风格,还体现在语言上。书中有些抨击时弊的地方(如

《〈二十四孝图〉》开头那段),采取了比较外露的直抒胸臆写法,但这在全书是少数。在更多的场合,这种批判抨击是用精悍生辣的反语、戏谑语或机锋警句,三言两语,曲中筋骨。当然,最能代表全书语言基调的,是回忆时状物写人的素净蕴藉的文字。作者不乐于将自己感情浮现在文字表面,而总是力求熔铸在所追叙事物的具体描绘中,让读者自己去体味。所用的基本上是口语,语词朴素,句式较短,完全摒绝了那种冗赘缛艳。有时作者故意说得很平淡,很简洁,但读者还是会清楚地觉察到作者所省略的部分,体会到平淡简洁背后的深沉思索和真挚感情。

如《藤野先生》中写作者在仙台学医时受到匿名信的攻击,只是写道:"中国是弱国,所以中国人当然是低能儿,分数在六十分以上,便不是自己的能力了;也无怪他们疑惑。但我接着便有参观枪毙中国人的命运了。……影几片时事的片子,自然都是日本战胜俄国的情形。但偏有中国人夹在里边:给俄国人做侦探,被日本军捕获,要枪毙了,围着看的也是一群中国人;在讲堂里的还有一个我。"这里没有什么激烈的言辞,没有夸饰矜持的痕迹,所用的词语是那样质朴、简单,连语气也显得平缓,但我们读到这里,都会在文字深层感触到作者激情的潜流:作为弱国子民所受的刺激,对民族歧视的愤慨,为中国人麻木精神状态所感到的沉痛,这一切深深地震撼着读者的灵魂。

《朝花夕拾》总的要造成一种简单味,但又耐读,不会一展无余。读这样的作品就像欣赏线条清晰简练而富于表现力的素描,着墨不多,余韵曲包,我们不能不佩服这种洗练的功力。

当然,一切杰出的艺术品的美学特征及其在欣赏者中唤起的美的感受,都可能是多种多样的,《朝花夕拾》的美学风格也尽可以从不同角度去作多方面说明,这里所分析的不过是其中的主要几点。

下面,我们再简略回顾一下"五四"时期散文发展的途路和倾向,以更好认识《朝花夕拾》的成就和地位。

新文学运动初期的散文,主要是以议论为特色的杂感,短小精悍,向封建主义作尖锐的袭击。一般都只注重有感而发,充分表达战斗的精神,而顾不上考究艺术形式如何精美。新文化运动的先驱者们大都写过这一类"随感"式的散文。鲁迅《热风》中许多篇什,就是其中的代表。稍往后发展,所谓"正统小品"

的"美文"出现了。这种"美文"不同于议论为主的杂感,它所偏重的是抒情和叙事,新文学初期的作家几乎都在这方面显过身手。鲁迅《呐喊》中所收1922年创作的《兔和猫》、《鸭的喜剧》和《社戏》等篇,也可称作是"美文",在文体上与《朝花夕拾》是很相似的。"美文"比较考究艺术形式,努力用白话作出缜密、漂亮的文字,这对于旧文学的确是起到了"示威"的作用。但随着"五四运动"陷入低潮,一部分作家停止了脚步,散文领域逐渐出现一种专门谈风花雪月、草木虫鱼的消极倾向。鲁迅在1924年支持创办了《语丝》杂志,1925年又创办了《莽原》杂志,其目的就在于坚持和发展"五四"散文战斗的精神。这两个杂志都提倡社会批评和文明批评,以发表杂文为主,所以一般讲"语丝体",主要也是指杂文。但鲁迅在提倡杂文的同时,也很注重抒情叙事散文包括散文诗。他的散文诗《野草》就是在《语丝》上破土而出的,而《朝花夕拾》则是《莽原》上陆续结下的果实。"语丝派"在当时虽然仍有共同的特色,但也已经出现某些导致后来分化的迹象。1926年《语丝》上开展过一场关于"语丝的文体"的讨论,《语丝》撰稿人中所表现的主张和倾向就开始有分歧。如鲁迅在《莽原》上发表的《论"费厄泼赖"应该缓行》一文,就是有意针对周作人、林语堂的妥协、动摇的倾向的。周作人、林语堂等一些作家这时期的散文作品虽然偶尔也还存留有战斗的意气,但基本倾向却是趋于消沉颓唐。就在《朝花夕拾》发表期间,周作人也陆续写出许多专谈身边琐事,风格冲淡、内容空疏的小品。所以《朝花夕拾》的出现,客观上对消极创作倾向是一种反拨。它以往事回忆为题材,展示近代中国社会的某些侧面,集中批判封建思想文化,总结历史经验,显示了杰出的思想价值,这对于引导和推动抒情叙事散文的健康发展,也起着很好的作用。

《朝花夕拾》的出现,还丰富了现代散文的表现形式。"五四"时期许多作家都写过回忆性的散文,但像《朝花夕拾》这样构思成一本书,有一定连贯性,又可以各自独立成章的回忆散文集,却是绝无仅有的。《朝花夕拾》是传记,它毕竟较为系统地从各种侧面回顾了作者所走过的生活历程,但又显然比一般传记或回忆录要活泼自由,每一篇都是相对独立的优美散文。它给传记文学的发展开辟了一条新路子。

《朝花夕拾》格式新颖,艺术手法多样而高超,这是鲁迅文学才华的辉煌显现,是他融汇吸取中外古今文学营养的结果。那种纵意而谈,放得开,收得拢的雍容品格,那种充满喜剧性美感的幽默的风致,就显然和英国式随笔(essay)有气脉相通的地方。鲁迅对于英国式随笔是比较熟悉的,他翻译推荐过日本厨川白村的《出了象牙之塔》,里面就有许多模仿英国式随笔的散文,其中还有一篇是专门介绍 essay 特点的文章。但《朝花夕拾》毕竟又是鲁迅自己创造性的成果,是民族化的成果。它不像一般英国式随笔失之太腻,而是追求洗练的效果,这方面就更多地批判继承了中国古代散文特别是笔记小品一类的特点。"五四"时期在对待外国和中国古典散文艺术的态度上,不是没有偏向的。一种是不顾自己民族特点,一味追求西方式的幽默和雍容,那结果就脱离时代,违逆民族的欣赏心理;也有一种是拜倒在古代作家面前,模仿翻造士大夫趣味的"小摆设"。鲁迅有选择地汲取中外营养,创造性地熔铸成自己独特的风格,为现代散文创作开拓了前进的道路,也为正确对待中外文化遗产树立了典范。

《肥皂》的精神分析读解[*]

鲁迅自认为《肥皂》是他的最好的小说之一。不同批评立场的论者也几乎异口同声赞叹这是篇炉火纯青的作品。然而这篇圆熟的小说又带有相当的实验性,甚至可以认为这是鲁迅的"实验小说"。鲁迅的目标是要以潜在的"性心理"活动为主线,写一篇纯粹的精神分析小说。他显然受到弗洛伊德学说中有关潜意识理论的启发,并在《肥皂》的创作中尝试运用这一理论。表面上,《肥皂》重复了鲁迅在他别的一些作品中已多次表现过的反道统虚伪性的主题,但还是头一次那样重点深入地触及人物潜意识的层次,并通过一个"反讽角色"的精神分析描写,探讨人性问题。因此,对《肥皂》艺术原创性的理解,相应地也要采用精神分析的批评方法,对它的"实验性"作更多的关注,而不满足于光用社会学批评方法归纳反封建主题。当然,这样一来,这篇批评文章恐怕也带有相当的"实验性"。

小说题为《肥皂》,基本情节围绕"肥皂"展开,人物的心理活动又大都与"肥皂"紧密关联,那么这"肥皂"就不会是普通的"道具",而是理解通篇小说的契机。看来应该首先探究"肥皂"成为人物心理活动"触媒"所可能具有的深层象征意蕴。

四铭在街上见到那位十八九岁的女乞丐,并不是马上产生肉欲的邪念的。当时在场围观的一个光棍说:"阿发,你不要看得这货色脏。你只要去买两块肥皂来,咯支咯支遍身洗一洗,好得很哩!"这才刺激了四铭,引起欲念。《肥皂》马上成了四铭"性幻想"的触媒。由于四铭是有身份的人,受家庭、道德等诸多现实条件的限制,其对女乞丐的欲念不可能如同"光棍"那样在意识层次上肆无

---

* 本文原载《鲁迅研究动态》1989 年第 2 期。

忌惮地表露出来,而只能深藏于潜意识层次里。但欲念一经引动,总要顽强地试图冲破压抑寻求出路,对女乞丐的"性幻想",就是一种表现。连四铭自己对这种"性幻想"也并不觉察,他很难加以控制。在"性幻想"中,女乞丐身上的"脏",是一种阻隔,这"脏"与诸如身份、家庭、道德等条件的限制一样,都对四铭的欲念宣泄起着障碍作用,那么可用以洗去脏物的"肥皂",也就代表了消除"性幻想"障碍的一种反抑制的力量。这是"肥皂"一个方面的象征含义。

而在四铭的"性幻想"中,"肥皂"又"咯支咯支"地直接接触"性对象"的肉体,于是这"肥皂"本身很自然又与女乞丐肉体相联系,并转成女乞丐的象征,这是第二方面的含义。四铭受到"光棍"的"启发"后,忽而买了一块"肥皂"。然后不断地重复"咯支咯支"这一猥亵的话,都是受"性幻想"的支配。有双重象征含义的"肥皂"就这样引动并左右着四铭的全部潜在"性心理"活动。

为了进一步证实"肥皂"的深层象征意蕴,不妨细读小说对"肥皂"的具体描写。

小说开头,四铭从街上回到家里,"好容易曲曲折折的"从口袋里掏了半天,掏出一块"肥皂"。小说用较多的文字写四铭"狠命"地掏口袋,是让读者形成一种"期待视野",想知道四铭带来了什么,从而引起对"肥皂"格外的注意。小说接着用相当精细的笔触去描绘那"肥皂"的形状、香味、颜色。这种描绘主要是以四铭的目光为出发点的。而四铭这时正沉陷于"咯支咯支"的幻想中,并不清醒,所以与他太太的对话心不在焉,支支吾吾。"肥皂"置于四铭"不清醒"的目光之下,虽用了写实的笔触,所写仍主要是四铭的感觉,其中含有性的暗示。

> 于是这葵绿色的纸包被打开了,里面还有一层很薄的纸,也是葵绿色,揭开薄纸,才露出那东西的本身来,光滑坚致,也是葵绿色,上面还有细簇簇的花纹,而薄纸原来却是米色的,似橄榄非橄榄的说不清的香味也来得更浓了。

读者初读小说开头这些描写,大概只诧异鲁迅何以不厌其烦地格外细致地突出"肥皂"的形、味、色,一时还不可能体味其中象征的蕴意;而当往下读,联系到四铭所复述的他去广润祥买肥皂的经历,才恍然悟出"肥皂"确有前文所说的暗示意味。

四铭是受到"光棍"的启发,才神魂颠倒地去买肥皂的,由于当时不清醒,事后也就记不清买肥皂的经过情形。唯独有一个细节在复述时突然回忆起来,而且比其他任何细节都更为清晰,那就是肥皂的"绿"色。店里的肥皂有六七种品样,四铭模模糊糊中挑来挑去。不是挑质地,他自己也说洋纸包着的肥皂并不能"断得定货色的好坏";也不是挑价格,因为还有比他买的那块更贵或更便宜的。那么显然主要是挑颜色,或者说是"绿"色吸引了四铭,他断然"挑定了那绿的一块"。事后四铭对"肥皂"印象最深的也是"绿"色(或"葵绿色")。篇幅不长的短篇,竟有十处提到肥皂的"绿"色(或"葵绿色"),而且都是从四铭的印象与感觉的角度去写的。四铭只要一接触"肥皂",就首先感受到"绿"。这"绿"既是肥皂的颜色,又是四铭下意识中所特别喜好的颜色。"绿"一般代表青春、活力,而在四铭的潜抑的幻想中,"绿"就完全可能成为"性对象"女乞丐的象征了。当然,小说所写到"肥皂"的形状如"小长方包"、外表的"米色"、"光滑坚致"、"细簇簇的花纹"、"似橄榄非橄榄"的香味,等等,也都有对女乞丐胴体的暗示意味,但最突出而富于象征性的还是"绿"。

可作为"反证"的是,第二天四太太起床后,"肥皂"被录用了。小说没有再直接写到肥皂,只由迟起的四铭的视点出发,写四太太洗脖子的一大堆肥皂泡。这时的四铭似乎只留意肥皂的"使用价值",而不再感受得到"绿"的颜色了,"绿"的意象已在他的潜意识中消失了。显然因为一夜之后,四铭的欲望已经淡薄。这也说明"肥皂"确实有性的暗示。

初步掌握"肥皂"的象征意蕴后,就可以进一步读解对四铭潜在"性心理"活动的描写。这种心理活动构成小说的基本情节线索:整篇作品所写的主要就是性欲所引起的焦躁、亢奋、畸变,与渐次平缓的过程。

四铭本来是根本没打算买什么肥皂的,这从他回家后太太的盘问也可以看出,买肥皂纯属一种异常举动。他是在见到女乞丐后,受到光棍"咯支咯支"轻薄话的刺激,才去买肥皂的。从买肥皂到回家将肥皂交给太太,四铭都沉陷于"性幻想"之中。不过,如上所说,这时他的欲望完全处于现实条件的压抑之下,只能囿限于幻想,肥皂成了"性幻想"中的女乞丐。四铭这时的肉欲仍是一种潜抑状态。不过,欲望一经产生就会跃动并寻求转移。四铭忽而买肥皂是一种"转移",回家后继续寻找"转移"对象。四铭下意识的目光注视到她太太的脖子上,渴望"肥皂"能洗去其脖子上"积年的老泥",连他的太太也"不禁脸上有些发热了"。(当然四太太也有些纳闷,不解向来并不介意"老泥"的丈夫,今天到底是怎么了。)对四铭来说,这实际上也是一种欲望"转移",试图从女乞丐"转移"到四太太;在"性幻想"中,四铭显然力图将自己的老婆想象成十八九岁的女乞丐。"转移"的心理征状一般并不显激烈与外露。四铭的欲望此时基本上仍处于潜抑状态,其情绪相对还较平缓。

打破这平缓的是四铭忽然"记起了一件事"。那就是在买肥皂时仿佛被几个学生嘲笑过,笑他是什么"恶毒妇"(old fool 的读音,即傻瓜)。突如其来的回忆使他的情绪猛然激动起来,迫不及待地要儿子学程查字典,以弄清"恶毒妇"什么意思。在潜意识中,学生的嘲笑自然是对他"性幻想"的一种阻梗,现在这"阻梗"被忽然回忆起来了,潜意识中的一部分,即对现实条件(学生的嘲笑有代表性)限制的威胁这一部分,已开始上升并隐约呈现于意识的层次。作为一位道学家,四铭当然不愿意从意识的层次确认自己已经"出轨"。这样,"原我"(id)的欲念与"自我"(ego)的道德观念(还有别的一些"现实原则"的限制)就发生激烈的冲突。

不过这时四铭的"自我"心理只有一部分是属于意识的,大部分仍是潜意识。也就是说,四铭毕竟还不能很明确意识到自己到底有什么欲望需求,这种需求又到底遇上了什么具体的障碍。他竭力回忆并企图弄清楚学生嘲笑的内容,也就是寻找"障碍"。在四铭未曾从意识层次确认并排除"障碍"之前,他的欲望不可能顺畅地得以宣泄,一种莫名的"焦躁"也就由此而产生了。

四铭已经陷于一种很不愉快的心神不宁的状态之中,表现出一连串粗暴的"无名火"。先是拿儿子出气,逼他赶快查字典弄明白"恶毒妇"的意思;紧接着大骂"现在的学生"与"新学堂",骂学潮,指斥"什么解放咧,自由咧……只会胡闹";接着又转向反对"女学",声明"最恨的就是那些剪了头发的女学生",认为她们"搅乱天下","应该很严的办一办"。最后竟又发展为攻击"新文化",攻击社会上"没有道德","中国这才真个要亡了"。仿佛真是一副杞人忧天的心思。……

小说中对这种"焦躁"的描写用的笔墨最多,无疑可看作是作品的"主干"。以往论者一般都注意集中分析这一"主干"部分,指出四铭维护道德的立场,及

其以"趋时"到"复古"的代表性,可是对于四铭这些愤世嫉俗"无名火"的心理
内涵却发掘甚少。其实这诸多"无名火"全都由四铭的"焦躁"心理所引发。此
时他的心理是很不正常的,"焦躁"使他不能控制自己做出可笑的失态的事,例
如,为了抢一个菜心居然与小女儿赌气。他慷慨陈词大发"宏论",这些"宏论"
东一榔头西一棒子,显得气急败坏,这是因为部分地仍受下意识的支配。小说
这样写四铭对太太发"宏论"时的表情:"他两眼钉着屋梁,尽自说下去。"这痴
呆妄想的表情显然有些神经质。可见"主干"部分所写的四铭的愤世嫉俗,也还
是他那潜在"性幻想"受阻所引发的"焦躁"心理的结果。

不过值得指出的是,这种"焦躁"引发的愤世嫉俗中,有一种典型的"外射"
(projection)心理现象。当四铭回忆起学生对他的嘲笑,部分地意识到自己感情
上的"出轨"之后,可能多少产生一种罪恶感,甚至为此觉得丧气。但他并不能,
在潜意识支配下也不可能面对自己真正的感觉。所以他就不自觉地"外射"这
些"罪恶感",把自己所要面对的事实伪装成是别人的罪过,让别人去做"替罪
羔羊",自己以此得到一些安慰。四铭大骂"学生"、"剪发女子"与"新文化"如
何"不道德",潜意识中是要把自己真正的"不道德"掩盖起来。他用这种格外
激烈的态度去伪装自己,使自己相信他的外在意识行为才是自我的真实的道德
表现。四铭有强烈的"性幻想",潜意识中却装作规矩的样子来隐瞒这一点。在
外在意识上他也许确实感到这种与"性"有关的意念是越轨的,"不道德"的,令
人厌恶的,甚至觉得受了污辱似的,所以他大骂"学生"、"剪发女子"与"新文
化",借着意识上对"不道德"的反感,来"倒转"自己原有的感觉的性质。与其
把四铭的"无名火"看作是一种明确的阶级意识的表露,或明确的两面派手段,
不如看作是一种受下意识支配的"失态",一种貌似正常其实不正常的人格分裂
与精神分裂。

小说还极力写出四铭"焦躁"心理的起伏。他大发"无名火"也可看作一种
倾吐或情绪宣泄,借此在心理上果然取得了暂时的平衡。天黑了,四铭走出院
子散心,看到儿子正遵奉他的"庭训"练八卦拳,格外感到一种安慰。因为四铭
总自以为是年轻时激进"趋时"过来的人,而今反悔了,不愿儿子重蹈覆辙。儿
子的唯唯诺诺对他来说也就是"孝"。这使他感到一种心理补偿,一种满足,并
重新唤起因"出轨"而几乎有点沮丧的道德信念,自我感觉也马上就好了,以致

"感奋起来,仿佛就要大有所为,与周围的坏学生以及恶社会宣战"。这种对"焦躁"的平抚,已改换了"外射"的形式,而通过自我的"理想构象"来达到。四铭迷失了道统,他感到自己的信念与力量都已经衰弱,而潜意识上又有原谅这种迷失的需求,于是他力图在"自我构象"中重新装扮自己的形象,以"合理地"调整"焦躁"心理。

可是"外射"也好,"理想构象"也好,终究只是暂时调整而未能完全消除由性欲引发的"焦躁"。即使在四铭愤世嫉俗以"外射"自己的罪恶感时,对于女乞丐的"性幻想"也依然存在,并顽强地试图突呈到意识层次中来。所以四铭骂"学生"、骂"剪发女子"、骂"新文化"之时,竟然出人意料地脱口说出"孝女"这个字眼;而一经脱口,就急转直下,重又陷于"咯支咯支"的"性幻想"之中。

最终还是四铭的太太识破了四铭,点穿了四铭"特诚买给孝女"肥皂的"不要脸"的心思。在小说结构上这是一个转折。四铭潜意识中的"性幻想"更多地被提升到意识的层次中去接受"审判"了。被老婆"点醒"之后,四铭的头一个表示,就是努力辩解"咯支咯支"是光棍的话,并非自己的心思。他比前清醒多了,显然因此而陷入了一种极其尴尬的境地。

何道统与卜薇园的到来并未能帮助四铭摆脱心境上的尴尬。小说写他们可笑的"卫道"行为,其实也还是注重揭示心理。因此阅读时不能只关注表面的"行为",还是要探寻其心理衍变的踪迹。四铭那么认真展读"移风文社"的征文广告,那么"恭敬之状可掬"地提出要以《孝女行》为题赋诗表彰女乞丐,仅从表面上看,好像是有意识装扮的姿态,纯粹口心不一的作伪,但从心理分析,并不能排除其中也确有一种"卫道"的真诚。四铭表彰女乞丐为"孝女",这既是理性的考虑,恐怕又有潜意识的操纵。"性对象"女乞丐被说成(也是想象成)"孝女",这是一种"意象升级"的心理活动。借着"意象升级",在自我感觉中,四铭就可以"合理地"辩解他的"出轨",仿佛这就使别人也使自己相信他对"性对象"的好感并非出于非道德的肉欲,而是出于道德的热诚。四铭从他的道德观念出发,也真希望女乞丐的"孝"道可得到表彰。如果要说四铭"诗题孝女"是虚伪,那么就是一种真诚的虚伪,为潜意识所操纵的虚伪。

产生这种"真诚虚伪"的直接原因,从心理上可解释为四铭"性幻想"的严重受挫:四太太点穿了四铭的心思使四铭在意识层次中开始感到了现实制约的威胁,情欲就由原来的较为奔涌活跃恢复到潜抑状态。受挫使四铭潜意识中出现了"心理性无能"征状,对"性对象"的评价也就受到影响。作为道学家的四铭本身受所信奉的封建道德观念禁锢太厉害了,在通常情况下,就已经存在一种"心理性无能"。凡面对他所尊重的合符礼俗的女人,不可能产生越轨情欲;潜意识"性幻想"中,他只能以低阶的女子为"性对象",这才不致产生道德的焦虑,也才能得以满足。这就可以解释有身份的四铭为何突然会对一个女乞丐产生"性幻想"。可是当他被人点穿识破,精神受挫之后,"心理性无能"的征状又出现了。即使在潜意识中,"性对象"也愈加可望不可即了。四铭本能地力图拉开与"性对象"的心理距离,以免再受"黄牌"警告。将女乞丐"意象升级"为"孝女",尽量减少"性对象"身上关乎色情的成分,而增添"道德"的色彩,就是"心理性无能"的表现,实出于一种自我心理调节机制。从四铭精神受挫,到他热诚地与何道统等讨论推行"孝道",他的理性是占上风的,尽管"性幻想"仍然存在,他也情不自禁继续向同道者倾述肥皂"咯支咯支",可是一当何道统高声喊出同样的"咯支咯支"时,四铭便"愤愤的"喝止,生怕引动家庭干戈。小说对这种矛盾而尴尬的心境刻画,是入木三分的。

　　四铭送何道统与卜薇园回来,小说已接近尾声,其矛盾心理进一步激化而达到新的高潮。大概因为夜深人静了,四铭已经找不到"倾吐"的对象("倾吐"是一种情绪宣泄),也失去可以"转移"或"升华"情欲的任何渠道(在日间他把"卫道"作为一种"事业",某种程度上可以起到情欲的"转移"与"升华"作用),四铭此时终究把不住自己,"性幻想"重新涌动而引发"焦躁",使他"心里就有些不安逸"。小说再次写到幻觉中,那"葵绿色的小小的长方包"仍然似乎在招引四铭。另一方面,四铭又不时隐隐感觉到四太太"死板板的脸",似乎小女儿也在嘲笑他"咯支咯支,不要脸不要脸……"这种理性与情欲的冲突已使四铭精疲力尽,"觉得存身不住","很有些悲伤",似乎也像孝女一样,成了"'无告之民',孤苦零丁了"。四铭是由于最终不能驱除潜意识里的"性幻想",才感到无缘无故的精神萎靡的。于是一度和缓的"焦躁"又激发起来。至此,四铭的"性心理"活动已经得到充分的揭示。

　　小说结尾写四铭一觉醒来,欲情淡化,他原来潜意识中"肥皂"的意象(如"绿"的颜色)也随之消失。但不等于潜意识中已完全不复存在"性幻想"。小说写四太太身上从此便"总带着些似橄榄非橄榄的"说不清的"香味","几乎小半年,这才忽而换了样"。大概此后四太太是格外注重盥洗了,这也出于一种女性的本能敏感和下意识支配。四太太力图以录用"肥皂"来挽留丈夫迷失了的欲情。而四铭不断给太太供应"肥皂",也是"性幻想"终未消歇的表现。小说结尾未忘用侧笔含蓄地写出这些,引发读者对四铭此后心理状态的想象,同时再次点明"肥皂"的象征意味,与题旨起一种完满的呼应。

以上从作品的分析中探寻了《肥皂》所蕴含的象征意味,并以精神分析的方法解读作品所揭示的人物潜在性心理活动的过程。鲁迅显然参照运用了弗洛伊德有关潜意识的理论。四铭的全部潜在性心理活动,如其中的"焦躁"、"外射"、"理想构象"等等,都写得有充分的生活根据,又符合弗氏精神分析学说中所指出过的一些基本现象与规律。四铭这个典型概括了人性的一些根本的矛盾,如理性与情欲的矛盾,以及人性的弱点。如果能用"弱点"这个词来涵指人类面对理性与情欲冲突时所惯常出现的动摇的话,在任何一种文化背景下,这种人性的矛盾与弱点都是存在的。从这个意义上看,《肥皂》塑造了一位富于人性内涵的世界性典型。可以从这里去理解《肥皂》的大胆探索与试验所达到的艺术成就。

但鲁迅毕竟是鲁迅。他在人性探索时,并不像他所借鉴的弗洛伊德或同时代西方现代主义作家那样走得很远。鲁迅还是立足于他所理解与体验的现实生活,并严格照生活的逻辑去描写生活。《肥皂》写得很有心理学根据,可又不是演绎心理学,四铭的所作所为富于生活气息,是呼之欲出的典型。这跟鲁迅创作严格从生活出发是有关的。鲁迅本人有过不幸的没有情欲的婚姻遭遇,这对他创作的影响是不言而喻的,即使我们不好轻易断定《肥皂》中有哪些"影子"直接出于鲁迅的体验。而且鲁迅也不打算离开反封建思想革命的目标与时代的使命,去追随西方现代主义,作纯粹的"宇宙焦虑式"的人本哲学思考,起码在这篇小说中,他执意要刻画的还是现实的生活与现实的人。《肥皂》的现实内容还是揭示封建道统的虚伪,四铭则是维护封建道统的人格分裂的人物。

不过,由于作品深入到潜意识层次,去刻画理性(道统)与情欲的矛盾冲突,表现戕害人性者其人性本身所受的戕害,其深刻程度就惊人地超越于一般"剥画皮"或"贴膏药"式的揭露性作品。封建统治思想与道德观念是从根本上束缚与戕害人性的,当然也包括束缚戕害道学家的人性。像四铭这样的道学家,他们也是人,也有"性欲内驱力",也会碰上理性与情欲的矛盾。不过他们这一类人的心理往往是最不健全的,他们在推行封建道德观念的同时,又由自己的手去扭曲自己的人性,以致在感情方式或心理模式上,表现出比其他任何社会成员都可能更多更严重的虚伪与矫饰,甚至常常导致自身人格与精神的分裂。以此观《肥皂》,是更能见其深度的。

也许正因为这样,在注意对《肥皂》内容作社会学评判的同时(过去这方面的评论较充分),本文侧重吸收和运用精神分析的方法,以求获得新的观察角度与理解深度。笔者相信,内涵丰蕴的创作总是可以从不同侧面、用不同的方法去批评、去鉴赏的。

鲁迅对文化转型的探求与焦虑[*]

  本文想围绕鲁迅对文化转型的探求与焦虑,并针对当前有些试图解构或误读鲁迅的看法,提出三个问题来讨论:一是如何看待鲁迅在传统批判中的偏激?二是国民性批判是否丑化了中国人?三是鲁迅对现代化的思考有哪些值得我们今天重新关注?这些都不是新的问题,以往很多学者都已经讨论过。不过我这里更关心的是,鲁迅在这几方面如何表现出他对近代以来中国文化转型的深刻的思考,他的独特的探求,还有不容忽视的他的焦虑。鲁迅前后期的思想是有所变化的,但面对文化转型所表现的基本态度,包括对传统的攻打与传承,对国民性的分析批判,以及对现代化的思考与担忧,都贯彻始终,有鲁迅自己的特色。毫无疑问,鲁迅是现代中国不可多得的伟大哲人和战士,他的思想不是书斋式的或体系式的,而是近代中国文化转型中痛苦而切实的摸索,带有对传统得失的深刻感悟,对国情民性的透彻理解,又渗透着独到的人生体验。今天我们仍常谈现代化、现代性,其实可以从鲁迅这里获得宝贵的思想资源,包括他的探求,他的体验,他的焦虑。问题是必须用更多历史的同情和理解,认真地知人论世地读一读鲁迅的原著,祛除对鲁迅的隔膜与误解。

一、如何看待鲁迅在传统批判中的偏激?

  近十多年来,国内有些人,海外也有些人,对鲁迅有很多批评,甚至否定。这的确和以前神化鲁迅的局面很不一样。人们也许仍然很腻味把鲁迅作为宣传的工具,试图颠覆神化,让鲁迅回到人间本位。从这一角度看,可以理解,也

---

  * 本文根据笔者 2000 年 12 月在香港城市大学的讲演整理,原载《北京大学学报》(哲学社会科学版)2001 年第 4 期。

比较正常。过去是不可能对鲁迅有批评的。鲁迅当然并非完人，他的创作和思想也有得有失，不是不能批评。但批评应实事求是，讲求学理性。比如，现在有一种看法，认为鲁迅在中国思想史、文化史上不占有什么地位，因为鲁迅毕生攻击、贬低民族传统文化，丑化中国人，附和了激进的思潮，使传统文化在"五四"断裂，丧失了民族的自尊、自信。客气一点的，则认为鲁迅对传统的批判也许有其理由，但问题是破坏有余，建设不足。甚至认为"五四"以来风行激进主义，对传统猛烈批判，全盘否定，结果割裂了传统，伤了元气，而鲁迅便被指责为全盘否定传统的一个代表。

这些观点，从表面上看，似乎不无根据。近百年来先进的知识分子中，鲁迅的确是对传统文化批判最深刻、攻打最猛烈的人之一。如果和同时代一些先驱者比，这也很明显。比如胡适，他也从反传统入手，建设新文化，但态度较中和。他那篇暴得大名、为新文学运动发难的《文学改良刍议》，就还是商量商量的"刍议"。周作人提倡"人的文学"，批判传统的"非人"文学，也一度表现坚决，但很快就又与传统接上了"气"，大讲新文学如何与"晚明的传统"血脉相通，循环再现。① 梁实秋更是批评"五四"新文学的激进、浪漫，失去了基本的规矩。② 相比之下，鲁迅对传统的确是严厉批判，是决绝的态度，甚至很偏激。最典型的，也是大家熟悉的，是鲁迅在《狂人日记》中，通过狂人之口，把中国历史、文明高度概括和比喻为"吃人的筵席"，而传统中国就成了"安排人肉筵席的厨房"。狂人晚上睡不着，翻开历史书，在满纸仁义道德的字里行间，看到的只有两个字："吃人"。这当然是一种小说的形象表现，不是逻辑判断，但其中有鲁迅独特的体验和发现。鲁迅给他的朋友许寿裳的信中说：为什么写《狂人日记》？因为偶读《资治通鉴》，才醒悟到中国人尚是一个食人民族。他说自己重视这发现，而知者尚寥寥也。③《狂人日记》用"吃人"来概括中国传统，主要是一种象征的说法，但的确又是一种猛烈的批判，是极带义愤的攻打和否定。在"五四"时期，鲁迅一谈到旧文化旧制度，往往深恶痛绝，有时把话说得很"绝"。他甚至曾经

---

① 参见周作人《中国新文学的源流》，北平人文书店1932年版。

② 梁实秋：《现代中国文学之浪漫的趋势》，《梁实秋批评文集》，珠海出版社1998年版，第39页。

③ 见鲁迅1918年8月20日致许寿裳信，《鲁迅全集》第11卷，人民文学出版社1981年版，第353页。本文以下凡引用《鲁迅全集》，版本同，不另注明。

用这样义无反顾的语气来表示:"无论是古是今,是人是鬼,是《三坟》《五典》,百宋千元,天球河图,金人玉佛,祖传丸散,秘制膏丹,全部踏倒他。"①

不能否认,在对待传统的问题上,鲁迅的确常采取与惯常思维不同的逆反评判。这可能让人震撼、惊愕,虽然不习惯却又顿觉清醒,思路别开生面。一些我们引以为荣的事,到了鲁迅那里,却可能又有新发现,有入骨的质疑。如乾隆年间修《四库全书》,一般认为是伟大的文化建设积累,盛世修史,有大的气魄。这是通常的评价,从文化史的角度看问题,也有其道理,大家都接受。但鲁迅不以为然,把此举视为一种"文化统制",是"以胜者的看法,来批评被征服的汉族的文化和人情","文字狱只是由此而来的辣手的一种"。② 鲁迅要揭示的,是"历史的阐释权"在造就有利于统治阶级的文化传统方面所起的作用。鲁迅认为官修史书往往把历史上的真实抹去了:明人刻古书而古书亡,清人修《四库全书》而古书亡,在他看来,这就是所谓篡改历史,强迫遗忘。因为鲁迅对传统首先采取的是怀疑的态度,他常常另辟一种眼光,透入历史的本质去重新思考评判。鲁迅有意用这种逆反式的评判去警醒人们,挣脱被传统习惯所捆绑的思维定势,揭示历史上被遮蔽的真实,正视传统文化中不适于时代发展的腐朽成分。

如果不领会鲁迅的这种批判的意图和姿态,就可能以为鲁迅太片面和绝对。鲁迅最为一些人所"诟病"的,他甚至主张不要读中国书。在《青年必读书》(1925年)中,鲁迅这样说:"我看中国书时,总觉得就沉静下去,与实人生离开;读外国书——但除了印度——时,往往就与人生接触,想做点事。中国书虽有劝人入世的话,也多是僵尸的乐观;外国书即使是颓唐和厌世的,但却是活人的颓唐和厌世。我以为要少——或者竟不——看中国书,多看外国书。"③光就这言论来看,不无道理,的确又很绝对。问题是如何理解鲁迅说这些话时的"语境"。鲁迅是针对"五四"落潮后,那些重新要提倡尊孔读经的思潮,而提出要"少看中国书"的。其中也蕴涵有鲁迅对中国书也就是传统文化的整体感悟,特别是对那种麻木人心的"僵尸的乐观"的反感。这是杂文笔法,一种批判式的情绪的表达。传统文化当然有精华也有糟粕,不宜笼统褒贬,但当传统作为一个

①　鲁迅:《忽然想到(六)》,《鲁迅全集》第3卷,第45页。
②　鲁迅:《买〈小学大全〉记》,《鲁迅全集》第6卷,第57页。
③　鲁迅:《青年必读书》,《鲁迅全集》第3卷,第12页。

整体,仍然严重牵绊着中国社会进步时,在旧的思想与伦理道德仍在事实上占统治地位,如同罗网束缚人们的自由和发展时,要冲破传统的"铁屋子",觉醒奋起,就不能不采取断然的态度,大声呐喊。这大概就是"五四"启蒙主义往往表现得有些激进、有些矫枉过正的历史理由,也是文化转型期的一种常见现象。而且从实际内容看,鲁迅所反对和坚决批判的,主要是传统文化中那些封建性、落后性的东西,是专制主义制度和文化,包括"存天理、灭人欲"的假道学,以及种种使国民精神愚昧、麻木、迷信的那些糟粕。要剥掉这些缠绕在我们民族躯体上鳞甲千年的沉重的旧物,若没有果断的措施和决心,恋恋不舍,优柔寡断,那谈何容易。要理解鲁迅所处那个年代,是中国正受外敌入侵、挨打的时代,处于"弱肉强食"的国际环境,中华民族面临亡国灭种的危险,但另一方面,封建传统的思想文化又仍然在严重地禁锢民族的精神,麻木灵魂,消解活力。一面是保国保种的焦虑,一面是"老大的国民尽钻在僵硬的传统里,不肯变革,衰朽到毫无精力了,还要自相残杀"①。难怪"五四"以后,有那么多知识分子和现代作家都那样感时忧国,恨不能尽快摆脱传统,激活民族的生命力,摆脱国家的危机。在这种情形下,鲁迅为了警醒人们,当然最好是大声疾呼,用决绝的而不是温温吞吞的态度立场,去告别旧时代,有时他就难免要表现为"有意的偏激"。所以"吃人"也好,"不读中国书"也好,这种急需突破传统的态度,即使偏激,也是符合时代变革需要的。不能离开特定的语境,摘出一些句子,就来否定鲁迅。要看其所持立场以及发表言说的基本的精神指向,不能脱离时代的分析。

　　现今批评鲁迅"激进"者,指责最甚的便是鲁迅"全盘否定传统"。而不同意这种指责的,便可能为鲁迅辩解,完全否认鲁迅对传统是全盘否定。其实,从鲁迅对传统文化的整体评价来看,从其坚决反对折中调和的立场来看,说是"全盘否定传统",也是事实。鲁迅并不讳言自己反传统之激烈、绝对,乃至全盘否定。鲁迅说:"中国人的性情是总喜欢调和,折中的。譬如你说,这屋子太暗,须在这里开一个窗,大家一定不允许的。但如果你主张拆掉屋顶,他们就会来调和,愿意开窗了。没有更激烈的主张,他们总连平和的改革也不肯行。"②这当然是一种策略。封建传统如此根深蒂固,"搬动一张桌子也要流血",如果不用

---

① 鲁迅:《忽然想到(六)》,《鲁迅全集》第3卷,第44页。
② 鲁迅:《无声的中国》,《鲁迅全集》第4卷,第13—14页。

全盘否定式的彻底决裂的态度,如果一开始就总是强调"因时制宜,折衷至当",那势必被调和折中的社会惰性所裹挟,任何改革都只能流于空谈。正是在彻底地不妥协地反传统这个意义上,我们高度肯定鲁迅对于现代文化转型的价值,肯定他在思想史文学史上的崇高地位。

但这只是问题的一方面。策略层面上的整体估价是一回事,在操作层面上,对文化遗产具体的研究整理又是一回事。我们也不应当简单地断言鲁迅就是"全盘否定传统"的,更没有理由指责鲁迅割裂了传统。鲁迅绝非历史虚无主义者。在如何为民族文化寻求新的出路这一点上,鲁迅有其明确的主张,那就是对于传统一要批判,二要继承,三要转化。鲁迅这种分析的态度,是一贯的。早在1907年所写的《文化偏至论》中,鲁迅就指出,民族文化应与世界潮流汇合,应更新:"外之既不后于世界之潮流,内之仍弗失固有之血脉,取今复古,别立新宗。"①这里就有对转型的精辟的理解,意思是择取传统文化中好的优秀的成分,融合外来新思想和良规,创立新文化。所以,鲁迅同时在做两方面工作:一是批判、攻打、破坏;二是梳理、继承、创新。因为是文学家,鲁迅在创作中更多表述一种情感、精神,对传统的批判表现得很决绝,以"揭出病苦,引起疗救的注意"。此外应该看到,鲁迅还有作为学者的冷静和严谨的一面。他在批判传统的同时,又用大量精力认真整理、研究、分析传统文化遗产,发掘其中那些仍有活力、可资借鉴、可能实现转型发展的成分。为了说明鲁迅这种认真,说明他对传统的态度还有传承拓展的另一面,也可以举些事实。鲁迅用了差不多三十年(大部分)的时间,整理了二十二部古籍,包括《嵇康集》、《唐宋传奇集》、《小说旧闻钞》,等等。他收集过大量古代的碑帖、拓片,曾试图写一部中国书法变迁史。他在北大等校上课,写出了《中国小说史略》、《汉文学史纲要》等讲稿和著作,其中有些已经成了古代文化研究典范性的学术成果,其研究的某些方法、命题和概念,半个多世纪以来一直为学术界广为采用,影响巨大。鲁迅自己的创作也从传统文化中吸纳丰富的养分,特别是与"魏晋文章"的风格一脉相承。据孙伏园回忆:刘半农曾送鲁迅一副联语"托尼学说,魏晋文章",当时的朋友都认为这副联语很恰当,鲁迅对此也默认。② 可见,鲁迅攻打传统,但并不认为自

---

① 鲁迅:《文化偏至论》,《鲁迅全集》第1卷,第56页。
② 孙伏园:《鲁迅先生二三事》,河北教育出版社2001年版,第75页。

已已经或可以割断传统。鲁迅对传统所取是分析的态度,他的褒贬鲜明,常有独到眼光,绝非不负责任地将孩子和洗澡水一块扔掉。例如,鲁迅指出传统文学中常见的"大团圆"、"十景病",其功用就是粉饰现实,制造瞒和骗的大泽:"中国人向来因为不敢正视人生,只好瞒和骗,由此也生出瞒和骗的文艺来,由这文艺,更令中国人更深地陷入瞒和骗的大泽中。"①这批判是够激烈的了,但鲁迅对传统文学也并非一概否定。在他研究小说史的专著中,发现和肯定了古代文学许多优秀的值得传承和借鉴的成分。如对《红楼梦》鲁迅就非常赞许,认为其"敢于如实描写,并无讳饰"②。鲁迅所肯定的是一种清醒的现实主义的精神与手法。要看到,鲁迅既是对传统激烈的批判者,同时又是对传统最有见地的解释者,他在对传统的解释中发现与肯定有利于新文学新文化的东西。用现今的说法,就是所谓"价值重估",即从文化转型的角度,对传统重新评析、判断和批判继承。其实,和鲁迅同时代的人,如陈独秀、钱玄同、刘半农,等等,对传统批判都曾经表现得相当激进,以求冲破旧文化的惰性,但他们毫无例外又都在研究、整理、评判传统文化方面作出开拓性的巨大成绩。怎么能轻易断言鲁迅和"五四"的一代"割断"了历史,并指责他们只是传统的破坏者呢?

二、鲁迅的国民性批判是否丑化了中国人?

现今读鲁迅杂文和小说,给人印象最深的,恐怕还是对国民性的猛烈的批判。有的人可能并不了解鲁迅所批判的国民性的具体内涵,也不了解是在什么背景下进行的这种批判,所以直观地对鲁迅的批判方式反感,不能接受,甚至担心会丑化了中国人,伤害民族的自尊。还有人认为"鲁迅的国民性批判来源于西方人的东方观",是按照西方人的眼光诊断中华民族的精神疾患,客观上印证了西方征服东方的合理性。鲁迅的确毕生致力于批判国民性,其实也就是他所理解的实现文化转型的切要的工作。他的小说、杂文,时时不忘揭露批判我们中国人的劣根性,如奴性、面子观念、看客心态、马虎作风,以及麻木、卑怯、自私、狭隘、保守、愚昧等等,在鲁迅笔下都被揭露无遗。鲁迅说他是"论时事不留

---

① 鲁迅:《论睁了眼看》,《鲁迅全集》第 1 卷,第 240—241 页。
② 鲁迅:《中国小说的历史的变迁》,《鲁迅全集》第 9 卷,第 338 页。

面子,砭锢弊常取类型"①。这对于凡事都比较讲面子、讲中庸的普遍的社会心理来说,的确不合,又特别有悖于"家丑不可外扬"的古训。但作为一个清醒而深刻的文学家,一个以其批判性而为社会与文明发展提供清醒的思想参照的知识分子,鲁迅对国民性的批判真是我们民族更新改造的苦口良药。因此,重要的是理解鲁迅的用心。如果承认鲁迅的批评是出于启蒙主义的目的,而启蒙又是我们民族进入现代化必经的"凤凰涅槃"的需要,那么就不会再担心国民性批判会使民族的自尊丧失,相反,会认为这种批判正是难能可贵的民族自省,是文化转型的前提和动力。我们读闻名中外的《阿Q正传》,看那小说中"丑陋的中国人"的代表,有时会不舒服,甚至感到恶心,因为这真是给我们的同胞揭了短,露了丑。但你仔细一想,这又的确是真实的,一种毫无讳饰的真实。就如鲁迅所说,这作品的目的就是要写出国民沉默的魂灵来。② 中国人的这种精神疾患久矣,我们司空见惯了,见怪不怪,都麻木了,但鲁迅却要真实说出。通过阿Q我们重新发现了自己,以及我们周遭的许多落后的行为习惯,乃至心理模式、民风民性。如"以祖业骄人",总是向后看,摆"先前阔";如比丑心理,癫疮疤竟也可以作为骄傲的资本;如自欺欺人的健忘症,不能正视失败和衰落的精神胜利法;还有那想睡上秀才娘子宁式床的"革命"理想;等等——是阿Q的表现,何尝又不是我们社会生活中习焉不察的精神弊病?鲁迅是深刻的,但他又并非居高临下。他总是带着自己深切的生命体验,带着无限的悲悯和无奈,去表现和批判他所置身的那个病态社会。

　　鲁迅的国民性批判总是带有社会心理研究的性质,而且往往注目于最普通最常见的生活现象。例如鲁迅对"看客"心态的揭示,就很能说明他批判国民性的苦心和特色。在一篇小说《示众》中,鲁迅写群众蜂拥观看杀人场面,如同盛大的节日。这带有象征性,有很高的概括意义,实际上是在批判麻木的民情民性。鲁迅在《娜拉走后怎样》中也说过,中国的群众永远是"戏剧的看客"。这种揭示有刮骨的痛苦,却又极为坦率真实。你若在大街上吐一口痰,蹲作观察状,马上就会围上一圈又一圈的人,都在"看",又在"被看"。有的研究者发现,

---

① 鲁迅:《〈伪自由书〉前记》,《鲁迅全集》第5卷,第4页。
② 鲁迅:《俄文译本〈阿Q正传〉序及著者自叙传略》,《鲁迅全集》第7卷,第82页。

"看/被看",就是鲁迅作品中反复出现的模式。"看/被看"构成一种冷漠的社会心理氛围,一种缺乏人性关怀的集体无意识。鲁迅写得最多的,就是世态炎凉,人心麻木。我们都熟悉《祝福》这篇小说,祥林嫂那样不幸,不断神经质地诉说她的儿子阿毛被狼吃了,村里男男女女都反复去听去看,甚至去逗她取乐,把人家的眼泪变成自己无味的生活中的调料。对于国民性中的这种缺少生命的尊重,少同情、多隔膜,鲁迅是何等深恶痛绝!在他看来,麻木的人们隔岸观火,玩味、欣赏别人的苦难,是如同看戏。而只会看戏、做戏的民族是可悲的。这也是鲁迅批判国民性时反复关注的问题。鲁迅在揭示落后的国民性的同时,总是那样深沉地思考我们民族的处境和命运。鲁迅认为我们民族的衰败首先是精神的衰败,是因为早在几百代祖先那里种下了昏乱的劣根。因此挖劣根,促成人的精神解放,是民族解放复兴的要义。这种思考和前述对传统的批判,是一致的。鲁迅对老大中国的衰腐、麻木,真是哀其不幸,怒其不争。为了揭出病苦,有时未免下药有些猛,但目的绝对不是不负责任的丑化,不是要打掉自尊、自信,而是要警醒、疗救。这仍是思想启蒙的需要,是鲁迅打年轻时就主张的"立人"的需要,也是促进文化转型的需要。

鲁迅对于我们民族落后的根性,是多破坏,多批判,而且总爱把话说到令人震惊的地步。脆弱的灵魂可能难以承受,但非如此又不能惊醒沉睡的国人。鲁迅的文章常因其峻急而犀利的风格,让人读来总有一种冲击力。现在的青年因为生活在比较平和的环境中,可能不太了解鲁迅所处时代的特点,对鲁迅的作品,尤其是他与人论战的许多杂文,容易形成一种印象:鲁迅爱骂人,太尖刻。这也是近年来一些人批评否定鲁迅的"理由"。对这个问题应当怎么看?

鲁迅的确叛逆性强,敏感、多疑、尖刻,与现实格格不入,不是那么随和。天才人物,思想深刻超前,往往不易为常人理解,甚至不容于世。鲁迅从 20 世纪20 年代后,杂文多作"文明批评与社会批评",尤其是对国民性劣习的批判,时常一针见血,不留情面。加上又因为常用文学形象的描写,漫画式概括,给人辛辣的讽刺性的效果,若不理解其本意,难免会以为是"骂人"。其实细读鲁迅就能体会,鲁迅何尝是在骂人?他尖刻的批评中,更多的是在做"社会相"的揭露和研究。他所画下的许多脸谱,如"媚态的猫"、"二丑"、"叭儿狗"、"'商定'文豪"、"革命小贩"、"奴隶总管"、"洋场恶少",等等,虽然也都有所实指,有的还是针对论争的对象,但鲁迅一般都将批判深入到文化心理和社会行为模式,是一种"社会相"的概括。鲁迅杂文中指名道姓批判、"骂过"许多人,但大都不是个人攻击,而是社会文化现象剖析,最终也都是对国民性弱点的研究与批判。鲁迅说他"没有私敌,只有公仇",的确如此。就拿鲁迅 20 世纪 30 年代与梁实秋那场著名的论战来说,虽然起因不无文派的分歧,论争双方也都有些意气用事,但根本的分歧,还在于关心社会变革的鲁迅,对梁实秋当年那种贵族化的姿态和阶级立场反感,并且意识到梁实秋鼓吹抽象的人性论有碍于社会革命的进展。鲁迅指斥梁实秋是"资本家的乏走狗"①,今天看来,是"损"了一点,但这种指斥并非没有历史缘由,也可以说是"公仇",而非"私怨"。鲁迅对梁实秋的批判,和他对许多论敌的批判一样,都并非骂战,而是重在社会相的概括,以及世态人心的揭示,因此也都可以从国民性研究和批判的角度去理解。现今读者因时代的隔膜,读鲁迅的文章可能不了解其特定的背景与历史内涵,单从文字上看也容易以为鲁迅好骂人。所以读鲁迅最好还是顾及一点历史,特别要了解鲁迅毕生从事国民性批判的苦心。鲁迅是批判性的,是写痛快文章的,又是清醒的,足以为社会提供思想观照的。现代史上找不出第二个人能像鲁迅这样深刻地体验中国传统的得失,透彻地了解民性的优劣。深切关注国民性改造问题,为中国文化艰难的转型苦苦寻找出路,正是鲁迅的伟大之处。

　　鲁迅批判国民性思想的形成,是受到过外国一些作家和学者的影响,这是毋庸讳言的。如在上个世纪 20 年代,鲁迅十分赞赏日本作家厨川白村"对于本国的缺失,特多痛切的攻难"②的"霹雳手"精神,之后还介绍过美国传教士史密斯(A. H. Smith)的《支那人气质》一书,对国民性这个概念的借用,以及对中国人民族性格心理的分析等方面,都显然接纳过他们的影响。但不能因此断言鲁迅就是用西方人的眼光来批判中国人的国民性。前面的分析也已经证明,鲁迅的国民性批判,完全是基于他对中国传统和民性的深入了解,基于思想启蒙的要求,有鲁迅自己深切的体验和独特的思考,外来的影响只是某种启发和促进。事实上,鲁迅对外国作家批判中国人的看法,是有触动,但也有保留、有分析的。

---

① 鲁迅:《"丧家的""资本家的乏走狗"》,《鲁迅全集》第 4 卷,第 46 页。
② 鲁迅:《〈苦闷的象征〉引言》,《鲁迅全集》第 10 卷,第 23 页。

所以他在介绍史密斯的《支那人气质》时，就指出其"错误亦多"①，希望中国人"看了这些，而自省，分析，明白那几点说的对，变革，挣扎，自做功夫，却不求别人的原谅和称赞，来证明究竟怎样的是中国人"②。看来，那种指责鲁迅批判国民性是源于"西方人的东方观"的论调，是粗率的，显然是生硬地套用了眼下流行的"后殖民"理论，并不能对鲁迅作出实事求是的评价。

三、鲁迅对文化转型的思考有哪些值得我们今天重新关注？

通常讲中国的文化转型，用比较通俗的说法，就是从封建的转为民主的，从小农经济的转为现代化的。从晚清至今一百多年了，远未完成这一转型。对此，鲁迅的关注也是独特的。他的一些思考毫无书生气，却又有超前性。特别是如何对待西方文化的进入，鲁迅的观点至今还是有现实意义的。这问题与前述如何对待传统文化，互相关联。鲁迅认为文化的转型，除了对传统进行批判、发扬和继承（更多地做批判）之外，更重要的就是要吸收外来的先进文化。这就有一个如何打破闭关自守心态，正确对待外部世界的问题。自晚清以来，中国开开禁禁，形成了与西方、与外国的复杂的关系，也形成了对外部世界的复杂的心态。一时"倡师夷长技以制夷之说"，一时又"耻言西学，有谈者皆诋为汉奸"；一时"渐知西学，而莫肯讲求"，一时又"咸知变法，风气大开"。中国人在西方的现代化冲击之下产生强烈的刺激，心理上的回应有变化过程，是必然的。问题是这种回应中也常有畸形的心态，也往往暴露出落后的国民性。鲁迅从文化的层面，观察涉外的心态，指出："中国人对于异族，历来只有两样称呼：一样是禽兽，一样是圣上。从没有称他朋友，说他也同我们一样的。"③这两种看待"老外"的心态都不正常。称禽兽者，是闭关锁国，夜郎自大，凡是外国人都看作"蛮夷"、"洋鬼子"。另一端则捧西方为"圣上"，俯仰洋人，一切皆好，一切皆文明，自己则甘处于下等的、附庸的和奴隶的地位。因为落后，因为被殖民，才容易产生这种自卑的奴化心理，导致民族精神的偏枯。鲁迅在 30 年代，就发现上

---

① 1933 年 10 月 27 日致陶亢德信，《鲁迅全集》第 12 卷，第 246 页。
② 鲁迅：《立此存照（三）》，《鲁迅全集》第 6 卷，第 626 页。
③ 鲁迅：《随感录（四十八）》，《鲁迅全集》第 1 卷，第 336 页。

海有一种奴化的"西崽"现象,对此,他在杂文中不止一次进行剖析和嘲讽。鲁迅说"西崽"的特点是"觉得洋人势力,高于群华人;自己懂洋话,近洋人,所以也高于群华人;但自己又系出黄帝,有古文明,深通华情,胜洋鬼子,所以也胜于势力高于群华人的洋人,因此也更胜于还在洋人之下的群华人"[1]。鲁迅给这种"西崽"画了一幅像:"倚徙华洋之间,往来主奴之界。"[2]其实这也是阿 Q,是穿西装打领带的阿 Q,特征就是盲目的东方中心主义与西方殖民文化的奇妙结合,是"主"与"奴"的一身二任。鲁迅是把这样的"西崽"作为现代化进程中的一种畸形社会心态来批判的。鲁迅认为必须抛弃畸形的心理,对待外来文明,才能有大度的开放的健全的立场。鲁迅这方面的论述很多,他还写过一篇文章叫《拿来主义》,其中用他惯有的幽默,形象地说明对外国文明有各种不同的态度:譬如有一穷青年,因祖上所积的阴功突然得到一座大宅子,怎么办? 可能有三种荒诞的态度和做法。一种是为了反对旧主人,怕污染,不敢进去。鲁迅说这是孱头。第二种是勃然大怒,将那房子放一把火烧了,算是保住清白,则是昏蛋。还有第三种,是羡慕旧主人,欣然进卧室大吸剩下的鸦片烟,则是废物。鲁迅主张的"拿来主义"则不同,要"放出眼光,自己来拿"。大房子是有用的,先拿来再说,当然要有眼光,有魄力,或使用、或存放、或毁灭,都沉着,勇猛,有辨识,不自私。这就是真正能面对世界,理直气壮与世界对话、向世界学习的健全的心态。鲁迅这篇文章很有名,记得 80 年代改革开放之初,很多人属文都引用鲁迅的比喻和说法,借此批评对外来文化的盲目性。鲁迅的深刻,就在于他不就事论事,能真正深入到民族心理的层面来提出问题,针砭文化转型中常发的老病根。

　　鲁迅不光是提出正确对待外来文化的原则,在这方面,他自己还有堪称典范的分析和思考。早在晚清时期,鲁迅就十分注意探讨如何有选择地吸纳西方文明,谨防现代文明病。他的早期著作在当时影响虽不大,但多有真正独立思考的不同凡响的见解。如从西方传入的自由、平等、民主的思想,还有令人向往的西方物质文明,在 20 世纪初,简直成了中国的"新神思宗"。曾有众多知识分子认为西方这些东西即是灵丹妙药,可包治中国的百病。鲁迅却并不随波逐

---

①②　鲁迅:《"题未定"草(二)》,《鲁迅全集》第 6 卷,第 354、355 页。

流,不迷信,他的眼光比同时代的许多先驱者清醒,更有前瞻性。值得注意的是,这些思考中已经蕴涵着某些现代性的焦虑。鲁迅肯定现代科学和"物质文明之进步",看到这是"照世界"的"神圣之光",是推进人类社会之一翼。①但他并不过高评价科学对于国民精神改造的价值,甚至还怀疑科学可能构成对人生的僭越。他提醒如果片面追求发展科学与物质文化,有可能带来负面影响和潜在危机。大家读一读《科学史教篇》和《文化偏至论》(均作于1907年)就知道,早在上一个世纪之初,鲁迅就明确科学的提倡,必须顾及"致人性于全",反对在崇奉科学和物质文明的同时,忽略精神的解放与重建。鲁迅提醒"盖使举世惟知识之崇,人生必大归于枯寂,如是既久,则美上之感情漓,明敏之思想失,所谓科学,亦同趣于无有矣"。②他看到19世纪后叶,西方社会已经显出对科学与物质文明崇奉逾度的弊果,"诸凡事物,无不质化,灵明日以亏蚀,旨趣流于平庸,人惟客观之物质世界是趋,而主观之内面精神,乃舍置不之一省"。"物欲来蔽,社会憔悴,进步以停,于是一切诈伪罪恶,蔑弗乘之而萌,使性灵之光,愈益就于黯淡。"③鲁迅指出物欲膨胀所带来的人文衰落,认为这是一种"通弊",是普遍的,不容易控制的,也就是时代病,或文明病。但鲁迅又不是抵御物质文明的清教主义者,他承认西方的科学和物质文明毕竟有代表社会进步的一面,或者说这是一种趋势。这一点,鲁迅和当时那些只盯着西方出现的弊端,盲目以为只有东方文明可以救世的国粹派和改良派是不同的。鲁迅认为中国的出路还是要冲破传统,另辟蹊径,向西方学习科学和物质文明,不过也应该注意吸取西方的教训,不能以为"科学万能",还应警惕从西方传来的"新疫"。在"五四"之后的"科学与玄学"的论争中,鲁迅对玄学派盲目以为所谓"东方精神文明"胜于"西方物质文明"的论调固然不屑,但也显然不赞同"科学的人生观"的提法。鲁迅的思想是超前的,不合时宜的。但他作为一个思想家,最有价值的是,提醒在引进发展科学和物质文明的同时,不忘记"根底"在人,在人的解放和民族精神的重建。联想到今天,在经济发展过程中,不也有物欲遮蔽、人文亏蚀、道德滑坡的问题吗?打开窗户,自然难免有苍蝇蚊子进来,因此不能因噎废食,但如何张扬性灵,克服过分崇奉物质的弊害,如何在推进现代化过程中避免西

---

①② 鲁迅:《科学史教篇》,《鲁迅全集》第1卷,第35页。
③　鲁迅:《文化偏至论》,《鲁迅全集》第1卷,第53页。

方曾有过的所谓文明病,如何使"两个文明一起抓"真正有切实的效果,的确又是有待解决的大问题。

现在人们谈得很多的所谓"现代化范式",鲁迅当年也有一些前瞻性的思考。鲁迅主要不是讨论具体的体制问题或可操作的改革措施,他毕竟是思想家和文学家,他的关注点在精神、文化。如从西方传入的"民主"和"平等"观念,在近代中国,是非常"热门"的思潮,应当说对于促进中国社会的变革,功莫大焉。但今天看来,近百年来我们对于现代民主、平等的认识,可能又是有偏颇的,所以往往也就走了样。鲁迅对此也早有独特的思考。他曾经提出,如"社会平等","天下人人归于一致,社会之内,荡无高卑",这似乎是很理想的境界,然而真正实行,则可能会"夷峻而不湮卑","全体以沦于凡庸",①最终导致社会发展的停滞。这跟鲁迅的启蒙思想和改造国民性的观念有关。在社会教育水准普遍非常低下、国民精神仍然深受传统束缚的情况下,谈论平等呀,民主呀,大概还只是一种奢侈。何况鲁迅还担心"平等"观念的绝对化,可能会消磨个性,折损天才,不利于激发社会竞争的潜能和创造力,最终还是不利于社会的改革和健全发展。鲁迅所探讨的不是要不要社会平等,改革的目标之一正是铲除封建的专制的社会不平等,鲁迅是提醒人们,不要将平等观念绝对化,否则,就有可能适得其反。

又如,关于民主问题,这当然也是现代化的重要内容,鲁迅始终关注,并且有他独到的理念。鲁迅是彻底反专制、反封建的,争人权、争民主是他的奋斗事业。但对于民主,鲁迅也不迷信,不绝对化,他总是比一般人多看几步,看到那些容易被通识所遮蔽所忽略的方面。鲁迅认为,不应当盲目崇拜民主,尤其是要防止"民主"的异化。当"民主"变成对"众数"的崇拜,"必借众以陵寡,托言众治,压制乃尤烈于暴君"②。"以独制众"当然就是独裁,"以众虐独",也可能演为思想专制。打着"人民"这个"众数"的旗号,来压制不同的意见,最终践踏了人民的利益和权利,这种情况屡见不鲜。而鲁迅对此早有警惕。鲁迅对各种"新潮"、"热点"、"革命口号",都能保持思想者的距离,所以总是有独立的精辟的发现。

---

①②　鲁迅:《文化偏至论》,《鲁迅全集》第 1 卷,第 50—51、45 页。

　　鲁迅所期待的中国现代文化,不能复旧,也并非西化,而是对传统批判继承,对外来的文明有选择地借鉴吸取,而这一切努力的指向,就是要落实到思想启蒙,改造国民性,从根本上"立人"。从鲁迅这里衡量的"现代性",不是单纯计量物质的发展程度,也不能简单地"以富有为文明",最主要的指标,还是看有无高度发展的健全的人文环境,能否让人享有充分的精神独立与自由。只有"立人"才能最终"立国"。鲁迅为中国现代化所作的思考是有深度的,独特的,超前的,于今也是有现实意义的。在近百年历史上,少有人如同鲁迅那样对中国文化的困境、前途作如此深广的讨论,对社会转型期各种精神现象作如此精辟的剖析,他教会人们如何面对传统、借鉴外国,如何正视现实、体验人生。鲁迅是批判的,真实的,清醒的,他作为一种思想观照和精神指引,永远让人深刻睿智,拒绝平庸。

　　向现代化转型必然要面对的问题,也是难题,就是在大力推进经济和物质文明发展的同时,如何保持优秀的传统文化,保持精神的自由与解放,保持健全的人文精神与道德风貌。我们能从鲁迅的思考中得到启发。让我们都珍惜鲁迅这份丰厚的精神遗产。

读《伤逝》：在意那些被忽略的缝隙[*]

　　鲁迅的《伤逝》写于 1925 年，是一篇抒情意味很浓的小说，情节很简单。涓生和子君相爱，勇敢地冲破世俗的偏见，我行我素就同居了。但他们的结合为社会所不容，生活也碰到很大的困难。后来涓生的感情发生变化，终于向子君明白说出他已经不爱她了。子君无所依持，在绝望中默默死去。涓生在悔恨中挣扎，希望能觅得新路，但前途渺茫。类似的以青年男女恋爱为题材的小说，在"五四"时期和 1920 年代非常流行。但和流行写法大相径庭的是，鲁迅并不讴歌自由恋爱，而是为"五四"式的爱情唱起了挽歌。这篇小说情节比较简单，但涵义复杂，历来有各种不同的解释。我们可以从中看到现代小说的某些特点，包括结构、叙事角度等方面的特点，并领略鲁迅小说的艺术风采。

　　应当怎样来读《伤逝》呢？比较常见的读法，是偏重作品思想内涵的发掘。许多研究者就认为，《伤逝》写的是"五四"一代青年的精神追求及其困境：一方面，揭露了当时黑暗的专制的社会如何迫害着子君涓生们；另方面，又表现了子君涓生们的脱离实际以及心灵的软弱、空虚。过去比较公认的观点是：《伤逝》对"五四"思想解放潮流有反思。"五四"时期提倡"易卜生主义"，也就是个性解放。但鲁迅考虑更实际一些，认为个性解放终究不能离开现实，所以《伤逝》中才有这句警策之语："人必生活着，爱才有所附丽。"评论家进一步的解读便是：鲁迅在借《伤逝》来思考"娜拉出走之后会怎样"，子君涓生故事的意义是在诠释中国式"娜拉"的命运。

　　以上这种读法的确能看到作品的社会意义，但不一定能结合小说艺术特征对作品的独创性做出更细腻的剖析。这些年来，对于《伤逝》的解读又有许多新

---

　　[*]　本文根据笔者讲稿整理。

的角度与方法,细读是其中一种。所谓细读,一般是在对文本的认真阅读分析过程中,细致体察作品的象征世界,寻找作品情感或思维展开的理路,往往质疑既定的评论,还特别在意那些容易被忽略的缝隙与矛盾。我们可以尝试一下看看这种阅读方式是否更有利于打开思路,深化对作品的了解。

我们就从小说的第一句话开始。这句话是主人公涓生"手记"的开头,也就是他的表白吧:"如果我能够,我要写下我的悔恨和悲哀,为子君,为自己。"一般第一遍阅读,对这句话可能不太在意,如果读完全篇回头琢磨,就可能有疑问:写下悔恨与悲哀为什么要以"如果我能够"作为前提呢?难道会有什么原因"不能够"吗?这时,细读就发现"缝隙"了:涓生是否真的完全写下了他的悔恨与悲哀,还要打个问号。

当涓生听说子君已经死去时,是痛苦与悔恨的,但悔恨的不是抛弃了子君,结果导致子君的死,而是不该"将真实说给子君",恨自己"没有负着虚伪的重担的勇气"。从作品描写的事实看,同居之后不过两三个星期,涓生"渐渐清醒地读遍了她的身体,她的灵魂",感觉就悄悄改变,有"所谓真的隔膜了"。小说中大部分篇幅其实就是涓生回忆他对子君感觉的"变化",也是感情的淡化。如同他自己所慨叹的:"人是多么容易改变呵!"小说情节的发展表明,涓生其实已经不爱子君了,即使他不向子君明确表白,悲剧也要发生的,"只争着一个迟早之间"。但涓生始终没有从自己感情变化这个"根"上责怪过自己,而对他的潜意识做些分析,我们看到他是厌倦子君的,所以他的悔恨是有限的、不能完全说出缘由的。小说开头那句话其实早就打了埋伏,暗示了整个悲剧的发展。

如果进一步细读,可以发现悲剧的原因很复杂,起码比前面那种从社会外部原因的解释要复杂得多。这对年轻情侣同居之后,因为失业,经济困难,这确实是促使他们感情破裂的外在因素,所谓"贫贱夫妻百事哀"嘛!但我们是否也可以这样反驳说,真正的爱情不会因为生活拮据而夭折。那么很显然,悲剧起于涓生的情感之变。问题是,导致涓生厌倦子君的原因到底是什么?是同居之后"川流不息"的琐碎生活逐渐淹没了爱的激情?是子君从浪漫走向平庸?是这对年轻人尚未做好真正建立家庭的准备?是男人常见的毛病?好像都有一点关系。所以小说是很真实的。再用细读分析涓生这个人物,发现他的厌倦尽管可以找到各种解释,但骨子里还是自私,而且从他的表白看,其悔恨"不能够"

彻底,也是因为他终究未能直面这种深藏的私心。只要认真分析,我们不难体味到作品对涓生有一种道德层面的谴责。非常有意思的是,这种谴责不是由作家直接表露,而是通过作品所精心经营的叙事结构来达致,读者从自己的阅读中可以很自然去体会和接纳。这也可以做一番对叙事结构的细读。

《伤逝》采用的是第一人称"手记"的形式,其中的"我"就是涓生。涓生的悔恨中带有许多他自己的体验和感觉,甚至还有潜意识,而这些都用很"个人化"的手记形式呈现出来。这回忆的过程也可看作是涓生的"表演"吧。整个小说都是"伤逝",是涓生的追忆,重点是回忆感情如何从高峰走向低谷,包括涓生对子君"变化"的细微的感觉。但这全都是涓生自己一人的回忆与感觉,小说中的子君始终是不在场的、被动的、"失语"的。细心的读者会发现,涓生的悔恨显然只是出于涓生的立场,因此是打了折扣的,是不彻底的,他毕竟未能也未敢触及私心。于是,对涓生的道德谴责也就油然而生。这就是为什么读者会更多同情子君的原因。表面上其中的"我"(涓生)是叙述者,其实小说作者是隐藏着的另一叙述者,两者的立场显然是有差别、有距离的。这种距离就可能在阅读中产生观照,引发对涓生行为的观察、思考、批评与谴责。潜隐的叙述者有意让表面的叙述者(涓生)的悔恨记录(手记)不那么"完整",留下某些矛盾与缝隙,让细心的读者再深入发现其中的奥妙,想象涓生到底是什么样的人物,他的内心世界到底怎样,他的所为哪些值得同情,哪些应当批判。这样,我们就走进了人物的复杂而鲜活的内心世界。

在道德谴责之余,读者是可能会给涓生一些同情的。如果跳出来想,涓生对同居生活的逐渐厌倦也有可以理解之处。在涓生的感觉中,子君在同居之后变得"俗气"和"粗糙"了:"她早已什么书也不看,已不知道人的生活的第一着是求生,向着这求生的道路,是必须携手同行,或奋身孤往的了,倘使只知道捶着一个人的衣角,那便是虽战士也难于战斗,只得一同灭亡。"也许涓生的表白是有点"推卸责任",所谓"战士"、"战斗"之类,显得有些空泛。但应当看到,和子君比起来,涓生更加不能适应从恋爱的情感高峰降落到平凡甚至琐碎的日常婚姻(同居)生活这一现实,也就是说,子君可以满足"过日子",但涓生不能。这就是他们的差别。"爱情必须时时更新,生长,创造",我们并不否认这是真理,但这话从涓生口中说出,总使人感觉到某种"性别的差异"——男人情感的多变。小说的隐藏叙述者对这一切都不做直接的评判，而是制造某种距离，让细心的读者有些超越，去发现与体味人生的种种情味，这正是《伤逝》艺术的高妙之处。

　　这篇小说的细读，让我们领略到现代小说在结构、叙事和语言等诸多方面的特色。像鲁迅《伤逝》这样的内涵丰厚的优秀小说，往往给读者留有许多想象和思考的空间，阅读时只要认真把握其艺术构思的特色，放开思路，总会有自己的发现，有审美的愉悦。

顺着"忧愤深广"的格调理解鲁迅的世界[*]

在中学语文课上,同学们已经接触过一些鲁迅的作品,对鲁迅创作伟大的思想价值和艺术价值,有了初步的了解。鲁迅是珍贵的文化遗产,为民族文化的转型提供了可贵的思想观照与精神动力,又是现代文学的源头。我们大学生无论什么专业的,都应当读一点鲁迅,用这份丰厚的精神遗产来充实我们的思想,完善我们的人格。但据我所知,中学阶段给某些同学留下的鲁迅形象,不见得就是那么伟大的。我在北大中文系教书,给刚上大学的一年级同学出过一道作文题《我观鲁迅》,要求不讲套话,真实地说出自己心目中的鲁迅形象。结果,几乎有半数的同学承认自己并不真的理解和喜欢鲁迅。

现在有一种矛盾的现象:文学史呀,评论家呀,当然还有语文课,给鲁迅的评价是很高的,但是我们年轻的读者读起鲁迅的作品来,难免有一种"隔",影响到大家对鲁迅的认识。这主要是时代的隔膜,对鲁迅作品所写的内容和深刻的思想内涵不容易理解;也可能不习惯鲁迅那种冷峻的表达方式和犀利的论战风格,包括语言运用方面的时代特征。鲁迅的作品多发表于上个世纪的二三十年代,那时刚提倡用白话来创作,难免会有一点文白夹杂的情况,今天我们读起来不觉得那么顺畅。加上中学语文课被中高考箍得比较死,往往用某种陈旧教条的分析作为标准答案,去肢解鲁迅作品,活生生的鲁迅精神世界被弄得面目可憎。这些都会造成青年朋友们对鲁迅理解上的"隔"。

不过我愿意提醒大家:属于经典的东西,对于后世的读者来说都是有距离的,包括对它所属时代和语言表达方式等方面的隔膜,会对阅读形成障碍,我们也可能就不那么喜欢,需要尽力去理解才可能进入。读鲁迅这样已经成为传统

---
* 本文根据笔者讲稿整理。部分内容曾收入笔者主编的《高等语文》,江苏教育出版社 2008 年版。

的作家,当然不可能像读当下流行小说那样顺畅轻快,但鲁迅作品那种穿透性的眼光和深刻的思想,能超越其所属时代而渗透到我们现时的生活中,使我们清醒、真实和睿智,这就是经典的力量。许多流行的作品我们比较喜欢去读,那主要是消遣,然而真正要了解人类的智慧,吸取精神的力量,提高人格境界,还是要取法乎上,学习经典。经典的学习要沉下心来,有一份超越,有一份尊崇,尽可能调动起自己的感觉和灵性去接近,去理解,高雅的兴趣就会逐步培养出来。在西方的大学,要求学生都必须读亚里士多德、柏拉图、莎士比亚,等等,当然也会有"距离",学生也会感到"隔"。唯其是经典,才需要不断超越理解上的"隔",去逐步深入堂奥,触摸人类智慧的积淀,也总会有所得。

鲁迅小说的主题与基调

在中学阶段,已经学过一些鲁迅的小说。但我们对《呐喊》、《彷徨》有没有一个大致的了解呢?应当如何理解鲁迅小说的文学史地位?这里也不可能全面介绍,而是围绕学习中可能碰到的问题,提供几点参考。

首先是阅读中如何把握鲁迅小说的基本主题和创作基调。

通常都认为鲁迅的《呐喊》、《彷徨》反映了"五四"思想革命的要求。这是总的概括。如果要归纳主题,这两本小说大致体现了三个方面内容:

一是对封建制度和礼教的彻底揭露和批判。有两篇作品是可以作为"纲"来读的,那就是《狂人日记》和《长明灯》。两篇都写了带象征意味的"狂人",也都是"狂"中有醒,尖锐地抨击了封建制度文化的"吃人"本质,痛快地抒发叛逆反抗之声。

二是关于对辛亥革命经验教训的总结,以及对改造国民性问题的关注。这方面可以重点阅读《药》、《风波》和《阿Q正传》等篇。应当注意鲁迅通过他的文学的想象所深刻地表达的那种沉重的失望,特别是对国民性弊病的忧虑和批判。建议大家把《示众》这个相对不大出名的短篇也作为"纲"来读,其中所写的麻木愚昧的"看客",也带有象征性,并在鲁迅许多作品中反复出现。

第三方面是关于变革时期几代知识分子道路和命运的探讨。从《孔乙己》、《在酒楼上》、《肥皂》,到《伤逝》,都围绕这方面的主题。应注意鲁迅对知识分子命运的思考与表现,也有其独特的视点,带更多的批判性省思,这和同时代其他作家相比也更为深刻。

对三方面主题的归纳,可以帮助我们梳理《呐喊》、《彷徨》的大致内容,理解为何说鲁迅的小说体现了"五四"启蒙运动和思想革命的要求。但具体到各篇作品,其主题内涵也各具特色,应有更细致深入的分析。而且,更重要的,不能满足于一般性的主题概括,要考察鲁迅观察、思考与表现这些主题内容的独特角度和独到的眼光,或者说他的创作视点。不要想当然地以为鲁迅既然是旗手,是战士,是"听将令"的,他的创作就紧密配合"五四"时期革新运动这个中心。事实上,我们发现,鲁迅并非直接"配合""五四运动",而且和"五四"时期大多数作品那种感伤或浪漫的格调相比,鲁迅是显得那样深沉蕴藉,别具一格。鲁迅自己曾经用"忧愤深广"这四个字来概括《呐喊》等作品的基调。这很值得我们琢磨,品味。也许好好体会"忧愤深广"这四个字,才能真正进入鲁迅的文学世界,也才能更好地领略《呐喊》、《彷徨》的基本特色。

建议大家读一读鲁迅的《〈呐喊〉自序》。鲁迅在这篇序文中虽然也讲到,他的呐喊几声,是"聊以慰藉那在寂寞里奔驰的猛士,使他不惮于前驱";但同时又表明他写作时心情很坏,正躲在 S 会馆里抄古碑,写小说也是为着排遣"苦的寂寞"。和"五四"前后许多"前驱者"不同,鲁迅对现实对未来并不乐观,不激进,甚至有些消沉,但却是冷静,清醒,有深入的体察和思考。这就形成了他作品中特有的"忧愤深广"的底色。鲁迅是精神界的战士,但读他的小说,会发现鲁迅并非简单地"听将令",冲锋陷阵,既没有正面去表现新文化运动,也没有诠释革命。他更关注和极力要表现的,是传统重压下的人的精神病态,是社会变动和文化转型期的精神困扰。他的"忧",他的"愤",都和深受封建礼教和宗法制度所束缚的国民性病苦有关,和民族命运有关。所谓"哀其不幸,怒其不争",也是这个意思。

有人说,鲁迅作品蕴藉深邃,并不大适合青年,而更适合有生活历练的中年人。这或许有些道理。但如前所说,青年时期还是有必要读一些虽然比较难于理解,却可能终身受用的经典,包括像鲁迅这样洞达人情世道的文章。只不过阅读时要适当调整一下心理期待,多少知道一些鲁迅当年创作的背景,并努力顺着作品"忧愤深广"的格调,去理解其独特的精神世界。

鲁迅与现代小说变革

如果同学们读过一些传统的小说，又常常接触许多现代作家的小说，包括当代的作品，对比一下，就会发现古今小说有很大的不同。除了文言与白话这语言表达上的差别，在内容与表现形式上，包括作品题材、叙事角度、表现手法，以及写作姿态等等方面，都有明显的差异。现代小说是适应现代生活的产物，对传统小说有所继承，但更多是受到外来影响之下的变革。而鲁迅可以说就是实现古今小说转型的奠基者，是现代小说之父。我们现在司空见惯的各式现代小说，其实大都可以从鲁迅这里找到根源。为了更好地学习和理解鲁迅小说的经典价值，接下来，我们着重介绍一下鲁迅在哪些方面实现了对传统小说的革命性的突破，从而完成了小说形式向现代的转型。

首先，是题材的变革。

鲁迅突破了传统小说过分追求离奇情节、非凡人物的偏向，而转向描写普通人的日常生活和社会的真相，写"几乎无事"的悲剧，从中显示思想家的真知灼见。《呐喊》、《彷徨》中的大多数作品，取材都是现实中常见的事、普通的人，是平凡不过的日常生活。如果不是从文学史变迁的角度，这一点可能并不会引起我们格外的注意，因为取材普通人和日常事的作品，现在大家见得多了。但是放到"五四"时期，与传统小说比较，就会发现从鲁迅开始的这种题材的变革，简直是石破天惊。因为传统小说历来都追求奇特、曲折的情节，讲求传奇性和故事性，所谓无巧不成书。小说中的人物，也大都是帝王将相、才子佳人，或者神仙鬼怪，总之，极少是普通平凡的角色。如《今古奇观》呀，《聊斋志异》呀，都在乎"奇"呀"异"的。《三国》、《水浒》、《西游》，都跟说书话本有关，为了吸引人听故事，要制造些非凡的人物和传奇。这类作品当然也有其艺术的特点，长于娱乐性，但比较远离现实。而像鲁迅这样的取材和写法，显然借鉴了西方现代小说的体式，主要是现实主义的手法，是对传统写法非常自觉的、大胆的突破，带有先锋的性质，旧式的阅读习惯还不容易接受。但当时也已经有人注意并高度评价鲁迅这种大胆的创新。有论者就这样评说："平常爱读美满的团圆，或惊奇的冒险，或英雄的伟绩的，谁也不会愿意读《呐喊》。那里面有的只是些极其普通极其平凡的人,你天天在屋子里在街上遇见的人,你的亲戚,你的朋友,你自己。……然而鲁迅先生告诉我们,偏是这些极其普通,极其平凡的人事里含有一切的永久的悲哀。"①

　　平凡不等于平庸,关键在于有无思想的烛照,有无独特的艺术眼光。如果光是取材的现实与平凡,而没有独特的艺术想象和构思,也还不足以形成鲁迅的特色。《呐喊》、《彷徨》极大的魅力,还在于从普通平凡的人事中,发现和体悟那"一切的永久的悲哀"。作家通过他的作品的描写,让读者重新打量自己所熟悉的,甚至是因为司空见惯而已经有些麻木的生活,获得某种新的体验和想象。这就是所谓艺术的陌生化。本来大家很熟悉很普通的人事,经过鲁迅的感觉和构思,就不一样了,变得沉重了,要重新思考了。他借"狂人"之眼,发现几千年来国人一直为之骄傲的历史,竟然到处都写满了"吃人"。(《狂人日记》)如孔乙己,一个穷酸潦倒的旧式书生,在他所处那个年代是顶普通不过的角色,他的经历也非常平凡,故事性并不强。其实鲁迅不只是写一个书生的潦倒,而是通过孔乙己周围的"看客",来写世态炎凉,人心隔膜。那么这个"发现"就比孔乙己本身的遭遇更令人震惊,令人悲哀。(《孔乙己》)像子君、涓生这样的青年,冲破家庭的束缚,争取个人自由,在"五四"时期是很时兴的并且是合理的行为,当年许多新式作家写青年的反抗,都是如何坚决冲破家庭束缚,循着各自的个性解放,而走向社会,谋求幸福。这几乎成了一种公式。鲁迅却怀疑其现实的可行性。子君、涓生的悲剧不只是个别人的遭遇,而是反映了时代性的困境,是浪漫背后被忽视了的社会悲剧。(《伤逝》)类似的例子还可以举出许多。

　　鲁迅就是这样,题材平凡,发掘很深,并总是有独特的令人震惊的发现。同学们可能有这种体会,读鲁迅的小说会很累,原因之一就是鲁迅这种沉重的思想发现,总是缠绕着你,使你不可能再像读传统的传奇小说那样隔岸观火,也不像读当代流行作品那样可以放松,而一定会受到震撼或者"折磨",唤起切身的体验,要去重新感觉和思考生活。鲁迅不只是把他所发现的生活状态包括苦难与无奈揭示出来就算了,他要以他的发现与感悟深深地打动你,逼迫着你去正视,去思考,去感觉。因为鲁迅的发现实在太透彻,又往往带着悲悯与同情,从

―――――――――――

　　①　张定璜:《鲁迅先生》,原载 1925 年 1 月《现代评论》第 1 卷第 7—8 期,收入《鲁迅思想研究资料》下册,国家版本图书馆研究室编,第 421 页。

现实的人事中感悟到人性、人生等带哲理性、超越性的命题,作品总弥漫着现实的可能又是永久的悲哀,一种冷峻的气氛,当然也就让人的阅读不会轻松。正是从鲁迅这里开始,中国小说从那种过分追求传奇性和非凡人事的偏向,转为描写普通人事和社会真相,"奇特的悲剧"让位于"无事的悲剧"。这种转型是小说现代化的变革。

第二,鲁迅小说对传统的突破,又表现在揭示灵魂的深。

我们知道,传统小说如前所说比较注重曲折的情节和非凡的人事,注重传奇性,注重讲史与教化,因此一般都比较类型化,不善于做人物的心理刻画。《红楼梦》这样有比较细腻的心理描写的作品是罕见的。鲁迅小说则正好在这方面突破,非常重视写人物的心理,尤其是国民精神上的病苦。鲁迅也说,他写小说是要"揭出病苦,引起疗救的注意"。国人有病久矣,都麻木了,昏昏然不知危殆。鲁迅用小说来指陈病况,使众人恢复对于病苦的感觉,好下决心去诊治。鲁迅既然想用小说来改造国民性,揭示国民的灵魂,因此他在写下层社会的病苦与不幸时,着力点就不是政治上经济上如何受压迫,而主要是精神上如何受压制遭毒害,是灵魂的麻木愚昧。鲁迅的小说即使揭示了阶级的压迫,那主要也是精神上而并非经济上的压迫。显著的例子是《祝福》中的祥林嫂,她逃难到鲁四老爷家做佣工,当然也是受到剥削的,但并没有写到物质生活上如何贫苦,相反,到了鲁家反而白了、胖了,然而精神上却一步步滑入地狱。对于下层人民的苦痛,鲁迅并没有开药方。他的小说一般都不去指明什么出路,如革命呀,运动呀什么的。鲁迅更关注的,是勾画出国人的灵魂,深掘精神上心理上的病苦。

前面讲过的对传统的尖锐批判,以及对病态国民性入骨的分析,都贯彻在小说创作中了。《阿Q正传》所写的精神胜利法,那种麻木、愚昧的奴隶性格,生活中是普遍地存在,鲁迅却作了极为深入的挖掘,揭出自大背后的自卑,其实也是对一种普泛性的社会心理的深度剖析,如鲁迅自己所说,是为了写出沉默的国民的灵魂。鲁迅的本事是总能在心理常态中看到精神的病态。

显著的例子是《离婚》中的爱姑,她那种似乎在勇敢地反封建的叛逆性格,可能会得到许多评论家的欣赏,然而鲁迅却偏写出了其反抗背后的灵魂的软弱,那种骨子里的奴性,由此也可见旧礼教对人的精神钳制之深。

《肥皂》写道学家四铭对一个乞丐女孩的非分之想,一次精神出轨,一般可以认为这是对封建道学家虚伪面目的揭露,其实同时又是对情欲方面人性弱点的深入探讨,其中对意识和潜意识心理矛盾的刻画,就用了深度的精神分析。类似这样注重写灵魂,注重揭示心理之深的表现,是小说向现代转型的显著的特征之一。是鲁迅起了这个头,从这方面也突破了传统的写法,并对后来小说的创作有极大的示范与影响。

第三,鲁迅创建了一种开放型的现实主义创作方法。

"五四"时期提倡现实主义,但真正做到并不容易。那是一个青春冲动的年代,一般作家都更多倾向于追求浪漫主义的方法。即使是"为人生"的作家,也缺少真正的写实的精神。独有鲁迅采取的是清醒而严酷的现实主义,真正毫不掩饰地直面人生,揭示病苦,刻画灵魂,绝不违背生活的逻辑,不搞光明的尾巴。这和传统文学中常见的"大团圆"、"十景病"等自觉不自觉粉饰人生的做法,划清了界限。鲁迅最反感掩饰现实矛盾的"大团圆"。他看中《红楼梦》的写实精神,指出其好处在于"敢于如实描写,并无讳饰"。鲁迅在《论睁了眼看》等文中,明确提出反对瞒和骗的传统,号召作家冲破传统手法,真诚地大胆地看待人生。

这就决定了鲁迅小说的一种特点:清醒的严酷的现实主义。然而鲁迅小说的现实主义又是开放的,可以容纳其他多种艺术手段。鲁迅是极富创造力的作家,他不会停留于单一的创作方法,而总是广泛吸取外国现代小说的经验,大胆融会试验和创新,以意役法,变幻无穷。如《狂人日记》既是写实的,又有象征的手法运用,甚至还融合了诗和寓言的表现方式,形成了非常具有鲁迅特色的独特体式。又如《药》、《长明灯》、《白光》等等,写印象,写心理,写变态,都有多种艺术方法的使用。鲁迅的现实主义是"基本的",又是开放的,同时容纳了包括象征派、印象派等的多种手法。正因为这样,鲁迅为后来的现代小说开创了多种艺术试验的源头。这一点,也是对传统的重大突破。

第四,要注意鲁迅小说艺术格局和语言方面的突破与创新。

我国传统小说基本上是勾栏瓦舍讲故事发展起来的,与传记和讲史也有关,比较注重全过程的叙述,讲求故事性,有头有尾,好比是盆景。即使是短篇,也要有具完整过程的故事,如《聊斋志异》就是如此,哪怕几百字也可能浓缩了一个长篇的内容,足够拍个电视连续剧。这种格局当然有自己的特点,但比较单一,也不大能深入揭示生活,尤其是心理刻画。所以鲁迅的短篇基本上不再采用这种传统的格式,而创造了各种不同的格式,适应不同内容的表现。从结构看,有三分之二是采用了"横切面"的方式,即选取几个细节或生活场面,连缀起来表现。其余的有些也有相对完整的故事,但也不再像传统的小说那样浓缩情节,而是打破时空的顺序,按内容表现的需要去剪接场景和细节。叙述角度也突破了传统小说的单一,不再局限于第三人称的全知视角,而尝试采用第一人称叙述(如《孔乙己》)、双线结构(如《药》)、反讽结构(如《狂人日记》),以及抒情独白体(如《伤逝》)、类散文体(如《故乡》)、类独幕剧体(如《风波》),等等,体式和手法真是变幻无穷。但鲁迅小说又有诗一样单纯的韵味,精粹、凝练、含蓄、警拔,可以反复欣赏,越读越有味。

由于鲁迅能独立地按照其所要表现的生活内容和自己的艺术个性去进行灵活的艺术熔裁,小说的体式手法不断有新创造,茅盾早在 1923 年所写《读〈呐喊〉》中就评论说:"在中国新文坛上,鲁迅君常常是创造'新形式'的先锋;《呐喊》里的十多篇小说,几乎一篇有一篇的新形式,而这些新形式又莫不给青年作者以极大的影响,必然有多数人跟上去试验。"①

像鲁迅这样以不多的短篇而赢得如此巨大的文学声誉的作家,在世界文学史上都是罕见的。中国现代小说在鲁迅这里开始,又在鲁迅这里成熟,并成为中国现代各体小说发展的源头。

---

① 沈雁冰:《读〈呐喊〉》,1923 年 10 月 8 日《文学旬刊》第 91 期。

《狂人日记》由多重叙述产生的"反讽场"*

　　《狂人日记》写于 1918 年，是鲁迅第一篇用白话文写成的现代体式的小说，也是作者首次采用"鲁迅"这个笔名发表的作品，在现代文学史上带有界碑的性质。但是由于这篇作品是日记，没有什么故事情节，又用了"狂人"有些颠三倒四的"意识流"式的说话方式，乍读起来，可能不知所云。读这篇小说，首先要了解它的主题词"吃人"的含义：这是一篇猛烈抨击封建礼教的小说，它是要用"吃人"来高度概括中国传统文化和封建制度非人性的本质和罪恶。

　　鲁迅在《呐喊》的"自序"中曾经表述过他最初动笔写《狂人日记》时的心情，他是那样寂寞和悲哀，写小说也就是"有时候仍不免呐喊几声，聊以慰藉那在寂寞里奔驰的猛士，使他不惮于前驱"，也就是要参与到《新青年》反对旧礼教提倡新文化的行列了。事实上鲁迅写《狂人日记》和《呐喊》中其他小说，并不见得如后来许多论者所想象和描述的那样，是如何斗志昂扬地充当旗手，鲁迅尽管在"呐喊"，却并不像《新青年》前驱者们那样对未来抱有确信的希望，他要更深刻沉稳一些。所以读《狂人日记》，除了读出反礼教的主旨以及"呐喊"的愤怒与痛快，还要注意读出背后的寂寞、焦虑与悲哀。例如，"狂人"对于不能和外界沟通的烦躁，对自己无意中也吃过人而感到的无奈与忏悔，以及对"救救孩子"的向往等等，虽然都是"狂话"中说出，但都含有焦虑与悲哀。作品通过"狂人"所表达的情绪很复杂，寂寞、愤怒和焦虑都有，所造成的小说的总体氛围，正用得上前文所说的"忧愤深广"这四个字。读这篇小说如果能深入感受和

---

　　* 本文根据笔者讲稿整理。部分内容参考和引用了笔者与旷新年先生合作撰写的《〈狂人日记〉：反讽的迷宫》一文（载《鲁迅研究月刊》1990 年第 8 期）。另部分内容曾收入笔者主编的《高等语文》，江苏教育出版社 2008 年版。

体味这种气息，而不只是理解其中的愤怒的抨击，可能更接近鲁迅小说的深层次。

　　关于"狂人"到底是"战士"，还是就是一个"狂人"，或者是"战士"与"狂人"的融合，以往的论者多有争论。这些不同观点也反映了文学经典形成的过程中，人们认识的积累。过去讨论"狂人"形象的许多纷争，都是建立在预设的现代小说模式的基础之上，拿既定的小说模式去套解鲁迅的小说，所以你说是"现实主义"，我说是"象征主义"，他说是其他什么"主义"，彼此似乎都有些道理，却又不能真正说明《狂人日记》的创造性特征。其实，文学经典都是最高智慧的创造，是独特的艺术感受的结晶，是"这一个"，因此解读文学经典最好就从作品自身出发，从作家最有创意的部分出发。如果用既定的模式去套，常常都是吃力不讨好的。同学们读《狂人日记》，先不用考虑这篇作品是什么模式、主义之类，就从作品出发，充分尊重你自己原始的真切的阅读感受。

　　一开始，我们可能对《狂人日记》这样的小说感到陌生，因为很少碰到过这样的小说。"狂人"的狂乱表达也会让人感到混乱。但"狂人"似乎在思考什么，攻击什么，又会引起我们的注意。特别是文中反复出现的对"吃人"的恐惧、反感与焦虑，逐渐会引起我们的关注，成为阅读的一个焦点。这些阅读中可能出现的"第一印象"，对于我们进入和理解经典，是非常重要的。但我们又不能停留于"印象"，还必须多少了解与作品相关的背景，包括诸如"五四"、新文学运动、启蒙主义这样一些历史知识。可以读一读前面提到的《呐喊》的"自序"，以及鲁迅为《中国新文学大系·小说二集》所写的序，其中谈到写作《狂人日记》的缘由，"意在暴露家族制度和礼教的弊害"。这些必要的知识性的了解，对于打通某些时代的隔膜，是有帮助的。我们把最初获得的阅读印象和相关背景知识的了解结合起来，回过头来再琢磨《狂人日记》，就会逐步理解作品的深意：原来作者是要通过"狂人"之口，喊出对封建礼教的控诉。"吃人"不但是对封建宗法制度那种非人性本质的概括，也是一种深切的感受，无论恐惧、反感还是焦虑，都由此生发。我们就会感到这小说是"狂"中有"醒"，"狂"中有犀利中肯的暴露与批判。这"狂乱"的情绪，正是"五四"时期暴躁凌厉的叛逆精神的充分宣泄。如果能对作品中"狂语"背后的潜台词进一步发掘分析，就可以发现除了愤怒的抨击，又还有前面提到的其他复杂的情绪和感受，比如焦虑、无奈，等等。至此,我们就已经进入了作品的世界。我们也就可以逐步理解《狂人日记》丰富的精神涵义,理解为什么这样一篇小说能够代表"五四"时代精神,并体现深刻的批判性眼光,成为现代文学的辉煌的开篇。

如果转入对作品的艺术分析与鉴赏,我们可能又会关注以前许多论者都已经讨论过的问题,尤其是关于小说的体式,以及对"狂人"形象的解析,等等。我们可以看一些评论、研究论文等材料,目的是启发思路,不一定再拿什么模式、主义去套。倒是有一位并不知名的论者曾经提出,《狂人日记》是一篇很独特的作品,可以称为"类诗体寓言体"小说。我觉得这个意见值得注意,比较切合作品的实际,是对鲁迅艺术创造"这一个"特征的解析。这个意见起码在提醒我们,读《狂人日记》不能采取通常的小说阅读姿态,或者说,我们初一接触这篇小说时的陌生甚至不知所云的混乱,都可能跟我们读一般小说的心理期待有关,我们不太能马上接纳和理解这样一篇独特文体的小说。如果细加分析,调整阅读姿态,把它作为一篇诗歌和寓言来读,主要体会其中的情绪、感觉和氛围,以及语言表达背后的潜在含义,我们即有可能读出那种愤慨与焦虑,那种"狂"中的"醒"。

经典是经得起从不同角度不断阐释的。对《狂人日记》再做小说艺术的读解,还可能会有新发现。大家不妨再尝试对这篇小说的艺术结构做一些探讨分析,你会发现鲁迅八十多年前写的这样一篇开篇之作,就已经有相当精彩的"绝活"。

这里要讨论的问题是:《狂人日记》是白话小说,说它是现代小说的"开篇",跟它率先使用现代汉语写作(当然同时又是现代体式的小说)有关。然而,这样一篇白话小说,为何正文用白话,而小说前面的一节"小序",却仍然使用了文言呢?

一般读者可能不太在意"小序",甚至在阅读中跳过去把它忽略了。其实"小序"是整个小说不可缺少的部分,在小说的结构上起着重要的作用。"小序"提供这样一些信息,琢磨下去就会发现它和"日记"之间是有矛盾的:

一、日记是"迫害狂"的狂人所写的,不过是"荒唐之言"。

二、从前的狂人已经康复,并且候补做官去了。也就是说,狂人实际上有两个不同的身份,一个是日记中患病的狂人,一个是恢复到正常状态的人。

三、交代《狂人日记》这一书名是狂人康复之后所题,也就是暗示"日记"的叙写者和命名者实际上处于对立的精神状态。

所以"小序"不是简单地以故事套故事,它叙述了"日记"是怎样变成为"狂人日记"的,它造成了"小序"与"日记"之间的矛盾和对立。一方面,作品的主体"日记"的叙述,也就是"狂人"的感受,摆脱了习惯眼光,感觉敏锐,对中国历史传统和社会现实有惊人的发现。另一方面,"小序"的叙述说明"日记"的作者不过是一个狂人,他的话是疯言乱语,没有意义。

这样,我们就看到了《狂人日记》其实并不简单,它包含着双重观点和双重叙述:一种是"日记"的叙述,"狂人"的感受;一种是"小序"的叙述,对"日记"的否定。这两重叙述观点对立,连语言也分别采用文言与白话,表示彼此的根本不同。显然,"小序"在颠覆和破坏读者进入日记正文时可能产生的认同和幻觉,它的叙述功能对"日记"形成强大的压力和否定,在扭转和消解"日记"。"小序"和"日记"的矛盾就造成了阅读上的反讽。整个《狂人日记》其实是一种反讽的结构。

如果我们发现这个奥秘,可能就会更好地领略这篇小说的艺术特色。《狂人日记》由多重叙述产生了一种反讽场。"日记"受到"小序"的语境压力。"日记"作者洞察历史,抨击社会普遍的思维惰性与麻木,但他的这些发现却被"小序"所代表的"正常"的也就是"康复"之后的看法所扭转和否定,斥之为荒唐之言。这暗示"狂人"自以为发现了历史和真理,可是实际上他就因为这些发现而被"正常"的社会视为疯狂。反过来,"小序"也受到"日记"的语境压力。"小序"的观点,连同它正经八百地使用的文言,在"日记"的激情和睿智的反衬下显得麻木不仁、顽固保守。"日记"新鲜强大的叙述冲力又颠覆了"小序"所谓"正常"的立场。这两重叙述造成反讽循环,形成了张力结构,使叙事效果变得无限丰富。

我们还会发现,《狂人日记》作者的观点是游弋的,没有像普通小说中常见的那样有一个明确固定的视点。作者不是从一个焦点讲述故事,或者作出一种鲜明的判断。他有意要读者在两重叙述所形成的张力支配下漂移,你必须在反讽循环的催促下自己去选择,去判断。作品的阅读空间就这样大大拓展了,小说由单纯而丰富,读者不能不调动起自己的主动性,而且必须超脱出来,对作品获得整体的思考。这样,明智的读者就不会简单认同"小序",当然也不会单纯如同"狂人",而会努力做到理智一些,对"狂人"及其所处的历史环境做清醒的反思。我们会看到"狂人"往往是所谓"正常"的社会扼杀异端的"命名",其实"狂人"的内心充满激情,对历史和社会有独特的发现和中肯的批判,但是因为他的超越和批判,不仅不会被社会所理解接纳,而且有被宣布为"狂人"而摒弃于社会之外的危险。《狂人日记》的反讽结构产生了一般直接叙述所无法达到的奇特效果,使小说的主题深化,意蕴更加丰厚,在愤怒的宣泄和抨击背后有着悲剧性的无奈。

我们只有充分认识《狂人日记》的反讽结构,才能真正领会鲁迅自述的"忧愤深广",领会"铁屋子里的呐喊"的悲剧性意味,同时也领会鲁迅思想的独特方式与深度。

鲁迅早年对科学僭越的
"时代病"之预感[*]

鲁迅是 20 世纪中国最伟大的文学家和思想家。但在当今中国,对鲁迅的理解是各式各样的。其中有的对鲁迅采取颠覆的态度。他们的"理由"之一,就是认为鲁迅对中国传统文化的批判太厉害了,几乎就是全盘否定;而 20 世纪中国文化出现所谓"断裂",跟包括鲁迅在内的"五四"新文化先驱者们的"激进"大有关系。最近中国又掀起"国学热",提倡传统文化的研究,于是对鲁迅和"五四"的批评的声音也就加大了。这种社会现象很复杂,这里不可能展开讨论,我只想回顾一下鲁迅对中国传统文化转型的一些思考,特别是他所关注的科技发展和人性的关系问题。也许从这里也可以了解鲁迅作为思想家的特别之处。

鲁迅对传统文化的确是采取彻底反对和批评的立场的,他认为这是文化转型的必要过程。鲁迅对传统文化有一种整体感受,他基本上认为中国传统文化是不尊重人的,是缺少活力的。当传统作为一个整体仍然拘跸着社会进步时,要冲破"铁屋子"①,鲁迅只好采取断然的态度,大声呐喊,甚至是矫枉过正。鲁迅把传统的中国文化作为一个整体来批判,他对传统文化中封建性、落后性的东西批判得非常厉害,完全不留情面,不留余地。但这是为了打破封建禁锢,提醒人们不要落入复古的老套。可以说鲁迅是全盘否定传统,但是这种全盘否

---

    * 本文原载《山东师范大学学报》(人文社会科学版)2013 年第 3 期。

    ① 鲁迅在《〈呐喊〉自序》中提到过一间铁屋子:"假如一间铁屋子,是绝无窗户而万难破毁的,里面有许多熟睡的人们,不久都要闷死了,然而是从昏睡入死灭,并不感到就死的悲哀。现在你大嚷起来,惊起了较为清醒的几个人,使这不幸的少数者来受无可挽救的临终的苦楚,你倒以为对得起他们么?"见《鲁迅全集》第 1 卷,人民文学出版社 1981 年版,第 419 页。本文以下凡引用《鲁迅全集》,版本同,不另注明。

定,是有历史理由的。①

鲁迅对中国文化的了解和体验是非常深刻的。他认为中国文化最大的病,是对人的压抑,对个性对生命的压抑,对创造力的压抑,"老大的国民尽钻在僵硬的传统里,不肯变革,衰朽到毫无精力了"②。所以,他要猛烈攻打,冲破传统的束缚。鲁迅总是从如何"致人性于全"③的角度考虑社会问题、文化问题,他的任何激烈的批判都是着眼于人性的复归。

鲁迅也并不讳言自己的"偏激",他是要通过某种必要的"偏激"来打破禁锢,激活思想,引导解放。鲁迅太了解中国的国情,太了解中国文化的弊病了。他说:"中国人的性情是总喜欢调和,折中的。譬如你说,这屋子太暗,须在这里开一个窗,大家一定不允许的。但如果你主张拆掉屋顶,他们就会来调和,愿意开窗了。没有更激烈的主张,他们总连平和的改革也不肯行。"④鲁迅甚至还说,在中国办一件事太难了,连"搬动一张桌子也要流血"。这也是一种体验,一种整体性的把握,鲁迅对中国人,对中国的文化的利弊,的确看得很透。中国传统文化中确实有很多糟粕,整体上很难适应现代中国的变革需要。鲁迅对于传统文化的现代转型,是有怀疑、有焦虑的。⑤

那种认为鲁迅和"五四"一代人的"偏激"造成了中国文化"断裂"的观点是浮浅的,这种指责也是缺少历史感的。如果我们能够回到上个世纪初那种特定的历史语境来讨论问题,就比较能够理解鲁迅对于传统的攻打,他那种决绝甚至是"偏激"的批判态度,同时也不会忘记鲁迅"偏激"反传统的另一面——对文化转型的探求的贡献。

鲁迅对文化转型的焦虑与思索,涉及面很广。我这里就其中一点来讨论,那就是鲁迅早年对现代"文明病"的感悟,以及对科技发展与人性关系的思索。他在一百多年前的思考,现在看来是非常有价值,甚至在当今也还有尖锐的警示性的,好像就是针对当下中国的情形来说的。

①⑤　参见温儒敏《鲁迅的问题仍然缠绕和警示着我们》,《鲁迅研究月刊》2003 年第 9 期。
②　鲁迅:《忽然想到(五至六)》,《鲁迅全集》第 3 卷,第 44 页。
③　鲁迅:《科学史教篇》,《鲁迅全集》第 1 卷,第 35 页。
④　鲁迅:《无声的中国》,《鲁迅全集》第 4 卷,第 13—14 页。

鲁迅年轻的时候在南京江南水师学堂学水手,后来到日本学医。他最初是理工科出身的,后来为了疗救国民精神,才立志转向文学创作。鲁迅其实最有资格从科技与人文的"结合部"来谈论问题。他早年非常关注世界科技的发展,甚至写过很多与科技有关的文章,比如《中国地质略论》、《科学史教篇》、《文化偏至论》等等,都是 20 世纪初写的,当初影响不大,后来几乎不为人所知。但今天看来,这些论著都很"前卫",鲁迅提出的问题仍然缠绕和警示着我们,这位文化巨人留给我们的思想资源值得珍视。

鲁迅写这些文章的时候,中国非常落后,经济上贫弱不堪,文化上精神上也几乎垮了。不少先驱者提出向西方学习,期盼能"科技救国",也有人看出西方文明很多弊病,认为只有东方文明最好,幻想最终还是要靠东方文明来"挽救"世界。鲁迅在诸多争论中显得比较独立。他不反对学习西方,科技兴国,但更看重的是"立人"。鲁迅在《文化偏至论》中提出,"将生存两间,角逐列国是务,其首在立人,人立而后凡事举;若其道术,乃必尊个性而张精神"①。他认为"立人"是"立国"的前提。鲁迅所要"立"的"人",当然不再是传统意义上的"国民"、"良民",而是具有健全独立人格的新人。这种新人脱离了旧的传统道德的束缚,又能摆脱过于物欲化的现代文明的利诱。我们当然不必理解为科技和"立人"是对立的,鱼和熊掌不可兼得;也不能实用主义地断言,必须先把科技搞上去,经济大发展了,回过头来再考虑人的精神问题。鲁迅是人文学者,他的意见是在科技发展的同时更注重民族精神的重建。一百年前,鲁迅看到了科技的发展是世界性大趋势,必然极大地改变世界,包括改变中国。这是不可逆的趋势。但他高明之处在于,当普遍地举起双手欢迎科技时代到来时,当科技极大地改变世界并给人类物质生活带来便利时,鲁迅似乎先知先觉地感觉到这个改变可能是有正负两方面的。一方面,科技进步当然是可以给世界带来好处,鲁迅说那是照耀世界的神圣之光,科技带来的物质文明是人类社会进步的一翼。但鲁迅又说,不能过高地评价科学对国民精神改造的价值,不是科技发达了,生活质量就高了,人的素质就高了。他甚至怀疑科学、物质文明无节制地极大发展,可能会构成对人生的一种"威胁";他提醒如果片面地追求科学和物质文化,

---

① 鲁迅:《文化偏至论》,《鲁迅全集》第 1 卷,第 58 页。

可能带来负面的影响和潜在的危害。这些观点在《科学史教篇》和《文化偏至论》两篇文章中得到充分的阐述。当时是在1907年，"五四"新文化运动还没有拉开序幕。

鲁迅在《科学史教篇》中非常明确地提出一个观点：科学的发展必须"致人性于全"。科学发展为了什么？是为了人类更加美好的生活，为了人性的健全。所以，他反对过分崇奉科学和物质文明的发展，而忽略精神的解放与重建。鲁迅这样提醒人们："盖使举世惟知识之崇，人生必大归于枯寂，如是既久，则美上之感情漓，明敏之思想失，所谓科学，亦同趣于无有矣。"①意思是说，知识、科学虽然重要，但不应当过分推崇，更不能当成人生的目的，否则会丢掉人性健全发展这一根本，那就本末倒置了。

鲁迅这样提出问题，绝非危言耸听。他看到了19世纪后叶西方社会的教训。那时欧洲科技发展已经显出对科学与物质文明崇奉逾度的弊果，用鲁迅的话来说，就是"诸凡事物，无不质化，灵明日以亏蚀，旨趣流于平庸，人惟客观之物质世界是趋，而主观之内面精神，乃舍置不之一省"，"物欲来蔽，社会憔悴，进步以停，于是一切诈伪罪恶，蔑弗乘之而萌，使性灵之光，愈益就于黯淡"。②鲁迅指出科学偏至、物欲膨胀所带来的人文衰落，当然是指西方当时的社会弊病。他认为这是一种"通弊"，是"新疫"，是普遍的，一经出现，就不容易控制的，这也就是"时代病"，或文明病。事实上，鲁迅的担忧已被近百年来世界科技发展所付出的巨大代价所证实。③

但鲁迅又不是抵御物质文明的清教主义者，他用的是二律背反的思维方式。他承认西方的科学和物质文明毕竟有代表社会进步的一面，或者说这是一种趋势。这一点，鲁迅和当时那些只盯着西方出现的弊端，盲目以为只有东方文明可以救世的国粹派和改良派是不同的。鲁迅认为中国的出路还是要冲破传统，另辟蹊径，向西方学习科学和物质文明；不过，也应该注意吸取西方的教

---

① 鲁迅：《科学史教篇》，《鲁迅全集》第1卷，第35页。
② 鲁迅：《文化偏至论》，《鲁迅全集》第1卷，第53页。
③ 参见温儒敏《科学发展应顾及人性之全》，2005年4月20日《北京科技报》。

训,不能以为"科学万能",应警惕从西方可能传过来的"新疫"。在"五四"之后的"科学与玄学"的论争中,鲁迅对玄学派盲目以为所谓"东方精神文明"胜于"西方物质文明"的论调固然不屑,但也显然不赞同"科学的人生观"的提法。①鲁迅的思想是超前的。作为一个思想家,鲁迅最有价值的是,提醒在引进发展科学和物质文明的同时,不忘记"根底"在人,在人的解放和民族精神的重建。②

在谈到科技和人性关系时,鲁迅是非常谨慎的。他说科学发展要注意"致人性于全",也就是以人为本,做科学研究,从事科技工作,不忘记最终目标是为了提高人的整体生活素质。这是非常重要的提醒。鲁迅反对在崇奉科学及物质文明的同时放松对人的尊重。他显然意识到,如果放任科学僭越自身界限,科学就会"异化",就会抑制和消解人所当有的自由意志,毁坏人伦道德的底线。论及科学的偏至带来的后果问题时,鲁迅认为物质、科学的无序发展足以引起人的欲望的加速度的发展,拜金主义、利己主义、享乐主义必将泛滥,这将是人类的灾难。鲁迅这种意识是超越了当时中国思想界的。可惜大音希声,当时鲁迅的文章影响并不大,甚至多年以来始终也没有引起国人的注意。

这些年我国科技和经济都有了大的发展,人们物质生活条件也大大改善了。毫无疑问,这是巨大的进步。但我们是否也付出了过多的代价呢?我们在发展经济、推进科技的同时,是否注意做到了"以人为本"呢?实际上问题很大。鲁迅当年所说的"通弊"、"新疫",或者说"文明病",现在似乎都出来了。鲁迅说物欲膨胀的后果是会造成一种通病,人文精神、人性的关怀可能会受到破坏,现在不就这样吗?比如环境生态问题、诚信问题、道德底线的突破问题,还有安全感问题等,都出来了,被鲁迅不幸而言中。有些地区、有些部门只管发展,只管赚钱,别的顾不了那么多。这就造成很坏的后果。我们老是说"交学费",但未免交得太多,代价太大了。鲁迅提出的对现代科技发展的焦虑,绝不是杞人忧天。欲望的膨胀,还有人有时候有邪恶的好奇心,它都可能会在科技发展里

---

① "科学与玄学"之争发生在1923—1924年,其中一派强调在中国发展西式科学之必要,而缺乏对科学万能论的反省;另一派则多看到西方科学僭越自身界限所带来的严重后果。鲁迅没有直接参与这次争论,大概也因为他并不赞同这次争论中表现的非此即彼的偏颇。这次争论的问题早在1907年,鲁迅就大致解决了,而其思想较争论双方要辩证得多。但鲁迅显然对"东方精神文明"优胜论表示不屑,这在鲁迅一些杂文(如《论照相之类》)中也可见。

② 参见《鲁迅的问题仍然缠绕和警示着我们》。

带来人类所不能控制的灾难。比如说克隆人,现在尽管美国、英国等很多国家都发表声明,不准克隆人,但我想迟早会有好事者把人克隆出来的。这是人类邪恶的一面,后果不堪设想。

在经济发展过程中,有科技偏至、物欲来蔽、人文亏蚀、道德滑坡的现象并不可怕,可怕的是对这些问题的产生缺少警觉,缺少"致人性于全"的发展观。看来,如何张扬性灵,克服过分崇奉物质的弊害,如何在推进现代化过程中避免西方曾有过的所谓"文明病",的确是有待解决的大问题。

最近中国开始强调科学的发展观,是有了问题意识和危机意识,是付出了许多代价之后的自觉。我的理解,这除了求真务实,协调好经济起飞中的各种矛盾,还有一点更重要,那就是第一次明确提出"以人为本"的发展方略。现在经济上去了,物质生活改善了,但人们仍然有许多抱怨,多集中在人文精神失落、价值标准混乱、道德滑坡等方面,其实也就是物质文明与精神文明发展不协调的问题。要解决这些问题并不容易,因为"以人为本"这个观念被我们淡漠太久了。中国几千年传统文化并不重视"个体的人"的价值,现在执政党能明确提出"以人为本"的理念,是个非常大的进步。看来是要补课,上上下下都来培育"以人为本"的意识。在这一点上,如果回顾一下近百年来发生在中国的关于科学与人生的许多争论,会发现前人已经给我们留下不少智慧的资源。比如鲁迅,他是文学家,同时又是非常深刻的思想家,他对现代中国文化转型就有许多独特的看法,对"科学的发展观"也有超前的提示,不妨温习一下,从中也许能得到新的启示。①

中国之路应当怎么走?当时年轻的鲁迅不可能有明确答案。他不是革命家,只是人文思考者,他的思考也许难有可行性,但起码是一种观照与警醒,其人文价值也就在这里。鲁迅当年毕竟年轻,不像中年以后那样怀疑与悲观。中年鲁迅的思想非常深邃,为大家所看重,但青年鲁迅的思想也自有价值,尽管当时不见得有多少影响。现在看来,鲁迅能从二律背反的角度看待科学(科技)与人生问题,得出较为客观的结论,达到了当时的思想高峰。1907 年前后的鲁迅是那样心存焦虑,但对中国之前途也还是怀有热切的期望。他渴望中国能有一

---

① 参见温儒敏《今天我们怎么关注鲁迅》,2005 年 7 月 31 日《解放日报》。

批有识之士，"洞达世界之大势，权衡校量，去其偏颇，得其神明，施之国中，翕合无间。外之既不后于世界之思潮，内之仍弗失固有之血脉，取今复古，别立新宗，人生意义，致之深邃，则国人之自觉至，个性张，沙聚之邦，由是转为人国"①。现在看来，这种渴望并不偏至，是很辩证，也很有思想深度的。

　　中国这三十多年的变化天翻地覆，称得上是几千年未有之大变局，国力增大，科技发展了，物质生活也丰盈了，可是科技文化偏至、遮蔽人性的现象严重，国民的幸福感并不见得在不断提升。鲁迅当年提出和思考的一些问题仍然缠绕和警醒着我们。重读鲁迅早年那些默默无闻的旧作，我们似乎能发现什么——都希望中国能"别立新宗"，真正成为少受现代"文明病"困扰的"人国"，那么就要珍惜鲁迅以及百年来中国变革中成就的思想遗产，不受浮躁风气的左右，扎扎实实前行。

---

① 鲁迅：《文化偏至论》，《鲁迅全集》第 1 卷，第 53 页。

如何理解鲁迅精神的当代价值*

——和山东大学学生讨论鲁迅

　　鲁迅是说不完的话题。在大学里,一届一届的学生都会讨论到鲁迅。不久前,有山东大学文学院部分学生约我谈鲁迅。他们事前上过有关的课,也看过当下某些评说鲁迅的论作,讨论之前做了准备,所提的问题大都带有某些普遍的困惑。我们彼此围绕如何理解鲁迅精神的当代价值等问题,进行较深入的交谈,我也根据自己的理解,回答了学生的问题。后来访谈记录刊印在本校研究生的内部刊物上。近日翻阅这篇记录,觉得有些意思,不妨整理一下发表,也可看看当代青年在哪些问题上比较关心鲁迅,他们又可能怎样去接受这份精神遗产。

　　学生问:1936 年 10 月 19 日,鲁迅在上海逝世时,上海民众将绣有"民族魂"三个大字的白绫旗覆盖在鲁迅的棺上,尊称鲁迅为"民族魂",以表达对鲁迅的崇高评价,将其视为民族崇高精神的代表。当然,人们对"民族魂"的理解各有不同,但基本上应该不会偏离不屈不挠的韧性战斗精神,英勇无畏的牺牲精神,为祖国独立、民族解放肯于奉献一切的爱国主义精神这些主线。总之,鲁迅已经被树立成为一种道德典范。那么,您认为鲁迅留给历史的最重要的道德价值是什么?

　　温儒敏答:"民族魂"是对鲁迅精神的高度概括,也代表当时广大民众对不屈不挠的爱国、奋斗精神的渴求,在中华民族生死存亡关头,人们希望能有这样一种精神作为支撑,就把这种希望投射到鲁迅身上。多年来,对于鲁迅精神的

　　* 本文原载《甘肃社会科学》2014 年第 2 期。

阐释主要都是政治层面的,如爱国主义、牺牲精神等等,当然也符合鲁迅的某些特质。但鲁迅作为一个思想家和文学家,他留给后世的精神财富主要是独立的精神和自由的思想,是那种深入理解中国文化与中国人基础上的批判精神,他的思想是如此深邃广大,而并不限于爱国主义。用"道德典范"来命名鲁迅不一定适当,我们宁可说鲁迅是一个精神的灯塔。

问:在《我之节烈观》这篇文章中,鲁迅说过这样一句话:"道德这事,必须普遍,人人应做,人人能行,又于自他两利,才有存在的价值。"①当然,这篇文章主要是在批判陈腐的封建意识形态对人性的摧残,是为妇女解放作斗争。但是,鲁迅对道德的理解倒是很有意味。您怎样理解和评价鲁迅的道德哲学(道德观)?

答:虽然鲁迅所论主要围绕妇女解放,但也涉及很深层的哲理性思考。中国传统文化重道德规训,很多经典道义其实都是场面上的,因为标准"太高",往往脱离人性,并非"自他两利",结果难于实行,甚至因为扭曲人性,而变得虚伪。普通老百姓大概宁可信服将心比心的《增广贤文》,也不太在意孔子孟子的。鲁迅的道德观基于对人性的尊重,符合现代意识。

问:鲁迅在《文化偏至论》中明确提出了"立人"的思想,即"将生存两间,角逐列国是务,其首在立人,人立而后凡事举;若其道术,乃必尊个性而张精神"②。您认为鲁迅所致力于"立"的"人"是怎样的一个主体?

答:晚清国势衰落、民族沉沦,很多志士仁人都在谋求"立国"之道,鲁迅也是这样。但鲁迅是思想家和文学家,他更关心民族精神问题,认为民族若亡,则首先亡在精神,所以他特别提出以"立人"作为"立国"的前提。鲁迅所要"立"的"人",当然不再是传统意义上的"国民"、"良民",而是具有健全独立人格的新人。这种新人脱离了旧的传统道德的束缚,又能摆脱过于物欲化的现代文明的利诱。我赞同有的学者所提出的观点,鲁迅的"人"与传统文化意义上的"人人皆可为尧舜"的"道德主体"以及近代政治哲学意义上的"人人有自主之权"的"权利主体"都是不同的,是现代西方人本主义意义上的"张大个人之人格"

---

① 鲁迅:《我之节烈观》,《鲁迅全集》第1卷,人民文学出版社2005年版,第124页。本文以下凡引用《鲁迅全集》,版本同,不另注明。

② 鲁迅:《文化偏至论》,《鲁迅全集》第1卷,第58页。

为"人生第一义"的"精神主体"。鲁迅的这种思想在当时没有可操作性,脱离了社会变革和必要的经济基础,"立人"将无从下手。但鲁迅不是政治家,我们不能过多从操作层面去苛求他。鲁迅的贡献在精神层面,他从精神层面看到"立人"对于社会发展的重要性,这是非常重要的警示。特别是若联系当今,如何在发展经济的同时不让精神坠落,成了很迫切的问题,我们对鲁迅的警示就有更深切的体会了。

问:提到鲁迅,人们绝对不会绕过的一个话题就是国民性批判。"群众,——尤其是中国的——永远是戏剧的看客。"①"中国人向来有点自大。——只可惜没有'个人的自大',都是'合群的爱国的自大'。"②"中国人的性情是总喜欢调和,折中的。譬如你说,这屋子太暗,须在这里开一个窗,大家一定不允许的。但如果你主张拆掉屋顶,他们就来调和,愿意开窗了。没有更激烈的主张,他们总连平和的改革也不肯行。"③"中国人的不敢正视各方面,用瞒和骗,造出奇妙的逃路来,而自以为正路。在这路上,就证明着国民性的怯弱,懒惰,而又巧滑。一天一天的满足着,即一天一天的堕落着,但却又觉得日见其光荣。"④……从这些话语上,我们看到鲁迅对国民性的批判力度是非常猛烈的,以至于有不少人开始对鲁迅的国民性批判产生了抵触情绪,认为他全盘否定传统文化,挖苦贬损国人,与史密斯的《支那人气质》别无二致。您对此持怎样的看法?

答:鲁迅二十年代还介绍过美国传教士史密斯(A. H. Smith)的《支那人气质》一书,对"国民性"这个概念的借用,以及对中国人民族性格心理的分析等方面,显然接纳过史密斯的影响。但鲁迅并非就是用西方人的眼光来批判中国人的国民性。鲁迅的国民性批判,完全是基于他对中国传统国民性的深入了解,基于思想启蒙的要求,有鲁迅自己深切的体验和独特的思考,外来的影响只是某种启发和促进。近年来有人指责鲁迅批判国民性是源于"西方人的东方观",这是粗率的结论,显然生硬地套用了眼下流行的所谓"后殖民"理论。不

① 鲁迅:《娜拉走后怎样》,《鲁迅全集》第1卷,第170页。
② 鲁迅:《随感录(三十八)》,《鲁迅全集》第1卷,第327页。
③ 鲁迅:《无声的中国》,《鲁迅全集》第4卷,第14页。
④ 鲁迅:《论睁了眼看》,《鲁迅全集》第1卷,第254页。

能否认鲁迅对国民性的批判常采取偏激的姿态,让人震撼、惊愕,虽然不习惯却又顿觉清醒。鲁迅这是有意的逆反,凸显一种批判的、不合作的精神。如果站在鲁迅批判的语境里来研究鲁迅的言论,你会发现鲁迅的偏激并非无的放矢,而且只有如此才能够深入本质,打到疼处。现今我们读鲁迅要注意鲁迅不是一般意义上的思想家,而是"文学家的思想者";和通常思想家的纯理性表述不一样,鲁迅总是带着强烈的个人体验去看待历史和现实问题,他还习惯采用杂文笔法,把问题强烈地突出起来,引人警醒。我们看到现实中很多批评鲁迅偏激的论者,其实未必读懂了鲁迅。他们不领会鲁迅的批判语境和有意的逆反思维,不了解鲁迅作为"文学家的思想者"之特点,就事论事抓住一句两句走偏锋的话,随意加以否定,那就根本不可能接近鲁迅,领会鲁迅的精神。

问:鲁迅选择以"国民性批判"的方式以期达到最终的社会改善的目的,但社会现状并没有因他的努力而有所改观,甚至更加恶化,这使他对自己所选择的这条路径产生了怀疑。晚年,他在保持独立性立场、不做政治权力附庸的前提下,更注重社会解放和阶级解放之于人的解放的不可分割性和重要性,就是对"国民性批判"现实窘境反思的结果。鲁迅支持"左联",又与"左联"保持一定距离,而"左联"的解散最终又使得鲁迅对个人独立性与社会现实关怀完全统一的期待落空,不得不再次一个人"依然在沙漠中走来走去"①。直至最终逝世,他也未曾见到社会较大的改善。所以,有人说鲁迅本身就是一个悲剧。您怎么看待这种说法?

答:也可以这样说吧。鲁迅基本上是个悲观主义者。这里说的悲观主义,是哲学层面、精神层面的。因为鲁迅深刻,反叛,永远不可能与现实妥协,而又找不到出路,正如他自己在《野草》中所坦言,"绝望之为虚妄,正与希望相同"②。虽然看不到希望,却也不甘虚无颓唐,还是要反抗、奋斗。正所谓"知其不可为而为之",这就是悲剧精神。不过说到"左联",鲁迅一开始就不抱多大的期望,这从他在"左联"成立时的讲话就可以感觉得到。事实上后来"左联"被宗派主义和"左"倾思潮所控制,鲁迅是很失望的。但不宜就此论说鲁迅因为支持"左联"就是悲剧。现在看来,没有完全介入党派政治,始终比较超脱,反倒

---

① 鲁迅:《〈自选集〉自序》,《鲁迅全集》第 4 卷,第 469 页。
② 鲁迅:《希望》,《鲁迅全集》第 2 卷,第 182 页。

是成就了鲁迅。前面说过，鲁迅主要是以"文学家的思想者"身份干预现实，他始终是清醒的，这才是他的价值。

问：鲁迅一生都在呐喊与彷徨中度过——"在思想上可以说终生都是一个在找路的人"①，他在灵魂深处有着强烈的孤独感，常常焦躁烦恼，身心极度疲惫，以致心灰意冷。他在 1930 年 3 月 27 日致章廷谦信中写道："我并不笑你的'懦怯和没出息'，想望休息之心，我亦时时有之，不过一近旋涡，自然愈卷愈紧，或者且能卷入中心，握笔十年，所得的是疲劳与可笑的胜利与无进步……"②但鲁迅对青年人一直都怀有热情，给予很大的关怀和鼓励——"青年又何须寻那挂着金字招牌的导师呢？不如寻朋友，联合起来，同向着似乎可以生存的方向走。你们所多的是生力，遇见深林，可以辟成平地的，遇见旷野，可以栽种树木的，遇见沙漠，可以开掘井泉的。"③前后两者呈现出相当大的反差，一个近乎绝望，一个又满怀希望，怎样来解释鲁迅看似矛盾的心态？

答：这就是前面说的，在哲学层面、精神层面，鲁迅是悲观主义者，他永远不可能抵达理想的境界，因为他永远都是不满意现实的。鲁迅思想的深刻性即在此。但在生活中，鲁迅不见得全都这样悲观，何况他一度还相信过进化论，希望青年总比老年好，未来总比现在好。所以他对青年总还是寄托有希望。现在的青年学生要了解鲁迅那种"深层的悲观"，也应当有批评精神，但不一定年纪轻轻就都那样"看破红尘"，我也不赞成处处都要与现实作对，毕竟时代不太一样，在生活中、实践中还是要阳光一点好。

问：鲁迅的原创文字题材很丰富，有小说、杂文、诗歌，也有学术文章，基本都使用白话文，从阅读体验上来说确实带有明显的"鲁迅风"，但不同的题材似乎在语言上又有不同的感觉。读《伤逝》，诗意、细腻；读《阿长与〈山海经〉》，朴实、温情；读《这样的战士》，气势恢弘；读《灯下漫笔》，锋利、尖锐；读《魏晋风度及文章与药及酒之关系》，风趣、家常。您认为鲁迅的语言风格是怎样的？不同题材之间有什么区别？

──────────

① 冯雪峰：《鲁迅和俄罗斯文学的关系及鲁迅创作的独立特色》，李宗英、张梦阳编《六十年来鲁迅研究论文选》上册，中国社会科学出版社 1982 年版，第 674 页。
② 见《鲁迅全集》第 12 卷，第 227 页。
③ 鲁迅：《导师》，《鲁迅全集》第 3 卷，第 59 页。

答:鲁迅创作总是不断更新,很少重复自己,但语言风格还是有一些共同的特征。鲁迅杂文喜用讽刺、幽默,有那种大气度的喜剧美感。他好用反语,就是倒着说,借用论敌的话来说,结果是"以子之矛,攻子之盾"。这是一种修辞,叫戏仿,将对手语言的偏颇推于极端。还有就是漫画笔法,抓住对方的特点或矛盾,加以放大、突出。有时又将含义相反的或不相容的词组织在一起,造成陌生感,强化了词语的某些质感或者功能。鲁迅的杂文把汉语的表意、抒情功能发挥到了极致,多用曲笔,说话是绕着弯的,制造一种张力。鲁迅常常反规范、反常规,有意制造一种不和谐的"拗体",以打破语言对思想的束缚,取得幽默、犀利的美学效果。在阅读过程中不断摩挲、体味,那是一种很特别的审美享受。

问:在《人生识字胡涂始》中,鲁迅讲:"现在的许多白话文却连'明白如话'也没有做到。倘要明白,我以为第一是在作者先把似识非识的字放弃,从活人的嘴上,采取有生命的词汇,搬到纸上来;也就是学学孩子,只说些自己的确能懂的话。"①但现代人在阅读鲁迅时,也常常会感觉不那么通达顺畅,以至于前段时间教材上对其文章篇幅裁减不少。这某种程度上说明鲁迅一贯提倡的文字表达方式与现代知识普及的要求已经不太合拍,您对此持什么看法?

答:现在同学们读鲁迅在语言上感觉可能艰涩一些,因为有时代的隔膜。鲁迅的语言带那个时代书面语特点,有时文白夹杂,现在读起来有点阻碍,但也有它特殊的韵味。鲁迅的文学语言极大地扩展了现代汉语的表现力。我们很习惯的一些语言用法,其实很多是从鲁迅那个时期开始的。比如古代小说都是描述性的语言,主语、谓语等语序很清楚,一般主语在前,比如"悟空道……"这样的语言方式,并没有多少变化的。但鲁迅开始就活泼多了,有时就把说话的人放在语句的中间。语法上也有变化,用了一些欧化手法,现在我们习惯了,这种习惯已经沉淀下来,渗透到整个社会生活,而这都是从鲁迅开始的。从这个意义上说,我们也还是要读鲁迅,接触和感觉现代汉语的流变状况。鲁迅语言那种特别的语感和韵味,以及高级的语言艺术,都是非常值得当今读者去欣赏和体味的,何况又是经典,所以尽管读起来有些隔,中学语文还是要选一些鲁迅作品。最近我主持教育部委托的小学和初中语文教材的编写工作,还是坚持收

---

① 鲁迅:《人生识字胡涂始》,《鲁迅全集》第6卷,第306—307页。

进很多鲁迅的作品。

问：鲁迅一生被指喜攻击、好论战，他的杂文也被指过于刻薄，以至偏激。在《〈伪自由书〉前记》中，他也给自己的杂文有一个经典概括——"论时事不留面子，砭锢弊常取类型"①。尽管其杂文面临一些人的非议和指摘，但不可否认的是，鲁迅对杂文文体的发展有着非常重要且深远的影响，他使得杂文作为一种即时、灵敏、短兵相接、直刺世病的文体越来越成熟，而且他所造就的杂文传统也流传至今，被后人借鉴学习。您对鲁迅杂文何评价？

答：鲁迅杂文绝大部分都是直面现实，对现实中各种社会现象，特别是精神文化现象发言的，用鲁迅自己的话来说，就是"感应的神经，攻守的手足"。还有一句话，就是进行"社会批评"和"文明批评"。鲁迅的杂文不是一般的文学创作，也不是一般的论文，而是有感而发，直接参与现实、干预现实的。鲁迅杂文带有自己对历史、文化深切的感受，绝对不是空论，不是书斋里的学问，是带着自己的血肉去看取人生，看取中国。从20世纪初到20世纪30年代，中国经历了许多重大的事变，包括辛亥革命、北洋政府统治、"五四"、北伐、"五卅"、"三一八"惨案、大革命失败、国共合作分裂、红军长征、革命文学论争、左翼文化运动、日本发动侵华，等等，几乎所有这些事变都在鲁迅杂文中得到记录与回应。不是历史学家那样的记录，而是文学家角度的有血有肉的记录，是偏重社会人心、思想文化角度的记录。如我们在中学时期学过的《记念刘和珍君》，读这篇杂文就可以非常感性地了解"三一八"惨案，了解当局者北洋政府如何残酷镇压学生爱国运动，以及惨案发生后的各种反应及世道人心，等等。如果读历史，事件的线索会比较清晰完整，但不可能有很多细部的感觉与体验，也很难顾及诸如社会心理等因素，而读了鲁迅的当下反应及描述，就有了更加鲜活的历史感。所以读鲁迅杂文可以了解中国现代史。不只是现代史，还可能是整个中国历史，中国的"人史"。一百多年来在中国发生过的许多社会现象，特别是精神文化现象，大多数都可以在鲁迅杂文里找到回应，读鲁迅杂文可以了解现代中国形形色色的社会现象与精神文化现象。作为文科的大学生，应该读一点鲁迅杂文，可以获得丰富的文史知识，了解现代中国的历史，了解我们传统文化的得

---

① 鲁迅：《〈伪自由书〉前记》，《鲁迅全集》第5卷，第4页。

失,特别是了解一百多年来的民族心灵史,了解国情,做到知人论世。

问:在《小品文的危机》中,鲁迅写道:"生存的小品文,必须是匕首,是投枪,能和读者一同杀出一条生存的血路的东西;但自然,它也能给人愉快和休息,然而这并不是'小摆设',更不是抚慰和麻痹,它给人的愉快和休息是休养,是劳作和战斗之前的准备。"①在《文艺的大众化》中,他又讲:"文艺本应该并非只有少数的优秀者才能够鉴赏,而是只有少数的先天的低能者所不能鉴赏的东西。"②这都一定程度上反映出鲁迅的文艺观,您认为鲁迅的文艺观是怎样的?这样的文艺观是否像有些人质疑的那样与文艺本身的应有价值有些偏离或对其有拔高?

答:这是不同语境中的不同表达,似乎有些矛盾,其实在鲁迅那里是统一的。前者是针对30年代那些躲避现实、沉于个人小天地的创作现象而言,鲁迅强调小品文写作的现实生命力,同时也要求有艺术审美的效果。后者是纠正对于"大众化"文艺片面的看法,是从文艺创作的传播与欣赏角度肯定大众文艺。对于文艺审美价值,鲁迅既不偏离,也不赞成失去现实生命力的唯美主义。

问:有的学者说:"现在网上可以看到很多'批鲁'的言论。我个人看下来觉得这些'批鲁'的言论不是直接针对鲁迅本身,与其说是针对鲁迅的,不如说它是针对那个围绕鲁迅日益僵化的阐释系统。"③围绕鲁迅的阐释系统有着怎么样的发展脉络?现在又是怎样呢?如何才能打破僵化的阐释系统?

答:过去对鲁迅的阐释是过于单一而且僵化,但现在有变化,可以说开始打破旧有的"系统",变得多元而复杂了,问题是相对主义和虚无主义也产生了。我们看到那些对鲁迅毫无根据的否定、歪曲和误读,比如认为鲁迅造成文化传承的断裂,就是一种。很多"批鲁"其实很浮躁,可能因为并没有"读鲁",按照既定观念,寻章摘句就来批判,这是很不好的学风。还有另外一种趋向,说是要把鲁迅从神坛上拉下来,"还原"给人间,于是努力挖掘甚至捕风捉影"生造"鲁迅一些惊人的"故事","揭秘"某些"阴暗面",什么鲁迅也搞

---

① 鲁迅:《小品文的危机》,《鲁迅全集》第4卷,第592—593页。
② 鲁迅:《文艺的大众化》,《鲁迅全集》第7卷,第367页。
③ 罗岗、李芸:《阅读鲁迅的当代意义——答李芸问》,《中文自学指导》2004年第3期。

"小三"呀,周氏兄弟失和源于鲁迅"越轨"呀,都是无中生有,其实是把鲁迅拉到庸众的水平。现在什么权威都可以拿来"恶搞"或"戏说",很不好,是文化失范的表现。

问:鲁迅对青年寄予了很大的希望。《为了忘却的记念》录有他从悲愤中沉静下来写就的一首诗:"惯于长夜过春时,挈妇将雏鬓有丝。梦里依稀慈母泪,城头变幻大王旗。忍看朋辈成新鬼,怒向刀丛觅小诗。吟罢低眉无写处,月光如水照缁衣。"①这中间饱含了先生对青年烈士的哀戚和心痛,今日读来还是让人感动。鲁迅对当时的青年人究竟有着什么样的影响? 与今天所谓的"青年导师"相比,鲁迅有何不同?

答:今天某些"青年导师"是爱做戏、无节操的,他们有漂亮的言辞和不负责任的做派,一味鼓动反叛,或把青年拉进低俗的境地,满眼漆黑,结果也难于立足做事,都不是真正为青年的前途着想。当年的年轻人喜欢鲁迅,是因为鲁迅的真诚与勇敢。而鲁迅自己反叛,甚至悲观,但从不愿把消极心态传染给青年。"青年导师"和鲁迅的胸怀品格不可同日而语。鲁迅自己也说过,他是很讨厌爱做戏的"青年导师"的。

问:鲁迅在《我们现在怎样做父亲》中,给这个问题做出了答案:"自己背着因袭的重担,肩住了黑暗的闸门,放他们到宽阔光明的地方去;此后幸福的度日,合理的做人。"②毋庸置疑,孩子是民族的希望,而孩子又是被"父亲"所产生、教育,因此,怎样"健全的产生,尽力的教育",进而实现"完全的解放",这当然是民族之重大课题。鲁迅的这一思想具有什么现实意义?

答:现在有些家长迫于所谓现实需求,总是随大流,把自己背着的"因袭的重担"放到孩子幼嫩的肩膀上,并不考虑孩子现在是否"幸福的度日,合理的做人"。在应试教育的现实面前,很多家长都不会"做父亲"。"家长"就是社会,大家都焦躁,形成某种压力,转移到教育中来了,所以"课改"理念再好,素质教育再重要,目前也难以推进。看来,还得重新温习鲁迅,"发现儿童",尊重儿童这一段宝贵的人生,看到人生这一段不可重复之美,不要因为太急功近利,扼杀了美好的童年。

问:鲁迅先生一生中花了极大的精力,来翻译和介绍外国,特别是苏联和西

---

① 鲁迅:《为了忘却的记念》,《鲁迅全集》第4卷,第501页。
② 鲁迅:《我们现在怎样做父亲》,《鲁迅全集》第1卷,第135页。

方进步作家的作品,占到了他全部书稿的一半。于是,很多人感慨,若是鲁迅先生放下些他的杂文和翻译,来作长篇小说,那么他将给中国文学史留下更多有分量的东西。先生本人是抱着"甘为泥土"的初衷来从事他的文学事业的,可内心也不乏苦闷,他在《〈华盖集〉题记》里写:"我的生命,至少是一部分的生命,已经耗费在写这些无聊的东西中,而我所获得的,乃是我自己的灵魂的荒凉和粗糙。"但紧接着他又说:"但是我并不惧惮这些,也不想遮盖这些,而且实在有些爱他们了,因为这是我转辗而生活于风沙中的瘢痕。"①今天,我们应该给予先生一生所为怎样的评价?

答:鲁迅所说耗费生命是指写那些杂文,大概还有翻译,我倒是觉得杂文是"更鲁迅"的,唯有鲁迅才写得出那样深刻有趣的东西,这一点也不用"可惜"。至于翻译,鲁迅也是开风气之先的,他在这方面的贡献,至今没有得到充分的肯定和研究。以鲁迅的艺术个性,大概不太适合写长篇小说,短篇更能发挥其特点。其实,小说篇幅的长短不一定代表价值大或小。

问:鲁迅先生为我们留下了很多精神财富,出版社也有整理出版鲁迅箴言以及人生精论的集子,这些做法都是非常有益的。您觉得,文艺界还能做些什么,以纪念鲁迅,弘扬鲁迅?

答:现在书出得不少,但多是学术圈子里的,我希望有更多学者走出圈子,多写一些切合实际深入浅出的书,让更多普通读者特别是年轻人阅读鲁迅,理解鲁迅。现下中小学语文教材中的鲁迅作品的教学也要改进,改掉那种单调、教条、沉闷的教法,让孩子们从小接触一点鲁迅,逐步了解鲁迅,学习鲁迅。

问:学者王晓明在《鲁迅式的眼光》中写道:鲁迅对今天的中国人来说,"恐怕更是一个眼光独特、能够洞悉社会和人生真相的批判者。……我也更愿意相信,鲁迅所以能获得今天的年轻人的关注,一个很重要的原因,就在于他激发起了人们洞察世事、把握真实的充沛的灵感"。②您觉得在今天,"鲁迅式的眼光"对于社会的发展进步有何意义?

答:现今社会转型,市场经济唱主角,难免拜金主义流行,人文精神坠落,社会风气变得浅薄而势利。加上现在又是传媒时代,信息传播过量而又缺少节

①　鲁迅:《〈华盖集〉题记》,《鲁迅全集》第3卷,第4—5页。
②　王晓明:《鲁迅式的眼光》,《编辑学刊》2006年第5期。

制,太多负面的东西积淀在每个人心田,人容易焦躁,思维碎片化、平面化,痞气和戾气大行其事。这时特别需要有定力,鲁迅就能给人们定力。我们越来越感觉到鲁迅的宝贵——他的独立精神、自由思想,以及他对中国文化及中国人清醒的认识,都是我们所缺少,而又非常需要的资源。

和中学生谈谈如何读《朝花夕拾》*

《朝花夕拾》一共十篇,文章都不长,最好能够完整地读下来。《从百草园到三味书屋》回忆上学前后那一段童年生活,《阿长与〈山海经〉》怀念保姆长妈妈,《藤野先生》写日本留学生活以及师生情谊。这三篇语文课上都要学的,我这里先不去说,其他几篇多说一点,提示阅读时应当关注的问题,以及可能碰到的障碍。

这两篇比较难读,别一开头就给难倒了

《朝花夕拾》中有两篇读起来可能比较难一些,会有阅读障碍,那就是《狗·猫·鼠》和《〈二十四孝图〉》,这里特别要说一说的。《狗·猫·鼠》写孩子眼中的宠物与动物世界,说的是鲁迅为何会"仇猫",也就是讨厌猫,为什么会有这个心理暗影。原来小时候鲁迅养过一只"隐鼠",可爱的小老鼠,结果被猫吃掉了,他就很伤心,总想着要给老鼠报仇,而且终生都变得"仇猫"。这里写得好的是孩子的心理,非常真切感人。我一边读,一边会想到自己的童年。在大人看来不值得一提的某些琐碎的事情,在孩子的心目中可能是非常重要的。很多同学小时候可能都喜欢动物,我们读的童话中动物往往都是通人性的,动物的世界和孩子的世界似乎没有什么界限。这种混淆容易被看作幼稚,其实又可能包含有某种人性的柔弱与善良。而到了成年,这些都会被改变。鲁迅回忆自己小时候为什么会"仇猫",写得那样感人,同学们阅读时会把兴趣放到这里,会勾起自己的回忆,这也是很自然的。

---

* 本文根据笔者的讲稿整理,后用作人民文学出版社版《朝花夕拾》(收入"语文阅读推荐丛书")的"导读"。

但这篇文章却不只是回忆有趣的童年经历，鲁迅在叙说自己"仇猫"心理的来由的同时，涉及和当时一些所谓"名流"的论争。文章有一半篇幅是在讽刺那些"名流"的虚伪，说他们做坏事的前后还要先啰唆许多堂而皇之的"理由"，甚至还比不上动物界"适性任情"。同学们读到这些故事之外的议论，可能有些困惑。要知道，鲁迅的文章常常这样，从事情本身延伸出去，联想或者思考某些更加深远的道理，使文章的思想性更加丰富。《狗·猫·鼠》似乎写得很随意，说到哪里是哪里，读起来会觉得"散"，抓不住我们所习惯的"中心思想"。其实这也是散文特别是随笔的一种写法，我们就顺着鲁迅的叙述和议论去读好了，不必总想着要归纳某个"主题思想"。至于文中牵涉到某些背景，可能影响阅读理解，则可以参考注释或者相关材料，多少知道鲁迅的批判所指，也就可以了。《狗·猫·鼠》是《朝花夕拾》开头第一篇，可不能因为读起来比较难，就读不下去了。

另一篇比较难的，是《〈二十四孝图〉》。这《二十四孝图》是元代开始流行的宣传儒家孝道思想的普及读物，有图有文，讲述了传说中二十四位古人如何孝敬父母的故事。孝敬父母本来是必须的，是一种基本的道德。但在封建社会，往往把这个道德要求极端发挥，变成可以牺牲子女的幸福去无条件服从父母，甚至有很多非常苛刻的毫无人性的做法，也成为要人们学习的楷模。比如鲁迅这篇作品提到的"郭巨埋儿"，说的是晋代有一孝子郭巨，家贫，有个三岁孩子，还有个老母亲。因为要侍奉老母亲，怕老母亲照顾孙子而减少她自己的进食，居然要掘个坑把孩子埋掉。另外还提到"老莱娱亲"，说老莱孝养二老双亲，自己七十岁了，为了使老父母快乐，还经常穿着彩衣，做婴儿的动作。还有，"卧冰求鲤"，讲晋代有一人叫王祥，他的母亲在冬天想吃鲜鱼，但天寒冰冻，打不到鱼呀，他就解衣卧冰求之。结果冰突然开裂，双鲤跃出，持归供母。总之都是这一类牺牲后代以孝敬父母的故事，是非人性的。"五四"时期那些改革的先驱者就激烈抨击儒家这些迂腐的思想。鲁迅这篇《〈二十四孝图〉》，和其他几篇不太一样，杂文的议论比较多，批判性很强。开头就是这样一段：

> 我总要上下四方寻求，得到一种最黑，最黑，最黑的咒文，先来诅咒一切反对白话，妨害白话者。即使人死了真有灵魂，因这最恶的心，应该堕入地狱，也将决不改悔，总要先来诅咒一切反对白话，妨害白话者。

为什么这么激烈？因为鲁迅写这篇文章时，一些复古文人正在企图剿灭"五四"新文化运动所提倡的白话文，鲁迅要毫不留情地回击。我们懂得了这个背景，就好理解作者为何用许多笔墨来写自己小时候读《二十四孝图》时的那种困惑与反感了。比如回忆读"郭巨埋儿"的故事时，有这么一段心理描写，也是带有讽刺与批判的：

> 我最初实在替这孩子捏一把汗，待到掘出黄金一釜，这才觉得轻松。然而我已经不但自己不敢再想做孝子，并且怕我父亲去做孝子了。家景正在坏下去，常听到父母愁柴米；祖母又老了，倘使我的父亲竟学了郭巨，那么，该埋的不正是我么？如果一丝不走样，也掘出一釜黄金来，那自然是如天之福，但是，那时我虽然年纪小，似乎也明白天下未必有这样的巧事。

> 现在想起来，实在很觉得傻气。这是因为现在已经知道了这些老玩意，本来谁也不实行。

阅读《狗·猫·鼠》和《〈二十四孝图〉》，不要完全当作故事来读，要适当关注其中的批判性内容，这样，也就比较能理解，比较读得进去，而且会很有兴味。如果这两篇都有兴趣读完，说明你的理解力和阅读能力相当不错了，那么阅读整个《朝花夕拾》也就没有什么大问题了。

其余各篇都挺有趣的，提示一下吧

其他几篇相对是比较好读的。

《五猖会》这一篇比较短，也收到教材中作为"精彩选篇"。这篇作品前半部分写迎神赛会和五猖会，都是民间的风俗，现在看来离我们很遥远的。你看看鲁迅笔下的那种热闹情形：

> ……记得有一回，也亲见过较盛的赛会。开首是一个孩子骑马先来，称为"塘报"；过了许久，"高照"到了，长竹竿揭起一条很长的旗，一个汗流浃背的胖大汉用两手托着；他高兴的时候，就肯将竿头放在头顶或牙齿上，甚而至于鼻尖。其次是所谓"高跷"，"抬阁"，"马头"了；还有扮犯人的，红衣枷锁，内中也有孩子。我那时觉得这些都是有光荣的事业，与闻其事的

即全是大有运气的人，——大概羡慕他们的出风头罢。我想，我为什么不生一场重病，使我的母亲也好到庙里去许下一个"扮犯人"的心愿的呢？……然而我到现在终于没有和赛会发生关系过。

写得多么有趣！而且这一切是通过孩子的眼光去看，通过孩子的心理去想象的。孩子多么想去看难得一见的五猖会呀！可是文章后半部分笔锋一转，写到这兴头上，父亲却如何让孩子背书。好不容易背完了，煞风景，兴味也全无了。以至鲁迅成年之后，一想起这事，"还诧异我的父亲何以要在那时候叫我来背书"。那么有情趣的一件事，却这样结束，留给孩子很尴尬无奈的记忆。可能有些评论或者有些老师非得把这篇文章的主题说成是对于封建家长制和僵化的旧教育的批判。虽然这也可以自成一说，但我觉得也不必把"主题"提拔得这么严重。现如今的家长也完全可能会这样的，他们不一定能细致地意识到必须尽可能呵护孩子的心灵世界，照顾孩子的好奇心。这几乎是"常态"。那么我们读这篇作品，一是对诸如迎神赛会和五猖会这样的民俗多一份了解，另外对成长过程中很难避免的所谓"代隔"，也有所了解。这就够了。我觉得读《朝花夕拾》，可以放松一点，那才读得更加有味。

《无常》是写民间传说与戏剧的，其中主要写"无常"这种传说中的"鬼"。现在提到"鬼"大家都会说是迷信，不存在的。但在老辈人那里，"鬼"是一种很普遍的，似有实无，而且又时常对人产生影响，甚至让人惧怕的事物。我小时候就特别怕听却又特别喜欢听"鬼"的故事，那种刺激，那种想象，是同学们现在所不了解的。鲁迅写"无常"，其实也是写他们那个时代童年文化生活的一个部分。我们来念一段吧：

> 人民之于鬼物，惟独与他最为稔熟，也最为亲密，平时也常常可以遇见他。譬如城隍庙或东岳庙中，大殿后面就有一间暗室，叫作"阴司间"，在才可辨色的昏暗中，塑着各种鬼：吊死鬼，跌死鬼，虎伤鬼，科场鬼，……而一进门口所看见的长而白的东西就是他。我虽然也曾瞻仰过一回这"阴司间"，但那时胆子小，没有看明白。听说他一手还拿着铁索，因为他是勾摄生魂的使者。相传樊江东岳庙的"阴司间"的构造，本来是极其特别的：门口是一块活板，人一进门，踏着活板的这一端，塑在那一端的他便扑过来，

铁索正套在你脖子上。后来吓死了一个人，钉实了，所以在我幼小的时候，这就已不能动。

多么妙趣横生！大家一定非常好奇，也非常喜欢读的。当然，这篇回忆除了孩童的经历，也还有许多议论，很多关于人生的思考，也是值得去琢磨的。

《父亲的病》回忆庸医如何耽误父亲治病，这是他少年时期一段很不幸的经历。我们知道鲁迅在日本曾经学过医学，自然是西医。他对中医是不太信服的，可能也和少年时期这段经历的阴影有关吧。但这篇作品并不是否定中医的，他批判的是不负责任的庸医。而且从中还思考中西文化的不同：

> 中西的思想确乎有一点不同。听说中国的孝子们，一到将要"罪孽深重祸延父母"的时候，就买几斤人参，煎汤灌下去，希望父母多喘几天气，即使半天也好。我的一位教医学的先生却教给我医生的职务道：可医的应该给他医治，不可医的应该给他死得没有痛苦。——但这先生自然是西医。
>
> 父亲的喘气颇长久，连我也听得很吃力，然而谁也不能帮助他。我有时竟至于电光一闪似的想道："还是快一点喘完了罢……。"立刻觉得这思想就不该，就是犯了罪；但同时又觉得这思想实在是正当的，我很爱我的父亲。便是现在，也还是这样想。

读到这里，大家一定也会陷入沉思的，感觉自己一下子长大了似的。鲁迅的作品常常具有这种发人深思的力量。

《琐记》回忆离家到南京上学所接触的种种世态人情，《范爱农》怀念同乡好友。这两篇都是写得很有趣而且好读的。我就不展开来说了。

打通隔膜：原来鲁迅这么"好玩"

十篇散文可以分开来读，但彼此也有些联系，合在一起，就呈现了鲁迅对自己童年到青年生活的有些连贯的回忆图景。"这组散文是鲁迅作品中最富生活情趣的篇章，我们可借此了解鲁迅从幼年到青年时期的生活道路和心路历程。"这句话是"名著导读"上的，也可以看作我们学习《朝花夕拾》的一个目标吧。我们学习这本经典，就可以了解鲁迅的少年和青年时期的经历，接触这位伟大的作家、思想家。我们容易有这样的印象：鲁迅是战斗的，批判的，总是那么严厉，文章也不好懂。学生中流传一句话：一怕文言文，二怕周树人。好像都有点"怕"鲁迅。这也反映一些实际情况。那么"高级"的鲁迅就这样被颠覆了。不过不要紧，随着年龄与阅历增长，对鲁迅肯定会有更深的认识。就拿我们学过的《朝花夕拾》那些课文来说，现在重新阅读，肯定会有新的不同以往的体会。读了《朝花夕拾》，你就会发现，鲁迅原来这么富于情趣，这么"好玩"，不像我们原来印象中的那么威严、难懂、难于接近。

但是，鲁迅的文章确实和我们有些"隔"，不容易懂的。这也是我们阅读《朝花夕拾》之前，要有的思想准备。

一是语言上的"隔"。大家都有这样的体会，鲁迅文章的语言和其他作家的语言很不一样，有时有点拗口，有些用词很特别，甚至不合常规，读起来不那么顺。比如，我们已经学过的《从百草园到三味书屋》，开头一段，我来读一下吧：

> 我家的后面有一个很大的园，相传叫作百草园。现在是早已并屋子一起卖给朱文公的子孙了，连那最末次的相见也已经隔了七八年，其中似乎确凿只有一些野草；但那时却是我的乐园。

"现在是早已并屋子一起卖给朱文公的子孙了"，用如今通常的说法是"好多年以前这园子就连同房子一起卖给姓朱的人家了"；"连那最末次的相见也已经隔了七八年"，就是"最后一次见到这园子也已经过去七八年了"。鲁迅的语言带有 20 世纪 20 年代书面语的特点，有点文白夹杂，又有点欧化，是那个从文言到白话的转型时期的特点。当然，又还有鲁迅自己的特点。他特别重视用一些连接词或者转折词，让语言多一些张力，不那么直白，反而可以更好地体现思维的复杂性和丰富性。有些"不合常规"的语言，细加琢磨，又别有味道。例如"其中似乎确凿只有一些野草；但那时却是我的乐园"，怎么会用"似乎确凿"这样"不合常规"的说法？其实这很适合回忆中的思维状态。前面一个"似乎"，那些回忆中的景象是遥远而模糊的，紧接着的"确凿"，与之并不矛盾，因为那景象那样鲜明地浮现在眼前了。

这让我又联想到鲁迅的散文诗《秋夜》开头一句："在我的后园，可以看见墙外有两株树，一株是枣树，还有一株也是枣树。"有些人认为啰唆，其实是有意在表达那种寂寞的心境。这种重复和单调的语感，加深了此种心境的表达。如果把这句话改为规范通行的语言："在我的后园，可以看到墙外有两棵树，都是枣树。"虽然不重复，诗意却跑了。

让我们再举一个例子，就是《琐记》中的这一段，说鲁迅对于家乡 S 城的流言蜚语已经感到腻味和绝望，他想尽快走出封闭的乡镇，到外边去。当时也就是同学们这个年龄，或者稍大一点，正处于青春叛逆期，希望能离家到外面闯荡世界。作品是这样写的：

> 好。那么，走罢！
>
> 但是，那里去呢？S 城人的脸早经看熟，如此而已，连心肝也似乎有些了然，总得寻别一类人们去，去寻为 S 城人所诟病的人们，无论其为畜生或魔鬼。

注意这些用词和句式："如此而已，连心肝也似乎有些了然"，"总得寻别一类人们去"，如果按照现在通行的语言习惯来读，这是有些拗口的。但细读一遍再一遍，会读出一般语言所没有的那种节奏、韵味。刚读有些不习惯，你会不由自主慢下来品读，不只是读懂其意思，还能体会到语言背后的情感和思想。

如此看来，鲁迅语言某种程度上的"隔"，不仅跟他所处那个特定时代语言的特点相关，更是鲁迅自己语言创造的特色，理解了这一点，才不怕这种"隔"，不会让这种"隔"妨碍自己去阅读鲁迅。鲁迅的语言是有张力、有诗意、有韵味的，要细心去读，一遍一遍读，体会那种语感。读多了，可能会感觉自己平常使用语言虽然通顺，符合规范，可是无味，没有分量。如果有了这种自省和自觉，你的语言水平也可能得到某种程度的提高了。

阅读《朝花夕拾》可能有第二个"隔"，就是文化历史常识。鲁迅这些回忆写的是一百多年前中国的社会生活，牵涉到很多历史、文化常识，如果不懂，的确会处处都是障碍。很多同学不喜欢读鲁迅文章，除了语言上的"隔"，还有这时代和知识上的"隔"。也举个例子。如《无常》开头一段：

> 迎神赛会这一天出巡的神，如果是掌握生杀之权的，——不，这生杀之权四个字不大妥，凡是神，在中国仿佛都有些随意杀人的权柄似的，倒不如说是职掌人民的生死大事的罢，就如城隍和东岳大帝之类，那么，他的卤簿中间就另有一群特别的脚色：鬼卒，鬼王，还有活无常。

你看，像"城隍"、"东岳大帝"、"卤簿"等等，都是民间文化和传说中的角色事物，文中还提到《玉历钞传》、《陶庵梦忆》等多种典籍，对这些多少要有所了解才能读下去。又如另外一篇《范爱农》，写到安徽巡抚恩铭、徐锡麟、秋瑾、满洲，等等，都和辛亥革命前后的历史有关，如果不了解，读起来也会感到有些"隔"，甚至不懂，读不进去。碰到这种阅读障碍怎么办？不要怕，也不要偷懒，查下字典词典或者相关的历史书，大致能懂，就读下去。这样，会有意外的收获，那就是通过读《朝花夕拾》、读鲁迅作品，对中国传统文化以及近代文化、历史有了一定的了解，而且是感性的了解。这是历史书上也不一定学得到的。如果读历史书，可能比较概括，比较理论化、知识化，而结合着鲁迅作品来读，就可以获得鲜活的历史感受。认真读《朝花夕拾》，把那些相关的人物史事都大致弄清楚，哪怕是大致，就很不简单，人文学科基本的素养都在其中了。

我们要正确认识为何读鲁迅会有些"隔"，不怕这种"隔"，还要力求打通这种"隔"，进入鲁迅的精神世界。这样，我们就提升了自己的语文水平，提升了思想水平。

顺便提一下，教材中有关《朝花夕拾》的"名著导读"这一课，其标题就是《〈朝花夕拾〉：消除与经典的隔膜》。其中讲到现在是多媒体时代，许多年轻人没有耐性读经典作品，经典似乎离我们越来越远。要认识到，经典是人类智慧的结晶，读经典可以加大文化积累，可以锻炼思考能力，可以丰富人生的感受，可以涵养性情，等等。要让自己更具智慧，最好的办法就是读经典。但是由于时代的隔膜，语言的隔膜，年轻人读经典，是有困难障碍的。而且一般来说，对经典的不喜欢，也属于正常反应。于是就要消除"隔"。怎么消除与经典的"隔膜"？前面已提到一些办法了，比如细读，了解相关的历史文化知识，等等。但消除对于经典的"隔"，主要还是认识问题。年轻的时候，容易被流行的甚至低俗的文化所包围，所以还是要有定力，有毅力，适当远离低俗文化，多读一些经典，尽可能让自己口味变得比较纯净和高雅，因此也就要适当读一些深一点的书。《朝花夕拾》提示我们如何消除与经典的隔膜，在今后接触其他中外经典时，也是适用的。

整体把握：大气、幽默与简单味

接下来，我们就来讲讲《朝花夕拾》阅读中应当主要关注什么，如何使我们的阅读效果最大化。我讲三点，是对《朝花夕拾》的整体感受和整体分析。在初中语文课上，我们学《朝花夕拾》中的三篇作品，是一篇一篇精学精讲的，而我们阅读《朝花夕拾》整本书，就要有个整体把握。

首先，阅读时要注意感受那种大气。鲁迅的文章毫不拘谨，放得开，收得拢，这是大气度。鲁迅在叙说以往生活经历时，时而沉湎回忆，时而感慨迸发，时而勾勒一幅景致，时而揣摩某种心理，时而考核故实，时而旁敲侧击……真正做到了作者所主张的"任意而说"、"无所顾忌"。然而细细琢磨，一篇仍有一篇的中心，各篇还都不脱离全书的基本线索。我把这叫作雍容大气。这是第一点。

比如《藤野先生》开头讲中国留学生油光可鉴的辫子，会馆里乌烟瘴气的跳舞，随便说到的这些怪现象，却是自己离开东京去仙台的原因。接着写仙台的经历，藤野先生的热心和作者受到的民族歧视穿插表现，恩师的形象逐渐显示，仿佛就是闲聊，漫不经心，从容自然。这就是大气，是雍容。不像有些散文过分讲究结构篇章，反而显得拘谨、做作。鲁迅曾经和一位青年谈到怎样写文章："要锻炼着撒开手，只要抓紧辔头，就不必怕放野马；过于拘谨，要防止走上小摆设的绝路。"[1]

这提醒对于我们写文章应当是有帮助的。刚开始学写文章，可以有些模仿，有些章法结构的要求。但慢慢写得多了，就要注意文字背后的思维，让思维的变化去引领文章写法。只有思想放得开，不拘谨，文章才有大气度。这也是一种向往吧。

第二，幽默。同学们可能都喜欢幽默，我们乐于和幽默的人在一起。网上很多段子，也是有些幽默的。但这些幽默可能格调不一定高，就是"搞笑"而已。鲁迅的幽默是很"高级"的。阅读《朝花夕拾》，要欣赏鲁迅式的幽默。《朝花夕拾》

---

[1]　李霁野：《漫谈〈朝花夕拾〉》，《人民文学》1959年第10期。

中有很多顺手而来的讽刺，注意了，这种讽刺往往不是单刀直入，而是用多少有点开玩笑的方式去回敬论敌，这笑就像鞭子，给论敌以苦辣的抽打，叫论敌挨了打却有苦难言，这正显现了幽默的力量。《朝花夕拾》中也有许多议论，写得很幽默。比如《父亲的病》中揭露庸医行骗，开的方子用奇特的药引，"最平常的是'蟋蟀一对'，旁注小字道：'要原配，即本在一窠中者。'"鲁迅插入议论："似乎昆虫也要贞节，续弦或再醮，连做药资格也丧失了。"这很可笑，会让人联想到封建礼教。讽刺的意味就在幽默之中加强了。

另外一种幽默比较平静和善，读来有很好的逗乐怡情的效果。如《阿长与〈山海经〉》里写善良可亲的长妈妈那些可笑的缺点，是用仿佛很"严重"的口气说的："……满床摆着一个'大'字，一条臂膊还搁在我的颈子上。我想，这实在是无法可想了。"但自从听了她讲长毛的故事之后，"对于她就有了特别的敬意，似乎实在深不可测；夜间的伸开手脚，占领全床，那当然是情有可原的了，倒应该我退让"。这幽默的表达，让人感觉到怀念的真切，连缺点都可亲。站在更高的阶段回顾过往，审视处在荒唐情境中的童年或有趣的弱点，有一些戏剧性的兴奋。我们和同学、玩伴回想往事，常有类似的情况吧。

再举个例子。《琐记》中记叙在南京的求学生活，有这么一大段：

> 初进去当然只能做三班生，卧室里是一桌一凳一床，床板只有两块。头二班学生就不同了，二桌二凳或三凳一床，床板多至三块。不但上讲堂时挟着一堆厚而且大的洋书，气昂昂地走着，决非只有一本"泼赖妈"和四本《左传》的三班生所敢正视；便是空着手，也一定将肘弯撑开，像一只螃蟹，低一班的在后面总不能走出他之前。这一种螃蟹式的名公巨卿，现在都阔别得很久了，前四五年，竟在教育部的破脚躺椅上，发见了这姿势，然而这位老爷却并非雷电学堂出身的，可见螃蟹态度，在中国也颇普遍。

是不是特别可笑？这就是幽默的力量。

鲁迅的幽默是有力的，自信的，是一种智慧，一种语言的风格，更是一种气质的表现。欣赏《朝花夕拾》，要格外注意这种由幽默产生的美感。读完《朝花夕拾》，鲁迅在你们心目中的形象可能有所改变：他不单是黑暗时代最勇敢的战士，不单是寂寞、忧虑、愤怒的，同时也是有温情的，淘气的，可爱的，幽默构成了鲁迅形象的一个重要侧面。在现代中国,极少有比鲁迅更有趣、更幽默的"老头"了!

第三,简单味。这个词有点生吧?是说《朝花夕拾》的风格,非常洗练、明晰,文字不多,给人的印象却很深。和文字表达也有关。鲁迅的这些文章似乎在说"闲话",也称"漫笔",是一种比较随意的写法,要细细品味,才更能体会到那种特别的情趣。每一篇集中勾勒一二个人或一二件事,就生动地概括了这一历史过程中的几个社会侧面,展现了作者几十年生活的踪迹。如《范爱农》写到清末浙江发生的反清的革命家徐锡麟被杀事件,心肝都被清兵炒了当菜吃了。消息传到日本,留学生开会讨论如何应对,要不要发电报:

> 我是主张发电的,但当我说出之后,即有一种钝滞的声音跟着起来:
> "杀的杀掉了,死的死掉了,还发什么屁电报呢。"
>
> 这是一个高大身材,长头发,眼球白多黑少的人,看人总像在渺视。他蹲在席子上,我发言大抵就反对;我早觉得奇怪,注意着他的了,到这时才打听别人:说这话的是谁呢,有那么冷?认识的人告诉我说:他叫范爱农,是徐伯荪的学生。

几句话,把范爱农愤世嫉俗、耿介直爽的个性写出来了。提炼典型的细节,多采用"白描"的勾勒,是形成《朝花夕拾》"简单味"风格的常用手法。这样的文章,耐读,就像线条清晰简练而富于表现力的素描,着墨不多,余韵无穷,我们不能不佩服这种洗练的功力。

这对我们的写作也有启示:写某个人物,某件事情,如何在有限的篇幅中写出其特点?一个人,很有特点,你能用三两句话把他(她)写出来吗?首先要观察,看这个人哪些点给人印象最深,最能显示其个性特征。写的时候就抓住这些特征,加以突出,而不是眉毛胡子一把抓,平铺直叙。当然,要达到鲁迅那样的"简单味",可不容易。观察是一种思维能力,能抓特点,抓重点,这也是需要训练的。我们学习《朝花夕拾》时,多注意一点鲁迅行文的"简单味",让自己的作文更加简练,不啰唆,不繁杂,不"记流水账",这也是一个收获吧。

现代散文的翘楚

　　像《朝花夕拾》这样通过写个人的生活,折射时代变迁,带有浓烈的抒情叙事意味的美文,是"五四"之后出现的一种新的体式。几乎所有新文学作家都写过这类作品,我们教材中也收进了一些。鲁迅是其中的翘楚。这类文章,现在也很流行,是常见文体,大家很习惯享用了。在古代,虽然还没有"散文"这个文体概念,但散文创作是很发达的。诸如《史记》那样的史传文,贾谊《过秦论》、诸葛亮《出师表》这样的政论策论,陶渊明《桃花源记》、王勃《滕王阁序》之类记叙文,韩愈《师说》、柳宗元《捕蛇者说》一类议论文,还有杜牧《阿房宫赋》、苏轼《前赤壁赋》一类赋体文,等等,范围很广,佳作很多。大家读过这些古代名篇,都会感叹汉语之美,文章之美,但再来读鲁迅《朝花夕拾》,仍然会觉得非常新鲜,甚至是前所未有。不只是《朝花夕拾》用白话写作,也因为它好像更加贴近生活,更适合表达个人的感情。

　　郁达夫曾经比较古今文章的最大不同,他说:"现代的散文之最大特征,是每一个作家的每一篇散文里所表现的个性,比从前的任何散文都来得强……更是带有自叙传的色彩了。"①这可以帮助我们认识《朝花夕拾》的特点,以及鲁迅这部作品对于引领现代散文创作所起到的类似源头的作用。

---

　　①　郁达夫:《中国新文学大系·散文二集·导言》。

第二辑　作家作品论

论郁达夫的小说创作[*]

1921年10月，现代文学史上第一本小说集《沉沦》出版，"在中国的枯槁的社会里面好像吹来了一股春风"①，引起了强烈的反响。它的作者郁达夫成为独树一帜的小说家，同诗集《女神》的作者郭沫若一样蜚声文坛，赢得了当时广大青年读者很高的称誉。此后，在十多年的创作生涯中，郁达夫写下了四十多篇短篇小说和两部长篇小说，其中不少篇章都产生过很大影响。郁达夫是新文学发展初期拥有最多读者的优秀作家之一。他的小说那么受欢迎，是由于那"惊人的取材与大胆的描写"②。他敢于真实地揭示"五四运动"后一部分小资产阶级知识分子不满现实，而又找不到出路的苦闷，反映了这种"时代病"；他塑造了徘徊于历史岔路口的"零余者"形象，暴露了黑暗现实给青年带来的精神磨难，从一个侧面反映了时代；他在艺术上敢于创新，探索并扩大了浪漫主义小说艺术表现的疆域，具有独特的风格。郁达夫的小说尽管内容复杂，有许多消极成分，形式上也不尽完善，但对于"五四"以来新文学的发展，是起过重要作用的。

可惜，对于郁达夫这样一个有影响的作家，对于他别具一格的作品，过去的研究却很少。有的文学史论著又不切实际地拿革命作家和现实主义这两把尺子去要求他，把复杂的文艺现象简单化，评价也往往不公正。

郁达夫的创作到底有什么时代意义？他在文学史上最主要的贡献是什么？他的艺术经验有哪些是可取的？这很值得我们研究。下面，笔者试从其小说创作方面，作一些探讨。

* 本文原载《中国现代文学研究丛刊》1980年第2辑。

① 郭沫若：《论郁达夫》，《沫若文集》第12卷。

② 成仿吾：《〈沉沦〉的评论》，1923年2月《创造》季刊第1卷第4期。

"时代病"的色彩

现在人们读郁达夫的小说,争议最多的,恐怕就是他的病态描写。然而这也正是郁达夫小说的显著特色之一。郁达夫在作品中,常常赋予他的主人公以感伤的性格,竭力表现他们极度的苦闷,以及由此而生的颓废和变态的心理言行。这一点,在他的早期作品中尤为突出,几乎每一篇都有各种病态的描写。他的第一篇小说《银灰色的死》,写丧妻的悲恸、爱情的幻灭,以及对死的渴慕,就开始表现了病态的情绪。《沉沦》更是直接写一种"忧郁症",如主人公在稠人广众中的孤独感、退避隐居后的妄想狂,以及变态的性爱追求,都是病态的表现。另一篇《南迁》,表现"伊人"精神世界崩溃后如何沉于酒色,最后又如何以"心贫者福矣"的宗教信条麻醉自己,也涂满了病态的色彩。这种病态描写,一直持续到他30年代初写的某些作品中。

郁达夫小说所写的这些病态,当然是不健康的东西,而且作者又未能给予必要的批判,所以即使在当时,也会给读者以某些消极的影响,特别是可能使一些意志薄弱的青年感到自卑和绝望。但是,能不能因此就否定这种病态的描写呢? 当然不能。因为郁达夫写病态并非展览病态,而是在揭示一种"时代病"。"五四运动"的汹涌大潮中,广大小资产阶级青年奋起打倒旧传统,他们大都以个性解放思想为自己的精神支柱,怀着浪漫主义的冲动,去歌颂爱情,发扬自我,庆祝再生,建筑理想中的空中楼阁。但是,他们大都与群众斗争脱节,一当"五四运动"的高潮过去,黑暗势力更加猖獗,个性解放的理想既没有实现,又找不到反抗黑暗社会的有力武器和出路,于是苦闷彷徨就成为一种普遍的"时代病"。郁达夫敢于揭示这些病态正是那个时代的产物,是社会本身制造出来的悲剧。这对于旧制度和反动势力,无疑是一种冲击,有其进步意义。

郁达夫总是把病态作为理想破灭的结果来写,并把原因归咎于社会压迫。《沉沦》中主人公的"忧郁症"是怎么得的? 小说写道,他"同别的学生不同","心思太活"。那时"学校里浸润了一种专制的弊风,学生的自由,几乎被压缩得同针眼儿一般的小","然而他的心里,总有些反抗的意思,因为他是一个爱自由的人,对那些迷信的管束,怎么也不甘心服从的"。后来他看到学校的专制势力"实在是太无道理了,就立刻去告了退"。此后,又转入另一所教会学校,那里也同样黑暗,不久就"与一位很卑鄙的教务长""闹了一场",不得不又退学。加上他的长兄非常正直,在官场和军队里"都不能如意之所为",处处被排挤,致使他们家道衰落。正是在这种苦境下,他才蛰居在书斋里,"他的忧郁症的根苗,大约也就在这时候培养成功的"。这说明主人公的病态,不是天生的。他本来是个"心思太活"的人,只因他追求自由和个性解放,才和"专制弊风"发生冲突,结果为黑暗社会所不容,酿成了"忧郁症"。而后他的"忧郁症"愈加厉害,则又是处于"弱国子民"地位,饱受凌辱的结果。显然,病态的根源在社会。同样,《南迁》中的"伊人",追求"名誉、金钱、爱情",但又不愿趋炎附势,三大理想终于被社会现实所粉碎,所以才堕落下去,愤世嫉俗,纵情酗酒。"伊人"的所谓"三大理想",虽然是个人主义的企求,但和那种不择手段、压迫剥削多数人以求得自己幸福的享乐主义是不完全相同的,它实际上是要求个性解放,取得个人的政治地位、经济地位和爱情自由。这在"五四"时期,不能不说是一种合理的要求,具有反封建的进步意义。

因此,郁达夫小说人物的病态,并不能完全看作就是一种"病",它往往是合理要求或理想被扭曲了的变态,或者说,是作者借病态的形式,更强烈地表现在现实中达不到的某种合理要求或理想。《沉沦》的主人公常常一个人跑到山腰水畔,贪恋那孤寂的深味,驰骋海阔天空的妄想,这自然是一种病态。但这种病态,却又是他热烈追求自由和个性解放的曲折的反映。现实中他处于"弱国子民"的地位,不能实现他的合理要求和理想,反而被社会"挤到与世人绝不相容的境地去",甚至被看作"神经病",所以他只好到缥缈的幻想世界里去追求自由和解放。在大自然的"避难所"中,他想自己之所想,说自己所愿说,在幻觉的天地里仿佛自己成了"孤高傲世的贤人"、"超然独立的隐者","不必再到世上去与那些轻薄的男女共处去"。这虽然是妄想狂式的病态表现,但也未始不可看作是被压抑中迸发出来的更为强烈的个性解放的心声。这种颓废之极的病态,一方面固然是当时社会的产物,作者把它揭露出来,控诉社会制度的黑暗;另一方面,又通过这些病态描写,曲折而强烈地喊出了青年的反抗呼声。

值得注意的是,郁达夫在表现青年的"时代病"时,往往同时表现祖国的贫病。也可以说,后者是因,前者是果,作品中病态主人公的命运是和祖国的命运紧密相连的。《沉沦》和《南迁》都指明了留学日本的主人公,因为是"支那人",是弱国子民,在异邦就处处低人一等,备受欺凌。主人公控诉了帝国主义的民族歧视和压迫,决心要"复仇",并热切盼望祖国能在世界竞赛场中站立起来。《沉沦》的主人公在自杀之前,还悲痛疾呼:"祖国呀祖国! 我的死是你害我的! 你快富起来,强起来吧! 你还有许多儿女在那里受苦呢!"其悲抑的爱国心,是十分感人的。在《茫茫夜》、《风铃》等早期小说中也可以看到,作者总是把祖国的贫病作为造成青年"时代病"的一个原因来写,在表现个性解放的欲望时,也显示出爱国反帝的精神。这些作品通过反映"时代病",在一定程度上把个性解放和民族解放的要求统一起来了,客观上这是符合我国新民主主义革命反帝反封建方向的。在 20 年代初期,文学作品中直接表现出反帝意识的作品还不多,因此《沉沦》等篇章在这方面就显得格外可贵。

郁达夫小说还常常写到病态的性的苦闷。这种现象比较复杂。过去,有的评论把这一类描写完全当作"色情"的糟粕而加以否定,这显然是缺乏分析的武断。郁达夫为什么在他的小说中,特别是早期的作品中,大量描写性的病态心理呢? 作者在回顾新小说发展过程时就说过,"表现人生,务须拿住人生最重要的处所,描写苦闷,专在描写比性的苦闷还要重大的生的苦闷。因为性欲不就是人生的全部"①。这些话虽然是郁达夫在 1931 年所写,但可以说他在创作中是始终实践这一原则的,即使是他那些性的苦闷描写较多的作品,其主旨也并非专门表现性的苦闷,而是要于性的苦闷之外,表现出"生的苦闷"。

郁达夫在他的小说中,主要是把性的苦闷,作为"时代病"的一种"症状"来表现。如《茫茫夜》和《秋柳》,性的苦闷描写是很突出的。认真分析一下这两篇作品,就不难发现,其中主人公的苦闷,与其说是由于性欲得不到满足而产生变态,不如说是由于现实的压迫才去寻求变态的性的满足。《茫茫夜》中在法政学校任教的于质夫,因为比较耿介正直,不愿谄媚上司,免不了处处碰壁。他感到现实是如此腐恶,所见尽是"伤心的种子",到处都"同癫病院的空气一样,渐渐的使人腐烂下去"。他悲愁难遣,就企图用病态的性的满足麻醉自己。小说写他像饿犬一样在街上找女人,最后向一个卖香烟的妇女要了她用过的旧针和

---

① 郁达夫:《关于小说的话》,《断残集》。

手帕,回来"狠命的把针子向颊上刺了一针",以此寻求快意。这种畸形的描写,读来令人窒息,但又使人不能不想到,是社会病态,才造成了青年的病态。《秋柳》也写到于质夫对军阀镇压学潮非常不满,"只觉得一种悲愤,无处可以发泄","无聊之极",才去找妓女海棠。可是海棠被污辱的命运,又使他觉得可怜,不禁自我责备说:"我真是以金钱来蹂人的禽兽呀!"他对海棠并不全是玩弄的态度,而是一腔同情。上妓院未能解除他的苦闷,反而添加了他的烦恼。小说写他从妓院出来,一种"孤寂的悲感,忽而把质夫的心地占领了","四周都是黑沉沉的夜气"。可见,郁达夫总是当他的主人公在现实压迫下精神失去平衡时,才送他去酗酒醉色,自虐自怜,描写他的病态的性的苦闷。作者正是从现实压迫这一角度,把性的苦闷作为一个社会问题,作为"时代病"的一种症状而提出的。因此,郁达夫写性的苦闷,并不像当时"礼拜六"派或张资平的某些三角恋爱小说那样,专门以女人的曲线丰臀挑逗人,以猥亵淫荡的肉的气息腐蚀人,而是努力刻画那种现实压迫下的畸形心理,震撼人的灵魂,从而激起读者对黑暗社会的愤慨。

　　1919 年,一位不相识的青年给鲁迅寄来一首题为《爱情》的诗,鲁迅对诗中大胆表露的爱情的渴望和苦闷,就曾称赞道:"这是血的蒸气,醒过来的人的真声音。""但从前没有听到苦闷的叫声。即使苦闷,一叫便错;少的老的,一齐摇头,一齐痛骂。……人之子醒了;他知道了人间应有爱情;知道了从前一班少的老的所犯的罪恶;于是起了苦闷,张口发出这叫声。"①郁达夫大胆地赤裸裸地写出的性的苦闷,是"五四"时期青年追求理想和爱情而又被现实所压抑的苦闷,可以说就是"醒过来的人的真声音",而这醒而且真的声音,却是自觉地对虚伪了几千年的封建道德的一种挑衅。在《秋柳》中,作者就通过于质夫的口宣称:"我的自由却不愿意被道德来束缚。""那些想以道德来攻击我们的反对党,你若仔细去调查调查,恐怕更下流的事情,他们也在那里干哟!"这说明郁达夫写性的苦闷,是基于对封建道德虚伪腐朽性的认识,是对封建主义势力的一种反抗。在封建社会中,统治阶级一方面鼓吹禁欲主义,用"存天理灭人欲"那一套精神枷锁去禁锢人民,另一方面却实行纵欲主义,在旧道德、假道学的纱幕下

---

　　①　鲁迅:《随感录(四十)》,《热风》。

面过荒淫无耻的生活。所以"五四"时广大反叛的青年在个性解放的口号下主张性的解放,是必然的也是合理的现象。郁达夫顺乎这个潮流,在小说中如此赤裸裸地暴露性的苦闷,不但冲破了扼杀人们个性和精神的封建道德的囹圄,而且也挑开了旧礼教的遮羞布。作者分明是在大胆地宣称:性的解放和爱情的追求是合乎人情世理的,而压抑这种合理要求的封建主义才真是违反人性、虚伪透顶的。的确如郭沫若所说,这种"暴风雨式的闪击"、"露骨的真率",使封建道学家们感到了"作假的困难"。① 可以说,在性的苦闷的描写中,这种郁达夫式的"真率"和大胆,是对封建主义"灭人欲"信条的反动,也是一种自觉的斗争手段。难怪文人对于《肉蒲团》、《留东外史》以至"礼拜六"派的作品,都可以尽情欣赏,使广为流传,而一当《沉沦》出现,就惊慌万分,鸣鼓而攻之了。

当然,我们只是从反映"时代病"和自觉地反封建这两点上去肯定郁达夫小说关于性的苦闷描写的意义。同时也要指出,这种描写毕竟是带有一定的腐蚀性的。特别是郁达夫后来有些短篇小说,如《寒宵》、《街灯》、《祈愿》,以及长篇小说《迷羊》等,虽然也反映了青年的某些苦闷,但是不如早期作品那样着重刻画现实压迫下产生的精神病态,而是过分渲染糜烂的生活,大量地描写色情,这就掩盖了作品的思想意义。特别是 1927 年在广州写的长篇小说《迷羊》中,这种情况更为严重。郁达夫原计划写三部,除《迷羊》外,还有《蜃楼》和《春潮》,但没有写完。《迷羊》出过单行本,《春潮》和《蜃楼》在《创造》季刊都只发表过一小部分。《迷羊》写小资产阶级青年王介成在 A 城养病时,恋上了女戏子谢月英,他们怀着生活的希望,不顾环境的险恶,双双出逃到南京、上海。但到底要争取一种什么样的生活,是不明确的,而谢月英在都市浪漫豪华的邪风侵诱下,只顾追求享乐,终于抛弃了王介成。王又回到 A 城,在病中作深深的忏悔。作者企图表现小资产阶级由于找不到充实的生活,就像"迷路的羔羊",反映了大革命失败后一部分小资产阶级的消沉心理。色调是过于灰颓的。尤其是离开主题表达的需要,对王介成和谢月英放纵的私生活作了许多自然主义的描写,使人不堪入目。在这样的作品中,看不到早期小说那种苦闷背后的社会现实意义。

---

① 郭沫若:《论郁达夫》,《沫若文集》第 12 卷。

　　郁达夫的小说那么集中地反映"时代病",跟他的经历和思想状况是分不开的。"五四"前后,郁达夫在日本留学,阅读过上千部欧美和日本的文学作品,包括卢梭、尼采、屠格涅夫、陀思妥也夫斯基、仓田百三等人的著作,不但培养了文学的兴趣,而且从中接受了个性主义等思想影响。他后来回顾自己曾经很欣赏德国的无政府主义哲学家须的儿纳(即马克斯·施蒂纳)提出的"自我就是一切,一切都是自我"的个人主义信条,主张"不承认人道,不承认神性,不承认国家社会,不承认道德法律",宣称"总之自我总要生存在自我的中间,不能屈服在任何物事的前头"。① 他还像《南迁》中的于质夫那样,热衷于追求"名誉、金钱、爱情"这三大理想。但是现实很快就粉碎了一代青年包括郁达夫的理想。"五四"时期曾经作为旗帜来高举过的个性主义,同封建势力交锋不过一两回合,就暴露出它的软弱性和不彻底性。"五四运动"刚退潮,许多青年就失望了。郁达夫在异邦处于"弱国子民"的地位,他的个性主义和三大理想破灭得更快。加上当时西方正泛起一股世纪末的颓废主义思潮,郁达夫直接受到这种思潮的冲击。他在《序孙译〈出家及其弟子〉》一文中就曾经回顾:当时"大家觉得旧的传统应该破坏,然而可以使人安心立命的新的东西,却还没有找着。所以一般神经过敏的有思想的青年,流入于虚无者,就跑上华严大瀑去投身自杀,志趣不坚的,就作了颓废派的恶徒,在贪他目前的官能的满足"②。郁达夫在接受个性主义思想的同时,又受到颓废主义思潮的影响,加上他自己切身体验了理想的破灭,所以在"五四运动"刚落潮时,他及时地写出了《沉沦》等表现"时代病"这种反抗而又伤感的小说,是很自然的。郁达夫一生走过的是一条曲折的道路,他热爱祖国,追求光明,但始终没有真正同工农结合,投入群众革命斗争的洪流,所以在"五四"之后十多年的创作小说中,写的大体还是小资产阶级没有找到出路的苦闷。他虽然没有站到时代的前头去反映前进的事物和生活的主流,却揭示了"时代病",并通过这种病态去反证社会的黑暗和腐朽,这不能说不是他的成就。

---

　　①　郁达夫:《自我狂者须的儿纳》,《敝帚集》。
　　②　郁达夫:《序孙译〈出家及其弟子〉》,《敝帚集》。

"零余者"的形象

1924 年春,郁达夫写了散文《零余者》,描写一个严冬的黄昏,北京古城外一派"惨伤的寒意","凋丧零乱"的野景使人感到"一种日暮的悲哀"。一个人"袋里无钱,心头多恨",哀叹着"人生实在不知究竟是什么一回事",在那荒田野墓间漫无目的地游逛。他觉得自己饱受压迫,但又无法报复,成了一个"对于社会人世完全是没有用"的"零余者"。该文用象征的手法,反映了郁达夫当时那种歧路彷徨的精神状态,这其实也可以用来概括郁达夫小说中的许多主人公。那些小资产阶级知识分子形象,不就是时代的"零余者"吗?

19 世纪俄国文学史上有一种很突出的典型——"多余人"。如屠格涅夫的小说《多余人日记》,就刻画了当时这种俄国知识分子的精神面貌:他们对腐朽的农奴制社会现实极其厌恶,追求新生活,并愿意以自己的才艺去为社会服务,但他们又和整个社会的政治及群众脱节,没有出路,大多数人只好成天在沙龙里喝酒,谈黑格尔,自暴自弃,颓废堕落。尽管 19 世纪的俄国"多余人"与"五四"时代中国的小资产阶级知识分子在历史观念和阶级本质上都不同,却有许多相似之处。难怪郁达夫会从俄国"多余人"身上找到自己和一代青年的影子,塑造中国"零余者"的形象。"五四运动"后,反封建营垒中的小资产阶级知识分子迅速发生分化,有的逐步同工农结合起来,跟上了时代的潮流继续前进;更多的虽然不满现实压迫,但又茫然不知所之,在黑暗中彷徨,成为时代的"零余者"。郁达夫小说所塑造的形象,就代表了这后一类人。郁达夫不但通过揭示"时代病"向黑暗社会提出抗议,而且通过塑造"零余者"形象,录下了中国小资产阶级知识分子在时代十字路口摸索时的身影。

郁达夫小说所塑造的"零余者",大都是下层的小资产阶级知识分子,他们是被挤出社会的小人物。小说揭示了他们政治上经济上所处的低下的地位,显示了他们与社会的尖锐对立。这些人有才能,但在腐败的社会里找不到实现他们理想的地方。《茑萝行》中的主人公从外国留学回国,"一踏了上海的岸,生计问题就逼紧到我的眼前来,缚在我周围的运命的铁锁圈,就一天一天的扎紧起来了"。找不到工作,就在黄浦江边流浪,或上公园坐冷板凳,甚至几次到江边想自杀。《风铃》中的于质夫从外国留学回来,但是"中国的社会不但不知道学问是什么,简直把学校里出身的人看得同野马尘埃一般的小"。他东奔西跑,就是找不到工作。而那些只会看电影、吃大菜、拍马屁的市侩人物,却一个个猎取了高官厚禄。最后,他只好失望而去国。《杨梅烧酒》中也写一个在国外专攻应用化学的留学生,毕业回国,雄心勃勃,满以为可以为祖国干一番事业,可是连个职业都找不到,真是爱国有心,报效无门,有知识却始终"没有正当的地方去用"。这些作品控诉了旧社会如何扼杀天才。另一些篇章,更直接表现了小资产阶级知识分子备受政治经济压迫。《落日》写两个失业青年,无聊枯寂之极,每天只好去瞎逛以消磨时日。他们哀叹"在这茫茫的人海中间,哪一个人是我的知己?哪一个是我的保护者?……我只觉得置身在浩荡的沙漠里"。《离散之前》写三个办刊物的同人,为生活所逼,各奔前程,他们为难的是,"我去教书去吧,然而然而教书的时候,也要卑鄙龌龊的去结成一党才行。我去拉车去吧,啊啊,这一双手,这一双只剩了一层皮一层骨头的手,哪里还拉得动呢?"在《微雪的早晨》里,则通过一个北洋军阀的军官抢占青年学生朱雅儒未婚妻的事件,揭露了封建官僚势力对青年政治、精神上的压迫。其他如《血泪》、《二诗人》、《纸币的跳跃》、《烟影》等作品,也大都是通过"零余者"贫困生活的描写,诅咒了罪恶的社会制度。

　　这些作品都饱含着作者惨痛的生活经验,许多就是作者的自况。郁达夫从日本回国之后,直接承受了现实的打击,生活经常陷于困窘的境地。这种底层小资产阶级受压迫的生活阅历,使郁达夫对劳动人民的境况有所了解,并引起他莫大的同情。他在大量写知识分子的同时,也写过《春风沉醉的晚上》、《薄奠》这两篇反映工人生活的小说。在前一篇作品中,塑造了勤劳、善良、富于朴素的阶级反抗意识的女工陈二妹的形象,是现代文学史上较早直接表现产业工人的,很难能可贵。新中国成立后的一些评论对这篇作品评价也很高。但就在这以工人生活为题材的篇章中,作者仍然着力于反映"零余者"的生活情状,甚至是以工人的境况来反衬"零余者"的境况。《春风沉醉的晚上》中的"我",是个"无名文士",失业无着,"受了种种逼迫",最后栖身于贫民窟,结识了陈二妹。作品用对照的手法,一面写他因为找不到工作,困苦无聊;另一方面又写陈二妹虽有工作,却也备受剥削欺侮。"我"在哀叹陈二妹:"这女孩子真是可怜,但我现在的境遇,可是还赶她不上,她是不想做工而工作要强迫她做,我是想找一点工作,终于找不到。"把小资产阶级知识分子的处境看作比一般工人还不如,显然是言过其实。但作品表现他们"同是天涯沦落人",能把他们的命运联系在一起,这表明郁达夫的视野并不完全拘囿于小资产阶级个人小圈子里,他力图从阶级和阶级压迫的角度去反映"零余者"的社会地位。同样,《薄奠》在描写人力车夫的悲剧时,也穿插表现出那个富于同情心的知识分子的悲苦,写他"觉得这些苦楚,都不是他一个人的苦楚"。这就使"零余者"的形象更植根于现实社会的土壤,表现了他们同劳动者一样,是社会压榨机下的弱者。过去对这两篇小说的评论,充分肯定陈二妹和车夫的形象,是应该的;但对"零余者"、"我"的形象则缺乏分析,有的还简单地加以贬斥,这就不全面了。

　　郁达夫在反映小资产阶级知识分子被压迫的社会地位时,还写出了他们反抗的性格,表现了作为时代"零余者"叛逆的一面。在许多自暴自弃、自哀自惭的外表之内,蕴涵着一颗正直坦诚的心。如《杨梅烧酒》中失业的留学生,认清了社会的丑恶后,就痛骂世道浇漓。《薄奠》中的"我"也诅咒那些达官贵人:"猪狗! 畜生! 你们看什么? 我的朋友,这可怜的拉车者,是为你们所逼死的呀!"《微雪的早晨》中的朱雅儒更是"放声骂社会制度的不良,骂经济分配的不均,骂军阀,骂官僚"。除了直接抗议,郁达夫小说中的"零余者"还常用变态的行为来表示反抗。如《离散之前》中于质夫要把自己写的许多文章"付之一炬","免得他年被不学无术的暴君来蹂躏"。《还乡记》中的主人公因为饱受经济的困厄,就把纸币放在鞋底里踩着,以示对那个金钱万能世界的反感。可以说,这种反抗性,贯穿于郁达夫几乎每一时期的多数小说中,他笔下的"零余者"总是宁肯穷困自戕,也不愿意和黑暗势力同流合污,他们同现实社会势不两立,表现出桀骜不驯的姿态。

　　更为可贵的是,郁达夫所写的"零余者"并不甘心沉沦,希望能找到新路。在《十一月初三》中,郁达夫就把"零余者"想反抗而不知道出路的精神状态,比作是"中间的那一个莲花瓣没有的半把剪刀",宣称若是能知道其他半把在何处,"那么我就是赴汤蹈火,也愿意去寻着它们来,和它们结合在一处"。在那长夜漫漫的年代里,青年人因为失去了作为思想主宰的"莲花瓣",是多么苦恼,又多么希望有光明的去处。郁达夫反映了他们这种状况,对于启发他们去认识现实,探索新路,是有积极作用的。

"零余者"们身上本来就有小资产阶级的脆弱、动摇等劣根性,在没有找到出路之前,这种劣根性更是充分暴露出来。郁达夫作品中的"零余者"们虽然有反抗性,但这种反抗是脱离了群众的个人主义挣扎,表现出畸形的特征。他们尽管对现实不满,也只能是发发牢骚而已,最多不过是以颓唐、自戕以至自杀来抗议。郁达夫对这种小资产阶级劣根性的反映,是真实的,然而也是消极的。

值得注意的是,郁达夫笔下的"零余者",又往往表现出一种"名士派"的姿态和意识。这在早期的小说中就有所表现。如《沉沦》、《茫茫夜》等篇中主人公放浪形骸,就是采取了古代文人反抗统治者的传统方式。1922 年底写的《采石矶》,更是突出了所谓"名士"的风度。这篇小说取材于清朝诗人黄仲则的事迹,作者以极为同情、赞赏的态度,刻画了他恃才傲物、清高避世的性格:他满腹学问,可是孤傲多疑,负气殉情,对那些"挂羊头卖狗肉的未来的酷吏"、"盗名欺世"的伪儒,常常"直言乱骂",结果被他们当作"疯子"而排斥打击。他决心要向恶势力"复仇",但又毫无办法,"觉得人生事事,都无长局",只好以诗人李太白清高超脱的气概为榜样,宁可当个"乾坤无事入怀抱,只有求仙与饮酒"的"薄命诗人"。这种不愿与恶势力同流合污、愤世嫉俗的"名士派"行为,固然表现了一种对现实的反抗,但毕竟无损于旧制度和黑暗势力,是消极的。郁达夫写的是古代黄仲则,实际上是反映现实中"黄钟废弃,瓦釜争鸣"的不合理现象,不过从作者对"名士派"风度的企羡和赞美中,也开始流露出他思想中落后的士大夫意识。

郁达夫出身于封建家庭,从小又受封建教育,这一方面使他从旧垒中出来,对封建阶级的丑恶有真切的认识;另一方面,又很自然从历史上封建文人那里,袭蹈了传统的反抗现实的方式,深受"名士派"的影响。郁达夫一生最推崇黄仲则,十三四岁就读过黄的《两当轩集》,到 1932 年,还专门研究并撰文介绍这个多愁多病、怀才不遇的诗人及其作品。《采石矶》则是作者读了黄仲则的挚友洪稚存为黄迁丧所写的信后,有感而作的。郁达夫如此赞赏黄仲则式的"名士派"风度和反抗方式,以致他在接受西方资产阶级民主主义者的思想资料时,也用这种"名士派"意识加以改造和熔铸。比如他研究卢梭,就在卢梭身上找到那种因为"在社会上处处只遇着失败",只好"厌弃人类,厌弃社会"的精神寄托。他研究尼采,则特别欣赏尼采"洁身自好"、"孤独倔强"的"超人的一面"。这种"名士派"的意识,虽然有反抗现实的作用,但同时也像一个沉重的包袱,阻碍郁达夫投入群众革命斗争的洪流,使他徘徊于个人主义小胡同里。特别是到了30年代初,他因为看不惯所谓文坛纠纷,同时也为了避开国民党反动派的文化围剿,就更是以"名士派"自居,"断绝交游,抛撇亲串",沉迷于"浅水平桥,垂杨古树"。他这一时期的某些小说,就明显表现出这种消沉的倾向。1932年秋写的《东梓关》,就以欣羡不已的笔调,写一个年轻时"也曾做过救世拯民的大梦",而经过半生周折,终于"意志也灰颓了,翻然悔悟,改变方针",过着乡居生活的"名医"。而文朴这个多愁多病的"零余者",一见到"名医"的"悠闲"风度,体会那"小屏红烛话冬心"的情趣,就感到"我的病大约是有救药"了。小说本用"治病"来象征一条退隐避世的道路,但这也正好反映出作者头脑中确实有士大夫意识影响这种"病"。稍后写的《迟桂花》,则竭力描写主人公离开都埠,到一处冷僻的山村里闻吸到"迟桂花"的艳香,同样表现出那种"百事原都看得很穿",不如醉卧山乡的"名士派"意识。这两篇小说艺术手法较圆熟,然而,那种没有人间烟火味的境界,那"零余者"身上的"名士派"情调,是和时代格格不入的。如果说,在"五四运动"刚过去那时,郁达夫小说中"零余者"所具有的"名士派"性格,由于多是以同现实直接对峙的姿态出现,还有较多的反抗现实的进步性的话,那么到了革命已经深入的30年代,这种逃避斗争的"名士"意识,则显得特别灰暗落后。在这两篇小说发表的那一年,就有人评论说:"达夫的作品之所以不能在文坛上重行掀起一度波涛者,不是才力的衰减,而是这时代已经容受不了这一类隽永的,但是纤弱的艺术品的原故。"①确实,一个作家如果思想上落后于时代,那他的作品即使艺术上功夫再深,也是很难为人民所理解的。

但像《东梓关》这样的作品,在郁达夫的小说中只占少数。总的来说,郁达夫在多数小说中,还是极其真实地记录了从"五四"到30年代初,一部分没有找到出路的小资产阶级知识分子所走过的曲折的道路。他所塑造的"零余者"这

---

① 《中国文艺年鉴》社:《一九三二年中国文坛鸟瞰》,《中国文艺年鉴》(1932年)。

一特定历史条件下的小资产阶级形象,完全可以在中国现代文学史的人物画廊中占一席位。中国革命必须经过小资产阶级的发动,而在革命的准备阶段和进程中,那些尚未与工农结合的小资产阶级知识分子,是相当普遍的,反映这一部分"零余者",是新文学创作的一个重要的题材。郁达夫揭示了他们的处境,暴露了他们的弱点,可以使他们从小说中看到自己的脸色和环境,启发他们去反抗现实,寻找出路。郁达夫小说的时代意义就在这里。郁达夫除了表现"零余者"外,还有一些描写别的典型的小说。如1932年写的长篇小说《她是一个弱女子》(后改名为《饶了她》),企图在辛亥革命到1927年这一广阔的历史背景下,通过三个不同思想意识的女性,表现三种不同生活道路,其中就塑造了敢于走上革命道路并领导纱厂女工进行斗争的革命者冯世芬的形象。1935年写的《出奔》,也刻画了一个在大革命浪潮中被地主阶级诱惑上当,而终于又觉醒的革命干部钱时英的形象。这在郁达夫的创作中,可以说是新的试验,打算在题材和写法上作一些突破。但由于作者对革命斗争生活缺乏体验,这些形象都失之于单薄、概念化。这些小说也没有超出同时期同类题材作品的一般水平。有的评论仅因为《出奔》写了革命的题材,又试图使用现实主义的一些笔法,就把这部作品说成是郁达夫最成功的代表作,这恐怕是无视文学史实际的溢美之词。郁达夫最成功最突出社会影响也最大的作品不见得是那些"革命题材"的试作,而是写他擅长表现的"零余者"的小说。

"自叙传"的形式

郁达夫认为,"文学作品,都是作家的自叙传"[1]。翻阅郁达夫的几十篇小说,可以看到绝大多数都是"自叙传"的形式,用第一人称写"我",即写作者自己;或者虽用第三人称,写的也仍是他自己,如于质夫、黄仲则、文朴等等,无不是作者的化身。除了《出奔》、《她是一个弱女子》等少数几篇,其他几乎都直接取材于作者自己的生活,写本人的经历、遭遇和见闻。把郁达夫的小说连起来读,基本上就是他的一条生活轨迹。这种写法显然是受了20世纪初日本流行

---

[1]　郁达夫:《五六年来创作生活的回顾》,《过去集》。

的"私小说"的影响。那些小说通常以个人的生活为素材,写身边琐事,或一时的感想,带有浓厚的自传性。可是郁达夫的"自叙传"小说并不等于自传,他写小说的目的也并不是为自己立传。1923 年他编《茑萝集》时,就在后记中写道:社会"榨压机"造成了一代青年的苦闷,"我只求世人能够了解我内心的苦闷就对了",因此,他"只好要赤裸裸地把我的心境写出来"。① 郁达夫之所以要采取"自叙传"的形式,是为了赤裸裸地暴露自己,从而也暴露出一代青年的苦闷,反映人生和社会。

既然是暴露自己,就无须在自身之外去苦心于构思故事情节,只需将自己所经历过的感受最深的生活真实地写出来。在郁达夫的"自叙传"中,我们看不到惊险传奇的情节、巧妙周致的构思,所写的大抵就是一些日常极普通的生活。如《血泪》就用倒叙的方法,回顾了"我"在毕业之前几次和同乡青年的聚会,人们如何高谈各种主义思潮,自己如何漠然;而毕业后回国,又如何漂泊流浪,如何忍着饥饿做"济世救人"的文章。尽是一些平凡的生活片断,没有什么故事情节的安排,也没有很多生活细节的描述,却处处流露出那种生活无着落、思想无寄托的空虚、悲痛的心情。又如《十一月初三》记的是作者生日那天从早到晚所思所为,除了落寞的内省,就是无聊的逛园子之类,几乎是生活琐屑,更没有连贯的情节,却是在解剖一个"零余者"的"化石"的心,使人感到那"寸心的荒废",太悲凉了。像作品写的这一类作者自身所经历的生活,在当时来说,是人们所司空见惯的,但作者却从中挤出许多感情的苦汁,使人惊讶地发现,在这平凡的生活场面中,竟蕴涵着如此巨大的痛苦。而且唯其平凡,愈见真切。正如当时的评论所指出的:"因为它里边所写的,并没有什么特别的不幸,为一般人所不能遇到的。所以凡是领略过了人生的悲哀的人们,都能懂这本小集子,都能对于它表同情。"②

郁达夫的"自叙传"小说着重于表现自我、暴露自己。它不注重写事件,而注重写情绪,写心灵的历程。在描写自己所经历的生活情景时,总是用充满浓烈感情的笔调去抒写,于事件的叙述中,作极坦率的自我解剖,甚至直抒胸臆,插入大段的感慨或呼号。作者还特别喜欢大段地描写自然景物,而这同样又是

① 参看郁达夫《写完了〈茑萝集〉的最后一篇》,《茑萝集》。
② 萍霞:《读〈茑萝集〉》,《京报副刊》1924 年 12 月 29 日。

为了渲染或烘托某种情绪。凡此种种,使郁达夫的"自叙传"小说呈现出与现实主义迥然不同的特色,所以人们很自然就把郁达夫称为浪漫主义的作家了。

但同任何有成就的大作家一样,郁达夫是不拘一格的。他除了以浪漫主义为基本表现方法,还经常有意识采用象征主义的手法。特别是在他的一些比较成功的小说中,虽然写的仍是日常生活,却避免了对环境、事件和人物作自然主义的叙述,也没有停留于作一般浪漫派的狂呼怒骂,而是努力探求人物的精神世界,表现内心的"最高真实"。例如《沉沦》对主人公精神崩溃的描写,就采用了这种象征主义的表现人物精神病态的手法。作品写他漫无目的,"不知不觉"地来到海边一家"大庄子"前,忽然发现这是妓院,"不觉惊了一头","好像是一桶冷水浇上身来的样子",进退两难。一会儿,自尊和恐惧,使他责备自己不该来这样的地方;一会儿,那变态的"复仇"心,又使他"咬紧了牙齿","捏了两个拳头向前进去,好像是对了那几个年轻的侍女宣战的样子"。一会儿,他想"把他的心里的苦闷都告诉了她";一会儿,那被凌辱的民族自卑感又使他"全身发起痉来","可怜他又站在断头台上了"。小说就这样努力捕捉和表现主人公在短瞬间触发的各种感触、幻觉和情绪,展示了他极其复杂的精神状况,把一种病态的心理极细致地刻画出来了。

郁达夫的小说还常用象征主义的手法,表现外界事物与人的内心世界的互相感应、契合,通过人物的情绪变幻去写景。如《沉沦》写到主人公将自杀时,就展示了这样的情景:"他在海边上走了一会,看看远岸的渔灯,同鬼火似的在那里招引他。细浪中间,映着了银色的月光,好像是山鬼的眼波,在那里开闭的样子。不知是什么道理,他忽想跳入海里去死了。"这里,渔灯、海浪,都成了招引人的活物。当主人公要同世界辞别了,"他向西面一看,那灯台的光,一霎变了红一霎变了绿的,在那里尽它的本职。那绿的光射到海面上的时候,海面就现出一条淡青的路来。再向西天一看,他只见西方青苍苍的天底下,有一颗明星,在那里摇动"。那"淡青的路"、摇晃的"星",是景物,又是自杀者变态眼中的幻觉,是他临死前眷念故国的哀情的物化。又比如在《小春天气》里,画家对着陶然亭落日时寂寥的美景,却居然画出一幅冷气逼人的"画":"颜色沉滞的大道","阴森的墓地","灰黑凋残的古木","冰冷的月光","一只停在墓地树枝上的猫头鹰的半身"……这一切其实就是"零余者"病态情绪折射的影子,而不是一般的景色描绘了。类似这样的象征主义手法,在郁达夫其他一些小说中,也经常出现。它确实有利于展示"零余者"病态的内心世界,造成一种悲凉的意象,直接唤起人们的同情和愤慨。

郁达夫的小说虽然多是赤裸裸的自我暴露,但又往往寓有深一层的暗示,这也有象征主义的意味。如《南迁》表面写"灵肉冲突",实际上暗示了"理想的破灭"。《过去》写的是情场失意,背后却隐藏着大革命失败后小资产阶级的怅惘。《在寒风里》记叙一个大家庭的衰败,但表露出作者与创造社决裂后的孤愤心情。郁达夫把浪漫主义与象征主义的手法糅合起来用,使他的"自叙传"小说既能充分抒发情绪,又不会使感情一泻无余,作品因此显得比较深沉。读郁达夫的小说,乍看如流水行云,细琢磨却蕴藉沉痛,有启迪,有诗意,耐人寻思。

郁达夫的创作实践说明,现实主义和浪漫主义以外的艺术方法,也可能有它的长处,完全可以吸收和运用来塑造典型。事实上,现代文学史上许多有成就的作家,都不是呆板地把自己局限于一种创作方法之内,而是从更充分反映现实生活这一目的出发,对艺术方法进行大胆的探求。像鲁迅的《狂人日记》以及《野草》中的许多篇章,就既用了现实主义的方法,又用了浪漫主义乃至象征主义的方法,同样获得了成功。所以我们总结一个作家的创作方法,还是要从作品实际出发,看他到底有哪些独特的艺术手法和风格,而不能从文学的定义出发,采取非此即彼的形而上学方式,用预先准备好的现实主义和浪漫主义两个箩筐去装,仿佛除了这两个方法,别的都是异端邪品。

郁达夫为什么要使用浪漫主义和象征主义的手法呢?他自己说过:"譬如自然主义极盛的时候,大家觉得平铺直叙的作品太多了,就生了厌烦的心思,想去另辟一个途径,于是乎新浪漫派,颓废派,象征派的艺术,就生出来了。"[1]他认为用浪漫主义和象征主义的方法,去表现他所处的时代,是必要的和适宜的,因为"大凡现代的青年,总有些好异,反抗,易厌,情热,疯狂,及其他的种种特征。因这几种特征的结果,一般文艺爱好者,遂有一种反对一般趣味,走入偏僻无人的路里去的倾向"[2]。可见,郁达夫完全是出于他要表现的内容,同时针对

---

①② 郁达夫:《文艺赏鉴上之偏爱价值》,《敝帚集》。

当时文坛的情况,有意识使用浪漫主义和象征主义的手法,去写他的"自叙传"小说的。郁达夫要为"五四"青年喊出叛逆的呼声,要发泄"零余者"对黑暗现实的愤慨,要反映"时代病"的畸形心理,必须寻求新的形式和表现方法,旧小说和当时流行的一般专门讲故事的小说形式,显然是不适用的。郁达夫勇敢地打破了传统的和流行的一般写法,采用了浪漫主义和象征主义的"自叙传"形式,这在一定程度上满足了时代的需要。

郁达夫认为"自叙传"最能表现自我,显得真实,甚至认为若以第三人称写出,真实性就容易消失。因此主张用日记体、书简体来写小说。① 这种观点是片面的,因为文学作品的真实性并不简单取决于用什么体裁;然而郁达夫如此强调作品的真情实感,却是对迂晦、雕琢、形式化的"文以载道"旧文学的一种反动。郁达夫的"自叙传"小说由于一味强调真实、坦露,难免粗糙、幼稚,但从历史的眼光来看,同许多"五四"文学开拓者的作品一样,郁达夫小说的缺点往往又正好代表其历史价值。在新文学初创时期,郁达夫的小说曾以凌厉的姿态向旧文学冲刺,并且远远高出当时一般新小说的水平。"五四"前后,虽然已经出现了鲁迅先生《狂人日记》、《孔乙己》、《药》等现实主义的杰作,显示了文学革命的实绩,但是多数新小说仍然如同鲁迅所说:"技术是幼稚的,往往留存着旧小说的写法和语调;而且平铺直叙,一泻无余;或者过于巧合,在一刹时中,在一个人上,会聚集了一切难堪的不幸。"②茅盾当时做过一个统计,1921 年 4 到 6 月,也就是《沉沦》发表前不久,报刊上发表的创作小说有一百二十多篇,其中写男女恋爱的七十多篇,"他们对于描写的对象大概是抱了同一的见解和态度的,他们的描写法也是大概相同的,他们的作品都像一个模型里铸出来的"。茅盾把这种缺乏真情实感而又未脱旧小说窠臼的作品,称为"某生某女体"、"模拟的伪品"③。在这种状况下,难怪《沉沦》等浪漫的象征的"自叙传"一出现,就给文坛带来崭新的气息了。随后,郁达夫在他的一系列创作中,继续发展和完善这种"自叙传"形式,形成了独特的艺术风格。郁达夫把浪漫主义与象征主义手法结合起来,探索并丰富了

---

① 参看郁达夫《日记文学》,《奇零集》。

② 鲁迅:《〈中国新文学大系〉小说二集序》,《且介亭杂文二集》。

③ 郎损(即茅盾):《评四五六月的创作》,1921 年 8 月 10 日《小说月报》第 12 卷第 8 号。

浪漫主义小说表现生活的技能。在以创造社为代表的浪漫主义倾向的作家中,郁达夫的小说成就可以说是首屈一指的。

当然,"自叙传"的形式并非永远是成功的。而且一般说来,它比较可能表现个人的情绪、心理,却较难于展示广阔的社会生活。郁达夫后来也逐渐意识到了这一点。特别是大革命失败后,他受到时代潮流的推动,也曾试图改变"自叙传"的写法,在更广阔的背景下去表现知识分子的命运。可惜郁达夫走着一条曲折的道路,他的思想跟不上发展了的时代,形式上的改变,也未能使他写出像"五四"时期那样震动文坛的成功的小说。但是,当我们回顾新文学发展的历史时,不应该忘记郁达夫的"自叙传"小说是曾经给新文学添过光彩、作过贡献的。

1979 年 9 月 15 日

略论郁达夫的散文[*]

  谈到郁达夫,人们自然会马上想起他那惊世骇俗的《沉沦》,想起他那别具一格的小说。在"五四"的文坛上,郁达夫首先是以小说的成就奠定其地位的。但是,郁达夫同时又是一个散文大家。他的散文也戛戛独造,他在这方面的才华绽放,并不亚于小说,在二三十年代影响相当大。

  郁达夫许多小说与散文的界限很难分清,如一般作为小说的《小春天气》、《离散之前》等,就用散文的笔法写成,不考究人物塑造和情节构思,把它们划入散文园地也未尝不可。这大概跟郁达夫关于"自叙传"的写作主张有关。他认为散文应该比小说更带有"自叙传"色彩,只需把自己的个性表现出来就行,好的散文集让读者一看,"则这作家的世系、性格、嗜好、思想、信仰以及生活习惯等等,无不活泼地显现在我们的眼前"①。因此,郁达夫早期的散文,同他的小说一样,大都是直接抒写自己在黑暗社会中走投无路的遭遇和情绪,具有浓厚的"时代病"色彩,表现出与他的性格合拍的那种坦率、感伤、酣畅的风格。

  如1922年写的《归航》,在早期散文中有一定的代表性。这篇作品记述了郁达夫即将从日本回国时的复杂心情。他对于这消磨了他那"玫瑰露似的青春"的异乡天地,对于曾使他饱受"凌辱"的岛国,"是那样厌恶","但是因为这厌恶的情太深了,到了将离的时候,倒反而生出了一种不忍与她诀别的心来"。于是,就到他学习、游历过的寺院、书坊、妓家、酒店各处闲逛。作品似乎毫不讲求章法地漫然写去,与其说是以所写的异域景物吸引人,不如说是作者那种真挚、感伤的情调打动人。结尾写他看到一个秀美的中西混血少女正在船上和一个西洋胖男人谈话,不由得产生变态的、愤激的感情,万分不愿意此女子被西洋

---

  * 本文原载《读书》1981年第3期。

  ① 郁达夫:《中国新文学大系·散文二集·导言》。

人占有。作品写道:"我恨不得拿出一把手枪来,把那同禽兽似的西洋人击杀了。""我的心里同跪在圣女马琍亚像前面的旧教徒一样,尽在那里念这些祈祷。感伤的情怀,一时征服了我的全体,我觉得眼睛里酸热起来。"一想到在国外受尽凌辱,现在回国了,还是要受歧视,连祖国的少女也"轻侮"自己,于是越发感到"前途正黑暗得很"。整篇文章就是感伤、愤激的变态情绪的激流,难怪很容易引起当年充满青春的苦闷和弱国子民哀愁的青年的共鸣。早年写的多数散文,如《还乡记》、《还乡后记》、《海上通讯》、《北国的微音》等等,基本上和《归航》一样,在畅述自己生活遭遇时,着重直接抒发感伤的情怀。他常常像向着朋友亲人诉苦或者拉家常那样,心里要说的,都毫无掩饰地、不拘形式地倾诉出来,使你感动。读他的散文,就如同走进他的生活,这样直率自然的写法,不但在传统散文中很少出现,在新文学中也很独特。有人曾经指责:"这样恣肆的文字,里面有的是感情,但是文调,没有!"郁达夫很不以为然地反问说:"难道写散文的时候,一定要穿上大礼服,戴上高帽子,套着白皮手带,去翻出《文选锦字》上的字面来写作不成?""嬉笑怒骂,又何尝不可以成文章?"①他似乎有意和那种堂皇而又僵死的文风对抗,以至在《给一个文学青年的公开状》等文中,更直接地采用感情呼号的方式,以惊人的直率的语言,抨击现实腐恶,宣泄内心郁闷。这些散文充满生的颤动、灵的喊叫,并不注重形式,而以坦露的、自然的表达为上乘。这无疑适应了"五四"时期个性解放的潮流,难怪道学夫子读郁达夫的作品感到被剥去衣服那样的羞恐,而渴望解放的青年却觉得这才真是在他们心琴上的鸣奏的衷肠曲。

当然,郁达夫早期散文的这些特点,也往往带来过于散漫和缺少节制的弱点。艺术是以情感为生命的,但并非情感任意发泄都可以成为艺术。这里有一个如何将生活所激发的情感进行提炼、冷却、锻造的功夫。郁达夫早年的散文稍嫌自怜过甚,情感太烈,而锻造不足。20年代中期以后,郁达夫似乎意识到了这一点,更主要的是随着青春期的过去,他的思想感情比以前沉着了,散文的主调虽然仍不脱伤感,但文字却趋于深邃凝重。他少用前期那种直接的感情呼号,而注意从具体的情景细节描写去体现自己的感情,给人留下强烈的印象。

---

① 郁达夫:《中国新文学大系·散文二集·导言》。

1926年10月写的《一个人在途上》，就是一篇感人至深的作品。郁达夫记述了他千里之外接到儿子病危的急电，回到家里却再也见不到爱子的心情。作品捕捉了许多感伤的意象，去表现那种悲恸，如："门上的白纸条儿"、"苍茫的暮色"、"衰病的她"、"黝暗"中"摸走的荒路"、"'龙儿之墓'的四个红字"……这些都是极鲜明的意象，作者把悲抑的感情，浓缩晶结在这些形与色中了。接着，作者又回忆龙儿生前的一举一动，还对照着写了给孩子下殓时烧纸钱的灰烬，这些幻梦般的细节，无不糅进作者的凄楚，谁读了都感到揪心的苦痛，不禁同情作者和那些在困厄的岁月中挣扎谋生的人们。

郁达夫不但善于捕捉富于感情色彩的意象，而且善于用他那生动自然的文字出神入化地描绘出来。如《给沫若》中写到创造社的同人由于生活的压迫而不得不离散了，不久，郁达夫萎靡颓唐地回到旧日与同人们住过的屋里探看。人去楼空，"只有几根柴纵横地散在那里"，"电灯光是冰冷的——同退剩的洪水似的淡淡地凝结在空洞的厨板上，锅盖上，和几只破残的碗钵上，在这些物事背后拖着的阴影，却是很浓厚的"，"正如暴风过后的港湾一样，到处只留着些坍败倒坏的痕迹，一阵霉冷的气味，突然侵袭了我的嗅觉，我一个人不知不觉竟在那张破床床沿上失神默坐了几分钟"。你看，电灯光给人"冰冷"的感觉，好像会"凝结"在物具上；而物具疲乏地"散"在那里，仿佛沉重地"拖"着阴影……这些字眼用得真是绝妙传神，死物写活了，本来视觉中的物象，却有触觉、嗅觉上的"通感"。作者寂寞的感觉已经完全灌注并融化到具体的描写对象中，这种描写就不是客观事物简单的再现，而似乎很有感觉地向你诉说凄清。人们不能不叹服郁达夫驾驭文字的功力。

30年代以后，郁达夫将创作的重点由小说转向散文，写下大量小品、杂文和游记等。这些散文有一个鲜明的变化，就是早年那种自我表现的呼喊少了，风格转变为清丽、疏朗和隽永。特别值得称道的是30年代前期所写的许多游记，既保留了自己那种自然酣畅的特点，又吸取了历代山水游记中布局谋篇等方面的精华，艺术上达到了炉火纯青的地步，许多篇什都称得上现代游记文学中的绝品，直至今日仍足称楷模。

有些现代文学史著作，因为郁达夫30年代曾经比较消极，而简单地给这些游记扣上"颓废文学"的帽子，一笔加以抹杀。这是不应该的。

不可否认，郁达夫由于无法忍受现实的腐败，为了躲避国民党反动统治的压迫，走的是消极避世的道路，追求一种落后的"名士"风度。这暴露了他作为从封建旧营垒中出来的小资产阶级知识分子的弱点。但他是因为憎恶现实，不愿同流合污才逃遁的，这又有可以理解和同情的一面。事实上，郁达夫虽然一度流连忘返于山林江湖，却始终当不成"隐士"，可以说，他一天也没有真正忘怀现实。因此在这一时期写的大多数杂文、小品，都是针砭现实、讥讽腐恶的。就是那些游记，也一边力图沉醉于大自然的美景中，忘却尘世纷扰；一边往往又情不自禁地流露出不满现实的牢骚、关心民众的情怀。这一点，如果我们不是一律拿"革命文学"去要求，自然就能谅解并做出恰如其分的评价。

我们喜欢并肯定郁达夫的游记，主要是因为其有很高的美学价值。郁达夫像高明的画家，在人们面前展示了一幅幅祖国山光水色的绝美的画卷。你看，碧水青天移动着白鹅般帆影的兰溪（《杭州小历纪程》），"半堤桃柳半堤烟"的皋亭山乡（《皋亭山》），秀美清幽中带有荒凉古意的钓台（《钓台的春昼》），怪石巉岩中极清奇的月光峰影（《雁荡山的秋月》），清逸缥缈的瀑布垂虹（《西游日录》）……祖国的奇山异水，特别是富春江一带的美好景致，在郁达夫神美的笔下，真是曲尽其妙了。

郁达夫的许多游记，原是应约为铁路局印旅行指掌而撰写的。要是出于一般的手笔，大概用艳语浓词把名胜景物、地理方位介绍形容一番也就罢了。但是读郁达夫的游记却能使人不但向往欣羡那些美景胜处，而且还仿佛由他导引，亲身游历了一番，美妙有趣的印象久不磨灭。这里有什么奥秘？仔细读来可以发现，奥秘在于郁达夫擅于体物入微、渲染情韵。

凡游一处，千山万水，气象万千，不胜丰繁，但郁达夫总是以细致的观察、精微的体味，抓住某些主要景物的主要特征，探索幽微、攫取神态，写出静趣。如《钓台的春昼》写道："我虽则没有到过瑞士，但到了西台，朝西一看，立时就想起了曾在照片上看见过的威廉退儿的祠堂。这四山的幽静，这江水的青蓝，简直同在画片上的珂罗版色彩，一色也没有两样，所不同的，就是在这儿的变化更多一点，周围的环境更芜杂不整齐一点而已，但这却是好处。"作者就抓住这江山秀而且静、风景整中略散的特征，体味并指出这是一种"东方民族性的颓废荒凉的美"。这种经过深切体味的概括,往往起到画龙点睛的作用,把读者的心思也点亮了。

更有的时候,郁达夫不直接去描写某种境界的特征,而让读者跟着他去体味。《半日的游程》中,郁达夫去之江山中游玩,遇上朋友,两人结伴入山,一路上说说笑笑,走过九溪十八涧,坐在溪房石条上等喝茶。两人看那"青翠还像初春似的四山",心里"竟充满了一股说不出的飒爽的清气"。"只瞪目坐着,在看四周的山和脚下的水,忽然嘘朔朔朔的一声,在半天里,晴空中一只飞鹰,像霹雳似的叫过了,两山的回音,更缭绕地震动了许多时。我们两人头也不仰起来,只竖起耳朵,在静听着这鹰声的响过。回响过后,两人不期而遇的将视线凑集了拢来,更同时破颜发了一脸微笑,也同时不谋而合的叫了出来说:'真静啊!'"这样的描写,不但使人们感到"身历其境",而且"心历其境";那样一种微妙的意境,不光眼睛看到了,连整个灵魂都浸沐其中了。

郁达夫别具一种生活的"吟味力",他以自身体验乃至个性、气质去咀嚼漱涤万物,似乎可以与大自然产生情感交流。所以他笔下的景致,与其说是自然景物客观的拍照,不如说是抹上了主观色彩的风景画。他还喜欢启发读者的想象,从画幅中去体察他的感受,他的个性。当他立在五峰书院楼上,对视群山,青紫无言,"一种幽静,清新,伟大的感觉",便油然而生。作者让你由此推想到宋儒常借幽境作讲堂,"借了自然的威力来压制人欲"的苦心,其实也是要人们体察他企图皈依自然、寻求慰藉的本意。(《方岩纪静》)而当他领着我们游天目山,人们不但为那银河落九天似的飞瀑而惊诧,而且也为游客们欢欣的心情所感染:"饥饿也忘了,疲倦也丢了,文绉绉的诗人模样做作也脱了;蹲下去,跳过来,竟大家都成了顽皮的小孩,天生的蛮种,完全恢复了本来的面目。"(《西游日录》)古人常说"揽物会心",郁达夫可说是做到家了。

除了上述这些特点,郁达夫的游记还有许多技巧值得我们借鉴。比如,他很讲究文章的结构、布局,许多篇什(如《半日的游程》、《皋亭山》、《花坞》)不过千把字,但写得很有节奏,很有层次,像有经验的导游,领着你走一条曲折变幻峰回路转的道路,一步步渐入胜境。他善于对自然景物的色彩、线形、音响作丰富的比喻和联想,细腻委婉地将自然美转化为艺术美。他的文笔力忌板滞,总是摇曳着情趣,在景物描绘中,时而引出一件掌故,时而叙几笔风俗民情,时而吟几句诗词……这一切都极和谐地编织在大自然秀美的画幅中,显得那样跌宕多姿,潇洒自如。

30年代郁达夫除了写游记,还写过不少小品、杂文,其中数那些回忆文字最称佳妙。如《怀四十岁的志摩》、《追怀洪雪帆先生》、《光慈的晚年》、《记曾孟朴先生》等,都是不可多得的佳构。这些文章很短,但知人论世,往往是抓住故人一些最突出的生动的个性特征,使之在字里行间跃动起来,显示出高超的人物素描功夫。在回顾往情的同时,又常常发而为抽象的概括,颇有隽永的哲理味。1938年底以后,郁达夫在南洋,还写过一百多篇鼓吹抗日的政论杂文和小品,文风变得犷放结实,其中也不乏佳作。可惜至今未有人对此作认真的研究。

信笔写来的对郁达夫散文的一点看法,当然并不足于代表他的散文成就,只是说明郁达夫不但小说写得好,散文也够得上一名家,文学史不应忽视他这一方面的成就。

1980年11月1日

春风沉醉郁达夫（三篇）*

一、《沉沦》：一份率真，一种才情

经典作品可分为两种：一种是"文学经典"，其内容形式达到完美的统一，独创的艺术成就足以传世，魅力弥久不变又与时俱新；另一种是"文学史经典"，艺术上有建树但可能并不圆熟，主要作为一种特定的文学史现象，引起后人的关注。《沉沦》就大致属于"文学史经典"。1921 年 10 月，收有这篇小说的短篇集《沉沦》在上海出版，竟如同暴风雨般地闪击、搅动了整个文坛和读书界。其内容的大胆和格式的特异，都让人震惊。而《沉沦》这一篇尤其引人注目，成了郁氏的代表作。

《沉沦》骤然造成了一种非常特殊的文学阅读风气，这种风气使得读者能完全走进作者的生活，和作者一起直切地感受人生，痛快地发抒平时可能压抑的情怀，包括青春的感伤、生命的迷惘，以及对现实丑恶的反抗。郁达夫把生命和创作搅到一块儿，他的创作缺少艺术的过滤，拉不开足够的审美距离，往往显得粗糙，然而丝毫也不做作，是那样率真与直切。读者一接触到他的作品，就会被那种率真和直切所吸引，抛开读文学精品时惯常持有的神往与崇仰，也顾不上其粗糙的形式，而一头栽进作品情绪宣泄的氛围中，用整个身心去体验郁达夫的同时也可能是自己的人生际遇。

后世读者读《沉沦》已经没有那种共时的感同身受，距离感会有所拉开，但同样会强烈感受到郁达夫的惊人的真率，以及那特有的忧郁感伤气氛。读《沉

---

　　* 这一组文章共三篇，收入笔者主编《郁达夫名作欣赏》，中国和平出版社 1998 年版。

沦》用不着仔细推敲咀嚼，径直进入作品所构设的艺术世界，让那情绪流裹挟自己，和作者——作品主人公一起歌哭，就会感觉到一份难得的真实，一份让世界与自我都赤裸裸地剥除了伪饰的真实。

《沉沦》通常被看作是展现爱国情怀的小说。从作品主人公所感受到的"弱国子民"被欺凌的悲哀以及那种悲愤的反抗情绪来看，确实有这一层含义。特别是把个性解放的渴求与祖国强盛的冀望结合起来，明显加强了这篇小说的现实意义。然而这毕竟不是一般的宣扬爱国主义或个性解放的创作，其特色在于病态的心理描写。读这篇小说不能不格外注意其心理描写的大胆与真实。

《沉沦》的主人公在稠人广众之中总是感到孤独，总是感到别人对自己的压迫，以至离群索居，自怨自艾。这其实就是青春期常有的忧郁症，不过比较严重，到了病态的地步。这种忧郁症表现为在性的问题上格外地敏感，如主人公遇到日本女学生时，那种惊喜与害羞，那种忐忑不安，本来也就是青春期常有的对异性的敏感，不过小说突出了其中的夸大妄想狂的症状，又加上对于"弱国子民"地位的强烈的自惭，那复杂的病态情绪就带上了特有的时代色彩。"弱国子民"的自惭与爱的渴求，是小说情节发展中互相交叉的两个"声部"。读这小说时，如果把其中爱国的反抗的意蕴剥离出来，只能说是读懂了一部分，其实小说的大部分笔力是在写性的渴求，通过青春期忧郁症的描写表达性的苦闷、青春的伤感，这是更吸引人的地方。对异性爱的渴望而不得，并由此生出种种苦闷，实在是青春期常见的心理现象，《沉沦》把这种心理现象夸大了，写出其因压抑而生的精神变态与病态。如窥浴、嫖妓等等，在旧小说中也是常见的情节，但在《沉沦》中出现，就特别注重精神病态的揭示，灵与肉冲突的心理紧张在其中得以充分地表现。《沉沦》写病态，其意却不在展览病态，而在于正视作为人的天性中重要组成部分的情欲问题。"五四"时期个性解放的思潮促使人们开始尝试探讨这个敏感问题。

郁达夫用小说的形式那么大胆地真率地写青春期的忧郁和因情欲问题引起的心理紧张，这在中国历来的文学中都是罕见的，郁达夫因此被视为敢于彻底暴露自我的作家。《沉沦》正视作为人性的情欲矛盾，题材和写法都有大的突破。

《沉沦》的故事不曲折，全篇由八小节组成，每一节叙一事或一种心境，结构也不紧凑，叙述显得有些拖沓。郁达夫并不善于讲故事，这篇小说如果从叙事的角度看，是并不怎么高明的。这都显示着初期现代小说的稚拙，但也有很吸引人的地方，那就是抒情。《沉沦》在描写主人公心境变迁的时候，常用抒情的笔调，有时是通过主人公特殊的感觉去捕捉和描绘事物，使描写富于情感色彩或象征的含义。如第一节写主人公避世的心情，那种融会于大自然的浪漫情怀，甚至感觉得到周围有"紫色的气息"；最后一节写主人公投海自尽前的种种神秘的幻觉也带有某些象征抒情的意味。读这样的描写，会感到郁达夫是极富才情的诗人，他在用作诗写散文的笔法写小说，不讲求结构，语言也少锤炼，如果从小说的一般要求来衡量，似乎写得"不到位"，但读起来又很觉随意和畅快。这种不拘形式的写法，也是郁达夫这篇小说获得成功的因素之一。因为"不拘"才彻底打破陈规旧习，就如同听惯了严整细密的"美声唱法"，偶尔听听"不经意"的流行歌曲，也会觉得很随意畅快。郁达夫带给"五四"一代青年和后人的不是什么"深刻"和"完整"，而是一种才情，一份率真。

二、《零余者》：孤寂的情绪流

在郁达夫的作品中，《零余者》的艺术并不很完满，却可以当作"纲"来读：郁氏创作的抒情主人公，大都是"零余者"，而这篇《零余者》有很强的代表性和象征意味。

所谓零余者，也可称为"多余人"，本是 19 世纪俄国文学中的一种典型。屠格涅夫就有一篇小说《多余人日记》，刻画出当时俄国知识分子的某种精神状况：他们对腐朽的农奴制社会现实极其厌恶，追求新的生活，并希望将自己的才艺贡献给新的社会，可是他们往往又眼高手低，最要命的是脱离社会，脱离群众，找不到出路，只好成天在沙龙里喝酒，谈黑格尔，自暴自弃，甚至颓废堕落，成为多余的人。郁达夫是深受屠格涅夫影响的，显然，他从屠氏笔下的俄国"多余人"身上找到中国"五四"后某些青年，包括他自己的影子，塑造出"零余者"的形象。"五四"后，受新思潮启蒙而觉醒过来的一代青年，很快就分化了，一部分汇身于革命的洪流，更多的虽然也抗争现实，却又茫然不知所之，经受着醒过来的痛苦。闷在铁屋子里昏睡的人们，是无所谓精神痛苦的，然而，一旦铁屋子被打开,走向可以相对自由思索和选择的世界,就会由极度兴奋转向苦闷彷徨,因为个人的自由选择与现实社会总是冲突的,发现自我就可能意味着发现痛苦。郁达夫的许多作品就写出了"零余者"的这种精神困厄,录下了在时代大转变时期知识者歧路彷徨的身影。

读者读这篇散文,首先触目的是《零余者》这个标题。一开始也许印象还不深,但随着作者所展示的画面与反复咏叹的失落者的情怀,很快就会感觉到那种郁达夫式的忧郁伤感与无奈:原来郁达夫又在重复渲染一种"时代病"的主题,不过这回是借"零余者"的命名作一种自嘲,也是对人生角色的一种自我评判。文章采用的是类似意识流的写法,主要是那个在荒田野墓间漫无目的游逛的漫步者的散乱情绪的组接,或者可以叫作"情绪流"。读此文会感觉有一种亲和力,不知不觉也就与文中的抒情主人公一起漫步,一起作散乱的思索,因为主人公的情绪是极为真切又极普通的。我们从他那散乱的思绪与牢骚中,可以认识和理解这位下层的知识者。他显然是被挤出于社会的小人物,政治上经济上处在低下的地位,也迫使他对现实社会采取了对立抗争的姿态,"袋里无钱,心头多恨",就是他的写照。穷困当然是烦人的,如同文章开头所引的诗中所说,"贫苦是最大的灾星"。的确,正因为贫穷、"袋里无钱"才感到那么落魄,那么自卑,不知道自己活着到底还有什么用。郁达夫作品中的忧郁与感伤,总是和"穷"字联系在一起的。应该说,这是很真切的描写。对于旧时代大多数普通的生活艰难的知识者来说,总不可能那么清高,贫穷的受压制的生活无疑是精神困苦的主要根源。"袋里无钱,心头多恨"这句话很俗,但很实际。可以想象,当时的读者读这篇散文,首先就会被郁达夫说穷道苦的思绪所打动。从这个层面看,郁达夫所抒写的是当时青年的心声,是现实的情怀。

然而,《零余者》又可以理解为是象征性的。读这篇散文,想象在严冬的黄昏,古城郊外,荒田野墓,一个失意的人漫无目的地游逛,是那样地伤惨孤独,世间的一切都变得散漫凌乱,没有任何头绪也了无生气,当然也引不起半点儿情感。此时,似乎更容易独语,从内心深处发生一种价值自审,对自身的地位和生活意义发出疑问:

　　"唉嘿,我也不知在这里干什么?"

　　"唉唉,人生实在不知究竟是什么一回事?"

　　…………

这些是抒情主人公的疑问,但又何尝不是许多读者的疑问? 特别是在比较失意的时候,在一个人感到孤独,仿佛已被世界所遗弃的时候,就容易用另外一种比较超然的目光来打量自己与所处的这个世界,这类"永恒的疑问"便可能从心底油然升起。所以,读着《零余者》,想象那样一种孤凄荒漠的意境,感受那种失落,是可能完全理解"零余者"的。这时"零余者"的情思就不只是20年代落魄书生的,就可能有某种普遍性。现今的人们如果对《零余者》有兴趣,被这篇散文所吸引,并不只是可以了解旧时代和当时的青年心境,还在于阅读时的那一阵子,自己也仿佛成了寂寞的漫步者,暂时躲过喧嚣,品尝孤独,思考生活的含义。

　　这样说,但愿不至于"拔高"了这篇散文的意义。郁达夫是能写"俗"的作家,只要真切,他可以非常坦率地把一切黑暗、肮脏、郁闷和盘托出,也可以在文中发牢骚,嘲世骂街,显得再俗不过了。这一切都是为了痛苦的情绪的宣泄。然而,郁达夫又会很"雅",很深沉。《零余者》这篇散文,在一泻无余的"情绪流"之中,融进了许多伤惨荒芜的意象,如残冬落日,枯曲疏树,寒风呜咽,古城苍凉,等等,都由漫步者的落寞的感受,转化为一种令人窒息的氛围,成了"象征的森林",已经分不清是现实中的景物还是漫步者想象中的景物,给读者的印象就是一种浑然的孤寂,细琢磨却蕴藉沉痛,有诗意,有启迪,耐人寻思。

　　作为一篇散文,《零余者》似乎不讲什么章法,由漫步的"零余者"走到哪里,想到哪里,就写到哪里,即上述的所谓"情绪流",不过,杂乱的思绪随处弥散,其中也有过一次"集结""成了一个霹雳,显现出来",那就是忽然意识到自己,"是一个真正的零余者"。紧接着力图对自己作比较理性的分析,审察自己对于社会人世到底是"有用"还是"无用",翻来覆去思考,自觉得"依旧是一个无用之人"。由情绪杂乱弥散,到自审的发现,再变为思想杂乱,始终绕不出矛盾冲突。结局令人发闷,似乎都和"零余者"那样,仿佛胸口压着铁板,真想"放大了喉咙,啊的大叫它一声"。

　　这样看来,《零余者》表面上随意凌乱,但还是有内在的结构的,那就是由情绪抒放到回环思索,但始终贯注那种灰暗的感觉色调,将所有情思都凝注到"零余者"对自身的痛苦的发现这一点上。

三、《水样的春愁》:怀恋的月色

《水样的春愁》写无邪的初恋,短短的两千多字,竟有十处写到了"月光"。真是一篇笼罩月色的美文!

标题也很有诗意,大概跟月色弥漫的氛围有关。文中回忆年轻恋人在月光里相对时的沉醉,如水的清纯,又如水的迷茫;多少年后对青春的忆念也不会止息的,那是远离了人生好日子之后的感伤,同水一样淡淡的,恍兮惚兮。月光和水都有一种迷离感,都容易引发浪漫的遐思。我想,抓住文中"月光"的意象很关键。用"月光"来阐释《水样的春愁》这篇散文的韵致,是再合适不过了。

但是"月光"都集中投射到作品的后半部分。而文章前半部分虽然也是回忆,却较多叙述,尚未形成"春愁"的意境。前后两部分的情味好像不大一样,前者幽默,后者感伤。不过,此文是写青春觉醒、写初恋的,又以一种回忆状态出现,全文的思绪理路还是和谐统一的。前半部分对青春期那种紧张心理,特别是对异性的特殊感觉的叙述,虽然用了讲故事的幽默笔触,如同成年人展示自家儿时穿开裆裤照片,有一点儿自我调侃,但细加寻味,同样不脱感伤的底色。那些少男少女心理上的恼乱和尴尬,似乎有些可笑,却是自然的过程,如春花之绽放,因此同样也美好,特别是在忆念中。读者不难发现,前半部分的文字仍带有郁达夫的惯常作风,即率真坦露,但又比他许多作品细腻得多。

特别是心理描写,少年男子思慕得到理想的异性爱时的那种羞涩的"形秽之感",那种烦乱与矛盾,都写得很真切深刻。如写"我"儿时眼中的那位赵家少女,除了"皮色"与"脸形",并没有多加笔墨,而重点是写出"感觉",似乎少女住所外的围墙、石径、柳树、鲜花,等等,都和少女本身一起共同织就了一幅绚烂的春景,连"脚踏着日光下石砌路上的树影"去"接近"少女的细节,也记得很清。这段文字有点像"梦里的游行",写的其实是爱的渴望,是朦胧发生的相思心境。

最美的段落当然是后半部分写月光下"和她两人相对"的情形,作者此时似乎已经忘记了在对读者诉说,全然沉浸到初恋的感觉之中。十次有关"月光"的描写，这里就集中了九次。十四岁的"我"感觉"月亮好得很"，是因为心头有不能抑制的欢欣。"我"是"踏着月亮"，仿佛全由一种莫名的冲动支配，去到"她"家的。两人的聚会，是在"月光如潮水似的"浸满了一切的世界中，月光里的"她"有"大理石似的嫩脸"，和"黑水晶似的眼睛"，这当然也是一种特殊意境中的感觉。

他们沉默相对，不发一言，没有任何轻薄的邪念，只有深沉陶醉的感觉，那种感觉大概也因为有月光的包围……一切都离不开月光，是因为月光在忆念中留下最深的印象，月光最能衬托并代表当时的那种柔和与幸福的心境，还有那种陶醉的恍惚。人的回忆往往这样，许多细节可能忽略了，淡漠了，但某些特殊的情味却又突出地浮现出来。"月光"的感觉在这里成了初恋的感觉，那是伤感而又温馨，在记忆的深处，极淡极淡，恍惚迷离的，是同水一样的春愁。

忆旧的文字，特别是忆念青春岁月，很自然都会省略掉实际生活中有过的种种烦杂，独留下那些最让人心悸的人事印象，这种"历史的过滤"，便是诗的升华，普通人也会这样的。生活中有梦，梦是朦胧的，大约唯其朦胧，才更有诱人的美。在许多时候，忆旧便是梦，便是作诗。《水样的春愁》写的是极普通的事，但这是在忆念的梦中，在诗一般迷漫的月色里，所以那么迷人。郁达夫大多数创作都很坦露，求实求真，少加艺术打磨，但在这一类忆旧的抒情文中，更多地看到他深含内秀的一面，也更多地发现他的诗人的情性。

读《水样的春愁》，让我联想到鲁迅的《朝花夕拾》。特别是忆旧之中所表现出来的那种幽默，彼此有点相像。不同的是鲁迅更为雍容，郁达夫则有些恣肆，而且伤感。关于月光下的恋爱的描写，那种细腻深入是鲁迅作品中所没有的，倒是在周作人的一篇叫《初恋》的美文中，我们似曾相识，起码那种"春愁"的韵味，是近似的。

1934年底到1935年，郁达夫应当时流行的小品杂志《人间世》之约，写了一组自传，发表了八篇，只写到赴日留学那一段，《水样的春愁》是其中的第四篇。其他几篇也很美，篇名依次叫《悲剧的出生》（之一）、《我的梦，我的青春！》（之二）、《书塾与学堂》（之三）、《远一程，再远一程！》（之五）、《孤独者》（之六）、《大风圈外》（之七）和《海上》（之八）。如果把这几篇"自传"连起来读，不光对郁达夫的生平有更多了解，也能更完整地鉴赏其后期散文文笔之美。

浅议有关郭沫若的"两极阅读"现象[*]

郭沫若的《女神》是中国现代文学史上公认的经典之作,标示着新诗初创期的最高成就,最能体现"五四"的时代特色。郭沫若在文学史上的地位,主要是由《女神》所奠定的。对《女神》往往有两种读法,一种是"文学史的读法",注重从历史发展的链条中考察作品,寻找价值,并确定其地位。当今各种现代文学史,几乎都是这样评价郭沫若的。有一种学术界流行的排座次的说法是"鲁郭茅巴老曹",不一定准确,但也可见对郭的评价甚高。而"非专业的读法"则比较偏重个人或行时的审美趣味,注重本文,不太顾及"历史链条",并不看重像《女神》这种时代性、现实性强的"经典"。当今许多青年读者对郭沫若其人其诗不感兴趣,评价不高,用的多是"非专业读法"。两种读法本无所谓高下,然而当今许多大学的讲台或专家的文章对郭沫若甚表称许,而一般读者却不敢恭维,这种两极性的阅读现象很值得研究。现代文学研究者不能不面对这样的问题:为什么对《女神》的接受有这么大的时代反差?

一

这就牵涉评论角度问题。以往对《女神》的评说,一般都是从两个角度进行。一是思想内容方面,即考察《女神》如何体现反封建以及改造社会的要求,如何代表"五四"的声音,等等。常见的对郭诗的基本主题作摘句式的归纳,以及对郭诗中"自我抒情主人公形象"的分析,都特别注重内容和思想倾向。这种评论能抓住时代精神特征,却不一定能充分说明《女神》为"五四"读者所欢迎

* 本文原载《中国文化研究》2001 年第 1 期(春之卷)。

的原因。其实,《女神》是诗,在思想内容方面很难说提供了什么深刻的东西。若论反封建求进步思想的激越深入,"五四"读者大可不用从诗中去求觅,而且类似《女神》中归纳的那些思想主题,在当时的各种激进的作品中比比皆是,可见《女神》引起轰动的原因远不止于思想内容。

那么,是否再加上形式因素,就可以作完满的解释了呢? 也不一定。以往许多论著都高度评价《女神》形式上的创新,特别指出其在自由体诗的建立上所作出的典范性贡献,这是对的。若要考察新诗形式的流变,"郭式自由体"自然是重要的一环。但谁都不能否认,富于独创性的《女神》毕竟又还比较粗糙,形式上并不完善。郭沫若开一代诗风,《女神》成为现代自由体诗的发端,然而郭诗那种"绝端的自由"的写法,也带来过于散漫的负面影响。这又可见,思想内容加上形式因素的评论,虽然可以自成一说,却仍未能充分解释《女神》在"五四"能迅雷闪电般征服整个文坛的原因。现今一般"文学史的读法"很想复原《女神》的精神,因目光多限于思想主题加自由体诗形式等方面,所以终究难于感受其巨大的艺术魔力。

我想其魔力应从作品—读者互动互涉的关系中去找,不能只着眼于作品本身。这里必须强调的一个重要观点是,《女神》激发了"五四"读者的情绪与想象力,反过来,"五四"读者的情绪与想象力又在接受《女神》的过程中重塑了《女神》的公众形象,或者可以说《女神》是与"五四"式的阅读风气结合,才最终达致其狂飙突进的艺术胜境的。《女神》魔力的产生离不开特定历史氛围中的读者反应。《女神》作为经典是由诗人郭沫若和众多"五四"热血青年所共同完成的。

作为当代的读者读《女神》,已经有时代的隔膜。如果要真正领会其作为经典的涵义,读懂它的时代特征,就不能不充分考虑与作品同时代的读者的接受状况。因此,读《女神》,特别是《女神》中那些最具有"五四"特征的代表作,最好采取三步,即:一、直觉感受;二、设身处地;三、名理分析。一般"文学史的读法"往往偏于作"名理分析",而"非专业阅读"则停留于直觉感受,或者连直觉感受都尚未进入。前述的两极分化阅读现象即与此有关。对于《女神》这样的时代性强的经典,我倒是主张三步读法,其中第二步"设身处地"至关要紧。当今读者只有设想重返特定的"五四"时代,让自己暂当"五四"人,身心浑然投入诗中,才可能摸索感触那种由作品—读者互动互涉所形成的阅读的"场"①,进而在这种"场"中去理解作品接受过程中产生的整体艺术效应。这也才可能尽量消除时代的隔膜,真正理解《女神》成功的原因。

下面不妨作一些阅读实例。《天狗》是《女神》的代表作之一。初读此诗,全由直觉感受,第一印象便是狂躁、焦灼,如同热锅上的蚂蚁;又仿佛自身储有无穷的精力能量,一时难于找到宣泄的渠道,憋得难受,渴求自我扩张,简直要爆炸了。我们不急于分析这种"第一印象",最好转入第二步,即设身处地想象是在"五四"时期,自己也是刚跳出封建思想牢笼的青年,充满个性解放的理想,非常自信,似乎整个世界都可以按照自我的意志加以改造。但同时又很迷惘,不知"改造"如何着手,一时找不到实现自我、发挥个人潜能的机会。自以为个性解放后理所当然得到的东西,却远未能获得,因而一方面觉得"我"很伟大,威力无穷,另方面又会发现"我"无所适从,这便产生焦灼感,有一种暴躁的心态。这些只是"设想",每个读者都可以根据自己所了解的有关"五四"的历史氛围尽可能设身处地,暂当"五四"人。若如此来读《天狗》,便感同身受,比较容易理解诗中所抒发的那种情绪与心态。接着可再转入"名理分析"。这分析也并非只是摘句式地归纳其主题思想或倾向诸方面,最好还是感受《天狗》所形成的整体氛围,或者可借用传统批评的概念来说,是充溢于《天狗》之中的"气"。这种"气"是由其所包涵的情绪、丰富的想象,以及诗的内在节奏等因素综合体现的。"五四"时代的读者本来其自身也有类同的焦躁感,一读《天狗》便如同触电,能在那种"气"中沟通,沉醉,宣泄。如果在设想的特定时代的阅读"场"中去感触把握《天狗》的"气",分析就不会流于零碎、僵化,由三步阅读所达到的对作品—读者互动互涉关系的探求,有可能摆脱那种空洞的或过于情绪化的评论套式。

《女神》中的诗有许多显得太散漫、太直、太坦露,是很粗糙的。如果光凭直觉印象或者名理分析,可能认为它们并不成功,以往许多论者也都是这么批评的。然而如果不把形式内容分开来考究,而是着眼于"气"的整体审美,那么这些"粗糙"便另有一种痛快淋漓的阅读效应。例如《晨安》一诗,仿佛

① 这里借用的"场"原是物理学概念,指物质存在的一种基本形式,具有能、动量和质量,能传递实物间的互相作用,如电场、磁场、引力场等。"阅读场"指阅读接受过程中作品—读者的互动互涉关系。

在向世界的一切大声地打招呼,全诗所有句子几乎一律用"晨安"开头,非常单调,而且用词粗放,不加纹饰,似乎全不讲求形式。初读起来甚至刺耳,让人感觉怪异。但郭沫若是有意为之,就是要造就这种效果。他曾说过:"诗无论新旧,只要是真正的美人穿件什么衣裳都好,不穿衣裳的裸体更好!"①又说:"我所著的一些东西,只不过尽我一时的冲动,随便地乱跳乱舞的罢了。"②他是以不讲形式作为一种形式,一种追求坦直、自然、原始的形式;以"不像诗"来表现一种新的诗体,有意于对传统的温柔敦厚诗风来一个冲击,造成审美的逆差。"五四"时期处于大变动中,青年一代追求的是新异的叛逆的艺术趣味,反精美、反匀称、反优雅成为时尚,所以类似《女神》中《天狗》、《晨安》一类粗糙的不成熟的形式更能博得读者的喝彩。就如同当今的摇滚乐、霹雳舞,也以反精美、反优雅为时尚一样。如果对《女神》的形式作如此读法,着眼于其"气"的整体审美效果,并结合特定时期的读者反应去重加体察,我想是可以读出一些新意的。

　　《女神》的主导风格是暴躁凌厉,虽然也有一部分比较优美的诗③,但影响大的代表性的作品都是具备并能引发这种暴躁凌厉之"气"的。结合读者反应来看《女神》,其成功主要在于宣泄压抑的社会心理,或可称为能量释放,一种渴求个性解放的能量。《女神》主要不是提供深刻,而是提供痛快的情绪宣泄。"五四"时期的读者审美需求是有各种层次的,那时的人们需要深刻冷峻(如鲁迅的小说),需要伤感愤激(如郁达夫、庐隐的作品),需要天真纯情(如冰心的诗和小品),更需要郭沫若式的暴躁凌厉。在充分满足而又造就新的时代审美追求这一点上,郭沫若称得上第一流的诗人。

　　这样的读法,也许能站到一个更宽容也更有历史感的角度去理解像《女神》这样的经典:这些经典因为太贴近现实而往往随着时过境迁,得不到后人的认同。当今读者对郭沫若诗歌不欣赏、无兴味的原因,主要也是"时过境迁"。当

---

①　郭沫若:《诗论三札》,《郭沫若全集(文学编)》第 15 卷,人民文学出版社 1990 年版,第 339 页。

②　郭沫若 1920 年 2 月 16 日致宗白华信,《郭沫若全集(文学编)》第 15 卷,第 46 页。

③　《女神》中诗的风格有多种,暴躁凌厉可概括其主要风格,另有一些诗是比较优美别致的,如《地球,我的母亲!》、《蜜桑索罗普之夜歌》等。

今已不再有"五四"那样的新鲜、上进而又暴躁凌厉的"气",不再有"社会青春期"的氛围,在一般"非专业阅读"的层面上也就较难欣赏《女神》这类作品。然而文学史家要说明历史,就必须体验和理解历史。这历史不光是由一个个作品的本文构成的,读者反应实际上也参与了文学发展的进程,因此,适当关照作品—读者之间互动互涉的"场",才更有可能接近历史原貌。

二

当今的研究者和读者对郭沫若的评价形成两极,跟对郭氏人格的不同理解也大有关系。一种流行的观点是把郭沫若看作政治人物,反感他的立场多变。然而如果由《女神》等作品的创作反观郭沫若的人格,也许我们对这位诗人的浪漫气质会有更多的了解与宽容,我们就不一定再以政界的标准去衡量一位文人。

郭沫若可以说是一位天才,但也有凡庸的一面,这两方面交织成他的一生。唯其是天才,又出了大名,所以当凡庸的一面表露时会格外引人注目,人们容易苛求。在他的前期,主要是"五四"时期,天才表露多,几乎极至,是"至人",即使有凡庸俗耐一面,也常被天才的光彩所遮蔽;三四十年代以后,天才的成分越来越稀薄,扭曲、凡庸就更突出。郭本质上是一位浪漫的诗人,其天才也多表现于创作中;而当他转向从政时,诗人与政治人的歧途往往就令其尴尬,俗气的一面越发彰显。不能简单断言从政=庸俗,只是说扭曲了本性去从政(或从事别的事业)才容易表露凡庸。遗憾的是现今有关郭沫若的传记极少写其凡庸一面,所以没有立体感。

下面我们还是先看看决定郭沫若人格的心理素质。如果说鲁迅像一座深稳崇峻,郭沫若可以说是一个海,波涛汹涌,热情奔放。

郭沫若心理属天才型,或文艺型,热情、冲动、活跃,多变是其重要特点。这可以从其创作反观。他自己说,写《女神》中的那些代表性诗作时,他如同奔马,冲动得不得了,写完后如死海豚;灵感来时,激动得连笔都抓不住,浑身发烧发冷。① 这都证明,他属于天才型或文艺型心理素质。这种素质直接影响和决定着他在文艺观方面是追崇天才、灵感、直觉的,所以他总认为诗是"写"出来的,并非"做"出来的。他还说:"诗人底心境譬如一湾清澄的海水,没有风的时候,便静止着如像一张明镜,宇宙万汇底印象都涵映着在里面;一有风的时候,便要翻波涌浪起来,宇宙万汇底印象都活动着在里面。这风便是所谓直觉,灵感,这起了的波浪便是高涨着的情调。"② 可见郭不但性情冲动,在文艺观上也很追慕天才式的冲动灵感。《女神》中的许多激情的篇什都是在这样冲动的心理状态中依靠灵感去构思,所以充溢着情绪流与奇丽多彩的想象,不一定深刻,却真切感人;虽然粗糙,却更显坦诚。郭沫若这种心理素质是非常适于浪漫主义诗歌创作的。

30 年代"革命文学"论争中,郭沫若曾经很冲动地著文攻击鲁迅,鲁迅反击时称郭为"才子+流氓",并鄙夷其所谓"创造气"。这当然带有论争的意气。但冷静地看,也还不失中肯。郭沫若的确富于"才子气",浪漫、叛逆、爱独出心裁。如果再深入分析,可以看到郭沫若这种天才型、文艺型的心理性格跟他在少年时期的某些特殊的心理挫折有关。郭小学毕业时经历过"考榜风波",他本来在二十四名毕业考生中名列榜首,却被教师私下改定为第八。这件事使少年郭沫若第一次感受到成人世界的恶浊,促成其叛逆的、破坏性的心理倾向。此外,由家庭包办的"黑猫"婚姻更使他一度陷于心理危机,甚至想自杀,后来从歌德的诗作中汲取了力量,才振作起来,并因此而非常明确地以追求个性解放、实现自我的完满作为生活目标。③ 这些阅历在相当程度上影响和决定了郭沫若的心理成长趋向,并不断地作为"情绪原型"或隐或显地反映在他的创作中。还可以补充分析的是,郭沫若本人的生理状况也显然有助于其养成浪漫主义的心理性格,并影响到创作。郭沫若很早熟,七八岁就发育了,性意识过早觉醒,所以很小就喜欢浪漫主义作品,养成热情、敏感、多变的心性。另外,郭沫若十五岁时

---

① 参见郭沫若《论国内的评坛及我对于创作上的态度》,《郭沫若全集(文学编)》第 15 卷,第 26 页。

② 郭沫若 1920 年 1 月 18 日致宗白华信,《郭沫若全集(文学编)》第 15 卷,第 14 页。

③ 有关郭沫若的这些传记材料,可参考龚济民、方仁念《郭沫若传》,北京十月文艺出版社 1988 年版。

患中耳炎,留下耳聋的后遗症,这反而强化了其他感官的功能,激发了"超验"的想象力。类似的例子,在中外文艺史上很多见。适当关注这些由生理机制特殊性形成的心理性格特征,也可能有助于加深对郭沫若诗作艺术特色的了解,并有助于更全面地考量郭沫若的为人及其创作生活道路。

三

郭沫若的创作生活道路是多变的,大致可以分为三个段落。第一段落是"五四"时期,主要作为浪漫主义的天才诗人,以《女神》喊出了时代的真声音,震醒了一代青年,释放了被压抑的社会心绪,满足了时代的精神需求。这是郭沫若的黄金时期。这一时期他的个性得到充分的表现,自我实现的程度很高。这当然跟"五四"时期特定的时代氛围有关,那种宽松、自由、充满朝气的环境也有利于郭沫若形成浪漫的人格与创作风格。

第二个段落是三四十年代,郭沫若变为"诗人-社会活动家"。由"文学革命"、"两个口号"论争到抗日战争、解放战争,郭沫若常因其文名被簇拥到政坛,虽然其浪漫的个性并不宜于政界,却也以相当多的精力投入到社会活动。他的创作告别了"五四"时期那种朝气,逐步强化了现实感,而浪漫主义的想象力和激情也衰落了。从文人普遍感时忧国的时代风尚看,郭沫若这种转变是必然的,甚至也是必要的,然而这种转变并不适合他那种天才型、文艺型性格。郭作为浪漫诗人的心理、性格不能不被现实政治所扭曲、束缚。这一时期虽然也创作过历史剧《屈原》这样有影响的作品,但总的来说,郭沫若的创造力与时递减。

第三个段落是新中国即将成立时及以后,郭身居高位,杂务缠身,虽仍不时动笔,但多为应制之作,艺术上不足观。

综观郭沫若的一生,前后期有很大变化,但郭主要以诗名世,是诗人、文人,并非政治家。他留给人们的也主要是诗。所以评价这样一位人物,应着眼于其诗,特别是《女神》等早期诗作。后期郭沫若最为人诟病的是表现太趋时,但考其心理性格特征,此"趋时"仍可说主要是文人表现,大可不必以政治人物的标准去要求和衡量。况且郭毕竟是一个曾经非常真实过的人,那是一种比较彻底正视人性一切方面的真实，一种令传统的沉闷心态难于忍受的真实，这就很难能可贵了。一个社会所要求的文学产品必然是多方面的，既要有哲人式的深邃，也要有天马行空的想象力和真诚的抒情，我们应当承认，现代文学这两方面的作品都还太少。正因为这样，我们应以宽容和知人论世的态度去评说郭沫若其人其诗，理解和珍惜《女神》等"五四"文化遗产，而不是苛求这样一位天才诗人。

论老舍创作的文学史地位[*]

老舍在中国现代文学史上的独特地位与价值在于他对文化批判与民族性问题的格外关注，他的作品承受着对转型期中国文化尤其是俗文化的冷静的审视，其中既有批判，又有眷恋，而这一切又都是通过对北京市民日常生活全景式的风俗描写来达到的。他第一个把"乡土"中国社会现代性变革过程中小市民阶层的命运、思想与心理通过文学表现出来并获得了巨大成功。老舍的作品注重文化，铺写世态，是那么真实而又有世俗的品位，加上其表现形式又适应并能提高市民阶层的欣赏趣味，所以能为现代文学赢得知识分子之外的众多读者。北京文化孕育了老舍的创作，而老舍笔下的市民世界又是最能体现北京文化的人文景观的，甚至成为一种文化史象征，一说到北京文化，就不能不联想到老舍的文学世界。

老舍的作品在中国现代小说艺术发展中有十分突出的地位，与茅盾、巴金的长篇创作一起，构成现代长篇小说艺术的三大高峰。老舍的贡献不在于长篇小说的结构方面，而在于其独特的文体风格。老舍远离二三十年代的"新文艺腔"，他的作品的"北京味儿"、幽默风，以及以北京话为基础的俗白、凝练、纯净的语言，在现代作家中独具一格。老舍是"京味小说"的源头。老舍创作的成功，标志着我国现代小说（主要是长篇小说）在民族化与个性化的追求中所取得的巨大突破。

---

* 本文原载《中国文化研究》1998 年第 1 期（春之卷）。

一、文化批判视野中的"市民世界"

在现代文学史上，很少有作家像老舍这样执着地描写"城与人"的关系，他用众多小说构筑了一个广大的"市民世界"，几乎包罗了现代市民阶层生活的所有方面，显示了老舍对这一阶层百科全书式的知识。而老舍在观察表现市民社会时，所采取的角度是独特的。和二三十年代主流文学通常对现实社会作阶级剖析的方法不同，老舍始终用"文化"来分割人的世界，他关注特定"文化"背景下人的命运，以及在"文化"制约中的世态人情，作为"城"的生活方式与精神因素的"文化"的蜕变。对老舍来说，市民社会中阶级的划分或者上流下层的划分不是最重要的，重要的是"文化"对于人性以及人伦关系的影响。这个视点决定了老舍的作品在二三十年代不能得到主流派文学阅读时尚的欢迎，但这并不妨碍老舍艺术上的成就：在文化批判视野中所展开的市民生活的图卷是独创性的，其对中国传统文化的反思以及对国民性的探讨也是独特的，在他的那些最优秀的作品中，老舍还格外注重为现代文明探索病源。

老舍用"文化"来分割他的市民世界，其中不同类型的市民形象分割体现着老舍对传统文化不同层面的分析与批判。他的市民世界中，活跃着老派市民、新派市民以及正派市民等几种不同的人物系列，各式人物的性格构成往往都在阐释着某种文化内涵，老舍写"人"的关节点是写"文化"。

老舍写得最好的是老派市民形象。他们虽然是城里人，但仍是"乡土"中国的子民。身上负载着沉重的封建宗法思想的包袱，他们的人生态度与生活方式都是很"旧派"，很保守、闭塞的。老舍常常通过戏剧性的夸张，揭示这些人物的精神病态，从而实现他对北京文化乃至传统文化中消极落后方面的批判。

早在 1929 年于英国写成的长篇《二马》中，老舍就塑造了一个迷信、中庸、马虎、懒散的奴才式人物老马，他的生活信条就是得过且过。这样一个角色，容易使人联想到鲁迅笔下的阿 Q。因为都是为落后的国民勾画灵魂，两者颇有相似之处，所不同的是，阿 Q 生活在"老中国"的乡村，老马则是华侨，旅居国外。老舍有意把老马放到异国情景中去刻画，试图从中西文化比较的背景中更明显地突现落后国民性的悖谬之处。另一部发表于 1932—1933 年的长篇《猫城记》

反映了作者当时的反主流思想情绪,其政治观点是不适合历史主潮的,然而其作为一部寓言体小说所构设的荒诞世界中那些"猫民"的种种保守、愚昧、非人性的性格,分明也映射着"老中国儿女"落后的国民性。这两部小说艺术上都比较粗糙,而且并非直接写市民生活,但其写作旨意很能代表老舍创作中所显示的"文化批判"的指向。

老舍非常注重将市民生活方式中所体现的人生观及其文化根蒂加以展示。在他塑造的老派市民形象系列中,除了《二马》中的老马,还有《牛天赐传》里的牛老者,《四世同堂》里的祁老太爷、祁天佑,《离婚》里的张大哥,等等。最引人注目的还是《离婚》中的张大哥。这是一个知足认命、墨守成规的市民,他小心翼翼要保住自己的小康生活,害怕一切"变"。小说一开头就用夸张的笔墨介绍:"张大哥一生所要完成的神圣使命:作媒人和反对离婚。"对张大哥来说,"离婚"意味着既成秩序的破坏,而他一生的"事业"正是要调和矛盾,"凑合"着过日子。张大哥这一套由婚嫁观念为基点推衍的人生哲学,体现了传统文化封闭、自足的一面,《离婚》所描写的张大哥的家庭纷争及其危机,可视为传统的民族生存方式的危机。小说辛辣地揭示了张大哥的"哲学困境"。这位张大哥对待人事的准则是:"凡事经小筛子一筛,永不会走到极端上去;走极端是使生命失去平衡,而要平地摔跟头的。张大哥最不喜欢摔跟头。他的衣裳,帽子,手套,烟斗,手杖,全是摩登人用过半年多,而顽固老还要再思索两三个月才敢用的时候的样式与风格。"连小说中另一位"马虎"先生都嘲笑张大哥的生活态度就是敷衍,而且是郑重其事的敷衍。作者以现实主义的严峻态度,写出了这种受传统知足认命的人生观支配的旧派小市民的生活态度在"乡土"中国往现代性转换的历史过程中所受到的巨大冲击。在遭到不幸时张大哥竟至毫无所为,因为他的"硬气只限于狠命的请客,骂一句人他都觉得有负于礼教"。张大哥成了悲剧角色,只会绝望地哀叹:"我得罪过谁?招惹过谁?"老舍以幽默的笔法,真实地写出了张大哥这类市民社会"老中国儿女"因循保守的庸人哲学的破产,以及他们欲顺应天命而不可得的悲剧。

《四世同堂》里的祁家老太爷也是北京老派市民的典型,在他身上集中了北京市民文化的"精髓"。他怯懦地回避政治与一切纷争,甚至当日本人打到北京时,在他看来只消准备一些粮食与咸菜,堵上自家院门,就可以万事大吉。都快当亡国奴了,他还想着自己的生日,"别管天下怎么乱,咱们北平人绝不能忘了礼节"！虽然自己不过是平头百姓,可心里总忘不了把人严格地分了尊卑贵贱,忠实而真诚地按照祖传的礼教习俗办事,处处讲究体面与排场。他奉行着"和气生财"的人生哲学,"善良"到了逆来顺受的地步。他向来抄家的便衣微笑、鞠躬,"和蔼"地领受"训示";他非常同情邻居钱默吟受日军凌辱的遭遇,但因怕连累自己而不敢去探望一下这个老朋友。他的性格特征就是懦弱、拘谨、苟安,这是作者最熟悉的一种性格,是老马先生、张大哥那一类型的延续。不同的是,作家在批判祁老太爷这种保守苟安的生活哲学的同时,没忘记时代环境的变化。当祁老人发现了自己的一套行不通,被逼到"想作奴隶而不得"的绝境时,也终于勇敢地起来捍卫人的尊严,民族的尊严。祁老人的孙子祁瑞宣大致也属于老派市民系列,不过他是比较年轻的一代,在他身上集中了更加深刻尖锐的矛盾。他受过现代的教育,有爱国心,甚至也不无某些现代意识,但他毕竟又是北京文化熏陶出来的祁氏大家族的长孙,他身上体现着衰老的北京文化在现代新思潮冲击下产生的矛盾与困扰。在民族危难的时刻,祁瑞宣虽然终于"找到了自己在战争中的地位",然而小说所着力表现的是他的性格矛盾和无穷的精神苦恼,其中显然也在表现传统文化的负面影响。小说正是通过祁老人和祁瑞宣思想、性格的刻画,深刻地反映了北京市民乃至整个民族的"国民性弱点",以及这些弱点在社会变革中被改造的历史过程。

老舍和许多同时代的作家不同的是,在批判传统文明落后面的同时,对外来的西方资本主义文明也持非常谨慎甚至排拒的态度。这种态度表现在他对"新派市民"形象的漫画式描写上。在《离婚》《牛天赐传》和《四世同堂》等作品中,都出现过那种一味逐"新",一味追求"洋式"的生活情调而丧失了人格的堕落人物。其中既有蓝小山、丁约翰之类西崽,也有张天真、祁瑞丰、冠招弟等一类胡同纨绔子弟。老舍一写到此类角色就使用几乎是刻薄的手法,不忘记给他们描画可笑的漫画式肖像。《离婚》里的张天真就是这种"德性":"高身量,细腰,长腿,穿西服。爱'看'跳舞,假装有理想,皱着眉照镜子,整天吃蜜柑。拿着冰鞋上东安市场,穿上运动衣睡觉。每天看三份小报,不知道国事,专记影戏园的广告。"总之,这是一种新潮而又浅薄的角色。《四世同堂》里的祁瑞丰也是这一类被嘲讽的"洋派青年",不过更令人恶心的是其"洋"味中又带有汉奸味。老舍笔下的这些角色因为嘲讽的意味太浓,刻画却不算深入,有类型化的倾向。老舍所写的老派市民显然带有悲剧意味,而在给新派市民画漫画时,鄙夷不屑之情便溢于言表。就所描写的道德失范、价值混乱而言,老舍的批判是有其现实针对性的,然而这种比较浮浅的嘲讽或批评里头,又包含着对西方文明的反思。老舍作品的思想内涵是比较复杂的,批判传统文明时的失落感和对"新潮"的愤激之情常常交织在一起,并贯穿在他的多数小说中。

值得注意的是,在一些表现底层市民命运的作品里,也贯穿着批判排拒资本主义文明的主题。中篇小说《月牙儿》便表现了这主题的特色。这篇小说写母女两代烟花女子的故事,在两代人生活道路的离散与相聚背后,隐伏着精神上的离散与合一。小说展示了母亲从生活中得来的"肚子饿是最大的真理"这一带有原始残酷性的生活经验,与女儿从"新潮"中接受的"恋爱神圣"、"婚姻自由"等新观念之间的矛盾。耐人寻味的是,在老舍的笔下,矛盾的解决方式,不是母亲的生活真理向女儿的新思潮靠拢,而是相反;老舍力图向读者指明:正是母亲的生活真理能够通向真正的觉醒。这样,老舍就对西方资产阶级个性解放思潮作出了自己的独特的判断。他站在挣扎在饥饿线上的下层城市贫民的立场上,尖锐地指出:在大多数穷人连基本的生存权都没有,处于饥饿状态的时候,爱情就只能是买卖,"自由婚姻"、"爱情神圣"云云,不过是骗人的"空梦"。[①] 老舍对于西方个性解放思潮的质疑与批判,在《月牙儿》所描写的范围内,无疑是深刻的;然而,在老舍全部作品的描写中,这种批判或多或少地表现为避免西方资本主义文明的弊病,而将封建宗法社会东方文明美化的民粹主义倾向。这种民粹主义的思潮,在中国这样的具有悠久的文化传统、小生产生产方式与闭锁的生活方式占优势的文明古国,是特别有其土壤的。

与老派的和新派的市民形象系列相比照,老舍的笔下又出现正派的或理想的市民形象。显然,老舍在描绘城市资本主义化过程所产生的文化变迁与分裂的图景时,还没有放弃对理想的追求,况且老舍的创作很注重社会的教化功能,他写理想的市民是为了探索文化转型的出路,使作品变得更有思想启发意义。不过,老舍常常带着比较传统的道德观去构思他的理想市民性格。老舍早期作

---

①　老舍在《骆驼祥子》里也说过类似的话:"爱与不爱,穷人得在金钱上决定,'情种'只生在大富之家。"

品中的理想市民——无论是《老张的哲学》里的赵四,《赵子曰》里的李景纯,还是《二马》里的李子荣,《离婚》里的丁二爷,都是侠客兼实干家,这自然是反映了中国传统小市民的理想的。这些小说大都以"理想市民"的侠义行动为善良的平民百姓锄奸,从而获得"大团圆"式的戏剧结局。这不仅显示出老舍的真诚,天真,也暴露了老舍思想的平庸面:中国的现代作家在对现实的批判方面时时显示出思想的深刻性,而一写到理想,却常常表现出思想的贫弱,这个现象颇发人深省。随着生活的发展,老舍的创作也在深化。特别是抗战时期所写的《四世同堂》里,自觉地从对传统文化、民族性格潜在的力量的挖掘中,去寻找民族振兴的理想之路。老舍在小说中明确地指出,传统文化"是应当用筛子筛一下的",筛去了"土与渣滓","剩下的是几块真金"。这种"真金",就是"真正中国的文化的真实力量",虽然也是"旧的",但"正是一种可以革新的基础"。在小说中,天佑太太、韵梅这两个普通的家庭主妇,平时成天操心老人孩子、油盐酱醋,民族危难一旦降临,她们就挺身而出,坚毅沉着,而又忘我地成为独立支撑的大柱。在战时生活的艰苦磨难中,她们看到了四面是墙的院子外面的世界,把自己的无私的关怀与爱由家庭扩展到整个国家与民族。诗人钱默吟战前"闭门饮酒栽花","以苟安懒散为和平",残酷的战争打破了他生活的平静,儿子的壮烈牺牲与自己的被捕使他成了另外一个人,他身上爆发出了中国传统文化中的道德力量,杀身成仁的民族骨气与操守。在老舍看来,为神圣的民族解放战争所唤起的这种坚韧不屈、勇于自我牺牲的民族精神是可以成为建设新民族、新国家的精神力量的。这瞩望于未来的眼光,标志着老舍的创作随着时代的发展达到了一个新的高度。

二、《骆驼祥子》:对城市文明病与人性关系的探讨

在老舍笔下除了老派、新派与理想市民几种形象系列,还有一种属于城市底层的贫民形象系列,在他的市民世界中占着显著的位置。这里有洋车夫祥子、老马、小崔,老巡警,拳师沙子龙,剃头匠孙七,妓女小福子,艺人方宝庆、小文夫妇,等等。这个形象系列集中体现了老舍与下层人民深刻的精神联系。如果说在对旧式市民与新派市民的描写中,喜剧的色彩往往构成主调,那么刻画

城市贫民形象的作品就更具有浓重的悲剧性。《骆驼祥子》就是写城市贫民悲剧命运的代表作,这部小说在老舍全部创作中是一座高峰。通常认为这部小说的成功在于其真实反映了旧中国城市底层人民的苦难生活,揭示了一个破产了的农民如何市民化,又如何被社会抛入流氓无产者行列的过程,以及这一过程中所经历的精神毁灭的悲剧。就作品描写的生活情状及主要人物的典型性而言,这部作品的确有助于人们认识二三十年代中国城市社会的黑暗图景。然而如果更进一步探究,会发现这部小说还有更深入的意蕴,那就是对城市文明病与人性关系的思考。这部作品所写的,主要是一个来自农村的纯朴的农民与现代城市文明对立所产生的道德堕落与心灵腐蚀的故事。

　　祥子从农村来到城市谋生,"带着乡间小伙子的足壮与诚实,凡是以卖力气就能吃饭的事他几乎全作过了"。他把买一辆自己的车作为生活目标,幻想着有了车就如同在乡间有了地一样,能凭着自己的勤劳换取安稳的生活。经过三年的艰辛,祥子终于买下一辆新车,不料才半年就被匪兵抢去。他虎口逃生,路上捡到三匹骆驼,卖了三十元钱,准备积攒着买第二部车,不久又被孙侦探抢走。车厂老板刘四爷的女儿虎妞喜欢祥子,祥子虽然讨厌她又老又丑,却也防不住性诱惑的陷阱,不得不与她结婚,并用她的私房钱买下第三部车。不久虎妞因难产死去,祥子只得卖掉车子料理丧事。老舍以极大的同情描写祥子的不幸遭遇,"一个拉车的吞的是粗粮,冒出来的是血;他要卖最大的力气,得最低的报酬;要立在人间的最低处,等着一切人一切法一切困苦的击打"。祥子"作一个独立的劳动者"的善良愿望的毁灭,是有社会原因的,小说所写的"逃匪"、"侦探"等的欺压,都映现出二三十年代那个动荡的社会背景,使得祥子的悲剧有了社会批判的内涵。但作家同时揭示和批判了祥子自身的固有的缺陷。他不合群,别扭,自私,死命要赚钱,"不得哥儿们"。"在没有公道的世界里,穷人仗着狠心维持个人的自由,那很小很小的一点自由。"这就决定了他的孤独、脆弱,最终完全向命运屈服,一步步走向堕落深渊。小说最后写祥子完全变了个人,他变得懒惰、贪婪、麻木、缺德,他打架、使坏、逛窑子……"为个人努力的也知道怎样毁灭个人",他真正成了"个人主义的末路鬼"。这正是对祥子小生产者个人奋斗的思想、性格悲剧的深刻刻画。老舍在下层城市贫民身上所发现的不敢正视现实、自欺欺人的幻想,以及人与人之间的冷漠,个人奋斗道路破灭以后的苟且忍让,他认为是"老中国的儿女"的弱点,是落后的经济文化的产物。这样,《骆驼祥子》中对城市贫民性格弱点的批判,就纳入了老舍小说"批判国民性弱点"这一总主题中。

祥子似乎注定被腐败的环境锁住而不得不堕落,他想与命运搏斗而终于向命运屈服,他的一切幻想和努力都成为泡影,恶劣的社会毁灭了一个人的全部人性。这种表现是出于对城市文明病如何和人性冲突的问题的思考。老舍说他写《骆驼祥子》很重要的一点便是"由车夫的内心状态观察到地狱究竟是什么样子"。这个"地狱"是那个在城市化过程中产生的道德沦落的社会,也是被金钱腐蚀了的畸形的人伦关系。像虎妞的变态情欲,二强子逼女卖淫的病态行为,以及小福子自杀的悲剧,等等,对祥子来说,都是锁住他的"心狱"。小说写祥子的一个个不幸遭遇,蕴含着一个不断向自我的和人类的内心探究的旅程结构。祥子从农村来到城市,幻想当一个有稳固生活的劳动者,他的人生旅途每经过一站,他都更沉沦堕落一层,也愈来愈接近最黑暗的地狱层。无论是祥子刚来乍到就看到的那个无恶不作的人和车厂,还是在他结婚后搬进去的杂乱肮脏的大杂院,抑或他最后走向那如同"无底的深坑"的妓院白房子,小说都是通过祥子内心的感觉来写丑恶的环境如何扭曲人性,写他在环境的驱促下如何层层给自己的灵魂上污漆,从洁身自好到心中的"污秽仿佛永远也洗不掉",最后破罐子破摔,彻底沉沦。祥子被物欲横流的城市所吞噬,自己也成为那城市丑恶风景的一部分。小说直接解剖构成环境的各式人的心灵,揭示文明失范如何引发"人心所藏的污浊与兽性"。老舍对城市中"欲"(情欲、财产贪欲等)的嫌恶,对城市人伦关系中"丑"的反感,都是出于道德的审视。人们从《骆驼祥子》阴暗龌龊的图景中,能感触到老舍对病态的城市文明给人性带来伤害的深深的忧虑,在30年代,像《骆驼祥子》这样在批判现实的同时又试图探索现代文明病源的作品是足标一帜的。

三、老舍作品的"京味"与幽默

老舍作品中最引人注目的是"京味"。"京味"作为一种风格现象,包括作家对北京特有风韵、特具的人文景观的展示及展示中所注入的文化趣味。因此

"京味"首先表现为取材的特色。老舍聚集其北京的生活经验写大小杂院、四合院和胡同,写市民凡俗生活中所呈现的场景风致,写已经斑驳破败仍不失雍容气度的文化情趣,还有那构成古城景观的各种职业活动和寻常世相,为读者提供了丰富多彩的北京画卷。这画卷所充溢着的北京味儿有浓郁的地域文化特色,具有很高的民俗学价值。"京味"作为小说的风格氛围,又体现在作家描写北京市民庸常人生时对北京文化心理结构的揭示方面。北京长期作为皇都,形成了帝辇之下特有的传统生活方式和文化心理习惯,以及与之相应的审美追求,迥异于有更浓厚的商业气息的"上海文化"。老舍用"官样"一语来概括北京文化特征,包括讲究体面、排场、气派,追求精巧的"生活艺术";讲究礼仪,固守养老抚幼的老"规矩";生活态度的懒散、苟安、谦和、温厚;等等。这类"北京文化"的"精魂"渗透于老舍作品的人物刻画、习俗的描绘、气氛的渲染之中。老舍作品处处写到礼仪,礼仪既是北京人的风习,亦是北京人的气质,"连走卒小贩全另有风度"。北京人多礼,《二马》中老马赔本送礼;《离婚》中老李的家眷从乡下来同事们要送礼,张大哥儿子从监狱里放出来也要送礼;《骆驼祥子》中虎妞要祥子讨好刘四爷更需送礼;《四世同堂》则直接详尽描写祁老人"自幼长在北平,耳习目染的和旗籍人学了许多规矩礼路"。这不仅是一种习俗,更表现了一种"文化性格"。《四世同堂》第一章就写到,无论战事如何紧张,祁家人也不能不为祁老人祝寿:"别管天下怎么乱,咱们北平人绝不能忘了礼节!"就连大字不识一二的车夫小崔也熏染了这种北京"礼节":他敢于打一个不给车钱的日本兵,可是当女流氓大赤包打了他一记耳光时,却不敢还手,因为他不能违反"好男不跟女斗"的"礼"!这种"北京文化"甚至影响到中国的市民知识分子,《四世同堂》里的祁瑞宣就是这样一个衰老的北京文化在新思潮冲击下产生的矛盾性格。小说写了一个细节,当台儿庄大捷的消息传到北京后,作为一个"当代中国人",他十分振奋,但他没有"高呼狂喊":"即使有机会,他也不会去高呼狂喊,他是北平人。他的声音似乎专为吟咏用的。北平的庄严肃静不允许狂喊乱闹,所以他的声音必须温柔和善,好去配合北平的静穆与雍容。"祁瑞宣因此而感叹自己缺乏那种新兴民族的英武好动,说打就打,说笑就笑,敢为一件事,不论是为保护国家,还是为试验飞机或汽车的速度去牺牲了性命。老舍对"北京文化"的描写,是牵动了他的全部复杂情感的:这里既充满了对"北京文化"

所蕴含的特有的高雅、舒展、含蓄、精致的美的不由自主的欣赏、陶醉,以及因这种美的丧失毁灭油然而生的感伤、悲哀,以至若有所失的怅惘,同时也时时为"文化过熟"导致的柔弱、衰败而惋叹不已。对北京文化的沉痛批判和由其现代命运引发的挽歌情调交织在一起,使老舍作品呈现出比同时代许多主流派创作更复杂的审美特征。老舍作品中的"京味"正是这种主观情愫与对北京市民社会文化心理结构的客观描绘的统一。

　　老舍性情温厚,其写作姿态也比较平和,常常处于非激情状态,更像是中年的艺术。他的作品追求幽默,一方面来自狄更斯等英国文学的影响,同时也深深地打上"北京市民文化"的烙印,形成了更内蕴的"京味"。老舍说"北平人,正像别处的中国人,只会吵闹,而不懂得什么叫严肃","北平人,不论是看着一个绿脸的大王打跑一个白脸的大王,还是八国联军把皇帝赶出去,都只会咪嘻咪嘻的假笑,而不会落真的眼泪"。老舍的幽默带有北京市民特有的"打哈哈"性质,既是对现实不满的一种以"笑"代"愤"的发泄,又是对自身不满的一种自我解嘲,总之,是借笑声来使艰辛的人生变得好过一些。用老舍自己的话来说,就是把幽默看成是生命的润滑剂。这样,老舍作品中的幽默就具有了两重性:当过分迎合市民的趣味时,就流入了为幽默而幽默的"油滑"(说得严重一点,有点类似北京"京油子"的"耍贫嘴")——这主要表现在老舍的早期作品中,老舍曾为此而深深苦恼,以致一度"故意的禁止幽默"。经过反复思索、总结,从《离婚》开始,老舍为得之于北京市民趣味的幽默找到了健康的发展方向:追求更加生活化,在庸常的人性矛盾中领略喜剧意味,谑而不虐,使幽默"出自事实本身的可笑,可不是由文字里硬挤出来的";追求更高的视点,更深厚的思想底蕴,使幽默成为含有温情的自我批判,而又追求艺术表现上的节制与分寸感。老舍创作逐渐失去了初期的单纯性质,产生了喜剧与悲剧、讽刺与抒情的渗透、结合,获得了一种丰厚的内在艺术力量。读其小说往往不仅使人忍俊不禁,更令人掩卷深思。

　　老舍的语言艺术也得力于他对北京市民语言及民间文艺的热爱与熟悉。他大量加工运用北京市民俗白浅易的口语,用老舍自己的话来说,就是"把顶平凡的话调动得生动有力",烧出白话的"原味儿"来;同时又在俗白中追求讲究精制的美(这也是北京文化的特征),写出"简单的,有力的,可读的,而且美好的文章"。老舍成功地把语言的通俗性与文学性统一起来,做到了干净利落,鲜活纯熟,平易而不粗俗,精制而不雕琢。其所使用的语词、句式、语气以至说话的神态气韵,都有他独特的体味和创造,又隐约渗透着北京文化。这也是"京味"的重要表现。老舍称得上"语言大师",他在现代白话文学语言的创造与发展上,有着突出的贡献。

文化批判视野中的小说《二马》[*]

——1997 年 6 月在荷兰国际比较文学大会上的发言

老舍在中国现代文学史上的独特地位与价值在于他对文化批判与民族性问题的格外关注,他的作品承受着对转型期中国文化的冷静审视,描摹了外来文化冲击下平凡中国市民阶层的心态变迁。老舍擅长写北京,通过执着地描写"城与人"的关系,他用众多小说构筑了一个广大的"市民世界",第一个把乡土中国社会现代性变革过程中小市民阶层的命运、思想与心理通过文学表现出来并获得了巨大成功。老舍在观察表现市民社会时,所采取的角度是独特的。和二三十年代主流文学通常对现实社会作阶级剖析的方法不同,老舍始终用"文化"来分割人的世界,他关注特定"文化"背景下人的命运,以及在"文化"制约中的世态人情,作为"城"的生活方式与精神因素的"文化"的蜕变,"文化"对人性以及人伦关系的影响。在文化批判的视野中,老舍展开的是对中国传统文化的反思,对国民性的探讨,并格外注重为现代文明探索病源。他的小说,与茅盾、巴金的长篇作品一起,构成现代长篇小说艺术的三大高峰。

当然,作为"京味"小说的代表作家,老舍作品中的故事大都发生在北京,但他进行长篇小说创作的初年,正是负笈英伦的时期。1924 年夏,老舍赴英国任伦敦大学东方学院的汉语教师。五年多的侨居生活,打开了他的视野,也激发了他的创作热情,同时,他也把对西方文化的感同身受及在西方文化氛围中对中国传统文化的反思,融会在他的小说中。《老张的哲学》(1926 年)、《赵子曰》(1926 年)和《二马》(1929 年)正是这样的作品,尤其是《二马》,更集中表述了老舍对中西方文化的思索。

---

* 本文系笔者在 1997 年荷兰阿姆斯特丹国际比较文学大会上提交的论文,发表于《中国现代文学研究丛刊》2000 年第 4 期。

《二马》描述的是北京的市民绅士老马携儿子马威到伦敦继承家族产业，从而陷入了一场感情、家庭伦理、人际交流的危机之中的故事。老马爱上了房东温都太太，但因为种族的差异和歧视难以结合；马威爱上了温都太太的女儿玛力姑娘，但玛力姑娘根本瞧不上他；老马不懂也看不上李子荣的经营，引发了一系列冲突；马威在李子荣引导下改革经营，又与父亲的"礼数"、道德等相悖；马氏父子与温都太太一家、伊牧师一家的交往中的各种纠结……一切都不能尽如人意，但一切又都得进行下去。小说的结尾，老马"没法子，只好去睡觉。在梦里向故去的妻子哭了一场！"马威则踯躅惨淡的伦敦街头，不知出路何在。

《二马》产生的年代，正是中国社会价值变革，新思潮不断冲击的时期。二三十年代，关于东西方文化的论战波及几乎每一个中国知识分子。实际上，这场论战在相当程度上表现为对西方文化的隔膜，而争辩双方对中西文化的价值判断和取舍，也都有些过于简单。作为一个与时代主流不甚合拍的作家，老舍虽然也受到这场论战的影响，但他通过文化批判的视野，对西方文明、对西方文化入侵所促成的中国传统文化的转型，都持相当谨慎的态度。他不赞成对传统采取激烈反对的态度，但又对传统文化中的落后部分有清醒的认识，如《二马》、《四世同堂》等等。由此，对西方文化及西方人的态度，对中国传统文化及中国人的态度，常常在他的小说中互相纠缠。在中西文化比较的背景下，老舍不仅对中国社会的弊端予以揭示，对"落后的国民性"无情批判；而且由于他本身既在中国传统文化中浸润多年，又受着新文化的冲击及有着在国外几年的亲身体验，这使他本人对中西文化又都有着爱恨交织的复杂感情，这一点也不可避免地在他的作品中表现出来，尤其是直接描写这一社会时期及层面的小说。

作为一部描写中国人在异国的小说，书中的人物可以自然地分为中国人和外国人两组。先来看《二马》中的英国人。老舍设计了带有理想人格的西方人，在《二马》中就是凯萨林姑娘。她善良、热情、大方，具有独立的思想和生活追求。在小说中，她对马氏父子怀有真挚的理解和友爱；在受到挑衅时，她勇于维护自己的尊严；在爱情上，她勇于追求。但作为一个对民族歧视分外敏感的作家，老舍也塑造了另一类西方人。在小说中，他也用了很多篇幅写到英国人对中国的无知和傲慢，写到传统的西方文明所造就的人性弊病。西方人不大愿意深入了解中国人，在西方人眼中，中国永远是那么神秘、黑暗、野蛮，抽大烟，缠小脚,而且"阴险诡诈,袖子里揣着毒蛇,耳朵眼里放着砒霜,出气是绿气炮,一眨眼便叫人一命呜呼,更是叫外国男女老少从心里打哆嗦的"。老舍一再写到英国人对中国的恐惧,这种恐惧完全出于无知,也出于对弱国的一种歧视。对这类西方人,老舍采用他擅长的幽默笔调,通过夸张的、漫画式的人物描写,来进行揶揄和嘲弄。如《二马》中的伊牧师,就是这样的一个典型。他表面上爱着中国人,实则是骨子里的殖民主义者和自私的、表里不一的小市民:"他真爱中国人:半夜睡不着的时候,总是祷告上帝快快的叫中国变成英国的属国;他含着热泪告诉上帝:中国人要不叫英国人管起来,这群黄脸黑头发的东西,怎么也升不了天堂!"还有另外的一些人物描写,如伊太太的自私和心胸狭隘,亚力山大、保罗的自以为是和粗鄙,温都太太的平庸,尽管因夸张而不免平面化,但老舍并不是一味丑化他们,而是上升到了揭示西方人的人性弱点的层面,这在中国现代作家中倒是不多见的。

相比之下,《二马》中的中国人形象好像就没有那么鲜明。老舍对中国市民文化的熟悉及喜爱,对民族性的思考,对国民劣根性的揭示,都使他在写到这些在异国他乡谋生的同胞时怀着一种更为复杂的心情。在西方文明的映衬下,他们的民族性的弱点充分暴露出来。比如说,理想人物凯萨林的角色功能,不仅在于反衬她周围的英国人的人性缺陷,更是为了反衬以马氏父子为代表的中国人的"落后的国民性"。凯萨林的人格独立、自主地追求爱情和友情,对照的是马威的胆小懦弱;凯萨林友善而坚强,对照的是老马的迂腐无知、缺乏原则。甚至连浅薄的玛力姑娘,也多有一种娇憨自然的天性,以及关爱他人的人道主义精神,热心救助酒醉的老马。按照李子荣的解说就是:"中国人见了别人有危险,是躲得越远越好,因为我们的教育是一种独善其身的!外国人见了别人遇难,是拼命去救的,他们不管你是白脸人,黑脸人,还是绿脸人,一样的拯救。他们……的道德观念如此。"

在充斥了西方文明的环境中,中国人不得不进行着自身的调整。老马是一个迷信、中庸、懒散的奴才式人物,他的生活信条就是得过且过,旅居国外后,还想维持在北平时的"体面"生活,结果处处碰壁;他那种天朝大国子民的荒唐的优越感,令人感到既可笑又可悲;而在老马为了迎合英国人,甘心自辱,参加演戏一节,更极大地暴露了不讲尊严的国民劣根性。马威则是新一代的中国人,更多地接受了西方进步的一面,在李子荣和凯萨林的鼓励下,想要闯出一番事业,但又因此面临着父子之情的崩溃,从而进退两难。李子荣这个人物在英国多年,是一个成功地进行了调整的人,他既有中国人的侠义心肠,又有西方式的精明能干,快乐,自强,洋溢着生命力,成为马威的精神榜样。

但是,如果老舍只是就此对中国人和西方人加以区分,从而找到他心目中理想文化及人格的境界,那么老舍小说的文化批判价值就会削弱了很多。事实上,老舍本人在这个问题上并没有一个清楚的答案。他努力追寻的那个民族性及个体人格的理想境界到底是怎样的,恐怕他自己也不清楚,这往往造成老舍笔下价值尺度和情感偏向的游移。他向往西方文明现代化的一面,但又忍不住带着一些怀疑和调侃;他批判传统文化,但又流露出对传统的理想生活及美感的追怀与迷恋,以及将封建宗法的东方文明美化的民粹主义倾向。这种矛盾的文化观在李子荣和马威两个人物的对比上显得较为突出。表面看来,李子荣是一个榜样,他帮助了马威,是马威的精神导师,但比之马威的带有浪漫色彩的东方理想主义,李子荣未免太现实了,令人在他身上感到一种现代社会中人性的失落感。因此,虽然"李子荣是个豪杰,因为他能自己造出个世界来",但"他的世界里只有工作,没有理想;只有男女,没有爱情;只有物质,没有玄幻;只有颜色,没有美术",终究不是完满健全的人生。再比如小说中理想的西方人物凯萨林,老舍再三强调她的"沉静"、"从容",一厢情愿地给她加上了一点"东方妇女的静美",也反映了老舍的情感取向。

老舍性情温厚,写作姿态也比较平和,常常处于非激情状态,更像是中年的艺术。他的作品追求幽默,有北京市民文化的烙印,也有来自狄更斯等英国文学的影响。在《二马》中,读者常能感受到平实的文字所蕴涵的魅力。在这部小说中,老舍基本上是运用了全知全能的叙述角度,但由于带有中国传统说书艺术的生动性,这样的角度并没造成行文风格的陈腐。作者深入到每个角色的内心,细细体味他们微妙的心理变化,把他们的小心思、小伎俩展露在读者面前,从心理细节的层面对中西文化的差异作出精细的剖析,使文化批判不仅笼罩在整个文本结构上,而且透过具体平凡的生活现实和心理现实体现出来。另外,老舍还常常将谐谑的语言风格与这种相对超越的叙述角度结合起来,造成反讽的艺术效果,来达到文化批判的目的。比如小说中有不少的场景描写,既是西方文明的社会写实,也间接表明了老舍对这种文明的有所批判。小说的开头描写伦敦的街景,有"打着红旗的工人……扯着小闷雷似的嗓子喊'打倒资本阶级'。把天下所有的坏事全加在资本家的身上,连昨儿晚上没睡好觉,也是资本家闹的",也有守旧党"拼着命喊'打倒社会党'……把天下所有的罪恶都撂在工人的肩膀上,连今天早晨下雨,和早饭的时候煮了一个臭鸡蛋,全是工人捣乱的结果",等等,显得这一切不仅是所谓民主,也像是闹剧,充满了调侃的味道。

《二马》是老舍的早期作品,比之后来的力作,如《骆驼祥子》等,无论在思想深度,还是在语言功夫上,都有较大差距,显得有些粗糙、不够成熟,但其写作意旨已经非常敏锐,开启了老舍创作文化批判的道路。这样的作品出现在20年代,是带有文化上的超前性的。

沈从文与"京派"文学[*]

近年来，现代文学学术界对沈从文和"京派"都有较多的关注，评价也在提高。这是时代变化的结果。在以往比较政治化的年代里，对作家和文学现象的评论是非常讲究区分所谓"主流"与"支流"的。与时代变革特别是革命思潮联系紧密的作家作品，一般都会被置于文学史叙述框架的中心地位，而像沈从文和"京派"这些离社会变革的现实较远的所谓"非主流"文学，很自然就处于文学史叙述的边缘。这些年似乎又倒了一个"个"，那些原先处于"边缘"的作家格外引起注意，反而越来越转向中心了。这种转变一开始可能多少带有要"重新发现"和"矫枉过正"的色彩，也有其必然性。

但真正比较健全的有学理性的研究，还是要超越为自己所倾慕的作家"争地位"的心态，实事求是，把作家作品放到文学发展的历史链条中去考察，看他们到底在哪些方面取得了文学的创新，从而比较客观地评价其得失与地位。这一讲我们重点介绍沈从文和"京派"的文学，不只是因为他们属于所谓"边缘"作家，以前我们在本科阶段也关注不够，现在需要多讲一点；更希望通过对沈从文和"京派"的评论，了解这样一些重要的文学史现象，拓宽我们理解现代文学的视野。大家对沈从文的作品可能比较熟悉，我们不妨用更多的篇幅来欣赏，学习如何评论以他的作品为代表的现代抒情体小说。下面，先介绍"京派"这一文学现象，接着我们了解一下沈从文的创作概况，最后，着重鉴赏《边城》等代表性的经典作品。

---

* 本文系笔者讲稿。曾收入笔者与赵祖谟教授主编的《中国现当代文学专题研究》，北京大学出版社 2013 年版。

一、关于"京派"

　　把"京派"和"海派"当作不同的文学流派,属于后来文学史家的研究工作。不过因为这两派所涉及的作家群的范围都比较大,各自的情况又都很复杂,不同于其他有结社有纲领而且倾向鲜明的派别,所以有些论者对于把"京派"看作流派,仍持谨慎的态度。但学术界多数意见还是认为,"京派"是大致可以视为一种流派的。

　　通常认为所谓"京派",是指 30 年代活跃在北平和天津等北方城市的自由主义作家群。要注意这个定义带有的时间和地域性,也有政治倾向性。这一文学派系的"命名"跟 30 年代初发生于上海与北京两个城市作家之间的一场论争直接相关,当时双方互相攻击的主要人物是北京的沈从文和上海的苏汶,后来又加进了鲁迅等人。1933 年 10 月,沈从文发表《文学者的态度》①一文,批评了那些主要在上海的新派的作家,指责他们对创作缺乏尊严感,有"玩票白相"的习气。稍后在《论"海派"》②一文中,他对上海某些文人作风提出了更为尖锐的批评,以轻蔑的口气指责他们是"名士才情"加上"商业竞卖",并且把"旧礼拜六派"和所谓"感情主义的左倾",统统都捆在一起,斥为"妨害新文学健康发展"的"海派"。与此同时,沈从文又标榜北方作家的"诚实与质朴",主张要张扬文坛正气,破除"海派"的歪风。沈从文的批评大致代表了北方一些自由主义作家的立场:他们对当时方兴未艾的左翼文学、时髦的现代派文学以及流行的商业化文学,都相当反感,而力图与此拉开距离,保持一种批判的态度。上海的作家自然也有反驳。曾经追求过革命文艺,后来又倾向文学价值独立的苏汶,在《文人在上海》③一文中就指出,所谓"上海气"其实就是现代的都市气,是现代机械文明传播的产物,相信必将还产生更广的影响。应当说,沈从文对所谓"海派"浮泛作风的批评不无中肯,但也有他的褊狭。所以后来鲁迅属文《"京

---

　　① 　原载 1933 年 10 月 18 日《大公报·文艺副刊》第 9 期,又收《沈从文文集》第 12 卷,花城出版社、三联书店香港分店 1984 年版。本文所引沈从文的文字未注明其他版本者,均引自这个版本。
　　② 　原载 1934 年 1 月 10 日《大公报·文艺副刊》第 32 期,又收《沈从文文集》第 12 卷。
　　③ 　载 1933 年 12 月《现代》第 4 卷第 2 期。

派"与"海派"》①,说"文人之在京者近官,没海者近商","'京派'是官的帮闲,'海派'则是商的帮忙而已"。鲁迅似乎在各打五十大板,其实是从地域文化角度为两派文人"看病",对当时文坛弊病的批评可谓入木三分。其实所谓"京""海"之争,不甚明了,多少也有文人的意气和派性在里边。不过,论争除了显现文学观上的不同,也确实反映出当时南北地域文化的差别。近些年来有关上海和北京文化的比较研究多了起来,大家有兴趣可以找这些论文看看,也许对于了解"京派"和"海派"不同文化品格的形成是有帮助的。在 30 年代,中国文化和政治的中心已经从北京转到上海。上海是中国现代的大都市、大商埠,受西方文化和革命思潮的影响特别大,整个文化氛围包括文坛的状况,比起北京和其他地区来,要更显得开放、求新、多变,但商业色彩也比较浓。上海文坛很复杂,既有典型的商业化的流行文学、"堕落的文学",有"新感觉派"之类前卫的文学,有张爱玲这样很传统又很现代的文学,更有富于使命感而深受青年青睐的左翼文学。所以,以"海派"来笼统地涵括上海文坛,并不大合适。相对而言,"京派"作家群的文学旨趣互相较为接近。由于"五四"的高潮早已过去,大批作家南下上海等地,30 年代的北京文坛变得比较沉闷。但北京毕竟是古都,又经过新文化运动的洗礼,文化的积淀深厚,有比较宽容豁达的风气。那些主要在北京天津的大学任教或上学的一批作家,可能也是因为远离了时代的中心,写作心态一般都比较雍容、恬静,文风扎实;在文化取向上较少商业的或党派的味道,却也比较守成和稳健。近年来有些论者认为当年的"京""海"之争,看似偶然,却从根本上反映了 30 年代的文学格局,是"乡土"与"都市"两种文化背景的对峙在文学中的体现。这也提出了一种分析的视角,值得探讨。总的来说,"京派"创作群体的基本倾向是自觉地区别于当时的左翼文学,又有意与各种商业化和流行的文学保持距离;他们看重文学的独立价值,却又不免超离时代变革的主流。

从创作实践来看,"京派"以小说最显实绩,除了大作家沈从文,还有一个具有相当活力的创作阵容:有以田园牧歌风格著称的废名,擅写诗意小说的芦焚,给创作以深入的审美理论阐析的朱光潜,以及凌叔华、萧乾、李健吾、林徽因、卞

---

① 原载 1934 年 2 月 3 日《申报·自由谈》,收《鲁迅全集》第 5 卷,人民文学出版社 1981 年版。

之琳、何其芳、李广田、林庚,等等。"京派"作家群虽然没有结社,但"学院派"的沙龙活动频繁,办同人刊物是他们主要的文学生存方式。如《大公报·文艺副刊》、《文学杂志》,以及《骆驼草》、《文学月刊》和《水星》等等,都是"京派"活跃的园地。这个流派作家都是很自由的,各自的写作路线和风格不尽相同,但创作精神、心态和审美追求有相对的一致性,那就是政治意识的淡化与艺术独立意识的增强,具体一点来说,在以下三个方面有流派的共性:

(一)多以乡土中国和平民现实为题材。出于对文学的政治功利性、党派性和商品性的不满,"京派"作家试图避开时代大潮面前的政治选择,而转向以文化观照和表现最普通的中国人生。他们对现代工业文明侵入之后的乡土中国的变化怀着矛盾的心态,在表现道德沦丧的同时,格外注意以传统的和民间的道德重新厘定现实人生。强调与都市文明相对立的理想化的宗法制农耕文明生活,使他们的创作多带怀旧色调和平民性,对原始、质朴的乡风民俗和平凡的人生方式取认同态度,热衷于发掘人情、人性的美好,并让这些美好与保守的文化和传统秩序融为一体,在返璞归真的文学世界中来实现文化的复苏与救世。若从"生活在别处"的审美意义上讲,"京派"这种恋旧的文学模式容易产生艺术效果,何况其中还有文化批判和审视的价值。"京派"作家写尽了人生之"常"与"变",但多是由"常"看"变",实际上是在时代变革之外寻求自足。这样看来,"京派"作品的审美价值和文化品格是比较复杂的,其长处和缺失往往是二而一的,应当仔细分析,不可笼统评判。

(二)从容节制的古典式审美趋向。这跟"京派"作家多取普通的题材与平和的写作目标是有关的。他们乐于追寻过去,从平凡的人生命运中细加品味,挖掘其中的诗意,寄托一定的文化理想。这就需要沉淀生活,节制感情,除尽火气,以诚实、宽厚的心态来创作。当然,如前所述,"京派"远离商品化和都市化的文化追求,也决定了这些作家写作的从容笃实,他们的小说往往能达到一种和谐、圆融、静美的境地。在当今相对平和的年代,像"京派"创作的这样一类作品似乎更能赢得读者的青睐。

(三)比较成熟的小说样式。"京派"作家注重文学功力,在各种小说的文体上都有创新和推进。当他们以乡土中国的眼光审视都市生活时,常写世态批评的讽刺小说;而描写乡土人生时,则大大发展了抒情体小说。"京派"最拿手的还是抒情体小说,这方面他们有突出的贡献。不同的作家自然有不同的情味,但他们比较共同的追求是文体风格趋向的生活化,通过作家人生体验的融入、散文化的结构和笔调,以及牧歌情调或地域文化气氛的营造等等,将对乡土经验的眷恋和传统回归的渴望,用极具诗意的体式来加以表现。"京派"小说家有形式感,讲求"文章之美",作品比较有可读性。

这三点当然只是作为"京派"一般特征的概括。具体到某个作家,还应当结合其创作来细加体味和分析。在重点讲述沈从文之前,我们不妨再提示几位也很有代表性的作家,以加深大家对"京派"的了解。

首先一位是废名,原名冯文炳,湖北黄梅人,1925 年在北大英文系读书时出版第一部短篇小说集《竹林的故事》,代表作还有长篇小说《莫须有先生传》、《桥》等。他堪称"京派"小说的鼻祖,连沈从文都受他的影响。废名作品的特别之处,是田园牧歌的情调加上古典式的意境的营造。不仅反映乡村风景、风俗、人情之美,尤其致力于乡间儿女情态的描写,透露出一种哲人式的人生态度和对普通生命方式的体悟。读废名的小说尤其应当注意其独特的文体。他所写的是"作为抒情诗的散文化小说",深受中国古典诗文的影响,有时他在试图用作古诗绝句的韵味来结构现代的小说。阅读时可以多体味其如何通过文体的交会产生出"诗化小说"的特殊效果。废名的作品并不容易读,里边总有某种玄学意味,又有"理趣"和"禅趣",阅读时只有放慢速度,才能慢慢体会那有意为之的"涩味"的境界,看作家如何将艺术和哲学两相调和。

第二位值得在这里提到的是萧乾,北京的蒙古族后裔,是"京派"后起的作家,燕京大学新闻系毕业,曾任驻英记者。有短篇小说集《篱下集》、《栗子》和长篇《梦之谷》。作品多带自传性色彩,写童年生活,从"童年视角"出发,以一个城中"乡下人"的独特身份写作。充斥于他的作品中的苍凉感是强烈的,又是清澈而健朗的。《梦之谷》是他经历的写照,极具抒情性和感伤情调,语言雅丽清新,重直觉的把握。

第三位是芦焚,即师陀,原名王继曾,字长简,有《谷》、《里门拾记》、《落日光》、《野鸟集》等小说集。他在作品中是一个滞留城市却未能忘情于乡村出身的叙述者,写作总是突出自己的乡村文化背景,以场景的展现见长,具有悲哀的抒情气质。无论写景写人,都缭绕着诗意,你读着读着,不觉间就会被那自然界的荒凉与人事的辛酸所打动,北方农村衰败图景中的悲凉之气会给人极深的印象。读芦焚还当体会他如何将抒情、讽刺和象征掺和,在奇幻的神秘气氛中制造某种可以引发联想的寓意。

另外,若要对"京派"的文学倾向和价值追求有更清晰的了解,最好还读一读这一派的代表性美学家和评论家朱光潜的论著。

"京派"其他一些作家也都有各自的艺术个性,但最重要的还是大作家沈从文。

二、沈从文的文学理想与城乡对照的两个文学世界

关于沈从文的创作情况,大家已有基本的了解,这里不再重复。我们想更深入探讨的,是沈从文的文学理想、写作姿态和他的文学世界的关系。这也是理解这位杰出作家特殊贡献的重要入口。大家除了读沈从文的散文和小说,还应当读一点他的文论。如 40 年代结集的《烛虚》、《云南看云集》等等。其中谈人生,谈哲学,很自然也涉及文学,比较清晰地表露了他的文学观和审美追求。沈从文反对将文学纳入商业的或政治的功利圈,但也并不主张"为艺术而艺术"。他是有自己的文学的道德理想的。所以他有一部分作品对现代都市文明的非人性的弊害,保持了尖锐的批判和讽刺的立场。与此同时,沈从文用主要精力在一系列作品中创造了"湘西世界"。在他看来,那是原始的、健全的人性的世界,恰好可以用以观照和批判弊病丛生的现代都市文明。也许这正是作家的天真。沈从文坚执地相信文学的功能不止于社会道德的观照,更在于能使读者"从作品中接触了另外一种人生,从这种人生景象中有所启示,对'生命'能作更深一层的理解"①。这也就是通常说的文学的特殊功能,可以唤起人的感觉、想象,让人能重新体验、思考和发现生活。在沈从文看来,所谓"生命的明悟","明白人生各种型式","激发生命离开一个动物人生观",②正是文学所要达至的最高的境界。

这种比较超越现实功利的文学观,在"京派"中有相当的代表性。也正因为此,沈从文在当时和后来很长一段时间,都是被主流的批评家视为回避现实、置

---

① 沈从文:《短篇小说》,《沈从文文集》第 12 卷,第 114 页。
② 沈从文:《小说作者和读者》,《沈从文批评文集》,珠海出版社 1998 年版,第 143 页。

身于"乌托邦"的消极作家。从政治的层面看,沈从文的文学追求的确不能适应那个时代的需求。或者说,在那个更需要文学担负直接干预社会的功能的时代,对于沈从文所追求和提倡的这一方面文学的功能,还没有具备能够充分接受的社会心理条件和需求。但是如果拉开了历史距离,从文学的多种功能的角度重新评价沈从文,会发现沈从文的这种文学观正好又发挥了近百年来中国文学发展中比较欠缺的人性审视及道德完善的功能。我们只有了解沈从文这种文学理想,才能更好地理解他的写作姿态与独特的文学世界。

当然,沈从文的文学观念也是在其创作过程中逐步形成的,直接支配他的写作的,也许是更重要的,还有他的人生体验和所谓"角色认知"。

沈从文的主要文学贡献是用小说与散文建造起他特异的"湘西世界"。这与他特殊的身世经历,特别是青少年时期的生活体验相关,也与他自己的"角色认知"上的困扰相关。沈从文生于湖南凤凰县,地处湖南、贵州、四川三省交界处,是苗、侗、土家等少数民族聚居之所。湘西秀丽的自然风光和少数民族长期被歧视的历史,给他带来特殊的气质,使他既富于多彩的幻想,又有着在长期的历史中积淀的沉痛隐忧。沈从文出生于行伍世家,十五岁高小毕业后从军,随军队辗转流徙于三省边境与长达千里的沅水流域,谙熟这一带人民的爱恶哀乐的鲜明生活样式和淳朴的乡俗民风,积累了宝贵的人生经验,也形成了对民间世俗生活特殊敏感的生活情趣。以后接触了"五四"新文学,1923 年只身离开湘西来到北京,同年秋报考燕京大学,未被录取。他是以"城市边缘人"的身份,靠自己的艰苦奋斗和出色的才华,打进文坛,"挤"进城市的上层文明社会的。所以他可能很自负,又始终有一种自卑。这对于他的创作题材的选择和艺术视点的形成,都有决定性的影响。

沈从文的自卑和自负,都表现为他一生都自命为"乡下人"。他一再宣称:"我实在是个乡下人……乡下人照例有根深蒂固永远是乡巴佬的性情,爱憎和哀乐有它独特的式样,与城市中人截然不同! 他保守,顽固,爱土地,也不缺少机警却不甚懂诡诈。"①这种"乡下人"的角色认知,某种程度上触及了作者隐秘的潜意识角落里乡下人的自卑情结,但更重要的是使他成为湘西生活自觉的叙

---

① 沈从文:《〈从文小说习作选〉代序》,《沈从文文集》第 11 卷,第 43 页。

述者、歌者,另一方面又使他在跻身都市生活时,自觉地以"乡下人"的目光和评判尺度来看待中国的"常"与"变"。沈从文的创作处于左翼文学和"海派"文学之外,选取了地域的、民族的文化历史态度,由城乡对峙的整体结构来批判现代文明在进入中国的初始阶段所显露的丑陋之处。对于那个"湘西世界",作者力图通过湘西本真和原初的眼光来呈现,从而保留了那个世界的自在性和自足性,生动复现了楚地的民俗、民风,写出了极具地域特色的乡土风貌,展现了丰富多彩的底层人民的生活图景。

与此同时,沈从文的作品也展现与"湘西世界"相对照的现代都市的病态文明景观。《八骏图》、《绅士的太太》、《都市一妇人》等作品常用讥讽的调侃,刻写城市各色人等,特别是"高等人"的虚伪、无聊、压抑和变态,展现"文明"的绳索如何反过来捆绑人类自己,导致生命力欠缺的都市"阉寺病"。这些描写都市人生的小说,实际上对于沈从文并没有完全独立的意义,它总是作为整个"乡村叙述体"即"湘西世界"的一个陪衬物或一种批判性的观照而存在的。如《绅士的太太》,描写几个城市上层家庭的日常生活状态,尽意而穷相,以冷隽的笔调揭露了"绅士"、"淑女"们的种种丑行。《八骏图》则以犀利的讽刺之笔画出了八位教授的精神病态。他对都市两性关系虚假性的揭示最不遗余力,这同他赞美湘西少女的纯美,乡村性爱形式的大胆、自然,民间传说中爱情悲剧的壮美,几乎是同时出现在笔端的。沈从文在他的两个文学世界中都大量描写了性爱题材。这是他观察不同生命形态的重要的角度,他要由此探讨不同文化制约之下的人性的健全或病态。在他的描写中,面对性爱或隐或显的涌动,乡下人总是能返璞归真,求得人性的谐和;而都市的"智者"却用由"文明"制造的种种绳索捆绑住自己,拘束压制自己,跌入更加不文明的轮回圈中。沈从文在这里是把性爱当作人的生命存在、生命意识的符号来看待的,所肯定的是人的自然、和谐、健康的生命,反对在人类文明进程中的某种倒退,反对生命的被戕害。

沈从文"两个文学世界"对照的总体叙述结构,的确有文化审视与观照的功能,然而对一般读者而言,"湘西世界"更有特殊的审美价值,更能让人了解另一种"人生形式",从而获得"生命的明悟"。为了深化这种艺术体验,我们来细读分析代表作《边城》。

1933 年夏,沈从文在青岛崂山一条小河边,遇到一个女孩,穿白色孝服边哭边化纸钱,然后从河里舀了一舀水,摆船走了。这让他想起湘西也有为前辈死者"起水"的风俗。这情景触动了沈从文,让他联想起十六七年前在泸溪县城绒线铺中见到的那个温柔的小女孩儿。这些印象的整合,就逐渐形成《边城》中的翠翠。沈从文完全是用梦幻般的回忆的口吻讲述这个"边城"故事的。大家注意一下阅读时的语气节奏,突出那种简朴、原始、悠远的感觉:

> 由四川过湖南去,靠东有一条官路。这官路将近湘西边境到了一个地方名为"茶峒"的小山城时,有一小溪,溪边有座白色小塔,塔下住了一户单独的人家。这人家只一个老人,一个女孩子,一只黄狗。

随着故事的展开,我们看到的是古道热肠的老船夫五十年如一日的辛劳与善良,是翠翠的天真活泼,那清明如水晶的少女情怀,是他们周遭那些乡亲们的和气、诚实、勇敢与义气。对沈从文来说,这一切都是他遥远的美好的回忆,是可以用来对抗和回避喧嚣的都市生活烦扰的精神"自然保护区"。而对读者来说,《边城》的故事的确也是如同世外桃源般地美丽与悠远。

故事就是这样地简单:茶峒小镇上船总的两个儿子天保和傩送同时爱上了翠翠。翠翠虽然对二人都有好感,但内心却深爱着傩送。天保自知爱之无望,为了成全弟弟,坐船外出不幸遇难。哀伤悲痛的傩送随后也出走了。在一个暴风雨之夜,经不起打击的老船工溘然长逝,留下孤独的翠翠和渡船。这也是一个悲剧故事,但并不给人奇崛的震撼或特别的悲郁,生、死、聚、散,一切都是那么自然,仿佛全都是自然的安排。作者在淡淡的叙述中不经意地营造了具有地域民俗色彩的背景,还拓展了翠翠已逝母亲的几乎雷同的故事。作品最终是在牧歌氛围中阴差阳错地产生了悲剧。沈从文说过,我们生活中到处是"偶然",生命中还有比理性更具势力的"情感"。一个人的一生可以说即由偶然和情感乘除而形成。你虽不迷信命运,新的偶然和情感,可将形成你明天的命运,决定你后天的命运。《边城》似乎也在印证这个人生的顿悟。在沈从文这里,简朴的受偶然的命运支配的人生形式尽管带有悲剧性,仍然是一种"优美,健康,自然,而又不悖乎人性的人生形式"①。《边城》所展现的就是这样一个完满而自足的"湘西世界"。

---

① 沈从文:《〈从文小说习作选〉代序》,《沈从文文集》第11卷,第43页。

在这个世界里,沈从文正面提取了未被现代文明浸润扭曲的人生形式,这种人生形式表现的极致,便是对"神性"的赞美。在沈从文的美学观中,"神性"就是"爱"与"美"的结合,这是一种具有泛神论色彩的美学观念。他认为,他过于爱有生一切,在有生中他发现了美;而美或由上帝造物之手所产生,或即"造物",它就是"可以显出那种圣境"的"神"。"神"、"爱"与"美"三者一体,因此沈从文作品中神性就是最高的人性。如《龙朱》、《月下小景》从现代文明之前的历史中寻找理想的人生形式,而所赞美的爱和美都上升到人性的极致。在《边城》里,美丽天真的翠翠,她的殉情的双亲、侠骨柔肠的外祖父,豪爽慷慨的顺顺,都具有作家所向往的"人性"美。在那几乎与世隔绝的角落古风犹存,人们身上更多一些淳朴,作家也对它作了美化,用以表现对"人性"美的向往与追求。

沈从文把《边城》看成一座供奉着"人性"的"希腊小庙",而翠翠便是这种自然人性的化身,是沈从文的理想人物。在这些理想人物的身上,闪耀着一种神性之光,既体现着人性中庄严、健康、美丽、虔诚的一面,也同时反映了沈从文身上的浪漫主义和古典主义式的情怀。沈从文在《小说作者和读者》中认为小说包含两个部分:"一是社会现象","二是梦的现象";写小说"必需把'现实'和'梦'两种成分相混合"。① "湘西世界"就是沈从文理想人生的缩影,是他现实与梦幻的交织。这梦幻难免与现实持有距离,但作者的目的似乎是从人性道德的视角,去透视一个民族可能的生存状态及未来走向。沈从文是具有现代意识的作家,他在思索"湘西世界""常态"的一面的同时,也在反思变动的一面。他一方面试图在文本中挽留湘西的神话,另一方面在作品中已经预见到"湘西世界"的无法挽回的历史命运。在暴风雨之夜猝然倒掉又重修的白塔,象征着一个原始而古老的湘西的终结,和对重造湘西未来的渴望。

顺便提示给大家的,是要格外注意沈从文的《边城》等作品的牧歌田园诗风格。德国的哲学家和美学家叔本华曾制订一张诗歌体制级别表,即将各种基本的文体按等级分类,依次是:歌谣,田园诗,长篇小说,史诗和戏剧。他认为戏剧最具客观性,而田园诗显然比较靠近纯诗。田园诗最大的特征是牧歌情调。牧

---

① 沈从文:《小说作者和读者》,《沈从文批评文集》,第143页。

歌(pastoral)最早指古希腊人描写西西里岛牧羊人生活之诗。后来维吉尔写了著名的作品《牧歌》,也带典型的田园诗风格,后来人们便习惯用"牧歌"来称谓这一风格文类:指的是一种传统的诗歌,表达都市人对理想化的农牧生活的向往。文艺复兴后,出现一些专写古代田园生活的田园诗或散文,也是牧歌一类文体的引申。现代批评家常把那种偏于表现单纯、素朴生活,并常与现代繁复生活相对照的作品,都称作"牧歌式(田园诗式)"的作品。

中国现代作家一般都感时忧国,重现实干预,少悠远的乌托邦式的艺术想象。就如鲁迅所说,风沙扑面,灵魂都比较粗糙,哪有那种闲情逸致去写什么田园诗? 因此现代文学中也极少田园牧歌型的制作,沈从文就成为一个例外(也许还可以加上废名等人)。我们欣赏《边城》与其他沈从文所写的湘西世界的牧歌式作品,有多种角度,但我这里提示两点,即是要注重自己进入阅读状态后的那种梦幻感和超离感。这类作品的审美情趣可能主要就在这里。作为一个极富形式感的出色的作家,沈从文的贡献还在于创造了诗意的抒情小说文体,或诗化抒情小说体。他实际上是把诗和散文引进了小说之中,打破了三者的界限,从而也就扩大了小说的表现领域及其审美的功能。沈从文注重意境,善于"造境"。表现凡夫俗子的日常生活时重在风俗,重在人情,使优美与平庸交织、淳朴、健康与原始、蒙昧并存。沈从文的办法就是"纯化",把自然景物、社会生活场景的描绘尽量融入简朴的生活情致之中,人和自然合一,或者自然环境成了人性的外化。用美学的术语来讲,即是审美的对象化。如《边城》的自然景致是如此之美,其中就掺和着作者的情感、回忆、想象,无处不在体现作者的美学追求。自然景物与人事民俗的融合、作者人生体验的投射、纯情人物的设置、流动的抒情笔致等等,共同造成现实与梦幻水乳交融的意境。

最后值得一提的是,沈从文的散文创作的成就也很高。一如既往的是诗化的文体。不过除了惯常的诗意抒情,沈从文在他的散文中又喜欢用夹叙夹议的笔法,还不时以哲人的姿态,在议论的部分进退裕如地思考关于历史和生命的抽象命题。《湘行散记》和《湘西》都是这方面出色的作品,仍带乡土牧歌的特征,却又更具真实的形态。因此可以用比读他的小说现实一点的期待,来读他的这一类作品,欣赏他与故乡的文学感情生活的撰述。要注意他如何将湘西的人生方式,通过景物印象与人事哀乐娓娓道来,却又比小说更真切,更有历史感,当然也让人更能直接触摸到作者的灵魂和情思。

《湘西·凤凰》:"英雄老去"之慨[*]

　　初读《湘西·凤凰》可能会有猎奇的等待。一般读地理博物志之类文字,都是这种心情。沈从文知道如何满足这种阅读期待,他这篇作品所注重的就是故乡凤凰民情风物的特异性,加上他有意用"仿古"的文体来讲述,读来就更添一份兴味。

　　开头,作者介绍凤凰的山川形势、民情物理和历史沿革,让读者先有轮廓的了解,所着眼却也是地域文化的特异性。作者格外提示读者注意,这地方因环境特别,至今仍保存有许多历史残迹,而且当地的"人格与道德"似乎也和外界大不相同,应归入另一型范。这些特异性的介绍一下子将读者的兴趣激活了。不过作者在介绍他的故乡风物时并不那么冷静客观,而仿佛有点无奈怅惘。当写到落日时分独立孤城眺望远近残堡,依稀想见当年鼓角火炬传警告急的风景,一种面对历史沧桑的悲凉感油然而生。沈从文不掩饰自己的感情,可能还有意让读者时时感觉到,他在文体上的"仿古"正是为了酝酿和寄植这种历史感。其所产生的实际阅读效果是很强的。例如,开头概述时所采取的空间延展式记述结构,连同那简约古朴的句式,对景致或民俗某些细部所作的写意传神的勾勒,都不禁使人联想到《山海经》或《水经注》。边读边在古今"互文"比照中体味那古典风致,就可能愈发加浓历史的沧桑感,逐渐进入了湘西凤凰特异的地域文化氛围。

　　沈从文在《湘西》题记中曾说过,他的这些作品包括《凤凰》不过是献给外来的过路人的一点"土仪"。然而读下去,我们发现作者并不情愿只当导游,也不满足于向外人介绍故事的趣味,在文章的深层你总感到蕴蓄着一种对理解和

---

　　* 本文收赵园主编《沈从文名作欣赏》,中国和平出版社2010年版。

沟通的渴求。外界对湘西是有过种种偏见与荒唐传闻的,人们甚至歧视性地将湘西视作充满迷信和凶险的"苗蛮匪区"。沈从文写《湘西》的始初意图也为了辟谬理惑,纠正外界的偏见。不过沈从文又似乎有点寂寞,缺乏沟通的信心:在他看来,让外人以科学的眼光理解和认识湘西的奇风异俗并不困难,然而要通过这些风习的研究去深入体察一种特异的人文传统,却又并非易事。

细心的读者会体谅沈从文这层苦心。《湘西·凤凰》用主要的篇幅那么认真细致地介绍被外界视为迷信野蛮的民情习俗,原来是要说明和理解一种尚有原始生命力的人格道德型范,一种少有现代物质文明浸染的生命形态。因此读这些习俗的实录,既要着眼于奇趣,又最好能深入发掘"奇"中的人文价值,感悟"奇"中的美丽诗意。

在作品的中间部分,作者重点记述考证了苗人"放蛊"、"行巫"和女子"落洞"三种异俗,并一一从心理学上分析了根因,揭去了神秘的外衣。沈从文并不简单断定这些习俗是"迷信"和愚昧,而宁可理解为是当地某种普遍性的社会心理的记载与折射,是原始性的思维方式和特殊的生命形式。例如"行巫",在外界容易被当作是游民懒妇骗钱谋生的职业,而在凤凰则通常是心理病态的结果,最终成了"迫不得已"而又有真诚追求的一份社会"工作",因为社会也真诚地承认和需求一种"人鬼之间的媒介"。又如女子"落洞"自尽,沈从文从性压抑引起的心理变态作了解释,而又着重从文化意义上去理解这种"人神错综"的思维方式。沈从文指出"苗族半原人的神怪观"直接影响当地人的思维和生活,而以外界现存的观念是很难理解这种人神错综的现象的。这恐怕不无道理。就像一般文明社会的读者难于理解《百年孤独》(马尔克斯)中所展示的南美魔幻与现实交融的世界,外界人理解湘西的奇异风习也总是有点隔阂的。人们容易见到神秘习俗背后隐藏的悲剧,却看不到也隐藏了动人的诗。沈从文的考证如果只是干巴巴的科学分析,那就太没趣了。他是力图将这些习俗的"原生态"真实呈现,好让读者感悟其中"浪漫与严肃,美丽与残忍,爱与怨"的"交缚不可分",这样,习俗的考证记述就被赋予了审美意义,读者的趣味追求得到了诗意的升华。

由于前述原因,关于习俗的记述就一改原有的类似地理博物志的文体方式,情节性和故事性的成分大为增加。这一部分怪异习俗的整理记述是那样清拔朴讷,恍然生动,很有点《搜神记》、《幽明录》一类"志异"小说的韵味。例如写女子"落洞"自尽前的幻觉,连耳闻箫鼓,两眼放光,周身散发香味和心态羞怯恐惧,等等,都有生动记述,既是实录,又不无想象和附会,这样又更显示出凤凰人文景观的颖异,以便于传达那种浪漫情绪和宗教情绪合一的境界,也才更能促发读者的兴味与感悟力:在幽明不分、人神错综的氛围中去"悟"得当地的人文精神,真正理解湘西凤凰的地域文化特质。

这种兴味继续下去,到文章最后部分进入了全篇的"阅读高潮"。最令人难忘的是对"最后一个游侠者"田三怒形象的刻画。到底小说家手痒,沈从文似乎越写越放手,干脆放弃原先地理博物志的笔法,而改用类似《史记》为人物作传的写法,以种种轶闻奇事的连缀记述去突现一个"英雄"的毕生。文中抓住富于性格特征的行为模式和相应的轶事细节,仿佛国画中的大写意,以粗笔略加勾画,却神态毕现,高简峻奇。如写田三怒勇鸷剽悍,威震湘西,平时待人却谦谦然如一"秀弱小学教员";写他因一言拂逆而杀人,可是面对醉汉的当众辱骂却又毫不怪罪;写他遭暗算连中冷枪却不失豪气,临死前仍不忘训斥刺客不是男子……都极有传奇色彩,确如太史公传记中人。在这里,田三怒这个人物典型实际上成了湘西凤凰人特异品格气质的象征,沈从文最终把凤凰人的体气精神归结为"游侠遗风"。以一个"英雄"游侠的故事结尾,那阔大悠远的湘西历史仿佛在刹那间定格,读者忽然发现可以那样简明清晰地理解湘西,和湘西的人文精神沟通。

可惜这毕竟是"最后一个""英雄"。沈从文讲述完毕他的故乡,感慨昔日湘西人那种剽悍、豪爽的精神品性与古朴、自在的生存方式,已经日见衰落失传,难免有"英雄老去"的喟叹。也许沈从文是过于保守而又太偏爱故乡的传统了,所以才有这种失落感。然而读完《湘西·凤凰》,读者如果由沈从文的感慨引而思考一个问题,即现代物质文明的进步所要付出的代价问题,是否也有无奈的怅惘和隐忧呢?

"张爱玲热"的兴发与变异*
——对一种接受史的文化考察

这里大略回顾一下近二十年来在中国内地有关张爱玲的研究、评论与出版情况，从中或许可以引发一些关于文学阅读与文化生产、传播的话题。

张爱玲成了"出土文物"

张爱玲这位40年代在上海名噪一时的才女，新中国成立后差不多三十年时间，其作品在大陆销声匿迹，名字亦不见于任何文学史著述。80年代初，张爱玲如同"出土文物"浮出历史地表，不过那还不是重新"走红"，而只是静悄悄地受到"专业阅读"的关注。笔者回想1978年进入北大上研究生之前，从未听说过张爱玲的名字。70年代末正是门户洞开、思想解放之时，我们这批"老学生"如饥似渴地找书读，越是开禁的，或未曾闻识过的，就越是有兴致。我们从图书馆尘封的"库本"中找到张爱玲的《传奇》，当然还有钱锺书、沈从文、废名、路翎等一批作家作品，这骤然改变了我们的"文学史观"。初接触张爱玲非常个性化的描写，所产生的那种艺术感受称得上是一种"冲击"。同学之间常兴奋地交流读后感，推荐新发现的书目，其中张爱玲当然是常谈的节目。不久，大概是1979年，我们磕磕巴巴读了夏志清英文版的《中国现代小说史》，越发相信我们自己的艺术判断：张爱玲是不应被文学史遗忘的一位杰出小说家。回顾这一段"阅读史"，大致可见70年代末在内地"重新发现"张爱玲的情况。不过那时大家正忙于给那些比较知名的作家作翻案文章，对张爱玲还谈不上有什么研究。

---

　　* 本文系笔者在2000年10月香港举办的"张爱玲与现代中国文学"国际研讨会上提交的论文，发表于该年12月27日《中华读书报》。

真正对张爱玲有公开的评论，是 1981 年以后的事。当年 11 月，张葆莘在《文汇月刊》发表《张爱玲传奇》，这是内地改革开放以来，最早论及张爱玲的一篇文章，不过当时的反响并不算太大，容易被读者视为一段文坛忆旧。对有关张爱玲的研究产生大的推动的，还是夏志清的《中国现代小说史》。此时该书中文版已传入大陆，港台一些评论张的文字，内地也陆续可以看到，这就促成了文学界普遍的"读张"的兴味，张爱玲也就"正式"进入了一些文学史家和研究生的视野。如颜纯钧的《评张爱玲的短篇小说》和赵园的《开向沪、港"洋场"社会的窗口》，都比较"正式"地考察了张爱玲小说题材、手法与风格上的特色，注意到其与新文学"主流"有所不同的"性质"，并小心翼翼为张爱玲说几句批评中带上肯定的话。

到 80 年代中期，思想解放的潮流加强，当然会鼓励人们用更开放更有个性的眼光去读张评张，而张的"另类"特色也更加刺激研究者去重新打量与调整文学史的"叙述板块"，加上这一时刻"翻案"文章差不多作腻了，所谓"边缘化"的作家更能吸引年轻读者与研究者的目光，张爱玲及其作品的影响力逐步扩大。有一篇文章适逢其时，那就是柯灵的《遥寄张爱玲》。此文几乎同时发表在《读书》(1985 年第 4 期)和《收获》(1985 年第 3 期)，二者都是有影响的刊物，而文章又出自作为"过来人"的资深作家，自然引起广泛的关注。《收获》同期还重刊《倾城之恋》，更是"文革"后张的作品首次在大陆面世，这种影响也超出了学术界，引起了社会的关注。

文学史给张爱玲让出"地盘"

在 80 年代中期，一般流行的现代文学史仍然不可能提及张爱玲。一是碍于张爱玲 50 年代写过《赤地之恋》和《秧歌》等反共小说，二是担心张爱玲复杂的政治身份，总之，仍然是出于意识形态方面的置疑。但毕竟历史越来越拉开了距离，给政治身份"复杂"而创作可观的作家以更多面考量的可能性也在增加。在北大和其他一些思想比较活跃的大学，在课堂上或讨论会上，都已经把张爱玲作为"重新发现"的话题。许多学生对于文学史只字不提张爱玲很不理解。1984 年，黄修己为中央广播电视大学编写那本发行量很大的《中国现代文学简史》,就率先从知识传播的角度,较客观地介绍了张爱玲的《金锁记》等小说。与此同时,笔者与钱理群、吴福辉等合作编写《中国现代文学三十年》,其中论及"孤岛"与沦陷区文学,也用了大约八百多字来写张爱玲,指出张的作品有"古典小说的根底",又有"市井小说色彩",展现了"洋化"环境中仍存留的"封建心灵"和人们百孔千疮的"精神创伤"。虽然字数不多,但已经将张作为一个重量级的作家来评价,格外引人注目。一些大学中文系的现代文学史课也逐渐为张爱玲让出一点"地盘"。

80 年代中期正是所谓"方法热"的时期,人们评论张爱玲,更多的是欣羡其小说手法的特异,意象、象征、心理分析等等,是常用的切入角度。如胡凌芝的《论张爱玲的小说世界》、饶芃子和黄仲文的《张爱玲小说艺术论》,偏重于对张爱玲小说结构、语言和风格的分析,同时仍不忘"反映论"层面,论评张爱玲如何揭示洋场社会阴暗的一面,指出其"反封建"的价值及其对都市文学的贡献。这期间有几篇文章值得注意,如宋家宏的《一级一级走进没有光的所在》和《张爱玲的"失落者"心态及创作》,以及张国祯的《张爱玲启悟小说的人性深层隐秘与人生观照》,都开始触及张爱玲小说比较深的人性内涵,而不简单停留于从"反映现实"角度肯定其价值,而且对张的创作现代派特征的分析也都有新突破。这批论文的出现标示着张爱玲研究的学术分量逐步加重。

80 年代的研究为张爱玲的"复出"创造了条件,促成了"读张"的风气,同时带动了张著作的出版。1986 年,人民文学出版社的"中国现代文学作品原本选印"丛书收载了张爱玲的小说集《传奇》;随后,多家地方出版社影印或编印了多部张爱玲的小说集。此时书商已觉察张爱玲作品有流行通俗的品质,都想打打"擦边球"。只因为张的政治身份比较复杂,出版者一开始比较小心,出版其作品也大都打着"研究和教学资料"的名义,后来发现问题不大,码洋又很多,便愈加放胆去出书。

张爱玲的"经典化"

80 年代后期那种较重学理的研究势头,一直延续到 90 年代前期。90 年代初一度弥漫于学界的紧张而又有些颓唐的气息,似乎对张爱玲的研究并没有什么影响。一部分研究者仍在潜心读张。这一段对张的作品进行"赏析体"评论的篇什很多,人们对研究成果的转化大有兴趣。这跟张爱玲作品开始大量出版,需要跟着普及与导读也有关。不过,更值得注意的是,此时仍有一批更有学术深度的论文出现。如金宏达的《论〈十八春〉》、潘学清的《张爱玲家园意识文化内涵解析》、赵顺宏的《张爱玲小说的错位意识》、杨义的《论海派小说》以及吴福辉的《老中国土地上的新兴神话》等。这批论作除了注重剖析张爱玲题材的价值,作家的气质、创作心理状态、文化情结以及作品的艺术特征等方面,更重要的,是开始注意从现代文学发展的历史格局中,重新考察张爱玲这一类创作的"结构功能"与价值定位。可以说,90年代前期出现的数十篇有关张的研究论文中,不乏真正有文学眼光和学理分析的。

90年代前期的研究,几乎造就了一个"热潮"。文学史家给予张爱玲的关注越来越多,评价也逐级升高。杨义在他那部颇有影响的《中国现代小说史》中就用了十几页讨论张爱玲,盛英主编的《20世纪中国女性文学史》甚至列出专章评论所谓"张爱玲现象"。大约在1993年至1995年左右,有众多年轻学子(包括本科生与研究生)一窝蜂都挤着要作关于张爱玲的论文。诸如关于张的小说中意象和结构分析、心理描写、文化模式,乃至女性主义的评论,恐怕每一个大学中文系都有学生在作这类题目,其中有关女性主义的话题更是受到一般女学生的欢迎,并纷纷大胆尝试。在笔者任教的北大中文系,那二三年几乎每一学期都有数篇学生论文是谈张爱玲和女性主义的。不能否认这几年论张的文字其中有些写得不错,可能的确有新发现、新视角。但研究似乎也有"生态"问题,某一论题谈得太多,大家都会腻味,以致有些的确有见解的文字反而可能淹没在这腻味之中,得不到发表的机会。90年代中期有些专著仍在孜孜不倦地谈论张爱玲,但同时单篇论文的发表显然已大大减少。

非常有意思的是,这时期人们的兴趣又转向了张爱玲传奇的一生。1992年下半年到1995年初这两年多时间里,竟有四部张爱玲传接连出版。这四部传记是王一心的《惊世才女张爱玲》、于青的《天才奇女张爱玲》、阿川的《乱世才女张爱玲》和余彬的《张爱玲传》。前三部传记从书名的渲染,就可以看出已经很注重图书的包装与商业操作,主要为了吸引一般读者;文字上也都在竭力追求可读性。相比之下,稍后出版的《张爱玲传》仍保持较多的学理性,对传主的生平、身世与创作剖析很细很深,显然吸纳了海内外有关的研究成果。前述有关大学里年轻学子争作评张的论文这一现象,跟这些传记的出版也大有关系。"传记热"诱发了年轻人的文学史想象与评张写张的冲动。当然,张爱玲重现的影响并不止于一般读者,也明显作用于当代文坛。一批青年作家不约而同对张爱玲发生了浓厚的兴趣,并在各自创作中留下清楚的影响痕迹。苏童在"影响我的十部短篇小说"评选中,选中《鸿鸾禧》,称"这样的作品是标准中国造的东西,比诗歌随意,比白话严谨,在靠近小说的过程中成为了小说"。他和叶兆言的旧家族题材小说,受张爱玲的启示,已得公认;王安忆则无法摆脱影响的焦虑,这位深得张的衣钵的传人,一边想象和体验着张爱玲那个时代的上海,一边说"不要拿我和张爱玲相比"。

商业操作制造读张的时尚

事实是不言而喻的。进入 90 年代中期以后,文学史家已经充分论证完张爱玲的"经典性",张爱玲越来越为社会所知,就越来越变成一种文化符号,并和商业操作日益结合,成为 90 年代特别显眼的一种精神现象。这里不妨也大略回顾一下过程。

早在 1992 年,出版界摸准了社会阅读心理取向,便越来越大胆地出版张爱玲著作。当年安徽文艺出版社出版了四卷本《张爱玲文集》,不久,市面上即出现了盗版,趁着张爱玲去世消息传来,卖得红红火火。这套《文集》据说在市场投放足有十万套。加上以前各出版社的印量,张爱玲的读者保守估计也应有近百万。

富于戏剧性的是,1994 年,有海外归来的新锐学者声称要"以纯文学的标准","力排众议重论大师",为作家重排座次。金庸、张爱玲一跃上了榜,茅盾则落选,一石激起文坛千层浪。这一事件后又披露于多家媒体,在社会上闹得沸沸扬扬。张爱玲在座次评定中以"冷月情魔"的称谓位居第八,且不论是否恰当,但"张爱玲"的文名借此更广为传播却是一不争的事实。

历史也许就是为了造就张爱玲的声名。"排座次"事件余波未尽,1995 年 9 月,张爱玲在海外仙逝,"张爱玲"又一次引起媒体瞩目,这位奇女子以"死"而在媒体中再"活"。国内影响较大的几家报纸均做出了异乎寻常的重点报道。

"张爱玲"如此频繁地在大众视野中闪现,"符号化"的进程加快。由文学研究界开始的"张爱玲热",此时水到渠成,弥漫到了公众领域,非常恰当地印证了美国学者杰姆逊所谓消费社会中精英文化与大众文化相融合这一时尚的观点。

张爱玲日益为读者接受,当然在于其文本的丰富性,足以为读者的阐释提供多种可能;而更重要的是,张爱玲所提供的文学想象与情感体验,又都与当下普遍的生存状态有着不同程度的契合。90年代以来,市场经济深化,精神领域却出现了许多始料不及的状况:拜金主义、享乐主义风起,价值标准日趋多元化。同时,对历史与文化的反思在80年代末突然坠入低谷,人们对宏大叙事失去兴趣,而愈关注世俗的个人的生活。在这样的氛围里,张爱玲作品中摹写的表象往往成为一幅幅人们熟悉而又陌生的画卷,引人怀旧,诱人体味省察。其实,张爱玲既世俗又具有强烈的贵族趣味,她能正视人生的一切欲望,写尽尘世男女的悲欢离合,又不动声色地消解情感神话;对灵肉生活的细致书写以及对女性生命入微的感受,这一切自然容易引起共鸣。曾几何时,张爱玲式对生活傲然而又投入的姿态,庶几成了一种时尚,大学生枕头边放一本《张爱玲文集》也是一道好看的风景,"张爱玲"变成某种趣味的象征而被争相仿效。在当时文学界流行的新写实主义、新市民文学特别是小女人散文中,依稀都能闻到张的气息,看到张的影子。

被浮躁的世风所消解了的张爱玲

需提及的是,张爱玲的读者群大都受过良好的教育,多为正在形成中的白领或是学院中人。然而从普遍的阅读接受来看,除却专业研究者,恐怕少有读者能够深刻理解张爱玲作品中深蕴的悲凉,以及那种于人生的"惘惘的威胁"。张爱玲的作品中隐藏着的式微破落的颓势,对私人生活关注背后的犬儒,对价值的嘲弄与颠覆,以及对人性近乎残酷的解剖,这一切,大都被浮躁的阅读心态给忽略和消解了。张爱玲就这样变得很"现代"又很"现实"了。

最后,不妨再回顾分析一下"张爱玲"是如何进入消费领域的。"张爱玲"作为一个文化符号有其利益生长点,文化生产自然会推波助澜。如果说1992年出版的《张爱玲文集》编选允当,对张爱玲的创作风貌做出了基本概括,此后出版的张爱玲有关作品则多在商业操作下进行,即使是严肃的学术著作,多数也是要赶一赶商潮。张爱玲"人生小品"、"情语"之类纷纷出版,在散文热中层出不穷的散文赏析、精品系列,乃至文化史风俗史百年回顾掌故逸闻等等,各种凡是涉及民国题材的畅销书,大概都不会忘记拉上张爱玲凑份。完整的"张爱玲",常有意无意被拆解成利于流行和卖钱的支离碎片。

快节奏的消费社会中影像挂帅,张爱玲也不能摆脱被视觉化的命运。几乎所有出版的有关书籍中或多或少都附有张爱玲的旧时照片,读者在浏览张爱玲照片的过程中将想象的求证完成。1999 年,光明日报出版社参照张爱玲在台湾出版的《对照记》,编辑集成《重现的玫瑰——张爱玲相册》一书,算是暂时将对张爱玲的展览做一终结。

一流的小说往往难以向其他艺术形式转化,但在视觉效果最强的电影艺术中,张爱玲的小说却频频被港台演艺人相中。早在 80 年代,由三毛编剧、以张爱玲的爱情故事为蓝本的电影《滚滚红尘》即已制成。90 年代,香港关锦鹏执导《红玫瑰与白玫瑰》,虽然这样一个有关人性的故事难以在电影语言中得到最完美的叙述,但大陆明星陈冲、英俊小生赵文瑄以及从脱片中"从良"的叶玉卿依然使得该片反响巨大。台湾许鞍华先是执导了《倾城之恋》,由周润发主演;后来的《半生缘》则请出了"忧郁王子"黎明担纲。不久,《红》、《半》二片相继进入大陆并曾在中央电视台放映,影响颇大。

渐渐地,"张爱玲"在不断的文化生产中一层层地被剥去了本来丰富的内涵,塑造成了精致而易于消费的"精品"。

"张爱玲热"(类似的还有林语堂、梁实秋)就是这样一种典型的事例:先是由学术界发现和定位,然后经大众传媒制作并扩大到公共空间,变成文化符号,再被商界借用促销,转为一种时尚。

"张爱玲热"的同时,还有另一种类型的两个热点文化人物值得关注,即陈寅恪与顾准。二人的专业成就少有人深入研究,但学者的独立品格与坚持思考的精神都被凸显。作为文化偶像,他们被绘成对"知识精英"的想象性图景,从中也能看出当时知识界对人文精神及学术品格的追求。"张爱玲热"与"陈寅恪、顾准热"的原因不尽相同,不过内在理路却是一致的,均属于一种文化符号的建构与被借用。它们一起丰富了 90 年代中国斑驳而芜杂的文化风景线。

(北大中文系研究生蔡可为本文的写作提供资料,多有协助,特别致谢)

《围城》的三层意蕴*

钱锺书的《围城》是意蕴丰厚的长篇小说。其所表现的生活内涵,作者对社会、人生的思索及其独特构筑的"艺术世界",并不是读者所能一目了然的,需要反复琢磨,深入体味。近十年来,我先后读过多遍《围城》,几乎每读一遍都有新的体验与发现。这部小说基本采用了写实的手法,总体结构却又是象征的,是很有"现代派"味道的寓意小说。其丰厚的意蕴,须用"剥竹笋"的读法,一层一层深入探究。我看起码有这么三个层面。

第一层,是比较浮面的,如该书序言中所说,是"写现代中国某一部分社会,某一类人物"。具体讲,就是对抗战时期古老中国城乡世态世相的描写,包括对内地农村原始、落后、闭塞状况的揭示,对教育界、知识界腐败现象的讽刺。

小说写方鸿渐、孙柔嘉等赴内地求职时长途旅行所见,有点类似欧洲的"流浪汉"体小说的写法,以人物的遭遇体验为线索,将闭塞乡镇中种种肮脏污秽都"倒弄"出来。其如"欧亚大旅社"的"蚤虱大会",鹰潭小饭馆卖的风干肉上载蠕载袅的虫蛆,等等,以嘲弄的笔触勾勒种种民风世俗,给人的印象真深。这些描写,并非猎奇,自然也都映现着当时的社会情状。

小说还用较多的篇幅写"三闾大学"的乌烟瘴气。校当局不择手段争官弄权,教职员拉帮结派尔虞我诈,鸿渐在乱麻一团的恩怨纠葛中左右不是,疲惫不堪。这简直不是什么学校,而是一口龌龊的"大酱缸"。这些描写也带揭露性,从教育界溃流的脓血来看社会的痈疽。

《围城》用大量的笔墨客观而尖刻地揭示出种种丑陋的世态世相,读者从中可以感受到 40 年代中国社会生活的某些落后景致与沉滞的气氛。这个描写层

* 本文原载《中国现代文学研究丛刊》1989 年第 1 期。

面可称为"生活描写层面"。以往一些对于《围城》的评论,大都着眼于这一层面,肯定这部小说"反映"了特定时期社会生活矛盾,具有"认识"历史的价值。因而有的评论认为,《围城》的基本主题就是揭示抗战时期教育界的腐朽,批判站在时代大潮之外的知识分子的空虚、苦闷。这样归纳主题不能说错,因为《围城》的"生活描写层面"的确带揭露性,有相当的认知价值;但这种"归纳"毕竟又还是肤浅的,只触及小说意蕴的第一层面。

如果不满足于运用"通过什么反映什么"这个简易却往往浮面的批评模式,而更深入思考作品"反映"的东西是否有作家独特的"视点",这就更深一步发掘到《围城》的第二个意蕴层面,即"文化反省层面"。

《围城》是从"反英雄"角度写知识分子主人公的,其"视点"在中国现代文学同类题材作品中显示出独特性:不只是揭露"新儒林"的弱点,或探求知识者的道路,而企图以写"新儒林"来对中国传统文化进行反省。作者的着眼点在于传统文化的批判,而且并非像"五四"以来许多作家所已经做过的那样,通过刻画旧式知识分子的形象去完成这种反省、批判,而是从"最新式"的文人,也就是主要通过对一批留学生或"高级"知识分子形象的塑造去实现这种反省与批判。

不妨对主人公做些重点分析。方鸿渐这个"新儒林"中的代表人物,在现代文学"凌烟阁"中占有特殊的位置。他那懦弱无能的品性,有点类似《北京人》中的善良"废物"曾文清,某些方面又和《家》中的"老好人"觉新近似;但钱锺书又比巴金或曹禺"理性"得多,对方鸿渐身上那些传统文化劣根的习染的批判也就凌厉断然得多,几乎不带什么惋惜。小说表现的方鸿渐面对爱情婚姻问题时的那种优柔寡断,对于事业和人生的软弱被动和缺少进取,特别是已经成为他心理特征的庸懒虚浮、得过且过,打骨子里就是传统文化中的惰性所铸成的品格。方鸿渐虽然留过洋,在生活某些方式上和名分上很"新",内里却又很"旧",也可以说是"新旧杂拌","旧"的成分起主要作用。这是个充满矛盾的角色。小说写他一次又一次遭受生活的挫折,永远那样苦恼,那样没出息,这当然有时代社会方面的根源,但小说更着力显示于人们的,是他那种懦弱性格的文化根因。方鸿渐对于封建秩序已经感到绝望,这从小说所写的方与其父母、岳父母的精神冲突中可以看到;但他对传统文化中的衰腐性还有许多留恋,或者说,传统文化铸就的他那种庸懒无能的性格,注定他只能当一个在现实社会中找不到位置,也不可能实现自己的价值的"多余的人"。小说写他这种本质上的"旧"势必对外来文化,对富于竞争进取的现代精神,产生一种本能的抵制。方鸿渐尽管在国外待了多年,追求的仍是封建纨绔子弟的庸懒的生活,顶多加上一些洋味的玩世荒唐的手段。小说以这样一个已经为传统文化衰腐性所销蚀掉活力的"生命的空壳"作为主人公,而这个"空壳"的外表居然又涂抹上许多洋味的时髦的色彩,其立意是很深的:读者大概会在中外文明的碰撞中来思考这样一位矛盾的角色,从而引发对传统文化深刻的反思。

方鸿渐毕竟是新旧交替时代的产物。《围城》既要对传统文化反省,就不能孤立地写方鸿渐的命运,而必须同时揭示他所处的特定的环境。在那个"新儒林"的世界里,历史上文人常引为骄傲的种种传统美德,诸如讲求气节、感时忧国等统统不见了,剩下的只有卑琐、庸俗、虚伪,全是传统文化的劣根在半殖民地土壤上新结出来的恶果。钱锺书着重解剖这诸多精神恶果的一种——"崇洋"。

如果一个民族有较为健全的心态,自然会积极寻求与新进的世界文明对话,从外国先进的经验中学习。但背着沉重的历史包袱近百年来又屡遭屈辱的老大中华,难得形成这种健全进取的社会心态,在与世界文明接触的过程中,就容易产生一种自卑的"崇洋"心态。《围城》对"新儒林"中"崇洋"心态的刻画与讽刺,是非常辛辣的。读过此书的人大概都不会忘记那个为了显示"精通西学",竟伪称自己俄国老婆为"美国小姐"的假博士韩学愈(名字都是"崇古"的);靠骗取外国名人通信而充当"世界知名哲学家"的江湖骗子褚慎明;还有那个训起话来平均每分钟一句半"兄弟在英国的时候"的部视学;等等。这些人物以"崇洋"来装阔的心理,与鲁迅笔下的阿Q是相通的。小说表面上是讽刺这些"崇洋"的心理行为,实际上却又还是在挖传统文明的劣根。

读者当然更不会忽视女主角孙柔嘉。对于方鸿渐来说,她是直接左右其生活道路的重要人物。作品一开始写她是那样柔弱、天真、温顺,"怕生得一句话也不敢讲",真有一点某些西方人所艳羡的所谓"东方女性美";可是与方鸿渐结婚以后,慢慢就磨炼成了另一副脾气面孔,变得专横、善妒、自私、刻薄,变着法子想如何把握家政、制服男人。孙柔嘉虽是受过高等教育的新式女子,可也还是摆不脱传统文化束缚,有许多旧式女子的弱点。孙柔嘉也是一个"非英雄"，并非坏人，作者不过是把她作为"新儒林"中的那类旧的因袭沉重的女性来写的。小说写孙柔嘉性格的变化，也还是为了发掘她身上所蕴藏并起根本作用的传统文化的劣根。

这些五花八门的世态世相构成"新儒林"的生活图景。"新儒林"中各色人物，其实都是古老文化受外来文明冲击而行将崩析历史的产物，是半殖民地文化土层上孳生起来的特殊的人群。

《围城》试图以对"新式"知识分子（特别是留学生群）的心态刻画，来对传统文化进行反省，这正是作品的深刻性所在。"五四"以来新小说写知识分子的很多，但《围城》无论角度还是立意都与一般新小说不同。在"五四"时期，新小说多表现知识者对新生的追求，人道主义旗帜下所高唱的是个性解放的赞歌。这些作品的主人公不再是儒雅文弱的传统文人，他们在气质上往往都有一种青春期的热情，所展示的姿态也几乎就是反传统的"英雄"。30年代，"革命文学"中的知识者更是暴躁凌厉的"斗士"，尽管"政治化"使这些"英雄"的个性一般都显得空乏。到40年代，特别是抗战胜利之后，知识分子题材小说中的"英雄"色彩就淡多了，作家们开始比较冷静地回顾与探索他们所走的道路，作品普遍弥漫一种历史的沉重感。《围城》是40年代这种小说创作风气中形成的凝重深刻的一部。它不止于探索知识者的道路，而要更深入去反省知识者身上所体现出来的民族传统文化的得失，或者说，通过知识者这一特殊的角度，从文化层次去把捉民族的精神危机。《围城》里面有的是机智的讽刺，而这些讽刺所引起的辣痛，无不牵动着读者的神经，逼使他们去思索、去寻找传统文化的弊病。在《阿Q正传》之后，像《围城》这样有深刻的文化反省意识的长篇小说并不多见。

那么，这部长篇为什么要以"围城"为题呢？读完这部小说，从这题旨入手反复琢磨作者的立意，我们也许就能越过上述二个层面的意蕴，进一步发现小说更深藏的含义——对人生、对现代人命运富于哲理性的思考，这就是作为作品第三层面的"哲理思考意蕴"。

《围城》的情节既不浪漫，也没有什么惊险刺激的场面，甚至可以说有点琐碎，并不像同时代其他长篇小说那样吸引人。这部小说的真正魅力似乎主要不在阅读过程，而在读完整本之后才能让人完全体会到。读完全书，再将主人公方鸿渐所有的经历简化一下，那无非就是，他不断地渴求冲出"围城"，然而冲出之后又总是落入另一座"围城",就这样:出城,等于又进城;再出城,又再进城……永无止境。

回国的邮船与世隔绝,大家百无聊赖,自然如同"围城",对方鸿渐来说,到了上海就应该是走出了邮船这个"围城",可是战时的上海实际上是另一座"围城";方鸿渐到上海之后失业无着,爱情又碰壁,这境况更如同"围城",因此他才不惜历尽艰辛到内地,希望走出"围城";内地"三闾大学"并不如他所设想的那样好,那里的勾心斗角的环境又使他重陷"围城",于是他又渴求回上海,以摆脱"三闾大学"这座"围城";重回上海后生活愈是困顿,方鸿渐又打算再次冲出上海这座"围城"去重庆……小说结束了,读者并不知道方鸿渐后来的情形,但依其生活的逻辑可以推见,他又进入另一座"围城",而且他可能永远也摆脱不了"城"之困。

综观这部长篇的结构,如果要"归纳"出主人公的基本行动的"语法",那就是:

方鸿渐的行为=进城→出城→进城→出城……

这就是说,方鸿渐永远都不安分,永远都不满足,因而永远都苦恼,因为他总想摆脱困境,却处处都是困境,人生旅途中无处不是"围城"。

这一切对于这位懦弱的主人公来说,似乎始终是不自觉的,他完全处于一种盲目的状况,几乎是受某种本能的支配,或者更应该说,受"命运"的支配,永远在寻求走出"围城",而事实上却是不断地从一座"围城",进入另一座"围城"。这进进出出,是盲目的行为,而且终究都是"无用功"。

《围城》为什么要安排这样一个近似无聊的结构呢?

作总体分析,这结构带总体象征意味,寄寓着作者对人生更深的哲学思考,概括起来就是:人生处处是"围城"。作品象征地暗示于读者:"城"外的人(局外人)总想冲进去,"城"里的人又总想逃出来,冲进逃出,永无止境。超越一点儿来看,无论冲进、逃出,都是无谓的,人生终究不可能达到自己原来的意愿,往往是你要的得不到,得到的又终非你所要的。人生就是这么一个可怜的"寻梦"的过程。

这种读完整部《围城》后领悟到的结论,是否符合创作实际呢?细品本文,会发现这确实就是作者的意图,一种深入的哲理的思索。这是深藏于小说底层的"语码"，如果没有找到这"语码"，就不能说已经读懂了《围城》。

其实钱锺书似乎也有点怕读者忽视了小说的"语码"，不理解其象征的寓意，所以多次借小说人物之口来点破这一"秘密"。

《围城》第三章写方鸿渐和朋友们聚会吃饭，其中江湖骗子式的"学者"褚慎明在饭桌上大谈婚姻"哲学"，他引用一句英国古话说：

> 结婚仿佛金漆的鸟笼，笼子外面的鸟想住进去，笼内的鸟想飞出来；所以结而离，离而结，没有了局。

另一位朋友也补充说：

> 法国也有这么一句话。不过，不说是鸟笼，说是被围困的城堡 fortresse assiégée，城外的人想冲进去，城里的人想逃出来……

这些都是画龙点睛之笔，将《围城》的整体象征含义"点"醒了。值得注意的是，当江湖骗子褚慎明等人在大谈"鸟笼"、"围城"，似乎都对人生哲学有清醒体会时，唯独方鸿渐"给酒摆布得失掉自制力"，"觉得另有一个自己离开了身子在说话"。细心的读者会注意到，作者这样写"新儒林"各式人物的"醒"、"醉"状态，也别有一番深意：这暗示着方鸿渐始终处在一种"无知"的状态，被命运所播弄的人是这样地盲目。如果读者真正读懂了这部小说对于人生哲理的思索，"悟"出了作者所企图表现的现代人日益失去主宰自我的自制力后的落寞感、孤独感，那么就能强烈感受到作者所具有的特殊的反讽力量。

从《围城》第三层面的意蕴，也就是"哲理思索层面"来看，这部小说已经蕴含着类似西方现代主义文学中普遍出现的那种人生感受或宇宙意识，那种莫名的失望感与孤独感，真有点看破红尘的味道。在 40 年代的中国文坛出现这样的作品，恐怕也可以说是透露着战后社会心态的一个侧面。这种有超越感的命题，在同时期西方现代主义文学中表现得突出而充分，但在中国文学中却为凤毛麟角。四五十年代的中国读者几乎忽略了《围城》的"哲理思索层面"的意蕴，人们那时毕竟热衷于执着现实的作品。

直到当今，我们才越来越体会到《围城》特有的艺术魅力。这魅力不光在妙语珠联的语言运用，甚至也不光在对世态世相谐谑深到的勾画，更在其多层意蕴的象征结构以及对人生社会的玄想深思。

　　《围城》是一个既现实又奥妙的艺术王国,只要进入这片疆域,无论接触到哪一层意蕴,总会有所得益,深者得其深,浅者得其浅。

剖析现代人的文化困扰^{*}

——评贾平凹的小说《废都》

读罢《废都》，合上这本有些琐碎却又充满悲剧感的小说，我的目光久久凝定在其封面上。《废都》的封面构图很有意思：几团揉得皱巴巴的纸随意丢弃在那里，充斥着整个灰沉的画面。这似乎带点禅味，很难确定其含义，但又会勾起种种联想。

我愿意想象那揉皱了随便丢弃的纸团就是"废都"的象征，"废都"可以"对号入座"地认定是西安，扩而大之，也可以认为是中国，乃至整个现代社会；古文明显赫地位的崩落，传统人文精神的废弃，岂不如同丢弃了的纸团。看来小说取名《废都》，包含有对传统文化断裂的隐忧，有失去人文精神依持的荒凉感。七十年前，英国诗人 T. S. 艾略特写了题为《荒原》的长诗，以死亡和枯竭的意象，来表征被工业文明所裹胁的现代西方人的生命贫瘠。《废都》的命意和《荒原》何其相似！两者同样有着对于传统文明断裂后的隐忧和悲剧感，《废都》也许可以称为东方式的《荒原》。

一

当许多浮躁激进的新潮派都一股脑儿以对传统的轻蔑为时髦的时候，当众多年轻的读者新奇而又痛快地接受"王朔式"的调侃，以表示他们对传统价值和道德观念彻底唾弃的时候，贾平凹的《废都》却对传统与现代的碰撞交汇所形成

---

* 本文初收《〈废都〉废谁》，学苑出版社 1993 年版；又先后收入《〈废都〉大评》（香港天地图书公司 1998 年版）和《九十年代文存》（中国社会科学出版社 2001 年版）等书。另曾译成韩文载韩国《外国语大学中语学刊》（1994 年秋）。部分内容曾选刊于台湾《中时晚报》及内地一些报刊。

的人文景观进行了深入的思索,或者说,是以矛盾痛苦的心情去体验当今历史转型期的文化混乱,表现现代人的生命困厄与欲望。

庄之蝶和他的文友们都有些"名士派",本质上仍然是中国式的文人,他们的种种精神追求和清高的生活姿式都还挺"传统",血管中流动的更多还是传统的精神因子,但在现代城市社会生活的挤压下,他们又都纷纷脱轨、沦落。处在历史转型期,传统的崩溃与新变必然伴随精神的混乱与迷惘。书中对传统文明的崩落表示出半是挽歌的无奈。而所写的文化混乱中的城市众生相,构成一幅幅荒谬灰色的图景。"现代化"远未实现,人文精神的依持日渐失落,非人性的"城市病"却已经层出不穷,难于应对。小说用魔幻的手法安排了一头"清醒的"奶牛,以它那超人的角度来观察城市的种种"现代病"(或"时代病"),担心人类在现代化与都市化的过程中会因物欲膨胀而异化,丧失了灵性。这头牛在小说结构上起了一种提醒读者的作用,让读者在体验种种现代"文化混乱"状况时,不时跳出来换一种带哲理性的眼光去分析、理解现代化可能招致的人类灵性异化。

《废都》的意蕴丰厚,尽可以从不同的层面去读解。成熟的读者可以从中得到许多哲理性的启迪,例如,可以读出某种人生的宿命感,读出名利场背后的虚无、象牙塔里头的凡俗,等等。庄之蝶声名显赫,年轻人称之为导师,社会摆弄他成了重要的代表文化品位的"角色",按说他已经是很成功的有名有利的雅人。可是庄之蝶老是觉得"浪"了个虚名,实在是不堪重负、苦楚难言。他想方设法要冲出声名垒成的重围,另寻事业的天地与自由的人生;却非但冲不出去,反而将几十年所营造的一切都稀里哗啦打碎了,落入意想不到的狼狈结局。在众人眼中很"神"的庄之蝶,其实又是凡俗而又真实的人,他不满自己那表面圆满其实压抑的婚姻,却又没有勇气痛快地摆脱;功利的无情加上家庭的乏味,使他沉溺于情场,和一个个情人演出心劳神悴的悲剧。最具反讽意味的是作为小说主干情节的一场文字官司,庄之蝶完全是被动卷入,对手竟是他初恋的情人。当他不无善意地力图使官司出现对各方都有利的转机时,却发现愿望早已被事实扭曲而导致荒诞的错位。

这样一个平凡的故事,由贾平凹写来却带有宿命感。他笔下人物那种失落的况味是在成功辉煌的顶点体验到的。在那些"成功"的男人和"幸运"的女人生活中,读者总是感触到一种遍布的悲凉之雾。这就使人不能不领悟到:生命只是不断的追求,说到底,没有圆满的人生,没有可以永远把握的价值。庄之蝶茫然地承受了命运所给予的莫名重创,最终双眼翻白嘴角歪斜地躺在候车室里。读到小说这灰暗的结尾,看官的思绪大概会久久盘旋于"生命"这基本命题,并感到贾平凹那种力图超脱看取人生的佛家观念。近几年贾平凹历经母病、父亡、婚姻破裂、官司纠缠以及自己大病一场等灾难,他是在成了大陆文坛巨星,而又自感肉体与精神都饱受"病毒"折磨的情形下,写成《废都》,其生存感悟正出于作者的实际人生体验。

这样一种对生命的理解和观照,在大陆的当代小说中并不多见。《废都》写了许许多多的人生苦恼,和许许多多的丑恶社会现象,但并非抓住不放痛加批判,也不多加洞穿深究,而是以调侃、幽默和洒脱的姿态,使种种苦恼和丑恶层面化,化为冷静的有距离的故事陈述,使读者并不局限于沉迷体验,而是超越种种社会规定性的预设去思索人生。

二

不过,这些都是《废都》比较深层的哲理性的意蕴,一般读者可能更留意其生活描写层面,因为贾平凹写得非常真切、凡俗。他似乎有意换一幅笔墨,不再像往常那样追求诗味的意境,也不求清雅,而宁可让人直面琐屑纷嚣逼真的生活氛围。书中写的是市井庸常,但涉及深广,对当今大陆变革中的各种民情习俗的剖析尤为真切。诸如开会、庆典、过节、旅游、股票、下海、恋爱、结婚、离婚、官司、后门、送礼、著书、作画、赌博、卜卦、气功、出家……社会生活各方面的情状无不影射出世变人心。举凡政要商贾、文匠艺人、贩夫走卒、地痞乡蛇、倒爷神客、三教九流……大陆城市各色人物都可以在作品中找到影子。尤其是书中实录了当今大陆流传的许多民谣谚语,如《十等公民》歌、《十七十八披头散发》歌,等等,以及某些针砭时弊的故事谑话,可以观民风察时政,读来十分有趣。此书可以当民俗小说来读,外国人或后人如果要了解大陆这一段转型期的民情习俗,《废都》就是一卷《清明上河图》。

值得一提的是,小说中那位囚首垢面捡破烂的老头儿,往往出口成章就来一段谣儿,闲汉听罢便将谣儿传得风快。这唱谣辞的老汉不禁使人联想到《红楼梦》中那个唱《好了歌》的跛足道人,两者在小说功能上都有使人顿悟警醒的作用。其实那老头儿唱的谣儿都是根据近些年流传的谣辞实录或改写的,在小说中作为社会背景材料来处理,从这些民间流布的谣辞中,也可以观民风察时世,了解世态人心。

三

《废都》的爆棚畅销,跟其中许多性描写也有关,而且这已经成为人们争议这部小说的焦点。对《废都》中性描写持否定态度的人是有其理由的,从现实的道德的眼光看,这部小说的性描写的确太多而且太露,缺少必要的艺术过滤。事实上,《废都》对性行为、性心理的描写,其阅读效应用得上"惊世骇俗"这几个字。虽然作者也仿照"洁本"《金瓶梅》的办法,对有些性行为的直接描写作了删节,用了省略号,并特意一一用括号注明"由作者删去多少字",但这做法故弄玄虚,客观上更加引发阅读的欲望和联想。① 从作品的完整性考虑,此法并不妥当,难怪有人猜想和责怪贾平凹这样做有"商业上的考虑"。

然而,更重要的问题在于《废都》的大量性描写是否出于艺术整体构思的必要,以及这种性描写到底反映出什么文学现象。笔者并不赞成将《废都》中的性描写简单地指斥为类似色情文学的败笔,或认为这纯粹是为了推销作品而迎合低级情趣。几乎所有的色情文学本质上都是逃避主义的文学,即以感官刺激为目的,将读者引入一个远离现实的性的极乐世界,挑逗读者在手淫式的陶醉中忘却自己的现实处境。《废都》却不是这样的。此书中的性描写虽然过于坦露,那些不成熟的读者难免会将药用的鸦片当饭吃,但总的来说,《废都》的性描写并不同于色情文学中常见的那种展览式或挑逗式,作者更注重的是从人性角度剖析情欲,是将性爱、性行为等生理机能升华为现代人在文明异化中得以挣脱厄运的拯救方式。细加分析就可以看到,庄之蝶和小说中其他男女角色的各种性行为、性心理、性态度、性感觉,包括许多病态、变态的心理行为,既是自然人

---

① 《废都》出版后遭禁,盗版愈加猖獗。更有好事者特意将《废都》中用"□□"号略去的有关性描写的部分,一一凭想象填加,并印有所谓《废都》被删部分"专册在黑市贩卖。

性的表现,又无不反射出某种文化性社会性。庄之蝶追求灵肉合一、情色统一,有点泛爱,像贾宝玉,他总是冀求摆脱声名和各种现实的桎梏,超脱庸琐无味的婚姻。在一次次非分的情欲中重温生命旺盛的季节,最终却又在现实的道德的法则面前饱尝了命运的重击。作者对庄之蝶的性描写并不停留于理念式的道德的评断,而是深入到对人性各个侧面(包括人性弱点)的解剖。最容易让人读"不习惯"的,是那些似乎高蹈而低鄙的性欲描写中,德与欲常常混淆不清,而且那种偏倚性欲望的传统诉说方式,尤其让女性主义的评论家窝火与难堪。然而,我们还是应该仔细注意到《废都》这种性欲描写也许正是要突破一般浪漫主义或自然主义的格局,并坦然正视人生情淫虚实、相克相生的复杂状态,进行道德与欲望的对话,并在这一深层去反思现代人的精神困境。《废都》的大量情欲描写虽然直露却又基本上还是严肃的,读起来甚至还有某种沉重感,这种感觉与前文所说过的那种对现代人生存方式思考的悲凉感是统一的。《废都》对性的坦诚描写,总的还是立足于对现代人生存方式、自我本质与文明和现实社会关系的深入认识,只是由于当今读者接受心理上或者现实道德观念上对于性的问题仍然很敏感,那么对《废都》的褒贬争议恐怕也就在所难免了。

四

　　《废都》大受欢迎可能还有一个原因,那就是贾平凹对当今大陆流行小说语言形式的突破。当许多新潮作家纷纷以文体的革命隔断疏离欣赏习惯的惰性,而向西方寻找各种现代手法时,贾平凹却独自从传统中企求支持。他采用读者普遍熟悉的全知叙述角度,语言节奏平缓疏朗,主要用当代口语,掺入些少陕西土话,又刻意追求章回小说的韵味。《废都》很像《金瓶梅》、《红楼梦》,那种情致和风格有太多的相仿。这种味道现在已不可多得,出于一位当代作家而又写当代生活,反而给人返璞清心之感。

　　《废都》是一部难以简单索解的奇书,是一部肯定会引起持久争论的书,因它展现了世纪末的华丽与颓废,随处透露着人总是拒绝接受的"荒原"感。其实这种"荒原"感,也是我们所处的历史转型期的产物,不过像《废都》这么坦然地将它展示并提醒人们正视和品味,难免让人不那么痛快。当然也可能含有读评习惯的不大适应的缘故。重要的是不要让既定的阅读和批评目标来左右我们对这么一部奇书的接受和理解,见仁见智,都会读出《废都》的奇,都会引发出现代人文化困境的严峻思索。

　　　　　　　　　　　　　　　　　　　1992 年夏于镜春园 82 号院

刘以鬯小说的"形式感"[*]

刘以鬯写小说总在创造新形式。他是"形式感"很强的作家,而读者读他的小说也常常被唤起各自的"形式感"。作为一个严肃的小说家,刘以鬯曾多次检讨"小说会不会死亡"这个命题。涉及小说的创作方法,他认为,现实主义的缺点很多,因此现实主义应该"死去"。这样的认识,无疑会引起许多人的反驳;但从考察传统小说在今天的地位的角度讲,这又是基于对小说创作的危机感所触发的新探索。如果说,在鲁迅时代,"表现的深切"与"格式的特别"处于同等重要的位置的话,那么在今天,尤其是对于严肃文学而言,"格式的特别"常常担负更为重要的功能:只有这样,内容之深切才能更好地被体察,被突出;而严肃文学本身,也才不致被越来越多各色各样的媒体形式所淹没。置身媒体事业多年的刘以鬯,对此的感同身受,当比一般创作者深切许多。

刘以鬯的创作生涯,也是他进行形式探索的过程。他早期小说有着30年代现代派的渊源,以后又多研读西方现代主义大师乔伊斯、福克纳等。刘以鬯之所以推重现代主义,与其文学主张相关。他认为,作家的职责在于探究人类的灵魂,文学创作当不懈地抒写复杂的心理内容。他的创作正是实践了这样的主张。而重视心理内容,相应地就会不以故事、情节为中心,从而打破了传统小说的叙事性和连贯性。长于结构,喜用多线索、多声部齐头并进,在表面的混乱之中呈现多层次的现实世界众生相,是刘以鬯的"拿手好戏"。读他的小说,读者往往不能得到一个完整的故事,而是在各种断片的世态人情摹写中,感受到更多从令人陌生新奇的角度所阐发的心理内容,以及与这些心理内容相配合的新颖的文学形式,从而激发起读者的"形式感"。两相激荡,遂产生不同寻常的

---

[*] 本文系笔者在1999年香港举办的"香港文学国际研讨会"上提交的论文。

审美愉悦。譬如长篇《酒徒》（1963年），就是一篇出色的意识流小说。70年代以后，一系列"故事新编"的作品，如《蛇》、《寺内》、《蜘蛛精》等，则不仅采用多种艺术手法，重新阐释故事经典，注入更多的心理内容，更通过文体形式的拓展，使小说的结构、角度更为吊诡，达到了"另类"的审美效果。这些小说的形式实验，渐渐把刘以鬯小说的形式越来越多地从内容中凸显出来，而到达创作的最前沿和最直接的表现领域。如《蜘蛛精》，写唐僧面对蜘蛛精诱惑的心理反应，虽然不如《蛇》中的心理分析那么匠心独具，也不如《寺内》文字的漂亮、诗意的氤氲，但其"表面文章"却做得颇足。在行文中插入的黑体字，是唐僧的内心独白，这些独白不断打破作者叙述的流畅，墨色斑驳之中，唐僧的心乱如麻形象地表现出来。以如此短小的篇幅，表达如此细密微妙的情感纠结而不失于浅白，不能不归功于刘以鬯的形式感的敏锐。

其实早于《蜘蛛精》的《春雨》（1968年），在表面形式上已有独到的突破之处。这就是刘以鬯的"段落手法"。第一、三、五等单数段落是正常的排版，描写一场春雨从酝酿之势到雷电喧嚣的全过程；双数段落则整段是括号括起来的黑体字，句子之间不甚连贯，仿佛是一个人意识的流动，然而笔锋所至，又无一不是世态变迁：污染、战争、股市涨跌、权力与杀戮……全篇小说没有中心人物，没有连贯情节，但几千字抒写的却是一部有关人类文明的忧思录。这样的排版方式，通过最直接的视觉效果，造成交互跌宕的风格，乍一看仿佛只是得些报纸新闻排版的真传，实则有更为用心良苦的人文关怀。说到"段落手法"，更不能不来看一看距《春雨》二十多年之后的一篇创作，这就是刊于1991年12月号第84期《香港文学》上的短篇小说《黑色里的白色，白色里的黑色》。这篇小说，不仅将"段落手法"运用到极致，而且更进一步将小说与印刷结合起来。与题目相呼应，这篇作品印在黑白相间的不同方块上，此一段是黑底白字，彼一段是白底黑字……一块一块的，有点像黑白交错的琴键。这种编排印刷的小说，不知是否借鉴了现代派"图形诗"的手段。于是读这篇小说就有一种强烈的视觉刺激，觉得新奇，情不自禁总要读下去。读一块琢磨一下，为什么这一块印成黑底？为什么那一块印成白底？……如此最终就读出了其形式的匠心和味道：原来作者并非玩弄形式，而是充分利用和发挥形式的魅力，使印刷编排本身也成为"内容"的一部分。

这篇小说很不"传统",既没有动人的故事,也没有"典型化"的人物。一个叫麦祥的男子,喜好集邮,吃过早餐搭乘地铁到上环邮局去寄发给自己的闭局封。然后就写一路上的活动和见闻:路遇抢劫、募捐、买书、警方扫穴、听音乐会、小孩路边射尿、报载锦田枪战……晚上回到家里,从电视中看救灾忘我大汇演、电话中传来劫匪抢钱消息、《新闻透视》报告银行倒闭、临睡前母亲嘱托给灾区捐款……作品写的是一个极普通的香港市民一天的活动和见闻,像流水账似的,平凡琐屑,可是很真实,是丝毫也不做作的一种纪实。读此小说,也许会纳闷:这些琐事还值得写呀?但作者这样写了,而且还能制造出一种新奇感和陌生感,让读者体会一种生活的韵味,这就跟小说的结构,特别是印刷编排直接有关。

顺着小说中人物的活动和见闻,写城市中一天之内发生的各种事情,而且大都是庸琐的事情,但这些琐事的"组合"却很讲究,可以用黑白相间、明暗交织来概括。例如,小说第一段写偷渡的"蛇船"中的汗臭、呕吐物和尿粪以及偷渡者类似赌徒的心情,印刷方块是黑的;第二段写麦祥装贴集邮用的信封准备给自己寄闭局封的"闲适",印刷方块是白的;第五段写路遇劫匪,是黑的;第六段写为内地灾胞募捐,是白的;第七段写地铁中壮汉的鲁莽无礼,是黑的;第八段写邮局日新月异的改进,是白的;第九段写在书店中受污染的感觉,是黑的;第十段写老友爱护动物的"义举",是白的;第十一段写警察犁庭扫穴,是黑的;第十二段写中环的现代化发展,是白的;第十三段写东区英皇道的"千疮百孔"以及行人随地撒尿吐痰,是黑的……显然作者用单数的段落写罪恶、黑暗、痛苦、贫困等等,用双数的段落写善良、光明、快乐、富足等等;相应地单数段落用黑底白字印刷,双数段落用白底黑字印刷。两相间杂,在视觉上形成一种凌乱的刺激,又有一种类似现代诗歌中意象并置的效果。不同性质、色调的场景画面彼此形成强烈的反照,产生陌生感,吸引人重新认真打量这仿佛熟悉而又生疏的世界。仔细品味又还有一种节奏感,一种大都市的特有的气氛,浮躁喧嚣杂乱之中间或有难得的宁静与平和,仿佛是一部交响乐。这种结构处理与印刷编排非常完美地演奏了这部都市交响乐,配合了作品相应的描写内容。

这篇平凡而奇特的小说写出香港市民生活种种样相,写出都市的民情世态。其良莠杂陈的写法与黑白相间的印刷编排不光给人以新奇刺激,还引人作深沉的思索：原来生活是这样复杂多样的，黑中有白，白中有黑，哀欢流转，百味杂陈。

　　前面已经讲过，刘以鬯用他的形式感经营的小说，往往能唤起读者的形式感，这中间其实有一种类似"陌生化"的审美效应。刘以鬯的小说，许多是从社会新闻中汲取灵感，甚至是对社会新闻的文学化讲述。也就是说，他从人们司空见惯而不以为意的生存环境，小到日常琐事，大至世界局势中发掘素材，加以形式的再创造，而获取文学的震撼力。如《动乱》全篇采用拟人手法，是直接以文学写作演绎社会新闻；有感于"报载太古城巴士站发生死亡车祸"而成的《打错了》是篇千字小文，在报纸上一发表，即引起众说纷纭，热闹非凡，将一件通常流于街谈巷议的车祸事件，扩展到生死哲理的思索上面去。这更是以文学之笔"点化"社会新闻，使其获得文学的审美价值的极好例证。这一切，又恰恰是通过小说出人意表的结构形式来达到的。读者的形式感被唤起，文学中的车祸才能迥然分别于新闻中的车祸，才能成就其文学的价值。

莫言历史叙事的"野史化"与"重口味"*

——兼说莫言获诺奖的七大原因

　　莫言获得诺贝尔文学奖，无论如何也是中国文坛的大事，是现当代文学的一个突破。我在莫言获奖的消息刚发布时，写过一篇博客，猜想莫言获奖的七大原因，其中提到，莫言获奖起码由这几方面原因促成：

　　一是题材独特。莫言的小说有很深的生活根基，他执着地描写中国北方农村底层，如同福克纳对于美国南方小镇的痴迷的刻画。莫言多部以高密东北乡为背景的小说连成一气，已经形成一个独立奇异的"文学世界"，那个对现代人（特别是外国人）来说遥远而又神秘的中国乡土世界。题材的独特性让莫言获得如此众多的读者，包括西方读者。不能说越是民族的就越是世界的，但可以说越"土"的，越有欣赏距离，也越引发好奇心，产生美感。

　　二是文化体察。莫言迷醉民间文化，那种生生不息缭绕在一代又一代普通子民生活中的文化，并不是字面上或庙堂里张扬的那些文化。他对百年来民间文化的变异与坠落有锥心之痛，他几乎本能地呈现了这种文化之痛楚。这得益于莫言的"土生土长"，没有接受系统生硬的科班训练，却有丰富的见识（当过兵，入了党），他对文化的感觉几乎是原生态的。在他的文化体认中又常伴随对人性的挖掘，包括对潜意识、集体无意识的挖掘。读莫言的小说，常常可以照见自己的脸色。中外读者都不喜欢说教，在莫言作品中有文化的体察，却毫不说教。

　　三是想象力。莫言自己说在现实中他软弱无力，但拿起笔便力大无穷。这种"白日梦"的心理素质非常适合当小说家。莫言天生就极富想象力，当他阅读

　　＊　本文原载《中国现代文学研究丛刊》2013 年第 4 期。

和接纳了南美马尔克斯的《百年孤独》式的魔幻现实主义①写法时，便找到火山喷发口，让自己的想象不顾一切，驰骋无边。他的小说早就在"玩穿越"，现实与历史、当今与传统常常扭结交错，形成色彩斑斓的炫目图景。那种带有现代派意味的图景，和传统的写法迥然不同，更能刺激阅读快感，是中外读者都乐于接受的。

四是莫言很会讲故事，讲法奇诡新异，外国人也能懂。和那种偏重语言魅力的作品相比，以故事情节想象力见长的小说更适合译成外文，莫言自然也就占了这个优势。比如贾平凹小说的语言功力不在莫言之下，但翻译成外文，那种特别的语感便不复存在。莫言主要靠讲故事征服读者，他的大部分小说都已经翻译成各种外文，包括瑞典文。莫言小说适合改编成电影，早在二十多年前张艺谋就根据莫言作品改编成《红高粱》，曾一度风靡西方世界，谁也没想到这无形中也给这次获奖奠基了。

五是为评审圈所熟悉。如马悦然②教授等，对莫言早有了解，有好感。作品是否摆到评委的桌子上，能否进入评委的"法眼"，极其重要。诺奖毕竟是瑞典文学院十几个评委说了算，是评委的文学判断。莫言的成功也要靠运气。

六是地缘。虽说诺贝尔文学奖主要看文学性，但毫无疑问也会受到其他非文学因素的影响。中国人（本土的）百年来始终与诺奖无关，那么诺奖的世界性也会有疑义。这些年连西方报刊也都抱怨诺奖老是"西方面孔"了。猜想评委的投票在考虑首要条件的前提下，总多少会受这些因素左右吧。

七是修补关系。2010 年给在中国监狱服刑的一位异见人士授予和平奖，顿然惹恼了中国，挪威与中国关系至今陷于僵局。西方现在不可能什么都和中国作对，情况变了。这是现实。这次给所谓"体制内"的作家颁发一次诺奖，无论如何也会被人想到有一种修补关系的作用。何况诺贝尔奖往往都想玩点玄的，出乎意料，以显示其独立性。前段时间发布把 2012 年和平奖颁给欧盟，世界哗然，甚至以为是愚人节玩笑。可是细想，欧洲经济衰退，困境重重，这时给它奖，

---

①　魔幻现实主义（Magic Realism 或 Magical Realism），也有人翻译成"梦幻现实主义"或"梦谵现实主义"。

②　马悦然（Goran Malmqvist，1924—2019），瑞典文学院院士，著名汉学家。是诺贝尔文学奖十八位终身评委之一，也是诺贝尔奖评委中唯一深谙中国文化、精通汉语的汉学家。

正好为之打气,还可以引发全球关注,又何乐而不为? 这也是出奇制胜。

以上都只是感想与猜测。对诺贝尔奖我们国人既爱又恨,便生出种种焦躁或者酸葡萄心理。其实大可不必。莫言获奖等于给众人上一次心理辅导课,让我们对诺奖这个"西洋玩意儿"有比较理性的实在的态度。我们要尊重这个大奖,无论是科学方面的,还是文学、政治的,毕竟在相当程度上能代表人类智慧的结晶。

莫言获奖已经过去半年多,有些思考逐渐沉淀下来。这次《中国现代文学研究丛刊》约稿,让我再谈谈莫言,我想着重谈两点:一是历史叙事的"野史化",二是"重口味"①的问题。

先说说莫言历史叙事的"野史化"。

"讲史说书"是中国文学的一个传统,攀附"史传",甘作"正史之补",历来被看作是一种很高的写作追求。一代代国人也都很习惯于文学的"叙史"功能,他们从这些叙史的作品中获得了公共的历史知识与想象。到了现代,文学未曾抛弃这种重视"叙史"的传统,不少现代作家都曾迷恋于用文学来记载历史,"感时忧国"成了现代文学的一个基调。现代文学的发生与发展始终和中国社会的现代转型相互缠绕,在相当程度上,文学中的"历史叙事"又总是为社会主流价值及其历史观念所制约,或者直接充当这些观念的形象图说。近百年来的普通读者已经习惯接受这种带意识形态教化功能的叙事。如《倪焕之》、《田野的风》、《韦护》、《蚀》、《子夜》、《死水微澜》、《京华烟云》、《财主底儿女们》、《李家庄的变迁》、《四世同堂》、《吕梁英雄传》、《太阳照在桑干河上》、《暴风骤雨》,等等,都力图从不同角度去呈现历史的过程,充当"正史"之补。许多小说家有"史诗"的情结。如《子夜》被称作"史诗",就是很高的褒扬。茅盾的《蚀》和《子夜》等系列小说力图全面描写 30 年代中国社会的样貌与性质,在复杂的阶级矛盾、冲突以及时代变革的叙述中贯穿了明快的社会剖析,这种写法甚至带动并形成了一个流派。② 往"正史"的写法靠拢,在很长时间里被看作是"正

---

① "重口味"原用来形容人的味觉量的浓度大,与清淡的口味意思相反。又用来形容人们普遍接受不了的事物或对这些事物的兴趣。例如带有暴力、血腥、变态和污淫倾向的影片,就称之为"重口味电影"。

② 严家炎称之为"社会剖析派",主要指 20 世纪三四十年代茅盾等人代表的现实主义主潮小说。可参见严家炎《中国现代小说流派史》,人民文学出版社 1989 年版。

统",这种重在呈现"大历史"的传统可谓源远流长。作家的文学叙述和读者（包括批评家）的接受,一直都比较倾向于"正史"的叙事法则。在五六十年代许多"红色经典"中,比如《山乡巨变》、《红旗谱》、《青春之歌》、《创业史》,等等,都常常是以"正史"姿态出现的叙事模式,所追求呈现的都是"大历史",是波澜壮阔的潮流。这种叙史模式之下,所有人物事件都被赋予某种历史的含义,格外注重时间性与进化性,若把其叙事的情节简化,就大致可以看到一种线性的勾勒;还有就是总喜欢以二元对立的方式去划分新与旧、进步与保守、主流与支流,价值立场非常鲜明。新时期以来,随着意识形态的世俗化,不少作家开始"告别革命",尝试走出"正史"式的文学叙事模式。如《白鹿原》写一个乡村的百年演变,不再是波澜壮阔的"革命史",而是一系列的"翻烧饼"和"折腾",是没完没了的历史劫难。这部小说在试图翻转以往的历史"目的论",结果却滑向了古老的"河西河东说"。尽管如此,这部宣扬"循环论"的作品还是获得很高的评价,因为人们还是看重它的所谓"史诗"的努力,习惯于欣赏文学中的"大历史"。

在这种我们已经习以为常的文学"叙史"的流脉中看莫言,他就显得是那样地叛逆、可疑而又引人瞩目。莫言仍然有"写史"的冲动,他的小说依旧热衷于"讲史说书"。把莫言的《丰乳肥臀》、《檀香刑》、《生死疲劳》等多部代表性的长篇连成一气,可以看到近百年中国历史变迁的风云变幻,读者会不由自主地拿莫言的"历史"和自己原有的历史印象做比较,产生某种"历史"陌生化的感觉。显而易见,莫言在超越历史的"叙史"模式,他不再"感时忧国",不再"说教",甚至不再写"大历史",他关注的大都是边缘的、民间的、日常的、琐屑的历史;他也无意构设历史变迁的大场景,感兴趣的是那些能唤起原初激情及想象的人性与欲望的场景。莫言试图将"大历史"还原给民间,他要写出另一种生生不息的历史。在莫言这里,是全新的个性化的叙史方式,通常的那种二元对立的、线性的历史叙事方式被扬弃了,所谓历史中心、主体、主流被虚化了,原先容易被看作是历史的偶然、隐没在历史的夹缝或边缘中的琐屑人事,成为作品描写的主要内容,凡俗人物的日常生活取代了大场面,人们见到更多的不再是历史的链条、规律,而是人性复杂的表现。莫言不再去正面描写主宰历史、作为正义化身的"英雄",而将笔墨留给了凡庸人事,包括变幻年代那些不失生命野性的本色男儿和敢爱敢恨的乡间女子。莫言极其注重感觉与想象,却无意对作品中历史人事做明晰的判断,他笔下的一切往往都是正邪纠结、善恶难断、亦喜亦悲、进退无着。莫言痛快地卸去了那种作为历史代言人的重负感,他是那样地放达和自由,他在极力发挥自己的天马行空式的想象去"创造"历史。

读莫言的小说,那感觉就像读多了"正史"之后,突然接触到"野史",别有一番陌生与诧异。历来官修的"正史"比较正规和专业,但也可能如鲁迅所说,"涂饰太厚","很不容易察出底细来"①。而"野史"虽比较零碎随意,但顾忌少,不必摆"修史"的架子,反而可能写出历史的真貌。莫言小说的"讲史说书",就有意背离"正史"一路,刻意追求类似"野史"的那种民间的真实。历史在莫言笔下失去了庄严与明快,变得多姿多彩而又歧义丛生、面目含混而又意味深长,所谓"线索"已搅乱,"规律"无关紧要,最能激起兴趣的,是历史深处的隐秘与复杂,是历史的原生态。这种"文学化的历史"不是被当作"常识"来记忆的,甚至不需要价值立场的裁定,你带着自己的感受去体验就行了,让灵魂在历史时空中穿梭,用现在时髦的话来说,这是游戏似的"穿越"。莫言极大地发挥了对历史的想象力,把历史充分文学化、人性化,赋予了历史某种毛茸茸的质感,这也就丰富了我们对历史的感受。这自然是莫言的成功。如果一定要从莫言的小说中抽离出某种历史观,那他的历史观就是反"正统"的,而一些外国的读者(评论家包括诺贝尔奖评委),也可能从莫言这里看到了中国作家心态与笔法的巨大变化。莫言多少顺从了这些年来形成的反思革命、解构历史的潮流。

不过,莫言毕竟只是小说家,他大概并不想提供特别的"思想"或者"历史观",他对历史的"文学叙述"主要出于感觉,他时常放纵这种感觉,在人性与欲望的旷野里奔走,却不能停下来做深入的思索与把握。莫言的叙史既酣畅又世故,却未能给读者类似宗教意味的那种悲悯与深思,而这正是中国文学普遍缺少的素质。如果结合阅读感受来进一步思考,会发现莫言也有他的缺陷。也许我们会问,这位天才却又有些任性的作家刻意回避对历史的正面描述与规律的探寻,有意在"正史"模式之外尝试"野史化"的文学写作,是否无意间也迎合了当下那些庸俗的虚无主义与相对主义? 在当今"去革命化"和"去意识形态化"

---

① 见鲁迅《忽然想到(四)》,《华盖集》。

的氛围中读莫言，虽然痛快，却也可能会引发某种无常与无奈之感。

再说说莫言"重口味"的风格。

现代文学史上有太多怀旧式的乡土描写，其中寄植着浪漫的情思，或者批判的眼光。莫言也执着地描写乡土，但他既不浪漫，也不满足于批判。他把自己整个灵魂沉浸到"高密东北乡"里边，不厌其烦地描写这个封闭、原始、落后却又充满传奇的"小地方"，展现北中国历史变幻中的人情物理，还有那顽固质朴的生活方式。他更关注的并非时代之"变"，而是"变"中之"常"。不过更强烈拨动读者心弦的，是那种鲜明的地方风俗风味与浓重的乡土风格。在这方面，很少现当代作家的笔致能像莫言这样放达畅快地挥洒。

"高密东北乡"已经作为文学的"原乡"进入现代中国文学的画廊，就如同"鲁镇"（鲁迅）、"北平市井"（老舍）、"边城"（沈从文）、"果园城"（师陀）、"呼兰河"（萧红）等经典的文学"原乡"，能让人过目不忘。莫言的"原乡"可谓五光十色，有乡野传奇、宗族演义、痴男怨女、英雄土匪、荡妇烈女、情色想象，一切写来都是浓墨重彩，毫不掩饰，读来令人震撼，那感觉大概如同痛饮小说中写的浓烈的红高粱酒。在"五四"以来许多乡土作家笔下，也能看到对野蛮、原始、血腥、神秘的描写，但那多是为了怀旧、批判或猎奇，莫言却有意超越前辈作家的写法，他虽有对乡土的眷恋，却从未把"高密东北乡"当作浪漫的"边城"或"果园"，他对典雅、含蓄、静穆并不欣赏，宁愿花更多精力去刻画那片土地上的愚昧、贫弱，甚至罪恶、暴行，他始终关注的是活跃于人性"洞穴"中的那些善恶强弱，甚至还有变态。特别是在男女性爱上表现的人性种种，莫言写来往往毫不矜持，淋漓尽致，惊心动魄，极具冲击力。这样的"重口味"在现代文学中极为鲜见，却又是一种很特异的风格，只不过那些口味清淡纯正的读者不见得能接受和喜欢。

"重口味"和小说的狂欢喧哗氛围也相关。如前所说，莫言有意回避历史的宏大叙事，而转向边缘化、野史化，走的是志怪志人、野俚荒诞一路，格外喜欢记录稗官野史之说，刍荛狂夫之语，神魔妖孽之灵；"高密东北乡"充斥各种古灵精怪的意象，如疯长的红高粱、勾人心魄的猫腔、风水的奇异验证、乡民的呼魂问命，等等，让人目迷五色，亦幻亦真。这些都不能只看作是小说叙事的风俗点缀，其实它就是这块土地上的人生存的一部分。阅读莫言，常常会有"灵魂的探险",让你游走于现实与梦幻之间,不时会跳出来思考或体验那种平时未能涉猎的"超验"境界。如《生死疲劳》写阴阳轮回、人畜转世,西门闹化身为驴、牛、猪、狗、猴,最后转生大头婴孩,这些轮回与共和国的历史、运动明暗映照,让人感到历史变迁背后那些民性与心性的顽固不变。《蛙》中的姑姑一生纠缠于"诞生与扼杀",不能摆脱"泥娃娃"梦魇般的追逐,冥冥中似乎有因果报应的回声。这些摄人心魄的描写显然征用了民间风俗和信仰,让人浮想与体验,你大概不会简单地断言这是"迷信",宁可暂时放下唯物的理论武器,把它看作是一种民间文化,一种深入骨髓的信仰。其实,年岁大一点从农村出来的人可能会记得,在过去的乡野生活中,神奇、荒诞的传说与幻想本来就植根于现实,和现实混淆,成为民间文化的一部分。只是后来我们接受了所谓唯物的科学的教育,才逐步抛弃了这种民间文化,思维也变得光滑与彻底。而那种生生不息缭绕在一代又一代普通子民生活中的文化,并不是字面上或庙堂里张扬的那些文化,它更实在,更广大,也更有生命力。莫言这类描写令人迷醉,也因为他对这种文化的感觉几乎是原生态的。莫言对民间文化的体认与表现,处处深入到人性的洞穴,他是那么醉心地描写无意识、直觉、生命、异化、迷狂、欲望,等等,这一切在莫言这里杂乱无章地造成狂欢喧哗的气氛。这也是"重口味"的表现吧。莫言的小说的确有些似《聊斋》,似福克纳的《喧哗与骚动》,又像是加西亚·马尔克斯的《百年孤独》,但仔细品味又都不全"像",莫言就是莫言,他的小说所焕发出来的特有的味道已经部分更新了现代文学的文体气质。

　　莫言小说的"重口味"还与他酣畅粗鄙的"语言流"有关。有人说莫言受魔幻现实主义影响,也有人说"魔幻现实主义"其实应当翻译为"梦幻现实主义"。不管怎样,莫言属于那种惯于"激情写作"的作家,他写得很快,据说有时一天就能写一万多字。可见他写作时可能是常常坠入迷狂,他不会老是停下来打磨文字与技巧,简直就是着了魔似的"自动书写",所以称之为"梦幻写作",或者"梦幻现实主义"也是比较合适的。莫言如谵梦般沉迷于他的文学原乡,里边的幻想、荒诞、神魔如旋风那样和现实搅到一起,迫不及待要用那种汪洋恣肆、狂放迷乱、戏谑荒诞的"语言流",以超越习以为常的僵化严酷的现实,把真真假假光怪陆离描述为一种全然流动的世界。这样的写法读起来似乎毫无节制,泥沙俱下。莫言要的就是那种放达与酣畅,这和鲁迅的反讽、老舍的幽默、沈从文的舒缓、张爱玲的华丽、贾平凹的遒劲迥然不同,和所有现当代作家都不同,他靠独特的语言与素材建构了只属于他自己的文学世界,他有了莫言式的极其鲜明的风格。当然,这种风格在温柔敦厚的中国传统文学中见不到,在现当代文学中也几乎是"独一份",这很新鲜,但很多人不会习惯这种风格,感到这是"重口味"了。有语言洁癖的读者尤其不能接受莫言的恣肆,甚至会觉得他有些"粗鄙"。而很不幸,"粗鄙"又恰好是我们这个时代的病症。但对莫言的写作喜欢不喜欢,或者接受不接受,都只是个人的选择,不再值得讨论。只要承认并能理解莫言这种语言风格的独创性,以及他凭借特别的叙事风格已抵达历史的细微之处,那就足够了。

(本文的写作得到叶诚生先生的支持协助①)

---

① 部分观点可参见温儒敏、叶诚生《"写在历史边上"的故事:莫言小说的现代质》,《东岳论丛》2012年第 12 期。

莫言《蛙》的超越与缺失[*]

　　莫言自己好像挺看重《蛙》这部小说的①,得了诺贝尔奖之后,他有好几次都说起过《蛙》。这部小说的题材很引人瞩目,写的是几十年来计划生育"国策"实施过程的真实民间镜像,以往很少有文学作品敢于正面描写这个敏感尖锐的问题的。这么多年来,西方对我国所谓人权问题的攻击,相当一部分涉及计划生育的强硬实施。我猜想莫言获得诺贝尔奖,跟这部小说亦有关系,某些西方国家政府屡屡批评中国的计划生育违背人权,而不少西方人很想知道中国是怎样搞计划生育的。莫言敢去写,就是一个突破。记得莫言2009年在一次座谈会上这样说过:"西方老是批评中国作家不自由,不敢触及尖锐复杂问题,《蛙》就是对他们最好的回答。"

　　不过《蛙》这部作品比较复杂。它在艺术上显然有所超越,高出当代许多作品的艺术水准,是一部杰作,但这并不意味着这部小说已达到作家预期的审美境界,它是留下了某些缺失的。

繁复的悖论性的感受空间

　　莫言是如何处理这个复杂的题材的? 阅读全书,感觉莫言对计划生育政策的实施,态度有点暧昧。一方面,作者在作品中多有提到,从中国的国情考虑,必须坚决实行计划生育。小说写到王仁美"违法"怀孕第二胎,丈夫"我"(蝌

　　* 本文原载《百家评论》2013年第3期。
　　① 2011年9月18日,莫言接受新浪文化读书栏目采访,在提到《蛙》时说,这是他的一部比较特殊的小说,"它塑造的人物,小说的结构,所要表达的个人的一些想法,应该在我过去的11部作品里占有非常重要的地位"。

蚪）宁可被开除党籍,苦苦哀求姑姑不要把王仁美拉去做流产,让妻子把孩子生下来。姑姑斩钉截铁地说:"计划生育不搞不行,如果放开了生,一年就是三千万,十年就是三个亿,再过五十年,地球都要被中国人给压偏啦。所以不惜一切代价把出生率降低,这也是中国人为全人类做贡献!"类似的正面表白,"姑姑"等人重复多次,这也可以看作是莫言的观点,他借人物之口述说计划生育政策的必要。但小说主要不是写这个"必要",而是写实施之难,实施之痛,是实施过程中那些让人揪心的事情,那些悲剧。给已经生育的男人结扎,让已经生育的怀孕妇女流产,是小说中心人物"姑姑"的两件大事,许多情节都围绕这些事情展开。村民若违抗,则强迫执行,不惜推倒房屋,甚至逼出人命。当"违法二胎"的家人藏匿孕妇,拒不交出,"姑姑"就开着拖拉机带领人要拉倒孕妇家的房屋。这时作者又借用"姑姑"的话说,"我知道这没有道理,但小道理要服从大道理,什么是大道理? 计划生育,把人口控制住就是大道理。我不怕做恶人,总是要有人做恶人。……我不下地狱,谁下地狱!"这部小说就是写"小道理"与"大道理"的矛盾和悲剧,作者是难免有些暧昧犹疑的。

但这可以理解,也许这种暧昧和犹疑正是小说的好处,甚至使小说产生繁复的甚至是悖论性的感受空间。如果只倾向"大道理",等于是图解政策;如果一味渲染"小道理"被挤压的悲情,那又"出格"了,可能出版都有困难。莫言在这个尖锐、敏感的"国策"题材上,还是把握得有分寸。很有意思的是,据说当年这部小说获茅盾文学奖时,争议很大,特别是计划生育部门很反感,但报到主管文化部门的官员那里,说这是小说嘛,就网开一面了。看来人们还是能从文学的角度,体谅作者这种暧昧和犹疑的。生活中很多事情很难说绝对是好是坏,对计划生育这样的大事也是这样,看从什么层面去评价。

莫言主要还是从精神层面去写的。小说写近三十年北中国农村的生育史,就是计划生育政策实施过程所引起的巨大的精神变迁历史,里边有现实的无奈,历史选择的困境。那些千方百计违抗政策"超生"的人们,他们是为什么?为传宗接代,延续香火,是要养儿防老。这是非常顽固的观念,也是很实际的需求,你可以说它"落后",但不能否认它又有合理性。在缺乏完善的养老和医疗保障体制的情况下,这些观念总是生生不息,不可能靠政策实施就根除。《蛙》写出了这种实际,这种两难,特别是写出了那其中容易被遮蔽的民众的无奈与悲凉。对这种困境是难以做道德评判的,你说计划生育不人道?"姑姑"是可恶的坏人?或者完全同情那些为"超生"而挣扎的行为?任何简单的道德评判都会让我们犹疑。好在莫言也没有做非白即黑的评判,他用艺术之笔表现了"政治合理"之下的无奈与悲凉,这也正是小说感人之处。多少年后,读者从莫言的笔下会多少了解到我们民族和国家这段复杂的历史,这就是个贡献。

触及令人困惑的生命及生殖伦理主题

《蛙》的成功,不光是写出历史的部分真实景象,还在于它深入到了人性探究的层面。计划生育政策实施面对巨大的障碍,其中除了传统文化观念与现实需求,还有更深层次的人性的挑战。食色性也。性欲、生育、延续生命,是人性的根本需求,几乎所有民族都曾有过生殖崇拜。即使到了现代社会,这种生殖崇拜的意念仍然或明或暗地存在,特别是在农村民间。在小说的最后一部分的剧本中,作者曾借蝌蚪之口说了这样一段话:"(剧本)暂名青蛙的'蛙',当然也可以改成娃娃的'娃',当然还可以改成女娲的'娲'。女娲造人,蛙是多子的象征,蛙是咱们高密东北乡的图腾……"其实,那些顽强地反抗计划生育政策的行为背后,都有某种人性的"原动力",也就是生育和传承生命的"力",这种力何等强大!所以高密东北乡那些"超生户",拼死也要生下孩子!"姑姑"的"事业"就是动员国家力量去控制和压迫这种传承生命的"力",可以想象何等艰难凶险,又何等无奈。读小说,我们对那些"超生户"都无不寄予极大的同情,尽管理性上也不赞同他们的行为。这就是人性吧,人同此心。

《蛙》中最能体现人性剖析深度的,还是"女性的本能"描写。传宗接代,是婚姻的目的,也是女人的唯一使命,它决定着女人的一生。固然可以说是人性的表现,同时也是传统意识,比如重男轻女,这一思想几乎渗透到所有女人的灵魂深处,是那样根深蒂固。蝌蚪的前妻王仁美已经有了女儿,但非得再生个儿子,甚至不惜让丈夫为"超生"而抛弃前途,结果自己也为此送命。小狮子本来是计划生育的推行人员,自己不能生育,有些神魂颠倒,也要想办法借腹生子。她们对生儿子的狂热,已超出一个母亲对孩子的爱,骨子里只是希望通过儿子得到一个"正常女人"的名分,获得一种存在感——好像没有生儿子的女人就不是真正的女人一样。整个《蛙》几乎全都是围绕这种普遍的"追求"而展开,其实内里就是一种人性的描写,带有批判及反思的描写。

围绕"生孩子"展开的有些描写可以说惊心动魄,触及生殖伦理问题,感人至深。比如写王胆当"超生游击队",避难逃离到船上,"姑姑"带小狮子等一干人马乘快艇追逐,要让孕妇把胎儿做掉。"姑姑"的船很快就追上王家的木筏。王胆尖叫求"姑姑"高抬贵手放条生路。此时"姑姑"的助手小狮子似乎嗅到产妇"圣洁的血的味道",心生怜悯,就假装落水,冒着被淹死的危险来故意拖延时间,对河中的神灵祈祷,让王胆快生。家人手持长杆,摆出要和"姑姑"拼命的架势。陈鼻在筏中揽着王胆,也哭喊着快生!快生!生出来她们就不敢捏死!泪水顺着陈鼻这个大胡子男人的脸滚落下来。与此同时,王胆发出撕裂肝肺的哭叫声。"姑姑"见此探身要上木筏,陈鼻凶神恶煞摸出刀子:把你的魔爪缩回去!"姑姑"平静地说:这不是魔爪,是妇产科医生的手!本来是要追逐王胆,让她做引产的,现在却变成要接生。接下来就是侧面烘托描写:大河滚滚,不舍昼夜。重云开裂,日光如电。"姑姑"双手托着这个早产的赤子。

"姑姑"是多么强势,甚至有点"冷血"的人物,这也是她作为计划生育干部的无奈;但她对生命有一种特别的看法值得注意:不能让孩子出"锅门",她可以为怀孕的妇女打胎,只要孩子出了"锅门",就真正成为一个人,一个个体,必须尊重他的生存权利,要细心地保护。"姑姑"一方面要保护已出生的孩子,一面又在不断地扼杀未出生的胎儿,这样的矛盾,在《蛙》中反复出现,几乎就成了一个横贯在读者面前、迫使我们要去思索的大问题,即:胎儿是否具备生命的意义?人类有没有权利决定胎儿能否出生?我们对生命的尊重,应该从什么地方开始?我们是否能从生命哲学的高度,去解释计划生育的合理性?到底如何解决或者能否解决人类的繁衍本能和社会的发展之间的巨大矛盾?……这样,我们就领悟到,这部小说的确有某些超越性的思维,它不满足于表现计划生育这段历史的复杂的民间景象,还想探讨一些令人类困惑的课题,包括面对生命以及生殖伦理的课题。"打胎则生命与希望消失;出生则世界必陷入饥饿。"到底该怎么办呢?这两难处境不是那些简单地指责计划生育"非人性"的西方政治家所能体会的。对此《蛙》没有简单处理,它在矛盾着,而这种文本的僵持纠结使得其在主题内蕴上超越了当代的很多作品。

"姑姑"形象的前后断裂

但我觉得《蛙》有点可惜。它触及生命的主题,发现人类面临的某些难解的困扰,却浅尝辄止,未能做更深入的表现,甚至遮蔽了所提出的问题。我们分析一下"姑姑"这个人物,她的"未完成性",妨碍了小说主题的深入。

"姑姑"原是作为一个共产党人和革命知识分子的形象来塑造的。她出身红色家庭,父亲是八路军著名的军医。年幼时她曾有过和日军司令员"斗智斗勇"的经历。新中国成立后,"姑姑"继承了父亲的衣钵,从卫校毕业就当了乡村妇科医生,推行新法接生,取代旧时"老娘婆"野蛮落后的接生法,大为减少了产妇和新生儿的死亡。经"姑姑"之手接生的婴儿上万个,遍布高密东北乡,她是乡民心目中的"菩萨转世","送子娘娘"。小说用有些神化的笔法写"姑姑"的接生技术之高妙:她的手在病人身上一摸,十分病就去了七分。"姑姑"也曾有过美好的青春,当时高密全县不超过十块手表,"姑姑"已经戴上了一块英纳格;送她手表的未婚夫居然还是令人羡慕的飞行员。不料这个飞行员叛逃到台湾,从此给"姑姑"带来厄运。在"文革"中,"姑姑"少不了受到批斗,但她不改对党的事业的忠诚,满怀热情投入计划生育工作。她兢兢业业,日夜操劳,努力维护计划生育先进公社的荣誉,不让一人超生。她苦口婆心动员乡民一对夫妇只生一个孩子,像指挥打仗那样给已生二胎的放环,三胎的结扎,若计划外怀孕,则强行打胎,甚至不惜推倒房屋以示警诫。这些措施几乎引起民愤,乡民骂这位昔日的"活菩萨"为"婊子、母狗和杀人魔王"。可是"姑姑""照单全收",大义凛然,即使挨打受难,也要不折不扣实施"国策"。细读小说,能感觉得到作者是把"姑姑"作为一代有品格、有能力、有事业心的党员干部的代表形象来写的,特别是小说前半部,"姑姑"无疑是正面形象,作者写到她时甚至不时还用赞美的笔调。

但请留意,到小说后半部,笔调就逐渐变了,对"姑姑"的描写不时伴有讽刺与批评,甚至流露某种厌恶。如写"姑姑"给计划外怀孕的王仁美做引产,产妇大出血,"姑姑"毫不犹疑抽了自己600cc血给产妇。这时在叙述者"我"的眼中,"姑姑"竟是"面相丑陋而恐怖"。而到了小说第四部,陡然大变,"姑姑"仿佛变了个人,从"胆大包天"变得胆小非常,她甚至被一只青蛙吓得口吐白沫,昏厥倒地。

为什么会有这种变化呢?也许是因为时代在变,也许因为"姑姑"毕竟老了,退休了,心肠软了;但更主要的,是作者开始试图让"姑姑"忏悔了。

某个夜晚"姑姑"醉酒回家,在洼地里迷路了,感觉被一片蛙声所包围,蛙声如万千初生婴儿的啼哭。她又被愤怒的青蛙所缠绕攻击,魂飞魄散,昏死过去。是泥塑师傅老郝搭救了"姑姑",她便嫁给了老郝。此后"姑姑"几乎人格分裂,总想到自己"手上沾有两种血,一种是芳香的,一种是腥臭的"。她经常精神恍惚地回忆并念叨各种曾被她"扼杀"的婴儿的模样,让老郝捏成泥娃娃,供奉起来,想象着他们再去投胎降生。可以说,后半部的"姑姑"和前面所说带有英雄气息的"姑姑"判若两人,也许作者本意就是要让"姑姑"忏悔,对自己多年实施计划生育的工作进行反思,同时带动读者一起反思。

但仔细分析,会发现小说这样写"姑姑"的忏悔或者反思,是很突兀的。"姑姑"承认了自己的工作是"扼杀"婴儿的罪过,等于完全否定了计划生育以及以往自己工作的合理性。这个在自我谴责与赎罪的"姑姑",看起来似乎心理很复杂甚至有些变态,实际上是单一和扁平的,几乎就是概念驱使的人物。如果说,前三部所写的"姑姑",在实施计划生育工作时,虽然风风火火,坚持原则,但毕竟还有内心的矛盾与困惑(所以她才会说自己要"入地狱",才会说所做的是"大道理"管"小道理"的工作),这时期的"姑姑"形象应当说还比较丰满,但第四部之后的"姑姑"一反常态,成了另外一个人,形象也变得单薄了。问题还在于,为何"姑姑"有如此大的转变?是什么促成"姑姑"要忏悔赎罪?在作品中几乎看不到"过渡"。因为一场醉酒迷路、遭受青蛙攻击,就突然觉悟,要反思赎罪?这未免太过简单。所以,我认为"姑姑"这个人物前半部分写得还不错,这个计划生育干部给人印象颇深,但后半部分的"姑姑"就变得单薄,几乎成了概念化的人物了。

想表现"忏悔",却显得过于简单

再说说忏悔问题,也许这是作者希望《蛙》要达到的"思想高度"。不久前在山东大学一次研究生的座谈会上，莫言回答学生关于《蛙》的提问时，也讲到在特殊的年代，许多人都做过违心的事情，可能出于某种从众心理，比如大家都打老师，你不打，就可能会被逐出某个圈子。所以不能只要求他人忏悔，而自己不忏悔。又说，"姑姑"这个人物在革命的知识分子中有代表性，但她是忏悔的。① 我理解莫言的意思是，《蛙》是要表现某种忏悔的意识的。但是，"姑姑"晚年对自己所从事的计划生育工作完全否定，把自己说成"手上沾满腥臭的血"，这就是"忏悔"？相信因果报应，总幻想着无数小泥娃娃将要去投胎，就是"忏悔"？这种"忏悔"的精神内涵未免过于简单。忏悔不应当只是源于恐惧的逃脱，也不只是道德上的自责和懊悔，而应当是一种担当、再生与希望。而在《蛙》的结尾，我们就几乎看不到担当、再生与希望。这部小说的结束，给人感觉仍然是压抑的。作者似乎也意识到了这一点。小说中叙事者蝌蚪是以书信形式与日本友人杉谷义人联系的，在第四封信中，蝌蚪开始表示要忏悔当年逼迫王仁美流产的罪，在最后一封信中，蝌蚪则询问杉谷义人："被罪感纠缠的灵魂，是不是永远也得不到解脱呢？"蝌蚪似乎已经意识到赎罪是不可能的。这也可以理解为是作者的自白，莫言有他的困惑，而他对"忏悔"的"认识水平"并不见得高出于蝌蚪，起码我们读小说时感受不到这点，加上叙事者蝌蚪和超越性叙事者之间的关系不明确，甚至有些混同，读者总是容易把蝌蚪看作是作家本人。因此莫言虽然努力，却未能成功抵达"忏悔"这一主题的彼岸。

也许这又回到前面说的主题的悖论。在《蛙》这部小说中，我们是始终难以找到叙述者或潜在叙述者明确的态度的，这让读者卷进矛盾的涡旋中，甚至有某种晕眩感，而这种悖论的涡旋，也许就是共和国历史本身固有矛盾性的表现吧。莫言显然意识到计划生育这一"国策"带来的对生命的管控与扼杀是残酷的，但如果在中国特定时期不实行这一政策，人口膨胀的后果又是另外一种残酷。这就是国家发展的政治和生命个体的矛盾，几乎是"无解"的矛盾，只容许无奈地选择其一。

莫言毕竟只是小说家，他大概并不想提供特别的"思想"或者"历史观"，他对历史的"文学叙述"主要出于感觉，他时常放纵这种感觉，在人性与欲望的旷

---

① 2013年4月27日莫言受聘为山东大学讲座教授，他在受聘之后与文学院研究生座谈时，说了以上这番话。

野里奔走,难免停不下来脚步,去做深入的思索与把握。

无论如何,《蛙》放在当代文学中,或者和莫言自己其他作品相比,都显示出某些鲜明的特异性。这部小说一改过去莫言作品中常见的那种狂欢喧哗的氛围,酣畅的"语言流",以及"重口味"风格,①语言回归朴素平淡,书信体的叙述格局②也显得比较舒缓自然,整个作品追求某种超越感,带有哲理韵味。虽然主要人物塑造有些"断裂",艺术上也不够完整,但我们还是看到了另一个富于创造力的莫言。

---

① 关于莫言常见的风格之观点论述,可参见拙文《莫言历史叙事的"野史化"与"重口味"》,载《中国现代文学研究丛刊》2013 年第 4 期。

② 《蛙》的结构有别于莫言以往的任何一部小说,整部小说就是五封写给日本友人"杉谷义人"的信,而最后一部分竟是一部戏剧。

《梅村心曲》的客家味与传统人文精神[*]

也许因为笔者也是客家人，读台湾谢霜天先生的长篇小说《梅村心曲》，感到格外地亲切有味。这部小说引人注目的是乡土特色，而构成乡土特色的一个重要成分是它那特有的"客家味"。无论台湾还是大陆，像《梅村心曲》这样以客家人的历史与生活形态为题材，表现出如此浓郁地道的"客家味"的长篇，似还不多见。评述这部小说，值得先提提它的"客家味"。

从地域文化的角度看，有没有相对的所谓"客家文化"？这个问题恐怕还有待研究。但无论如何，独特的历史、地理等因素形成了客家人的独特的方言和民情风俗。从秦汉到宋元，我国北方中原地区（河南、山西等地）一些军民或被发配戍边，或为躲避战祸，几次成批流徙岭南（包括广东、广西以及福建等地），成了客家人的先祖。客家人多在闭塞的山区（如粤东、粤北）定居，生活条件艰苦，他们从北方带来了当时较为先进的农耕文明，长期保留一种自足的古朴的生活方式。清代以后，不少客家人为生活所迫，漂洋过海到世界各地垦拓生机。《梅村心曲》所写的台湾铜锣乡后龙溪畔的客家人，其先祖就是清代乾隆年间从广东嘉应州（今梅县）迁去的。客家人不管迁到哪里，大都聚族而居，艰苦创业，守土思乡，讲那种带有古汉语余韵的客家方言，习俗上也保留有许多古代中原文化的特点。种种历史原因，使客家人自成一种坚强、执着、耐苦、淳厚的民风，也就是《梅村心曲》所极力表现的"客家味"。

看得出这部小说的作者对台湾农村生活包括客家人的习俗非常熟悉，他是怀着强烈的思乡情愫和对古朴田园生活的眷恋来追求和描写这种"客家味"的。小说有比较完整的生活原型，又有意使用平实的笔触，不加修饰地重现乡土生

---

* 本文初收《两岸文学互论》一书，台湾智燕出版社 1990 年版；又曾发表于《小说评论》1990 年第 3 期。

活原貌，"客家味"真可以说是写出了原汁原味。

作品中所大量描写的客家习俗，并不是浮面的点缀或猎奇，而是小说不可分割的有机部分，构成一种"土气"却又真切的农村生活氛围，一种特异的文化气韵。诸如嫁女、送更(亲友祝贺生子)、转外家(回娘家)、新屋上梁，等等，这些古朴的风俗礼仪，"客家味"就很浓，和至今在广东客家地区流行的习俗没有什么两样。小说描写这些习俗，既服从情节发展的需要，又努力突出其中的人情味，表现客家人的文化心理特点及其对生活的热情执着。

小说的语言也带有"客家味"。虽然全书主要用普通话(国语)写作，但又不时揉进一些客家词汇、语音或特殊句式，如"禾埕"(晒谷场)、"掌牛哥"(放牛娃)、"敉平"(平整的动作)、"暗晡夜"(今晚)、"天光日"(明天)、"按咕按咕"(逗婴儿笑的一种发音)、"啄啄啄"(喂鸡时招呼鸡的叫声)，等等。这些客家方言的掺入给一般读者的阅读造成某些生涩感，有利于适当拉开欣赏距离，以更好地领略那种特有的"中原古语"的韵味，这也造成了作品的"客家味"。

更重要的是人物的塑造，无论是打赤脚上山割柴草的大嫂，晴耕雨读陶然自得的老伯，还是边把犁耙边扯着嗓子唱山歌的耕田郎……人物的性格各相殊异，言谈举止又都不脱"客家味"，体现着客家人特有的气质。

"客家味"当然不止上面例说的这些。作为一种文学风格因素，它是总体呈现的，即使一般不熟悉客家生活的读者，也可以从其总体氛围中感受到"客家味"。浓郁的"客家味"酿制出这部小说特异的乡土气息和古朴的田园生活韵味，从而也增加了它的艺术魅力与文化价值(例如民俗学价值)。

作者说她有意把《梅村心曲》谱写成"一首纯朴的大地之歌"，她怀着对弥漫古朴"客家味"的乡土的恋情，娓娓叙说着这个客家人的故事，向读者展示了近代台湾农村发展的历史图景。整部小说由《秋暮》、《冬夜》和《春晨》三部曲组成，分三个阶段叙说1931年到1975年这四十多年间台湾农民的生活历程。作品的架势有点向史诗靠拢，力图较完整地记述历史所走过的足迹。其中许多富于时代感的生活细节和场景描写，具有较高的认识价值，祖国大陆读者从这部作品中可以了解到许多原来并不熟悉的台湾社会发展情况。《梅村心曲》基本上是一部现实主义的乡土作品。

但比起许多乡土作品来，《梅村心曲》的艺术视景比较独特。作者是站在弘扬传统人文精神的高度,来展示这幅台湾农村生活长卷的。因此这部小说所产生的实际艺术效果,就不光是引发思乡情怀,或提供古朴的田园描写让读者的心得以栖止,而且还要引起读者对中国传统人文精神的深入思索。比较起来,这可能是作品更重要的题旨,这方面也有更值得珍视的艺术收获。

我想从主要人物形象分析入手,重点谈谈作品这方面的收获。

《梅村心曲》全部情节都围绕林素梅的命运而展开,林素梅这一形象的塑造,强烈体现着传统的人文精神。

林素梅是个平凡不过的客家农村妇女,小说写她从做新娘到当婆婆这四五十年间的生活经历,没有任何奇特、浪漫或惊险的情节,一切都是台湾农村芸芸众生中所司空见惯的。她也有过青春的欢乐,刚当媳妇头二年,虽然贫穷饥馑,但夫妻恩爱,婆媳融洽,加上生子的喜悦,林素梅仿佛沐浴着温煦的阳光,是那么舒坦和自足。小说第一部《秋暮》的前十七章,所展示的是一派静穆谐和的田园生活。林素梅一家日出而作,日入而息,在辛劳的操作中怡然享用着大自然的恩赐。读者这时会为林素梅祝福,还可能会稍稍陶醉于这种未被都市文明污染的"化外之境"。

但这不过是一种铺垫,作者并不打算为林素梅安排理想中的生活,她很快就将主人公连同关注她的读者拉回到真实而严酷的现实之中。自第十八章之后,特别是在第二部《冬夜》中,各种厄运和苦难便接踵而来,林素梅无休止地经受着人生的磨难。她先是束手无策地看着丈夫挣扎死去,连病名都不清楚;接着活蹦乱跳的爱子又被病魔夺去幼小的生命;地震和山洪仿佛专门要与她作对,一再摧垮房屋与田园,全家生活陷于绝境;慈爱的婆婆终于不堪疾苦折磨而撒手人间……此外,还经历过日军欺压、官吏搜刮、空袭、饥荒等种种劫难,以及妯娌不和、兄弟分家、流言诽谤等等人为的矛盾,真是七灾八难,林素梅一生就如同托尔斯泰所说,在盐水、碱水、血水中浸泡多次了。

值得注意的是,林素梅所遭遇的苦难并不全都是社会性的,其中不少是属于自然的、偶然的、无法逆料的,总之是包括社会性与非社会性的各种人生苦难。作品描写苦难虽然有的带一定的揭露性,在某些方面反映出社会的落后、不平或黑暗,但读完整部小说,回顾林素梅所经历的磨难,读者的总体艺术感受就不会局限于对社会现实的认识,而可能升达到对人生的悲悯沉思:人世多难,生命的价值何在？像主人公这样"九九八十一难"的人生旅程到底有什么意义？

林素梅人生途程的每一步都要经过与命运的搏战。夫死子亡，她忍负巨大的创痛奉上抚下，支撑全家老小的生活；灾变一再损毁了老屋与田土，她一块块砖一把把泥，和着自己的血汗重建家园；她扶老携幼躲过战争劫难，吃木薯咽野菜将孩子拉扯成人；她媳代子责为公婆送终，兼母嫂之贤给小姑送嫁；遭流言诽谤并不改步履稳实，历千辛万苦仍然是任劳任怨……小说就是要塑造这样一位"寓不平凡于平凡中"的"女中丈夫"。

在多难的人世中，林素梅这样一个平凡的农妇有如此充沛的力量，顽强地与命运不断抗衡，所依持的正是中国传统人文精神。传统人文精神是她生命的动力，催发她的爱心、坚忍与自我牺牲等人格光华，使她即使经历再多的磨难、遭受再多的世俗烦扰，始终还保持灵魂的完整。小说用许多篇幅写林素梅对传统人文精神契悟的生命旅程，表现与歌赞林素梅高洁的人格及其人生价值。

活着为什么？生命的价值何在？林素梅几乎每遭受一次重大的曲折与苦难，都要思索这些人生的根本问题，当然不是像哲学家那样作形而上的思辨，而是从一个普通客家农妇的生活实践出发，以朴素直感的方式去体验这些问题，在实际生命过程中去神会传统的中国人文精神。

夫死子亡之后，林素梅年轻的心灵负上了深重的断伤，她曾经想纵身一跳井中，永远解除人世的苦痛。但这念头只不过电光火石般一闪即逝，强烈的责任感马上如"洪钟般倏然震醒了她"，她立刻想到孩子，想到阿桢搁下的"未了的担子"，为自己轻生的念头感到内疚。她毅然挑起艰难的生活重担，在人生长途中跋涉，再苦再难也以惊人的毅力挺住。当她从公婆背地里的夸赞中更明确意识到这种牺牲就是"识大体"时，才顿时产生一种道德上的完善感，心里觉得"舒爽一些"。作品中一再写到林素梅对"责任感"和"完善自我"的领悟，其中就包含对传统人文精神的领悟，这使她人格上逐步"成熟"起来。她不再"把希望寄托在虚无缥缈的神灵上"，而朴素地几乎近于本能地坚信自己百折不挠、无怨无尤地"过日子"、"挑担子"，就是人生的本分，诚敬地执着于生命本身自有的价值与意义。

小说中这样写道："每当素梅抱着彬儿的时候，她心中才有一份踏实的感觉，仿佛在百草凋零的严冬，发现石隙中的一株劲草；在雷电劈折的枯木旁，发现一棵新生的绿树。她的希望尚未完全破灭,她还有足够生存下去的勇气。"

　　这里写的是一种自然的母性、人性,当母亲的再苦再难也甘愿为孩子活下去,孩子就是母亲生存的希望。但这人性和母性的描写中又有具体的伦理和道德内容,林素梅一直把为丈夫、为吴家"传宗继嗣"看作自己完善妇道的责任和生活目标。不必去挑剔这些"责任感"中所含有的某些封建因素,读者也会赞许作品中存在的那种有"历史感"的宽容,重要的是林素梅伟大的母性中所包含的那种积极向命运搏战的生活态度和自我牺牲精神,是那么崇高和令人敬仰。

　　对传统的中国人文精神有种种不同的解释,但比较共同的,都承认以儒家"仁学"为核心的文化观念和心理模式,构成了中国人文精神的主流。儒家将以血缘为基础的伦理规范(如仁、义、忠、信等)提升为人情日用之常,作为人生观的归宿。其特点就是在内在方面突出个体人格的主动性、独立性和责任感,强调对个体人格的追求。人们不需要外在的上帝的旨意或权威,仍然可以在日常生活实践中达到类似宗教那样的庄严高远的精神境界,具有自我牺牲和拯救世界的道德理想。这种人生态度不厌世,自强自尊,可以不问安危,不计成败,"不怨天,不尤人",孜孜不倦,临危不惧,百折不挠,"知其不可为而为之"。林素梅不光在其道德观方面接受了"孝悌"等一些具体的内容(像她这种传统型的农村妇女当然会接受某些封建影响),而且在为人处世方面也继承了传统人文精神所决定的人生态度与心理模式,在小说中,后一方面的表现是更其突出而重要的。林素梅尝遍生命之苦,但绝不自甘毁灭,始终在对生命意义的把持中从容不迫地尽自己的责任,不断完善自己的人格。小说塑造林素梅这个典型,是在追溯与向往传统人文精神的源泉。

　　林素梅形象是感人的,因为她身上所体现的传统人文精神不是图解式的,不是说教的,而是充分生活化、性格化了的。林素梅是有血有肉的人物,遇到生活中的矛盾和挫折,也有颓丧、空虚的时候。例如小说写妯娌间发生冲突,素梅面对弟媳妇的骄横无理,她的"心便如一把挂了与砣不相当的称子,刹时失去了平衡",她静下来想道,"忙忙忙,无止境的忙,天天如此,月月如此,年年如此……真不知所为何来?"然而素梅最终还是由着她生活的惯性,服膺于传统人文精神,让责任心和自我完善支配自己的行动。小说中所写素梅多次内心的波折与冲突,都有意无意体现了传统人文精神中强调的所谓"尽性"而"践仁"。

素梅这个平凡的农妇,正是在实际生命过程中不断直观地感性地契悟传统人文精神,一步步达到了"尽心"、"知性"、"知天"的境界。

这里还要谈谈林素梅的公公吴传仁。这位乡间诗人是《梅村心曲》中另一位重要的形象。由于很少切入内心世界,性格成分比较单一,理念化的痕迹也较重,这个形象不及林素梅写得真实感人。但在小说的整体结构中,公公又是个关键性的角色,对林素梅人格的形成有很大的直接的影响。他胸怀淡泊,平实温和,乐天知命,忠恳仁慈,一生隐居乡间,过着晴耕雨读的田园生活,怀念着祖先自大陆来台后的艰苦奋斗。他喜欢梅花,以此寄托对祖居地梅县的思念之情。这个人物是有象征性的,象征着"寻根"的情感意识,"寻"大陆为主体的民族文化的"根",寻中国传统人文精神的"根"。在小说中,他实际上是林素梅精神旅程的向导,每当林素梅遭受生活的打击和劫难时,公公就给她以许多安慰、嘉许和鼓励,并身体力行教她如何做人处世。公公去世后,林素梅回顾这位"寻根"者留给世间的"一个典范,一种善行,一片嘉言",领悟到许多深刻的启示,总觉得公公这种德行高尚的人肉身虽会衰老,生命却永恒。这时林素梅可以说已经深得吴老先生德行上的"真传",中国人文精神的火把已由吴老先生一辈传下来,在林素梅手中发扬光大。小说结尾林素梅也已经是个老人了,蓦然回首多难坎坷的一生,并怀念逝去的亲人,没有什么惆怅、失意与空虚,而只有希望——能和公公生前那样,不管人生风风雨雨,此心永远"如持平的水,宁静,欣悦,而圆融的度过人生",这样,每一个时日都将是"良辰美景"。作品多处以林素梅的眼光或心理角度去塑造与赞美公公的人格力量和精神境界,实际上也就写出了林素梅所向往的传统人文精神。公公在小说中又可以说是一个画龙点睛的人物,用他来点明这部作品的题旨,点明传统人文精神的魅力。

当然,作者也意识到了传统人文精神在现代社会生活中所必然面临的挑战,为此又塑造了阿柱这个"逆子"形象。此人代表着与传统人文精神相违悖的丑陋德行,在小说构思中是林素梅那条主线的反衬。作品对这个否定性形象的描写有些漫画式,心理深度也刻画不够,但他(以及他的太太娇莲)身上所表现出来的自私、贪婪、寡情、空虚以及趋炎附势等等,与其看作是个人品质,不如说是现代商品经济充分发达之后所带来的精神衰敝与道德沉沦。作品后半部分把阿柱置在城市中,偶尔让他作为乡土文明的"对立面"回农村亮亮相,出出丑,也含有对现代物质文明弊病抨击之意。吴传仁临终时最感遗憾甚至是耻辱的事情,就是诗礼吴家竟出了这么一个不肖之子。小说通过阿柱这一形象描写,提出了一个严峻的问题,那就是:传统人文精神能否转化并应付现代生活的挑战?

在更为年轻的一代、林素梅的儿子阿彬的形象上,作者对上述问题进行了一些艺术的思考。阿彬虽出身农家,承传了母亲和父亲的某些优秀品格,如勤奋、坚毅等等,但他毕竟是不同于父辈的新一代。他上过中学与农校,受过现代化的科学的教育,思想敏锐开放,不愿拘守于传统的宁静而清苦的田园生活模式。他向往现代物质文明,在生活方式与某些道德取向上,有明显的反传统倾向。小说第三部写阿彬主持全家告别了久居的老屋,从山上搬到山下,新建了有自来水、电灯、电视、瓦斯炉等现代物质享受的楼宅;写他坚辞了母亲早为他领养的童养媳,完全按照自己的意愿选娶了妻子;写他用科学知识管理和指导耕种养殖……都以赞许的笔墨把他写成一个既保持传统美德又能开拓新潮的"新派"青年。作品通过阿彬描写探索传统人文精神转化并适用于现代的问题时,并没有打算回避其中的艰难性与复杂性。小说写到了阿彬因婚姻等问题所导致的精神苦闷,以及他和母亲之间的"代隔",其中就包含有传统与现代的冲突,可惜浅尝辄止,作者没有留出更多一些的篇幅来揭示这些可能会引出深刻意味的矛盾。小说第三部写到了台湾的六七十年代,已经必不可免地触及因工商经济逐渐取替自然经济所引起的价值观的转换与社会变动,而作者在传统与现代、伦理道德与历史主义的矛盾之间显得多少还有些茫然,所以她未能更为深入剖析人物内心世界的冲突,阿彬也只能写成现在这样多少有点理想化观念化的"新派"人物。

不过,作者在现代新潮冲击面前还是比较倾心于传统的,这种情感趋向很自然体现于对晚年林素梅形象的塑造上。小说写林素梅尽管在有现代设备的新居中享用着悠闲、轻松、和睦的生活,"但是她依然喜欢举锄种菜",通过"流汗的辛勤"收获"自食其力、自给自足的欣慰","她觉得这种乐趣很亲切,很实在,任何荣华掩盖不了它,也替换不了它"。小说接近尾声时林素梅探视旧时的山居,看到高速公路已经跨越老家旧址,整片吴家庄园眼看就要被开山机推平,"她倏然没来由的感到一阵穆然、冷然"。小说是在林素梅这种无限怀旧伤感的情绪中结束的,这种情绪写得很真实,符合林素梅的生活与性格的逻辑,也符合整部小说渴求回归传统人文精神这一基调。也许作者并不希望这种感伤情调给读者带来任何沮丧,因为她写这部小说的目的正是要弘扬传统人文精神,在现代生活中继承和重铸刚健勇毅的民族性格,所以小说在感伤之余,又还让坚强的主人公"混沌的思维在沁凉的朝气中渐次清晰,渐次澄静"。小说用抒情的笔触写出了林素梅此时的万千思绪,她想得很多,很远,也很富于哲理意蕴:

> 从表面上看来,一切都要过去,一切都要改变。但,春天不只一个,生命更是无穷无尽。
>
> 就像那山脚下的后龙溪水,它日夜不息地奔流着,没有一刻停留,似乎象征着一去不返的光阴,谲诡多变的世事。然而事实上,它永远在那里,对于它,每一瞬都是新鲜、真实而永恒的存在。它曾来吗? 曾走吗? 它年轻呢? 还是苍老呢? ……

这段诗意的文字是林素梅睹旧物而勾起的思绪,同时也是整部小说最终所要引发的对传统人文精神的憬悟。小说用《春晨》作为最后一章的标题也是意味深长的。林素梅"从废园中抬起头来,再度望向廓然虚空",她看到了"春之晨"的希望,深信"梅村不曾老,梅村正兴发",深信传统的精神美德一定会代代流传,辉煌永耀。《梅村心曲》未能深入回答传统人文精神如何转化并适应现代社会生活的问题,恐怕也不能苛求小说家一定要在作品中解决这种宏大而复杂的问题,事实上作品已经提出了问题,触及了传统与现代的精神冲突,并让读者在富于乡土气息的生活描写中领略与思考传统精神的淳美,这就已经是一种独到的成功。

至于《梅村心曲》的艺术特色,最显著的就是平实。作品基本上采取了按事件时序平铺直叙的结构形式,这大概是为了适应于题材,更好地表现农村生活的宁静感;但作为长篇小说,结构上似还缺少必要的波澜,显得略为沉闷。全书主要使用写实的方法,字里行间略加插一些抒情的成分,而且又注重突出"客家味"和乡土气息,可读性还是比较强的。三部曲的"功力"不太平衡,第三部《春晨》的理念性成分加入得多了一些,影响到艺术的完整性。《梅村心曲》所追求的是一种谐和、素朴、节制之美,现代读者已久违了这种古典式的淳美手段与意境,所以它能给人深而难忘的印象。

《梅村心曲》写于 70 年代中期,其时台湾文坛上有关乡土文学的论战方兴未艾,一些以民族意识和乡土情怀为标帜的作家大力提倡创作乡土文学,以和文坛上的"西化"风潮抗衡。《梅村心曲》在取材与写作路数上与乡土派取同一轨道,但又比一般以描写社会现实为本的乡土作品更有丰蕴的历史内涵。其侧重传统人文精神的艺术视景也很独特,可以说是台湾乡土文学潮流中的一颗耀眼的硕果。我想大陆读者读《梅村心曲》可能会感到比较独异而新鲜,因为大陆近三四十年来没有出现过这样强烈依恋传统人文精神的作品。80 年代后期大陆文坛有过"寻根"热,但"寻根小说"和《梅村心曲》这种乡土小说还是有很大不同。虽然一些"寻根"作家的目光也转向传统文化(这是比传统人文精神更广大的概念),特别是转向不同地理环境形成的所谓"传统地域文化",企求重新发掘和认识民族文化之"根",并探索和汲取古典美学境界,但是除个别作家外,大多数"寻根"作家都是着重于从文学美学意义上对民族文化资料重新作现代式的阐扬,或从现代人的感受去领略与化解古代文化的遗风,同时特别重视对国民性或民族心理深层结构的深入剖析。一般而言,大陆的"寻根"文学比台湾的乡土文学更注重于对民族文化中封建性落后性因素的否定与批判,也更注重追求与世界沟通的"现代感"。"寻根"文学可能同时又是现代意识最强烈的文学。许多"寻根"作家"向往"或阐扬传统,其真正的用意往往不在回归传统,而只是反映现代人自身所面临的精神困境并寻求超脱。所以在大陆一般"寻根"的作品中是读不到类似《梅村心曲》这样对传统绝对推崇的"纯净"的意境的。

台湾乡土文学与大陆"寻根"文学在对待传统文化方面存在的差异,我想主要是社会发展状况的不同所造成的。《梅村心曲》和许多台湾乡土文学多有思乡主题,这可能表现了一种文化上的"边缘心态"。因为台湾与大陆隔离,在"西化"冲击下又面临文化断裂的危险,因此必然对主要源于大陆中原的传统文化有强烈的归依感;加上台湾比大陆更早进入了工商经济社会,企求复归传统以解救现代伦理道德困境的愿望成为强大的思潮,所以《梅村心曲》和许多台湾乡土文学对传统主要表现为肯定、复归与张扬的态度。而大陆直至 80 年代才出现较为活跃的商品经济,整个社会心态虽然在现实与多种外来思潮冲击下开始松动,分化,但是冲破传统桎梏仍然是迫切的现实的要求,所以"寻根"的作品也必然比台湾乡土文学表现出更多的对传统的批判。这里所涉及的问题很复杂,不是本文所能说清楚的。我想说的是从大陆一般社会心态来读《梅村心曲》,可能会产生与台湾一般读者不尽相同的阅读感受,也可能会由此联想到海峡两岸文学在处理传统题材时的异和同,这是值得另作专门研究的有趣的课题。

1990 年 1 月 24 日于北大镜春园寓所

第三辑　文学思潮与文学批评研究

欧洲现实主义传入与
"五四"时期的现实主义文学[*]

本文试图对欧洲现实主义思潮如何传入中国、为什么现实主义能成为"五四"文学的主潮等问题作初步的考察,并试图在世界文学发展的背景下,去比较认识"五四"现实主义思潮的特质与地位。当然,在这样一篇不太长的文章里谈论这样一个大题目,充其量只能勾勒一个粗略的轮廓。

一

真正深刻重大的外来影响,必然是与一种内在潜力的结合。当一个国家还不具备造成新文学潮流的内在力量时,无论怎样的外来思潮,也不可能在自己的土地上生根。在晚清,尽管已经有大量的西方文学作品译介到中国,但这时期终究未能出现任何真正有现代意义的文学思潮,包括现实主义思潮。林纾翻译小说"国人诧所未见,不胫走万本"①,然而从文笔到内容(他往往改译)仍不忘媚悦旧式读者。读书界所特别感兴趣的,则是他以古文为杼轴讲述西洋故事。苏曼殊用西洋小说笔调写言情小说,令当时小说界耳目一新,但他最终却也被鸳鸯蝴蝶派尊为大师。林、苏的翻译创作确实标明外国文学已经浸染中国文坛,却还没有引起文学观念的现代化变革。即使更为激进的梁启超等文学改良主义者在西方文学观念影响下,极力提高小说的文学地位,也主要是以小说

---

* 本文原载《中国社会科学》1986 年第 3 期。

① 钱基博:《现代中国文学史》,世界书局 1933 年版,第 140 页。

作维新工具,借"说部"以"发表政见,商榷国计"①,而并非要以此彻底否定封建传统文学,更没有设想要造成能与世界文学对话的文学新思潮。当"中学为体,西学为用"的模式还桎梏着人们头脑的时候,文学也只能在结构、技法等比较枝节性问题上有限地吸收一些外来影响,而不可能彻底打破封建传统文学的束缚,并参照外国文学的"体",去开拓文学新思潮。而且晚清时期左右文坛的读者层主要还是一般市民阶层,他们普遍的文学欣赏需求不脱"消闲",最乐于接受的文学程式仍是传统的"大团圆"。甚至到辛亥革命前后,鲁迅、周作人等先觉者开始有意识重点译介俄国"为人生"的现实主义文学,希望以"异域文术新宗"来打破国人的"常俗"②,反响都依然极为冷漠(鲁迅与周作人翻译的《域外小说集》上下两册只售出四十一本),致使他们不能不感到"一种空虚的苦痛"③。历史条件还没有成熟,作为世界性文学思潮的欧洲现实主义,是不可能传到中国来的。

到"五四"时期(本文从广义上使用这一时间概念,大致指新文学头一个十年),情况就大不一样了。从总的背景看,首先,新文化运动是前所未有的彻底的反封建思想革命运动,它对中国封建传统文化的整体性批判,是与对外国文化的整体性认同一起进行的,这就决定了新文学先驱者们必然从整体上去肯定西方文学。他们不光是从结构、技巧等枝节问题上借鉴西方文学作品,而且要从文学观念的现代化入手,在中国造成能与"世界文学"发展相适应的文学新潮流。其次,"五四"时期能影响文坛空气的主要读者层,也已经从晚清的一般市民转变为受科学民主思想熏陶的小资产阶级知识分子,他们有更开放更健全的审美需求,迫切希望摆脱"瞒和骗"的封建传统文学,寻求真实反映现实人生的文学。第三,"五四"时期(特别是"五四运动"前后几年)是新旧交替的动荡时代,反动政府无力实施严酷的思想钳制政策,思想文化界相对来说还比较自由。加上西方各种新思潮涌进,中西文化发生空前的碰撞交融,更是形成我国历史

① 梁启超:《新中国未来记·绪言》,《小说零简》(《饮冰室丛著》第十三种),商务印书馆1916年版,第2页。

② 鲁迅:《域外小说集·序言》,《鲁迅全集》第10卷,人民文学出版社1981年版,第155页。本文以下凡引用《鲁迅全集》,版本同,不另注明。

③ 鲁迅:《域外小说集序》,《鲁迅全集》第10卷,第163页。

上难得有过的思想解放时代。我们考察欧洲现实主义的传入与流变之前是不能忽略上述这些背景的。因为"五四"时期具备了这些有利条件,现代文学各种新思潮,包括现实主义思潮,才在外来刺激下应运而生。

　　现在我们可以来考察欧洲现实主义是如何传入中国的了。实际上这是一个复杂的过程,是新文学先驱者对西方现实主义思潮逐步了解、选择和改铸的过程,也是以欧洲为起源的世界性的现实主义思潮在 20 年代中国特定历史条件下重新崛起,并形成新的特质的过程。考虑到"五四"现实主义兴起过程中理论先行,而且理论对创作有决定性的指导意义,我们论述的重点也将放在文论上,大致依模糊的时序,选取当时最有影响的有关现实主义的文论进行评述,看欧洲现实主义的影响如何由表面逐步向宽度与深度发展,而中国作家又是如何吸收和改造欧洲现实主义,使之在中国扎根并展示出中国特色的。

　　最初,新文学先驱者用进化的眼光看待欧洲现实主义思潮,并把它当作中国新文学发展首先必经的阶段。进化论本来与文学思潮没有什么必然联系,但是因为自从晚清严复译介《天演论》以来,进化论成为先进知识分子宣扬振兴中国的重要思想武器,"进化之语,几成常言"①。所以文学先驱者一开始就用它来观察文学发展历史,也是顺理成章的事。早在 1915 年,陈独秀就在《青年杂志》发表的《现代欧洲文艺史谭》上,首次比较系统地介绍了欧洲文艺思潮的发展。其中就用进化学说去解释文学从古典主义、浪漫主义到现实主义、自然主义依次递变的过程。他在文中解释现实主义与自然主义兴起的原因时说:"十九世纪之末,科学大兴,宇宙人生之真相,日益暴露,所谓赤裸时代,所谓揭开假面时代,喧传欧土,自古相传之旧道德、旧思想、旧制度,一切破坏。文学艺术亦顺此潮流,由理想主义再变而为写实主义(Realism),更进而为自然主义(Naturalism)。"②陈独秀这篇文章的材料和基本观点都采用了法国文学史家乔治·贝利西埃(Georges Pellissier,1852—1918)的《当代文学运动》(*Le Mouvement Littéraire Contemporain*)一书,而贝利西埃这本书是用典型的进化观点写成的,书中对欧洲 19 世纪现实主义持充分肯定的

---

① 鲁迅:《人之历史》,《鲁迅全集》第 1 卷,第 8 页。
② 陈独秀:《现代欧洲文艺史谭》(一),1915 年 11 月 15 日《青年杂志》第 1 卷第 3 号。

态度①。陈独秀赞赏这种观点，并用它解释中国文学，把传统文学阶段说成是古典主义和浪漫主义的阶段，认为新文学必须经过现实主义的阶段。在陈独秀看来，19 世纪末仍然是现实主义与自然主义执欧洲文坛牛耳的时代（其实，作为文学思潮的欧洲现实主义与自然主义，主要兴盛于 19 世纪 50 至 80 年代。19 世纪末，已经出现新浪漫主义的思潮），因此，中国新文学应该紧跟现实主义与自然主义这最新的潮流。近两年后，陈独秀在他那划时代的《文学革命论》中，还是用了进化的观点。他将"写实文学"与"国民文学"、"社会文学"并提，作为反对与取替旧文学的"三大主义"。虽然这些概念的内涵互相重叠，不免笼统，但看得出他的基本倾向是要"赤裸裸的抒情写世"，提倡现实主义，使文学能跟上时代，"因革命而新兴而进化"。② 另一位文学革命的发难者胡适，在《文学改良刍议》等文中也从"世界历史进化的眼光"，断言"一时代有一时代之文学"。③ 他提出文学改良"八事"，虽然某些提法上受到过美国"意象派"宣言的启发，但主导倾向却也是接近现实主义的。这种倾向从他竭力推崇晚清暴露现实的谴责小说，也可以得到证实。他力图从近代的白话小说中寻找"写实"的因素，来与西方的现实主义小说类比，认为"唯实写今日社会之情状"，才能"成真正文学"。④ 胡适主要接受了斯宾塞的庸俗进化学说影响，主张"渐进"，"一点一滴的改良"，所以他温和的改良主义调子与陈独秀激进的"革命"论不大相同，但不可否认，他同样也是从进化论的角度注重了现实主义。从进化的角度肯定现实主义的观点，在许多其他新文学倡导者最初写的文章（如钱玄同 1917 年 2 月 25 日致陈独秀信，刘半农《我之文学改良观》，周作人《平民文学》、《人的文学》，罗家伦《驳胡先骕君的中国文学改良论》等）中，也都有所表露。"五四"时期，许多以进化论解释欧洲文艺思潮变迁的外国著作译介到中国，如美国莫尔顿的《文学进化论》、日本厨川白村的《近代文学十讲》等等，都是当时很普及的译本，"五四"现实主义倡导者一开始正是通过这些桥梁了解欧洲现实主义

---

① See Bonnie S. McDougall, *The Introduction of Western Literary Theories into Modern China*（Tokyo, 1977）, pp. 147—148.

② 陈独秀：《文学革命论》, 1917 年 2 月 1 日《新青年》第 2 卷第 6 号。

③ 胡适：《历史的文学观念论》, 1917 年 5 月 1 日《新青年》第 3 卷第 3 号。

④ 胡适：《文学改良刍议》, 1917 年 1 月 1 日《新青年》第 2 卷第 5 号。

思潮的。

　　一个有趣的现象是,有些新文学先驱者明明知道现实主义在欧洲已经是"过时"的思潮,但仍然极力提倡现实主义。为什么呢? 原因是多方面的,下文还将论述;而用进化论的文学史观去比较中外文学发展,不能说不是一个重要原因。新文学先驱者普遍认为现实主义虽然在西方已经"过时",但中国文学却非常落后,仍然没有达到西方现实主义阶段那种如实反映与表现生活的水平。如沈雁冰1920年为《小说月报》写的《小说新潮栏宣言》中,看到"西洋的小说已经由浪漫主义(Romanticism)进而为写实主义(Realism),表象主义(Symbolism),新浪漫主义(New Romanticism),我国却还是停留在写实以前,这个又显然是步人后尘"①。沈雁冰的观点在许多新文学先驱者中很有代表性,即认为我国传统文学主要是"抒情写意"的,属于古典主义与旧浪漫主义范围;但按照"其间进化的次序不是一步可以上天的",所以认为还是该"尽量把写实派自然派的文艺先行介绍"。②像这样纯粹用进化论所包含的"新陈代谢"的一般规律来解释文学发展过程,难免把复杂的历史现象简单化;而机械地用西方文学发展的阶段作为唯一的"模子"硬套到中国文学上,将"五四"之前的文学笼统说成是古典主义与浪漫主义阶段的文学,也是牵强附会的。但在新文学初期进化论确实帮助先驱者们了解了世界文学发展的历史与动向,树立了"一时代有一时代之文学"的革新意识,促使他们借鉴欧洲的现实主义,把现实主义作为中国新文学所要迈出的第一步。

　　然而,在文学革命发难时期,先驱者们主要还是致力于以白话文运动为主的"文学革命","写实主义"的提出并没有引起格外的注意。直到1918年底至1919年初,周作人发表《人的文学》和《平民文学》两文,现实主义的提倡才真正引起重视。周作人首次指出了"以真为主,美即在其中"的"人生派"与"以美为主的纯艺术派"的区别,并强调严肃地真实地描写"普通男女的悲欢成败",目的是"研究""平民生活",进而表现"共同的人类的运命"。③ 这里所说的"平民"并不具体限于小资产阶级,实际上是指与"非凡人物"(如封建文学中占主导位置的帝王将相才子佳人)相对的普通人。这篇文章表明文学先驱者开始以

----

①② 沈雁冰:《小说新潮栏宣言》,1920年1月25日《小说月报》第11卷第1号。
③　周作人:《平民文学》,1919年1月19日《每周评论》第5号。

"五四"时期所追求的民主观念和人道主义精神去要求新文学的内容,探求有现实主义倾向的"人生派"文学。周作人还主张要真实地揭示"普通人""平常生活"中"非人"的境况,以"明白人生实在的情状",提出"改善方法"。他解释说,像这种以"人道主义为本,对于人生诸问题,加以记录研究的文字,便谓之人的文学"。① 这主张实际上包含有揭露与谴责社会黑暗,同情下层人民悲惨境遇,要求革除社会弊端的意思,和19世纪欧洲现实主义的精神是一致的。在这方面,我们也看到"五四"现实主义与欧洲现实主义的承续关系。从人道主义角度提出描写普通人的生活,揭露社会真相,这就旗帜鲜明地要与伪饰疏脱的封建传统文学划清界限。周作人写这两文的时候,新文学界正奋力批判"黑幕小说",鼓吹思想革命,②所以同样提出人道主义的口号,周作人比他所借鉴的欧洲文学先辈更强调文学的道德性与社会功利性。虽然不久之后周作人就转向强调"表现个人的感情"③,逐渐背离了他的初衷,但他最早提倡的写"普通人"、"非人"生活的主张,却成了"人生派"所追求的写作目标。到1921年文学研究会成立,就有众多作家倾向于"描写社会黑暗"④,提倡写"血和泪的文学"⑤。

"为人生"作为比"人的文学"或"平民文学"更鲜明的口号被众多作者所接受,这本身表明了新文学界对现实主义理解的加深。其中不可忽视的历史原因是,随着十月革命胜利产生的政治影响,人们对俄国和东、北欧等"弱小国家"与"被压迫民族"的文学产生了格外的亲切感与兴趣,大量以"为人生"为显著特点的俄国和东、北欧文学译介到中国,也促成了"五四"文坛"为人生"的创作风尚。可以说,"人生派"作家几乎无一不从俄国和东、北欧现实主义文学中吸取过营养。其中我们不能不特别注意到鲁迅。因为他不但是俄国和东、北欧"为人生"文学的最重要的译介者,他本身的小说创作又是直接受俄国19世纪"为人生"文学的影响,对整个"五四"现实主义文学的发展起着决定性的指导作用

①　周作人:《人的文学》,1918年12月15日《新青年》第5卷第6号。

②　周作人写《人的文学》与《平民文学》的同时,写有《论"黑幕"》(1919年1月12日《每周评论》第4号)和《再论"黑幕"》(1919年2月15日《新青年》第6卷第2号)等文,参与批判"黑幕小说"。

③　周作人:《新文学的要求》(1920年1月6日讲演),张若英编《中国新文学运动史资料》,光明书局1934年版,第295页。

④　茅盾:《中国新文学大系·小说一集·导言》。

⑤　西谛(郑振铎):《血和泪的文学》,1921年6月30日《文学旬刊》第6号。

的,鲁迅实际上是当时"人生派"的一面旗帜。鲁迅不但在新文学发生不久就接连创作出高度成熟的现实主义小说,而且对现实主义进行了深刻的思考。他提出"揭出病苦,引起疗救的注意"①,致力于落后国民性的批判,努力写出"国人的魂灵"来②,从而把现实主义推到有目的地解剖社会、反映社会的自觉的高度。他主张文学有利于"思想革命",又反对成为"专事宣传"的"煽动"的工具;既注重正视现实,如实描出,并无讳饰,又注重发挥作家主体的能动性,允许现实描写中融入"主我"的气息。③ 鲁迅这些思考,多见于他译介俄国和东、北欧等外国文学时所写的序跋,显然是对欧洲现实主义思潮包括俄国"为人生"文学经验的总结,但又融合着他自己的创作体会,更主要的,适应着"五四"思想革命的时代要求。从俄国、东欧和北欧传入的"为人生"现实主义,在鲁迅这里发生了"变形",带上了新的时代特点与民族特点,也带上了鲁迅的艺术个性。但是鲁迅的思考太深刻了,远远超越了当时一般作者的认识水平,而且这些思考又多以片言只语形式零散出现,所以产生的实际影响并不比他创作的影响大。众多"人生派"作家是在经过自己的创作实践,逐步总结经验教训之后,才不断追随鲁迅,从鲁迅的创作中体会和接受现实主义精髓,终于汇成有声势的现实主义大潮的。"五四"后出现的"问题小说"、"问题剧"热潮,以及1922年关于"自然主义"的讨论,便是表现出多数"人生派"作家走向现实主义的重要两步。

"问题小说"和"问题剧"创作热潮的勃起,也直接受欧洲现实主义文学的影响。易卜生《娜拉》、《国民之敌》等社会问题剧的译介,起了推波助澜的作用。新文学作者不但敬佩并吸取了易卜生那种勇于向传统思想道德挑战的精神,还格外看重他那种"把社会种种腐败龌龊的实在情形写出来叫大家仔细看"的"写实主义"④。虽然真正称得上严格现实主义的"问题小说"或"问题剧"是不多的,不少作品沉浸于浓厚的感伤情调中,其直抒愤懑的方式倒还更接近浪漫主义,但因为年轻的新文学作者刚步入文坛,就受到这种关注社会人生的创作空气的熏染,所以这股热潮客观上也就推动了现实主义思潮的传播。叶圣

---

① 鲁迅:《我怎么做起小说来》,《鲁迅全集》第4卷,第512页。

② 鲁迅:《俄文译本〈阿Q正传〉序及著者自叙传略》,《鲁迅全集》第7卷,第81页。

③ 参见鲁迅《〈幸福〉译者附记》,《鲁迅全集》第10卷,第172页;《〈战争中的威尔珂〉译者附记》,《鲁迅全集》第10卷,第182页。

④ 胡适:《易卜生主义》,1918年6月15日《新青年》第4卷第6号。

陶、冰心、王统照等一批"为人生"的作者,正是经过"问题小说"的创作实践,而走上现实主义道路的。值得注意的是,在20世纪初的欧洲文坛上,易卜生已经以他后期剧作①的象征手法和心理分析而备受现代派的推崇;而在"五四"时期的中国,却仍然特别着重他前期那些反传统的社会问题剧,这实在也是国情与时代要求不同,决定了对文学思潮选择的不同。

　　"问题小说"和"问题剧"既然是许多新作者走上文坛的第一级台阶,其幼稚也就是必然的。特别是当许多年轻的作家把小说或戏剧当作负载思想的"工具",满足于提出和讨论问题,而又急于为问题"开药方"时,"问题小说"和"问题剧"就很难说是现实主义的。这股创作热潮既促使一批作家靠拢现实主义,同时又留下了一些阻碍现实主义发展的路障。在这种情势下,强调实地观察和如实描写,就成了现实主义发展要解决的新课题。1922年上半年《小说月报》开展的关于"自然主义"的讨论,正是针对这种情势的。虽然讨论围绕着自然主义,但实际上却主要论及现实主义问题。过去,我们习惯于把欧洲自然主义看作与现实主义完全对立的一种倒退的思潮,过多地强调了自然主义受实证主义与生物遗传学说影响的消极面,因此对于"五四"现实主义者为什么大力倡导自然主义感到不可理解。事实上,欧洲自然主义思潮虽然继现实主义而出现,但主要并非对现实主义的反拨。相反,与现实主义有很多相通之处。如两者就都注重对事物作客观的精细描绘。左拉一开始还是把巴尔扎克和司汤达作为自然主义创始人的。所以,20世纪初国外许多文学史家都笼统地把现实主义和自然主义看作是同一个大的阶段。如日本文学史家岛村抱月,他的《文艺上的自然主义》,就认为尽管现实主义与自然主义是有区别的,但又有更多共同点,因此从广义上说,现实主义也包括了自然主义。岛村抱月这篇文章1921年由陈望道译成中文,刊于《小说月报》②,产生过较大的影响。如李之常的《自然主义的中国文学论》,胡愈之的《近代文学上的写实主义》,谢六逸的《自然派小说》,沈雁冰的《自然主义与中国现代小说》、《文学上的古典主义浪漫主义和写实主

---

　　① 易卜生后期剧作如《野鸭》、《罗斯莫庄》、《海上夫人》和《建筑师》等,主要是象征主义或侧重心理分析的作品。

　　② 岛村抱月:《文艺上的自然主义》,晓风(陈望道)译,1921年12月10日《小说月报》第12卷第12号。

义》等文章,显然都直接间接地采用了岛村抱月的观点,强调现实主义与自然主义相通之处,或把自然主义作为现实主义的一个分支。所以,1922年关于自然主义的讨论,实际上主要解决的却是现实主义问题,这是不奇怪的。不过也要看到,现实主义倡导者们也还是了解自然主义的主要缺陷的。如周作人就不太主张在中国提倡自然主义,原因是自然主义注重人身上兽性的一面,这对于青年害多利少。沈雁冰也认为自然主义"专重客观,其弊在枯涩而乏轻灵活泼之致","徒事批评而不出主观的见解,便使读者感着沉闷烦忧的痛苦,终至失望"。① 然而经过讨论他们还是赞成自然主义的方法。这主要是因为看到当时新派小说(包括当时一部分"问题小说")中普遍存在片面强调文学宣传观念的弊病,创作往往从某一"问题"或观念出发,而不是扎根于生活,因而向壁虚构,缺少客观描写。自然主义虽然有缺陷,但注重实地观察与客观描写,这正好是新派小说上述弊病的"清毒药","对于浸在旧文学观念里而不能自拔的读者,也是绝妙的兴奋剂"。② 尽管沈雁冰非常欣赏当时在海外方兴未艾的新浪漫主义,但还是理智地主张先大力提倡自然主义。由此看来,现实主义的倡导者们并不是因为分不清现实主义与自然主义的界限,而盲目提倡自然主义,而是有意借助于自然主义具体方法,以强调作者的"科学精神",提高现实主义的创作水平。这次关于自然主义的讨论规模不算大,影响却很深远,它表明现实主义思潮的发展已经从口号的提出,一般内容的倡导,进入到具体创作方法探索这一更深的层次。也许并非偶然的巧合,这次讨论刚好处在新文学第一个十年前后期的交接处。正是在后半期,现实主义思潮迈着更坚实的步子前进了。

在新文学第一个十年的前半期,现实主义思潮的发展还比较偏重于理论的倡导与探讨,创作方面虽然有鲁迅《呐喊》等杰作显示出实绩,但真正属于现实主义的作品毕竟还很少,水平也不高。而在后半期,探讨现实主义理论的文章相对少一些,创作的空气却变得浓厚一些,水平也普遍高一些了。而最足以证明现实主义创作水平提高的,是乡土小说、世态讽刺小说和"语丝体"散文这三

---

① 沈雁冰:《文学上的古典主义浪漫主义和写实主义》,1920年9月5日《学生杂志》第7卷第9号。原文是将"写实主义"与自然主义作为共通的一个阶段来介绍的,文中所指的"写实主义"的缺陷,显然主要是指左拉等"自然派"的缺陷。

② 沈雁冰:《自然主义与中国现代小说》,1922年7月10日《小说月报》第13卷第7号。

种突出的文学现象。乡土小说的涌现,首先是由于"作家的视线从狭小的学校生活以及私生活的小小的波浪移转到广大的社会的动态"①。这种转变不仅扩大了写作的题材,也逐渐造成了对现实主义手法的自觉追求。乡土文学的涌现,跟鲁迅的影响也大为有关。鲁迅小说多以故乡浙东农村为背景,逼真的生活画面,浓郁的乡土气息,典型的人物塑造,都为青年作家提供了现实主义创作的典范。乡土文学的代表作家,如许杰、彭家煌、蹇先艾、许钦文、王鲁彦、台静农,都受过鲁迅很大的影响。乡土文学作者执着于表现自己所熟悉的生活,用的是客观写实的手法,注重典型环境的构设和具体生活场景的描绘,特别追求浓烈的生活气息和地方色彩。其中一些作品对下层人民苦难生活以及社会心理的描写,不但有地方的特异性,还力求发掘普遍的社会意义,显示出"五四"以后农村动乱变迁的图景。此外,乡土小说的写作重心由讨论"问题"转向塑造人物,努力写出典型环境中的典型性格,以对生活作更深更广的概括,这也标明写实能力的迅速提高。

世态讽刺小说刻意勾勒一幅幅"老中国"世态炎凉的灰色图画,并夸张地发掘鞭挞封建主义精神奴役下各式小人物的可悲可笑的灵魂,进而批判保守、麻木、愚昧、自私等国民性弱点。如叶圣陶的《潘先生在难中》、王鲁彦的《黄金》、许钦文的《鼻涕阿二》等等,其实都可以归入这一类小说,其辛辣讽刺的笔致,解剖着社会人生,表现出作家对现实主义的追求。此外,"语丝体"散文中有许多针砭时弊、攻打旧物、率性而言的篇什,也洋溢着现实主义的战斗精神。

在新文学第一个十年后半期,现实主义已经在多种文体(不光是小说和散文,戏剧与诗歌中也出现了现实主义创作成果)中有所建树,出现一批较成熟的作品,形成了乡土小说和"语丝派"等有影响的流派。尤其值得注意的是,许多现实主义倾向作家都开始比较自觉地追求创作的民族特色与自己的艺术个性,力图超越对欧洲现实主义的模仿阶段。就拿乡土小说与"语丝体"散文来说,前者直接或间接借鉴过俄国和东、北欧描写乡村生活的作品,后者的体式也曾取法于英国的随笔(essay),但又比较看不出模仿外国的痕迹,一些作家还初步形成了自己的现实主义风格。这也表明,来源于欧洲的现实主义思潮,经过民族

---

① 茅盾:《中国新文学大系·小说一集·导言》。

生活的筛选和重新锻造,熔铸了民族传统文学的某些有效形式与手法,体现着"五四"时代所要求的精神风貌,已经演进和更新为富于中国特色的现实主义。在 20 年代末,有一些更成熟的现实主义的中长篇作品出现,如《倪焕之》(叶圣陶)、《蚀》(茅盾)、《莎菲女士的日记》(丁玲),等等,都在现实主义共同倾向之中显示着各自独异的风格与手法,从中也可看到现实主义向前发展的一种强有力的势头。就在同一时期,作家们在文艺思想上趋于政治化,许多人渴望投入革命漩涡,反映革命运动;原先倾向浪漫主义的创造社成员也提出要写"表同情于无产阶级的社会主义写实主义的文学"①。"五四"现实主义就由一般的"为人生"转向"为大众"、"站在第四阶级说话"②,由主要借鉴欧洲和俄国的批判现实主义转向输入苏联革命现实主义。到 1928 年"革命文学"论争之后,现实主义思潮的发展就呈现为另一种面目了。

二

以上我们只是粗略地勾画了欧洲现实主义的传入以及"五四"现实主义产生与发展的线索,还来不及考察它与浪漫主义以及其他思潮的关系。而只有考察这种关系,才能认定到底哪种思潮是"五四"文学的主流。关于主流属谁的问题,实际上有截然不同的两种看法:一种认为现实主义是"五四"文学主流,另一种则认为浪漫主义是主流。在很长时间里,由于受现实主义独尊论的影响,在肯定现实主义主流位置的同时,并未能恰当地解释浪漫主义(还有其他思潮)也曾经起到过的重大影响与作用;现实主义的边界被无限制地扩大了,包容了其他思潮流派,实际上没有支流也就无所谓主流了。同样,有的论者只着眼于"五四"时代普遍有过的浪漫情绪,而看不到这种情绪的变化及其在创作中的实际反映,结果也容易以偏概全,简单地以浪漫主义包容整个"五四"创作。③ 看来这个问题还有待深入研究。如果从"五四"文坛趋向的基本态势去考察,我认为

---

① 郭沫若:《革命与文学》,1926 年 5 月 16 日《创造月刊》第 1 卷第 3 号。
② 郭沫若:《文艺家的觉悟》,1926 年 5 月 1 日《洪水》第 2 卷第 16 号。
③ 如美籍学者李欧梵《"五四"作家的浪漫主义倾向》(哈佛大学出版社 1972 年版)一书,就认为"五四"以来新文学主要倾向是浪漫主义的。近年来国内也有一些论者持类似观点。

可以说,现实主义与浪漫主义是两峰并峙,但越到后来,现实主义越占上风。

文学革命初期,发难者们几乎都比较倾向于现实主义,他们围绕创作内容与方法等问题,一步步开展讨论,理论上的建树比浪漫主义一派系统一些,深入一些,影响也大一些。但从创作上看,1922年以前,除了有鲁迅十来篇小说显示出现实主义的灿烂光彩外,一般小说作家水平还比较低。而在诗歌方面,则因郭沫若《女神》的出现,矗立起现代浪漫主义创作的第一座高峰。其他影响大的如冰心的散文,"湖畔"诗社的爱情诗,等等,基本上都是浪漫主义的。在新文学第一个十年的前半期,现实主义思潮主要还是理论倡导与讨论,普遍的创作还跟不上,整个文坛的发展是以浪漫主义为主的。

但到后半期则不同。由于大部分作者开始变得能够比较冷静地正视现实,比较自觉地实践现实主义,各种文体特别是小说领域的现实主义趋向大大得到加强。甚至连原先浪漫主义倾向比较突出的诗歌领域,这时也有转向写实的趋势(如郭沫若《前茅》收的1923年后所写的诗就辞别初期浪漫情怀,转向正视和表现社会现实)。1926年以后,创造社一部分成员开始从理论上抛弃浪漫主义(实际上他们往后从理论到创作都还有浪漫主义的余绪和变形),这更表明"五四"时期浪漫主义已成衰颓之势。所以从整体上说,现实主义确是"五四"文学的主流。

欧洲现实主义为什么能够传入中国,并且扎下根,得到发展,成为主流,原因是多方面的。过去我们普遍注意到社会环境与时代变迁方面,这无疑是很重要的一方面。特别是"五四运动"落潮之后,社会仍然那样黑暗,小资产阶级追求的理想得不到实现,这都可能促使作家们严肃地正视现实,这确实是新文学第一个十年后半期越来越多的作家选择现实主义的一个原因,但并不是唯一的原因。因为对现实的失望,既可能导致正视现实的现实主义,也可能导致反抗与回避现实的浪漫主义或现代主义。例如,第一次世界大战前后欧洲流行的颓废主义等现代派文学,很多就是根于对资本主义失望的所谓"世纪末"情绪的。这些流派在"五四"时期也有人介绍过,只是始终没有能站住脚。郁达夫抒发对现实失望与反抗的《沉沦》等浪漫主义小说,同样根于"五四"落潮后的社会环境,影响也曾一度超过写实的作品。所以,光看到现实社会环境的变迁,不足以解释现实主义为何能成为主流。我认为还有如下六方面的原因也是不可忽视的。

一、跟思想革命的直接推动有关。浪漫主义思潮提倡个性解放,也与"五四"思想革命合拍,可以说也属于思想革命的产物,但相比之下,现实主义思潮却更直接受到"五四"思想革命的推动,更紧密配合了思想革命的要求。因为新文化运动和文学革命的发难者们,大多数本身就是倾向于现实主义的,是现实主义思潮的倡导者。他们有一个比较共同的认识,就是首先要揭露人生社会黑暗的真相,特别是揭露落后的国民性,以达到改造国民、改造社会的目的。因此,他们特别强调"实写今日社会之情状"[①],摒除那种"与吾阿谀夸张虚伪迂阔之国民性互为因果"的旧文学[②],强调写"病态社会的不幸的人们","揭出病苦,引起疗救的注意"[③]。加上以《新青年》为核心的新文化运动的先驱者们比创造社一派浪漫主义倡导者"资格"老一些,当1921年后郭沫若、郁达夫、成仿吾等陆续回国时,《新青年》的同仁早已为新文学呐喊数年,他们倡导现实主义得风气之先,理论上的影响自然也会大一些。

二、跟反对旧文学的"主战场"有关。新文学向封建旧文学宣战,所提出的具体战斗目标有两个:一是反对"消闲"文学,二是反对"文以载道"。大致说来,以创造社为主的浪漫主义一派提倡"为艺术而艺术",主要是针对"文以载道"的传统文学观的;现实主义一派提倡"为人生",其矛头则直接指向游戏的消闲的文学(虽然他们往往也同时不忘反对"文以载道")。然而,当时"五四"新文学所遇到的更为主要的威胁,或者说更主要的对手,不是"载道"文学,而是以"消闲"为宗旨的鸳鸯蝴蝶派文学。这种"消闲"文学作品在当时还是很有市场的,文学研究会与创造社在"五四"前后曾经并肩向鸳鸯蝴蝶派开过火。因为反对"消闲"文学是"主战场",所以提倡正视现实、"为人生"而创作的现实主义思潮就显得更适时和重要。这方面取得的战果最大,因而有利于促使现实主义成为主潮。

三、跟所取法的外国文学背景与本国的相似性有关。浪漫主义的创造社主要取法于日本和德国文学,而鲁迅和《新青年》、文学研究会的多数现实主义作

---

① 胡适:《文学改良刍议》,1917年1月1日《新青年》第2卷第5号。
② 陈独秀:《文学革命论》,1917年2月1日《新青年》第2卷第6号。
③ 鲁迅:《我怎么做起小说来》,《鲁迅全集》第4卷,第512页。

家主要受 19 世纪俄国和东、北欧文学的影响。就国情而言，后者与我国比较接近，文学上比较容易引起共鸣，影响也就更为深入。鲁迅就曾经说过，他是看到俄国、波兰和巴尔干诸小国反映劳苦大众命运、富于战斗精神的作品，才立意揭示"所谓上流社会的堕落和下层社会的不幸"的。① 在 20 年代，懂俄文的人并不比懂英文或其他语种的人多，但俄国现实主义文学在我国的译介比任何其他国家文学都多②，影响也更大，这也是催生现实主义主潮的重要因素。

　　四、跟西方现代哲学的流播影响有关。20 年代，现代西方各种哲学流派陆续介绍到中国，其主导位置无疑属于马克思主义唯物史观，它促使新文学作者面对社会，揭露现实，追求革命，是现实主义文学思潮的重要动力。但还有几种当时影响较大的西方哲学思潮，客观上对于现实主义思潮的理论支持也不应忽视。这就是斯宾塞、穆勒的实证主义③，以及与其相关而后起的詹姆斯、杜威的实用主义④，马赫的新实证主义⑤和罗素的实在论⑥，等等。从政治斗争的角度看，这些西方哲学思潮的介绍所起的作用是很复杂的，有的在不同程度上起着阻遏马克思主义传播的反动作用。但不可否认，这些现代哲学思潮本身又有对传统唯理主义与唯心主义哲学的某种反叛，它们共同的特征是对本体论不太感兴趣，而比较重视实际的、活的道德与社会问题，强调实践、体验与分析。虽然这些哲学派别本质上仍然没有跳出唯心主义圈子(或者如列宁批判实证论时所说的，是调和唯物论与唯心论的折中主义⑦)，但其所强调的依赖观察和经验以获取实证知识的观念，又可以为"五四"现实主义者提供一种哲学依据，并以此

---

　　① 鲁迅：《英译本〈短篇小说选集〉自序》，《鲁迅全集》第 7 卷，第 389 页。

　　② 当时许多俄国文学作品都是由日文或英文转译的。

　　③ 晚清，严复在《穆勒名学》等译著中就译介了穆勒、斯宾塞的实证主义。这些译介影响很大。甚至到 1923 年，陈独秀为《科学与人生观》(收"科学与人生观"论战的文章)一书作序时，还明显运用孔德等人的实证主义观点，解释社会历史发展。而实证主义曾是 19 世纪欧洲现实主义与自然主义的重要哲学背景。

　　④ 胡适是实用主义哲学的主要传播者。他介绍詹姆斯与杜威实用主义的论文主要有《实验主义》(1919 年 4 月 15 日《新青年》第 6 卷第 4 号)、《杜威哲学的根本观念》(1919 年 4 月《新教育》第 1 卷第 3 号)以及《〈科学与人生观〉序》等。1919 年 5 月至 1921 年 7 月，杜威来中国讲学，影响很大。

　　⑤ 1923 年发生"科学与人生观"问题论战，其中丁文江一派所写文章(如丁著《玄学与科学》)，基本哲学依据就是马赫的新实证主义。论战之后，马赫的同道者彭加勒的主要哲学著作如《科学与价值》、《科学与方法》，以及波格丹诺夫的《关于社会意识的科学》等等著作，都陆续译介到中国。

　　⑥ 罗素 1920 年来中国讲学，介绍实在论。

　　⑦ 列宁的《唯物主义和经验批判主义》批判了马赫主义的折中论。

要求熟悉生活,重视个人体验,反对脱离生活和向壁虚构的不严肃创作态度。在"五四"时期,对于同时涌进的纷繁缭乱的多种哲学思潮,新文学作者难以很快从不同体系上去加以辨识。他们所选择吸收的往往不是"体系"而是某些具体哲学观点,其中重实际、重个人体验等等具体观点,从上述那些哲学"体系"中抽出来,就很容易被一些"为人生"倾向的作者所接受,成为支撑他们创作追求的理论。如陈独秀、恽代英在"五四"时期是主张现实主义的,政治上也倾向马克思主义,但同时又对实用主义、实证主义有相当兴趣①,沈雁冰在自然主义的名目下倡导现实主义方法,也直接借助了泰纳《艺术哲学》中的实证主义原则②。对于"五四"时期现实主义倾向的作者来说,他们一般都很看重欧洲作家所受过的"科学洗礼",又一时还达不到辩证唯物主义这一真正科学的领域,所以很自然就寻找实用主义、新实证论与实在论哲学的某些观点作为思想武器,这客观上也为现实主义发展创造了一个有利的理论氛围。

　　五、跟我国传统文学意识与审美心理有关。儒家"实用-理性"精神的强大传统,造成了我们民族文化的心理结构中,比西方人重人生、务实际的特点,③在文学观念上的表现就是强调有助人伦教化。从孔子以"兴观群怨"论诗,荀子的"明道"、"致用",柳宗元的"施之事实,以辅时及物为道",到梁启超提倡"政治小说"推进社会改良,可以找到一条线,那就是重视从文艺的认识功能方面强调社会功能价值(有时不免流于狭隘),不轻易像西方常出现的那样,将文艺与社会人生割裂开来。尽管许多古代作家在文学的审美层次上可能倾向于"抒情写意",追求"虚"的东西;但在文学的社会功能这个层次上,却又都主张"经世致用",强调"实"。处在新旧时代交替、国难当头之际的新文学作家,大都肩负时代革命使命,自觉不自觉也接受重功利的传统文学观念影响。他们甚至以新"载道"反对封建"载道"。即使以反"载道"为目的的浪漫主义的创造社,在强调"自我表现"的同时,仍不忘记文学"对于时代的使命"④。这也有几千年沉积下来的民族文学意识在起潜在作用。这在

---

① 参阅恽代英《物质实在论》(1917年3月1日《新青年》第3卷第1号)和《怀疑论》(1920年4月15日《少年中国》第1卷第10号)。

② 参阅沈雁冰《文学与人生》,孙俍工编《新文艺评论》,上海民智书局1923年版。

③ 参阅李泽厚《中国古代思想史论》中《试谈中国的智慧》等章节,人民出版社1985年版。

④ 成仿吾:《新文学之使命》,1923年5月20日《创造周报》第2号。

"五四"时期,客观上有利于推进"为人生"的现实主义思潮,而不利于"为艺术而艺术"的浪漫主义思潮。此外,比起现实主义来,新文学浪漫主义以及象征主义等流派,是更远离民族审美心理习惯的。如郭沫若《天狗》式的粗粝偏激,郁达夫《沉沦》式的自我暴露,李金发《弃妇》式的畸形怪诞,等等,虽然对传统美学观产生了很大的冲击,意在开辟新的审美领域,但要看到传统审美习惯又有一种惰性,反过来也成为新文学中浪漫主义、象征主义的阻力。"五四"现实主义既反传统,又与传统有所衔接,一般说来,毕竟文体严谨,文风含蓄,与当时大多数读者普遍的审美情趣比较协调。因此,从"文学接受理论"角度来看,也是有利于现实主义形成主流的。

六、跟小说的长足发展有关。"五四"时期,在诗歌、戏剧、散文与小说四种文体中,小说是最发达的。白话诗与现代话剧(从文明戏到爱美剧)提倡最早,然而这两类文体几乎都是仿照外国体式做起的,形式上的探索走得最远,影响纵然很大,充当了文学革命的开路先锋,但要在艺术上真正得到广大读者与观众的批准,却很不容易。20年代的新诗虽然涌现了郭沫若的《女神》和闻一多的《死水》等一批佳作,但整个诗坛仍基本处于形式试验阶段。话剧则到30年代曹禺等跃上文坛后,才拥有众多观众。散文小品倒非常繁盛,因为现代散文与传统散文形式上比较接近,也比较灵活,更易于在继承中创新。但散文也毕竟不如小说那样因为有最大量的读者而左右文坛空气。"五四"时期,特别是新文学第一个十年后半期,报刊种类与发行量大增,从事小说创作的专门作家也多了起来,更为小说发达提供了条件。作为叙事性的文体,小说自然是最适于使用现实主义手法的,所以小说的迅速发展也成为现实主义发展的重要动力。而新文学的第一个艺术高峰又是以鲁迅现实主义的小说为代表的,《呐喊》和《彷徨》直接影响并哺育了第一代新文学小说作者,这也是造成现实主义主流的重要原因。

上述各方面原因,当然有主有次。时代与社会环境变迁方面的原因仍然是最基本的,起决定作用的,与其他各种原因互相联系,统一起作用,促使现实主义成为"五四"文学的主流。

三

当"五四"现实主义产生的轮廓初步呈现在面前时,我们很自然就会拿它与欧洲现实主义来做一番比较。

我不大赞成过去的一种比较观,即认为我国"五四"现实主义因为发生的年代较晚,又受到无产阶级思想的指导,所以就比欧洲批判现实主义更有成就。事实上,尽管"五四"时期出现过鲁迅这样伟大的作家,但总体而言,"五四"现实主义的艺术成就,是比不上欧洲现实主义的。欧洲现实主义是世界性的文学潮流,其高峰出现在资本主义的黄金时代,即19世纪自由资本主义时期。正处于上升阶段的资产阶级有足够的勇气正视资本主义现实的不合理,资产阶级人道主义、人性论还足以充当攻击不合理事物的武器,社会生活普遍受到科学精神的感染,资本主义条件又为作家提供了创作个性自由发展的天地,这种种因素加在一起,确实造成一个"千载难逢"的时机,使欧洲现实主义达到难以逾越的艺术高峰。我国"五四"现实主义是在整个世界性现实主义思潮已趋末流的时期出现的,酝酿和发展的时间短,比较匆促;各种新思潮的涌进确实带来思想大解放,但作家们对各种思潮的思考、选择、吸收、消化也还有一个过程,无论哲学意识还是科学精神,都还没有达到比较成熟的程度;加上"五四"作家刚刚走出封建旧垒,传统因袭的负担还很沉重,不可能像欧洲19世纪的作家那样,可以充分自由地发展创作个性,因此各方面条件都不如欧洲现实主义高峰期,也很难从整体上达到欧洲现实主义那样的艺术成就。

但是另一方面也应该看到,"五四"现实主义思潮毕竟又有其显著的民族特色与不可代替的历史地位。现实主义并不是一个凝固不变的框框,随着社会生活发展,人类科学思维能力的进步,文学艺术各流派的互相竞争和渗透,现实主义的内部素质和外部形式都会不断更新变化。如果要写一本现实主义的形态发展史,我想中国"五四"现实主义是很有特色的一段。下面,从三个层面来比较"五四"现实主义与欧洲现实主义的不同,探寻"五四"现实主义的特色。

一、强烈的历史使命感。

现实主义一般都比较关注现实社会生活。19 世纪欧洲资本主义制度确立以后，各种社会弊病日益显露与激化，赤裸裸的金钱交易利害关系，使人们不能不用冷静务实的眼光去看待他们的社会，揭示社会问题，这就决定了现实主义思潮的产生。然而多数欧洲现实主义作家揭露社会问题，并没有什么致力于社会改革的历史使命感。如巴尔扎克写《人间喜剧》，主要就是想如同布封写一部"讲述全体动物"的书那样，替社会写一部类似的作品。当然，他也想为社会开一份"恶习和德行的清单"，但最终目的是什么？并不明确。① 福楼拜写小说也只是由于受到生理学实验的启发，试图用"科学的姿态"去考察与理解社会生产的细节。② 有些俄国现实主义作家(如托尔斯泰)确实比欧洲 19 世纪中期的现实主义者更关注社会进步问题，但往往也只能从人性论出发，把社会丑行看作人性的偏执，把现实的黑暗归之于无可奈何的命运的安排。尽管许多欧洲现实主义作家的作品客观上暴露了资本主义社会的种种弊端，有很高的认识价值，但就作家的动机而言，恐怕较少有人自觉意识到自己主要是出于推动历史进步的责任而写作。如同高尔基所指出的，欧洲批判现实主义作家是资产阶级的"浪子"③，时代与阶级的局限，使他们还不可能自觉地将创作作为彻底改造资本主义社会、推动历史前进的手段。

相比之下，"五四"现实主义作家普遍都有强烈的历史使命感。试想当年陈独秀等大力提倡"写实主义"，以揭露社会，推进"思想革命"与"政治革命"时，真有雄起起的姿态，一种庄严的历史使命感油然而生。鲁迅更是以"揭出病苦，引起疗救的注意"作为创作的根本目的，他的全部努力都围绕着攻击封建思想和封建伦理道德，促进思想革命与社会改造。他一开始写《狂人日记》、《药》等小说，就明确地表示要"听将令"④，意思也就是要使自己创作与革命取同一步调。在新文学第一个十年前半期"问题小说"中，许多年轻的作者受新思潮鼓舞，热情地探究人生社会种种问题，虽然表现出许多迷惘、感伤的情调，但那种

①　参阅巴尔扎克《〈人间喜剧〉前言》，陈占元译，《文艺理论译丛》1957 年第 2 辑。
②　参阅伍蠡甫《欧洲文论简史》第十章，人民文学出版社 1985 年版。
③　高尔基：《和青年作家谈话》，《高尔基论文学》，人民文学出版社 1983 年版，第 339 页。
④　鲁迅：《〈呐喊〉自序》，《鲁迅全集》第 1 卷，第 416 页。

寻求生活答案的执着精神背后，显然也有反对封建主义、改造现实社会的使命感在支配。后半期受鲁迅影响而出现的许多乡土小说、世态讽刺小说和"语丝体"杂文，或致力于揭示旧中国农村破败的现实，或从事社会批评与文明批评，也绝非只求客观写出的"无所为"之作。作者们大都热切地希望自己的作品能负起攻击旧垒、探求新生的使命。这种历史使命感与我国"文人"感时忧国的传统心理有承传关系。中国知识分子受儒家"入世"、"外王"、"兼济"等思想的支配，历来都比较讲求建立功业，对国家社会尽责。这传统有积极的一面，由"五四"现实主义作家继承下来，并作了近代式的发挥。另一方面，处于"五四"历史转折时期，严酷的现实也迫使人们更加密切关注国家民族的命运，在腐朽和新生的交战中迅速选择自己的立场，大多数新文学作家都比较自觉地投入反封建的时代潮流，以振兴国家民族为己任。所以，这种历史使命感在相当大的程度上推动着"五四"新文学运动，并成为"五四"现实主义思潮区别于欧洲现实主义的一个特色。

强烈的历史使命感带来了"五四"现实主义的政治化倾向。"五四"现实主义者接过俄国19世纪现实主义的"为人生"的旗帜，又在这旗帜上写下更具体更尖锐的斗争内容："五四"现实主义是要从根本上完全否定封建传统思想与封建制度的。时代赋予"五四"现实主义以新民主主义革命的政治色彩。对"五四"现实主义的这一时代特色，过去许多文章都已有过充分的肯定。这当然是特点，也是优点。但由于从"五四"开始，年轻的现实主义作家最关注社会政治问题，急于用文学作为工具去提出和解答这些问题，他们往往来不及，或者说还没有能力像他们所借鉴的欧洲作家那样去把握现实主义的历史具体性与客观性。作品概念化，充当某种思想的传声筒，就成为很普遍的弊病。除了鲁迅和屈指可数的几个作者之外，还很少有作家能提供酷似现实的精确而又典型的生活图景。所以就整体而言，"五四"现实主义文学的历史使命感很强，但真实客观地把握生活的能力又没有得到充分发展。

二、民族自省精神。

近代自然科学与历史科学的发展，大大扩展了欧洲现实主义作家的视野，使他们在创作中自觉地追求历史主义原则。欧洲19世纪现实主义表现生活的特点之一，就是以广阔的社会历史画面去展现整个时代各阶层的生活风尚与错综复杂的历史事件。如巴尔扎克侧重从经济生活关系去描绘各式各样的社会场景、人情风俗，展示法国近代生活的整个进程，《人间喜剧》本身就是一个无所不包的完整的世界；托尔斯泰的《战争与和平》更以史诗式的规模反映了俄国资本主义急剧发展和宗法制农村旧秩序分崩离析的历史过程，提供了无与伦比的俄国生活的图画。像这样气魄宏大的艺术画卷当然也并不多见，但无可否认，表现生活的广度与史诗性，是19世纪欧洲现实主义作家普遍追求的创作理想。而在"五四"现实主义创作中，我们还找不到这种史诗型的作品。一方面由于"五四"现实主义起步不久，作家们没有足够的时间与精力去构设大型的作品。直到1927年底，长篇小说的出版还不到十部。另一方面，"五四"现实主义作家的注意力不在表现生活面的广，而在透视生活的深，特别是发掘灵魂，批判落后的国民性，进行民族历史文化的反思与自我批判。近代以来中西文化的撞击交融，必然引起中国先进思想界对于民族历史文化的这种深刻反思，"五四"现实主义文学一开始所致力的思想革命，实际上也就是一种自觉的对民族历史文化落后性的自我批判。从这一点出发，鲁迅对巴尔扎克、托尔斯泰史诗式的结构与笔法并不关注，倒是特别留心陀思妥也夫斯基、安特莱夫等作家发掘人物内心痛苦、阴暗与冲突的手法。如鲁迅自己说，他创作的目的是画出"国民的魂灵"来。所以，他很少从经济生活状况去揭示阶级压迫与剥削，而主要致力于刻画封建传统思想与伦理道德对人的灵魂的扭曲，揭示长期封建主义毒化所造成的愚昧、麻木、保守、自私、怯懦等普遍的社会精神病态与变态。鲁迅就是要通过批判落后的国民性，唤起民族的自我反省，达到"改造民族的灵魂"的目的。当时一大批有现实主义倾向的年轻作家，如叶圣陶、许杰、蹇先艾、许钦文、王鲁彦、台静农等，也都师承鲁迅这条路子，在挖掘民族性格的病态上下功夫。批判落后国民性成为"五四"现实主义文学最突出的主题。有一些欧洲现实主义作家也在作品中批判本民族的弱点，如狄更斯嘲讽英吉利式的市民习气，陀思妥也夫斯基鞭挞俄罗斯人的"卡拉马佐夫气质"，但他们都很少能像鲁迅等"五四"作家那样，将这种批判提高到民族自省的自觉高度，并且与思想革命结合起来，深入到民族固有文化传统中发掘"病根"。虽然"五四"时期除个别作家外，很少有人真能写出灵魂的"拷问"，对深层意识的剖析一般都达不到陀思妥也夫斯基式的深度，但因为普遍注重了对病态社会心理的刻画，并力图从民族固有文化中发掘历史的病根，所以"五四"现实主义文学有一种普遍而清醒的民族自省精神，这在别一国度文学中是不多见的。"五四"现实主义作品缺少以广阔地展示生活图景为特点的史诗式结构，但在刻画民族灵魂，对民族历史文化进行深刻反思与自我批判这一点上，又可以说带有某种史诗性，这也构成"五四"现实主义一大民族特色。

三、开放的形态。

"五四"现实主义是在多种外国文艺思潮流派涌进中国的情势下产生的，并不像欧洲现实主义思潮那样，自身有一个相对独立完整的发展阶段。它在"五四"文学中居主流位置，却又与浪漫主义、象征主义等其他思潮流派并存。这就决定了它有可能容纳与吸收其他多种思潮流派的手法，呈现一种开放的形态。"五四"现实主义思潮并非作为浪漫主义思潮的对立物与取替物而出现。"为人生"的现实派与"为艺术"的浪漫派有不同的主张和分歧，但在"五四"反封建思想文化的战线中，又是并肩的战友。在批判鸳鸯蝴蝶派、黑幕小说以及复古派的斗争中，两派的文艺观就表现出很大的相通性。事实上，多数年轻的新文学作者开始步入文坛时都曾经迷恋过浪漫主义，后来随着现实的变化，才转向现实主义；即使那样，他们在以现实主义作为基本创作方法的同时，还是程度不同地保留和吸收了浪漫主义的某些精神与手法。"五四"现实主义在开放中发展的特点，是跟欧洲现实主义不同的。虽然也有一些欧洲现实主义作家沿用过浪漫主义手法，但整个欧洲现实主义思潮，却是继浪漫主义思潮之后，作为对浪漫主义的反抗而走上历史舞台的。19世纪欧洲现实主义思潮有比较严格的"规范"，与浪漫主义及别的文学思潮形成明显的差别。相对来说，"五四"现实主义思潮与浪漫主义及别的思潮的界限就不那么清晰。彼此互相渗透、互相影响的情形很引人注目。"五四"现实主义显得十分宽容，能够主动地广泛地接纳其他思潮流派手法。文学研究会是公认的以现实主义为旗帜的社团，其成员的艺术倾向却多种多样，很是"松散"，远不如浪漫主义的创造社或弥洒社、沉钟社等社团那么"纯净"，那么步调划一。这有趣的现象，多少也说明"五四"现实主义的开放性。对具体作家来说，同时采纳不同创作方法也许是由于艺术风格还不成熟。但"五四"时期许多作家是在现实主义精神指导下，自觉地追求多种方法并用的，这就表明在向一种更高的艺术境界发展。例如鲁迅，他强调如实揭示社会,但并不把现实主义的方法凝固化,所以同时他又很重视揭示人的深层心理,重视作家主体能动性的发挥。在这一点上,甚至和 20 年代中期欧洲方兴未艾的超现实主义有某些"同步"性质。然而他既比 19 世纪欧洲现实主义"开放",又不像超现实主义那样步入直觉主义和神秘主义的死胡同。如他的 1926 年底作的小说《奔月》与《铸剑》,用的是写实的手法,整个情节构思却又富于浪漫色彩。《呐喊》、《彷徨》中也有多篇小说(如《长明灯》、《白光》等)是将现实主义与象征主义融汇一起的,所写的事情很普通,但又往往能"超越题材",提供深广的历史视角与深邃的生活启示。一般来说,"五四"现实主义作家思想都比较解放,有宽容的艺术胸襟,在探寻与坚持现实主义的同时,并不排拒他种流派手法。"五四"现实主义开放的形态,为世界现实主义文学的发展增添了异样的光彩。

　　以上对"五四"现实主义思潮发展及其某些特点,作了匆匆巡礼,所侧重的是外来影响与平行比较,论述的范围限于新文学第一个十年。至于"五四"现实主义与传统文学的关系,以及它在后来的延续、变形与发展,将是我给自己提出的另外的研究课题。

1985 年 10 月 22 日写毕

1986 年 1 月 26 日修改

新文学现实主义总体特征论纲[*]

从 1917 年到 1949 年,中国新文学走过了坎坷的三十二年。这三十二年,从总的趋向看,现实主义占居了主流的位置。对这一结论,人们已经很少提出怀疑,尽管现实主义作为文学思潮本身也有荣衰升落,曲折回环。问题是,对这一作为主流的现实主义思潮,到底如何从整体上去把握其发展的态势与轮廓呢? 如果把现实主义看作一道不断综合创新的"流",那么又如何认识这三十二年中不同阶段的不同流变得失呢? ……这种属于文学思潮流变史的研究,仍是有待深入的课题。近年来我开始试作这方面的研究,希望对新文学现实主义传统有一个比较系统全面的了解,看能否给现实主义这一"老生常谈"却又始终新鲜的话题,增添一点历史感。

本文就是这种研究和思考的一部分。限于篇幅,这里不可能充分地从历时性动态的过程中,去寻理现实主义发展的轨迹(拙著《新文学现实主义的流变》中对此另有专题研究),只打算对新文学现实主义的总体特征及其得失作一宏观的考察。我想选择六个层面来作为"观测点"。这六个层面是从新文学现实主义流变的历史过程中抽绎出来的,可以由此考察它的历史特征、造成其得失的那些主要的优点与缺失、进展与局限。

一、关于历史使命感

现实主义一般都比较关注社会生活,不排除功利目的。然而多数欧洲现实主义作家揭露社会问题,主要是为了认识社会或者是为了表现他们对所处社会

---

* 本文原载《北京大学学报》(哲学社会科学版)1988 年第 2 期。

的叛逆和愤懑①,当欧洲现实主义作家进入创作过程时,他们一般都是宁可放弃任何艺术之外的既定目的的。有些北欧和俄国的现实主义作家(如易卜生、托尔斯泰等)确实比欧洲 19 世纪中期的现实主义者更关注社会进步问题,可以说有某种历史使命感,但这种使命感往往比较模糊和软弱,因为他们还不可能预见历史发展的明确趋向;批判现存社会也只能从人性论出发,把社会丑行看作人性的偏执,把现实的黑暗归之于无可奈何的命运的安排。尽管许多欧洲现实主义作家的作品客观上暴露了资本主义社会的种种弊端,有很高的认识价值,但就作家的动机而言,恐怕较少有人真正是朝着历史进步的既定目标,意识到自己是为推动社会发展而写作的。

相比之下,中国新文学现实主义作家普遍都有强烈的历史使命感。试想当年陈独秀等大力提倡"写实主义"以揭露社会,推进"思想革命"与"政治革命"时,真有"以天下为己任"的姿态与抱负,一种庄严的历史使命感在他们心中油然而生。鲁迅一开始写《狂人日记》、《药》等小说,就明确地表示要"听将令"②,使创作与思想革命取同一的步调。整个"五四"时期的现实主义创作,从"问题小说"到"乡土文学"、"语丝体"杂文等,或探求人生社会问题,或揭示农村破败现实,或从事社会批评与文明批评,都绝非只求客观写出或"纯艺术"的"无所为"之作。

如果说新文学第一个十年的现实主义使命感突出表现在推进反封建的思想革命,那么第二个十年则集中表现为对旧社会制度的揭露与对无产阶级革命的追求。在科学的世界观指导下深刻地剖析并真实地艺术地反映现实社会,是30 年代现实主义创作的新的特色。左翼作家创作中所表现出来的那种鲜明强烈的无产阶级战斗性不用说,就是左翼之外的许多进步的现实主义作家,如巴金、老舍、曹禺等,也都自觉地在创作中抨击旧垒,探求中国人民的出路。社会主义现实主义口号传入后,众多作家更是明确地以教育人民、配合革命斗争为

---

① 如巴尔扎克写《人间喜剧》,主要是为了替社会开一份"恶习和德行的清单"(见《〈人间喜剧〉前言》,陈占元译,《文艺理论译丛》1957 年第 2 辑),历史目标并不明确。福楼拜写小说也很厌弃有既定的政治或伦理目的,他更感兴趣的,是用类似生理学实验的"科学的姿态",去考察与理解社会生活的细节(见李健吾《福楼拜评传》第八章,湖南人民出版社 1980 年版)。

② 鲁迅:《〈呐喊〉自序》,《鲁迅全集》第 1 卷,人民文学出版社 1981 年版,第 416 页。

创作主要目的。

抗战时期及其后的现实主义创作更离不开民族解放与新生的使命。这期间解放区的现实主义作家自觉地以文学直接为工农兵服务,为革命政治和民族解放战争服务。国统区的创作从强调"文章下乡,文章入伍",直接配合抗战宣传,暴露不利于抗战的社会病象,讴歌民族解放战争的丰功伟绩,到迎接国家和民族的新生,每一步发展都充分表现了以民族国家和社会为主导的创作良知与责任心。

可以说,从强烈的历史使命感出发,自觉地将创作纳入爱国主义和革命斗争的轨迹,是"五四"以来整个现实主义文学一贯的传统。在世界现实主义发展史上,我国新文学现实主义这种关心国家民族命运的使命感,是格外突出的。

这种强烈的使命感,首先是由中国现代特定的历史状况与任务所决定、所要求的。没有哪个西方国家的人民和他们的作家经受过像中国这样深重的民族苦难与屈辱。对于中国的现实主义作家来说,最迫切的问题是要和他们的人民一道,掀翻"三座大山",完成反帝反封建的民主革命,改变国家与民族被压迫受侵略的屈辱地位。他们不能像欧洲19世纪现实主义者那样只求冷静深刻地揭示社会人生,更不能无视国家与民族的残酷的现实而"转向内心",或躲进艺术的"象牙之塔"。在历史大变动、大转折时期,中国现实主义作家有一种西方作家所难于体会到的"紧迫感":他们随时都必须关注国家民族的命运,在腐朽与新生的交战中选择自己的立场,紧跟反帝反封建的时代潮流。

其次,中国现实主义者的强烈的使命感来自马克思主义的影响。在"五四"时代,许多作家就从俄国十月革命中得到启示,渴望中国也能走俄国人的革命道路。特别是30年代之后,随着马克思主义的广泛深入传播,大多数现实主义作家都程度不同地学习运用科学的世界观观察分析社会,把握时代前进的方向。尽管具体到各个作家所表现的政治立场可能有不同,但在历史的主动性这方面,多数中国现实主义者都表现得很突出,这无疑也加强了作家的使命感。

有些论者认为,中国现代文学表现出一种"感时忧国"的精神,我认为这种概括是符合事实的。这种"感时忧国"的精神跟我国"文人"的传统有联系。中国知识分子深受儒家"入世"、"兼济"思想的影响,历来比较讲求建功立业,对国家社会尽责。这传统有其积极的一面,被"五四"以来的现实主义作家所继承,形成了现代式"感时忧国"的使命感。

如果再深入一层看,历史使命感与传统文学意识也有某些承传关系。中国人比西方人重人生、务实际的特点,在文学观念上的表现就是强调有助人伦教化,重视从文艺的认识功能和教育功能方面强调"经世致用"价值(有时不免流于狭隘),不轻易像西方常出现的那样,将文艺与社会人生割裂开来。处在新旧时代交替、国难当头之际的新文学现实主义者,自觉不自觉地接受了这种重功利的传统文学观念的影响。几千年沉积下来的民族意识在起潜在作用,无形中也加强了新文学现实主义的使命感。

以上三方面原因所形成的历史使命感,在相当大的程度上推动着整个新文学的发展,并成为我国现实主义区别于欧洲现实主义的一个特色。

强烈的历史使命感直接带来了新文学现实主义的政治化倾向。

政治化对创作来说不一定是"负担",政治化只要从生活出发,又经审美的体现,同样可以成为一种文学的特色。新文学现实主义的政治化倾向带有历史的必然性:在政治成为时代的中心环节和"兴奋点"的历史条件下,整个文学发展的每一步都受到政治的推进和制约。如果现实主义主潮朝着"非政治化"发展,反而是不可思议的。但必须指出,如果将现实主义的历史使命仅仅落实到为政治服务,对这种"服务"的理解又过于简单,就很容易导致脱离生活实际、否定创作规律的谬误,以致在现实主义的口号下违背现实主义。这种狭隘的"政治化",确实存在过并给新文学现实主义造成弊病。在 20 年代中后期,一些急进的共产党人就提出把文学作为单纯政治斗争的工具;此后一直到 30 年代中后期,在"拉普""左"倾机械论等"左"的思潮影响下,那种忽视生活源泉、忽视艺术技巧的"政治化"倾向严重发展,如"组织生活"论、"唯物辩证法的创作方法"等等,都把文学的社会功能狭隘地局限于政治方面,以致文学是"政治的留声机"这一类谬说也大为流行。在这种情况下,作家的历史使命感就容易被引导到公式化、概念化的歧途上去。全面抗战时期,政治化倾向仍有发展。《在延安文艺座谈会上的讲话》从理论上解决了文艺与政治的关系问题,但由于对文艺真实性的规律重视不够,关于文艺为政治服务的提法也不够确切,在实践中还是未能克服公式化、概念化的倾向。

新文学现实主义有强烈的历史使命感,关注社会政治问题,是一大特点,也可以说是优点；但急于用文学作为工具去提出和解决政治问题，又使相当一部分作家来不及，或没有能力像他们所借鉴的欧洲作家那样去把握现实主义的历史具体性与客观性，作品充当政治思想的传声筒，就成了一大顽症。就整体而言，我国新文学现实主义文学的历史使命感强，但真实客观地把握和表现生活的能力没有得到充分的发挥。关于这一点，在本文以下各小节中还将展开评述。

二、关于民族自省精神

第一次世界大战后，当西方正勃起反传统的现代主义文学第一次高潮时，我国发生了反传统的"五四"文学革命运动。都是反传统，但出发点与归宿却大不一样。从总体上看，西方现代主义所反的不单是民族传统，而是整个资本主义文明，甚至对整个人类的历史感到失望，所采取的是一种全盘否定的激烈的态度。而"五四"新文学作家，特别是现实主义者反传统，反的是本民族封建主义制度与封建思想传统，他们并没有对整个人类历史文化感到失望，相反地，还要以西方现代文明（其中也包括现代主义者所厌弃的资本主义物质文明）作为楷模，重建民主科学的民族新文化。"五四"现实主义作家不是虚无主义者，他们对于民族的振兴怀有理想与信念；即使对于本民族传统文化，他们也并非全盘否定，而是采取了重新估定价值的批判态度，尽管一开始"表态"时都显得那样地"决绝"。[1] 对于民族传统文化的批判、重估和继承，表现为一种民族自省精神，这是"五四"新文学区别于当时涌进中国的各种西方文学思潮特别是现代主义思潮的一个特点。整个新文学现实主义也充分体现了民族自省精神这一特点。

民族自省精神，首先比较集中体现在对落后国民性的批判上。近代中西文化的撞击交融，必然引起中国先进思想界对于民族历史文化的深刻反思与自我批判。"五四"现实主义文学一开始所致力的思想革命，实际上就是一种自觉的

---

[1]　事实上，"五四"文学先驱者重视对民族文化历史的科学的整理与研究，包括对古代文学史的研究。如鲁迅对小说史的研究，胡适对俗文学的研究，周作人对民歌民谣的研究，等等。这些卓有建树的工作都是在后来被一些人误解为"全盘西化"的"五四"时期进行的。

对民族历史文化落后性的自我批判。陈独秀早在《文学革命论》中,就把"阿谀夸张虚伪迂阔之国民性"及其相应的旧文学作为文学革命的主要攻击目标。鲁迅更把批判国民性作为创作的基本内容,强调写出人民群众受封建思想毒害所造成的精神病态,以唤起民族的自我反省,达到改造民族灵魂的目的。"五四"之后一大批有现实主义倾向的作家,如叶圣陶、许杰、蹇先艾、许钦文、王鲁彦、台静农等,也都师承鲁迅这条路子,在挖掘民族性格的病态方面下功夫。此后批判落后国民性就成了整个新文学现实主义创作的基本主题之一。

在30年代,由于阶级论的深入传播,一般左翼作家不大提"国民性"这个字面上有些笼统的概念了,他们注重从人民群众中发掘革命的因素,以增加作品的理想色彩与革命鼓动性。但同时仍然有一部分作家,包括左翼作家,在继承与发展关于国民性批判的题材的创作。其中突出者当数老舍。他从20年代末到30年代所写的那些小说,如《二马》、《猫城记》、《离婚》、《骆驼祥子》等等,抉剔着旧式中国人的陈腐、麻木、散漫、萎靡、自私等种种劣根性,深入地寻找"老大中华"羸弱的"总毛病",并揭示"传统秉性"与变迁中的时代所发生的冲突。其他一些现实主义作家,如张天翼(《包氏父子》等)、艾芜(《南行记》)、吴组缃(《樊家铺》)、周文(《烟苗季》)等等,在对恶浊世态的嘲讽中也不时鞭打愚昧、落后的国民性弱点。但总的来看,30年代现实主义创作中对国民性批判的"力度"是比不上"五四"时期的。

40年代解放区的现实主义创作以歌颂新人新天地为主,但在一些成功的作品(如赵树理的《小二黑结婚》、丁玲的《在医院中》、欧阳山的《高干大》、马烽的《村仇》等)中,多少仍然可以看到作者对人民群众身上包括对革命队伍中封建思想余毒的揭露与批评,这也可以看作是批判落后国民性的延续。

而在40年代尤其是中后期的国统区,批判国民性的意图已经发展为对整个民族历史文化传统的比较全面的反思。不只是批判落后国民性,也发掘民族传统美德;在展示传统道德文化(特别是"士大夫精神文化")的崩溃命运的同时,还试图探索新的民族文化的生机。其批判力不如"五四",但反思传统的立足点比一般"五四"现实主义者要更高一些。典型的作品如《蜕变》、《北京人》、《憩园》、《寒夜》、《四世同堂》、《围城》等等,都从不同的角度反观了历史文化传统。而胡风等作家在理论和创作实践上对于人民群众"精神奴役底创伤"的格外关注,以及对蕴藏于人民中的革命的愿望与"原始的力"的探求,更是可以从中找出与"五四"批判国民性的联系。

从20年代到40年代,批判国民性始终是现实主义的核心主题之一,对民族历史文化的反省则是贯穿于现实主义理论与创作的基本精神。中国新文学现实主义作家力图将民族历史文化自省作为反封建思想革命一个重要"战略",其自觉程度与政治立足点都比较高,这种普遍而清醒的民族自省精神,在别一国度文学中是不多见的;但"深度"则一般比不上他们所借鉴过的那些欧洲作家。除了鲁迅等个别作家外,很少有人真能写出民族"灵魂的拷问",对民族深层意识的剖析一般都还不深。大部分创作虽有民族历史文化自省的意图,却只停留于对传统文化优劣得失的"研究",终究显得"浅",离那种真正剖析到"深层文化结构"的要求还有相当的距离。

三、关于"写实"

现实主义创作方法上的基本特征,就是如实地反映现实生活,强调历史具体性。它要求作家客观地冷静地观察、分析和研究并审美地反映社会现实,按照"生活本身的形式"精确细致地加以描写。欧洲19世纪现实主义将这种侧重"写实"的方法推向极致。这种"写实"的要求在细节处理方面是特别严格的,甚至要求文学描写具有"科学真理的精确性"。这种"写实"又不同于19世纪下半期自然主义那种纯客观无选择的罗列,而注重细节的表征意义以及对事物本质的反映,因为19世纪中期的现实主义目标,往往就是"下决心来组织、来体现一个整个的时代"[1]。由于真实地摹写社会风俗,准确地再现时代的变迁,19世纪现实主义涌现一大批称得上是"风俗史"、"社会史"的伟大文学作品。

相比之下,我国新文学现实主义的"写实"性是较薄弱的,真正严格"写实"的创作不多,也没有出现像巴尔扎克、托尔斯泰等大师笔下那种"风俗史"式的宏大真实的作品,这跟我国现实主义发展的特定历史条件有关。

"五四"时期提倡民主与科学,但无论民主意识还是科学意识,都还处在萌

---

①　腓力克思·达文:《巴尔扎克〈十九世纪风俗研究〉序言》,若虹译,1962年7月《古典文艺理论译丛》第3辑。

发阶段。此后几十年虽有发展,但也始终未能达到西方资产阶级革命后那种普遍深入的程度。以科学的思维方式而言,19 世纪欧洲现实主义作家特别注重"写实"性,强调实验和观察,擅于构设宏伟而又深入的"风俗史"图画,就跟当时自然科学观念以及相应的唯物主义哲学观念的发达有关。虽然这些科学观念与现实主义注重"写实"不一定呈线性因果关系,但作为时代文化哲学背景,毫无疑问又有其重要意义。"五四"的现实主义倡导者如陈独秀、周作人等,当初都主要从"正视和揭露黑暗"这一方面去看取欧洲的现实主义,对于现实主义所依赖和要求的科学精神是注意不够的。一般来讲,"五四"作家较少注目于巴尔扎克、福楼拜等 19 世纪中期的现实主义作家,他们的主要楷模是 19 世纪后半期俄国与北欧的"为人生"文学。即使对于后者,他们也了解不全面。当时无论"易卜生热"还是"托尔斯泰热",都侧重于"写实主义"的"精神"或"思想",而"怠慢"了他们具体的"写实"手法和艺术经验。这种侧重是当时中国新文学发展本身的逻辑以及"国情"所决定的,但不可否认也由此造成了"写实"性的薄弱。"五四"时期除了鲁迅等极少数作家(包括一些乡土小说作者)的部分作品外,现实主义创作总的说来显得感伤抒情的气味浓重,细节刻画粗糙,"写实"性不足。

30 年代初期出现的"革命的浪漫谛克"以及同时传入的"拉普"的"左"的文艺思想,由于片面地强调理想主义而忽视"写实",结果背离了现实主义。但此时期也仍有鲁迅、茅盾、老舍、巴金、李劼人等一批作家坚持发展了"五四"现实主义方向,并进一步探索与完善"写实"技巧,于是在 30 年代中后期就出现了诸如《子夜》、《骆驼祥子》、《死水微澜》等一些达到较高"写实"水平的作品。其中一些显然从 19 世纪现实主义大师如巴尔扎克、狄更斯、左拉、托尔斯泰等"写实"的创作经验中吸取营养。随着马克思主义阶级论的传播,30 年代的"写实"作品还普遍比较注重社会剖析。到 40 年代,国统区的现实主义者,仍沿着30 年代"社会剖析式"的"写实"方向发展,多用讽刺的笔法,勾勒黑暗腐朽的社会现象。然而 40 年代现实主义还有一个更显著的趋向,是向理想化、主观化发展。如解放区那些歌颂新生活的创作,以及在胡风"主观论"现实主义理论影响下的部分创作,虽然各有特色,但"写实"性都不很强。

当然不宜简单下结论认为"写实"性不足就是一种缺点。事实上,有些新文学现实主义者在有意超越传统的"严格写实",他们除了以"生活本身的形式"审美地反映现实之外,还尝试追求其他"假定性的形式"。现实主义是不断综合、深化与创新的,它的方法也必须随着现实生活的发展而有所革新和发展。30年代世界现实主义已经出现明显的不局限于传统的严格按"生活本身的形式"写实的方式,而宽容地接纳某些假定性手段的变通和创新。我国新文学现实主义作家正是在世界现实主义革新与变通的趋向中,学习和运用现实主义方法的。三四十年代现实主义创作中理想性、主观性的加强,虽然在一定程度上削弱了"写实"因素,但有相当一部分并非严格"写实"的作品,仍然显示出特有的艺术魅力。

当然,向现实主义"假定性"手法方面创新与变通,并取得成功的作品毕竟是很少的,整个新文学现实主义的创作基本上仍然按照欧洲现实主义传统"写实"的路子写,力求以"生活本身的形式"去反映生活。多数作家未能达到欧洲作家那样高度的"写实",说到底,是因为缺少那种在近代科学与哲学支持下的能够全面真实地把握生活的能力。更具体一点说,则是由于新文学现实主义作家普遍受感时忧国心理的驱使,注重以创作直接服务于国家民族的解放事业,来不及或没有能力去"打磨"生活,讲求技巧。从世界现实主义发展的背景看,我国新文学现实主义"写实"的手法是发展得不充分的。

四、关于偏向社会概括的典型化

与"写实"的问题紧密相关的,是典型问题。新文学现实主义典型理论的发展有一种倾向,那就是典型化侧重于社会内容与时代特征的概括,偏于所谓"共性"。正是在这一点上,新文学现实主义典型化显露出其基本特色,包含着成就与缺失。

在新文学第一个十年,虽然已经出现孔乙己、阿Q、祥林嫂这样一些文学典型,但真正达到高度成功的"站得出来的"毕竟还很少。多数追求现实主义的作家,都还没有充分重视典型的塑造,没有把它作为现实主义的重要目标。"五四"时期的现实主义创作可能很动人,这主要是靠充溢于作品中的"气氛",靠富于青春气息的"真情实感",其艺术魅力来自"总体效果",许多影响很大的小说名篇,也很难说它的人物是典型的。

到新文学第二个十年,随着现实主义趋向政治化、理想化,重视"共性"的倾向更明显。从"新写实主义"、"唯物辩证法的创作方法"到社会主义现实主义,一直都在强调文学的宣传、教育功能,强调作品集中反映社会生活特别是阶级关系的"本质",因此,人们往往就把典型理解为只是以"个别"(个性)反映"一般"(共性)。30 年代有相当多的作品,包含左翼创作,都满足于为"一般"找"个别",结果"个性"的存在只是为了表现和说明"共性"(通常指阶级性或所谓反映社会本质的内容),只是被当作某一"社会群体共同性格"的具体形态或形式而已。1935 年胡风与周扬之间的那场关于典型的论争,就足以说明当时对典型的理解水平。后来影响久远的个性、共性"统一说",即由此发祥。

这一时期作品人物塑造比较富于社会概括力,但又往往不脱"规范化"。人物塑造"规范化",是 30 年代之后典型创作中的突出现象。30 年代的许多作家,特别是左翼作家,虽然掌握了阶级分析的方法,但对社会发展规律和进步社会理想的认识,程度不同地都还没有摆脱"历史的抽象性"。因此,在社会剖析性的现实主义作品中,对于人物性格与思想情感的分析,也表现出程度不同的"历史的抽象性";而在体现作家理想或倾向性的正面性格方面,这种抽象性往往表现得更为突出。① 由于作家们过多地着眼于"社会剖析"本身,作品的人物只是作为"社会角色"出现,人物的个性消融在预先由作家的认识(不脱历史抽象性)"规范"好的社会行为之中,于是,共性代替了作为具体的人的丰富与复杂性。"规范化"的人物固然可以鲜明地概括社会内容,却一般都比较单薄,极少能构成那种由多种性格侧面组合的具有"流动性"、"广延性"的复杂的有血有肉的典型。

40 年代的典型塑造的趋向比之 30 年代更其复杂。由于作家担负着紧迫的民族解放与革命斗争任务,历史使命感空前增加,自然也更注重人物塑造如何体现时代内容,注重共性的表达。特别是《在延安文艺座谈会上的讲话》强调了

---

① 即使被誉为本阶段现实主义代表性的作品(如《子夜》),也难免出现这种状况。同一部作品中既有依照社会生活发展与人物性格自身发展逻辑描绘的有现实主义深度的人物性格(如吴荪甫),又有主要依据作家所理解的"本质"、"规律"、"共性"之类比较抽象的东西去构设的人物性格(如其中的某些革命者形象)。一方面已经达到了一定的现实主义的深度,另方面又存在着障碍现实主义深化的"规范化"的毛病。

文艺高于生活的六个"更"，着重从理想性、普遍性方面去解释典型化，虽然加强了现实主义的倾向性，但容易导致"规范化"的倾向。解放区现实主义创作总的来说，理想性有余，真实性不足，真正成功的现实主义典型不多。

在同一时期，也还有相当一部分现实主义作家（主要是国统区的，也包括一部分解放区的作家），比较注意从人物性格具体性与丰富性的深化中去把握社会内容，体现对社会历史的深刻思考，融进了作家自己的审美理想与激情。这种典型不是简单地以"个别"表示"一般"，整个塑造过程都是努力从整体上去捕捉独特性格，加以艺术处理的。在30年代，文学典型性格结构大多数属于两种类型：一是集中说明某一阶级或时代特征的"单一型"（初期"革命文学"创作中的许多英雄主人公属此类型），二是让多种性格特征同时围绕核心性格的"向心型"（如《子夜》中的吴荪甫）。40年代则除了这两种类型之外，又有另外两种常见的比较复杂的性格结构：一是体现性格发展的"层递型"。如吴组缃《山洪》中的章三官体现了性格成长复杂的过程。还有一种是着重揭出性格运动内在矛盾的"对立型"。如《北京人》中的曾文清、《憩园》中的杨老三、《财主底儿女们》中的蒋纯祖等等，都是性格特征不很鲜明，但所蕴含的社会内容却非常复杂的典型。这种趋向，表明了一部分现实主义作家在典型创造方面已经越来越期望突破类型化和"规范化"的状况。

新文学现实主义的典型塑造，大多数偏于社会内容与历史内容的概括，在这方面比较充分地满足了时代的需要，就其战斗性、明晰性而言，确实具有鲜明特色，但如果从现实主义艺术更高的要求来看，其缺失也是很明显的。

以上还只是从人物性格塑造的角度考察典型化方面的得失，与此相关的还有典型环境问题。严格来说，典型性格的塑造不能脱离典型环境，两者应该是融为一体的。但是如果作总体考察，整个新文学现实主义在环境（特别是社会关系）描写方面所取得的成绩要比典型性格塑造的成绩更突出，并且有其相对独立的文学价值。由于中国现代特定的历史条件决定了现实主义作家富于使命感，特别注意国家民族的命运，创作时首先追求的目标，是直接反映社会生活情状与历史变动，典型环境描写也就得到格外的重视。多数现实主义作家对于"写事"（特别是写革命斗争或社会生活变迁）的热情与用心，往往超过"写人"（典型性格刻画）。我们可以看到许多有影响的现实主义作品，其人物性格描写不见得生动典型,而所描画的社会生活情况,特别是所点染的时代氛围,却能给人强烈的印象。

从"五四"时期开始,重视社会环境描写就成为现实主义创作的一方面特色。这时期的作家秉承"直面人生"、"揭出病苦"的精神,在环境描写方面一般都注意暴露社会黑暗和世态炎凉,揭示造成人民精神病苦的封建社会关系与落后的生活习俗。如"乡土文学"致力揭出农村野蛮落后的民情世风,对于封建性的"老中国"农村来说,就有相当的典型性;虽然"乡土文学"作者在描画这些典型环境的同时,一般还未能如同鲁迅那样将它与表现典型性格结合起来。三四十年代,着力于社会剖析的创作多了,现实主义作家更是自觉地以阶级观点去努力反映社会各阶层的生活情状。特别是社会主义现实主义传入之后,作家们的目标不只是写出社会生活情状,而且要反映生活的革命变动趋向。一直到 40 年代末,真实理想地把握生活的发展趋势,都是社会环境描写的核心要求,环境描写的典型化往往带有政治化、理想化的色彩。这种趋向对于现实主义创作新产生的影响是普遍的、巨大的。由于作家们朝着反映生活本质与社会革命的方向去构设作品的典型环境,创作的时代感与教育力量就大为增强。

但如同在人物塑造上偏于社会概括和"共性"描写容易造成"规范化"、类型化一样,环境描写上片面强调反映生活本质而忽略细节真实性,也容易产生空泛的弊病。三四十年代的现实主义作家在这一点上也是有得有失的。①

整个新文学现实主义创作中真正称得上典型环境中的典型性格的并不多,典型创造的总体艺术成就并不高。但由于对环境描写典型化的普遍重视,创作在直接反映社会情状与时代动向方面是成绩卓著的。新文学现实主义创作具有丰富的历史认识价值,主要还是获益于环境描写的典型化。

---

① 如沙汀从《淘金记》到《还乡记》有新的追求,后者的时代感与鼓舞力量比前者强烈,但挖掘生活的深度和社会批判的力度都不如前者。作者显然受当时强调"本质"的典型理论影响,在追求反映革命趋向的同时,放松了对于生活的深入发掘以及对社会习俗真实细致的描写(这二点在《淘金记》中有出色的成就),其在现实主义环境描写典型化方面是有所加强又有所削弱的。沙汀的例子在 40 年代现实主义作家中有一定的代表性。

五、关于对浪漫主义的兼容

在中国新文学诞生之初,西方历史上多种文学思潮同时涌进,同时发挥影响,特别是现实主义与浪漫主义这两大思潮,一开始几乎是平起平坐的。它们彼此有竞争,主要是看谁更能适应并满足中国现代社会发展的需要,但基本上并不互相敌视和排斥,而是互相渗透与包容。30年代之后,现实主义已经成为主流,仍然不拒绝其他文学思潮特别是浪漫主义对它的渗透;相反地,还日益主动地兼容并包浪漫主义的某些因素。新文学现实主义这种开放的性格,当然也是由现代中国特定的历史条件所造成的。

现代中国毕竟不是像19世纪欧洲资本主义稳定发展的时期,而是一个正为反帝反封建的解放与新生而浴血奋斗的时期。时代既要求作家正视残酷的现实,直接、及时地反映这现实,同时黑暗中又透露着光明的希望,始终吸引并驱使作家对光明的追求。新文学现实主义者不满足于对现实作冷静的客观描写,那种不带感情的、不动声色的写实风格一般并不能使怀抱理想、锐气正盛的新文学作家满足;他们当中的大多数人始终都认为,在现实主义之中融入浪漫主义的色彩,可能是更适合于自己,也更适合于读者、适合于时代的。

在新文学第一个十年,现实主义对浪漫主义的兼容,主要表现在作者对创作主观性的重视上,表现在那种突出的"感伤情调"上。"五四"现实主义作家严肃地面对社会现实,揭示社会黑暗的真相,思索人生与社会问题。无论"问题小说",还是"乡土文学",大多数都在努力反映种种人生现实。他们基本上是站在现实主义的基点上的。但"五四"现实主义作家又满怀浪漫的情绪,甚至他们的生活方式也是挺"浪漫"的。他们的创作不忌讳这一点,还常常特意要标示、突出这一点。如感伤情怀的直接表露,对"情绪"或"氛围"渲染的兴趣超过对于性格的刻画和细节的描绘,等等,都在显示浪漫主义的特征。"五四"时期的现实主义作品有理想色彩,但这理想色彩是作为作者的某种真实"情绪",从作者所描写的生活中迸发出来的。这种包含理想的"情绪"即使幼稚,也使人感到真切。我们指出"五四"时期现实主义创作并不是严格的现实主义,但浪漫主义的主观性的融入,一般都还没有离开现实主义的基础,并不生硬,结合得比较自然,有一种特殊的"青春期文学"的魅力。这种"融入"了浪漫主义主观性的现实主义,是充分满足了"五四"的时代要求的。①

到新文学第二个十年,情况就有很大的变化。浪漫主义的"主观性"的东西越来越受到现实主义的抑制。"革命的浪漫谛克"其实是"准浪漫主义"思潮,可是却打出"反对浪漫主义"的旗号;以此为肇端而展开的持续相当长时期的"左"的文艺思潮,包括"新写实主义"和"唯物辩证法的创作方法",都把作家创作的主观性等同于个人主义而加以滤除排斥。这时期也还在追求浪漫主义,不过所追求的已经不再像"五四"时期现实主义者所欢迎的"主观性",而只是限于给读者指出方向的、服务于教育功能的"理想性"了。30年代中后期社会主义现实主义传入,作品的教育功能被提到最重要位置,"理想性"更成为新型现实主义的美学目标。这种趋向一直持续到40年代。30年代有相当一部分以社会剖析为宗旨的现实主义作品,都包含有程度不一的理想成分。这种"理想性"是以"现实性"为前提的,是在对现实社会关系的真实历史具体描写中,在符合生活逻辑的剖析与揭示中,所显现出来的一种必然的趋势。在《讲话》之后的解放区创作中,有一些作品是既有高度的现实性,又有充分的理想性的,如《高干大》、《太阳照在桑干河上》等,都称得上是这种成功的现实主义作品。

同时也要看到,自从30年代初在"左"的文艺思潮下强调"理想性"之后,一直到40年代,为追求"理想性"而忽略或放弃"现实性"的倾向是存在的。由于不是在坚持对现实生活真实描写的前提下提出"理想性",而是为了单纯加强作品的教育功能或乐观主义色彩,去强化某种"理想性",这种"理想性"就是外铄的,是硬塞给所表现的生活内容的,往往成了空幻的乐观、虚假的胜利、不切实的"光明尾巴"。说到底,这种浪漫主义的"理想性",是作为现实主义的基础与灵魂——"现实性"的反对力量,来修正弥补现实主义的。"左"的思想(包括文艺思想)不能不和现实主义发生冲突,因为现实主义终究是不能满足脱离现实的"左"的需要的。而不从现实和历史发展的真实趋向中产生的"理想",是人为的没有经过作家深入思考与感悟的缺少血肉的东西,只能是从观念演绎出

---

① 这是总体评估,例外的情况也是存在的。如"问题小说"中就有一部分"现实感"薄弱,议论太重,抒情太露,我们宁可不把这一类创作看作是现实主义的。

来的"理想"、外铄的"理想",这样的"理想化",窒碍了现实主义的创作,也不利于产生真正有价值的浪漫主义。廉价的虚幻的"理想化",和真正浪漫主义的追求也是大相径庭的。

浪漫主义的融入,确实给新文学现实主义增添了丰富的色彩,使之在世界现实主义发展史上,也别具特色,然而其中的优劣得失,是要具体分析的,不能一概而论。

六、关于"形式感"与独创意识

相对说来,新文学第一个十年的现实主义作家是有较强的自觉的"形式感"与独创意识的。他们处在一个个性解放的时代,"形式"的表现,也和"思想"的表现一样,可以理直气壮地标新立异,显示各自的个性与存在。为了要彻底摆脱传统文学的束缚,必须注重形式的革新,"文学革命"正是从语言形式的变革(白话文运动)发轫的。当时潮水般涌进的外国文学思潮,带来五彩斑驳的各种文学形式,使人们大开眼界,并提供了"选择"形式的"方便"。"五四"新文学现实主义倡导者一开始就注意到了包括语言、文体等在内的一些比较具体的形式问题。在"五四"时期,曾发生过许多有关纯粹形式问题的讨论。"五四"现实主义作家的"形式感"的突出表现之一,是竭力使自己创作的"叙述模式"区别于传统的模式;他们选择的最方便的途径,就是向外国借鉴。20年代中期之后,出现"乡土小说"、"人生派"小说以及其他各种不同写实取向的小说。作家们就更加明显地在形式上下功夫,尽量消融外国小说影响的痕迹,努力显出各自的艺术个性与风格。"五四"时期现实主义者在形式与风格方面的独创意识是一步步加强的。他们虽然肩负反封建思想革命的责任,不愿纯粹"为自己"或"为艺术"而艺术,但和后来某些作家不同的是,他们还不满足于把文学单纯作为向民众进行政治宣传的工具;他们既忠于现实,"有所为"而作,又不放弃艺术形式与风格上的追求,总是企图在这方面也能同思想方面的探索那样,以自己独特的途径去发现与创造自己的艺术世界。"五四"时期鼓励创造的风气,使作家的"形式感"与独创意识得到发展。只是因为新文学诞生为时不久,"食洋不化"的状况也还障碍着形式的独创性发挥。特别是当时有一种求"新"求"奇"的普遍的创作心理,使众多作家满足于借用外来的新形式博得成功。其实求"新"求"奇"也是求"同",套用外来的形式毕竟不等于独创。"五四"时期尝试过的新形式五花八门,新鲜活泼,但除了鲁迅等个别作家的创作外,形式创造的总体水平还是不高的,作家的创作风格普遍都还不成熟。

但到 30 年代,现实主义作家的"形式感"比以前淡薄了。在当时"左"的文艺思想影响下,相当一部分作家甚至否定形式与技巧的重要性。中后期涌现的着重社会写实的作品,在剖析社会的时代性方面都有突出的成就,但形式上刻意创新的作品并不多。多数社会写实的作品,基本上是依照 19 世纪欧洲现实主义传统的写实的格式,作家一般不大注重充分发挥自己的艺术创造力,突破传统写法,探求独特的形式。即如《子夜》这样出色的小说,单就形式上的独创性来说,也不是那么突出的。无论"网状结构"、"多侧面"人物性格塑造,还是环境气氛的衬托……对于熟悉世界现实主义文学"形式"发展的读者来说,都不是什么新鲜、独特的创造,这种作品主要是以其内容的"时代性"、"社会性"而获得成功的。强调"社会性",立意于直接的社会政治影响,形式上也就过多地"照顾"大众的情趣口味(30 年代左翼作家特别注重形式大众化),以致不能从作家的艺术个性出发去创造新颖的形式。30 年代许多社会写实的作品形式上也并非毫无新意,然而这种"新"是以"共时态接受需要"为前提的,因而即使是"新"的也不一定就是独创的。

这种"形式感"的淡化与独创意识的削弱,在 40 年代更其明显。特别是 40年代中期,由于强调了文艺为工农兵服务,作家们首先考虑的是如何使群众"喜闻乐见",如何"普及"或"通俗化",这种对读者(主要是文化水准低的读者)欣赏趣味以及政治需求的"协调",反过来制约了作家的艺术创造力。作家不再是从自己的艺术个性出发去作形式探索,而主要以"群体"(我们)的身份去发言,一些原来在向外国学习中形成过自己形式特点与风格的作家,这时也在抛弃原有的特点风格,顺应群众的欣赏习惯,回归传统与民间的形式。文学评价的艺术标准主要也不是看作品的独特艺术构思或形式风格上的创造力,而是取决于是否自然、朴实、鲜明,为群众所理解。这当然限制了形式与风格独创性的发挥。那些着眼于"普及",寻求与大众审美趣味和谐契合的作品,也可能有出色的形式,如《小二黑结婚》、《漳河水》等作品,既"照顾"了读者的传统审美心理趣味,又注意不完全"顺应"、"迁就"读者,而是致力于提高读者的"接受需求"。但是,当作家只求作品的"宣传效应",特别是处处要顺应一般读者时,他在艺术形式上的独创性就不能不做出"牺牲"。尽管就当时的历史要求来看,这种"牺牲"可能又是必然的、值得的。

应该注意到,三四十年代始终有少数作家仍在竭力坚持探索形式,他们的"形式感"与独创意识比较强。这些作家受"五四"现实主义传统特别是鲁迅的影响较大。尽管有"卖弄技巧"或"形式主义"之嫌,他们还是在坚持现实主义原则反映社会人生的同时,努力于形式上的"表现",追求独创的艺术,如萧红的《呼兰河传》以散文化手法制造出来的感伤的韵味,骆宾基《北望园的春天》中的"轻喜剧"笔致,曹禺的《北京人》那平淡的诗意风格,巴金的《寒夜》中那种意境的追求,钱锺书的《围城》中那种机警辛辣的讽刺语言,路翎的《财主底儿女们》那种狂躁不安的叙述模式……显然都受到过中外文学影响,但又都经过作者艺术个性的铸造,显示出独特的风格和艺术创造力。他们不像现代派那样形式上完全反传统,一味追求怪异新奇;也不愿轻易顺应和迁就读者的欣赏习惯,放弃形式上的个性追求。他们从中外文学传统中吸收了有益成分,努力在欣赏趣味上去"引导"读者。这些作品在发表当时的社会反响不一定都很大,甚至可能还被视作艺术上的"异端",但因为坚持了现实主义,又有形式上的独创性,反而在艺术上有所贡献。

新文学现实主义对于传统文学来说,毫无疑问创造出不少新形式,形式上刻意求"新",一直是新文学现实主义创作中的突出现象。然而"新"的东西不一定就是独创的、有艺术个性的。如果将某些"新"的东西放到世界文学背景下去考察,就不一定是"新"的了。离开了作家的艺术个性去刻意求"新",反倒可能求"同"。由于新文学现实主义者的历史使命感很强,担负着紧迫的时代责任,必然追求创作的直接社会效应,过多地顺应读者的欣赏习惯,这就在不同程度上妨碍了作者的独创性的发挥。再者,整个现实主义发展还没有成熟到能自觉地重视形式本身的相对独立性(包括形式对内容可能形成的"张力")与重要性,对于多数作家来说,形式仍或只是内容的附庸、工具,这当然也限制了形式上的独创性。

从 20 世纪初期,世界现实主义创作形式上的衍进很明显,相比之下,我国新文学现实主义的形式基本上仍在借鉴 19 世纪欧洲现实主义,多数作家的"形式感"与独创意识不强,步态平稳,想象力不够丰富,像鲁迅这样富于独创的作家太少,这就不能不影响到新文学现实主义的总体艺术质量。

王国维文学批评的现代性[*]

中国现代文学批评是从什么时间开始的？许多研究者一直将起跑线划在"文学革命"发难的 1917 年。但是，如果我们对王国维在本世纪初所作的文学批评进行一番研究，那么，上述的这种划分就是很值得重新考虑的。

王国维 1904 年发表了《〈红楼梦〉评论》，破天荒地借用西方批评理论和方法来评价一部中国古典文学杰作。多年来，人们尽管没有否认它所体现的批评眼光与方法已经开始突破传统批评的框架，但是，又都不轻易地把它作为现代批评史的发端。为什么呢？这大概由于在人们的印象中，王国维虽然评论《红楼梦》时显得一度"西化"，但其后又似乎回归传统，潜心于传统诗学研究和文史考证。王国维文学批评新旧混杂的特征，使得一些文学史家干脆把他打发到古典批评的领域中去，或者在正式评述现代批评的发生之前，将他作为预言者而带上一笔。

可是这样的"处理"并不能正确估定王国维在批评史上的地位，也不能清楚地勾勒现代文学批评发生期的历史状态。我国文学批评由古典形态向现代形态过渡表现在王国维身上，并不是简单的新旧替换，而是中西批评的汇通交融。传统批评的某些特点在他引进的西方理论的刺激下发生作用，逐渐酝酿成一种新型的批评。王国维宣告了古典批评时代的终结，同时也拉开了现代批评时代的序幕。本文试从以下几方面进行一点探讨。

一、"误读"中的批评新视景

王国维垦拓现代批评的第一个步骤，是引进西方的批评思维方法，以突破

---

* 本文原载《中国社会科学》1992 年第 3 期。

传统批评的局限。

　　这种希望借用外来文化推进和改造本土文化的自觉,与晚清西学输入的大趋势是一致的。王国维在《论近年之学术界》(1905 年)中,认为借用外力刺激是有利于中国学术思想的发展的,六朝佛学的输入就曾极大地改变了汉以后儒家抱残守缺、"思想凋敝"的状态;而"自宋以后以至本朝,思想之停滞略同于两汉,至今日而第二之佛教又见告矣,西洋之思想是也"①。王国维意识到西学输入是中国学术思想第二度受外力影响的时期,可以预料整个学术思想包括文学批评理论方法都将发生巨大的变动。他在这种清醒的审时度势中,着手引进西方批评理论方法,以突破传统。

　　我国传统批评不无精微之处,在世界各种不同文化背景的批评理论共存的"语境"中,确能独具异彩。一般而言,我国传统批评多采用诗话、词话、小说评点等松散自由的形式,偏重直觉与经验,习惯于作印象式或妙悟式的鉴赏,以诗意简洁的文字,点悟与传达作品的精神或阅读体验;另有一种传统批评,就是作纯粹实证式的考据、注疏和索隐。但不管哪一种方法,都不太注重语言抽象分析和逻辑思辨,缺少理论系统性。中国传统的文学批评所依赖的不是一定的理论和标准,而是文人大致相同的阅读背景下所形成的彼此接近的思维习惯和审美趣味,以及由这些因素所影响形成的共同的欣赏力和判断力。这些都是沟通批评家与作者、读者感受体验的桥梁。传统文学批评基本上只是在相对封闭的"阅读圈子"中进行的。正如有的研究者所说:"中国人的批评文章是写给利根人读的,一点即悟,毋庸辞费。"②

　　然而中国社会进入近代之后,日益开放通达的时势使人们越来越不可能再像古代文人那样具有共同诵读熏习的条件,传统的阅读批评"圈子"被打破,文学批评越来越要兼具文化信息传播的功能。光靠悟性的点拨不行了,理论化、明晰化、系统化就势必成为批评所要追求的目标。王国维对传统批评的长短得失醒觉彻悟。他知道,传统批评唯有革新拓展,才能适应时代的变化,而当务之急,是依靠西方批评理论方法来刺激调整日趋沉滞的批评思维方式。1904 年王

---

①　王国维:《论近年之学术界》,《王国维文学美学论著集》,北岳文艺出版社 1987 年版,第 106 页。

②　夏济安:《两首坏诗》,台湾《西洋文学批评》第 3 册。有关传统批评共同背景的观点,可参考叶嘉莹《王国维及其文学批评》一书第二编第一章《序论》,广东人民出版社 1982 年版。

国维写的《〈红楼梦〉评论》，就是第一篇具有批评思维方法启蒙意图的论作。

这篇论文第一次站到哲学与美学的高度，对《红楼梦》的艺术价值作总体考察，它肯定《红楼梦》是完全可以进入世界文学名著等级的"绝大著作"①。在王国维之前的中国文学批评史上，从未有人以如此系统的哲学与美学理论对《红楼梦》进行过独特的考察，他采用的富于逻辑思辨的分析推理的批评眼光与方法，连同它的文章体式，都使当时学术界与批评界惊奇不已。虽然人们不一定能很快就真正理解与接受这篇"奇文"，但它所产生的冲击促使人们开始思索：文学批评看来确实有各不相同的路数，传统批评是否也应当拓展自己的视野？

《〈红楼梦〉评论》对旧红学研究拘泥"考证之眼"明确表示不满，提出要"破其惑"。这里所说的"惑"，指的是传统批评的某些不足，特别是清代乾嘉学风炽盛之后，文学批评领域几乎也成了考据派的一统天下，造成"读小说者，亦以考证之眼读之"的风气。考据作为批评的准备条件和一种研究手段，是有实用性的，但如果以"考证之眼"代替审美批评的目光，就会陷于偏狭僵化，死板地将文学当成历史或档案材料，不可能体验把握作品的艺术世界与审美价值。《红楼梦》自诞生到王国维写评论，其间一百多年，一直得不到应有的评价，障碍有多方面，但拘于"考证之眼"不能不说是一大原因。旧红学的考据派、索隐派，其兴味全在小说的作者、版本、写作背景等外缘实事，很少顾及作品本文的美学评价，而"国人之所聚讼"的焦点，则是小说主人公到底是曹雪芹抑或纳兰性德之类问题。于是一部伟大的文学作品，无意中就被贬低为一般的自传、野史或谤书。不是说考据派、索隐派在《红楼梦》研究方面毫无必要和成绩，但对于文学批评来说，如果以考据索隐代替审美批评，根本上就是忽视文学的特性，不懂得"诗比历史更富于哲学意味"②的道理。王国维是中国第一个对亚里士多德这一文学观深有领会的批评家。他注意到"美术之所写者，非个人之性质，而人类全体之性质也"；他由此认为文学往往是一种象征系统，表达出作家的经验，具有审美的伦理的追求，因此文学批评必须有审美的眼光，从总体上把握作品的精神与价值。王国维写《〈红楼梦〉评论》，正是要从批评的眼光和方法上向传

---

① 王国维：《〈红楼梦〉评论》。以下凡出自这篇论作的引文，均见《王国维文学美学论著集》。

② 亚里斯多德：《诗学》，罗念生译，《西方文艺理论名著选编》上卷，北京大学出版社1985年版，第60页。

统批评挑战,借用外来理论方法以求打破传统批评思维模式。

《〈红楼梦〉评论》既不是传统批评那种印象式妙悟式的评点,也全然没有拘泥考索的小家子气,其批评思维特点是智性的、思辨的、逻辑的,着眼点始终在作品审美和伦理精神的总体评价。它先从"人生与美术"的关系引出对文学本质的思考,借用德国哲学家叔本华有关哲学的观点,说明文艺的特性与价值在于能使人"忘物我之关系",从日常"生活之欲"所导致的苦痛中得到解脱。王国维以此作为评论《红楼梦》的出发点,将小说中贾宝玉的故事视为一个象征"生活之欲"的历练及其最终获得解脱的过程,并进而以西方文论中有关悲剧能"洗涤"人精神的观点,论证《红楼梦》的悲剧特征。他还指出这部伟大作品一反传统文学中"大团圆"的公式,大背于国民性中盲目乐天的精神。文章带着形而上思索意味,论证了"解脱"作为伦理学的意义代表人生的理想,不宜用一般知识论的立场来加以评判,同样,认为文学艺术所具有的"解脱"的追求,也出自"渴慕救济"以超越忧患的理想,其审美价值因此等同于伦理价值。文章最后针对旧红学的局限,提出文学批评须着重于"美术之特质",善于从作品个别的具体的描写中,体验与发现"人类全体之性质",即带普遍性的意蕴与价值。

《〈红楼梦〉评论》带有明显的试验性,它的基本立论并不一定很稳妥,论述中也存在牵强附会的错误。例如,为了证说贾宝玉最后出家是对"生活之欲"的彻底醒悟,即叔本华所说的"解脱",王国维似乎更加看重并且显然拔高评价小说后四十回在全书中的地位与艺术价值,这就有点先入为主,以既定的理论推绎代替对作品实际描写的分析。① 又如,将贾宝玉"衔玉而生"的"玉"比附解释为"生活之欲"的"欲",认定《红楼梦》开头所述有关石头误落尘俗的神话,暗合西方的宗教"原罪"说,并论指小说的基本结构也是写"原罪"的惩罚及其解脱,这也有点削足适履,生拉硬套。如果说《红楼梦》中的"玉"确有象征意义,它所喻指的也绝非叔本华意志哲学中所说的"生活之欲",而是指人的灵明本性,这是一种东方式的哲学观念。《红楼梦》第二十五回有所谓"通灵玉蒙蔽遇双真"的描写,其中以"玉"喻指人的灵明本性的象征含义,是很明显的。

王国维对《红楼梦》整体象征意义的评说并不符合作品实际,其实是一种

---

① 不过,在王国维写《〈红楼梦〉评论》时,学术界尚未考证出《红楼梦》后四十回为高鹗所续。

"误读"。他的目标是引进西方理论，评论中先树起一套从叔本华等西方哲人那里借来的论点，然后去阐解《红楼梦》，最终是为了证说西方理论方法，以突破"考证之眼"的局限。这种"误读"也可能是由于王国维忧生伤世的性情，在叔本华与《红楼梦》中同时找到共鸣点，以致在评论中就难免受偏爱情绪的支配，而硬是将叔本华哲学与《红楼梦》联系起来。

王国维以严谨治学著称，这种"误读"真让人出乎意料。以往有的研究者指出，《〈红楼梦〉评论》并不是成功的批评论作，认为其立论牵强附会，不切合作品实际。其实，这也就是指出了"误读"，不过并没有注意这是有意的"误读"。对于本文的论题来说，更有价值的，并不是辨析这些"误读"本身的内容和错误程度，而是把"误读"作为一种理论现象，发现其前因后果。

王国维对《红楼梦》的"误读"是带目的性的，背后有着对现代批评新思维的渴求。这种"误读"有意与传统批评的妙悟式或考证式的路数拉开距离，把作品纯粹看作代表作家人生体验的一种符号和象征系统，运用推理分析，从中读解普遍的人生价值与审美价值。这虽然有点牵强附会，但却尝试了一种现代性的批评视野和方法，以前所未有的理论思辨力给当时学术批评界以强刺激，打开了人们的眼界。"误读"可以说是矫枉过正，也许正是这种偏激，才使王国维断然摆脱了传统批评的束缚。

因此，王国维对《红楼梦》的"误读"，不光出于一种历史的冲动，也有理论上的自觉。他既有旧学根底，又受过较完整的"西学"训练，和前人乃至同时代人比较起来，其知识结构更坚实而开放。他是从哲学入手治文学批评的，因此一开始就注重对传统批评思维方法的改进，以西方批评思维的长处来补足我国传统批评思维的短处。1905年在《论新学语之输入》中，他曾清醒地比较了中西思维的不同特点。他说：

> 抑我国人之特质，实际的也，通俗的也；西洋人之特质，思辨的也，科学的也，长于抽象而精于分类，对世界一切有形无形之事物，无往而不用综括（Generalization）及分析（Specification）之二法，故言语之多，自然之理也。吾国人之所长，宁在于实践之方面，而于理论之方面则以具体的知识为满足，至分类之事，则除迫于实际之需要外，殆不欲穷究之也。……故我中国有辩论而无名学，有文学而无文法，足以见抽象与分类二者，皆我国人之所

不长,而我国学术尚未达自觉(Selfconsciousness)之地位也。

王国维并不盲目地认为西方的思维方法就是绝对地好。他知道,"抽象之过往往泥于名而远于实",从理论到理论往往成为欧洲学术之一"大弊"。但他更急于要改变的,还是中国学术思维包括文学批评思维缺乏抽象概括能力的状况。他所指出的"概用其实而不知其名,其实亦遂漠然无所依",正是我国传统批评中普遍存在的不足。因此,王国维认为要将我国文学批评从创作的附庸提高到自觉的独立的学科地位,就不能满足于传统批评思维方法,而要适当吸收西方近代批评的推理思辨的方法。王国维在评《红楼梦》时的有意"误读",是与这一改革的动机相联系的。他在"文学革命"发动的十多年前就着手为现代文学批评奠基,完全出于理论上的自觉。

二、"以外化内"与"中西汇通"

在《〈红楼梦〉评论》之后,王国维又写了《屈子文学之精神》(1906 年)。从中,也可见出王国维的批评从古典形态向现代形态转化的一些轨迹。

《屈子文学之精神》力求对屈原《离骚》的美学特征作总体把握。与《红楼梦》一样,《离骚》是足以代表中国文学最高水平的杰作,而且早有传统批评家的权威定论。王国维敢于对它进行现代批评试验,这本身就是带有挑战性的。

《屈子文学之精神》写得比较练达笃实,不像前两年评《红楼梦》时那样以先锋性的"误读"毫无顾忌地引进西方理论。他注意采取审慎的态度,择取西方的批评概念,巧妙地利用、组织与阐释传统批评在同一论题上的思想资料,开拓屈原研究的新视景。

《屈子文学之精神》使传统批评家也能接受。它继承了传统批评中常用的诸如"循其上下而省之"、"旁行而观之",以及"论世逆志"等手段,对屈原创作与所处的历史文化环境(特别是地域文化)的关系作全面考察,注意到特定的社会制度与政治、哲学、伦理等方面对于诗人创作的影响。但王国维并不停留于对这些外缘现象的考证和罗列。在他看来,诗人并不是被动接受外在影响的,尤其是像屈原这样千古传唱的杰出诗人。他的独具的人格与审美情性在创作中起决定性作用。因此,批评家应当将目光集中到这三者的关系中来,即:历史文化环境—诗人的人格与创作心态—作品的审美特质。

王国维对这三者关系的考察,利用了传统"辨骚"论作中所积累的一些思想资料,但基本思路借鉴了西方批评的概念推绎方法。其中核心的批评概念即是"欧穆亚"(Humour)①。这是从叔本华那里借用的概念,指的是一种人生姿态,也可以推衍为一种创作心态,并不等于当今一般所说修辞意义或写作技巧上的"幽默"。叔本华在《意志与表象的世界》中说:"幽默依赖了一种主观的,然而严肃和崇高的心境,这种心境是在不情愿地跟一个与之极其抵牾的普通外在世界相冲突,既不能逃离这个世界,又不会让自己屈服于这个世界。"于是,"幽默"便成为一种跟外在世界起调节作用的特殊心境。当试图通过某一概念调节心境,将"自己的观点"与"外在世界"包摄起来,这一概念与所要思索表述的原本内容之间便产生"双重的乖讹";或者将深邃的严肃隐藏在诙谐有趣的外表之下,使严肃更显得"照耀全局"。这些都是叔本华所说的"欧穆亚"。王国维借此解释屈原创作心态的形成及其所产生的美学精神,是比较恰当的。因此能将"辨骚"的水平大大提高一步,将事实证说提高为审美批评。

王国维认为,春秋以前的道德政治思想分南北二派,以老庄为主的南方派富想象,于理想中求安慰,往往"遁世无闷,嚣然自得";以孔、墨为主的北方派则重感情,持坚忍强毅的精神以"改作社会",所以对待社会既不满又不能超脱,"一时以为寇,一时以为亲,如此循环遂生欧穆亚之人生观"。他认为屈原综合了南北文化的特点,兼有"北方人之感情"与"南方人之想象",这就使他始终处在一种无法消解的矛盾与困扰之中。一方面,屈原怀抱高尚圣洁的人生和政治理想,不为现实所接受,反遭摈弃与排挤,自己也视现实为"寇";另方面,他又矢志"改作社会",对国家和人生现实充满热情,又视之为"亲"。这两种心态此起彼伏,对立统一,造成一种人生姿态的尴尬与困扰。他既无可逃脱,又深感无聊,只好以诙谐游戏的形式抒愤泄郁,表达无可奈何的情绪与坚毅执着的人格精神。王国维由此解释《离骚》:"《天问》、《远游》凿空之谈,求女谬悠之语,庄语之不足,而继之以谐。"《离骚》东一句,西一句,天上一句,地下一句,一会儿"庄",一会儿"谐",都由于诗人"自己的观点"与"外在世界"分裂所导致的情

---

① 通译作"幽默"。

感矛盾与困扰。屈原不断在想象驾凤鸟,挟飘风,御云霓,要超离现实作逍遥游,以出世的幻景来决绝现实的"寇"的世界;但这种超离与决绝又是那样痛苦和犹疑,诗人对"旧乡"毕竟又那样亲近,那样依恋不舍。王国维指出《离骚》中蕴含"亲"与"寇",两种情思的象征描写交替出现,其实就是诗人矛盾心境的折射,也是他深悲极憾的一种调节和自慰。王国维把这种创作心态及"游戏"中蕴含严肃的审美表现称为"欧穆亚"(幽默)。这种幽默不只是喜剧性的,而主要是悲剧性的美学范畴;或者说,是悲剧性的崇高与喜剧性的诙谐的结合。王国维以此勾勒把握"屈子文学之精神",第一次真正从美学理论高度准确地阐说了屈原创作的基本特征,在大量"辨骚"论作中可谓独具卓识。

《屈子文学之精神》比《〈红楼梦〉评论》晚写两年,但显得比《〈红楼梦〉评论》圆熟得多。这与其说是理论方法的使用进步练达了,不如说是革新传统的"战略"调整了。《〈红楼梦〉评论》是破天荒运用西方的批评理论,渴求以一种全新的姿态一下子拉开与传统批评的距离,难免出现"误读"的硬套,当时确实也需要靠那种我行我素、挥斥方遒的劲头,给沉滞的传统批评思维带来大刺激。但王国维毕竟是一个扎实从容的学问家,他大刀阔斧引出现代批评的开篇之后,很快就意识到光靠揭竿造反式的行动是不可能真正革新传统、创建现代批评的,搬用的外来理论也许一时可以产生冲击力,却未必能真正站稳脚跟,因此关键的功夫还在于如何谨慎地选择和借鉴西方批评理论方法去调整、补充传统批评的不足。

《屈子文学之精神》并没有显出颠覆传统的企图,表面上甚至还退回传统,而且也确实结合运用了传统批评的某些手段与材料,但作为基本的批评思路却是现代的,其中的概念推理与审美分析的结合,是传统批评所缺少的,体现了王国维革新传统批评的新思路:不是以西替中,不是以外来批评理论颠覆和取代传统批评,而是"以外化内",即以外来理论去观照、调整和补充传统的批评,寻求中外批评的契合点,最终达到"中外汇通"。到1906—1908年写《人间词话》,这种批评理论方法上的"中外汇通"就更自觉,也更完整。

三、"第二形式之美"说的原创性

王国维在革新批评思维方法的同时,对审美批评理论作了相当深入系统的探索。这种探索借用西方美学理论来观照、阐释传统文论中某些美学命题,引发出一些创造性的理论建树,对现代文学理论批评产生深远的影响。

王国维的审美批评理论具有一定的体系性与自足性。如果我们勾勒一下王国维审美批评理论的轮廓,就会发现它的体系就如同一座金字塔。作为塔底的基础部分涉及面很宽,核心是文学的审美本质论,即认为文学是"可爱玩而不可利用"的。围绕这一核心,王国维研究了文学的外缘关系,区分文学与政治、宗教、道德、科学等方面的界限;同时又进行文学的内部关系研究,提出并着重探讨文学的"第二形式之美"的创论(即"古雅"说)。在作为基础部分的文学审美本质论之上,王国维树立了他的批评论,包括前文所述的他对批评思维方法的探索,还包括有关批评审美范畴的讨论。其中"意境"说是整个批评理论金字塔的顶端,也是最富光彩的部分。这里,我们先来考察王国维审美批评理论的基础部分,特别是"第二形式之美"这一创论,后再讨论他的理论体系的其他部分,其中"意境"说将作为另一重点放到下一部分去考察。

文学的本质是什么?古往今来,众说纷纭,解释的角度和层面各有不同。王国维则是侧重从审美功能的角度去解说的。他对美的性质进行界定,从而完成对文学性质的界定。他认为:

> 美之性质,一言以蔽之,曰:可爱玩而不可利用者是已。虽物之美者,有时亦足供吾人之利用,但人之视为美时,决不计及其可利用之点。其性质如是,故其价值亦存于美之自身,而不存乎其外。①

这段话集中表达了王国维基本的美学观点,即所谓"可爱玩而不可利用",是指审美对象的超物质性。美纯粹是精神产品,只供游戏玩赏,满足精神的宣泄、寄托和安慰等种种需要,没有工具性物质性的利用价值。虽然有些美的物品也是可供日常生活"利用"的,但当人们把它作为美的对象欣赏之时,就会忘却或不顾及其实用性。这就说明不光审美对象是超物质性的,审美主体在进行审美活动时也是超利害的,审美态度是非功利的。因此衡定美的价值,应当注意到美的独立性。美的价值只在其自身,而并不依赖任何外在的利害关系。这也是美区分于道德、伦理、科学等其他人类精神产品的界限。

---

① 王国维:《古雅之在美学上之位置》,《王国维文学美学论著集》,第37页。

为什么说文学审美本质是超利害的,而且美的价值在"美之自身"呢？王国维试从"美在形式"的角度进行探讨。他说：

> 一切之美,皆形式之美也。就美之自身言之,则一切优美皆存于形式之对称变化及调和。至宏壮之对象,汗德(按即康德)虽谓之无形式,然以此种无形式之形式能唤起宏壮之情,故谓之形式之一种,无不可也。①

这里王国维主要接受了康德的观点。在《判断力批判》一书中,康德提出过"美"是不涉及概念,因而也不涉及利害欲念的"感情直观的纯形式"。作为对象的美与对象的实体存在无关,而仅仅依赖其"形式"。若"形式"恰好能适应人的想象力与理解力,达到一种自由谐和的状态,就会引起超越利害欲念的快感,即美感。王国维正是从康德这种"美在形式"论出发,提出文学审美"可爱玩而不可利用"的超利害观点。

这种观点虽然有"形式主义"之嫌,但目的却在于强调文学的独立价值,用以反对传统的"文以载道"观及单纯的实利工具论。王国维在《文学小言》(1906年)中将那种为"利禄"所支配的文学,斥为"铺馂的文学",将那种一味投合流风,缺少真情而又媚俗求名的作态的文学,斥为"文绣的文学"。他主张真正的文学家不应该抱文学以外的功利目的去从事文学,不应"以文学为生活",而应当"为文学而生活",把文学本身作为目的。在他看来,中国历史上不大重视与承认文学的独立价值,文艺家"皆以侏儒倡优自处,世亦以侏儒倡优畜之","此亦我国哲学美术不发达之一原因"。② 所以王国维由文学审美超功利的"可爱玩而不可利用"说,引出对文学独立的审美价值的强调与尊重,对传统文论来说是突破性的,激进的。

中国古代文论中占支配地位的始终是儒家的文学功利主义,即"美善相乐"③的思想。文学与政治、伦理、道德等社会目的联系紧密,美与实用就容易混同,文学审美的独立价值很难得到承认。另一派在批评史上有影响的道家倒是讲超脱,比较重视文学的超功利性,但也未曾有过像王国维这样对文学审美

---

① 王国维：《古雅之在美学上之位置》,《王国维文学美学论著集》,第38页。
② 王国维：《论哲学家与美术家之天职》,《王国维文学美学论著集》,第35页。
③ 荀子：《乐论》。

价值的明确系统的理论上的肯定。他第一次把审美无利害关系作为批评鉴赏的关节，并由此为出发点，探索审美批评的特殊规律。这种理论探求对于现代批评作为一门独立学科的形成，无疑是一种有力的推助。

但是我们这里特别要加以讨论的，是王国维在论述文学审美本质过程中所提出的"第二形式之美"①的命题，即所谓"古雅"说。这是王国维对于美的范畴分类的一种创论。

西方美学对美的分类，大致分为优美与崇高两大类，即审美的两大基本范畴。康德对此也有他自己的解释。他认为优美是一种有限的形式，感官可以直接把握，而崇高是一种无限的形式，必须借助想象，才能把握其整体。无论优美还是崇高，都是"美在形式"，所不同的是审美过程主体的感应效果不同。优美能直接使"精神之全力沉浸于对象之中"，主体与对象可达自由谐和的结合，于静观的状态中产生"可爱玩"的美感愉悦；崇高则由于"对象之形式越乎吾人之力所能驭之范围，或其形式大不利于吾人"，使主体产生激动或震撼感，于是就会本能地"超越利害之观念外，而达观其对象之形式"，从而在超越的审美自由中获得另一种美感。② 王国维吸收了康德对优美与崇高（王译称为"宏壮"或"壮美"）两个审美范畴的阐说，但他又有自己的理论发现。他试图把"古雅"即"第二形式之美"，作为优美与崇高之外的又一个审美范畴，去补充康德与西方美学理论的不足。

康德的超利害审美观建立在天才论基础上，把一切真正的艺术品都归之于天才的创造，而一切艺术品都不脱优美或崇高两大审美特征。王国维则认为康德的理论不完全。事实上，有些事物并非由天才创作的艺术品，却也有"可爱玩而不可利用"的审美效果，尽管不一定达到优美或崇高的审美效果。王国维举例说，古代存留下来的由一般工匠制作的文物，如钟鼎、摹印、碑帖、古籍等等，当时并非作为艺术来创造，主要是为了实用，但现在实用性消失了，这些文物也变成"可爱玩"的东西，人们乐于欣赏其"形式"了。又如，文学作品中称得上天

---

① 王国维：《古雅之在美学上之位置》，《王国维文学美学论著集》，第37—41页。本节以下所引王国维文字均出自该文。

② 康德对优美与崇高的审美范畴的论析详见《判断力批判》的第二章第二十三、二十七节。这里的引文是王国维所译，均见《古雅之在美学上之位置》。

才的作品并不多,占绝大多数的并非神来兴到的天才之作,工力型创作也有一定的审美价值,可是其"形式之美"尚未达到康德所说的由天才创造的优美或崇高。如何解释和概括这种现象呢? 王国维提出"古雅",或"第二形式之美"的范畴。

王国维认为:"一切之美,皆形式之美也。"包括自然形态的美与经人工艺术创造的美,后者被称为"古雅",即所谓"形式之美之形式之美"。前一种"形式美"实际上指内容材质,他把内容也形式化了。后一种"形式美"指人为创造的艺术形式。所以王国维称优美、宏壮为"第一形式",古雅为"第二形式"。"第一形式"须通过"第二形式"表现,才形成艺术美,故"古雅之但存于艺术而不存于自然"。古雅与优美、宏壮的关系,是表现与被表现的关系。不过,"优美及宏壮之原质愈显,则古雅之原质愈蔽",天才的作品往往不显技巧做作痕迹,而是天然浑成,就是这个道理。由此王国维认为天才的达到优美宏壮的创作离不开"古雅"即"第二形式"的表现,而那些非天才的不够优美宏壮的创作,也完全可以靠"第二形式"的工致取得"古雅"之美,具有独立的"可爱玩"的鉴赏价值。

王国维认可康德的观点,指出优美和宏壮(崇高)的发现和表现,都必须依赖天才先天的慧眼与魄力,凡夫俗子"欲者不观",只能靠后天的经验与技巧达到"大抵能雅而不能美且壮"的"古雅"。即使是第一流的天才艺术家,其最优美最宏壮的作品中,也很难说就没有"神兴枯涸"之笔和"陪衬"的章句,而这些地方就可能只是有古雅之美了。因此王国维又把古雅称为"低度"的优美或宏壮,认为三种不同的审美范畴,都共有"可爱玩而不可利用"的本质特征。

"第二形式之美"说是王国维批评理论中富于创造性的部分,所涉及的美学问题比较复杂,值得深入研究。这里要指出的是,这一概念的提出不但强化了王国维超利害的审美批评意识,而且也扩展了批评的视野,把形式技巧性的批评提升到美学批评的高度。如果照搬康德那种天才论的美学理论,很难与实际批评对上号,大量并非由天才创作的所谓"二三流"的作品,包括相当一部分比较大众化的古代小说戏剧作品就可能被排除在批评的视野之外。而"第二形式之美"即"古雅"审美范畴的运用,就弥补了这种遗漏和不足。王国维关注宋元戏曲与明清小说这些俗文学领域的研究,并取得巨大成绩,就跟重视"第二形式之美"的独立价值有关。

此外，"第二形式之美"的审美概念提出，还涉及艺术修养构成创作的必要条件、审美意识积淀在创作与批评鉴赏中的作用、天才型创作与工力型创作的不同审美特点等一些深层次的理论课题，王国维虽然没有深入探讨，但在他的实际批评中包含有这些思索。在《文学小言》中，王国维讲"古今之成大事业大学问者"包括杰出文学家的成功不可不经过三个阶段，实际上就是强调学问修养的积累由量变到质变。① 前文提到王国维主张整体性审美批评，还提到他反对模仿的"文绣的"文学，但不等于说他就不重视作为"第二形式"的艺术技巧与表现手段。在《人间词话》和别的一些批评论作中，王国维对于诸如用字、音律、修辞、文体等属于所谓"古雅"美范围的对象，也是非常关注并认真评论的。《人间词话》提出另一重要的批评概念——"境界"说，其中也贯穿着对"第二形式之美"的思索。

四、"境界"说及相关的审美批评概念

从《〈红楼梦〉评论》到《屈子文学之精神》，再到《人间词话》，给人的印象是王国维一步步回归传统。《人间词话》不但用了诸如"意境"、"境界"之类传统的批评概念，而且体式也是丛残小语的词话。这部著作因此而甚得旧式读者的爱好，一些学者也认为它基本上属于古典形态的批评②。但是如果细加辨察，会发现《人间词话》表面上是传统的，内里却又是现代的，其传统的形式和审美意趣中已经注入了现代批评的精神。如果说《〈红楼梦〉评论》主要表现为直接借用西方批评的刺激以改变传统批评的思维，《屈子文学之精神》表现为"以外化内"开始寻求中西批评的契合点，那么《人间词话》就在相当程度上达到了中西批评思维方法的汇通。看起来这三篇（部）论作代表三个阶段，似乎逐步向传统回归，其实是一步步走向理论的成熟。《人间词话》利用并翻新了国人比较能接受的传统批评概念与文体，试图建构一套能同时超越传统与西方批评的新

---

① 《文学小言》第五节中说："古今之成大事业大学问者，不可不历三种之阶级：'昨夜西风凋碧树，独上高楼，望尽天涯路'（晏同叔《蝶恋花》），此第一阶级也。'衣带渐宽终不悔，为伊消得人憔悴'（欧阳永叔《蝶恋花》），此第二阶级也。'众里寻他千百度，回头蓦见，那人正在灯火阑珊处'（辛幼安《青玉案》），此第三阶级也。未有不阅第一第二阶级，而能遽跻第三阶级者。文学亦然。此有文学上之天才者，所以又需莫大之修养也。"

② 例如敏泽所著《中国文学理论批评史》，就认为王国维只是把传统文论中关于"境界"的论述继承并做了发展，"给予比较详细的论述"。

的批评理论。

《人间词话》因为采用了散漫随意的丛残小语方式，确实见不到《〈红楼梦〉评论》那种条理密贯的理论思辨性，加上词话中品评诗作或发挥诗思又采用顿悟式，缺少明显的逻辑联系，一般人们都不把它视为一部系统的理论专著。其实，《人间词话》具有不易发现的潜隐的逻辑性与系统性。根据《国粹学报》1908—1909 年最早刊行的《人间词话》六十四则，其编排是由王国维自己确定的，我们从中可以看出它隐含着的理论系统，而核心便是其"境界说"。

在中国文学批评史上，严羽的"兴趣"说，王士祯的"神韵"说，都是有代表性的批评概念，但在王国维看来，它们虽有利于引导读者体味鉴赏作品，但基本上仍停留于对诸如风格、情趣、体式等某一侧面或表层的品评，只能"道其面目"，而未能进一步说明审美的效果是如何产生的。王国维特别将"意境（境界）"这一概念标示出来，以其为主轴建构一种比较系统的批评理论，并从审美关系上探讨文学的本质，这是对传统文论的一种现代性的突破。

"意境"或"境界"的概念都并非王国维首创。自宋以后，特别是清代诗家，对这两个词的使用颇多，甚至也已经注意到"意"与"境"对立统一的关系。① 以往许多论者已经论述过王国维"意境"说与传统文论的渊源关系，并把王国维称为传统"意境"理论的集大成者。② 这都是不无根据的。不过，对于本论题更重要的，是王国维在对传统"意境"理论的继承中的所作的现代式的发挥与创造。

王国维构筑《人间词话》理论体系的第一步，是把"意境（境界）"升格为审美批评的核心概念，传统批评的其他审美范畴，诸如风骨、气象、格调、神韵、趣味、巧妙、韵律，等等，就成了次一等级的批评概念，并且都可以为意境所涵括统摄。意境又是带普遍性根本性的审美批评标准，王国维因此认为"词以境界为最上。有境界则自成高格，自有名句"。《人间词话》评骘了五六十位词家词作，都是以有无意境以及意境的深浅高下作为批评的基点，对其他方面诸如技巧、风格、体式的评论，都与意境的体味评判相联系，服从于意境的批评。传统批评（特别是诗话词话的印象式批评）

---

① 传统文论中使用"意境"或"境界"二词的很多。如唐代《文镜秘府论》就提出过"意与境相兼始好"。托名王昌龄的《诗格》提出写诗三境，即"物境"、"情境"和"意境"。金圣叹评《西厢记》时多处用"境界"一词。朱承爵《存余堂诗话》说"作诗之妙，全在意境融澈"。况周颐《蕙风诗话》中也多处用"意境"一词，并主张写"情景真"的"境界"。梁启超的《饮冰室诗话》也曾用"独辟意境"称黄公度诗。

② 可参考佛雏《王国维诗学研究》第三章第一节，北京大学出版社 1987 年版。

一般都比较散漫,批评的标准也缺少明确性,王国维把"意境"升格为核心的批评概念,并努力从理论上界说其内涵,这就使批评的目光集中,产生类似聚焦的作用,明晰地切入并把握文学创作与鉴赏的审美本质。

那么王国维是如何界定意境(境界)的涵义的呢?他在《人间词话》乙稿序中说:

> 文学之事,其内足以摅己,而外足以感人者,意与境二者而已。上焉者意与境浑,其次或以境胜,或以意胜,苟缺其一,不足以言文学。原夫文学之所以有意境者,以其能观也。出于观我者,意余于境;而出于观物者,境多于意。然非物无以见我,而观我之时,又自有我在。故二者常互相错综,能有所偏重,而不能有所偏废也。

这里,王国维把"意"与"境"看作是构成文学本质关系,并从根本上决定了文学的审美性质与效果的两方面基本因素。所谓"意",指主观方面的各种因素,包括情感、想象、理解、兴趣,等等,其中情感是最主要的,对其余诸种因素起渗透、贯串和主导的作用;"境"则指艺术创造的形象、画面、景象,等等,是"意"的依托与具体表现。二者互相融汇,浑然一体,才能形成审美的世界,即意境或境界。如果二者不那么和谐一致,无论意胜于境或境胜于意,都不能达到最高的审美效果。传统文论中有"情景交融"、"形神兼备"一类的说法,与王国维的"意境"说比较接近。但王国维所说的境界或意境并不等于情景交融,而是一种比艺术形象本身更加广阔深邃的艺术世界。他从哲学与美学的高度阐释意与境或情与景的对立统一关系,将本来比较含混只可意会的传统批评范畴提升为有一定本质规定性、多少可以从理论上把握的批评概念。①

在对意境作大致的理论界定的基础上,王国维又进一步从创作的主客体关系的处理方面探讨了两对不同类型的意境,即"有我之境"与"无我之境"、"造境"与"写境"。

王国维说:"有我之境,以我观物,故物皆著我之色彩。无我之境,以物观物,故

---

① 依现代批评理论的眼光看来,王国维对"意境(境界)"涵义的界定还是很不明确的。王国维深知传统诗学概念的特长,他要充实并尽可能界定这些含糊的概念,使之多少能从理论上把握,但又不轻易用西方的批评理论来阐释中国传统的批评概念。其实,"意境"或"境界"作为一种批评术语,在西文中找不到一个词可以概括其所有内涵。看来王国维对此也是很清楚的。

不知何者为我,何者为物。"其实"有我"、"无我"只是相对而言。只要是具有审美特性的意境(境界),都无不渗透着作者的主观(情感)因素,都是"有我"的。王国维讲"有我"、"无我",不过是指主观(情感)因素在创作中的显隐之别,强弱之别。他还区分了不同的审美特质,认为"无我之境"比"有我之境"更属上乘,因为"有我之境"是人工巧合,可以明显感触到作者的情绪或匠意,比不上"无我之境"那样浑然天成,主客观因素的互相交融渗透,很难剥离分辨。虽然"有我"、"无我"之境都可以达致艺术审美效果,但后者比前者更难,更需要依赖艺术的天才创造力。他既追求完美的高水平高目标,又宽容兼顾不同的审美层次。"意境"概念的理论升格,使王国维获取了比传统文论家更阔大的批评视野与胸襟。

与"有我"、"无我"之境相关的,还有"造境"与"写境"的境界之分。王国维说:"有造境,有写境,此理想与写实二派之所由分。然二者颇难分别。因大诗人所造之境必合乎自然,所写之境亦必邻于理想故也。"这里所说的偏重理想的"造境"与偏重写实的"写境",后人往往理解为指浪漫主义与现实主义。其实王国维并非讲两种不同的创作方法,或两种境界的品第高下,而是在探求那种称得上"大诗人"手笔的完美意境的产生原因。他显然认为成就完美意境的条件是既"合乎自然",又"邻于理想",这是通向纯粹审美世界的双轨。所谓"合乎自然",是指诗人创作时摆脱任何势利荣辱和"生命意志"的束缚,以一种全然忘我的姿态进入审美静观之中,由此观物观我,诗人本身也就自然化了。就能以自然之眼观物,以自然之舌言情,所表现的审美效果也就是合乎自然的,不做作不装束的。① 所谓"邻于理想",在王国维看来是"合乎自然"的另一面,诗人只要进入上述这种自由无羁的创作状态,就可以按自身"美之理想"去发挥创造力,赋予客观描写的事物以理想的灵光,从而使作品具有超越性普遍性,产生不可穷尽的审美效应,即所谓"言外之味,弦外之响"。对于完美的创作状态来说,"合乎自然"与"邻于理想"是同样重要,缺一不可的。所以王国维眼中大凡成功杰出的诗人必定兼具"理想家"与"写实家"双重身份。

在对"意境"这一审美范畴的理论探索和界定中,王国维引发出文学批评的

---

① 王国维这一观点显然受叔本华的影响。叔本华在《意志和表象的世界》中提出:诗人"本身就是自然自身,就是把自身客观化了的意志。……只有自然才能领悟它自己"。王国维在《〈红楼梦〉评论》中赞同和引发叔本华这一观点,说"唯自然能知自然,唯自然能言自然"。

具体尺度和标准。其中最主要的是真与自然。他说："境非独谓景物也。喜怒哀乐，亦人心中之一境界。故能写真景物，真感情者，谓之有境界。否则，谓之无境界。"这里的"真"，并不完全等同于客观真实性的"真"，或一般所说的真理的"真"，而主要指作者主观性情的真，或本性的纯真。《人间词话》评论诗词，格外重视情感是否真切，摹写是否真实，而这一些又都追究到诗人是否进入超利害的纯粹的审美状态，展露抒发其毫无装束的"赤子之心"。

"自然"是与"真"相联系的。王国维认为诗人保持天然的性情，以"赤子之心"去从事创作，超越功名利禄的世俗眼光，就能"以自然之眼观物，以自然之舌言情"，达到浑然化一的高妙境界。王国维文学批评求"真"求"自然"，也继承了道家美学传统中"见素抱朴"、"法天贵真"的精神，但把"真"与"自然"作为形成意境的条件和评价标准，是王国维的理论发挥。

除了"真"和"自然"，王国维在《人间词话》中还运用过其他一些批评范畴，如气象、格调、工巧、神韵、隔与不隔，等等，几乎都是沿袭传统批评的，不过王国维把这些范畴都归之于"真"和"自然"的规定之内，受"真"与"自然"制约，或者和"真"与"自然"有因果关系，用以从不同侧面或层次衡定意境的深浅高下。

王国维早在"五四"前十多年就写出上述一些带经典意义的现代批评著作，使我国传统文学批评开始向现代文学批评转化。其中虽然不可避免地带有历史性的局限和新旧混杂的痕迹，但他对于现代文学批评开创性的历史地位，则是必须肯定的。

1992 年 2 月 27 日于京西镜春园且竹居

成仿吾的文学批评*

　　以成就而言,成仿吾算不上第一流的批评家,却是现代批评史不能忽略的重要而有特色的批评家。他对初期新文学的实际批评产生过大的影响,也因为其批评理论与实践在相当程度上显现着当时浪漫派思潮的驳杂性,如果要梳理20年代文学批评历史发展的脉络,特别是创造社为代表的浪漫派批评这条线索,成仿吾无疑是重要的环节。

　　作为创造社的三元老之一,成仿吾的文学批评与郭沫若的诗、郁达夫的小说一样,代表着这一著名文学团体的实绩,是对新文学的值得珍视的历史馈赠。成仿吾也写过一些小说、诗与剧本,并不出色,其才华显然不在创作方面,他在20年代文坛上有过很高的知名度,这主要是由文学批评获得的。

　　以往文学史研究者很少论及成仿吾,他"五四"时期的文名似乎给20年代末"革命文学"论争中的"表现"掩盖了:特别是由于他曾非常激进地向鲁迅发动"笔伐",在许多人的印象中,成仿吾就是手执板斧在文坛驰骋的李逵式的批评家。其实印象并不能完全代替研究的结论,而且"革命文学"这一段的得失也不能涵盖成仿吾整个文学批评。成仿吾是1927年初转向提倡"革命文学"的,以此为界,可分为前后两个时期。前期成仿吾的批评可以用"社会—审美"的模式来概括,后期则如他自己所说,是对"五四"新文学传统包括他自己前期批评的"全部批判",是一种"政治批判"模式的批评。对于现代文学批评史来说,前期的成仿吾更有理论个性与特色,因而也更值得作重点评述。

　　成仿吾从事文学批评的时间集中在1922年底到1926年底。在四年多时间里,一共写有四十多篇批评文字,其中侧重文学理论探讨的有二十多篇,较重

　　*　本文原载《文学评论》1992年第2期。

要的有《创造社与文学研究会》、《雅典主义》、《诗之防御战》、《新文学之使命》、《士气的提倡》、《写实主义与庸俗主义》、《批评与同情》、《作者与批评家》、《批评的建设》、《建设的批评论》、《批评与批评家》、《文艺批评杂论》,等等。对新文学具体作品的评论有十多篇,主要有《评冰心女士的〈超人〉》、《〈沉沦〉的评论》、《〈残春〉的评论》、《〈命命鸟〉的批评》、《〈一叶〉的评论》、《〈呐喊〉的评论》,等等。这些评论文章大都发表在《创造》季刊、《创造周报》上,后结集为《使命》一书出版。①

成仿吾通常被看作是浪漫主义批评家,并非没有根据。他前期主张文学的"自我表现",而且在许多情况下,充当过浪漫派团体创造社的理论发言人。但细加究察,成仿吾的"自我表现"是很有节制的,甚至是比较理性与务实的,这与郭沫若、郁达夫就很不相同。创造社总的文学倾向很注重创作的个性、天才与灵感,而成仿吾的文章中很少讲天才与灵感,凡是提出文学的"自我表现"说时几乎都同时强调社会功利性,强调理性对创作中情感的制约。成仿吾的批评理论其实是驳杂而又独特的,很难说他能在理论上完全代表创造社的浪漫主义。这一点,以往的研究似乎注意不够。

成仿吾前期的"表现"说,从表面看,与创造社其他成员的有关说法以及"五四"时期通行的提法是一致的。成仿吾也讲文学活动就是"把自己表现出来"②,讲作者"向永远求生命的意志之表现"③,讲创作过程(也包括批评)中忘却身外一切功利去"专求文章的全 Perfection 与美 Beauty"④,在对文学本质的解释中,成仿吾是赞同"表现"说的,他把文学创作看作是内心世界的外化,关注创造的主体性,强调激情对创造的支配。作为倾向"表现"说的批评家,成仿吾的理论基点在作家这方面,注意的焦点是作家创作的情感心境与作品诸要素的关联,他的批评理论是沿着从作品到作家这条线来下定义、谈见解的。他的批评不但关注创作的主体创造性,而且批评家本身也注重发挥主体创造性。按照当代著名文论家艾布拉姆斯(M. H. Abrams)对批评理论类型划分的观点,成仿吾

---

① 1985 年山东大学出版社出版的《成仿吾文集》汇集有《使命》中的所有评论文章。本文凡引述成仿吾的文字均见该文集。

② 《批评与批评家》,《成仿吾文集》,第 177 页。

③ 《批评与同情》,《成仿吾文集》,第 117 页。

④ 《新文学之使命》,《成仿吾文集》,第 94 页。

是可以划入"表现"说的浪漫主义范畴的。

　　然而这只是一般性的划分,正像以往许多论者已经指出创造社倾向浪漫主义一样,还是比较笼统的。事实上,成仿吾对"表现"说的赞同是很有限的,他并不是神迷心醉地以西方的浪漫主义思潮为知音,这一点,与创造社其他同仁也很不相同。西方浪漫主义的代表性诗人与文论家,如华兹华斯、济慈、卢梭、歌德、惠特曼、尼采、柯尔律治,等等,在"五四"文坛上都有过较大的影响,从郭沫若、郁达夫等人的文章中不难找到这些影响的例证。"五四"浪漫主义特别是创造社的文学思潮,与西方浪漫主义精神上的联系是不容置疑的。然而赞同"表现"说的成仿吾却几乎从不顾及上述西方的浪漫主义作家或文论家,他的文章中很少提及郭沫若、郁达夫等感兴趣的那些"正宗"的浪漫派先驱,引述最多的反而是主张社会学文学观的居友(J. M. Guyau,成仿吾译为基欧),这是值得注意的现象。

　　居友是法国现代哲学家和社会学家,在19世纪末写过一本《社会学艺术论》,将文艺作为一种特殊的社会心理现象来研究。居友是强调文艺的社会功利性的,他认为文艺所以"对于社会有机体之生存与发展有最高度的重要",是因为文艺作为一种社会心理的反映,具有"同情的唤醒"作用,即可以由着它所具有的"社会的成分","利用人类对于美的憧憬,唤起在人类中间熟睡了的同情","提醒我们的自意识,促成生活的向上"。以上引述的观点,出于成仿吾《艺术之社会的意义》一文,对照一下居友的《社会学艺术论》,便知道成仿吾基本上"照搬"了居友的有关论点,①他对居友的"社会学艺术论"可以说是心悦诚服的。

　　值得提到的还有德国著名的艺术史家格罗塞(Ernst Grosse),他发表于1894年的《艺术的起源》一书,在探讨原始艺术的产生和发展中,证明了社会经济组织与精神生产之间的必然联系。成仿吾对格罗塞此书非常看重,在《艺术之社会的意义》中就极推崇格罗塞关于艺术的"美的要求"与"实用的目的"(主要指提高人的精神,使"情"的生活丰富)统一的观点。成仿吾选择了居友与格罗塞来支持和建立自己的理论批评,着眼点就在"社会—审美"这一思路上。成

---

　　①　关于居友的《社会学艺术论》的评介,参照了 Marián Gálik 的 *The Genesis of Modern Chinese Literary Criticism* 一书(London,1980),第64页。

仿吾毫不含糊地宣布自己的认识：

> 艺术之所以能够维持到今而且渐次进步的原因，实是因为它有这种社会的价值。艺术是否如我们的古人所梦想，能够治国平天下，与人生是否模仿艺术，我且不讲；然而至少它的社会的价值，在明达的思想家的眼中，是决不会潜消的。①

成仿吾看重文学的社会功利性，并把文学对于"良心病了"的社会的救治作用，提到"新文学的使命"这一高度，指出新文学家独任的工作，就是发挥文学感人与教育的作用，"在冰冷而麻痹了的良心，吹起烘烘的炎火，招起摇摇的激震"。②

所以浪漫主义的"表现"说在成仿吾这里已经发生了明显的变形，本来是非功利的纯粹服膺于个性解放与自我灵性彰显的理论，变成了注重教育功能并着眼于社会进步的理论。成仿吾讲"自我表现"，这个"自我"其实是带普遍性社会性的"自我"，"自我表现"也并非没有"表现"之外的目的。成仿吾所关注的正是"表现"所可能带来的人类"情"的丰富与社会肌体的健全，这里联系着宏大深远的社会精神改造的目的。

成仿吾的理论显得驳杂，不同层面的表述，往往借用了在体系上本来是互相矛盾的观点。在阐说对文学本体论的认识时，赞同"表现"说，把文学的本质看作是生命意志的自然流露与发抒；在理解文学的价值论时，又努力将"自我表现"的意义导向社会，成仿吾显然在力图把这些表面上矛盾的理论统一起来。他的措施是重新解释和充实"表现"说的涵义。成仿吾提出文学创作和批评，都必须以真挚健全的"人格"为背景，从事创作与批评都是建设与完成作者自己的人格。他在《批评与批评家》一文中说：

> 像真的文艺作品必有作者的人格在背后支持一般，真的文艺批评也必有批评家的人格在背后。他对于他的对象，也像创作者对于一切的现象一般是公允而沉着的。他是由自己的文艺活动在建设自己，在完成自己；除此之外，他没有别的目的。

---

① 《艺术之社会的意义》，《成仿吾文集》，第 167 页。
② 《新文学之使命》，《成仿吾文集》，第 91 页。

这里讲"没有别的目的",提法类似浪漫主义者非功利超世俗的口气。其实以健全真挚的人格为背景进行创作与批评,同时又完成建设自己的人格,这本身就是一种目的。因此"自我表现"在成仿吾这里有了更实际的目的性。重视"人格"背景的观点突出了创作与批评的个性与良知,作家与批评家在"文艺活动"中表现与完善自己的人格,同时又对读者负责,对健全社会产生积极的影响。这对当时那些以游戏态度对待文学,或以玩票态度从事批评的不良风气,是一种针砭。通过对"自我表现"内涵的重解与充实,成仿吾形成了"社会—审美"的理论批评模式,从而开放了自我的艺术世界,既坚持了浪漫主义"表现"说注重创作主体性与情感性的要求,又将主体性、情感性导向社会感应方面,在审美价值上倚重现实性、社会性。

处在"五四"这样一个要求个性解放的历史时代,"自我表现"又是适应当时社会心理发展需求的口号之一,成仿吾赞同"表现"说是很自然的,何况他当时置身于创造社特有的浪漫主义文化氛围之中。但成仿吾的禀性热情而又比较务实,不属于郭沫若、郁达夫那种才子型心理素质,他选择以文学批评为主,很适于发挥自己偏向理性的特点。这都影响到他的文学观倚重现实性与社会性。他赞同"表现"说,但所理解的"表现"说始终有一根理性的绳子牵缚着,不让飘得太远。他借用居友的理论形成的"社会—审美"的理论模式,一开始就带有功利性、社会性的要求,随着时代的变迁,后来这种要求越来越突出,意识形态化的色彩也愈来愈浓。到1926年写《文艺批评杂论》时,成仿吾的理论思索更明晰了,也更意识形态化了,他转而对早先提出的"表现"说进行了理论反省。他说:"从批评的作用上说起来,它的目的绝不止于表现自己,它并含有要求一般人承认的性质。"这里所说"一般人承认的性质",最终就导向"革命文学"所要求的时代的阶级的审美标准,导向文学"工具论"和"宣传论"。至此,成仿吾实际上已告别了"表现"说。

人们一般认为成仿吾1927年才正式转向"革命文学",其实他并非在这一年才忽然转向,他在1926年所写的《革命文学与它的永远性》、《完成我们的文学革命》以及上面提到的《文艺批评杂论》等文中,就已经透露出"转向"的消息。他在这"转向"过程中所关注的一个理论焦点问题,是批判文学"趣味主义",同时反省"表现"说。这两方面互为因果。成仿吾反省早先提出的"自我表现"主张,虽然含有对创造社乃至"五四"时期颇为流行的浪漫主义的批评,但更为现实的针对性,是指向当时同样以"自我表现"为标帜的文学"趣味论"。自从"五四"落潮之后,一些自由主义倾向的作家对早先思想革命与社会变革的目标越来越失去信心,思想上的颓唐与保守使他们在生活方式与审美情趣上日益转向传统,趣味主义作为一种文学思潮便在文坛上泛起。周作人是这方面的理论代表之一。成仿吾作为激进而富于使命感的批评家,明确反对趣味主义,这也是他转向"革命文学"的理论契机。

成仿吾此时已初步接受了从日本和苏联传过来的"科学的文艺论"的某些观点。在反省"表现"说与批评趣味主义时,他开始意识到"主观与客观是绝对不能单独存在的",而且"主观"含有"超个人的性质",因此他转而批评"表现"说所强调的"自我"内容脱离社会现实,是否认客观制约的"主观论"。在批判趣味主义时,他还比较具体地分析了"趣味"的涵义,认为包括感情、想象与理智三种元素,其中"理智"是超个人的,想象是半个人的,感情则多半是个人的。高级的趣味有赖于"理智"的发达,当"理智"的分量在"趣味"中达到较多的比例时,就是一种超个人的具有普遍意味的"高级趣味";而"低级趣味"是沉溺于个人情感的,因而是应当抛弃的。①

成仿吾对"趣味"这一复杂心理现象的分析,未免过于简单而机械,但其理论指向显然反对纯主观与非功利观点,反对脱离社会现实的"自我表现"。成仿吾顺着这一思路终于发展为对整个"五四"文学传统的"全部批判"。包括对他自己早先理论的批判,这当然是1927年以后"革命文学"论争中的事了。然而从"表现"说到"全部批判"这一理论变迁过程,也从一侧面映现出早期浪漫主义批评的历史脚印。

成仿吾后期的批评论作不多,主要是一种"左"倾机械论支配下的"政治批判",这里不多加评述,重点还是评介他前期的理论批评。如上所述,成仿吾借鉴居友等人的理论形成了"社会—审美"批评的思路,具体到批评方法论上,则提出以"同情"和"超越"作为两个基点,既是批评的"操作程序",又是批评的姿态。

---

① 《文艺批评杂论》,《成仿吾文集》,第198—199页。

所谓"同情"的概念,也是来源于居友的《社会学艺术论》。居友认为文学的社会功能之一在于能激起麻痹了的人类情感。他说:"艺术家和诗人只有靠他们的天才构成一个鲜明有力的充满同情和友善的艺术世界,才能完美地发挥文学的社会感化作用。"成仿吾非常赞同这种观点,把"同情"看作是一种感情的纽带,诗人的创作必须依靠"同情"而将其诗情转化为社会感应情绪,而读者也只有具有"同情"才能进入和理解作品。成仿吾为此还专门写了一篇题为《批评与同情》的文章,阐发他对文学批评中"同情"的看法。

成仿吾在这篇文章中扩展了居友原有的"同情"的涵义,具体解释为批评家对于作品的真诚的态度,对作者创作的感同身受与尊重的姿态。成仿吾说,"理想的批评家"对于作品或作者"非抱有热烈的同情不可,因为文学是感情的产物,若是批评家对于作品或作者先有反感或没有同情,那便不论作品如何优秀,在这样的批评家的眼底,好的也不免要变为丑的,作者的观念情绪更无从感触得到了"。这里提出以"同情"作为批评的前提条件,是有现实针对性的。成仿吾对当时文坛上"文人相轻"、党同伐异的不良风气很反感,指出"求疵"与"捧场"是常见的两种批评的异端,"一是不为作者设想,一是专为作者欺世"。他认为要健全批评,批评家首先必须调整批评的姿态,以"同情"作为批评的起点,摆脱和超越一切偏见。

"同情"对于成仿吾来说,又还意味着一种批评方法。在他看来,文学批评当然有赖于艺术感触力,批评家必须同时是一个敏锐的赏玩者,随着作者的指导,将对作品"部分的感触"集合起来,得到完整的印象,然后再从作品"全体的意义"上"批评作者之表现"。其中所说的"赏玩"作品的"感触力",也是一种"同情"。如果没有这种感同身受的"同情",不尊重创作,或过于理性冷观,就不可能承认和投入作品的世界,当然也就不可能进入批评。

按照成仿吾的理解,懂得"同情"的批评家在从事批评时,不先入为主,而是从作品本身出发,随着作者的引导,进入作品描写所构成的艺术世界。但这并非"灵魂探险",也不只是纯粹的欣赏,成仿吾很不赞同当时所流行的把批评看作纯粹的欣赏的观点。他对批评与欣赏的关系作了一番认真的理论区分,认为批评当然要投入,也有欣赏,但又不等于欣赏。成仿吾在《作者与批评家》中提出:

主张判断批评的人，每以为批评者应当高自位置，至少要脱离创作的 atmosphere，这种错误的见解，在一般人眼中，是牢不可拔的。但是如果我们想肯定（bejahen）作者的一切，只评判他的成绩如何，或想由作品中发见它的意义，那便非没入创作的氛围气中不行，也要这样才能不负作者。批评与赏玩的不同点，决不是一个不没入一个没入，而在批评家于赏玩时能为不断的反省，赏玩家却只是一味赏玩。

从王国维到周作人，都很注重批评中的"赏玩"，这可以说是他们所从事的批评的一方面特色，与传统批评血脉相连。而成仿吾是使命感很强的批评家，他对更多地体现个人情趣的"赏玩"不感兴趣，甚至特别反对"一味赏玩"的批评，所以他提出"同情"说，希望从理论上说明批评的应有姿态，解决情感投入的问题。他强调批评家即使在"赏玩"时也要"不断的反省"，即有理性的引导分析，有价值判断。"同情"说的核心，是既注重情感投入，又让理性控制情感。他试图以此改变那种党同伐异的"派性"批评的不良空气。"同情"说并未能更深入地从理论上辨析文学批评中情感因素的生成，但主张批评要从作品实际出发，要感同身受地尽力把握作品的世界，同时注意到了批评中理性与情感的结合与制约问题，也是一种理论特色。

在批评实践中，成仿吾有时也能做到对作家作品"同情"，他反对那种不从创作实际出发的过分随意性的"孟浪"的评论。如邓均吾在《创造》季刊上发表一组题为《白鸥》的诗，引起章克标的批评。章显然带有一些"派性"，对发表在创造社刊物上的作品有先入为主的"偏见"，指责邓诗写得肤浅草率，甚至摆出了冷嘲热讽的姿态。① 成仿吾对章克标这种评论很反感，认为是一种缺乏同情的"横暴"，对创作没有感同身受的投入，只能"黑炭涂在明珠上"，糟蹋了作品。成仿吾以《白鸥》中的一首《檐溜》为例，来试作"同情"式的批评。诗是这样写的：

> 扰人眠睡的，
> 单调的声音！——
> 长夜漫漫，

---

① 章克标的《〈创造〉二卷一号创作评》刊于《学灯》，转参见《成仿吾文集》，第107—108页。

　　　　我只渴望着鸡鸣。

　　这首表现忧思的短诗,应该说是写得有意境的,但章克标没有去感受,也未能进入诗的世界,所以他才批评诗的末一句不通,认为"鸡鸣"应改为"天明"才通。而成仿吾在感受该诗艺术氛围的基础上,得出了相反的结论,认为这是一首难得的好诗,好就好在"全凭着听觉做骨子"。成仿吾幻想着诗人在雨夜辗转反侧不能成寐的心境,特别是檐前雨滴别有一种单调与凄凉,所以诗人渴望"雄浑的鸡鸣"来把这单调打破,具有一种象征意味。成仿吾以这种感同身受的"同情",进入和领略作品特定的情境与氛围,从而指出这首诗艺术上的成功正在于听觉的构思,即"听官"之中的统一,这种评论是建立在对作品的深入感受之上的,显然比较能抓住作品的特色。

　　成仿吾所说的"同情",在其批评实践中除了表现为感同身受地进入作品的世界,还表现为对作品美学目标的充分理解。在他看来,每一篇作品都有各自不同的美学追求,批评家的工作,就是了解不同的美学目标及其实现的程度。因此不存在固定的统一的审美标准。他指出:"对于一种文艺作品,有许多的人,每喜欢从外界拿一种尺度去估价,每喜欢拿一种固定的形式去强人以所不能。这种行为,酷肖我们的专制君主,拿一只不满三寸的金莲,去寻他梦里的尤物。"成仿吾反对"削足适履"的批评。他认为批评家不应当依据外界的形式去干涉作家的"新发明或特创的方法",重要的是看作家"在自己所创造的世界之中,能够有意识地成就多少",或者说,"看一个作品,对于它的材料履行责任的程度"。①

　　例如郭沫若的小说《残春》发表后,有些评论者认为是不成功的作品,理由是这篇小说的体式不符合一般小说的规矩,情节与结构处理缺少 climax(高潮)。成仿吾专门针对这种机械的评论发表了一篇《〈残春〉的批评》,认为小说不一定非得要有 climax,更不能以既有的传统的结构观念去要求所有小说都必须"形式上的完备"。像《残春》这样没有情绪"高潮"的小说也不失为一体,而且可能更"饶有余味"。比对这篇具体作品的评论更重要的是,成仿吾试图以此廓清批评理论上的一种迷失,证明批评需要"同情",提倡批评从作品实际出发。

---

　　① 《〈残春〉的批评》,《成仿吾文集》,第 39 页。

当时确实有动不动拿某种固定的形式或主义来批评文艺的风气,成仿吾的"同情"说是有理论意义与现实意义的。

与"同情"说相关,成仿吾还提出了"超越"说,其实这是一个问题的两面。前文所说的感同身受的"同情",对作家作品的"尊重",前提之一是摆脱偏见,其中就含有"超越"的意思。至于说不以固定的标准与眼光评价作品,不以个人的趣味喜好去取替对作品的实际批评,也带有"超越"之义。但成仿吾讲"超越",主要指充分发挥批评家的创造力与理论个性。在实际批评中,既要进去,又要出来,既要投入作品,感同身受,又不是完全沉浸其中,不等同于被动的鉴赏,不满足于阅读感受与印象,批评家要从中提升一步,有自己的辨识与判断,有独特的发现。批评家读评作品时的"感触"可能是零碎的,分散的,必须进而使"部分感触"构成整体的"意义"。譬如作者描写一些梁柱瓦石来表现一座建筑,批评家由这些具体描写所得的印象也会构成一座建筑,批评家此时是"与作者并肩而立"的。他的工作不止于复制作者的"建筑",还要据以"批评作者的表现方法与描写,他还能进而批评作者所自处的地位"[1],"看出作者创作时的态度与腹案来"[2]。成仿吾说这就是"超越"的批评,从一般性鉴赏与品评中"超越"出来了。这种"超越"不光需要批评家的"感触力",还有赖于"想象力"与理解力。

那么,怎么实现批评的"超越"呢?成仿吾认为关键在于正确认识和掌握批评的标准。他指出,在进入批评的实际操作之后,"不可为一时的交感与浅薄的印象所惑",而"必须有一种尺度做标准"。然而批评都是相对的,只有"相对的客观的标准"。他所理解的"相对标准"是一般的而又必须具备的标准,也是比较原则的要素,包括三方面,即:独创、生命或宇宙的实感、活跃而丰富的表现。当批评家循着这些方面去考察评价作品时,就存在能否"超越"的问题了。成仿吾认为最重要的"超越",就是"对于一切既成的思想与见解要能超然脱出,至少我们当用批评的眼光在它们适用的范围内利用它们,而不为它们所迷惘"。[3]

成仿吾的不少批评文章都引起相当大的反响,这跟他的"超越"意识有关。

---

① 《批评与同情》,《成仿吾文集》,第 116 页。
② 《作者与批评家》,《成仿吾文集》,第 119 页。
③ 《批评的建设》,《成仿吾文集》,第 157 页。

不能说他的批评结论都很准确和精辟,但他确实很放得开,不受旧说与定论的束缚,不投合惯常的阅读品评心理,即使是人们非常熟悉的已有很多评论的作品,成仿吾还是要读出自己的创见来。他的批评视点常常是独特的。用他自己的话来说,批评其实也是创造,是建设自己。成仿吾的批评读起来就是成仿吾的味道,那种观点、角度、风格只有他写得出来,这当然就会有所"超越"。

我们可以举成仿吾几篇著名的评论来看他是如何"同情"而又"超越"的。

郁达夫的小说集《沉沦》出版后,周作人曾作过权威的批评,肯定了作品的艺术价值,认为所描写的是"灵肉冲突"。① 郁达夫本人在该书的序中也是这样讲的。② 这几乎成了定论,在新文学的评论者中没有什么人提出怀疑。而成仿吾在《〈沉沦〉的评论》中仍"超越"了定论,提出与众不同的独特的看法。他说:

> 灵肉的冲突应当发生于灵的要求与肉的要求不能一致的时候。但《沉沦》于描写肉的要求之外,丝毫没有提及灵的要求;什么是灵的要求,也丝毫没有说及。所以如果我们把它当作描写灵与肉冲突的作品,那不过是把我们这世界里所谓灵的观念,与这作品的世界里面的肉的观念混在一处的结果。

成仿吾从小说描写的具体分析入手,得出新的有突破性的结论:《沉沦》不宜用灵肉冲突来说明,其主要色彩"可以用爱的要求或求爱的心来表示","我们的主人公所以由这条没有用蔷薇花铺好的短路,那般匆匆弃甲曳兵而逃的,是因为他所要求的爱没有实现的可能,决不是为了什么灵肉冲突"。

周作人讲"灵肉冲突",主要是着眼于对小说伦理价值的阐释,是为了反驳当时社会上以旧道德立场诋毁这本小说的观点。周作人指出"这集内所描写的是青年的现代的苦闷","生的意志与现实之冲突"所引发的苦闷,也可以说是"灵肉冲突","情欲与迫压的对抗",从而肯定这本小说集艺术上的"真价"。这种批评较多注意作品意义与外缘关系,也是符合创作实际,有说服力的。关于《沉沦》表现"灵肉冲突"的说法能一时成为"定论",不是没有道理。而成仿吾

---

① 周作人:《自己的园地·〈沉沦〉》。
② 郁达夫:《〈沉沦〉自序》,《郁达夫文集》第7卷,花城出版社、三联书店香港分店1983年版,第149页。

的独见则主要是从作品情节描写的分析中引出的,《沉沦》本身确实很少直接写"灵"的地方。成仿吾对《沉沦》的批评角度不同,所得出的结论也不同,也可以说是"超越"了既有的认识。成仿吾讲求批评的"超越",是从作品实际出发,又不限于对作品的感受,他相信自己的理性分析判断,不愿拘守陈见。这确实需要批评的眼光与勇气。同样,对鲁迅《呐喊》的评论,对冰心《超人》的评论,对许地山《命命鸟》的评论等等,成仿吾都采用逆向思维,不轻信权威的批评或众口一词的定论,对既成的批评重行思索,相信自己的阅读感受和理性分析,敢于提出新的见解。无须讳言,这些评论中有不少观点很可能是偏激的,错误的;值得注意的是这些批评中所体现的"超越"意识。对于一个真正的批评家来说,对作品的感受与认识永远都应当是新鲜的。

成仿吾的批评理论并不完备,又处在变动之中,文章中也有自相矛盾的地方。而且他的理论与批评实践存在距离。例如他主张批评的"同情"与"超越",要求打破固定的文学观点的限制,以宽博的胸怀承认作品独立的世界,接纳各种不同的艺术风格。事实上他也很难做到。文坛的宗派情绪与不同的文学观点也限制他的批评眼光。

1923 年底写的《〈呐喊〉的评论》,就很能说明成仿吾批评的缺失。鲁迅的小说集《呐喊》1923 年 8 月结集出版后,成仿吾是比较迅速地作出反应的一位。在此之前,新文学界虽然普遍惊异于鲁迅小说格式的特别与内容的深切,但形诸文字的批评很少,到 1923 年底也还只有三篇。① 可能是由于人们理解和"消化"鲁迅小说的艺术精髓还需要较长的时间。成仿吾较及时地对《呐喊》作出反应显示了批评家的敏感,但这篇评论很不成熟,甚至可以说是草率的。其主要毛病在于所使用的批评概念的模糊,而且又注入了党同伐异的文坛宗派情绪。他把《呐喊》中的十五篇小说分为前后两大类,称前九篇是"再现的",后六篇是"表现的"。这种划分本来就没有多少根据,因为写于 1918 年至 1922 年的《呐喊》中的作品,一篇有一篇的风致格式,很难从中分出前后期。成仿吾的硬

_____

① 1923 年底之前发表评鲁迅《呐喊》的三篇评论文字是:署名"记者"的《小说集〈呐喊〉》(1923 年 8 月 13 日《民国日报·觉悟》),雁冰的《读〈呐喊〉》(同时载《时事新报·学灯》和《文学旬刊》,1923 年 10 月 8 日),还有 Y 生的《读〈呐喊〉》(1923 年 10 月 16 日《时事新报·学灯》)。《〈呐喊〉的评论》见《创造》季刊第 2 卷第 2 期(1924 年 1 月)。

性分期非常勉强,纯粹出于主观的好恶来褒贬,他甚至将写于 1921 年 1 月的《故乡》与写于 1921 年 12 月的《阿 Q 正传》前后置换,将《故乡》归于"后期",《阿 Q 正传》划入"前期"。这样做是为了集中树"靶子",便于寻找"前期作品"所谓"共通的颜色",即他所贬弃的"自然主义"的"再现"。成仿吾对"自然主义"并没有确切的界定,这本来是曾在欧洲和日本流行过的一种比较复杂的文学思潮,在成仿吾这里只简化为"再现的记述",并急于套用来"证实"《呐喊》多数作品都是"浅薄的纪实",这种先入为主的批评就不能不产生偏见。例如,《狂人日记》是那样忧愤深广,其象征的抒情的色彩也很浓,成仿吾却说它属于"自然派所极主张的纪录";《孔乙己》以冷峻笔法浮现出封建社会的炎凉世态,《阿 Q 正传》以深广的典型刻画出国民的灵魂,而成仿吾却读作是浅薄的"传记"……都并不符合作品的实际。成仿吾这回没有做到他自己说的必要的"同情",而以一种"固定的形式"去批评作品,也就不可能进入作品的艺术世界,理解作品既定的美学目标。结果,成仿吾不自觉地表现出他在理论上所反对过的那种批评的"横暴"。不可否认在有些地方成仿吾也读出了鲁迅的特色,例如,他说鲁迅作品中有"各样奇形怪状的人在无意识地行动",其中许多典型都带 abnormal 和 morbid(变态与病态)的味道,等等,说明他也注意到了鲁迅小说重在揭出病苦以及长于深层心理发掘的某些特征。但先入为主的成仿吾并不赞赏这些特征,而将这些成功的表现贬为"自然主义"的弊病。同样,对于后六篇小说的"肯定",也并非真正从作品的实际出发,而只是由于比较接近于他所理解的"表现"手段。例如他欣赏《不周山》为"全集中第一篇杰作",只是觉得这篇小说"不甘拘守着写实的门户"。成仿吾的确注意到《不周山》等几篇小说有比较浓重的抒情意味,这很符合他所喜好的浪漫派"自我表现"的手段,但他以是否"表现"作为权衡鲁迅作品的标准,当然不能认识和说明鲁迅的精髓。他这篇评论所表露的"门户"之见也未免太重了。这例子也说明,不管成仿吾如何越来越强调功利论的"社会—审美"批评,他对文学本质的初始信念却仍一直悄悄影响他的批评实践。

成仿吾并没有给现代批评史留下什么深刻严密的理论,但这不妨碍他曾成为很有影响的批评家,他的成绩更多地体现在 20 年代的实际批评方面。创造社曾经掀动过红火一时的浪漫主义文学思潮,但这种浪漫思潮理论上是那样庞杂斑驳,那样不纯粹,而且一经形成就向几个方面同时发展:后来有的走向"新浪漫主义"即早期现代派,有的向现实主义归趋,有的则越来越往"政治化"的"革命浪漫谛克"发展。成仿吾主要代表了后者,他在 20 年代末的"革命文学"运动中终于成为一个非常情绪化而又政治化的左翼文艺战士。

胡风"主观战斗精神"说平议[*]

对胡风的文学理论体系，学术界至今没有找到一种比较准确而又获得共识的概括。在这里，笔者试图用"体验现实主义"来概括。

胡风自己并没有使用过"体验现实主义"一词。这个概念原是文学史家严家炎先生提出的，他在一次讨论胡风理论的座谈会上说："在历来的现实主义文学理论家中，还没有哪一个人像胡风这样把作家主观作用强调到如此突出的程度。胡风与七月派作家的这一重要思想，终于促成了中国小说史上一种新形态的现实主义文学——'体验的现实主义'的诞生。"①严家炎先生用"体验现实主义"来标明胡风理论影响下的小说流派，是很确切的。我这里借用来涵指胡风文学理论体系，是考虑到这一概念同样能鲜明地反映胡风理论的特点。

"体验现实主义"首先是"现实主义"，胡风历来都是主张现实主义的，而他讲现实主义却又重体验，突出作家在创造中的主观能动作用。如果承认在现实主义文学的共同倾向中可以有不同的理论创作的个性追求，那么胡风理论中最有特色的地方恐怕就是"重体验"了。

对胡风的理论也有从不同角度去概括的。例如，有人根据胡风重视写人，而将其理论概述为"人本主义的现实主义"②；或者由于胡风强调"主观精神"，而称之为"主观的现实主义"。这些概括或嫌笼统，或者不够准确，不如称之为"体验现实主义"来得贴切。胡风的现实主义理论主要是从文学运动和创作的实际经验中总结的，而不是靠理论推导出来的；他比其他现实主义文论家更关

---

　　* 本文原载《北京大学学报》（哲学社会科学版）1992 年第 5 期。

　　① 严家炎：《教训：学术领域应该"费厄泼赖"》，《文学评论》1988 年第 5 期。

　　② 魏绍馨：《人本主义的现实主义文学创作论——胡风文学思想评析》，《中国现代文学研究丛刊》1988 年第 4 期。

注和强调创作中"体验"的重要性,他的全部理论的基础也在于对作家创作中主观体验的探讨研究,以"体验现实主义"概括胡风理论,正是充分注意到这一特征。

现在我们可以从胡风的理论和批评中把握一些最基本的概念,然后循此层层分析他的体系。

首先引起我们注意的是"主观战斗精神"。这个概念在50年代批判胡风文艺思想的运动中使用最频繁,几乎成了胡风理论的代名词。胡风的论著中并没有出现过"主观战斗精神"一词,他常用的说法是作家的"主观精神","主观力",向现实艰苦的"搏战",等等。不过胡风并不反感批判他的人从他的理论中提取出来的"主观战斗精神"一词①,虽然彼此所理解的内涵可能是大相径庭的。

胡风在不同的场合对"主观战斗精神"有不同角度的论述,其核心涵义是强调作家在创作过程中,包括观察体验及反映生活的全过程中,充分发挥自己的主观方面的能动作用。

胡风把"主观战斗精神"解释为现实主义创作的态度或胸怀,并力图从"五四"新文学与鲁迅那里取得理论的支撑。他引申鲁迅在"五四"时期提倡的"为人生"和"改良这人生"的口号,认为"'为人生',一方面须得有'为'人生的真诚的心愿,另一方面须得有对于被'为'的人生的深入的认识,所'采'者,所'揭发'者,须得是人生的真实,那'采'者'揭发'者本人就要有痛痒相关地感受得到'病态社会'底'病态'和'不幸的人们'底'不幸'的胸怀。这种主观精神和客观真理的结合或融合,就产生新文艺底战斗的生命,我们把那叫做现实主义"②。

胡风也讲主客观的结合和统一,但这里强调的是"主观精神",认为现实主义的关键在于对现实有主动的人生姿态,包涵"痛痒相关"的"感受"的"胸怀"。他是从要求主动而且真诚地"感受"生活这一角度去理解和阐发鲁迅所开创的

---

① 胡风在《胡风评论集·后记》中承认"我的文艺观点如'主观战斗精神'……等",还提到"连我说的'主观战斗精神'",可见并不反感甚至还认同了"主观战斗精神"这一提法。参见《胡风评论集》下册,第405、406页。以下凡胡风的文字,皆引自人民文学出版社1984年至1985年出版的《胡风评论集》,不另注明版次。

② 《现实主义在今天》,《胡风评论集》中册,第319页。

现实主义传统的。这样,胡风就把"主观精神"的内涵归结为作家个人的素质、事业心和人格等方面因素。他对"主观精神"更明确的解释是"作家底献身的意志,仁爱的胸怀,由于作家底对现实人生的真知灼见,不存一丝一毫自欺欺人的虚伪"①。

胡风所提出的"主观战斗精神",首先可以理解为作家的人格素质的要求,包括面对现实生活的主动真诚的姿态。在下文评述其理论产生的背景时还将看到,胡风既反感那种脱离社会与时代的"名士才情"文学,对局限于形象地解说现成革命理论,而缺少作家情思与独创性的作品也表示不满,他要求继承与发扬鲁迅"为人生"和"直面人生"的现实主义精神,唤发作家的真诚与责任感,让作家都努力成为对现实人生有"真知灼见"而又对文学事业有献身精神的"战士"。

30 年代文坛有各种不同的创作口号,偏重个性表现或主体人格的追求的口号也屡见不鲜,但作为倾向现实主义的革命文学理论家却又格外注重"主观精神"的,大概只有胡风。他确实一出现就很引人注目。人们读了他最初的几篇批评论著后,很快就形成了一种印象:胡风很"狂",但有锐气,有理论实力。他提倡的"主观精神"决不是喊喊新异的口号,而是比较系统深入的理论探求。

胡风注重从创作规律本身,特别是从创作心理学的角度去探讨"主观精神"的重要性,这也是一个特色,起码在当年左翼的、革命的文学理论家中还较少顾及这一课题。胡风在这一点上也形成了理论个性。他把自己全部文学理论的重心,放到研究从生活到作品的"中介"方面,特别是作者的主体因素在创作过程中的决定作用。虽然胡风基本上是一位"反映论"者,始终认为文学是社会生活的反映,但他比同时代其他任何文论家都更关注创作过程复杂的主体活动,他坚持的是能动的反映论,反对把创作过程说成是被动的机械的"反映"。在三四十年代,"左"倾机械论的影响使许多人都相信作家的头脑就是反映生活的"镜子"、传达思想的"容器",或者是宣传某种观念的"留声机",胡风却提出作家的头脑应当是一座"熔炉"。也许我们抓住"熔炉"这个提法,就可以找到研究胡风理论的切入口。

---

① 《现实主义在今天》,《胡风评论集》中册,第 320 页。

　　1935 年胡风在《为初执笔者的创作谈》中第一次用"熔炉"来比喻创作过程中作家"孕育"题材的活动。胡风说："作家应当好好地孕育他的题材"，"不要看到了一点事情就写，有了一点感想就写，应当先把这些放进你的熔炉里面"。胡风的意思是作家应该写自己受了感动的、消化了的、有深知的东西，因为"真正的艺术上的认识境界只有认识底主体（作者自己）用整个精神活动和对象物发生交涉的时候才能够达到"。① 这个交涉的过程，就像"熔炉"中的熔铸，其中主体对客体（包括题材）的选择、渗透形成互相交融的类似化学上的化合反应。胡风后来还用过诸如"燃烧"、"沸腾"、"化合"、"交融"、"纠合"等比喻，来说明创作中作家头脑所起的"熔炉"作用。这些比喻都有意突出"主观精神"的热烈、饱满与主动，而客观的东西正是通过"主观精神"极为活跃的"熔炉"般的熔铸，才晶结为作品的内容。

　　胡风还具体探讨了创造形象过程中作家的想象、直观等属于"主体"方面的因素是如何完成现实性与虚构性的"纠合"的。他认为："作家底想象或直观在现实的材料里面发现出普通人眼看不见的东西，给以加工、发展，使他的形象取得某种凸出的鲜明的面貌。在这里就有了作家底主观活动，作家底对于现实材料的批判，在这里就出现了作品底对于时代精神的反映。"他还说："在创作活动底进行中，作家底思想或观念和对象间的化合作用逐渐地完成，或者被对象所加强，或者被修改。"胡风这些思索所探讨的创作"主体"与写作的"对象物"发生复杂的精神"交涉"的规律，即"熔炉"中熔铸创造过程。②

　　在另一篇文章里，胡风更明确地把"想象力"、"感觉力"等看作是作家必备的"才能"，也是创作"熔铸"过程中极为重要的条件。他说："作家底想象作用把预备好的一切生活材料熔合到主观的洪炉里面，把作家自己底看法，欲求，理想，浸透在这些材料里面。想象力使各种情操力量自由地沸腾起来，由这个作用把各种各样的生活印象统一，综合，引申，创造出一个特定的有脉络的体系，一个跳跃着各种情景和人物的小天地。"③

---

　　①② 胡风在《为初执笔者的创作谈》中介绍苏联文学顾问会《给初学写作者的一封信》和法捷耶夫的《我的创作经验谈》，其中"熔炉"的说法受到法捷耶夫关于题材孕育过程类似"化合"作用的说法的启示。见《胡风评论集》上册，第 230、222 页。

　　③ 《文学与生活》，《胡风评论集》上册，第 312 页。

　　看来胡风在探讨创作心理活动过程时,是格外关注想象、直观、感觉等主观因素的,他一般很少讲思想、观念对创作的指导作用。在他看来,思想、观念不应是创作过程中外加的,而应该原本就是作家生活经验的结果,并作为决定作家精神面貌的一种生活欲求而存在。胡风并没有否定正确的思想、观念对于创作的指导,但他在探讨创作精神活动时,特别注意作家的情感、想象、直观等因素,他所说的"主观战斗精神",显然包括这些因素,并由此考察作家不同的个性和感性色彩。这也是胡风区别于同时代其他批评家的一个理论特征。

　　胡风论述"主观战斗精神"在创作中的重要作用,有些观点和提法给人的印象很深。特别是他所提出"相生相克"的说法。这是从苏俄作家阿·托尔斯泰创作经验中得到的启示。阿·托尔斯泰曾讲过他的"写作过程,就是克服的过程。你克服着材料,也克服着你本身"①。胡风拿这观点大加发挥,认为"这指的是创造过程中创造主体(作家本身)和创造对象(材料)的相生相克的斗争;主体克服(深入、提高)对象,对象也克服(扩大、纠正)主体,这就是现实主义底最基本的精神"。胡风还解释说,作家对"材料"不能停留于观察、搜集、研究、整理之类,"一切都得生活过,想通,而且重新感受",真正"深入了对象内部","带着最大限度的紧张去感受生活的结构",由此获得"深刻的艺术的兴奋"。胡风所说的"相生相克"的斗争同样是依持"主观精神"的。作家的"主观精神"深入和提高创作对象,而创作对象反过来又扩大、纠正"主观精神",两者同步进行。胡风很能体会阿·托尔斯泰所说的意思:"艺术家是和自己的艺术一同生长的。"循此思路,胡风把艺术创作的实践看作是作家生活实践的重要组成部分。后来这成了胡风文学理论的立足点之一。在下文还将看到,胡风对许多重要的理论命题的思考,诸如创作与生活,世界观与创作方法,题材问题,等等,都与这一观点有必然的逻辑联系。

　　胡风还有一个著名的说法,是创作的"受难"的精神。他在《略论文学无门》中提出,创作不能不以生活的"经验"为基础,但生活的"经验"的丰俭也并非决定作品是否成功的主要条件,关键是从生活到艺术这中间必须经作者"受难"的过程,这种"受难"体现为作家"呕心镂骨地努力寻求最无伪的、最有生命

---

①　本段中引文均见《人道主义和现实主义的道路》,《胡风评论集》下册,第66、67页。

的、最能够说出他所要把捉的生活内容的表现形式"①,体现为作者苦心孤诣地追求达到一种与自己的身心能融然无间的艺术表现,达到自己所理解的人生与艺术的"拥合",当然也就包括前文谈到的"相生相克"。胡风用"受难"的说法突出了创作过程中作家艰苦、复杂甚至是痛苦的心理活动,强调了"主观精神"对于创作完成的决定性作用。胡风试图用"受难"的观点去纠正当时普通流行的一种认识,即忽视作家在从生活到作品中间所起的"中介"作用,抽掉了作者本人在创作过程中"主观精神"的生发及其向作品的"拥入"。他把这种忽视创作"中介"的看法称为太普遍了的"艺术的悲剧"。

胡风关于"受难"的观点,跟他对创作心理动因的理论认识有关。在文学与生活的关系上,他赞同前者是后者的反映,但具体到作家如何进入创作,如何将生活经验转化为艺术体验,这属于创作心理学层次的问题,一般的"反映论"不能完全解决这问题。胡风适当吸收了本世纪初以来西方颇流行的"生命欲求"说来探讨这一课题。他认为"伟大的作品都是为了满足某种欲求而被创造的。失去了欲求,失去了爱,作品就不能够有真的生命"②。胡风反复讲作者只有对生活有了真切的感受,有一种欲罢不能的艺术表现的冲动,才能真正进入良好的创作境界。他还常用"主观精神"的"突击"、"燃烧"、"蒸沸"以及"拥抱力"、"把捉力"、"搏战"等等说法,多少都带有"生命力"表现的意味。胡风还特别欣赏那种能写出"受难的灵魂"、"向人生搏击的精神力"、"火辣辣的心灵",以及沉重的"精神上的积压"的作品,这在很大程度上也因为他看重与提倡表现"生命力"的本色。

胡风早年曾经读过日本厨川白村的论作《苦闷的象征》,这是鲁迅翻译并赞赏过的一本文学理论书。其用"人的生命力受到压抑而产生的苦闷与懊恼"去解释文艺的"根柢",把创作的动力归到性的苦闷,虽然有"泛性论"的偏颇,但其将创作论与鉴赏论联系到心理学上的分析,却无疑是远远高出于庸俗社会学的。鲁迅也赞同过厨川白村关于没有精神上的追求(苦闷)就没有创作的见解。胡风关于创作过程"受难"的观点以及创作以苦闷为心理动因的观点,显然借鉴

---

① 见《胡风评论集》上册,第 392 页。
② 《为初执笔者的创作谈》,《胡风评论集》上册,第 224 页。

过厨川白村,但也有他自己的理论发挥。直至晚年他再次谈到厨川白村对自己的影响时,还说,厨川白村的理论虽有唯心论的片面性,但其肯定"创作过程总是从这种主观需要(苦闷)出发"则是对的,有积极意义的。①

胡风提倡"主观战斗精神",主要是从创作论的角度重视研究和发挥作家的主体性,同时也是为了强化作家的使命意识,丝毫不意味着脱离客观现实,也并不必简单地如过去有些批判者所做过的那样,给他扣上"唯心论"与"个人主义"的帽子。胡风的"主观战斗精神"说其实有很实际的时代内涵,那就是纠正二三十年代形成的文学上的庸俗社会学与机械论等"左"的影响,以及贵族化的文学倾向,恢复"五四"现实主义的批判精神,振发革命文学的活力。具体来讲,胡风提倡"主观战斗精神"是左右开弓,既反对"性灵主义",又反对"公式主义"和"客观主义"。胡风的理论很个性化,也很放得开思路,但他并非那种为了构设体系而大摆理论架势,甚至以理论自显自误的"理论家",他所提出的理论命题都是有现实针对性和建设性的,是他对文学发展历史与现状思考的结果。

不过,也要指出胡风以"主观战斗精神"说为基点的现实主义理论,是有偏执和不完善的。他强调"体验"在创作过程中的重要性,而且格外注重想象、直观、感觉等主观因素,虽然并不排斥思想、观念对创作的指导,但也未能充分说明创作中的理性思维的重要作用,实际上他有时已将"体验"放到至高无上的位置,并与理性思维对立起来。这样来解释创作论起码是不全面的。但是由于三四十年代的马克思主义批评对于创作过程的具体研究还很薄弱,胡风这种并不全面的探讨又有其特殊的价值。

胡风文学理论的雏形是30年代中期,即1935年前后形成的。他的理论形成期的论著,多收在《文艺笔谈》(收1931—1935年文章)、《文学与生活》(1936年)、《密云期风习小记》(1935—1938年)三本论集中。其中较早较重要的论文,如《林语堂论》(1934年)和《张天翼论》(1935年),是他作为批评家闯入文坛的标志,一开始就显示了他鲜明的理论立场:主张承继"五四"现实主义传统,发挥作家的"主观战斗精神",以克服当时文坛上存在的"性灵主义"、"公式主义"和"客观主义"三种倾向。作为他后来整个理论体系基点的"主观精神"说,

---

① 胡风:《略谈我与外国文学》,《中国比较文学》1985年第1期。

是他对这三种文学倾向斗争与纠偏的产物。

30 年代中期的文坛的确存在"性灵主义"与"趣味主义"的文学潮流。其突出的代表是周作人、林语堂为核心的"语丝–论语"派。这一派的主要作家在"五四"时期也曾积极参加新文学的倡导与建设,有的还是新文化运动与新文学运动的骨干。到 20 年代中期,《语丝》的主要撰稿者如周作人、林语堂,还常写富于现实批判与抗争意义的杂感散文,坚持"五四"思想启蒙的文学宗旨。但后来《语丝》的作家就分化了,周作人、林语堂先后变得消沉,脱离时代主潮,放弃原来比较偏重社会功利性(如思想启蒙)的文学主张,而转向把文学作为寄托个人情志的"自己的园地",或把文学纯粹当作"性灵"的表现。30 年代影响颇大的《论语》、《人间世》,推崇"以自我为中心,以闲适为格调"①的小品创作,在内容上常表现出士大夫的闲居情趣与怀古的幽思,明显地回归甚至沉醉于传统旧文化。虽然实际情况要比这里概述的要复杂,但胡风试图以"性灵主义"来概括这种背离"五四"新文学运动战斗精神的文学倾向,大致是符合实际的。

属于"语丝–论语"派的这部分作家大都是自由主义者,较多接受某些西方现代思潮的影响,反对政治上与文化上的激进主义,对中国传统文化的得失和社会的变革都持比较稳健的态度。反映到文学观念上则"向内转",从事功社会转向个人性灵情趣。胡风《林语堂论》,是把林语堂的"倒退"看作一种社会精神现象,一种贵族化的脱离现实的文学倾向。胡风拿林语堂"开刀",因为当时林氏主编的《论语》等刊影响大,在倾向自由主义的文人中有代表性。这篇文章实际上还触及了周作人,文中批评周作人的"趣味主义"里再也没有昔日那种真实意义上的"叛徒"存在。胡风并不否认周作人、林语堂在"五四"时期也曾有过"战斗的"姿态,但指出他们后来"从人间转向了自己底心里",艺术作品带上"地主庄园诗人"的"方巾气",不再是"生活河流里的真实通过作家底认识作用的反映,而是一种非社会性的'个性'或'心境'底'表现'或'反照'了"。

胡风当时是左翼的批评家,使命感很强,很看重文学的社会意义与时代内涵。他意识到周作人、林语堂回归传统文化时所表现的那种消极、保守的心态,在许多知识分子中是有腐蚀力的,他认为这是对"五四"反封建战斗精神的背

---

① 《发刊词》,1934 年 4 月 5 日《人间世》第 1 期。

弃。胡风对周作人、林语堂的性灵、趣味文学纯粹做阶级分析,完全否定其社会价值,未免也过于简单化,表现出"左"的机械论的影响。胡风反对性灵、趣味文学,是从文学的外部关系衡量作品意义,认为世态如此凄惶,人们是无暇去欣赏《论语》杂志那样闲适、幽默的脱离现实之作的。胡风反对周作人、林语堂的"趣味主义"、"性灵主义",其意图终究在于强化正在一部分作家中日益萎缩的"主观战斗精神",恢复"五四"时期那种面对现实的抗争力量,复苏"五四"现实主义传统。

胡风提倡"主观战斗精神"并不如后来他的批评者所说的是主张"个人主义",使文艺"脱离社会斗争实际"。恰恰相反,胡风一开始就强调作家要发挥面对现实积极参与现实的主观抗争精神。胡风后来逐步形成的以"主观战斗精神"为基点的体验现实主义,正是对以个性至上为标榜的"性灵主义"的反拨。在30年代后期,胡风还批评过"京派"所主张与现实保持距离的"冷静超脱"的文学观以及标示名士才情的"风雅"、"安泰"的创作,渴望更多地表现"京派看不到的世界",即作家真正将主观"溶合"进"生活底纠纷"的那种真实生动的现实图景。①

胡风提倡"主观战斗精神"所针对的第二种文学倾向,是"公式主义"。这是无产阶级革命文学运动中长期存在的文学现象,胡风把它看成是一种创作"态度"与"看法",即"从一个固定的抽象的观念引申出来,不顾实际生活的千变万化的情形,无论在什么场合都把这个固定的看法套将上去"②。他举例说,如写农民受压迫与反抗,一些作家不从丰富的生活实际出发,而从先定的观念出发,"定规地要写农村底衰落和地主底压迫,接着是农民底觉醒和反抗",同类题材作品都有同样的"公式"。胡风批评这样做"只是演绎抽象的观念,那结果只有把生活弄成死板的模型,干燥的图案",弄成标语口号化。胡风认为在这种"公式主义"的创作过程中,作家成了傀儡或工具,不可能发挥应有的主观精神,"由生活里汲取热力",也就不能在创作中贯注"作者的情愫"。这样制造出来的作品,只能是承担政治教化动员的宣传品的任务,和真正具有艺术力量的作品是两码事。

---

① 关于胡风对"京派"的批评,可参见《〈蜾蜾船〉》,《胡风评论集》上册,第139、140页。

② 《文学与生活》,《胡风评论集》上册,第305页。

　　胡风在他初期所写的一系列文章中屡屡批评"公式主义",挖这种弊病的根子,认为这主要是苏联"拉普"的"左"倾机械论和庸俗社会学的消极影响。1932 年苏联提倡社会主义现实主义,开始清算"拉普""左"的影响,包括"唯物辩证法创作方法"的消极影响,这对中国左翼文学也有很大的触动。1933 年 11 月社会主义现实主义的理论传入中国后,逐步展开了对革命文学运动中"左"的影响的批判与反思。胡风反"公式主义",即与这种反"左"的形势有关。① 不过胡风对"左"的危害看得更重,要求也更高,他认为革命文学阵线对"拉普"影响的清算并不坚决彻底。30 年代后期,特别是全面抗战初期,机械论和庸俗社会学的文学观点又死灰复燃,把文学单纯作为宣传工具,或廉价地发泄情感的手段的现象又很普遍,创作中常见图解观念,性急地直奔主题的毛病。胡风认为这仍是以往左翼文学中"左"的偏误的持续。胡风不遗余力地反对这些"公式主义"的表现。他认为革命文学运动中"公式主义"长期流行,归根到底在于错误地将文学当作传达观念或理想的工具,作家成了"政治的留声机",根本不用经过自己的理解与体验去创作,也无须乎写出艺术个性的作品世界,这样,文学也就失去了文学的特点,不可能发挥她应有的艺术力量。胡风正是充分考虑到反对"公式主义"这种理论的需要,才大声疾呼提倡"主观战斗精神"的,他要求作家真正与生活融合并超出生活之上,在创作过程中融进自己对生活的理解与"热力",也正是为了从根本上克服长期存在的"公式主义"的文学倾向。

　　不过胡风认为对左翼文学、革命文学危害更大的是"客观主义",因此他用更多的精力投入到对"客观主义"的批评。

　　"客观主义"有时胡风又称之为"自然主义"。胡风使用"客观主义"的概念,通常是指被动的"奴从现实"②,在复杂的生活面前不能发挥主观能动作用去把握现实的本质意义,不能在创作中注入作家独特的理解和艺术个性、热情,等等。1935 年胡风写《张天翼论》时,就提出了克服这种"客观主义"的倾向。应该说,胡风把张天翼作为"客观主义"的代表,是有些苛责的。张天翼并非没有倾向与情热的写实家,他的创作在 30 年代前期文坛引起广泛关注,并对"革

---

　　① 参考笔者所著《新文学现实主义的流变》第二章第五节、第三章第三节,北京大学出版社 1988 年版。

　　② 《一个要点备忘录》,《胡风评论集》中册,第 134 页。

命的浪漫谛克"风气起着纠偏的作用,胡风对此没有足够的评估。然而胡风批评张天翼,其关切点不限于一位作家,他是试图以此为典型,剖析一种文学倾向,即注重社会剖析的创作倾向的得失。追随这一倾向的作家用阶级分析、经济关系分析的眼光去观察生活,反映生活,强调对现实的本质的理性把握,展示社会生活发展的规律与方向。这种倾向的创作在30年代中后期影响极大,主导着当时的文坛。一大批左翼作家和进步作家,如茅盾、叶紫、张天翼、沙汀、周文、吴组缃,等等,都遵循这种注重社会剖析的创作路子。与初期革命文学特别是"革命的浪漫谛克"的创作相比,这些作家的作品确有新气象,大贡献,也比较充分适应了当时的社会审美要求。然而敏锐的胡风从当时普遍称扬的文学倾向中看到潜在的弊病,即"客观主义"及其"病因"——"社会决定论"或"社会宿命论"。他是从如何发挥作家创作的"主观精神"的角度,来思考文坛上存在的这些弊病,并提出反对"客观主义"的。

　　1935年5月,胡风在《张天翼论》中首先提到克服"客观主义"的这一课题。随后,在对欧阳山小说集《七年忌》的评论(题为《〈七年忌〉》,1935年7月13日)、《为初执笔者的创作谈》(1935年10月13日),以及《文学与生活》(1936年)、《M.高尔基片断》(1936年6月16日)等一系列文章中,继续强调创作过程中作家的主观精神,反对"冷观"的"客观主义"。胡风认为,"客观主义"仍是"唯物辩证法创作方法"影响的恶果。这种"左"倾机械论把"唯物主义"当作一种"宿命论式的达观的生活态度",当作一种脱离社会实践的教条,让作家拿着这种教条去看世界,看人生,作家在"看"的过程中并没有属于自己的痛切的体验与感受,所表现出来的只是一副"都不过如此,都应该如此"的"神气"。① 胡风固然肯定张天翼"面向为现实人生"的那些"世态讽刺"小说,对于扭转"革命的浪漫谛克"的浮嚣空气是一大进步。但他认为普遍称赞的张天翼的创作也还存在"左"倾机械论的消极影响,具体表现就是在揭露现实时过于"冷观","隔着一个很远的距离",有点高高在上;主题思想虽然正确,但"他的大多数人物好像只是为了证明一个'必然'";尽管作品写出了种种社会样相,也写出了某种社会的"本质"或"趋向",但由于缺少流贯其中的"作者的热情",也就达不到

---

① 《第三次排字后记》,《胡风评论集》上册,第260页。

"迫人的实感"。

其实张天翼的讽世之作也并非完全没有主观的情热的贯注,胡风的批评是有些过头的。然而胡风通过对张天翼的评论所指出的那种"客观主义"的现象,在当时相当一部分创作中也是存在的。30 年代中期苏联社会主义现实主义传入后,虽然也开始清算"左"倾机械论的影响,但确实有些雷声大,雨点小。许多文论家和作家在接受"社会主义现实主义"这一口号的同时,并没有清醒地与以往"唯物辩证法创作方法"等"左"的错误划清界限。因此又出现一种现象:光是注重历史地、发展地写出生活的趋向,以增加作品理想性去激励人、教育人,而不注意写自己真切体验过的有独特个人感受的社会现实,也不重视发挥创作中的主体性因素。胡风指责这种状况说,"如果只是带着素朴唯物主义观点在表面的社会现象中间随意地遨游",那么,"认识就很难深化"。他提出创作过程必须是"作家本人和现实生活的肉搏过程",是"作家本人用真实的爱憎"去深入观察并反映生活的过程。① 他认为只有将历史唯物主义等认识化为作家自己强烈的思想要求,并促动作家在创作中"向现实对象艰苦搏斗",才能把丰富的现实内容转变为真实的艺术生命。② 实际上是试用以强调"主观战斗精神"去克服被动地反映"必然"的"客观主义"倾向。

胡风是针对以上所说的三种文学倾向而提倡"主观战斗精神"的。他一踏上文坛,就左右开弓,既反对"性灵主义",又反对"公式主义"和"客观主义"。对于后两种倾向,他常捆在一起批,因为这两种倾向是互相转化的。直到 1948 年写《论现实主义的路》,还以副标题声明此书是"对于主观公式主义和客观主义的粗略的再批判"。但越到后来,胡风就越是关注对客观主义的批判和克服,他认为"客观主义"对文学发展的阻碍更大。胡风是在对"五四"以来新文学,特别是左翼的和进步的文学进行比较全面反思之后,才酝酿与提倡"主观战斗精神"说,深化对现实主义的思考。他的思考不同凡响,尖锐触及了当时存在的一些亟待解决的问题,却也因全面出击而"树敌太多",加上一些观点较偏执,很难被当时文坛所接受,反而越来越成了众矢之的。

胡风关于"主观战斗精神"的主张,是在 30 年代中期反对三种文学倾向中

---

① 《张天翼论》,《胡风评论集》上册,第36—37 页。
② 《论现实主义的路》,《胡风评论集》下册,第302 页。

初步形成的,但当时还多是就具体作品评论而提出一些看法,不成系统,也缺少充分的理论阐述。例如他一直坚持反对"客观主义",指出了"客观主义"思想方法与创作方法上"左"的表现及外来影响,却始终未能透彻说明"客观主义"之所以长期普遍存在的社会历史根源。在这一点上,与胡风同时代而且观点有所接近的冯雪峰就比较清醒。冯雪峰在他的《论民主革命的文艺运动》(1946年)一文中也曾抨击"客观主义",但他注意到并试图"于展开思想方法上的斗争的同时,更着重于研究社会的、阶级的、历史的根源"①。而胡风对客观主义及相关的一些错误倾向的根子挖得不深,他于此而进行的体验现实主义的探索也就难免有简单化的地方,甚至理论上也还有漏洞,在反对"左"倾机械论时,又未能完全摆脱"左"的理论牵制,他的某些观点的偏执即与此有关。胡风显然也感到需要寻找理论支柱,就求助于"五四"现实主义文学传统与鲁迅,大概还可以加上高尔基与厨川白村,等等。30年代中期到全面抗战前期,胡风针对当时战争条件下现实主义衰落停滞的状况,重点思考如何使文学既适应民族战争需要又发扬"五四"现实主义传统,其对"主观战斗精神"的提倡就更明确地上升到理论阐释的高度。从这一基点出发,在诸如怎样看待"生活源泉"、如何认识"知识分子与人民的关系"以及如何处理人民身上的封建主义影响等问题上,胡风都进行了比以前更深入的理论探索。特别是经过参与40年代初有关"民族形式"问题的讨论,胡风力求全面系统地总结"五四"以来新文学的经验得失,他的文学理论围绕"主观战斗精神"这一基点,又找到几方面的理论支柱。这一阶段的论作多收在《民族战争与文艺性格》(1937—1941年)、《论民族形式问题》(1940年)和《在混乱里面》(1941—1943年)三集中。

到40年代中后期,毛泽东《在延安文艺座谈会上的讲话》为解放区的文艺工作确立了方向,有关革命文艺的一些重大问题,如文艺与生活、文艺与政治、作家世界观与创作、知识分子与人民群众、歌颂与暴露,等等,引起广泛热烈的讨论。尤其是1945年初至1947年底围绕"主观论"以及现实主义问题,展开了大规模的讨论,胡风受到普遍的批判。但胡风并不轻易放弃自己独立思考的主张,也不违心附和他所不赞同的意见,普遍的批判促使他更全面深入思索问题,

---

① 冯雪峰:《论民主革命的文艺运动》,《冯雪峰论文集》中册,人民文学出版社1981年版,第69页。

将自己前所提出的论点与命题更理论化、体系化。① 胡风对"体验现实主义"理论架构中各个支点的比较系统的探究,集中体现在这一时期写的《逆流的日子》(1944—1946 年)、《为了明天》(1946—1948 年)两集中,尤其是《论现实主义的路》一书,更显示了一种比较成形的理论体系。

最后顺便提到的是,胡风 1954 年写的《关于几个理论问题的说明材料》,长达十万言,主要是为了反驳他的批评者而写,其中论及有关革命文学发展的五方面重大问题,即关于生活或生活实践、世界观、思想改造、题材以及民族形式等问题。他对这五个问题所提出的观点,后来被批判者斥为"五把刀子",成为胡风的"反革命"罪状之一。胡风所持的理论观点多是三四十年代论争中形成的,新中国成立后他又结合历史经验总结作更完整的理论阐发。由于当时特定的政治氛围和历史条件,胡风对自己的理论也作了一些修正与自我批评,但其基本论点与主要命题仍保留,而且在对于他的批判者的驳论中更呈体系性。这篇长文对于了解胡风的理论体系也是相当重要的。

---

① 参考笔者所著《新文学现实主义的流变》第二章第五节、第三章第五节。

周作人的散文理论与批评[*]

周作人在创作方面成果卓著的当数散文,称之为现代中国第一流的散文大家,大概不会引起什么异议,虽然对他的散文的内容格调不一定都表示欣赏。周作人在赞评20年代一位散文作家时说,其"风致是属于中国文学的,是那样地旧而又这样地新"①。这可以说是夫子自道,周作人的散文也是既现代又传统的。就审美情趣而言,其作品传统的成分似乎更多一些。在普遍反传统逐新潮的时代,周作人却倾心传统情趣,表现出名士风度。他的作品适合中年心态,特别是传统文化素养较厚而又有人生历练的知识分子,是很喜欢玩味周作人的散文的。周作人从1924年开始,转向大量写作散文,对这一文体格外专注。这符合他的性格资质②与超然闲适的心态,也符合他的发抒个性的文学观。散文写作对周作人来说是随性自在,得其所哉。他找到了适于自己思想性情的最佳的创作契合点。作为风格独具的散文家,其创作方面的美学追求,直接导引与制约其文学批评,促进其散文理论与批评的特色的形成。周作人是现代散文理论与批评的奠基者之一,他这方面的成就和影响是不应忽视的。

周作人的贡献,首先在于对散文文体的理论确认。

传统文学中的散文泛指与韵文(包括骈文)相对的所有散行体文章,文学散文与非文学的文字没有明确界限,文学散文未能独立出来成为一种文学体裁。文学革命以后,随着散文创作的兴旺,散文的理论研究,特别是对文学散文的本体确认,就成为新文学先驱者关注的课题。较早提出将文学散文从一般泛指的散行文章中区别出来的,是刘半农。他在《我之文学改良观》中提出,凡各种应

---

* 本文原载《上海文论》1992 年第 2 期。

① 《〈杂拌儿〉跋》,收《苦雨斋序跋文》。

② 周作人自己说过,他的"头脑是散文的"。见《〈桃园〉跋》。

用之文,包括新闻通讯、官署文件、科学论文等等,均"系文字而非文学",并提出"文学的散文"这一概念,区别于"文字的散文",相对缩小了传统的散文概念的外延。但刘半农所提出的"文学的散文"还包括小说、杂文,并没有从几种文体中独立出来。一直到 1921 年 6 月周作人发表题为《美文》的短论,才真正从本体论方面确认了文学性散文的独立地位。

《美文》是一篇"号召性"的文章,周作人以首开风气的姿态,鼓励"治新文学的人"都来试一试以叙事和抒情为主的"艺术性"的"美文",即文学散文。此文虽然对散文的文体性质并没有明确的界说,但却是第一次将文学性散文提到与小说、诗歌、戏剧并列的地位,在当时影响很大。周作人提倡"美文"是以外国的散文作"模范"的。表面上他似乎很羡慕英国的散文,其实他对英国散文并不熟悉,内心深处还是更喜爱中国古文的序、记与说等。不过在"五四"时期,借用并不太熟悉的外国的"招牌"提倡新事物也是常有的事。周作人主要是借鉴外国文类区分的通例来确立中国现代散文的独立地位。然而地位确立了,该怎么写出既有现代性又有中国特点的"美文"呢? 周作人的目光转向了传统。他这是十分自觉的。在稍后所作的《〈陶庵梦忆〉序》中,周作人就不再以外国散文为"模范",而理直气壮地表示对中国传统散文的倾爱,并认为现代散文的成功,离不开传统渊源的滋养。他说:"我常这样想,现代散文在新文学中受外国的影响最小,这与其说是文学革命的还不如说是文艺复兴的产物……我们读明清有些名士派的文章,觉得与现代文的情趣几乎一致。"周作人这是借评论"五四"时期散文,来表明他对传统散文的追慕。

散文最适于直接表露作者的情思品性,"五四"一代新文学作者大都是新旧文明过渡期的"中间物",他们的个人素养虽各有不同,但又都共同地与传统文化保持千丝万缕的联系,不管他们理性上是否反传统,逐新潮,在深层文化心理和审美情趣上都往往是不自觉地倾向传统的。因此在做发抒情性的文章时,运用传统情趣的散文体式更是那样得心应手,如鱼得水。"五四"时期散文比之其他体裁更多地承继传统,并获得较大成就,也是必然的事实。不过多数新作者即使喜好传统散文的情趣,也是闪烁其词,不像周作人这样,明确地把中国新文学的源流追溯到明代的公安派小品文,甚至说现代散文不过是一条湮没在沙土之下又重新发掘来的"古河"。① 这是有点历史循环论的味道了。

须加说明的是,周作人很少笼统使用"散文"一词,而是用"小品文"来特指篇幅短小,又在艺术上自成一体的文学性散文,他从传统(特别是明代)散文中找到了,或者说力图为现代作家找到了那种足以为他们所确认,并引为同道的小品文"素质",主要是发抒性灵,反抗习俗,以及不以训诫为目的的写作精神。这和他以往所主张的文学是"自己的园地"的主张又连贯上了。说到底,周作人所追求的主要是一种名士派风致的小品文,这从他在为俞平伯的散文集《杂拌儿》作序时格外称许俞的小品文自然、脱俗、雅致等特色,也可以看出。俞平伯只不过是"五四"时期多样风格的散文中之一体,不能代表全般,但周作人引为同道,而且几乎是独酌一味。周作人的散文批评集中在对俞平伯、废名等一些与他风格近似的作家作品上面,影响却远远超出于这个"趣味圈子"。二三十年代整个散文创作以及批评领域都不能不格外注意周作人。原因除了如前所说的传统文化心理的潜在影响以及周作人散文理论的传统倾向之外,还在于周作人在继承传统的基础上,提出了较完整的散文批评的思路与概念,他的散文批评比较同时期其他批评家的散文批评更切近散文创作的规律,更上升到美学批评的高度。下面,大略评介周作人所提出的几种散文批评的审美概念。

一是趣味。

"趣味"这个概念在周作人的评论文章中使用频率很高,但他对其内涵没有做过明确的界说,我们只能从他的具体使用中去体会、分析与归纳。这是周作人文学批评(特别是散文批评)的重要切入口,也是他主要的批评标准。

周作人认为"趣味"是一切文学鉴赏批评的基础,读者包括批评家总是凭自己的"趣味"去选择阅读与评论对象,而作品很大程度上也靠"趣味"沟通与读者的情感。"趣味"是随人而异,而且因时而变的,并没有固定的统一的兴趣,所以文学批评家选择什么作品作批评对象,评判的角度标准如何,都是相对的,带个性色彩的,不可能有绝对的"好坏的标准",也不能"固信永久不变的准则"。②周作人讲批评的"趣味",并非要制定一种放之四海而皆准的判断的准绳,相反,是要破除单一的固定的准绳,使批评家充分抒展自己的个性,按照自己的鉴赏

---

① 《〈杂拌儿〉跋》。
② 参见《文艺批评杂话》,收《谈龙集》。

力去选择和评论作品。周作人所说的"趣味"包括了作品本身与读者反应这两重含义。周作人认为好的散文必定是有"趣味"的,而批评欣赏作品也要注重体察"趣味","趣味"就成了切入批评的重要角度。

周作人所说的批评的"趣味",显然是由他的"自己的园地"文学观派生出来的。文学既然是个性表现,性灵流露,属于"自己的园地",要写什么,怎么写,作者都随性自在,有充分的自由,就像在自己的园子里愿意种蔷薇还是地丁,种了是消遣、观赏还是卖钱,完全可以凭自己的兴趣一样。把批评视作"自己的园地",落脚点还是强调尊重读者与批评家个人的"趣味"。

周作人很早就关注过西方的文化人类学和心理学研究的观点,把文学的本质视为"游戏",或是"情绪的体操"①。无论是创作还是批评,周作人都认为带有"自娱"的性质。周作人自己读书写文,也常是兴之所至,从兴趣出发。他所选择评论的散文,都是适合其趣味的。周作人是一个很典型的"圈子批评家",他一般只评自己喜欢的能引起回味的作品,特别是与他的创作风格审美倾向较为一致的作品。他对所喜爱作品的评论完全用抚摩赏玩姿态,将自己的性格浸润其中,讲求的是印象,是体味。用他的说法,"读文学书好像喝茶……茶味究竟如何只得从茶碗里去求"②。

周作人是杂家,他的文章知识涉猎面极广,举凡人类学、民俗学、文字学、心理学、神话传说、童话故事、历史掌故,以及草木虫鱼,无不具备,实在杂得可以,可见其兴趣也很广泛的。周作人评论作品很关注知识性内容,他写的评论也说古道今,引经据典,讲求知识趣味性,有一种名士清淡的放恣之风,甚至不怕被指责为掉书袋,当"文抄公"。他的评论的驳杂,却正是"以趣味为中心"的。

周作人似乎并不想"以笔舌成事",让评论发挥多大的社会作用,那么"谈谈天地万物,以交换知识而联络感情",就是他写批评文章的主要目的了。③ 但这些都是表面现象,如果深入探究,会发现周作人论知识、谈掌故后面,还是有一种"人情物理"的追求,或者说,这是他"趣味"批评的内核。周作人多务杂

---

① 英国性心理学家蔼理斯在《断言》中提出文艺是"情绪的体操",可用来伸张与调节人体内多余的较粗的"活力"。周作人非常佩服蔼氏的学说,在《文艺与道德》一文中曾介绍和引用过蔼氏这一观点。

② 《〈文学论〉译本序》,收《看云集》。

③ 《常识》,收《苦竹杂记》。

览,写起评论来兴趣颇广,但兴趣中的兴趣,是作品的"人情物理",是直接流露的或蕴含在描写之中的作者的情性品格。

如评废名的《桃园》①时,周作人就从作品的简洁而又带虚幻性的乡村生活描写中品出"古典趣味",又从这"趣味"中读到著者心爱的"人情"。周作人将废名的独特人格品性与作品所表露的精神相比照,指出"隐逸"性在《桃园》中"很占了势力"。周作人对废名的作品是非常感兴趣的,而这趣味的背后即是看重作者的"人情",周作人的批评落脚点主要也就在这"人情"。同样,评俞平伯、刘半农、刘大白等都是很注重"趣味—人情"的。值得提到的是,周作人格外喜欢阅读与评说日记、书信、笔记之类较带有纪实性随意性的作品,原因之一也在于这类作品不做作,无矫饰,更能读出作者的品性人情,可以从文章所表现的独特"风致"而"想见其为人"。②

"以趣味为中心"的批评与对文学闲适格调的追求相联系,这跟周作人从20年代末日趋超然退隐的心态有关。尽管周作人闲适退隐往往出于讽世③,但"以趣味为中心"的批评毕竟是与当时关注现实的主潮派批评背道而驰的,他所提出的与"趣味"相关的某些批评观点,也就受到主潮派的指责,周作人因此被看作是趋向保守的批评家。

周作人在散文批评中常用的第二个概念是"平淡自然"。在《〈雨天的书〉自序二》(1925年)中,周作人说:"我近来作文极慕平淡自然的境地。但是看古代或外国文学才有此种作品,自己还梦想不到有能做的一天,因为这有气质境地与年龄的关系,不可勉强。像我这样褊急的脾气的人,生在中国这个时代,实在难望能够从容镇静地做出平和冲淡的文章来。"周作人这些话有些谦虚,但很明确他是以平淡自然为美学目标的。在他看来,平淡自然的风格形成固然有赖于写作技巧,但更重要的是写作姿态的调整。说到底,平淡自然是作者相应的气质品性的表现。所以他说在其所处那个时代难于做出"平和冲淡的文章"来,言下之意包含有对现实的失望与规避。"平淡自然"常常表现为一种静穆的美,

---

①　废名的《桃园》一般认作小说,但其实又是可以作散文读的,或可说是散文化小说。

②　《模糊》,收《苦竹杂记》。

③　例如,1933年周作人作《五十自寿诗》,引起文坛的议论,被许多人视为消极退隐,鲁迅则在写给曹聚仁的信中指出周作人貌似退隐的"微词"中"诚有讽世之意"。1933年阿英在《俞平伯》一文中也谈到周作人的"逃避"出于对现实"抗议的心情"。

超然的美,可以说是一种比较适于保守的退隐心态的美学风格,与当时体现时代主潮的那种激进的热烈的风格是大相径庭的。

但不能不承认,周作人以"平淡自然"作为一种审美批评范畴,对二三十年代散文创作产生过相当的影响。从 20 年代"语丝派"的俞平伯、废名等散文作家,30 年代以《人间世》为中心的一些自由主义作家,一直到被称为"京派"的一部分作家,都曾经不同程度上宗法过周作人的路子,以平淡自然作为创作与批评所追慕的一种美学境界。

周作人没有直接界说过"平淡自然"的美学含义,从他在评论中具体使用这一概念的审美指向来看,所要求的主要是作家情感思想的自发与真切的流露,而非做作、矫饰的表达。要达到这一点,作家对人生现实须保持一种既积极又冷观的姿态,一种平静的隽智的心境,即使有较为重大的或容易引发激烈的情思的主题,也力求以冲淡的不显激烈夸张的姿式来表达。反映在形式上,则语言趋于朴素、精练,不尚辞藻,不假雕饰,深入浅出;读起来极寻常平易,其实又不失深厚隽永。这正如王安石所说:"看似寻常最奇崛,成如容易却艰辛。"①

周作人有时以"本色"来要求"平淡自然"。所谓"本色"就是"平常说话",其"好处正不在华绮"。他指出:

> 其实平常说话原也不容易,盖因其中即有文字,大抵说话如华绮便可以稍容易,这只要用点脂粉工夫就行了,正与文字一样道理,若本色反是难。为什么呢? 本色可以拿得出去,必须本来的质地形色站得住脚,其次是人情总缺少自信,想依赖修饰,必须洗去前此所涂脂粉,才会露出本色来,此所以为难也。②

可见周作人所推崇的"平淡自然"不能理解为就是指文学语言的形式,而更应理解为真切地毫无矫饰地表露情思。当然有一个前提,即所要表露的"情思"原本就是醇厚有味的,"站得住脚",有自己的魅力的。周作人对"五四"新文学中那种痛快淋漓的浪漫主义以及二三十年代日益居文坛主导位置的放言高歌式的革命文学都很反感,他说自己所最为欣赏的文章境界是:"措辞质朴,善能

---

① 王安石:《题张司业诗》,收《临川先生集》卷三十一。
② 《本色》,收《风雨谈》。

达意,随意说来仿佛满不在乎,却很深切地显出爱惜惆怅之情。"①

周作人所追求的"平淡自然"与儒家的中庸人生观有关联。周作人说过,"我的学问根柢是儒家的,后来又加上些佛教的影响,平常的理想是中庸"②。这种人生观确实使周作人在评论作品时注重"人情物理",不大热心于纯文学,倒仰慕"平淡而有情味的小品文"。但从美学传统讲,"平淡自然"跟道家美学似乎有更直接的渊源关系。庄子讲"虚静恬淡,寂寞无为","素朴而天下莫能与之争美",③也就认为"自然""无为"是最高的美。庄子强调顺应自然,"法天贵真"④,完全让事物按其自然本性去活动与表现自己,反对一切虚伪做作、"不精不诚"的东西,以达到"大巧若拙","大朴不雕",这种美学理想在后来中国传统文论中影响极大。传统批评家往往欣赏平静规避的生活方式,只有这种生活和心态才产生"平淡自然"的作品。周作人的批评思想显然部分承续了源于庄子的这一美学传统,还有些部分则源于儒家的中庸思想,甚至可以说是儒道合一。

周作人常用的第三种批评概念是"苦涩"。这是比"平淡自然"更深一层的审美范畴,也更带有周作人的审美批评个性。周作人对"苦"有偏嗜,他的文章和著作有不少是以"苦"为题的,如《苦茶随笔》、《苦竹杂记》、《苦口甘口》,等等,甚至连书房的名堂也叫"苦雨斋"、"苦茶庵"。周作人喜欢标示"苦"字,是一种人生态度的表露。他将现实中的种种过失、挫折、困扰、屈辱等等"苦"事,全都当作生活本身不可或缺的组成部分,即认为人生本来就是充满"苦"的,因此对人生之"苦"只能正视,不能回避;只有忍受和体验人生之"苦",才识得人生之味,人生也才充实。所以周作人极赞赏唐诗人杜牧的一句诗"忍过事堪喜",并将此诗题写烧制在他所珍藏的一个花瓶上。周作人说,他这是赏识杜牧视人生为"忍过"的境界:

> 这有如吃苦茶,苦茶并不是好吃的,平常的茶小孩也要到十几岁才肯喝,咽一口釅茶觉得爽快,这是大人的可怜处。人生的"苦甜",如古希腊诗

---

① 《模糊》。
② 《两个鬼的文章》,收《过去的工作》。
③ 《庄子·天道》。
④ 《庄子·秋水》。

人之称恋爱。《诗》云"谁谓荼苦,其甘如荠",这句老话来得恰好。中国万事真真是"古已有之",此所以大有意思欤。①

周作人曾自称他的创作多出于"中年心态",那当然就是遍尝人生之苦反而养成以品"苦"为乐的"可怜处"了。周作人以历史循环论的眼光来看"古已有之"的"万事",包括一切人间苦,更觉得坚毅地"忍过"和体验"苦"是一种切实的态度。这种人生态度直接导致周作人在创作与批评中追求"苦涩"之美,他把是否蕴含有对人生悲苦的体验与理解,看作是衡定一部作品是否深刻隽永的标准。周作人还从审美心理角度分析,指出痛苦的经历要比愉快的经历更值得分享,也更能唤起读者的共鸣,深刻的作品必定是带有人生的苦味的。他说:

> 古人有言,可与共患难而不可与共安乐,可见共苦比同甘为容易。甘与争竞近,而苦则反相接引,例如鱼之相濡以沫。我们闻知了别个的苦辛忧患,假如这中介的文字语言比较有力,自然发生同情,有吾与尔犹彼也,或你即是我之感,这是一种在道德宗教上极崇高的感觉。②

最后还有必要评述一下"涩味"。在周作人的批评中,"涩"味是与"苦"味相关的,所以常叫"苦涩"。但"涩"不同于"苦"的,是它并不代表某种人生观,而纯粹是一种美学的意味。"涩"的审美追求包括语言风格上爱粗不爱细,喜暗不喜明,有意造成阅读欣赏上的某些阻梗与"陌生化",或者说增加阅读的"摩擦力",引发读者去体味思索,参与创造。"涩"和"苦"相联,则是注重将"苦"味引申,留下余味。值得注意的是,周作人又常将"简单"味与"涩"味结合起来作为一种审美趣味。简单不等于弘畅,在简单的表现中总有一些奥涩,能让人边读边不时停下来回味、思索、体验。周作人在评俞平伯的《燕知草》时说:

> 有人称他为"絮语"过的那种散文上,我想必须有涩味与简单味,这才耐读,所以他的文词还得变化一点。以口语为基本,再加上欧化语,古文,方言等分子,杂糅调和,适宜地或吝啬地安排起来,有知识与趣味的两重的统制,才可以造出有雅致的俗语文来。③

---

① 《杜牧之句》,收《苦竹杂记》。
② 《草囤与茅屋》,收《苦口甘口》。
③ 《〈燕知草〉跋》,收《苦雨斋序跋文》。

　　这段话带有相当的概括性,表明了周作人散文批评几方面的要求是一种适宜的调和,无论平淡、自然也好,苦涩、简单也好,最终都必须综合体现为一种"耐读"的"有味"的风格。周作人不一定以此要求一切创作,但他所喜爱并认为最富于"文学意味"的,就是这样一种"雅致的俗语文"。

　　周作人的文学理论与批评思想是比较复杂的。他自己就说他的评论包括有"两个鬼的文章",常常出现矛盾的现象。比如,他反对文以载道,有时又写其实是载道的文章;认为文学无用,但又称"不会做所谓纯文学,我写文章总是有所为"。一方面他的确写了不少"闲适文章",但同时也写"正经文章"。周作人解释说,写闲适文章如同"吃茶喝酒","正经文章则仿佛是馒头或大米饭"。这种种矛盾,是因为他的心中有两个"鬼","一个是流氓鬼,一个是绅士鬼,这如说得好一点,也可以说叛徒与隐士"。[①] 周作人的两面文章对现代文学包括文学批评都曾经有过大的影响。本文较多地评述了他的"隐士"的"闲适"的一面,并从批评史的角度加以必要的肯定,是考虑到以往的研究对这方面比较忽视。然而要比较全面评价周作人的文学理论与批评观,还是要历史地辩证地兼顾到周作人身上存在的"两个鬼"的事实。

　　最后还要提到的是,周作人的文学理论和批评观总的是比较倾向回归传统的。如前所述,他对儒家、道家美学思想的继承,对重印象重感悟的传统批评方法的吸取,甚至他常用的诸如"兴趣"、"平淡自然"等一些批评概念与传统批评的联系,都说明周作人的批评是颇具旧轨风范的。但也不该忘了他同时又是非常现代式的批评家,他的批评在传统的躯壳中又往往运用现代的眼光,熔铸了许多西方现代的科学思潮。周作人并非一般地"回归"传统,而是在更高的层次上将现代批评与传统批评汇合,重铸。不能说周作人已做得非常成功,但他所寻找的中国传统批评与西方现代批评的某些契合点,对今天也还是不无启迪的。

1991 年 7 月 25 日于京西镜春园

---

　　① 　这一段引文都出自《两个鬼的文章》。

批评作为渡河之筏捕鱼之筌[*]
——论李健吾的随笔性批评文体

现代批评讲求理论性、系统性、科学性,是对传统感悟性批评的突破与发展。从王国维的《〈红楼梦〉评论》以来,多数批评家的评论文章都采用严肃的论说文体,注重分析归纳、逻辑推断,有的则是堂堂正正的高头讲章式,有明确地指导读者的意向。在现代文学批评史中,尽管各家的批评风格不同,写文章的方法与情味也不一样,但在文体上又大都趋向谨严,因此,李健吾就显得比较个别。他似乎是有鉴于普遍的"严肃",才有意追求比较潇洒自如的美文式批评文体。

李健吾用得最多的是散漫抒情的随笔体,这种文体主要是从蒙田那里学来的。李健吾在留学时期就爱读这位法国散文家的随笔。在《咀华集》中,李健吾一再提到蒙田,很赞佩蒙田散文的俊智与潇洒,说"他往批评里放进自己,放进他的气质,他的人生观","他必须加上些游离的工夫"(《自我和风格》)。这说的正是蒙田的文体风格。蒙田著名的《随笔集》共三卷一百零七章,纵览古今,旁征博引,汪洋恣肆,记录了作者对人生的思考、读书的心得以及各种社会风俗人情,处处融贯着作者的真性情。各章长短不一,结构松散自然,语言平易顺畅,常常涉笔成趣,发抒哲理的感悟。对照一下可以发现,李健吾的批评的确是追慕蒙田式的随笔体的。当然,李健吾学得很像,又有所发展,形成了他自己的风格。

李健吾批评文体的影响甚至比他的理论影响要大,40 年代有一些批评家如唐湜、李广田就追随过他的美文式批评文体风格;80 年代中期有许多青年批评

———————————
　*　本文原载《天津社会科学》1994 年第 4 期。

家"重新发现"李健吾的文体,对他那种潇洒笔致的仿求一度成为风气。这里稍加评析李健吾的批评文体特点是颇有意思的。

从文体结构看,李健吾的批评都松散自如,没有严整的规划,也没有固定的格式,如同是给亲朋的书信,或与友人的闲聊,这就很随意亲切。李健吾的目的主要不在于给作品下什么结论性的评判,而是想与读者沟通,向读者传达自己某些阅读印象与感悟,当然没有必要摆出严正的论说的架势。他选择了比较随便的、与读者(有时又与所评作品的作者)平等对话的姿态,这姿态决定他采用散漫的随笔体。

李健吾评论作品并不紧扣论题,喜欢绕弯子,喜欢节外生枝,也就是蒙田的所谓"游离工夫"。读者读起来很放松,根本不必正襟危坐听传道,很自然地会随着涉笔成趣的"题外话"去感应批评家的印象,引发比作品评论本身多得多的哲理感悟。更有意思的是,还可能由此领略批评家的人格精神,这才是李健吾的批评所要达到的"最高层次"。

例如,在评论巴金的《爱情的三部曲》时,李健吾用了几乎占全篇三分之一的篇幅放任闲谈"题外话",只字不提巴金。先谈翻译之难,许多著名的译家译荷马都似乎吃力不讨好。又联想到批评,同翻译一样,希望对作品"忠实",事实上很难做到,因为批评过程往往是两个"人性"的碰撞交融,各有各的存在。随之又大讲"学问是死的,人生是活的",波德莱尔不希望当批评家,却真正在鉴赏,因为他的根据是人生;布雷地耶要当批评家,不免执误,因为他的根据是学问。这又引出"知人之难"的感慨,人与人总有隔膜,即使读同代作家的作品,也每每"打不进去",唯唯否否,"辗转其间,大有生死两难之慨"。可又肯定读杰作毕竟是心灵的"洗炼","在一个相似而实异的世界旅行",给自己渺微的生命增加一点意义。接下来还谈了一番废名的"境界"与"隐士"风,才转入"正题",开始评论巴金。那些"题外话"似删去亦可,但文章恐怕就没有现在这样随意自然,而且在这些仿佛东拉西扯的"闲聊"中,不知不觉就道出了李健吾的批评心态与立足点,这对于读者了解批评家和作家,都有先疏通渠道的作用。

李健吾的有些评论从结构上看可能过于枝蔓,他的眼睛并不总盯着所要评论的作品,而是常常"游离"出去,"借题发挥",或者慨叹人生,引发某种切身的体验;或者联想类似的文学现象,寻找与此时阅读相同的感受;或抄录一句名人格言,或叙述一个掌故,或谈一段历史……都是写"印象"。将自己在阅读过程中生发的种种遐想与感悟都写出来,仿佛想到哪儿写到哪儿,没有什么章法似的,其实他这就是"叙述灵魂在杰作之间的奇遇",抓住自己阅读时"灵魂的若干境界"。这种散漫自如的结构有利于造成类似"情绪流"的效果,正适合印象主义批评重在传达"印象"的精义。

从语言方式看,李健吾追求形象的、抒情的、顿悟的特色,目的是尽量保留阅读印象的原色原味,并以直观的方式引发读者"对印象的印象",达到精神上的沟通。这方面显然吸收了我国传统批评语言表达的特点:不重逻辑分析,而重直觉感悟,通过形象、象征、类比等直观的语言方式去引发、启动读者的直觉性思维,由"得意忘言"之途去体悟、把握审美内容。特别是在对作品的风格、意境的评析方面,由于李健吾通常都是从整体审美感受入手的,他宁可与读者一起体验品味,也不轻易作"冷处理"的判断评审。因此在批评的语言方式上,他要回归传统,力求达到"意致"和"顿悟"的效果。

例如,李健吾评何其芳的《画梦录》,说他是"把若干情景揉在一起,仿佛万盏明灯,交相辉映;又像河曲,群流汇注,荡漾回环;又像西岳华山,峰峦叠起,但见神往,不觉险巇。他用一切来装潢,然而一紫一金,无不带有他情感的图记。这恰似一块浮雕,光影匀停,凹凸得宜"。这里全是用象征或比喻,以"印象"去引发"印象",没有什么明确的批评结论,可又使人能直观地感觉到作品的艺术特色。李健吾认为何其芳的《画梦录》是缺少深度的,但他批评不足时也不下否定性的断语,而是以充分的理解和同情说出自己的意见,并同样用形象的比喻来说出。他说,何其芳写的是寂寞的年轻人的"美丽的想象",删去了"人生里戏剧成分",也许"不关实际",但又说:"我所不能原谅于四十岁人的,我却同情年轻人。人人全要伤感一次,好像出天花,来得越早,去得越快,也越方便。"

又如,在评芦焚的小说《里门拾记》时,推想这小说写乡野生活的原始粗野,恐怕是出于痛苦的"乡思"。这当然也是作品给李健吾的印象。而李健吾仍然是用直观感悟的语言来表达这种印象:"当年对于作者,这也许是一块疮伤,然而痂结了,新肉和新皮封住了那溃烂的刀口,于是一阵不期然而然的回忆,痛定思痛,反而把这变做一种依恋。"这里不但很形象地解说了《里门拾记》的创作动因,同时也传达了自己读这小说所引发的一种生命的痛感。读李健吾的批评,需要不断调动自己的生活经验去体悟,虽然不一定有明晰的结论,如"主题"、"中心思想"之类可以提纲挈领地让你识透作品,却往往可以领略许多意外的风景:批评家其实是领着读者在作品内外游历。

当然,李健吾的批评也并非全都建立在直观感悟的印象之上,他有时也将印象清理分析,即"形成条例"(《答巴金先生的自白》)。不过,即使在"形成条例",需要将分析性的"条例"转达给读者时,李健吾所使用的语言方式也还是尽量采用直观形象的。他常常都是点到即止,让读者去体味发掘。如评《边城》时,李健吾指出沈从文"在画画,不在雕刻;他对于美的感觉叫他不忍心分析,因为他怕揭露人性的丑恶"。并且说《边城》"细致,然而绝不琐碎;真实,然而绝不教训;风韵,然而绝不弄姿;美丽,然而绝不做作。这不是一个大东西,然而这是一颗千古不磨的珠玉。在现代大都市病了的男女,我保险这是一付可口的良药"。像这些批评都是带分析的,已经不停留于一般印象,但李健吾还是尽量少用或不用专业性批评术语,而努力以形象的比喻来贯通作品的气韵,唤起情感共鸣,引而不发;或者尽量以丰富的联想组合来"复制"自己的阅读印象,涵泳玩索。这一切都是为了启发读者进一步去体会妙悟。

李健吾既然把批评看作是精神的游历与印象的捕捉,那么批评的文体以及相应的批评语言也最好是会意的直观的,因为许多印象体验可能是超语言的,不能全靠语言分析来表达。这也就是庄子的所谓"意之所随者,不可言传也"。用现代时髦的词来说,李健吾注重批评语言的"能指",而不是"所指"。李健吾显然感到批评语言能作为渡河之筏、捕鱼之筌就很好了,所以他很乐于让读者以直观感悟式的语言为"筏"、为"筌",去"渡河"、"捕鱼",进入作品的艺术世界,生发各自的阅读印象,至于印象如何,收获多少,那又是读者自己的事了。

李健吾的批评文体与语言的上述特点,决定了读者读他的批评时,会采取不同于读一般论说性分析性批评的另一种阅读姿态。读者不再是被动地等待接受批评家的评审结论,而是为批评家直观感悟的语言所引动,很主动地进入印象式的批评氛围中,很自然会将自己的"印象"与批评家的"印象"作比较,不是证实或证伪的比较,而是互为补充生发的比较。用李健吾的话来说,这正是文学批评的"美丽的地方"。

李健吾的批评文体、语言与他的批评方法相适应。他从阅读作品一开始,就力图做到感性把握,避免先入为主的理论干扰。一本书摆在面前,先自行"缴械","解除武装",赤手空拳去进入作品的世界。他注重以类似"开流线型汽车"(巴金语)的方法,即重感性的快速阅读去获取"第一印象",然后将独有的印象逐步"成形",即所谓"形成条例"。其中会有适当的理性分析归纳,但始终不脱离印象。这种批评的长处往往就在于"整体审美感受"的把捉。

李健吾的批评偏于鉴赏,鉴赏又多由印象的捕捉和整理而实现,所以这种批评也有它相对最为适合的范围:对于风格比较独特,技巧比较完美,特别是与批评家的气质比较投合的作品,这种印象式鉴赏式的批评就能最充分发挥其优势。可以做一些量的分析。在《咀华集》与《咀华二集》所专门评论过的十九位现代诗人与作家中,三分之一称得上是风格独具的,如巴金、沈从文、何其芳、萧乾、萧军、卞之琳、田间,等等。而李健吾对这些作家诗人的评论也最见功力,最显特色。其中如评巴金、沈从文、何其芳、卞之琳等,就对于风格的把握与技巧的分析而言,其眼光之敏锐,论说之精到,都无出于其右者,起码在现代批评史上可以这样断言。对于其他一些作家的批评,李健吾也往往从风格的整体把握入手。如评林徽因的《九十九度中》,便从作品意境构设的独特性论及女性作者的"细密而蕴藉"的风格;评路翎的《饥饿的郭素娥》,则由其语言表达上的欧化涩滞体悟那种泥沙俱下的"拙劲儿"……也都是在风格评论上显示了印象批评的特长。

李健吾以鉴赏为批评目的,他当然乐于选择给他印象最深,又真正能唤起自己的审美体验的作品作为批评对象。他的批评不算多,面也不太广,他的选择是很严的,风格与技巧是他考虑"入选"批评对象的主要方面,其他因素如思想内容、社会意义、时代价值,等等,都放到次要的位置。因此他很少随着社会的兴奋点去选择批评作品,许多有重大社会反响的创作,或者时代性比较强的作品,他都不参加评论。这位书斋式的批评家在现代文学大潮面前是有些偏狭的,但他的批评却也在艺术鉴赏和风格、技巧评析方面显示了活力。当众多批评家都比较忽视批评的人格化、忽视艺术评析的状况下,李健吾的批评却在这些方面显示了它的长处。

李健吾这种印象式批评虽然颇具特色,追慕者模仿者也频频出现,但在三四十年代毕竟未能得到充分的发展。根本原因是这种重个性重直观重印象的批评,不适应那个时代追求共性、理性、革命性的社会审美心理,对风格、技巧的审美评论很容易被看作是"贵族化"的雕虫小技。

还有一个原因是,自从现代批评诞生以后,批评家为了彻底更新批评理论与方法,纷纷将目光转向西方分析性、逻辑性、科学性的批评传统,而视本土批评传统的直观感悟方法为敝屣。作为现代批评形成、发展的历史过程,这种有些矫枉过正的现象也许应该得到理解。而李健吾却显得有些"不合潮流",他从西方借鉴的印象主义批评在相当程度上是与我国传统批评合流的。从现代批评发展的长远目标看,这种"合流"是可贵的探索和贡献,但三四十年代批评界的主导趋势仍然是打破传统,而不是利用和发展传统,或者说,还没有实力将这两方面结合起来,所以李健吾带有传统特征的印象主义批评也就不可能被重视和欢迎。尽管事实上有相当多的读者感情上也很欣赏李健吾批评的传统思路与优美方式,但在理论上又对李健吾的批评持排拒态度。

进入 80 年代以后的情况就不一样了。思想解放带来了文坛与批评界活跃的局面,批评家们逐渐有了勇敢地接纳各种批评理论方法的胆识和气量。李健吾批评的价值重新得到承认,并被许多年轻的评论家视为文体方面的楷模。几十年来习惯于一说文学批评就是大批判,我们的文学评论未免过于严肃和严厉了,现在读读李健吾的文学批评,就觉得格外轻松与亲切。更何况李健吾在继承发展传统直观感悟式批评方面,也很值得学习借鉴。李健吾式的印象主义批评真正得到发展,应该说还是在 80 年代中期。

但现在回过头来看印象主义批评"复兴"的现象,也有值得反思的地方。有些批评家顺着李健吾式的批评路子跑,却走了极端,不问批评对象是否适合,都用印象式批评,写起文章来完全不作理论分析,全靠"印象"和"感觉"。批评表面上很漂亮,可没有力度和深度。印象主义批评是有局限性的,它以作品的心理效应推导批评标准,结果容易混淆作品的实际价值与感受的结果,即所谓"感受谬见"(affective fallacy)。李健吾还有他的高明,那就是他从不把"印象"当结论,也从不轻易以印象批评去对付那些不适宜的批评对象。所以他还是比较成功的。而一些继承者忽略了印象派批评的局限性,一味崇拜"印象"与"感觉",结果只学会了李健吾的皮毛,而丢弃了他的批评精神,这就有点可惜了。

历史选择中的卓识与困扰[*]

——论冯雪峰与马克思主义批评

　　如果要考察这一段文学思潮的演化历史,特别是马克思主义批评在中国形成的过程,冯雪峰是最有代表性的"现象"与线索。这不只因为冯雪峰在众多倾向马克思主义的批评家中比较清醒稳健,坚持反对革命文学阵线中长期存在的"左"倾机械论,也因为他反"左"的同时又始终难于摆脱"左"的牵制,他的理论探求与批评实践的得失,体现着马克思主义批评"中国化"过程的艰难、曲折与困扰。

一

　　冯雪峰称得上是中国优秀的马克思主义批评家。他并不富于理论创造性,既不如茅盾那样拥有独特的批评风格,也不像胡风那样勇于构设有理论个性的体系,但他有一种务实的理论品格,这在教条主义与"左"倾机械论风行时期显得难能可贵。马克思主义批评刚刚传入时带有激进的色彩,一代年轻的革命作家、批评家几乎都被这色彩所吸引,所谓"新兴文学理论",大家所格外关注的往往是其"新",即"先锋性"。浮躁的心态容易形成"左"的文学空气。冯雪峰却较注重从中国的革命文学运动的实际出发去接受与理解马克思主义文论,而不急于或不屑于脱离实际去标新立异。务实的态度使他一开始就与激进的"左"倾的批评家保持一段距离,虽然他没有新颖惊人的理论发现,但其切实的批评对革命文学发展是更有促助意义的。

---

　　*　本文原载《学术月刊》1994 年第 5 期。

　　三四十年代革命文学内部的论争频繁激烈，"左"的思潮通常又都占上风。而几乎在每次热烈的论争中，冯雪峰都比较冷静，总是切实联系论争所涉及的有关革命文学发展的倾向性问题，总结经验教训，探索与理解马克思主义批评的基本思路和方法，发表持平之论，充当了比较超越的、有辩证目光的理论仲裁。他的文章有相当一部分是针对论争中所暴露的"左"的思潮的，属于思潮批评。即使评骘具体的作家作品，他也注意剖析引申其所代表的文学思潮或倾向。对"左"倾机械论文学思潮的怀疑和抵制，是贯穿冯雪峰批评的一条线索。

　　革命文学论争时期马克思主义批评刚刚传入，论争的各派都认为自己是马克思主义，加之当时国际上"左"倾的门派与观点（如"拉普"）影响很大。①总的来看，创造社、太阳社的理论来源主要是苏联"无产阶级文化派"及其后起的"拉普"，其中的波格丹诺夫"组织生活"论影响最大。他们所形成的基本观点是认为文学和别的意识形态一样，可以直接改变现实，起到组织社会生活的作用，因此特别看重文学的认识功能和宣传功能。而鲁迅、茅盾以及一部分"五四"资深作家，在坚持继承"五四"现实主义传统的同时，则比较多地从普列汉诺夫、托洛茨基、沃隆斯基等人的理论中吸取有益成分，承认文学决定于经济基础，同时又还决定于作为上层建筑核心部分的政治；文学反映现实，但对现实的作用毕竟有限，而且是间接的，文学对于现实的反映必须遵循文学本身的规律。由于对文学功能的认识不同，导致对传统（包括"五四"传统）的态度也不同。创造社、太阳社更多地希望割断传统，另起炉灶去建设"新兴"文学，对所谓"旧时代"（其实主要指"五四"）文学持排拒态度；而鲁迅等人则都采取比较宽容的现实的态度。在这两派观点对峙中，冯雪峰比较赞同和支持鲁迅、茅盾等人，他倒不见得直接受普列汉诺夫或托洛茨基等的影响。在革命文学论争中冯雪峰表现比较冷静，既不以教条主义的最革命的姿态出现，也不意气用事，他所发表的文章并无什么高论，不过比较切合实际，他是结合实际生活感受去理解和运用马克思主义批评的。因此在文学与社会或政治关系这样一些现实的问题上，冯雪峰比革命文学倡导者们显得稳

_____

　　①　参阅拙著《新文学现实主义的流变》第二章第二节，北京大学出版社1988年版。

健明智。冯雪峰有一观点始终很明确,即坚持认为无论"革命文学"还是"无产阶级文学",都仍然担负反封建的任务,就其性质而言,与"五四"新文学是一致的,都是"民主革命文学"。这种性质的确认使他对作家和创作的"政治要求"比较宽容,在批判"第三种人"、"自由人"以及在关于"两个口号"的论争中,冯雪峰都竭力提醒人们注意"左"倾机械论偏向,反对关门主义。在"左风"横吹的时代能做到这一点,也是很不容易的。

在二三十年代,冯雪峰以反"左"为己任的理论批评,力求倾向马克思主义,却不能不承述当时国际上某些"左"的文学思潮。这是一种矛盾。在文学的统一战线这样的策略性问题上,他是反"左"的,对非革命的各类作家取兼容团结的态度。但在对革命文学的实际评论中,当要涉及文学内部关系的某些命题时,冯雪峰又可能表现出"左"的言论。有时冯雪峰自相矛盾,他很难将自己的理论观点加以平衡统一,他的最有影响的一些评论①都可能存在理论上的尴尬。例如,1932年冯雪峰参加了左翼文坛对苏汶、胡秋原"超阶级"文学观的批判,但并不赞成将苏汶、胡秋原一棍子打死,认为还是应当把他们看作"同盟战斗的帮手","与他们建立起友人的关系来"。这种态度使冯雪峰的论评比当时许多批评家都高明。但他还是没有足够力量从理论上说清文学阶级性问题的复杂性,这影响到他在论及艺术价值时,犯简单化的毛病。在30年代那种极端政治化的环境,所接受和理解的马克思主义批评又还属于比较实际的层次,许多关涉文学内部规律的理论命题来不及充分思索,冯雪峰只能比较肤浅而粗疏地运用马克思主义批评的立场,即使有强烈的反"左"动机,也难于真正从理论上划清"左"的界限。

二

以往许多研究者都很注重冯雪峰"左联"时期的批评成绩,然而他的理论批评相对成熟,应当说是在40年代前期。

代表冯雪峰理论建树的著作大多写于40年代,还有小部分写于50年代

---

①　如收入《冯雪峰论文集》上册的《革命与知识阶级》、《关于新的小说的诞生》等文,人民文学出版社1981年版。

初。如《论典型的创造》(1940年)、《关于形象》(1940年)、《论艺术力及其他》(1945年)、《论民主革命的文艺运动》(1946年)、《题外的话》(1946年),以及《创作随感》(1951年)、《中国文学中从古典现实主义到社会主义现实主义的发展的一个轮廓》(1952年),等等,都贯穿着冯雪峰对马克思主义批评的思考。冯雪峰的思考有两点最着力,也最引人注目:一是批判剖析"左"倾机械论在创作中的主要表现客观主义;二是极力主张革命的现实主义。这两者一破一立,互相补充和转化。在40年代仍坚持反"左",把"左"倾视为革命文学主要危险的批评家并不多,除了胡风之外,冯雪峰是其中最重要的一位。他这时反"左"比前更自觉,并且有历史的经验作后盾,力图揭发导致"左"倾的理论根源。在《论民主革命的文艺运动》这篇重要的长文中,冯雪峰系统地总结了"五四"以来担负"民主革命任务"的新文学的经验,特别是1928年开始的无产阶级文学运动的经验。他的重点不在赞许成就,而是回顾与评析"在'左'倾机械论之下"所存在的错误。他指出,从1928年以来,"'左'倾机械论和主观教条主义所给予的错误为最显著",原因是"从国际上接受了机械唯物论及庸俗唯物主义的影响",对经典的马克思主义思想原则"缺少深彻的研究和了解",而根子又还在于把理论当作教条,严重脱离了中国革命的现实。他认为这种"左"倾的错误反映到文艺上,主要是"文艺与政治之战斗的结合变成了机械的结合","文艺服务政治的原则变成了被动的简单的服从",结果标语口号与公式主义便长期滋生,成了革命文学的一大顽症。冯雪峰特别指出这些"左"的弊害并不限于革命文学的初兴时期,在40年代仍是不可忽视的危险倾向。他总结历史上"左"的教训,是有尖锐的现实针对性的。这一点冯雪峰比同时代许多批评家更清醒。他写这篇长文时文艺界正在开展关于现实主义和主观问题的争论,当时主导性的意见是"反右",即继续反对文学的"非政治化"倾向与自由主义等等。冯雪峰却强调反"左",有些"唱反调"。

坚持反对"左"倾机械论是冯雪峰的理论前提,于此他努力倡导革命的现实主义。他的现实主义理论框架是参照苏联"社会主义现实主义"的,考虑到国情和现阶段文学性质,他在40年代不直接用苏联的这个口号,而多使用"革命现实主义"这一说法,并在内涵的解释上也有些自己的见解。关于冯雪峰对现实主义理论的贡献,已有许多论者评述过,普遍比较注意他对"生活真实反映"的强调,以及"将文艺创作过程纳入理性化的轨道",①等等。这确是冯雪峰对现实主义执着的认知点。然而要勾勒冯雪峰现实主义理论的构思特色,不能不密切注视他所指出的几对相关的命题。

一是"人民力"和"主观力"的统一。这是一对互相渗透互为转换的概念。冯雪峰提出这一命题,是以辩证的眼光综合作品反映现实与体现主体创造这两方面。冯雪峰试图通过这一对概念的建立来深化对现实主义的理解,抵制那种导致客观主义与公式主义的"左"倾机械论。

冯雪峰最早在《论民主革命的文艺运动》中提出了"人民力"说法,后来成了使用频率很高的一个概念,虽然始终没有明晰的界定,但其内涵大致还是确定的。"人民力"即人民在推进历史和变革现实中所表现的力量,又体现为革命的要求、历史的方向和社会发展的本质,等等。历史唯物主义把人民看作是主宰历史的决定性力量,冯雪峰显然是在这一信念支配下提出"人民力"的概念的。然而冯雪峰所说的"人民力"不只是哲学和政治的概念,而主要是文学批评概念,其基本涵义是指作品所要体现的"人民之历史的要求、方向和力量"。"人民力"专门标示一个"力"字,包含有对"革命现实主义"的理解:创作不但要真实地反映人民为主体的社会现实生活,而且要作动态的有力度的反映,体现出时代的变革、发展、趋向来。30年代理论界对现实主义有"新旧"、"动静"之分,"社会主义现实主义"被阐说为"动"的体现"本质"的现实主义,冯雪峰讲"人民力",也是顺着这一思路,突出他所理解"革命现实主义"的一大特征。

然而值得注意的是他在提到"人民力"时,总忘不了强调"主观力",他常用辩证的链条去联结两者。冯雪峰所说的"主观力"也就是"文艺的主观力量",包括作品所能产生的思想力和艺术感染力,特别是作家的"主观战斗力",而并不限指一般所说的主体精神。这其实是很宽泛的概念,有时他讲"主观力",就泛指作品"能在人民中起着强大的作用"的那种总的艺术功能。他认为,"人民力"是一种客观存在,来自历史的现实的矛盾斗争,文学必须反映和追求在现实斗争中飞跃发展的"人民力"。"人民力"与"主观力"是客观与主观的关系,客

---

① 庄锡华:《论冯雪峰的文学观念》,《文学评论》1992年第2期。类似的观点还可参考姜弘的《现实主义,在今天和昨天》,《冯雪峰与中国现代文学》,人民文学出版社1988年版。

观决定主观,是主观的渊源。因此,对于作品的功能价值的基本要求,冯雪峰认为无非是真实地反映人民在历史和现实斗争中所体现的伟大的力量,并使之转变为可影响教育人民的"文艺的主观的力量"。

这种带哲学意味的主客观关系论述,显得枯燥而又没有很多新意,但值得注意的是冯雪峰关于两种"力"互相转化结合的认识。冯雪峰突出"力",试图从创作论上批判"革命宿命论者和客观主义者"。冯雪峰认为革命文学中常见的公式化概念化弊病,往往在于"只'着重'客观的必然性",以预设的革命发展道路或模式去取替复杂曲折的矛盾斗争,不着重在实际斗争中"转换着客观与主观关系的人民的斗争和力量"。在这种机械论观点的牵制下,作家"反映"现实,就成了被动地反映"必然",对客观作"单面的体现或摄取",仿佛人民的斗争实践都是很规范地体现着某种抽象的规律和模式,作家的任务只需将这"斗争实践"的客观规律对等地(或形象地)"反映"到作品中,使作品也能形象地表明这种"规律",就万事大吉了。这就是"太注重客观"的所谓"革命宿命论",结果当然脱不了公式化与概念化。而冯雪峰是竭力抨击这种机械论的。他认为"人民力"和"主观力"都是动态的,发展的,互相起作用的。冯雪峰从斗争实践的意义上去解释文艺创作主客观的结合,这种结合不是被动的"反映",而是包含了互相转化。尽管冯雪峰远未能真正从理论上说清这种互相转化的关系,但他注意并提出了这个问题,并试图从"人民力"与"主观力"的关系中得以解释,这就比当时流行的一般讲"政治决定艺术"要深入一步。

冯雪峰这种理论探讨也是有现实针对性的。从1943年开始在革命文学阵线内部发生过一场围绕现实主义与"主观论"问题的论争,多数人的意见认为当时革命文学发展的关键仍是作家进一步深入民众,端正为政治为民众服务的思想。但胡风有不同看法,他认为40年代现实主义"衰落"了,突出的表现仍是"客观主义",作家被动地反映生活,依照某种理念去造出主题与内容。① 因此胡风提倡"主观战斗精神",强调作家对于客观现实的"把捉力,拥抱力,突击力"。② 他还认为人民群众生活中随时随地都潜伏着或扩展着几千年的"精神

---

① 胡风:《关于创作发展的二三感想》,《胡风评论集》中册,人民文学出版社1984年版,第293页。

② 胡风:《文艺工作底发展及其努力方向》,《胡风评论集》下册,人民文学出版社1985年版,第6—16页。

奴役底创伤"①，"五四"现实主义所要求的反封建和"精神改造"的任务并没有完成，不能一味主张"深入人民"和"与人民结合"，还须要强调作家以强健的"主观战斗精神"去体验与批判现实。胡风的理论也是反对"左"倾机械论的产物，有其合理性，这里要指明的是，冯雪峰提出"人民力"与"主观力"统一的命题，就与胡风的"主观战斗精神"说相呼应。胡风的主张有偏激之处，而当时"左"倾机械论的观念又还很有市场，所以胡风在论争中就几乎遭到普遍的批判，他的"主观战斗精神"说被简单地贬斥为"唯心论"或"个人主义"，而他所提醒的客观主义以及机械论的"左"的危害终究不能引起普遍的警觉。冯雪峰赞同胡风对"客观主义"和"革命宿命论"（冯又称之为"社会自然主义"）的分析批判，认为这是从革命文学诞生以来就存在、一直没有很好克服的弊病，表现是左的，实质是右的，是一种"右退状态"，是障碍民主革命文艺发展的一种"反现实主义要素"。因此他肯定胡风提出"向精神的突击"，是富于"积极的时代的意义"的。他认为胡风的理论实际上强调了"主观力"，这是"对教条主义和客观主义思想态度抗议"。冯雪峰接过胡风所说的"主观战斗精神"或"向精神突击"的命题，试图从"人民力"转化的"主观力"去加以阐发。他提出："所谓'向精神的突击'，如果是指的作家被自己的对人民的热情和生活的理想所推动而燃烧一般地从事写作，以及向人物的所谓内心生活或意识生活的探求，那么这正是我们所要求，并且也正是几年来我们文艺上的一个大展开。"②

不过冯雪峰也并不全盘赞同胡风，他意识到胡风在反对"左"倾机械论时过于强调作家"主观战斗精神"的张扬，而可能失去现实基础。冯雪峰提出"人民力"与"主观力"结合的命题，一方面是反对那种否定创作中主体精神作用的客观主义，另方面又是对胡风"主观战斗精神"说的一种补正。他认为"主观力"只有从"深入大众生活和斗争中"去获得，"主观力"的提高本身就应该是高度地反映"人民力"的表示。冯雪峰指出，胡风注意到增强"主观精神"以批判人民群众中的"精神奴役底创伤"，是有价值的，但只有投身于人民群众现实斗争，把握"人民的方向与力量"，"才能给现实和人民的落后现

---

① 胡风：《置身在为民主的斗争里面》，《胡风评论集》下册，第21页。
② 见《冯雪峰论文集》中册，人民文学出版社1981年版，第72页。

象以强有力的批判"。在当时参加现实主义和"主观论"问题讨论的众多意见中,冯雪峰的意见是比较全面、富于建设性的。他能够比较深入地看到胡风所代表的"主观论"思潮出现的必然性与可能产生的积极意义,同时又及时指出了其所存在的某些脱离现实的、偏激的、片面的倾向。冯雪峰从40年代文艺论争的各种对立的观点中,寻找合理的可以互补共存的意见,并力图作出马克思主义的解释。

三

与"人民力"、"主观力"的命题相关的,还有其他一些命题,也是40年代文学论争中引发的,冯雪峰也作了可贵的探讨。其中值得提出的是"政治性"与"艺术性"关系的问题。冯雪峰在《题外的话》中认为,当时批评界常将"政治性"与"艺术性"作为"两种不同的要求"割裂开来,这是不科学的;因为"不能从艺术的体现之外去要求社会的政治价值",那样做容易导致公式化。同样,所谓"艺术性很高","然而作品的内容和实质却是十分腐败的现象",也是不可能存在的。对于当时许多批评家常说的"政治决定艺术",冯雪峰也有较深入的辨析,认为"决定"并非机械的、直接的,"决定"的过程中最重要的是作家对于历史与社会的理解,"尤其经历着作者的自我斗争"。这就比较重视创作过程主体作用,与胡风重体验的创作论相接近。而在批评上,冯雪峰对流行的那种"将具体作品多加以社会的、思想的具体分析"的做法并不满足,他认为批评家要做的工作还有"进而去研究创作过程,即作家和作品怎样从现实社会生长起来,艺术怎样从生活生长起来"。冯雪峰这种批评观念也意在打破凝固的公式主义批评。

冯雪峰还十分重视典型问题,这是马克思主义批评的核心命题,冯雪峰的思考也自有特色,并历来被文学史研究者所称道。然而冯雪峰的典型理论在其探索形成过程中同样是既反"左"又受到"左"的影响的,其得失都打上了所属时代的印记。

冯雪峰的典型研究比当时一般见解高明,在于他跳出了共性与个性结合这一思考层面,而注重联系创作经验去解释"典型艺术的社会生产法则"。他在1940年写的《论典型的创造》中,就提出典型的关键,是体现"社会的,世界的,历史的矛盾性",或者说,是要具有丰厚的"思想力量和历史的真实"。冯雪峰认为典型塑造的功夫在于思想力和历史真实性的开掘,或者说,要在生活的历史内容上达到应有的深度与广度。在他看来,如果只是将典型理解为共性与个性的统一,以为让人物形象"对应"地表现出鲜明的阶级共性,然后再添加一些个性特征,就可以创造出成功的典型,那就错了。这种"用个人的物事"去弥补预想的"普遍性"的作法,充其量只能制造出一些宣传意识突出的类型,无论如何是不可能产生有深刻思想力和历史感的典型来的。针对关于共性和个性统一的比较简单化的理解,冯雪峰强调作家要从生活实践中形成对社会历史矛盾性的独特体验与认识,他把这种个人的体验以及来自生活的鲜活的认识视作典型创造的源头活水。

冯雪峰文学思想的主导面毕竟是重理性,重教化的,他在稍稍提醒注意典型产生的情感性主观性等因素后,马上又很谨慎地用更多的功夫去说明:在艺术形象中,"思想性"终究更显重要,因此,对典型创造来说,理性的历史感的思维也最关键。他认为虽然典型的产生要以生活实践的"感觉与体验为基础,以赋于感性为必要;但这只是基础,只是必要之一"。典型的本质最终还是要靠理性把握,理性思维才能决定典型的真确。这些观点如果从哲学的层面看,是毋庸怀疑的,问题是仅停留于哲学论理层次,并不能完全回答典型创造的规律性问题。冯雪峰当时没有足够的理论能力深入探讨下去,他最终也只能一般地谈论典型创造的过程,指出这过程"始于从个别的个人(自然可以从许多个的个人)的社会的具体历史关系的掘发,而终于在社会的具体历史环境里的真实的个人的行动和姿态的确证"。至于作家的感觉、体验以及独特发现、审美选择等与这种"掘发"与"确证"到底有什么关系,就不甚了了。

冯雪峰的典型论存在矛盾,他似乎还没有能力去解决这些矛盾。当他具体总结体味鲁迅和许多中外著名作家的创作经验时,还比较重视作家的生活体验、感受与发现,并视之为使典型达到历史真实性和深刻性的"基础",但在更多的情况下他又可能离开这个"基础",去强调"思想指导"和"主题意义"对典型的制约及其必要性。在40年代后期到50年代初,冯雪峰对典型的思考越来越趋向强调后者,且不免呈现简单化的倾向。例如1947年他再次评论丁玲的创作道路时,就以人物"意识世界"的完满程度,包括是否"拥有时代的前进的力量",作为衡量典型创造和作品价值的唯一依据。① 他用以衡定典型的唯一标准也还是所包含的"社会本质"与"社会意义"的丰富性与明确性。这种偏狭的标准把冯雪峰紧紧束缚,甚至扼制了他的艺术感受力,他的批评因此显得僵化,有说教味。

冯雪峰甚至还提出过"思想性的典型"的概念。② 他认为阿Q主要就是一个"思想性的典型",是阿Q主义或阿Q精神的寄植者,是"国民劣根性"的体现者。这固然可以自成一说。问题是他实际上已将"思想性的典型"看作是有普遍意义的典型方法与目标,这又将典型封闭在单一的模式之中。为了强调典型的思想意义和教育意义,他把纯属理性价值判断的"启发"功能视为典型的最高标准。他提出:"一个作者对于自己所创造的某个典型人物,如果要检验一下典型性的程度,那么,他就绝对不应该在这人物各方面的完备性上去补长弥短,而应该首先注意到他的主要方面的启发性如何,教育性如何。"将典型性完全等同于启发性、教育性或思想性,③是难于同类型化的公式主义划清界限的。事实上冯雪峰在50年代初解释典型创造的一般方法时,提出以"思想性的综合"作为根本,强调典型构思过程主要是"关于重要思想和重要关系的反复研究和思索"的过程,并始终以主题思想去"决定人物的发展",最终完成"社会的、政治的任务"。④这时冯雪峰已经将典型创造复杂的过程(他曾说过的作家向生活与他的人物"搏斗"的过程)简化为一种理性的"综合"了。50年代初冯雪峰的典型研究过分强调理性综合,强调为政治服务并完成"思想任务",很少再关顾"主观力"的发挥,其理论的片面性更突出了。

四

冯雪峰的典型论及其他相关理论所提供的批评思路是阔大而又偏狭的。说它阔大,是注重典型的社会历史内涵,往往从大处着眼,察究作品的时代价值

① 参见《从〈梦珂〉到〈夜〉》和《〈太阳照在桑干河上〉在我们文学发展上的意义》,《冯雪峰论文集》中册,第152—159、457—470页。

② 参见《论〈阿Q正传〉》,《冯雪峰论文集》中册,第364页。

③④ 《创作随感》,《冯雪峰论文集》中册,第287、282—293页。

与教育意义。这种批评在对文学社会现象与政治倾向的剖析上能发挥其长处，常不乏洞见而又有恢宏气度。说它偏狭，是囿于"思想性政治性评论"，而可能睽离文学的美学特性，不尊重作品艺术世界的自足性，也未能将主题思想的论断与美学的品评结合进行。于是所谓典型性分析也就局限于理性分析，排除了或轻慢了文学批评所必不可少的艺术感受性。冯雪峰的批评有的只是倾向、主题、意义的认同、判断，而缺少艺术敏感与美学悟识。如果说马克思主义批评包括美学的历史的批评，那么冯雪峰的批评还远未能达到这一完满的融合。他的批评理论最明显的缺失，就是没有建立一套批评的美学标准。

但如前所说，考虑到特定时代的历史条件，也不必过多地评责冯雪峰理论批评中的不足。本文的题旨还是要求多注意冯雪峰批评所表露的历史特征：他始终在反对"左"倾机械论，有不少精到的见识和理论贡献，但又终究未能摆脱"左"的牵制。原因是多方面的。首先是时代的局限。在历史转换期，当阶级斗争与政治斗争成为社会生活最重大的内容时，由历史和现实诸种复杂的因由酿造的激进主义的"左"的思潮有巨大影响力，冯雪峰即使能较清醒地与"左"倾机械论相颉颃，也很难完全跳出整个时代所盛行的"左风"影响。二是职业原因。冯雪峰由诗人而批评家，又兼负当时代表中共领导文化工作的职责，这种职业感和使命感使他随时意识到自己的批评是在"引导"文坛，所作文章也大多注重指导性和教谕性，他的理论探讨与批评实践不能不首先充分考虑大局的或团体组织的现实需要，有时就不得不压抑或放弃个人的声音。冯雪峰所写的文章政策性很强，有的就是代表团体发言的，不一定属于冯雪峰个人。

还有一个重要的原因，就是在接受运用马克思主义批评过程中出现的理论方法上的局限。马克思主义批评很明快地昭示一些比较现实的层面的命题，诸如文学与政治、文学与社会以及以历史的发展的眼光看待文学现象等问题，即所谓文学的外部规律。这些问题与马克思主义历史哲学有更直接的联系，而冯雪峰又比较注重从实际出发领会与运用马恩的有关经典论述，所以在"左风"盛行的时候，他能坚持反"左"，提出许多有利于革命文学发展的见解。然而马恩对文学的"内部规律"并没有留下多少现成的结论，即如典型问题，也主要作为一种带政治性的美学原则提出。加上马恩文论的系统译介较晚，马克思主义批评家对文艺"内部规律"的研究相对薄弱。冯雪峰不能不受这种情况制约。当他进行具体评论,特别是涉及典型、风格、形式等比较深层次的"内部规律"问题时,就往往放不开思路,难于将创作实践中或中外文学历史上感触到的经验加以深化;或者还不善于将马克思主义批评作为一种立场,创造性地灵活地解释文学现象。这样,他就常处在理论矛盾和游移的状态中;他始终坚持反对"左"倾机械论与教条主义,却又不能完全走出"左"的和教条的困境。

沈从文怎样写鉴赏性评论[*]

　　著名作家沈从文同时又是出色的批评家。他的评论重在风格把握,带鉴赏性,体式自成一格,其最重要又最有影响的评论是《沫沫集》。这本出版于1934年的论集收有十八篇文章,以专论形式论及的作家有冯文炳、落华生、施蛰存与罗黑芷、朱湘、焦菊隐、刘半农、郁达夫与张资平、闻一多、汪静之、徐志摩、穆时英、曹禺、冰心、鲁迅,等等,另还有一篇综概性的长文《论中国创作小说》,论及自"五四"以来的四十多位作家。《沫沫集》中的论文多写于1930年11月至1931年4月,原是沈从文在武汉大学讲授现代文学课时的讲稿,所选论的大都是20年代成名的作家,同时期活跃的作家选得不多。这是出于讲课的需要,现代文学课多少带史的性质,要经过一些沉淀。更主要的,当时正是"革命的浪漫谛克"和左翼文学兴盛之时,主张文学独立性的沈从文对过于政治化的文学潮流不感兴趣,政治化与商品化在他看来都是歧路,不能把文学导向健全。沈从文重点选评"五四"时期的作家,意在总结历史经验,发扬传统,纠正他所认为的不良的创作风气。

　　写《沫沫集》时的沈从文,和《烛虚》中那个自我剖白的沈从文不全一样。《沫沫集》有更多的现实感与道德感,目标是引导读者怎样去认识、理解和赏鉴现代文学作品,纠正"恶化的兴味"①。沈从文并不苛求所有作家都来像他那样以静美的文字表现人生形态,他所理解的"五四"文学传统是阔大的,能容纳种种健全风格的。唯有在影响读者的"趣味"上,沈从文有严峻的态度。他毫不留情地否定张资平小说"转入低级的趣味的培养",使读者容易得到官能的满足与

　　*　本文原载《名作欣赏》1993年第3期。
　　①　《论中国创作小说》,《沈从文文集》第11卷,花城出版社、三联书店香港分店1984年版,第161页。

本能发泄的兴味。他认为这种不健康的文学兴味与"礼拜六派"一样,只追逐"商品意义",虽然"懂大众"很有市场,但在艺术上是一种堕落。沈从文很腻味"海派文学",主要指的是商品化的文学。他认为张资平的小说就是"新海派"的代表之一。①

　　几乎在对每一位作家评论时,沈从文都着眼其总体风格,风格的勾勒和体味,往往成为他批评中最精到的部分。沈从文对风格的把捉力非常自信,常在论文的一开头就抓纲挈领地将批评对象的风格特征加以提示,而且用的常是作"历史定位"的语气。下面试举几篇文章开头的风格总评,几乎都可以说是不移之论,由此也可见他对风格批评的极为重视。②

　　　　从五四以来,以清淡朴讷文字,原始的单纯,素描的美支配了一时代一些人的文学趣味,直到现在还有不可动摇的势力,且俨然成为一特殊风格的提倡者与拥护者,是周作人先生。(《论冯文炳》)

　　　　在中国,以异教特殊民族生活作为创作基本,以佛经中邃智明辨笔墨,显示散文的美与光,色香中不缺少诗,落华生为最本质的使散文发展到一个和谐的境界的作者之一。这和谐,所指的是把基督教的爱欲,佛教的明慧,近代文明与古旧情绪糅合在一处,毫不牵强的融成一片。作者的风格是由此显示特异而存在的。最散文的诗质底是这人文章。(《论落华生》)

　　　　使诗的风度,显着平湖的微波那种小小的皱纹,然而却因这微皱,更见出寂静,是朱湘的诗歌。(《论朱湘的诗》)

　　　　以清明的眼,对一切人生景物凝眸,不为爱欲所眩目,不为污秽所恶心,同时,也不为尘俗卑猥的一片生活厌烦而有所逃遁;永远是那么看,那么透明的看,细小处,幽僻处,在诗人的眼中,皆闪耀一种光明。作品上,以一个"老成懂事"的风度,为人所注意,是闻一多先生的《死水》。(《论闻一多的〈死水〉》)

　　① 《郁达夫张资平及其影响》,《沈从文文集》第11卷,第143—145页。
　　② 以下四段引文,分别见《沈从文文集》第11卷第96、103、113、146页。

　　还有许多篇都是这样，开门见山就作风格评定，以此作为他批评的立足点。大概当初沈从文也是考虑到课堂教学的需要，力求为所评的作家找到简明扼要的历史位置，这定位紧扣着风格特征，不旁迁他涉，可以一开始就给读者一个非常鲜明的印象。

　　沈从文风格批评注重的是对作品整体审美把握，他在论文的开头（或在开始评论某一作家之前）造成一个总印象（同时也是基本结论）后，就用主要篇幅引导读者去体味、理解与反思这印象（结论）。这不只是批评的操作程序问题，更是一种有特色的批评思维方式。沈从文显然不乐于使用那些很流行、方便但又可能生硬、笼统的批评概念，诸如内容、形式、主题、思想，等等，他不愿意把完整的艺术世界硬是机械地分拆开来说明。按照沈从文的逻辑，既然认为文学创作是一种人生体验的寄植，是对各种人生形态的探寻与感受，既然认为作家在"白日梦"的状态中构设艺术世界也有自足性，那么读者或批评家以浑然感悟的方式去把握，当然比纯粹理智的分析更可能接近艺术真谛。

　　沈从文的风格批评显然继承和借鉴了古典批评中感悟印象的方式，当他要把捉和传达某一部作品或某一作家的总体风格时，所依赖的主要是直观感性的印象，并常用鲜活的意象或色调，去造成带通感性质的评析，重在唤发读者的体味与感知。例如，评说许地山的小说散文，他就以音乐的通感来喻指其风格，说许地山用的是"中国的乐器"，"奏出了异国的调子"，"那声音，那永远是东方的，静的，微带厌世倾向的，柔软忧郁的调子，使我们读到它时，不知不觉发生悲哀了"。[①] 这种评析是以感悟印象的唤发为前提的，但又比传统的"点悟"式批评更明晰一些，约略渗入了某些理性的评判。沈从文明白对于现代读者，光靠点悟是难于充分沟通的，现代读者的普遍思维习惯也已经适应了分析性评判，何况对一部作品的价值判断，总要有所分析归纳。因此在对作品风格获取印象和感悟的基础上，沈从文又总是结合某些必要的分析，考察风格的成因，探讨风格的得失，并尽可能在新文学历史发展坐标上确定其价值与位置。例如他适当结合作家传记材料，说明许地山那"柔软忧郁的"风格形成，跟其生活阅历、教育

――――――――――

　　① 《论落华生》，《沈从文文集》第11卷，第104页。

及宗教思想有怎样的关系。并且考察许地山的创作风格到底在哪些侧面满足与适应了"五四"时期的阅读心理需求。这种分析评断常给沈从文感悟式的风格批评带上某些历史感。

沈从文风格批评的标准之一,是作品的艺术表现能否适合作家的情性,并充分发挥作家的才华禀赋。沈从文认为"创作原是自己的事,在一切形式上要求自由,在作者方面是应当缺少拘束的",但一个好的风格,会使读者"倾心神往机会较多",风格的好坏不全取决于新旧,更决定于"是否适宜作者"。① 沈从文很注意作家的人格情性是否自然地灌注于创作并形成独特的韵味。他最赞赏能充分体现作者人格情性并且是自然形成的风格,排拒那种一味求新逐奇,只模仿别人而不合自己情性的风格。如评析冯文炳时,沈从文指出他较早写的《竹林的故事》和《桃园》的风格是独具的,成功的,"作者所显示的神奇,是静中的动,与平凡的人性的美。用淡淡文字,画一切风物姿态轮廓"。他用充满感情的口气怡然赞评说,读冯文炳的作品,仿佛可嗅到"略带牛粪气味与略带稻草气味的乡村空气",甚至从那"悭吝文字的习气"中也可以感到作者的性情习惯。他认为这种随性自在发展的风格才可能是圆熟的。但他很遗憾冯文炳稍后所作《莫须有先生传》在模仿追求周作人式的趣味,"把文字发展到不庄重的放肆的情形下",失去了自己的人格情性,虽然是"崭新倾向"的风格转换,却不见得成功。②

风格与人格的关系,是沈从文经常谈论的话题。这本是比较宽泛的难于捉摸的问题,但沈从文的风格批评还是比较实的,因为他在考察艺术表现是否适性自在时,常常紧扣着文体评析。在沈从文看来,文体是不能有意为之的,只能用其得当;技巧作为文体的重要因素,也须适合作者情性的发挥,不能过分与勉强。风格的形成需符合自然,适度,和谐,关键是随性自在,不做作,不矫情。例如,沈从文指出施蛰存初期的小说如《上元灯》等,自有一种比较适于作者才情发展的文体,那是"略近于纤细","清白而优美",线条柔和,气氛安详,技巧圆熟不露。这种文体所达致的风格,正好能体现施蛰存那"自然诗人"的禀赋,适于对"过去一时代虹光与星光作低徊的回忆"。但随着"意识转换",施蛰存

---

① ② 《论冯文炳》,《沈从文文集》第 11 卷,第 99、97—98 页。

他稍后所作的一些小说(如《追》)中改变了宜于自己的那种纤细而从容的文体,勉强自己去写不熟悉的"概念,叫喊,流血",纵然有技巧翻新,终究还是"失败"。① 可以看出沈从文的评论标准带有古典主义的要求,他所欣赏的作品大都是有匀称和谐风格的。他对施蛰存后期创作的评价是否确当,仍可探讨。但无可否认,沈从文格外注重文体与作者艺术个性的适合程度,并由此评判其风格的成就缺失,这种批评的角度自有独到的地方。

风格批评的整体审美把握既要有感受性的点悟诱发,又要有一定的明晰性,有适切的判断,这就难度很大。沈从文批评的功力也常见于此。为了加深读者对风格批评的认同与理解,他常用比较法,将风格接近或相异的作家放到一块儿来比,同中见异,异中显同,互相辉映衬托,这很能诱导读者发挥各自的品鉴力,参与品评。例如,郁达夫和张资平都是因写男女情爱而有过"轰动效应"的作家,沈从文将两者并评,指出彼此相似处,更追究不同点。他认为郁达夫的小说写"性的忧郁",能"引起人同情",让人"理解"人生的苦闷;而张资平永远写"三角或四角"的恋爱局面,却只能"给人趣味"或"挑逗","不会令人感动"。② "理解"和"挑逗"是不同的两种效果,沈从文通过比较,很准确地点透了两者艺术品格的高下。

关于同中显异的比较,最精彩的算是沈从文将冯文炳的《桃园》与自己的《雨后》比较。③ 他指出两者的文体同是单纯,都喜欢用"素描风景画一样"的笔触,"同是不讲文法",力求自然,而且同是关注描写"被人疏忽遗忘的世界",但细加考究,彼此毕竟又有"分歧",他指出冯文炳的作品只按照自己的"兴味"去写"平静"的某"一片"农村,"有一点忧郁,一点向知与未知的欲望","一切与自然谐和","缺少冲突","人物性格皆柔和具母性";而沈从文《雨后》的"兴味"却是"用矜慎的笔,作深入的解剖","表现出农村及其他去我们都市生活较远的人物姿态与言语,粗糙的灵魂,单纯的情欲,以及在一切由生产关系下形成的苦乐"。沈从文不避嫌地拿自己的作品与批评对象相比,是一种坦诚的气度。这种同中显异的比较能深细地区别品味风格类型接近的作家有各自成就和局

---

① 本段相关引述见《记施蛰存与罗黑芷》,《沈从文文集》第 11 卷,第 108—109 页。
② 《郁达夫张资平及其影响》,《沈从文文集》第 11 卷,第 139—143 页。
③ 参见《论冯文炳》,《沈从文文集》第 11 卷,第 98—101 页。

限,使读者加深对艺术个性的理解。

在风格的比较鉴识中,沈从文充分发挥其敏锐的艺术感悟力,而且善于用精警的概括将这种感悟转达给读者。这使得《沫沫集》有一种机智的品貌。他的这些文章都不长,从不用高头讲章式,要言不烦,没有批评的架势,却又在亲切的气氛中领略到智慧,特别是那种能同时唤起你艺术冲动的智慧。例如在评汪静之《蕙的风》时,沈从文一口气联类比较了同时代一批著名诗人的各种不同风格:

> 到一九二八年为止,以诗篇在爱情上作一切诠注,所提出的较高标准,热情的光色交错,同时不缺少音乐的和谐,如徐志摩的《翡冷翠的一夜》。想象的恣肆,如胡也频的《也频诗选》。微带女性的羞涩和忧郁,如冯至的《昨日之歌》。使感觉由西洋诗取法,使情绪仍保留到东方的,静观的,寂寞的意味,如戴望舒的《我的记忆》。肉感的,颓废的,如邵洵美的《花一般罪恶》。①

这种风格评析所讲求的仍然是整体审美的把握,不过要一语中的,用非常简洁的语句将所感悟的印象浓缩呈现,妙在画龙点睛。

沈从文《沫沫集》的批评重在风格的品评,基本路数比较接近李健吾(刘西渭)的印象主义批评;而所依持的理论,如主张和谐、匀称、静穆的古典标准,强调直觉审美与"距离"说,突出文学的独立的地位与价值,等等,又和朱光潜的诗学美学比较一致。他们都属于"京派"批评家,在 30 年代默默地耕耘而多有收获。随着历史的距离适当拉开,他们这份批评的收获就愈加为读者所珍视。

1992 年 11 月于北大镜春园且竹居

---

① 《论汪静之的〈蕙的风〉》,《沈从文文集》第 11 卷,第 160 页。

李长之的《鲁迅批判》及其传记批评[*]

　　1935 年李长之在天津《益世报》和《国闻周报》上陆续发表长篇系列评论《鲁迅批判》，一举奠定了他作为传记批评家的地位。在其后十多年的时间里，李长之出版了十多本论著，包括有关西方哲学及中国古代文学的研究专著，功力最深的还是那些带批评性质的传论，如《道教徒的诗人李白及其痛苦》、《司马迁之人格与风格》，等等，也许还可以加上一本论文集《苦雾集》。

　　将李长之的批评标示为传记批评，是因为他擅长为作家写传，而那传记又有很浓重的文学批评与文学史研究的特点。李长之的传记批评并不满足于一般地描绘介绍作家的创作生活道路，也从不沉潜于史料的搜罗考证，其功夫是探寻把握作家的人格精神与创作风貌，阐释人格与风格的统一，领略作家独特的精神魅力及其在创作中的体现。

　　李长之写《鲁迅批判》时，评论界正流行偏重政治分析和阶级剖析的批评，激进的批评家大都离开文学的特性去评判作家与作品，许多文学评论都在追求政治、经济学论文那种严肃权威的架势。李长之并不否认社会环境包括政治、经济等因素对作家创作的影响，他在评析鲁迅的创作发展时也处处兼顾时代、社会的因素对于作家的实际影响。但他显然认为这种影响是经过作家"精神"和"人格"中介，再折射到创作。因此批评家的任务不是简单地将文学现象还原为政治或经济原因，更主要的是考察作家在一定的历史条件下所形成的人格精神，并且将人格与创作风格互相阐释。李长之在《鲁迅批判》的后记中就说到，他有点厌弃当时流行的那种"像政治、经济论文似的"评论，认为这"太枯燥"，

　　*　本文原载《鲁迅研究月刊》1993 年第 4 期。

"批评的文章也得是文章",要体现对文学特点的关注。① 李长之批评的角度很受汉保尔特(Wilhelm von Humboldt)的启发,当他读了这位德国批评家的论著《论席勒及其精神进展之过程》后,就认准了成功的批评"对一个作家当抓住他的本质,并且须看出他的进展过程来"。在 1933 年和 1934 年,李长之仿照汉保尔特的方法,先后写过关于老舍和茅盾的两篇批评,都是从作家的创作中"注意本质和进展,力避政治、经济论文式的枯燥"。②而在《鲁迅批判》中,李长之更是自觉地运用这种注重"本质和进展"的传记批评方法。

在李长之的《鲁迅批判》之前,关于鲁迅的评论已经有七十多篇,数量之多超过对其他任何作家的评论。③ 但这些批评绝大多数都是印象式、即兴式的,很少有人对鲁迅的文学世界及其人格基础做过系统的富于学术眼光的考察。因此,这部长达十八万字的鲁迅研究专著,被认为"在鲁迅研究学术史上还是第一本,是带有首创性和开拓性的"。后来的鲁迅研究史学者还特别赞扬这部著作的如下几方面贡献,即认为李长之"主要是从研究鲁迅著作的实际体味出发提出见解、进行论述的,很少像后来有些鲁迅研究文章那样从理论概念出发,用主观的框框去套鲁迅的作品",这部书所提出的"不少见解都是具体和有活力的";认为其"对鲁迅作品的艺术考察较前深入、细致";"第一个从艺术上去分析鲁迅的杂文,的确是难能可贵的",而且其对鲁迅早期论文和译著的分析也是开拓性的。④

当然,对《鲁迅批判》的某些具体的论点,学术界一直有争论。例如,有许多论者断然不会同意李长之所提出的关于"鲁迅不是思想家"的看法。也许这些论点是值得更深入地讨论的。这里所关心的主要不在其具体论点是否正确,而在李长之这本专著的批评视角与方法。李长之反对将鲁迅视作"思想家",也许原因之一,是看到历来对鲁迅的批评太注重"思想意义",视角太单一了,所以他在否认鲁迅为"思想家"的同时,一再坚持称鲁迅为"诗人"和"战士"。他说:

---

①② 李长之:《鲁迅批判·后记》,北新书局 1936 年版,第 214—215 页。本文以下凡引用《鲁迅批判》,均据此版本。

③ 据《鲁迅研究学术论著资料汇编》第 1 卷的统计,中国文联出版公司 1985 年版。

④ 以上关于对李长之《鲁迅批判》的评价,见张梦阳《鲁迅研究学术史概述》,《鲁迅研究学术论著资料汇编》第 1 卷,第 25 页。

"鲁迅在许多机会是被称为一个思想家了,其实他不够一个思想家,因为他没有一个思想家所应有的清晰以及在理论上建设的能力。""倘若诗人的意义,是指在从事文艺者之性格上偏于主观的,情绪的,而离庸常人所应付的实生活相远的话,则无疑地,鲁迅在文艺上乃是一个诗人;至于在思想上,他却止于是一个战士。"如果并不简单地认为"思想家"与"诗人"或"战士"有高下之分,而注意到这主要是对性格、气质及其贡献所长的分析,那么李长之的看法是有其道理的。他评论鲁迅并不满足于从其作品中抽出某些思想,而是首先"被吸引于审美的方面",在对艺术个性做重点探究时,时时留意与之相关的人格气质,留意精神的进展与折射。

李长之所重视的是人格与风格互相辉映阐发,感同身受地进入作家的文学世界中吟咏,把创作看作是作家生命的流露,从而深入把握作家的"独特生命",把生动的"人格形相"写下来。李长之说鲁迅是"诗人和战士",也是突出一种"人格形相"。他的有些体认很深到,发人所未发,不能不承认那确是鲁迅的精神特质。

例如,他指出鲁迅作为诗人,却绝非"吟风弄月的雅士",其"灵魂的深处,是没有那么消闲,没有那么优美,也没有那么从容;他所有的,乃是一种强烈的情感,和一种粗暴的力"。通常人们也注意到鲁迅创作中"力的表现",并归结为时代的审美需求,这自然是重要的一方面。然而李长之从人格与心理气质上解释,又将认识深入一步。李长之认为"鲁迅在性格上是内倾的,他不善于如通常人之处理生活。他宁愿孤独,而不欢喜'群'";李长之试图以这"内倾的气质"来解释鲁迅创作何以偏向"主观与抒情",又何以善写早年印象中的农村,而不适于按实生活里的体验去写都市题材,不适于写那种需客观构思的长篇小说。这种看法是有助于理解鲁迅小说的取材与风格的。

又如当时许多人都以为鲁迅世故,甚而称之为"世故的老人",而李长之却认为诗人气质的鲁迅是"最不世故"的,鲁迅常在其文章中谈世故,恰好"在说明鲁迅和世故处于并不厮熟,也还没用巧的地步",因为"善易者不言易",鲁迅之"言",却正说明他还没有"善"。李长之这种看法也许能帮助读者领悟鲁迅的创作特别是杂文中所包含的诗的品性。李长之并不将对鲁迅人格、气质的品评简化为某种价值判断,他的许多似乎不够"恭敬"的评论,可能又是最能深入鲁迅的文学世界的。李长之认为鲁迅过于"内倾"和"过度发挥其情感"的结果，是在"某一方面颇有病态"。例如鲁迅"太锐感"，"多疑"，"脆弱"，"善怒"，"深文周纳"，过于寂寞和悲哀使他"把事情看得过于坏"，"抱有一颗荒凉而枯燥的灵魂"，等等。然而李长之认为鲁迅情感上虽然"病态"，理智上却是健康的，人格上是"全然无缺的"。更主要的是，以一个作家论，"病态"不一定是坏事。作家可能因为有些"病态"才比普通人更敏感、冲动，更突出个性，这才"给通常人在实生活里以一种警醒、鼓舞、推动和鞭策"。鲁迅灵魂深处的"病态"无碍于他成为"一个永久的诗人，和一个时代的战士"。李长之对鲁迅的品评，常常是从小地方看诗人的生命流露，这种品评其实又是深入于诗人世界中的吟咏，所注重的是独特的人格性情与独特的艺术品貌，而不是一般的"共性"，如时代意义、社会主题之类，这样，在重视现实价值评判的批评家看来，李长之对鲁迅的许多评论就是过于"小处着眼"了。其实只是批评的层面不同。李长之的特色不在说明价值与意义，而在突出作家的人格与风格，在于引导对某种生命状态的体验。

后来李长之为李白与司马迁作传时，更是将这种批评的特色发挥到极致。在《道教徒的诗人李白及其痛苦》中，李长之竭力探寻的是李白浪漫奔放的形象下面的那种"超人的痛苦"。李长之在对李白的生平与创作的评述中常有超越共识的逆向思维，他惊讶地发现李白诗的人间味之浓乃在杜甫之上。杜甫只是客观地、被动地反映生命上的一切，而李白的一切就是"生命与生活本身"。李长之认为李白"生活上的满足是功名富贵"，"生命上的满足只有长生不老"，对他来说，"现世实在太好了，要求呢，又非大量不能满足"，这种"太人间"的欲求，也就使之难摆脱"人间的永久的痛苦"。在李长之心目中的李白，其人格形象是非常人间味的，普通人只知道欣赏李白诗的清真和飘逸，无烟火气，然而李长之从李白的人格形象分析，进而阐说李白诗的风格主要在体现生命与生活欲求的"豪气"，因为其生命力充溢之故，李白的诗"往往上下千古，令人读了，把精神扩张到极处"。这样，李长之就从他所理解的李白的精神气质导入李白独有的艺术境界。

李长之最圆熟的批评论作当推《司马迁之人格与风格》。比之《鲁迅批判》与《道教徒的诗人李白及其痛苦》，这本研究司马迁的传论更注重将人格与风格的评析上升到美学的层面,而且大大加强了文学传统的整体意识以及比较的观点。在论评司马迁的风格时,除了对其生活遭际与情性分析,李长之又从文学史的角度考察其风格的来龙去脉,指出其风格形成离不开楚辞与汉代通俗文学的影响,并探讨总结作为《史记》风格基因的一些艺术形式规律,如统一律、内外谐和律、对照律、对称律、上升律、奇兵律、减轻律,等等,并对《史记》的结构、韵律、句调、语汇等方面也做了深入分析,最终将司马迁的文学风格归结为不柔弱、不枯燥、不单调的"逸品"。

对作品风格与作家人格形象的深切关注以及对作家的风格构成在文学史上所处地位的评估,使李长之的传记批评显得那样切实有味,能够见到一个人的底蕴(包括好坏得失),并可由一个人看一个时代,理解一种文化精神。这种传记批评讲求的是沟通,与传主的精神沟通,同时又与读者沟通。李长之从不堆垛材料,他重视的是对历史文化以及对人性的理解之深,而不是一味求广,他总是带着浓烈的情感去评说传主,情感与识力并行不悖。大概李长之写司马迁、李白、鲁迅等"伟大心灵"的传记是要完成文学史画廊的英雄图像,也许他不总是成功(如他的《韩愈》和《陶渊明传论》就不足称道),但成功了那几幅伟大的作家图像,已经给人们留下特别深刻的印象。

茅盾与现代文学批评[*]

茅盾(沈雁冰)的文名最初是由文学批评彰显的,在 1927 年动笔写小说《蚀》之前,他几乎全力以赴从事文学批评活动。茅盾的创作时间比较集中,主要是三四十年代,而文学批评从 20 年代初一直到 70 年代末,贯穿其终生。和创作相比,茅盾在批评方面所费的时间和精力要多得多。茅盾对整个现代中国文学批评的形成和发展有极大的影响,他对批评的探索的各个阶段都清晰地印记着中国现代文学批评发展的足迹,特别是主流派批评的足迹。因此,了解茅盾与中国现代文学批评的关系,在整个现代文学批评发展的背景下来考察茅盾批评的成就与缺失,或许可以加深对中国现代文学批评历史特征的理解。本文所要讨论的就是与此相关的三个问题,即:一、茅盾促使文学批评具有现代性品格;二、茅盾对西方批评理论的"综合"及其对主流派批评的影响;三、茅盾对社会—历史批评的文体探求。

一

所谓文学批评的现代性品格,只是相对传统的古典型范的批评而言。我国传统批评思维方法自有其精到之处,即使拿来与世界各种不同文化背景下的批评理论相比较,中国古典型的批评也还是别具一格,不全让美与人。一般说来,我国传统批评主要采用诗话、词话、评点等松散自由的形式,偏重直觉与经验,做印象式或妙悟式的鉴赏,以诗意简洁的文字,点悟作品的精神或阅读体验,而不注重语言抽象分析和逻辑思辨,缺少理论系统性。古典型的文学批评并不依

---

* 本文原载《文学评论》1996 年第 3 期。

赖相对固定的理论和标准,而依赖文人在大致相同的阅读背景下所形成的彼此接近的审美趣味和思维习惯,所以传统批评基本上是在相对封闭的文人阅读圈子中进行的,不必道理说尽,一点即悟,毋庸费辞。然而进入近代社会之后,传统文人那种依仗共同熏习而形成的狭小的阅读圈子日益被开放情势所打破,文学批评越来越要兼具文化信息传播的功能,光靠悟性点拨有时就不够了,批评必然往理论化、明晰化、系统化发展,这也就是"现代性"的方向。王国维可以说是最早对传统批评的得失醒觉微悟,并有意革新拓展的先行者。1904 年他借用西方文学批评理论方法写下《〈红楼梦〉评论》,就是第一篇具有批评思维方法现代性的论作。可是王国维的这种现代批评的自觉早了一些,并未能引起大的反响,其后王国维本人又似乎回归传统,潜心于传统诗学研究与文史考证,他这位垦拓者在现代批评史上开了个头,却未能形成气候。现代批评真正形成一股有足够声势的潮流,是在本世纪 20 年代初,即"文学革命"已经创获一批实绩并站稳脚跟之后。茅盾就在这个时期接着做王国维曾尝试过的工作,也就是努力促使批评具有现代品格,既有专业眼光又有可操作性,从而真正超越传统批评趣味主义和印象式的窠臼。

新文学运动初期,几乎所有新文学运动的倡导者与参与者都写过大大小小的论文[①],向旧文学征战,探讨新文学的前途,那些文字也都带有批评的意味,但对于具体作家作品的实际批评很少,新文坛的批评意识并不强。就拿鲁迅小说的反响来说,《狂人日记》、《药》、《孔乙己》等诸多名篇问世后,就并未能及时引起什么切实的批评,尽管许多人读后都惊异其内容的深切与格式的特别,甚至 1923 年 8 月《呐喊》结集出版后,及时批评的文章也只有寥寥几篇,即署名"记者"的《小说集〈呐喊〉》(1923 年 8 月 13 日《民国日报·觉悟》),Y 生的《读〈呐喊〉》(1923 年 10 月 16 日《时事新报·学灯》),成仿吾的《〈呐喊〉的评论》(1924 年 1 月《创造》季刊第 2 卷第 2 期),再还有就是茅盾(署名雁冰)的《读〈呐喊〉》(同时载《时事新报·学灯》和《文学旬刊》,1923 年 10 月 8 日)。前两篇只是一般的书讯,真正称得上是批评的也就只有成仿吾与茅盾这两篇,反响并不大。这说明当时文坛的批评意识不强,还没有这种空气。如果查一下 1917

---

① 如胡适的《谈新诗》、《论短篇小说》,周作人的《论"黑幕"》、《人的文学》,刘半农的《我之文学改良观》,傅斯年的《怎样做白话文》,康白情的《新诗底我见》,欧阳予倩的《予之戏剧改良观》,等等。

年到 1923 年间的报刊,会发现真正对新文学作品做出应时反响的文章的确不多,一般的无非是谈点读后感想,随意写下几点浮面的印象,不脱旧式评点的痕迹。实实在在对作品分析评判,依托某些文学理论进行实际批评的文字,可以说凤毛麟角。1921 年前后,虽然已经有了一批创作实绩,创作的空气愈加浓厚,但批评的风气却还没有形成。茅盾就是在这种情势下走上批评家的岗位的,而且他一开始就有明显的批评意识,要造成一种有专业眼光而又有可操作性的现代批评,摆脱传统的趣味主义或印象式批评的束缚。

茅盾的目标是当专业的批评家。1921 年他主持革新《小说月报》,把一份由鸳鸯蝴蝶派占据的刊物改造成严肃的文学杂志,成为文学研究会的代理会刊。此后一段时期,除了一些编务外,茅盾的主要精力是进行文学批评,其实也就是当职业的批评家,这在当时也是领风气之先的。1921 年前后,只有成仿吾、周作人和茅盾等少数几个人是比较关注文学批评又有专业眼光的批评家。不过,成仿吾也还用不少精力从事创作,虽然他是创造社最有代表性的批评家。周作人也有创作,他是业余写点评论。只有茅盾不搞创作,而乐于办刊物,写评论,"打天下",为新文学发展做组织发动引导等比较具体的工作,做专业的批评家。从 1921 年到 1925 年,茅盾写下了二百多篇评论,包括文学书评、海外文坛评介等"编辑部式"的短文。这个数字远远超过同时期任何批评家,很能说明茅盾从事批评确是出于自觉的批评专业意识。

茅盾注重对具体作家作品的实际批评,是为了造成一种新的批评氛围。在《小说月报》改革宣言中,茅盾就提出:"我国素无所谓批评主义,月旦既无不易之标准,故好恶多成于一人之私见;'必先有批评家,然后有真文学家',此亦为同人坚信之一端。"①这就把批评的位置放得很高,并非是创作的附庸,而和创作"相辅而进"。那么批评应如何倡导呢? 茅盾也有他的见解。他认为现代文学的批评"专一从理论方面宣传文学批评论,尚嫌蹈空,常识不备的中国群众,未必要听",所以,他主张"从实际方面下手,多取近代作品来批评"。他还认为,对于一部分作品如果存在不同的意见,甚至引起纷争,那是正常的,"惟其多纷争,不统一,文学批评论才会发达进步"。② 显然茅盾所追求的批评不再限于

---

① 《改革宣言》,《小说月报》第 12 卷第 1 号。
② 《"文学批评"管见一》,《小说月报》第 13 卷第 8 号。

偏重个人阅读感悟的传统的方面,而在于作品所引发的各种阅读反应的交流,批评还要兼具信息传播的功能,正常的批评有赖于各种观点互相辩诘补充的"阅读场",也就是活跃的批评氛围。这种新的批评不能只依赖个人感受,还必需有逻辑的、分析的、适应于传播交流的方法和语言,因此要求批评家"有新的头脑,内行的眼睛"①,或者说"专业眼光"。茅盾正是从这一点开始告别传统的批评,而走向现代范式批评的。

"专业的眼光"最重要的不只是有自己对作品的感悟,还要有理性的评判,对具体作家有明晰的意见,而且这意见对创作能有启发促助。茅盾指出,文学批评的功能之一是与创作"对话",使作者从批评中获益,也能跳出来,用"专业的眼光",也就是用理性评断的"批评的眼光"去"检点自己的作品"。② 因此,茅盾最初要求批评家评析作品时,要注意从几方面考察,即作品描写是否反映"社会背景的一角",描写的"技术"和"格式"有何特点,如果"同属于一类的创作",则要考察"有什么共同色彩与中心思想",等等。③ 这些要求,都使批评具有"可操作性",以现今的眼光看来,自然都是很一般的,但在新文学初期作为文学批评的要求提出,是很新鲜,很突出的。这种注意理性评价和与作者、作品形成"对话"关系的批评观点,在当时无疑是一种革新的观点,是批评的现代性自觉。按照茅盾的观点,批评就不能光凭悟性或感受,更重要的是要有理智分析,并能系统清晰地表达以参与交流对话,使批评和创作一样,成为新文学发展不可或缺的组成部分。茅盾是最早也最明确地提倡批评,并赋予批评以现代性品格的批评家之一。

茅盾1921年到1925年间发表的二百多篇大大小小的批评文字,可以分为三类。第一类是评介中外文学潮流,报道各种文学现象的,主要是提供信息交流。如大量刊发在《海外文坛消息》栏中的短文,以及专题评介某一外国作家作品的论文。这些文章大都以"介"为主,但也偶尔插入一些"评",既带新闻性,又有评论性。特别是那些专题评介,"评"的成分更多一些。如《脑威写实主义

---

① 《最近的出产——〈戏剧〉第4号》,《文学旬刊》第42期。
② 《告有志研究文学者》,《学生杂志》第12卷第7号。
③ 《评四五六月的创作》,《小说月报》第12卷第8号。

前驱般生》①,很详细地介绍了挪威作家般生的生平与创作情况,但介绍的重点是般生创作如何关注社会问题,并与挪威另一著名作家易卜生做比较,以突出其写实主义的特色,这种评介就有"批评的眼光",目的在于为当时中国新文坛的"问题小说"、"问题剧"寻找比照。虽然这些文讯书评主要提供信息交流,是属于比较"低层次"的批评,但茅盾做得很认真,把这工作当作是对新文学来说紧迫有用的功课,企图以此打开世界文学之窗。而茅盾自己也从这琐屑的工作中获益,他在东张西望编写这些零篇碎章过程中,拓展了批评视野,并逐渐形成他后来那种大处着眼、注重引导的批评习惯。

第二类是偏重文学理论问题探讨的论文,如《我们现在可以提倡表象主义的文学么?》、《文学上的古典主义浪漫主义和写实主义》、《新文学研究者的责任与努力》、《社会背景与创作》、《自然主义与中国现代小说》、《文学与人生》,等等。茅盾在 1925 年之前发表的这类文章有二十九篇,从数量上也可以看到,茅盾比起同时代其他人更有研讨批评理论的热情。这些论文所讨论的核心命题是写实主义、文学与时代社会关系以及文学思潮等,都是当时文坛的"热门话题",而茅盾的探讨也比一般参与讨论者更系统深入。而且茅盾这些文章也不陷于纯理论的研究,总在密切关注文坛趋势,也带有实际批评的色彩。

第三类就是实际批评,包括对具体作家作品的评论,对文坛倾向性问题和各种重大文学现象的发现与解释,如对鲁迅的《呐喊》、郁达夫的《沉沦》的批评,以及《春季创作坛漫评》、《评四五六月的创作》等总结性的述评文字。《小说月报》对创作状况每一季度都有总评,这些评论大都出于茅盾的手笔。茅盾有批评家敏锐的感受与想象力,但并不循着自己的印象去追索作品的审美意趣,而总是力图从印象的表述中提升一步,升到对作品意义与价值的理性评判,以及对其社会价值的解释。只有在《读〈呐喊〉》这一篇中约略可感茅盾批评的情感冲动,而他的其他评论都似乎有意克制个人阅读的激情与想象,尽可能与传统印象式的批评拉开距离,而千方百计从引导读者方面下功夫。这种以理性评判为特点的批评姿态,可以说一开始就形成并越来越明显地贯穿了茅盾的绝

---

① 脑威,今译挪威;般生,今译比昂松。

大部分评论。

　　从早期的这些评论来看，茅盾是一位实践型的批评家，比较重视实际批评。他不属于那种特别富于创造性的批评家，也不大讲求批评的个性色彩，他孜孜以求的是及时发现并评析各时期重大的文学现象，包括文坛各种倾向性问题，努力使批评既稳健有力又能充分适应时代需求，为新文学推波助澜，起一种指导性的作用。茅盾的批评论作本身也许不都那么精彩和有才气，他写得很多，很平实，又都很"趋时"，紧扣着文坛的脉搏，特别是他以目光开阔的编辑与专业批评家的身份出现，不断探求和引导创作的正确路向，这份工作，当时很少人做，而茅盾专心认真地做了，从而使《小说月报》等新文学的核心刊物形成浓厚的批评氛围。人们从茅盾大量的评论中看到一些新的批评素质，如信息交流、理智评判、逻辑语言，等等。批评不再那么玄虚，那么"无迹可求"，而具可操作性，能促进积极的对话，也就有了所谓现代性的品格。现代批评的发生与茅盾的鼓吹试验密不可分，他在这方面所做的贡献是最大的，他无疑是"五四"时期批评朝现代性方向转化的首开风气的先驱。

二

　　茅盾对西方批评理论"综合"利用，不断为他自己的批评寻找支撑点。这种"综合"，在很大程度上又可以代表初期中国现实主义批评的理论特色。通常讲茅盾是"人生派"的批评家，他的批评标准与批评目的，就是"表现人生与指导人生"。但这并非茅盾个人的理论发现，在20年代前期，几乎所有被称作"人生派"的文学研究会作家大致都持这种文学信念，是他们当时的一种理论共识。茅盾与一般"人生派"作家不同之处，在于他更有批评的自觉，更"专业"也更权威地充当"人生派"的发言人，其理论表述比他的许多同道者更细致系统，也更切合新文学的实际。初期"人生派"作家普遍倾向现实主义，但对现实主义的理解是很含混的，"为人生"也是一个宽泛的口号。在当时许多"为人生"的作家看来，除了唯美主义或新浪漫主义，其他作家一概都是"写实派"，都是"为人生"的作家。如俄国文学中的勃洛克、迦尔洵、安特莱夫、阿尔志跋绥夫，等等，从艺术方法上看显然并不属于现实主义的，可是因为他们创作比较切近人生，或者能从不同角度反映社会心理状态,也就被当作"为人生"的现实主义来介绍。① 而和当时这种宽泛的认识比较起来,茅盾对现实主义的了解和认识是比较具体也比较集中的,这就是因为茅盾善于"综合",他对"为人生"的文学观有比较清晰的阐解。具体说来,茅盾主要"综合"了泰纳和左拉的理论,并且是紧密结合新文学发展的需求和实际来"综合"这些西方理论,把它转化为切合新文学需要的批评概念,大大影响了当时的文学思维。

茅盾是一位入世的文人,很少才子气或名士味,对现实或历史从不作哲人式的"深刻的悲观",他总是倾向于理性与实际,年轻时他对社会运动与政治的热情,显然超过对文学的迷恋。他对文学事业很认真,是因为相信文学是有益于社会人生的"工作",他从不赞同把文学作为单纯的审美享受或情感的寄植,也不相信文学是余裕的产物。他刚走入文坛,就坚信文学是担负思想启蒙的工具,必然格外关注文学与社会、时代的联系,理所当然,"写实性"与社会性就成为他对文学的基本要求,所谓"为人生"、"表现人生",他理解就是真实地揭示普通的社会生活真相。正是从这一点出发,他找到了泰纳。泰纳那实证的立场、功利的目标吸引了茅盾,茅盾很快从泰纳那里得到精神和理论的支持。"五四"时期,许多作家批评家都引述过泰纳,但真正有研究并有自己阐发的,是茅盾。泰纳从实证的立场出发,提出文学研究与批评须注意文学形成的"三因素",即种族、环境与时代三方面因素,这必然导致重视写实的、社会学的文学观,重视文学认识与影响改造社会的功能。西方的理论家把泰纳看作 19 世纪现实主义文学理论的代表之一,并且认为后来那些"艺术作为宣传"的文学思潮可以溯源到泰纳,自有其道理。②

茅盾在其早期论文中一再援引泰纳的"三因素"说来要求文学的"写实主义",来充实和支持"为人生"的文学观念。在《文学与人生》③中,茅盾详尽阐发了泰纳的"三因素"说,并加进不少自己的见解。首先是种族因素,茅盾赞同

① 像阿尔志跋绥夫的《赛宁》这样带现代派意味的"颓唐"的小说,因为揭示精神堕落较真实,郑振铎就把它作为"写实派"来介绍。见西谛《阿志巴绥夫与〈沙宁〉——〈沙宁〉的译序》,《小说月报》第 15 卷第 5 号。

② 参考布鲁克斯等《西洋文学批评史》第二十一章第一节,台湾志文出版社中文版。

③ 收孙俍工编《新文艺评论》,上海民智书局 1923 年版。本段及下一段未另注出处的引文均出自该文。

泰纳所说"人种不同，文学的情调也不同"，茅盾又认为，东方民族多含神秘性，文学也常表现为超离现实。泰纳在论种族因素时，本来很注意不同人种的不同生理素质，但茅盾似乎有意忽略生理素质这一点，而突出讲不同种族的不同社会生活习俗，不同的民族性，因为他更强调文学与社会生活的联系。其次，是环境因素。茅盾认为"环境和文学，关系非常密切，不是在某种环境之下的，必不能写出那种环境"，其意是，任何创作都只能是作家生存环境的一种体现。泰纳所讲的环境比较宽泛，不只是社会生活环境，还有自然地理环境，等等。茅盾在表述时更注重时代、社会环境，他说："环境本不是专限于物质的；当时的思想潮流，政治状态，风俗习惯，都是那时代的环境。"可见茅盾还是着意为文学的社会性找根据。其三，是时代的因素。茅盾认为时代精神制约文学，犹同"影之于形"，是不可超离的。不同时代产生不同的文学，"是时代精神的缘故"。茅盾在这一方面尤为赞同泰纳的观点。不过，茅盾认为泰纳的"三因素"说还不够完备与明快，所以他干脆又加上一条"作家的人格"作为要求与评价作品的第四个因素。他提出的"人格"的概念并非指创作中主体性的发挥，不等于浪漫主义的主观宣泄，而是评价作品中所体现的人生观的一项标准。这跟茅盾特别看重文学的启蒙与指导人生的功用有关。在茅盾看来，"表现人生"的目的还在于"指导人生"，而要指导，就必须有完美健全的"人格"。可见茅盾对泰纳的借重，主要是时代与环境这两个概念，以此出发，强化了文学的社会性与真实性，这是茅盾对文学批评的最核心的要求，"为人生"的含义也就落实至此。

　　泰纳对茅盾的影响还有"镜子"说。茅盾很赞同这样一个其实并不恰切的比喻："譬如人生是个杯子，文学就是杯子在镜子里的影子。"茅盾赞同"镜子"说，是因为他主张文学创作必须以社会生活为本，必须真实地揭示社会真相，也即是"表现人生"。"镜子"说为他提供了理论依托。但茅盾当时并不了解或者不在乎"镜子"说是机械地看待文学与生活的关系。文学创作从生活到作品的过程是非常复杂的，这过程离不开作家主观的作用，文学所反映的生活由于作家主观的必然掺入，而不可能等同于生活本身，任何作品都不可能如同镜子一般反映生活的本来面目。茅盾当时还没有认识到这一规律。他在泰纳的三因素之外添加"作家的人格"因素，也并非意识到了作家在创作中主观的"中介"作用，他只不过是要求作品能体现出由健全"人格"所带来的教化作用，是重视作品的"指导人生"效果。茅盾综合了"三因素"说和"镜子"说,引出他自己的两重批评标准:一是要求作品必须真实,所揭示的生活图景与人生现实密不可分;二是要求作品有教育读者和指导人生的作用,而且应当"把光明的路,指导给烦闷者,使新信仰与新理想重复在他们心中震荡起来"①。茅盾认为20年代初期新文学创作普遍过于感伤,反映生活现实也不真切,缺少鼓舞人生活奋斗的开阔视野与胸襟。他在吸纳"三因素"说与"镜子"说时,有意识强调作品的真实性、社会性与教育作用。这些看法有其切合实际的一面。比起一般"人生派"作家来,茅盾对初期新文学创作中存在的某些通病,是比较清醒的,他对泰纳理论的刺取也是出于现实考虑的。

由于茅盾当时尚未有足够的能力去理解与说明文学创作的"中介"问题,他提出的"人格"因素只是作为一种附属性的成分加到泰纳的三因素上,而且对"镜子"说也全然赞同,这就使茅盾初期的批评特别注重归纳作品的"思想意义",并认为这是作品全部价值的基础,因为归根结底作品是为了"指导人生"。"表现人生与指导人生"这一信念,在茅盾这里有了更明确的内涵,而且重点突出,就是"指导",因此,茅盾的批评也重在"指导"。如果说当时一般作家"为人生"其含义还比较含混的话,那么茅盾就很明确,他是主张"重教化"的"为人生"文学,包括"重教化"的引导性批评。

茅盾对泰纳理论的借重,适应了新文学诞生初期的需要。那时,新文学对传统旧文学的征战有两个"主战场",一是反对"文以载道",一是反对"消闲游戏"的文学。创造社提出"为艺术而艺术",主要是针对"文以载道"的传统观念的;而文学研究会"为人生"的矛头,则直接指向"游戏消遣"的文学观,具体的征讨对象,就是鸳鸯蝴蝶派。② 茅盾刚接手革新《小说月报》时,其主攻方向正是以《礼拜六》、《红玫瑰》等刊物为核心的鸳鸯蝴蝶派,所以他在批评理论上强调启蒙性、社会性与写实性,倾向现实主义,而泰纳的"三因素"说与"镜子"说都能适合他这时的文学要求,他用泰纳的理论充实了"为人生"的内涵,茅盾也因此成为现实主义批评最初的垦拓者。然而新文学诞生不久,创作中又出现观念性、说教性的通病,如"五四"后一二年间的"问题小说"热,虽然也体现了时

---

① 《创作的前途》,《小说月报》第12卷第7号。
② 参考拙著《新文学现实主义的流变》第一章第四、六节,北京大学出版社1988年版。

代精神,满足了青年读者刚受新思潮促醒而急于寻求人生指导的那种对于理论的热望,但从艺术上讲,多数"问题小说"都空泛说教。当时许多年轻的作者写作并不是从生活体验出发,而是从讨论某一社会人生问题出发,将"问题"通过单薄的故事加以阐发,情节、人物成了讨论"问题"的直接的载体,概念化很严重。那时的许多作家固然很重视作品的时代性、社会性,注重思想意义和教化功能,希望作品都能起"指导人生"的作用,可是又没有相应的生活体验,往往就向壁虚构。这种状况不利于现实主义的深化,也使"表现人生与指导人生"流于空泛。茅盾为此感到苦恼,所以从1922年初开始,他由借重泰纳,强调创作的时代性、社会性,转向强调忠实的描写,克服向壁虚构的文风,这导致他把目光投向了左拉和自然主义。

1922年2月,茅盾在《小说月报》第13卷第2号上发表致读者信,提出"中国文学若要上前,则自然主义这一期是跨不过去的"。由此引发许多来信来稿,发表对自然主义的各种看法。该刊第13卷第5号专辟"自然主义论战"一栏,刊出十篇参与讨论的文章和来信,均由茅盾和谢六逸等人一一作答,以此展开了一场关于自然主义的讨论。① 目前各种文学史对这场讨论都不太关注,大概因为它没有解决什么理论问题。然而对茅盾来说,这场讨论却促使他深入思考到底应当如何实施"表现人生与指导人生"的现实主义命题。《自然主义与中国现代小说》②便是茅盾深入思考的结果。这篇论文对于如何"综合"现实主义和自然主义,以充实"为人生"的文学观念,做了比当时其他任何人都更认真深入的探讨,而且该文是处处针砭当时文坛弊病的,带有实际批评的色彩,影响也比较大。茅盾在文中指出,经过几年来批判游戏消闲的传统文学观,作家们注重文学的社会意义了,但描写方法上仍然不脱旧小说的束缚,不重视细节描写,结构单调,多用"记帐式"叙述法。茅盾分析了其中原因,是由于"过于认定小说是宣传某种思想的工具,凭空想象出些人事来迁就他的本意,目的只是把胸中的话畅畅快快吐出来便了,结果思想上虽或可说是成功,艺术上实无可取"。茅盾所批评的这些蹈空现象,大都是针对"问题小说"的,他认为弊病的根子在于不做实地观察,不重视客观描写。

---

① 参考拙著《新文学现实主义的流变》第一章第四、六节。
② 载《小说月报》第13卷第7号。

　　为了克服文坛上的这种蹈空的通病,茅盾又提出要从西方引入"自然主义的文学"。以往不少论者认为茅盾和当时许多人都分不清自然主义与现实主义,但就1922年讨论自然主义时的情况来看,茅盾还是了解其两者的区别的,而且他对自然主义的特点也有明确的论述。茅盾指出,"自然主义者最大的目标是'真'",尤其注重"事事必先实地观察",并"把所观察的照实描写出来"。他也明明知道自然主义有其弊病,那就是"专重客观",纯粹用生物学观点来观察与写作,作品往往失之"枯涩而乏轻灵活泼之致",而且因为追求纯客观而"不出主观的见解","便使读者感着沉闷烦忧的痛苦,终至失望"。① 这些弊病显然不利于茅盾所主张的"指导人生"的原则,但他仍然要急于输入自然主义,为什么? 就为了借重自然主义重视"实地观察和客观描写"的态度与方法,认为这正好可以充当蹈空通病的"清毒剂"。这种对西方理论的借重是很实用的,是权宜之计的纠偏措施,根本上还是为了发挥文学的社会功利性。所以茅盾对自然主义的输入仍保持慎重的态度,只借重其方法,而力避其客观展览丑恶、描写生物性等偏向。茅盾对自然主义的认识和所采取的批判汲取的态度,是比较清醒的,代表了当时"人生派"的理论水平。茅盾在实际批评中也很注重考察作品是否有生活实感与细致的描写,显然借鉴了自然主义的某些方法。

　　无论是借鉴泰纳的写实主义,还是左拉的自然主义,茅盾都很实在,很功利,完全是为着引导新文学的创作,克服文坛上不同时期出现的各种流行病,他有选择,有批判,全都是从实际需要出发,急用先学,求得"药到病除"的效果。这一方面说明茅盾作为批评家有注重联系实际的可贵之处,因此他对新文坛有较大影响;但另一方面,可以看出茅盾在理论上比较浮浅,缺什么找什么,有些病来乱投医,对西方文学理论的引进过于实用化,虽然有选择,但总的也还是被动地跟着跑。无论是泰纳还是左拉,或者是别的什么外来理论,始终没有真正转化为属于茅盾自己的、有一定系统和自足性的理论。而茅盾在"综合"利用西方文论方面,当时还算是比较有水平,有理论规模的,因此他才成为"人生派"的发言人,至于一般的"人生派"作家和批评家,在"转化"外来理论并建构自己理论方面,还远远不及茅盾。只注重理论的实用性而忽略了理论自足性,在借重

───────────

　　① 《文学上的古典主义浪漫主义和写实主义》,《学生杂志》第7卷第9号。该文将"写实主义"与自然主义作为共通的阶段来介绍,其"写实主义"的缺陷也包括自然派理论的缺陷。

外来文论的同时既理不清外来文论的文化历史背景,又未能冷静地"转化"外来文论并建构有中国特色的自足的理论,这种浮躁的状况在"五四"阶段表现得很普遍。

从泰纳到左拉,茅盾思谋着要解决新文学不同阶段所面临的不同的问题,也就是从注重"提出问题"到注重"客观描写",其实这也是当时整个新文学发展所遇到的困扰。茅盾作为"人生派"的发言人,他也没有能够摆脱这种困扰。他就如同先后站在一座山的两面斜坡上,有些为难费劲:如果强调文学要以"表现和讨论一些有关人生的问题"为目的,要有社会性和思想教育意义,那么就似乎难于不从"问题"出发;过于热衷提出"问题",又势必导致艺术真实的丧失。强调了泰纳所说的时代性、社会性,有可能流于宣传说教;而强调左拉自然主义的客观描写,又容易蹈入枯涩沉闷的境地,与"指导人生"宗旨相悖。其实这"两个斜坡"中间,就有一个关键的地方作为立足点,即是作家个人的艺术视景。这艺术视景包含了作家对于生活独特的体验和发现,而并非简单地充当某一思想观念的工具,即使要"提出问题",那"问题"也必须从作家的切身体验中涌现,渗透着作家的感情气质,而又通过独创的构思表现出来。新文学初期先是强调创作要关注社会人生,要研究问题,有使命感,接下来又出现概念化的通病,其实病根并不在于缺少客观描写的方法,而仍在于没有作家个人独特的艺术视景。这样看来,茅盾即使提倡自然主义客观描写的方法,也还是治标不治本,不可能从根本上克服概念化的通病。这个问题不光"五四"阶段存在,在三四十年代以至再往后,也还是没有解决,概念化成了顽症,因为把文学单纯作为教化工具的观念太深了。茅盾这一点在"人生派"中以至后来主流派的批评家中,也很有代表性,即是把文学的本质理解得太"实"了,过于强化文学的社会功利性,约束了对创作个性、情感与想象力的注意。茅盾的批评与"五四"时期绝大多数批评一样,比较注重题材的现实性与时代性,却很少观察作家是如何构筑其独具的艺术世界的。我们透过茅盾,也可以看到"五四"时期文学批评存在的这种缺陷。

到1928年之后,茅盾开始反省自己理论批评中存在的太"实"、太功利以及忽视独特的艺术视景等等问题,这是一种深刻的变化。这些变化集中体现在《从牯岭到东京》等论文中。促使这种变化的原因,一是茅盾此时已经开始从事

小说创作,写作的经验纠正了他原先的一些理论偏颇,充实了他历来所主张的
"为人生"的文学信念;二是此时茅盾和鲁迅都受到"革命文学"倡导者的批判,
迫使他重新思考文学的时代性、社会性如何通过作家独特的艺术世界得以表现
的问题,从而突破了自己,也突破了"左"倾机械论的泛论。"革命文学"论争时
期的茅盾不再像"五四"阶段那样,成为主流派批评的发言人,许多新进的批评
家甚至把茅盾看作是时代的落伍者,但比较当时许多流行的激进的文学观点,
茅盾冷静的思考却又比较正确,比较有理论深度。这时的茅盾提出了一些与他
原先的文学主张不同的观点。他反对为了追求时代性而放弃艺术,认为"有革
命热情而忽略于文艺的本质,或把文艺也视为宣传工具——狭义的",这是一种
偏误。① 在茅盾看来,写什么题材并不是创作的关键,而至关重要的还是作家
要有切身体验的生活感受,并以独创的艺术审美方式表达出来。如果顺着这个
思路深入思考探索下去,茅盾可能在批评理论上另有一番卓越的建树。但人们
很快发现此时的茅盾仍处在矛盾与困惑之中,以致有"两个茅盾"的现象。他顺
从自己作为作家的艺术感觉,并以切身的创作经验出发,抛弃以往过于功利性
的文学观念,为自己所真诚喜爱的作品辩护,提出一些重视审美规律,重视作品
独特艺术视景的见解。但在"革命文学"倡导者的夹攻下,他显然又在担心自己
会因沉于个人情绪的创作或强调审美价值而"落后"于时代,所以又反复"表
态"要跳出现在的写作状态。反映到批评上,有时茅盾很强调作品的意义价值,
强调"中心思想",对那种缺少"深湛的意义"的作品甚表不满②,有时又认为文
学的追求可以多方面,具体到一篇作品也不一定非得有个"中心思想",重要的
是要有独具的艺术感觉③;有时他要求揭示现实的同时必须"给予一个正确解
答"④,有时却又认为作家只要揭破现实也就足够了,读者可以从真实的描写中
去理解未来⑤。……类似的彼此矛盾的看法还很多,同一时期,可能发表不同
的意见,说明这时期茅盾正在转变文学观念,但和前一时期一样,尚未形成属于
自己的有自足性的文学思想,其批评观也就呈现混合状。这跟茅盾的秉性有

① 《从牯岭到东京》,《小说月报》第 19 卷第 10 号。
② 《〈创造〉给我的印象》,《文学旬刊》第 37—39 期。
③ 《王鲁彦论》,《小说月报》第 19 卷第 1 号。
④ 《我们所必须创造的文艺作品》,《北斗》第 2 卷第 2 期。
⑤ 参见《写在〈野蔷薇〉的前面》,《茅盾全集》第 9 卷,人民文学出版社 1985 年版,第 524 页。

关。他本来是有艺术家敏锐冲动的人，可是应时代的要求又热心社会革命与政治运动，如果顺从艺术家的艺术感觉并顾及自己创作的经验，他谈起文学来就比较尊重艺术体验与审美规律；可是一当顾及时代需求和文坛状况，又可能以社会功利性要求取替艺术审美的要求。茅盾的这种矛盾状况不应看作是个别现象，在30年代"革命文学"兴发之后，这种艺术追求与现实追求不协调是很普遍的，许多左翼作家、批评家都有类似的表现。

三

　　茅盾的批评生涯中最活跃最有建树的有两段：其一是新文学初期，他作为"人生派"权威的批评家致力于促助文学批评现代品格的形成，并通过"综合"西方理论批评充实了"为人生"的文学观念；第二段就是左翼文学时期，大致是20年代末到30年代中期，他突出的贡献就是推进了社会—历史批评，并创造了相应的"作家论"批评文体。如前所述，在1928年"革命文学"论争中，茅盾曾被创造社、太阳社一些"革命文学"的倡导者指斥为所谓落伍的"同路人"。在当时"革命文学"倡导者眼中，凡是包括"五四"时期的文学作品都是属于资产阶级、小资产阶级文艺，"五四"时期的资深作家如鲁迅、茅盾、叶圣陶、郁达夫等等的作品，统统是"发挥小资产阶级的恶劣的根性"的"非驴非马"的文学。① 声称必须"打发他们一道去"②。茅盾首当其冲，受到这种激进而粗暴的批判。但他支持"革命文学"，与"革命文学"倡导者所不同的，是认为"革命文学"与"五四"现实主义"为人生"的文学血脉相连，不能割断，"五四"涌现的作家也不一定都是落伍者，他们创作道路上的得失总结，是"革命文学"应当继承借鉴的珍贵的思想资源。所以茅盾为论争的形势所逼，从1927年底开始，系统地研究评析一批被"革命文学"倡导者所指斥和抛弃的"五四"作家，以专题评述作家创作道路的"作家论"形式，梳理"五四"新文学传统，总结经验教训，批判和纠正"革命文学"兴发过程中出现的"左"倾机械论偏误，摸索新兴文学健全的发展之路。

---

① 　参见成仿吾《从文学革命到革命文学》，《创造月刊》第1卷第9号。
② 　仿吾：《打发他们去》，《文化批判》1928年第2号。

茅盾为此而写下的"作家论"共有八篇①,分别专论了八位"五四"时期有代表性的作家,包括鲁迅、叶圣陶、王鲁彦、徐志摩、丁玲、庐隐、冰心和落华生。八篇"作家论"有统一的构思,那就是从不同倾向的作家道路来总结"五四",探索到底应当如何正确对待和继承"五四"新文学的传统。茅盾研究批评八位"五四"资深作家所采用的角度、方法是相对稳定的,这就形成了"作家论"这一独特的批评文体,对当时流行的社会—历史批评,起过典范性的影响。下面对"作家论"这一文体作较为详细的分析,考其得失。

这一文体在批评方法上的突出要求是阶级分析,即对作家的写作立场做出阶级性质的判断,以此作为评论作品意识形态特征的主要根据。其指导思想是,作家的阶级出身、社会阅历及政治态度决定其思想情感,并且必然在作品中反映出来,直接影响到作品的价值。因此,评论作品不能光注意作品本身,首先要考虑作家的写作立场。这也正是社会—历史批评的基点,它的特色就在于对作家作品的评析格外看重社会的时代的"外部关系",坚信文学创作的意识形态特征主要由作家的思想立场及其所处的时代所决定,因此重点在于意识形态阶级属性的评析。在30年代非常流行的社会—历史批评中,茅盾的"作家论"运用得比较圆熟,而且在文体上自成一格。茅盾的"作家论"同样有很明显的可操作性,无需借重批评家的艺术个性与感悟力即可进行,其批评思路就是先收集考察作家的传记材料,包括家庭出身、阶级成分、知识素养、生活环境,等等,尤其注重审察作家在特定时期政治立场或世界观的变化,说明这立场的形成或变化的原因。这一步审查之后,再考察作家作品的思想倾向和社会价值,并且对应地说明作家的政治立场如何制约和影响其创作的倾向。最后,又提升一层,将作家的"创作道路"各阶段所体现的思想趋向,或创作中所反映的"文化现象"放到一定的历史背景中去评析定位。这是大致的操作程序,具体批评思路和侧重点可能不尽相同,而且茅盾在不同阶段对这"程序"的运用也略有不同。

八篇"作家论"的写作断断续续,历时七年,正好是"左翼文学"兴起、发展

---

① 《读〈倪焕之〉》有相当篇幅是论评叶圣陶创作道路的,也可以归入"作家论"之列。其他七篇是《鲁迅论》、《王鲁彦论》、《徐志摩论》、《女作家丁玲》、《庐隐论》、《冰心论》和《落华生论》。

的七年,其间左翼文坛受到国际无产阶级文学运动某些"左"倾机械论的影响,又逐步从创作实践中吸取经验,努力克服"左"的影响,文坛的风气变幻频繁,这也不能不直接影响到茅盾"作家论"的写作。写《鲁迅论》与《王鲁彦论》时,是1927年底到1928年初,正是"革命文学"论争发生之时,茅盾受到创造社、太阳社的围攻,"逆向思维"使他对"革命文学"倡导者的"左"倾机械论很反感,所以这两篇论文虽然也运用阶级分析,但还比较注意避免机械的直线式的对应说明。如评论鲁迅作品时,指出那是"老中国儿女"灰色人生的写照,并指出"五四"思想革命的时代要求与鲁迅小说精神上的联系,[①]但不是简单的"对应",茅盾这时还比较看重作家是如何将其对生活的独特体验与发现转化为作品艺术审美效果的。在论及王鲁彦小说时,也注意分析作者独有的艺术个性。这些论文都比较符合创作实际。但到1933年初写《徐志摩论》时,批评思维就显得比较僵硬。茅盾格外注意在其论述中显示阶级分析的威力,全部注意力都放在寻找时代—作家—作品的直线式"对应关系"上,文气也变得有点像裁判式的,即使对徐志摩诗歌艺术上的独创性不无赞赏,也有意克制和降调处理,政治性批判放到了首位。这跟当时左翼文坛正在批判"新月派"也有关。此后几篇大致上仍沿用《徐志摩论》的批评模式,并逐步定型。

　　这里不妨对茅盾的"作家论"模式再做一些剖示。"作家论"最重要的是要理清批评对象的"创作道路"。理清的方法很简单直捷,批评家脑子里有一个无形的坐标,坐标轴的一边显示时代社会的变迁,另一边显示作家思想倾向和政治立场,而两轴之间的起伏曲线则标示着"创作道路"的变化。只要在时代—作家—作品三方面确定任何一方面的其中一点,都可以从坐标中找到其他两方面相应的"点"。批评过程中找点或画线并不需要对作品的体悟与感受,主要依仗理性的寻探发掘,在发掘作品意蕴的过程中时时不忘诸如"本质"、"规律"、"意义"、"必然"等一些基本概念,所接触到的所有复杂的文学现象全都可以用这些概念去评判,并在坐标上对应找"点"。批评家往往需要克制自己阅读中可能得到的艺术印象、感悟或直觉等成分,因为这些复杂幽微的审美效应很难定"点",弄不好又会干扰理性评断的明晰度,因此无论如何也不能归入坐标,只好

---

① 见《鲁迅论》,《小说月报》第18卷第11号。

忍痛割弃。

在时代要求—作家立场—创作倾向三者关系的评析中,重点放在创作倾向上,具体来说就是作品内容性质的阶级分析。茅盾分析作品的方法是首先看题材的选择,他相信"一位作家在某一时期的宇宙观和人生观在他所处理的题材中也可以部分地看出来"①,题材被视为决定作品的关键。题材选择的变化,往往被看作是作家思想艺术变化的根据。茅盾常常从题材变化中看出"新动向",并分析这动向所体现的思潮,或者考察其给文坛带来何种新的气息。如评赞叶圣陶的《倪焕之》是"扛鼎"之作,所特别看重的是这部小说的题材展现了辛亥革命以来的"时代壮潮"的变迁,同时表现了"富于革命性的小资产阶级知识分子"的曲折道路。茅盾拿《倪焕之》和当时许多专写不熟悉的"革命题材",及所谓"空肚子顶石板"的"广告式的无产文艺"相比,认为其题材广度和处理题材的严肃态度,都具有突破性与典范性。② 同样,对丁玲"创作道路"的勾画,评论她如何由一位"满带着'五四'以来时代的烙印"的叛逆的女性,转变了立场,成为革命阵营内"战斗的一员",③主要也是分析其题材选择上的变化:从专写"五四"后解放的青年女子情爱上的矛盾心理,到写"革命+恋爱",再转而写像《水》那样的直接表现群众反抗斗争的题材。尽管《水》的艺术质量粗糙,完全失去了丁玲的文学个性,但茅盾还是给予很高的评价。

茅盾"作家论"中题材批评常常着眼于"量"的分析,即考察作家取材的类型与数量比重,所涉及的社会生活的范围和宽窄,等等,以"量"的变化来标示创作性质与方向的变化。此外,还要测量作家所选题材与时代中心或社会生活的热点的结合程度。在茅盾看来,作品题材与时代"主流"(如革命斗争、工农生活,等等)的距离远近,可以说明其社会性时代性的强弱,据此还可以审察作家创作思想进步还是停滞,革命还是落伍。这是一种机械的"测试",而且夸大了题材对于创作的决定性作用,相对忽视了对于创作来说可能更为重要的作家独特的艺术视景。如茅盾评论庐隐,对其代表作《海滨故人》及一些有影响的"自

---

① 《庐隐论》,《文学》第 3 卷第 1 期。
② 《读〈倪焕之〉》,《文学周报》第 8 卷第 20 期。
③ 《女作家丁玲》,《文艺月报》第 1 卷第 2 期。

叙传"性质的小说评价不高,而对"自叙传"以外的其他不大知名的作品,如《一封信》《灵魂可以卖吗》等等,反而认为更有价值。这不符合实际。庐隐的独特风格形成及其在文坛上的地位,主要由"自叙传"一类感伤之作所奠定,其他作品不过是偶尔试作。然而茅盾的评价也有他的理由,那就是题材的社会意义。他认为前一类"自叙传"题材表现了"苦闷的人生","范围很仄狭",虽然也有一些意义,可以让读者认识"五四"时期觉醒了的女性的心理,但比较起来,后一类写社会底层的农民、工人生活的作品离时代"中心"更近,开始"注目在革命性的社会题材",所以更应得到重视。① 由于茅盾过于强调题材对作品成功程度的决定作用,过于相信题材的选择可以证明作家的立场思想,使得他的"作家论"在方法上往往流于浮泛。有时茅盾自己也陷入了矛盾。例如他高度评价鲁迅《呐喊》与《彷徨》对中国社会的独特的发现,认为可以从中感受到"封建社会崩坍的响声",他是非常赞赏鲁迅的深刻与独创的。但在评论时,茅盾又附和当时一种流行的看法,即抱怨鲁迅的创作题材狭窄,远离了时代中心,"只能代表了现代中国人生的一角","不能不使人犹感到不满足"。② 难道写具体的"一角"就不能以斑见豹,发现"全体"?鲁迅笔下的未庄不正是老大落后中国的缩影吗?茅盾也不见得不承认鲁迅作品深广的特质,但他的"作家论"还是染上了题材决定论的空论病。写什么生活等于倾向什么生活,又等于作家的立场,这种幼稚的机械论在30年代很流行,茅盾也深受其害。

与题材批评相关的还有主题批评。所谓主题批评,要则是"本质"的提取归纳,即从作品内容中提纲挈领地抽取其基本意义,作为中心思想,然后由此追溯和回应作家的立场旨意。社会性、时代性仍然是考察作品主题价值的主要标准,作品的主题是否准确地体现了时代精神或社会生活的主要矛盾,通常也就被说成是否抓住了"本质"。"本质"这个哲学用词在文学批评中经常运用,其实比较玄虚。茅盾是理性较强的批评家,他追求的是作家论的明快,抓"本质"则可以将作品中隐含的思想意义迅速而明显地浮突出来,以便做出明确的定性评判。所谓"定性",也就是对作品的主题及其所代表的"意义类型"做出意识形态属性的判断,批评家此时必将任何非理性的、模糊的、直观的成分全都沉淀

---

① 见《庐隐论》。
② 见《读〈倪焕之〉》。

掉,全部心思要做的是捕捉"本质",引出结论。茅盾喜欢用非常明晰的语言来下结论,常用的办法是引申作品中某一句话或某一个概念,或用自己的语言,一锤定音,将全部意义和主题"聚焦"于一点。如《徐志摩论》开首就引用诗人的"我不知道风/是在那一个方向吹"这句诗,来引发对徐氏"伤感情绪"的阶级分析,并马上将徐志摩"定性"为"中国布尔乔亚'开山'的同时又是'末代'的诗人"①。将丰富的作品内容加以蒸馏,提取出被他认为最足以代表作家意识形态性的那一点"本质",这是茅盾常用的主题归纳式批评。这种主题批评往往是犀利的,从意识形态属性角度评判作品倾向,有时确能抓住要害,鞭辟入里。但放手去蒸馏作品复杂的内容,最终只提取某些意义主题,有时又可能过于简化而失去了对作品丰富性的理解。甚至可能有更糟的情形,那就是将意识形态的赝品和真正的艺术品混为一谈。其实作品的内容完全可能有多层意蕴,仅从意识形态角度归纳提取主题,可能抓住了一个重要的层面,但不一定就能说明作品的全部"意义"。"定性"式的主题批评虽然明快有力,但又难免武断,况且如果将作品内容完全当作透明的媒体,仿佛透过它即能窥视作家全部创作意旨与指导思想,并且相信从中又可以认识某种社会精神现象,那么有时就可能小题大做,牵强附会。这种情况下所做出的类似"终审判决"的定性,不再给读者留下什么想象的余地,这种批评固然清晰,却缺少活力,总让人觉得"隔"。例如,冰心初期的散文与诗,多体现一种对人生的冥想方式,带有青年人的天真、纯情与幼稚,是一种不可重复的单纯美,不一定是多少可供意识形态分析归纳的意义和主题。特别是诗作为情感语言,多是非指陈性的,很难"坐实"其意义,而茅盾在评论冰心时非要将之归纳为"唯心论"的"爱的哲学",虽然不能说这不对,可是毕竟空泛,无助于对作品艺术价值的体悟与了解。同样,在评论徐志摩的某些诗时,茅盾将他诗的"能指"语言阐释引申为"所指"语言,意义的分析与主题的发掘批判过于"深刻",反倒让人觉得有点不着边际。茅盾的"作家论"中也有些评判较多地带有批评家自己的感情,因此也比较敏锐、有弹性,如较早写的《鲁迅论》、《王鲁彦论》及较后写的《落华生论》等等,读来都更引人入胜。这是由于茅盾不急于以题材决定作家立场,也不急于为作品主题做简单的"定

---

① 《徐志摩论》,《现代》第 2 卷第 4 期。

性",批评的目光更多地落到作家独特的艺术视景中,而这些论作写作时都较少受到"左"倾机械论的影响。

茅盾"作家论"的形式批评也值得一提。茅盾本来有很好的艺术感悟力,他对作品艺术语言、结构、手法和风格的把握,往往都是很中肯的。但是在他的"作家论"中,形式批评并不占有主要篇幅,而且往往给人附加到内容评析上去的感觉。这是很可惜的。茅盾在论评形式因素时,较多地考虑这些形式是否有利于服务内容,是否与内容和谐统一。而且论评的程序一般都是先内容后形式,分开来论述。这种方法比较易于操作,当今许多文学史教科书也常常采用这种分述法,但此法的明显缺陷是难于从整体上把握作品的艺术世界。凡是特异的艺术世界都必定是作家人生体验的审美把握,而并非思想观念加上形式的表述。因此,光是"意义"的提取或对形式因素附属性的分析,都有可能打碎作家艺术世界的七宝楼台,没有整体审美也就不可能把握完整的艺术风格。茅盾的艺术体察力极强,但多用在文学语言、技巧的细部评析及其与内容的"结合"状况的评论上,缺少完整的审美把握。他的这种批评可以教会读者如何按既定的文学尺码去鉴别作家写作的"本事",却较少能唤发读者的艺术联想与创造性阅读兴味。

这里重点评述茅盾的"作家论"批评文体,是因为这一文体最能集中体现茅盾文学批评的理论与方法的特点。三四十年代茅盾写下的批评文字很多,大都没有采用"作家论"的形式,但其批评角度、方法与"作家论"大致相同,我们评析其"作家论",也就可以了解他的批评的总体面目。"作家论"这一文体并非茅盾的独特发现,三四十年代乃至后来,有许多批评家与研究者都采用过此类文体,但毫无疑问,茅盾的"作家论"在同类批评文字中是写得比较具水准的,特别是在社会—历史批评这一派中,是最有代表性的,甚至可以说,正是有了茅盾的"作家论"这样一些有"实力"的成果,社会—历史批评才能在文坛站稳脚跟,并逐步成为最有影响的批评流派。一直到五六十年代,文学评论界和研究界(乃至文学史教科书)都常用茅盾式的"作家论"的文体,可见其影响之久远。当然,这也由于这一批评文体方法有很强的意识形态性,同时又比较便于"操作"。茅盾与中国现代文学批评的发生发展有如此密不可分的关系,他的批评具有宏大的史识与气度,他对批评事业是那样诚恳而有耐性,这都足以证明他是一位杰出的批评家。尽管我们也看到茅盾批评存在许多不足,但我们能够理解一位杰出批评家的出现是何等不容易:当时代为批评家提供广阔的舞台的同时,可能在一些方面又限制他的才华的发挥。

梁实秋:现代文学史上的
"反主题"批评家[*]

一

梁实秋是中国现代文学史上较有特色又较为复杂的理论批评家,是一个有建树、有影响的人物,研究中国文学史和文学批评史,不能忽略了这样一位著名的人物。研究一位作家或批评家,应当按照其作品发表的时间顺序,或者按照大致的专题分类,系统地研读其全部创作。对于梁实秋,应当通过他在20世纪20年代所写的一些文章,寻找其批评思想的起点。这些文章大都收在他的两本书中,即《浪漫的与古典的》[①]、《文学的纪律》[②]。

在这一时期,梁实秋文学批评实践中最重要的一篇文章,是《现代中国文学之浪漫的趋势》,这是他的"成名作",通过这篇文章便可以了解新人文主义批评理论在中国试行的情况。该文写于1926年2月,发表于3月下旬《晨报副刊》。当时的影响并不大,但从文学批评史的角度看,却具有一定的重要地位。这篇文章的主旨是"反主题"的,也就是说,该文对当时居于主导地位的文学观

* 大概在1990年,笔者编辑了《梁实秋年谱简编》和《梁实秋文学美学论集》,《年谱》发表在《文教资料简报》(1990年2期)上,《论集》则交给一家出版社准备出版。当时(1988年前后),笔者正开设现代文学批评史课程,自然要讲到梁实秋,于是就根据讲课稿写了一篇短文,作为那本论集的前言,并在《博览群书》上刊出。当时出版梁实秋的书还是有些麻烦的,加上版权等方面难于交涉,最终所编的论集未能面世。2005年这篇前言修改稿收入"台湾现当代作家研究资料汇编"之《梁实秋》卷,台湾文学馆2011年出版。至于我对梁实秋批评理论更系统、更全面的研究,可以参见拙著《中国现代文学批评史》(北京大学出版社1993年版)中的有关专章。

① 1927年8月新月书店出版。
② 1928年5月新月书店出版。

点采取了独立的批判的立场,是一种"异端"的声音。当时的"主题"是什么?是"五四"新文学。虽然"五四"新文学的高潮在那时已经过去了,但也还是文学界备受推崇的"主题",肯定的声音始终比较多。1928年之后,中国的政治风尚发生转变,创造社等一班人提倡"革命文学",开始拿"五四"开刀。那是另外一种新起的政治性潮流,是另立"主题",然而影响却很大。梁实秋对此也持反对态度。但在1926年前后,中国文学界还很少有批评家从学理的层面上认真反思"五四"新文学的。梁实秋则是初生之犊不怕虎,敢于站出来对"五四"新文学进行反思,提出尖锐的批评。当然,从"五四"开始,中国文坛和政界就有各种反对以及质疑"五四"新文学运动的声音,但都不够理性和系统,而且还往往带有某种情绪。在这样的情势下,梁实秋是首次试图从学理上对"五四"新文学运动进行分析和批评的批评家。

《现代中国文学之浪漫的趋势》一文对"五四"新文学运动做了整体性的否定,认为这个运动极端地接受外来影响,推崇感情,贬斥理性,标举自由与独创,风行印象主义批评,这些都表现为"一场浪漫的混乱"。在梁实秋看来,"五四"新文学运动在总体上并不成功,原因在于其"反乎人性,反乎理性"。梁实秋的立论是有片面性的,但他确实又较早地看出了新文学运动的某些历史特征与问题。梁实秋以新文学阵营成员的身份,借助系统的西方理论学说,对新文学运动做了有一定理论深度的总体性批评,其片面却又不无某些深刻性的论述,起码可以引发人们对"五四"新文学的某些得失进行思考。

梁实秋这些早期论作,持论的出发点和方法与20世纪二三十年代大多数作家、理论家具有明显的不同。他是从新人文主义角度观察文学现象、议论文学问题的。认真地读一读梁实秋的著作,分析一下他是如何引进和阐释这一西方思潮,是一个很有意思的课题。

在梁实秋的早期论作中,《文学的纪律》这本小册子也很重要,原因是里面集中地体现了他所推崇的新人文主义的文学观。梁实秋在该书提出一个核心观点,后来则成为其毕生维护的一杆理论旗帜,那就是人性论的文学观。梁实秋认为,"文学发于人性,基于人性,亦止于人性"。这是从人性的角度解释文学的本质。那么,文学应当具有怎样的功能? 他还是从人性的角度切入,认为人性有善有恶,普通人性总是善恶交织,对之应当以理性来"指导",尽量抑制其恶的方面,这样才能达到"健康"的、"标准"的"常态";文学应当起到抑恶扬善的功能。只有在"标准"之下所创造的常态的文学,才能起到这种作用,而这种文学才是"有永久价值的文学"。由此而来,梁实秋还主张"文学的效用不在激发读者的热狂,而在引起读者的情绪之后,予以和平的宁静的沉思的一种舒适的感觉"。梁实秋认为,这才有利于"人生的指导"与"人性的完善"。显然,梁实秋的这种观点倾向于古典主义,他所主张的文学创作或文学欣赏都遵循"纯正的古典"原则,即注重理性,注重标准与节制。他提出了一个概念,即所谓"文学的纪律",也就是所谓规矩、原则,要用这种"纪律"来抑制浪漫态度,反对感情决溃,否定描写变态。梁实秋所向往的这种"古典"的精神,是其文学观的立足点,他的文学观念同新古典主义有着非常紧密的联系。

　　关于梁实秋这种理论的渊源,可以参见梁实秋另一篇题为《文学批评辩》①的文章。文中提出,批评的"灵魂乃是品位,不是创作,其任务乃是判断,而非鉴赏";批评家要有"超然的精神",但批评"不是科学",不应该满足于"事实的归纳",而要着力于"伦理的选择"与"价值的估定"。在其他一些文章中,梁实秋都这样力主批判是判断的观点,强调"纯正之'人性'乃文学批评唯一之标准"。如果抓住了这一点,便能理解梁实秋的整个批评思想。

二

　　在这里,有必要对新人文主义的背景做一些简要介绍。梁实秋 1924 年在美国留学时,非常崇拜当时在哈佛大学任教的新人文主义者白璧德(I. Babbitt),梁实秋选修了他的课,并为白璧德的思想所吸引,由此从一个浪漫的文学青年变为新人文主义的信徒。白璧德同中国有些关联,他的父亲是在宁波长大的,所以,白璧德对中国文化特别是儒家学说持一种欣赏的态度。那么,白璧德的新人文主义到底与中国传统文化有哪些契合点,这是一个很值得研究的问题。事实上,在当时的欧美,第一次世界大战的浩劫造成了社会的危机与精神的危机,艾略特笔下的那种恐怖的荒诞感(如《荒原》),正反映了这种社会心理。所以,

---

① 　刊于 1926 年 10 月 27—28 日《晨报副刊》。

便应时地出现了像白璧德这样迷恋传统的知识分子,他们渴望从传统道德规范中重建社会秩序。而白璧德的思想之所以会赢得了一批中国留美学生的倾慕,也是因为这些知识分子担心社会变动带来传统的崩坏,他们不能理解"五四"文化转型的意义,而充当了传统的卫道士。新人文主义所以在"五四"时期出现,并以此为旗帜形成了思想守成的"学衡派",这绝不是偶然的。梁实秋在1927年回国后先是到了"学衡派"的大本营东南大学,同"学衡"的骨干梅光迪、胡先骕等一班人有许多合作,又翻译过白璧德的著述。① 他们这个圈子都比较趋向于守成,同白璧德的影响直接有关。

　　白璧德是以"人性论"作为其全部理论架构基础的。需要提醒的是,我们通常对"人性论"的理解比较笼统,也比较政治化。其实,"人性论"有许多不同的派别、不同的层面。白璧德用于支撑其新人文主义的"人性论",不同于我们所一般了解的近代资产阶级人道主义的"人性论"。一般意义上所说的"人性论"是"自然人性论",主张人的感情欲求与自然本性的合理善良性,要求突破传统道德习俗及不合理社会制度与虚矫文明的压制和束缚,使自然、纯朴、善良的人性得到全面发展。19世纪西方浪漫主义就是基于人性善的"自然人性论"。后来遭到我们不断批判的人性论,大致就是所谓资产阶级人性论。而白璧德的"人性论"是有其特别含义的,是善恶二元的"人性论"。白璧德认为,人性包括欲念与理智、善与恶、变态与常态的二元对立,两方面的冲突与生俱来,如"窟穴里的内战"。浪漫主义与自然主义放纵"欲念",表现丑恶与变态,不利于健全人性的发展,因而也有碍于健全我们的人生;真正于人生有实际价值的文学创作,必须基于表现健全和常态的人生,因此要有"理性的节制"。白璧德指出,"人生"含有三种境界,一是自然的,二是人性的,三是宗教的。自然的生活是人所不能缺少的,不去过分扩展人性的生活,才是应该时刻努力保持的;宗教的生活当然是最高尚,但亦不可勉强企求。白璧德希望通过新人文主义的提倡,复活古代的人文精神,以挽救西方社会整体性的危机,以"人的法则"和理性力量克服现代社会生活中的人欲横流与道德沦丧。

　　梁实秋师从白璧德,其人生观与学术思想深受白璧德的影响。梁实秋承认

---

① 1929年底,梁实秋与吴宓等翻译出版译著《白璧德与人文主义》(新月书店,1929年12月),并作长序。

自己在接受了白璧德理论的"挑战"之后，终于倾向于新人文主义，文学观也就"从极端的浪漫主义……转到了近于古典主义的立场"①。梁实秋的思想是趋于保守稳健的，他本来对儒家的中庸之道颇为赞赏。而白璧德的父亲在中国宁波长大这种家庭背景，使得白璧德对中国传统文化自有一份偏爱。西方文学的理性自制精神，孔子的中庸与克己复礼思想，加上佛教的内反省的妙谛，铸成了白璧德的新人文主义人生观和文学观。梁实秋认为，白璧德的这套思想主张暗合于中国传统精神，所以，他一经接触，就甚为倾倒。

中国现代文学史上写过批评文章的人很多，但专注于批评、以批评为职志的并不多。梁实秋是难得的一位，可以说是"科班出身"的专业批评家。研究梁实秋的新人文主义立场，不能不注意他的一些批评理论论作，特别是他早年所写的一些阐释西方文论的著作，尤其是像《喀赖尔的文学批评观》、《亚里士多德的诗学》、《新古典主义的批评》、《近代的批评》等。这些论作与梁实秋当年在大学讲课的需要有关，但也是基于他所有意建立的一套以新人文主义为核心的批评理论。梁实秋系统研习过西方批评史，并希望重新"解释"批评史，这种学术研究本身灌注了他所推崇的新人文主义精神与理性精神。对于梁实秋所写作的这些论文，不能止于了解西方文论传入的轨迹，更要寻找其传入中的"过滤"与"变形"。例如，梁实秋在解释亚里士多德著名的"模仿"说时，曾认为其意味着以"普遍的永久的真的理想的人生与自然"为现象，一方面不同于"写实主义"，因其所模仿者"乃理想而非现实，乃普遍之真理而非特殊之事迹"；另一方面又不同于"浪漫主义"，"因其想象乃重理智的而非感情的，乃有约束的而非扩展的"。这种解释其实并不符合亚里士多德的原意，有梁实秋的借题发挥，而他的目标是张扬新人文主义的"理性与节制"精神。这种"古典"精神，从梁实秋对近代各种不同批评流派的评估中也明显可见。

在梁实秋介绍和解释西方批评流派的著述中，《近代的批评》是一篇比较完整的论作，对此，尤应注意梁实秋是如何选择和过滤西方文论，并突出他所关注的那些"亮点"。梁实秋把近代西方有影响的批评分为六大家，认为各家各有长短得失：泰纳（Taine）为代表的"科学的批评"使文学研究趋于精确，却不能代替

---

① 《梁实秋论文学·序》，台北：时报文化出版事业有限公司1981年版。

价值判断这一文学批评的主要目标；佛朗士（Anatole France）所代表的印象派批评注重批评主体审美感觉，却使批评家的地位降低到一般的鉴赏；卡莱尔（Carlyle）所提倡的解说、传记与历史的批评手法着重批评之社会的功用，却将批评的功能局限于为作品作注解；王尔德（Oscar Wilde）的唯美主义批评之弊在于把艺术与人生隔离；托尔斯泰（Tolstoy）的批评则过于看重文学的平民性与社会功利价值。实际上，梁实秋对西方批评史上几大流派都不怎么满意，在他的心目中，唯有阿诺德（Arnold）的新古典主义批评最有可能获得"成绩"，因为其既注重文学的人生价值，又持理性的、节制的立场。梁实秋自称是在"历史透视"的基础上，选择和提倡新人文主义的。他的文学目标是要借鉴新古典主义批评，建立一种可用之于中国文学的平实、稳健的批评。

另外，梁实秋的有些论文虽然重点并非研究批评史，而是讨论某种文学或美学现象，但也脱不了他的中心意图。如《诗与图画》探讨创作中的"想象"与"升华"的含义，《与自然同化》探讨作家与自然的关系，两文运用比较文学的手法评介了在这些问题上中西观念的契合点，最终还是落脚新人文主义的理论基点上。

三

梁实秋的批评观点在 20 世纪 30 年代发生了变化。我们知道，梁实秋成名并不早，他在 1926 年撰写《现代中国文学之浪漫的趋势》时，还是名不见经传的小人物。后来所以暴得大名，则与鲁迅密切相关。鲁迅一批梁实秋，反使这位"文学青年"出了大名。发生在 20 世纪 30 年代的那场论争，鲁迅批判梁实秋，斥之为"资本家的乏走狗"，主要是用阶级论批评"人性论"。关于这段"公案"，人们以往关注鲁迅的东西比较多，而对梁实秋到底是如何发言的，究竟是在什么语境中发生了那样一场论战，不一定很了解。梁实秋当年的论战文字大都发表在一些报纸刊物上，后来收入梁实秋自选的《偏见集》①中。

这个集子中的文章大多写于 1928—1934 年，依性质分两类。一类是与鲁

————————

①　1934 年 7 月正中书局出版。

迅、左翼作家论争的文字,有《文学与革命》、《文学是有阶级性的吗?》、《辛克莱尔的〈拜金艺术〉》、《人性与阶级性》等,其主旨都是反对文学的"阶级论"、反对"革命文学"运动。从政治的角度看,代表了当时文坛上的自由主义思潮,与当时左翼文学运动背道而驰。而鲁迅和左翼作家批评梁实秋,主要针对其"人性论"。那么,这所谓"人性论"到底是怎么一回事?梁实秋这一时期力主文学表现"人性",然而其"人性"的含义仍是新人文主义所谓"常态的"人性、理性制约下的"健全"的人性。如前所述,这和一般资产阶级的"人性论"是有很大区别的。可是,当初乃至后来凡批评梁实秋的"人性论",似乎都将它与一般资产阶级人道主义"人性论"捆在一起批,其实并未击中要害。倒是梁实秋自己感到,他所起用的白璧德的思想武器有点力不胜任了。白璧德的新人文主义主要是用以抨击浪漫主义以降的西方文艺思潮。20世纪20年代末遭受经济危机的袭击之后,新人文主义在美国曾一度流行,白璧德企图以此作为救治西方社会整体性危机的灵丹妙药。而梁实秋却用于对付无产阶级文学,多少有点"文不对题"。因此,梁实秋不得不对自己的理论做了一些修正。上述几篇文章除了仍讲"普遍人性"之外,又吸收了英国后期浪漫派批评家卡莱尔(Carlyle)在《英雄与英雄崇拜》中提出的"天才"统治论与贵族化的文学论(在此之前,梁实秋是否定卡莱尔的,见《喀赖尔的文学批评观》),认为文学与革命都只能是天才的作为,文学既然是天才个人的精神活动,就只能是少数人的;大多数人的作为(如革命运动)并不能产生真正的文学。在激进的时代潮流面前,梁实秋推崇新人文主义文学观显然势单力薄,也暴露出一些难于弥补的漏洞。尽管梁实秋极力维护,但作为一种思潮,新人文主义到20世纪30年代中期终于一蹶不振了。

　　不过,今天重读梁实秋的这些文章,多少还可以发现他作为独立批评家所具有的较为敏锐的目光。他对"革命文学""左"的弊害的批评,有的就切中肯綮。20世纪30年代"左"的机械论与庸俗社会学在文学领域广为流行,如美国作家辛克莱尔机械论味浓重的《拜金艺术》就为许多左翼作家理论家所推崇。另一方面,现代主义所推崇的某些美学观念与创作和批评方法,如心理分析说,也有相当的影响。梁实秋把这些学说和主张一概视为异端谬论。他所作的《辛克莱尔的〈拜金艺术〉》一文,对庸俗社会学的文学观与心理分析派的批评,就是左右开弓的。梁实秋指出:"心理分析派以对付病态心理的手段施于一切文艺,以性欲为一切文艺的中心,是武断的。辛克莱尔这一派以经济解释文艺,也是想以一部分的现象概括全部,同样的失之于武断。这两个'谎',号称为'科学的艺术论',实在是不科学的,因为它的方法是演绎的,是以一个原则施之于各个对象,不是由许多材料中归纳出来的真理。"这些话,今天读来仍不无启发。如果将梁实秋这些文章与当时批判他的文章放在一起来读,也许会更有意思。这样,不光对梁实秋的理论得失会有较为客观的了解,对这一段的文学思潮及论争的认识,大概也会更有"立体感"。

　　近些年来,我们从国外引进了许多理论方法,给文学研究与批评带来了一些新气象。但我们渐渐发现有许多理论脱离了其既定背景,被生硬地植入一个不一定适合的土壤,效果颇值得怀疑。那种丢弃了文学的情感性和艺术个性的批评,把文学当作僵死的东西而大动手术的理论剖析,确实有"科学主义"的弊病。对此,人们是越来越不满了。如类似的对"科学主义"的批评,我们在梁实秋几十年前所撰写的《偏见集》中已听到了回响。《科学时代中之文学心理》指出,文学与科学的分工只在"方法与观点"上,而不在"领域"上,现代科学的发达不可能促成文学的衰退消亡。文学批评与创作也不属于同一个层面,批评是关于文学的思想见解,必须条理清楚,逻辑严谨;而创作则是感性的摸索与雕琢。梁实秋对于20世纪30年代较常见的那种追求"科学性"而趋于晦涩,或追求"印象式"而陷入含糊的批评作风,都做了理论上的否定。

　　到了20世纪30年代,梁实秋很少再讲新人文主义或新古典主义了,但其理论基点仍然没有多少变化。他孜孜以求建树的仍是那种稳健的批评。《现代文学论》则再次对"五四"以来新文学做鸟瞰式的历史总评。值得注意的是,20世纪30年代的梁实秋仍在坚持"为人生"的口号。不过,梁实秋的"为人生"与重功利、重宣传的"为人生"大异其趣。他主张文学基于人生体验,坚持文学是人生的反映。这也是他品衡整个新文学得失的主要标准。从这些文章的具体论述中,也可以看到梁实秋那种不同于"五四"以来的现实主义、浪漫主义,又不同于现代主义或"革命文学"的批评理论品格。

　　20世纪40至60年代梁实秋的一些文章,内容以批评理论、鉴赏理论及美学的探讨为多。在《文学的美》中,梁实秋认为,文学里有美,但不太重要,因为文学以文字为媒介,本身也没有太多的音乐的美与图画的美。文学中所表现的东西才是重要之所在。该文指出:"'教训主义'与'唯美主义'都是极端,一个是太不理会人生与艺术的关系,一个是太着重于道德的实效。文学是美的,但不仅仅是美,文学是道德的,但不注重宣传道德。凡是伟大的文学必是美的,而同时也必是道德的。"当年,梁实秋曾就文学中的美的问题与朱光潜开展过一次讨论,周扬也曾参加这次讨论,并撰文指出梁实秋将文学的美局限于形式以及对美与道德二元看法的谬误,同时又肯定和支持了梁实秋坚持文学现实性与功利性的正确一面。梁实秋的《文学的美》是当年引起美的问题讨论的文章。《文学讲话》则是他到台湾之后写的类似"文学概论"的长文,分文体部类加以论说,涉及文学观念、文体特征、创作方法和批评方法,等等。论题很广,但深入浅出,系统而又圆熟地发挥了他持之以恒的文学观与美学观,在一些比较具体的命题的论述上,不乏精彩脱俗的见解。此外,梁实秋还是莎士比亚研究的权威,他所撰写的《莎士比亚的思想》一文,以斑见豹,可以略窥梁实秋"莎学"造诣之精到。

梁实秋所独立支持的新人文主义文学观自成体系,在中国现代文学史上充当了"反主题"的角色。由于现代中国特定的历史条件,梁实秋的文学观与美学观注定得不到文坛的响应,且终于被现代文学主潮所抛弃。然而,梁实秋毕竟是一位有理论个性的批评家和美学家,他对一些具体的批评理论与美学课题的探求有失也有得,但无论得失,都已经在文学史上留下了它特有的痕迹。通观梁实秋有关文学美学的论著,领略其独异的批评风格和某些睿智的探求,足可以从他那些理论得失在中国新文学发展过程中所留下的印记里,引发出某些历史感。

中国现代文学的阐释链与
"新传统"的生成[*]

所谓"新传统",是指新文学传统或者现代文学传统,近百年来它逐步积淀下来,成为有别于古代文学的那些常识或普遍性的思维与审美方式。我在其他一些场合曾经用过"小传统"的概念①,以和古代文学与文化的"大传统"区别。"新传统"虽然形成时间较短,但和古代传统一样(许多情况下可能是古今并存或者古今融合一体的),已经作为民族语言想象"共同体"而存在,以其权威性能量不断入侵、影响后起的创作,甚至无孔不入,渗透到了社会生活的许多方面。人们对"新传统"总是习焉不察,身在庐山而不识庐山真面目,其实它作为当今社会结构的一个向度,发挥着规范性影响,只不过未能得到像对待古典传统那样的尊奉与重视。且看以白话文为基础的现代文学语言的确定,和古代文学形成最明显的区别,现今我们所享用的汉语文学语言变革的成果,其实就是"新传统"中稳定的核心部分。那些有影响的现代文学作品,它的文学形象、文化内涵、艺术形式,乃至风格、技巧,往往也都转化为当代普通社会生活的内容,承载着人们的思想情感,甚至成为某种"共名"。② 特别是现代文学所形成的新的观念与评判方式,包括对于文学现象的各种"命名",如"现实主义"、"反映"、"主题"、"思想性"、"典型"、"教育意义",等等,虽然有的由于频繁使用而变形僵硬,但也有的已经派生出新的含义而成为普适性的概念,至今被批评家乃至普通人所沿用。人们总是不太在意那些"常识性"的东西,无视其在身边所起的

---

* 本文原载《学术月刊》2008 年第 11 期。
① 可参考拙文《现代文学传统及其当代阐释》,《中国现代文学研究丛刊》2008 年第 2 期。
② 比如阿 Q、莎菲女士、方鸿渐、华威先生,等等,这些出色的人物形象都以其丰富的性格内涵而成为人所熟知的"共名",被广泛用于指称某些类似的人物或者精神现象,甚至衍生出某些专有名词与熟语,如"阿 Q 主义"、"方鸿渐式的尴尬"、"华威先生作风",等等。

作用,人们在享用"新传统"的时候往往不能明确意识到它的存在。而这些年出现的那些颠覆"五四"新文学的思潮,更是全然否认"新传统"的,在他们看来,如果有"新传统",无非就是"激进主义"的传统,是"反传统"的传统。这使得曾作为传统文化叛逆者的现代文学,遭受无端的贬责。尽管对传统的反叛有可能确立新的文学认识,但反叛又必然是在传统背景之下进行,并非任何反叛都有理由得到赞许。那种废弃和中止"新传统"的意图因为"误读"太甚必然徒劳无功,不过这也提醒我们需要重新思考和彰显"新传统"的价值。

　　我的研究就是想揭示"新传统"的存在及其形成的过程。要承认一个事实:现今对新文学或者现代文学的基本知识,以及相关的类似"共识"的观念,很大程度上得益于文学史家的梳理和探讨,也受制于他们的文学史观念。他们从不同的立场观点出发,去认知、处理与阐说新文学传统,其中某些结论以知识体系的方式进入学校教育,或者通过其他渠道传播,成为有关"新传统"的"常识",从而制造了社会对"新传统"的普遍想象。"新传统"的形成和一代代文学史家、批评家的工作是密切相关的,当然,参与其事的还有现代教育和学术生产体制。因此,我们谈论现代文学的传统,了解这一新的传统的形成过程及其变迁,必须考察过去不同时代人们对于新文学的想象与阐释,其中对文学史家与批评家"阐释链"的清理,就是一个切入点。本文把视野投放到20世纪的20—40年代,也就是现代文学的垦拓和成熟的时期,看看当时的人们是如何评价新文学,又如何借此建构他们的文学史观的,而这些理论和观念又如何被逐步筛选和流传下来,影响并制约着后起的文学评价。这将提供某些关于现代文学认知历程的"切片",也就是"阐释变体链",从中可观察"新传统"的积淀与生成。

一、对20世纪二三十年代的回顾:
在反对"旧传统"中建构"新传统"①

　　早在20世纪20年代初,现代文学诞生不久,就出现许多对新文学的评论

---

① 本节部分内容采用和参照了拙文《文学史观的建构与对话:围绕初期新文学的评价》〔《北京大学学报》(哲学社会科学版)2000年第4期〕与《论〈中国新文学大系〉的学科史价值》(《文学评论》2001年第3期)。

与争议,焦点是关于新文学反传统的"合法性"问题。在众声喧哗中,哪种声音最响亮,更多得到认可,并且流传久远? 就是"历史的文学观念论"以及与此相关的"文学进化论"。关于进化论作为新文学运动最重要的理论资源,学界已经有过大量论述,几乎没有人能够怀疑,文学进化论的确为现代文学的产生和立足,甚至为"新传统"的确立,都提供过足够的援助。而较早用文学进化论为新文学撑腰打气,寻求理论支援的,就是胡适。早在 1922 年,胡适写《五十年来中国之文学》①,就理直气壮地向所谓"旧文学"传统挑战,以进化论的眼光看待新文学的形成,以进化的系列去构设文学史,并从中寻找新文学的地位,证明新文学的"合理合法"。他最早出来勾勒"新传统"的初始样貌。二三十年代写作的诸多文学史,自觉不自觉都认同胡适这篇文章所描绘的新旧文学转型的图景,甚至试图从"新传统"形成的角度肯定现代文学的历史地位。诸如新旧交替的文学进化常识,以及对新文学肯定的流行观念,其源头就在这里。进化论的文学史观在初期的确为新文学提供了立足的基础,但是这种因果性的思维方式过于相信历史更迭的必然性,容易把历史进程看作是方向单一的,从而也容易简化了历史。当代出现某些对"新传统"的"必然性"进行反思的研究,把新文学诞生的关键时期视为开放的、有多种选择可能性的,就是对历来影响巨大的进化论传统观的一种反拨。

　　不过,有意思的是,早在 20 世纪二三十年代,对于新文学反传统的"合法性"的看法,也并不见得一致,甚至在新文学阵线内部,也并不是都赞同进化论的。周作人就不太赞同胡适用进化的观点解释新文学,虽然他不否认在外来影响之下涌现的新文学不无新的质素,但从大的方面看他宁可把"五四"的文学革新说成是一种历史的循环。在《中国新文学的源流》②中,周作人认为全部中国文学史的发展,不过是"言志"与"载道"两种文学潮流的交替起伏;而"新传统"也不见得是全新的,其源流可以追溯到明末的"公安派"。周作人秉持这种循环论的文学史观来看"新传统",站到了胡适的另一端,诚然,他针对的主要还是30 年代初文坛上的"左"倾机械论和功利主义。

---

① 收入 1923 年 2 月《申报》五十周年纪念刊《最近之五十年》,1924 年申报馆出版此文之单行本。
② 1932 年 2 月到 4 月,周作人在北平辅仁大学共做八次演讲,题目为《中国新文学的源流》,由辅仁大学学生邓恭三记录,后根据记录稿整理成书,同年 9 月北平人文书店出版。

　　另一不同的声音来自梁实秋，当时他还是毫无名气的初生牛犊，对胡适用进化的观点看待文学，很不以为然，他朝"五四"新文学劈头盖脸抛出许多不满与批评。这位心仪西方古典主义的批评家有另一种"新传统"观。人们不是说新文学优势在"新"吗？梁实秋则宣称："文学并无新旧可分，只有中外可辨。"他是不愿意使用"新文学"这个流行概念的，顶多承认有"现代文学"。这些观点集中体现在 1926 年写的长篇论文《现代中国文学之浪漫的趋势》①之中，他指责"五四"新文学的"浪漫"趋向，认为是"不合常态"的文学。梁实秋对"五四"新文学传统的态度是苛严的，但也的确打中了新文学某些"要害"，这在当时虽因不合时宜而未得到更多关注，但这种批评实际上也在参与"新传统"的打磨与建构。所以不会奇怪，在 40 年代的某些文学史家（比如"战国策派"），以及 80 年代的许多评论家那里，我们再次听到类似梁实秋这样对于"五四"新文学运动的质疑与反思。

　　如果把胡适、周作人与梁实秋三种不同的文学史观放到一起，会发现他们涉及对新文学性质、源流、地位的不同的评价，彼此对立，又互相补充、纠偏，构成微妙的对话关系。不难发现，三种看法背后各有自己的"传统观"：胡适的进化论用线性发展的观点处理传统，梁实秋的"无新旧"说注重传统稳定的"核心部分"，周作人则强调传统"循环往复"的规律。他们在新文学之初就有这样开放而独立的眼光，是很难得的。不过，影响最大的还是胡适的进化论观点，而且这观点本身就逐步成为"新传统"的内容：后来许多文学史，都是在进化论观念下编就的，"新"比"旧"好几乎成为一种不辩自明的通识，而"五四"文学也在"发展"、"进步"的框架中站稳了脚跟。甚至在今天，进化论的文学"常识"仍然渗透到普通的文学生活中。

　　文学史观的形成促成了文学史写作，进而有利于对"新传统"的理解和确认。但真正把现代文学作为独立的文学史段落来处理，是从 20 年代末开始的。到 30 年代初，甚至还相继出现数种独立评说新文学的专门著述。这种处理，就是新文学要摆脱附骥的地位，从古代文学"大传统"的叙述框架中挣脱出来，建立属于自己的"新传统"叙述体系。这跟当时许多大学的创办和教学的需求也

---

　　①　《现代中国文学之浪漫的趋势》1926 年 2 月写于纽约，发表于 3 月下旬《晨报副刊》，收入《浪漫的与古典的》，新月书店 1927 年出版。

有关,文学史越来越成为现代教育体制所规定的一种"知识体系",成为满足学校教育需要的一种时兴的产物。这个体制性的变化,对于现代文学知识的生产、传播和积淀,也包括"新传统"的生成,起到非同小可的作用。如30年代出版的几种较大影响的文学史,包括陈炳堃(陈子展)的《最近三十年中国文学史》①、王哲甫的《中国新文学运动史》②、王丰园的《中国新文学运动述评》③与吴文祺的《新文学概要》④,等等,框架都是承袭历史的进化的文学观念,即注重以一代代"进步"作为描述文学史的基本模式,注重文坛趋向与变化,但和胡适当年的立场不同,在具体解释思潮变化原因与品评作家时,又都力图使用当时正流行的唯物史观,即非常注重从社会变迁的角度包括政治经济等角度解释"新传统"。同时,这些文学史著作更多地带有当代批评的性质,还难以真正以历史的眼光去把握和解释复杂的文学现象,未能形成较高层次的研究品格,但作为文学史思维的框架与方式,在后来对现代文学历史的认识与解说,影响也是很大的。从胡适到陈子展等文学史家,可以见到在处理"新传统"时,某些"主流"文学史观念逐步积累变化的过程。

在做了以上简略的回顾之后,我们特别还要提到《中国新文学大系》⑤。这套"大书"表面上是做资料收集积累,实际上是一种经典化的过程,称得上新文学第一代名家对自身所参与过的文学历程的总检阅与总定位。《大系》为第一个十年的新文学留下了珍贵的文献资料,也留下了作为"过来人"的先驱者带有自我审视特点的评论。其各集的"导言"所具有的文学史研究眼光和方法,包括对"新传统"的想象,对后来的文学史写作有不可替代的巨大影响。甚至可以说,后来几十年关于新文学发生史与草创阶段历史的描述,包括对新文学垦拓范围与状态的想象,都离不开《大系》所划定的大概框架,而《大系》所提供的权威的评论,也被后来的许多文学史家看作研究的经典,文学史教学常把《大系》列为基本的参考书。所以,要了解现代文学的经典化以及"新传统"的生成,应当高度重视《大系》的作用、重要性及其突出的地位。

---

① 1930年上海太平洋书店出版。
② 1933年北平杰成书局出版。
③ 1935年新新学社出版。
④ 1936年上海亚细亚书局出版。
⑤ 1935年秋上海良友图书印刷公司分册出版。

　　《大系》的产生距离新文学诞生不过二十多年，但时代风气已大变，那时已经是非常政治化的年代，新文学阵线早已经分化，作家理论家也已经被政治分野推置在不同的方位。令人称奇的是，当时居然还能够组织一批文坛上的压阵大将来共同编撰了这一套大书，这是很不容易的。其中重要的原因，就是顺应要为新文学的发生"做史"的需求，也满足了新文学第一代作家将自身在新文学草创期"打天下"的经历和业绩，进行"历史化处理"与"新传统"积淀的欲望。如同当时的一篇书评所说："《新文学大系》固然一方面要造成一部最大的'选集'，但另一方面却有保存'文献'的用意。……《新文学大系》虽是一种选集的形式，可是它的计划要每一册都有一篇长序（二万字左右的长序），那亦就兼有了文学史的性质了。"①

　　《大系》几乎成为关于"新传统"的一个高等级的又能容纳众说的"论坛"。这部原意主要在于保存文献的书，因为聚集了新文学先驱者和一代名家，不同"角色"有匀称的搭配，他们选择作品的眼光和写作"导言"所体现的不尽相同的文学史观点，都在"论坛"集合。"选家"的工作在这里同时又是文学史家的历史叙述和发挥。《大系》是新文学的一种"现身说法"与"自我证明"：一方面，它是对一个流动中的文学工程做相对定型的有序整理；另一方面，它也是"当事人"对这个文学过程发难期的荣誉权进行再分配。② 历史的参与者如何又参与对历史的叙述？仍然在进行中的文学史现象如何在"过来人"的叙说中得以沉淀，并逐步经典化，进入"新传统"？这是一个生动的例证。《大系》保存了新文学初期丰富的史料，也最早从历史总结的层面汇集了当时对新文学各种代表性的评价，可以说是一次关于"新传统"评说的"总动员"。从此，"新传统"研究的意识及其地位在学术界得到空前的加强。考察现代文学的历史意识的加强以及对于"新传统"生成的体认，《中国新文学大系》是非常重要的一环。

---

① 　姚琪：《最近的两大工程》，1935 年 7 月 1 日《文学》第 5 卷第 1 号。

② 　参见杨义《新文学开创史的自我证明》，《文艺研究》1999 年第 5 期。

二、40 年代文学史家眼中的"新传统"①

接下来我们要用更多的篇幅谈论 40 年代,看当时的文学史家是如何梳理和理解现代文学的历史及"新传统"的。因为要理解"新传统"如何逐步积淀并进入当代,这可能是必须经过的重要通道,五六十年代乃至整个当代的文学史思维及对现代文学传统的处理,都跟这一段的认知探索相关。

40 年代处在战争时期,缺少安定的研究环境,但由于与"五四"的历史距离拉得较远了,新文学初期要为之寻找合法性根据的写作冲动逐渐淡漠,而对于新文学"史"的观念以及认识总结"新传统"的愿望则更加强烈了。这一时期出现了一些较有影响的致力于"新传统"的梳理塑造研究成果。

首先要说到的是蓝海(田仲济)的《中国抗战文艺史》,1947 年现代出版社出版,是第一部有关抗战时期文艺状况的专史。全书八万多字,分八个部分论述了战时新文艺发展的动态和路向,主要从文艺运动与战争时期社会变动的关系这个角度切入,记录抗战文艺这一特殊的文化现象,包括通俗文艺、报告文学、小说、戏剧诗歌以及文学论争等情况。因成书比较及时,保存了大量有关抗战时期文艺运动的史料,并对此时期文艺运动变迁的时代气氛多有真切的描述,是后人研究这一段文学运动重要的参考书。如全面抗战初起的"前线主义"和"投笔从戎"运动,皖南事变后普遍转向沉寂的创作心态,"讲演文学"的兴发,长篇竞写潮,后期色情文艺的流行,等等,甚至连当时一般文人的生活,报业出版业的状况,都有具体的材料与描述。有一些史实是后来的文学史容易忽略,或者掌握不全面的,该书可能是一种补充。② 从"爱国"、"反帝"以及"现实主义"的角度观察抗战时期的文学潮流,并和"五四"新文学的传统贯通起来,

---

① 这一节写作采用和参照了拙文《40 年代文学史家如何塑造"新文学传统"》(《中国现代文学研究丛刊》2003 年第 4 期)的部分内容。

② 如关于梁实秋的"与抗战无关论",一般文学史只是引用梁氏在《中央日报》的《平民》副刊上发表的《编者的话》中的观点,就给予批判。该书却提供了更多的背景材料,包括战时出现的"宣传第一,艺术第二"的口号,创作中"公式主义"的流行,以及关于这些问题的论争过程。如果将梁实秋的言论放到这些背景中来考察,就不一定认为梁氏的所谓"与抗战无关论"毫无根据,对那种简单的政治性的批判也会做些调整。

是这本书的写作目标,作者显然希望把抗战这一特殊阶段的文学现象,纳入"新传统"的框架中得到解释。它虽显粗糙,但价值在于"带露折花",提供了许多亲历者的观感、印象与材料,对研究者来说,有时这些未经过滤的材料可能是更有吸引力的。①

这一时期其他值得注意的著作还有任访秋的《中国现代文学史》,河南前锋报社 1944 年出版,只出了上卷,约十二万字。这是最早使用"中国现代文学史"作为书名的。该书对"新传统"的梳理视野比较开阔,格外关注清末民初文化转型的现象,目的在于说明新文学出现的历史缘由,探讨在反传统过程中是如何呈现一种构建"新传统"的意向的。该书比较平实,和当时常见的那种径直用社会变迁原因解说文学变革的简单化做法有所距离,很看重文学形式自身衍变的轨迹,这也是文学传统变迁的一个重要方面。近年来不少学者关注"近代"与"现代"的联系,有的把"现代文学"的范围往上推,推到晚清甲午前后。其实任访秋写他的《中国现代文学史》时,就没有把"现代"与"近代"一刀切开,他注意到了作为过渡或转型的复杂性,又发挥了他对晚清文坛历史比较熟悉的优势,所以这本书的长处主要也在转型的考察上。如果说,在胡适、陈独秀时期,还较多强调反传统,强调新旧文学的差异和对立,那么到了任访秋这里,对于新旧交替以及传统变迁的复杂性,就保持更多理性的分析了。如果要了解晚清文学与现代文学的过渡与关联,了解"新传统"到底如何冲破旧的传统,又彼此保留千丝万缕联系,这本著作是很有参考价值的。

李一鸣的《中国新文学史讲话》也是在战时写成的著作,1943 年由世界书局出版,比较简要,特点是力图对新文学创作进行划派与命名。例如把小说分为讽刺的写实、人生问题的探索、浪漫的抒情,以及反抗的新兴文学这四派;把戏剧分为文艺剧和通俗剧两派;把散文分为言志和载道两派;等等。这些划分的界限比较模糊,归类也难免勉强,显然是为了构筑文学历史叙述的框架,是现代文学研究中较早进行流派分析归纳的尝试。如果说此前讨论新文学传统,更

①　1984 年蓝海的《中国抗战文艺史》重新出版,基本框架没有变,但增加了三倍的篇幅,从八万字变为三十二万字。那种把抗战文学放置在整个新文学发展流程中考察、突出其与"五四"传统贯穿性的意图更加明显,可以说内容丰富了,章节完整了,许多地方打磨过了,但可惜原来那种鲜活的感觉也没有了,学术价值反而比不上原版。

多的是注目于思潮观念,那么现在开始比较关注创作本身了。其实,"新传统"的形成和变迁,更本质的还是体现在创作上。类似李一鸣这样偏重探讨创作的流变及其历史联系的努力,在后起的许多文学史研究特别是"新传统"的线性清理中,得到更多的重视。

此外,始终以桀骜不驯的理论姿态不断引发文坛争议的胡风,在40年代也写下《论民族形式问题》和《论现实主义的路》这样一些影响甚大的论作,虽然并非专门的文学史研究,却也不无对"新传统"的深入的思考。胡风鲜明地论述了"五四"新文学传统,提出一个和当时主流批评家相左的观点,认为"五四"新文学是"世界进步文艺支流"。他说:

> 以市民为盟主的中国人民大众底五四文学革命运动,正是市民社会突起了以后的、累积了几百年的、世界进步文艺传统底一个新拓的支流。那不是笼统的"西欧文艺",而是:在民主要求底观点上,和封建传统反抗的各种倾向的现实主义(以及浪漫主义)文艺;在民族解放底观点上,争取独立解放的弱小民族文艺;在肯定劳动人民底观点上,想挣脱工钱奴隶底运命的、自然生长的新兴文艺。

这就牵涉到对"五四"与"新传统"的评价。胡风显然不同意当时居于主流位置的观点,笼统地以"新民主主义"涵盖整个"五四"传统,他认为30年代以来左翼文学运动的缺失之一,恰好就是在文学的形式内容上盲目地迎合迁就"农民主义"或者"民粹主义",在强调民族形式内容,一味往传统的、民间的方向走的同时,陷入了狭义的思维体系。胡风认为这是从"五四"开倒车。他认为"五四"新文学运动并非传统文学内部演变调整的结果,而是在社会变革的外部条件促使下,主动接受与传统文学异质的外国文学的影响,并对传统文学进行彻底变革的产物。重新强调"五四"新文学与世界文学的本质联系,突出"五四"新文学的"世界感"和"现代化"特质,其实是对"新传统"的一种深刻的理解。虽然胡风的理论遭到当时主流批评家的毁灭性打击,并铸成他日后的悲剧,但他的独立思考精神非常值得尊敬,他对"新传统"的理解与阐释,在80年代之后终于赢得了重视,有了众多的回声。回顾40年代对于"新传统"的梳理,胡风应当成为重要的一环。

40 年代在"新传统"的清理方面做了大量工作。这方面主要的参与者,几乎都是主流的理论家、文学史家。胡风认为自己的理论也是出于马克思主义立场的,不过他是马克思主义批评家中的"独行者",还有其他许多追随马克思主义的批评家和文学史家,都很热衷于"新传统"的塑造与阐释,而且他们逐渐变得更加成熟,有更强烈的历史意识。这里不打算全面介绍本时期所有现代文学史的评论与研究,还是抓重点,集中评述几种与"新传统"梳理有关的思潮史运动史著作,其中三种是属于当时作为主流派的马克思主义阵线的,毫无疑问,也是更能代表这一时期新文学研究动向的。这三种著述即李何林的《近二十年中国文艺思潮论》、周扬的《新文学运动史讲义提纲》和冯雪峰的《论民主革命的文艺运动》。

三、从"资产阶级性质的启蒙运动"角度看"新传统"

现代文坛的论争特别多。这也是由于处在大的社会变革和文学观念的变革之中,各种文学思潮都要显露身手,彼此的较量竞存势不可免。考察"新传统"的源流变迁,是许多文学史家都很看重的研究,也是梳理"新传统"的常见方式。在思潮研究这个领域,不应当忘记李何林。这位参加过北伐战争和南昌起义的"老革命",历来被尊为现代文学研究界的元老之一,这很大程度上也是因为他很早就特别关注新文学思潮的衍变,关注"新传统",并致力于这方面材料的收集整理与评论。李何林的论著中被学界引用最多的就是《近二十年中国文艺思潮论》(标明上海生活书店 1939 年出版,实际出版时间为 1940 年春,因此可以归入 40 年代这一时段)①。这本书出版之前,李何林已经出过一本《鲁迅论》和一本《中国文艺论战》(均由上海北新书局 1930 年出版),都是有关论争的文章汇集。后一本书显然是受到 1925 年出版的《苏俄的文艺论战》(任国桢译)的启发(连书名都在仿照),试图为新文学发生以来的历次论争保存一些资料,并使读者能借以对文坛的历史与动向有所了解。《近二十年中国文艺思潮论》比《中国文艺论战》规模更大,编法也有不同:不再采用论文选编归类的

---

① 据李何林后来回忆,该书除了上海版,还在香港、桂林、重庆、东北等地印售出版。见《李何林文论选》,人民文学出版社 1986 年版,第 243 页。

方法,而是采用"资料长编"法,即以原始资料为主,以潮流的本身表现为主,将近二十年文艺思潮的变迁分为不同的几个阶段,给每一阶段做简扼的评述,然后分章节将各种文学派系、社团所体现的不同文学倾向以及彼此间发生的各种争论加以勾勒,并将各种不同观点的文论多多摘引。如编者所言,编这部书时他正流亡在四川江津的偏僻小镇,找参考书籍很困难,所以"取材不周,论述未免失当"①;但这部书毕竟编得比较及时,加上采取的是"资料长编"的办法,大量引用文学争论中的原文,较好地保存了文坛纷争的本来面目和趋势。

从 20 年代开始,就不断有人在关心并收集各次文学论争的材料,有的还汇集出版。但多数都还只是应时收集文坛论争引起的热点的材料,可能还主要是谋求出版的效益。很少有人像李何林这样,明确地以思潮史为架构和资料长编的形式,系统地收集、整理屡次文学论争以及各种代表性创作观念等方面的材料,由此还原与反观历史。李何林这本资料性的书能够产生长久的大的影响,跟他采取的这种文学史叙写方式也是分不开的。

该书论评的范围是 1917 年至 1937 年。著者显然信服和运用"文学运动为政治和社会变革所决定"这一思维模式,因此很重视时代背景,以二十年间三个较重大的历史事件作为划分文学思潮发展三个段落的标界,即"五四"(1919年)、"五卅"(1925 年)和"九一八"(1931 年),每一段起止时间约六七年,全书也就依三段分为三编。② 全书每一编开始都有"绪论"一章,讲述该时段文艺思潮发展的轮廓。这三编的"绪论"可以看作是一部文艺思潮略史,而更详细的评述则在各编下面的其他章节引用组织资料时穿插进行。编者革命的倾向性不言而喻,主要体现在概论的评说和材料的组织当中,摘引资料也力求完整体现其意愿,但同时也还力求展示文学史家的襟怀,尽可能将各种不同立场观点的文论都保留下来。今人重读此书,可能会格外关注其中各种不同声音的交响,

---

① 见李何林《近二十年中国文艺思潮论》序言。

② 第一编"五四前后的文学革命运动",从 1917 年胡适发表《文学改良刍议》起,到"文学研究会与创造社的对立"及"革命文学"思想的萌芽止(即"五卅"发生前);第二编"大革命时代前后的革命文学问题",由 1926 年郭沫若发表《革命与文学》一文提倡革命文学起,中经 1928 年对此问题的论争,到 1930 年"左联"成立止;第三编"从九一八到八一三的文艺思潮",由 1932 年"文艺创作自由论辩"和"文艺大众化"问题的提出讨论起,中经 1934 年的语文改革运动,到 1936 年的"国防文学"和"民族革命战争的大众文学"的论争为止(即"八一三"发生前)。

保持了历史语境中"对话"的状态。"资料长编"不失为一种有利于还原历史的有效的方法,也是这本书最重要的学术价值所在。

但李何林这部书更引人注目的,是用阶级分析眼光考察文学历史现象、归纳分析"新传统"的写法。这种写法居然使得一本资料性的著作也显出特有的明快色调。著者将新文学发生以后近二十年纷繁的文学潮流,归结为两种不同阶级的思想支配物,简洁地认定1917年至1927年属于资产阶级文艺思想较多而无产阶级文艺思想萌芽的时期,而1927年至1937年,则是无产阶级文艺思想发展的时期。著者认为"五四"新文化运动是资产阶级性质的文化运动。新文化运动的标志,如提倡民主、科学、怀疑精神、个人主义,废孔孟、铲伦常,等等,其社会意义就是接受资产阶级文化,反对封建思想。这也是理解"新传统"的重要内涵。作为新文化运动组成部分的新文学运动,在文学思想方面,起主导作用的是进化论和人道主义,并以反对"文以载道"的封建文学观念为主要目标。书中认为,"五四"新文学受到外国文学思潮的影响,从而形成了分别以文学研究会和创造社为代表的"为人生"与"为艺术"的两派,展开了写实主义与浪漫主义的对立和辩论,但究其性质,两者均属于"中国贫弱的资本主义的资产者文学的创作方法论"。

值得注意的是,李何林对"五四"新文学运动性质的论断,以及对"新传统"的理解,在当时持马克思主义立场的论点当中是很有代表性的。1930年前后,文化界讨论过"中国社会性质问题",当时比较普遍的观点即认为"五四"新文化运动是资产阶级性质的启蒙运动,是资产阶级思想领导和以资产阶级思想为主的运动。新文学传统也离不开这一基本认识。这种几乎成为共识的观点,到40年代就受到质疑,并为另一种权威的观点所取替。1940年1月,毛泽东《新民主主义论》发表于延安的《中国文化》创刊号,论定"五四"新文化运动具有新民主主义的统一战线性质,肯定了无产阶级思想对这一运动的主导作用,并从这个角度给新文学传统性质定下调子。此后,许多论者才用这一观点说明"五四"新文学运动的性质,突出马克思主义所起过的思想领导作用。毛泽东的论断无疑是权威的,此后几乎覆盖了多数学者的理论视野,即使有不同的意见,也大都从毛泽东论述的原点生发出去。所以考察40年代以降的对于"新传统"的研究,不能不特别关注《新民主主义论》的决定性影响,以及在这种影响之下的学术思想变迁。不过1939年李何林编写《近二十年中国文艺思潮论》时,毛泽东的《新民主主义论》尚未发表,李何林对"五四"新文学性质的理解以及对"新传统"的描述,还没有受到毛泽东权威论断的指导和影响。所以《思潮论》的基本立论,虽然是革命的,激进的,但又是不大符合后来革命阵营正统观点的。到了50年代,这本曾经被当年国民党当局列为禁书的著作,关于"五四"新文学运动性质的论断就显得不合时宜,而受到钱俊瑞、何干之、范文澜等学界名流的质疑和批评。这些批评与其说是学者个人的意见,不如说都在用"权威的"论断去衡量一切。李何林受到学界的批评,也心悦诚服地做了一篇"自评"①,承认他那本书的缺点是把"五四"时代的领导思想说成是资产阶级思想,没看到本是马克思主义,这就把新旧民主主义的界线模糊了。

　　现代文学学科史上常有这种情况:研究者所处的时代在变化,学术思潮的流向也随之变化,对有些基本问题的"普遍看法"也在不断变化。有时这种变化简直是戏剧性的。到了改革开放启动的70年代末和80年代初,现代文学界重新讨论"五四"新文学运动性质问题,有些学者反过来认为李何林当初在《思潮论》中提出的有关见解"现在看来有道理"。然而,李何林已经不为所动,还是坚持当年他的"自评"中检讨的观点,认为自己对"五四"新文学性质的判断以及对新文学传统的理解是错的,是《思潮论》一大缺点。② 关于"五四"新文学运动以及"新传统"的性质问题,学术界至今仍有争议,当然还是需要深入讨论的课题。不过李何林《思潮论》中最初提出的观点、后来对这种观点的批判和"平反",以及李何林反过来坚持接受批判,这过程本身应视为一种学术思潮变迁,

---

　　① 1950年5月,李何林为其《近二十年中国文艺思潮论》写了"自评",提到他经过"在华北大学的熏陶和学习,以及同志们的帮助,尤其是和范文澜同志的商谈,才认识到他们的见解的正确。所以在一九四九年九月,我就向华北大学国文系全体同学批评了《思潮论》的一些缺点,尤其是'五四'时代的领导思想问题"。在"自评"中,认为《思潮论》对于抗战前二十年中国新文学的性质,没有明确的指出从开始到末了都是统一战线的反帝反封建的新民主主义的文学。对于'五四'时代的领导思想问题,又认为是资产阶级思想占优势,没有看见无产阶级思想从开始就在领导着了"。见《李何林文论选》,第243—244、251页。

　　② 1979年,李何林为陕西人民出版社重印《近二十年中国文艺思潮论》写了"重印说明",其中谈到为何把1950年对《思潮论》的"自评"作为附录的考虑,并指出:"三十年前的自评,自然是很不够的,然亦可见我当时的思想认识水平的低下。"

背后蕴含有"文学史生产"以及对"新传统"阐释被时代制约的机制。文学史家塑造新文学的"传统",不同时期可能表现出不同的历史想象力,他们对"新传统"的理解与描述可能受制于时代,观点上的调整与变化是常有的事。在这一点上,李何林及其《思潮论》所显现的现象有其代表性,值得从学科史的角度加以研究。①

四、延安政治文化背景下的"新传统"观

1939—1940 年,当李何林正在四川江津那个偏僻的小镇寂寞地编纂他的《思潮论》时,无独有偶,延安文化界的风云人物周扬也对现代文学思潮发生了大的兴趣,并亲自担纲,在著名的"鲁迅艺术学院"主讲一门关于新文学史的课,写下了《新文学运动史讲义提纲》。这也是 40 年代出现的比较有特色的新文学运动史之一。因为是讲课用的提纲,未公开发表过,"文化大革命"中以"黑材料"存入周的档案中,一直到周扬"文革"中的冤案得到平反之后,这份文献才被发掘出来,发表于 1986 年第 1 期《文学评论》。由于周扬长期担负文化领导工作,经常要承担对党的文艺思想政策的阐释,他的论作往往影响很大。可以想见,他在延安鲁艺的这种授课,也是有示范性的,在相当程度上代表当时延安文艺界对新文学传统的正统的看法。不过应当充分注意到的是,这份讲稿和一般正式发表的文章毕竟有些不同,似乎更放得开,更有才气和理论个性。显然这个因素也应该加以考虑;1939 年,周扬在鲁艺开始讲授这门课时,毛泽东《新民主主义论》还没有正式发表,所以讲稿中论及"五四"新文学性质时,还来不及参考或照搬毛泽东的有关论断,也就敢于做较有弹性的理论发挥。顺便提到的是,如果将《新民主主义论》发表前后周扬所写的有关"新传统"研究的文章做些比较,同时又将他非正式发表的讲义《提纲》与同一时期正式发表的文章做

---

① 李何林的《思潮论》不是完整的思潮史或运动史,却也大致勾勒出新文学诞生后二十年间的思潮流变的线索与趋向,特别是由于史料相对丰富,很受读者和研究者欢迎。1949 年以前,此书曾多次再版,1981 年陕西人民出版社又重新出版此书。在五六十年代,文学史家似乎格外关注文学思潮与论争。如果细加分析,会发现这时期的多数现代文学史论著与教材,所勾勒的现代文学思潮发展与文学论争的历史框架,可能与李何林当年《思潮论》的框架相去不远。尽管那时李何林早已经被批判和"打倒",他治史的流脉却没有断。

些比较,总会发现某些观点差异,甚至有某些矛盾。① 这些由"时间差"所决定或制约的细微的情况,往往容易被后人忽视,但在细心的研究者那里,却有可能成为研究的切入点。

周扬的讲课《提纲》不是完整的运动史,带纲领性质,比较简拙,而且写成的部分只有引言、第一章、第二章和第三章的一部分。从引言看,该讲稿旨在全面评述新文学运动的历史过程,并以此概括"新传统"。他把"五四"以来的文学运动分为形成、内部分化与革命文学兴起、革命文学成为主流以及文学上新民主主义的提出这四个时期,并从中国社会经济、政治的变动趋势去解释文学运动,着重考察新文学运动意识形态上反映民族斗争、社会斗争的特点。新文学运动是"在斗争中成长起来的",考察运动史的重点当然也就放在不断的"斗争"包括文学论争上面。这是周扬阐释"新传统"包括"五四"传统的一个主要的角度。周扬这份讲稿虽然后来很长时间都没有正式发表,但他当年在延安鲁艺讲坛上所提出的那些基本观点和观察问题的角度,在 20 世纪五六十年代撰写的许多新文学史中都可以找到回音。

周扬讲稿的第一章讲《新文学运动之历史的准备》,讲"新传统"的渊源,其所采用的史料并没有超过前述胡适、陈子展的有关著作,但研究角度与结论都是新的。周扬很注重把文学运动放到社会的整体动态系统中加以考察,注重甲午战争以后中国政治形势变迁对思想界的刺激,以及对启蒙主义思潮的促进,最终落实到"思想革命"和"文体解放"的时代需求上,从而论证"五四"新文化运动的必然性,论证新旧民主主义的区别与联系。周扬对于从政治经济到文学之间的"中介",是比较关注的,这种眼光使他对文坛衍变的现象常有一些独到的评说。如文中对谴责小说产生和意义的评述,以及对这种小说艺术缺陷的分析,都简拙精到。同样,第二章《新文学运动的形成》,也从"五四"前后中国一般经济政治变革的趋向中观察"五四"新文化运动,很赞赏这一"民族民主思想革命运动"所表现的战斗性与"暴躁凌厉"的气概。这些看法虽然洋溢着政治

---

① 可以比较一下周扬同一时期写的《从民族解放运动中来看新文学的发展》(1939 年 3 月)、《对旧形式利用在文学上的一个看法》(1940 年 2 月),以及《关于"五四"文学革命的二三零感》(1940 年 5 月)等几篇文章,不难发现他对"五四"新文学传统的理解与阐释上的某些变化。上述文章均见《周扬文集》第 1 卷,人民文学出版社 1984 年版。

热情,但同时也脱离了巧于斧斤的学究气息,显示出高屋建瓴的眼光,即使对于当下那些贬斥"五四"传统的狭隘论调,也还有某种锐利的针砭。

和后来新文学研究中某些僵化的庸俗的思维模式不同的是,周扬在阐释"新传统"时,还是力图在他的讲稿中保持一种历史的观点,如他把"人的文学"视作"五四"文学革命的"新精神新内容",并高度评价这一"资产阶级性质"的口号的进步作用;肯定"五四"文学革命"谋文学与大众结合"方面的成绩,指出"缺乏历史主义"的进化论在为新文学的发生辩护方面却又是有积极意义的;等等——都比较符合实际。周扬的这篇讲稿显然有一种大气度,能纯熟地运用社会学批评方法,从社会结构系统的复杂关系和变化中宏观而简洁地勾勒出"五四"前后文学运动的概况与发展线索,解释"新传统"的内涵特质,反映了当时马克思主义的文学研究所能达到的思想水平,其思路之开阔和气魄之宏大,都是后来许多同样归趋社会学批评路数的研究所不及的。

在一般人的印象中,周扬对"新传统"的阐释,主要是代表正统的意识形态的权力话语,这当然是事实。但也不应当忘记,周扬同时又是一个有才气的评论家和文学史家,在某些时期或某些场合,他也发表对文学包括现代文学传统的独到的看法。例如,《从民族解放运动中来看新文学的发展》(1939 年)、《一个伟大的民主主义现实主义者的路:纪念鲁迅逝世二周年》(1938 年)、《文学与生活漫谈》(1941 年)《郭沫若和他的〈女神〉》(1941 年)等等,都对"新传统"有深入的探讨,也是在积极参与"新传统"的构建。现代文学学科史研究应该注意到这些论著的实际影响。至于周扬这篇《提纲》,因为只是讲课用的提纲,可能就更多保留周扬自己文学思考的原生态的成分。其中对于"新传统"特别是"五四"那一部分传统的想象、理解与描述,尤其值得注意。因为这是最能代表"正统"的理论家,在当时延安那样的政治文化背景下生发出来的对"新传统"的观点。

五、"新传统"的流变:对革命文艺运动负面影响的探讨

对 40 年代的文学史家来说,清理"新传统"不是一件轻松的工作,他们必须面对当时影响巨大的左翼文学,这也是新文学的一大支脉,但和作为"新传统"

主体的"五四"传统的关系又比较复杂:左翼文学到底哪些方面对"五四"传统有所继承,哪些方面又有所背离或者超越? 一时不容易看清楚。而且因为左翼文学和党派政治的关联密切,当时又处于主流的先锋的位置,几乎所有的文坛论争,都和左翼文学有些关系,所以要清醒地评价左翼文学的得失及其融入"新传统"的情况,确实需要深刻而超越的眼光。不过,当时关注讨论左翼文学与"新传统"关系问题的,大都是"过来人",他们往往带着切身的体验去总结历史经验得失,下过许多功夫,也引起诸多论争。其中最引人瞩目的是 1945 年前后,在重庆等地围绕"现实主义问题"的论争。有意思的是,论争大都在"革命文艺阵线"内部发生,而且参与者毫无例外都声称自己是持马克思主义观点的。实际上,许多人也真诚地力图以唯物史观来总结新文学的历史经验,可惜因时代条件的制约,这种论争过于政治化,终究未能产生比较系统而又有分量的成果。值得在此专门提出来探讨的,是冯雪峰的《论民主革命的文艺运动》①,该文既是对当时论争的思考,又比较超越,注重文学运动历史经验的重估,特别是对主流文艺运动包括左翼文学有深入的批评。他的批评意见代表了当时一部分比较清醒的文学史家对于"新传统"与左翼文学关系的看法,特别是对左翼文学缺失和教训的总结,是比较客观的。这里作为重点述评,也可由此一窥"新传统"在三四十年代的承袭与变异。

　　冯雪峰对"新传统"的总结是很有现实针对性的。1945 年秋,重庆文艺界以"过去和现在的检讨及今后的工作"为题,组织了几次漫谈会,焦点还是当时正在文坛争论的有关现实主义问题,冯雪峰被邀参加,做过一次系统的发言。后来应《中原》等杂志之约,将发言录音稿整理发表,这就是《论民主革命的文艺运动》。该文约七万字,分"过去的经验"、"什么是主要的错误"、"现在的基础、任务及运动的原则"、"现实主义在今天的问题"、"大众化的创作实践"、"批评及统一战线下的批评"以及"文艺团体"七个部分,其中第一、二部分论及过去的经验与主要错误,分量最重,是对左翼文学得失及其与"新传统"关系的述说,其中贯彻了历史反思和批判的精神,观点坦率而尖锐。

　　这篇文章很长,涉及史事很复杂,也许只有置放到历史语境中去读,才不会

　　①　发表于 1946 年《中原·文艺杂志·希望·文哨联合特刊》第 1 卷第 1—3 期,1946 年整理出版过单行本,又收入《冯雪峰论文集》中册,人民文学出版社 1981 年版。

那样不堪咀嚼。冯雪峰宣称要"循着主要的路线"来检查过去。这"主要的路线",也就是"民主革命的文艺运动"的路线,左翼文学和革命文学的路线。值得注意的是他对"五四"以来新文学运动性质以及"新传统"的解释。与上述李何林的观点有所不同,冯雪峰基本上是循照毛泽东《新民主主义论》中有关中国社会性质及"五四"新文化运动性质的论断。冯雪峰把"革命的新文艺"看作是"五四"以来新文学的主潮,其基本思想是"民主主义的革命思想",或者说,这一传统的中心或主潮,是"通过了无产阶级的科学的历史观和社会革命论的民主主义的革命思想"。这种主潮思想"联合"和"领导"着所有一般的民主思想的文艺,造成了以革命现实主义为特征的"五四"革命文学传统。冯雪峰当然不否认"五四"新文学运动中有激进的或改良的资产阶级民主主义成分,但他用了所谓主流支流说,判定"革命的"民主主义一开始就是运动的"主潮"。这种看法在40年代很普遍,一直到50年代,几乎都成定论,而并非冯雪峰独创。这也可见《新民主主义论》在评判"五四"传统方面影响之大。不过,冯雪峰并非人云亦云,他还是有独特见地,就是史识吧。他在肯定"主潮"的同时,并非一味赞颂"主潮",而是格外注意"主潮"本身的缺失,他这篇长文用了很多篇幅来总结这些错误的教训。冯雪峰的史识就在于敢于勾勒"主潮"发展过程某些负面的东西,包括某些倾向性的错误。他在梳理"新传统"时,灌注了一种非常可贵的批判意识和反思精神。这篇文章的历史价值及其理论生命力即在此,不幸的是,后来引起争论乃至遭受批判的原因也在此。

　　冯雪峰并非全面梳理"新传统",他是通过"民主主义的文艺运动"经验的总结,来回放历史的迁移,重点则放在1928年无产阶级文学运动兴起之后。他的意图是实现"革命文学者的自我批判"。冯雪峰尖锐地指出,二三十年代,即从"文学革命"倡导、论争到整个"左联"时期(约1928—1936年间),新文学传统产生断裂,其中"左"倾机械论和主观教条主义的错误最为严重,明显背离了"五四"传统。冯雪峰列数机械论和教条主义错误主要表现,是使文艺变成政治原理的图解,创作简单地服从政治,结果公式化、口号化流行,取消了文艺的特殊的机能。1929—1930年间的"新现实主义",1931年后提倡的"唯物辩证法创作方法",都是文艺上机械论和公式主义的突出表现。其次,是对文艺上的"阶级分野"抱机械的理解,加上宗派主义和关门主义,排斥和打击革命文艺阵营之外的进步作家,这种倾向从 1928 年到 1936 年都有严重表现。他认真探讨分析这种错误的原因,指出是因为对中国历史与社会的认识肤浅,对马克思主义原著与思想原则缺乏深切的研究与理解,而又接受了来自日本的福本主义、美国的辛克莱,特别是苏联"拉普"的驳杂的文艺理论的影响。冯雪峰大致厘清了1928 年以后作为"主潮"的文学运动的种种错误倾向之后,又进一步从理论上深挖错误根源。他还特别结合"创作和创作态度"来讨论问题,指出长期困扰文学界的有一种"革命宿命论"和"客观主义",总是在创作中"将人民的斗争看成为直线的,没有险阻,没有曲折和矛盾的东西",或者总是以"预定的政治概念"去套社会现象,分析性格人物。冯雪峰指出,革命的宿命主义以及概念化公式化的表现方法,不但是不利于创作的危险倾向,而且也反映了知识界的精神崩落。冯雪峰对"五四"是有高度评价的,他显然认为左翼文学的错误是对新文学传统的一种倒退。

和前述许多新文学史研究成果不同,这篇有些琐屑的论说却不时透露出史家的胆识,冯雪峰没有停留于争论新文学运动的性质问题,而是更为深入地探讨新文学运动包括左翼文学中存在的弊病和教训,探讨"新传统"的变异。作为一位有理论勇气又富于历史感的文学史家,冯雪峰带着严峻的批判眼光去回顾清理"民主革命的文学运动"主潮,解释"新传统"的变迁,许多观点犀利而深入。如果要了解"新传统"在二三十年代的命运,特别是左翼文学运动自身存在过的困扰、错误及历史教训,冯雪峰这篇史论性的总结长文,是非常重要的思想资料。就是今天读起来,仍可感受到他目光的尖锐。可惜因为文坛上存在的宗派主义以及 50 年代之后仍挥之不去的"左"的缠绕,冯雪峰命运坎坷,甚至被打成过"右派",他的《论民主革命的文艺运动》及其对"新传统",包括左翼文学思潮清醒的历史总结,未能得到文学界应有的重视。但无论如何,我们可以这样来理解,冯雪峰对"主流"文学的批评,已经从一个方面参与了对"新传统"的解释与建构,他的独具的作用不应该被忽视。

六、"异端"的声音:对"五四"与"新传统"的批判与反思

我们对那些肯定和张扬"新传统"的声音听得比较多也比较熟悉,而对批判

质疑的声音可能比较不在意。其实角度和立场不同,对"新传统"的理解和阐说也就相异。批判质疑也可能有益于传统的建构。诸多不同可能相生相克,构成某种塑造"新传统"的合力。前面我们回顾的大都是运用马克思主义观点来建构"新传统"的情况,这是当时的一种时髦潮流。其实在40年代,不是舆论一律,不但革命阵线内部有观点的差异,其外部也还有不同的声音。例如这里要特别说到的"战国策派",其对"五四"新文化运动和新文学的批判性反思,就是另一种值得倾听的独特的声音。长期以来,"战国策派"是文学史批判的对象,被看作现代文坛的异类,对这一派的文学思想和文化观念是完全否定的。这主要是政治层面的否定,也许不无历史的理由。"战国策派"作为一种带有强烈的政治色彩而且也有党派褊狭的思潮,在民族存亡的时期以超然的姿态出现,的确显得迂阔、异端和不合时宜。但拉开历史距离之后,重新考察"战国策派",会发现他们关于文化问题特别是"五四"以来"新传统"的思考,虽然有偏颇,却也不无独到眼光。打造"新传统",是这一派的文化理想。其代表人物陈铨有过一本《文学批评的新动向》,收有多篇论文,关注点是如何在世界文化竞存的背景中摒除传统文化的积弊,焕发民族的生机,打造"新传统"。另一个"战国策派"的人物林同济也写过一些检讨新文学传统的论作。① 这一派的理论探求不止于文学批评,也带有史学革命的诉求,提倡所谓"文化形态历史"的研究。② 他们不满意"五四"和30年代以来的激进,试图超越"五四"以降的各种思潮,对"五四"新文学传统做出新的解释,并重绘新文化的蓝图。

对"五四"和"新传统"的反思,是这一派的特色与贡献,虽然似乎有些拘执,往往囿于己见,但用心良苦,就是希望再造"新传统"。我们应当注意到陈铨,他的那篇专论《五四运动与狂飙运动》③,就提出一个令人不能不三思的观点:他认为"五四"运动虽然掀开一个新的时代,可是存在的问题很多,成绩和影

---

① "战国策派"的代表性的文化论著可以参阅笔者与丁晓萍合编的论文集《时代之波:战国策派文化论著辑要》,中国广播电视出版社1995年版。

② 关于"战国策派"的基本情况以及对这一文派的评价,可以参考丁晓萍与笔者的文章《"战国策派"的文化反思与重建构想》,曾作为《时代之波:战国策派文化论著辑要》的前言,又收入许纪霖编《20世纪中国思想史论》,东方出版中心2000年版。

③ 原载1943年9月《民族文学》第1卷第3期,笔者与丁晓萍编《时代之波:战国策派文化论著辑要》收有该文。

响也不见得像一般想象的那样伟大,如果和欧洲的狂飙运动比较,更是看出不足。他认为狂飙运动"不仅是一个文学运动,同时也是德国思想解放的运动,和发展民族意识的运动"。而狂飙精神的代表就是浮士德精神,按陈铨的解析是包括:对世界永远不满足,不断努力奋斗,不顾一切地探索人生和宇宙的真理,感情激烈,以及无限追求的浪漫主义与理想主义。相比之下,传统思想哲学支配下的中华民族缺少进取的活力、健全的感情生活与理想追求,而如果不通过大的思想运动建立一种新的健全的人生观,如果不改变"从前满足、懒惰、懦弱、虚伪、安静的习惯,就把全盘的西洋物质建设、政治组织、军事训练搬过来,前途也属有限"。所以根本问题还是通过"异邦的借鉴",来造成一种大的思想变革,改造和健全国民性,使中华民族多一点活力,多一点进取精神。通过比较,陈铨发现"五四""破旧"方面的成就非凡,可是"更新"却不尽如人意。"五四"其实未能和狂飙运动那样,真正造成民族精神根本性的变革并由此达致强盛。总之,他对"五四"和"新传统"是持较多批评和反思的。

陈铨确实看到"五四"的问题,如极端的个人主义造成文学上的一味伤感,标榜个性自由而缺少责任感,等等。陈铨认为新文学并没有做出多大的成绩,"五四"时期大多模仿西洋,浪漫的感伤主义泛滥,表现的都是个人主义,以个人的立场衡量一切;到30年代则模仿苏联,以阶级斗争为中心,口号式写作。结论是两种文学潮流都是民族意识淡薄,"不能使中华民族走向光明之路"。所以他主张提倡浪漫、理想的民族精神,"从个人的狂飙达到民族的狂飙",也就是类似德国狂飙运动所张扬的充满活力的民族精神。

这让我们想起前面所说的梁实秋,他也对"五四"文学有过类似尖锐的批评。不过陈铨和"战国策派"的批判更加开阔,他们所指出的问题是存在的,也是值得检讨的。诚然,"五四"毕竟又是一场曾经引发思想大解放的运动,是民族精神发生巨大变革的里程碑,这一点,必须放到中国历史的大背景中去考察才能看得清的。而作为思想史学者的陈铨,可能是太专注于从思想观念本身看问题了,未免脱离了中国的国情。对传统文明的批判,对"新传统"的探讨,是"五四"以后始终不断的思潮。"战国策派"对"五四"传统的反思,也是以文化重建的探讨为前提的,在偏至中也显出其理论个性。

以上我们追溯了20世纪20至40年代的评论家和文学史家是如何叙写文

学史,而"新传统"又是如何通过他们的描述、阐释,而逐步塑造成型的。所论及的"阐释链"主要是一些代表性论作,其实还有其他一些相关论著,包括大量作家作品评论,在不同程度上也都参与了塑造"新传统",对后来文学史研究也有重要的影响与启示,限于篇幅,这里就未能展开论说。前所述及的论作虽然比较能代表所属历史段落研究水平,但往往带有"当代评论"的特点,论者当时还不可能拉开历史距离,对"新传统"的理解与阐释也难免有"唐人说唐诗"的味道,有的甚至过分受政治意识形态左右,流于枘凿之论。不过作为某种思想材料,用以反观前驱者文学史观之形成及其对"新传统"的体认过程,也许就增加了对现代文学优势和缺失的了解,再来打量那些习焉不察,而又总在身边起作用的"新传统",也就可能有些新的认识了。

现代文学传统及其当代阐释*

一

提出"现代文学传统"这一概念,或许有人会疑虑:现代文学已经形成所谓传统了吗? 这种疑虑不是完全没有"道理"的。现代文学的疆域至今还没有清晰地界定,用于定义现代文学的范畴还存在某些歧义;而且现代文学的历史毕竟不长,从"五四"前后算起,也就是八九十年,积累似乎不够;有些沉淀也还不稳定,即使是鲁迅、郭沫若、茅盾这样的大作家,新文学运动和左翼文学运动这样的大事件,评价上仍然存在争议,新的传统还未能得到充分的认可。如果说现代文学有传统,在一些人看来,无非是"激进主义"的传统,是"反传统"的传统。而当他们试图用"反传统"来统括"五四"新文学时,这个词就已经不是褒义的了。加上这些年"国学"的虚热,什么东西只要搭上"国学"这辆车,都可能要"走红",曾经作为传统文化叛逆者的现代文学,就更是显得尴尬,甚至要遭受无端的贬责。

我们不能不面对这些现象。不过,大可不必从学科本位出发,摆出一副捍卫现代文学的架势。因为我们深知,当今对现代文学传统的轻视或无视,其本身也在构成对于新传统的"选择"和"读解",是对新传统的另一种"接受",正好可以作为被研究的对象纳入我们的视野。

我们决定涉足这个课题,是有过认真的考虑的。近十多年来,学界比较重视宏观地探讨现代文学的得失和特色,诸如"20 世纪中国文学"、"重写文学史"

---

* 本文原载《中国现代文学研究丛刊》2008 年第 2 期,后用作《现代文学新传统及其当代阐释》一书(北京大学出版社 2010 年版)的第一章。

和有关人文精神的讨论，以及对现代文学范畴、学术史的研究，等等，事实上都是在关注现代文学传统问题。"现在"和"历史"总是构成不断的"对话"关系，正是这种"对话"使传统能持续得到更新。特别是近些年许多关于文化转型与困扰的讨论，包括那些试图颠覆"五四"与新文学的挑战，都迫使人们重新思考现代文学传统的问题。这种研究既是学科自身发展的需要，也是对当下的"发言"，其重要性在于通过对传统资源的发掘、认识与阐释，参与价值重建。

关于"传统"，仿佛已经谈论得太多。不过，为了研究的定位和叙述的方便，还是要先对基本概念与思路展开一些讨论。

人们接触"传统"这个词，可能会马上想到历史的遗存。在汉语中，"传统"的初始含义指帝业、学说等的世代相传。如《后汉书·倭传》："使驿通于汉者三十许国，国皆称王，世世传统。"明胡应麟《少室山房笔丛·九流绪论上》："儒主传统翼教，而硕士名贤之训附之。"后来引申至风俗、道德、思想、作风、艺术、制度，等等，凡是世代传承的，都是传统。与汉语"传统"这个词对应的拉丁文是traditum，英文是 tradition，意思都是从过去延传到现今的事物，或者因袭的惯例。我们可以做更细致的理解：传统是围绕人类的各种活动领域而形成的代代相传的思维与行事方式，表现为思想和语言的"共同体"及其物化形态，是一种对社会行为具有规范作用和感召性的文化力量。传统总是得到多数人的承认，持续影响着人民大众的普通生活，成为社会结构的一个向度。

而文学传统作为人类在历史长河中创造性想象的沉淀，自然也是民族语言想象"共同体"之一，不过比起其他传统，文学传统的流变可能更加复杂，每一代都可能为延传下来的传统做某些增删改造，传统就不断产生改写与更新的"变体"，它的所谓"变体链"往往是曲折迂回的。传统主要是时间性的概念，它的积淀延传需要有相当的时间长度。到底要延传多长的时间，才称得上"传统"呢？有西方学者认为起码要持续三代，经过两次以上的延传。① 这当然只是一种粗略的说法，但大致也可以推定，传统的形成要有能进行多次辗转延传的足够的时间。看来那些对现代文学是否有传统的疑惑者，正是出于对时间太短的担心。不过，即使按照"三代"延传的说法，从"五四"前后至今也有八九十年

---

① 见 E. 希尔斯《论传统》，傅铿、吕乐译，上海人民出版社 1991 年版，第 20 页。

了,以每一代平均二十年计算,也有四五代了,况且现代中国处于社会大变动时期,各种思潮更迭兴替的节奏非常快,延传次数发生的频率就高。这样说来,现代文学传统形成的时间条件还是完全具备的。

当然,无视或者轻视现代文学传统,还可能是受到古典文学传统的"挤压"。谈到传统,一般人总是非常惯性地就想到古代的传统,很少还会顾及现代。这一点也不奇怪。古代文学历经两三千年,出现过那么多伟大的作家作品,有丰厚的积淀,它的影响是覆盖性、弥漫性的,甚至培养出某种"集体无意识",很自然化成了民族的审美心理、习惯与思维方式。古代文学传统经过一代又一代长期的筛选和不断的提炼,已经形成非常稳定、不言而喻的"核心部分",在民族的记忆和语言中成为某种象征性的建构,特别能得到人们的信奉、敬畏和依恋。如果说古代文学是个"大传统",相对而言,现代文学还只是个"小传统"。这个新的传统因为时间距离还短,太过"亲近"了,使人反而缺少像面对古代传统那样的敬畏与信奉。即使事实上现代文学传统已经成为当今社会结构的一个向度,并且发挥着切实的规范性影响,我们也可能习焉不察,不见得像对待古典传统那样的尊奉与重视。这其中也有"心理时间"在起作用,久远的事物总是比身边的事物显得神秘,容易唤起崇敬与怀想。和古代文学传统相比,现代文学的传统似乎比较模糊,不好把握,缺少厚重感和"距离之美",并非都是不言而喻的认可。但现代传统也有不同于古代传统的地方,那就是仍然处在蓬勃的"生长期",它的根须更丰茂地伸展到当代生活中,和当代有紧密的血肉联系,却又可能更多地受到现实的左右。难怪人们一谈到现代文学传统,总是有那么多理解上的歧义,"现在"与"过去"的关系显得如此复杂,难于言说。这些也都可能是造成某些人无视或轻视现代文学传统的原因吧。

但是,无论承认或不承认,现代文学作为一种新传统已经无孔不入,无处不在,渗透到了社会生活的各个方面,正在影响和制约着我们的思维方式。所谓现代文学的传统,不是虚玄的东西,它主要指近百年来那些已经逐步积淀下来,成为某种常识,或某种普遍性的思维与审美的方式,并在现实的文学/文化生活中起作用的规范性力量。其实,现代文学传统也有相对稳定的"核心部分",这些部分容易获得共识,对当代文学/文化生活的规范影响力也大。最明显的,是以白话文为基础的现代文学语言的确定,这也是现代文学区别于古代文学的最重要方面。现代文学语言适度的欧化加上民间语言资源的吸收,逐步形成了更加适合表现现代人思想情感的文学语言形式与规范。毫无疑问,我们现今所享用的汉语文学语言变革的成果,构成了现代文学传统中重要而又稳定的部分。此外,现代所创造的许多作品,它的文学形象、文化内涵、艺术形式乃至风格、技巧,许多也已经转化为当代普通社会生活的内容,承载着人们的思想情感,甚至成为某种"共名"。再者,现代文学所形成的新的观念与评判方式,包括对于文学现象的各种"命名",如"现实主义"、"反映"、"主题"、"思想性"、"典型"、"教育意义",等等,虽然有的由于频繁使用而变形僵硬,但也有的已经派生出新的含义而成为普适性的概念,至今被批评家乃至普通人所沿用,甚至在中学语文教学的课堂上,也不乏使用这些概念。① 我们还可以举出许多方面的例子,来说明新传统作为民族语言想象"共同体"的存在,及其对当代的影响。只不过,人们似乎总不太在意这些"常识性"的东西,甚至无视这些常常在身边起作用的东西,他们没有意识到这就是新的传统。真是"不识庐山真面目,只缘身在此山中"。其实只要稍微超越一些,跳出来重新打量那些真正已化为"常识"的东西,就能发现现代文学新传统的"核心部分",传统研究的"真问题"也就可能呈现在面前。

二

我们现在要做的工作是清理和研究现代文学传统。这项研究的成果就是《现代文学新传统及其当代阐释》这本书。

以往这方面的成果不少,研究的路数多为宏观的考察,例如探讨现、当代文学的转型,以及其中产生的问题②;或者从某些关键词入手,讨论现代文学观念

---

① 日本汉学家藤井省三的《鲁迅〈故乡〉阅读史》(中文版,新世界出版社,2002 年)梳理了几十年来中国的中学语文教学是如何讲授鲁迅的《故乡》的,认为作为中学课文的《故乡》是不断被改写、更新的文本,从中可以看到不同历史阶段的不同阅读方式,及其背后的意识形态支配。其中就有许多关于现代文学"概念"使用的案例,可以参考。

② 近年出现不少探讨现当代文学"转型"的论作。如洪子诚的《中国当代文学史》修订本(北京大学出版社 2007 年版)前面几章就具体描述了"转型"期的文学环境、观念、心理及写作姿态,等等。

的变迁及影响①;还有就是具体讨论现、当代作家创作的联系与区别;等等。其中不乏殷实的论说,但总的来说还比较零碎,缺乏系统性。在接续以往研究的基础上,需要调整一下研究的思路和框架,操作层面上必须要做一些限定。从广义上讲,无论是关于现代文学作家作品或者思潮流派的研究,或者其他专题研究,只要从当代的角度去审察和阐说过去,所重视的主要是有当代启示意义和价值的部分,其中必然会灌注对传统的体认,不同程度上也是关乎传统的研究。而本课题要把范围收缩一下,即使涉及以上问题,也不把精力放在研究这些问题本身,而要相对超越出来,看这些研究所表达的对于传统的接受、选择、塑造与拒绝,看新的文学传统如何在不断的阐释中被选择、沉淀、释放和延传。我们不准备卷入抽象概念的争议,宁可用更多精力关注那些屡屡引发对传统的不同认识的研究个案,包括支撑这些研究的几代人不同的文学史观,力图还原各个段落的历史语境,从史的梳理中体认传统。总之,我们的研究将聚焦在"现代文学传统及其当代阐释"方面。

本书不求面面俱到,而力图做到史论结合,在一些点上有较为深入的讨论。全书分为两大部分。前一部分共四章,偏于史述,主要回顾探讨现代文学如何在评价阐释中逐步建构传统。其中第一章论评从"五四"到40年代,文学史观的形成及其对新传统的体认;第二章讨论五六十年代的"修史",如何把现代文学作为"公共知识"传播,从而建立对现代文学传统的权威解释系统;第三章和第四章进入更具体深入的个案考察,分别探讨第一次全国"文代会"如何"打造"新的传统,以及新文学创作如何在传统阐释的框架内整理、出版与传播。在做完历史回顾之后,转向现状研究,这就是第二部分,共有五章,重点是探讨现代文学传统的当代阐释。其中第五章论述80年代对"五四"传统的反思,牵涉当时文坛的思想解放运动及其理论资源的运用;第六章讨论当代作家创作与现代文学传统的关系,是对新传统如何渗透到当代文学生活的更深入的探究;第

①　如南帆主编的《二十世纪中国文学批评99个词》(浙江文艺出版社2003年版),其中对现代文学的一些关键词的流变做了梳理,但略嫌简单。杨俊蕾的《中国当代文论话语转型研究》(中国人民大学出版社2003年版)也涉及某些关键词研究。这方面值得参考的还有80年代以来许多研究思潮流派的专著,如温儒敏的《新文学现实主义的流变》(北京大学出版社1988年版)、罗成琰的《现代中国的浪漫文学思潮》(湖南教育出版社1992年版)、艾晓明的《中国左翼文学思潮探源》(湖南文艺出版社1991年版)、罗纲的《历史汇流中的抉择:中国现代文艺思想家与西方文学理论》(中国社会科学出版社1993年版),等等。

七章论评鲁迅的当代命运,这也是现代文学传统的重大方面;第八章研究现代文学语言的传统在当代的延传与创新;最后,是第九章,从海外华文文学角度看现代文学的另一流脉。

从章节设计和整体论述框架可以看到,本书对现代文学传统的研究偏重历史回顾及现、当代的"对话",对于"当代阐释"中的活的传统格外关切。这一方面是考虑到不必重复以往同类研究的路数,另一方面,则是出于我们对传统的理解。

我们认为,研究传统,首先要搬掉横贯在面前的障碍,就是本质论和绝对论。这"两论"有一共同之处,就是把传统看作是固定的、可以原封不动地完整把握的东西,也随时可以准确无误地返回原点的。那些无视或者轻视现代文学传统的人们,就容易把传统看作是纯粹的、一成不变的,他们确定传统时只用一把尺子,量来量去都找不到完全符合的,于是就产生历史虚无主义,拒绝并走出历史。其实,传统是由历史酝酿的。过去发生的无数大小事物,共同构成了历史,后人是无法真正回到过去的现场去接触历史本身的,只能通过历史的叙述去想象和建构历史。所以作为历史产儿的传统,也要通过一代又一代不断的"叙述"来想象、提炼与建构。不过这是活着的历史,它对我们的生活仍然发生着规范和支配的作用。现代文学传统不是整一的、固定的、同质性的存在,而是包含着多元、复杂和矛盾的因子的,要看到它延传过程中可能存在的变异、断裂和非连续性。我们进行的这项研究,就是要从历史变迁的角度来观察现代文学传统,要力图寻找它的"变体链",包括它的形成、生长、传播,以及不同时期的各种选择、阐释、提炼、释放、发挥、塑造,等等。

三

如果深入到历史内部认真观察,会发现,现代文学传统的生成,其过程非常复杂,远比以前许多文学史的描写要曲折而丰富。1917 年文学革命和新文学运动建立了新的文学观念,并开始探索以白话文为书写形式,以新文化为表达内容的文学。当时反对文言文,提倡白话文;反对旧礼教,提倡新道德,在与旧的文化及文学传统决裂的同时渴望建立新的文学传统。那是重新估定一切价值的时代。"五四"文学革命建立了新的文学规范和价值,即胡适所谓"国语的文学,文学的国语"①,以及周作人提出"人的文学"②的理想追求。但是很少有人注意,从 20 年代起,即使在文学革命阵线的内部,关于新文学的理解评介就存在多种角度和理解上的差异。可见新的传统一开始就并非单一的、统一的存在,因而也并不是可以做一劳永逸的固定解释的。这个现象很能说明新文学传统的复杂性和开放性。

因此在开头第一章,本书就试图打开思路,讨论新传统产生与当时文学史观念的关系,证明传统并非是"本质论"可以把握的。这一章回顾了新文学之初的胡适、梁实秋和周作人,他们都是这个文学运动的前驱者,但对新文学的看法却各有差异。③ 主要是文学史观念及观察问题的层面有所不同,导致关注的角度与重点不同。胡适主要推崇进化论的文学史观,刻意突出新文学之"新"及其适合时代之"变"。梁实秋则看到"五四"文学诸多不足,认为文学无所谓"新旧",只有品性的高下,他对"新文学"这个提法不感兴趣,宁可叫"现代文学"。而周作人则从历史"循环论"的立场指出"五四"新文学与传统文学的内在关联,认为新文学虽"新"仍"旧",文学无论古今,总有某些不变之变,只不过"五四"文学是在新的历史情势下凸显了某一侧面罢了。有意思的是,三种看法背后各有自己的"传统观"。胡适的进化论用线性发展的观点处理传统,梁实秋的"无新旧"说注重传统稳定的"核心部分",周作人则强调传统"循环往复"的规律。他们在新文学之初就有这样开放的眼光,是很难得的。不过,影响最大的还是胡适的进化论观点,而且这观点本身就逐步成为新的传统:后来许多文学史,都是在进化论观念下编就的,"新"比"旧"好几乎成为一种不辩自明的通识,而"五四"文学也在"发展"、"进步"的框架中站稳了脚跟。一直到 30 年代,评论家们观察与阐释新传统的角度还是多样的,开放的。例如 30 年代编撰出版的《中国新文学大系》,是第一代作家对于新传统的第一次认真的梳理,也呈现非常丰富活跃的"多声部变奏",至今对于我们理解现代文学传统仍然有启示

① 胡适:《建设的文学革命论》,1918 年 4 月 15 日《新青年》第 4 卷第 4 号。
② 周作人:《人的文学》,1918 年 12 月 15 日《新青年》第 5 卷第 6 号。
③ 可参考温儒敏《文学史观的建构与对话》,《北京大学学报》(哲学社会科学版)2000 年第 4 期。

价值。① 可见对于新文学传统的看法,一开始就同中有异,多种阐释共同为新传统塑形,新传统也在这种开放性的阐释中生长。不过,到了40年代,出现了趋同化现象,对于现代文学传统的阐释,基本上就是以"五四"为中心,通过对新文化运动以及"从文学革命到革命文学"的解释而建构起来的,其中毛泽东《新民主主义论》关于"五四"性质以及"反帝反封建"的论述,被许多论者机械地当作评判现代文学的唯一标准与出发点。本书用较多篇幅论述了这种本质化现象,以及长期以来,我们对于新文学传统比较僵化、单一的理解。

在第二章,主要探讨五六十年代特定的政治化氛围下的新传统阐释。其中几种文学史著作的问世,力图对现代文学性质特征做出符合主流意识形态话语的解释与定位,这些解释定位经由"知识化"传播,对新传统的"打造"起到至关重要的作用。其中关于新文学"性质"的话题似乎有特别的魔力,吸引着众多的研究者前赴后继地登场亮相,发表意见,而大多数表演最终都被聚焦为争取无产阶级在新传统中的最大份额。从当今立场看,当时文学史家们讨论的现代文学传统实际上已经超出文学的疆域,而承担着关于民族国家的宏大的历史叙事。但对包括王瑶在内的那一代文学史家努力的成果,我们能宽容和同情地理解,在那个特定的政治化年代里,新传统的阐释有它存在的理由。研究历史应抱着理解的同情态度,不能只当"事后诸葛亮",也不应当只是抱怨历史上存在的不足和错误。传统的研究自然要有当代性,但历史毕竟不是任人打扮的女孩子,也不该是用作显示自己理论杀伤力的靶子。说实在的,我们对那种动不动将当代的弊病往新文学传统方面找病根的做法有些反感。讨论现代文学传统,重点不是对这一新传统的价值意义做出肯定或否定的判断,而是把历史还给历史。这里我们多少运用了"知识考古学"的方式,去考察历来对现代文学传统的体认、想象、选择和发挥的情境,从中显示这种新传统的生长及其遭遇。

历史上曾经有过的对于新文学传统的政治化的阐释,在一定意义上也已经成为传统的一部分,至今仍然发挥着影响。例如,在中学语文教学中,采用了很多现代文学作品作为课文,这是现代文学经典化的重要途径。可是,我们发现中学语文分析课文的基本思路与方法,仍然和五六十年代形成的传统阐释的模

---

① 可参考温儒敏《论〈中国新文学大系〉的学科史价值》,《文学评论》2001年第3期。

式相差无几。可见传统的力量！为了做"刨根"的工作,更加深入了解五六十年代对于现代文学传统的理解与接受,本书用专门两章的篇幅来讨论当时的两种文学现象。其一是第一次全国"文代会"。在第三章集中剖析这次大会如何从主流意识形态立场清理和"打造"现代文学传统,为后来对新传统的统一的阐释定下基调。另一现象是50年代现代作家选集的出版,以及现代作家作品的经典化。第四章以1950—1957年现代作家选集的出版为研究对象,通过对现代作家选集出版的归纳和梳理,展现50年代在以解放区文学为主体的新中国文学建构中,对"五四"新文学传统的选择、改造和组合,以及现代文学传统在50年代的生存和发展的情景。

四

在转向讨论"当代"与"现代"的对话时,我们先设计了关于"五四"传统的一章。"五四"的影响巨大,在各个时段都是领衔表演的热闹话题,以至有人刻意批评"五四"几乎已经成为一个"神话"了。无论如何,历来对"五四"的阐释,很大程度上就是对现代文学传统的阐释,其中有一"阐释链",或者叫"变体链"。透过这"阐释链",可以较清楚看到思想界、文学界的变迁轨迹。本书第五章讨论"五四"传统与当代的关联,也不是全面梳理,而是把重点放在80年代。我们力求在较为开阔的思想/文化背景下,相对深入地探讨80年代文学的基本问题与"五四"传统之间的复杂互动关系。80年代文学以何种内在逻辑接续并重构了"五四"传统,"五四"传统以怎样的方式制约着80年代的文化想象和文学实践,同时形成了怎样的错位关系,这是本文试图探讨的主要问题。

记得"文革"结束后不久,是现代文学和政治结盟的"蜜月期",现代文学一度成为"显学"。当时著名的文学史家唐弢和严家炎共同主编了一套发行量极大的现代文学史。不过这对合作者很快产生了观点上的分歧。唐先生坚持认为所谓中国现代文学就是新文学,而严家炎教授则主张,中国现代文学应当包括鸳鸯蝴蝶派等文学①。一个重要的背景就是,当时"文学现代化"已经成为时

①　严家炎:《求实集》,北京大学出版社1983年版。

髦的新词，当然也是一种观念，开始取替"新民主主义"的视角。严家炎教授的确很敏感，他是观念转换的代表，努力在习惯思维之外重新寻找和建立另一个不同的现代文学传统。80 年代以来，人们对于现代文学传统的认识和评价的确变化太大了！诸如认为"五四""全盘性地反传统"，现代文学特征是"救亡压倒启蒙"，以及 90 年代之后对于"激进主义"的反思，对自由主义传统的重新发现，等等，几乎一波接一波，不断地重新界定现代文学的范畴和新传统的含义。当文学史家们接连呼唤"文学回到自身"、"重写文学史"、"20 世纪中国文学"，等等，现代文学的历史面貌就一再被刷新。在众声喧哗中人们也难免会追问：我们所接续的是哪一个"现代"？哪一种"传统"？

　　尽管如此，我们还是要高度评价思想空前解放的 80 年代。这个年代拒绝了对于现代文学传统的本质化、绝对化和片面化的理解。80 年代以来对现代文学传统的多样性阐释，再一次证实，新传统不是同质性的、单一的存在，它包含了断裂和非连续性，包含了多元的、复杂的和矛盾的内容。新传统也不是整一的、封闭的东西，它存在于不断的重新解释和评价之中。所谓"五四"文学、左翼文学、30 年代文学、抗战文学、十七年文学、"文革"文学、新时期文学，等等，其间固然有互相联结的纽带，也存在着一系列的"变异"与"断裂"。

　　说到这里，有必要回应一下当前某些否定现代文学传统价值的意见。持否定意见的论者死死抓住一个"把柄"，就是认为"五四"和现代文学"全盘性的反传统"，对造成传统的断裂以及多年来的激进和极左难辞其咎。"五四"的确有激进的暴躁凌厉的表现，"五四"有些片面性是应当认真讨论的。可是"五四"的反传统，究其实际，又可能是"推倒一个古代而另抬出旁一个古代"①。"五四"文学革命在否定了传统文学的制度，重建新的文学秩序的时候，实际上发现了小说、戏剧和白话文学的潜在传统，在否定了儒家的正统地位的同时，实际上肯定了长期被压抑的诸子的传统。正如王瑶所说："'五四'时期的先驱者们既是现代新文学的开创者，同时又是传统文学历史的新的解释者，而且这二者是互相联系和渗透的。他们对于传统的理解，一定程度上实际也是对他们自身的理解，或者说他们要在对传统的新解释中来发现和肯定自己。"②我们在研究中

---

① 中书君（钱锺书）：《论复古》，1934 年 10 月 17 日《大公报·文艺副刊》第 111 期。
② 王瑶：《"五四"时期对中国传统文学的价值重估》，《中国社会科学》1989 年第 3 期。

很重视这一现象:历史和现在构成了一种不断的对话关系,并且通过这种对话而使传统得到不断的更新。

五

在本书第六章,将集中讨论当代作家与现代文学传统的关系。这是个非常困难的课题。作为文学传统的相当重要的部分,是一代代众多作家的创作积存,保留着社会群体的共同记忆。其中一些文本经过时间的筛选,成为经典,占据着传统中显要的位置,对后世产生持续的影响。问题是,后世的作家是如何接受前人创作的影响的? 这种影响或者借鉴,在很多情况下是潜移默化,无迹可寻的,当这种借鉴已经通过后世作家个性化的再创造、转化为自己的作品时,他们往往并不承认受到过他人的影响。虽然当代作家很难割断与现代文学传统的联系,这种联系千丝万缕,但真的要找到影响的"桥梁"又比较困难。传统如何转化为他们创作中的故事、母题、人物、风格、语言等艺术质素,也不容易确认落实。如果是在相似性或邻近关系的比较中来确认两者的联系,往往苦于难找充足的依据。但这个问题又是如此重要,不可能不列入研究的范围。因此,本书不得不把关注点放到作家们在精神上对现代文学传统的响应方面,以及在文本的相似性,甚至在对现代传统的反抗态度方面,去寻求两者间的存在的诸多复杂、暧昧和悖论式的关系。一种传统是很难在文本的细节中去寻找的,大多数情形下,那只能是一种精神,一种"幽灵化"的神气。

我们将借用一个"互文性"(intertextuality)①的视角,即从文本之间的相互影响、彼此交融的关系来看新的文本的生成。一是当代的创作文本,一是现代文学传统已有的文本,我们关注的是两者的异同及对话。例如王安忆的小说无论精神气质还是题材发挥,都可以看到张爱玲的影子,然而,王安忆是断然否认她受到张爱玲影响的,我们的确也很难找到影响的"证据"。怎么办? 就是通过"互文性"的考察,寻找两者之间异同以及对话关系。又比如,书中分析30年代左翼文学传统某种程度上已在当代文学中复活,这种现象也不是一对一做比

① 又译"文本间性"。由法国后结构主义批评家朱丽娅·克莉斯蒂娃提出的概念。

较，或者寻求直接关联的材料，而是把左翼文学与当代类似的现象，都看作是前后两个"大文本"，从中考察它们之间确实具有的某种共同的文化记忆，以及前后类似的历史语境，却是在各自应对各自不同的任务。这一章主要选择几个个案分析，来看当代作家创作与现代文学传统之间的内在联系。这与其说是在建立新的传统谱系学，不如说是在追踪历史散落的蛛丝马迹。可惜篇幅有限，这里所涉猎的范围也极为有限，特别是诗歌领域，本来有着更丰富的可能性有待发掘，在这里也只好暂付阙如。

在考察当代作家与现代文学传统之后，紧接着我们用第七章来探讨鲁迅在当代的命运。在很长时间以来，鲁迅被确定为新文化的方向（也是新文学的方向），现代文学的复杂性由此被澄清，同时也就被简化了。现代文学作为前提和传统都尽量往这个意义上发挥。一个传统被定位得如此明确和如此高昂，实际上，从文学的层面看，又可能降低了传统的作用。但当代文学一直是在强大的意识形态的语境中展开实践，作家们、理论家们对鲁迅的文学认同，也很容易转化为政治认同，而政治认同又很容易被当作文学认同的错觉。鲁迅作为一种精神的存在、作为一种思想力量的存在，甚至作为一种人格和性格的存在，变成了无所不包的宏大叙事。在鲁迅的形象下，汇集了几乎大部分的现代文学传统。所有的当代中国作家都难以否认自己与鲁迅构成某种关系，鲁迅在精神上几乎是当代中国作家所有人的父亲。这当然得力于当代文化经典化的体制，从小学课本开始一直贯穿到大学文学史教育，鲁迅就都是浸淫在教育体制中的精神偶像和文学导师。这一章主要谈论鲁迅的"当代命运"，其实我们还是希望能跳出来清理一下：今天我们应当如何理解和认识鲁迅？鲁迅有哪些传统仍然在释放？作为重要的思想与文学资源，我们应当怎样"运用"鲁迅？

第八章我们转向比较具体的研究，那就是语言问题。以白话文为基础的现代文学语言的确定，是最为明显的现代文学传统，也是现代文学区别于古代文学的最重要方面。当今我们对现代文学语言的接受与使用，已经理所当然，这种现代文学的变革成果已经很自然也很成功地融入普遍的文学和文化生活之中，成为常识、惯性或者支配力量。经历过"五四"时期的"新文艺腔"、左翼文学时期的"大众语"、50至70年代受政治化影响的语言，以及当下更加成熟的文学语言，虽然各个阶段所表现的时代特色不同，但以白话文为基础的语言体系并没有变。毫无疑问，汉语变革构成了现代文学传统中重要而又稳定的部分。然而，现代文学语言研究仍然没有得到充分重视，基础性研究的成果比较缺少，也使我们着手比较困难。这一章重点是讨论现代文学语言在何种意义上成为传统，以及当代接受这一传统所呈现的某些创新面、生长点与困惑，等等。

本书的末尾作为附录，添加了三篇文章，一篇是关于《当代中学生的"鲁迅接受"》，这是一篇社会调查。其中采用了很多调查数据，从多个侧面观察当代中学生是如何接受鲁迅的。他们对于鲁迅这一巨大的传统资源，有着我们可能始料未及的各种反应，让大家感到时代的确在巨变。现代文学传统如何"遭遇"新一代年轻人，也是新的课题。另外一篇是《近20年张爱玲的"接受史"》，也是以史实为主，讲"接受"的，可以作为另一个案，透视当代社会阅读心理，以及现代文学传统在商品化、信息化时代所碰到的新的问题。这两个附录也就作为前面各章论述的一种补充吧。第三篇是《当代中学语文教科书与现代文学的经典化》，探讨了现代文学作品如何进入教材与课堂，又如何被"改写"，并作为文学常识得以广泛传播，这也是现代文学经典化的重要途径，从中可见时代变迁对于传统阐释的制约与影响。

六

这本书的框架也就是书名所标示的："现代文学传统及其当代阐释"。按照原有设想，除了以上八章，还有其他一些专题也是可以进入的。比如，清理那些在新文学发展历史过程中产生过较大影响的名词术语，如"民主"、"科学"、"启蒙"、"写实主义"、"人民性"，等等，从不同阶段不同语境中考察这些关键词内涵的变化，同时对这种变化给予历史的说明。其次，是回应现实。我们注意到近年来有关现代文学传统研究的一些有影响的代表性观点，诸如"启蒙—救亡"说，"告别革命"说、"激进主义"说、"传统断裂"说，等等，认为均在不同层面切入了对于传统的理解，可以吸纳各种说法可能含有的某些合理因素，引发更深的理论探究，但我们也警惕这些思潮中所表现的那种二元对立思维模式与非历史的立场。

还有，就是关注那些由新文学所造就的普遍性的审美心理、阅读行为和思维模式,等等。虽然在附录材料中有所涉及,但未能展开。其实如果从这些方面进入,也是可以直接触摸到现代文学传统的根源的。

举个例子来说,新诗虽然也有追求格律和音乐性的,但已经远不如古典诗词和音乐的联系那样密切。旧体诗的欣赏有赖吟唱,不加诵读,那韵味就出不来,这就决定了旧体诗的接受心理与阅读模式。而新诗则似乎主要是"看"的诗,依赖吟唱和朗诵是越来越少了。这种以"看"为主的阅读行为模式,反过来也影响到新诗的艺术发展。从二三十年代起,中小学的语文(国文)教科书在收录古典诗词的同时,也收一定数量的新诗。这也是"经典化"的过程。都是诗,但在审美功能及阅读行为的养成上,新旧诗歌到底有哪些不同的作用? 实际影响如何? 如果不满足于做一般的推论,而是运用文学社会学和文艺心理学的方法,进行细致的调查和科学的分析,那么对文学传统尤其是新诗传统及其得失的了解,一定是别开生面,很有意思的。

还可以举散文的例子。如果关注当下,不能不承认,现代散文的传统影响之大,起码不会小于其他文类。近十多年来一波一波的散文热,从林语堂、梁实秋,到张中行、余秋雨,乃至一些港台作家的散文"热",细论起来,哪一个都与现代散文传统紧密关联。到底是怎么"热"起来的? 主要是什么人在读这些散文? 现代散文的传统怎样在当代的创作中被吸收、彰显和延伸? 散文创作中的现代传统在哪些层面上比较适应或不适应当代? ……这样一些问题,如果建立在认真的社会调查和文化分析的基础上,也许能有新的收获,真正地将难度较大的散文研究推进一步。看来,传统研究恐怕不能只盯着现有的文学史材料,如作家作品,也应注意当下的影响与存在。

遗憾的是,限于时间与篇幅,以上这些有意思的问题都来不及细细讨论,只好留待他日了。

2007 年 11 月 25 日

"文学生活"概念与文学史写作[*]

  提到"文学生活",大家都能意会,但作为一个学术性的概念,主要是指社会生活中的文学阅读、文学接受、文学消费等活动,也牵涉文学生产、传播、读者群、阅读风尚,等等,甚至还包括文学在社会生活各个方面的影响、渗透情况,范围是很广的。专业的文学创作、批评、研究等活动,广义而言,也是文学生活,但专门提出"文学生活"这个概念,是强调关注"普通国民的文学生活",或者与文学有关的普通民众的生活。提倡"文学生活"研究,就是提倡文学研究关注"民生"——普通民众生活中的文学消费情况。事实上,每一个当代普通人每天接触报纸、互联网、电视或其他媒体,甚至对孩子的学习辅导,等等,自觉不自觉都可能以某种方式参与了"文学生活"。笔者在2009年9月武汉召开的一次会上,就提出过研究"文学生活",主张走向"田野调查",了解普通读者的文学诉求与文学活动。但没有引起注意,我也没有在这方面多下功夫。前年我到山东大学任教,和文学院同事讨论学科发展,大家都认为"文学生活"这个提法有新意,可以作为调查研究的一个题目,推广开去,可能是一个学科的生长点,为沉闷的现当代文学研究开启一个窗口。我们的兴趣就起来了。

  这个概念的提出,也源于对现有的研究状况的不满足。现下的文学研究有点陈陈相因,缺少活力。很多文学评论或者文学史研究,当然也还有理论研究,大都是"兜圈子",在作家作品—批评家、文学史家这个圈子里打转,很少关注圈子之外普通读者的反应,可称之为"内循环"式研究。就拿最近获得诺贝尔文学奖的莫言来说,研究评论他的文章、专著不少,或探讨其作品特色,或评说其创作的渊源,或论证其文学史地位,等等,大都是围绕莫言的创作而发生的各种论

---

  * 本文原载《北京大学学报》(哲学社会科学版)2013年第3期,部分内容用作笔者主编《当前社会"文学生活"调查研究》一书(江苏凤凰教育出版社2017年版)的"代序"。

述，极少有人关注普通读者是如何阅读与"消费"莫言，以及莫言在当代国民的"文学生活"中构成了怎样的影响。不是说那种重在作家作品评价的研究不重要，这也许始终是研究的"主体"；而是说几乎所有研究全都落脚于此，未免单调。而忽略了普通读者的接受情况，对一个作家的评价来说，肯定是不全面的。其实，所谓"理想读者"，并非专业评论家，而是普通的读者。在许多情况下，最能反映某个作家作品的实际效应的，还是普通读者。正是众多普通读者的反应，构成了真实的社会"文学生活"，这理所当然要进入文学研究的视野。我们设想从"文学生活"的调查研究入手，把作品的生产、传播，特别是把普通读者的反应纳入研究范围，让文学研究更完整、全面，也更有活力。这样的研究做好了，可以为文化政策的实施提供参照，又为学科建设拓展了新生面。

以前也有过"文学接受"的研究，比如"接受美学"，探讨某些作家作品的"接受"情况。其所考察的"接受主体"，还是离不开批评家与学者，所谓"接受现象"也就是一些评论和争议之类，很少能兼顾到普通读者的反应，以及相关的社会接受情况。这样的"接受"研究，只是"半截子"的。现在提出"文学生活"的研究，可以适当吸收"接受美学"的精义与方法，但眼界要拓宽，不只是关注批评家与学者的"接受"，更应包括普通读者的"接受"，这是更完整的"文学接受"研究。

"文学生活"的提出还将丰富文学史写作。迄今为止的各种文学史，绝大多数就是作家作品加上思潮流派的历史，很少能看出各个时期普通读者的阅读、"消费"以及反应等状况。"文学生活"的提出将为文学史写作开启新生面，这种新的文学史研究，将不再局限于作家与评论家、文学史家的"对话"，还会关注大量"匿名读者"的阅读行为，以及这些行为所流露出来的普遍的趣味、审美与判断，不但要写评论家的阐释史，也要写出隐藏的群体性的文学活动史。

近年来有些学者主张研究"日常的美学"或审美潮流，和我们说的"文学生活"有些关联，但不是一回事。"日常的美学"主要还是属于社会学或文化学的研究，对文学和精神层面的兼顾可能较少。而"文学生活"研究的着眼点还是文学，是与文学相关的社会精神生活。

不过，"文学生活"研究必然带有跨学科的特点。这种研究既是文学的，又是社会学的，二合一，就是"文学社会学"。这种研究所关心的并非个别人的阅读个性,而是众多读者的"自然反应"。既然是社会对文学的"自然反应",当然也就要关注文学的生产、传播与消费,关注那些"匿名集体"①(既包括普通读者,也包括某些文学的生产、传播者)从事文学活动的"社会化过程",分析某些作品或文学现象在社会精神生活中起到的结构性作用。这对我们来说的确是新的学问。"文学生活"研究有赖于运用访谈、问卷、个案调查等方式,通过大量数据收集统计分析,来论证文学的社会"事实"。这和传统的文本分析或者"现象"的归纳是有不同的,要求的是更实事求是的扎实学风。这样说来,"文学生活"研究还是有难度的,需要具备某些跨学科的知识与能力,超越以往文学界人们习惯了的那些研究模式。我们也意识到这种难度,中文系出身的学者不太擅长做社会调查,而"文学生活"研究是必须靠数据说话的。我们还得补课,学点社会学、文化研究,等等。比如如何设计调查问卷,都是有讲究的。还有一个办法是邀请社会学、传播学等学科的专家加入"文学生活"的研究。

"文学生活"研究所关注的是文学生产、传播、阅读、消费、接受、影响等等,是作为社会文化生活或精神结构的某些部分,在这样的视野下,有可能生发许多新的课题,文学研究将展示新生面。举例来说吧,上世纪五六十年代的《青春之歌》、《红岩》等作品,曾有过巨大的社会影响,满足了一代人的审美需求,并对一代人的精神成长起到关键的作用。记得我上中学时,阅读的物质条件很差,读书的风气却很浓,没有钱买书,学校就把《青春之歌》撕下来每天贴几张到布告栏上,同学们就类似看连续剧,每天簇拥在布告栏前读小说,一两个月才把《青春之歌》读完。这种文学阅读的热情以及文学如此大的社会影响,现在是很难想象了。但无论如何,那一代人也有他们的审美追求,有他们的文学生活。这种特殊的文学接受现象,也是文学史现象。可是现在的相关研究,对这些现象缺少必要的关注,也难以做出深入的解释。光是"意识形态灌输"或者"体制的控制"并不能说明当年那种文学生活与复杂的社会精神现象。现在不少研究现当代文学的论作,所做的工作无非就是用某种现成理论去阐释文本,即使对当时的读者接受(其实很多仍然是评论家的言论)有所顾及,那也是为了证说某种预定理论,极少把目光投向当时的阅读状态与精神影响,并不顾及那种鲜活

---

① 何金兰:《文学社会学》,台北:桂冠图书公司1989年版,第57页。

的"文学生活"。这类研究比较空洞,不解渴。我们有理由期待那种知人论世的文学史,能真实显示曾经有过的"文学生活"图景。

引入"文学生活"的视野,文学研究的天地就会陡然开阔。比如对当下文学的跟进考察,也可以从"文学生活"切入,关注社会反应,而不只是盯着作家作品转圈。现在每年生产三千多部小说,世界上很少国家有这种小说"生产力",可是我们弄不清楚这些小说的生产、销售、传播、阅读情况。那些畅销小说是怎样出炉并引发效应的? 如何看待"策划"在文学生产中所起的作用? 这些小说(包括那些发行量极大的小说)主要在哪些方面引起当代读者的兴趣或关注? 普通读者的"反应"和批评家的评说之间可能存在哪些差异? 小说在普通读者的精神生活中有什么影响? 以及畅销书、通俗文学产出与"出版工作室"及"图书销售二渠道"的关系,等等,都值得去研究。再举些例子。诸如社会各阶层文学阅读状况,"韩寒现象","杨红樱现象",网络文学的生产传播,《故事会》《收获》《知音》的读者群,中小学语文中的文学教育,电视、广告中的文学渗透,等等,都可以做专题调查研究,也很有学术价值。还有当前社会各阶层群体的文学阅读情况,包括农民、城市"白领"、普通市民、大中小学生等群体的文学阅读调查;一些重要文学类型的接受,如诗歌、武侠小说、打工文学等的接受情况;还有文学经典在当前社会的传播、阐释、变异的状况,等等,都可以作为"文学生活"研究的课题。

不只是现当代文学,古代文学也可以引入"文学生活"的视野。比如研究"词"的形式演变。最初的"词"是伶工之作,相当于古代的"流行歌曲",与温柔敦厚的"诗教"是相悖的,自然不登大雅之堂。后来由伶工之作转为士大夫之作,形式不断更新和雅化,读者"接受"也随之变化,其"地位"才逐步提升。如果结合文学生产、传播与"接受行为"来探究"词",就会对其形式变迁看得比较清楚,同时对古人的审美心理也会有更多细腻的了解。古代文学在当代仍然产生巨大的影响,人们对有些"接受"现象是存在问号的。比如现下为何家长都要让三五岁的孩子读李白、王维、白居易,而一定不会让读郭沫若、艾青或穆旦? 到底其中有什么心理积淀?"四大名著"精华糟粕并存,可是在现实中传播、阅读极广,到底对当代道德观念有何影响? 这些都是"文学生活"研究的题中应有之义。

现在的文学研究仿佛"人多地少",很"拥挤",每年那么多文学的研究生博士生毕业要找论文题目,按照旧有思路会感到题目几乎做尽了,很难找。如果目光挪移一下,看看普通国民的"文学生活",那就会有许多新的题目。这的确是个拓展,研究的角度方法也肯定会随之有变化。这可能就有学术的更新与推进吧。自然不能要求所有学者评论家都改弦更张来研究"文学生活",但鼓励一部分人进入这块领域,启用不同于传统的研究方法,起码会活化被"学院派"禁锢了的研究思路,让我们的学术研究和文学评论更"接地气"。

"文学生活"研究必然涉及文化研究,这个新的研究方向应当也可能从文化研究的理论中获取某些启示,或采用文化研究的某些方法,但也应当防止陷于"泛文化"研究的困境。数年前,我曾经写过文章,对"泛文化"研究有批评。①我说的"泛文化"研究,是指那种粗制滥造的学术泡沫,是赶浪潮的学风。当时不少所谓"文化研究"的文章目的就是理论"炫耀",舍本逐末,文学分析反倒成了证明理论成立的材料。我认为这类研究多半是僵化的,机械的,没有感觉的,类似我们以前所厌弃的"庸俗社会学"的研究,完全远离了文学;而把它放到文化研究的专业领域,也未必能得到真正在行的社会学、文化研究的学者的认可。现在提出"文学生活"研究,会涉及社会学、文化研究理论等方法,但本义还在文学,也不会脱离文学。这和我以前的批评意见并不矛盾。文学研究其实包括很多方面,除了艺术分析、文本解读等"内部研究",还有很多属于"外部研究",比如思潮研究,传播研究,读者接受研究,等等,适当引入社会学、传播学、文化研究的眼光与方法,有可能取得突破。比如,在一些通俗文学的生产传播方式,特别是关于"文学与读书市场关系"的研究中,引入文化研究的模式,也能别开生面。当然,"文学生活"研究本身也有局限,它在有些重要的方面可能派不上用场。比如对作家作品审美个性、形式创新、情感、想象等等,都不是"文学生活"研究所能解决的。提倡"文学生活"研究,要有一分清醒。

现在处于信息量极大的时期,文学作为人们社会生活的一部分发生了很多变化,也给研究者提出许多新的课题。网上创作与网上阅读越来越成为日常生活。2011年网络文学用户就达到两亿两百多万②,而智能手机等硬件的发展,

---

① 参见温儒敏《谈谈困扰现代文学研究的几个问题》,《文学评论》2007年第2期。
② 据史建国《网络文学生态调查》,《中国现代文学研究丛刊》2012年第8期。

更是创造了新的文学样式。网络文学已经成为当代"文学生活"的重要部分。以网络为载体的新的"文学生活"方式，明显区别于传统的以印刷为载体的"文学生活"方式，现在的读者不再是被动的受众，他们有更多机会也更主动地参与到创作活动当中，直接影响文学的生产传播。在网络文学的"生活"中，以往传统文学那种强调创作主体个性化的特征在消退，创作主体与受众客体越来愈融合。网络文学的生产很大程度上受制于市场，总的来说良莠不齐，但确实也有好作品。这都是新的课题，可以纳入"文学生活"研究的范围。

网络文学并不能取代传统的文学，但传统的文学创作和读者接受也在发生大的变化。现在的读者分类比以前更多样复杂，"文学生活"也呈现前所未有的多元分野现象。文学生产越来越受制于市场，出版社的"策划"很大程度上控制了作者，甚至可以"制造"和左右社会审美趋向。这些都是新的"文学生活"。不断听到有人说"文学正在消失"，似乎有点根据。且看人们如此依赖网络，变得越来越烦躁，没有耐性，只读微博与标题了，哪还有心思读文学？还不是文学在走向没落？可是认真调查又会发现"反证"。比如现今每年长篇小说的出版就有三四千部，各式各样的散文作品散布在各种媒体上，创作的门槛低了，队伍却大大扩张了；电视、电影很多都在依靠文学，什么法制节目、婚介节目等等，都搞得很"文学"，文学对各种媒体的渗透比任何时期都要广大与深入。如果看到这一切，恐怕就不会认为文学在"没落"或者"消亡"。这些现象，也都可以纳入"文学生活"的研究范围。

"文学生活"概念的提出，的确带来许多新的思考，可以肯定，这将成为文学研究的"生长点"。

为何要强调"新传统"*

近年来我在一些文章中频繁使用"新传统"这个概念，有意标示其与通常说的"中国文学传统"（或者可以称之为"大传统"）有区别，突出一个"新"字，自觉意识到"新传统"让人习焉不察却又无时不在的影响，看到它在当代"文学生活"中所起的至关重要的作用。对"新传统"的强调，是有现实针对性的。多年来，学界不厌其烦地讨论文化转型与困扰，讨论现代文学的得失，诸如"告别革命"、"启蒙与救亡双重变奏"、"人文精神"、"重写文学史"、"20世纪中国文学"、"新国学"、研究"边界"与价值标准，以及对"五四"新文化运动的反思，等等，全都涉及如何看待近百年形成的新的传统的问题。特别是面对那种试图颠覆"五四"与新文学运动的挑战，我们很有必要重新思考并强调现代文学的"新传统"。①

先来思考一下，为何有些人会轻视或者怀疑现代文学有自己的传统？原因很多，其中也可能因为对"传统"这个词的理解比较褊狭。他们一接触"传统"，就直观地想到久远的历史遗存。而现代文学诞生发展不过百年，时间较短，艺术成就较低（与古代文学整体比较而言），一切尚在流动之中。因而，他们并不以为其已经有成型的传统。其实，什么是"传统"？传统就是从过去延传到现今的事物，是因袭的惯例。② 或者可以做这样的理解：传统是围绕人类的各种活

---

* 本文原载《文艺研究》2013年第9期。

① 笔者和陈晓明等在《现代文学新传统及其当代阐释》（北京大学出版社2010年版）一书中，专门就"新传统"问题进行探讨，认为这是现当代文学研究需要认真面对的一个重要课题。本文基本观点来自该书。

② 在汉语中，"传统"的初始含义指帝业、学说等的世代相传。后来引申至风俗、道德、思想、作风、艺术、制度，等等，凡是世代传承的，都是传统。与汉语"传统"这个词对应的拉丁文是traditum，英文是tradition，意思都是从过去延传到现今的事物，或者因袭的惯例。

动领域而形成的代代相传的思维与行事方式,表现为思想和语言的"共同体"及其物化形态,是一种对社会行为具有规范作用和感召性的文化力量。传统总是得到多数人的承认,持续影响着人民大众的普通生活,成为社会结构的一个向度。而文学传统作为人类在历史长河中创造性想象的沉淀,自然也是民族语言想象"共同体"之一,不过比起其他传统,文学传统的流变可能更加复杂,每一代都可能为延传下来的传统做某些增删改造,传统就是不断发生改写与更新的"变体",它的所谓的"变体链"往往是曲折迂回的。

确实,传统主要是时间性的概念,它的积淀延传需要有足够的时间长度。有西方学者认为传统的形成起码要持续三代,经过两次以上的延传。① 这当然只是一种粗略的说法,但大致也可以推定,传统的形成要有能进行多次辗转延传的时间。那些对现代文学是否有传统的疑惑者,正是担心时间太短难于构成传统。不过,即使按照"三代"延传的说法,从"五四"前后至今也有近百年了,以每一代平均二十年计算,也有四五代了,况且现代中国处于社会大变动时期,各种思潮更迭兴替的节奏非常快,延传次数发生的频率就更高。这样说来,现代文学传统形成的时间条件还是完全具备的。

人们容易无视或者怀疑现代文学的"新传统",还可能先入为主地以为传统就是古代的,很少还会顾及现代。他们心目中已经填满了古典文学这个"大传统",就不容其他传统进入了,现代文学的传统即使存在,也会受到"挤压"。人同此心,并不奇怪。古代文学历经二三千年,出现过那么多伟大的作家作品,有丰厚的积淀,它的影响是覆盖性、弥漫性的,甚至培养出某种"集体无意识",很自然化成了民族的审美心理、习惯与思维方式。古代文学传统经过一代又一代长期筛选和不断提炼,已经形成其非常稳定、不言而喻的"核心部分",在民族的记忆和语言中成为某种象征性的建构,特别能得到人们的信奉、敬畏和依恋。如果说古代文学是个"大传统",相对而言,现代文学还只是个"小传统"。这个新的传统因为时间距离还短,太过"亲近"了,反而使人缺少像面对古代传统那样的敬畏与信奉。即使事实上现代文学传统已经成为当今社会结构的一个向度,并且发挥着切实的规范性影响,我们也可能习焉不察,不见得像对待古代传

---

① 参见 E. 希尔斯《论传统》,傅铿、吕乐译,上海人民出版社 1991 年版,第 20 页。

统那样尊奉与重视。这其中也有"心理时间"在起作用,久远的事物总是比身边的事物显得神秘,容易唤起崇敬与怀想。和古代文学传统相比,现代文学的传统似乎比较模糊,不好把握,缺少厚重感和"距离之美"。难怪人们一谈到现代文学传统,总是有那么多理解上的歧义,"现在"与"过去"的关系显得如此复杂,难于言说。这些也都可能是造成某些人无视或轻视现代文学"新传统"的原因吧。

有些人无视或者怀疑现代文学传统,还有更主要的原因,就是受本质主义的约束。他们习惯于把传统看作是固定的、一成不变的东西,在确定有无现代的"新传统"时,很可能用的是一把旧尺子,是用"大传统"的标准来要求"新传统",量来量去都不能完全符合,于是就产生历史虚无主义,进而颠覆或者否定"新传统"。其实,无论是"大传统",还是"新传统",都是由历史酝酿的。过去发生的无数大小事物,共同构成了历史,后人是无法真正穿越到过去的现场去接触历史本身的,只能通过历史的叙述去想象和建构历史,所以不能用一把尺子去量。作为历史产儿的传统,也要通过一代又一代不断"叙述"来想象、提炼与建构。不过与"大传统"比起来,"新传统"更是活着的历史,它对我们的生活仍然发生着规范和支配作用。"新传统"不是完整的、固定的、同质性的,而是包含着多元、复杂和矛盾的因子的,要看到它延传过程中可能存在的变异、断裂和非连续性。只有从历史变迁的角度来观察现代文学传统,才能理解这种传统。要力图寻找它的"变体链",包括它的形成、生长、传播,以及不同时期的各种选择、阐释、提炼、释放、发挥、塑造,等等,而不是简单地采取轻视或者怀疑的态度。

人们容易轻视或否定"新传统",还可能出于某种反叛心理。一讲现代文学传统,人们容易想到20世纪五六十年代特定的政治化氛围下对"新传统"的打造与阐释。在过去多种文学史中,我们都看到那种按照主流意识形态话语去解释与定位现代文学性质的写法,这些解释定位经由"知识化"传播,对"新传统"的"打造"起到至关重要的作用。回头看,当时文学史家讨论的现代文学传统,在相当程度上偏离了"新传统"这一中轴线,我们现在已经很不习惯这种既非常政治化又宏大叙事的解释。在这一点上,对那些"新传统"的怀疑论者,是可以理解的,但这并不能成为我们无视或否定"新传统"的理由。而且应当看到,

"新传统"一直在延传,在不断被阐释,每一代人对"新传统"都可以有他们的阐释,即使五六十年代的阐释也有它存在的价值。当然,历史毕竟又不是任人打扮的女孩子,也不该是用作显示自己理论杀伤力的靶子。讨论现代文学"新传统",既不能搞虚无主义,也不能搞实用主义,比较适切的办法就是承认"新传统",理解几代人对这个传统的体认、想象、选择和发挥,从中发现"新传统"的价值与生命力。

这并不容易,对传统的理解从来就是众说纷纭的,何况仍然在流动中的"新传统"? 这里说一件有趣的事。大家都知道著名的文学史家唐弢和严家炎,"文革"结束不久,他们共同主编过一套发行量极大的现代文学史。不过到 20 世纪 80 年代中期,这对合作者之间产生了分歧。唐弢坚持现代文学的纯粹性,认为中国现代文学就是新文学,而严家炎则开阔一些,主张现代文学还可以包括鸳鸯蝴蝶派等曾被认为是逆流或分支的文学①。现在看,他们分歧的产生,也是源于当时文坛思潮的变化:"文学现代化"这个时髦的新词开始取代"新民主主义"。敏感的严家炎往往充当观念转换的代表,他那时显然是要寻找和建立另一个不同的现代文学"新传统"。有意思的是,三十年过去,最近严家炎新出的《二十世纪中国文学史》②,在现代文学的研究"边界"与评价标准上又做了新的调整,他果敢地把现代文学的发端上溯到 19 世纪 80 年代末。当然,他认可的"新传统"线索也随之有很大摆动。③ 可见,关于"新传统",学界是很关注的,却又始终没有形成共识。从 20 世纪 80 年代唐、严之论以来,人们在关于现代文学传统的认识和评价方面有那么多不同的看法,有那么多"惊人之论"! 当文学史家接连呼唤"文学回到自身"、"重写文学史"、"20 世纪中国文学"、"汉语大文学史"、"民国文学史",等等,现代文学的历史面貌就一再被刷新。在众声喧哗中,也难怪人们会迷惑与追问:我们所接续的是哪一个"现代"? 哪一种"传统"?

尽管如此,我还是要高度评价思想空前解放的 20 世纪 80 年代。那个年代

---

① 严家炎:《求实集》,北京大学出版社 1983 年版。

② 严家炎主编:《二十世纪中国文学史》,高等教育出版社 2010 年版。

③ 严家炎主编《二十世纪中国文学史》第一章《甲午前夕的文学》,将黄遵宪 1887 年定稿的《日本国志》、陈季同 1890 年用法语写作出版的小说《黄衫客传奇》以及韩邦庆 1892 年开始在《申报》连载《海上花列传》这三件事作为现代文学的源头,全书就从这里写起。

的非凡之处,是思想空前活跃,对于现代文学传统的理解陡然天地开阔,不再把思想局限在本质化、绝对化和片面化的疆域。20 世纪 80 年代以来对现代文学传统的多样性阐释,再一次证实,"新传统"不是同质性的、整体的,它包含了断裂和非连续性,包含了多元的、复杂的和矛盾的内容。"新传统"也不是完整的、封闭的,它存在于不断的重新解释和评价之中。所谓"五四"文学、左翼文学、30年代文学、抗战文学、十七年文学、"文革"文学、新时期文学,等等,其间固然有互相联结的纽带,也存在着一系列的"变异"与"断裂"。对历史传统的各种不同的阐释说明:历史和现在总是构成对话的关系,正是这种对话使传统不断地更新发展。

这里我想特别要回应一下当前某些试图颠覆和否定现代文学"新传统"的观点。在"国学"虚热、学风浮泛的当今,历史唯物主义不再时尚,虚无主义就此泛滥,相对主义也大行其道,突出的表现之一便是动不动拿"五四"说事,颠覆"新传统"。

颠覆论者习惯抓住一个"把柄",认为"五四"和现代文学"全盘性地反传统",造成传统的断裂,而半个多世纪以来的激进和极左思潮接连不断,他们把这个账算到了"五四"包括新文学传统的头上。这就是非历史,是虚无主义。无可怀疑,"五四"的确是激进的,是"暴躁凌厉"的。"五四"的激进以及它的未完成性,与后起的各种激进的、"左"的思潮到底有哪些历史联系? 这可以作为一个重要问题来讨论。"五四"和新文学运动的某些片面性和负面的东西,都值得认真总结,并非批评不得。可是,不能因为"五四"和新文学运动曾彻底反传统,就断定是割裂了整个传统,甚至扣上贻害无穷的罪名。我很赞成钱锺书当年对新文学的一种解释,这种解释基于常识化的理解,认为"五四"的反传统,其实又是"推倒一个古代而另抬出旁一个古代"①。事实上,"五四"文学革命在否定传统文学的制度、重建新的文学秩序的时候,却又发现了小说、戏剧和白话文学的潜在传统;在否定儒家的正统地位的同时,实际上肯定了长期被压抑的诸子传统。正如王瑶所说:"'五四'时期的先驱者们既是现代新文学的开创者,同时又是传统文学历史的新的解释者,而且这

---

① 中书君(钱锺书):《论复古》,1934 年 10 月 17 日《大公报·文艺副刊》第 111 期。

二者是互相联系和渗透的。他们对于传统的理解,一定程度上实际也是对他们自身的理解,或者说他们要在对传统的新解释中来发现和肯定自己。"①看来,对"新传统"的体认,从根本上说,还有赖于历史唯物主义的态度与方法,现今流行的那种历史虚无主义的抱怨,那种"愤青式"的宣泄,与有尊严的认真的学术研究毫不相干。

我们重视现代文学传统的研究,并有意用"新传统"这个概念来强调与显示,是在提醒人们关注围绕身边的"新传统"。无论承认或不承认,现代文学作为一种传统已经无孔不入,无处不在,渗透到了社会生活的各个方面,正在影响和制约着我们的思维方式。"新传统"不是虚玄的东西,它是经过近百年来不断探求、比较、争议、调整而积淀下来的某些常识,是具有普遍性的思维与审美的方式,成为当代国民"文学生活"的一部分。

那些怀疑甚至颠覆现代文学"新传统"的论者只要静下心来思考一下,就会发现自己其实就生活在"新传统"语境中,在享用着"新传统",正所谓"不识庐山真面目,只缘身在此山中"。

显然,"新传统"中那些相对稳定的"核心部分",很大程度上已获得共识,对当代文学/文化生活产生着规范性影响。最明显的,是以白话文为基础的现代文学语言的确定,这也是现代文学区别于古代文学的最重要方面。现在人们已经习惯读白话写的小说、诗歌、散文,对文言为本体的古代诗文反而会觉得"隔"了。事实上,现代文学语言除了依仗白话,它还充分利用了文言文和翻译文本的语言资源,通过"欧化"和"口语化"(包括方言使用)这两个方向上的反复尝试与彼此交融,才逐步形成。还须看到,白话文取代了文言文既是语言表达方式的改变,同时也是文学、语言与人的关系的改变。文学语言表达变得更加自由,更加适合承载现代人的思想情感,从而确立了文学语言的"现代性"。明显的事实摆在跟前:"五四"之后才形成并固定了的许多语法结构、词汇、符号、书写或印刷方式,等等,至今沿用并成为"规范"。如鲁迅、郁达夫、茅盾、老舍、沈从文等一大批"语言大师"的作品,其措辞、修辞手法、标点符号使用(如

---

① 王瑶:《"五四"时期对中国传统文学的价值重估》,《中国社会科学》1989 年第 3 期。

双引号、省略号的运用)等,都是古典文学中未曾出现过的,如今已成为非常普遍的、理所当然的语言运用规则与手法。几个世代的现代文学作家在文学语言上的探索、创造与贡献,不断丰富现代文学语言,逐渐融入到"新传统"当中,为当代人们所普遍使用。

近年来不时听到有这样的抱怨,认为现代白话文的"粗鄙"是因为远离了文言之优美,因而更断定"五四"新文化运动的先驱者用白话取代文言是一种"割裂传统"的错误。这种非历史的观点,错在并不了解现代语言变革的大趋势,以及新的语言传统形成的复杂性。事实上,白话取代文言并非一些人所想象的那样"一刀切",更不可能人为地割裂语言传统。1920年1月,依当时教育部令,凡国民学校低年级国文课统一使用"语体文"(即白话)。这件事历来被看作是文学革命促成言文合一的一大胜利。但不要忘了,从那时到今天,中小学国文(语文)课从来都没有弃绝过文言文,文言作品一直都是国文课的重要组成部分。原因在于白话文虽然取代文言文,但又仍然需要吸收和转化文言文的资源。① 我们没有理由去低估甚至否定"五四"之后所形成的汉语文学语言变革的成果,也用不着担心这种新的语言传统是否造成了整个传统的断裂,我们应当感恩这种语言变革,因为我们每个人每天都在享用现代文学"新传统"中语言这个重要而又稳定的部分。

还可以说说"新传统"中文学创造的其他方面,例如文学形象、文化内涵、艺术形式,乃至风格、技巧,百年来这诸多方面的成果积淀,也已经转化为当代普通社会生活的内容,承载着人们的思想情感,甚至成为某种"共名"。再者,现代文学所形成的新的观念与评判方式,包括对于文学现象的各种"命名",如"现实主义"、"反映"、"主题"、"思想性"、"典型"、"教育意义",等等,虽然有的由于频繁使用而变形僵硬,但也有的已经派生出新的含义而成为普适性的概念,至今被批评家乃至普通人所沿用,甚至在中学语文教学的课堂上,这些概念也不乏被使用。

我们还可以举出许多方面的例子,来说明"新传统"作为民族语言想象"共

---

① 如今各种版本的中学语文教材,文言文作品仍然占四分之一左右的比重,在教学中的用力可能要占三分之一。

同体"的存在及其对当代的影响。只不过,人们似乎总不太在意这些"常识性"的东西,甚至无视这些常常在身边起作用的东西,他们没有意识到这就是新的传统。其实,只要稍微超越一些,跳出来重新打量那些真正已化为"常识"的东西,就能发现现代文学"新传统"的弥漫性影响,再提是否要承认"新传统",就显得那样的幼稚。

当然,在谈论"新传统"时,势必会考虑到它与当代文学的关系。这倒是现实而又重要的问题。这个问题讨论起来会困难重重,因为现实中对传统的背弃与承续,往往同时在进行,彼此纠缠不清。我们看到,由于极度政治化的干扰,"十七年"和"文革"时期明显地放逐现代启蒙文学和左翼的小资产阶级文学的传统,"新传统"在当代文学中的处境曾有过这样的尴尬。然而也在同时,从现代过来的许多当代作家仍然"潜在"而实质性地承续着现代文学传统,他们的文学修养、语言的表达方式、语感与风格等方面,都和"新传统"保持千丝万缕的联系。尽管作家们身处"思想改造"的大潮,世界观和创作观念都受时潮左右,但也难于阻挡"新传统"在他们许多人的血管中流淌。在人们以为传统已经断裂之时,很可能它是地下的潜流,仍然保持活力。20世纪80年代初的思想解放运动如火山喷发,气势汹涌,打出的旗帜是重启"五四"精神,"潜流"又变成了大河奔流。

不过,即使在公然宣称要赓续"五四"传统的时期,我们看到的也是极其复杂的状况:一方面是拨乱反正,甚至把"五四"看作是重建文学的标杆;另一方面,作家们很快又都转换目光,几乎一窝蜂地追逐西方,理论热、方法热都是西潮涌进的结果。到20世纪90年代之后文坛热度降低,趋于稳定,现代文学的"新传统"又再次受到关注,在这个时期创作的母题、人物、风格、语言等方面,不难找到与"新传统"接续或再造的表现。我们甚至可以在90年代以来,特别是新世纪的文学中,看到现代文学"新传统"的幽灵再现。现今文坛常见的表现底层社会的作品,其"苦难叙事"常与"欲望想象"混合,内涵和形式都和早年的左翼革命文学相似,精神上更是相通的。历史的重复,可能是因为有某些共同的文化记忆在起作用,尽管语境是如此不同。"新传统"总是会以其独特的方式在后来的文学中频频呈现。①

　　从"五四"文学革命,到20世纪30年代的左翼文学、延安时期的工农兵文学,再到十七年文学、新时期文学、新世纪文学,其间的起承转合曲折多变,但明显有一条"新传统"变异传承的线索。

　　当然,传统的或"显"或"隐",也的确让喜欢明快勾勒文学历史"规律"的论者犯难。一般而言,从大的方面去梳理"新传统"变迁的脉络,是相对容易的,而一旦论涉具体的作家作品与"新传统"之关系,可能马上面临许多纠结,因为凡有建树有特色的文学创造,总是要穿越传统的屏障,在拒绝、反叛传统的过程中寻找自己的位置。如果说他们也处在传统延续的链条中,脱不了与传统的联系,那也可能主要是在精神气质上依赖或响应了传统。明显的例子是余华。这位当代先锋派作家,一般认为他主要是从外国文学那里获得创作的灵感与资源,他的创作中的确很难寻找到现代文学传统的痕迹。他甚至都没有好好读过鲁迅,直到成名很久以后才突然意识到与鲁迅的精神相通,心悦诚服地认同鲁迅为他的精神之父。有论者注意到,余华读懂鲁迅是因为感觉自己有类似鲁迅"附体"般的创作状态。他们同样拥有疯狂、幻觉和极端个人化的创作经验,有对中国文化体系和文体进行颠覆和重估价值的批判意愿。鲁迅冷峻的现实主义,与余华追求语言在虚幻中铭刻的真实感,确实有艺术效果上的共同性。可以肯定,余华在一种自觉感应的层面上(对作家而言这可能是最重要的层面)接续了鲁迅的传统。②同样,从张爱玲对新文学"文艺腔"的反叛,或者王安忆对"张爱玲影响"的否认,我们也都看到作家创作与"新传统"关系的那种复杂和暧昧。如果我们光是从文本的相似性或者借鉴的"事实"等方面去考订作家与传统的关系,常常会无功而返,甚至会陷于简单化,轻视或否认"新传统"在作家身上的隐秘影响。看来,"新传统"的研究又的确是非常细腻的工作,从事这方面研究不能满足于大而化之,真正有感觉的、能进能出的文学分析,是目前稀缺却又很必要的。

　　对某种文学的完美程度及其美的力量的检验评价,需要拉开足够的时间距离。和有数千年长度的中国文学古典传统比较起来,现代文学"新传统"毕竟时

---

①②　参见温儒敏、陈晓明等《现代文学新传统及其当代阐释》第七章。

间短,也不够成熟。但"新传统"不同于"大传统"的地方,那就是仍然处在蓬勃的"生长期",它的根须更丰茂地伸展到当代生活中,却又可能更多地受到现实的左右。"新传统"对普通国民"文学生活"的渗透力不可小看,事实上它更能影响和制约我们的思维方式与表达方式。

身处"新传统"所给定的文化(文学)生活环境,我们没有理由不重视"新传统"的研究。

"五四"辩证:传统的颠覆与赓续[*]

　　"五四"作为一个重大的历史事件,它的内涵是多层面的,丰富的,因此对"五四"的评价和"消费",也多种多样,非常复杂。一提到"五四",首先想到的可能就是"民主",历来很多人就用"民主"来定位"五四"。但这个"民主"的学生运动,起因却是反对帝国主义对中国领土的侵吞,而且迅速扩大为工运为主的政治运动,所以对"五四"观察的重点,有时又落在"政治",定性为"反帝爱国运动"。"五四"落潮时,有过"问题与主义"之争,可见当初"五四"的先驱者对于"五四"性质的理解也有分歧,侧重"问题"者,如胡适,看重的是"五四"的思想革命;侧重"主义"者,如李大钊,强调的则是社会政治革命。立足点不同,现实需求不同,对"五四"的评价与"消费"也就有种种不同。

　　尽管一百年来对于"五四"众说纷纭,但不同历史时期总是有某一种评价是主导性的,影响也是最大的。回顾一下,起码有过这么几种。

　　第一种,上个世纪40年代,以毛泽东同志为代表的偏于政治层面的评价。1940年他在《新民主主义论》中指出,"五四"是共产主义知识分子参与和主导的革命运动,开启了新民主主义革命的时代。毛泽东把"五四"定位为彻底的反帝反封建的革命运动。^① 这个观点侧重从新民主主义革命的必然性与合法性角度阐发"五四"的历史内涵与意义,统领了之后几十年对于"五四"的阐释。

　　第二种,是从"思想启蒙"角度为"五四"定性,民主和科学就被看作是"五四"精神的内核。上世纪七、八十年代之交,仍然有一派对"五四"的评价是按照毛泽东对于"五四"有关新民主主义革命性质阐释的,但这时也出现了不同声音,即以周扬和李泽厚为代表的"五四""思想解放"论,以及"启蒙与救亡双重

---

　　*　本文原载《文史哲》2019年第5期。
　　①　参见《新民主主义论》,《毛泽东选集》第2卷。

变奏"论,他们格外注重"五四"新文化运动反专制争民主的思想启蒙价值,认为"五四"的"启蒙"被后来的"救亡"所压倒,其历史任务远未能完成。因此继承"五四"精神,还需继续完成其未竟的"启蒙"任务。① 七、八十年代之交兴起的这种重视思想启蒙的评价与论争,一直影响到此后二十多年的许多论争,至今我们也还未能完全摆脱这个论争的漩涡。

第三种,是对"五四"采取批判和否定为主的评价,发生在上世纪90年代。当时社会上涌动两股思潮,一是政治自由主义,二是文化保守主义,两派所秉承的思想资源和目标不同,但在否定"五四"这一点上可以说不谋而合。他们都将批判的锋芒对准了中国革命复杂的"激进主义",而源头就追溯到"五四"。由于在政治与文化两方面遭遇双重否定,"五四"评价的水准线降到了低谷。

第四种评价,出现在最近十多年。随着国内外政治社会形势的变化,自由主义的、左的、民粹主义的、保守主义的思潮此消彼长,对"五四"的评价呈现更加复杂的局面。其中文化保守主义(这里没有贬义)通过复兴"国学"(也包括儒学),重提"文化自信",在某种程度上获得主流意识形态的支持,以更积极的态度重新理解中国古代传统,形成实力强大的社会思潮。但这一思潮仍然认为是"五四"割裂了传统,造成传统文化的断裂。他们对"五四"的评价基本上是否定多于肯定,虽然有时也表现出某些"宽容",仍然掩盖不了理论上的乏力,处理不好古代文化传统与"五四"后形成的"新传统"之关系。

回顾一百年来对于"五四"的多种评价,有一个共同点,都是受大的时代环境的制约和影响,也都有它兴起或者存在的历史理由。但总的来说,又大都是取其一端,未能兼顾一般,因此就有可能失之偏颇。就像一把瑞士军刀,你说主要是刀,他说主要是拐锥,还有人说主要是锉子,各有局部"道理",可是否符合历史的辩证? 如果回归学理,对待"五四"这样多面向的复杂的历史事件和思潮,评价还是应当兼顾一点、包容一点、辩证一点。而且因为历史距离越来越拉开,很多史料逐步发掘,也就更有条件对"五四"做出比较客观的、辩证的评价。

---

① 1979年周扬在中国社科院纪念"五四运动"六十周年会上发言,指出"五四运动"最重要的成就在于打破了几千年的封建传统,带来了思想的大解放,为马克思主义的传播准备了不可缺少的条件。1986年李泽厚在《走向未来》创刊号上著文,认为启蒙与救亡是"五四运动"的两大主题,但一段时间后,民族危亡局势和越来越激烈的现实斗争,改变了启蒙与救亡的平行局面,最终"救亡压倒启蒙"。

第二点思考,是"五四"的评价,还应当放到整个中国大历史的格局中来考察,要看到"五四"作为一个历史拐点的特殊性。几十年来围绕"五四"的评价与争论,虽然都在满足特定时代的需求,但有时现实需求也可能限制了历史观察的视野,"五四"崇高的价值与地位并未能得到充分的理解与尊重。

设想再过二百年,三百年,那时人们会怎样看待"五四"?很多过去和现在认定最重要的历史事件,到时候未必还能进入后人的历史叙述的眼界,但"五四"肯定还会作为重要的事件来叙写。为什么?因为这是一个划时代的界碑,无论如何评价,也不能不承认,中国社会是从此转入"现代"的。

最近常听到"三千年未有之大变局"的说法。这原是李鸿章在清朝同治年提出的。但他说的这个"局",是外敌入侵的危险已经从北方转为海上的"局",并非代表对社会变革的觉醒。① 鸦片战争之后的割地赔款,虽然有所谓"抚夷派"感觉到了中外强弱的悬殊,但整个清王朝包括士大夫阶层仍然是不图改革和振作,完全没有能力去反思与更生。② 只有到了"五四",有众多国民特别是"五四"先驱者痛切感受到亡国灭种的威胁,开始从世界的格局来思考国家民族的命运,意识到中国势必要有天翻地覆的变革,这才真是"三千年未有之大变局"。纵观中华几千年历史,从未有过像"五四"这样感时忧国的群众性运动,这种群众运动是自觉地反强权、争平等的,具有从世界民族之林来回看中国的意识,表现出有"现代"特征的爱国主义思潮。这可以说是前所未有的,只有"五四"的到来才开始并形成"气候"。"五四运动"的国家民族观念,世界性的自我审视的目光,以及现代式的感时忧国,都是几千年来前所未有的。我们只有联系"五四"那个特别的时代氛围,才能理解"五四"的精神特征,理解那一代人的思想和行为模式,理解像郭沫若《天狗》那样的暴躁凌厉的情绪,理解所谓

---

① 同治十一年五月,李鸿章在《筹议制造轮船未可裁撤折》中称:"臣窃维欧洲诸国,百十年来,由印度而南洋,由南洋而东北,闯入中国边界腹地,凡前史之所未载,亘古之所未通,无不款关而求互市。我皇上如天之度,概与立约通商,以牢笼之,合地球东西南朔九万里之遥,胥聚于中国,此三千余年一大变局也。"

② 比如1842年中英《南京条约》和次年的《虎门条约》除了要求清政府割地赔款,还有所谓"治外法权",这显然是不平等条约,但在道光时代普遍认为这不过是让夷人管夷人,更方便省事。主权的丢失,一部分是由于无知,完全不了解外部世界,一部分是因为腐败,真是国将不国了。

"五四"的激进。①

　　如果把"五四"放到整个几千年中国历史的大格局去考察，也非常特殊。整体上说，中国传统的政治体制虽然稳固且有特色，但"大一统"之下的思想始终是比较禁锢的，真正称得上"思想解放"的时期不多，算来最多也不过四次。一是春秋时期，百家争鸣，出现了先秦诸子，形成了中华传统文化的根干。二是魏晋时期，有所谓"魏晋风度"，也是一种思想解放。三是盛唐时期，以非常广博宽容的胸襟接纳异域文化，出现文学等领域雍容大度的"盛唐气象"。第四次就是"五四"时期，批判和颠覆传统，同时又赓续和再造传统。当然，上世纪七、八十年代之交也曾有过短暂的思想解放运动，庶几也可以看作是第五次。②无论如何，"五四"可以说是中国历史上思想最为活跃的时期之一。而这种"绝无仅有"的"思想解放"，它出现的历史机遇非常罕见，几乎可以说是一个"异数"。

　　"五四"发生在1919年前后，是有特定的历史原因的，比如国内经济与社会结构的变化，中国在国际上受到的挤压，等等，这些人们谈论比较多了，但还有一个比较偶然，可也是至关重要的原因，就是碰到了千载难逢的一个历史"空档期"。当时，清朝覆灭，维持了两千多年的封建专制制度崩坍，而民国刚刚成立，所谓"共和"的北洋政府其实"半生不熟"，尚未站稳脚跟，也根本没有力量进行有效的社会思想控制，这就出现了一个十分难得的"空档期"。"五四"刚好就发生在这样一个"空档期"。"五四"发生在1919年，如果提前十年，清朝还没有覆灭；或者推后十年，党派斗争已经展开，这场运动恐怕都不可能发生。所谓"空档"现象非常有意思，以往的历史研究对此注意不够。

　　我要说的第三点，是不能认同现在仍然有"市场"的所谓"五四"割裂传统文化的观点，那不过是一种浅薄的历史虚无主义。

　　平常我们会听到这样一些议论，认为现在社会风气不好，人文衰落，道德滑坡，人心不古，原因就在于"五四"与"文革"，造成了传统文化的"断裂"。"文革"问题比较复杂，这里不去讨论，但把"五四"与"文革"并列，完全是牵强附会。一个是时代转折期发生的"思想解放"运动，一个是为解决政治困局而造成

---

①②　参见阎秋霞《绝无仅有的"五四"发生在一个历史"空档期"——就五四运动100周年采访温儒敏教授》，《名作欣赏》2019年第7期。

的思想控制和文化混乱。怎么弄到一块？这种似是而非的观点先是来自海外，
很快与国内学界某些类似的观点合流，并形成一种思潮，广泛影响到社会。
1986年美国林毓生教授的《中国意识的危机》翻译成中文在中国出版，这本书
试图从所谓"中国式思维"去分析"五四"领军人物如陈独秀、胡适和鲁迅等人
的激进思想，从而对"五四"做出评价。这本书的影响是巨大的。在书中，林毓
生把"五四"和"文革"相提并论，认为"五四"是要"全盘而彻底地把中国传统打
倒"，"五四造成文化断层"，带来了中国的意识危机。还认为："（五四时期）这
种反传统主义是非常激烈的，所以我们完全有理由把它说成是全盘性的反传统
主义。就我们所了解的世界史中社会和文化改革运动而言，这种反传统的、要
求彻底摧毁过去一切的思想，在很多方面都是一种空前的历史现象。""在其他
社会的历史中，却从未出现过像中国五四时代那样的在时间上持续如此之久、
历史影响如此深远的全盘性反传统主义。"①

　　林毓生的观点得到国内学界的呼应。一时间，"五四"割裂传统的说法不胫
而走，传播广远。不过很快也遭到反对和抵制。很多学者陆续写文章反驳林毓
生，比如王元化、袁伟时、严家炎，等等。虽然林毓生的论点受到批评，但还是有
市场的，特别是在研究传统文化的一些学者那里，关于"五四"是否割裂传统这
个疑问，并没有得到解决。所以在社会上，把当今道德滑坡、人文衰落的原因归
咎于"五四"的声音仍然不绝于耳。

　　其实，如果辩证地研究历史，会发现那种论定"五四"是所谓"全盘性反传
统主义"的观点，也就是所谓"割裂传统"的观点，是浅薄的。真实的历史是，
"五四"既颠覆传统，同时又在赓续传统，再造传统。

　　关键在于如何看待"五四"的激进。不久前我就"五四"一百周年接受一家
刊物的采访，也表明过这样的观点：《新青年》是激进的，"五四"也是激进的，它
提出"重新估价一切"，看穿传统文化并非全是那么光辉灿烂，里头也有很多迂
腐黑暗的糟粕，阻碍现代社会发展，竭力要铲除旧的伦理道德观念以及封建专
制主义之害，引进外国先进思潮，促成了旷古未有的思想解放运动。《新青年》
为代表的"五四"先驱者对传统文化的批判确实是态度决绝的。当传统仍然作

---

① 　林毓生：《中国意识的危机》，穆善培译，贵州人民出版社1986年版，第6—7页。

为一个整体在阻碍着社会进步时,要冲破"铁屋子",只好采取断然的姿态,大声呐喊,甚至矫枉过正。《新青年》那一代先驱者对传统文化的现代转型,是有怀疑,有焦虑的。所以他们要猛烈攻打,对传统文化中封建性、落后性的东西批判得非常厉害,是那样不留余地。他们有意要通过这种偏激,来打破禁锢,激活思想。放到从"旧垒"中突破这样一个历史背景中去考察,对《新青年》那一代的"偏激"就可以得到理解,那是一种战略性的积极效应。①

那些批评"五四"割裂传统的人忘记了一个基本事实,很多"五四"先驱者既是旧时代的破坏者,同时又是新时代和新文化的创造者。"五四"那一代人在批判和否定传统文化弊病的同时,也在着手探索如何去实现传统文化的过渡与转换,最终实现新文化的建设。毫无疑问,鲁迅的确是彻底反传统的,他对传统的攻打是那样猛烈。他在《新青年》发表《狂人日记》,诅咒中国历史上写满了"吃人"二字,他曾声称对于传统,"苟有阻碍这前途者,无论是古是今,是人是鬼,是《三坟》《五典》,百宋千元,天球河图,金人玉佛,祖传丸散,秘制膏丹,全都踏倒他"②。鲁迅甚至主张青年多读外国书,不读中国书。③ 常见有人顺手就把鲁迅这些言论拿来作为"五四"一代人彻底抛弃传统的例证。但这些言论只是特定语境中发出的文学性的表达,必须回到历史语境中去理解这种表达为何偏激。鲁迅自己也不否定偏激,他是有意矫枉过正,直指传统弊病的痛处,以突出问题的严重性,引起注意。

不应该忘了,鲁迅一面极力反传统,一面又致力于传统文化的传承与改造的工作。大家都知道鲁迅是一位作家,但他也是一位古典文学家,一位古籍整理学者,鲁迅一生几乎有三分之二的时间用在古籍整理方面。1923 年前后鲁迅在北京大学讲课基础上撰写的《中国小说史略》,就是古代文学研究的垦拓之作,至今仍可称是学界的典范。

其实《新青年》的先驱者中很多人也都在反传统的同时,做传统文化的整

---

① 参见阎秋霞《绝无仅有的"五四"发生在一个历史"空档期"——就五四运动 100 周年采访温儒敏教授》。另可参考温儒敏《〈新青年〉并未造成文化断裂》,2015 年 5 月 18 日《中国青年报》。

② 鲁迅:《忽然想到(六)》,《鲁迅全集》第 3 卷,人民文学出版社 2005 年版,第 47 页。本文下引《鲁迅全集》版本同此。

③ 鲁迅在其杂文《青年必读书》中说:"中国书虽有劝人入世的话,也多是僵尸的乐观;外国书即使是颓唐和厌世的,但却是活人的颓唐和厌世。我以为要少——或者竟不——看中国书,多看外国书。"

理、研究工作,他们在所谓"国学"研究方面都有建树,甚至起到过"开山"的作用。① 胡适在"五四"后不久就提倡"整理国故",主张用科学的方法系统地整理传统文化,去芜存菁;顾颉刚探究历史典籍中的错漏伪说,写《古史辨》;钱玄同的古文字研究,刘半农的音韵研究,等等——都可以说是在"五四"先驱者的影响下成就学问的,在现代学术史上都曾处于先导的地位。现今不少研究"国学"者所使用的方法、材料和框架,往往也都是从"五四"那一代的学术垦拓中获益,怎么能说"五四"造成传统文化的"断裂"呢?

反对专制,张扬个性,提倡人道主义、科学民主,致力于改造国民性,等等,都是"五四"那一代的功劳。"五四"的功劳在于探求中国文化的转型与发展,探索如何"立国"与"立人"。"五四"非但没有造成传统文化的彻底断裂,反而在批判与扬弃中选择,促成对传统文化的反思与转型,让传统文化中优秀的成分能够适应时代的变化。

当然,"五四"突然兴起,又很快落潮,它所设定的任务没有来得及完成。之后半个多世纪时间,中国饱受日本帝国主义侵略,又连续发生战乱,后来还经过"文革"等"左"的祸害,整个国家伤痕累累,传统文化的承续乃至整个文化生态也屡遭破坏。现今虽然经济发展,社会物质条件大为改善,但精神道德方面出现很多问题,拜金主义与庸俗科学主义盛行,人文精神失落,究其根源,与近百年来整个中国社会转型所产生的诸多矛盾是密切相关的。现今社会已经显出对科学与物质文明崇奉逾度的弊果,用鲁迅的话来说,就是"诸凡事物,无不质化,灵明日以亏蚀,旨趣流于平庸","于是一切诈伪罪恶,蔑弗乘之而萌,使性灵之光,愈益就于黯淡"。② 这些话是鲁迅一百年前说的,现在也不无证实。这样的情势下,人们不约而同会想到传统文化,希望重新从古代精神遗存中获取有益的资源,这是完全可以理解的,但无论如何不能笼统地夸大传统的"断裂",并把这笔账算到"五四"头上。

当今思想趋向多元,如何看待"五四",也会有不同的理解。"五四"在批判传统文化的过程中到底取得怎样的效果? 损失了什么? 增值了什么? 又有哪

---

① 观点参见阎秋霞《绝无仅有的"五四"发生在一个历史"空档期"——就五四运动100周年采访温儒敏教授》。

② 鲁迅:《文化偏至论》,《鲁迅全集》第1卷,第54页。

些沉淀下来,甚至形成新的思维与行事方式,成为"新传统"? 都应当认真讨论。但前提是要尊重历史,不能搞虚无主义,不能笼统地否定与贬斥"五四"。那种认为"五四"造成了中国文化"断裂"的观点,是肤浅的。

最后,第四点思考,回应一下咱们今天这个会议的主题,那就是关于"五四"与儒学的关系问题。

论定"五四"割裂传统的人,"根据"之一,就是所谓"五四"批孔反儒,"打倒孔家店"。这种说法在以前很盛行。但历史的真相是什么?"五四"的确是反孔的。而一个巴掌拍不响,"反孔",起因就是民国初年的"尊孔",为帝制复辟而掀起的尊孔复古潮流。戊戌变法前后,康有为曾经推动"孔教运动",直到1915 年民国起草第一部宪法时,康有为的信徒还竭力要求在宪法上规定民国以儒学为国教,引起激烈争论。虽然后来妥协,宪法写上"国民教育以孔子之道为修身大本",而不是作为国家的宗教。[①] 新文化运动的起因有多方面,但袁世凯和张勋的复辟,以及尊孔复古思潮,是一种诱发剂——连康有为这样维新运动中的激进人物都拥护帝制,并把孔教奉为国教,这怎能不引起新一代知识分子的忧思? 正如陈独秀所说:"这腐旧思想布满国中,所以我们要诚心巩固共和国体,非将这班反对共和的伦理文学等等旧思想,完全洗刷得干干净净不可。否则不但共和政治不能进行,就是这块共和招牌,也是挂不住的。"[②]陈独秀、李大钊等之所以要"批孔",其针对性是很明确的。

"尊孔"的思潮是与民权、平等的思想相悖的,是开历史的倒车。李大钊指出:"孔子者,历代帝王专制之护符也。宪法者,现代国民自由之证券也。专制不能容于自由,即孔子不当存于宪法。"[③]陈独秀也强调说,民主共和重在平等精神,孔教重在尊卑等级,"若一方面既然承认共和国体,一方面又要保存孔教,理论上实在是不通,事实上实在是做不到"。[④]"五四"先驱者抨击孔子,内核是要否定礼教,否定三纲五伦,要打破把人区分为尊卑贵贱的等级制度,摧毁忠、孝、节等封建伦理道德,张扬民主和人的解放思想。

---

①　冯友兰:《中国哲学史》(冯友兰先生诞辰 120 周年纪念线装版),北京大学出版社 2015 年版,第 376 页。

②④　陈独秀:《旧思想与国体问题》,1917 年 5 月 1 日《新青年》第 3 卷第 3 号。

③　守常:《孔子与宪法》,1917 年 1 月 30 日《甲寅》日刊。

但是，他们对于孔子及其学说也不是势不两立，一锅端掉，彻底否定。陈独秀就这样声明："反对孔教，并不是反对孔子个人，也不是说他在古代社会无价值。"①李大钊也明确表态："余之掊击孔子，非掊击孔子之本身，乃掊击孔子为历代君主所雕塑之偶像的权威也；非掊击孔子，乃掊击专制政治之灵魂也。"②仅此而言，也可以看出新文化运动并没有完全否定传统，说不上是"全盘反传统"。事实上，新文化运动没有也不可能使传统文化中断，即使是儒学，也没有中断。如果说有"中断"，那断掉的只是儒学独尊的正统地位。

至于是否存在"打倒孔家店"的过激口号问题，严家炎等多位学者曾经做过考证，证明《新青年》同人根本没有谁提出过"打倒孔家店"口号，③那是后来对"五四"污名化的夸大，以讹传讹，在社会上几乎当作历史常识来传播，更加强化了一般人对于"五四"割裂传统的印象。

如果拉开历史距离，心平气和来讨论，说"五四"是"全盘反传统"，这个结论也不能成立。事实上，传统文化也并非一成不变。拿儒学来说，不是也一直在变吗？儒学本身也有僵化的不适应时代发展需求的部分，这在晚清尤其显得突出。康有为鼓捣"今文学派"，相信孔子是神，希望把儒家建成宗教。这乌托邦想法本身也就包含有对儒家另一派的不满，另外也意识到随着社会变革，儒学也必须变革。从这个角度来看，"五四"先驱者批判礼教，抨击孔子学说中那些不适合社会前进的部分，破坏和扫除儒家的僵化部分，对于儒学不是灾难，不是割裂，相反，是转机。

"五四"过去一百周年了。今年的纪念，最值得提出，也最值得警惕的，就是借重建"文化自信"、"复兴儒学"之名来拒绝现代文明。希望我们学界无论是做传统文化研究的，还是从事现代文化研究的，都能好好总结一个世纪以来在"五四"评价上所走过的路，辩证史观，正本清源，赓续"五四"宝贵的遗产，推进当代文化建设。

---

① 陈独秀：《孔教研究》，1919 年 5 月 4 日《每周评论》第 20 号。

② 李大钊：《自然的伦理观与孔子》，1917 年 2 月 4 日《甲寅》日刊。

③ 杜圣修在《关于"打倒孔家店"若干史实的辨正》（1989 年）中指出"五四"时代并不存在"打倒孔家店"的口号，并认为最早提出"打倒孔家店"的口号者不是吴虞；严家炎在《关于五四新文化运动的反思》（1989 年）中指出，当时并不真有"打倒孔子"或"打倒孔家店"一类口号。

第四辑　学科史研究

文学史观的建构与对话[*]
——围绕初期新文学的评价

新文学诞生后十多年间,对新文学的史的研究,已经有过一些著述,可以把二三十年代看作现代文学学科的酝酿期。尽管这期间的研究成果比较零碎,缺乏规模,但各种不同的文学史思维模式正在形成。这里评说三篇有关新文学评价的代表性论著,即胡适的《五十年来中国之文学》[①]、梁实秋的《现代中国文学之浪漫的趋势》[②]和周作人的《中国新文学的源流》[③],都是较早出现的对新文学有独立见解的研究性著作,正好代表三种不同的评价。值得注意的是,三家的论述所体现的三种文学史观,彼此构成互动互涉的对话关系,证明文学史研究是可以从不同的角度以不同的方法进入的,尽管各种方法角度都难免有长短得失。正是相克相生处于对话状态的多种文学史研究与评论,共同推进现代文学学科的学术化历程。

一、胡适:以进化的系列构想文学史

胡适的《五十年来中国之文学》写于1922年3月,是为上海《申报》创办五十周年纪念而作,次年由申报馆发行单行本,并译成日文出版。因是最早"略述

---

[*] 本文原载《北京大学学报》(哲学社会科学版)2000年第4期。

[①] 胡适的《五十年来中国之文学》作于1922年3月,收入《申报》五十周年纪念特刊《最近之五十年》。又收入《胡适文存》第2集,上海亚东图书馆1924年版。

[②] 梁实秋的《现代中国文学之浪漫的趋势》作于1926年2月,发表于3月下旬《晨报副刊》。又收入《梁实秋论文学》,台北:时报文化出版事业有限公司1981年版。

[③] 周作人的《中国新文学的源流》由其1932年2月到4月在辅仁大学的演讲整理而成,1932年9月北平人文书店出版。

文学革命的历史和新文学的大概"的论作,在当时和后来的影响都很大。这影响主要是在文学史观念上,即以进化论的眼光看待新文学的形成,以进化的系列去构设文学史。二三十年代以来写作的诸多文学史,自觉不自觉都认同胡适这篇文章所描绘的新旧文学转型的图景。

胡适这篇论文所述"五十年来"指的是1872年至1922年,即《申报》创刊五十年,这种时期的划分并无特别的文学史意义。不过《申报》面世那年恰好又是曾国藩的卒年,胡适试图以曾国藩这位桐城派古文中兴的"第一大将"之死,来标示古文运命的一蹶不振,也不全是巧合。这篇论文三万多字,共十节,前面九节讲晚清与民初文坛的嬗变,最后一节才正面叙述"五四"新文学运动的情况。然而胡适的着眼点始终在新文学,讲五十年文坛之变,处处不忘说明新文学运动发生的历史必然。胡适是以新文学发难者和功臣的姿态写这篇论文的,因此文章带有向传统挑战的激越的气氛,立论新颖而偏激、粗放,但从其对文学历史现象的归纳与解释中,可以鲜明地看到一种进化的文学史观。

此文的意图是勾勒"变迁大势",突出"旧文学"转为"新文学"的不可阻挡的趋势。那么"变"的趋势表现在哪里呢?他认为表现在古文的"回光返照"上。胡适指出,晚清和民初的古文受了时势的逼迫,也作了一些"内部的革新",总的是朝应用的方面变。他将所谓"革新"归纳为四种现象:一是严复、林纾用古文翻译西洋学术与小说。胡适认为以文章论,"自然是古文的好作品",林译的小说等于"替古文开辟一个新殖民地"。这个评断很有名,后来被广为引用。胡适不轻易菲薄林译小说,而是给予肯定,不过这种肯定又是有保留的,因为胡适要从进化的角度解释文学史现象。他指出从历史发展看,林纾所取得的一度辉煌的成绩"终归于失败",原因在于"古文究竟是已死的文字,无论你怎样做得好,究竟只够供少数人的赏玩,不能行远,不能普及"。同样,胡适评述了古文"回光返照"另外三种现象,即谭嗣同与梁启超一派的议论文,章士钊一派的政论文,以及章炳麟的述学文章。从字里行间可以看出胡适也颇为欣赏上述诸家的功力与成绩,特别是章炳麟,胡称之为"清代学术史的押阵大将",认为其著作无论内容或形式都能成一家之言。然而,胡适坚信数极而迁,古文写作再精到,其语言和文体毕竟不能普及,不适于充分表述现代人的思想感情,所以晚清古文那最后的几道光亮,再辉煌耀眼,也不过是光荣的结束。于是,在胡适看来,古文让位于白话文,新文学取替旧文学,是不可逆转的大势了。

在用八节篇幅评论古文的衰落之后,胡适又用两节分别评述了晚清的白话小说与近几年的新文学。胡适对晚清白话小说格外关注,并发掘许多新变的因素(如对《九命奇冤》、《老残游记》结构手法创新的分析),他显然看到了小说艺术由古典向现代转型的种种表现。然而胡适又没有更多地说明这种变化作为"过程"的意义,顶多只是把这种变化看作新文学发生的前奏。胡适要强调的是新文学运动前所未有的革新性质。所以在评论近五六年的新文学成绩时,胡适竭力树起一个与晚清文学根本区别的分隔板,那就是主张白话文运动的"有意"与"无意"。在他看来,晚清的白话文学尽管有新鲜活跃的色调,然而毕竟"没有人出来明明白白的主张白话文学"。当时有些鼓吹白话的人尚未觉悟到"历史的文学观念",他们提倡白话只是为了开通民智,而自己仍乐于欣赏和写作古诗古文。胡适之所以要非常偏激地打出"古文死了二千年"的讣告,是为了与晚清的白话文倡导者划清界限,标示自己的彻底革新。

胡适非常骄傲地声称他们主张文学革命所根据的是"历史的文学观念",也就是文学进化论。他认为"文学者,随时代而变迁者也,一时代有一时代之文学","古人已造古人之文学,今人当造今人之文学"。他把文学发展看成一环扣一环的链条,每一环都各有所工,"因时进化,不能自止"。古文的时代已经过去,当然也就轮到白话文学称雄了。至于近五六年白话文学的创作,胡适也自知因时间太短,实绩并不显著,但他的评价仍非常高。如认为"白话诗可以算是上了成功的路了","短篇小说也渐渐的成立了","白话散文很进步了",等等,其核心观点仍是:新文学的发生完全符合文学进化的态势,所以应以发展的眼光给予充分的肯定。

现在我们可以从文学史方法论上去考察一下胡适这篇评论的价值与得失了。他立论的出发点是文学进化论,即强调新陈代谢的变,强调因时递进的发展,强调不同时代有不同的文学这一规律,使得这篇评论有一种不容置辩的挑战风格,在当时相当有力地论证了新文学运动的合理性和必然性。这种进化论的文学史观在"五四"前后有很大的影响力。在那样一个刚刚觉醒过来的时代,一切新异的文学观点都会带来痛快的刺激,进步、革新以及新旧对立转化的观念也就很容易获得人心。如陈独秀提倡文学应跟上时代,弃旧图新,"因革命而新兴而进化"①；周作人认为中国新文学只有逐步进化发达，"将欧洲文艺复兴以来学说思想，逐层通过"，才能最终赶上"现代世界的思潮"②；沈雁冰也强调中国新文学虽然仍步西方的后尘，但急不得，要一步步来补课，因为"进化的次序不是一步可以上天的"③。显然，在新文学初期，不光是胡适，许多先驱者都采纳了进化的文学史观，进化论帮助他们了解世界的发展动向，树立"一时代有一时代之文学"的革新意识。这种文学史观在当时的确很有进步的作用。但是，进化的文学史观受决定论和目的论的约束，所描述的文学演进的线条难免过于简单，并不能细致而充分地说明文学史上某些看似偶然的不合演进"规律"的现象。文学发展过程不能纯粹用进化论所包含的"新陈代谢"的一般规律来解释，那种以为文学进化有绝对顺序，后者必定优于前者的观点，往往会把复杂的文学史现象简单化。这毛病从胡适的文章中也可以看到。他其实也很欣赏清末古文所达至的艺术高度，但由于他从进化角度做文章，也只好对晚清那批不赶趟的文学天才做了低调评说。晚清白话小说事实上与现代小说是有渊源关系的，但胡适为了区分不同的"进化"级别，也尽可能淡化这两者间的联系，包括转型的具体过程。

　　进化的文学史观强化了文学发展的历史线索，论述文学现象往往用归纳法，大而化之，给人简明快捷的结论，但也往往不能摆脱狭隘的线性思维的弊病，不能充分解释复杂的文学历史。进化论文学史观还很注重时间性，"时间"在这种理论所支配的研究中获得了实质性的意义。因为时间性、阶段性明晰，才便于描述过程，将文学史信息依时序重组。这种文学史研究常常乐于使用诸如"进步"、"发展"、"演进"等术语，以处理文学史动态过程，坚信文学史也是类似生物学，有逻辑地产生、发展、成熟、分化、衰落的阶段，有某种不可逆转的必然的"规律"。例如要以"进化"来证明"新"的比"旧"的好，相信文学思潮的更迭越往后越高级，这种思路至今仍常在许多文学史写作中见到。就这一点而言，胡适的《五十年来中国之文学》是值得我们阅读剖析的"文学史范本"，从中可以了解进化论文学史观的渊源、影响与得失。

---

①　陈独秀：《文学革命论》，1917 年 2 月 1 日《新青年》第 2 卷第 6 号。

②　周作人：《日本近三十年小说之发达》，1918 年 7 月 15 日《新青年》第 5 卷第 1 号。

③　沈雁冰：《小说新潮栏宣言》，1920 年 1 月 25 日《小说月报》第 11 卷第 1 号。

　　无论如何,胡适在新文学诞生不过几年就写了《五十年来中国之文学》这篇现代文学研究的开山之作,他在文学史家还用不着上场之时就仓促上场,而且力图抢起文学进化论的斧子去大举删削中国古代文学的大树,为新文学的发生作史,这也不失为大手笔。连鲁迅当年读了胡适这篇文章后,也称赞"警辟之至,大快人心",认为"这种历史的提示,胜于许多空理论"。① 在此后几十年中,许多文学史家自觉不自觉都被遮蔽在《五十年来中国之文学》那种文学史方法论的光影之下。事实说明进化论的文学史观在现代中国是相当有影响的。

二、梁实秋:把古今文学铺成一个平面

　　新文学创建初期,新文化运动的推进者毫无例外都站到了向大众启蒙的立场上,不约而同操起进化论的利器,为还没有站稳脚跟的新文学撑腰打气,在文学势必"新旧更替"这一共识上,形成了不容他人分说的强势舆论。在知识分子所竭力营造的舆论空间中,革新的力量以最快的速度赢得了几乎是一边倒的发言权,激进的、逐新的潮流霎时汹涌澎湃,冲决全社会。但这并不是说新文学没有对等的竞争"敌手"。新派文人要超越渊源深厚的文学传统,真正拿出自己有分量的成品来,绝非易事。只因为新文学运动是作为一个运动骤然展开,并很自然构成"五四"新潮的中坚力量,投入此中的新派文人都自觉怀有救国救民的大愿,由文坛而社会全面进化逐新的观念使他们激动振奋,难免将新文学与新文化的蓝图设想得特别美好,将新旧更替看得过于简单,因此也就容易藐视不同的意见,很难听得进对新文学的批评。尽管这样,对话仍是存在的。近年来学术界有人重新评说"学衡派",发现其并非一味的"反动",他们甚至和新派文人也有资源共享。在传统文化如何转型以及如何"融化新知"方面,包括对新文学以及激进思潮某些弊病的批评方面,"学衡派"不乏冷静的见识,起码在学理上可以给新派文人一些提醒与纠偏。的确,像"学衡派"以及那些对新文学持有不同见解的人,他们的批评到底在多大程度上"激活"或"激化"了新派的观点,仍然是值得探讨的课题。

————————

　　① 　见鲁迅1922年8月21日致胡适信,《鲁迅全集》第11卷,人民文学出版社1981年版,第413页。

梁实秋也是与"学衡派"有关系的人物。从学科史的角度看梁实秋的文学史观及其对新文学的独特的评价,刚好与"五四"时期的强势舆论形成一个对照,或者说是一种对话。尽管梁实秋的声音也是不合当时主旋律的,是微弱的,难于被一般人接纳,却又是有创见的,独立思考的。我们所看重的是,梁实秋虽然偏向保守,却也有其理论上的建树,并在事实上较早参与了现代文学研究的学术建设。

与胡适相反,梁实秋并不以为"一时代有一时代之文学",他反对以进化的观点评论文学,主张把古今文学放到一个平面上考察评判。他的一个大胆的论点是:"文学并无新旧可分,只有中外可辨。"这说法准令当时的读者吃惊,即使今日读来,也很引人深思。这句话出自梁实秋1926年写的长篇论文《现代中国文学之浪漫的趋势》。时人常用的"新文学"这一概念,梁实秋是不用的,他只承认有"现代文学",不认为有"旧文学"或"新文学"。梁实秋在他的这篇文章中,对新文学运动进行了严厉批判,并重新定性。虽然该文是非系统的文学史著作,但有一种与众不同的研究视角,表现出一种特殊的文学史观。梁实秋考察文学史并不看重"时间"的范畴,而看重文学的品性,他采用的是"共时"的而非"历时"的视角。梁实秋认为,文学无论古今中外都有两个主要类别或倾向,一是古典的,一是浪漫的。他说的"古典",是指健康的,均衡的,受理性制约的;"浪漫"即是病态的,偏畸的,逾越常轨的。这种来自新人文主义的批评标准,被梁实秋用作观察"五四"新文学的准绳,从而把新文学定性为"浪漫"趋向的文学,不合常态的文学。为了支持这一观点,梁实秋列数了"五四"新文学运动的四种"非常态"表现。其一,他认为"五四"新文学极端承受外国文学影响,追求外来的新颖奇异,造成无标准的混乱,虽一时热闹,却没有根基。保守的立场使梁实秋看不到新文学借助外国文学刺激以打破传统束缚的必要性,也看不到新文学在反传统中形成有个性解放、反封建、争民主等大致的"标准"。其二,梁实秋指责"五四"文学过于推崇情感,到处弥漫抒情主义,他甚至用"号啕"一词来描写新文学中情感流溢的状况。这种指责不无根据,"五四"新文学真是有不少肤浅的"涕泪交零"之作。然而如果考虑到"五四"时期存在的类似青春期的社会心理表现,那么对新文学成长"过程"中这种推崇情感的浪漫气象也就能给予合理的评说,不至于作出太学究气的评判。此外,梁实秋指出"五四"新文学中印象主义流行,过于推崇自然与创作个性,等等,从现象来看,也都是有根据的。不过他对"五四"新文学特有的青春气息简单地贬斥,并不理解其出现的历史氛围与时代原因,也反映了一种褊狭的心态,如同一位保守的老人容不得儿童的不成熟与天真。①

　　由于梁实秋所持的是一种非历史的文学观,他研究文学的变化、潮动,并不看重发展的线索,也无所谓进步或倒退。梁实秋并不考虑文学发展是否适合与满足所属时代,不考虑文学创作与思潮变迁的阶段性,他只管评价具体的文学作品或潮流是否符合健全的人性。在他看来,通过品味去对作品定性评判,远比描述发展或考察时代背景更为重要。如果说胡适所代表的进化的文学史观往往把文学的历史发展看作是不断以新替旧逐级递进的链条,那么梁实秋则把这环环紧扣的链条拆下来打乱,铺成一个共时的平面,然后以"人性"为核心去重新排列确定各种文学现象的位置。这似乎有些接近于艾略特(T. S. Eliot)的观点:不把从古到今的文学看作一个流变的过程,而统统视为可以同时态并存的秩序。不过梁实秋并非直接从艾略特那里得到启示,他的理论来源是白璧德(Irving Babbitt)的新人文主义。梁实秋对当时流行的进化论文学史观是非常反感的。他认为问题就在于"历史的定命论",总想寻找和证实文学演进"有秩序的规律",结果往往牵强事实、迁就原则。他写作《现代中国文学之浪漫的趋势》一文,固然想给他认为太狂热、伤感、混乱的新文学打一针清醒药,但他认为病根还在于进化的文学史观。他指责"浪漫主义者有一种'现代的嗜好',无论什么东西凡是'现代'的,就是好的。这种'现代狂'是由于'进步的观念'而生"。梁实秋显然是从新人文主义角度批判"现代性",认为盲目地放纵人类的物质追求,势必失去人性的规范,因此"现代"并不一定就是健全的,必须打破那种认为"现代"等于进步的思维误区。尽管这种理论的背景带有清教色彩,但这种警醒即使在今天看来,也是不无益处的。在梁实秋这里,文学并不依什么时势转移而决定其"进步"与否,新的并不一定比旧的好,现代的也不见得比古代的强。梁实秋在另一篇文章中更明确写道:"晚近科学把'进步的观念'已经推论得过分,以为宇宙万物以及人性均可变迁,而变迁即认为进步。假如文学全

---

　　①　参见拙著《中国现代文学批评史》第四章第三节,北京大学出版社1993年版。

部有一个进步的趋向,其进步必非堆积的,而是比较的。"他实际上是要打破文学史进化论的线性思维,而力图同时作古今并存的考察。具体来说,就是先决定一个符合纯正"人性"的"公同的至善至美的中心",然后评判各时代个别的文学距离这"中心"的远近,凡距离较远者便是第二流第三流的文学,最下乘的是和中心背道而驰的。因此,文学史研究应打破所谓进化的"历史的定命论",其任务和方法不再是叙述文学一代一代"进步的历程",而在品味确定各时代不同的文学距离纯正的"人性"中心的远近程度。①

梁实秋这种从古今并存的秩序中去评断作品与文学现象的做法,其实很难在文学史写作中实施,因为不讲"过程",那就不可能把握历史的线索,文学史也就不存在了。文学的发展当然不一定是环环紧扣由低级向高级的"进步",但总有其流变的过程,文学史的任务就是勾勒这流变的过程,寻找不同文学潮流之间的关联。梁实秋本人是治文学批评史的,从他所著的几种西方文学批评史论著来看,其实也还是注意到历史的联系,约略写出不同文学批评流派的承续或转化关系。② 然而,在总结新文学运动的得失时,梁实秋却那么反感进化的文学史观,一方面是因为他认为新文学创作中存在的诸多弊病,都与进化论所造成的激进的文学风尚有关。他要力排众议,给新文学泼点冷水,使之朝着健全的方向发展。应当说,这一点是难能可贵的。因为在 20 年代,乃至当今,进化论的思维方式给文学史评论与写作带来的偏颇,是很明显的,只有极少数人作过清醒的检讨。梁实秋的批评尽管也有偏颇,但毕竟有其清醒之处。有意思的是,1925 年梁实秋写这篇文章清理"进化"的文学史观时,鲁迅几乎也在此前后产生了对进化论的怀疑,包括对"五四"新思潮的反省。他们的立场显然是不一样的,但在反思"五四"这一点上,又有某些共同点。另一方面,我们也可以看出梁实秋的褊狭,他也有理论上的门户之见。梁实秋作为一位秉承清教式新人文主义的执着稳健的批评家,本来与胡适等所张扬的激进的文学思想就有抵牾。在本世纪初的美国,以白璧德为代表的新人文主义主要的攻击目标中,就包括有胡适所赞赏和借鉴过的新浪漫主义,如意象派的诗歌,等等。师出不同,思想体系来源各异,在中国现代文坛中所形成的理论门户也就不同。只是由于胡适

①　参见梁实秋《文学批评辩》、《近代的批评》两文,《梁实秋论文学》,第 106、223 页。
②　如《亚里士多德以后之希腊文学批评》及《文艺批评论》等著作。

是新文学的执牛耳者,领导着新文学的潮流,在 20 年代文坛上的影响自非初出茅庐的梁实秋所能比得了的,加上梁实秋是在 1926 年才发表《现代中国文学之浪漫的趋势》,那时文学革命的主潮早已过去,所以不管梁实秋如何严厉苛责"五四"新文学,他这篇论文也没有引起多大的反响。

梁实秋的《现代中国文学之浪漫的趋势》是从边缘的角度批判主导性文学理论的偏颇,纠正了进化的文学史观所带来的那种线性思维简单化的弊病,也确实指出了"五四"新文学运动的诸多缺失。对这篇内涵复杂的文学史论作及其与进化的文学史观所形成的对话,除了放到特定的历史背景中,恰当地给予评说之外,不妨多想一想,其所显示的文学史观及其理论脉络,在今天是否仍有可借鉴的思想资源。面对物欲膨胀,人文精神失落的现实,前人的警醒也许不无其启示价值。

三、周作人:从文学源流看历史的循环

这里还要展开评述的是周作人的《中国新文学的源流》,属于 30 年代初的论著,此时"五四"新文学运动已过去十多年,但仍不妨看作是有关新文学的一种对话。和前两节所述讲的胡适的进化论文学史观以及梁实秋以人性为核心的"共时"的文学史观相比照,正好构成另外一翼参照,即循环论的文学史观。当然还要注意,周作人此文更大程度上是针对 30 年代初文坛上"左"倾机械论和功利主义有感而发的。该书是周作人 1932 年 2 月到 4 月在辅仁大学讲演的记录稿,旨在探讨"五四"新文学运动的源流、经过和意义。其最有特色的地方是讲"源流",对新文学运动经过的叙述只占很小的部分。胡适在《五十年来中国之文学》中也追溯过新文学的源流,力图从两千多年来"白话文学"的传统中寻求新文学成立的根据。而周作人所讲的"源流"不同,而且"讲法"即观察文学史现象的方法也不一样。胡适所持的是进化的文学史观,与传统讲史的所谓"分久必合,合久必分"的历史观念相反,要找出一条有箭头的文学发展线索。而周作人则似乎又多少回复到传统,起码在表面上如此,他对文学史的看法比较接近历史循环论。周作人的一个核心观点是:言志派与载道派两种文学潮流的起伏消长,构成了全部中国文学史发展的曲线;而"五四"新文学的源流则可

以追溯到明末的公安派。

我们从文学史观和方法论角度看看周作人是怎样为新文学溯源的。该书是讲演稿,写得比较随意,但理论逻辑清晰。全书分五讲。第一讲指出关于文学研究的范围、对象和方法等问题,认为文学研究不能只局限于"纯文学",因为文学是"整个文化的一部分",要注重综合文化史来考察文学史。显然,周作人对当时正大受青年知识者欢迎的唯物史观和阶级论不满,对于左翼理论家强调文学的社会作用也有异议。周作人特别指出"文学是无用的东西","只是以达出作者的思想情感为满足的,此外再无目的之可言"。这和他所主张的文学是"自己的园地"的观点是一致的。他并不赞成当时流行的那些过于强调文学的社会功能的言说。他在文中再一次提到了文学不过是"一种精神上的体操"。这种文学观,直接决定了他这篇文学史论作的理论特性:力求超离时代、现实等具体的外部条件,宏观地把握文学运动的内驱力及基本运作模式。周作人也声称他正是以这种淡化社会功利性的文学史观去说明新文学运动的前因与后果的。

在第三讲中,周作人概略地描述了中国文学变迁的线索。其思路是:文学本是由宗教分化出来的,因此形成了两种不同的潮流,即言志派和载道派。"中国的文学,在过去所走的并不是一条直路,而是像一条弯曲的河流",从甲处(言志)流到乙处(载道),又从乙处流到甲处,"遇到一次抵抗,其方向即起一次转变",从而以内在的矛盾双方不断冲突推进文学运动。周作人不同意胡适所主张的进化的文学史观。他说,胡适将白话文学看作"文学惟一的目的地",以为文学历来都朝这个方向走,只因为障碍物太多,直到新文学运动"才得走入正轨",这种看法是不符合文学运动的实际的。"中国文学始终是两种互相反对的力量起伏着,过去如此,将来也总如此。"周作人在这里的确指出了进化的文学史观的误区,即将文学运动理解为直线向前的单轨发展过程。然而周作人在批评胡适的进化论文学史观时,又多少倒向了历史循环论。在他看来,明代公安派作家袁宏道所说的有关"法"的变迁规律,也可以用来观察和解释文学流变。袁宏道在为江进之《雪涛阁集》所作序文中说:"夫法因于敝而成于过者也。"周作人将"法"解释为现在之所谓"主义"或"体裁",认为不同的"主义"或"体裁",都是在不断地矫枉过正之中成功与变迁的。周作人以这样的类似循环的观点来看文学史,就不赞成胡适那样完全否定传统的文学,也并不赞同将新文学运动看作全部中国文学发展的最终"目的"。周作人用较多的篇幅评述了明代公安派"独抒性灵,不拘格套"的文学主张,目的是证明历史的循环与类同。他将"五四"新文学运动与明代公安派文学潮流作了比较,结论是两次运动的"趋向是相同"的。

接着,在第三、四讲中,述评"清代文学的反动",主要讲述八股文和桐城派文学的来龙去脉,认为这些潮流都属于"遵命文学"过了头,又引起"不遵命的革命文学",也就是新文学运动。明末的文学是新文学的"来源",而清代八股文学桐城派古文所激起的"反动",则成了新文学发生的"原因"。周作人特别比较了新文学的主张与明末公安派的类同点。他认为两者都属"言志"的文学,或者叫"即兴的文学"。胡适的"八不主义"和公安派的"独抒性灵,不拘格套"以及"信腔信口,皆成律度",其精神趋向是一致的。"其差异点无非因为中间隔了几百年的时光,以前公安派的思想是儒家思想道家思想加外来的佛教思想三者的混合物,而现在的思想则又于此三者之外,更加多一种新近输入的科学思想罢了。"

在最后一讲中,周作人回顾了"文学革命运动"的经过,较具体解释了运动的外部原因。周作人注重传统文学潜在的影响,不过他并不认为传统影响的某一方面"再现"出来就足以形成新的文学潮流,他还是注意到时代原因和社会背景以及外国文学影响等"外因"。他认为"五四"时代文人身上虽然有传统影响,但由于时代毕竟不同,又受了"西洋思想的陶冶",在人生观、科学精神等"根柢"上又都"异于从前很多",所以文学创作内容也和传统文学绝不相同了。

看来,周作人也并非如后来许多人批判他时所说的那样,完全否认新文学的时代本质,他对于新文学运动所受西方文学思潮的影响以及新文学运动在时代变革中所表现出来的崭新的精神气象,还是给予肯定的。周作人其实是从不同的层面讨论问题:在研究新文学"源流"时,他注重从中国古今文学变迁的整个大格局中去探寻文学自身的矛盾方面,他偏向于对文学史作宏观的"结构分析",即找到文学运动中"变而不变的美";关于两个基本文学倾向的互动关系,这看法的确接近历史循环论。周作人这样处理文学变迁史,也从一方面纠正了进化文学史观的偏颇,说明了文学的历史发展不见得是日趋完善的单向进步过程,构筑文学史不能忽略进化过程中的退化及周期性循环的内容。关于这个问题,近年来已引起一些论者的兴趣。诸如考察审美风尚的起伏升降,形式的回环转换,乃至某些基本文学观念在不同时期有不同的侧重强调,等等,都有周期"小循环"的现象表现,需要从理论上深入解释。由此看来,周作人这篇"源流"论在文学史方法上又不失其价值。

以上我们讨论了胡适、梁实秋与周作人三种不同的文学史观,涉及对新文学性质、源流和地位的不同的评价。三种文学史观,或三种对新文学史的评价,看起来互相对立,其实也有彼此的补充、纠偏。尽管三家论著出现的时间有先有后,"语境"也有所不同,但就新文学的评价及文学史观而言,仍在构成彼此的对话。相比之下,胡适所代表的进化论文学史观影响最大,最久远,而梁实秋的"共时"文学史观与周作人的偏于循环论的文学史观,也对后来的文学史写作有着深刻的影响。到30年代,以唯物史观为根柢的另一种文学史观也全面介入对新文学的评价,并成为最明快、最有力的主导性的文学史观。但即使在这种情形之下,多种文学史观的潜在对话仍在继续,并各自在不同程度上推动或制约着现代文学学科的建构。

思想史取替文学史？[*]

——关于现代文学传统研究的二三随想

一

讲到对现代文学传统的研究，我想先说一些似乎有些离题的感想。我首先想到思想史与文学史的关系问题。当今的现代文学研究似乎有越来越往思想史靠拢的趋向。许多学者做现代文学研究，做着做着，就做到思想史方向去了。在一些大学，最热衷于谈论思想史、哲学史和文化史的，是中文系的师生，反而不是哲学系和历史系的。看看每年的博士论文，许多做文学思潮、社团、流派和作家的，自觉不自觉也都往思想史方面靠，有的已很少谈文学，即使有一点文学也往往做成了思想史的材料。现代文学中也的确有一些思想史的题目是做得非常投入，非常有突破性的。事实上有一些学者已经"转战"到相关的领域，甚至领了别一专业的风骚。人家干本业的反而可能"冷眼旁观"，出于专业分工的壁垒，并不认同外来的闯入者，甚至会常常拿起专业训练的标尺，对现代文学出身的思想史写作者挑鼻子挑眼。

这已经是近年来学界的一种景观。

其实这也没有什么不好。不同学科的融合交汇，所谓科际整合，似乎是一种世界性的趋势。过去的学科分工过细的做法正在受到抨击。就现代文学而言，本来与政治、社会变革联系就紧密，所以研究文学史有时要介入思想史也顺理成章。而且从实际效果看，思想史的研究的确也拓展了文学史研究的层面、

———————————

* 本文系笔者在 2001 年南京"中国现代文学传统"国际学术研讨会上提交的论文，第一部分曾以《思想史能否取替文学史》为题发表于 2001 年 10 月 31 日《中华读书报》，《新华文摘》2006 年第 9 期转载。

角度与内涵，或者说，在思想史研究的背景中获得对文学史内涵的新的理解，这都已经而且还将丰富着现代文学研究的视阈。

但由此引发且值得考虑的问题是，文学史研究中的"思想史热"有没有值得反省的问题或倾向？思想史能否取替文学史？文学的审美诉求在现代文学史研究中还有地位吗？

我的确有些困惑。在80年代前期，我们讨论现代文学史，一个核心的话题就是"回到文学自身"，那时大家都在指责过去的研究忽视了审美，对于政治的、社会的种种"非文学因素"的干扰，普遍都有一种腻味的情绪。现代文学真正作为一门学科的建构，跟当时这种"回到文学"的呼唤与努力，应当有很大的关系。现在的情形刚好掉了个头，"回到文学自身"呀，"审美诉求"呀，似乎又被看作"过时"了。文学想象和文学语言创造本来是很个人化、个性化的，特别是对那些成功的作家作品，离不开经验性的分析评论，光是大的思想背景的考察或所谓时代精神同一性的阐析，其实进入不了文学。但现在似乎一讲文学个性评论就是经验性的小打小闹的，就是老旧的不成气候的。于是，我们现代文学界的许多同行，无论年长的还是年轻的，重又格外关注以前曾经鄙弃的"外部研究"，热衷于从思想史的角度进入评论，并力图介入政治的、社会的批判，指点江山。这也许属于螺旋式的变化，当然可以从时势的变化来解释。问题是，这种学术态势之变，是否正在对现代文学史学科进行事实上的"解构"？到底应该如何看待这种影响？

照我的理解，思想史与文学史有交叉，但又还是有分工的。用一句老话，叫"术业有专攻"。思想史主要是叙述各时期思想、知识和信仰的历史，而文学史主要应该是文学创作及相关的文学思潮的历史。一为"思想"，一为"文学"，两者可以互为背景，或互相诠释，但各自的领域大致还是比较清楚的。一般而言，思想史处理的是较能代表时代特色或较有创造力与影响力的思想资源，文学史则要面对那些最能体现时代审美趋向，或最有精神创造特色的作家作品。搞文学史的自然要了解思想史的背景，甚至也难免"越位"，做跨学科的一些题目。就个人的学术选择而言，这无可厚非。但文学史家若要"跨"进思想史研究领域，恐怕就不能只是维持文学史的眼光和方法。因为不同学科各有不尽相同的"游戏规则"。但现在的情形是"越位"中有些混乱，甚至有些本末倒置。例如，要分析冯至的十四行诗,自然少不了要关注其深邃的哲理性,那种智性之美。这主要应当从诗艺的、审美的角度去探讨。如果硬要发掘冯至诗作中的哲学思想,认为其达到什么存在主义的思想深度,甚至干脆把冯至当成哲学家,煞有介事地探讨其对哲学的贡献,那显然就是过度诠释了。因为不管怎么说,冯至也只是出色的诗人,他用诗歌表达的那些哲思,那些独特的体验与感悟,并不构成思想史上的意义。有些论文探讨现代作家的哲学思想怎么深入,如何有特点,也许文学圈内的叫好,可是在治思想史的学者看来,不一定入得了"围"的。又比如,你想表现40年代知识分子(其实主要是作家)的精神和心理历程,挑选了朱光潜、沈从文、萧乾这样一些著名作家来作为分析的现象或典型,也许是方便和适当的。问题是如果硬要"越位",摆出思想史的架势来处理这样一些其实并不真正具备思想史资源意味的对象,那充其量只是文学史家玩票思想史。

有时,在我们学科圈子内习以为常的事,跳出来换个角度思考一下,就可能"陌生化",产生一些值得探究的新问题。就拿鲁迅来说,一般认为他是伟大的思想家,关于鲁迅哲学思想研究的论著多如牛毛。鲁迅诚然是伟大的,他的确有非常独特的思想。例如,鲁迅早期在《文化偏至论》等著作中所表述的对文化转型的焦虑和探索,就不同凡响,在思想史上值得关注。我在最近一期北大学报上也写有一篇文章讨论这个问题。鲁迅在文学创作中(如《野草》)所体验与感悟的许多哲学命题也是独特而深邃的,那也可以说是"鲁迅的哲学"。但如果不是从"文学家的思想家"来定位,而真的把鲁迅放到现代思想史哲学史上去考量,那么我们的结论也许就不一定被人接受。我最近翻阅几本比较权威的现代中国哲学史和思想史,除了李泽厚的《中国现代思想史论》,没有一本是以专章或专节来郑重评述鲁迅的。冯友兰的《中国现代哲学史》甚至根本就不提鲁迅。也许哲学史思想史的写法有问题。但我们搞现代文学的也应该思考一下,为什么关于鲁迅哲学思想研究只是文学圈内热,而在思想史、哲学史领域都少有反响呢?这现象值得研究,似乎其中也涉及了不同学科的对象、标准和方法差异的问题。

我们曾经抱怨,以往的文学研究过分受到主流意识形态的"重视",其"负担"太过沉重了。现在的情形如何呢?这些年来思想文化界许多重大命题的讨论,包括哲学的讨论,现代文学方面的学者几乎都是其中的担纲角色。这真是

"哲学的贫困"。对于现代文学学科而言,领地拓展了,本属"自己的园地"会不会反而荒废了呢? 这真是很难说的。

现在都在提倡拓宽知识结构,打通不同的专业,毫无疑义这是时代的趋势。但作为学术研究,还是应当有"本业"作为基点,学科整合应立足于自己的基点去整合。就文学史而言,会与思想史有交叉,但文学史家所做的"本业",或者其长项,还是和思想史家有不同的。那么到底现代文学的"本业"是什么?

王瑶先生曾经这样为现代文学下过定义:所谓"现代文学",就是"用现代文学语言与文学形式,表达现代人的思想、情感、心理的文学"。这是一种很概括也很到位的说法,一般不会有什么异议。按照这种理解,现代文学史写作就不应当只是谈论"思想",也要兼顾到"情感"、"心理",当然还有更重要的就是艺术审美;即使谈论思想,也主要探讨用文学形式表达的"思想",这和思想史、哲学史乃至文化史的关注层面与方式都会有区别。否则,还要文学史干什么?

记得十多年前,丹麦作家勃兰兑斯的《十九世纪文学主流》在我国重新译出时,曾吸引过许多文学史研究者。勃兰兑斯主要是通过对欧洲文学中主要作家集团和运动的探讨,去"勾勒十九世纪上半叶的心理轮廓"。在他看来,文学史,就其最深刻的意义来说,是一种心理学,是研究人灵魂的历史。这当然只是一种文学史观,并非文学史写作的唯一格式。但这种文学史观在当年对于我们力图摆脱僵化的思维模式,是起了重要的启迪作用的。可惜多少年过去了,我们的文学史研究,无论是离勃氏还是王瑶先生的理想都越来越远了。文学史是大学中文系的基础课,其功能除了培养"思想",还应当有"审美",有文学的感觉与眼光。在这个日益平面化和物质化的时代里,审美感觉与能力的培养更显重要。不能不承认有这种带普遍性的现象:许多学中文的大学生、研究生学会了"做"文章,却消泯了自己原有的艺术感觉,中文系也越来越不见"文气"了。对文学研究过分注重操作性,而轻视艺术审美经验性分析的这种倾向,的确应该引起警惕。

当然,这里并没有简单否定文学史研究中的"思想史"热,只是对那种一味追求思想史的架势,而完全脱离了文学的"文学史"研究表示疑惑。也许这种质疑能促使我们更清醒地认识当前研究的某些不足,而从更高的一个层次来思考文学史与思想史结合的可能性:无论是把文学放到思想史的场域中考察,还是利用思想史的方法角度理解文学史,都不是脱离文学,而是研究文学与思想的互动,是从更开阔的背景中了解文学所依持的思维方式、想象逻辑及情感特质,以及这些文学想象和情感方式如何在特定的历史语境中形成带普遍性的社会心理现象。这是跨出文学史,又回到文学史,并不会消泯文学研究的独特性,而又可能为文学研究拓展新的论域,甚至可能发现许多往往为单纯的封闭的文学研究所遮蔽或忽略的现象。

在探讨现代文学传统研究的课题时,是不是应当反省一下文学研究和"文学"脱节的状态呢?

二

所谓现代文学的传统,主要应该指那些逐步积淀下来,成为某种常识,或某种普遍性的思维与审美的方式,并在现实的文学/文化生活中起作用的东西。这样下定义有点"玄"。但大致的意思我想还是比较好理解的。所以讲现代文学传统,应脚踏实地,很关注那些在当代文学/文化中仍在自然伸展的"现代文学",而不仅仅是溯源,不仅仅阐释文学的经典。和古代文学传统相比,现代文学的传统似乎比较模糊,不好把握,因为这个新传统形成的历史毕竟还不算长,不像古代文学传统那样有深厚的积淀。现代文学传统仍然在发展,她的根源伸展到当代生活的土壤上,却又更直接受到现实的制约。所以一谈到现代文学传统,就总是有那么多理解上的歧义。这一点都不奇怪。

当然歧义的产生也往往与上述那种跑马圈地式的学科"越界"有关。如果动不动就指向本属于思想史中的大命题,用的又仅是文学史的有限的材料,就很难不发生歧义。更麻烦的是那种本质化的思维习惯。如果拒绝承认传统存在于对历史的不断的阐释之中,就容易绝对化,失去历史感与理论的分寸感,从而陷入那些其实缺少学术意义的争论。

但仔细想来,现代文学传统也有相对稳定的部分,或者说比较容易得到共识的部分,譬如,以白话文为基础的现代文学语言的确定。当今我们对现代文学语言的接受与使用,已经理所当然,习焉不察,就是说,这种现代文学的变革成果已经很自然也很成功地渗入到普遍的文学和文化生活之中,成为常识、惯性和最普遍的方式。毫无疑问,汉语变革构成了现代文学传统中最重要而又最稳定的部分。

然而,偏偏在这一方面,研究者少有注意,相关的成果也很薄弱。人们似乎总是不太在意那些"常识性"的东西,宁可花费更多精力去争论和探究那些较难谋得共识的问题。其实,那些真正已化为"常识"的传统,很可能正是传统的核心部分,所谓传统研究的"真问题"也往往在此。

如果换一种思路,就从这种已经相对积淀下来,形成某种常识、普遍的思维或审美的"方式"入手,去梳理和了解现代文学传统,是否更容易进入状态,并真正有更多的创获呢? 我看不妨试一试。

三

研究现代文学传统应抱着历史的同情态度,不能只当事后诸葛亮,抱怨历史上存在的不足和错误。研究自然有当代性,但历史毕竟不是任人打扮的女孩子,也不该是用作显示自己理论杀伤力的靶子。说实在的,我对那种动不动将当代的弊病往新文学传统方面找病根的做法有些反感。比如,当今的文坛特别是批评界,常被诟病的现象之一,是套用新名词太多太滥。从学风或文风的层面来看,这的确是浮躁病,是教条主义,应当批判和警惕。如果仔细考察,这又是新文学运动以来常见的现象。从学风的态度指责这些弊病,完全应该也是可以理解的。但问题是如果推而广之,认为"病根"就在"五四",则未免笼统,缺少历史的分寸感。譬如"民主"一词,"五四"以来用得最多,也的确难以界定其确切的含义,如某些论者所抱怨的,"只剩下一个朦胧模糊的观念"。于是有的学者就指责"五四"以来的"趋新猎奇",并把这种浮躁的风气,算到"五四"传统的头上。其实,如果实事求是,取一点历史的同情,就会看到,尽管"五四"新文化运动中也是暴躁凌厉,陈独秀、胡适们来不及真正弄清"民主"作为一种政治学说在西方的根源和发展,当时也几乎没有谁能在英国经验主义和大陆理性主义等不同的思潮中去细致阐说"民主"的学说,在很长的时间里,"民主"在中国的确是未经充分咀嚼消化的新名词,新术语,今天站在学院派的立场上完全可以挑出当年先驱者们许多毛躁的弊病,但谁也不能否认,正是这样一种似乎咀嚼消化不够的新名词新术语(还有"科学"、"自由"、"启蒙"等等),有力地带动了新的思维,促成了普遍性的改革的热情。事情似乎也应该这样看,如果当初陈独秀、胡适这些先驱者都那么过分认真、学究式地推敲那些新名词,"五四"新文化运动也许就反而搞不起来了。

所以,对现代文学传统的研究,有一个重要的任务,便是清理那些在新文学发展历史过程中产生过较大影响的名词术语,如"民主"、"科学"、"启蒙"、"写实主义"、"人民性"等等,应当从不同阶段不同语境中考察这些关键词内涵的变化,同时对这种变化给予历史的说明。我想,这种扎实的梳理,比那种空洞的指点更有学理性和历史感,因而对传统研究也可能更有帮助。

四

现代文学传统的研究应当有"活气",即格外关注那些在当代现实生活中仍潜在或显在起作用的传统因素。之所以叫传统,主要也就是指那些已经承传下来的东西。在现实生活中不难发现,由新文学所造就的普遍性的审美心理、阅读行为和思维模式等等,显然都是不同于古代文学传统的,从这些方面进入,也可直接触到现代文学的根源。举个例子来说,新诗虽然也有追求格律和音乐性的,但已经远不如古典诗词和音乐的联系那样密切。旧体诗的欣赏有赖吟唱,不加诵读,那韵味就出不来,这就决定了旧体诗的接受心理与阅读模式。而新诗则似乎主要是"看"的诗,依赖吟唱和朗诵是越来越少了。这种以"看"为主的阅读行为模式,反过来也影响到新诗的艺术发展。从二三十年代起,中小学的语文(国文)教科书在收录古典诗词的同时,也收一定数量的新诗。这也是"经典化"的过程。都是诗,但在审美功能及阅读行为的养成上,新旧诗歌到底有哪些不同的作用? 实际影响如何? 如果不满足于作一般的推论,而是运用文学社会学和文艺心理学的方法,进行细致的调查和科学的分析,那么对文学传统尤其是新诗传统及其得失的了解,一定是别开生面,很有意思的。

这还可以举散文的例子来说说。如果关注当下,不能不承认,现代散文的传统影响之大,起码不会小于其他文类。近十多年来一波一波的散文热,从林语堂、梁实秋,到张中行、余秋雨,乃至一些港台作家的散文"热",细论起来,哪一个都与现代散文传统紧密关联。到底是怎么"热"起来的？主要是什么人在读这些散文？现代散文的传统怎样在当代的创作中被吸收、彰显和延伸？散文创作中的现代传统在哪些层面上比较适应或不适应当代？……这样一些问题，如果建立在认真的社会调查和文化分析的基础上，也许能有新的收获，真正地对难度较大的散文研究推进一步。看来，传统研究恐怕不能只盯着现有的文学史材料，如作家作品，也应注意当下的影响与存在。

2001 年 6 月 17 日于京西蓝旗营寓所

论《中国新文学大系》的学科史价值*

在现代文学学科史上,论影响之大,很少有哪部论著比得上1935年上海良友图书公司出版的《中国新文学大系》(1917—1927)。这部十卷本的大书,是新文学第一代名家联手对自身所参与过的新文学历程的总结与定位。《大系》为第一个十年的新文学留下了珍贵的文献资料,也留下了作为"过来人"的先驱者所带有的自我审视特点的评论。其各集的"导言"所具有的文学史研究眼光和方法,对后来的文学史写作有不可替代的巨大影响。甚至可以说,后来几十年关于新文学发生史与草创阶段历史的描述,离不开《大系》所划定的大概框架,而《大系》所提供的权威的评论,也被后来的许多文学史家看作研究的经典,文学史教学常把《大系》列为基本的参考书。所以,应当充分意识到《大系》在现代文学学科史上的重要性及其突出的地位。

一

在30年代初期,出现过一阵文学史写作的热潮,除有专题研究新文学的著作问世,又还有一些研究者在从事史料收集工作。如1933年出版了刘半农编的《初期白话诗稿》,收白话诗运动发难期间八家二十六首白话诗手迹原稿影印成册,以宣纸的线装书出版,一时成为文学界话题。刘半农在此书序言谈到曾将这部诗稿送给陈衡哲看,说明将印行这部诗稿时,陈说,那已是三代以上的事,我们都是三代以上的人了。① 陈衡哲这两句话真是感慨遥深,又似乎有些讽刺意味:蔚然一时的"五四"新文学运动那么快就成为遥远的历史了?! 这种

---

* 本文原载《文学评论》2001年第3期。

① 参见《初期白话诗稿》的刘半农序,北平星云堂书店1933年出版。

感慨当然不光陈衡哲、刘半农有,许多"五四""过来人"和学者都有。也许正是这种越来越强烈的历史意识,使一些学者意识到必须及时抢救整理"五四"新文学的文献资料。阿英就编有《中国新文坛秘录》①和《中国新文学运动史资料》②,而《大系》这套书选题的敲定以及最初的编辑思路的形成,都从阿英《中国新文学运动史资料》中得到过启发③。

《中国新文学大系》无疑是现代编辑出版史上的一个成功的典型。主持《大系》责任编务的是良友图书公司的赵家璧,当时还只是一位青年编辑。能够组织那样一批文坛上的压阵大将来共同编撰了这一套大书,很重要的原因,就是顺应了上面所说的要为新文学的发生做史的需求,当然,正好也满足了先驱者们将自身在新文学草创期"打天下"的经历和业绩,进行"历史化处理"的欲望。所以赵家璧提出《大系》的编辑设想,希望"把民六至民十六的第一个十年间(1917—1927)关于新文学理论的发生、宣传、争执,以及小说、散文、诗、戏剧主要方面所尝试得来的成绩,替他整理、保存、评价"④,这项计划非常顺利就得到了普遍的支持。30 年代初,革命文学兴起,文坛已经很政治化,原先相对统一的新文学的阵线,已经明显分化,赵家璧邀请参与《大系》编辑工作的多位顶级名家中,尽管政治倾向不同,有的甚至彼此对立或有人事的纠葛,但在参与和支持《大系》的编辑出版这一点上,态度又都是一致的。《大系》的编辑过程,也受到了一些政治的干预。如《诗集》原来准备请郭沫若主编的,但被当时国民党的图书杂志审查会否决了。"理由"是郭沫若写过指名道姓骂蒋介石的文章,结果只好临阵换将,换上朱自清。阿英等左翼作家起初在帮助赵家璧设计《大系》编辑框架时,也曾格外注意其"在当前的政治斗争中具有现实意义"。但考虑到若完全找左翼作家编,不来一点平衡,肯定无法出版。所以最后的决定的编辑人选,的确照顾到不同政治倾向的"平衡",当然也要看重其在文坛的地位。⑤这样,《大系》就成全了几乎说得上是"完美"的"角色搭配"。

《大系》的出版得到了文化界、文学界的广泛注意,被称为当时出版界的"两大工程"之一(另一"工程"是郑振铎主编的《世界文库》)。当时的一篇书

① 署名阮无名,上海南强书局 1933 年出版。
② 署名张若英,上海光明书局 1934 年出版。
③④⑤ 参见赵家璧《话说〈中国新文学大系〉》,《新文学史料》1984 年第 1 期。

评就这样评说:"《新文学大系》固然一方面要造成一部最大的'选集',但另一方面却有保存'文献'的用意。……《新文学大系》虽是一种选集的形式,可是它的计划要每一册都有一篇长序(二万字左右的长序),那亦就兼有了文学史的性质了。"①

的确,这部原意主要在于保存文献的书,因为聚集了新文学先驱者和一代名家,不同"角色"有匀称的搭配,他们选择作品的眼光和写作"导言"所体现的不尽相同的文学史观点,形成了复调的对话,使《大系》成为一个高等级的又能容纳众说的文学史"论坛"。"选家"的工作在这里同时又是文学史家(带作家和历史参与者特殊身份)的历史叙述和发挥。

《大系》主要依文体类型编选,这里不妨稍加展示十卷本的内容分配范围,以及各卷编者(又是导言撰稿者)的安排:

全书总序:蔡元培;

《建设理论集》,胡适编选并作导言,收倡导新文学运动及探讨如何建设新文学的文论五十一篇;

《文学论争集》,郑振铎编选并作导言,收一百零七篇,涵括新文学发难期的响应与争辩,与林琴南、学衡派、国故派、甲寅派的论争,文学研究会与创造社对旧文学的批评,以及围绕白话诗运动、小说革新与戏剧改良的讨论,等等;

《小说一集》,茅盾编选并作导言,主要收文学研究会作品二十九家五十八篇;

《小说二集》,鲁迅编选并作导言,主要收《新青年》、新潮社、浅草-沉钟社、莽原社、未名社以及属于"乡土文学"的作品三十三家六十二篇;

《小说三集》,郑伯奇编选并作导言,主要收创造社的作品十九家三十七篇;

《散文一集》,周作人编选并作导言,编者称此集"不讲历史,不管主义党派,只主观偏见"而编,收有徐志摩、梁遇春、郁达夫、陈西滢等十七家七十一篇散文;

《散文二集》,郁达夫编选并作导言,编者也称此集编选不以派别,而"以人为标准",以编者个人喜好为归旨,收有鲁迅、周作人、冰心、林语堂、丰子恺、朱

---

① 　姚琪:《最近的两大工程》,1935 年 7 月 1 日《文学》第 5 卷第 1 号。

自清等十六家一百四十八篇作品；

《诗集》，朱自清编选并作导言，大致采取编年的方法，以体现"启蒙诗人努力的痕迹"，收诗人五十九家诗作三百九十首；

《戏剧集》，洪深编选并作导言，收初期话剧十八家十八部作品；

《史料索引集》，阿英编选并作导言，收有关第一个十年文学史的综合性研究论著、主要刊物、社团的发刊词、宣言、简章等文献，作家小传、创作、翻译、杂志编目以及资料索引。

从上面所列布的各分册的情况来看，这部以资料汇集的面目出现的《大系》，是有一个完整而周密的结构的。有关文学革命的论争及新文学的理论建设就占了两集，分量不轻，显然，要借此集中梳理新文学的发生史。其他各卷虽然从文体着手，其实也有对"发生史"的叙述和评说。此外，以七集的分量展示文学创作的实绩，大致以文体来分卷，其中小说和散文所占的卷数较多，也反映这两种文体成绩突出。当然在以文体分卷的前提下，又适当考虑到社团流派。如小说分为三卷，大致是以文学研究会、创造社，以及其他社团来划分的。这种以文体为结构框架，并适当注意流派分类的方法，后来成为一种常见的文学史结构的模式，许多文学史写作自觉不自觉都受到影响。

《大系》是新文学的一种"现身说法"与"自我证明"：一方面，它是对一个流动当中的文学现象，作相对有序的整理；另一方面，也是当事人对这个文学过程发难期的荣誉权，进行再分配。① 历史的参与者如何又"参与"对历史的描述，仍在进行中的文学史现象如何在"过来人"的叙说中得以沉淀，这是一个生动的例证。沉淀的工作尤其表现在有关文论的两集中。胡适为《建设理论集》所作导言论及新文学的发生，较多强调"多元的、个别的、个人传记"的原因，大讲他个人在美国留学阶段对白话诗的讨论，以说明新文学运动的渊源，而相对淡化了文学革命所赖以发生的整个新文化运动背景，淡化了包括陈独秀在内的一代先驱共同营造的文化空间的整体性作用。这的确带有改写"荣誉权分配方案"的味道。不过也从一方面反映了胡适的"实证主义"立场：他更看重的是在历史（也包括文学史）发展变迁中起作用的偶然的、具体的因素，而不大重视决定历

---

① 　参见杨义《新文学开创史的自我证明》，《文艺研究》1999 年第 5 期。

史发展的整体性的原因,特别是社会的、政治的原因。此外,胡适在导言中重申"历史进化的文学史观",重申"国语的文学"与"人的文学"是文学革命的"中心理论",并以此概括初期新文学的主要理论建树。这种文学史评断,是值得重视的。相比较而言,郑振铎为《文学论争集》所写的导言,在论及新文学发难期的历史时,比较注重作为社会文化思潮的整体性发展的合力,注重新文化运动中各路人马的通力合作的功能。该文系统整理了新旧两派在文学改革上引发的争论,以及新文学阵营内部的不同倾向。《文学论争集》收罗的论争材料面比较广,照顾到各种代表性观点,和导言结合起来,便可得见文学变革时期较为活跃的思想局面。

二

《大系》的编选要尽可能保存新文学第一个十年的资料,反映这一段文学发展的历史轨迹,这个目的是达到了的。但具体到某一卷,由于编选者的学术个性不同,选取的角度、范围也可能不一样,有的甚至多少偏离了原定的编辑宗旨。例如周作人和郁达夫编散文一、二集,就宣称"不讲历史",只凭"主观偏见"和个人的喜好去选。《散文二集》共选十六家一百四十八篇作品,因为编者格外喜爱鲁迅和周作人的散文,结果鲁迅的选了二十四篇,周作人的选了五十七篇,占去所选总数的一大半,比重显然过大。周作人喜欢议论性小品,所选文章也大都偏向此类,抒情性描写性的艺术散文选得较少。这种编选角度很能看出选家的性情与审美趣味,却不一定能很好地反映历史。郁达夫是才子意气,不愿坐下来认真按既定的标准去选编,他只是以个人赏鉴的态度,喜欢的就选,不喜欢就不选,甚至所选范围也不以第一个十年为限。不过从他的选文倾向来看,最注重的是作家"个性的表现",他选的大都是"个人文体"的作品。这是《散文二集》的一个特色。

郁达夫的这个选本的选目虽然不够完全,甚至可以说失之偏嗜,但他那篇导言却写得很有分量,对现代散文的特征有诸多精彩的见解。研究现代散文不能不读此作。郁达夫指出"五四"之后滋长的现代散文第一个特征,"是作家个性的渗透比以往来得强","带有自叙传的色彩",这也因为"五四"是王纲解纽的时代,个性得到比较充分的发展;第二特征是写作范围扩大,形式种类也多,这是超越古代散文的长足进步;第三特征是"人性、社会性和大自然的调和","作者处处不忘自我","也处处不忘自然与社会……一粒沙里见世界,半瓣花上说人情"。这些概括切合现代散文的实际,常为后来的研究者所引用。郁达夫在导言中重点评述了几位散文家的艺术个性,也很中肯。如他将周氏兄弟不同的散文风格作比较时指出:"鲁迅的文体简练得像一把匕首,能以寸铁杀人,一刀见血";而周作人的文体"舒徐自在,信笔所至,初看似乎散漫支离,过于繁琐,但仔细一读,却觉得他的漫谈,句句含有分量……近几年来,一变而为枯涩苍老,炉火纯青,归入古雅遒劲的一途了"。又进一步分析说,鲁迅"有志改革社会","一味急进,宁为玉碎",而且"性喜疑人","所看到的都是社会或人性的黑暗面,故而语多刻薄,发出来的尽是诛心之论",鲁迅散文那冷冰冰的表皮之内,又潮涌发酵着"一腔沸血,一股热情";而周作人头脑冷静,行动夷犹,"走进了十字街头的塔,在那里放散红绿的灯光,悠闲地,但也不息地负起了他的使命","到了夜半清闲,行人稀少的当儿,自己赏玩赏玩这灯光的色彩,玄想玄想那天上的星辰,装聋作哑,喝一口苦茶以润润喉舌,倒也是于世无损,于己有益的玩意儿"。类似这样的评点,虽不是讲历史,却是论性情,对于了解文学史上的那些名家很有导引作用。

周作人选《散文一集》也是秉乎性情的。他按个人的"偏见",慢条斯理地挑出一些小品味浓的作品来鉴赏,并不在乎其在文学史的地位。如果要从他的选目中了解这一时期散文发展的历史线索和概貌,是不明晰的。他这种选法并不大符《大系》整理保存资料的宗旨。但他写的导言,却称得上是一篇有关现代散文的经典论作。你可以不赞同其中意见,却不能否认其理路圆熟,自成一家。从1921年初发表那篇有名的《美文》开始,周作人陆续在许多序跋中认真考察评说过新文学的散文,虽多为断片,意思大抵还是一贯的,到写这篇导言,就将其以往发表过的有关散文的论说连缀发挥,成一系统。周作人是以历史循环的观点看待文学思潮兴迭更替的,他的导言也同样以这种观点考察新文学第一个十年间的散文。关于新文学的散文的评价自然有不同的立场与观点,如鲁迅就肯定"五四"散文的成绩,但反感那些"供雅人摩挲"的"小摆设"①。鲁迅是更注重文学的社会价值的。而周作人如他自己所说,他对文学(散文)的态度是"苛刻而又宽容"的,那就是看文学发展"不以主义与党派的兴衰为唯一的依据",不光以某种文艺主张来决定文学的地位,然而又很看重创作的性情与风格。他是从另一层面强调文学的个人性。周作人所编的《散文一集》及其导言的理论价值要远远大于史料价值。

三

与郁达夫、周作人这种本乎性情、别具机杼的编选角度不同,茅盾编《大系》《小说一集》、鲁迅编《小说二集》与朱自清编《诗集》,都非常注重文学史现象的勾勒与文学历史现象的浮现,真正是文学史家的操作。从茅盾《小说一集》来看,所选的二十九家小说中,约有一半左右在艺术上很粗糙,在当时影响并不大,后世的文学选本通常也不会收的,茅盾还是选了,主要是出于"再现文学历史的考虑"。茅盾深知,这些作品放在后来的文坛上并不出奇,但只要在当年是"奇货",能体现文坛的某种倾向,那么就选编到集子中。同样,选取那些曾经比较知名的、有较好艺术质量的作品,也是放到文学发展的历史场景中去观摩。

茅盾为《小说一集》所写的导言,其特色之一是史料丰富,而且大都是第一手资料,他很注重调查与量化,靠史料来说话。例如,其中所介绍的 1922 年至 1925 年间全国文学团体与文学期刊蓬勃滋生的情状,有关 1921 年小说题材分布情况的统计材料,等等,就经常为许多研究者所引用。茅盾交代这些资料是为了说明当时的创作潮流和趋向。例如在引述 1921 年 8 月《小说月报》对当时发表的一百二十多篇小说题材分野的统计分析之后,发现写青年男女恋爱的占 98%,因而才得出当时作家"对于全般社会现象"不了解,不注意,而个人主义兴味太突出的结论,并进而分析了当时小说"观念化"的倾向与原因。茅盾是一位非常重视文学社会性的批评家,他的导言着力勾勒第一个十年小说作家社会关注点以及作品题材的变化,常能作深入的社会心理剖析,从"文坛整体"的宏观

<hr>

① 鲁迅:《小品文的危机》,《鲁迅全集》第 4 卷,人民文学出版社 1981 年版,第 576 页。

上去把握文学潮流递变局势。如指出"五四"时期讨论"人生观"的热烈气氛（多指"问题小说"），"一方面从感情的到理智的，从抽象的到具体的，于是向一定的'药方'在潜行深入；另一方面则从感情的到感觉的，从抽象的到物质的，于是苦闷彷徨与要求刺激成了循环。然而前者在文学上并没有积极的表现，只成了冷观的虚弱的写实主义的倾向；后者却狂热地风魔了大多数的青年。到'五卅'的前夜为止，苦闷彷徨的空气支配了整个文坛，即使外形上有冷观苦笑与要求享乐和麻醉的分别，但内心是同一苦闷彷徨"。茅盾认为第一个十年的新文学"好像没有开过浪漫主义的花，也没有结写实主义的实"。茅盾追求"史诗"式的能反映中国社会历史变动的作品，所以他对初期作品很少反映"全般社会机构"表示不满，他的评估是苛严的。

和茅盾一样，朱自清编选《大系》《诗集》，也很注重历史线索的勾勒，他说他的选目标准"大半由于历史的兴趣"，要借以考察"启蒙期诗人努力的痕迹"。如果将朱自清此前所写的《中国新文学研究纲要》①和这本《诗集》及其导言结合起来读，这一段诗史的轮廓就更清晰了，这个选本显然是以《纲要》作底子的。《诗集》所选的范围相当宽，诗人的位置又大致按其成名时间及影响作编年的排列，接连起来读，很可以感受到初期诗人们怎样从旧体诗词的镣铐里解放出来，怎样借鉴域外的经验，怎样摸索新的诗歌语言，怎样表达那为时代激变所触发的种种情感。由这些选目还能"看出那些时代的颜色，那时代的悲和喜，幻灭和希望"。《诗集》的导言写得简明扼要，历史感很强，很复杂的现象经过大刀阔斧的梳理，便呈现这样一条清晰的线索：新诗起于 1917 年，从 1918 年到 1923 年，诗风最盛。这时候的诗普遍重说理，在诗中表现人生哲学、社会哲学，形式是自由的，所谓"自然的音节"。1926 年《晨报·诗刊》出现以后，风气渐变，诗是走上精致抒情的路上去了，一方面可以说是进步，然而作诗读诗的却一天少一天，不再有当年的狂热了。

在屡述初期新诗的历史时，朱自清也多用编年纪述的客观的文字。如开头一段写道："胡适之氏是第一个'尝试'新诗的人，起手是民国五年七月。新诗第一次出现在《新青年》四卷一号上，作者三人，胡适之外，有沈尹默、刘半农二

---

① 朱自清的《中国新文学研究纲要》系讲稿，作者生前未发表过，整理稿发表于 1982 年 2 月出版的《文艺论丛》第 14 辑。

氏;诗九首,胡适作四首,第一首便是他的《鸽子》。这时是七年正月。他的《尝试集》,我们第一部新诗集,出版是在九年三月。"这种叙述用的也是编年体,史实的选择自然要有决断,具体交代也半点不含糊。更多的时候是在"述"史的同时又在评断引发。例如,讲胡适最初讲诗体解放,"其实只是泛论",真正产生影响的是《谈新诗》中提倡"说理的诗","似乎为《新青年》诗人所共信",其他诗人那时"大体上也这般作他们的诗。《谈新诗》差不多成为诗的创造和批评的金科玉律了"。这里是在讲史实,却又蕴涵有评论,从叙述语气中就明显可见当时的氛围。接下来说到"说理"成了"这时期诗的一大特色",他引用周作人的话说"这是古典主义影响却太晶莹透彻了,缺少了一种余香与回味",史述与史评也就能结合起来,而且很有理论的引发。自然,这种理论分析有叙史者的艺术体验,生色生香,并没有任何卖弄与做作。

　　朱自清自己是诗人,评论诗作往往能抓住要点,讲出新鲜的意见,给人印象极深。如讲中国缺少情诗,有的只是"忆内""寄外",或曲喻隐指之作,坦率的告白恋爱者极少,为爱情而歌咏爱情的更是没有。而"五四"新诗时做到了"告白"的一步。真正"专心致志做情诗的",是"湖畔"四诗人,他们"差不多可以说生活在诗里"。这就通过展示背景而把"湖畔"的特色与文学史地位突出起来了。接着还深入地比较评析,指出"湖畔"诗人中"潘漠华氏最是凄苦,不胜掩抑之致;冯雪峰氏明快多了,笑中可也有泪;汪静之氏一味天真的稚气;应修人氏却嫌味儿淡些"。寥寥数语,既交代了史实,为这一文学流派定了位,又有相当深切的评析,确实有功力。朱自清评述史实虽然很严格依循历史的线索,可也不是干巴巴堆砌史迹与宣告评判。最有味儿的是他评述中理论的引发。例如评郭沫若的诗时认为有"两样新东西","都是我们传统里没有的",一是泛神论,一是"动的和反抗的精神"。接下来就引发到:"中国缺乏冥想诗。诗人虽然多是人本主义者,却没有摸索人生根本问题的。""看自然作神,作朋友,郭氏诗是第一回。至于动和反抗的精神,在静的忍耐的文明里,不用说更是没有的。"这些观点虽然不一定很确切(指对传统文明的评说),但在史的评述中所引发的理论联想,是很吸引人的。

四

在《大系》诸集中，特别具有典范意义的是鲁迅所编的《小说二集》及其导言。此集所选的作家范围很广，即所谓"杂牌军"，除文学研究会与创造社之外，其他小说作家都纳入此集考察的视野之中，但鲁迅梳理有条不紊。从选目看，也是按编年体的方法，大致依照小说作家出现的时间顺序排列，适当归依其各自所属的社团或流派，所选的大都是能体现艺术个性并有过一定影响的作品。有些作家的群体性原不是那么明显，也没有特定的团体背景，然而鲁迅通过相对集中的选目显示出其彼此比较接近的创作倾向，把他们作为大抵的一派或一种现象来看。如塞先艾、裴文中、李健吾、许钦文、王鲁彦、黎锦明，等等，就通过选目和导言中的评说将其定位为"乡土文学派"。这一经典的命名后来被学术界普遍接受。又如初期在《新潮》杂志上发表小说的作家，虽然不归属于单一的流派或团体，但鲁迅认为他们都是"有所为"而发，又都未能脱尽旧小说的痕迹，所以也在选目中集中加以表现，以显示起步这一段小说作家的共有倾向。后来有些学者就采纳了鲁迅这一看法，称之为"《新潮》作家群"，也可以说是一准流派。《小说二集》虽然被划定的选目范围都是两大社团外的"杂牌军"，但鲁迅还是锐利地识别其中有文学史意义的"现象"，归纳出几种不同的创作流向。这种选目的确定本身就需要相当的学术眼光。

鲁迅的《小说二集》导言，堪称是文学史的经典学术之作，最好与其《中国小说史略》联系起来读，那样可以更好地体味鲁迅治文学史的思路。这里特别要指出的，是导言善于从复杂的文学创作流变中抽取有典型意义的"现象"，以这些典型"现象"为点，去把握文学发展的线索。这些典型"现象"的点，表面上往往集结于某一社团流派，但鲁迅却并不止于介绍这些团派的面目，而更注重考察其作为"过程"的表现。于是我们就在导言中看到这些作为文学史现象突出来的"点"和对"点"的评说：最早在《新青年》上发表《狂人日记》等小说的，是鲁迅，因为"那时的认为'表现的深切和格式的特别'，颇激动了一部分青年读者的心。然而这激动，却是向来怠慢了绍介欧洲大陆文学的缘故"。鲁迅此后的小说"虽然脱离了外国作家的影响，技巧稍为圆熟，刻划也稍加深切，如《肥皂》、《离婚》等，但一面也减少了热情，不为读者们所注意了"。在这里，完全以史家笔触客观地介绍他自己的作品在初期的影响，并不自矜，也毫不夸大，由读者最初的颇为"激动"到后来"不为注意了"这种读者反应的变化，正作为"过程"反证着现代小说发难期的历史场景。

随后介绍了《新潮》，指出这作家群"技术是幼稚的，往往留存着旧小说上的写法和语调；而且平铺直叙，一泻无余；或者过于巧合，在一刹时中，在一个人上，会聚集了一切难堪的不幸。然而又有一种共同前进的趋向……他们每作一篇，都是'有所为'而发，是在用改革社会的器械"。这种评说并非从单一角度褒贬，而是准确地抓住了小说创作"新旧"递变过程的表现，进行"现象"的评析，其所提出的评断，也常为后来学者所引用。

接下来又介绍《新潮》流散后，"为人生"的创作衰歇，"为文学"的一群崛起，其中有弥洒社和浅草-沉钟社。鲁迅透视了他们标榜"为文学"，是有讨伐"垄断文坛"者(指文学研究会和创造社等比较先起的影响大的社团)的意思，而他们"很致力于优美"的作品，又大都在"咀嚼着身边的小小的悲欢，而且就看这小悲欢为全世界"。或者"向外，在摄取异域的营养，向内，在挖掘自己的魂灵，要发见心里的眼睛和喉舌，来凝视这世界，将真和美歌唱给寂寞的人们"。然而最后也因为"时移世易，百事俱非"，他们的歌唱得不到多少听者，于是"只好在风尘颠洞"中，放下"箜篌"了。这里讲一种文学思潮的兴起与衰落，刻意折射着一部分社会心态的变迁。

当述及1920年至1923年北京文坛成了"寂寞荒凉的古战场"之后，鲁迅又发现这一时期前后从四处乡间跑来北京"侨寓"的一代年轻作者，所写作品往往"隐现着乡愁"，鲁迅称之为"乡土文学"。这一命名也成为经典之论，被后起的研究者广为采纳。鲁迅"命名"不同于生硬地照搬某些洋概念，更不同于简单地拿文坛的事例去"证实"某种概念的存在，而是把构成文学史现象的最有特征的表现，上升为一种理论的概述与定位。类似的"命名"在鲁迅的其余论述中都有表现，如论述莽原社为"聊以快意"的一群，狂飙社对恶浊社会的讥刺搏击以及"虚无的反抗"，未名社在将"泥土的气息"移在纸上，等等。鲁迅寻找这种种不同创作倾向之间的转换或对立的关系，实际上这几个社团又都环环紧扣，此起彼伏地装点了20年代中期的文坛。

鲁迅通过发掘提炼特定的文学现象来把握文学进程,并在解释这些现象时,充分注意其与社会思潮的联系,注意形成典型文学现象的创作心态与情感表达方式。这样,所谓"历史的联系"就很具体可感。鲁迅通过文学现象的提炼去展示文学发展过程的方法,能做到抓住要点总揽全局,抓环节体现过程,这是文学史研究的一种卓有成效的方法,至今仍不失其方法论上的启示意义。

五

《中国新文学大系》其他各集的编选以及导言写作都各有千秋。如蔡元培的总序纵览古今中外文学史,有追既往而测将来,高屋建瓴,充分肯定了新文学的业绩,又对新文学的发展寄予殷切期望。由于蔡元培不是以作家和当事人的身份出现,他可以更超越一些来看"五四"新文学,并把新文学运动与整个中国文化现代化联系起来,使这篇总序比其他各集序言有更为开阔和雍容的气度。郑伯奇的《小说三集》导言评价了以创造社为核心的浪漫主义小说创作的特色与发展途径。其对创造社文学风尚形成的原因分析有真切独到的见解。洪深的《戏剧集》导言以较多的文字非常详尽地搜求整理了初期话剧运动的史料,全面评价了现代话剧初创期的得失。这篇长序,几乎就是一部早期话剧史。阿英在《史料索引集》序言中简要回顾了既往的新文学研究的状况,提出了"在史的时间意义上"整理史料的意见。

《大系》的各集都是由权威的文坛元老编的,过来人谈个中事,虽然不免有情感倾向的介入,甚至有为争得"荣誉权"而导致偏执之处,然而比起后代人修史,他们的评论又有着后写的文学史不可替代的鲜活性和真切感。而且由于编辑者角色搭配本身就很匀称,有历史均衡性,而各集编目的角度与各自撰写导言的立场观点也互有参差,无形中进行了一种多元互补的有整体感的历史对话,这也正是这部《大系》最诱人的学术特色。《大系》保存了新文学初期丰富的史料,也最早从历史总结的层面汇集了当时对新文学各种代表性的评价,可以说是一次新文学史研究的"总动员"。从此,新文学史研究的学科意识及其地位在学术界得到空前的加强。

王瑶的《中国新文学史稿》
与现代文学学科的建立[*]

　　王瑶的《中国新文学史稿》是 1950 年代最具代表性的一部现代文学史著作,通常已被看作是学科的奠基之作,但又是一部所谓"体制内"和"体制外"都有很多批评的著作。作者自己也说是"急就章","如尚有某种参考价值,其意义也不过如后人看'唐人选唐诗'而已"。① 然而这部带专著性质的教材的写作姿态、文学史观念、内容结构及其出版后的遭遇,都和中国现代文学(现在一般称"中国现当代文学")这一学科的确立息息相关,值得在学科史上大书一笔。回顾与讨论王瑶这部著作,并不限于评价这部书的成就与不足,我们更感兴趣的,是以历史同情的态度去观察 1950 年代形成的文学史"生产模式",这也许能引发对某些长期困扰现代文学史研究的根本性问题的思考。

"《史稿》现象"与学术生产体制化

　　在 1950 年代之前,中国现代文学(或称"新文学")还未能成为一门独立的学科。虽然从 1920 年代开始,就有许多关于新文学的评论与总结,甚至已经出版过多种相关的著作。1930 年代之后,陆续有沈从文、朱自清②等一些作家学者在大学开设新文学的课程,但仍然缺少系统性,不可能真正列入大学的教学

　　*　本文原载《文学评论》2003 年第 1 期。
　　①　王瑶:《重版后记》,《中国新文学史稿》(修订版)下册,上海文艺出版社 1982 年版。
　　②　朱自清 1932 年在清华大学讲授"中国新文学"课程,沈从文 1930 年至 1931 年在武汉大学讲授现代文学课程。

体系,况且讲课者也无意专门从事这一领域的研究工作①。可以这样说,在1950年代之前,现代文学研究始终未能形成独立的学科,顶多只是一种"潜学科"。

然而,若论学科的沿革,也应当看到有一个积累和发展的过程。现代文学研究作为一门专门的学科得以建立,是此前许多有关新文学的评论与研究孕育的结果,直接的促进因素却是时代更迭以及学术生产的体制化。1949年中华人民共和国成立,把历史推进到一个新的阶段,很自然也就提出了为前一时期新民主主义革命修史的任务,研究"五四"以来的新文学发展历程,也就被看作是这修史任务的一部分。因此新文学史研究就顺理成章地从古代文学的学科领域中独立出来,而且得天独厚,自上而下得到格外的重视,并纳入新的学术体制,带上浓烈的主流意识形态导引的色彩。在很短的时间内,现代文学研究几乎成为"显学"。

现代文学学科的建立,又与学校教学直接相关,是以大学课程的调整为契机的。1950年5月,教育部召开高等教育会议,通过了《高等学校文法两学院各系课程草案》,其中规定"中国新文学史"是各大学中文系主要的必修课程。其任务是"运用新观点、新方法,讲述自五四时代到现在的中国新文学的发展史,着重在各阶段的文艺思想斗争和其发展状况,以及散文、诗歌、戏剧、小说等著名作家和作品的评述"②。此后,全国各大学中文系都配备教员专门讲述"新文学史"这门课,讲授的课时量很大,三十多年跨度的内容,一度几乎与两千多年的古典文学课时持平。③ 有关的讲义和论著也应运而生,现代文学研究真正从其所附属的古典文学框架中独立出来,成为一门在大学享有基础课地位的新的学科。该学科建立伊始,就表现出两个鲜明的特点,一是政治性强,二是与教学紧密相关,这种状况对后来现代文学研究乃至整个学科发展,影响都很大。

第一代从事现代文学教学与学科创建的专家,几乎都是"半路出家",从古

---

① 如朱自清在清华大学开设新文学课程,"教了两年也教不下去了"。参见王瑶《研究问题要有历史感》,《文艺报》1983年第8期。

② 转引自黄修己《中国新文学史编纂史》,北京大学出版社1995年版,第126页。

③ 如1952年北京大学中文系规定"五四"以后的中国文学史课程为必修课,所占学时与古典文学基本持平。参见马越编著《北京大学中文系简史》,北京大学出版社1998年版,第52页。

典文学或其他领域转过来的。王瑶也是如此。1949 年初,北京刚解放时,王瑶在清华大学任教,本想"好好埋头做一个中国古典文学方面的第一流的专家"①。他原来所从事的研究方向是古典文学,有名作《中古文学史论》,在清华大学也教"汉魏六朝"文学研究方面的课,但他同时又是非常关心政治,追求进步的,对新文学本来就喜好。② 1949 年秋,在新中国建立带来的蓬勃气势的推进下,清华中文系实施教学改革,接受了学生的热烈要求,决定把"新文学史"作为一门独立的重头课程来开设。由于教师缺乏,王瑶就被分配改教"新文学史"这门课,并马上着手编写教材《中国新文学史稿》,"当作任务"来完成。1950 年5 月教育部规定全国各大学中文系都必须开设"新文学史"课程,许多学校指派教这门课的教员都是临时改行的,没有讲义,就纷纷向先行开课的王瑶索要讲义或大纲。《史稿》的成书是被这种需求催促的,虽无章所循,但似乎一气呵成,上册写得非常顺当。这也是当时新政权刚诞生,对学术界的思想领导还不如后来那么严紧,王瑶写作此书时的心态也很放松,甚至不时表现出要创建新学科,投入新时代的那种激荡的情怀,学术闯劲与时代热情结合起来了,在一年左右的时间内就写完了该书的上册,约二十五万字。③ 1951 年 8、9 月《中国新文学史稿》上册由北京开明书店出版,使许多大学开设"新文学史"课程有了依据,该书可谓适逢其时,大受欢迎。

但下册写作的时间则拖得比较长,大约用了一年半,1952 年 5 月才完稿,1953 年 8 月由上海新文艺出版社出版。写下册期间王瑶参加了教育部组织的"中国新文学史"教学大纲的草拟工作,和李何林、老舍、蔡仪等人一起议定,向全国各大学中文系推广。"大纲"强化了政治与文学的关系,重点放到文艺思想斗争上。④ 王瑶写下册的思路显然就受到"集体讨论"的某些制约,代表"我们"的、写"正史"的姿态强化了,作为显现个人研究识见的"我"的色彩减少了。不管是否出于自觉,王瑶和他同时代的许多学者大概都意识到文学史回应现实的

①　参见杜琇编《王瑶年谱》,《王瑶全集》第 8 卷,河北教育出版社 2000 年版,第 372 页。
②　1930 年代王瑶在清华大学上学期间是左派学生运动的参与者,1935 年参加"左联",1936 年加入中国共产党。有关材料参见杜琇编《王瑶年谱》。
③　1949 年 9 月王瑶在清华大学担任"新文学"课程的讲授,当时已经开始编写《中国新文学史稿》,1950 年 12 月,该书上册完稿。参见杜琇编《王瑶年谱》。
④　《中国新文学史教学大纲(初稿)》载 1951 年 7 月《新建设》第 4 卷第 4 期。

"话语权力"问题,在考虑如何将文学史知识筛选、整合与经典化,相对固定下来,使之成为既能论证革命意识形态的历史合法性,又有利于化育年轻一代的精神资源;当然也就会考虑到这个领域的研究与当时"学术生产体制"的关系,不可能像古典文学及其他相关学科那样可以相对地远离现实。这样的文学史研究,特别是教科书的撰写,就不能不在学术的个性张扬与社会及政治的要求之间找一些平衡。文学史的学术生长机制逐步形成并起作用了。而对王瑶而言,来自"学术生产体制"的更大的约束和冲击是两件事,一是从1951年11月开始,文艺界配合"三反"、"五反"形势,对知识分子实行思想改造运动,并进行有关高等院校文艺教学中错误倾向的讨论,王瑶首当其冲,成为重点批判对象;接着,1952年8、9月,随着院系调整,王瑶从清华调到北大中文系不久,出版总署委托《文艺报》召开座谈会,对《史稿》上册提出许多政治性批评。可以想象,写作下册时,王瑶的心态已不像写上册时那样舒展,当初那种力图以史家的个性风格去整合历史的想象力收敛了。如果比较一下就可以发现,该书的上册比较精练,也更有才情与卓识,下册则较冗繁拘谨,篇幅比例也过大失调,有些评述放宽了"入史"的标准。透过王瑶文学史上、下册的变化,可以窥见时代之变以及政治对于学术的制约,是如何导致一种现代文学史思维模式的形成的。

从学术史的角度看,在王瑶的《中国新文学史稿》之前,即现代文学学科的酝酿时期,多数作家学者对新文学的总结评论,虽然不够系统,但都还比较个人化,学术化。如胡适的《五十年来中国之文学》、梁实秋的《现代中国文学之浪漫的趋势》、周作人的《中国新文学的源流》,乃至诸多名家为《中国新文学大系》所作的导言,等等,批评理路与治史模式各有千秋,学术个性都很鲜明,而且大都成一家之言。① 而进入1950年代,随着现代文学学科的建立,最突出的变化,是研究者职业化了,学术生产"体制化"了,文学史思维受教学需求和政治的制约也多了,个人的研究程度不同都会接受意识形态主流声音的询唤,研究中的"我"就自觉不自觉地被"我们"所代替。王瑶《史稿》上、下两册写作时间的间隔不过一两年,但这种变化已经明显出现。而王瑶受到批判之后,特别是随

---

① 可参考笔者的论文《文学史观的建构与对话》,其中论述了胡适、梁实秋、周作人的文学史观。发表于《北京大学学报》(哲学社会科学版)2000年第4期,又收《文学课堂:温儒敏文学史论集》,吉林人民出版社2002年版。

着各种政治运动的开展,"《史稿》现象"对所有的文学史研究者都会是一种观照与警示,抑制个性的"学术生产体制"加强了,新出的"新文学史"论著大都是有组织有领导编写的,"正史"的姿态更突出,以"我们"取替"我"的趋向愈演愈烈,终于构成1950年代现代文学学科史的重要景观。

尽管如此,《中国新文学史稿》还是达到它所属时代最高的文学史研究水准。作为第一部完整的现代文学史专著,该书第一次将"五四"新文化运动为开端,到中华人民共和国成立(1917—1949年)这一段文学的变迁作为完整独立的形态,进行科学的、历史的、体系化的描述,奠基了现代文学作为一门学科的格局。虽然有非学术因素的制约与干扰,有明显的缺陷,《史稿》的历史叙写线索还是贯通的,诠释文学变迁的视点大致是明晰的,体例也是统一的。这就在整体上超越了此前几乎所有类似的新文学史论著。

政治化写作状态中的文学史观调适

现在重读《中国新文学史稿》,不管赞同还是怀疑,我们首先都会对这部著作的"研究视点"留下深刻的印象。王瑶用于指导或统领这部文学史的基本观点是政治化的,而在实施这种政治化的文学史写作中,王瑶有矛盾,有非学术的紧张。他的出色之处在于尽可能调和与化解矛盾,并在一个非常政治化的写作状态中探讨如何发挥文学史家的才华与史识。因为现代文学学科的始建就纳入体制,要为教学服务,为新时代服务,文学史家工作的目的和意义非常明确就落实在突出"革命文学"的主流地位,论证现代文学的"革命性质"。《史稿》开宗明义,以毛泽东《新民主主义论》中有关中国革命的经典论述作为依据和出发点,去说明现代文学的"性质"及其"历史特征"。在绪论中就指出:"中国新文学史既是中国新民主主义革命史的一部分,新文学的基本性质就不能不由它所担负的社会任务来规定。"①这并非王瑶的发明,把新文学史看作是"革命史"的一部分,或一个"分支",是当时文学史研究者普遍的思维模式;而《新民主主义论》是解析一切文学史现象的"元理论",由此衍生政治化的评价视点与研究范

---

① 王瑶:《中国新文学史稿》上册,开明书店1951年版,第5页。

式,整个新文学的产生、发展和成熟的过程,都要在这个视点下得以梳理与整
合。以现在来看,政治化的文学史观似乎已经过时,甚至可能认为过于强调政
治的角度,于文学史研究根本就是有弊无利的。但有两点应当注意:一是现代
文学的发展本来就很政治化,王瑶这种侧重政治的文学史思维,将视野集中到
社会政治变革的领域,去寻找文学发生发展的动因,有其历史依据,不失为一种
有效的方法。况且在1949年7月刚刚开过的第一次全国"文代会"上,《新民主
主义论》被明确为总结新文艺运动的主要思想资源①,以此立论确能充分满足
那个特定的时代需求,又能有力地促进学科的建构。二是文学运动的发生跟政
治的社会的变迁相关,但文学运动又还有自身的传承轨迹与衍变动因,不等于
政治运动,文学也不是政治的"等价物",两者是有差异的。看不到这种差异,简
单地搬用政治结论去证说文学的性质,会失之笼统,从而忽略文学史的复杂性
和文学精神现象的丰富性。当政治判断强行取替文学分析时,这种政治化的文
学史思维会遮蔽一些东西,比如那些非主流的文学现象,以及文体创造、语言媒
介、对世界与自我的体验方式,还有其他各种审美的因素。我们发现这两方面
的矛盾得失,都存在于《史稿》中。王瑶写他这部书,特别是下册,显然陷入了某
些难于解脱的紧张。一方面,他鲜明地运用关于"革命性质"的经典论断来建立
自己的研究视点,并侧重从政治层面评定新文学的"基本性质",追求的是高屋
建瓴的理论架构。王瑶这种写作姿态的选择,不能说是被动的,不得已的,而更
多是自觉的,诚心诚意的。这是毛泽东政治论说力量的征服,也是新时代到来
时许多知识分子的精神追求。这种追求有历史的合理性,并非如某些论者后来
所想象的是什么背离学术立场的迷失与堕落。如王瑶后来所回顾的,《史稿》的
基本认识与写法,本来也与其"撰于民主革命获得完全胜利之际"有关,反映了
"浸沉于当时的欢乐气氛中"一个要求进步的知识分子"在那时的观点","深深

---

①　在1949年7月召开的第一次全国"文代会"上,郭沫若、茅盾和周扬分别作报告总结新文艺运动,
而且都是以毛泽东《新民主主义论》作为总结的基本指导思想。如郭沫若的"总报告"就依据《新民主主义
论》中对"革命性质"的论述,指出"五四运动"之后的新文艺"是无产阶级领导的人民大众反帝反封建的新
民主主义的文艺","三十年来的新文艺运动主要是统一战线的文艺运动",并按照政治革命运动发展的情
况,划分文艺运动的主要段落,描述两条路线斗争的历史。这些报告对《新民主主义论》的遵循与发挥,对
后来的文学史研究有极大影响。

的刻着时代的烙印".① 所以,该书不但在对文学运动背景分析以及对文学性质的整体说明方面应用《新民主主义论》的经典性政治判断,在文学史分期上也直接参照其中对"五四"后中国政治与社会变迁的几个阶段性说明,并且极力突出《在延安文艺座谈会上的讲话》界碑式的历史作用。而这一切,又直接决定了《史稿》的叙史结构,文学史的分期则是试验这种结构的重要方面。

　　《史稿》将新文学的发展划分为四个时期,全书也因此分为四编:第一编"伟大的开始及发展",包括 1919 年"五四运动"②到 1927 年革命阵营分化这一时期新文学的发端与初步发展;第二编"左联十年",包括 1928 年土地革命开始至 1937 年抗日战争全面爆发这一时期以左翼文学为主流的整个新文学的发展;第三编"在民族解放的旗帜下",包括从 1937 年 7 月抗日战争全面爆发到 1942 年 5 月毛泽东"延安讲话"发表这一时期的文学发展;第四编"文学的工农兵方向",包括从 1942 年 5 月延安文艺座谈会到 1949 年全国首次"文代会"召开这一时期人民文艺的发展。这种文学史分期直接与政治史的分期对应,多少忽略了文学变迁自身的特点,但在现代文学学科初建期,这个学科的价值很大程度上要靠政治"提携",因此研究者和读者对这种与政治史直接对应的分期法也不会有什么批评抱怨,相反,还得到广泛的认可,《史稿》的观点与分期结构被看作是用革命理论来建构文学史的一种认真尝试③。看来这种尝试是被学科要自足成立的企求所推动的,当时这样划分带有必然性,甚至多少还有些先锋性。

　　然而,在确立了文学史写作的"指导思想"、基本线索与分期的框架,并从整体上论证了新文学的"革命性质"之后,要真正进入对历史材料的梳理与作家作品的分析,王瑶就发现问题并不那么简单。特别是将经典理论对社会性质的判断直接挪用到新文学性质的论说中,会出现基本论断与史实的不符,起码是不严密的。事实上文学发展与社会发展可能会有不平衡现象,况且新文学的成分

---

① 王瑶:《重版后记》,《中国新文学史稿》(修订版)下册,第 782—783 页。

② 此书论述新文学史的发端是 1917 年。

③ 1951 年教育部组织老舍、蔡仪、李何林和王瑶等起草的《中国新文学史教学大纲》,其中关于文学发展阶段的划分,就大致采用了和《史稿》类似的分期。

又很复杂,即使做阶级分析,也是包含有多种阶级成分的文学。因此王瑶不能不对"基本性质"的判断做许多补充和辨析:"我们只能说新文学在文学史的时代划分上应该属于无产阶级革命时代的范围,而不能说新文学的内容性质就是无产阶级文学。"①又指出,"我们不能说新文学中完全没有代表资产阶级的文学,但那不只不是主要的,而且是愈来愈少的,比重与地位都是很轻微的,绝对不能说是新文学的基本性质。"②可见,王瑶也感到对新文学性质的政治评判中有不贴切、不严谨的地方,需要追加说明。他在努力使用新理论、新方法,甚至是在刻意追求政治性强的"进步的"效果,但他又还无力真正"活用"新的理论方法,结果多少表现出机械的意味,甚至造成基本论断与具体材料分析的某些支离。

　　提升来看,这是时代给文学史家出的难题,也是现代文学学科与生俱来的"先天性"问题。王瑶和当时的学者们所面对的是本来就很政治化的文学史现象,要切入这个领域的研究,躲开政治或有意淡化政治都是不可能的,也是那个时代所不可能接受的;特定的时代为学者提供了特定的研究氛围与普遍能接受的范式,人们毕竟只能在历史提供的舞台中演出。就当时知识分子包括学者们普遍的思想企求和认识水平而言,使用权威的经典学说来指导和诠释一门新的学科,是进步和先锋的表现,也是学术生长的一种明快而有效的方式。如王瑶后来借用鲁迅所言,学习了马克思主义的文艺理论,才"明白了先前的文学史家们说了一大堆,还是纠缠不清的疑问"③。但文学史与政治史之间不存在一一对应的因果关系,套用既定的政治判断来整合和描写文学史事件,忽略政治与文学联系的"中介",又必然陷入教条与空洞。到底应当怎样取得一个平衡,做到论从史出,史论互补? 应当怎样处理政治史、思想史和文学史的关联? 所谓当代性、现实性又如何与历史感以及学术规范融合?《中国新文学史稿》所面对的难题也是现代文学这个学科的永久性的难题,现在也不能说就已经解决了,不成问题了。

　　值得注意的是,王瑶当时多少已经意识到学科必须面对这些矛盾,他在努

---

　　①　这段话是《中国新文学史稿》1982 年重版时在"绪论"部分新添加的。见该书重版本上册第 9 页。
　　②　王瑶:《中国新文学史稿》上册,开明书店 1951 年版,第 7 页。
　　③　王瑶:《治学经验谈》,《江海学刊》1983 年第 2 期。所引鲁迅的话出自《〈三闲集〉序言》。

力寻找"中介"，寻求调和，他的得失都体现于此。在论述新文学运动的发生发展及其背景时，《史稿》较多直接采用"基本性质"的判断。但进入具体作家作品的评价定位时，作者就比较小心谨慎，评判的标准也放得宽一些，不纯粹以政治态度划线。在后来的论述中，王瑶对文学史评判标准作出一些调整，提出以"人民本位主义"为根本，有意将原来标示的"新民主主义"或"无产阶级革命"这样政治性的标准淡化一些，也"扩容"一些，以更能贴近创作的实际。他还试图以"鲁迅的方向"来代替一般政治性的革命的标准，大概也因为鲁迅是毛泽东所高度肯定的，被认为是伟大的革命家、思想家和文学家，正好可以从"方向"的意义上把"革命"、"思想"与"文学"统一起来，作为从政治到文学的"中介"。在解析"鲁迅的方向"时，王瑶就突出考虑作品是否充分"反映人民群众的愿望和情绪"，以及是否实践了"真实地反映现实生活"的革命现实主义。① 这些观点虽然是 1980 年代《史稿》重版时才发表的，但事实上在《史稿》的写作过程中，已经能见到王瑶对文学史评价标准调整的思路与探求。例如，他当时就已经注意到新文学成分的多样性与复杂性，指出新文学不等于就是无产阶级文学，它还包含着一部分具有民族独立思想和反封建内容的资产阶级文学，"包括各民主阶级的成分"。这就是在整体性的"基本性质"的判断之后，对具体的文学评判所作的"局部微调"。《史稿》借用"统一战线"的文学这个政治性的概念来说明文学成分的多样与复杂。这种立论也遵循了毛泽东《新民主主义论》中的相关论点，但又有所发挥，有适合转向具体文学批评的"弹性"。后来批判王瑶的《史稿》时，有一种意见就认为王瑶使用经典理论是"穿鞋戴帽"。其实细读王瑶的文学史，会发现他的"穿鞋戴帽"是一种文学性的调整，是在寻求"中介"，是对当时常见、自己也难免的机械搬用时髦理论的做法保持一点清醒。王瑶从《新民主主义论》等学说中寻找理论支撑，突出与强化他的文学史观念中的"人民本位主义"与"革命的现实主义"，可以说，这正是《史稿》难得的史识。表现为可以操作的写作模式，则是以"反帝、反封建的方向"和"文学与普通人民的关系"为考察中心，以文学的现实性或与社会的关系为评价的切入口。

　　我们发现，《史稿》中使用频率最高的关键词中，有"反封建"、"现实性"等

①　这些观点参见王瑶《"五四"新文学前进的道路》，该文写于 1979 年，后作为《中国新文学史稿》重版代序。

等。王瑶使用这些概念,所关注的往往就是从政治到文学的"中介"。在评论作家作品的思想内容时,王瑶不满足于一般性的政治判断,"反封建"的意义和"现实性"的强弱就成为他实际操作的标准。这种特别注重思想内容评判,并将"反封建"的和"联系人民"的标准贯彻到文学史价值定位中去的做法,得失兼半,也很能代表学科初建时一般研究者的思维特征。不过,王瑶在按这些标准描述文学现象时,总的来说还是比较努力作出历史的具体的分析,而不是简单地充当"普查作家、作品之政治表现的首席检察官"①。从"思想性"评价作家作品,或论说不同思想倾向的作家,也并不以人论文,或以人废言。也因为这样,《史稿》的研究范围还是比较大的,在文学史研究范围与视野的拓展上,是有功的。

文学史研究中的"文学"与"史"的纠缠

关于文学史研究的功能与学科性质,王瑶有一种带经典意味的界说,在现代文学界很有名。他这样指出:"文学史既是一门文艺科学,也是一门历史科学,它是以文学领域的历史发展为对象的学科。因此一部文学史既要体现作为反映人民生活的文学的特点,也要体现作为历史科学、即作为发展过程来考察的学科的特点。"文学史研究不等于一般文学评论或鉴赏,不能满足于就事论事地孤立地介绍作家作品,而要把作家作品也作为文学现象,考察它"出现的历史背景,上下左右的联系,它给文学史增添了什么",看它如何受制于政治、经济、社会等外在因素的影响,与中外传统的文学成果有哪些联系,对于当代和后来文学起过什么作用,等等,从而判断其历史地位与价值。在1980年代,现代文学从"文革"的摧毁中得以复兴之时,王瑶把他这种文学史功能理论作了明确的表述。② 王瑶这些理论认识既是他多年研究实践的总结,也明显借鉴了鲁迅。在他1983年所写的带自传性质的《治学经验谈》中,王瑶谈到了他的文学史观的形成,谈到他受鲁迅的影响,也谈到他写《史稿》所秉持的目标与方法。他说,

---

① 夏中义:《九谒先哲书》,上海文化出版社2000年版,第378页。

② 这些观点与这一段相关引文见王瑶1980年7月12日在中国现代文学研究会学术讨论会上的发言,后载《中国现代文学研究丛刊》1980年第4辑。

在接受了"新文学史"的教学与教材的编写任务之后，"我的研究范围虽然有所变化，但在现代文学研究方面，我仍然是以鲁迅的有关文章和言论作为自己的工作指针的。这不仅指他的某些精辟的见解和论断是值得学习和体会的重要文献，而且作为中国文学史研究工作的方法论来看，他的《中国小说史略》、《汉文学史纲要》、《〈中国新文学大系〉小说二集序》等著作以及他的关于计划写的中国文学史的章节拟目等，我以为不论是研究古典文学或现代文学，都具有堪称典范的意义，因为它比较完满地体现了文学史既是文艺科学又是历史科学的性质和特点。"王瑶特别指出，鲁迅的文学史方法的精髓，在于"能从丰富复杂的文学历史中找出最能反映时代特征和本质意义的典型现象，然后从文学现象的具体评述中来体现文学的发展规律"。王瑶说他"自己研究的范围或选题虽然屡有变化，但几十年来一直是照着这一目标来努力的"①。

　　写作《史稿》时，王瑶对这一文学史观的贯彻与方法的运用不能说已经很圆熟，但确实已显示了这方面的努力，形成了一些特色。如对新文学初期新诗创作的概述，就指出"新诗算是最早结有创作果实的部门。这原是含有一点战斗意义的；因为小说还有《水浒》《红楼》可以借镜，而韵文又是旧文学自以为瑰宝的，文学革命一定要在诗的国土上攫有权力，那才算是成功，才不只是'通俗教育'的玩艺儿。这样，'诗'就做了新文学的先锋，因而所受到的攻击也就最多"。这就把一种文体所以在一定时期特别受重视的历史和社会的原因说明了。接着又通过一些诗人诗作的评述，指出"当时作新诗的人多少都有点这种心境，是为了向旧文学的示威"，写作时也互相配合，所以内容上、形式上都有某些共同的倾向，如很少无病呻吟或申诉个人怨苦之作，多方尝试自由诗也带来一些轻视形式的混乱。随着现实的发展和诗歌形式本身发展的困扰，特别是由于外国诗歌形式的输入，又先后出现小诗、格律诗等，"形式的追求也就有了它的正面的意义"。② 这种论述就照顾到从复杂的历史中提取典型的文学现象，将某种文学现象的发生发展衍变过程交代得比较清楚。又如 1920 年代出现过一种"乡土文学"作家群，鲁迅是有过论述的，但 1950 年代之前的新文学史论作

---

① 王瑶：《治学经验谈》，《江海学刊》1983 年第 2 期。
② 参见《中国新文学史稿》第一编第二章《觉醒了的歌唱》，《中国新文学史稿》上册，开明书店 1951 年版，第 59、75 页。

没有特别注意这种现象,王瑶的《史稿》则有专节论评,探索其产生的社会文化原因,分析他们创作上彼此的类同与差异,以及他们取材上、手法上所受鲁迅现实主义的影响。① 这种写法,对某种文学流派广泛纵横的历史联系及其历史面目有较完整的摹写,给人以清晰的"史"的概念。这种注重从"历史联系"中发现与考察"文学史现象"的观点与方法,提高了现代文学研究的科学性品格,是王瑶对现代文学学科建设的重要贡献。

体例　艺术评点　文献处理

对王瑶《史稿》所选择的文学史体例,历来褒贬不一。其实采用任何一种体例,都可能有得有失,就看如何处理,是否相对适合所要重点叙写的历史内容。在现代文学学科初建阶段,对作家作品个案的专题研究还没有充分开展,思潮论争格外受关注,又强调依照政治社会变迁的线索来修史,如果选择过于突出作家专题、相对淡化时间线索的其他体例,不见得妥当,所以王瑶就采用了"以时代为经,文体发展为纬,先总论后分论"的结构方式。应当说,这种体例也是比较能适合时代要求和学科初建的需要的,是王瑶的一个发明。全书除绪论对现代文学的范围、对象、性质、分期等作总的说明外,每一编都先有一章"总论",对这一时期的社会历史背景、文学思潮、社团、论争等作总的概述,然后以诗、小说、戏剧、散文四种文体分章论评,介绍不同流派、倾向和作家作品。这种先有总论然后按文体分类的写法不是没有缺点的,它把同一个作家的创作分割于不同的章节,会影响到读者对作家面貌的完整的了解。因为事实上不少作家可能同时在多种文体上有成果。而且对同一作家做不同时期的分割论评,其前后的联系线索也不易明晰,会有支离的感觉。但这种结构方式的优点也很明显,那就是便于评述各种文体的沿革变迁,有利于展示各个阶段的创作总貌,也有利于探究文体发展的轨迹。因为每一文体除了同其他各类文体有文学作品的共性之外,还有它自己特殊的问题与规律,分开来论说可能比较系统明白。如新诗为何作为新文学的先锋而又成绩较小?恐怕就有音节格律等方面如何探索

---

① 参见《中国新文学史稿》第一编第三章的《乡土文学》一节。

新形式的比较复杂的问题。"五四"时期为何散文小品的成功能在小说、戏剧和诗歌之上？也跟这种文体比其他体裁更便于取法传统与外因的形式有关。王瑶采用文体分述的体例，较好地照顾到各种体裁文学发展的特殊性，较全面展示各门类创作在某一时期形成不同的风格流派，也有利于集中地、整体性地分析不同风格群体、流派的异同。对于上面说的这种体例影响到对作家全面了解的缺陷，该书也采取了一些补救措施，如评述某个作家最擅长的文体方面的成就时，又概略地介绍一下他在别的文体上的成就及其基本艺术倾向。看来，王瑶这种体例对于学科初建期编写文学通史来说，比较合适。因为这种体例的结构包容性比较大，有伸张力，可以容纳评述更多的文学现象和作家作品。如果以主要作家流派为单元，或单纯以文学思潮运动为单元来分章节，论评可能集中深入，但关注面也会比较窄。学科初建期，让研究的涉及面尽量开阔一点，哪怕包罗万象，一网打尽，为学科以后的发展预留更多的空间，总是比较好的。王瑶文学史的这种体例建构，对后来几十年的现代文学史（特别是教科书）写作有覆盖性的影响，多种文学史都借鉴使用王瑶这种结构①，甚至连一些批判王瑶的学者，他们编写自己的文学史著作时，也参照和应用了王瑶的结构模式②。

　　文学史当然可以有多种形态，但无论选择哪种形态，都不应当忘记这是"文学"的历史，从审美的维度关注文学创作的得失变迁，是文学史写作的题中应有之义。《史稿》在作家作品的艺术分析方面，是有欠缺的，或者说，是不大平衡的。特别是当论及某些革命文学作品时，即是公式化概念化的，也放宽了评价尺度，有拔高之嫌，甚至不惜为其艺术上的缺失辩解。③ 不过，在多数涉及创作评价的章节中，我们还是看到了一个非常有艺术感悟力的王瑶。比如评说《湖畔》诗歌是"做着浪漫谛克的梦，用热情的彩笔把这些生活和梦涂下来"；说冰心的抒情小诗"单纯和清新"，是"点滴的感兴"，"容易引起读者的共鸣和联

---

① 如黄修己的《中国现代文学简史》（中国青年出版社 1984 年出版），钱理群、吴福辉与温儒敏的《中国现代文学三十年》（上海文艺出版社 1987 年初版，北京大学出版社 1998 年修订版），大体上都是采用《史稿》这种"以时代为经，文体发展为纬，先总论后分论"的结构体例。

② 例如刘绶松的《中国新文学史初稿》（人民文学出版社 1956 年出版），是王瑶的《史稿》受到批判之后出现的影响较大的文学史教材，内容有许多是针对王瑶《史稿》的，基本体例却又仿照《史稿》，也是将新文学分为若干阶段，每个阶段先叙文学运动思潮，然后再分别介绍各种文体的发展情况。对大作家则列专章论评。

③ 例如对瞿秋白、蒋光赤和解放区一些作家的评析，艺术标准就放得太宽，甚至拔高其艺术成绩。

想";指出韦丛芜的诗"明白婉约,清丽动人,述事抒情,都极柔和悒郁之致";丽尼的散文中"多是童年的寂寞,个人的哀怨,一种忧郁的感情贯彻在流利而委婉的文字上"。这些论评都很到位。王瑶进入艺术评点时,擅于调动自己平时阅读中积累的大量艺术感受,通过不同创作趋向的比较与艺术传承变异的勾勒,准确地凸现作家作品的风格特征。其中不时引述前人的精辟评论,但更多是撰述者自己的辨识,自己的声音,往往三言两语,曲中筋骨,给人印象极深。如评述李广田、何其芳、卞之琳三位合出《汉园集》的诗人,说他们"都注意于文字的瑰丽,注重想象,重视感觉,借暗示来表现情调,对现实的认识也大致相同",但李诗"朴实深厚,那精神似乎即是散文的","显出了他的农民气质,所以他不大雕琢词藻,有的是一种朴素的美";何诗则"华丽一些,而且散文中也染着他的诗的风格,但诗也不像卞之琳那样晦涩,好像只可意会不可言传,表现的尽是一些忧郁的情感和所谓哲理"。谈到卞诗,则引用陈梦家《〈新月诗选〉序》中的话说,"'常常在平淡中出奇,像一盘沙子看不见底下包容的水量'。就含义的深远说,这话是对的。但同时也带来了晦涩"。之后,又举了朱自清在《新诗杂话》和刘西渭在《咀华集》中对卞诗的解析和卞之琳的"误解",来说明卞诗的确太过晦涩。① 这种评点言简意赅,不仅取决于逻辑、艺术联想,还依赖研究者的艺术直觉能力,需要厚实的学养与艺术经验、敏锐的悟性和明利的目光。当然又不是停留于印象式评点,也不是理论推导式的概括性论评,而大都是审美的历史的分析性陈述。

另外,值得专门提到的是《史稿》的文献积累与使用的问题。在那些批评王瑶的意见中,《史稿》的资料处理往往也是最被诟病的方面,所谓"剪刀+糨糊"呀,"材料主义"呀,都只看到《史稿》好像太堆砌材料,看不到《史稿》文献处理的艺术及其对于学科建设的意义。《史稿》写作的年代早,那时资料的整理真是白手起家,无所依傍。然而王瑶还是在文献资料的抄撮、收集、积累与整理方面下了极大的功夫,每涉及一个论题,几乎都穷尽当时可能得到的材料。《史稿》的文献资料极为丰富,超出后来许多文学史,对后来的研究产生极大的影响。"文革"以后,许多研究者都把王瑶这部新文学史当作必备的参考书,原因之一

---

① 参见《中国新文学史稿》第二编第七章的《技巧与意境》一节。

也是其论涉面宽，介绍作家作品比同时期及后来的许多著作丰富，资料文献几乎包罗万象，一网打尽，这正好可以当书目来看，顺藤摸瓜，进入研究领域。

此外，关于资料处理的方式，也构成《史稿》一大特色。《史稿》的资料引用非常多，有些章节居然可以占到二分之一甚至三分之二篇幅①，而且所引大都是第一手材料，包括作家的自述、同时态批评家的评论，以及读者的反馈，等等，实际上构成了和代表《史稿》作者声音的正文部分不同的其他种种声音。有时候王瑶是用引文表达的观点来证实或强化自己的论述，几种声音可能是重合的；但在许多情况下，作者的声音和引文的声音会有差异，彼此并列更凸现了差异，或互相弥补，或互相抗衡，众声喧哗，相克相生，形成超文本的对话②。这种"对话关系"除了通常的"引证"作用，还可能产生两种奇妙的效果：一是让读者更容易进入历史的状态，通过同时态的反馈尽可能触摸文学史事件，在对作品的评价中充分调动历史想象与艺术感觉；二是摆脱单一的评价标准和文学史家定论的牵引，进入几种声音辩难的话语空间，给读者留下思考回味的余地。甚至可以这样认为，王瑶使用这种多引文的表述方式，是试图调适自己矛盾的写作心态，也是为了体现对历史复杂性以及文学接受多元性的理解。

《史稿》的命运及其影响

《中国新文学史稿》是一部非常大气的著作，虽然受到特定时代学术生产体制的制约，存在许多不足，但毕竟又有属于自己的学术追求与文学史构想，既满足了时代的要求，又不是简单地执行意识形态的指令，在试图对自己充满矛盾的历史感受与文学体验进行整合表述的过程中，尽可能体现出历史的多元复杂性。在历史急转弯的阶段，在充满了各种可能性和不确定因素的学科创建时期，《史稿》的种种纰漏或可议之处，它的明显的时代性的缺陷，与它那些极富才华的可贵的探求一起，昭显着现代文学学科往后发展的多样途径。《史稿》在学

---

① 如第一编第一章《从文学革命到革命文学》，约两万八千字，成段单列的引文就有三十九处，约一万四千字，加上正文中直接引用的部分，共有引文约两万字，占整个篇幅的三分之二。

② 笔者近年曾为北大中文系研究生讲授"现代文学学科概要"课程，与学生讨论学科史问题。这里提出的"超文本对话"的观点，参照了袁筱芬同学的作业《悖论中的真实》中的有关论述。特此说明并致谢。

科史上突出的地位,是其他同类著作所不可代替的。

然而这样一部奠基之作,却命运多蹇。它问世后不到一年,就挨批判。1952 年 8 月底,国家出版总署召集一些专家和文艺界人士座谈评议《史稿》一书,会上的氛围虽然还不至于像后来的大批判那样紧张,但基调是否定性的。① 到 1955 年,由于爆发了批判胡风的运动,而王瑶的《史稿》下册对胡风及其影响下的一些作家作品有所肯定与评介,结果也被牵连,招来了一场批判。1955 年《文艺报》第 19 期发表一篇署名文章《清除胡风反动思想在文学史研究工作中的影响》,指责《史稿》"多方地掩盖胡风反动思想的实质",全书贯彻"腐朽透顶的资产阶级的客观主义",等等。王瑶在政治高压下不得不检讨自己的"客观主义的写作态度和它的危害性"②,《史稿》也因此被停止发行。1958 年发动所谓"文艺战线上的一场大辩论",开展"双反交心运动",王瑶被视为"白专道路"的典型,《史稿》又一次被当成"拔白旗"的批判靶子。王瑶被迫写下"自我批评",几乎全盘否定了《史稿》的成绩与特色,要彻底拔掉这个资产阶级的"白旗",在内心深处插上"红旗"。③ 重读当年的批判文章和王瑶的检讨,不禁为历史的苛严而感慨。那种为历次政治运动风暴所推动的粗暴的大批判,漠视文学史事实,蔑视学术的尊严,败坏了学风与学者的研究心态,给刚诞生不久的现代文学学科造成伤筋动骨的破坏。历史有时会走向反面。对王瑶《中国新文学史稿》的简单否定,加上对 1950 年代僵化的"苏联模式"的普遍套用,终于导致后来那种更加政治化也更加单一枯燥的文学史写作风尚。

---

① 1952 年 8 月底国家出版总署召开座谈会,对《中国新文学史稿》提出政治性为主的批评,座谈会纪要刊于同一年的《文艺报》第 73 期。

② 王瑶:《从错误中汲取教训》,《文艺报》1955 年第 20 期。

③ 见王瑶《〈中国新文学史稿〉的自我批判》,曾收入 1958 年人民文学出版社出版的《文学研究与批判专刊》第 3 辑,又收《王瑶全集》第 7 卷,河北教育出版社 2000 年版。

当代文学思潮中的"别、车、杜现象" *

现代文学研究生考试,出了一道题,要求简要解释别林斯基、车尔尼雪夫斯基和杜勃罗留波夫这三位俄国批评家。多数回答都语焉不详,有的甚至不知道别、车、杜何许人也。

这是时代的隔膜。不过,对于现代文学专业的研究生来说,不了解别、车、杜这样有过很大影响的文学史现象,起码也是知识缺陷。回想五六十年代,别、车、杜在文坛上是极为响亮的名字。那时要论证什么问题,或者提出某一论点,总要用领袖或权威的有关语录来支撑说明。别、车、杜就是经常被搬出来的"权威"。所以有人说别、车、杜是"准马列",意思是文学评论家写文章,除了马列主义经典,常常使用的理论就是别、车、杜了。

对这样一些现象做"文学接受"的研究,是很有意思的。比如,通过当时文学报刊上别、车、杜引用率的统计调查,可以了解"接受"的程度。也可以就一些比较通行的教材或者专著,做抽样调查。有人就曾经对以群的《文学的基本原理》做过引用率的调查。这部在六十年代曾被普遍采用的"统编教材",引用最多的是马克思(五十次),恩格斯(四十九次)和列宁(四十八次),然后就是别林斯基(二十四次)和车尔尼雪夫斯基(十次),杜勃罗留波夫也有六次。事实上,除了政治家的言论,别、车、杜甚至比正统的马克思主义文论家如梅林、拉法格等等,更要受到重视。在注重"集体写作"的年代,这本教材的基本立论以及引文的倾向,与其说是作者个人的意向,不如说是代表了时代的主流观点。在当时其他比较流行的文学理论著作中,差不多也都是这样格外重视引用别、车、杜。这几个十九世纪非马克思主义的评论家,在 20 世纪五六十年代社会主义

---

* 本文原载《读书》2003 年第 11 期。

的中国居然能得到如此"厚遇",的确值得探究。

这种"厚遇"甚至延续到"文革"结束之后。1979 年中国社科院外文所编了一本《外国理论家作家论形象思维》,编选者大都是像钱锺书、叶水夫这样一些大学者。其内容包括自古以来有关这个问题的各种言论与文章节录。全书分上下编,上编是古罗马到 19 世纪,共一百六十六页,别、车、杜就选录了五十一页,几乎是全编的三分之一,其中别林斯基有整整三十页,其他章节引用别氏言论的还屡有所见。"文革"结束后,很多评论家开始比较关心所谓文学的"内部关系"研究,又重新起用"形象思维"的理论概念,所以这本书在 80 年代前期十分受欢迎,别林斯基仍然是许多评论家写文章时不容置疑的论述支点。

我们还可以抽查一个更权威性的例证,那就是朱光潜在 60 年代写成,到 80 年代仍然被作为通用教材的《西方美学史》。该书分上、下两卷,下卷八章三百九十四页,论述了十多个理论家,包括康德、歌德、席勒、黑格尔、克罗齐等等,而别林斯基和车尔尼雪夫斯基居然也能够和上述几个大家平起平坐,而且这两家就用了八十三页的篇幅,其中别林斯基四十三页,超过朱光潜自己更为心仪的克罗齐(二十一页)。连朱光潜这样有专深学问的比较独立的理论家都如此抬举别、车、杜,可见这几个俄国批评家在中国所受到的礼遇,的确是时代性的。

不过,这里不妨也做些比较,看看正当别、车、杜在中国成为"理论明星"时,西方理论家一般是如何评价他们的。比如韦勒克(R. Wellek)的《近代文学批评史》,也是 50 年代写作出版,其中第 3 卷最后一章讲到俄国的批评,重点提到别林斯基,有二十四页(中译本),和该书所论及的其他批评家相比,分量并不大,等级也不算高的。韦勒克虽然承认别林斯基有雄健的笔力与博大的批评格局,而且其献身于本民族文学的激情也是一般西方的批评家难于比肩的,但也指出别林斯基主要依持政治激进主义,批评很不平衡,过于看重作家作品之外的所谓"规律",并奉为检验艺术的刻板的尺度。韦勒克不同意把别林斯基归入"现实主义"或者"唯物主义",他认为别氏所讲的"自然性"、"现实性",与 19 世纪后半期发达的现实主义相去霄壤。不过韦勒克格外重视别林斯基在他的批评中不时闪现的某些对艺术的精细的理解,比如关注创作的非自觉性、幻觉状态,以及"形象思维"特征等等。另一本在西方有影响的《西洋文学批评史》(卫姆塞特与布鲁克斯著,有中译本),全书论及古今文学批评流派,共七百页(中译本),论及 19 世纪俄国批评时,重点是评述托尔斯泰,别林斯基和杜勃罗留波夫只用了一页篇幅,点到即止,认为他们主要提倡"艺术作为宣传",而对车尔尼雪夫斯基居然只字未提。可见在西方主流的文学理论界,对别、车、杜的评价是不高的。这和苏联以及中国文坛对别、车、杜格外欢迎的态度形成鲜明的对照。

其实,在五六十年代,虽然别、车、杜在中国大受欢迎,但是理论界对他们并没有什么深入的了解与研究。那时别、车、杜的著作还没有完整的翻译,只出过几种比较单薄的选译本或单行本。一直到 70 年代末,才出版了《别林斯基选集》(六卷本)和《车尔尼雪夫斯基论文学》(二卷节译本),而《杜勃罗留波夫论文选》是到 1984 年才出版的。所以在五六十年代,对别、车、杜其实是缺少系统的了解的,原创性研究更是谈不上。尽管许多教材和概论式的著作都在谈别、车、杜,也大都不是研究性的,只是引用别、车、杜的言论作为证据而已。至于报刊上众多文学评论一窝蜂大谈别、车、杜,更常常是一种语录式的辗转摘引。五六十年代中国的"别、车、杜热",不过是苏联文学思潮的"中国版"。

在五六十年代,苏联倒是有过一些比较系统研究别、车、杜的著作,还有许多关于文学或美学方面的教科书,凡是论及马克思主义文学与美学的传统,总不会忘记给别、车、杜腾出重要的位置。而这些研究与阐述,几乎都是站在当时苏联主流意识形态的立场,去剪裁和解释别、车、杜。例如布尔索夫的《俄国革命民主主义者美学中的现实主义问题》(中译本,1980 年由中国社会科学出版社出版),是一本专门论评别、车、杜的专著,就强调要从"争取艺术的社会目的性、高度思想性、深刻的人民性和彻底的现实主义艺术的斗争方面",去理解和吸取别、车、杜的理论体系价值。其中阐述的典型问题、正面人物问题、冲突问题、讽刺问题等等,无一不是从既定的观念出发,再寻求别、车、杜的言论支持。这显然是过滤和剪裁了的别、车、杜。另一本在中国有过不小的影响的《马克思列宁主义美学》,作者是瓦·斯卡尔仁斯卡娅,在苏联并非著名的学者,50 年代她作为专家在中国人民大学讲学,这本书就是她的讲稿,1957 年由中国人民大学出版社正式出版。别、车、杜在该书占有相当多的篇幅,并享有崇高的评价,而评论的主要角度就是"唯物主义"与"现实主义"。当时苏联涉及对别、车、杜较多评论或引用的著作很多,翻译成中文的主要有季摩菲耶夫的《文学原理》(平明出版社 1955 年版),列斐伏尔的《美学概论》(朝花美术出版社 1957 年版),勒佐姆奈依的《艺术形象》(新文艺出版社 1957 年版),毕达可夫的《文艺学引论》(在北大中文系讲稿,高等教育出版社 1958 年版),等等。读这些著作会发现,那时为革命的意识形态所主宰的苏联理论界,大都习惯于用所谓"唯物"、"唯心"这样的标准,去区分和评判文论家的立场与价值,而且喜欢抓"主流"、"本质"、"大方向"之类,寻找那些比较符合革命时代需求的概念命题,如"时代性"、"民族性"、"人民性",以及文学的"典型"意义、现实主义的批判价值等等。别、车、杜就是通过这种目的性和政治性都非常明显的解释与打造,成为理论传统的。而在五六十年代输入中国的别、车、杜,完全是经过苏联理论界过滤与重塑的。在这种传输过程中,中国的理论家几乎来不及做什么研究与选择,只能是整个端过来,"全盘苏化"。这种情形下,苏联理论家的思维模式也就为中国的批评家所接受与模仿,或者说,这也正好适合了当时中国文坛向"苏联老大哥"看齐的心理需求。从这个意义上说,在"别、车、杜热"中所表现出来的外来影响又不只是语录摘引之类表层性的,而是有思维习惯、写作心理模式等深层内涵的。如果更细致一些,考察这种接受与模仿中的某些代表性文本,并由此透视当时文学观念与写作心理的普遍性的变化,可能引出值得更深入探讨的题目。

其实,在上个世纪 30 年代,别、车、杜就已经介绍到中国,主要译介者是周扬。1935 年《译文》杂志第 2 卷第 2 期,发表了周扬所译别林斯基《论自然派》,那是别氏《一八四七年俄国文学一瞥》的其中一节。1937 年周扬的《艺术与人生》在《希望》创刊号发表,高度评价了别、车、杜的理论价值,把他们都看作是"为人生的艺术旗帜之下发展过来"的卓越的批评家。1942 年周扬翻译出版了车尔尼雪夫斯基《艺术对现实的审美关系》。须知在 1942 年前后,周扬在延安文艺界影响是政策性、决定性的。他的译作(包括对马克思主义文艺理论的翻译)直接为当时文艺方针的最高决策者提供理论资源。他翻译的车氏的《艺术对现实的审美关系》,也为当时毛泽东在延安文艺座谈会上的讲话提出"艺术源于生活,高于生活"等观点提供了有力的理论支持。相对于其他马克思主义的批评家,如冯雪峰、邵荃麟、胡风等等,周扬显然对别、车、杜更为关注,也更多"利用"。周扬对别、车、杜不完全是"全盘苏化"的照搬,他是有选择的,主要按照文学的现实性、社会性的需求去选择,但有时也会侧重其他方面。周扬作为一个"官方"的批评家,出于文艺政策调整的需要,不同时期不同场合可能会突出强调问题的某一方面。如50年代初,特别是批判胡风运动之后,周扬强调文学的政治性、"刚性"的一面,但1956年前后,又反对文艺创作中的教条主义和公式化,主张革命现实主义与浪漫主义的结合。有时周扬甚至认为不应当抹煞创作的个性。看起来周扬似乎左右摇摆,但恐怕不能认为他是"徘徊在毛泽东与别、车、杜之间",也并非要借用别、车、杜"在当代格局中另觅中国文艺之路"。周扬对别、车、杜感兴趣,最根本的原因还是看到别、车、杜适合当时中国的国情。由于周扬在现代中国文坛,特别是后来在意识形态领域的特殊地位,他对别、车、杜的译介、选择与解释也就有更加权威的影响,甚至发挥了超越文学范围的特殊的功能。这是五六十年代"别、车、杜热"形成的重要原因之一。

别、车、杜在中国受欢迎的第二个原因,是他们特殊的"理论身份"。这三个俄国人都是带有浓厚的民主主义色彩的理论家,他们的共同点就是积极参与社会变革活动,使文学批评与理论研究成为启蒙主义的组成部分。别林斯基就是一个"实践型"的批评家,一个激进的启蒙主义者。他反对沙皇专制制度,先后办过《望远镜》和《祖国纪事》等杂志,类似于"五四"时期陈独秀等办《新青年》,极力宣传民主主义思想,主张社会改革。他写过上千篇文章,很多都是政论性的,不只是文学批评。所以他被列宁称为"平民知识分子的先驱"。别林斯基的确是对文学创作产生极大影响的批评家。像果戈理、普希金这些大作家、大诗人以及所谓"自然派"的文学地位的奠定,都跟别氏的论证推举有关。别林斯基又是很"大气"的理论家,他把批评家对文学创作乃至文坛趋向的影响发挥到极致,他不是靠权,却是靠"势",即时势,顺应时代变革的需求。同样,车尔尼雪夫斯基也是革命的殉道者,被列宁称之为"是彻底得多的、更有战斗性的民主主义者。他的著作散发着阶级斗争的气息"。而恩格斯则赞誉车尔尼雪夫斯基和杜勃罗留波夫为"两个社会主义的莱辛"。正是因为别、车、杜被看作是"民主主义者",有革命的色彩和殉道的精神,而且得到恩格斯、列宁等革命领袖和导师的肯定赞扬,政治上"过了关"。事实上,别、车、杜早就被苏联官方文艺思想和政策的制定者列为马克思主义文艺理论的"伟大传统",移用为合法的理论支持。日丹诺夫在《关于〈星〉与〈列宁格勒〉两杂志的报告》中就称:"马克思主义的文学批评,是别林斯基、车尔尼雪夫斯基、杜勃罗留波夫等人伟大传统的继承者,永远是现实主义的社会性的艺术的守护人。"因此,别、车、杜的"理论身份"不再等同于其他一般的资产阶级文论家,完全可以放手拿来"使用"。在五六十年代,一般人写文章总是担心"政治立场"出问题,不敢轻易从西方文论家那里找根据,而有革命色彩并得到革命导师和权威首肯的别、车、杜,就另当别论。

当然,"准入"而且大受欢迎的第三个原因,是别、车、杜的理论本身有能够被革命文坛起用并加工阐释的可能性。例如,别林斯基以对果戈理创作为范本而建立起来的现实主义理论,那种将"生活表现的赤裸裸到令人害羞的程度",以及用"解剖刀切开"似的真实地揭露生活的主张,后来就常常被纳入到"批判现实主义"的领域;他的有关典型人物是"熟悉的陌生人"的提法,在 30 年代以及 50 年代关于典型问题的论争中都屡屡被引证;特别是关于"诗歌要寓于形象的思维","诗人用形象和图画说话"这些观点,成为后来关于"形象思维"讨论的经典命题。此外,车尔尼雪夫斯基提出的"美是生活"的定义,以及杜勃罗留波夫提出的"人民性"的概念,都被广为借用。

我们不能简单认为五六十年代的批评家都是那样头脑教条随大流。在革命成为主流,而且革命的确也带来社会进步,带来理想与希望的年代,批评家格外看重文学的社会功能,追求用明快的理论解释文学现象,是有相当历史合理性的行为。那时在文章中动辄讲马列,是普遍的,很难说不是出于真诚。既然别、车、杜的"理论身份"是得到革命领袖和导师认同的,又是被"苏联老大哥"作为文化遗产继承的部分,那么评论家们当然也就可以放手来"使用"这些"准马列"的理论。况且这也是一种"时髦",一种理论求新的表现,能多引证一点马列和域外理论家的言说,才显得有理论视野,够水平。

现代文学基础课教学的几点体会[*]

中国现代文学学科起源于教学,半个多世纪以来,其命运始终和大学的教学息息相关。现代文学的"从业"人员十之八九都是教师,我们的"主业"就是教学。可这些年科研是"硬指标",教师职称晋升和学校申报博士点等等,主要都看科研指标,大家都往科研的道上奔,教学反倒不那么受重视了。每年各种学术会议很多,可是与教学有关的能有几个?好在近年来大家都开始对浮泛的风气反感,对教学又比较关注了。《丛刊》以此为题开展笔谈就是重视教学的表现。近十多年来,我陆续为本科生上过几轮"中国现代文学",其中有甘苦,有得失,这里愿意再次和大家交流。此外,2005 年北大中文系的现代文学基础课被教育部评为"国家级精品课",在申报过程中我们对课程做过总结,借此也向同行们做个汇报,并求得大家的指教。

虽然各个大学情况有所不同,如重点大学与一般大学课程设置不尽相同,师范大学和专科大学也各有特色,但只要是中文系,都会把现代文学作为基础课,而且都会面临一些共同的问题。我觉得教学改革必须重视这些问题。

首先,是课程结构的调整,现代文学的课时已经大为减少。据我所知,现在多数大学讲授现代文学的课时是 70 至 110 课时,有的讲一学期,有的是两学期。在中文系的 7 门基础课中,现代文学的课时是减少幅度最多的。在上个世纪五六十年代,所谓要为革命"立史",厚今薄古,现代文学课的地位很高,课时很多,普遍都有 200 课时以上,甚至和古代文学不相上下。到上个世纪 80 年代,当代文学越来越突出,从现代分出了当代的课,现代与当代成为两门课,现代部分减少,但和当代部分加起来也还有 200 多课时。那是真正当成"史"来讲

* 本文原载《中国大学教学》2004 年第 2 期,后修改稿又发表于《中国现代文学研究丛刊》2006 年第 3 期。

的,可以讲得很细。而这些年来,各种公共课、通识课增加,加上双休日等因素,基础课的课时不断递减。拿北大来说,目前现代文学课只剩下72课时,加上当代52课时,共124课时,约等于过去的一半。课时减少这么多,整个课程的格局和内容、讲法当然也要改变。

其次,是现在的学生与十多年前比,知识结构等方面情况有很大变化。以前人文学科处在中心位置,中文系是比较热门的系,许多优秀的学生都往这里考,中学阶段就已经读过不少作品与专业方面的书,有较高的语文基础,到了大学接触现代文学课(一般都是在一年级就开现代文学课,现在亦如此),马上就接得上去。现在情况变了。考上中文系的学生大多数不再是第一志愿,而且受应试教育的约束,中学阶段接触作品不多,甚至语文还不大过关,一上大学首先就接触基础课现代文学,会比较困难。还有一种情况也是以前少有的。现在中文系的学生为了他们今后有更多的发展机会,许多人同时要选修其他院系的课程,甚至是第二学位的辅修专业,学校也鼓励他们这样做。有些学生还要考"托福"、考这个"级"那个"本"的,精力分散,"专业意识"不像以前那样单一,也不那么专心。要改革,就要充分考虑到现在学生普遍的知识结构与水平,要想办法吸引他们,让同学们有兴趣,这就得花上更多力气。

再一点,是本科教育目标的调整。以前大学本科就是培养专门人才,现在不同了,大学教育越来越大众化,本科强调素质教育或通识教育,到研究生阶段才突出专业。北大中文系以前专业划分比较细,大学生一上来就分文学、汉语和古文献三个专业,不同专业的"现代文学"课讲法有区别,文学专业的这门课讲得细一点,课时也多一点。而现在北大中文系招生不再分专业,一、二年级的课程全部打通,而且加上许多"专书导读"课,诸如《论语》、《孟子》之类,三年级才分专业,许多专业课就都挪到研究生阶段去了。据我所知,很多兄弟院校中文系早就不分专业了。这样,在低年级开设的现代文学,就不能不适应这种变化需求,不能不淡化专业性,往素质教育、通识教育靠。在整个中文系课程体系中,现代文学课程如何适应当前中文学科人才培养的目标,这门课的功能是否应当有所变通,这个定位的调整,是有待解决的问题。

还有,是教学理论资源的变化。以前现代文学研究所依持的理论很单一,现在则非常丰富,简直是五花八门。这固然可以活跃思维,课程增加了活力,用什么方法理论去进入似乎都可以,但也可能消解作为基础性课程必要的知识稳定性。这种情况在当代文学教学中可能更为突出。相对于中文系其他一些基础课,如古代汉语、现代汉语、语言学、古代文学、文献学,等等,现当代文学显得学术规范不够。这当然跟课程性质有关,但如何既借鉴和利用新的理论资源,把比较得到学界认可的新的研究成果转化融会到现当代文学的教学中,又遵循必要的学术规范,保持教学内容相对的稳定,也是必须引起重视的问题。

　　针对上述这些情况,现当代文学课程必须调整内容和教学方式。就北大的情况而言,这里很自由,不会去统一课程的教案,每位老师的讲法可能不太相同,但也都在努力适应社会变迁。这些年来,北大中文系的现代文学课程教学实行改革,教学目标更明确和集中,主要研究和讲授"五四"前后到1949年共和国成立这一历史阶段新文学的发生、发展和衍变的过程,考察与中国社会变革相适应的"文学现代化"历史内容,包括新文学对传统文学的变革与改造,在促进"人的现代化"方面所发挥的特殊作用,以及语言形式和审美观念的变革;重点是对重大文学史现象和代表性作家作品的分析评价,以及对现代文学传统形成的梳理。除了要求学生掌握基本的现代文学史知识,更主要的目标是培养学生三方面能力,即观察文学现象的能力、审美分析能力和评论写作的能力。本课程吸纳学术界许多卓有成效的研究方法,但马克思主义历史唯物主义仍然是最根本的指导思想。在具体的教学环节上,我们采取了这样一些改革的尝试:

　　一、淡化"史"的线索,突出作家作品与文学现象的分析,使教学内容更集中,更基础,不能那么专。甚至连课程的名称也改了,把"现代文学史"改为"现代文学"、"当代文学"。从五六十年代到80年代,这门课很注重"史"的勾勒,强调所谓文学史"规律"的掌握以及对文学性质的判定,思潮、论争讲得很多。那时思想观念的灌输远比文学审美能力的训练更要受到重视。现在则把后者提升到突出的位置。这可能比较适合低年级大学生的接受能力,也更适合时代的需求。我在80年代中期讲现代文学史课,大概三分之一的课时讲思潮、论争和文学史知识,三分之一讲流派与各种文体的发展变化,三分之一讲重点作家。现在则变为用二分之一课时讲代表性作家,其中有十位作家专章讲述,即分别用两个以上的课时,他们是:鲁迅、郭沫若、茅盾、巴金、老舍、曹禺、沈从文、艾青、张爱玲、赵树理;另外还有大约十五位比较著名的作家也分别用一个课时来讲述,这样,作家作品的讲释就用了全部课时的一半。剩下的课时中又还有小一半讲流派和文体,也还离不开作家作品分析。除了"五四"新文学运动、左翼文学思潮和延安文艺座谈会讲话等内容用几个专门的课时讲述,其他文学史现象、知识大都穿插结合到各个作家作品的讲析中。这样,虽然课时已经大为减少,但内容比较集中,重点突出,一个学期下来,学生对主要作家的特色、贡献和地位有较深入的了解,也可以以此把现代文学发生、发展和嬗变的线索大致串起来,获得一个"史"的印象。在突出教学内容基础性的同时,当然也注意把前沿性的研究成果转化到教学中,让学生接触到一些新的学科生长点,了解文学研究与评论的各种不同的角度与方法,激发学生学习的兴趣与主动性。当代文学的情况则稍有不同,因为历史距离不远,本来"史"的线索就不突出,评论的分量会比较重。北大的当代文学课程有意稍微强调"史"的分量,特别是对50年代文学现象的历史分析,近来得到重视。

二、特别注重把学生文学感受与分析能力的培养放到重要位置。北大老师这方面的做法不尽相同,但多数老师上课都会强调读作品和分析作品。现在的诱惑太多,学生都很忙,作品是越读越少。我们给学生开课之前,都会为学生开一份必读书目,其中大部分是作品,少量是研究论作。这几年开出的书单篇目还不及80年代篇目数量的一半,但事实上同学们还是读不完的。所以我们把要求学生的阅读量再适当减少,突出重点,并把是否读过主要的作品作为考核的标准之一。在学生阅读的基础上讲解,并注意结合学生阅读印象和问题来分析作品,侧重发掘与培育学生对文学的感受力和分析评判能力,成为教学的主要目标。我的看法是,现当代文学史虽然不像古典文学那样,有大量经过历史沉淀的非常精美耐读的作品,而与时代变迁又紧密相关,但也不能不重视文学分析,特别是现代特点的审美分析,不宜把现当代文学史讲成文化史、思想史。有的老师喜欢追逐新潮,把许多学界还争论不休的问题搬到课堂上来,弄得理论满天飞,对低年级学生来说并不合适。

三、强化写作训练,把前面所说的能力培养落实在笔头上。这样,现代文学这门基础课可以更踏实一些。我一般在开课之初就布置一次小论文,可以从中了解学生的能力水平,并有针对性地转变学生中学阶段那种应试式学习方式,逐步往文学课以及论文训练的方面转。课程中间还要写一两次,都有一些讲评课程结束的考试,所出的题目也都类似小论文,是能够发挥多数学生的水平的,这样,就力图把这门课和写作教学结合起来。近年来我们还强调所有基础课都要更多地布置学生写小论文,并努力把平时上课的小论文、学年论文乃至毕业论文这几个环节尽量联系贯穿起来。小论文要求问题集中,不一定非常成型,强调独立思考和创新思考。平时小论文的成绩以一定比重计入期末成绩。中文系的学生培养有什么特点? 和其他文科专业比较有什么更"强项"的地方? 我看就是"语言文学"的能力,包括文学感受力和评判力,而这一切还要落实到写作的综合能力训练上。中文系不一定能培养作家,但应当能培养"写家",就是"笔杆子"。现当代文学教学改革最好与写作训练结合起来,事半功倍。

四、改革的另一做法是搞好基础课与专题选修课的组合建设。现代文学基础课一般都是在低年级开的,那时可能还没有上过文学理论和古典文学一类课程,所以如何充分考虑低年级同学的知识结构水平来讲授基础课,让他们有兴趣,有获益,又逐步转变中学应试式学习方法,这是现当代文学基础课要认真解决的问题。其实本科基础课不好上,所以长期以来北大中文系都是请有经验的老师来上好现代文学基础课。其次,我们比较注意基础课与专题选修课的衔接。做法是把以往主干基础课的部分内容转移到相关的选修课中,组成更有弹性也更有利于调动学生学习主动性的系列课程。这几年我们专门为刚进入大学的学生开设了"现代作品赏析",15讲,每周2学时,共30学时,主要是请比较有教学经验的教授分别从不同的角度解读一些名篇。目的是引起对现代文学的初步兴趣,让刚上大学的学生接触文学欣赏与评论的各种不同理路,拓展思路,打破中学语文"应试式"学习的习惯,转到研究型的学习方法上来。另一门是"现当代文学专题研究",也是15讲,30课时,供已经学过或者正在学主干基础课的学生选修,分专题接触到现代文学某些前沿课题,内容比主干基础课要深入一些,但比高年级或研究生的同类课程又简单一些。这两门课其实是主干基础课的准备与拓展,互相结合,形成系列,既弥补了现在主干课因为课时不足而课量缩减的矛盾,又给学生更多选择空间。另外,还有30多门由现代文学方向的教师开设、主要供高年级和研究生选修的课程,如作家专题研究、思潮流派研究、各文体研究、批评史、学科史、文化研究、方法论与学科前沿问题,等等,都与各位教授的科研结合,又紧密接触学科前沿。这些课程每学年交错开设,与前面所说 3 门基础课结合,教学内容深浅的层次清晰,构成完整的现代文学课程系统。现在北大中文系的选修课是比较丰富的,每学年大概都可以开出近百门,其中现当代文学的就有十多门。但也不是没有问题。老师开专题课主要立足于自己近期的研究项目,而不一定是根据教学计划的需要,难免因人设课,缺少统筹。有些老师的专著出版了,觉得没有必要讲了,这门课就不再开了。而且多数专题课都是研究性很强,很专的,比较适合研究生,事实上主要也是面向研究生的,对本科生来说,可能太专深。我认为有些课可以让本科高年级和研究生共选,有些课则应当专门考虑本科生。所以如何设计一些主要面对本科生的专题选修课,和基础课有更密切的衔接,又能够在学习方法与学术眼光上给三四年级同学多一些指导,我们做得不够,应当多下点功夫。

五、改进教学方法,调动学生的学习兴趣与主动性,培养探究创新的精神。老师讲授还是主要的方式(一般占 70% 的课时),但力求将"告诉式"改变为"问题式"、"启发式"。我们采用的教材是《中国现代文学三十年》,教学框架大致就是教材设定的,但讲课基本上不再重复教材内容,而是补充教材中不足部分(包括新的学科进展),解释学生阅读教材时遇到的难点与问题,特别是重点分析作品(这在教材中往往没有展开)。实施教学计划时,注意抓好四个环节:一是把布置学生预先阅读的文献作品也作为课程内容有机部分,上课时检查学生阅读情况,考试也注意尽量扣着阅读,学生如果不读作品,考试就不可能得到高分。二是每一讲都向学生指示主要的知识点,包括基本的文学史知识。三是引导学生思考教科书中或者相关研究成果中的某些观点,鼓励学生发现问题和探究问题。如课堂讨论、小论文作业,也列入这一部分内容。四是为那些水平较高希望深入研究的学生设计部分拓展阅读范围,接触某些学科前沿。这种突出基础性内容,又有不同学习层次要求的教学内容改革,是为了让学生在有限的时间内有更多精力用于阅读和分析作品,克服当前学生疏于阅读原著和比较浮躁的弊病,更好地服务于前面所说的培养目标。

以上是北大中文系现代文学基础课建设的大致情况,其中结合我自己的教学体会做了某些发挥。凡是不妥当的地方,都应是笔者的疏漏。这门课有数代学者五十多年教学经验的积累,包括王瑶、严家炎、孙玉石、唐沅、钱理群、陈平原等一批著名学者,都为这门课的建设花费许多心血;近几年这门课又适应社会的需求，无论教学内容、教学方法、教材编写还是教师队伍建设，都有一些比较务实而又有前瞻性的改革，取得良好的效果。除了本系的本科生，每年还有数十位来自全国各大学的进修教师也选修这门课，实际上也就参与了这门课的建设，并扩大了它的影响。此外，本系外国留学生的现代文学课（因为人数较多，另外分班上课）也正在参照本课程进行改革。这门课也还存在一些需要加强和改进的地方，在今后的课程建设中我们会进一步努力。

　　（本文写作参考了北大中文系"现代文学"基础课申报国家级精品课的总结）

现当代文学研究中的"空洞化"现象[*]

关于现当代文学这个学科当前面临的问题和困扰，我首先想到的就是"文化研究热"，以及它给现当代文学带来的研究格局调整的问题。

这些年来，文化研究几乎成了又一种"显学"，很多中文系（尤其是现当代文学和比较文学专业）的学生和老师，也都在朝这个领域靠拢。文化研究有如此大的吸引力，不只是因为可以拓展文学研究的新生面，也因为这是对现存学科体制的一种批判和解放。20世纪90年代以后，现当代文学由"向内转"转入了比较多地关注文学形式和文本表达方式，的确多少又出现囿于形式的游戏倾向，这个学科往日有过的能与社会互动的活力日渐丧失，也不能满足富于文学使命感的学者的追求。文化研究的"侵入"，自然有它的逻辑，它找到了现当代文学研究的"软肋"，一定程度上能弥补现当代文学研究的缺陷。我们可以回顾一下，90年代社会的政治、经济、文化各方面都发生了巨大的变化，诸如"张爱玲热"、"王朔热"、"通俗文学热"、"国学热"等等现象层出不穷地涌现到人们面前，文学研究界几乎"失语"，既有的文学理论资源已经难于解释许多前所未遇的精神现象，因此转向借鉴文化研究理论就顺理成章了。文化研究的确让众多学者重新获得学术的冲动，特别是年轻的学者，他们要扩展研究的版图，并借此在文学领域再度唤起那种日渐丧失的"现实感"。反顾近十多年来学术发展的脉络，也就不难理解文化研究兴发的缘由。"文化研究热"正是在这一点上代表了目前学科衍变的一种趋势，套用一句常用语来说，既是挑战，又是机遇，有可能带来现当代文学学科生长的活力。因此，我们没有理由生硬地拒绝文化研究这一新的潮流，只能因势利导，借这股"东风"。

＊　本文原载《文艺研究》2004年第3期。

文化研究生机勃勃,让人耳目一新,但如果对其成果细加琢磨,又常常可能感到空洞,它毕竟和以往注重个性创新的文学研究大不一样。文化研究总是拒绝接受学院派所擅长的细腻精确的术语,对艺术个性和创造性缺少兴趣;文化研究的动力常常直接来自现实的诉求,它的着眼点不在经典的文化,而主要是当代流行的时尚文化。文化研究的方法与操作成规不是那么稳定有序,它解决问题的锋利程度主要取决于切入现实的紧密性。这种研究更倒向注重调查和量化归纳的社会科学,而往往偏离人文学科,特别是文学。文化研究带着它的跨学科的特性将研究的视点从文学转向了"文化",转向了日常生活,实际上也容易把文学研究带入"泛文化"疆域,这可能就是使人感觉空泛的原因。文化研究给现当代文学带来了活力,但也有负面的影响甚至"杀伤力",在文化研究成为"热"之后,文学研究历来关注的"文学性"被漠视和丢弃了,诸如审美、情感、想象、艺术个性一类文学研究的"本义"被放逐了,这样的研究也就可能完全走出了文学,与文学不相干了。

这种文学研究被"空洞化"的现象值得警惕。

我们讲跨学科研究,讲不同学术领域的科际整合,可能是学术生长的机遇和条件。但不同学科的整合,还是有条件的。跨学科也不等于完全打乱和取消学科分野。文化研究在哪些环节能够融入文学研究,真正成为文学研究的新的催化剂,也需要斟酌试验。一般来说,文学研究中的"外围研究",比如思潮研究,传播研究,读者接受研究,等等,适当引入文化研究的眼光与方法,比较容易突破。如研究"五四"时期"新诗的发生",过去通常的方法可能就是从诗歌文本以及诗论的变迁,去梳理寻求"发生发展"的线索,这主要是"文学的"研究。最近有学者在这种研究的同时,又引入对于新诗的结集、出版、传播等属于"社会经验形成"的考察,看新诗如何培养读者,拓展影响的空间,形成对于新诗的社会性想象,认为这也是新诗发生发展的重要方面。这就是在文学研究中恰当地结合使用文化研究,能突破旧有的格局,达到较好的效果。又如,在一些通俗文学的生产传播方式特别是关于"文学与读书市场关系"的研究中,引入文化研究的模式,也能别开生面。但是,我们必须看到,文化研究在文学领域施展身手必然是有限度的,在有些重要的方面,文化研究可能就派不上用场。比如作家作品研究比较关注审美个性、形式创新、情感、想象等等,关注差异性因素,用文化研究的共性归纳就较难进入状况。所以对文化研究大举进入文学领域,我们要保持一分清醒。任何事物包括学科研究总有其相对稳定的界线,界线如果完全打破,那就等于取消了这事物或者学科本身。其实,文化研究与文学研究各有所攻,两者有所不同,彼此也有所"不通"。文学研究偏重对对象特点的探求,重视艺术创造的个别性、差异性;而文化研究则相反,它所关注的主要是一般性和共性的现象。文学研究必须重视创作也就是文本的研究,而文化研究关注的是"大文本",包括印刷、出版、阅读、传播,还有性别、政治、民族,等等,而且主要是关注文本背后的东西。如果都是这样,那么就可能很少有人关注文学文本了。实际上,现在大学中文系学生读作品越来越少,这可能就是个问题。所以我们肯定文学研究适当引入文化研究的因素,是有好处的,同时又是有限度的,说到底,在文学领域使用文化研究,落脚点仍然应该是文学。现在常常看到许多文章把"文化"的研究理论放置到文学领域,本意可能也还是要使文学研究"出新"的,但理论"炫耀"的目的性太强烈,实际上更加看重理论的操作性,兴趣在于引入理论试验,结果往往舍本逐末,文学分析反倒成了证明理论成立的材料。我们看到不少对文学进行文化研究的文章被人诟病,最主要的毛病就是随意抽取和罗列一些文学的例子,去证明诸如"现代性"、"消费主义"、"全球化"、"后殖民"、"民族国家想象"之类宏大的理论预设。例如,有的学者为了说明"五四"新文化"割裂"了传统,甚至把"文革"的账也一股脑儿地算到"五四"的头上,就用"案例"提取法随意找到鲁迅、胡适等人的几句话作为例证,或者找几部作品就以偏概全,完全不做具体的文本分析,不考虑使用文本例子的历史语境与特殊内涵,大而化之地得出"从'五四'到'文革'全都是激进主义,文化决定论误国误民"之类吓人的结论。这类文章也声称是"文化研究",三下五除二,十分痛快,但多半是僵化的、机械的,有点类似我们以前所厌弃的"庸俗社会学"的研究。这样的研究是没有感觉的,当然也就远离了文学,即使拿文化研究的专业要求来衡量也是走了样的,未必能被真正在行的文化研究学者所认可。但是现在这类"大而化之"的文章因为操作性强,结论容易拔尖唬人,甚至常常被误认为就是"创新",发表或出版都很容易。这也是造成学术泡沫的原因之一。

文化研究比较受到欢迎,也是因为这种研究几乎先天地具有某种批判性,在力求突破传统研究模式方面,的确有其锐气。现在常看到现当代文学领域有些着眼于文化研究的文章,对于过去的文学史写作基本上是否定的,要推倒重来,其中设定的观念就大都立足于批判,不承认有所谓历史的真实,认为历史都是后设的,是后人想象、构造出来的。这种观念主要来自福柯的理论,即认为历史重构的背后总是隐藏着权力关系。于是在"重写"文学史时,许多学者的关注点也主要是历史材料包括文本背后的"权力关系"。比如讨论20世纪四五十年代的文学,首要的目标就是尽力发掘被一般文学史家忽视的"权力关系",着力说明主流意识形态如何左右与主宰文学的发展。这当然也是一种研究的角度。不过有时因为寻找"权力关系"的意图过于迫切,难免先入为主,理论早就摆在那里,要做的工作不过是找到一些能够证明这些"权力关系"的文本材料。有的文章为了说明诸如性别、政治、"民族国家想象"之类很大的命题,又顾不上梳理四五十年代"转型"过程中极为复杂的文学现象,就大而化之,以观点加例子的办法,重点分析从《白毛女》到《青春之歌》几个文本,然后就得出很大的结论。这类研究的好处是概括性强,有批判性,的确也带来某些新的视角,看到以往可能被遮蔽的方面。但其缺失也往往在于先入为主,不是从材料里面重现历史,不愿在历史资料以及文学分析上面下功夫,容易把历史抽象化。

现在看来,文化研究进入文学领域是必然的趋势,但这种趋势有点像双刃剑,在可能给学科带来活力的同时,也要警惕其已经在对文学研究构成某种"威胁",在不断消解文学研究的"文学性"。我认为有些人提出与此相关的"纯文学的焦虑"问题,也还有进一步讨论的必要,并不能简单地说"焦虑"是多余的。这种"焦虑"是需要重视的现实问题,而不只是理论问题。如果结合教学来讨论,可能就更清楚。现在中文系的文学教学是普遍存在弊病的。突出的表现是:概论、文学史和各种理论展示的课程太多,作家作品与专书选读太少,其结果,学生刚上大学时可能还挺有灵气,学了几年后,理论条条有了,文章也会操作了,但悟性与感受力反而差了。的确有不少文学专业的学生,书越读审美感觉就越是弱化。文化研究热的兴起,本来是好事,研究视野毕竟拓展了,然而似乎也带来了新问题,事实上"远离文学审美"的现象加剧了。翻阅这些年各个大学的本科生、研究生的论文,有多少是着眼于文本分析与审美研究的?现今在中文系,似乎再谈"纯文学"就是"老土"了,大家一窝蜂都在做"思想史研究"与"文化研究"。其实,术业有专攻,要进入文化史研究领域,总要有些社会学等相关学科的训练,然而中文系出身的人在这些方面又是弱项,结果就难免邯郸学步,"文学"不见了,"文化"又不到位,未能真正进入研究的境界。担心文学审美失落的焦虑大概也由此而来。

虽然现今文学已经边缘化,但只要人类还需要想象的空间,文学就有存在的必要,也就还需要有一些优秀的人才来从事创作与文学研究。这也许是中文系存在的理由吧。与哲学系、历史系、社会学系等系科相比,中文系出来的学生应当有什么特色?我想,艺术审美能力,对语言文学的感悟力和表达能力,可能就是他们的强项。对于学文学的大学生、研究生而言,他们应当格外注重经验、想象、审美能力的培养,这是从事文学研究的必要禀赋。而艺术审美能力要靠长期对艺术的接触体验包括对作品的大量阅读才能培养起来,光是理论的训练不能造就真正有艺术素养的专门人才。现在中文系学生已经不大读作品,他们用很多精力模仿那些新异而又容易上手的理论方法,本来就逐步在"走出文学",而文化研究的引导又使他们更多关注日常社会,关注大众文化之类"大文本",甚至还要避开经典作品,使不读作品的风气更是火上添油。虽然不能说都是文化研究带来的弊病,但文化研究"热"起来之后,文学教育受挫就可能是个问题。原有的学科结构的确存在诸多不合理因素,分工过细也限制了人的才华发挥,文化研究的"入侵"有可能冲击和改变某些不合理的结构,但无论如何,文化研究不能取代文学研究,"中文系"也不宜改为"文化研究系"。总之,我赞成文化研究能够以"语言文学"为基点去开拓新路,学者们也完全可以大展身手,做各自感兴趣的学问,同时我对文化研究给目前现当代文学学科冲击造成的得失,仍然保持比较谨慎的态度。

"思想史热",也是值得我们关注的现当代文学研究中的一种问题,这和上面所说的文化研究的问题紧密相关。以前我写过文章,质疑过那种以思想史替代文学史的倾向,曾经引起学界的讨论。这里我还是想继续探讨一下这个问题。其实我并非否定文学史和思想史的融合。事实上,大家都能看到,不同学科的科际整合已经成为一种必然的趋势,跨学科研究大受欢迎。学科分工过细、互立壁垒的做法显然阻碍了学术的生长,正在受到越来越多的抨击。现当代文学本来就与政治、社会变革联系紧密,所以研究文学史有时要介入思想史也顺理成章。我们看到,思想史的研究确实给文学史研究提供了许多新的层面与角度,对文学史内涵的阐释也往往在思想史研究的背景中获得"增值"。其实,人文社会科学研究之间本来就不应当人为地设定不可逾越的界线。

　　但值得我们思考的是,文学史研究中的"思想史热"有没有值得反省的问题或倾向? 思想史是否可以取代文学史? 文学的审美诉求在现代文学史研究中还有地位吗?

　　沿用一句老话,叫"术业有专攻"。思想史与文学史有融会交叉,但彼此的分工也还是明确的。思想史主要是叙述各时期思想、知识和信仰的历史,而文学史主要应该是文学创作及相关的文学思潮的历史。一为"思想",一为"文学",两者可以互为背景,或互相诠释,但各自都有相对清晰的领域。一般而言,思想史处理的是较能代表时代特色或较有创造力与影响力的思想资源,文学史则要面对那些最能体现时代审美趋向或最有精神创造特色的作家作品。研究文学史往往要了解思想史的背景,甚至也难免"越位",做一些跨入思想史范围的题目。就个人的学术选择而言,这无可厚非。但文学史家若要"跨"进思想史研究领域,恐怕就不能只是维持文学史的眼光和方法,因为不同学科有不尽相同的"游戏规则"。但现在的情形是"越位"中有些混乱,甚至有些本末倒置。我曾经谈到过这样的例子,一般来说,我们分析现代诗人冯至或者穆旦的诗,都会关注他们作品本身的那种哲理性。但是他们既然是诗人,当然主要应当从诗艺的、审美的角度去探讨。可是我们看到不少评论硬是要发掘冯至或穆旦的哲学思想,认为其达到什么存在主义、现代主义的思想深度,甚至干脆把他们当成哲学家,煞有介事地探讨其对哲学的贡献,那显然就是"过度诠释"了。因为不管怎么说,冯至和穆旦也只是出色的诗人,他们用诗歌表达的那些哲思,那些独特的体验与感悟,并不构成思想史的意义。有些论文探讨现代作家的哲学思想怎么深入,如何有特点,也许文学圈内的人叫好,可是在治思想史的学者看来,却不一定能入得了"围"。又比如,你想表现 40 年代知识分子(其实主要是作家)的精神和心理历程,挑选了朱光潜、沈从文、萧乾这样一些著名作家作为分析的现象或典型,这也许是方便和适当的。问题是如果硬要"越位",摆出思想史的架势来处理这样一些其实并不真正具备思想史资源意义的对象,那充其量只是文学史家充当思想史的"票友"罢了。

　　我们曾经抱怨,以往的文学研究过分受到主流意识形态的"重视",其"负担"太过沉重了。现在的情形如何呢? 这些年来思想文化界许多重大问题的讨论,包括哲学的讨论,一些现代文学领域的学者几乎都是其中的担纲角色。虽然可以说它体现了学者对于现实的关怀,但从另一角度看,这又真是"哲学的贫困"。而对于现代文学学科而言,领地拓展了,本属"自己的园地"会不会反而荒芜了呢?这真是很难说的。

王瑶先生曾经这样为现代文学下过定义:所谓"现代文学",就是"用现代文学语言与文学形式,表达现代人的思想、情感、心理的文学"。这是一种很概括也很到位的说法,一般不会有什么异议。按照这种理解,现代文学史写作就不应当只是谈论"思想",这和思想史、哲学史乃至文化史的关注层面与方式都会有区别,否则,还要文学史干什么?可惜多少年过去了,我们的文学史研究,离王瑶先生的理想越来越远了。文学史是大学中文系的基础课,其功能除了培养"思想",还应当有"审美",有文学的感觉与眼光。在这个日益平面化和物质化的时代里,审美感觉与能力的培养更显重要。不能不承认有这种带普遍性的现象:许多学中文的大学生、研究生学会了"做"文章,却消泯了自己原有的艺术感觉,中文系越来越不见"文气"了。文学研究过分注重操作性而轻视艺术审美经验性分析的倾向,的确应该引起警惕。

无论是文化研究还是思想史研究,都已经和正在给现当代文学这门学科带来新的挑战、新的动力,同时也带来某些新的问题和困扰。我们提出要警惕文学史研究的"空洞化"现象,提到某些困扰,并非要简单否定文学史研究中的"文化研究"和"思想史"热,只是对那种一味追求文化研究或思想史的架势,而完全脱离了文学的"文学史"研究表示疑惑。希望这种质疑能促使我们更清醒地认识当前研究的某些不足,而从更高的一个层次来思考文学史与文化研究、思想史研究结合的可能性:无论是把文学放到文化研究或思想史的场域中考察,还是利用文化研究与思想史的方法角度理解文学史,都不是脱离文学,而是研究文学与文化、思想的互动,是从更开阔的背景中了解文学所依持的思维方式、想象逻辑及情感特质,以及这些文学想象和情感方式如何在特定的历史语境中形成带普遍性的社会心理现象。这是跨出文学史,又回到文学史,并不会消泯文学研究的独特性,而又可能为文学研究拓展新的论域,甚至可能发现许多往往为单纯的封闭的文学研究所遮蔽或忽略的现象。

从学科史回顾 80 年代的
现代文学研究[*]

　　尽管后来人们对上世纪 80 年代的现代文学研究可能有这样那样的不满与批评,但这是一个学科自觉的时期,对许多涉足其中的学者来说,又是难于忘却的富于理想、自信和激情的时期。时代突变带来的那种"精神松绑"的快感,知识分子的使命感、事业心,以及对久违了的学术的向往与尊崇,都在现代文学学科的重建上得到了痛快淋漓的表现。

　　80 年代的现代文学研究大致经历了四个阶段。70 年代末和 80 年代初,"文革"刚刚过去,最重要的是为"文革"中被批判被打倒的一批作家平反,即所谓"拨乱反正"时期,学科的复原因为贴近现实而大受社会的关注;第二阶段是 1983 年前后,强调"历史和美学的结合",试图重建现代文学学科,除了竭力发掘文学史上被忽略的作家,最大的关心就是"填补空白"和梳理思潮流派脉络;第三阶段是 80 年代中期,回归"五四"和强调启蒙主义立场使现代文学研究更加超越意识形态的制约,而这一段热衷于了解和运用外来的文学理论与方法,又出现所谓"方法热"和"文化热";第四阶段是 80 年代后期,收获了一批比较坚实的成果,也普遍意识到现代文学研究中存在的不足,对学科的分期、格局的讨论,以及文学史研究整体观的提出,表明学科进入自觉调整的时期。以上只是非常粗略的划分,各个阶段的文学现象可能互相衔接叠合,我们只能大致依照时序,从学科发展各个阶段举出某些重要的现象和论著来评说,以获得一种轮廓式的学术史了解。

　　* 本文原载《北京大学学报》(哲学社会科学版)2004 年第 5 期。

一、"重评"与学科的复苏

在 70 年代末和 80 年代初，报刊上最频繁出现的一个词是"拨乱反正"，当时这个"乱"指的是"文革"十年对百业的摧毁与扰乱，"文革"后首先要做的就是批判和清除流毒，正本清源，复兴百业。对现代文学这门学科来说，这也是非常迫切而且实际的事情，而且比起其他相关学科来，现代文学因为受"文革"的摧残更严重，"拨乱反正"也有更强的内驱力和更大的社会影响力。作为一门学科，现代文学和政治的关联是与生俱来的。一方面，现实政治的需要的确也给现代文学学科发展带来动力，甚至使这样一门小学科成为有很高的社会显示度的学科；另一方面，政治又不时制约和干扰学科的发展。50 年代以后，学科一次又一次被卷进各种政治运动的漩涡，一批又一批作家被批判革除，真的成了所谓"阶级斗争的晴雨表"了。到了"文革"期间，终于陷入绝境，几乎可以说是"全面解体"。所以现代文学学科的重建，在 80 年代又不能不和政治紧密相连，或者说，更多的是在依恃大的政治环境的转变。伴随政治变革而形成的各种理论、观念和思潮，都曾经作为某种资源，为现代文学学科的重建助过一臂之力。现代文学在 70 年代末 80 年代初几乎成为一门有社会影响力的"显学"，是时代变迁以及学科本身性质所决定的。学科史应当重视这次"显学"现象。

1977 年冬，北京大学中文系联合一些高校举办关于"两个口号"论争以及"三十年代文艺"等问题的讨论会，随之在兰州、厦门等地又召开数次讨论会，都是围绕"文革"中被批判的一些重大的文学史现象开展研讨，力图澄清一些史实，为那些被"四人帮"当作靶子批判的所谓"文艺黑线"和相关的人物说些公道话，显然带有"平反"与"重评"的性质。现在看来，这样的讨论似乎"层次"不高，政治性远远大于学术性，但要看到，那时"文革"刚刚结束，思想解放运动尚未全面推开，所讨论的这些问题在当时仍然是敏感的问题，牵一发而动全身，所以引起文艺界和社会上很大的反响。

接着一些学校教员着手收集现代作家的传记材料，编写现代作家辞典。1978 年徐州师院的老师邀请七十多位健在的作家撰写自传，同时收集已故作家的自传，汇编成《中国现代作家传略》二册印行，其中不少是"文革"中被打成

"黑帮"的作家。同一年,北京语言学院的教员编写出版了《中国文学家辞典》的"现代第一分册",选录有现代作家四百零五人,翌年出版"第二分册",又选录现代作家五百八十二人(第三、四分册又收录一千一百九十五位现代作家词条),自"五四"以来各个阶段有过一定影响的作家、包括当时仍然可能有争议的作家,几乎都入选其中了。这些"传略"和"辞典"在一定程度上充当了让作家平反亮相的作用,而且及时为教学研究提供了非常短缺的资料,虽然未正式出版(《辞典》的第一、二册"内部发行",印数可观;第三、四册 1985 年由四川人民出版社正式出版),但影响极大,当时从事现代文学教学的学者几乎人手一册。与此同时,报刊上有大量关于消失多年的作家的报道,也陆续发表为"文革"中受批判的作家平反昭雪的评论文章。这种"平反"式的论作,虽然没有摆脱二元对立式的政治判断的思维框架,所谓"反正"在当时也主要是回到 50 年代的观念体系框架,接续被"文革"中断了的工作,但这一切对"复活"现代文学这门学科是必要的一步。此后一直到 80 年代初期,"平反"或者"重新评价"仍然是许多现代文学学者普遍的研究形态,因为刚刚复苏的社会需要这种贴近现实的研究。

这里还要提到两件与现代文学学科的"复活"密切关联的事情,即 1977 年恢复高考以及 1978 年首届研究生的招生。"文革"中断正规的高等教育达十年之久,使得人才断档,七七、七八两届许多大学本科生和研究生的考生空前踊跃,简直是百里挑一。而在中文系所属的几个学科里边,大概因为现代文学比较贴近现实,比较热门,也可能相对容易备考,报考这方面研究生的人数又特别多,各校都招收了一批富于才干与生活历练的学生。这几届本科生、研究生上学时刚好处在学科重建阶段,师生几乎都是"从头来",大家一边教,一边学,一边探索,一边出成果,真是教学相长。后来这几届本科生、研究生中的一些人就成为现代文学学科建设中很有特点的学者。总结现代文学研究历史时可以适当关注七八十年代成长起来的一批学者的"整体特征",以及他们在学科重建中起到的结构性的作用。

和建国初期学科形成的情形有些类似,这一次又是大学的教学直接成为现代文学学科重建的动力。学生招进来了,要上课了,教材就是首要的问题。于是学科重建首先是教材重写,在短时间内出现了现代文学的"编教材热"现象。

1978 年,为满足全国大学的教学需要,唐弢主持编写的教材《中国现代文学史》重新组织编写组,先后集中了严家炎、樊骏、陈涌等一批权威的学者参加编写。① 1979 年 6 月该书第一册问世,为"文革"后正式出版的最早的一部现代文学史教材,接着第二、三册分别于 1979 年 11 月和 1980 年 12 月出版。与此同时,全国多所大学也纷纷联合编写现代文学史教材。比较著名的有 1979 年出版的九院校编写组(北京大学、南京大学、厦门大学、安徽师大、南京师院、扬州师院、徐州师院、延边大学和安徽大学)的《中国现代文学史》(江苏人民出版社出版);田仲济和孙昌熙主编的《中国现代文学史》(山东人民出版社出版),以及林志浩主编的《中国现代文学史》(中国人民大学出版社出版)。在 1978 至 1981 年间,还有其他多种合作编写的现代文学史出版。这些现代文学史的一个共同点,就是都在试图突破五六十年代同类教材的局限,恢复实事求是的思想路线,给予以往未得到公正评价的作家以比较客观的评价,但基本格局未变,"反帝反封建的新民主主义革命"仍然是文学史叙事的中轴,政治评价仍然是基本标准。有人说这是"虽展新姿,仍存旧痕"②。这不只是"唐弢本"等几种教材,也可以移用来说明这个历史转折期的文学史写作的特征。

从学科史角度来看,这一阶段的教科书的集中编写也是值得注意的现象。一切事物都是作为过程展开的。在"文革"刚过去,"拨乱反正"成为普遍的社会心态的时期,编教材是要重新解释被误解和颠倒了的历史,文学史家们坚定地认为他们完全可以客观地做到这一点,并且相信这项工作对青年和社会的影响会十分重大。许多编教材的学者怀着那样虔诚的责任感和使命感来参与编写工作。"教材热"主要是为了满足社会的需要,后来常见的职称评定、成果量化、经济利益等因素还很少掺乎到写作中来。当时政治评价仍然作为最主要的评价标准,但许多政治问题又未曾解决,如胡风问题、建国后多次文艺运动评价

---

① 这套教材是 1961 年文科教材会议之后,由教育部组织编写的国家统编教材,先后有唐弢(主编)、王瑶、刘绶松、刘泮溪、严家炎、樊骏、路坎等数十位专家参加,1964 年完成讨论稿,未出版。1978 年 9 月重建编写组,又增添了陈涌等成员,严家炎协助唐弢全面负责该书第一、二册的修订和第三册的编写。1979 年 6 月第一册出版,接着第二、三册分别于 1979 年 11 月和 1980 年 12 月出版。

② 邢铁华在《中国现代文学史研究述评》(《文学评论》1983 年第 6 期)中有"一方面展现出新姿,一方面又残存着旧痕"两句,评论"九院校"本文学史。后来黄修己《中国新文学史编纂史》(北京大学出版社 1995 年出版)也用"虽展新姿,仍存旧痕"评价唐弢主编的《中国现代文学史》。

问题,等等,都还不明朗,有些问题是不可能单靠学者的探究来解决的,何况文艺为政治服务仍然作为必须遵循的原则。在必要的基础性的专题研究还未能充分展开之时,现代文学教材的编写是很难摆脱以论带史的"旧痕"的。

现代文学的学科重建再一次以教材的写作作为最重要的方式。现在许多教材都更新了,前面提到的几种曾经影响巨大的教材,现在看来都"过时"了。但我们不应当忽视这一段教材集中编写的现象,以及作为当时有代表性的写作心态与文学史思维方式。此外,还应当特别注意,像唐弢和严家炎主编的《中国现代文学史》,一直到 90 年代初,仍然是被广泛采用的教材,其对文学史阐释的框架、方法、学风乃至许多基本结论,对全国的现代文学史的教学都有巨大的覆盖性的影响。以前已经有学者分析过"唐弢本"文学史的得失,如黄修己就指出:"与那些短时期内急速编就的教材不同,唐弢本拖延了十几个年头,像棵老树一样,既有粗壮的老干,也有娇嫩的新枝,身上打着一圈一圈的年轮,记录着不同时间学术上的风云变幻。正因如此,它出版后,既成为新文学史著中水平最高之一部,又让人觉得新鲜感不足。人们一面尊它为权威性的著作,一面也多少有点惋惜的感慨。但无论如何,它是前三十年的一部总结之作,它的成就代表了前三十年的水平,它的不足也反映了前三十年的局限。"①一代人有一代人的学术。现在重读"唐本"文学史,尽管我们已经不习惯其论史的框架和许多结论,但依然会对这些前辈治学的大气、专注和坚实深感敬佩。如果能把"唐弢本"和 80 年代初期一些代表性的文学史教材的写作作为一种与时代密切关联的现象来考察,探讨其生成的肌理,也许是个有学术含量的课题。

我们还是回到 1979 年。当时的文学史家除了用心编教材,还有一件事就是努力营造相对自由活跃的学术环境。这时,思想解放的潮流已经涌动,知识分子在批判和力图摒弃思想专制的同时,诚挚而热情地呼唤着可以自由表达的舆论空间。这毫无疑问是大胆的尝试。一时间各种自发的刊物、论坛和学会如雨后春笋般涌现。尽管许多活动仍然要得到相关部门的批准,但毕竟有了更多的个人发表的机会。这种情况在五六十年代是不可想象的,自然也就为现代文学学科的生长提供了空前良好的土壤。关于思想解放潮流对现代文学的学术

---

① 黄修己:《中国新文学史编纂史》,北京大学出版社 1995 年版,第 205 页。

发展所起的巨大的推进作用,仍然是学科史未能充分注意的课题。

1979 年的 1 月,在教育部召开的一次教材审稿会上,与会代表倡议成立全国高校现代文学研究会,并组成筹委会,选举王瑶先生任会长,田仲济、任访秋先生任副会长,随后又在西安召开的教材会议上推选第一届学会理事。① 1980 年 7 月在包头召开学会的首届学术讨论会,学会更名为中国现代文学学会。这次会议主要议题是讨论如何贯彻百花齐放、百家争鸣、实事求是的科学精神,恢复现代文学本来的历史面目,提高教学与研究的水平。此后,学会定期召开全国性学术会议、以学术专题讨论为主的理事会,以及其他形式的学术会议。把学会的每一阶段的学术活动串联起来,考察其在不同时期的核心话题与争议焦点,等等,也就能大致看出这二十多年来现代文学学科嬗变的轨迹。学会的成立可以看作是一种新的学术空间的形成,在学术生产上是有相当重要的作用的。学会不但为研究者提供讨论和发表的机会,而且在学术发展中起到某种导向的作用。

与此同时,学会决定创办学术刊物《中国现代文学研究丛刊》。当年 10 月该刊的创刊号正式出版,主编王瑶在发刊词《致读者》中强调,必须改变“过去对现代文学的各种复杂成分注意很少,研究很不够”的状况,希望“不仅要注意研究文学运动、文学斗争,还要注意研究文学思潮和创作流派;不仅要注意有代表性的大作家的研究,还要注意其他作家的研究;不仅要研究无产阶级革命作家,还要研究民主主义作家,对于历来认为是反面的作家作品也要注意研究剖析;不仅要考察作品的思想内容,还要注意作品艺术形式、风格的研究”。这话说得很全面,其实新意在于“不仅”后面的“还要”。“还要”就是强调重新发现与公正评价以往忽略或者遮蔽了的那一部分。这个宗旨在刊物的选稿中得于贯彻。或者说,80 年代初的现代文学研究强调思想解放,偏重“重新评价”,这个总体特征被鲜明地体现到这份刊物中了。该刊的创刊号就把胡适作为文学革命的开拓者来讨论②,第 2、3 辑又讨论“充满矛盾而易招误解的作家”郁达夫

---

① 据《高校中国现代文学研究会成立》的报道,载《中国现代文学研究丛刊》创刊号。
② 耿云志的文章《胡适与五四文学革命运动》。

和徐志摩①,都带有"重新评价"的性质。随后对于许多此前被批判、被忽略的作家,或者被误解、被颠倒了的文学史现象,都逐步铺开讨论。这类讨论不但在《中国现代文学研究丛刊》上进行,其他文学评论刊物,如《新文学论丛》、《文学评论》、《文艺论丛》、《新文学史料》,以及各种学报,等等,都参与到"重评"中来。列入"重评"的对象非常广泛,如周作人、沈从文、戴望舒、丁玲、冯雪峰、瞿秋白、胡风、路翎、萧军、废名、朱湘、李金发、施蛰存、师陀、李劼人、张爱玲等等作家,以及新月派、鸳鸯蝴蝶派、论语派、初期象征诗派,30 年代关于"自由人"、"第三种人"的论争,等等,都有专门的研究论文进行"重评"或反思。

应当提到的是,这时一些海外汉学家的现代文学研究成果也渐次介绍进来,他们不同的文学史观和研究角度,让封闭已久的国内学者感到新鲜,即使不会完全赞同,也可能有所启迪。如美国汉学家夏志清的《中国现代小说史》在大陆没有公开出版,但不少学者和研究生都通过英文版或者辗转传阅的台湾中译本了解到这本书,客观上也带动了对于沈从文、张爱玲、钱锺书等一批作家的重新发现。

"平反"也好,"重新评价"也好,"填补空白"也好,在当时都带有某些政治上"落实政策"的意味,研究者自觉不自觉都还是要从政治角度伸张包容性,或者尽量把评论对象往"民主主义"阵线上归类,或者努力发掘辨析其可能具有某些"反帝反封建"性质,以此求得重新进入文学史的合法性。这个时期的社会生活仍然是那样政治化,但政治"标准"在研究者这里已经变得宽松灵活,只不过他们的视野一时还不够开阔,即使艺术上的"平反"也仍然不能脱离既定的政治评判框架。打从五六十年代以来,文学研究的政治制约越来越紧,作家作品入史的范围越来越窄,以致到了"文革"时期登峰造极,几乎所有有影响的作家都被贬斥为"黑线人物"或者"封资修"垃圾,结果文坛萧瑟,人们戏称那时就"只剩下鲁迅走在《金光大道》上"。如果循着历史发展的链条来考察,那么对于 80 年代初以研究对象的拓展为特点的"重评"和"填补空白",就会有更多的历史的理解,并能充分发现这些成果的学科史价值。

---

① 　发表于第 2 辑的《一个充满矛盾而易招误解的作家》(朱靖华),发表于第 3 辑的《论郁达夫的小说创作》(温儒敏)和《评徐志摩的诗》(陆耀东)等文。

　　了解这一段学科发展的状况,除了参考相关的学术述评,最好能翻阅一些代表性的期刊。如前面屡有提到的《中国现代文学研究丛刊》,从 1979 年创刊至今,已经连续出版二十五年,作为一种比较持重的学术刊物,能坚持下来真是不容易。《丛刊》是专门刊登现代文学研究成果的刊物,它所发表的文章,大约占这门学科每年研究成果(不包括单行本著作)的十分之一左右。如果要了解现代文学学科的历史演变,特别是 80 年代以来研究的进展状况,《丛刊》毫无疑问是最重要的参考文献。著名的文学史家樊骏先生在《丛刊》出版十年和二十年时,都曾经撰写长文总结,这也是学科史的重要研究成果。① 当然,其他一些在七八十年代复刊或创刊、经常有现代文学研究成果发表的刊物,如《新文学史料》(人民文学出版社主办)、《文学评论》(中国社科院文学所主办)、《新文学论丛》(人民文学出版社主办)、《文艺论丛》(上海文艺出版社主办),以及《鲁迅研究文丛》(湖南人民出版社主办)、《鲁迅研究》(中国社科院文学所主办)、《鲁迅学刊》(辽宁社科院主办),等等,也都记录了当时文学研究趋向与风气的变化,是应当进入学术史考察视野的。

二、思潮流派的研究风气

　　对现代文学作家作品的"重评"高潮持续的时间较长,后来北京、上海一些报刊举办"名著重读"、"名作欣赏"之类栏目,也是一种"重评"的延续。关于作家研究的许多专题讨论会陆续召开,甚至还出现了相关的专题性学会组织,如鲁迅学会、郭沫若研究会、茅盾研究会、丁玲研究会、瞿秋白研究会,等等。这都表明以"重评"开始的专题研究日渐深入,学者们纷纷找到自己擅长的某个领域,分工也似乎细了。在 80 年代前期,每年发表关于现代文学的研究文章平均都有上千篇,其中作家作品的评论大致占到一半(其余多为史料和回忆录等等),数量是相当大的。不过到了 1982 年前后,人们显然不再满足于政治框架内的"重评",而且"填补空白"也真不少了,大家很自然都希望突破一般的作家作品论,由点及面,把文学发展的脉络理出来,进入更重视"文学史规律"的研究

---

　　①　樊骏的《〈中国现代文学研究丛刊〉十年:1979—1989》,载《中国现代文学研究丛刊》1990 年 2 期;《丛刊:又一个十年(1989—1999)》,载《中国现代文学研究丛刊》2000 年第 2、4 期。

层次,这样,就有越来越多的研究者把目光转向文学思潮流派,转向对文学现象和问题的综合比较研究。1981 年 4 月和 1983 年 1 月,中国社科院文学研究所先后召开两次学术会议,议题就是"中国现代文学思潮流派问题"。参与这两次会议的大都是当时比较著名的学者,而且都做了有相当的准备的论文或者发言,后来结集为《中国现代文学思潮流派讨论集》①。从这些论文和发言看,研究者对文学思潮的兴趣不再停留于对文学论争、事件的辨析,而开始关注现代文学与传统的关系以及外来影响这样一些深层次的课题。诸如《中国现代文学和民族传统的关系》(王瑶)、《关于国际革命文艺运动》(陈冰夷)、《三十年代左翼文艺所受日本无产阶级文艺思潮的影响》(刘柏青)、《试论西方现代派戏剧对中国现代话剧发展之影响》(田本相),等等,就很重视对现代文学各种潮流的兴发做溯源的分析。而且研究者也开始从文学发展的"历史联系"角度考察不同的文学派别。如《论三十年代的新感觉派小说》(严家炎)、《关于山药蛋派》(高捷)、《漫谈白洋淀派》(冯健男)、《简论鸳鸯蝴蝶派》(刘扬体),等等,都力图在"发掘"与论证流派的存在价值。这些研究成果在当时实际起到了倡导的作用,而且开启了新的研究思维范式:对个别文学现象以及对作家作品的就事论事的分析评价,转向在更大的文化背景中,对作家作品赖于产生的各种因素和历史关系做综合的分析;对各种复杂的思潮的关注,超越了以往对文学论争的简单化的政治性评判,现代文学发展的肌理得以初步呈现;所谓主流、支流的习惯性说法遭到质疑,多样的流派研究开始复原现代文坛多彩的面貌,并宣示了许多作家原来被遮蔽的某些特色与贡献。稍后,关于现代文学与外国文学思潮的关联,现实主义、浪漫主义、象征主义、现代主义等各种思潮的流变,以及创造社、新月派、象征诗派、现代诗派、"七月"诗派、抗战文学运动、东北作家群,等等,成为众多学者特别是年轻学者用心投入的新的研究领域。这种关注的目光的转移,超越了以往"现实主义独尊"的叙史模式,拓宽了研究领域,为学科的复兴探索了多种可能性。

　　"影响研究"成为这一段现代文学研究中常见的切入点。这种学术理路的展开也得益于当时方兴未艾的比较文学。这门擅长科际整合的学科方法打开

---

　　①　人民文学出版社 1984 年出版。

了现代文学研究者新的视野,激发了他们涉足文学思潮研究,并使这种研究尽可能"面向世界"的热情。当时一本论述现代作家如何受到外国文学影响的论文集《走向世界文学》,集合了许多年轻的学术新秀来讨论这个热门的话题,一时几乎成为畅销书。① 这本书名题为"走向世界",曾经引起某些批评。② 难道我们不就在世界之中? 但这"走向世界"可以解读为一种对于"现代化"的渴求:文学史家们是越来越看重以"现代化"的企求作为解释文学发展的坐标了。还有一个事实就是,文学思潮流变和外来影响研究因其丰富的学术含量可供阐发,成为许多博士论文的选题,大家不约而同都在把"与世界文学接轨"作为新的研究的参照系。

所有这些情况都表明,80 年代前期兴发的思潮流派研究风尚,实际上是学科发展的必然趋势:在"重评"之后就是更宽容、更有历史感,也更具综合性、学理性的探求。事实上,肇始于 80 年代初的思潮流派研究热虽然一时少有出色的产品,但这种风气拓展了许多学者的眼光,甚至奠定了许多学者治学的格局,他们扎扎实实地下功夫,在几年之内就陆续贡献出一批结实的成果。如严家炎关于新感觉派和其他小说流派的研究,乐黛云关于尼采与中国现代文学的研究,孙玉石关于初期象征诗派的研究,温儒敏关于新文学现实主义流变的研究,王富仁与罗钢关于创造社与浪漫主义美学关系的研究,罗成琰关于现代文学中浪漫主义的研究,范伯群关于鸳鸯蝴蝶派的研究,艾晓明关于左翼文学思潮的研究,等等。

三、理论方法热

到了 80 年代中期,学术界的空气相对自由活跃,这都有赖于思想解放运动的推进。突破惯性思维的束缚是来得那样突然并且时髦,往昔不太敢触及的话

---

① 《走向世界文学》是有关"中国现代作家与外国文学"关系研究的论文集,曾小逸编,湖南人民出版社 1985 年出版,印数达九千册。收有三十篇论文,探讨了三十位现代作家所受外国文学的影响。论文作者大都是当时初出茅庐的研究生,如王富仁、钱理群、黄子平、陈平原、杨义、朱栋霖、许子东、凌宇、吴福辉、王晓明、赵园、刘纳、蓝棣之、孙乃修、陈圣生、王文英、方锡德,等等,可谓一时之选,后来大都成为现代文学研究的生力军。

② 如卞之琳在 1986 年第 4 期《文艺报》发文《有来有往》,指出《走向世界文学》一书既显示了研究实力,又明显暴露了不足,包括外文修养的缺陷,连封面上的书名英文"TO THE WORLD LITERATURE"都翻译错了。

题,如重视文学的人性表达价值和审美价值,重视作家个性化的创造,以及提倡"主体性"和文学人物塑造的"性格组合论"等等,都无须顾忌可以在会议上和报刊上放言探讨了。特别是回归"五四"以及强调启蒙主义立场,一时成为许多研究者的共同追求。哲学家李泽厚关于"启蒙与救亡"双重变奏的观点在文学界产生了辐射性的影响。人们似乎都相信只要回到文学,回到个体,回到审美,就会进入胜景,别有洞天。这种多少带有天真气象的普遍精神企求是前所未有的,的确让人兴奋。与此相关,是各种西方文艺理论方法的大举引进。如弗洛伊德心理分析理论与方法、萨特的存在主义、系统论、结构主义、新批评、叙事学、接受美学、女性主义和各种现代主义、后现代主义理论,一波一波地在现代文学研究界引起反响,炫耀式的模仿运用本身往往就是目的,成为一种时髦。那时的文科学生很少没有读过弗洛伊德或者萨特的,理论方法的"升温"造成某种焦灼的空气,的确也给许多年轻的学者带来学术的灵感与冲动。

　　也许就是外来文化的冲击使我们反观自己学术上的缺陷,在 80 年代中期,许多研究者发现自己底气的不足,不约而同都对理论方法发生了浓厚的兴趣。当时有不少文章都在讨论如何冲破僵化的文学史思维与评论模式①,学者们不只是考虑如何提升自己研究的理论能力,更重要的是呼唤文学史思维空间的拓展与研究方法的更新。这种理论创新的渴求在更年轻的一代(主要是 1985 年前后刚刚研究生毕业或者仍然在读的青年)学者中表现更为强烈,因为理论可以更快"出活",理论可以支撑他们短促突破。

　　毋庸讳言,西方文学批评理论方法的冲击波的确带来新的学术气象。这里必须提到 1984 年 2 月林兴宅发表的《论阿 Q 性格系统》。该文大胆起用系统论和心理学方法来阐释阿 Q 性格,从所谓自然质、功能质、系统质等不同层面探讨阿 Q 典型的特质、阿 Q 主义的来源及其超越阶级、时代、民族的普遍性等历来有争议的问题,多角度展示了阿 Q 性格的内涵。② 现在读这篇多少有些机械模仿的文章大概不会引起什么惊讶,但该文当年发表后的反响却是异乎寻常的。

---

　　①　如刘再复《研究个性的追求和思维成果的吸收》(《中国现代文学研究丛刊》1985 年第 2 期),殷国明《应该冲破僵化的、封闭的文学批评方法模式》(《文学评论》1985 年第 3 期),汪应果、朱栋霖《理论的发展在于自我扬弃》(《文学评论》1985 年第 4 期)。

　　②　林兴宅:《论阿 Q 性格系统》,《鲁迅研究》1984 年第 1 期。

多年众说纷纭争议不休的难题好像用新方法这么一试,快刀斩乱麻就"解决"了。事实上这篇文章及其反响在学科史上已经具有标志性质:在80年代中期,像林兴宅这样怀着借用新术打破旧说的兴奋、大胆尝试各种西方理论的作者不是少数,他们的努力起码在气势上突破了简单化的思维束缚,并以此确立了自己前所未有的学术自信。特别是在小说、戏剧的评论方面,1985年之后出现了争相使用心理分析、结构主义、女性主义和叙事学方法进行研究的一批论作。虽然难免常常见到那种生硬套用的弊病,但也出现一些能巧妙吸取而又富于创意的成果。如黄子平关于小说主题类型的研究①,孟悦对现代文学叙事角度的发掘考察②,余凤高关于现代小说的"心理分析"③,还有陈平原在小说史研究中的叙事学理论运用④,等等,都比较善于将外来的理论方法加以简化处理,变得有可操作性,从而在研究的角度和理路上别开生面,活跃了学界的空气。

外来理论方法的影响下形成的另一现象是"文化热"。在80年代中期,一方面许多人还在呼吁"回到文学本身",另一方面又有一些人开始埋怨现代文学学科"人多地少",太拥挤,埋头发掘"文学性"似乎没有很多资源,不如破关而出,拓展其他领域。于是我们看到有许多文章试图转向以往研究中比较陌生的文化分析。但从学科史意义上我们更乐意把这场"文化热"解读为一种精神突围,而不是简单的扩大地盘:文学史家们要突破长久以来过于政治化的学术格局,从不同侧面充分发掘现代文学的丰富潜质,寻求新的学科生长点。文化研究容易被人指责为空泛,目前这种情况还是存在的;但在80年代,研究者刚刚在尝试这种方法,一般都还扣着文学来做,也还不至于天马行空的"泛化"。在比较优秀的尝试者那里,我们看到或者透过小说分析发掘写作姿态背后的知识分子心态历程⑤;或者考察文学"生产"中很重要却又往往被忽略的某些因素,包括读者市场、稿费制度、作者职业化、出版发行⑥,等等;或者调用民俗学、文

---

① 黄子平:《同是天涯沦落人:一个"叙事模式"的抽样分析》,《中国现代文学研究丛刊》1985年第3期。

② 孟悦:《视角问题与"五四"小说的现代化》,《文学评论》1985年第5期。

③ 余凤高在80年代发表系列关于现代文学心理分析的文章,后有专著《"心理分析"与中国现代小说》,中国社会科学出版社1987年版。

④⑥ 陈平原:《中国小说叙事模式的转变》,上海人民出版社1988年版。

⑤ 赵园:《艰难的选择》,上海文艺出版社1986年版。

化人类学的方法探讨与作家风格形成相关的地域文化影响①；或者以女性主义的视角解读作品；还有分析文学表达中的宗教文化心理；等等。无论"理论方法热"还是"文化热"，都是 80 年代知识分子精神需求在学术上的一种体现，同时也正好符合学科复兴的趋向，有利于打破僵化的文学史思维。虽然这些"热"也受到诸多批评，似乎一阵喧哗之后又归于平静，但总还是有所收获，而且这些努力所形成的学术积累在 90 年代继续发生着作用。

四、文学史整体观与学术格局的探讨

1985 年还有另外一样重要的事情，就是"新文学研究整体观"以及"20 世纪中国文学"命题的提出。陈思和的《新文学史研究中的整体观》②认为"五四"以来的文学被政治性的标准"拦腰截断"为"现代"与"当代"两段，都不能构成完整的整体。他提出打破以 1949 年为界的人为的鸿沟，把"五四"以来的新文学"看作一个开放型的整体，从宏观上把握其内在的精神和发展规律"。黄子平、陈平原、钱理群发表的《论"二十世纪中国文学"》也是强调整体把握，指出"二十世纪中国文学"这一概念的提出，"并不单是把目前存在着的近代文学、现代文学与当代文学这样的研究格局打通，也不只是研究领域的扩大，而是要把二十世纪中国文学作为一个不可分割的有机整体来把握"③。文章从 20 世纪中国文学与世界文学总格局的关系，其所包含的民族意识、审美意识，以及作为语言艺术的形式演进等方面，初步论证了 20 世纪中国文学的整体特征。这两篇文章的出现不是偶然的，其实此前早就有过关于近、现、当代文学的分期，

---

①　如杨义的《文化冲突与审美选择》(人民文学出版社 1988 年出版)，陈继会的《理性的消长：中国乡土小说综论》(中原农民出版社 1989 年出版)，还有吴福辉的《乡村中国的文学形态：〈京派小说选〉前言》(《中国现代文学研究丛刊》1987 年第 4 期)，等等。

②　载《复旦学报》(社会科学版)1985 年第 3 期。后来陈思和写有一系列"整体研究"的论文，包括关于新文学前后三十年分为三个时段六个层次的划分(这显然受到李泽厚《中国近代思想史论》中关于几代知识分子划分的影响)，关于三大文学思潮的命运，关于当代意识与传统文化的关系，等等，都提出一些颇有见地的观点。

③　黄子平、陈平原、钱理群：《论"二十世纪中国文学"》，《文学评论》1985 年第 5 期。

以及打通现、当代,建立"现当代文学"完整的学科的讨论。① 所以陈思和特别是黄子平等人的文章发表,虽然也有不同的意见,比如认为"20世纪"这种硬性的时间划分不能取替比较有弹性的"现当代",或者批评其对世纪文学总体特征的概括不够准确,但在"整体把握研究"这个基本观念上,多数人都是认同的,并没有很多异议。黄子平等人的文章引起对现当代文学分期和学科格局的热烈讨论,1986年9月甚至还专门召开过一次有关近、现、当代文学史分期问题的讨论会。当时的意见不太统一,有的赞成黄子平等人"20世纪中国文学"的设想,把近百年文学视为一个整体;有的主张把鸦片战争以来的近、现代文学合一,统称"近代文学";但更多的意见是接近王瑶的看法,即把1919年"五四运动"到1976年"文革"结束这一大段文学称为现代文学,而1976年以后的新时期文学应当是文学批评的范围,可不入史。② 尽管由于标准不一,分期的意见也各有道理,但80年代中期这些积极的探讨表明,文学史研究的"整体观念"已经逐步形成,并首先带动了对学科格局的重新思考,现代文学研究再次引发对于自身超越的强烈渴求。

80年代中期的学者变得那样成熟和自信。他们在历史提供的舞台上痛快而尽情地表演,比较充分地做完了当时条件下可以完成的工作。他们的思考与努力促使80年代后期诞生了一批可观的成果,包括当代文学研究成果。让我们粗略地巡礼,可以发现:如凌宇的《从边城走向世界》(1985年),杨义的三卷本《中国现代小说史》(1986、1988、1991年),王富仁的《中国反封建思想革命的一面镜子:〈呐喊〉〈彷徨〉综论》(1986年),季红真的《文明与愚昧的冲突》(1986年),洪子诚的《当代中国文学的艺术问题》(1986年),黄子平的《沉思老树的精灵》(1986年),钱理群、吴福辉、温儒敏等的《中国现代文学三十年》(1987年),刘纳的《论"五四"新文学》(1987年),陈思和的《中国新文学整体观》(1987年),王永生的《中国现代文学理论批评史》(上、中卷,1986、1988年),赵园的《论小说十家》(1987年),朱栋霖的《论曹禺的戏剧创作》(1986

---

① 如中国作协书记处书记鲍昌在1985年"现代文学研究创新座谈会"上的报告就提出要注意把握现代和当代文学"具有系统论意义的整体性",建议建立完整的现当代文学学科。

② 有关近、现、当代文学史分期问题讨论会的纪要刊载于《中国现代文学研究丛刊》1987年第1期。同一期还有亦箫的《十九至二十世纪中国文学断代问题讨论综述》。

年),孙玉石的《面对历史的沉思:中国现代主义诗潮的回顾与评析》(1987 年),朱寨的《中国当代文学思潮史》(1987 年),温儒敏的《新文学现实主义的流变》(1988 年),俞元桂的《中国现代散文史》(1988 年),钱理群的《心灵的探寻》(1988 年),蓝棣之的《正统的与异端的》(1988 年),黄修己的《中国现代文学发展史》(1988 年),曹文轩的《中国八十年代文学现象研究》(1988 年),谢冕的《文学的绿色革命》(1988 年),贾植芳的《中国现代文学社团流派》(1989 年),王锦厚的《五四新文学与外国文学》(1989 年),严家炎的《中国现代小说流派史》(1989 年),孟悦、戴锦华的《浮出历史地表》(1989 年),等等。① 以上列举的是 80 年代后期出版影响较大的部分论著,还不包括那些单篇发表的出色的论文(例如在"重写文学史"倡议下产生的一些有创新意义的论文)。这个阶段如此集中地呈现一批有分量的成果,其实也是"文革"后十多年学术积淀的升华。这些作品和以往现代文学许多著作明显不同的地方,就是更加讲求学理性,也更表现出学术个性。说 80 年代后期是个丰收的季节,也并不夸张。

不过,一方面有许多出色的论著问世,另一方面现代文学学科的处境又每况愈下:这是 80 年代后期的一种矛盾现象。把这一个十年的现代文学研究称为"显学",也并非自封,"文革"结束后,现代文学要清理废墟重建学科,那时真是社会瞩目的"大事"。现代文学研究因为贴近现实,一举一动都牵动大的反响。在 80 年代前期,文学仍然处于社会文化结构的中心,就如后来人们所形容的,当时的文学包括现代文学史研究正和意识形态共度"蜜月期"。其实这也是很特殊的历史现象。曾几何时,到了 80 年代后期,"显学"的风光不再了。随着社会转型,市场经济越来越改变整个社会结构,昔日处于中心位置的人文学科包括文学,越来越边缘化了。② 这大概是不可抵挡的大势,甚至也可以说是有相当历史合理性的趋势。但对于现代文学学科的冲击无疑是相当大的。而且这种冲击在 80 年代后期只能说还刚刚开始,许多研究者当然不习惯,他们忧心忡忡,青年学者更是"六神无主",难于接受事实,很难静下心来做学问了。这种

----

① 这里所举的只是一部分影响较大的著作,所标示的时间是出版年份。其实还有一些未能例举的论文在当时也是很有影响的。

② 有一个事例很说明问题:《中国现代文学研究丛刊》1979 年创刊号的发行量是三万册,1980 年每期的发行量平均也有两万册,到 1988 年就降为三千册左右。

状况当然不利于学术,但客观上也在迫使现代文学研究调整心态与步伐,有可能过滤掉某些外加于学科的非学术性的东西,使学科的素质更加扎实而纯粹。

为此,在 1988 年 10 月,现代文学学会和中国社科院文学所联合召开第二次现代文学创新座谈会。① 这次会议主要是青年学者的交流,但与会者中有当时所谓四代学人的代表。大家都意识到现代文学面临的困境,有些属于大环境的变化是不可抵挡的,关键是学科本身要以积极求实的姿态面对挑战。与会者普遍认识到现代文学过去曾经有过的"中心位置"和轰动效应不会再现,学科已经进入"日常的学术建设阶段";现代文学学者要正视改变中的现实,克服浮躁,还必须"消肿",沉下来扎扎实实耕耘积累;大家认为学科全面创新突破还不具备充分的条件,这一些都有待今后的加倍努力。应当说,这次会议最能反映 80 年代后期现代文学学者普遍的心态,尽管有了危机感,却还未敢懈怠。有些青年学者甚至还重新提倡"板凳要坐十年冷,文章不写半句空"的精神,肩负起继往开来的学术使命。可惜不久就发生了政治风波,整个社会发展的节奏忽然被打乱了,许多学者的心态与学术计划也被打乱了,现代文学研究再一次陷入低潮与困境。直到好多年之后,学术生产的元气才缓慢地恢复过来。

---

① 关于这次会议的情况综述《学科召唤新一代的崛起》(谢伟民),发表于《中国现代文学研究丛刊》1989 年第 1 期。

谈谈困扰现代文学研究的几个问题[*]

现代文学学科这些年成果累累,以中青年学者为主的新的学术格局正在形成,学科整体在往前推进。但也存在一些困扰和问题,对此我在不同场合发表过一些意见。这里我想再集中谈谈自己对这些问题的看法,包括四个方面,也就是学科的"边缘化"与"汉学心态",文学史研究中的"思想史热","泛文化"研究,以及"现代性"的过度阐释问题,等等。

一、"边缘化"与"汉学心态"

记得早在 1988 年,在第二届现代文学创新座谈会上,曾有许多学者借用王蒙先生说的"六神无主"来形容商品经济震荡、价值观念变化对研究人员形成巨大的冲击。从那时开始已经谈得很多的所谓学科的"边缘化",至今有没有"好转"? 我看没有,加上学科体制所带来的许多非学术干扰,我们这个学科似乎愈加陷入"低谷",大家做学问的心绪不见得很好。我们只有努力调整心态,才能理性面对"边缘化"的事实。其实,这种状况是"大环境"所致,不只是现代文学,整个人文学科差不多都这样。所谓"低谷"也只是相对过去而言。我们不能总是留恋上个世纪 80 年代,那时现当代文学①因为贴近现实而处于社会生活中

---

* 本文原载《文学评论》2007 年第 2 期。

笔者就本论题曾先后发表过《思想史能否取替文学史》(2001 年 10 月 31 日《中华读书报》)、《人文学者的承担意识》(2002 年 10 月 23 日《中华读书报》)、《现当代文学研究中的"空洞化"现象》(《文艺研究》2004 年 3 期)等文;与李宪瑜等几位学者合作撰写的《中国现当代文学学科概要》(北京大学出版社 2005 年版)中也有专章讨论。

① 本文讨论的主要是现代文学研究领域的问题,但现代文学与当代文学同属一个学科,所以文中有时会笼统使用"现当代文学"这个概念。

心,一部创作或者一篇文章就可能产生巨大的反响,许多"文化英雄"就此诞生,从事文学工作令人羡慕。记得 1978 年北大中文系的现代文学专业招考研究生,计划招收五六个人,却有六七百人报考,简直挤破了门。别的大学情况也大致如此。那时学生高考选报志愿,中文专业是许多优秀考生的首选。而现在呢,考生都挤到热门的应用性专业去了,第一志愿报考中文系的已经不多。① 关于学科的社会"接受"变化,我们还可以看一个数据:现代文学学会的会刊《中国现代文学研究丛刊》1979 年创刊号的发行量是三万册,1988 年下降为三千册,最近这十多年,则一直稳定在两千册左右。也许这两千册数量是比较正常反映学科生存需要的。但这种戏剧性的变化,也说明随着市场经济的铺开,社会风气的日益实利化,"无用之用"的人文学科就不再受到普遍重视了。现当代文学确实是"边缘化"了。

抱怨不顶用。我们必须承认现实,调整心态。如果跳出我们的专业圈子,拉开距离看,这种"转变"有历史的合理性。社会已经发生巨大变革,像上个世纪 80 年代那样,人文社会学科与国家意识形态共度"蜜月"的现象,一去不复返了。在政治化的年代,人文社会学科担负过于沉重的使命,也受到特别的重视,现代文学因为贴近现实,一举一动都会引起社会触目,其成为"显学"也与此有关。其实这不见得是正常的。当今经济建设成为社会生活的中心,市场这只"看不见的手"无所不在,支使人们更多地把心思放在赚钱上,人文学者对此有本能的不习惯,自然也会较多看到负面的东西。然而对社会发展而言,上述趋变是带有历史合理性的。要以"平常心"来看待这种变化,看到其中的合理性,积极应对这种转变,重新考虑人文学科在社会发展中的功能与地位。② 在这样的时期,人文学者特别需要有一种清醒:不必再像过去那样迷信和强调人文学科"包打天下",学术并没有那么大的能量,我们的作为也就是常说的有些"无用之用",在文化积累及民族精神建设方面起某些助益。有了这份"自觉",才能恰当地估量自己的工作,既不牢骚太甚,也不为某些时尚的标准或实利化的

---

① 1983 年笔者当过北大中文系的班主任,一个班五十个学生中就有九个省市高考"状元"。那时中文系可以吸引到最优秀的生源。如今这种"风光"不再,近年中文系以第一志愿录取的比例只有 50% 左右。

② 参见《人文学者的承担意识》。

风气所困扰,也就能与拜金主义保持必要的距离,沉下心来问学。

对露骨的商品拜物教,学者们还是比较腻味和抵制的,因为有专业的爱好与精神的追求。对学问心态的干扰不只是"边缘化",更在于学术环境的恶化。现今学界最头痛的是价值标准的崩坏混乱,对人文学科真是伤筋动骨。近十多年来,人们一直追求"多元标准",本来是一种解放,没想到"潘多拉盒子"一打开,相对主义、虚无主义、科学主义等等便都跑出来添乱了。加上对以往"宏大叙事"和"本质主义"逐渐失去兴趣,连带着对人文关怀、精神追求、审美价值也越来越缺少关注,所谓"价值中立"的预设就往往成为研究的出发点。基本的价值标准放弃了,表面上似乎包容一切,结果呢,此亦一是非,彼亦一是非,公说公有理,婆说婆有理,连起码的学术对话也难于进行,只好自说自话。过去是一个声音太过单调,全都得按照某种既定的政治标准来研究,学术创造的通道被堵上了;现在则放开了,自由多了,但如果缺少基本的评判标准,"多元化"也只落下个众声喧哗,表面热闹,却无助于争鸣砥砺,还会淹没那些独特的学术发现。

回到现当代文学,要说标准丧失也不尽然,所谓"汉学化"就未尝不被当成一个"标准"。若问现当代文学研究在向哪里看齐,哪些研究主导着现当代文学的"话语生产"? 在一些学者那里,恐怕就是海外汉学。这不是很正常的。现当代文学本来是很鲜活的学问,与现实密切关联,但现在似乎太过强调研究立场的超然了。许多文章都把本来很鲜活的文学现象硬是作为干巴巴的"知识"来"考古",强调所谓"价值中立",远离文学审美分析,主要对研究对象的形成做社会的、文化逻辑的阐释,这样的论作可能显得别致,毕竟又是隔岸观火,无关痛痒。这种趋向就跟外来影响有关,是对海外汉学经验的生吞活剥,一味模仿汉学(尤其是美国汉学)研究的思路,盲目地以汉学的成绩作为研究的标尺,失去自己的学术根基。我们可以把这种盲目性称为"汉学心态"。

毫无疑问,海外汉学有其优长,也有许多坚实而有创意的著述,而且现代文学研究的复苏也曾得益于汉学的"刺激"①;然而汉学家,包括许多生活在西方、从事中国文学研究的新一代华裔学者,他们的学术背景、理路与动力都离不开

---

① 例如美籍汉学家夏志清的《中国现代小说史》,上个世纪 70 年代末传入中国内地,曾产生相当的影响。尽管夏氏著作也有明显的意识形态偏见,但其理论、方法与角度对当时许多治文学史的学者都有过启发。

其所根植的土壤,其概念运用、思维模式、问题意识,也大都源于西方特定的学术谱系,盲目崇拜和一味照搬并不可取。现在常常读到"仿汉学"的文章,乍看别致新鲜,也可能开启思路,但仔细琢磨,总觉得缺少必要的历史感与分寸感,也就是学问上的"隔"吧。这里没有任何贬低汉学价值的意思,我们对于海外汉学的研究还很不够,适当吸纳消化肯定会有所获益,只是担心盲目跟进的"汉学心态"会助长"隔岸观火"的路数,失去学术研究的标准与活力,到头来销蚀了我们自身的研究。

说到心态,总是跟学术生态密切相关。标准混乱助长了不良学风,学风浮泛又制造大量学术泡沫,学术生态就被破坏了。现在每年出版发表的论著很多,报刊上借学术"做秀"的也不少,然而真正有学术推进意义,能够引起学界关注的论作又有多少? 人文学科是要讲积累、讲"知识增量"的,但现在学术"消费"更受重视,甚至只求消费,不讲积累了。这种情况下,自然有些学者仍然是在认真做学问的,他们发现某些问题,花费长时间扎扎实实的功夫好不容易做出了成果,大量"短平快"的学术泡沫却马上充斥其左右,真正有分量的成果反而给淹没了,治学心态也破坏了。到书店看看,书出得那么多,相当一部分是出版社"策划"出来的,五光十色,似乎题目都给"做尽"了,可是真正有学术价值的有多少? 这就是所谓学术生态问题。杂草稗子疯长,庄稼需要的生长空间和阳光水分就被挤占了。

现代文学的学术泡沫化、平面化,跟学术生产的体制不无关系。现在要在书桌前静坐下来并不容易,各式各样会议活动太多,评什么博士点呀,重点学科呀,基地呀,优秀课程呀,还有这个奖那个奖,这个人才那个人才,真是目迷五色,应接不暇。也许初衷都是为了促进竞争与发展,现在教育和科研的规模大了,有些量化管理手段也是必要的。问题是如果一刀切,用理科的规范来约束人文学科,学术评价主要靠指标量化,怎能不伤害学术? 尤其是跟个人利益密切相关的各类职称和岗位等级评定,也都主要计算项目成果的多寡,结果这些评比就是指挥棒,大家都疲于奔命去完成学术定量,被所谓"创新"的要求所追赶,泡沫就大量涌现了。这才是最令人忧虑的,因为泡沫化、平面化已经消释了学术的庄严,败坏了做学问的感觉。我们有责任抵制不良学风,改善学术生态,但也要有思想准备,这种状况短时期是难于好转的。只有充分估计并正视这种情况,才能拥有承担意识,尽量减少和排除困扰。

前辈学者主张"板凳要坐十年冷,文章不写一句空",这样的要求放到现在似乎有些苛严,不容易做到,但这种精神还应当"心向往之":学习和研究现代文学也好,做其他学问也好,当然也会有实际的打算,比如通过答辩取得学位,或者为了提升职称,为了评奖评博士点,等等,不考虑也不行。特别是青年学者,要站住脚跟,不能不按照当今的"游戏规则"行事,必要的"损耗"在所难免。但无论如何,学问中人还会珍惜那治学的"过程",尽可能优游浸渍其间,通过完整的学术训练或著述过程能体验做学问的感觉,即所谓"脱心志于俗谛之桎梏,真理因得以发扬"①,也就是培养起一种学术的尊严感,一种认真、求实和追求真理的心志与涵养,让生命充实,人生的境界提升。总之,不把学问看得太重,动不动就是什么"经国之大业",也不看得太实际,免得完全陷于利禄之桎梏。这样,对时代转型和学科的"边缘化"就能保持一份清醒,也就能更好地摆脱困扰。

二、再谈文学史研究中的"思想史热"

接下来再谈谈文学史与思想史的关系,这也是对现当代文学研究构成困扰的问题。之前我曾就此发表过文章,想不到几年过去了,又重新引起讨论,②这里虽是旧话重提,却也希望有更认真的探讨。

我当初提出警惕文学研究中的"思想史热",并非如一些论者所猜想的就是要回归"纯文学"的理想。其实我对所谓"纯文学"并不欣赏,特别是当今文坛在市场化推进下日益陷于媚俗、玩世、虚无的泥潭,所谓"纯文学"的呼唤容易给人以小市民犬儒主义的错觉。我也并非主张现代文学研究可以脱离思想、政治、文化等"非文学因素"的考察,更无意非此即彼,把文学史与思想史对立起来。我只是提醒认真反思当今文学研究中的偏至现象。这种偏至在改变着现当代文学的学科格局,带来某些负面的东西。现代文学研究领域的确出现了某

---

①　这句话出自陈寅恪 1929 年所作《清华大学王观堂先生纪念碑铭》。

②　《思想史能否取替文学史》最初是笔者在南京大学一次学术讨论会上的发言,文章发表后曾引起一些讨论。有意思的是,四年后《新华文摘》(2006 年第 9 期)重新转发上文,同时刊发另外几篇讨论的文章。其中如张光芒的《思想史是文学史的风骨》对拙文提出不同的观点。

些不太正常的情况。不少学者抱怨学科"拥挤",纷纷改换门庭,要走出学科。许多文学研究的文章其实"文学味"很少,满眼都是思想史与文化研究的概念。而到一些大学的中文系,感觉就如同是在哲学系、历史系或者社会学系,学生最热情谈论的不再是文学,而是政治、哲学、文化,甚至经济学。每年的文学博士硕士论文,也大都往思想史靠拢,即使有一点文学,也成了填充思想史的材料。现当代文学学科正在受到"思想史热"潮流的冲击,逐渐失去它立足的根基。

当然,这种"思想史热"可以从所谓科际整合的角度得到支持,因为当代学术的发展出现了学科打通和融合的趋势,跨学科研究格外受到重视。学科分工过细也的确不利于发展,应当探究新的出路。何况现代文学本来就与政治、社会变革紧密相连,研究文学史必然要了解思想史、政治史、文化史等背景,所以文学史与思想史的融合也是顺理成章。而且我们承认,许多关注思想史的研究成果富于现实观照精神,也拓展了文学史研究的层面、角度与内涵,在思想史研究的背景中获得对文学史内涵的新的理解,丰富了现代文学研究的视阈。但上述"理由"都并不制止我们发出质询:文学研究中的"思想史热"到底引起学术格局怎样的失衡? 这种变化有没有值得反省的问题? 思想史能否取替文学史? 文学的审美诉求在现代文学研究中还有地位吗?

我们这个学科好像始终处于摇摆失重状态,近二十多年来的研究历程,就走了一个来回。在上个世纪 80 年代,我们讨论现当代文学史,渴望重视审美,"回到文学自身",摆脱种种"非文学因素"的干扰。当时正是依靠这种"回到文学"的呼唤与努力,重新建构了现代文学的学科基础与规范。[①] 现在仿佛又从"河东"转到"河西","回到文学自身"呀,"审美诉求"呀,又被丢到一边了。也许这都可以从文学思潮的流变得到解释,认为每一段的趋向都有其合理性。但不管如何变化,总不能忘记文学研究必须基于"文学",而文学创造是非常个人化的,是独特的想象力和语言创造力造就了各式各样的艺术世界,所以文学研究特别是作家作品研究,在许多情况下都必须发现艺术个性,也必须重视经验性审美性的分析,而不能满足于大的思想背景的考察或所谓时代精神同一性的阐析。尽管具体到某一篇文章,不同的研究对象和不同的学者会各有侧重,有

---

① 关于 80 年代的研究状况分析,笔者曾撰文《从学科史回顾八十年代的现代文学研究》,载《北京大学学报》(哲学社会科学版)2004 年第 5 期。

些研究也会专注于"思想",但从学科整体考虑,文学研究的基本特质不应当忘记,一窝蜂都去发掘"思想"那就可能出现偏至。遗憾的是,现在的确发生了偏至,那种重视文学特性的审美分析很少见到了,因为这样的评论需要艺术感悟,需要体验,不容易"操作"和"出活",况且还容易被讥为缺少"理论高度"。特别是学院派的论文,都得有相应的理论架势,靠审美感受与分析难于"凑够"篇幅。于是,我们现代文学界重又格外关注以前曾经鄙弃的"外部研究",热衷于从思想史的角度进入评论,并力图介入政治的社会的批判,指点江山。文学研究无论"内部"还是"外部",毫无疑问都是题中应有之义。问题是,现在那种独钟"外部"的"思想史热"正在导致越来越脱离文学特质的趋向,有可能消解现代文学的学科基础,我们必须考虑应该如何在学科的融合上取得平衡。

我曾强调"术业有专攻",并非看不到文学史与思想史的交叉,事实上两者可以互为背景,或互相诠释。我想指出的只是各自的领域有分工,有不可通约之处。一般而言,思想史主要是叙述各时期思想、知识和信仰的历史,处理的是能代表时代特色或有创造力与影响力的思想资源,文学史则主要应该是文学创作及相关的文学思潮的历史,要面对那些最能体现时代审美趋向,或最有精神创造特色的作家作品。搞文学史的自然要了解思想史的背景,甚至也难免"越位",做一些偏重思想史的或其他跨学科的题目。就个人的学术选择而言,各有所好,无可厚非。但"跨"进思想史研究领域就应当遵照思想史的治学理路。如果完全不去考虑不同学科有不尽相同的"游戏规则",那么就会"越位"和"进球无效",甚至本末倒置,造成混乱。我曾经举过这样的例子,来说明"越位"可能发生的"无效"。比如某位诗人的诗写得非常出色,很有哲理性和智性之美,就应主要从诗艺的、审美的角度去探讨其成就。如果硬要发掘他的诗作中的哲学思想,甚至干脆把他当成哲学家,煞有介事地探讨其哲学上的贡献,那就是"过度诠释"的"越位"了。因为诗人用诗歌表达的那些哲思,那些独特的体验与感悟,可能并不构成思想史上的意义。我们有些论文探讨现代作家的哲学思想怎么深入,如何有特点,也许文学圈内会叫好,可是在治思想史哲学史的学者看来,不一定入得了"围"。还有些研究想重现现代知识分子的精神和心理历程,可是只挑选了一些作家为分析对象,从写文章角度说也许是很方便的。问题是这些敏感的文人到底在多大范围与什么层面上可以代表当时的知识分子? 他们在体现当时社会精神状态方面是否有足够的典型性？恐怕都还是问题。如果硬要"越位"，摆出思想史的架势来处理这样一些其实并不真正具备思想史资源意味的对象，那充其量只是文学史家在"玩票"思想史。

专家的思维往往可能陷于专业的局限。有时，在我们学科圈子内习以为常的事，跳出来换位思考一下，就可能"陌生化"，产生一些值得探究的新问题。就拿鲁迅来说，一般认为他是伟大的思想家，关于鲁迅哲学思想研究的论著汗牛充栋。鲁迅诚然是伟大的，他的确有非常独特的思想。例如，鲁迅早期在《文化偏至论》等著作中所表述的对文化转型的焦虑与探索，就不同凡响，在思想史上值得关注。我也曾发表多篇文章讨论这个问题。① 不过我认为，总体而言，鲁迅的独特思想还是作为文学家来表现的。鲁迅在文学创作中（如《野草》）所体验与感悟的许多哲学命题也是独特而深邃的，那也可以说是"鲁迅的哲学"。但文学研究的意义不是讨论鲁迅和世界思想史上哪一位可相提并论，究竟是萨特第二还是尼采第二，而应当探究文学家的鲁迅如何表现出其思想艺术的独特性。如果不从"文学家的思想家"来定位，而真的把鲁迅放到现代思想史哲学史上考量，那么我们的结论也许就不一定被人接受。大家可以看看一些比较权威的现代中国哲学史和思想史，除了李泽厚的《中国现代思想史论》，没有一本是以专章或专节来评述鲁迅的。冯友兰的《中国现代哲学史》甚至根本就不提鲁迅。也许哲学史思想史的写法有问题，但我们搞现代文学的也应该思考一下，为什么关于鲁迅哲学思想的研究只是文学圈内热，而在思想史、哲学史领域却少有反响呢？这现象值得研究，似乎其中也涉及了不同学科的对象、标准和方法差异的问题。

平心而论，现当代文学中确有一些思想史的题目做得非常投入，颇有突破。事实上有些学者已经"转会"到其他学科，甚至领了别一专业的风骚。不过大概出于专业的壁垒，人家原来干本行的可能并不认同外来的闯入者，在他们专业训练标尺的检验下，文学出身的思想史写作总是难于得到行家的喝彩。这已经是近年来学界的一种景观。

十多年前，我们曾经费劲地为文学研究的"减负"鼓呼，希望减轻长期以来

---

① 如《今天我们怎么关注鲁迅》，见 2005 年 7 月 31 日《解放日报》。

受到主流意识形态过分"重视"的沉重"负担",让文学回归文学。十多年过去了,现代文学学科成熟起来了,不料又出现新的情况。我们这个学科似乎又在增加负重。这些年来思想文化界许多重大问题的讨论,包括哲学的讨论,现代文学方面的学者反而成了其中的担纲角色。且看当今流行的结构主义、符号学、知识考古学、女权主义、后精神分析学,以及新马克思主义和"新左派"理论,等等,几乎都是由文学出身的学者在那里发难与鼓吹,并雄心勃勃地向政治、经济、文化等广漠的领地挺进,文学只不过是他们一块小小的试验田或敲门砖。这真是"哲学的贫困"!对于现代文学学科而言,领地拓展了,本属"自己的园地"会不会反而荒芜了呢?

现在都在提倡拓宽知识结构,打通不同的专业,毫无疑义这是时代的趋势。但作为学术研究,还是应当有"本业"作为基点,学科整合应立足于自己的基点去整合。就文学史而言,会与思想史有交叉,但文学史家所做的"本业",或者其长项,还是和思想史家有不同的。那么到底现代文学的"本业"是什么?我们理解的"现代文学",就是用现代文学语言与文学形式,表达现代人的思想、情感、心理的文学。① 这样概括一般不会有什么异议。按照这种理解,现代文学史写作就不应当只是谈论"思想",还应当有情感、心理的"文学"表达。这和思想史、哲学史乃至文化史的关注层面与方式都会有区别。否则,还要文学史干什么?

这里特别还要谈到教学问题,因为我们这个学科的发生本来就和教学有千丝万缕的联系。现在各大学都还把文学史作为中文系的基础课,其功能除了培养"思想",还应当有"审美",有文学的感觉与眼光。在这个日益平面化和物质化的时代里,审美感觉与能力的培养更显重要。可惜我们看到这种普遍现象:许多学中文的大学生和研究生学会了"做"文章,却消泯了自己原有的艺术感觉,中文系越来越不见"文气"了。对文学研究过分注重操作性,而轻视艺术审美经验性的倾向,应该引起关注。

这里指出"思想史热"偏向,并不是要简单否定思想史研究,我还是很佩服那种关注现实人生、具有雄强思想力的成果,只是对那种完全脱离了文学的文

---

① 王瑶先生在《"五四"时期对中国传统文学的价值重估》(作于 1989 年,载《中国社会科学》1989年第 3 期)等文中曾经一再强调新文学的特质就是用现代人的语言来表达现代人的思想情感。

学研究表示疑惑,对学科的"失重"有些担忧。我希望这种质询能促使更清醒地认识当前研究的某些不足,而从更高的层次来思考文学史与思想史结合的可能性:无论是把文学放到思想史的场域中考察,还是利用思想史的方法角度理解文学史,都不是脱离文学,而是研究文学与思想的互动,是从更开阔的背景中了解文学所依持的思维方式、想象逻辑及情感特质,以及这些文学想象和情感方式如何在特定的历史语境中形成带普遍性的社会心理现象。这是跨出文学,又回到文学,并不消泯文学研究的独特性,而又为文学研究拓展新的论域,甚至可能发现许多往往为单纯的封闭的文学研究所遮蔽的现象。

学术研究的视野毫无疑问应当拓展,局限于自己熟悉并从事的狭窄的某一领域,是不可能求得大的发展的。我指导硕士生、博士生,也要求他们开阔思维,了解思想史、哲学史等相关学科知识,学位论文选题也可以"越界",跨到别的学科领域去,但不等于丢掉自己学科的立足点,主要还是做文学的研究。如果没有相应的学科意识和专业归属,一味天马行空,只能是做无根之谈。我赞成一种比较辩证的看法,即认为学术研究"可以根据兴趣各摘一枝,也可以独占花魁,一手多拥"。打通学术壁垒也还要相应地尊重"这一个"。"思想史可以为文学史撑腰打气,但它不能越俎代庖。"①看来,现在从学风的角度,反省一下文学研究中"非文学化"状态,还是很有针对性和必要性的。

三、"泛文化"研究倾向

这些年来,文化研究被大为推广,似乎有点泛了。翻开当前现代文学的文章,很少不和文化研究挂上的。一些大学的中文系都可以改称文化学或者社会学系了。这恐怕又是美国潮流,据说美国的大学文学系也都纷纷往文化研究靠拢。② 对此我们姑且不论,倒是要看看在国内学界特别是现当代文学界为何文化研究能获得格外的青睐。从功能上看,是因为文化研究可以拓展文学研究的

---

① 张宝明:《问题意识:在思想史与文学史的交叉点上》,《天津社会科学》2006 年第 1 期。

② 据钱中文《全球化语境与文学理论的前景》(《文学评论》2001 年第 3 期)称,一些美国学者对于中国学者在文化研究的背景下仍然关注审美研究表示不解。另,笔者曾于 2005 年夏就此向美国纽约大学东亚系的张旭东教授求教,张教授也认为往文化研究靠拢是美国许多大学文学系的一种趋向。

新生面;往深处看,则是对某些既定学术规范的枯萎表示担忧和不满,希望文化研究能在对现存学科体制的批判和解放方面起到特殊作用。90 年代以后,现当代文学研究出现囿于形式的游戏倾向,与社会互动的活力日渐丧失,也不能满足富于文学使命感的学者的追求。文化研究可能带有暧昧的政治批判性,它的"侵入",自然有其逻辑,它找到了现当代文学研究的"软肋",一定程度上能弥补现实研究的缺陷。可以回顾一下,90 年代社会的政治、经济、文化各方面都发生了巨变,诸如"张爱玲热"、"王朔热"、"通俗文学热"、"国学热"等等现象层出不穷地涌现到人们面前,既有的文学理论资源已经难于解释许多前所未遇的精神现象,因此转向借鉴文化研究理论就顺理成章了。文化研究有时能释放出一元历史叙述下多重文化、政治因素的冲突,的确让众多学者重新获得学术的冲动,特别是年轻学者,他们要扩展研究版图,并借此在文学领域再度唤起那种日渐丧失的"现实感"。反顾近十多年来学术发展的脉络,就不难理解文化研究兴发的缘由。"文化研究热"正是在这一点上代表了目前学科衍变的一种趋势,套用一句常用语来说,既是挑战,又是机遇,有可能带来现当代文学学科生长的活力。因此,我们没有理由生硬地拒绝文化研究这一新潮流,只能因势利导,借这股"东风"。

文化研究的确带来了研究的新生面,也提供了学科生长的动力,许多成果让人耳目一新①。但问题又来了,那就是可能导向泛化、空洞化。如果认真品读某些文化研究的论作,会发现一种现象,那就是比较大而化之,从"大问题"出发常常又回到"大问题",经不起琢磨,它毕竟和注重个性创新的文学研究大不一样。这种缺失是"先天"的,因为文化研究基本上属于社会学科,可以归类到社会学,它的动力常常直接来自现实的诉求,它的着眼点不在经典的文化,而主要是时尚文化,它对艺术个性和创造性也缺少兴趣,或者说这不是其长项。文化研究的关注范围往往很大,它的方法与操作成规不那么稳定有序,解决问题的锋快程度主要取决于切入现实的紧密性。这种研究更倾向注重调查和量化归纳的社会科学,而多少有些偏离人文学科,特别是文学。文化研究和文学研

---

① 特别是 90 年代中期严家炎先生领衔组织一批学者写的"二十世纪中国文学与区域文化丛书"(一共十种,湖南教育出版社出版),价值在于探讨"地域文化"对文学生成的影响。这套书的文化研究还是偏重文学方面,和一般跳出文学的文化研究有所不同。

究发生抵触还在于，文化研究的学术背景离不开当代"反本质主义"思潮，因此否认文学的"实体"存在，或把文学边界模糊泛化，是文化研究的一种趋向。我们看到许多学者兴致勃勃地把文化研究带进文学领域，研究的重力从文学挪移到"文化"，转向无所不包的日常生活，①实际上也容易把文学研究带入"泛文化"疆域，这可能就是使人感觉空泛的原因。文化研究给现当代文学带来了活力，但也有负面的影响甚至"杀伤力"，在文化研究成为一"热"之后，文学研究历来关注的"文学性"被漠视和丢弃了，诸如审美呀，情感呀，想象呀，艺术个性呀一类文学研究的"本义"被放逐了，这样的研究也就可能完全走出了文学，与文学不相干了。文学研究就这样被"空洞化"了。

前面我们一再谈到，跨学科研究可能提供学术生长的机遇和条件，但其中需要平衡，一上来就完全打乱和取消学科分野，反而可能造成混乱。文学研究到底哪些环节适合引入文化研究，如何借用才自然融入，成为学术生长的催化剂，还需要斟酌试验。从这些年比较得到学界认可的经验来看，文学研究中的"外部研究"，比如思潮研究，传播研究，读者接受研究，等等，适当引入文化研究的眼光与方法，有可能取得突破。② 如研究"五四"时期"新诗的发生"，过去通常的方法可能就是从诗歌创作以及诗论的变迁，去梳理发生发展的线索，这主要是"文学的"研究。最近有学者在秉承这种研究的同时，又引入对于新诗的结集、出版、传播等属于"社会经验形成"的考察，讨论新诗发生的复杂机制，包括其背后容易被人忽略的许多文学社会学因素，看新诗如何培养读者，拓展影响的空间，形成对于新诗的社会性想象，认为这也是新诗发生发展的重要方面。这就是在文学研究中恰当地结合使用文化研究，能突破旧有的格局，达到较好

---

① 当前有些文艺理论学者主要接受费瑟斯通等西方学者的影响，认为文学的时代已经终结，小说、诗歌、散文、戏剧等文学类型已经逐渐退出社会审美生活，一些新的"泛审美"艺术，如电视连续剧、广告、图像、流行歌曲、网上游戏、MTV、KTV，乃至时装、健身、等等，已经取代了文学生活，因此文学研究必须转为文化研究，才能适应"审美日常生活化"。但也有些学者对此观点持怀疑和抵制态度，理由是这些现象的出现其实并未能也永远不可能"终结"文学生活，文学研究的边界不能无限位移。关于这种争论，可以参见童庆炳主持的专题讨论《文学理论的"越界"问题》，《河北学刊》2004 年第 4 期。

② 栾梅健的《稿费制度的确立与职业作家的出现》(《中国现代文学研究丛刊》1993 年第 2 期)、吴福辉的《作为文学(商品)生产的海派期刊》(《中国现代文学研究丛刊》1994 年第 1 期)、刘纳的《创造社与泰东图书局》(广西教育出版社 1999 年版)、李今的《海派小说与现代都市文化》(安徽教育出版社 2000 年版)、陈方竞的《多重对话:中国新文学的发生》(人民文学出版社 2003 年版)，等等，都是这些方面取得的比较有影响的成果。

的效果①。又如,在一些通俗文学的生产传播方式,特别是关于"文学与读书市场关系"的研究中,引入文化研究的模式,也能别开生面。但是,我们必须看到,文化研究在文学领域施展身手必然是有限度的,在有些重要的方面,文化研究可能就派不上用场。比如作家作品研究比较关注审美个性、形式创新、情感、想象等等,关注差异性因素,用文化研究的共性归纳就较难进入状况。所以对文化研究大举进入文学领域,要有一分清醒。

其实,文化研究与文学研究各有所攻,两者有所不同,彼此也有所"不通"。对"不通"部分要格外小心。文学研究偏重对对象特点的探求,重视艺术创造的个别性、差异性;而文化研究则相反,它所关注的主要是一般性和共性的现象。文学研究必须重视创作也就是文本的研究,而文化研究关注的是"大文本",包括印刷呀,出版呀,阅读呀,传播呀,还有性别、政治、民族,等等,而且主要是关注文本背后的东西。这些年许多论文都是争相着笔后者,什么都往"文化"上扣,这就有点"泛"了,而对于文学本义的研究,反而越来越少有问津。此潮流波及教学,文学课程的"文学味"被挤压得越来越淡,中文系学生开口闭口都是目光四射的"中外文化",而作品却未能认真读上几本,也真是个问题。文学研究适当引入文化研究的因素,肯定是有好处的,但同时又是有限度的,在文学领域使用文化研究,无论如何,落脚点仍然应该是文学。

现在常看到现当代文学领域有些着眼于文化研究的文章,对于过去的文学史写作基本上是否定的,要推倒重来,其中设定的观念就大都立足于批判,不承认有所谓历史的真实,认为历史都是后设的,是后人想象、构造出来的。这种观念主要来自福柯的理论,即认为历史重构的背后总是隐藏着权力关系。于是在"重写"文学史时,许多学者的关注点也主要是历史材料包括文本背后的"权力关系"。比如讨论四五十年代的文学,首要目标就是发掘被忽视的"权力关系",着力说明主流意识形态如何主宰文学的发展。这当然也是一种角度。不过有时因为寻找"权力关系"的意图过于迫切,难免先入为主,理论早就摆在那里,要做的工作不过是找到一些能够证明这些"权力关系"的材料。有的文章为

---

① 姜涛的博士论文《"新诗集"与中国新诗的发生》(北京大学出版社 2005 年版)就是这方面研究的一个成功实例。

了说明诸如性别、政治、"民族国家想象"之类很大的命题,又顾不上梳理四五十年代"转型"过程中极为复杂的文学现象,就大而化之,用观点加例子的办法,抽样分析几个文本,然后就得出很大的结论。这类"再解读"论作所采用的往往就是"借喻式解读"①,即通过所谓文本的内层精读达致外层重构,或借结构主义和叙事学理论拆解作品,把文本当作开放的张力场,发现"修辞策略"中隐藏的深层文化逻辑,其好处是简洁,有批判性,也带来某些新的视角,会格外注意文本背后的产生机制,看到以往可能被遮蔽被遗忘的方面。但其容易产生的缺失则在于先入为主,激进读解,不是从材料里面重现历史,不考虑使用文本例子的历史语境与特殊内涵,不愿在历史资料以及文学分析上面下功夫,把历史抽象化,瓦解了文学审美的自足性。

现在文化研究有点"泛",跟赶浪潮的学风也有关。许多文章着意引入文化研究的方法,本意也许是为了"创新",但如果加上太多的理论"炫耀",或者兴趣主要是建立方便论述的框架,重在"可操作性",结果就舍本逐末,文学分析反倒成了证明理论成立的附庸。这类研究多半是僵化的,机械的,没有感觉的,类似我们以前所厌弃的"庸俗社会学",完全远离了文学;而把它放到文化研究的专业领域,也未必能得到真正在行的文化研究学者的认可。奇怪的是现在这类空洞的唬人文章又常被当作"创新",甚至比许多老老实实写的文字更容易发表出版,学术泡沫就愈加汹涌了。

文化研究进入文学领域有点像双刃剑,在给学科带来活力的同时,也要警惕其可能对文学研究构成某种"威胁",不断消解文学研究的"文学性"。不少学者已经滋生所谓"纯文学的焦虑"②,也不能说是杞人忧天。这种"焦虑"不只是理论问题,更是现实问题。就看看现在的文学教学吧,弊病是普遍而突出的。课程安排上各种概论、文学史以及文化研究之类理论展示的课太多,作家作品与专书选读太少,结果呢,学生刚上大学时可能还挺有灵气,学了几年后,理论

---

① 唐小兵:《大众文艺与通俗文学:〈再解读〉导言》,收《英雄与凡人的时代:解读 20 世纪》,上海文艺出版社 2001 年版。

② 关于"纯文学"的讨论并不深入,不过也明显出现两种对立的观点:一种认为对"纯文学"的冷淡就是对心灵的漠视,应当为人性的完善守护"纯文学"。而另一种意见认为在 80 年代"纯文学"概念的提出是有益的,但现在已经产生了保守性,可能会"锁死"文学与历史之间的多条通道。可参考南帆主编《二十世纪中国文学批评 99 个词》,浙江文艺出版社 2003 年版,第 208 页。

条条有了,文章也会操作了,但悟性与审美感受力反而差了。文化研究热的兴起本来是好事,研究视野毕竟拓展了,然而似乎也带来了新问题,事实上"远离文学审美"的现象加剧了。再说,要进入文化研究领域,总要有些社会学等相关学科的训练,然而中文系出身的人在这些方面又是弱项,结果就难免邯郸学步,"文学"不见了,"文化"又不到位,未能真正进入研究境界。焦虑大概也由此而来。

这种焦虑也存在于教学中,以至现在我们常常会怀疑中文系存在的理由。中文系的特色在消失,好像越来越"万金油"了。应当思考一下,与哲学系、历史系、社会学系等系科相比,中文系出来的学生应当有什么特色?我想,对语言文学的感悟力和表达能力,艺术审美能力,就应当是他们的强项。学文学的大学生、研究生要格外注重经验、想象、审美能力的培养,这是从事文学研究的必要禀赋。只有通过长期对艺术的接触体验、包括对作品的大量阅读,才能培养起来艺术审美能力,光是理论的训练不能造就真正有艺术素养的专门人才。现在中文系学生已经不太读作品,他们用很多精力模仿那些新异而又容易上手的理论方法,本来就逐步在"走出文学",而文化研究的引导又使大家更多关注日常,关注大众文化之类"大文本",甚至还要避开经典作品,使不读作品的风气就更是火上添油。虽然不能说都是文化研究带来的"错",但文化研究"热"起来之后,文学教育受挫就可能是个问题。原有的学科结构的确存在诸多不合理,分工太细也限制了人的才华发挥,文化研究的"入侵"有可能冲击和改变某些不合理的结构,但无论如何,思想史不会取代文学史,文化研究也不能取代文学研究,中文系不宜改为文化研究系。总之,我赞成文化研究能够以"语言文学"为基点去开拓新路,学者们也完全可以大展身手,做各自感兴趣的学问,同时我对文化研究给目前现当代文学学科冲击造成的得失,仍持比较谨慎的态度。

四、"现代性"的过度阐释

最后,还要谈谈现当代文学研究所关注的"现代性"问题。前面其实已经多处涉及这个问题,因为比较重要,这里再集中说说。

"现代性"理论正在中国现当代文学的知识场域游荡,它对我们这个学科领域已经有覆盖性的影响。① 90 年代以来的大多数研究现当代文学的论述,几乎都会使用"现代性"这一统摄性的概念,或者干脆就以现代性作为基本的论述视角,诸如"现代性"与"后现代性"、"反现代性"的相互冲突与依存关系,以及文学作为"民族国家寓言"的观念,就成为重新书写文学史的逻辑起点。我们不是曾经反感以往那种"宏大叙事"吗,现在又一种"宏大叙事"来了,"现代性"的出场在试图颠覆所有过去熟习的研究方式。虽然至今我们对现代性的概念内涵仍然有许多争议,使用中也可能按照各自的理解,使得学术对话有些含混。但应当承认,这方面的研究是取得一些值得称道的成绩的,也开拓了现当代文学学科的视野,起码可以比较宏观地俯瞰那些纠缠不清的问题,但有些阐释限度、功能与效果也值得怀疑。比较突出的研究成果多集中在这几个方面。

一是从意识形态批判角度对"现代性"问题进行反思。这类研究不把"现代性"作为先验的固定不变的价值范畴,也不仅仅看作是文学叙事技巧,而是视为一种参与现代社会和文化变迁"历史建构"的"话语方式"。这是一种突破性的研究范式。这类研究主要讨论西方语境中的民主、科学、国家、个人等等概念进入中国语境之后的变化情况。例如探究章太炎、鲁迅等知识分子的思想进程时,发现他们面对"现代"那种既热衷又狐疑的悖论状态,呈现中国现代思想史丰富紧张的特性。借用韦伯、哈贝马斯、福柯等西方思想家在社会学领域对于现代性研究的理论资源,对近百年来中国流行习见的某些思想概念作"知识考古学"式的梳理,是这些学者的一种贡献。而且这类研究非常注意对"现代性"的概念内涵,作细密的有一定历史感的梳理分析。比如汪晖借用韦伯的宗教社会学理论,指出中国现代性的特殊性问题,虽然已经超越文学研究领域,但其思考问题的角度、方式对现当代文学研究曾有很大影响。② 这也是比较科学的认真的态度,不同于那些生搬硬套的做派。但如前所说,这样一些主要是社会学和思想史领域的成果,一般难于代替文学史研究,顶多可以为文学史研究提供

---

① 早在 1995 年,严家炎先生在《新时期十五年的中国现代文学研究》(《中国现代文学研究丛刊》1995 年第 1、2 期)中就指出:"文学的现代化或现代性,实际上包括了从文学语言、艺术形式、表现手法到作品思想内容、审美情趣的不同于传统文学的全面、深刻的变革和创新。……文学的现代性,实际上成为渗透在许多评论、研究中的聚焦点。"虽然当时人们关于现代化与现代性是什么关系还不太明确,但现代性问题显然已逐渐成为核心话题。

② 参见汪晖《韦伯与中国的现代性问题》,载 1994 年《学人》第 6 辑。

某种理论观照。

第二类"现代性"研究的工作主要是发掘所谓"被压抑的现代性"。

最早写这方面文章的是海外的一些学者,如王德威①,他们的研究很快影响到国内,目前就有许多年轻学者在争相模仿。他们最精彩的发现,就是认为在晚清小说和文学翻译的不同文类中,比如狭邪、公案、谴责、科幻等等,已经预告了现代文学的某些知识范畴与批判性思考,其中可见某些现代性的因素。还有些学者注意到晚清的文学传播方式以及市民读者阶层的出现,也从"现代性"角度加于阐释。② 这类研究的目标非常明确,就是要弱化对于"五四"传统的经典解释。还有一些学者关注都市文化,在作家作品解读中提取并勾勒出"另类的现代性"或者"后现代性"。③ 这些论作虽然不免有"过度阐释"之嫌,不过总的来说它们还是能立足于文本分析和有关文学接受的原始材料的调查,没有脱离文学,所以也丰富了对文学史的理解。问题在于那些被这些海外汉学家带起来的模仿风气,似乎越走越远,我们可以称之为"仿汉学"。这几年类似的"仿汉学"之风甚盛,特别还影响到一些博士论文。他们模仿汉学家的文章,只是抓住某些个别的文学例子作为"个案分析",并不顾及这些"个案"的代表性,从中过于"提拔"所谓"现代性"因子,实际上是以个别的例证来证说预设的"现代性"。这就有点"穿鞋戴帽"了。

当然,在很多情况下,"现代性"不过是被借用来处理文学史的一种标尺,目的是要以此质疑和颠覆以往那种以"启蒙"为价值依托的研究取向。于是我们在太多的论文中看到如何把"现代性"的追求解释为 20 世纪中国文学的基本主题,也看到如何把与"现代性"相关的现代主义等艺术形式解释为"现代性"的最高表现形式,等等,虽然不无新意,但也往往让人感到这里的"现代性"只是一种先验的概念,是刻意要颠覆传统,实现"翻新"。令人遗憾的是,这类研究总是难免从概念到概念,基本上无视文学的文本分析,无视文学创作的情感、想象、

---

① 可参见王德威《想象中国的方法》(生活·读书·新知三联书店 1998 年版),其中提出关于晚清文学有"被压抑的现代性"的说法,在学界有大的影响。

② 这类研究中也出现一些比较坚实的成果,如王一川的《中国现代性体验的发生》(北京师范大学出版社 2001 年版)和杨联芬的《晚清至五四:中国文学现代性的发生》(北京大学出版社 2003 年版),等等,都比较注重从现代性角度解释文学现象和作家作品。

③ 这方面的代表作是李欧梵的《上海摩登》,毛尖译,北京大学出版社 2001 年版。

审美个性等问题,显得大而无当。而在从事"后现代"研究的某些学者那里,"文学性"更是被看作无须讨论的假命题。于是文学研究不见了,即使有文学文本的分析,那也只是作为对社会变迁、文化冲突的例证,文学变成可以任意按社会学心理学理论拆解的冷冰冰死物,而不是鲜活的精神产品。文学变成支持都市文化、公共空间、民族认同、性别政治等问题阐解的材料。即使在谈什么想象、记忆,也不是文学意味的,因为这些"材料"也已经整合镶嵌到说明"现代性"或"后现代"、"后殖民"等特征的理论框架中去了。所谓"审美意识形态"①,也只是关心"意识形态",根本见不到什么"审美"了。这样,当然就背离了文学研究的本意,制造了又一种貌似新鲜的理论僵化。社会学是否接纳这样一类研究我们不能判定,但可以肯定的是,这类研究并未能真正提升现当代文学研究的品格,也未能解救现当代文学的困扰。

现代性作为更能包容异质因素的观念,它的使用打破了多年来人们习见的一元论的文学史完整图景,各种差异、悖论、矛盾得以发掘呈现。但有三个"危险"又出现了:一是现代性被当作可无限推广的知识体系,其理论向度被无休止地夸大和扩展,成了"无边的现代性",因而把现代文学的研究疆域也无限扩展了,文学研究的审美意义和创作个性等核心部分被完全稀释淡化了,这势必会丧失研究的价值前提,动摇学科的合法性。再者,这类现代性探寻的出发点与归宿都主要是意识形态批判,文学不过是这种批判的材料或通道,主要由文学现象所引发与提供的有限资源往往被敏锐而又无限地过度阐释,这样的研究难免方枘圆凿。其三,现代性研究中被反复引证的某些基本概念,如"民族国家想象"、"被压抑的现代性",等等,在不断重复的论述中成为新的简单化的模式,同样可能简化了历史,会束缚对复杂丰富的文学史现象的想象力。

"现代性"理论介入中国现当代文学这个领域,已经是不可忽视的巨大存在,这种可以用以更加宏观地考察文学现象的角度或方式,在文学史的外部因素的研究方面大有作为,已经取得相当的成绩,但大家也总是有所不满,担心现代性理论的泛化会造成又一种学术教条主义与"八股"之风。最值得提醒的就

---

①　"审美意识形态"是新时期以来形成的一种对文学本质的表述。如童庆炳主编的《文学理论教程》(高等教育出版社 1998 年版)这样解释:"所谓审美意识形态,就必然是审美与意识形态的复杂组合形式。"但学术界对此有争议。

是理论、研究对象以及语境这三者如何完整融合、形成同恰关系的问题①，以及阐释的限度与文学研究特殊性平衡的问题。无论如何，不能把"现代性"作为先验的固定的概念去套解现当代文学，也不宜以"现代性"简单地整合现当代文学的历史丰富性。

　　以上谈的都是目前现代文学研究中存在的比较突出，而又关系学科发展的问题。现代文学面对学科边界极大扩张以及理论方法的泛化，存在自我解构的危险，有必要做做"瘦身运动"。肯定也有学界同仁对我以上质疑不以为然。但我想大家还是有共同点，那就是承认现代文学研究的确存在困扰，这里也主要是从学科困扰这一角度来思考问题的，希望能够引发更深入的探讨。

---

　　①　关于这一点，郑家建与汪文顶的《论中国现代文学研究的再出发》（《文艺理论研究》2005 年第 3 期）有很好的论述，笔者很赞赏该文的基本观点。

文学研究中的"汉学心态"[*]

最近我在一篇题为《谈谈困扰现代文学研究的几个问题》的文章(载《文学评论》2007 年第 2 期)中,提出"汉学心态"这个说法,引起学界一些朋友的议论。本来不想再谈这个问题了。做学问嘛,各有各的路数,不好多加议论。但考虑到教学需要,对某些偏向提出建议,也许是有利于同学们的学习的,所以我就再就这个问题,补充一点意见,供大家参考。我的基本观点是,汉学很重要,是可供本土学科发展借鉴的重要的学术资源,但借鉴不是套用,对汉学盲目崇拜,甚至要当作本土的学术标准或者摹本,这种心态并不利于学科的健康发展。我这里要提出警惕所谓"汉学心态",主要是针对文学研究中空泛的学风,并非指向汉学。

汉学是外国人研究中国文化、历史、语言、文学等方面的学问。在欧美,提到汉学(Sinology),马上会想到这是很偏的古典的学术。有些新近的欧美汉学家,不见得喜欢"汉学"这个名堂,他们宁可把自己的研究叫作"中国学"。汉学在国外学术界处于边缘的位置,并不是主流的学术,而现当代文学研究又是边缘的边缘。不过近一二十年来,西方学者对现代中国的关注与日俱增,汉学研究的视野逐步从古代拓展到现当代。还有一个变化,就是有越来越多的华裔学者加入到这一领域。有些从大陆或者台湾到欧美留学的人,学成后在那里找到教职,比如在东亚系,他们有小部分人也对现当代文学有兴趣。这些华裔学者和那些传统汉学家不同之处,是对中国比较了解,但由于同样是在欧美的学术背景下做研究,还是不出汉学的圈子。汉学研究一般都做得深入专注,往往"穷尽"某一课题,在所属领域有发言权。汉学家的研究主要是面向西方读者的,这

---

* 本文原载《文艺争鸣》2007 年第 7 期。

是他们共同的特点,也就成为外国了解中国文化的窗口。从另一方面看,以西方为拟想读者的汉学,也可以作为我们观察研究本土文化的"他者"。近百年来,中国现代学术的发生与成长,离不开对外国学术的借鉴,其中汉学就曾起到过非常重要的作用。比如汉语是我们的母语,但传统的汉语研究并不成系统,汉语语言学真正作为一门学科,得益于欧洲汉学家的影响。又比如敦煌在中国,但敦煌学作为专门的学问,也是先由汉学家搞起来的。特别是现当代文学学科,其在70年代末和80年代的复兴,也借助过美、日等国汉学研究的催化促助。记得1979年,那时我还在读研究生,看到美国汉学家夏志清先生的英文版《中国现代小说史》,在我们习见的文学史之外第一次发现很不相同的另一种模式。在该书的引导下,我找张爱玲、钱锺书、沈从文、废名等被遗忘的作家作品来看,大大拓展了眼界,也冲击了自己原有的比较沉闷的研究思维。当时我还在一本内部刊物上发文介绍过夏志清的书。还记得1980年代,乐黛云老师领着一批学生翻译了几十篇国外研究鲁迅的文章,汇集出版,也给国内的鲁迅研究打开了一扇大门。那时伴随着所谓"方法热",海外汉学著作大批翻译,改变了我们这个学科的研究格局。汉学对于中国现当代文学学科的复兴与发展,可以说是功不可没,应当感谢汉学家们的贡献。就是现在,我们与海外汉学的联系也还是非常密切,在北大中文系,就常有汉学家来访,海外汉学始终是我们重要的学术资源。

我这里提出要克服"汉学心态",带有学术反思的含义,这种不正常的心态主要表现在盲目的"跟风"。这些年来,有些现当代文学研究者和评论家,甚至包括某些颇有名气的学者,对汉学,特别是美国汉学有些过分崇拜,他们对汉学的"跟进",真是亦步亦趋。他们有些人已经不是一般地借鉴,而是把汉学作为追赶的学术标准,形成了一种乐此不疲的风尚。所以说这是一种"心态"。看来中国的学术"市场"的确是大,许多研究在美国那边可能很寂寞,很边缘的,来到这里却"豁然开朗",拥有那么多的"粉丝"和模仿者。结果是"跟风"太甚,美国打个喷嚏,我们这边好像就要伤风感冒了。可能有人会说,都讲"全球化"了,学术还分什么国界?如果是科学技术,那无可非议,先进的东西拿来就用,不必考虑国情、民族性什么的,但是人文学科包括文学研究恐怕不能这样,其中民族性、个别性、差异性的东西也可能是很重要的。汉学研究有相当一部分属于人文学科,其理论方法,以及研究的动机、动力,离不开西方的学术背景,用时髦的话来说,有它自己的学术谱系。如果完全不考虑这些,拿来就用,甚至就以此为标准,为时尚,为风气,心态和姿态都和海外汉学家差不多了,"身份"问题也出现了。所谓"汉学心态",不一定说它就是崇洋迷外,但起码没有过滤与选择,是一种盲目的"逐新"。

举个例子来说吧。比如夏志清对中国现代文学的影响非常大,前面我也谈到,这位汉学家在1980年代对于打破学术思维的僵局曾起到类似"催化剂"的作用。至今他的小说史仍然是我们文学史写作的一种参照系。但是否也应当有些选择与过滤呢?就拿夏志清先生对张爱玲的评价来说,他注意到张的小说在中国现代文学史上的独特贡献,注意到那些非常有创造力的方面,这是一种独具的眼光。但夏志清对张爱玲写"土改"的《秧歌》、《赤地之恋》等小说也那么推崇,认为是记录"人的身体和灵魂在暴政下面受到摧残"的杰作,恐怕就不敢恭维了。《秧歌》把共产党写得那么暴虐,那么没有人性,显然是出于一种反共的政治立场。张爱玲那时到了海外,对国内的"土改"并不了解,她为稻粱谋而接受了美国官方的资助,《秧歌》、《赤地之恋》都是带有很强政治性的"命题作文"。我们赞赏张爱玲的小说,但不认为《秧歌》、《赤地之恋》是出色之作,因为里边概念化的粗糙的东西实在太多。夏先生反感所谓"流行的意识形态",认为束缚了现代文学的创造力。但夏先生为什么高度评价《秧歌》?恐怕也是出于一种"意识形态"偏见,或者说是出于冷战思维。夏先生小说史的方法源自新批评派,他也试图强调细读,尽量做到比较客观。事实上,这也没有很好地做到,他把那些反映时代主流的作品几乎都归类为次品,就不够公正。时过境迁,我们没有必要再去指责夏先生。但如果把夏志清的文学史作为学术摹本,是否也应当了解一下他当年写作的学术背景和方法理路呢?现今有些新近的华裔汉学家以及他们的模仿者,在研究"土改"文学或者中国1950年代文学时,用的还是类似夏先生当年的方法,他们总是非常"超然"地认定当时的文学就是"政党政治"的宣传,以及"意识形态"的控制,还有所谓"体制内"、"体制外"的解释,等等,而对于特定时期普通读者的实际状态和审美追求,他们是视而不见的。他们可以"同情""土改"运动中被镇压的地主阶级,而对千百万农民的翻身解放却无动于衷。在他们的笔下,解放之后的新中国完全是精神沙漠,而少数敏感文人的体验就足以代替千百万普通中国人的命运。这起码是一种历史的隔膜。如果说汉学家这样写文章还比较好理解，因为学术背景不同，而那些盲目"跟进"的追随者，仿佛也是在另外一片土地上作"超然"的汉学文章，只能说是隔岸观火，隔靴挠痒了。

有时某些国外的研究介绍进来，一时引起大家的兴趣，或者有些模仿学习，也是很自然的事情。不过，如果模仿竟然成为风气，成为某种盲目逐新的心态，甚至左右了学科的发展，那就需要检讨了。就如一袭华美的时装，刚面世大家都很赞美欣赏，如果群起而仿作，那就"撞衫"，泛滥而腻味了。"汉学心态"就是蜂拥"跟进"，是学界的"追星"，失去了自己的学术个性与自信。前些时候美国一位很有成就的汉学家提出"被压抑的现代性"，认为现代性特征早在晚清就出现了，并非"五四"之后才有，"没有晚清，何来'五四'"？这位研究者的论述是有些道理的。在晚清小说和文学翻译，比如狭邪、公案、谴责、科幻等类别中，的确可见某些可解释为现代性的因素。大概这位华裔汉学家是看到"五四"传统太强大了，被神圣化了，就来点质疑，往"五四"前面追溯，结果发现现代性在晚清就产生了。他要颠覆以往过于强调的"五四"传统，借此模糊从晚清到"五四"的历史界限，不免也有"过度阐释"之嫌，不过总的来说，他还是立足于文本分析和原始材料的调查，没有脱离文学，也丰富了对文学史的理解。这个汉学家的观点当然值得讨论，事实上现在也有人在批评他的论述"过犹不及"。问题不在于这位汉学家，而在于许多蜂拥"跟进"的模仿者。多数"仿作"的路子大同小异，就是抓住某些"个案分析"，并不顾及"个案"的代表性，便从中"提拔"所谓"现代性"因子，证说预设的命题，有点"穿鞋戴帽"。很少有人注意到汉学家提出"被压抑的现代性"初始的含义及其学理背景，也全然不顾在当今国内出现贬抑"五四"传统的风气之下，这种思路是否利于深入探讨问题。一时间竟有那么多人都在谈"被压抑的现代性"，都在彼此"克隆"。这难道不是心态出了问题？

现在许多"仿汉学"的文章，看上去很新鲜、别致，再琢磨则有共同的一个毛病，就是"隔"，缺少分寸感，缺少对历史的同情之理解。就像听外国人讲汉语，总觉得少了某些韵味，不是那么回事。而可笑的是有些"仿汉学"的文章并不掩饰其"仿"，反而标示其"仿"，连语气格调都很像是翻译过来的，是那种比较生硬蹩脚的翻译,它要的就是那个翻译味,这类文章可以称之为"仿译体"。大概以为这也是一种标新立异的"创新"吧。汉学的套路并非不可借用,但总还要有自己的理解与投入,有自主创新,而不是简单克隆。

我们也注意到,现今海外的中国现当代文学研究,不少都与传统汉学拉开了距离,有所变通,其中最显目的,就是强化理论设置。可能因为现当代文学研究在汉学界位置较低,要打开局面,自然要往新路上走,要从文学领域做出去,往主流学术所看重的社会学政治学等理论上靠。希望本来比较冷僻的学问能进入主流,这也许就是新近的汉学特别注重新理论的原因吧。不过汉学毕竟是边缘学术,在西方是一个寂寞的领域。尽管近些年外国人关注中国多了,学汉语的人也多了,我们办的"孔子学院"也到处开花,其实都是"应用层面"的居多,研究中国的学问真正要进入主流学术,恐怕还是非常遥远的事情。我们还注意到,某些华裔汉学研究者和传统的汉学家又有些不同,他们似乎更加注重研究写作的"可操作性"。如果像传统的汉学家那样,非常专深地考察研究某个文史领域的课题,圈子之外是不会有很多反响的。要拓展影响,就不能不更多地采用相关领域的理论方法,特别是采用社会科学的方法框架。设身处地想,在西方学界要站住脚跟不容易,学术生产的"可操作性"是不能不考虑的。比如文化研究,就比传统的文学研究"可操作性"强一些,所谓"现代性"的阐释,又更能拓宽研究的向度,这些都是如今关注现当代文学的那些汉学家格外喜爱的路子,也容易"出活"。汉学家在这方面有许多成果都值得肯定,而且对于现当代文学研究视野的拓展,起了很重要的作用。不过,问题出在"跟风"上。这里不妨就稍微具体谈谈"泛文化研究"与"现代性"的过度阐释问题。所谓"汉学心态"与"仿汉学"风气,在这两方面是表现得较为突出的。

首先要说明,"现代性"研究非常重要,这个概念已经是现当代文学研究领域的覆盖性概念,谈论"现代性"没有什么不好,我自己有些文章也在讨论"现代性"问题。不过我发现现在这个词用得有些泛滥,无边无际,其核心含义反而不太清晰了。本来,在一些研究现当代文学的汉学家那里,"现代性"可能是被借用来处理文学史的一种标尺,目的是质疑和颠覆以往那种以"启蒙"为价值依托的研究取向。而我们某些模仿者并不一定了解这些背景,就是一味模仿逐新而已。比如把"现代性"的追求解释为 20 世纪中国文学的唯一基本主题,一网打尽,其余一概不顾;又比如,把带有浓厚西方色彩的"现代性"作为试金石,用于衡量和剪裁中国文学的丰富史实;等等。虽然不无新意,但这是先入为主,要颠覆传统,刻意"翻新"。此类研究大而无当,总是从概念到概念,无视文学创作的情感、想象、审美个性等问题。在某些"后现代"的论作那里,文学性更是被放逐,文本分析只是作为社会变迁、文化冲突的例证,文学变成可以任意按社会学心理学理论拆解的冷冰冰死物,变成支持都市文化、公共空间、民族认同、性别政治等问题阐解的材料。即使在谈什么想象、记忆,也不是文学意味的,因为这些"材料"也已经整合镶嵌到说明"现代性"或"后现代"、"后殖民"等特征的理论框架中去了。这样,就背离了文学研究的本意,是貌似新鲜的理论僵化。社会学是否接纳这样一类研究我们不能判定,但可以肯定的是,这类"仿汉学"研究并未能真正提升现当代文学研究的品格,也未能解救现当代文学的困扰。

我们不是埋怨汉学家们的理论操作,他们许多人也许想不到传入中国之后会产生这样的后果。特别是那些华裔汉学研究者,他们可能切身感受到西方文化变迁中某些"威胁",很自然要考虑"中国问题",其中可能不无学者的使命和真诚。不过他们用西方的知识框架和眼光打量中国文学现象时,难免又是有些隔膜与夹生的。所以我们借鉴汉学家的学术,最好能有一份自觉,对当今许多"仿汉学"论作中存在的问题保持一种清醒。就拿现在许多谈论"现代性"的文章来说,虽然使用这一覆盖性的概念比较便利,打破了多年来人们习见的一元论的文学史完整图景,但"现代性"的理论向度被无休止地夸大和扩展,成了"无边的现代性",因而把现当代文学的研究疆域也无限扩展了,文学研究的审美意义和创作个性等核心部分被完全稀释了,这势必会动摇学科的合法性。再者,这类"现代性"探寻的出发点与归宿都主要是意识形态批判,由文学现象所引发与提供的有限资源往往被无限地过度阐释,难免方枘圆凿。"现代性"在某些汉学研究中内涵可能比较清晰,而大量"仿汉学"的论作反复引证"现代性"等基本概念,如"民族国家想象"、"被压抑的现代性",等等,在不断重复的论述中成为新的简单化的模式,同样可能简化了历史,束缚对文学史的想象力。

最后再说说"泛文化研究",其中主要涉及"借喻式解读"的问题,也是目前"仿汉学"文章中常见的路子。应当说,西方汉学家在文化研究方面不无成功,而且这种研究思路传入中国之后(当然不完全是汉学的影响,也有西方社会学等领域理论的影响），拓展了现当代文学研究的疆域，也增加了研究的活力。文化研究先天地具有某种批判性，在力求突破传统研究模式方面，的确有其锐气。我是赞成适度使用文化研究的方法的。但是现在看到某些模仿和跟进汉学路数的文章，讨论文化研究的问题，总是很空泛，好像不是中国学者在写有关中国文学的文章，倒像是大洋彼岸的汉学家在遥看中国现象。这仍然是心态问题。"借喻式解读"这一常见的"仿汉学"路子，就容易空泛，一叶障目，不见泰山。这种读解设定的观念大都立足于批判，不承认有所谓历史的真实，认为历史都是后设的，是后人想象、构造出来的。其关注点也主要是历史材料包括文本背后的"权力关系"。比如讨论四五十年代的文学，首要的目标就是尽力发掘被一般文学史家忽视的"权力关系"，着力说明主流意识形态如何左右与主宰文学的发展。这当然也是一种研究的角度。不过有时因为寻找"权力关系"的意图过于迫切，难免先入为主，理论早就摆在那里，要做的工作不过是找到一些能够证明这些"权力关系"的文本材料。有的文章为了说明诸如性别、政治、"民族国家想象"之类很大的命题，又顾不上梳理四五十年代"转型"过程中极为复杂的文学现象，就大而化之，用观点加例子的办法，重点分析从《白毛女》到《青春之歌》几个文本，然后就得出很大的结论。这类"借喻式解读"，通过所谓文本的内层精读达致外层重构，或借结构主义和叙事学理论拆解作品，发现"修辞策略"中隐藏的深层文化逻辑，其好处是简洁，有批判性，的确也带来某些新的视角，会格外注意文本背后的产生机制，看到以往可能被遮蔽被遗忘的方面。但其缺失也往往在于先入为主，不是从材料里面重现历史，不考虑使用文本例子的历史语境与特殊内涵，不愿在历史资料以及文学分析上面下功夫，容易把历史抽象化。

我在前面提到的那篇文章中特别提出，文化研究与文学研究各有所攻，两者有所不同，彼此也有所"不通"。对"不通"部分恐怕要格外小心。文学研究偏重对对象特点的探求，重视艺术创造的个别性、差异性；而文化研究则相反，它所关注的主要是一般性和共性的现象。文学研究必须重视创作也就是文本的研究，而文化研究关注的是"大文本"，包括印刷呀，出版呀，阅读呀，传播呀，还有性别、政治、民族，等等，而且主要是关注文本背后的东西。这些年许多论文一窝蜂都是着笔后者，什么都往"文化研究"上扣，这就有点"泛"了，而对于文学本义的研究,反而越来越少有问津。此潮流波及教学,文学课程的"文学味"被挤压得越来越淡,中文系学生开口闭口都是目光四射的"中外文化",而作品却未能认真读上几本,也真是个问题。文学研究适当引入文化研究的因素,肯定是有好处的,但同时又是有限度的,在文学领域使用文化研究,无论如何,落脚点仍然应该是文学。

现在文化研究有点"泛",所谓"现代性"概念用得也有点"泛",原因可能很多,但"仿汉学"赶浪潮的学风是主要原因。我们借鉴学习某些汉学成果,本来是非常好的事情,但是如果心态有些问题,就是为了理论"炫耀",或者兴趣主要是建立方便论述的框架,重在"可操作性",结果就会舍本逐末,文学分析反倒成了证明理论成立的材料。这类研究多半是僵化的,机械的,没有感觉的,类似我们以前所厌弃的"庸俗社会学"的研究,完全远离了文学。奇怪的是现在这类空洞的唬人的"仿汉学"文章又常被当作"创新",甚至比许多老老实实写的文字更容易发表出版,学术泡沫就愈加汹涌了。

我们对以前"党八股"的文风很反感,这些文章往往都是先入为主,比如引用一段毛主席语录,然后就是观点加例子。现在不引用毛主席语录了,而改为引用西方某个汉学家或西方理论家的观点,完全不加论证,各取所需,就作为全部论述的出发点。汉学家的观点或者某一理论是在什么层面上提出的?学术理路背景是什么?采用这种观点或理论哪些方面可能有利,又可能会遮蔽什么?所举例子是否有足够的代表性?许多"仿汉学"的论作是不大去考虑的。写的都是"痛快"文章,可总是彼此套路相近。这是否也可以称为"洋八股"?昨天我参加北大和香港某大学两校研究生的论文讲演会,发现香港学生的文章一般做得很细,围绕某个具体的问题展开,注重材料的收集和整理。而我们有些同学的文章往往都是谈论比较大的问题,而最多的就是诸如现代性、文化冲突之类问题,还有后殖民、民族国家想象、性别视域,等等,就是要"证实"这些理论的存在,有时就显得很空。尽管也可能会采用个案处理,加上"以什么为中心"之类限定,因为缺少量化的考量,也还是浮泛。作为学术训练,当然要有理论眼光,有问题意识,特别是博士论文,没有理论架构就很难作成文章,但这一切都必须建立在扎实的材料和思考上。现在这种浮泛学风的责任不要推给汉学,起码有一部分应当由"汉学心态"来"埋单"。许多学生如今不读书或者很少读书,要读也就是读几本时髦的汉学著作和西方理论,怎么能进入历史的细部? 又怎么能建立文学史的视野? 有些大学生研究生毕业了,连《世说新语》、《孙子兵法》都没有读过,甚至《红楼梦》也只看过电视,却可以放言什么"中国文化"。《论语》大概还是读过一些的,但不一定知道"增广贤文"之类"亚文化"对于国民道德观念和行为模式的巨大影响。本来就始终在学校的象牙塔中,并不了解社会、了解国情,而书又读得少,自然不会有分寸感与历史感,那就只好跟着某些汉学家在理论上兜圈子,讨生活,玩概念游戏。

总之,我们要尊重汉学,引进汉学,研究汉学,但不宜把汉学当成本土的学术标准。我们可以借鉴外来的学问,但是问题的发现、问题的建构和方法的选择,应该建立在自己扎实研究的基础之上。现在"仿汉学"成风,有所谓"汉学心态",其实是缺乏学术自信的表现。现在连经济科技发展都要讲自主创新,何况关乎民族精神建构的人文学术研究? 看来我们的确要重振信心了。

现代文学研究的"边界"及
"价值尺度"问题[*]

——对中国现代文学研究现状的梳理与思考

进入新世纪以来,尤其是最近几年,现代文学研究告别了以往的"峻急",越来越步入"常规化"、"学院化"。这个不再年轻的学科已经有相对稳定的核心问题,积累了多样的研究模式和理路,形成了自身的学科品质和传统。现代文学研究不再甘心为现实功利所左右,也不情愿再充当形形色色理论方法的实验场,它成熟了。新人的不断加入总会呈现某些新貌,但看不到特别明显的"热点"和"潮流",总的态势是平稳的。

不过细加体察,发现这"平稳"的海平面下,隐藏着某些困扰与迷惑的湍流,现代文学研究面对着一些共同的难于逾越的难题,也孕育着新的变化。

一、找回现代文学研究的"魂"

首先就是怎样做到既回归学术,又不脱离现实关怀,积极回应社会的需求,参与当代文化建设。作为一种尚未完成的历史,现代文学研究天然地与现实保持着血肉的关联。在政治化的年代里,这种研究所以能成为"显学",它的动力来自现实的召唤。社会思潮或政治运动每一波浪潮的掀起,都总是拍打着现代文学的堤岸,催迫文学史家不断去追溯历史原点,梳理解析百年来的"革命传统",为共和国的"修史"做注脚。这种历史的设定,自然是有得有失的。而现今的情况大变,人们告别了革命,也告别以往过分意识形态化的治史方式,竭力

---

　　*　本文系笔者在 2010 年中国现代文学研究会第十届年会上的主题报告,发表于《华中师范大学学报》(人文社会科学版)2011 年第 1 期。

要回归学术"正途"。在上个世纪最后十多年,这种躲避现实风云回归学术的渴求是那样普遍。无论是"重写文学史"、命名"二十世纪中国文学",还是呼唤"学术规范",其实都是这种焦灼渴望的结果。

现在我们又遭遇另一种"结果":呼唤"回归学术"的回声尚未消歇,学者们又陷入另一尴尬。市场化这个"幽灵"在中国游荡,毫无疑问它已经给我们这个古老的国度带来了新机,也给学术界包括人文学界带来了某些新动力,但是原先想象不到的巨大压力也结伴而来。拜金主义的流行,学术生产体制的僵硬制约,以及浮躁的学风,学界中人都无不感同身受。和前辈学者相比,当代学者的物质条件已大有改善,所处的学术生态却失衡了,从以往"过分意识形态化"到如今的"项目化生存"——刚解开一种束缚却又被绑上另一道绳索。还没等喘过气来,许多学人就再次感受到无奈:学问的尊严、使命感和批判精神正日渐抽空。现代文学研究很难说真的已经"回归学术",可是对社会反应的敏感度弱了,发出的声音少了。

更让人忧虑的,还有学科碰到的一些必须解决而又难于解决的难题。近几年社会上和文化学术界许多大的"潮动",都在向现代文学研究者大声质询:如何评价中国近百年来曲折多难的历史,如何看待这期间形成的"新传统",数次革命的利弊如何衡定,"五四"新文化运动是否"割裂了传统",新文化运动是否成为"激进主义"的渊薮,新文学到底有多大的文学价值,鲁迅的思想是否过于"偏狭",等等。所有这些质疑都由来已久,而这几年因社会历史观的解构、松动与"平面化",重新点燃了激烈的争议。对"新传统"是蔑视抑或维护,其异见日趋对立。虽然很多偏激、片面的看法尚未完全进入学术领域,而只以社会言论的方式存在于媒体、网络等空间,但由此形成的流行价值观却影响着研究者特别是青年学者的好恶和判断。文化与社会转型所带来的价值危机、信仰危机以及历史虚无主义,直接造成了现代文学定位、"边界"及评价系统等方面的困扰。

面对这种情势,重新强调现代文学研究的"当代责任",思考如何通过历史研究参与价值重建,是必要而紧迫的。"回归学术"不等于规避现实,这个学科本来就是很"现实"的,它的生命就在于不断回应或参与社会现实。"现在"和"历史"总是构成不断的"对话"关系,如果说古典文学研究在这方面表现不那么明显(其实也应当是有的),现代文学则是"本性"要求。正是这种"对话"使传统能够持续得到更新,也使得本学科研究具有"合法性"和持续的发展动力。面对近些年许多关于文化转型与困扰的讨论,包括那些试图颠覆"五四"与新文学的挑战,我们有必要重新思考现代文学研究的传统,以及这个研究领域如何保持活力的问题。就是说,现代文学学科自身发展离不开对当下的"发言",也离不开通过对传统资源的发掘、认识与阐释。

学者们越来越强烈希望能找回现代文学研究的"魂",和现实对话,参与当代价值重建。

2007 年前后,王富仁先后发表《"新国学"论纲》、《"新国学"与中国现代文学研究》等文,阐述其希望将现代文学、现代文化纳入"国学"范畴,构建一种"新国学"的设想①。这显然是在应对 90 年代以来的所谓"国学热",顺便也为现代文学研究寻找新路。"新国学"概念的提出只在圈子里引发了一些讨论。②其实,是否有必要采用"新国学"这样一个争议性的名称暂且不论,同行们真正关心的是在传统建构中,以新文学为核心的现代文学将被置于何种位置,特别是如何看待现代文学、现代文化的"小传统"与整个中国文学、中国文化的"大传统"之间的关系。

与此相关,我这几年提出梳理现代文学新传统的思路,同样也是为了回应现实的挑战。我和友人合作写了《现代文学新传统及其当代阐释》这本书,特别提出:近些年许多关于文化转型与困扰的讨论,包括那些试图颠覆"五四"与新文学的挑战,都迫使人们重新思考现代文学传统的问题。这种研究既是学科自身发展的需要,也是对当下的"发言",其重要性在于通过对传统资源的发掘、认识与阐释,参与价值重建。③

现代文学所构成的"新传统"虽然不像古代文学的"大传统"那样深厚、稳定,但它"已经成为当今社会结构的一个向度,并且发挥着切实的规范性影响。

①　王富仁:《"新国学"与中国现代文学研究》,《文艺研究》2007 年第 3 期。
②　较有代表性的讨论文章包括:严家炎的《从"五四"说到"新国学"》(《甘肃社会科学》2007 年第 1 期)、《"五四""全盘反传统"问题之考辨》(《文艺研究》2007 年第 3 期),钱理群的《我看"新国学"——读王富仁〈"新国学论"论纲〉的片断思考》(《文艺研究》2007 年第 3 期),陈方竞的《"新国学"建构与当代学院文化建设》(《文艺研究》2007 年第 3 期),秦弓的《整理国故的动因、视野与方法》(《天津社会科学》2007 年第 3 期)。
③　温儒敏、陈晓明等:《现代文学新传统及其当代阐释》,北京大学出版社 2010 年版,第 1 页。

那些无视或轻视现代文学传统的人们,容易把传统看成是固定的、一成不变的,他们确定传统时只用一把尺子,量来量去都找不到完全符合的,于是就产生虚无主义,拒绝并走出历史。其实,传统是由历史酝酿的。过去发生的无数大小事物,共同构成了历史,后人是无法真正回到过去的现场去接触历史本身的,只能通过历史的叙述去想象和建构历史。所以,作为历史产儿的传统,也要通过一代又一代不断的'叙述'来想象、提炼与建构。不过这是活着的历史,它对我们的生活仍然发挥着规范和支配的作用。现代文学传统不是完整的、固定的、同质性的,而是包含着多元、复杂和矛盾的因子,要看到它延传过程中可能存在的变异、断裂和非连续性。……要从历史变迁的角度来观察现代文学传统,力图寻找它的'变体链',包括它的形成、生长、传播,以及不同时期的各种选择、阐释、提炼、释放、发挥、塑造,等等"①。

在当代中国面临价值、文化转型的大背景下,重新梳理、反思、选择、整合各种不同的传统资源,以构造一个面向未来的新传统,必将成为这一转折期最迫切的文化问题。现代文学研究已经走到一个节骨眼上,我们面临"价值危机",到底应在什么基点上展开我们的文学史研究? 研究者如何有效参与到价值重建的进程中? 这些年有越来越多的学者在探求这些严峻的问题。

所幸我们已经看到了学者们一些努力的结果。

2009 年前后,围绕"五四运动"九十周年纪念,对"五四"历史与价值的再书写、再检讨就再次成为学术焦点。这其实也是通过"新传统"的体认来回应现实问题。种种"关于'五四'的书写"呈现多元的形态,既有相当扎实的"返回历史现场"式的历史考察,也有力图超越"五四"、将"五四"相对化的叙史方式,同时还有站在文化政治的立场上重新解释"五四"作为"现代"起点意义的尝试。像陈平原的《触摸历史与进入五四》就力图暂时"搁置"价值评判,而将"五四"所涵盖的历史、文化进程作为客观研究对象加以细密的考察,提倡一种"触摸历史"的态度——"借助细节,重建现场;借助文本,钩沉思想;借助个案,呈现思想"②。在"五四"日益成为一个价值争论焦点和符号时,把一时说不尽也说不

---

① 温儒敏、陈晓明等:《现代文学新传统及其当代阐释》,第 6 页。

② 陈平原:《文本中见历史　细节处显精神》,《触摸历史与进入五四》,北京大学出版社 2005 年版,第 5 页。

清的抽象判断暂时放入括号,从一系列个案入手,于细节中观察历史的真实状态和脉络,其实是对各种抽象化甚至玄虚化讨论的反拨,体现出专业研究的优势。当然,这种中立的姿态与略显琐碎的史事追寻,也多少透露出面对大历史的某种迷惑、游弋与无奈。

而另一些学者则表现出更多的自信。他们认为,对"五四"这样一种重大历史事件的认识、理解,不是单靠历史事实材料的累积就可以自然达成的,需要一种有明确的认识立场并可供阐释的理论,能明快地把复杂的史事穿透,并有效地"拎"起来。如汪晖、张旭东都并不回避似乎已经腻味了的政治性分析立场,他们提出理解"五四"需要重新理解文化与政治的关系。① 在他们看来,"五四"的开端性意义正体现在以拒绝、悬置原有政治为前提,而在文化运动中创造出对新的政治的想象:"'文化'不是一个抽象问题,文化是重新确认政治,介入政治,与政治相互渗透,并创造出新的政治问题、提出新的政治价值的方式。"②新文化运动、新文学之所以在相当长的时期内与革命政治保持一种密不可分的关系,并非简单的政治宰制文化的结果,而是一种新的文化政治形态的历史性展开方式。毛泽东《新民主主义论》中所阐发的新文学、新文化的政治蕴含,正是这样一种文化政治形态的表述。

这个看法值得深思。多年来,以《新民主主义论》为蓝本建立起来的新文学价值观在一轮又一轮观念"解放"的冲击下,变得面目越来越模糊,几乎不可索解。但回顾历史,1980年代的"重写文学史"也好,1990年代的"现代性"理论也好,也都迅速耗尽其冲击能量而成为一种常规研究套路。也许,在研究越来越"学院化"、"学科化",越来越价值中立,思维越来越细碎化、平面化的状况下,重新审视现代文学的一些根本性问题,会有助于找回现代文学研究的"魂"。

当然,重新审视现代文学历史要有更切中要害的眼光。在现代文学领域内的理论累积尚不足以产生突破性理解的状况下,要真正摒弃庸俗社会学、虚无主义,防止思维细碎化、平面化,重新学习、吸收和启用历史唯物论也可能是明

---

① 汪晖、周展安:《什么是"五四"文化运动的政治?——关于"五四"的答问》,《现代中文学刊》2009年第1期;张旭东:《"五四"与中国现代性文化的激进诠释学》,《现代中文学刊》2009年第1期。

② 汪晖、周展安:《什么是"五四"文化运动的政治?——关于"五四"的答问》。

智之举。当然,这不等于重操政治性的一元化独断,理解文学史的途径是多样的,这并不排斥其他解释框架。关键是保持对现实状况的敏感和批判精神,强调研究的史识与思想力,而并非重归本质论。任何趋归本质论的解释都可能稀释历史的丰富性。文学史的阐释不可能一次终结,而是不断与历史本身提供的可能性对话,彼此相碰撞、穿越与融合。现代文学研究应当是具有历史品质的研究,它的前行途中总有不断的对话与反复的阐释。

二、现代文学研究的价值尺度问题

面对挑战,学者们越来越意识到必须调整步伐,转换文学史观念与研究的方法、理论、框架。早些年就有人说现代文学是"拥挤的"学科,部分学者已经率先"出走","转行"做其他领域的研究。有些人可能认为现代文学毕竟时段短,学术含量不大,很难做出什么名堂。其实学术含量大小并不取决于时段长短。现代文学作为千古难逢的"大变局"时段发生的文学,其独特性和丰富性还远未能被较充分地发掘和认识,何况作为一种已经渗透到当代社会生活中的"新传统",不断会有许多题目等待探究。不妨从另一角度思考:现代文学研究的"拥挤",也可能是因为思路狭窄,还有很多空间未曾开发。思路打开,文学史观以及进入研究的理路、方法与框架都会有所调整,研究的空间往往也就陡然开启了。

事实上,近年来许多学者,特别是老一辈学者,面对来自学科内外的潜在危机与挑战,都在尝试一些新的理解、回应模式。严家炎提出"文学生态"问题,从文学生态的角度重新考虑文学史,将以往强调主流、支流、逆流的结构观念调整为多元共生、平等对待的结构模式。杨义提出"重绘文学地图",力图以"大文学史"统摄古代文学与现代文学,甚至汉文学与少数民族文学。范伯群提出"双翼论",认为新文学和通俗文学构成现代文学的两个翅膀,应平等对待,缺一不可。陈思和提出"先锋与常态",用来把握文学写作的内在发展规律。吴福辉指出有五种新出现的文学写作模式,并倾向于用"合力型"文学史,去反拨过去的"主流型"文学史写作。我很注意吴福辉关于当下研究态势的说法。他认为到现在为止,"分解的尽头还没有到,新的大归纳正在酝酿当中,小的归纳已经不断出现。从这些小的归纳里面可以看出'山雨欲来风满楼'了"①。看来现代文学研究者已纷纷嗅出学科变迁的某些气息,这些"小归纳"的积累也许正在预示现代文学研究处在一个新变动的前夜。

我们看到了种种学科"突围"的方案,大多是为了挽救文学史写作的困境,大家这些年谈论较多的,是文学"通史"写作如何应对现代文学"边界"的不断扩大,以及价值取向日益多元而又有些混乱的问题。因此,陈思和并不认可现代文学学科"已经成熟",他的一篇文章题目就有意标示为《我们的学科还很年轻》,不过他也不否认现代文学学科"其内涵的日益丰富与理论外壳的不相容性又一次到了需要大调整的时机"②。诸如"现代旧体诗词的发掘研究"和"现代通俗文学"研究,都给本学科的学者"又一次提出了艰巨的任务:我们当然要维护自己学科作为二级学科的生存理由,要维护'五四'新文学精神在本学科所拥有的核心地位,但也不能回避,'现代中国文学'确实包含了许多非'中国现代文学'所能够容忍的文学因素,要承认过去的中国现代文学观念是从新文学史的观念演变而来,比较狭隘的新旧对立思维模式再加上战争文化心理构成的思维模式,建构起来一套所谓主流、支流、逆流的文学史叙述模式不能适应今天学者们宽阔的学术视野和本学科所取得的学术发展"。而要将雅俗、新旧并存的文学现象纳入一个整体性的文学史,并不是靠简单的拼接就可以大功告成的。陈思和在苦苦思索,能否以"先锋"和"常态"两种形态的并存与流变,作为考察20世纪现代文学的基本框架。③ 虽然从这个框架里可以看到周作人式的"循环论"④的某些启发,这对宏观把握文学思潮的演变,也不失为有价值的尝试。但问题仍未能解决,那就是雅俗、新旧并存的背后如何进行有效的价值评判。

这些年大家谈论很多的"通俗文学"如何"入史",其实和学科的"边界"调整以及评价尺度问题密切相关。

---

① 吴福辉:《中国现代文学研究的当今态势》,《多棱镜下》,人民文学出版社 2010 年版,第 300 页。

② 陈思和:《我们的学科还很年轻》,《文学评论》2008 年第 2 期。

③ 陈思和:《先锋与常态——现代文学史的两种基本形态》,《文艺争鸣》2007 年第 3 期。

④ 周作人在《中国新文学的源流》(北平人文书店 1932 年版)中曾经提到"中国文学始终是两种互相反对的力量起伏着,过去如此,将来也总如此",是以循环论眼光观察处理文学史。有关评述亦可参见笔者与李宪瑜等几位学者合作撰写的《中国现当代文学学科概要》一书的第一章,北京大学出版社 2005 年版。

现在即使立场再"守成",也不会有人再否认"通俗文学"这一巨大的历史存在。"通俗文学"等"非新文学"能否纳入现代文学史版图,已经没有多大争论,关键是如何操作,是拿出"货色"来。"通俗文学"到底如何"入史",如何避免单纯的并置、拼接或拔高,仍然是尚待探索的难题。"难"就"难"在进行这种"扩容"的研究,前提是要建立新的文学史观,以及相应的新的价值评价体系。朱德发敏感地意识到这个难点,他在《现代中国文学史重构的价值评估体系》中提出,要"确立一个大家能够认可或基本认同的价值评估体系,以便能包容异彩纷呈、繁杂多样的文学形态,以便书写或重构现代中国文学史"①。他设想这个新的"价值评估体系"至少需要有两个特质:一是"吞纳力","能包容现代中国文学史研究或书写的错综复杂的思想文化内涵、审美意识内涵、审美形式意味,既不过分彰显又不有意掩盖或压抑某些文学形态,把所有的文学形态都纳入统一的价值评估平台"。二是公正性,"能把现代中国文学史研究或书写的各层次最有价值和意味的文化内涵与审美形态,不只是发现和开掘出来,而且能以实事求是的科学态度对其做出评价,既消除民族偏见、阶级偏见甚至党派偏见,又避免雅俗文学或新旧文学高低的价值偏见"。

朱德发的设想有一定的前瞻性,可惜仍未能介入问题的深部。建立有"吞纳力"和"公正性"的价值评估体系的确是构建新的文学史的前提,问题是这种评估体系在哪个价值层面上统合? 以往的现代文学研究大都是以新文学的价值观为基点的,其价值含义并非单纯指向审美层面,而是指向一系列由"五四"新文化运动倡导而形成的道德、伦理、思想、文化价值,进而引申出相应的社会、政治价值观。新文学内部以及新文学与通俗文学、旧文学的分歧、对立、冲突,最终均可归结为不同价值层面的分歧与冲突。换句话说,它们彼此的差异、对立不仅是文学上的,更是价值观、世界观和意识形态的。因此,当今天我们设想可以把不同价值观、世界观或意识形态支配下的创作汇集到一起时,需要首先考虑到在哪一个价值层面上去统合,在何种意义上以何种形态去处理这种"汇集"。这就是所谓"操作性"之"难"。

价值评价尺度或者体系,归根结蒂是治史的立场,是文学史观与方法论问

---

① 朱德发:《现代中国文学史重构的价值评估体系》,《中国社会科学》2008 年第 6 期。

题。有些学者倾向于从"审美"或"文学性"层面去设定治史的价值体系,他们设想这就是文学的"本义",是文学研究最重要的标准。在普遍轻视文学审美意义,甚至轻易以思想史取代文学史的情况下,张扬审美的旗帜不无现实意义。可是单凭"审美"或"文学性"做评价尺度,可能会简化与遮蔽文学史中多重价值冲突的历史形态。文学史写作肯定要重视审美评价,但又不能只取这一端,而且审美评价也应当是有历史感的。如果过分依赖审美判断去超越功利性价值冲突,那多半是对历史复杂性的无奈规避。在现代文学近百年的历史发展中,始终存在多层次的价值观、世界观的差异与冲突,这是基本的事实,也是文学史推进的动力,如果刻意淡化、回避这些冲突,反而可能丧失把握历史和现实的真实契机。

现在的文学史研究出现一种趋向:通俗文学等"非新文学"越来越登堂入室,占取要津,而原本处于核心位置的新文学却日渐降格退位。通俗文学乃至"旧文学"在现代文学研究领域容易取得新颁发的"合法证",而原本的"主角"新文学——特别是作为其核心动力的激进的批判性的文化改造立场、逻辑——越来越被挤到一个角落,有些"身份"危机了。"多元共生"这个词现在用得频繁,其实"多元"是"多元"了,"共生"却未必。虚无主义和相对主义造成的是学界的混乱与无奈,而并非"共生"的沃土。在各种"现代性"理论的冲击下,现代文学学科的确存在自我解构的危险。[①] 文学史写作"多元共生"也好,"合力型"也好,往往都是面对诸多矛盾的一种调和方案,而矛盾的根源并不限于现代文学研究本身,而是更大范围内的价值危机问题。要想使得"多元共生"不流于相对主义,批判精神不堕落为虚无,就有待在更大范围内重建价值立场。这当然是很难的,我们也不能只是抱怨和等待。现在能做的,是认真思考现代文学研究在当代价值重建上能起何种作用,我们的研究是否多少还能作为"天下之公器",这其实也牵涉到现代文学学科"安身立命"的问题。

三、研究"边界"拓展与文学史观调整

在现代文学"边界"不断拓展,却又尚未取得共识的情况下,许多学者已经

---

① 参见温儒敏《谈谈困扰现代文学研究的几个问题》,《文学评论》2007 年第 2 期。

迫不及待地进行"跨界"研究,这势必带来文学史观的变化与调整。

"边界"的延伸首先是在时间上,其"起点"与"下限"这些年一直在讨论,而每一种设想背后都包含有对现代文学内涵的重新认识①。部分学者已试图把晚清、"十七年"、"文革"以至"新时期"统归为现代文学,随之便产生"打通式"研究以及专门关注"边界"地带的研究。② 在古代文学中,晚清这一段属于边缘,尚未充分开发,而晚清的文学"新变",确实又与"五四"及其后的文学有千丝万缕的联系,是新文学运动的前奏或序幕,所以连成一气做整体考察是必要而合理的。将晚清的文学"新变"纳入现代文学研究的视野,对这一学科的建设必定大有好处。不过仔细想来,这是以现代文学为本位的晚清研究。从现代文学立场看,晚清的"新变"还只是"量变",离"五四"前后的"质变"还有一个过程,"五四"作为重大历史标志的地位,是晚清"新变"所不能取代的。现代文学史可以从晚清写起,但分水岭还是"五四"新文学运动。料想几百年后人们谈起19、20世纪的中国文学,很多作家作品都必然"过滤"掉了,留下印象最突出的恐怕还是"五四"。

研究"边界"往晚清的"前移"的学理根据不难找到,不过容易引起争议的还是评价标准问题。前些年有海外学者王德威提出"被压抑的现代性"的概念,认为现代性特征早在晚清就出现了,并非"五四"前后才有,"没有晚清,何来'五四'"?③ 这位研究者的论述不无道理。在晚清小说和文学翻译中,的确已可见到某些可解释为"现代性"的因素。大概这位华裔汉学家是看到"五四"传统太强大、被神圣化了,于是产生质疑,试图颠覆以往过于强调的"五四"传统,办法是尽量模糊从晚清到"五四"的历史界线。王德威的研究还是立足于文本

---

① 如《中国现代文学研究丛刊》2006年第1期"'现代文学的发生'笔谈"收录的多篇文章。

② 如丁晓原的《论晚清散文与"五四"散文的结构性逻辑》(《文学评论》2008年第5期),叶诚生的《"越轨"的现代性:民初小说与叙事新伦理》(《文学评论》2008年第4期)。李长莉的论文《〈浮生六记〉与"五四"文化人的三种解读——一种民间传统在现代家庭观念中的延续与变异》(《现代中国》第7辑),从俞平伯、林语堂、潘光旦对《浮生六记》的不同解读入手,分析了"民间文人小夫妇家庭文化形态"这一另类传统如何在"五四"以后新的家庭伦理建构中被利用,从而让人看到新文化家族批评话语的传统资源。

③ 如王德威认为在晚清小说和文学翻译的不同文类,比如狭邪、公案、谴责、科幻等中,已经预告了现代文学的某些知识范畴与批判性思考,可见某些现代性的因素。他提出"被压抑的现代性"的概念,认为晚清的现代性因素在文学史叙述中被"五四"所遮蔽了。详见王德威《被压抑的现代性:晚清小说的重新评价》,收入王晓明主编《批评空间的开创:二十世纪中国文学研究》,东方出版中心1998年版。

分析和原始材料的调查,他的设问也丰富了对文学史的理解,但不免有"过度阐释"之嫌,这些年学界也有人批评王德威的论述"过犹不及"。但问题不在于"没有晚清,何来'五四'"的提法,而在于这提法引来许多蜂拥跟进的模仿者。多数"仿作"的路子大同小异,就是抓住晚清文学某些"个案分析",并不顾及"个案"的代表性,便从中"提拔"所谓"现代性"因子,证说预设的命题,有点"穿鞋戴帽"。"没有晚清,何来'五四'"提出的初始含义及其学理背景被忽略了,大家很少注意这种"前移"也有其特定的价值标准,对"五四"历史价值的"降解"是"前移"的潜在意图。尽管如此,研究边界往晚清"前移"似乎已成态势,构成对既有文学史观的挑战。如果"前移"不满足于版图扩张,也不存心"降解""五四",如果"前移"带来的是文学史观的适当调整而不是颠覆,这种研究就比较实事求是,有可能持续生长。

往晚清是"前移",往当代则是"后挪"。上世纪70年代末从现代文学学科专门独立出一个"当代文学",本是研究范围的拓展,却带来两者"分家"之后的某些隔阂,以至在学科设定上只好使用"现当代文学"这个别扭的称谓。现在两者的重新融合,打通现代与当代,已大致形成共识,虽然在学科名称上可能还有待商榷。有的主张统称"20世纪中国文学",不过这种时间性称谓会有限制,新世纪文学就包容不了,还不如仍叫"中国现代文学"。我们已经看到,这种"打通"带来许多新的学术发现。其中对于上世纪40至50年代的所谓现当代"转折期",就已引起许多学者的兴趣,有可能产生许多新的题目。有学者甚至预测现代文学的研究重心将从传统的"三十年"转向"十七年"和"文革"。2009年召开的中国现代文学研究会第四次青年学者研讨会上,丁帆就在发言中指出,当前的现代文学(1919—1949年)研究领域经过几代学者的开掘,已经成为一个"贫矿",问题突出地表现在研究者对同类材料的反复阐释和对边缘史料过于琐细的发掘两个方面。在建立"大文学史"的向度上,人们需要的不是加法,而是减法(二次经典化);相应地,1949—1979年这一时段(即"十七年"和"文革"),大量资料亟需抢救整理,大量理论问题需要解决,因此整个学科的研究重心应该向该领域转移,这一时段的文学研究将是学科发展进程中的"富矿"。这种观察与提醒的确富有意义。但也须看到,研究不是单纯的资源消耗,尚未充分开掘的固然是"富矿",但研究充分却不一定导致"贫矿"。关键在于如何将新的对象纳入研究之后能调整、丰富原有视野,使之对新、旧对象均产生新的理解。以往现代文学与当代文学的划分主要是政治性的、人为的,给学科发展带来许多麻烦,现在将现代文学与当代文学"打通"不应当有什么大的障碍了。

除了时间性"边界"的拓展,还有一种是"内容性"的"边界",是往"内里"的延伸。即将鸳鸯蝴蝶派、武侠、言情、侦探、科幻以及旧体诗词等,全都一网打尽,纳入囊中。如前所述,关于通俗文学价值的重估,它作为现代文学有机组成部分应有的地位,以及它的文学、历史、文化内涵,至今没有相对共识,有关的讨论、争议在近几年也屡有发生。其中最有代表性的观点是范伯群提出的,他试图用"两翼说"支持通俗文学堂而皇之进入文学史,甚至与雅文学平起平坐,这引起不小的争论。范伯群不是坐而论道,他拿出了大部头的《中国现代通俗文学史(插图本)》①。该书所描绘的现代通俗文学纷繁的历史图景果然令人耳目一新:他以《海上花列传》为现代通俗小说起点,以张爱玲、徐訏、无名氏收尾,勾勒出另一条现代文学的"主线"。在方法上,该书对印刷文化有大幅描述,报刊梳理与潮流分析交错进行,在纯文学背景中评说通俗文学,论述知识精英文学与大众通俗文学的"互补",努力将通俗文学整合到现代文学史的整体中。尽管范先生对通俗文学"情有独钟",他的工作具有垦拓性,但支持这种工作的"两翼说"其实并未能形成完整有效的价值评判框架,只能说是提升通俗文学地位的一种策略。但这终究是一种可喜的推进。事实上,随着通俗文学研究的深入,如何突破原有新文学与通俗文学对立的框架,考察彼此之间渗透、影响的关系,一直是很多研究者瞩目的问题,也看得到逐步推进的实绩。②

现代文学研究"边界"的每一次延伸,无论是时间性的还是内容性的,都要对原有新文学、现代文学研究"立身"的基础做检讨和调整。针对中国现代文学作为"国族文学"的习惯性想象,有的研究者提出可以用"汉语新文学"这一新的概念来整合现当代中国大陆文学、台港澳文学和海外华文文学三个部分。③针对以往文学史相对忽视抗战时期被占领区、沦陷区文学的状况,近年来,沦陷

---

①　北京大学出版社 2007 年出版。

②　例如,汤哲声的论文《她们怎样变成祥林嫂》(《新文学史料》2009 年第 3 期),从"节妇"形象的变迁入手,勾勒了鸳蝴派小说中的女主人公到鲁迅笔下的祥林嫂这一人物形象的变迁轨迹。文章着力展现旧派作家在文化、文学现代化方面的探索和新旧文学之间的承续关系。

③　朱寿桐:《"汉语新文学"概念建构的理论意义与实践价值》,《学术研究》2009 年第 1 期。

区文学的研究受到重视,之前几乎是空白的"伪满洲国"文学研究也开始有人涉足。这些"边界"的拓展不只是研究范围的扩大,同时也提供一种重新认识历史的契机。比如,一般人印象中只有抗战文学和流亡文学里才有"抵抗"精神,处于敌占区的文学写作则显得很可疑。而通过对沦陷区、敌占区的文学状态的挖掘,人们看到了特定历史状态下的写作也有多面性。

在文学通史撰写方面,突破既有"边界",建立一种更加多元、立体的文学史框架,这些年也始终有学者在努力试验。吴福辉写《中国现代文学发展史(插图本)》①的抱负在于"把过去线性的视点转化为立体的、开放的、网状的文学图景",文学作品的发表、出版、传播、接受、演变,在该书得到特别关注。吴福辉的雄心是想把现代文学创作与出版、教育、学术、思想的考察融为一体,让"现代文学的外延像一个个章鱼的触角伸展出去"。这是所谓"大文学史"观,似乎无所不包,这个"边界"的突破就相当"厉害",读起来有些"散点透视"似的迷乱,其原因可能也在于缺少统合全书的鲜明的"价值尺度"。而杨义为其《中国现代文学图志》修订版②增写的十六则小序,俨然构成一部"简明现代文学史",而且也是四处伸张式的"越界研究"。作者前些年涉足古典文学,现又重返现代文学领域,试图将这一时段的文学现象置于"对中华民族精神历程之整体性的文化哲学思考"之中。作者对中国文学"现代性"的理解,充分保留了其中可能蕴含的多种因素——近代思想谱系、期刊、校园、文学地理学、社团流派、政治、战争、民族、翻译、文体学以及雅俗等命题,替代了原先的启蒙、救亡、商业、文化等相对单一的思考向度。作者似乎在尝试学界多年来的一种"构想"——用古代文学治史的方式来记录现代文学。但这种设想的落实还有许多困难需要克服。

种种新的文学史书写框架仍然处在试验之中,有学者提醒应该对"文学史"研究模式产生的利弊进行反思。严家炎就指出近年来许多集体撰写的通史有粗制滥造之嫌:"文学史的撰写,本来应该以个人方式为最好……90 年代以来,倒是出版了若干种'二十世纪中国文学史'或叫做'近百年中国文学史'的书,却又似乎受制于商业利益的驱动或诱惑,大多采用了工程发包的方式,组织二三十人以上的队伍高速度地突击完成。所以,就人们的内心要求而言,早就渴

---

① 北京大学出版社 2010 年出版。
② 生活·读书·新知三联书店 2009 年出版。

望读到学者个人经过较长时间研究写成的文学史专著……"①这位资深学者主持的多卷本《二十世纪中国文学史》②不久前刚刚问世,引人注目的是该书将现代文学的"起点"往前拉到十九世纪七、八十年代之交,论述的地域空间也有所拓展,有新发现的资料和突破性的见解,显然是有新眼光和大气度的论作,有待更深入的专门评论。

在诸多文学史写作试验的同时,也有人提醒文学史研究本身可能存在的缺憾。陈平原的《假如没有"文学史"》一文,以教学为依托分析了"文学史"这一研究方式本身的种种局限③。在他看来,文学史提供了一种知识的体系,培养的是系统化的思维方式。过分的系统化易于滤掉文学研究作为人文学科具有的某些特质,也无形中降低了研究者的个性与特色。如何将年鉴学派的研究风范和以问题为导向的分析史学引入文学史的重建之中,将是接下来治史者所要重点思考的问题。

四、几种新的研究趋向

下面再说说近几年的某些研究趋向,也与现代文学研究的定位、"边界"和评价尺度有关系。

首先,许多研究者回到"史学"的路子,重新注重文学与历史的内在关联。上世纪80年代,曾经流行的方式是以"世界文学"为"试金石"来审视、评判中国现代文学。背后有一种将现代中国相对化并纳入"普世标准"框架的思路,这多少还是一厢情愿。即便在国外,汉学家也往往意识到中国历史是不宜直接套用西方框架来解释的。近些年来,情况有了变化,国内的历史研究、文学研究学者也努力回归本土,规避外在的价值判断和要求,努力回到历史脉络中寻找问题。研究选题越来越细化,显示切入历史肌理的努力。强调还原历史语境,强调原始资料的挖掘与利用,不是先入为主地建立历史叙述线索,而是"回到历史

---

① 严家炎:《交流,方能进步——顾彬〈二十世纪中国文学史〉给我的启示》,《中国现代文学研究丛刊》2009年第2期。

② 高等教育出版社2010年出版。

③ 陈平原:《假如没有"文学史"》,《读书》2009年第1期。

现场"去触摸、体会、钩沉与把握。文学史研究的"史学"品质正在得到加强。

几年前,我曾属文提出要警惕文学研究中的"汉学心态",摆脱那种生硬套用外来概念的倾向。① 这些心态与倾向现在有所改变与遏制,人们开始腻味那种从预设的理论视角出发对文学现象进行阐释的做法,"套用式"的选题明显减少。当然,这只是一般而言,在一些比较年轻的新生代学者那里,欧美汉学的新思路仍然很有些市场——比如从"观看"、"声音"等角度入手讨论作家的现代特质——但应当看到的是,这种影响方式已不再是整体照搬或照猫画虎,更多的是借鉴、融合。与此同时,我们看到不少学者对西方汉学研究方法的反思、检讨与研究。② 这都有助于我们更客观、有效地看待、借鉴海外汉学的研究理路。

其次,这几年值得注意的是"哈日"现象。这里借用"哈日"这个词不带贬义,是指这些年突然有一大批日本的鲁迅研究和现代文学研究论著在中国翻译出版,一时间引述不断,好评如潮,他们的成果正成为中国现代文学研究的重要理论资源。这批日本战后的鲁迅及中国现代文学研究,以竹内好为代表。所谓"竹内鲁迅"也就成为流行的专门名词。竹内好等学者的研究自有其特别的眼界与格局,且已构成日本汉学界的一种传统。他们并非将鲁迅及中国现代文学作为单纯的学术研究对象,而是通过对革命中国的历史、精神、思想的批判性反思,去实现对日本社会自身的自省。反过来,这些日本学人研究的立意与思索,对理解现代中国历史又有一种特别的内在相关性;而他们所采取的方法、提供的论题——从竹内好的"回心说"到伊藤虎丸的"终末论",从丸山昇的历史实证到北冈正子的"材源考",以及木山英雄的周氏兄弟研究和现代旧体诗研究——毫无疑问都具有相当的借鉴意义,在许多学者那里,似乎还颇能引起新奇感与研究冲动。当然,对这一部分"比较好用"的资源的借鉴,同样需要有效的转换,因为国情、文化毕竟有别。竹内好等人面对的"鲁迅",是这些日本学人整理、反思自身思想的媒介,把握他们的鲁迅观的前提,是对他们所面临的时代问题和思想困境先有了解。直接将日本学人的观点、材料拿来为我所用,只是

① 参见温儒敏《谈谈困扰现代文学研究的几个问题》,《文学评论》2007 年第 2 期;《文学研究中的"汉学心态"》,《文艺争鸣》2007 年第 7 期。
② 如 2010 年 10 月南京大学专门召开过一次关于"汉学主义"的研讨会,其中也有不少论文对海外汉学研究的得失进行比较全面的考察。

一种取巧,真正的转化需要理解:日本学人的借鉴反思,不过是他们重塑主体的思想方式。

这也启示我们,基于对价值尺度迷失的担忧,除去吸纳外来理论,更多的还是要"重塑主体的思想方式",要从现代文学研究过程中摸索新的命题、方法。前面列举的各种对文学史写作模式的构想,不同角度都带有这方面的尝试。而在一些具体研究领域,成果也很值得关注。比如在诗歌研究方面,孙玉石多年来一直探究并倡导一种"解诗学",如今已有相当的积累。在理论历来较为薄弱的散文研究领域,汪文顶牵头申报的课题"现代散文学的中外整合与理论建构研究",也力图整合各种资源构建符合中国现代散文研究的理论。甚至在注重实践、不重理论概括的史料学领域,近年来也越来越看重经验的整理和理论提升。今年初召开的现代文学新史料研究会议上,我们看到了这一变化,会上发表有不少材料扎实的文章其实并不缺理论视野。

第三,关于"跨学科研究"和选题的"窄化"现象。打通相关学科领域,是近年来部分学者特别是青年学者的普遍追求。有些学校最近十年的博士论文选题,起码有半数以上脱离了文学,或者把文学当成社会史、思想史的材料与中介,"跨学科"成为一种风尚。粗略统计,最近两年大约有四十篇与现代文学研究相关的课题获得社科基金立项。其中,多数选题不再局限于文学内部,关注的是文学和相关学科的交叉领域,尤以文史结合的为多。研究者多将文学作为一种"以文证史"的媒介,关注点在作品或创作活动中所包含的社会历史信息。[①] 文学与其产生的历史背景的关系,以及文学书写对历史认知的塑造功能,是目前许多研究的论述取向。

这种趋势表面上体现了研究视野的扩展,但从另一角度看,又可能是选题"窄化"的表现。由于近年来博士点增加,博士生的批量培养,研究队伍不断扩大,大家都要做学位论文,要申报课题,选题的需求量不断增加。这样,寻找新鲜课题的压力也必然大大增加,现代文学真的成为"拥挤的地盘"了。真正有学术价值、能发挥研究潜力的课题,是要长期积累成形的。在缺乏足够积累、酝酿

---

① 如《女子高等教育与中国现代女性文学的发生》(王翠艳,中国劳动关系学院)、《民国时期自然灾害与现代文学书写》(张堂会,阜阳师范学院)、《晚清民初印刷技术转型与文学变革》(雷启立,华东师范大学)、《从晚清到"五四":传教士与中国儿童文学的现代转型》(宋莉华,华东师范大学)等。

的状况下,要迅速找到新鲜的选题,难免采取一种对接式思路,将文学领域的问题与其他领域问题迅速对接起来。若对接合适,能起到跨领域跨学科的效果,同时可能激活思路,生长问题;但如果对接生硬,则常常使文学材料沦为次级史料,讲不清问题。

与选题、课题立项的跨界、求新、求大形成对照,近年出现一种对现代文学中的"老问题"、"局部问题"重新归纳、概括的举动,有的学者称之为"局部的新的归纳"①。如以"突击文化"、"大都市积习如何消退"来概括解放区文学的某种特质和发展脉络,以"摩登主义"统合都市、革命中的一些相通现象,等等。事实上,许多现代文学专业的学位论文都带有这种重新研究、重新归纳、重新概括的倾向。而从大家熟悉的研究对象上发现新的历史线索和内涵,使"老问题"有新认识的文章,并不多见。纵观这几年发在《中国现代文学研究丛刊》上的论文,很多都属于小的概括、小的颠覆、小的重新书写。无可否认,这些研究也有价值,能为学科的发展起积累作用。需要警惕的只是一种潜在的危险。正如有的学者所提出的:"有的年轻人为重新改写而重新改写,也有走火入魔的。如在概括的时候,青年学者完全用当代的眼光来理解历史,往往把某种当前流行的时尚结论当做公论来推理、来运用,似乎无须证明了。这样导出的结论就会再一次不符合历史。"②还有一点,就是缺少与学界对话,无视既有的研究,甚至注解和参考书目中都难得找到当代学者的名字,好像一切都是从今开始,从我开始,其实又有不少"常识的重复"。

第四,新生代学者与"项目化生存"。近年来随着研究队伍的不断扩大,越来越多的年轻人进入科研队伍,势必改变现代文学研究的面貌。现今四十岁以下的"新生代"日渐成为各高校和科研机构的主力。"新生代"有他们特定的成长环境、知识结构和优势,也有特定的压力、困惑与困境。这一代学者基本都是由完整的学院教育培养出来的,较能适应现有的学术生产体制,善于找题目、写论文;但另一方面,他们的问题意识往往限于学科内部,读者也多是同行圈子,这样一种封闭循环的学术生态,有可能使研究缺乏动力和责任感。当写论文主要成为一种谋生手段时,学术工作和自身的生活世界容易割裂开来。现有科研

---

① ② 吴福辉:《中国现代文学研究的当今态势》,《多棱镜下》,第305、306页。

体制对项目、课题的强调，更加深了这一困扰。没有项目不能评职称的压力，迫使青年研究者陷入申请、完成、再申请各种课题的紧张过程中，我把这种状况称之为"项目化生存"。其实，课题的设计很大程度上影响着研究者的研究方式和方向。前面提到的为申请项目刻意求大、求新，甚至就是为了拿到项目，而并非真正的问题驱动，这种功利性研究对青年的学术成长是有很大损害的。此外，相对封闭的学院学术环境，也使研究者缺少与社会现实和实践接触的机会。而从事现代文学研究是特别需要一种超出书斋之外的对社会、历史、政治、文化的理解力。现代文学界许多前辈学者的研究洞察力和理解力相当程度上得益于他们丰富的社会经验与历练，他们也因此具有更强的社会责任感和面向公众发言的能力。在现代文学研究越来越"学院化"的大趋势下，如何弥补过分"学院化"所造成的弊端，找回学术研究与社会责任、研究工作与生活世界的有机联系，如何既要应对生存需求，又要保持学术的尊严与自主，两者间有一定的平衡，这些都是今天需要迫切思考的问题。它不仅关系未来现代文学研究的品格，也关系到研究者的学术生存取向。

（本文的资料收集及前期写作得到中国社科院文学所程凯副研究员的鼎力协助，特此说明并致谢忱）

再谈现代文学史写作的
"边界"与"价值尺度"*
——由严家炎《二十世纪中国文学史》所引发的研讨

严家炎主编的《二十世纪中国文学史》①,几乎每一章都有某些原创性的内容,或有新资料的发现,以及那些读来能让人眼睛一亮的观点。② 这是别具一格的教材,但我更愿意把它看作是一部学术含量丰厚的专著,是最近十多年来现当代文学研究最重要的标志性成果。这部著作是集体写作的产物,负责各章编写的大都是所属领域顶尖的专家,③其对学术的推进是显而易见的。关于这部著作,已经有不少书评给予高度的评价,我大都表示赞同,这里想就其所引发的某些问题做些探讨。

严著最引人瞩目的是研究"边界"的拓宽。现代文学的起点被往前移到19世纪80年代末④,等于前推三十多年,空间上(其实也是一种"边界")则覆盖华人外语写作、少数民族语言写作以及通俗文学、旧体诗等,而这些都是以往文学史所忽略的。

"边界"问题值得探讨,不久前我在题为《现代文学研究的"边界"及"价值

---

* 本文原载《学术月刊》2011 年第 12 期。

① 高等教育出版社 2010 年出版。

② 如第五章关于黑幕派、鸳鸯蝴蝶派与雅俗文学对峙,第七章关于周作人散文随笔,第十二章关于李劼人大河小说创作,第十三章关于林语堂散文,第十七章关于师陀小说对"生活样式"的分解,第二十一章关于文学讲习所,第二十六章关于样板戏与主流创作,等等,都有新的见解和新的突破。

③ 该书撰稿者包括王光明、方锡德、关爱和、陈思和、孟繁华、袁进、程光炜、解志熙、黎湘萍等。

④ 该书第一章《甲午前夕的文学》,将黄遵宪 1887 年定稿的《日本国志》、陈季同 1890 年用法语写作出版的小说《黄衫客传奇》,以及韩邦庆 1892 年开始在《申报》连载《海上花列传》这三件事作为现代文学的源头,全书就从这里写起。

尺度"问题》①已经谈过这个问题,现在读了严家炎的文学史,想再说一些话。在这部论著出现之前,部分学者已试图把晚清、"十七年"、"文革"以至"新时期"统归为现代文学,随之便产生"打通式"研究以及专门关注"边界"拓展部分的研究。晚清这一段在古代文学中属于边缘,尚未充分开发,而晚清的文学"新变"又与"五四"及其后的文学有千丝万缕的联系,是新文学运动的前奏或序幕,所以连成一气做整体考察是必要而合理的。将晚清的文学"新变"纳入现代文学研究的视野,对现代文学一学科的建设必定大有好处。换个角度,以古代文学史学者的眼光看来,晚清文学应当怎样处理? 严家炎的文学史把"边界"划到 19 世纪 80 年代末,这样是否可以接受? 这也是有趣的问题。②

　　从现代文学史一般的叙写立场看,晚清的"新变"还只是"量变",离"五四"前后的"质变"还有一个过程,"五四"作为重大历史标志的地位,是晚清"新变"所不能取代的。现代文学史可以从晚清写起,但这只是序幕,大的变革还是"五四"新文学运动。严家炎这部文学史对晚清特别重视,篇幅很大,几乎超过了"五四"。该书写晚清民初用了四章,一百四十七页;写"五四"时期文学也是四章,一百三十九页。这可能是要矫枉过正吧。不过,从晚清写起不等于现代文学的"开端"就在晚清。道理明显,文学史写作总要抓大放小,经过筛选,纲举目张。文学史特别是作为教科书的文学史,肯定要把重点放在贡献与影响最大的作家作品上,它不能不放弃甚至过滤掉许多不那么重要的作家与文学现象。几百年后人们谈起 19、20 世纪的中国文学,很多作家作品都"过滤"掉了,留下印象最突出的恐怕还是"五四",而不会是晚清那些作家。毕竟只有"五四"这样在政治、社会、文化等方面都有惊天动地影响的大事件,以及《狂人日记》、《女神》这样一些标志性作品,才被公认为"里程碑",而新文学的真正发生也还是在"五四"前后。过去很多现代文学史把"发端"放在"五四"之前两年——1917年初,就是陈独秀、胡适在《新青年》正式发动"文学革命"之时,这是有充分的根据的。总之,从哪里写起,和以哪里作为"发端",并不全是一回事。我主张可以从晚清写起,那是作为序幕,现代文学的"发端"还是 1917 年初,或者说是"五

----

① 载《华中师范大学学报》(人文社会科学版)2011 年第 1 期。
② 古今文学本来应当打通,也已经有学者在这方面努力,比如章培恒等的《中国文学史新著》,力图探寻与抉发古今文学演变的内在逻辑。但该书只在最后一部分"近世文学"中以少量篇幅论及晚清文学。

四"新文化运动全面启动之时。

严著文学史引发的另一值得探讨的问题是文学史的标准。研究"边界"往晚清"前移"的"根据"不难找到;说新文学在晚清已有所酝酿,也不会有太多争议。有争议的,是贯穿文学史的评价标准问题。严著文学史表示要"让文学史真正成为文学自身的历史"。如何回归文学自身?严家炎提出所谓现代文学要看三点"特质":一是其主体由白话文构成,二是具有鲜明的现代性,三是大背景上与世界的文学交流。① 我很赞成他的三点论,这是可以作为现代文学史的认定与评价标准的。问题是,在晚清和民初,即使已经有黄遵宪《日本国志》(1887 年定稿)提倡文学语言"适用于今,通行于俗",而且也已经有不少相对成功的白话的创作,但整个文坛很难说已经有以白话取代文言的整体性自觉;虽然有陈季同《黄衫客传奇》(1890 年出版)那样用法语写成的小说,但这部最近才被发掘并翻译成汉语的小说,当时在本土几乎不构成影响②,也难以作为中国文学"融入"世界文学的成功例证③。倒是"鲜明的现代性"确实可以作为文学史评价的一个标准,在严著文学史中是能看到这方面的努力,也是有相当出色的成绩的,不过"现代性"这一点放到晚清似乎也仍然缺少足够的理由。所以我认为研究边界"前移"应当谨慎,因为有些必要的标准在此难以实施。

其实,"前移"早就有人在做。前些年有海外学者王德威提出"被压抑的现代性"的概念,认为现代性特征早在晚清就出现了,并非"五四"前后才有,"没有晚清,何来'五四'?"这位研究者的论述不无道理。在晚清小说和文学翻译中,的确已可见到某些可解释为"现代性"的因素。大概这位华裔汉学家是看到"五四"传统太强大、被神圣化了,产生质疑,才试图颠覆以往过于强调的"五四"传统,办法是尽量模糊从晚清到"五四"的历史界线。王德威的研究还是立足于文本分析和原始材料的调查,他的设问也丰富了对文学史的理解,虽然不

---

① 观点引自严家炎在"《二十世纪中国文学史》研讨会"(2011 年 5 月由现代文学研究会与现代文学馆等联合召开)上的发言。

② 可能提出的"根据"就是薛福成和曾朴估计读过陈季同法文版的《黄衫客传奇》。薛福成当时是驻英法大使,而陈季同是驻法大使馆武官。曾朴则是陈季同的学生,也通法文。《黄衫客传奇》即使在汉语读者中有影响,恐怕也只限于懂法语的极少数人。

③ 把一本用法语写作、近年才翻译成汉语,在本土毫无影响的《黄衫客传奇》当作中国现代文学史的"开端",总觉得有点怪怪的。

免有"过度阐释"之嫌。问题不在于"没有晚清，何来'五四'"的提法，而在于这提法引来蜂拥跟进的模仿者。多数"仿作"的路子就是抓住晚清文学某些"个案分析"，并不顾及"个案"的代表性，便从中"提拔"所谓"现代性"因子，证说预设的命题，有点"穿鞋戴帽"。"没有晚清，何来'五四'"提出的初始含义及其学理背景被忽略了，大家很少注意这种"前移"也有其特定的价值标准——对"五四"历史价值的"降解"是"前移"的潜在意图。

尽管如此，在目前现代文学的学界，研究"边界"往晚清"前移"似乎已成态势，构成对既有文学史观的挑战。如果"前移"不满足于版图扩张，也不存心"降解""五四"，如果"前移"带来的是文学史观的适当调整而不是刻意颠覆，这种研究就可能比较为大家所接受。这一点，我认为严先生的文学史做得还是比较谨慎、比较有学理性的。他们虽然明确表示研究边界的"前移"是一个特色，并赋予种种理由，以致这本文学史一出来大家就都注意这一"前移"的"亮点"，但我细读该著，发现他们下笔时还是有些犹疑，因而也比较谨慎的。该著虽然"边界"前移了，而且晚清的分量很重，讲陈季同的《黄衫客传奇》，讲韩邦庆的《海上花列传》，讲清末小说，都往所谓"现代性"的方面靠拢，但总的来说，这一切还是"指向""五四"前后的新文学，并没有拿晚清来颠覆和"降解""五四"传统。

现代文学研究"边界"的拓展往晚清是"前移"，往当代则是"后挪"。20世纪70年代末从现代文学学科专门独立出一个"当代文学"，本是研究范围的拓展，却带来两者"分家"之后的某些隔阂，以致在学科设定上只好使用"现当代文学"这个别扭的称谓。现在两者重新融合，打通现代与当代，已大致形成共识。我们已经看到，这种"打通"带来许多新的学术发现。无论"边界"前移还是后挪，关键在于如何找到能较好解释这种拓展的相对统一的视点，而不只是"圈地"和拼凑。新的对象纳入之后应当能调整、丰富原有视野，使之对新、旧对象均产生新的理解。严家炎先生的文学史在现当代"打通"方面做了努力，不过有些问题也可能会引发思考，比如五六十年代的文学肯定也在相当程度上满足了当时的精神性需求，但又和八九十年代明显区别，如何用同一个"现代性"标准去作出富于历史同情的叙述评价？——仍然是"标准"与价值评判问题。

除了时间性"边界"的拓展，还有一种是"内容性"的"边界"，是往"内里"

的延伸,即将鸳鸯蝴蝶派、武侠、言情、侦探、科幻以及旧体诗词等,全都一网打尽,纳入囊中。关于通俗文学价值的重估,它作为现代文学有机组成部分应有的地位,以及它的文学、历史、文化内涵,至今没有相对共识,有关的讨论、争议在近几年也屡有发生。其中最有代表性的观点是范伯群提出的,他试图用"两翼说"支持通俗文学堂而皇之进入文学史,甚至与雅文学平起平坐。这引起不小的争论。范伯群不是坐而论道,他花费大量工夫,拿出了大部头的《中国现代通俗文学史(插图本)》,功德无量。另一重要收获则是吴福辉的《中国现代文学发展史(插图本)》,也很注重通俗文学,试图用多元拼合的办法把晚清以降各类文学一网打尽,展现的图景很可观。现在严家炎这本文学史又来热心描绘现代通俗文学纷繁的历史,果然也令人耳目一新。书中谈论通俗文学的篇幅其实不多,但很难说已经严丝合缝融入"现代文学",因为其对通俗文学的叙述,主要还是在纯文学背景中,注重的还是知识精英文学如何与大众通俗文学"互补"。不过,虽然两者有时好像汇合,你中有我,我中有你,但从文学的"功能"看,彼此还是有些区别的,同样讲"现代性",对纯文学与通俗文学的着眼点应当不太一样。现在普遍的做法就是把通俗文学"整合"到现代文学史的整体中,到底如何掌握好它和纯文学的关系,又如何"落实"所谓现代性评价标准? 这是勉为其难的一件事。

无论如何,严著文学史在这方面仍然具有垦拓性,也已经引出一些值得讨论的问题,那就是:支持"统合"纯文学与通俗文学这种工作的,到底有没有一个完整有效的价值评判框架? 目前是否还只有提升通俗文学地位的一种策略? 以纯文学要求通俗文学这种习惯是否应当舍弃? 方法上散点透视式的多元拼合是否可行? 能否真正做到,在某个相对统一的标准下对复杂多样的文学现象作出选择评判?

无可否认,在现代文学近百年的历史发展中,始终存在多层次的价值观、世界观的差异与冲突。在新文学与通俗文学交锋的现象中,也不难看到这种矛盾冲突。有差异与冲突,这是基本的事实,也是文学史推进的动力。把文学史写成思想斗争史是太过分了,但文学史写作也不必去淡化、回避差异与冲突,因为那样反而可能丧失把握历史的丰富性。这些年常见有学者提出文学史写作中的"多元共生",人们格外看重历史发展多方面构成的"合力",这体现出在苟严时代过去之后比较宽容的态度。但"多元共生"如何在文学史研究的实践中体现,仍然是有相当难度的。难就难在把不同价值观、世界观或意识形态支配下的创作汇集到一起时,需要首先考虑到在哪一个价值层面上去统合,在何种意义上以何种形态去处理这种"汇集"。如果弄不好,可能就是面对诸多矛盾的一种拼凑与调和。说到底,现今非常要紧而又缺少的还是相对认可的价值评价标准问题。只有自己相信并确立了某种价值评价标准,"多元共生"才不流于相对主义,批判精神才不堕落为虚无。这其实也牵涉到现代文学学科"安身立命"的问题。在严家炎这部文学史中,我们多少看到了要"多元共生"又不流于相对主义的"挣扎",这本身就别有一种值得关注的学术价值。

　　研究"边界"的每一种延伸,无论是时间性还是内容性的,都要对原有文学史研究"立身"的基础做检讨和调整。无论是"中国新文学"、"中国现代文学"、"20世纪中国文学",还是"汉语新文学"①,或者干脆就是"民国文学"②加上"共和国文学",各种名称之下的研究都必然会作出相应的"边界"调整,这种调整不应局限于研究范围的扩大,更重要的是在寻找某种重新认识历史的契机。严家炎和他的写作团队的书已经在提供这种新的契机,同时也在引起各种思考与议论。我看这部《二十世纪中国文学史》所产生的"问题意识"恐怕比该书本身重要得多。现在坊间很多文学史都是彼此"克隆"出版后就默默无闻了,严家炎主编的这部文学史一出现就令人瞩目,它强烈的创新意图和独特的写法高出一筹,人们很自然就会把它看作一种标尺,以此来衡量文学史写作的多种可能与效能。

---

　　①　朱寿桐:《"汉语新文学"概念建构的理论意义与实践价值》,《学术研究》2009年第1期。

　　②　提出有关"民国文学"的文章已不少,比如王学东《"民国文学"的理论维度及其文学史编写》(《中国现代文学研究丛刊》2011年第4期),就探讨了以"民国文学"取代"现代文学"的可操作性问题。